U0132502

# 商務

# 學生字典

## （修訂版）

姓名：＿＿＿＿＿＿＿＿＿＿

班別：＿＿＿＿＿＿＿＿＿＿

商務印書館

## 商務學生字典（修訂版）

編　　者：盛九疇

繪　　圖：王秀蘭

出　　版：商務印書館(香港)有限公司

香港筲箕灣耀興道 3 號東滙廣場 8 樓

http://www.commercialpress.com.hk

發　　行：香港聯合書刊物流有限公司

香港新界荃灣德士古道 220-248 號荃灣工業中心 16 樓

印　　刷：美雅印刷製本有限公司

九龍觀塘榮業街 6 號海濱工業大廈 4 樓 A

版　　次：2024 年 2 月第 20 次印刷

© 2006 商務印書館(香港)有限公司

ISBN 978 962 07 0265 5

Printed in Hong Kong

# 目　錄

# 出版説明

這本《商務學生字典》是一本小型語文工具書，主要供小學和初中學生使用。

中、小學生在語文以及其他各科的學習中，字典是不可缺少的工具，是他們成長的良師益友。

本字典修訂版從使用對象的實際需要出發，在以下幾方面進行了認真的研究和探討：

## 一、收字適量，切合需要

本字典收字的主要根據是：2007年由香港教育局頒佈的《香港小學學習字詞表》和1988年1月由國家語言文字工作委員會和國家教育委員會頒佈的《現代漢語常用字表》（3500個）。在這兩表之外而又在中國內地、香港、台灣現行小學和初中語文教科書中實際出現的用字，一般也予收錄，如"坳"等。這樣，本字典修訂後增加393個字，實際收字共計4763個，加上異體字，共計4843個。其中3500個常用字，是中、小學生學習的重點。

根據權威部門利用電腦對大量漢語語料進行的測定，結果是：本字典所收錄的3500個常用字，在日常課堂教學及閱讀書籍中的覆蓋率高達99.48%，餘下的0.52%覆蓋率中的用字，都比較艱深，初中和小學生一般接觸不到。因此，本字典在3500個常用字的基礎上，再增收現行中、小學語文教科書950個實際出現的用字，這4843字的收字量是絕對切合學生的實際需要的。

## 二、字形標準，書寫規範

本字典的字形標準，主要依據2007年由香港教育局頒佈的《香港小學學習字詞表》，以及所附的《常用字字形表》（二零零七年重排本）。

為了幫助學生正確書寫漢字，本字典在每個字頭下，提供書寫筆順。有的字可能有不同的書寫筆順，本字典選擇最通行的一種。

另外，為幫助讀者認識簡體字及國內通用的標準字形，本字典在繁體字字頭旁用（　）加以標示，如"體（体）"。

## 三、注音準確，粵普並重

為適應香港的情況和多方面的需要，本字典採用普通話和粵語雙音注音。普通話讀音用《漢語拼音方案》和《注音字母》注音，供不同的使用者選用。粵語讀音以廣州話為標準，採用香港通用的國際音標；在國際音標注音後，大多還有漢字直音。直音字選用與被注字聲、韻、調完全相同的常用字。如沒有完全相同的直音字，則選用聲、韻相同的常用字，再標聲調。為易於使用，本字典不採用反切等其他注音方式。

## 四、釋義簡明，通俗易懂

釋義是字典的核心部分。本字典的釋義以該字在現代漢語中的常用義為主，僻義與古義不收錄。

釋義力求準確簡明，通俗易懂，避免用艱澀、冗長的行文來解釋字義；同時避免輾轉相釋，使讀者終究不得其解的弊病。

至於多義字的義項排列，是先列本義還是先列常用義，則不拘一格，一切以有利於讀者理解字義為主，同時兼顧義項間的內在聯繫。總的原則是：常用義在前，次常用義在後；實字義在前，虛字義在後；通用義在前，專用義在後。

## 五、語料豐富，形式多樣

釋義引用例證，是編纂現代字典、詞典的重要環節。引用例證，不但使釋義更有根據，而且有利於加深讀者對釋義的理解。有豐富例證的字典或詞典，才是有血有肉的字典或詞典。

如果把釋義所引用的例證叫做"語料"，那麼，本字典在語料的選用上不僅在數量上力求豐富，而且在形式上力求多種多樣。從數量上看，一個釋義通常引用了3-5個不等的語料；從形式上看，有複詞、成語、詞組，也有如"一失足成千古恨"、"世上無難事，只怕有心人"、

"滿招損，謙受益"、"國家興亡，匹夫有責"、"路遙知馬力，日久見人心"、"前事不忘，後事之師"、"不經一事，不長一智"等俗語、格言、警句，還有小學、中學教育中涉及的古詩名句。據粗略統計，本字典由釋義引出的複詞、成語、短語等合計在六萬條以上，富有哲理的俗語、格言、警句有千條以上。這些豐富的語料，不僅可以增加學生的詞語積累，而且可以從中學到許多為人處世的道理，受到中華民族傳統文化和價值觀的教育。

## 六、新增 200 組焦點易錯字

這些字單獨使用可能問題不大，但與其他字作為詞語使用就容易混淆。例如：字形相近的 墮｜墜 （墮落 墜毀）；字音相近的 景｜境 （景色 處境） 此項目可教導學生避免錯別字。

## 七、附錄實用，資料詳備

本字典從中、小學生的實際需要出發，備有12個含豐富漢語知識的附錄，供讀者參考。又加上古文字插頁，使學生了解漢字的來源，增加學習的興趣。

## 八、檢索容易，查閱方便

本字典按部首筆畫順序排列，並有總筆畫檢索、難檢

字及漢語拼音檢索三表。前兩表供學生難以確定部首時查
閱;後表則為熟悉漢語拼音的學生提供方便。至於不熟悉漢
語拼音的學生,也可藉开此表同音排列的功能了解漢字的普
通話讀音。此外,又考慮到一個單字可能涉及不同的部首,
如"明"字,雖屬"日"部,但也包含"月"字,學生有時
難以分辨,所以本字典在"月"部也為"明"字立字頭,並
注明"見日部,198頁"。這不單省去學生因誤認部首而需
覆查的不便,亦可教導學生認識漢字的正確部首。

  本字典在編緝過程中,承蒙香港中文大學何文匯博士
和朱國藩博士協助審閱全書粵語注音,謹此表示謝意。

  由於本書貫徹了上述編纂原則,乃是一本基礎性的中
文字典,非常適合中小學生學習中文使用,也是中小學教師
的必備工具書。希望本字典的出版對中小學師生有實際的幫
助。至於疏漏之處,在所難免,亦敬請讀者不吝指正。

                              商務印書館編輯部

# 使用説明

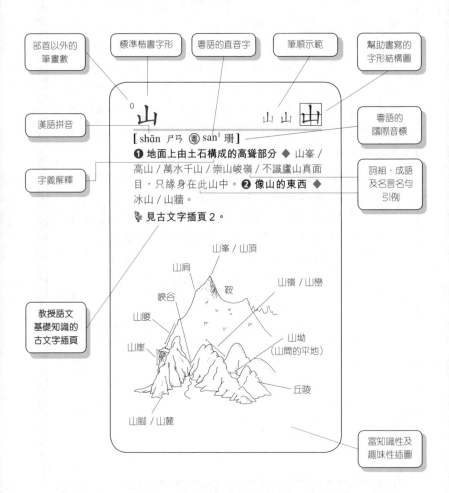

部首以外的筆畫數

標準楷書字形

粵語的直音字

筆順示範

幫助書寫的字形結構圖

漢語拼音

字義解釋

教授語文基礎知識的古文字插頁

粵語的國際音標

詞組、成語及名言名句引例

富知識性及趣味性插圖

⁰ 山

山 山 山

[ shān ㄕㄢ ⑧ san¹ 冊 ]

❶ 地面上由土石構成的高聳部分 ◆ 山峯 / 高山 / 萬水千山 / 崇山峻嶺 / 不識廬山真面目，只緣身在此山中。❷ 像山的東西 ◆ 冰山 / 山牆。

見古文字插頁 2。

山峯 / 山頂

山肩

鞍

山嶺 / 山巒

峽谷

山腰

山坳（山間的平地）

山崖

丘陵

山腳 / 山麓

富教育意義
的成語、警語

含哲理、能
啟發思考的
格言、雋語

幫助寫作的
短語造句

一字的多種
讀法

有別於書面音
的口語讀法

簡體字形
對照

提示易錯字

## ²成 　成成成成成 成

[ chéng ㄔㄥˊ tsiŋ⁴ 乘 ]

❶ 事情做完，已經達到目的；跟 "敗" 相對
◆ 大功告成 / 任務完成 / 心想事成 / 有志
者事竟成。❷ 變為；成為 ◆ 百煉成鋼 / 鐵
杵磨成針 / 玉不琢，不成器 / 聚沙成塔，集
腋成 。❸ 成果 ◆ 坐享其成 / 一事無成。
❹ 事物發展到一定的狀態 ◆ 成品 / 成規 /
成人 / 五穀成熟。❺ 建立；成全 ◆ 成家立
業 / 成人之美。❻ 整 ◆ 成批 / 成天 / 成千
上萬 / 成年累月。❼ 十分之一叫 "一成" ◆
有七八成新 / 今年糧食可增產三成。❽ 同
意；許可 ◆ 贊成 / 成！就這麼辦 / 這樣做
恐怕不成。

## ⁶使 　使使使使使 使

〈一〉[ shǐ ㄕˇ tsi² 史 /sɐi² 洗（語）]

❶ 派遣 ◆ 使者 / 指使 / 鬼使神差。❷ 用
◆ 使用 / 使勁 / 看風使舵 / 這工具不好
使。❸ 令；讓 ◆ 使人高興 / 使大家掃興。
❹ 假如 ◆ 假使。

〈二〉[ shǐ ㄕˇ 粵 si³ 試 ]

❺ 長駐外國或接受使命到外國去的外交官
◆ 大使 / 公使 / 特使。

## ¹⁰搔⁽搔⁾ 　搔搔搔搔搔搔 搔

[ sāo ㄙㄠ 粵 sou¹ 蘇 ]

用手指甲來回輕輕地抓撓 ◆ 搔癢 / 搔頭皮 /
隔靴搔癢 / 搔首弄姿。

**焦點易錯字**　搔 | 騷　搔癢 搔首弄姿　騷亂 滿腹牢騷

# 總筆畫檢索表

| | | | | | | | | | | | |
|---|---|---|---|---|---|---|---|---|---|---|---|
| 匠 | 51 | 回 | 84 | 血 | 402 | 衣 | 403 | 妃 | 101 | 赤 | 431 |
| 灰 | 262 | 肉 | 359 | 向 | 62 | 亥 | 10 | 好 | 101 | 折 | 167 |
| 戍 | 162 | （ノ） | | 后 | 62 | 充 | 31 | 她 | 101 | 抓 | 167 |
| 列 | 40 | 年 | 134 | 行 | 402 | 妄 | 101 | 羽 | 353 | 扳 | 167 |
| 死 | 233 | 朱 | 208 | 舟 | 372 | 忖 | 148 | 年 | 275 | 扮 | 167 |
| 成 | 162 | 耒 | 356 | 全 | 33 | 忙 | 148 | 阡 | 473 | 均 | 87 |
| 夷 | 98 | 缶 | 349 | 合 | 62 | 羊 | 351 | | | 孝 | 110 |
| 旨 | 198 | 氖 | 237 | 兆 | 31 | 米 | 335 | **七畫** | | 坎 | 87 |
| 攷 | 190 | 先 | 31 | 企 | 15 | 州 | 127 | （一） | | 坍 | 87 |
| 划 | 40 | 竹 | 327 | 兇 | 31 | 汗 | 238 | 弄 | 139 | 抑 | 168 |
| 至 | 369 | 任 | 15 | 肌 | 359 | 汙 | 238 | 玖 | 282 | 圾 | 87 |
| （丨） | | 伕 | 14 | 肋 | 359 | 污 | 238 | 迂 | 444 | 投 | 167 |
| 此 | 231 | 印 | 54 | 朵 | 208 | 江 | 239 | 形 | 142 | 坑 | 87 |
| 尖 | 119 | 乒 | 6 | 朶 | 208 | 汛 | 239 | 戒 | 162 | 抗 | 168 |
| 劣 | 46 | 兵 | 5 | 危 | 54 | 汕 | 239 | 邪 | 452 | 坊 | 87 |
| 光 | 31 | 休 | 15 | 旬 | 198 | 汐 | 239 | 吞 | 62 | 抖 | 168 |
| 吁 | 61 | 伍 | 15 | 旭 | 198 | 池 | 239 | 扶 | 166 | 志 | 147 |
| 早 | 198 | 伎 | 15 | 列 | 41 | 汝 | 239 | 技 | 166 | 抉 | 168 |
| 吐 | 61 | 伏 | 15 | 匈 | 49 | 宇 | 111 | 扼 | 166 | 扭 | 168 |
| 吋 | 61 | 白 | 370 | 舛 | 372 | 守 | 111 | 批 | 166 | 把 | 168 |
| 曳 | 204 | 伐 | 15 | 各 | 62 | 宅 | 111 | 找 | 166 | 卻 | 55 |
| 曲 | 204 | 仲 | 15 | 名 | 62 | 字 | 109 | 芋 | 374 | 抒 | 168 |
| 同 | 61 | 件 | 15 | 多 | 96 | 安 | 112 | 址 | 86 | 劫 | 46 |
| 吊 | 61 | 份 | 16 | 色 | 374 | （丶） | | 扯 | 167 | 克 | 31 |
| 吃 | 62 | 仰 | 16 | （丶） | | 弛 | 140 | 走 | 431 | 杆 | 208 |
| 吒 | 61 | 伉 | 16 | 亦 | 10 | 收 | 190 | 抄 | 167 | 杜 | 208 |
| 因 | 83 | 仿 | 16 | 冲 | 37 | 丞 | 3 | 芍 | 374 | 材 | 208 |
| 吆 | 62 | 伙 | 16 | 冰 | 37 | 奸 | 101 | 芒 | 375 | 村 | 208 |
| 屹 | 124 | 自 | 369 | 交 | 10 | 如 | 101 | 汞 | 239 | 杖 | 208 |
| 帆 | 130 | 伊 | 16 | 次 | 230 | 妁 | 101 | 攻 | 190 | 杏 | 208 |

| | | | | | | | | | | | |
|---|---|---|---|---|---|---|---|---|---|---|---|
| 杉 | 209 | 助 | 46 | 圀 | 84 | 低 | 18 | 狂 | 277 | 沛 | 239 |
| 巫 | 129 | 呆 | 62 | （ ） | | 你 | 18 | 狄 | 277 | 汰 | 239 |
| 杞 | 209 | 吱 | 63 | 告 | 63 | 佝 | 18 | 卵 | 54 | 沌 | 239 |
| 李 | 209 | 吠 | 63 | 邦 | 452 | 住 | 18 | 角 | 410 | 沏 | 240 |
| 杈 | 209 | 呀 | 63 | 牡 | 275 | 位 | 18 | 冊 | 41 | 沙 | 240 |
| 求 | 238 | 足 | 433 | 牠 | 275 | 伴 | 18 | 彤 | 143 | 汩 | 239 |
| 忑 | 148 | 男 | 291 | 我 | 162 | 佗 | 18 | 灸 | 263 | 沖 | 240 |
| 車 | 439 | 困 | 84 | 廷 | 138 | 阜 | 299 | 刨 | 41 | 汽 | 240 |
| 甫 | 290 | 吵 | 63 | 利 | 41 | 身 | 438 | 系 | 338 | 沃 | 240 |
| 匣 | 51 | 串 | 4 | 禿 | 319 | 皂 | 299 | （、） | | 沂 | 240 |
| 更 | 204 | 吶 | 63 | 秀 | 319 | 伺 | 18 | 言 | 411 | 汾 | 240 |
| 束 | 209 | 呈 | 63 | 私 | 319 | 佛 | 18 | 亨 | 11 | 汲 | 240 |
| 吾 | 63 | 呂 | 63 | 迄 | 444 | 囱 | 84 | 床 | 135 | 沒 | 240 |
| 豆 | 422 | 吟 | 64 | 每 | 235 | 役 | 144 | 庇 | 135 | 汴 | 240 |
| 酉 | 455 | 吩 | 64 | 佞 | 16 | 彷 | 144 | 冷 | 37 | 沈 | 240 |
| 辰 | 443 | 吻 | 64 | 兵 | 34 | 余 | 16 | 吝 | 64 | 沉 | 240 |
| 否 | 63 | 吹 | 64 | 估 | 16 | 希 | 130 | 序 | 135 | 沁 | 241 |
| 夾 | 98 | 吸 | 64 | 何 | 16 | 含 | 64 | 辛 | 442 | 決 | 241 |
| 豕 | 423 | 吭 | 64 | 佐 | 16 | 坐 | 86 | 肓 | 360 | 完 | 112 |
| 尬 | 120 | 迅 | 444 | 佑 | 16 | 谷 | 422 | 冶 | 37 | 宋 | 112 |
| 邪 | 452 | 吳 | 65 | 佈 | 17 | 孚 | 110 | 忘 | 148 | 宏 | 112 |
| （丨） | | 呎 | 65 | 佔 | 17 | 妥 | 102 | 忱 | 149 | 牢 | 275 |
| 志 | 148 | 吧 | 65 | 似 | 17 | 岔 | 124 | 快 | 149 | 究 | 324 |
| 步 | 231 | 吼 | 65 | 但 | 17 | 肝 | 359 | 判 | 41 | 良 | 374 |
| 肖 | 360 | 邑 | 452 | 伸 | 17 | 肚 | 360 | 兌 | 32 | 初 | 41 |
| 旱 | 198 | 囤 | 84 | 佃 | 17 | 肛 | 360 | 灶 | 263 | 社 | 316 |
| 盯 | 303 | 別 | 41 | 作 | 17 | 肘 | 360 | 灼 | 263 | 祀 | 316 |
| 里 | 458 | 吮 | 65 | 伯 | 17 | 刪 | 41 | 弟 | 140 | 祁 | 316 |
| 貝 | 425 | 岑 | 124 | 伶 | 17 | 甸 | 291 | 汪 | 239 | 罕 | 350 |
| 見 | 409 | 岌 | 124 | 佣 | 18 | 免 | 32 | 沐 | 239 | | |

| | | | | | | | | | | | |
|---|---|---|---|---|---|---|---|---|---|---|---|
| 知 | 309 | 侏 | 20 | 爭 | 272 | 冼 | 37 | 卷 | 55 | 泥 | 243 |
| 氖 | 237 | 佻 | 20 | 乳 | 7 | 店 | 135 | 並 | 4 | 沸 | 243 |
| 牦 | 275 | 佩 | 20 | 忿 | 148 | 夜 | 97 | 炖 | 263 | 泓 | 243 |
| 牧 | 275 | 侈 | 20 | 肺 | 360 | 府 | 135 | 炒 | 263 | 沼 | 244 |
| 物 | 276 | 依 | 20 | 肢 | 360 | 底 | 135 | 炊 | 263 | 波 | 243 |
| 乖 | 6 | 佯 | 20 | 肱 | 360 | 庖 | 135 | 炕 | 264 | 治 | 244 |
| 刮 | 42 | 倂 | 20 | 胝 | 360 | 疣 | 294 | 炎 | 264 | 宗 | 112 |
| 和 | 66 | 帛 | 131 | 周 | 67 | 疚 | 294 | 炔 | 264 | 定 | 112 |
| 秆 | 319 | 卑 | 53 | 服 | 205 | 卒 | 53 | 沫 | 241 | 宜 | 112 |
| 季 | 110 | 的 | 299 | 朋 | 205 | 庚 | 136 | 法 | 241 | 宙 | 113 |
| 委 | 103 | 阜 | 473 | 股 | 360 | 妾 | 103 | 泄 | 241 | 官 | 113 |
| 竺 | 328 | 欣 | 230 | 防 | 360 | 盲 | 303 | 沽 | 241 | 空 | 324 |
| 秉 | 319 | 近 | 444 | 肥 | 361 | 放 | 190 | 河 | 241 | 帘 | 131 |
| 佳 | 19 | 征 | 144 | 剁 | 42 | 刻 | 42 | 沾 | 241 | 宛 | 113 |
| 侍 | 19 | 往 | 144 | 剁 | 42 | 於 | 196 | 沮 | 242 | 穹 | 324 |
| 岳 | 124 | 爬 | 272 | 邸 | 453 | 劾 | 46 | 泪 | 242 | 戾 | 164 |
| 佬 | 19 | 佛 | 144 | 昏 | 198 | 育 | 361 | 油 | 242 | 肩 | 361 |
| 邱 | 453 | 彼 | 144 | 兔 | 32 | 氓 | 237 | 決 | 242 | 房 | 164 |
| 延 | 139 | 所 | 164 | 狙 | 278 | 怔 | 149 | 況 | 242 | 衫 | 404 |
| 供 | 19 | 返 | 444 | 狎 | 278 | 怯 | 149 | 泅 | 242 | 衩 | 404 |
| 使 | 19 | 舍 | 371 | 狐 | 278 | 怵 | 149 | 泗 | 242 | 祈 | 316 |
| 佰 | 19 | 金 | 459 | 忽 | 149 | 怖 | 149 | 泊 | 242 | 祇 | 316 |
| 例 | 19 | 侖 | 19 | 狗 | 278 | 怦 | 149 | 泛 | 242 | （一） | |
| 史 | 370 | 命 | 66 | 咎 | 67 | 快 | 149 | 沿 | 242 | 帚 | 131 |
| 兒 | 32 | 肴 | 360 | 炙 | 263 | 性 | 149 | 泡 | 243 | 屆 | 121 |
| 版 | 274 | 念 | 148 | 迎 | 444 | 怕 | 150 | 注 | 243 | 居 | 121 |
| 侇 | 20 | 斧 | 195 | （、） | | 怪 | 150 | 泣 | 243 | 屈 | 121 |
| 岱 | 124 | 爸 | 272 | 冽 | 37 | 怡 | 150 | 沱 | 243 | 刷 | 42 |
| 侗 | 20 | 采 | 458 | 京 | 11 | 羌 | 352 | 泌 | 243 | 屈 | 121 |
| 侃 | 20 | 受 | 58 | 享 | 11 | 券 | 42 | 泳 | 243 | 弧 | 140 |

| | | | | | | | | | | | | | |
|---|---|---|---|---|---|---|---|---|---|---|---|---|---|
| 弦 | 141 | **九畫** | | 政 | 190 | 垠 | 89 | 勃 | 47 | 勁 | 47 |
| 承 | 168 | （一） | | 若 | 376 | 拯 | 173 | 軌 | 439 | （丨） | |
| 孟 | 110 | 奏 | 99 | 赴 | 432 | 某 | 211 | 要 | 408 | 韭 | 485 |
| 牀 | 273 | 春 | 199 | 赳 | 432 | 甚 | 288 | 亟 | 10 | 背 | 361 |
| 狀 | 277 | 珽 | 283 | 茂 | 376 | 耶 | 357 | 酊 | 455 | 貞 | 425 |
| 戕 | 162 | 珐 | 283 | 苦 | 376 | 革 | 484 | 東 | 212 | 虐 | 391 |
| 孤 | 110 | 砧 | 283 | 苴 | 377 | 巷 | 130 | 咸 | 68 | 曳 | 58 |
| 函 | 39 | 玭 | 283 | 苗 | 377 | 故 | 191 | 威 | 104 | 省 | 303 |
| 妹 | 102 | 珀 | 283 | 英 | 377 | 胡 | 361 | 歪 | 232 | 削 | 43 |
| 姑 | 103 | 玲 | 283 | 苗 | 378 | 剋 | 43 | 甭 | 290 | 哐 | 67 |
| 妸 | 103 | 珍 | 283 | 苟 | 377 | 南 | 53 | 厘 | 55 | 眛 | 199 |
| 姐 | 103 | 珊 | 283 | 苑 | 377 | 柑 | 211 | 研 | 310 | 眈 | 304 |
| 妯 | 103 | 玻 | 283 | 苞 | 377 | 枯 | 211 | 頁 | 486 | 是 | 199 |
| 姓 | 103 | 毒 | 235 | 范 | 377 | 柯 | 211 | 砒 | 310 | 則 | 43 |
| 姊 | 103 | 型 | 88 | 苧 | 377 | 柄 | 211 | 厚 | 55 | 盼 | 304 |
| 姍 | 103 | 拭 | 172 | 拽 | 172 | 樞 | 211 | 郁 | 453 | 哇 | 67 |
| 妳 | 103 | 封 | 117 | 哉 | 67 | 查 | 211 | 砌 | 310 | 哎 | 68 |
| 姍 | 103 | 持 | 172 | 茄 | 377 | 相 | 304 | 砂 | 311 | 哄 | 68 |
| 妮 | 103 | 拮 | 172 | 苕 | 378 | 柚 | 212 | 泵 | 241 | 冒 | 35 |
| 始 | 104 | 拷 | 172 | 茅 | 378 | 枳 | 212 | 砍 | 311 | 閂 | 470 |
| 弩 | 141 | 拱 | 172 | 括 | 172 | 柺 | 212 | 面 | 483 | 映 | 199 |
| 姆 | 104 | 垣 | 88 | 垢 | 88 | 柞 | 212 | 耐 | 356 | 晒 | 68 |
| 叁 | 57 | 垮 | 88 | 拴 | 173 | 柏 | 212 | 耍 | 356 | 星 | 199 |
| 阿 | 473 | 挎 | 172 | 拾 | 173 | 柵 | 212 | 奎 | 99 | 昨 | 199 |
| 阻 | 473 | 城 | 88 | 挑 | 173 | 柳 | 212 | 奔 | 357 | 咧 | 68 |
| 附 | 473 | 指 | 172 | 垛 | 88 | 柱 | 213 | 殃 | 233 | 昵 | 200 |
| 陀 | 473 | 茉 | 376 | 垛 | 88 | 柿 | 213 | 殆 | 233 | 咦 | 68 |
| 糾 | 338 | 苦 | 376 | 拼 | 173 | 述 | 444 | 皆 | 300 | 昭 | 200 |
| | | 苯 | 376 | 挖 | 173 | 柳 | 213 | 毖 | 235 | 毗 | 235 |
| | | 苛 | 376 | 按 | 173 | 柏 | 213 | 致 | 369 | 畏 | 291 |

| | | | | | | | | | | | |
|---|---|---|---|---|---|---|---|---|---|---|---|
| 趴 | 433 | 怎 | 149 | 迫 | 445 | 勉 | 47 | 恍 | 151 | 洽 | 245 |
| 胃 | 361 | 牲 | 276 | 禹 | 318 | 狡 | 278 | 恫 | 151 | 染 | 213 |
| 界 | 291 | 牴 | 276 | 侯 | 22 | 狠 | 278 | 恤 | 151 | 洵 | 245 |
| 虹 | 392 | 秕 | 319 | 帥 | 131 | 怨 | 150 | 恰 | 151 | 洛 | 245 |
| 思 | 149 | 秒 | 319 | 俑 | 22 | 急 | 150 | 恪 | 151 | 洋 | 245 |
| 迪 | 445 | 香 | 494 | 俟 | 22 | 盈 | 301 | 恨 | 151 | 洲 | 245 |
| 蚩 | 301 | 秋 | 320 | 俊 | 22 | （、） | | 美 | 352 | 津 | 245 |
| 品 | 68 | 科 | 319 | 盾 | 304 | 訂 | 411 | 姜 | 104 | 宣 | 113 |
| 咽 | 68 | 重 | 458 | 待 | 144 | 計 | 411 | 叛 | 58 | 宦 | 113 |
| 咱 | 68 | 竽 | 328 | 徊 | 145 | 訃 | 412 | 籽 | 336 | 宥 | 113 |
| 哈 | 69 | 竿 | 328 | 衍 | 403 | 弈 | 139 | 前 | 43 | 室 | 113 |
| 咯 | 69 | 迤 | 445 | 律 | 145 | 奕 | 99 | 酋 | 455 | 突 | 324 |
| 哆 | 69 | 段 | 234 | 很 | 145 | 哀 | 69 | 首 | 494 | 穿 | 324 |
| 咬 | 69 | 便 | 20 | 後 | 145 | 亭 | 11 | 炬 | 264 | 客 | 113 |
| 咩 | 69 | 俠 | 21 | 舢 | 372 | 亮 | 11 | 炳 | 264 | 冠 | 36 |
| 咪 | 69 | 俏 | 21 | 剎 | 43 | 度 | 136 | 炯 | 264 | 郎 | 453 |
| 峙 | 124 | 俚 | 21 | 俞 | 20 | 疥 | 294 | 炸 | 264 | 軍 | 439 |
| 炭 | 264 | 保 | 21 | 食 | 491 | 疫 | 294 | 炮 | 264 | 扁 | 164 |
| 峋 | 124 | 促 | 21 | 俎 | 21 | 疤 | 294 | 炫 | 265 | 袂 | 404 |
| 迥 | 445 | 侶 | 21 | 卻 | 55 | 郊 | 453 | 剃 | 43 | 祐 | 316 |
| 幽 | 135 | 俄 | 21 | 盆 | 301 | 咨 | 69 | 為 | 265 | 祖 | 316 |
| （丿） | | 俐 | 21 | 胚 | 361 | 姿 | 105 | 洱 | 244 | 神 | 316 |
| 垂 | 88 | 侮 | 21 | 胛 | 361 | 音 | 485 | 洪 | 244 | 祝 | 317 |
| 缸 | 349 | 俗 | 21 | 胝 | 361 | 帝 | 131 | 洌 | 244 | 祕 | 317 |
| 契 | 99 | 俘 | 21 | 胞 | 362 | 施 | 196 | 柒 | 213 | 祠 | 317 |
| 拜 | 168 | 係 | 22 | 胖 | 362 | 恬 | 151 | 洩 | 244 | （一） | |
| 看 | 304 | 信 | 22 | 胎 | 362 | 恃 | 150 | 洞 | 244 | 建 | 139 |
| 迭 | 445 | 皇 | 300 | 匍 | 49 | 恒 | 151 | 洗 | 244 | 既 | 197 |
| 氟 | 237 | 泉 | 242 | 風 | 490 | 恆 | 151 | 活 | 244 | 屍 | 122 |
| | | 侵 | 22 | 負 | 425 | 恢 | 151 | 派 | 244 | 屋 | 122 |

| | | | | | | | | | | | |
|---|---|---|---|---|---|---|---|---|---|---|---|
| 咫 | 69 | 紂 | 339 | 茱 | 378 | 耿 | 357 | 唇 | 70 | 閃 | 470 |
| 屏 | 122 | 約 | 339 | 茶 | 378 | 耽 | 357 | 夏 | 96 | 晌 | 200 |
| 屎 | 122 | 紀 | 339 | 荀 | 379 | 恥 | 150 | 砸 | 311 | 剔 | 44 |
| 弭 | 141 | 紉 | 339 | 茗 | 379 | 恭 | 150 | 砰 | 311 | 晏 | 200 |
| 韋 | 485 | | | 茨 | 379 | 真 | 305 | 砒 | 311 | 蚜 | 393 |
| 眉 | 304 | **十畫** | | 荒 | 379 | 框 | 213 | 砷 | 311 | 畔 | 291 |
| 孩 | 110 | **（一）** | | 捎 | 174 | 桂 | 213 | 砥 | 311 | 蚌 | 393 |
| 娃 | 104 | 挈 | 172 | 茫 | 379 | 桔 | 214 | 砲 | 311 | 蚣 | 393 |
| 姥 | 104 | 泰 | 241 | 捍 | 174 | 桓 | 214 | 破 | 311 | 蚊 | 393 |
| 姨 | 104 | 秦 | 320 | 埋 | 89 | 桐 | 214 | 原 | 56 | 蚪 | 393 |
| 姪 | 104 | 珠 | 283 | 捏 | 174 | 株 | 214 | 套 | 99 | 蚓 | 393 |
| 姻 | 104 | 珮 | 284 | 貢 | 425 | 栓 | 214 | 烈 | 265 | 哨 | 70 |
| 姚 | 104 | 班 | 284 | 捉 | 174 | 桃 | 214 | 殊 | 233 | 骨 | 498 |
| 姣 | 104 | 素 | 339 | 捆 | 174 | 桅 | 215 | 殉 | 233 | 哩 | 70 |
| 姘 | 104 | 栽 | 214 | 捐 | 174 | 格 | 214 | 晉 | 200 | 員 | 70 |
| 姦 | 105 | 埔 | 89 | 袁 | 404 | 校 | 215 | **（丨）** | | 唄 | 70 |
| 怒 | 150 | 捕 | 174 | 捌 | 174 | 核 | 215 | 鬥 | 500 | 圓 | 84 |
| 架 | 213 | 埂 | 89 | 茹 | 379 | 桉 | 215 | 柴 | 214 | 哭 | 71 |
| 迢 | 445 | 捂 | 174 | 荔 | 379 | 根 | 215 | 桌 | 214 | 哦 | 71 |
| 飛 | 490 | 馬 | 494 | 茲 | 379 | 栩 | 216 | 虔 | 391 | 恩 | 151 |
| 勇 | 47 | 振 | 173 | 挺 | 174 | 索 | 339 | 時 | 200 | 盎 | 301 |
| 急 | 150 | 挾 | 174 | 哲 | 70 | 軒 | 439 | 財 | 426 | 唁 | 71 |
| 癸 | 298 | 荊 | 378 | 挫 | 175 | 哥 | 70 | 眨 | 305 | 哼 | 71 |
| 柔 | 213 | 草 | 378 | 將 | 175 | 栗 | 214 | 眩 | 305 | 哪 | 71 |
| 矜 | 309 | 茬 | 378 | 挽 | 175 | 酌 | 455 | 眠 | 305 | 唧 | 71 |
| 陌 | 474 | 起 | 432 | 恐 | 150 | 配 | 455 | 昧 | 70 | 唉 | 71 |
| 陌 | 474 | 郝 | 453 | 挪 | 175 | 迺 | 445 | 哮 | 70 | 唆 | 71 |
| 降 | 474 | 草 | 378 | 捅 | 175 | 翅 | 353 | 晃 | 200 | 豈 | 422 |
| 限 | 474 | 茵 | 378 | 埃 | 89 | 匪 | 51 | 哺 | 70 | 峽 | 124 |
| 紅 | 338 | 茴 | 378 | 挨 | 175 | 辱 | 443 | 哽 | 70 | 峭 | 125 |

| | | | | | | | | | | | |
|---|---|---|---|---|---|---|---|---|---|---|---|
| 涅 | 246 | 祥 | 317 | 陡 | 474 | 捧 | 175 | 敕 | 431 | 掘 | 179 |
| 涓 | 246 | 冥 | 36 | 陣 | 474 | 掛 | 175 | 堆 | 90 | 掇 | 179 |
| 浩 | 246 | 冤 | 36 | 陝 | 474 | 堵 | 89 | 推 | 176 | 基 | 89 |
| 海 | 246 | （一） | | 陛 | 474 | 措 | 175 | 頂 | 486 | 聆 | 357 |
| 浜 | 246 | 書 | 204 | 除 | 474 | 域 | 89 | 都 | 453 | 聊 | 357 |
| 浴 | 246 | 郡 | 453 | 院 | 474 | 捱 | 176 | 埠 | 90 | 勘 | 47 |
| 浮 | 246 | 退 | 446 | 紜 | 339 | 捺 | 176 | 掀 | 177 | 娶 | 106 |
| 流 | 246 | 展 | 122 | 紕 | 339 | 掩 | 176 | 逝 | 447 | 勒 | 47 |
| 涕 | 247 | 屑 | 122 | 純 | 339 | 捷 | 176 | 捨 | 177 | 帶 | 132 |
| 浪 | 247 | 展 | 122 | 紗 | 340 | 莘 | 379 | 掄 | 177 | 乾 | 7 |
| 浸 | 247 | 弱 | 141 | 納 | 340 | 掉 | 176 | 捻 | 177 | 械 | 216 |
| 涌 | 247 | 孫 | 110 | 紛 | 340 | 莆 | 379 | 採 | 177 | 彬 | 143 |
| 浚 | 247 | 姬 | 105 | 紙 | 340 | 英 | 380 | 授 | 177 | 婪 | 106 |
| 害 | 114 | 娠 | 105 | 級 | 340 | 菥 | 379 | 掙 | 177 | 郴 | 453 |
| 家 | 113 | 娌 | 105 | 紋 | 340 | 焉 | 265 | 教 | 191 | 梗 | 216 |
| 宵 | 113 | 娟 | 105 | 紡 | 340 | 菫 | 380 | 掏 | 177 | 梧 | 216 |
| 宴 | 114 | 恕 | 152 | 紐 | 340 | 莫 | 380 | 掐 | 177 | 梢 | 216 |
| 宮 | 114 | 娛 | 105 | | | 莉 | 380 | 掬 | 178 | 桿 | 216 |
| 容 | 114 | 娥 | 105 | **十一畫** | | 莠 | 380 | 掠 | 178 | 梛 | 216 |
| 窄 | 325 | 娩 | 105 | （一） | | 莓 | 380 | 掂 | 178 | 梅 | 217 |
| 剜 | 44 | 娣 | 105 | 春 | 370 | 荷 | 380 | 披 | 178 | 麥 | 511 |
| 宰 | 114 | 娘 | 105 | 球 | 284 | 茶 | 380 | 培 | 90 | 梳 | 217 |
| 案 | 215 | 娜 | 106 | 匭 | 51 | 荻 | 381 | 接 | 178 | 梯 | 217 |
| 朗 | 206 | 娓 | 105 | 理 | 284 | 革 | 381 | 敔 | 191 | 桶 | 217 |
| 冢 | 36 | 脅 | 363 | 責 | 426 | 莎 | 381 | 執 | 89 | 梭 | 217 |
| 扇 | 164 | 畚 | 291 | 現 | 284 | 莞 | 381 | 捲 | 178 | 紫 | 340 |
| 袒 | 404 | 能 | 363 | 琉 | 284 | 捫 | 179 | 控 | 178 | 敘 | 191 |
| 袖 | 404 | 蚤 | 393 | 琅 | 284 | 莊 | 381 | 探 | 178 | 斬 | 195 |
| 袍 | 404 | 桑 | 216 | 甜 | 289 | 排 | 176 | 掃 | 178 | 軟 | 439 |
| 被 | 405 | 剝 | 44 | 規 | 409 | 報 | 431 | 据 | 179 | 連 | 446 |

| | | | | | | | | | | | |
|---|---|---|---|---|---|---|---|---|---|---|---|
| 專 | 118 | 逍 | 447 | 略 | 292 | 眾 | 305 | 笞 | 329 | 徙 | 145 |
| 曹 | 204 | 堂 | 90 | 蚶 | 393 | 崑 | 125 | 答 | 329 | 得 | 145 |
| 速 | 446 | 常 | 132 | 蛆 | 393 | 崗 | 125 | 敏 | 191 | 徘 | 146 |
| 副 | 44 | 眶 | 305 | 蚱 | 393 | 崔 | 125 | 偌 | 25 | 御 | 146 |
| 區 | 51 | 匙 | 50 | 蚯 | 393 | 帷 | 132 | 做 | 25 | 從 | 146 |
| 堅 | 89 | 野 | 458 | 蛉 | 394 | 崙 | 125 | 偃 | 25 | 舶 | 373 |
| 跂 | 422 | 晤 | 200 | 蛀 | 394 | 崢 | 126 | 偕 | 25 | 船 | 373 |
| 逗 | 446 | 晨 | 200 | 蛇 | 394 | 崩 | 126 | 袋 | 404 | 舷 | 373 |
| 票 | 317 | 眺 | 305 | 唬 | 72 | 崇 | 126 | 偵 | 25 | 舵 | 373 |
| 酗 | 455 | 敗 | 191 | 累 | 341 | 崛 | 126 | 條 | 217 | 敍 | 191 |
| 脣 | 363 | 販 | 426 | 剮 | 44 | 圇 | 84 | 悠 | 152 | 敘 | 192 |
| 戚 | 162 | 眛 | 305 | 唱 | 72 | 圈 | 84 | 側 | 25 | 斜 | 194 |
| 厠 | 56 | 眼 | 305 | 國 | 84 | （丿） | | 假 | 26 | 途 | 447 |
| 硅 | 311 | 眸 | 306 | 患 | 152 | 造 | 447 | 偶 | 25 | 釦 | 460 |
| 硒 | 311 | 畢 | 292 | 啡 | 72 | 邦 | 356 | 偎 | 25 | 釺 | 460 |
| 硃 | 312 | 啪 | 72 | 唧 | 74 | 缽 | 350 | 偷 | 26 | 釧 | 460 |
| 奢 | 100 | 啦 | 72 | 逞 | 447 | 氫 | 237 | 您 | 152 | 釣 | 460 |
| 盔 | 301 | 啞 | 72 | 唯 | 72 | 秸 | 320 | 貨 | 426 | 釵 | 460 |
| 爽 | 273 | 閉 | 470 | 啤 | 73 | 梨 | 216 | 售 | 72 | 殺 | 234 |
| 逐 | 446 | 問 | 74 | 啥 | 73 | 犁 | 276 | 停 | 26 | 盒 | 302 |
| 盛 | 302 | 婁 | 106 | 唸 | 73 | 移 | 321 | 偽 | 26 | 教 | 192 |
| 區 | 51 | 曼 | 58 | 啁 | 73 | 透 | 447 | 偏 | 26 | 貪 | 426 |
| 雪 | 480 | 晦 | 200 | 唷 | 73 | 動 | 47 | 健 | 26 | 翎 | 354 |
| 頃 | 486 | 冕 | 35 | 唳 | 73 | 笨 | 328 | 躭 | 438 | 悉 | 152 |
| 逛 | 447 | 晚 | 200 | 啜 | 74 | 笸 | 328 | 梟 | 217 | 欲 | 230 |
| （丨） | | 啄 | 72 | 啊 | 73 | 笛 | 328 | 鳥 | 504 | 彩 | 143 |
| 鹵 | 509 | 眭 | 291 | 帳 | 131 | 笙 | 328 | 兜 | 32 | 覓 | 409 |
| 彪 | 392 | 異 | 292 | 崍 | 293 | 符 | 329 | 皎 | 300 | 貧 | 426 |
| 處 | 391 | 趾 | 433 | 崖 | 125 | 笠 | 329 | 偉 | 26 | 腳 | 363 |
| 崔 | 477 | 啃 | 72 | 崎 | 125 | 第 | 329 | 術 | 403 | 脖 | 363 |

| | | | | | | | | | | | |
|---|---|---|---|---|---|---|---|---|---|---|---|
| 脯 | 363 | 庵 | 136 | 惆 | 154 | 淑 | 248 | 寄 | 114 | 務 | 47 |
| 彤 | 143 | 痔 | 295 | 惚 | 154 | 淖 | 248 | 寂 | 114 | 參 | 57 |
| 脫 | 363 | 疵 | 295 | 恬 | 154 | 淌 | 248 | 宿 | 114 | 陸 | 474 |
| 匐 | 49 | 產 | 289 | 悴 | 154 | 混 | 248 | 窒 | 325 | 陵 | 475 |
| 魚 | 501 | 痊 | 295 | 惋 | 154 | 涸 | 248 | 密 | 115 | 貫 | 426 |
| 够 | 97 | 痕 | 295 | 羚 | 352 | 涎 | 247 | 啟 | 73 | 陳 | 475 |
| 猜 | 279 | 康 | 136 | 羞 | 352 | 淮 | 248 | 庹 | 164 | 陰 | 475 |
| 逛 | 447 | 庸 | 136 | 瓶 | 288 | 淪 | 248 | 袱 | 405 | 陶 | 475 |
| 凰 | 38 | 鹿 | 510 | 眷 | 305 | 涓 | 248 | 視 | 410 | 陷 | 475 |
| 猖 | 279 | 瓷 | 288 | 粘 | 336 | 淫 | 249 | （一） | | 陪 | 475 |
| 猙 | 279 | 章 | 327 | 粗 | 336 | 淨 | 249 | 晝 | 201 | 組 | 340 |
| 猛 | 279 | 竟 | 327 | 粕 | 336 | 淘 | 249 | 尉 | 118 | 紳 | 341 |
| 逢 | 447 | 部 | 453 | 粒 | 336 | 涼 | 249 | 屠 | 122 | 細 | 341 |
| 夠 | 97 | 商 | 73 | 剪 | 44 | 淳 | 249 | 厴 | 122 | 絀 | 341 |
| 祭 | 317 | 旌 | 196 | 敝 | 192 | 液 | 249 | 張 | 141 | 終 | 341 |
| （、） | | 族 | 197 | 煜 | 266 | 淬 | 249 | 強 | 141 | 絃 | 341 |
| 訝 | 412 | 旋 | 197 | 焊 | 266 | 涪 | 249 | 將 | 118 | 絆 | 341 |
| 許 | 412 | 望 | 206 | 烯 | 266 | 淞 | 249 | 蛋 | 394 | 紹 | 341 |
| 訛 | 413 | 率 | 282 | 烽 | 266 | 淡 | 249 | 嫏 | 106 | 巢 | 128 |
| 訟 | 413 | 牽 | 276 | 烷 | 266 | 淙 | 250 | 娼 | 106 | | |
| 設 | 413 | 情 | 153 | 清 | 247 | 淀 | 250 | 婢 | 106 | **十二畫** | |
| 訪 | 413 | 悵 | 153 | 添 | 248 | 涙 | 250 | 婚 | 106 | （一） | |
| 這 | 447 | 悼 | 153 | 渚 | 247 | 深 | 250 | 婉 | 106 | 貳 | 426 |
| 訣 | 413 | 惜 | 153 | 淋 | 247 | 涮 | 250 | 婦 | 106 | 琵 | 284 |
| 毫 | 236 | 悽 | 153 | 淅 | 247 | 涵 | 250 | 婀 | 106 | 琴 | 284 |
| 孰 | 110 | 悼 | 154 | 淞 | 247 | 婆 | 106 | 袈 | 405 | 琶 | 285 |
| 郭 | 454 | 惕 | 154 | 涯 | 247 | 梁 | 217 | 習 | 354 | 琪 | 285 |
| 烹 | 266 | 惘 | 154 | 淹 | 248 | 淄 | 250 | 翌 | 354 | 琳 | 285 |
| 庶 | 136 | 悖 | 154 | 淒 | 248 | 寇 | 114 | 恿 | 153 | 琦 | 285 |
| 麻 | 511 | 惟 | 154 | 淺 | 248 | 寅 | 114 | 通 | 447 | 琢 | 285 |

| | | | | | | | | | | | |
|---|---|---|---|---|---|---|---|---|---|---|---|
| 琥 | 285 | 菲 | 382 | 裁 | 405 | 棵 | 218 | 雯 | 480 | 喊 | 75 |
| 斑 | 194 | 萎 | 382 | 報 | 90 | 棍 | 218 | 雅 | 478 | 喱 | 75 |
| 替 | 204 | 黃 | 382 | 揮 | 180 | 椎 | 219 | （丨） | | 景 | 201 |
| 揍 | 179 | 搜 | 180 | 壹 | 95 | 棉 | 219 | 紫 | 342 | 晾 | 201 |
| 插 | 180 | 菜 | 382 | 毂 | 234 | 棚 | 219 | 虛 | 392 | 距 | 433 |
| 款 | 230 | 菌 | 382 | 壺 | 95 | 椁 | 219 | 敞 | 192 | 跋 | 433 |
| 堯 | 90 | 菊 | 382 | 握 | 180 | 棕 | 219 | 棠 | 218 | 跌 | 433 |
| 描 | 179 | 萃 | 382 | 摒 | 180 | 棺 | 219 | 掌 | 176 | 跚 | 434 |
| 堪 | 90 | 菩 | 382 | 揉 | 181 | 軻 | 440 | 晴 | 201 | 跑 | 433 |
| 堰 | 90 | 萍 | 382 | 惡 | 153 | 軸 | 440 | 暑 | 201 | 跎 | 434 |
| 摑 | 179 | 菠 | 383 | 斯 | 195 | 惠 | 153 | 最 | 36 | 跛 | 434 |
| 揀 | 179 | 菅 | 383 | 期 | 206 | 麹 | 289 | 晰 | 201 | 貴 | 427 |
| 馭 | 495 | 堤 | 90 | 欺 | 230 | 惑 | 153 | 量 | 459 | 蛙 | 394 |
| 項 | 486 | 提 | 179 | 黃 | 512 | 腎 | 364 | 睏 | 306 | 蛔 | 394 |
| 揩 | 179 | 場 | 91 | 散 | 192 | 覃 | 409 | 貼 | 426 | 蛛 | 394 |
| 華 | 381 | 揚 | 179 | 朝 | 206 | 粟 | 336 | 貶 | 427 | 蛤 | 394 |
| 菁 | 381 | 喆 | 75 | 喪 | 74 | 棗 | 219 | 貯 | 427 | 蛟 | 394 |
| 著 | 381 | 揖 | 180 | 韋 | 442 | 棘 | 219 | 貽 | 428 | 嗖 | 76 |
| 菱 | 381 | 博 | 53 | 棒 | 217 | 酣 | 455 | 喋 | 74 | 勛 | 47 |
| 萊 | 381 | 揭 | 180 | 稜 | 217 | 酥 | 455 | 喃 | 74 | 鄂 | 454 |
| 越 | 432 | 喜 | 74 | 椏 | 218 | 硬 | 312 | 喳 | 74 | 喝 | 75 |
| 趄 | 432 | 彭 | 143 | 棋 | 218 | 硝 | 312 | 閆 | 470 | 喂 | 75 |
| 菴 | 382 | 揣 | 180 | 植 | 218 | 硯 | 312 | 開 | 470 | 喟 | 75 |
| 趁 | 432 | 菇 | 383 | 森 | 218 | 硫 | 312 | 閑 | 471 | 單 | 75 |
| 超 | 432 | 捶 | 180 | 焚 | 266 | 雁 | 478 | 晶 | 201 | 喘 | 75 |
| 蔓 | 382 | 揪 | 180 | 棟 | 218 | 殖 | 233 | 間 | 471 | 唾 | 75 |
| 敢 | 192 | 煮 | 266 | 椅 | 218 | 殘 | 233 | 閒 | 471 | 啾 | 75 |
| 菽 | 382 | 援 | 180 | 樓 | 218 | 裂 | 405 | 閔 | 471 | 喉 | 76 |
| 萌 | 382 | 達 | 448 | 棧 | 218 | 雄 | 478 | 悶 | 154 | 喻 | 76 |
| 菌 | 382 | 換 | 180 | 椒 | 218 | 雲 | 480 | 喇 | 75 | 喚 | 76 |

| | | | | | | | | | | | | |
|---|---|---|---|---|---|---|---|---|---|---|---|---|---|
| 唬 | 76 | 氮 | 237 | 堡 | 91 | 番 | 292 | 訴 | 413 | 喘 | 155 |
| 喑 | 76 | 氯 | 238 | 傀 | 27 | 傘 | 27 | 診 | 413 | 愕 | 155 |
| 啼 | 76 | 剩 | 44 | 傑 | 27 | 舜 | 372 | 詆 | 413 | 愜 | 156 |
| 喧 | 76 | 稍 | 321 | 集 | 478 | 貂 | 424 | 註 | 414 | 惶 | 156 |
| 喀 | 76 | 稈 | 321 | 焦 | 266 | 脹 | 363 | 詠 | 414 | 愉 | 156 |
| 喔 | 77 | 程 | 321 | 進 | 448 | 腌 | 364 | 詞 | 414 | 慨 | 156 |
| 喲 | 77 | 稀 | 321 | 傍 | 27 | 週 | 448 | 詔 | 414 | 惱 | 156 |
| 嵌 | 126 | 黍 | 512 | 傢 | 27 | 腆 | 364 | 馮 | 495 | 翔 | 354 |
| 幅 | 132 | 稅 | 321 | 皁 | 369 | 脾 | 364 | 就 | 120 | 着 | 306 |
| 凱 | 38 | 梨 | 219 | 皓 | 300 | 腋 | 364 | 敦 | 192 | 善 | 76 |
| 幀 | 132 | 摯 | 276 | 皖 | 300 | 勝 | 47 | 廂 | 137 | 普 | 201 |
| 買 | 427 | 逶 | 448 | 街 | 403 | 腕 | 364 | 廁 | 137 | 粞 | 336 |
| 帽 | 132 | 喬 | 76 | 復 | 146 | 腔 | 364 | 斌 | 194 | 尊 | 118 |
| 崽 | 126 | 筐 | 329 | 徨 | 146 | 腕 | 364 | 痣 | 295 | 奠 | 100 |
| 嵐 | 126 | 等 | 329 | 循 | 146 | 逸 | 448 | 痘 | 295 | 孳 | 110 |
| 悼 | 132 | 策 | 329 | 須 | 487 | 象 | 423 | 痞 | 295 | 曾 | 205 |
| 嵋 | 126 | 筒 | 330 | 舒 | 371 | 貓 | 279 | 痙 | 295 | 焰 | 266 |
| 黑 | 513 | 筏 | 330 | 鈣 | 460 | 猶 | 279 | 痢 | 295 | 焠 | 267 |
| 圍 | 85 | 筌 | 330 | 鈍 | 460 | 猩 | 279 | 痛 | 296 | 焙 | 267 |
| （丿） | | 答 | 330 | 鈔 | 460 | 猥 | 279 | 廊 | 137 | 勞 | 48 |
| 斐 | 194 | 筋 | 330 | 鈉 | 460 | 猾 | 279 | 廄 | 137 | 湊 | 250 |
| 悲 | 154 | 筍 | 330 | 鈞 | 460 | 猴 | 279 | 童 | 327 | 湛 | 250 |
| 郵 | 454 | 筆 | 330 | 欽 | 230 | 猶 | 280 | 竣 | 327 | 港 | 250 |
| 甥 | 289 | 傣 | 26 | 鈎 | 460 | 餐 | 491 | 棄 | 219 | 湖 | 250 |
| 無 | 266 | 備 | 26 | 鈕 | 460 | 然 | 267 | 愜 | 155 | 渣 | 251 |
| 掣 | 176 | 傅 | 27 | 創 | 44 | 貿 | 427 | 惰 | 155 | 湘 | 251 |
| 掰 | 177 | 傈 | 27 | 鈍 | 491 | （丶） | | 惻 | 155 | 渤 | 251 |
| 短 | 309 | 牌 | 274 | 鈺 | 491 | 評 | 413 | 慍 | 155 | 渠 | 251 |
| 智 | 201 | 貸 | 427 | 飯 | 491 | 詛 | 413 | 惺 | 155 | 減 | 251 |
| 毯 | 236 | 順 | 486 | 飲 | 491 | 詐 | 413 | 愕 | 155 | 渺 | 251 |

| | | | | | | | | | | |
|---|---|---|---|---|---|---|---|---|---|---|
| 測 | 251 | 裡 | 405 | 陽 | 475 | 搭 | 181 | 攜 | 181 | 椿 | 220 |
| 湯 | 251 | 裕 | 406 | 隅 | 476 | 塔 | 91 | 搗 | 181 | 榔 | 220 |
| 溫 | 251 | 裙 | 406 | 陲 | 476 | 搭 | 181 | 塢 | 91 | 楠 | 220 |
| 渴 | 251 | 祺 | 317 | 隍 | 476 | 填 | 91 | 塊 | 91 | 禁 | 317 |
| 渭 | 251 | 祿 | 318 | 隆 | 476 | 載 | 440 | 搥 | 181 | 楂 | 220 |
| 渦 | 252 | （一） | | 隊 | 476 | 搏 | 181 | 蜇 | 395 | 楚 | 220 |
| 湍 | 252 | 尋 | 118 | 鄉 | 454 | 馱 | 495 | 搬 | 181 | 極 | 220 |
| 湃 | 252 | 畫 | 292 | 絨 | 342 | 馴 | 495 | 勢 | 48 | 楷 | 220 |
| 淵 | 252 | 逮 | 448 | 結 | 341 | 馳 | 495 | 搶 | 181 | 楊 | 221 |
| 渝 | 252 | 犀 | 276 | 給 | 342 | 葉 | 383 | 搖 | 181 | 想 | 155 |
| 渙 | 252 | 犀 | 111 | 絢 | 342 | 葫 | 383 | 搞 | 182 | 楫 | 221 |
| 盜 | 302 | 弼 | 141 | 絡 | 342 | 蔥 | 155 | 塘 | 92 | 楞 | 221 |
| 渡 | 252 | 費 | 427 | 絞 | 342 | 翅 | 432 | 搪 | 182 | 楔 | 220 |
| 游 | 252 | 強 | 141 | 統 | 342 | 葬 | 383 | 搐 | 182 | 榆 | 221 |
| 滋 | 253 | 粥 | 336 | 絕 | 342 | 募 | 48 | 達 | 448 | 嗇 | 77 |
| 湮 | 252 | 疏 | 293 | 絲 | 343 | 萬 | 383 | 搓 | 182 | 櫻 | 221 |
| 渾 | 252 | 靭 | 485 | 幾 | 135 | 葛 | 383 | 塚 | 92 | 楓 | 221 |
| 溉 | 252 | 媒 | 106 | | | 董 | 383 | 搧 | 182 | 椰 | 221 |
| 湧 | 252 | 嫂 | 106 | **十三畫** | | 葩 | 384 | 搔 | 182 | 概 | 221 |
| 寒 | 115 | 絮 | 343 | （一） | | 葡 | 384 | 操 | 182 | 楣 | 221 |
| 富 | 115 | 媛 | 107 | 瑟 | 285 | 葱 | 384 | 聘 | 357 | 椽 | 221 |
| 寓 | 115 | 婷 | 107 | 瑛 | 285 | 蒂 | 384 | 聖 | 357 | 裘 | 405 |
| 割 | 44 | 媚 | 107 | 瑚 | 285 | 落 | 384 | 戡 | 163 | 較 | 440 |
| 窖 | 325 | 婿 | 107 | 瑕 | 285 | 葦 | 384 | 斟 | 194 | 逼 | 448 |
| 窗 | 325 | 賀 | 427 | 瑁 | 285 | 塌 | 91 | 勤 | 48 | 剽 | 45 |
| 窘 | 325 | 登 | 299 | 瑞 | 285 | 搨 | 181 | 靴 | 484 | 賈 | 428 |
| 寐 | 115 | 發 | 299 | 瑜 | 285 | 損 | 181 | 靳 | 484 | 酮 | 456 |
| 扉 | 164 | 斂 | 300 | 瑙 | 286 | 鼓 | 514 | 靶 | 484 | 酪 | 456 |
| 雇 | 478 | 隋 | 475 | 頑 | 487 | 葷 | 384 | 敬 | 192 | 酩 | 456 |
| 補 | 405 | 階 | 475 | 肆 | 359 | 葵 | 384 | 幹 | 134 | 酬 | 456 |

| | | | | | | | | | | |
|---|---|---|---|---|---|---|---|---|---|---|
| 蜃 | 395 | 賄 | 428 | 路 | 434 | （ノ） | | 粵 | 336 | 亂 | 8 |
| 感 | 155 | 賂 | 428 | 跡 | 434 | 矮 | 310 | 奧 | 100 | 頒 | 487 |
| 碘 | 312 | 賅 | 428 | 跤 | 434 | 雉 | 478 | 遁 | 449 | 頌 | 487 |
| 碑 | 312 | 睞 | 306 | 跟 | 435 | 毽 | 236 | 衙 | 403 | 腰 | 364 |
| 碉 | 312 | 睜 | 307 | 圓 | 85 | 犍 | 276 | 微 | 146 | 腸 | 364 |
| 硼 | 312 | 鼎 | 514 | 蜈 | 395 | 稚 | 321 | 艄 | 373 | 腥 | 365 |
| 碎 | 312 | 退 | 450 | 蛾 | 395 | 稗 | 321 | 艇 | 373 | 腮 | 365 |
| 碰 | 313 | 媽 | 77 | 蜒 | 395 | 稠 | 321 | 鉗 | 461 | 腭 | 365 |
| 碗 | 313 | 嗒 | 77 | 蜂 | 395 | 愁 | 156 | 鈷 | 461 | 腫 | 365 |
| 碌 | 313 | 嗜 | 77 | 蛻 | 395 | 筠 | 330 | 鉢 | 461 | 腹 | 365 |
| 匯 | 51 | 嗪 | 77 | 蛹 | 395 | 筷 | 330 | 鉅 | 461 | 腺 | 365 |
| 電 | 480 | 暇 | 202 | 農 | 444 | 節 | 331 | 鉀 | 461 | 腳 | 365 |
| 雷 | 480 | 閘 | 471 | 過 | 449 | 債 | 27 | 鈾 | 461 | 腦 | 365 |
| 零 | 480 | 愚 | 155 | 嗣 | 77 | 賃 | 428 | 鉑 | 461 | 詹 | 415 |
| 雹 | 480 | 遇 | 448 | 嗯 | 77 | 傲 | 27 | 鈴 | 461 | 肆 | 359 |
| 頓 | 487 | 暖 | 201 | 嗅 | 77 | 僅 | 27 | 鉛 | 461 | 猿 | 280 |
| 盞 | 302 | 盟 | 302 | 嗥 | 78 | 傳 | 27 | 鉚 | 461 | 鳩 | 504 |
| （丨） | | 煦 | 267 | 鳴 | 78 | 毀 | 234 | 鮑 | 461 | 猾 | 280 |
| 督 | 306 | 歇 | 230 | 嗆 | 78 | 舅 | 370 | 弒 | 140 | 獅 | 280 |
| 歲 | 232 | 遏 | 448 | 嗡 | 78 | 鼠 | 515 | 愈 | 156 | 解 | 411 |
| 虜 | 392 | 暗 | 201 | 嗤 | 77 | 傾 | 28 | 逾 | 449 | 煞 | 268 |
| 虞 | 392 | 暈 | 202 | 嗓 | 78 | 僂 | 28 | 會 | 205 | 鄒 | 454 |
| 業 | 220 | 暉 | 202 | 署 | 350 | 催 | 28 | 飾 | 491 | （、） | |
| 當 | 292 | 號 | 392 | 置 | 351 | 傷 | 28 | 飽 | 491 | 試 | 414 |
| 睛 | 306 | 照 | 267 | 罩 | 351 | 傻 | 28 | 飼 | 492 | 詩 | 414 |
| 睹 | 306 | 畸 | 292 | 罪 | 351 | 備 | 28 | 爺 | 273 | 誇 | 414 |
| 睦 | 306 | 跨 | 434 | 蜀 | 395 | 躲 | 439 | 禽 | 318 | 詼 | 414 |
| 睞 | 306 | 跳 | 434 | 幌 | 132 | 躲 | 439 | 鈾 | 458 | 誠 | 414 |
| 睫 | 306 | 踩 | 434 | 嵩 | 126 | 裊 | 406 | 愛 | 156 | 詣 | 414 |
| 賊 | 428 | 跪 | 434 | 圓 | 85 | 梟 | 504 | 貉 | 424 | 誅 | 414 |

| | | | | | | | | | | |
|---|---|---|---|---|---|---|---|---|---|---|---|
| 話 | 415 | 慎 | 156 | 滔 | 253 | 裝 | 406 | 摸 | 182 | 誓 | 416 |
| 詮 | 415 | 慄 | 156 | 溪 | 253 | 媽 | 107 | 摳 | 182 | 境 | 93 |
| 詭 | 415 | 愫 | 157 | 溜 | 253 | 媳 | 107 | 駁 | 495 | 摘 | 183 |
| 詢 | 415 | 愧 | 157 | 滾 | 254 | 媿 | 107 | 蒜 | 384 | 墹 | 93 |
| 該 | 415 | 愴 | 157 | 滂 | 254 | 嫉 | 107 | 蓋 | 384 | 摔 | 183 |
| 詳 | 415 | 義 | 353 | 溢 | 254 | 嫌 | 107 | 趙 | 432 | 墊 | 92 |
| 詫 | 415 | 羨 | 353 | 溯 | 254 | 嫁 | 107 | 趕 | 432 | 撇 | 183 |
| 裏 | 405 | 羡 | 424 | 溶 | 254 | 預 | 487 | 墓 | 92 | 壽 | 96 |
| 稟 | 317 | 粳 | 336 | 滓 | 254 | 彙 | 142 | 幕 | 133 | 摺 | 183 |
| 禀 | 322 | 煎 | 268 | 溟 | 254 | 隔 | 476 | 蓓 | 385 | 摻 | 183 |
| 廈 | 137 | 道 | 449 | 溺 | 254 | 隙 | 476 | 蒐 | 385 | 聚 | 358 |
| 麻 | 296 | 遂 | 449 | 粱 | 337 | 隕 | 476 | 蒼 | 385 | 鄞 | 454 |
| 痹 | 296 | 塑 | 92 | 滁 | 254 | 隘 | 476 | 蔑 | 385 | 夢 | 97 |
| 痱 | 296 | 煤 | 267 | 塞 | 92 | 經 | 343 | 蒿 | 385 | 斡 | 222 |
| 痼 | 296 | 煙 | 267 | 窠 | 325 | 絹 | 343 | 蒔 | 385 | 幹 | 194 |
| 瘃 | 296 | 煉 | 267 | 窟 | 325 | 綁 | 343 | 蓄 | 385 | 熙 | 268 |
| 瘅 | 296 | 煩 | 267 | 運 | 449 | 綉 | 343 | 蒲 | 385 | 兢 | 32 |
| 瘁 | 296 | 煜 | 267 | 遍 | 449 | 綏 | 343 | 菙 | 385 | 榛 | 221 |
| 瘃 | 296 | 煌 | 268 | 裙 | 406 | 剿 | 45 | 蓉 | 385 | 構 | 221 |
| 痰 | 296 | 煥 | 268 | 褚 | 406 | | | 蒙 | 385 | 槙 | 221 |
| 廉 | 137 | 溝 | 253 | 裸 | 406 | **十四畫** | | 摟 | 182 | 榻 | 222 |
| 資 | 428 | 滇 | 253 | 禪 | 406 | （一） | | 摺 | 183 | 樺 | 222 |
| 裔 | 405 | 滅 | 253 | 福 | 318 | 瑪 | 286 | 遠 | 450 | 榭 | 222 |
| 靖 | 482 | 源 | 253 | 禍 | 318 | 瑣 | 286 | 嘉 | 78 | 槐 | 222 |
| 新 | 195 | 溼 | 253 | （一） | | 碧 | 313 | 臺 | 369 | 榿 | 222 |
| 韵 | 486 | 滎 | 405 | 羣 | 353 | 瑰 | 286 | 摧 | 183 | 槍 | 222 |
| 意 | 156 | 滑 | 253 | 與 | 370 | 瑤 | 286 | 蒸 | 386 | 榴 | 222 |
| 遊 | 449 | 準 | 253 | 殿 | 234 | 舔 | 371 | 慈 | 157 | 槅 | 222 |
| 雍 | 478 | 塗 | 92 | 辟 | 442 | 魂 | 501 | 赫 | 431 | 榜 | 222 |
| 慌 | 157 | 滄 | 253 | 違 | 450 | 髦 | 499 | 截 | 163 | 榕 | 223 |

| | | | | | | | | | | |
|---|---|---|---|---|---|---|---|---|---|---|
| 榨 | 223 | （丨） | | 嘁 | 78 | （丿） | | 鉻 | 461 | 語 | 415 |
| 權 | 223 | 翡 | 354 | 嘎 | 79 | 裴 | 406 | 銅 | 462 | 誤 | 416 |
| 轗 | 440 | 雌 | 478 | 踉 | 435 | 舞 | 372 | 銖 | 462 | 誘 | 416 |
| 輔 | 440 | 對 | 118 | 踢 | 435 | 製 | 406 | 銑 | 462 | 誨 | 416 |
| 輕 | 440 | 嘗 | 79 | 遣 | 450 | 犒 | 277 | 銓 | 462 | 說 | 416 |
| 塹 | 92 | 裳 | 406 | 靖 | 396 | 稭 | 322 | 鉻 | 462 | 認 | 416 |
| 輓 | 440 | 瞄 | 307 | 蜥 | 396 | 種 | 322 | 銘 | 462 | 誦 | 416 |
| 匱 | 51 | 嘖 | 78 | 蜴 | 396 | 稱 | 322 | 銥 | 462 | 裹 | 406 |
| 歌 | 230 | 墅 | 92 | 蜘 | 396 | 熏 | 268 | 銀 | 462 | 敲 | 192 |
| 監 | 302 | 夥 | 97 | 蜓 | 395 | 箍 | 331 | 餅 | 492 | 豪 | 424 |
| 緊 | 343 | 睡 | 307 | 蜷 | 396 | 箕 | 331 | 蝕 | 396 | 膏 | 365 |
| 酵 | 456 | 瞅 | 307 | 蜿 | 396 | 箋 | 331 | 餉 | 492 | 墊 | 92 |
| 甄 | 288 | 賑 | 428 | 蜢 | 397 | 算 | 331 | 餃 | 492 | 麼 | 511 |
| 酷 | 456 | 賒 | 428 | 骯 | 498 | 筵 | 331 | 餅 | 492 | 腐 | 364 |
| 酶 | 456 | 睽 | 307 | 圖 | 85 | 箏 | 331 | 領 | 487 | 瘧 | 296 |
| 酸 | 456 | 嗬 | 79 | 嘍 | 79 | 箔 | 331 | 狸 | 425 | 瘦 | 297 |
| 磋 | 313 | 嘟 | 78 | 喇 | 79 | 管 | 332 | 貌 | 425 | 瘍 | 296 |
| 碟 | 313 | 嗷 | 78 | 鳴 | 504 | 僥 | 28 | 膊 | 365 | 瘟 | 296 |
| 磕 | 313 | 嘆 | 78 | 鄙 | 454 | 儌 | 28 | 膈 | 365 | 廓 | 137 |
| 厭 | 56 | 暢 | 202 | 嘛 | 79 | 僚 | 28 | 膀 | 366 | 瘤 | 297 |
| 鹼 | 313 | 閨 | 471 | 嘀 | 79 | 僕 | 28 | 腿 | 366 | 瘋 | 297 |
| 碩 | 313 | 聞 | 357 | 斳 | 126 | 僑 | 28 | 颱 | 490 | 瘓 | 297 |
| 碳 | 313 | 閩 | 471 | 嶇 | 126 | 像 | 29 | 鳳 | 504 | 塵 | 92 |
| 盍 | 100 | 閥 | 471 | 獃 | 280 | 僧 | 29 | 獄 | 280 | 廖 | 137 |
| 爾 | 273 | 閣 | 471 | 罰 | 351 | 僱 | 29 | 孵 | 111 | 辣 | 443 |
| 奪 | 100 | 閤 | 471 | 慢 | 133 | 鼻 | 515 | 遙 | 450 | 彰 | 143 |
| 臧 | 368 | 閡 | 472 | 惝 | 133 | 魁 | 501 | （丶） | | 竭 | 327 |
| 需 | 480 | 嘈 | 78 | 嶂 | 126 | 辠 | 307 | 誡 | 415 | 韶 | 486 |
| 疑 | 293 | 嗽 | 78 | 圖 | 85 | 遞 | 450 | 誌 | 415 | 端 | 327 |
| 鳶 | 504 | 嘔 | 78 | | | 銜 | 462 | 誣 | 415 | 颯 | 490 |

| | | | | | | | | | | | |
|---|---|---|---|---|---|---|---|---|---|---|---|
| 齊 | 515 | 漱 | 255 | 蜜 | 396 | 際 | 476 | 撒 | 183 | 蔣 | 387 |
| 旗 | 197 | 漚 | 255 | 寤 | 116 | 障 | 476 | 駛 | 495 | 賣 | 429 |
| 慚 | 157 | 漂 | 255 | 寢 | 116 | 緒 | 343 | 駧 | 495 | 蔭 | 387 |
| 慳 | 157 | 滷 | 255 | 寥 | 116 | 綾 | 343 | 駙 | 495 | 撫 | 184 |
| 慢 | 157 | 漫 | 256 | 實 | 116 | 綺 | 344 | 駒 | 495 | 撬 | 184 |
| 慷 | 158 | 滌 | 256 | 肇 | 359 | 綫 | 344 | 駐 | 495 | 熱 | 269 |
| 慘 | 158 | 漁 | 256 | 褐 | 407 | 綽 | 344 | 駝 | 495 | 播 | 184 |
| 慣 | 158 | 漪 | 256 | 複 | 407 | 綱 | 344 | 摵 | 184 | 翬 | 484 |
| 精 | 337 | 滸 | 256 | 褓 | 407 | 綢 | 344 | 撩 | 184 | 墩 | 93 |
| 粼 | 337 | 漓 | 256 | （一） | | 維 | 344 | 蔫 | 386 | 撞 | 185 |
| 粹 | 337 | 瀨 | 256 | 畫 | 359 | 綿 | 344 | 蓮 | 386 | 熱 | 269 |
| 粽 | 337 | 滾 | 256 | 劃 | 45 | 綸 | 344 | 趣 | 433 | 遨 | 450 |
| 歉 | 230 | 漳 | 256 | 畫 | 302 | 綵 | 344 | 趟 | 433 | 撤 | 185 |
| 弊 | 139 | 滴 | 256 | 暨 | 202 | 綢 | 344 | 壚 | 93 | 摯 | 182 |
| 幣 | 133 | 漩 | 256 | 屢 | 122 | 緋 | 344 | 撲 | 184 | 增 | 93 |
| 弊 | 142 | 漾 | 256 | 獎 | 100 | 綜 | 344 | 慕 | 157 | 撈 | 185 |
| 熄 | 268 | 演 | 257 | 遜 | 450 | 綻 | 345 | 暮 | 202 | 穀 | 322 |
| 榮 | 223 | 滬 | 257 | 媽 | 107 | 綴 | 345 | 摹 | 182 | 撰 | 185 |
| 熒 | 268 | 漏 | 257 | 嫩 | 108 | 綠 | 345 | 蔓 | 386 | 撥 | 185 |
| 熔 | 268 | 漲 | 257 | 嫗 | 107 | | | 蔔 | 386 | 歎 | 231 |
| 煽 | 268 | 漗 | 156 | 嫖 | 108 | **十五畫** | | 蓬 | 386 | 鞋 | 484 |
| 漬 | 254 | 滲 | 257 | 嫦 | 108 | （一） | | 蔡 | 386 | 鞍 | 484 |
| 漢 | 255 | 寨 | 115 | 嫘 | 107 | 慧 | 157 | 蔗 | 386 | 蔑 | 386 |
| 漢 | 254 | 寞 | 115 | 嫡 | 108 | 璃 | 286 | 蔽 | 387 | 椿 | 223 |
| 滿 | 254 | 賓 | 429 | 頗 | 487 | 璋 | 286 | 撐 | 184 | 模 | 224 |
| 滯 | 255 | 寡 | 115 | 翟 | 354 | 髮 | 277 | 蓿 | 387 | 槽 | 223 |
| 漆 | 255 | 窩 | 325 | 翠 | 354 | 髮 | 499 | 撮 | 184 | 樞 | 223 |
| 漸 | 255 | 窪 | 325 | 熊 | 268 | 撓 | 183 | 頡 | 488 | 標 | 223 |
| 漣 | 255 | 察 | 116 | 態 | 157 | 墳 | 93 | 撣 | 184 | 樺 | 224 |
| 漕 | 255 | 寧 | 116 | 凳 | 38 | 撕 | 183 | 蔚 | 387 | 樓 | 224 |

| | | | | | | | | | | | |
|---|---|---|---|---|---|---|---|---|---|---|---|
| 麩 | 511 | 磅 | 314 | 瞑 | 307 | 蝙 | 398 | 篆 | 332 | 銹 | 463 |
| 麪 | 511 | 磋 | 314 | 嘩 | 80 | 嘘 | 80 | 僵 | 29 | 銼 | 463 |
| 槲 | 224 | 確 | 314 | 噴 | 79 | 噗 | 80 | 價 | 29 | 鋒 | 463 |
| 樟 | 224 | 碾 | 314 | 嘻 | 79 | 骷 | 498 | 儂 | 29 | 鋅 | 463 |
| 樣 | 224 | 豬 | 424 | 嘮 | 79 | 器 | 80 | 儉 | 29 | 銳 | 463 |
| 樑 | 224 | 震 | 480 | 噁 | 79 | 蟲 | 398 | 儈 | 29 | 銻 | 463 |
| 輜 | 440 | 霄 | 480 | 嘶 | 79 | 鄲 | 454 | 億 | 29 | 頜 | 488 |
| 輥 | 441 | 霆 | 480 | 嘲 | 80 | 嘿 | 80 | 儀 | 29 | 劍 | 45 |
| 暫 | 202 | 霉 | 481 | 閱 | 472 | 嘩 | 80 | 躺 | 439 | 劊 | 45 |
| 輪 | 441 | 鴉 | 505 | 數 | 193 | 嘮 | 80 | 瞠 | 300 | 餓 | 492 |
| 蝦 | 441 | （丨） | | 嘹 | 80 | 嘰 | 80 | 魄 | 501 | 餘 | 492 |
| 輻 | 441 | 輦 | 440 | 影 | 143 | 罵 | 351 | 樂 | 224 | 餒 | 492 |
| 敷 | 192 | 鬧 | 500 | 踐 | 435 | 罷 | 351 | 魅 | 501 | 鄴 | 454 |
| 遭 | 450 | 齒 | 516 | 踝 | 435 | 幢 | 133 | 僻 | 29 | 樊 | 224 |
| 歐 | 231 | 劇 | 45 | 踢 | 435 | 幟 | 133 | 質 | 429 | 慫 | 158 |
| 毆 | 234 | 膚 | 366 | 踏 | 435 | 嶙 | 126 | 衝 | 403 | 膜 | 366 |
| 豎 | 423 | 慮 | 157 | 踟 | 435 | 墨 | 93 | 德 | 147 | 膝 | 366 |
| 賢 | 429 | 輝 | 441 | 踩 | 435 | （丿） | | 徵 | 147 | 膘 | 366 |
| 豌 | 423 | 賞 | 429 | 踮 | 435 | 靠 | 483 | 慫 | 158 | 膛 | 366 |
| 遷 | 450 | 暱 | 202 | 踪 | 436 | 稽 | 322 | 徹 | 147 | 膠 | 366 |
| 醋 | 456 | 瞌 | 307 | 踞 | 436 | 稷 | 323 | 衛 | 403 | 颮 | 490 |
| 醃 | 456 | 暴 | 202 | 蝶 | 397 | 稻 | 323 | 艘 | 373 | 魷 | 501 |
| 醇 | 456 | 賦 | 429 | 蝴 | 397 | 黎 | 512 | 磐 | 314 | 魯 | 502 |
| 醉 | 457 | 賬 | 429 | 蝠 | 397 | 稿 | 323 | 盤 | 302 | 獗 | 280 |
| 屬 | 56 | 賭 | 429 | 蝦 | 398 | 稼 | 323 | 鋪 | 372 | 劉 | 45 |
| 碼 | 313 | 賤 | 429 | 蝟 | 397 | 箱 | 332 | 鋪 | 462 | 皺 | 301 |
| 磁 | 313 | 賜 | 429 | 蝸 | 397 | 範 | 332 | 銷 | 462 | （丶） | |
| 磕 | 313 | 賠 | 430 | 蚶 | 397 | 箴 | 332 | 鋇 | 463 | 請 | 416 |
| 磊 | 314 | 瞅 | 307 | 蝗 | 397 | 箭 | 332 | 鋤 | 463 | 諸 | 416 |
| 憂 | 157 | 瞎 | 307 | 蝌 | 398 | 篇 | 332 | 鋁 | 463 | 課 | 417 |

| | | | | | | | | | | | |
|---|---|---|---|---|---|---|---|---|---|---|---|
| 誹 | 417 | 敵 | 193 | 激 | 258 | 嬌 | 108 | 撼 | 185 | 鴝 | 505 |
| 誕 | 416 | 適 | 450 | 澇 | 258 | 駕 | 496 | 擂 | 185 | 樺 | 226 |
| 諛 | 417 | 顏 | 488 | 潺 | 258 | 駑 | 496 | 蕙 | 387 | 橄 | 224 |
| 誰 | 417 | 憤 | 158 | 澄 | 258 | 戮 | 163 | 蕈 | 387 | 樹 | 226 |
| 諍 | 417 | 憫 | 158 | 潑 | 259 | 鄧 | 454 | 據 | 185 | 橫 | 226 |
| 調 | 417 | 憬 | 159 | 寬 | 116 | 墮 | 93 | 擄 | 186 | 樸 | 226 |
| 論 | 417 | 憚 | 159 | 寮 | 116 | 墜 | 93 | 憨 | 158 | 橇 | 226 |
| 諂 | 417 | 憔 | 159 | 寫 | 116 | 練 | 345 | 蕪 | 387 | 橋 | 226 |
| 諒 | 417 | 憧 | 159 | 審 | 116 | 緘 | 345 | 蕎 | 387 | 橡 | 226 |
| 諄 | 418 | 憐 | 159 | 窮 | 325 | 緬 | 345 | 蕉 | 387 | 樽 | 226 |
| 談 | 418 | 憎 | 159 | 窯 | 326 | 緻 | 346 | 蕃 | 387 | 橙 | 226 |
| 誼 | 418 | 養 | 492 | 翩 | 354 | 緝 | 345 | 擋 | 186 | 橘 | 226 |
| 熟 | 269 | 糊 | 337 | 裕 | 407 | 緞 | 345 | 蕩 | 388 | 橢 | 227 |
| 廚 | 137 | 糉 | 337 | 褥 | 407 | 線 | 345 | 蕊 | 388 | 機 | 227 |
| 廝 | 137 | 鄰 | 454 | 褲 | 407 | 緩 | 345 | 撾 | 186 | 輻 | 441 |
| 廣 | 138 | 鄭 | 454 | 褪 | 407 | 締 | 346 | 操 | 186 | 輯 | 441 |
| 遮 | 450 | 憋 | 158 | （一） | | 編 | 346 | 燾 | 269 | 輸 | 441 |
| 廟 | 138 | 瑩 | 286 | 熨 | 269 | 緯 | 346 | 蔬 | 388 | 整 | 193 |
| 摩 | 183 | 潔 | 257 | 慰 | 158 | 緣 | 346 | 擇 | 186 | 賴 | 430 |
| 麾 | 512 | 澆 | 257 | 劈 | 45 | | | 攜 | 186 | 靈 | 80 |
| 褒 | 407 | 澎 | 257 | 履 | 122 | **十六畫** | | 撿 | 186 | 甌 | 288 |
| 廠 | 138 | 潮 | 257 | 層 | 123 | （一） | | 擒 | 186 | 融 | 398 |
| 瘩 | 297 | 潸 | 257 | 彈 | 142 | 靜 | 482 | 擔 | 186 | 頭 | 488 |
| 瘡 | 297 | 潭 | 258 | 槳 | 224 | 靛 | 482 | 壇 | 93 | 瓢 | 287 |
| 瘠 | 297 | 潦 | 258 | 獎 | 280 | 璣 | 286 | 擅 | 186 | 醖 | 457 |
| 瘤 | 297 | 潛 | 258 | 漿 | 257 | 憩 | 159 | 擁 | 186 | 醒 | 457 |
| 慶 | 158 | 潤 | 258 | 嬉 | 108 | 謦 | 499 | 鞘 | 484 | 磚 | 315 |
| 廢 | 138 | 澗 | 258 | 嫻 | 108 | 捷 | 185 | 燕 | 269 | 磋 | 315 |
| 凜 | 38 | 潰 | 258 | 嬋 | 108 | 駱 | 496 | 翰 | 354 | 歷 | 232 |
| 毅 | 234 | 潘 | 258 | 嫵 | 108 | 駁 | 496 | 頤 | 488 | 曆 | 203 |

| | | | | | | | | | | | |
|---|---|---|---|---|---|---|---|---|---|---|---|
| 奮 | 100 | 踹 | 436 | (丿) | | 錦 | 464 | 諫 | 418 | 導 | 119 |
| 頻 | 488 | 踵 | 436 | 榜 | 356 | 鍬 | 464 | 諧 | 418 | 瞥 | 307 |
| 遼 | 451 | 踱 | 436 | 積 | 323 | 錚 | 464 | 謁 | 418 | 燒 | 269 |
| 霖 | 481 | 蹄 | 436 | 穆 | 323 | 錠 | 464 | 謂 | 418 | 燎 | 270 |
| 霏 | 481 | 踴 | 436 | 穨 | 488 | 鋸 | 464 | 諷 | 418 | 燜 | 270 |
| 霓 | 481 | 踩 | 436 | 勳 | 48 | 錳 | 465 | 諮 | 419 | 燃 | 270 |
| 霍 | 481 | 遺 | 451 | 篝 | 332 | 錄 | 465 | 諼 | 418 | 燉 | 270 |
| 霎 | 481 | 螞 | 398 | 篤 | 332 | 錙 | 465 | 諦 | 419 | 熾 | 270 |
| 穎 | 323 | 螗 | 398 | 築 | 333 | 覦 | 410 | 諢 | 419 | 螢 | 399 |
| 臻 | 370 | 螃 | 398 | 篡 | 333 | 錢 | 493 | 憑 | 159 | 縈 | 346 |
| 頤 | 488 | 螟 | 399 | 篩 | 333 | 錕 | 493 | 凝 | 38 | 燈 | 270 |
| (丨) | | 噹 | 81 | 簑 | 333 | 錯 | 493 | 磨 | 314 | 燙 | 270 |
| 冀 | 35 | 骆 | 498 | 篙 | 333 | 餡 | 493 | 瘴 | 297 | 澠 | 259 |
| 閼 | 500 | 骸 | 498 | 憶 | 159 | 館 | 493 | 瘸 | 297 | 潞 | 259 |
| 頰 | 488 | 器 | 81 | 儒 | 29 | 學 | 111 | 親 | 410 | 澧 | 259 |
| 餐 | 492 | 噥 | 81 | 儐 | 30 | 貓 | 425 | 辨 | 443 | 濃 | 259 |
| 盧 | 303 | 戰 | 163 | 翰 | 354 | 墾 | 93 | 辦 | 443 | 澡 | 259 |
| 鄴 | 454 | 噪 | 81 | 駝 | 505 | 膩 | 366 | 龍 | 516 | 澤 | 259 |
| 瞞 | 307 | 興 | 371 | 儘 | 30 | 膨 | 366 | 劑 | 45 | 濁 | 259 |
| 瞟 | 307 | 噎 | 81 | 禦 | 318 | 雕 | 478 | 甕 | 94 | 激 | 259 |
| 曉 | 203 | 噢 | 81 | 衡 | 403 | 膳 | 366 | 懂 | 159 | 澳 | 259 |
| 瞠 | 307 | 鴦 | 505 | 衛 | 403 | 鮎 | 502 | 憾 | 159 | 澹 | 259 |
| 曇 | 203 | 噙 | 81 | 艙 | 373 | 穌 | 323 | 懊 | 160 | 濂 | 259 |
| 縣 | 346 | 噯 | 81 | 輳 | 463 | 鮑 | 502 | 懈 | 160 | 澱 | 260 |
| 鴨 | 505 | 雁 | 351 | 鋸 | 464 | 獨 | 281 | 憶 | 160 | 憲 | 159 |
| 噤 | 80 | 嶼 | 127 | 錯 | 464 | 鴛 | 505 | 義 | 353 | 窺 | 326 |
| 閹 | 472 | 盥 | 303 | 錢 | 464 | (丶) | | 遴 | 451 | 冪 | 36 |
| 閶 | 472 | 默 | 513 | 錫 | 464 | 諾 | 418 | 糖 | 337 | 褸 | 407 |
| 頓 | 80 | 黔 | 513 | 鋼 | 464 | 謀 | 418 | 糕 | 337 | 褅 | 407 |
| 嘴 | 80 | | | 錐 | 464 | 諜 | 418 | 遵 | 451 | 褡 | 407 |

| | | | | | | | | | | | |
|---|---|---|---|---|---|---|---|---|---|---|---|
| 禧 | 318 | 薇 | 388 | 檁 | 228 | 賺 | 430 | 覬 | 410 | 鍘 | 465 |
| 禪 | 318 | 薊 | 388 | 轅 | 441 | 瞬 | 308 | 還 | 451 | 鍋 | 465 |
| （一） | | 薦 | 388 | 輿 | 441 | 瞳 | 308 | 嶺 | 127 | 錘 | 465 |
| 舉 | 370 | 薪 | 388 | 轄 | 441 | 瞪 | 308 | 嶽 | 127 | 鍥 | 465 |
| 遲 | 451 | 薄 | 389 | 輾 | 441 | 嚇 | 81 | 嶸 | 127 | 鍬 | 466 |
| 壁 | 94 | 擱 | 187 | 擊 | 185 | 嚏 | 81 | 點 | 513 | 鍾 | 466 |
| 選 | 451 | 戴 | 163 | 臨 | 368 | 闌 | 472 | 黜 | 513 | 鍛 | 466 |
| 嬭 | 108 | 壕 | 94 | 醛 | 457 | 闊 | 472 | 黝 | 513 | 鍍 | 466 |
| 豫 | 424 | 擠 | 187 | 醜 | 457 | 闈 | 472 | （丿） | | 鎂 | 466 |
| 隨 | 477 | 聲 | 358 | 醚 | 457 | 曙 | 203 | 矯 | 310 | 鍵 | 466 |
| 險 | 477 | 蟄 | 399 | 勵 | 48 | 曖 | 203 | | 236 | 龠 | 517 |
| 隧 | 477 | 擯 | 187 | 磺 | 315 | 蹋 | 436 | 穗 | 323 | 斂 | 193 |
| 縛 | 346 | 擦 | 187 | 壓 | 94 | 蹌 | 436 | 黏 | 512 | 鴿 | 506 |
| 縊 | 346 | 撐 | 187 | 礁 | 315 | 蹈 | 436 | 簌 | 333 | 餿 | 493 |
| | | 聲 | 358 | 磷 | 315 | 蹊 | 436 | 簍 | 333 | 餵 | 493 |
| **十七畫** | | 螯 | 350 | 磯 | 315 | 蹉 | 436 | 篾 | 333 | 爵 | 272 |
| （一） | | 聰 | 358 | 尷 | 120 | 蟒 | 399 | 篷 | 333 | 懇 | 160 |
| 環 | 286 | 聯 | 358 | 瘞 | 233 | 蟆 | 399 | 簇 | 333 | 豁 | 422 |
| 幫 | 133 | 艱 | 374 | 霜 | 481 | 螳 | 399 | 繁 | 347 | 膿 | 366 |
| 擡 | 187 | 鞠 | 484 | 霞 | 481 | 螺 | 399 | 優 | 30 | 臊 | 367 |
| 聘 | 496 | 擎 | 185 | （丨） | | 蟈 | 399 | 黛 | 513 | 臉 | 367 |
| 駿 | 496 | 韓 | 485 | 壑 | 94 | 蟋 | 400 | 償 | 30 | 膾 | 367 |
| 擬 | 187 | 隸 | 477 | 戲 | 163 | 蟑 | 400 | 偏 | 30 | 膽 | 367 |
| 薔 | 388 | 檔 | 227 | 虧 | 392 | 蟀 | 400 | 儲 | 30 | 膻 | 367 |
| 薑 | 388 | 櫛 | 228 | 瞰 | 307 | 嚐 | 82 | 舺 | 515 | 臆 | 367 |
| 趨 | 433 | 橄 | 228 | 瞭 | 307 | 雖 | 479 | 邀 | 452 | 朦 | 367 |
| 蕾 | 388 | 檢 | 228 | 顆 | 488 | 嚎 | 82 | 徽 | 147 | 膳 | 419 |
| 邁 | 451 | 麯 | 511 | 瞧 | 308 | 嚓 | 82 | 聳 | 358 | 颶 | 490 |
| 薯 | 388 | 檐 | 228 | 購 | 430 | 嚀 | 82 | 錨 | 465 | 鮭 | 502 |
| 薛 | 388 | 檀 | 228 | 嬰 | 108 | 嘯 | 81 | 鍊 | 465 | 鮮 | 502 |

| | | | | | | | | | | | |
|---|---|---|---|---|---|---|---|---|---|---|---|
| 獲 | 281 | 煅 | 271 | 翼 | 354 | 擺 | 188 | 闔 | 472 | 鎖 | 466 |
| 獷 | 281 | 燴 | 271 | 隱 | 477 | 薩 | 389 | 闈 | 472 | 鎧 | 466 |
| 邂 | 452 | 營 | 271 | 績 | 346 | 擴 | 188 | 蹟 | 436 | 鎳 | 466 |
| （、） | | 濛 | 260 | 縷 | 346 | 贅 | 430 | 蹣 | 436 | 鎢 | 466 |
| 講 | 419 | 鴻 | 506 | 繃 | 347 | 擲 | 188 | 蹦 | 437 | 鎬 | 467 |
| 謊 | 419 | 濤 | 260 | 縰 | 347 | 聶 | 358 | 蹤 | 437 | 鎊 | 467 |
| 謝 | 419 | 濫 | 260 | 總 | 347 | 職 | 358 | 壘 | 94 | 鎔 | 467 |
| 謠 | 419 | 濡 | 260 | 縱 | 347 | 鞦 | 484 | 蠱 | 400 | 饉 | 493 |
| 謅 | 419 | 濬 | 260 | 縫 | 347 | 鞭 | 484 | 蟬 | 400 | 餾 | 493 |
| 謗 | 419 | 盪 | 303 | 繂 | 347 | 舊 | 371 | 顎 | 489 | 翻 | 355 |
| 謎 | 419 | 濕 | 260 | 縮 | 347 | 檫 | 228 | 鵑 | 506 | 雞 | 479 |
| 謙 | 419 | 濠 | 260 | 繆 | 347 | 檯 | 228 | 嚕 | 82 | 朦 | 206 |
| 褻 | 407 | 濟 | 260 | | | 櫃 | 228 | （ ） ） | | 臍 | 367 |
| 甄 | 236 | 濱 | 260 | **十八畫** | | 檻 | 228 | 鵠 | 506 | 臏 | 367 |
| 糜 | 338 | 濘 | 260 | （一） | | 檳 | 228 | 罈 | 350 | 廬 | 490 |
| 膺 | 367 | 澀 | 260 | 釐 | 459 | 檸 | 228 | 鵝 | 506 | 颶 | 490 |
| 應 | 160 | 濰 | 261 | 擤 | 187 | 鵠 | 506 | 穡 | 323 | 龜 | 517 |
| 療 | 297 | 賽 | 430 | 鬆 | 499 | 轉 | 442 | 穢 | 324 | 鯉 | 502 |
| 癌 | 297 | 窨 | 422 | 鬃 | 499 | 覆 | 409 | 馥 | 494 | 鯽 | 502 |
| 癆 | 297 | 窿 | 326 | 翹 | 354 | 醫 | 457 | 魏 | 501 | 獷 | 281 |
| 齋 | 515 | 禮 | 318 | 騎 | 496 | 魘 | 437 | 簧 | 333 | 獵 | 281 |
| 懦 | 160 | （一） | | 擾 | 188 | 礎 | 315 | 簪 | 334 | 雛 | 479 |
| 糟 | 338 | 臀 | 367 | 藍 | 389 | 週 | 452 | 簡 | 334 | （、） | |
| 糞 | 338 | 臂 | 367 | 藏 | 389 | 殯 | 233 | 簣 | 334 | 謹 | 420 |
| 糙 | 338 | 擘 | 187 | 藉 | 389 | （ \| ） | | 簞 | 334 | 謾 | 420 |
| 糠 | 338 | 避 | 452 | 薮 | 389 | 豐 | 423 | 雙 | 479 | 謬 | 420 |
| 斃 | 193 | 彌 | 142 | 薺 | 389 | 叢 | 58 | 軀 | 439 | 廓 | 455 |
| 燦 | 270 | 孺 | 111 | 蕭 | 389 | 題 | 488 | 翱 | 355 | 顏 | 489 |
| 燥 | 270 | 牆 | 273 | 撒 | 188 | 瞿 | 308 | 歸 | 232 | 癒 | 298 |
| 燭 | 271 | 嬪 | 108 | 擊 | 514 | 瞻 | 308 | 鎮 | 466 | 癖 | 298 |

| | | | | | | | | | | | |
|---|---|---|---|---|---|---|---|---|---|---|---|
| 攪 | 188 | 薰 | 514 | 懺 | 161 | 擷 | 189 | 巇 | 402 | 鶴 | 507 |
| 壞 | 94 | 籌 | 335 | 糯 | 338 | 鷙 | 497 | 鐵 | 468 | **(一)** | |
| 攘 | 188 | 籃 | 335 | 糰 | 338 | 櫻 | 229 | 鐳 | 468 | 屬 | 123 |
| 馨 | 494 | 篆 | 348 | 鷟 | 507 | 欄 | 229 | 鐺 | 468 | 響 | 486 |
| 勸 | 48 | 籍 | 334 | 爐 | 271 | 轟 | 442 | 鐸 | 468 | 續 | 349 |
| 警 | 420 | 簫 | 334 | 瀾 | 261 | 覽 | 410 | 鐲 | 468 | 纏 | 349 |
| 麵 | 511 | 艦 | 373 | 瀰 | 262 | 醺 | 457 | 鐮 | 468 | | |
| 飄 | 490 | 鐐 | 467 | 寶 | 117 | 殲 | 233 | 雞 | 507 | **二十二畫** | |
| 礪 | 315 | 鐘 | 467 | 竇 | 326 | 霸 | 481 | 鰭 | 503 | **(一)** | |
| 礫 | 315 | 饒 | 493 | 襪 | 408 | 露 | 481 | 鰣 | 503 | 鬚 | 499 |
| 礦 | 316 | 饋 | 493 | **(一)** | | 霹 | 482 | 鰓 | 503 | 攤 | 189 |
| **( | )** | | 饑 | 493 | 譽 | 421 | **( | )** | | 獾 | 281 | 驕 | 497 |
| 齡 | 516 | 釋 | 458 | 警 | 421 | 齜 | 516 | 鶻 | 507 | 攢 | 189 |
| 齣 | 516 | 礬 | 315 | 媚 | 109 | 齦 | 516 | **(、)** | | 懿 | 161 |
| 鹹 | 509 | 覺 | 410 | 繽 | 349 | 贓 | 431 | 護 | 421 | 聽 | 358 |
| 獻 | 281 | 艫 | 368 | 繡 | 348 | 矓 | 308 | 譴 | 421 | 韁 | 485 |
| 耀 | 355 | 朧 | 206 | 繼 | 349 | 闥 | 472 | 魔 | 501 | 歡 | 231 |
| 黨 | 513 | 騰 | 496 | | | 躊 | 438 | 癲 | 298 | 權 | 229 |
| 贍 | 430 | 鰓 | 503 | **二十一畫** | | 躍 | 438 | 斕 | 194 | 巒 | 442 |
| 懸 | 160 | 鰐 | 503 | **(一)** | | 纍 | 349 | 廳 | 510 | 囊 | 83 |
| 闡 | 472 | 鰍 | 503 | 蠢 | 401 | 蠣 | 401 | 辯 | 443 | 鷗 | 507 |
| 曦 | 203 | 觸 | 411 | 攝 | 188 | 蠟 | 401 | 懾 | 161 | 鑒 | 468 |
| 躁 | 437 | **(、)** | | 驅 | 497 | 髏 | 498 | 懼 | 161 | 霾 | 482 |
| 蠕 | 401 | 譯 | 421 | 驃 | 497 | 罍 | 83 | 爛 | 271 | 霽 | 482 |
| 蠔 | 401 | 議 | 421 | 驂 | 497 | 巍 | 127 | 鶯 | 507 | **( | )** |
| 嚴 | 82 | 癥 | 298 | 驀 | 497 | 歸 | 127 | 瀟 | 262 | 齟 | 516 |
| 嚼 | 82 | 癢 | 298 | 蘭 | 391 | 黯 | 514 | 灌 | 262 | 贖 | 431 |
| 嚷 | 83 | 辮 | 348 | 蘗 | 391 | **( | )** | | 竈 | 326 | 蹦 | 438 |
| **( | )** | | 競 | 327 | 蘖 | 391 | 囍 | 516 | 顧 | 489 | 疊 | 293 |
| 犧 | 277 | 贏 | 430 | 蘇 | 391 | 儷 | 30 | 襯 | 408 | 囉 | 83 |

# 漢語拼音檢索表

| **a** | | **ǎi** | | **àn** | | 鼇 | 514 | 跋 | 433 | **bài** | |
|---|---|---|---|---|---|---|---|---|---|---|---|
| **ā** | | 哎 | 68 | 岸 | 124 | **ǎo** | | **bǎ** | | 拜 | 168 |
| 啊 | 73 | 噯 | 81 | 按 | 173 | 襖 | 408 | 把 | 168 | 敗 | 191 |
| 腌 | 364 | 矮 | 310 | 暗 | 201 | **ào** | | 靶 | 484 | 稗 | 321 |
| 阿 | 473 | 藹 | 390 | 案 | 215 | 傲 | 27 | **bà** | | **bān** | |
| **á** | | 靄 | 482 | 桉 | 215 | 坳 | 88 | 壩 | 94 | 扳 | 167 |
| 啊 | 73 | **ài** | | 胺 | 363 | 奧 | 100 | 把 | 168 | 搬 | 181 |
| **ǎ** | | 哎 | 68 | 黯 | 514 | 懊 | 160 | 爸 | 272 | 斑 | 194 |
| 啊 | 73 | 唉 | 71 | **āng** | | 拗 | 172 | 罷 | 351 | 班 | 284 |
| **à** | | 噯 | 81 | 骯 | 498 | 澳 | 259 | 耙 | 356 | 般 | 372 |
| 啊 | 73 | 愛 | 156 | **áng** | | 驁 | 497 | 霸 | 481 | 頒 | 487 |
| **a** | | 曖 | 203 | 昂 | 199 | | | **ba** | | **bǎn** | |
| 啊 | 73 | 礙 | 315 | **àng** | | **b** | | 叭 | 59 | 板 | 210 |
| **āi** | | 艾 | 374 | 盎 | 301 | | | 吧 | 65 | 版 | 274 |
| 哎 | 68 | 隘 | 476 | **āo** | | **bā** | | 巴 | 129 | 舨 | 372 |
| 哀 | 69 | **ān** | | 凹 | 39 | 八 | 33 | 罷 | 351 | 闆 | 472 |
| 唉 | 71 | 安 | 112 | 熬 | 269 | 叭 | 59 | **bāi** | | 阪 | 473 |
| 噯 | 81 | 庵 | 136 | **áo** | | 吧 | 65 | 掰 | 177 | **bàn** | |
| 埃 | 89 | 桉 | 215 | 嗷 | 78 | 巴 | 129 | **bái** | | 伴 | 18 |
| 挨 | 175 | 氨 | 237 | 敖 | 191 | 扒 | 165 | 白 | 299 | 半 | 52 |
| **ái** | | 菴 | 382 | 熬 | 269 | 捌 | 174 | **bǎi** | | 扮 | 167 |
| 挨 | 175 | 鞍 | 484 | 翱 | 354 | 疤 | 294 | 伯 | 17 | 拌 | 171 |
| 捱 | 176 | 鵪 | 507 | 翱 | 355 | 笆 | 328 | 佰 | 19 | 瓣 | 287 |
| 癌 | 297 | **ǎn** | | 聱 | 358 | 芭 | 376 | 擺 | 188 | 絆 | 341 |
| 皚 | 300 | 俺 | 23 | 遨 | 450 | **bá** | | 柏 | 212 | 辦 | 443 |
| | | | | 鏖 | 467 | 拔 | 169 | 百 | 299 | | |

| | | | | | | | | | | | |
|---|---|---|---|---|---|---|---|---|---|---|---|
| **bāng** | | 寶 | 117 | 被 | 405 | 逬 | 445 | 痺 | 296 | 遍 | 449 |
| 幫 | 133 | 褓 | 407 | 貝 | 425 | **bī** | | 痹 | 296 | **biāo** | |
| 梆 | 216 | 鉋 | 491 | 輩 | 440 | 逼 | 448 | 碧 | 313 | 彪 | 392 |
| 嬶 | 246 | **bào** | | 鋇 | 463 | **bí** | | 祕 | 317 | 標 | 223 |
| 邦 | 452 | 刨 | 41 | **bei** | | 荸 | 379 | 秘 | 320 | 膘 | 366 |
| **bǎng** | | 報 | 90 | 唄 | 70 | 鼻 | 515 | 臂 | 367 | 鏢 | 467 |
| 榜 | 222 | 抱 | 170 | 臂 | 367 | **bǐ** | | 蓖 | 385 | 鑣 | 468 |
| 綁 | 343 | 暴 | 202 | **bēn** | | 俾 | 24 | 蔽 | 387 | 驃 | 497 |
| 膀 | 366 | 曝 | 203 | 奔 | 99 | 匕 | 50 | 禪 | 406 | **biǎo** | |
| **bàng** | | 爆 | 271 | **běn** | | 妣 | 102 | 辟 | 442 | 婊 | 106 |
| 傍 | 27 | 豹 | 424 | 本 | 207 | 彼 | 144 | 避 | 452 | 表 | 403 |
| 棒 | 217 | 鉋 | 461 | 畚 | 291 | 比 | 235 | 閉 | 470 | 錶 | 463 |
| 磅 | 314 | 鮑 | 502 | 苯 | 376 | 秕 | 319 | 陛 | 474 | **biào** | |
| 蚌 | 393 | **bēi** | | **bèn** | | 筆 | 330 | **biān** | | 鰾 | 503 |
| 謗 | 419 | 卑 | 53 | 奔 | 99 | 鄙 | 454 | 編 | 346 | **biē** | |
| 鎊 | 467 | 悲 | 154 | 笨 | 328 | **bì** | | 蝙 | 398 | 憋 | 158 |
| **bāo** | | 杯 | 209 | **bēng** | | 壁 | 94 | 邊 | 452 | 癟 | 298 |
| 剝 | 44 | 碑 | 312 | 嘣 | 79 | 婢 | 106 | 鞭 | 484 | 鱉 | 503 |
| 包 | 49 | 背 | 361 | 崩 | 126 | 幣 | 133 | **biǎn** | | 鼈 | 514 |
| 炮 | 264 | **běi** | | 繃 | 344 | 庇 | 135 | 匾 | 51 | **bié** | |
| 胞 | 362 | 北 | 50 | 綳 | 347 | 弊 | 139 | 扁 | 164 | 別 | 41 |
| 苞 | 377 | **bèi** | | **béng** | | 弼 | 141 | 貶 | 427 | **biě** | |
| 襃 | 407 | 倍 | 24 | 甭 | 290 | 必 | 147 | **biàn** | | 癟 | 298 |
| **báo** | | 備 | 26 | **běng** | | 愎 | 156 | 便 | 20 | **biè** | |
| 薄 | 389 | 悖 | 152 | 繃 | 344 | 敝 | 192 | 卞 | 53 | 別 | 41 |
| 雹 | 480 | 憊 | 159 | 綳 | 347 | 斃 | 193 | 汴 | 240 | 彆 | 142 |
| **bǎo** | | 焙 | 267 | **bèng** | | 怭 | 235 | 辨 | 348 | **bīn** | |
| 保 | 21 | 狽 | 278 | 泵 | 241 | 泌 | 243 | 變 | 421 | 儐 | 30 |
| 堡 | 91 | 背 | 361 | 蚌 | 393 | 璧 | 286 | 辨 | 443 | 彬 | 143 |
| 寶 | 117 | 蓓 | 385 | 蹦 | 437 | 畢 | 292 | 辯 | 443 | 斌 | 194 |

| | | | | | | | | | | |
|---|---|---|---|---|---|---|---|---|---|---|
| 檳 | 228 | **bō** | | **bò** | | **cāi** | | **cāng** | | **céng** |
| 濱 | 260 | 剝 | 44 | 擘 | 187 | 猜 | 279 | 倉 | 23 | 層 | 123 |
| 瀕 | 261 | 播 | 184 | 簸 | 334 | **cái** | | 滄 | 253 | 曾 | 205 |
| 繽 | 349 | 撥 | 185 | 薄 | 389 | 才 | 165 | 艙 | 373 | **cèng** |
| 賓 | 429 | 波 | 243 | **bo** | | 材 | 208 | 蒼 | 385 | 蹭 | 437 |
| **bìn** | | 玻 | 283 | 卜 | 53 | 纔 | 349 | **cáng** | | **chā** |
| 擯 | 187 | 缽 | 350 | 蔔 | 386 | 裁 | 405 | 藏 | 389 | 叉 | 57 |
| 殯 | 233 | 菠 | 383 | **bǔ** | | 財 | 426 | **cāo** | | 喳 | 74 |
| 臏 | 367 | 鉢 | 461 | 卜 | 53 | **cǎi** | | 操 | 186 | 差 | 129 |
| 髕 | 498 | **bó** | | 哺 | 70 | 彩 | 143 | 糙 | 338 | 插 | 180 |
| 鬢 | 500 | 伯 | 17 | 堡 | 91 | 採 | 177 | **cáo** | | 杈 | 209 |
| **bīng** | | 勃 | 47 | 捕 | 174 | 睬 | 306 | 嘈 | 78 | **chá** |
| 兵 | 34 | 博 | 53 | 補 | 405 | 綵 | 344 | 曹 | 204 | 察 | 116 |
| 冰 | 37 | 帛 | 131 | **bù** | | 踩 | 435 | 槽 | 223 | 搽 | 181 |
| 檳 | 228 | 搏 | 181 | 不 | 2 | 采 | 458 | 漕 | 255 | 查 | 211 |
| **bǐng** | | 柏 | 212 | 佈 | 17 | **cài** | | **cǎo** | | 猹 | 279 |
| 丙 | 3 | 泊 | 242 | 埔 | 89 | 菜 | 382 | 草 | 378 | 磋 | 313 |
| 屏 | 122 | 渤 | 251 | 埠 | 90 | 蔡 | 386 | **cè** | | 茬 | 378 |
| 柄 | 211 | 箔 | 331 | 布 | 130 | **cān** | | 側 | 25 | 茶 | 378 |
| 炳 | 264 | 脖 | 363 | 怖 | 149 | 參 | 57 | 冊 | 35 | **chǎ** |
| 稟 | 317 | 膊 | 365 | 步 | 231 | 餐 | 492 | 册 | 35 | 叉 | 57 |
| 秉 | 319 | 舶 | 373 | 簿 | 334 | **cán** | | 廁 | 56 | 衩 | 404 |
| 稟 | 322 | 薄 | 389 | 部 | 453 | 慚 | 157 | 廁 | 137 | **chà** |
| 餅 | 492 | 鉑 | 461 | | | 殘 | 233 | 惻 | 155 | 剎 | 43 |
| **bìng** | | 駁 | 495 | | | 蠶 | 401 | 測 | 251 | 岔 | 124 |
| 並 | 4 | 鵓 | 506 | **C** | | **cǎn** | | 策 | 329 | 差 | 129 |
| 並 | 4 | **bǒ** | | **cā** | | 慘 | 158 | **cēn** | | 杈 | 209 |
| 併 | 20 | 簸 | 334 | 嚓 | 82 | **càn** | | 參 | 57 | 衩 | 404 |
| 摒 | 180 | 跛 | 434 | 擦 | 187 | 孱 | 111 | **cén** | | 詫 | 415 |
| 病 | 294 | | | | | 燦 | 270 | 岑 | 124 | | |

| | | | | | | | | | | | |
|---|---|---|---|---|---|---|---|---|---|---|---|
| **chāi** | | 娼 | 106 | 朝 | 206 | 趁 | 432 | 答 | 329 | **chóng** | |
| 差 | 129 | 昌 | 198 | 潮 | 257 | **chēng** | | **chí** | | 崇 | 126 |
| 拆 | 170 | 猖 | 279 | **chǎo** | | 撐 | 184 | 匙 | 50 | 蟲 | 400 |
| 釵 | 460 | 鯧 | 502 | 吵 | 63 | 瞠 | 307 | 弛 | 140 | 重 | 458 |
| **chái** | | **cháng** | | 炒 | 263 | 稱 | 322 | 持 | 172 | **chǒng** | |
| 柴 | 214 | 償 | 30 | **chē** | | 鐺 | 468 | 池 | 239 | 寵 | 117 |
| 豺 | 424 | 嘗 | 79 | 車 | 439 | **chéng** | | 踟 | 435 | **chòng** | |
| **chān** | | 嚐 | 82 | **chě** | | 丞 | 3 | 遲 | 451 | 沖 | 37 |
| 摻 | 183 | 場 | 91 | 扯 | 167 | 乘 | 6 | 馳 | 495 | 衝 | 403 |
| 攙 | 188 | 嫦 | 108 | **chè** | | 呈 | 63 | **chǐ** | | **chōu** | |
| **chán** | | 常 | 132 | 徹 | 147 | 城 | 88 | 侈 | 20 | 抽 | 169 |
| 單 | 75 | 腸 | 364 | 掣 | 176 | 懲 | 160 | 呎 | 65 | **chóu** | |
| 嬋 | 108 | 裳 | 406 | 撤 | 185 | 成 | 162 | 尺 | 121 | 仇 | 13 |
| 孱 | 111 | 長 | 469 | 澈 | 258 | 承 | 168 | 恥 | 150 | 惆 | 154 |
| 潺 | 258 | **chǎng** | | **chēn** | | 橙 | 226 | 豉 | 422 | 愁 | 156 |
| 禪 | 318 | 場 | 91 | 郴 | 453 | 澄 | 258 | 齒 | 516 | 疇 | 293 |
| 纏 | 349 | 廠 | 138 | **chén** | | 盛 | 302 | **chì** | | 稠 | 321 |
| 蟬 | 400 | 敞 | 192 | 塵 | 92 | 程 | 321 | 叱 | 60 | 籌 | 335 |
| 讒 | 421 | **chàng** | | 忱 | 149 | 誠 | 414 | 斥 | 195 | 綢 | 344 |
| 饞 | 494 | 倡 | 23 | 晨 | 200 | **chěng** | | 熾 | 270 | 躊 | 438 |
| **chǎn** | | 唱 | 72 | 沉 | 240 | 逞 | 447 | 翅 | 353 | 酬 | 456 |
| 產 | 289 | 悵 | 153 | 沈 | 240 | 騁 | 496 | 赤 | 431 | **chǒu** | |
| 諂 | 417 | 暢 | 202 | 臣 | 368 | **chèng** | | **chōng** | | 丑 | 3 |
| 鏟 | 467 | **chāo** | | 辰 | 443 | 秤 | 320 | 充 | 31 | 瞅 | 307 |
| 闡 | 472 | 抄 | 167 | 陳 | 475 | **chī** | | 沖 | 37 | 醜 | 457 |
| **chàn** | | 超 | 432 | **chěn** | | 吃 | 62 | 憧 | 159 | **chòu** | |
| 懺 | 161 | 鈔 | 460 | 磣 | 315 | 哧 | 70 | 沖 | 240 | 臭 | 369 |
| 顫 | 489 | **cháo** | | **chèn** | | 嗤 | 77 | 涌 | 247 | **chū** | |
| **chāng** | | 嘲 | 80 | 稱 | 322 | 痴 | 296 | 舂 | 370 | 出 | 39 |
| 伥 | 22 | 巢 | 128 | 襯 | 408 | 癡 | 298 | 衝 | 403 | 初 | 41 |

| | | | | | | | | | |
|---|---|---|---|---|---|---|---|---|---|
| 齣 | 516 | **chuǎi** | | **chuī** | | **cī** | | **còu** | |
| **chú** | | 揣 | 180 | 吹 | 64 | 差 | 129 | 湊 | 250 |
| 廚 | 137 | **chuài** | | 炊 | 263 | 疵 | 295 | **cū** | |
| 櫥 | 229 | 踹 | 436 | **chuí** | | **cí** | | 粗 | 336 |
| 滁 | 254 | **chuān** | | 垂 | 88 | 慈 | 156 | **cù** | |
| 芻 | 375 | 川 | 127 | 捶 | 180 | 瓷 | 288 | 促 | 21 |
| 躇 | 437 | 穿 | 324 | 搥 | 181 | 磁 | 313 | 簇 | 333 |
| 蹰 | 438 | **chuán** | | 椎 | 219 | 祠 | 317 | 蹙 | 437 |
| 鋤 | 463 | 傳 | 27 | 槌 | 222 | 茨 | 379 | 醋 | 456 |
| 雛 | 479 | 椽 | 221 | 錘 | 465 | 詞 | 414 | **cuān** | |
| **chǔ** | | 船 | 373 | 陲 | 476 | 辭 | 443 | 躥 | 438 |
| 儲 | 30 | **chuǎn** | | **chūn** | | 雌 | 478 | **cuán** | |
| 杵 | 210 | 喘 | 75 | 春 | 199 | 鶿 | 507 | 攢 | 189 |
| 楚 | 220 | 舛 | 372 | 椿 | 220 | **cǐ** | | **cuàn** | |
| 礎 | 315 | **chuàn** | | **chún** | | 此 | 231 | 竄 | 326 |
| 處 | 391 | 串 | 4 | 唇 | 70 | **cì** | | 篡 | 333 |
| 褚 | 406 | 釧 | 460 | 淳 | 249 | 伺 | 18 | **cuī** | |
| **chù** | | **chuāng** | | 純 | 339 | 刺 | 42 | 催 | 28 |
| 怵 | 149 | 創 | 44 | 脣 | 363 | 次 | 230 | 崔 | 125 |
| 搐 | 182 | 瘡 | 297 | 醇 | 456 | 賜 | 429 | 摧 | 183 |
| 畜 | 291 | 窗 | 325 | 鶉 | 507 | **cōng** | | **cuì** | |
| 蠢 | 308 | **chuáng** | | **chǔn** | | 匆 | 49 | 悴 | 154 |
| 絀 | 341 | 床 | 135 | 蠢 | 401 | 囱 | 84 | 淬 | 249 |
| 處 | 391 | 牀 | 273 | **chuō** | | 聰 | 358 | 焠 | 267 |
| 觸 | 411 | **chuǎng** | | 戳 | 163 | 蔥 | 384 | 瘁 | 296 |
| 黜 | 513 | 闖 | 472 | **chuò** | | **cóng** | | 粹 | 337 |
| **chuāi** | | **chuàng** | | 啜 | 74 | 叢 | 58 | 翠 | 354 |
| 揣 | 180 | 創 | 44 | 綽 | 344 | 從 | 146 | 脆 | 362 |
| | | 愴 | 157 | 輟 | 441 | 淙 | 250 | 萃 | 382 |
| | | | | 齪 | 516 | | | | |

| | |
|---|---|
| **cūn** | |
| 村 | 208 |
| 皴 | 300 |
| **cún** | |
| 存 | 109 |
| **cǔn** | |
| 忖 | 148 |
| **cùn** | |
| 吋 | 61 |
| 寸 | 117 |
| **cuō** | |
| 搓 | 182 |
| 撮 | 184 |
| 磋 | 314 |
| 蹉 | 436 |
| **cuò** | |
| 挫 | 175 |
| 措 | 175 |
| 銼 | 463 |
| 錯 | 464 |

## d

| **dā** | |
|---|---|
| 嗒 | 77 |
| 搭 | 181 |
| 答 | 330 |
| 耷 | 357 |
| 褡 | 407 |

| dá | | | | | | | | | |
|---|---|---|---|---|---|---|---|---|---|
| 打 | 165 | 貸 | 427 | 鐺 | 468 | de | | 笛 | 328 | 碘 | 312 |

dá
打 165
瘩 297
答 330
達 448

dǎ
打 165

dà
大 97

da
瘩 297

dāi
呆 62
待 144
獃 280

dǎi
傣 26
歹 232
逮 448

dài
代 14
大 97
岱 124
帶 132
待 144
怠 150
戴 163
殆 233
玳 283
袋 404

貸 427
逮 448
黛 513

dān
丹 5
單 75
擔 186
簞 334
耽 357
眈 438
鄲 454

dǎn
撣 184
膽 367

dàn
但 17
彈 142
憚 159
擔 186
旦 197
氮 237
淡 249
澹 259
石 310
蛋 394
誕 416

dāng
噹 81
當 292
襠 408

鐺 468

dǎng
擋 186
黨 513

dàng
檔 227
當 292
盪 303
蕩 388

dāo
刀 39
叨 60

dǎo
倒 23
導 119
島 125
搗 181
禱 318
蹈 436

dào
倒 23
到 42
悼 154
盜 302
稻 323
道 449

dé
得 145
德 147

de
地 86
得 145
的 299

děi
得 145

dēng
燈 270
登 299
蹬 437

děng
等 329

dèng
凳 38
澄 258
瞪 308
鄧 454

dī
低 18
嘀 79
堤 90
提 179
滴 256

dí
嘀 79
嫡 108
敵 193
滌 256
狄 277
的 299

笛 328
翟 354
荻 381
迪 445

dǐ
底 135
抵 170
牴 276
砥 311
詆 413
邸 453

dì
地 86
娣 105
帝 131
弟 140
的 299
第 329
締 346
蒂 384
諦 419
遞 450

diān
巔 127
掂 178
滇 253
癲 298
顛 489

diǎn
典 34

碘 312
踮 435
點 513

diàn
佃 17
墊 92
奠 100
店 135
惦 154
殿 234
淀 250
澱 260
玷 283
句 291
電 480
靛 482

diāo
凋 37
习 40
叼 60
彫 143
碉 312
貂 424
雕 478

diào
吊 61
弔 140
掉 176
調 417
釣 460

| diē | | dōng | | | | duān | | 鈍 | 460 | e | |
|---|---|---|---|---|---|---|---|---|---|---|---|
| 爹 | 273 | 冬 | 36 | 鬥 | 500 | 端 | 327 | 頓 | 487 | | |
| 跌 | 433 | 咚 | 67 | 鬮 | 500 | duǎn | | duō | | ē | |
| dié | | 東 | 210 | dū | | 短 | 309 | 咄 | 67 | 婀 | 106 |
| 喋 | 74 | 鼕 | 514 | 嘟 | 78 | duàn | | 哆 | 69 | 阿 | 473 |
| 疊 | 293 | dǒng | | 督 | 306 | 斷 | 195 | 多 | 96 | é | |
| 碟 | 313 | 懂 | 159 | 都 | 453 | 段 | 234 | 掇 | 179 | 俄 | 21 |
| 蝶 | 397 | 董 | 383 | dú | | 緞 | 345 | duó | | 娥 | 105 |
| 諜 | 418 | dòng | | 櫝 | 229 | 鍛 | 466 | 奪 | 100 | 峨 | 125 |
| 迭 | 445 | 侗 | 20 | 毒 | 235 | duī | | 度 | 136 | 蛾 | 395 |
| dīng | | 凍 | 37 | 瀆 | 261 | 堆 | 90 | 踱 | 436 | 訛 | 413 |
| 丁 | 1 | 動 | 47 | 牘 | 274 | duì | | 鐸 | 468 | 額 | 489 |
| 仃 | 13 | 恫 | 151 | 犢 | 277 | 兌 | 32 | duǒ | | 鵝 | 506 |
| 叮 | 59 | 棟 | 218 | 獨 | 281 | 對 | 118 | 埵 | 88 | ě | |
| 町 | 303 | 洞 | 244 | 讀 | 421 | 隊 | 476 | 垛 | 88 | 噁 | 79 |
| 酊 | 455 | dōu | | dǔ | | dūn | | 朵 | 208 | è | |
| 釘 | 459 | 兜 | 32 | 堵 | 89 | 噸 | 80 | 躲 | 439 | 厄 | 55 |
| dǐng | | 都 | 453 | 睹 | 306 | 墩 | 93 | 軃 | 439 | 堊 | 80 |
| 酊 | 455 | dǒu | | 篤 | 332 | 敦 | 192 | duò | | 惡 | 153 |
| 頂 | 486 | 抖 | 168 | 肚 | 360 | 蹲 | 437 | 剁 | 42 | 愕 | 155 |
| 鼎 | 514 | 斗 | 194 | 賭 | 429 | dǔn | | 剟 | 42 | 扼 | 166 |
| dìng | | 蚪 | 393 | dù | | 盹 | 304 | 垛 | 88 | 腭 | 365 |
| 定 | 112 | 陡 | 474 | 妒 | 102 | 躉 | 437 | 墮 | 93 | 遏 | 448 |
| 腚 | 364 | dòu | | 妬 | 103 | dùn | | 惰 | 155 | 鄂 | 454 |
| 訂 | 411 | 斗 | 194 | 度 | 136 | 囤 | 84 | 舵 | 373 | 顎 | 489 |
| 釘 | 459 | 痘 | 295 | 杜 | 208 | 沌 | 239 | 跺 | 434 | 餓 | 492 |
| 錠 | 464 | 竇 | 326 | 渡 | 252 | 炖 | 263 | 馱 | 495 | 鰐 | 503 |
| diū | | 讀 | 421 | 肚 | 360 | 燉 | 270 | | | 鱷 | 504 |
| 丟 | 3 | 豆 | 422 | 蠹 | 401 | 盾 | 304 | | | ēn | |
| | | 逗 | 446 | 鍍 | 466 | 遁 | 449 | | | 恩 | 151 |

| ér | | 番 | 292 | 肪 | 360 | 沸 | 243 | 蜂 | 395 | 俘 | 21 |
|---|---|---|---|---|---|---|---|---|---|---|---|
| 兒 | 32 | 翻 | 355 | 防 | 473 | 痱 | 296 | 豐 | 423 | 匍 | 49 |
| 而 | 355 | 蕃 | 387 | **fǎng** | | 肺 | 360 | 鋒 | 463 | 孚 | 110 |
| **ěr** | | 藩 | 390 | 仿 | 16 | 費 | 427 | 風 | 490 | 幅 | 132 |
| 洱 | 244 | **fán** | | 倣 | 24 | **fēn** | | **féng** | | 弗 | 140 |
| 爾 | 273 | 凡 | 38 | 彷 | 144 | 分 | 40 | 縫 | 347 | 佛 | 144 |
| 耳 | 357 | 樊 | 224 | 紡 | 340 | 吩 | 64 | 逢 | 447 | 扶 | 166 |
| 邇 | 452 | 煩 | 267 | 舫 | 373 | 氛 | 237 | 馮 | 495 | 拂 | 171 |
| 餌 | 492 | 攀 | 315 | 訪 | 413 | 紛 | 340 | **fěng** | | 服 | 205 |
| **èr** | | 繁 | 347 | **fàng** | | 芬 | 375 | 諷 | 418 | 氟 | 237 |
| 二 | 9 | 蕃 | 387 | 放 | 190 | **fén** | | **fèng** | | 浮 | 246 |
| 貳 | 426 | **fǎn** | | **fēi** | | 墳 | 93 | 俸 | 22 | 涪 | 249 |
| | | 反 | 57 | 啡 | 72 | 汾 | 240 | 奉 | 99 | 福 | 318 |
| **f** | | 返 | 444 | 妃 | 101 | 焚 | 266 | 縫 | 347 | 符 | 329 |
| | | **fàn** | | 扉 | 164 | **fěn** | | 鳳 | 504 | 芙 | 375 |
| **fā** | | 氾 | 238 | 菲 | 382 | 粉 | 336 | **fó** | | 蝠 | 397 |
| 發 | 299 | 泛 | 242 | 霏 | 481 | **fèn** | | 佛 | 18 | 祓 | 405 |
| **fá** | | 犯 | 277 | 非 | 483 | 份 | 16 | **fǒu** | | 輻 | 441 |
| 乏 | 6 | 範 | 332 | 飛 | 490 | 分 | 40 | 否 | 63 | 鳧 | 504 |
| 伐 | 15 | 范 | 377 | **féi** | | 奮 | 100 | 缶 | 349 | **fǔ** | |
| 筏 | 330 | 販 | 426 | 肥 | 361 | 忿 | 148 | **fū** | | 俯 | 24 |
| 罰 | 351 | 飯 | 491 | **fěi** | | 憤 | 158 | 伕 | 14 | 府 | 135 |
| 閥 | 471 | **fāng** | | 匪 | 51 | 糞 | 338 | 夫 | 98 | 撫 | 184 |
| **fǎ** | | 坊 | 87 | 斐 | 194 | **fēng** | | 孵 | 111 | 斧 | 195 |
| 法 | 241 | 方 | 196 | 翡 | 354 | 封 | 117 | 敷 | 192 | 甫 | 290 |
| **fà** | | 芳 | 375 | 菲 | 382 | 峯 | 125 | 膚 | 366 | 脯 | 363 |
| 琺 | 283 | **fáng** | | 誹 | 417 | 峰 | 125 | 麩 | 511 | 腐 | 364 |
| 髮 | 499 | 坊 | 87 | **fèi** | | 楓 | 221 | **fú** | | 輔 | 440 |
| **fān** | | 妨 | 102 | 吠 | 63 | 烽 | 266 | 伏 | 15 | 釜 | 459 |
| 帆 | 130 | 房 | 164 | 廢 | 138 | 瘋 | 297 | 佛 | 18 | | |

| fù | | gà | | 秆 | 319 | gǎo | | gě | | 功 | 46 |
|---|---|---|---|---|---|---|---|---|---|---|---|
| 付 | 13 | 尬 | 120 | 稈 | 321 | 搞 | 182 | 個 | 23 | 宮 | 114 |
| 傅 | 27 | gāi | | 趕 | 432 | 槁 | 222 | 葛 | 383 | 工 | 128 |
| 副 | 44 | 該 | 415 | gàn | | 稿 | 323 | 蓋 | 384 | 弓 | 140 |
| 婦 | 106 | 賅 | 428 | 干 | 133 | 鎬 | 467 | gè | | 恭 | 150 |
| 富 | 115 | gǎi | | 幹 | 134 | gào | | 個 | 23 | 攻 | 190 |
| 復 | 146 | 改 | 190 | 斡 | 222 | 告 | 63 | 各 | 62 | 肱 | 360 |
| 服 | 205 | gài | | 贛 | 431 | 膏 | 365 | 鉻 | 462 | 蚣 | 393 |
| 父 | 272 | 丏 | 2 | gāng | | gē | | gěi | | 躬 | 438 |
| 縛 | 346 | 概 | 221 | 剛 | 43 | 割 | 44 | 給 | 342 | 龔 | 517 |
| 腹 | 365 | 溉 | 252 | 岡 | 124 | 咯 | 69 | gēn | | gǒng | |
| 複 | 407 | 芥 | 375 | 綱 | 344 | 哥 | 70 | 根 | 215 | 拱 | 172 |
| 覆 | 409 | 蓋 | 384 | 缸 | 349 | 戈 | 161 | 跟 | 435 | 汞 | 239 |
| 訃 | 412 | 鈣 | 460 | 肛 | 360 | 擱 | 187 | gèn | | 鞏 | 484 |
| 負 | 425 | gān | | 鋼 | 464 | 格 | 214 | 亙 | 9 | gòng | |
| 賦 | 429 | 乾 | 7 | gǎng | | 歌 | 230 | gēng | | 供 | 19 |
| 赴 | 432 | 尷 | 120 | 崗 | 125 | 疙 | 294 | 庚 | 136 | 共 | 34 |
| 阜 | 473 | 干 | 133 | 港 | 250 | 胳 | 363 | 更 | 204 | 貢 | 425 |
| 附 | 473 | 杆 | 208 | gàng | | 鴿 | 506 | 羹 | 353 | gōu | |
| 馥 | 494 | 柑 | 211 | 槓 | 221 | gé | | 耕 | 356 | 佝 | 18 |
| 駙 | 495 | 甘 | 288 | gāo | | 擱 | 187 | gěng | | 勾 | 49 |
| fu | | 疳 | 294 | 皋 | 300 | 格 | 214 | 哽 | 70 | 溝 | 253 |
| 咐 | 66 | 竿 | 328 | 睾 | 307 | 膈 | 365 | 埂 | 89 | 篝 | 332 |
| | | 肝 | 359 | 篙 | 333 | 葛 | 383 | 梗 | 216 | 鈎 | 460 |
| **g** | | gǎn | | 糕 | 337 | 蛤 | 394 | 耿 | 357 | gǒu | |
| | | 感 | 155 | 羔 | 352 | 閣 | 471 | gèng | | 狗 | 278 |
| gā | | 敢 | 192 | 膏 | 365 | 隔 | 476 | 更 | 204 | 苟 | 377 |
| 咖 | 67 | 杆 | 208 | 皐 | 369 | 革 | 484 | gōng | | gòu | |
| 嘎 | 79 | 桿 | 216 | 高 | 499 | 骼 | 498 | 供 | 19 | 勾 | 49 |
| | | 橄 | 224 | | | | | 公 | 34 | 垢 | 88 |

| | | | | | | | | | | | | |
|---|---|---|---|---|---|---|---|---|---|---|---|---|
| 够 | 97 | 故 | 191 | 關 | 472 | 鮭 | 502 | **guǒ** | | **hān** | |
| 夠 | 97 | 雇 | 478 | 鰥 | 503 | 龜 | 517 | 果 | 210 | 憨 | 158 |
| 構 | 221 | 顧 | 489 | **guǎn** | | **guǐ** | | 槨 | 219 | 蚶 | 393 |
| 購 | 430 | **guā** | | 管 | 332 | 癸 | 298 | 槨 | 224 | 酣 | 455 |
| **gū** | | 刮 | 42 | 莞 | 381 | 詭 | 415 | 裹 | 406 | 鼾 | 515 |
| 估 | 16 | 呱 | 66 | 館 | 493 | 軌 | 439 | **guò** | | **hán** | |
| 咕 | 65 | 瓜 | 287 | **guàn** | | 鬼 | 500 | 過 | 449 | 函 | 39 |
| 呱 | 66 | 颳 | 490 | 冠 | 36 | **guì** | | | | 含 | 64 |
| 姑 | 103 | **guǎ** | | 慣 | 158 | 刽 | 45 | **h** | | 寒 | 115 |
| 孤 | 110 | 剐 | 44 | 灌 | 262 | 桂 | 213 | | | 汗 | 238 |
| 沽 | 241 | 寡 | 115 | 盥 | 303 | 櫃 | 228 | **hā** | | 涵 | 250 |
| 箍 | 331 | **guà** | | 罐 | 350 | 貴 | 427 | 哈 | 69 | 邯 | 453 |
| 菇 | 383 | 卦 | 54 | 觀 | 410 | 跪 | 434 | **há** | | 韓 | 485 |
| 辜 | 442 | 掛 | 175 | 貫 | 426 | 鱖 | 503 | 蛤 | 394 | **hǎn** | |
| 骨 | 498 | 褂 | 406 | 鸛 | 509 | **gǔn** | | **hǎ** | | 喊 | 75 |
| 鴣 | 505 | **guāi** | | **guāng** | | 滾 | 254 | 哈 | 69 | 罕 | 350 |
| **gǔ** | | 乖 | 6 | 光 | 31 | 滚 | 256 | **hāi** | | **hàn** | |
| 古 | 59 | **guǎi** | | 胱 | 362 | 辊 | 441 | 咳 | 69 | 悍 | 152 |
| 榖 | 322 | 拐 | 170 | **guǎng** | | **gùn** | | **hái** | | 憾 | 159 |
| 股 | 360 | 枴 | 212 | 廣 | 138 | 棍 | 218 | 孩 | 110 | 捍 | 174 |
| 蠱 | 401 | **guài** | | 獷 | 281 | **guō** | | 還 | 451 | 撼 | 185 |
| 谷 | 422 | 怪 | 150 | **guàng** | | 渦 | 252 | 骸 | 498 | 旱 | 198 |
| 賈 | 428 | **guān** | | 逛 | 447 | 蝈 | 399 | **hǎi** | | 汗 | 238 |
| 鈷 | 461 | 倌 | 24 | **guī** | | 過 | 449 | 海 | 246 | 漢 | 254 |
| 骨 | 498 | 冠 | 36 | 圭 | 86 | 郭 | 454 | **hài** | | 瀚 | 261 |
| 鵠 | 506 | 官 | 113 | 歸 | 232 | 鍋 | 465 | 亥 | 10 | 焊 | 266 |
| 鼓 | 514 | 棺 | 219 | 瑰 | 286 | **guó** | | 害 | 114 | 翰 | 354 |
| **gù** | | 矜 | 309 | 硅 | 311 | 國 | 84 | 氦 | 237 | **háng** | |
| 僱 | 29 | 綸 | 344 | 規 | 409 | 幗 | 133 | 駭 | 496 | 吭 | 64 |
| 固 | 84 | 觀 | 410 | 閨 | 471 | | | | | 杭 | 211 |

| | | | | | | | | | | | |
|---|---|---|---|---|---|---|---|---|---|---|---|
| 航 | 372 | 劾 | 46 | 很 | 145 | 訌 | 412 | 葫 | 383 | 化 | 50 |
| 行 | 402 | 合 | 62 | 狠 | 278 | 鬨 | 500 | 蝴 | 397 | 樺 | 226 |
| **hāo** | | 和 | 66 | **hèn** | | **hóu** | | 鬍 | 499 | 畫 | 292 |
| 蒿 | 385 | 核 | 215 | 恨 | 151 | 侯 | 22 | 鵠 | 506 | 華 | 381 |
| **háo** | | 河 | 241 | **hēng** | | 喉 | 76 | **hǔ** | | 話 | 415 |
| 嘷 | 78 | 涸 | 248 | 亨 | 11 | 猴 | 279 | 唬 | 72 | **huái** | |
| 嘷 | 80 | 盒 | 302 | 哼 | 71 | **hǒu** | | 滸 | 256 | 徊 | 145 |
| 嚎 | 82 | 禾 | 319 | **héng** | | 吼 | 65 | 琥 | 285 | 懷 | 161 |
| 壕 | 94 | 荷 | 380 | 恒 | 151 | **hòu** | | 虎 | 391 | 槐 | 222 |
| 毫 | 236 | 貉 | 409 | 恆 | 151 | 候 | 24 | **hù** | | 淮 | 248 |
| 濠 | 260 | 貉 | 424 | 橫 | 226 | 厚 | 55 | 互 | 9 | 踝 | 435 |
| 號 | 392 | 閡 | 471 | 衡 | 403 | 后 | 62 | 戶 | 163 | **huài** | |
| 蠔 | 401 | 閤 | 472 | **hèng** | | 後 | 145 | 扈 | 164 | 壞 | 94 |
| 豪 | 424 | 頜 | 488 | 橫 | 226 | 逅 | 445 | 滬 | 257 | **huān** | |
| **hǎo** | | **hè** | | **hōng** | | **hū** | | 糊 | 337 | 歡 | 231 |
| 好 | 101 | 和 | 66 | 哄 | 68 | 乎 | 6 | 護 | 421 | 獾 | 281 |
| 郝 | 453 | 喝 | 75 | 烘 | 265 | 呼 | 66 | **huā** | | 貛 | 425 |
| **hào** | | 嚇 | 81 | 轟 | 442 | 忽 | 149 | 嘩 | 80 | **huán** | |
| 好 | 101 | 壑 | 94 | **hóng** | | 惚 | 154 | 花 | 375 | 桓 | 214 |
| 浩 | 246 | 荷 | 380 | 宏 | 112 | 糊 | 337 | **huá** | | 環 | 286 |
| 皓 | 300 | 褐 | 407 | 弘 | 140 | **hú** | | 划 | 40 | 還 | 451 |
| 耗 | 356 | 賀 | 427 | 泓 | 243 | 囫 | 84 | 劃 | 45 | **huǎn** | |
| 號 | 392 | 赫 | 431 | 洪 | 244 | 壺 | 95 | 嘩 | 80 | 緩 | 345 |
| 鎬 | 467 | 鶴 | 507 | 紅 | 338 | 弧 | 140 | 滑 | 253 | **huàn** | |
| **hē** | | **hēi** | | 虹 | 392 | 核 | 215 | 猾 | 280 | 喚 | 76 |
| 呵 | 65 | 嘿 | 80 | 鴻 | 506 | 湖 | 250 | 華 | 381 | 宦 | 113 |
| 喝 | 75 | 黑 | 513 | **hǒng** | | 狐 | 278 | 譁 | 420 | 幻 | 134 |
| 嗬 | 79 | **hén** | | 哄 | 68 | 瑚 | 285 | **huà** | | 患 | 152 |
| **hé** | | 痕 | 295 | **hòng** | | 糊 | 337 | 划 | 40 | 換 | 180 |
| 何 | 16 | **hěn** | | 哄 | 68 | 胡 | 361 | 劃 | 45 | 渙 | 252 |

| | | | | | | | | | |
|---|---|---|---|---|---|---|---|---|---|
| 煥 | 268 | 灰 | 262 | 昏 | 198 | **j** | | 吉 | |
| 瘓 | 297 | 詼 | 414 | 葷 | 384 | | | 亟 | 10 |
| 豢 | 424 | 輝 | 441 | **hún** | | **jī** | | 即 | 54 |
| **huāng** | | 麾 | 512 | 混 | 248 | 几 | 38 | 及 | 58 |
| 慌 | 157 | **huí** | | 渾 | 252 | 唧 | 71 | 吉 | 61 |
| 肓 | 360 | 回 | 84 | 錕 | 493 | 嘰 | 80 | 嫉 | 107 |
| 荒 | 379 | 茴 | 378 | 魂 | 501 | 圾 | 87 | 岌 | 124 |
| **huáng** | | 蛔 | 394 | **hùn** | | 基 | 89 | 急 | 150 |
| 凰 | 38 | 迴 | 445 | 混 | 248 | 奇 | 99 | 棘 | 219 |
| 徨 | 146 | **huǐ** | | **huō** | | 姬 | 105 | 極 | 220 |
| 惶 | 156 | 悔 | 152 | 豁 | 422 | 屐 | 122 | 楫 | 221 |
| 煌 | 268 | 毀 | 234 | **huó** | | 幾 | 135 | 汲 | 240 |
| 皇 | 300 | 燬 | 271 | 和 | 66 | 擊 | 185 | 疾 | 294 |
| 磺 | 315 | **huì** | | 活 | 244 | 機 | 227 | 瘠 | 297 |
| 簧 | 333 | 匯 | 51 | **huǒ** | | 激 | 259 | 籍 | 334 |
| 蝗 | 397 | 卉 | 52 | 伙 | 16 | 璣 | 286 | 級 | 340 |
| 隍 | 476 | 彙 | 142 | 夥 | 97 | 畸 | 292 | 藉 | 389 |
| 黃 | 512 | 惠 | 153 | 火 | 262 | 磯 | 315 | 輯 | 441 |
| **huǎng** | | 慧 | 157 | **huò** | | 稽 | 322 | 集 | 478 |
| 幌 | 132 | 晦 | 200 | 和 | 66 | 積 | 323 | **jǐ** | |
| 恍 | 151 | 會 | 205 | 惑 | 153 | 箕 | 331 | 几 | 38 |
| 晃 | 200 | 燴 | 271 | 或 | 162 | 緝 | 345 | 己 | 129 |
| 謊 | 419 | 穢 | 324 | 獲 | 281 | 羈 | 351 | 幾 | 135 |
| **huàng** | | 繪 | 348 | 禍 | 318 | 肌 | 359 | 擠 | 187 |
| 晃 | 200 | 蕙 | 387 | 穫 | 324 | 譏 | 420 | 濟 | 260 |
| **huī** | | 誨 | 416 | 豁 | 422 | 雞 | 479 | 紀 | 339 |
| 徽 | 147 | 諱 | 419 | 貨 | 426 | 飢 | 491 | 給 | 342 |
| 恢 | 151 | 賄 | 428 | 霍 | 481 | 饑 | 493 | 脊 | 362 |
| 揮 | 180 | **hūn** | | | | 鷄 | 507 | **jì** | |
| 暉 | 202 | 婚 | 106 | | | | | 伎 | 15 |

**jí**

| | |
|---|---|
| 亟 | 10 |

| | |
|---|---|
| 冀 | 35 |
| 劑 | 45 |
| 妓 | 102 |
| 季 | 110 |
| 寄 | 114 |
| 寂 | 114 |
| 忌 | 148 |
| 悸 | 154 |
| 技 | 166 |
| 既 | 197 |
| 暨 | 202 |
| 濟 | 260 |
| 祭 | 317 |
| 稷 | 323 |
| 紀 | 339 |
| 績 | 346 |
| 繫 | 348 |
| 繼 | 349 |
| 薊 | 388 |
| 覬 | 410 |
| 計 | 411 |
| 記 | 412 |
| 跡 | 434 |
| 蹟 | 436 |
| 迹 | 445 |
| 際 | 476 |
| 霽 | 482 |
| 髻 | 499 |
| 鯽 | 502 |

| jiā | | 堅 | 89 | 劍 | 45 | jiǎng | | jiáo | | 秸 | 320 |
|---|---|---|---|---|---|---|---|---|---|---|---|
| 佳 | 19 | 奸 | 101 | 建 | 139 | 獎 | 100 | 嚼 | 82 | 稽 | 322 |
| 傢 | 27 | 姦 | 105 | 檻 | 228 | 槳 | 224 | jiǎo | | 結 | 341 |
| 加 | 46 | 尖 | 119 | 毽 | 236 | 奬 | 280 | 僥 | 28 | 街 | 403 |
| 嘉 | 78 | 殲 | 233 | 漸 | 255 | 蔣 | 387 | 剿 | 45 | 階 | 475 |
| 夾 | 98 | 漸 | 255 | 澗 | 258 | 講 | 419 | 攪 | 189 | jié | |
| 家 | 113 | 煎 | 268 | 濺 | 261 | jiàng | | 狡 | 278 | 傑 | 27 |
| 枷 | 213 | 犍 | 276 | 監 | 302 | 匠 | 51 | 皎 | 300 | 劫 | 46 |
| 浹 | 245 | 監 | 302 | 箭 | 332 | 將 | 118 | 矯 | 310 | 孑 | 109 |
| 茄 | 377 | 箋 | 331 | 艦 | 373 | 強 | 141 | 絞 | 342 | 截 | 163 |
| 袈 | 405 | 緘 | 345 | 薦 | 388 | 強 | 141 | 繳 | 348 | 拮 | 172 |
| jiá | | 肩 | 361 | 見 | 409 | 漿 | 257 | 腳 | 363 | 捷 | 176 |
| 夾 | 98 | 艱 | 374 | 諫 | 418 | 醬 | 457 | 脚 | 365 | 桔 | 214 |
| 莢 | 380 | 菅 | 383 | 賤 | 429 | 降 | 474 | 角 | 410 | 桀 | 215 |
| 頰 | 488 | 間 | 471 | 踐 | 435 | jiāo | | 餃 | 492 | 潔 | 257 |
| jiǎ | | jiǎn | | 鍵 | 466 | 交 | 10 | jiào | | 睫 | 306 |
| 假 | 26 | 儉 | 29 | 鑒 | 468 | 姣 | 104 | 叫 | 60 | 竭 | 327 |
| 甲 | 290 | 剪 | 44 | 鑑 | 468 | 嬌 | 108 | 嚼 | 82 | 節 | 331 |
| 胛 | 361 | 揀 | 179 | 間 | 471 | 教 | 191 | 教 | 191 | 結 | 341 |
| 賈 | 428 | 撿 | 186 | 錢 | 493 | 教 | 192 | 教 | 192 | 頡 | 488 |
| 鉀 | 461 | 柬 | 212 | jiāng | | 椒 | 218 | 校 | 215 | jiě | |
| jià | | 檢 | 228 | 僵 | 29 | 澆 | 257 | 窖 | 325 | 姐 | 103 |
| 假 | 26 | 減 | 251 | 姜 | 104 | 焦 | 266 | 覺 | 410 | 解 | 411 |
| 價 | 29 | 鹼 | 313 | 將 | 118 | 礁 | 315 | 較 | 440 | jiè | |
| 嫁 | 107 | 簡 | 334 | 江 | 239 | 膠 | 366 | 轎 | 442 | 介 | 13 |
| 架 | 213 | 繭 | 348 | 漿 | 257 | 蕉 | 387 | 酵 | 456 | 借 | 22 |
| 稼 | 323 | 鹼 | 510 | 疆 | 293 | 蛟 | 394 | jiē | | 屆 | 121 |
| 駕 | 496 | jiàn | | 薑 | 388 | 跤 | 434 | 接 | 178 | 届 | 121 |
| jiān | | 件 | 15 | 韁 | 485 | 郊 | 453 | 揭 | 180 | 戒 | 162 |
| 兼 | 34 | 健 | 26 | | | 驕 | 497 | 皆 | 300 | 界 | 291 |

| | | | | | | | | | | |
|---|---|---|---|---|---|---|---|---|---|---|---|
| 疥 | 294 | 進 | 448 | 竟 | 327 | 疚 | 294 | 巨 | 128 | **jué** | |
| 芥 | 375 | 靳 | 484 | 競 | 327 | 臼 | 370 | 懼 | 161 | 倔 | 25 |
| 藉 | 389 | **jīng** | | 逕 | 447 | 舅 | 370 | 拒 | 169 | 嚼 | 82 |
| 解 | 411 | 京 | 11 | 鏡 | 467 | 舊 | 371 | 据 | 179 | 孑 | 109 |
| 誡 | 415 | 兢 | 32 | 靖 | 482 | **jū** | | 據 | 185 | 崛 | 126 |
| **jīn** | | 旌 | 196 | 靜 | 482 | 居 | 121 | 炬 | 264 | 抉 | 168 |
| 今 | 13 | 晶 | 201 | **jiǒng** | | 拘 | 170 | 聚 | 358 | 掘 | 179 |
| 巾 | 130 | 睛 | 306 | 炯 | 264 | 掬 | 178 | 距 | 433 | 攫 | 189 |
| 斤 | 195 | 粳 | 336 | 窘 | 325 | 据 | 179 | 踞 | 436 | 決 | 241 |
| 津 | 245 | 精 | 337 | 迥 | 445 | 狙 | 278 | 鉅 | 461 | 爵 | 272 |
| 矜 | 309 | 經 | 343 | **jiū** | | 疽 | 294 | 鋸 | 464 | 獗 | 280 |
| 禁 | 317 | 荊 | 378 | 啾 | 75 | 車 | 439 | 颶 | 490 | 玨 | 283 |
| 筋 | 330 | 菫 | 380 | 揪 | 180 | 鞠 | 484 | **juān** | | 絕 | 342 |
| 襟 | 408 | 菁 | 381 | 究 | 324 | 駒 | 495 | 圈 | 84 | 腳 | 363 |
| 金 | 459 | 驚 | 497 | 糾 | 338 | **jú** | | 娟 | 105 | 腳 | 365 |
| **jǐn** | | 鯨 | 502 | 赳 | 432 | 局 | 121 | 捐 | 174 | 角 | 410 |
| 僅 | 27 | **jǐng** | | 鳩 | 504 | 橘 | 226 | 涓 | 246 | 覺 | 410 |
| 儘 | 30 | 井 | 9 | **jiǔ** | | 菊 | 382 | 鵑 | 506 | 訣 | 413 |
| 緊 | 343 | 憬 | 159 | 久 | 6 | 踘 | 435 | **juǎn** | | 蹶 | 437 |
| 謹 | 420 | 景 | 201 | 九 | 7 | **jǔ** | | 卷 | 55 | 钁 | 469 |
| 錦 | 464 | 警 | 420 | 灸 | 263 | 咀 | 65 | 捲 | 178 | **juè** | |
| **jìn** | | 阱 | 473 | 玖 | 282 | 沮 | 242 | **juàn** | | 倔 | 25 |
| 勁 | 47 | 頸 | 488 | 酒 | 455 | 矩 | 309 | 倦 | 24 | **jūn** | |
| 噤 | 80 | **jìng** | | 韭 | 485 | 舉 | 370 | 卷 | 55 | 君 | 64 |
| 晉 | 200 | 勁 | 47 | **jiù** | | **jù** | | 圈 | 84 | 均 | 87 |
| 浸 | 247 | 境 | 93 | 咎 | 67 | 俱 | 23 | 眷 | 305 | 菌 | 382 |
| 燼 | 271 | 徑 | 145 | 就 | 120 | 倨 | 25 | 絹 | 343 | 軍 | 439 |
| 盡 | 302 | 敬 | 192 | 廄 | 137 | 具 | 34 | **juē** | | 鈞 | 460 |
| 禁 | 317 | 淨 | 249 | 救 | 191 | 劇 | 45 | 撅 | 184 | **jùn** | |
| 近 | 444 | 痙 | 295 | 柩 | 211 | 句 | 60 | | | 俊 | 22 |

| | | | | | | | | | | |
|---|---|---|---|---|---|---|---|---|---|---|
| 峻 | 125 | 堪 | 90 | 靠 | 483 | **kěn** | | 骷 | 498 | **kuáng** |
| 浚 | 247 | 戡 | 163 | **kē** | | 啃 | 72 | **kǔ** | | 狂 | 277 |
| 濬 | 260 | 看 | 304 | 坷 | 87 | 墾 | 93 | 苦 | 376 | **kuàng** |
| 竣 | 327 | **kǎn** | | 柯 | 211 | 懇 | 160 | **kù** | | 曠 | 203 |
| 菌 | 382 | 侃 | 20 | 棵 | 218 | 肯 | 360 | 庫 | 136 | 框 | 213 |
| 郡 | 453 | 坎 | 87 | 瞌 | 307 | **kēng** | | 褲 | 407 | 況 | 242 |
| 駿 | 496 | 檻 | 228 | 磕 | 313 | 吭 | 64 | 酷 | 456 | 眶 | 305 |
| | | 砍 | 311 | 科 | 319 | 坑 | 87 | **kuā** | | 礦 | 316 |
| **k** | | **kàn** | | 窠 | 325 | 鏗 | 467 | 誇 | 414 | 廓 | 455 |
| | | 看 | 304 | 苛 | 376 | **kōng** | | **kuǎ** | | **kuī** |
| **kā** | | 瞰 | 307 | 蝌 | 397 | 空 | 324 | 垮 | 88 | 巋 | 127 |
| 咖 | 67 | **kāng** | | 軻 | 440 | **kǒng** | | **kuà** | | 盔 | 301 |
| 喀 | 76 | 康 | 136 | 顆 | 488 | 孔 | 109 | 挎 | 172 | 窺 | 326 |
| **kǎ** | | 慷 | 158 | 颗 | 488 | 恐 | 150 | 胯 | 362 | 虧 | 392 |
| 卡 | 54 | 糠 | 338 | **ké** | | **kòng** | | 跨 | 434 | **kuí** |
| 咯 | 69 | **káng** | | 咳 | 69 | 控 | 178 | **kuài** | | 奎 | 99 |
| **kāi** | | 扛 | 166 | 殼 | 234 | 空 | 324 | 儈 | 29 | 睽 | 307 |
| 揩 | 179 | **kàng** | | **kě** | | **kōu** | | 塊 | 91 | 葵 | 384 |
| 開 | 470 | 亢 | 10 | 可 | 59 | 摳 | 182 | 快 | 149 | 逵 | 448 |
| **kǎi** | | 伉 | 16 | 坷 | 87 | **kǒu** | | 會 | 205 | 魁 | 501 |
| 凱 | 38 | 抗 | 168 | 渴 | 251 | 口 | 58 | 筷 | 330 | **kuǐ** |
| 慨 | 156 | 炕 | 264 | **kè** | | **kòu** | | 膾 | 367 | 傀 | 27 |
| 揩 | 179 | **kǎo** | | 克 | 31 | 叩 | 60 | **kuān** | | **kuì** |
| 楷 | 220 | 拷 | 172 | 刻 | 42 | 寇 | 114 | 寬 | 116 | 匱 | 51 |
| 鎧 | 466 | 攷 | 190 | 剋 | 43 | 扣 | 166 | **kuǎn** | | 喟 | 75 |
| **kài** | | 烤 | 265 | 可 | 59 | 釦 | 460 | 款 | 230 | 愧 | 157 |
| 愾 | 157 | 考 | 355 | 客 | 113 | **kū** | | **kuāng** | | 潰 | 258 |
| **kān** | | **kào** | | 恪 | 151 | 哭 | 71 | 匡 | 51 | 簣 | 334 |
| 刊 | 40 | 犒 | 277 | 課 | 417 | 枯 | 211 | 哐 | 67 | 餽 | 493 |
| 勘 | 47 | 銬 | 461 | | | 窟 | 325 | 筐 | 329 | 饋 | 493 |

| lōu | | lǔ | | 履 | 122 | 圖 | 84 | **m** | | 麥 | 511 |
|---|---|---|---|---|---|---|---|---|---|---|---|
| 摟 | 182 | 擄 | 186 | 捋 | 175 | 崙 | 125 | | | mán | |
| lóu | | 檑 | 229 | 旅 | 196 | 淪 | 248 | mā | | 埋 | 89 |
| 僂 | 28 | 滷 | 255 | 縷 | 346 | 綸 | 344 | 媽 | 107 | 瞞 | 307 |
| 嘍 | 79 | 虜 | 392 | 褸 | 407 | 論 | 417 | 抹 | 169 | 蠻 | 402 |
| 婁 | 106 | 魯 | 502 | 鋁 | 463 | 輪 | 441 | má | | 謾 | 420 |
| 樓 | 224 | 鹵 | 509 | lǜ | | lùn | | 痲 | 296 | 饅 | 493 |
| lǒu | | lù | | 律 | 145 | 論 | 417 | 蟆 | 399 | 鰻 | 503 |
| 摟 | 182 | 六 | 33 | 慮 | 157 | luō | | 麻 | 511 | mǎn | |
| 簍 | 333 | 戮 | 163 | 氯 | 238 | 囉 | 83 | mǎ | | 滿 | 254 |
| 體 | 498 | 漉 | 256 | 濾 | 261 | 捋 | 175 | 嗎 | 77 | màn | |
| lòu | | 潞 | 259 | 率 | 282 | luó | | 瑪 | 286 | 曼 | 58 |
| 漏 | 257 | 碌 | 313 | 綠 | 345 | 籮 | 335 | 碼 | 313 | 慢 | 133 |
| 鏤 | 467 | 祿 | 318 | luán | | 羅 | 351 | 螞 | 398 | 慢 | 157 |
| 陋 | 474 | 綠 | 345 | 孿 | 111 | 蘿 | 391 | 馬 | 494 | 漫 | 256 |
| 露 | 481 | 賂 | 428 | 巒 | 127 | 螺 | 399 | mà | | 蔓 | 386 |
| lou | | 路 | 434 | 攣 | 189 | 邏 | 452 | 罵 | 351 | 謾 | 420 |
| 嘍 | 79 | 錄 | 465 | 灤 | 262 | 鑼 | 469 | 螞 | 398 | máng | |
| lū | | 陸 | 474 | luǎn | | 騾 | 497 | ma | | 忙 | 148 |
| 嚕 | 82 | 露 | 481 | 卵 | 54 | luǒ | | 嗎 | 77 | 氓 | 237 |
| lú | | 鷺 | 508 | luàn | | 裸 | 406 | 嘛 | 79 | 盲 | 303 |
| 廬 | 138 | 鹿 | 510 | 亂 | 8 | luò | | mái | | 芒 | 375 |
| 瀘 | 261 | 麓 | 510 | lüè | | 洛 | 245 | 埋 | 89 | 茫 | 379 |
| 爐 | 271 | lú | | 掠 | 178 | 烙 | 265 | 霾 | 482 | mǎng | |
| 盧 | 303 | 欄 | 229 | 略 | 292 | 絡 | 342 | mǎi | | 莽 | 379 |
| 臚 | 368 | 驢 | 497 | lūn | | 落 | 384 | 買 | 427 | 蟒 | 399 |
| 蘆 | 390 | lǚ | | 掄 | 177 | 駱 | 496 | mài | | māo | |
| 顱 | 489 | 侶 | 21 | lún | | | | 脈 | 362 | 猫 | 279 |
| 鱸 | 504 | 呂 | 63 | 侖 | 19 | | | 賣 | 429 | 貓 | 425 |
| 鸕 | 508 | 屢 | 122 | 倫 | 24 | | | 邁 | 451 | | |

| máo | | | | | | | | |
|---|---|---|---|---|---|---|---|---|
| 毛 | 235 | 莓 | 380 | **méng** | | 醚 | 457 | **miáo** |
| 牦 | 275 | 酶 | 456 | 朦 | 206 | 靡 | 483 | 描 | 179 |
| 氂 | 277 | 霉 | 481 | 檬 | 228 | **mǐ** | | 瞄 | 307 |
| 矛 | 308 | 黴 | 514 | 岷 | 237 | 弭 | 141 | 苗 | 377 |
| 茅 | 378 | **měi** | | 濛 | 260 | 米 | 335 | **miǎo** |
| 錨 | 465 | 每 | 235 | 盟 | 302 | 靡 | 483 | 渺 | 251 |
| 髦 | 499 | 美 | 352 | 曚 | 308 | **mì** | | 秒 | 319 |
| **mǎo** | | 鎂 | 466 | 萌 | 382 | 冪 | 36 | 藐 | 389 |
| 卯 | 54 | **mèi** | | 蒙 | 385 | 密 | 115 | **miào** |
| 鉚 | 461 | 妹 | 102 | **měng** | | 汨 | 239 | 妙 | 102 |
| **mào** | | 媚 | 107 | 懵 | 160 | 泌 | 243 | 廟 | 138 |
| 冒 | 35 | 寐 | 115 | 猛 | 279 | 祕 | 317 | 繆 | 347 |
| 帽 | 132 | 昧 | 199 | 蒙 | 385 | 秘 | 320 | **miē** |
| 瑁 | 285 | 袂 | 404 | 蜢 | 397 | 蜜 | 396 | 咩 | 69 |
| 茂 | 376 | 魅 | 501 | 錳 | 465 | 覓 | 409 | **miè** |
| 貌 | 425 | **mēn** | | **mèng** | | **mián** | | 滅 | 253 |
| 貿 | 427 | 悶 | 154 | 夢 | 97 | 棉 | 219 | 篾 | 333 |
| **me** | | **mén** | | 孟 | 110 | 眠 | 305 | 蔑 | 386 |
| 麼 | 511 | 捫 | 179 | **mī** | | 綿 | 344 | 蠛 | 402 |
| **méi** | | 門 | 470 | 咪 | 69 | **miǎn** | | **mín** |
| 媒 | 106 | **mèn** | | 眯 | 305 | 免 | 32 | 岷 | 124 |
| 嵋 | 126 | 悶 | 154 | 瞇 | 307 | 冕 | 35 | 民 | 236 |
| 枚 | 210 | 懣 | 160 | **mí** | | 勉 | 47 | **mǐn** |
| 梅 | 217 | 燜 | 270 | 彌 | 142 | 娩 | 105 | 憫 | 158 |
| 楣 | 221 | **men** | | 瀰 | 262 | 湎 | 259 | 抿 | 171 |
| 沒 | 240 | 們 | 24 | 眯 | 305 | 緬 | 345 | 敏 | 191 |
| 煤 | 267 | **mēng** | | 瞇 | 307 | **miàn** | | 皿 | 301 |
| 玫 | 282 | 矇 | 308 | 糜 | 338 | 面 | 483 | 閔 | 471 |
| 眉 | 304 | 蒙 | 385 | 謎 | 419 | 麵 | 511 | 閩 | 471 |
| | | | | 迷 | 446 | 麵 | 511 | | |

| | | | | | | **míng** | |
|---|---|---|---|---|---|---|---|
| | | | | | | 冥 | 36 |
| | | | | | | 名 | 62 |
| | | | | | | 明 | 198 |
| | | | | | | 溟 | 254 |
| | | | | | | 瞑 | 307 |
| | | | | | | 茗 | 379 |
| | | | | | | 螟 | 399 |
| | | | | | | 銘 | 462 |
| | | | | | | 鳴 | 504 |
| | | | | | | **mǐng** | |
| | | | | | | 酩 | 456 |
| | | | | | | **mìng** | |
| | | | | | | 命 | 66 |
| | | | | | | **miù** | |
| | | | | | | 繆 | 347 |
| | | | | | | 謬 | 420 |
| | | | | | | **mō** | |
| | | | | | | 摸 | 182 |
| | | | | | | **mó** | |
| | | | | | | 摹 | 182 |
| | | | | | | 摩 | 183 |
| | | | | | | 模 | 224 |
| | | | | | | 磨 | 314 |
| | | | | | | 膜 | 366 |
| | | | | | | 蘑 | 390 |
| | | | | | | 鏌 | 493 |
| | | | | | | 魔 | 501 |
| | | | | | | **mǒ** | |
| | | | | | | 抹 | 169 |

| mò | | 母 | 235 | na | | nào | | 霓 | 481 | niàng | |
|---|---|---|---|---|---|---|---|---|---|---|---|
| 墨 | 93 | 牡 | 275 | 哪 | 71 | 淖 | 248 | nǐ | | 釀 | 457 |
| 寞 | 115 | 畝 | 291 | nǎi | | 鬧 | 500 | 你 | 18 | niǎo | |
| 抹 | 169 | mù | | 乃 | 5 | né | | 妳 | 103 | 嬲 | 108 |
| 末 | 207 | 慕 | 48 | 奶 | 101 | 哪 | 71 | 擬 | 187 | 裊 | 406 |
| 歿 | 233 | 墓 | 92 | 氖 | 237 | ne | | nì | | 鳥 | 504 |
| 沒 | 240 | 幕 | 133 | 遒 | 445 | 呢 | 67 | 匿 | 51 | niào | |
| 沫 | 241 | 慕 | 157 | nài | | něi | | 昵 | 200 | 尿 | 121 |
| 漠 | 255 | 暮 | 202 | 奈 | 99 | 哪 | 71 | 暱 | 202 | 溺 | 254 |
| 磨 | 314 | 木 | 207 | 耐 | 356 | 餒 | 492 | 泥 | 243 | niē | |
| 秣 | 320 | 沐 | 239 | nán | | nèi | | 溺 | 254 | 捏 | 174 |
| 脈 | 362 | 牧 | 275 | 南 | 53 | 內 | 33 | 膩 | 366 | niè | |
| 茉 | 376 | 目 | 303 | 喃 | 74 | 那 | 452 | 逆 | 446 | 孽 | 111 |
| 莫 | 380 | 睦 | 306 | 楠 | 220 | nèn | | niān | | 涅 | 246 |
| 陌 | 474 | 穆 | 323 | 男 | 291 | 嫩 | 108 | 拈 | 169 | 聶 | 358 |
| 驀 | 497 | 苜 | 377 | 難 | 479 | néng | | 蔫 | 386 | 蘖 | 391 |
| 默 | 513 | | | nǎn | | 能 | 363 | nián | | 躡 | 438 |
| móu | | **n** | | 赧 | 431 | ńg | | 年 | 134 | 鎳 | 466 |
| 牟 | 275 | | | nàn | | 嗯 | 77 | 鮎 | 502 | 鑷 | 469 |
| 眸 | 306 | ná | | 難 | 479 | ňg | | 黏 | 512 | 囓 | 516 |
| 繆 | 347 | 拿 | 173 | nāng | | 嗯 | 77 | niǎn | | nín | |
| 謀 | 418 | nǎ | | 囔 | 83 | ǹg | | 捻 | 177 | 您 | 152 |
| mǒu | | 哪 | 71 | náng | | 嗯 | 77 | 攆 | 187 | níng | |
| 某 | 211 | nà | | 囊 | 83 | nī | | 碾 | 314 | 凝 | 38 |
| mú | | 呐 | 63 | náo | | 妮 | 103 | niàn | | 嚀 | 82 |
| 模 | 224 | 娜 | 106 | 撓 | 183 | ní | | 唸 | 73 | 寧 | 116 |
| mǔ | | 捺 | 176 | nǎo | | 倪 | 24 | 廿 | 139 | 擰 | 187 |
| 姥 | 104 | 納 | 340 | 惱 | 156 | 呢 | 67 | 念 | 148 | 檸 | 228 |
| 姆 | 104 | 那 | 452 | 瑙 | 286 | 尼 | 121 | niáng | | 獰 | 281 |
| 拇 | 171 | 鈉 | 460 | 腦 | 365 | 泥 | 243 | 娘 | 105 | | |

| | | | | | | | | | |
|---|---|---|---|---|---|---|---|---|---|
| **nǐng** | | 弩 | 141 | 甌 | 288 | **pǎi** | | **pǎng** | |
| 擰 | 187 | **nù** | | 鷗 | 507 | 迫 | 445 | 榜 | 356 |
| **nìng** | | 怒 | 150 | **ǒu** | | **pài** | | **pàng** | |
| 佞 | 16 | **nǚ** | | 偶 | 25 | 派 | 244 | 胖 | 362 |
| 寧 | 116 | 女 | 100 | 嘔 | 78 | 湃 | 252 | **pāo** | |
| 擰 | 187 | **nuǎn** | | 藕 | 390 | **pān** | | 拋 | 169 |
| 濘 | 260 | 暖 | 201 | **òu** | | 攀 | 187 | 泡 | 243 |
| **niū** | | **nüè** | | 慪 | 255 | 潘 | 258 | **páo** | |
| 妞 | 102 | 瘧 | 296 | | | 番 | 292 | 刨 | 41 |
| **niú** | | 虐 | 391 | **p** | | **pán** | | 咆 | 67 |
| 牛 | 275 | **nuó** | | | | 盤 | 302 | 庖 | 135 |
| **niǔ** | | 娜 | 106 | **pā** | | 磐 | 314 | 炮 | 264 |
| 扭 | 168 | 挪 | 175 | 啪 | 72 | 胖 | 362 | 袍 | 404 |
| 紐 | 340 | **nuò** | | 葩 | 384 | 蹣 | 436 | **pǎo** | |
| 鈕 | 460 | 懦 | 160 | 趴 | 433 | **pàn** | | 跑 | 433 |
| **niù** | | 糯 | 338 | **pá** | | 判 | 41 | **pào** | |
| 拗 | 172 | 諾 | 418 | 扒 | 165 | 叛 | 58 | 泡 | 243 |
| **nóng** | | | | 杷 | 211 | 拚 | 171 | 炮 | 264 |
| 儂 | 29 | **o** | | 爬 | 272 | 畔 | 291 | 砲 | 311 |
| 噥 | 81 | | | 琶 | 285 | 盼 | 304 | **pēi** | |
| 濃 | 259 | **ō** | | 耙 | 356 | **pāng** | | 呸 | 65 |
| 膿 | 366 | 喔 | 77 | **pà** | | 乒 | 5 | 胚 | 361 |
| 農 | 444 | 噢 | 81 | 帕 | 131 | 滂 | 254 | **péi** | |
| **nòng** | | **ó** | | 怕 | 150 | **páng** | | 培 | 90 |
| 弄 | 139 | 哦 | 71 | **pāi** | | 龐 | 138 | 裴 | 406 |
| **nú** | | **ò** | | 拍 | 170 | 彷 | 144 | 賠 | 430 |
| 奴 | 101 | 哦 | 71 | **pái** | | 旁 | 196 | 陪 | 475 |
| 駑 | 496 | **ōu** | | 徘 | 146 | 磅 | 314 | **pèi** | |
| **nǔ** | | 歐 | 231 | 排 | 176 | 膀 | 366 | 佩 | 20 |
| 努 | 46 | 毆 | 234 | 牌 | 274 | 螃 | 398 | 沛 | 239 |
| | | | | | | | | 珮 | 284 |
| | | | | | | | | 轡 | 442 |
| | | | | | | | | 配 | 455 |
| | | | | | | | | **pēn** | |
| | | | | | | | | 噴 | 79 |
| | | | | | | | | **pén** | |
| | | | | | | | | 盆 | 301 |
| | | | | | | | | **pèn** | |
| | | | | | | | | 噴 | 79 |
| | | | | | | | | **pēng** | |
| | | | | | | | | 怦 | 149 |
| | | | | | | | | 抨 | 169 |
| | | | | | | | | 烹 | 266 |
| | | | | | | | | 砰 | 311 |
| | | | | | | | | **péng** | |
| | | | | | | | | 彭 | 143 |
| | | | | | | | | 朋 | 205 |
| | | | | | | | | 棚 | 219 |
| | | | | | | | | 澎 | 257 |
| | | | | | | | | 硼 | 312 |
| | | | | | | | | 篷 | 333 |
| | | | | | | | | 膨 | 366 |
| | | | | | | | | 蓬 | 386 |
| | | | | | | | | 鵬 | 507 |
| | | | | | | | | **pěng** | |
| | | | | | | | | 捧 | 175 |
| | | | | | | | | **pèng** | |
| | | | | | | | | 碰 | 313 |
| | | | | | | | | **pī** | |
| | | | | | | | | 丕 | 3 |

| | | | | | |
|---|---|---|---|---|---|
| 劈 45 | **piān** | **piě** | 潑 259 | 蒲 385 | 沏 240 |
| 坯 87 | 偏 26 | 撇 183 | 頗 487 | **pǔ** | 淒 248 |
| 批 166 | 扁 164 | **pīn** | **pó** | 圃 84 | 漆 255 |
| 披 171 | 片 274 | 姘 104 | 婆 106 | 埔 89 | 緝 345 |
| 砒 310 | 篇 332 | 拚 171 | 鄱 454 | 普 201 | 萋 382 |
| 紕 339 | 翩 354 | 拼 173 | **pǒ** | 朴 207 | 蹊 436 |
| 霹 482 | **pián** | **pín** | 叵 59 | 樸 226 | **qí** |
| **pí** | 便 20 | 嬪 108 | 笸 328 | 浦 245 | 俟 22 |
| 啤 73 | 胼 363 | 貧 426 | **pò** | 譜 420 | 其 34 |
| 枇 210 | **piàn** | 頻 488 | 朴 207 | 蹼 437 | 奇 99 |
| 毗 235 | 片 274 | 顰 489 | 珀 283 | **pù** | 崎 125 |
| 琵 284 | 騙 496 | **pǐn** | 破 311 | 堡 91 | 旗 197 |
| 疲 295 | **piāo** | 品 68 | 粕 336 | 暴 202 | 棋 218 |
| 皮 300 | 剽 45 | **pìn** | 迫 445 | 曝 203 | 歧 232 |
| 脾 364 | 漂 255 | 聘 357 | 魄 501 | 瀑 261 | 琪 285 |
| 裨 406 | 飄 490 | **pīng** | **pōu** | 舖 372 | 琦 285 |
| **pǐ** | **piáo** | 乒 6 | 剖 44 | 鋪 462 | 畦 291 |
| 劈 45 | 嫖 108 | **píng** | **pū** | | 祁 316 |
| 匹 51 | 朴 207 | 坪 87 | 仆 13 | **q** | 祈 316 |
| 否 63 | 瓢 287 | 屏 122 | 噗 80 | | 祺 317 |
| 疋 293 | **piǎo** | 平 134 | 撲 184 | **qī** | 臍 367 |
| 痞 295 | 漂 255 | 憑 159 | 鋪 462 | 七 1 | 騎 496 |
| 癖 298 | 瞟 307 | 瓶 288 | **pú** | 喊 78 | 鰭 503 |
| **pì** | **piào** | 萍 382 | 仆 13 | 妻 103 | 麒 510 |
| 僻 29 | 漂 255 | 蘋 390 | 僕 28 | 悽 153 | 齊 515 |
| 媲 107 | 票 317 | 評 413 | 匍 49 | 戚 162 | **qǐ** |
| 屁 121 | 驃 497 | **pō** | 脯 363 | 期 206 | 乞 7 |
| 譬 421 | **piē** | 坡 88 | 莆 379 | 柒 213 | 企 15 |
| 辟 442 | 撇 183 | 朴 207 | 菩 382 | 棲 218 | 啟 73 |
| 闢 472 | 瞥 307 | 泊 242 | 葡 384 | 欺 230 | 杞 209 |

| | | | | | | | | | | | |
|---|---|---|---|---|---|---|---|---|---|---|---|
| 稽 | 322 | 扦 | 166 | **qiāng** | | 憔 | 159 | 鍥 | 465 | **qǐng** | |
| 綺 | 344 | 牽 | 276 | 嗆 | 78 | 橋 | 226 | **qīn** | | 請 | 416 |
| 豈 | 422 | 簽 | 334 | 戕 | 162 | 瞧 | 308 | 侵 | 22 | 頃 | 486 |
| 起 | 432 | 籤 | 335 | 搶 | 181 | 翹 | 354 | 欽 | 230 | **qìng** | |
| **qì** | | 謙 | 419 | 槍 | 222 | 蕎 | 387 | 親 | 410 | 慶 | 158 |
| 亟 | 10 | 遷 | 450 | 羌 | 352 | **qiǎo** | | **qín** | | 罄 | 350 |
| 噐 | 80 | 釺 | 460 | 腔 | 364 | 巧 | 128 | 勤 | 48 | 親 | 410 |
| 器 | 81 | 鉛 | 461 | 鏘 | 467 | 悄 | 152 | 噙 | 81 | **qióng** | |
| 契 | 99 | 阡 | 473 | **qiáng** | | **qiào** | | 擒 | 186 | 瓊 | 287 |
| 憩 | 159 | 韆 | 485 | 強 | 141 | 俏 | 21 | 琴 | 284 | 穹 | 324 |
| 棄 | 219 | **qián** | | 強 | 141 | 峭 | 125 | 禽 | 318 | 窮 | 325 |
| 氣 | 237 | 乾 | 7 | 牆 | 273 | 撬 | 184 | 秦 | 320 | **qiū** | |
| 汽 | 240 | 前 | 43 | 薔 | 388 | 殼 | 234 | 芹 | 375 | 丘 | 3 |
| 泣 | 243 | 潛 | 258 | **qiǎng** | | 竅 | 326 | 覃 | 409 | 秋 | 320 |
| 砌 | 310 | 犍 | 276 | 強 | 141 | 翹 | 354 | **qǐn** | | 蚯 | 393 |
| 記 | 412 | 虔 | 391 | 強 | 141 | 鞘 | 484 | 寢 | 116 | 邱 | 453 |
| 迄 | 444 | 鉗 | 461 | 搶 | 181 | **qiē** | | **qìn** | | 鞦 | 484 |
| **qi** | | 錢 | 464 | 襁 | 407 | 切 | 40 | 沁 | 241 | 鰍 | 503 |
| 薺 | 389 | 黔 | 513 | **qiàng** | | **qié** | | **qīng** | | **qiú** | |
| **qiā** | | **qiǎn** | | 嗆 | 78 | 茄 | 377 | 傾 | 28 | 仇 | 13 |
| 掐 | 177 | 淺 | 248 | 蹌 | 436 | **qiě** | | 卿 | 55 | 囚 | 83 |
| **qiǎ** | | 譴 | 421 | **qiāo** | | 且 | 3 | 氫 | 237 | 求 | 238 |
| 卡 | 54 | 遣 | 450 | 悄 | 152 | **qiè** | | 清 | 247 | 泅 | 242 |
| **qià** | | **qiàn** | | 敲 | 192 | 切 | 40 | 蜻 | 396 | 球 | 284 |
| 恰 | 151 | 倩 | 22 | 橇 | 226 | 妾 | 103 | 輕 | 440 | 裘 | 405 |
| 洽 | 245 | 塹 | 92 | 蹺 | 437 | 怯 | 149 | 青 | 482 | 酋 | 455 |
| **qiān** | | 嵌 | 126 | 鍬 | 466 | 愜 | 155 | **qíng** | | **qū** | |
| 仟 | 14 | 欠 | 229 | **qiáo** | | 挈 | 172 | 情 | 153 | 區 | 51 |
| 千 | 52 | 歉 | 230 | 僑 | 28 | 竊 | 326 | 擎 | 185 | 屈 | 121 |
| 慳 | 157 | 縴 | 347 | 喬 | 76 | 趄 | 432 | 晴 | 201 | 嶇 | 126 |

| | | | | | | | | | |
|---|---|---|---|---|---|---|---|---|---|
| 曲 | 204 | 銓 | 462 | 染 | 213 | 任 | 15 | **róu** | |
| 蛆 | 393 | 顴 | 490 | **rāng** | | 刃 | 40 | 揉 | 181 |
| 趨 | 433 | **quǎn** | | 嚷 | 83 | 妊 | 102 | 柔 | 213 |
| 軀 | 439 | 犬 | 277 | **ráng** | | 紉 | 339 | 蹂 | 436 |
| 驅 | 497 | **quàn** | | 瓤 | 287 | 認 | 416 | **ròu** | |
| 麯 | 511 | 券 | 42 | **rǎng** | | 靭 | 485 | 肉 | 359 |
| 麴 | 511 | 勸 | 48 | 嚷 | 83 | 餁 | 491 | **rú** | |
| **qú** | | **quē** | | 壤 | 94 | **rēng** | | 儒 | 29 |
| 渠 | 251 | 炔 | 264 | 攘 | 188 | 扔 | 165 | 如 | 101 |
| 瞿 | 308 | 缺 | 350 | **ràng** | | **réng** | | 嬬 | 111 |
| **qǔ** | | **qué** | | 讓 | 421 | 仍 | 13 | 濡 | 260 |
| 取 | 58 | 瘸 | 297 | **ráo** | | **rì** | | 茹 | 379 |
| 娶 | 106 | **què** | | 饒 | 493 | 日 | 197 | 蠕 | 401 |
| 曲 | 204 | 却 | 55 | **rǎo** | | **róng** | | **rǔ** | |
| 齲 | 516 | 卻 | 55 | 擾 | 188 | 容 | 114 | 乳 | 7 |
| **qù** | | 榷 | 223 | **rào** | | 嶸 | 127 | 汝 | 239 |
| 去 | 56 | 確 | 314 | 繞 | 348 | 戎 | 161 | 辱 | 443 |
| 趣 | 433 | 雀 | 477 | **rě** | | 榕 | 223 | **rù** | |
| **quān** | | 鵲 | 506 | 惹 | 155 | 榮 | 223 | 入 | 32 |
| 圈 | 84 | **qún** | | **rè** | | 溶 | 254 | 褥 | 407 |
| **quán** | | 羣 | 353 | 熱 | 269 | 熔 | 268 | **ruǎn** | |
| 全 | 33 | 裙 | 406 | **rén** | | 絨 | 342 | 軟 | 439 |
| 拳 | 173 | | | 人 | 12 | 茸 | 378 | 阮 | 473 |
| 權 | 229 | **r** | | 仁 | 12 | 蓉 | 385 | **ruǐ** | |
| 泉 | 242 | | | 任 | 15 | 融 | 398 | 蕊 | 388 |
| 痊 | 295 | **rán** | | 壬 | 95 | 鎔 | 467 | **ruì** | |
| 筌 | 330 | 然 | 267 | **rěn** | | **rǒng** | | 瑞 | 285 |
| 蜷 | 396 | 燃 | 270 | 忍 | 148 | 冗 | 36 | 銳 | 463 |
| 詮 | 415 | **rǎn** | | **rèn** | | 宂 | 111 | **rùn** | |
| 醛 | 457 | 冉 | 35 | 刃 | 14 | | | 潤 | 258 |

| | |
|---|---|
| **ruò** | |
| 偌 | 25 |
| 弱 | 141 |
| 若 | 376 |
| **S** | |
| **sā** | |
| 撒 | 183 |
| **sǎ** | |
| 撒 | 183 |
| 灑 | 262 |
| **sà** | |
| 卅 | 52 |
| 薩 | 389 |
| 颯 | 490 |
| **sāi** | |
| 塞 | 92 |
| 腮 | 365 |
| 鰓 | 503 |
| **sài** | |
| 塞 | 92 |
| 賽 | 430 |
| **sān** | |
| 三 | 1 |
| 叁 | 57 |
| **sǎn** | |
| 傘 | 27 |
| 散 | 192 |

| sàn | | sēng | | 山 | 123 | 商 | 73 | shē | | 紳 | 341 |
|---|---|---|---|---|---|---|---|---|---|---|---|
| 散 | 192 | 僧 | 29 | 扇 | 164 | 墒 | 93 | 奢 | 100 | 莘 | 381 |
| sāng | | shā | | 搧 | 182 | shǎng | | 賒 | 428 | 身 | 438 |
| 喪 | 74 | 剎 | 43 | 杉 | 209 | 上 | 1 | shé | | shén | |
| 桑 | 216 | 杉 | 209 | 潸 | 257 | 晌 | 200 | 折 | 167 | 什 | 12 |
| sǎng | | 殺 | 234 | 煽 | 268 | 賞 | 429 | 舌 | 371 | 甚 | 288 |
| 嗓 | 78 | 沙 | 240 | 珊 | 283 | shàng | | 蛇 | 394 | 神 | 316 |
| 搡 | 182 | 煞 | 268 | 羶 | 353 | 上 | 1 | shě | | shěn | |
| sàng | | 砂 | 311 | 膻 | 367 | 尚 | 119 | 捨 | 177 | 哂 | 68 |
| 喪 | 74 | 紗 | 340 | 舢 | 372 | shang | | 舍 | 371 | 嬸 | 108 |
| sāo | | 莎 | 381 | 苫 | 376 | 上 | 1 | shè | | 審 | 116 |
| 搔 | 182 | 裟 | 405 | 衫 | 404 | 裳 | 406 | 射 | 117 | 沈 | 240 |
| 臊 | 367 | 鯊 | 502 | 珊 | 434 | shāo | | 懾 | 161 | 瀋 | 261 |
| 騷 | 497 | shá | | shǎn | | 捎 | 174 | 攝 | 188 | shèn | |
| sǎo | | 啥 | 73 | 閃 | 470 | 梢 | 216 | 涉 | 245 | 慎 | 156 |
| 嫂 | 106 | shǎ | | 陝 | 474 | 燒 | 269 | 社 | 316 | 滲 | 257 |
| 掃 | 178 | 傻 | 28 | shàn | | 稍 | 321 | 舍 | 371 | 甚 | 288 |
| sào | | shà | | 單 | 75 | 艄 | 373 | 設 | 413 | 腎 | 364 |
| 掃 | 178 | 廈 | 137 | 善 | 76 | sháo | | 赦 | 431 | 蜃 | 395 |
| 臊 | 367 | 煞 | 268 | 扇 | 164 | 勺 | 48 | 麝 | 510 | shēng | |
| sè | | 霎 | 481 | 擅 | 186 | 芍 | 374 | shéi | | 升 | 52 |
| 嗇 | 77 | shāi | | 汕 | 239 | 韶 | 486 | 誰 | 417 | 昇 | 199 |
| 塞 | 92 | 篩 | 333 | 禪 | 318 | shǎo | | shēn | | 牲 | 276 |
| 澀 | 260 | shài | | 繕 | 348 | 少 | 119 | 伸 | 17 | 生 | 289 |
| 瑟 | 285 | 曬 | 203 | 膳 | 366 | shào | | 參 | 57 | 甥 | 289 |
| 穡 | 323 | shān | | 苫 | 376 | 哨 | 70 | 呻 | 66 | 笙 | 328 |
| 色 | 374 | 刪 | 41 | 贍 | 430 | 少 | 119 | 娠 | 105 | 聲 | 358 |
| sēn | | 删 | 41 | 鱔 | 504 | 稍 | 321 | 深 | 250 | shéng | |
| 森 | 218 | 姍 | 103 | shāng | | 紹 | 341 | 申 | 290 | 澠 | 259 |
| | | 姍 | 103 | 傷 | 28 | | | 砷 | 311 | 繩 | 348 |

| shěng | | shǐ | | 誓 | 416 | 疏 | 293 | 術 | 403 | shuǐ | |
|---|---|---|---|---|---|---|---|---|---|---|---|
| 省 | 303 | 使 | 19 | 識 | 420 | 舒 | 371 | 豎 | 423 | 水 | 238 |
| shèng | | 史 | 59 | 逝 | 447 | 菽 | 382 | 述 | 444 | shuì | |
| 剩 | 44 | 始 | 104 | 適 | 450 | 蔬 | 388 | shuā | | 睡 | 307 |
| 勝 | 47 | 屎 | 122 | 釋 | 458 | 輸 | 441 | 刷 | 42 | 稅 | 321 |
| 盛 | 302 | 矢 | 309 | 飾 | 491 | shú | | shuǎ | | 說 | 416 |
| 聖 | 357 | 豕 | 423 | shi | | 塾 | 92 | 耍 | 356 | shǔn | |
| shī | | 駛 | 495 | 匙 | 50 | 孰 | 110 | shuāi | | 吮 | 65 |
| 失 | 98 | shì | | shōu | | 熟 | 269 | 摔 | 183 | shùn | |
| 尸 | 120 | 世 | 3 | 收 | 190 | 秫 | 320 | 衰 | 404 | 瞬 | 308 |
| 屍 | 122 | 事 | 8 | shǒu | | 贖 | 431 | shuǎi | | 舜 | 372 |
| 師 | 131 | 仕 | 13 | 守 | 111 | shǔ | | 甩 | 290 | 順 | 486 |
| 施 | 196 | 似 | 17 | 手 | 164 | 屬 | 123 | shuài | | shuō | |
| 溼 | 253 | 侍 | 19 | 首 | 494 | 數 | 193 | 帥 | 131 | 說 | 416 |
| 濕 | 260 | 勢 | 48 | shòu | | 暑 | 201 | 率 | 282 | shuò | |
| 獅 | 280 | 嗜 | 77 | 受 | 58 | 曙 | 203 | 蟀 | 400 | 妁 | 101 |
| 蝨 | 398 | 噬 | 81 | 售 | 72 | 署 | 350 | shuān | | 數 | 193 |
| 詩 | 414 | 士 | 95 | 壽 | 96 | 薯 | 388 | 拴 | 173 | 朔 | 206 |
| shí | | 室 | 113 | 授 | 177 | 蜀 | 395 | 栓 | 214 | 爍 | 271 |
| 什 | 12 | 市 | 130 | 獸 | 281 | 黍 | 512 | 閂 | 470 | 碩 | 313 |
| 十 | 52 | 式 | 139 | 瘦 | 297 | 鼠 | 515 | shuàn | | 鑠 | 468 |
| 實 | 116 | 弒 | 140 | shū | | shù | | 涮 | 250 | sī | |
| 拾 | 173 | 恃 | 150 | 叔 | 58 | 墅 | 92 | shuāng | | 司 | 60 |
| 時 | 200 | 拭 | 172 | 抒 | 168 | 庶 | 136 | 孀 | 109 | 嘶 | 79 |
| 石 | 310 | 是 | 199 | 書 | 204 | 恕 | 152 | 雙 | 479 | 廝 | 137 |
| 蝕 | 396 | 柿 | 213 | 梳 | 217 | 戍 | 162 | 霜 | 481 | 思 | 149 |
| 識 | 420 | 氏 | 236 | 樞 | 223 | 數 | 193 | shuǎng | | 撕 | 183 |
| 食 | 491 | 示 | 316 | 殊 | 233 | 束 | 209 | 爽 | 273 | 斯 | 195 |
| 鰣 | 503 | 視 | 410 | 淑 | 248 | 樹 | 226 | shuí | | 私 | 319 |
| | | 試 | 414 | 疎 | 293 | 漱 | 255 | 誰 | 417 | 絲 | 343 |

| | | | | | | | | | |
|---|---|---|---|---|---|---|---|---|---|
| **sǐ** | | 頌 | 487 | 訴 | 413 | **suō** | | 榻 | 222 |
| 死 | 233 | **sōu** | | 速 | 446 | 唆 | 71 | 踏 | 435 |
| **sì** | | 嗖 | 76 | **suān** | | 梭 | 217 | 蹋 | 436 |
| 似 | 17 | 搜 | 180 | 酸 | 456 | 簑 | 333 | **tāi** | |
| 伺 | 18 | 艘 | 373 | **suàn** | | 縮 | 347 | 台 | 60 |
| 俟 | 22 | 颼 | 490 | 算 | 331 | 蓑 | 385 | 胎 | 362 |
| 嗣 | 77 | 餿 | 493 | 蒜 | 384 | **suǒ** | | 苔 | 378 |
| 四 | 83 | **sǒu** | | **suī** | | 所 | 164 | **tái** | |
| 寺 | 117 | 叟 | 58 | 雖 | 479 | 瑣 | 286 | 台 | 60 |
| 巳 | 129 | 撒 | 188 | **suí** | | 索 | 339 | 抬 | 171 |
| 泗 | 242 | 藪 | 389 | 綏 | 343 | 鎖 | 466 | 擡 | 187 |
| 祀 | 316 | **sòu** | | 遂 | 449 | **suo** | | 枱 | 213 |
| 耜 | 356 | 嗽 | 78 | 隋 | 475 | 嗦 | 77 | 檯 | 228 |
| 肆 | 359 | **sū** | | 隨 | 477 | | | 臺 | 369 |
| 飼 | 492 | 嗉 | 83 | 髓 | 498 | **t** | | 苔 | 378 |
| 駟 | 495 | 甦 | 289 | **suì** | | | | 颱 | 490 |
| **sōng** | | 穌 | 323 | 歲 | 232 | **tā** | | **tài** | |
| 嵩 | 126 | 蘇 | 390 | 碎 | 312 | 他 | 14 | 太 | 98 |
| 松 | 210 | 酥 | 455 | 祟 | 317 | 塌 | 91 | 態 | 157 |
| 淞 | 247 | **sú** | | 穗 | 323 | 她 | 101 | 汰 | 239 |
| 鬆 | 499 | 俗 | 21 | 遂 | 449 | 它 | 111 | 泰 | 241 |
| **sǒng** | | **sù** | | 隧 | 477 | 牠 | 275 | **tān** | |
| 悚 | 152 | 僳 | 28 | **sūn** | | 踏 | 435 | 坍 | 87 |
| 慫 | 158 | 塑 | 92 | 孫 | 110 | **tǎ** | | 攤 | 189 |
| 聳 | 358 | 宿 | 114 | 飧 | 491 | 塔 | 91 | 灘 | 262 |
| **sòng** | | 溯 | 254 | **sǔn** | | 獺 | 281 | 癱 | 298 |
| 宋 | 112 | 簌 | 333 | 損 | 181 | **tà** | | 貪 | 426 |
| 訟 | 413 | 粟 | 336 | 榫 | 222 | 拓 | 169 | **tán** | |
| 誦 | 416 | 素 | 339 | 笋 | 328 | 搨 | 181 | 壇 | 93 |
| 送 | 446 | 肅 | 359 | 筍 | 330 | 撻 | 185 | 彈 | 142 |

| | |
|---|---|
| 曇 | 203 |
| 檀 | 228 |
| 潭 | 258 |
| 痰 | 296 |
| 罈 | 350 |
| 鐔 | 350 |
| 覃 | 409 |
| 談 | 418 |
| 譚 | 420 |
| **tǎn** | |
| 坦 | 87 |
| 忐 | 148 |
| 毯 | 236 |
| 袒 | 404 |
| **tàn** | |
| 嘆 | 78 |
| 探 | 178 |
| 歎 | 231 |
| 炭 | 264 |
| 碳 | 313 |
| **tāng** | |
| 湯 | 251 |
| **táng** | |
| 唐 | 71 |
| 堂 | 90 |
| 塘 | 92 |
| 搪 | 182 |
| 棠 | 218 |
| 糖 | 337 |
| 膛 | 366 |

| | | | | | | | | | | |
|---|---|---|---|---|---|---|---|---|---|---|
| 蹚 | 398 | **téng** | | 甜 | 289 | 烴 | 266 | **tòng** | | **tuān** |
| 螳 | 399 | 疼 | 295 | 田 | 290 | 聽 | 358 | 同 | 61 | 湍 | 252 |
| **tǎng** | | 藤 | 390 | 闐 | 472 | **tíng** | | 痛 | 296 | **tuán** |
| 倘 | 23 | 騰 | 419 | **tiǎn** | | 亭 | 11 | **tōu** | | 團 | 85 |
| 淌 | 248 | 腾 | 496 | 腆 | 364 | 停 | 26 | 偷 | 26 | 糰 | 338 |
| 躺 | 439 | **tī** | | 舔 | 371 | 婷 | 107 | **tóu** | | **tuī** |
| **tàng** | | 剔 | 44 | **tiāo** | | 庭 | 136 | 投 | 167 | 推 | 176 |
| 燙 | 270 | 梯 | 217 | 挑 | 173 | 廷 | 138 | 頭 | 488 | **tuí** |
| 趟 | 433 | 踢 | 435 | **tiáo** | | 蜓 | 395 | **tòu** | | 頹 | 488 |
| **tāo** | | 銻 | 463 | 條 | 217 | 霆 | 480 | 透 | 447 | **tuǐ** |
| 叨 | 60 | **tí** | | 笤 | 329 | **tǐng** | | **tou** | | 腿 | 366 |
| 掏 | 177 | 啼 | 76 | 調 | 417 | 挺 | 174 | 頭 | 488 | **tuì** |
| 滔 | 253 | 提 | 179 | 迢 | 445 | 艇 | 373 | **tū** | | 蛻 | 395 |
| 濤 | 260 | 蹄 | 436 | **tiǎo** | | **tōng** | | 凸 | 39 | 褪 | 407 |
| 縧 | 347 | 題 | 488 | 挑 | 173 | 通 | 447 | 禿 | 319 | 退 | 446 |
| 韜 | 485 | **tǐ** | | **tiào** | | **tóng** | | 突 | 324 | **tūn** |
| **táo** | | 體 | 498 | 佻 | 20 | 仝 | 13 | **tú** | | 吞 | 62 |
| 咷 | 73 | **tì** | | 眺 | 305 | 同 | 61 | 圖 | 85 | **tún** |
| 桃 | 214 | 剃 | 43 | 跳 | 434 | 彤 | 143 | 塗 | 92 | 囤 | 84 |
| 淘 | 249 | 嚏 | 81 | **tiē** | | 桐 | 214 | 屠 | 122 | 屯 | 123 |
| 萄 | 382 | 雁 | 122 | 帖 | 130 | 瞳 | 308 | 徒 | 145 | 臀 | 367 |
| 逃 | 445 | 惕 | 154 | 貼 | 426 | 童 | 327 | 荼 | 380 | 飩 | 491 |
| 陶 | 475 | 替 | 204 | **tiě** | | 酮 | 456 | 途 | 447 | **tùn** |
| **tǎo** | | 涕 | 247 | 帖 | 130 | 銅 | 462 | **tǔ** | | 褪 | 407 |
| 討 | 412 | **tiān** | | 鐵 | 468 | **tǒng** | | 吐 | 61 | **tuō** |
| **tào** | | 天 | 97 | **tiè** | | 捅 | 175 | 土 | 85 | 托 | 166 |
| 套 | 99 | 添 | 248 | 帖 | 130 | 桶 | 217 | **tù** | | 拖 | 170 |
| **tè** | | **tián** | | **tīng** | | 筒 | 330 | 兔 | 32 | 脫 | 363 |
| 忑 | 148 | 填 | 91 | 廳 | 138 | 統 | 342 | 吐 | 61 | 託 | 412 |
| 特 | 276 | 恬 | 151 | 汀 | 238 | | | | | | |

**tuó**
- 佗 18
- 沱 243
- 跎 434
- 陀 473
- 駝 495
- 馱 495
- 鮀 505

**tuǒ**
- 妥 102
- 橢 227

**tuò**
- 唾 75
- 拓 169

## W

**wā**
- 哇 67
- 挖 173
- 窪 325
- 蛙 394

**wá**
- 娃 104

**wǎ**
- 瓦 287

**wà**
- 瓦 287
- 襪 408

**wa**
- 哇 67

**wāi**
- 歪 232

**wài**
- 外 96

**wān**
- 剜 44
- 彎 142
- 灣 262
- 蜿 396
- 豌 423

**wán**
- 丸 4
- 完 112
- 烷 266
- 玩 282
- 頑 487

**wǎn**
- 婉 106
- 宛 113
- 惋 154
- 挽 175
- 晚 200
- 皖 300
- 碗 313
- 莞 381
- 輓 440

**wàn**
- 腕 364
- 萬 383
- 蔓 386

**wāng**
- 汪 239

**wáng**
- 亡 10
- 王 282

**wǎng**
- 往 144
- 惘 154
- 枉 209
- 網 344
- 罔 350

**wàng**
- 妄 101
- 往 144
- 忘 148
- 旺 198
- 望 206
- 王 282

**wēi**
- 偎 25
- 危 54
- 威 104
- 巍 127
- 微 146
- 薇 388
- 逶 448

**wéi**
- 唯 72
- 圍 85
- 帷 132
- 悻 132
- 惟 154
- 桅 215
- 濰 261
- 為 265
- 維 344
- 韋 485

**wěi**
- 偽 26
- 偉 26
- 唯 72
- 委 103
- 娓 105
- 尾 121
- 猥 279
- 痿 296
- 緯 346
- 萎 382
- 葦 384

**wèi**
- 位 18
- 味 65
- 喂 75
- 尉 118
- 慰 158
- 未 207
- 渭 251
- 為 265
- 猬 279
- 畏 291
- 胃 361
- 蔚 387
- 蝟 397
- 衛 403
- 衞 403
- 謂 418
- 遺 451
- 餵 493
- 魏 501

**wēn**
- 溫 251
- 瘟 296

**wén**
- 文 193
- 紋 340
- 聞 357
- 蚊 393
- 雯 480

**wěn**
- 刎 41
- 吻 64
- 穩 324
- 紊 340

**wèn**
- 問 74

**wēng**
- 嗡 78
- 翁 353

**wèng**
- 甕 288

**wō**
- 喔 77
- 撾 186
- 渦 252
- 窩 325
- 蝸 397

**wǒ**
- 我 162

**wò**
- 握 180
- 斡 194
- 沃 240
- 臥 368
- 齷 516

**wū**
- 嗚 78
- 屋 122
- 巫 129
- 汙 238
- 污 238
- 烏 265
- 誣 415
- 鎢 466

**wú**
- 吾 63
- 吳 65
- 梧 216

| | | | | | | | | | | |
|---|---|---|---|---|---|---|---|---|---|---|
| 毋 | 234 | **X** | | 膝 | 366 | 蝦 | 398 | 涎 | 247 | **xiāng** |
| 無 | 266 | | | 蜥 | 396 | **xiá** | | 絃 | 341 | 廂 | 137 |
| 蕪 | 387 | **xī** | | 蟋 | 400 | 俠 | 21 | 舷 | 373 | 湘 | 251 |
| 蜈 | 395 | 兮 | 33 | 西 | 408 | 匣 | 51 | 賢 | 429 | 相 | 304 |
| **wǔ** | | 吸 | 64 | 谿 | 422 | 峽 | 124 | 銜 | 462 | 箱 | 332 |
| 五 | 9 | 嘻 | 79 | 蹊 | 436 | 暇 | 202 | 閑 | 471 | 襄 | 407 |
| 伍 | 15 | 夕 | 96 | 錫 | 464 | 狎 | 278 | 閒 | 471 | 鄉 | 454 |
| 侮 | 21 | 奚 | 100 | **xí** | | 狹 | 278 | 鹹 | 509 | 鑲 | 469 |
| 午 | 52 | 嬉 | 108 | 媳 | 107 | 瑕 | 285 | **xiǎn** | | 香 | 494 |
| 嫵 | 108 | 希 | 130 | 席 | 131 | 轄 | 441 | 冼 | 37 | **xiáng** |
| 捂 | 174 | 息 | 151 | 檄 | 228 | 遐 | 450 | 洗 | 244 | 祥 | 317 |
| 武 | 232 | 悉 | 152 | 習 | 354 | 霞 | 481 | 蘚 | 391 | 翔 | 354 |
| 舞 | 372 | 惜 | 153 | 蓆 | 385 | **xià** | | 銑 | 462 | 詳 | 415 |
| 鵡 | 506 | 昔 | 198 | 襲 | 408 | 下 | 2 | 險 | 477 | 降 | 474 |
| **wù** | | 晰 | 201 | **xǐ** | | 嚇 | 81 | 顯 | 489 | **xiǎng** |
| 兀 | 30 | 曦 | 203 | 喜 | 74 | 夏 | 96 | 鮮 | 502 | 享 | 11 |
| 務 | 47 | 析 | 210 | 徙 | 145 | 廈 | 137 | **xiàn** | | 想 | 155 |
| 勿 | 49 | 汐 | 239 | 洗 | 244 | **xiān** | | 憲 | 159 | 響 | 486 |
| 塢 | 91 | 淅 | 247 | 璽 | 286 | 仙 | 14 | 獻 | 281 | 餉 | 492 |
| 寤 | 116 | 溪 | 253 | 禧 | 318 | 先 | 31 | 現 | 284 | **xiàng** |
| 悟 | 152 | 烯 | 266 | 銑 | 462 | 掀 | 177 | 綫 | 344 | 像 | 29 |
| 惡 | 153 | 熙 | 268 | **xì** | | 纖 | 349 | 線 | 345 | 向 | 62 |
| 戊 | 161 | 熄 | 268 | 係 | 22 | 鍁 | 464 | 縣 | 346 | 嚮 | 82 |
| 晤 | 200 | 熹 | 269 | 戲 | 163 | 鮮 | 502 | 羨 | 353 | 巷 | 130 |
| 物 | 276 | 犀 | 276 | 系 | 338 | **xián** | | 腺 | 365 | 橡 | 226 |
| 誤 | 416 | 犧 | 277 | 細 | 341 | 咸 | 68 | 見 | 409 | 相 | 304 |
| 霧 | 481 | 矽 | 310 | 繫 | 348 | 啣 | 74 | 限 | 474 | 象 | 423 |
| | | 硒 | 311 | 隙 | 476 | 嫌 | 107 | 陷 | 475 | 項 | 486 |
| | | 稀 | 321 | **xiā** | | 嫻 | 108 | 餡 | 493 | **xiāo** |
| | | 羲 | 353 | 瞎 | 307 | 弦 | 141 | | | 削 | 43 |

| 囂 | 83 | **xié** | | **xīn** | | **xìng** | | 繡 | 348 | 緒 | 343 |
|---|---|---|---|---|---|---|---|---|---|---|---|
| 宵 | 113 | 偕 | 25 | 心 | 147 | 倖 | 22 | 臭 | 369 | 續 | 349 |
| 梟 | 217 | 協 | 53 | 新 | 195 | 姓 | 103 | 袖 | 404 | 蓄 | 385 |
| 消 | 246 | 挾 | 174 | 欣 | 230 | 辛 | 134 | 銹 | 463 | 酗 | 455 |
| 瀟 | 262 | 攜 | 181 | 芯 | 376 | 性 | 149 | 鏽 | 468 | **xu** | |
| 硝 | 312 | 擕 | 186 | 莘 | 381 | 悻 | 153 | **xū** | | 蓿 | 387 |
| 簫 | 334 | 攜 | 189 | 薪 | 388 | 杏 | 208 | 吁 | 61 | **xuān** | |
| 蕭 | 389 | 斜 | 194 | 辛 | 442 | 興 | 371 | 噓 | 80 | 喧 | 76 |
| 逍 | 447 | 脅 | 363 | 鋅 | 463 | **xiōng** | | 墟 | 93 | 宣 | 113 |
| 銷 | 462 | 諧 | 418 | 馨 | 494 | 兄 | 31 | 戌 | 162 | 軒 | 439 |
| 霄 | 480 | 邪 | 452 | **xìn** | | 兇 | 31 | 盧 | 392 | **xuán** | |
| **xiáo** | | 鞋 | 484 | 信 | 22 | 凶 | 39 | 需 | 480 | 懸 | 160 |
| 淆 | 248 | **xiě** | | 芯 | 376 | 匈 | 49 | 須 | 487 | 旋 | 197 |
| **xiǎo** | | 寫 | 116 | 釁 | 457 | 洶 | 245 | 鬚 | 499 | 漩 | 256 |
| 小 | 119 | 血 | 402 | **xīng** | | 胸 | 363 | **xú** | | 玄 | 281 |
| 曉 | 203 | **xiè** | | 惺 | 155 | **xióng** | | 徐 | 145 | **xuǎn** | |
| **xiào** | | 卸 | 55 | 星 | 199 | 熊 | 268 | **xǔ** | | 癬 | 298 |
| 哮 | 70 | 寫 | 116 | 猩 | 279 | 雄 | 478 | 栩 | 216 | 選 | 451 |
| 嘯 | 81 | 屑 | 122 | 腥 | 365 | **xiū** | | 滸 | 256 | **xuàn** | |
| 孝 | 110 | 懈 | 160 | 興 | 371 | 休 | 15 | 許 | 412 | 旋 | 197 |
| 效 | 191 | 械 | 216 | **xíng** | | 修 | 24 | **xù** | | 渲 | 252 |
| 校 | 215 | 榭 | 222 | 刑 | 40 | 羞 | 352 | 婿 | 107 | 炫 | 265 |
| 笑 | 328 | 泄 | 241 | 型 | 88 | **xiǔ** | | 序 | 135 | 眩 | 305 |
| 肖 | 360 | 洩 | 244 | 形 | 142 | 宿 | 114 | 恤 | 151 | 絢 | 342 |
| **xiē** | | 瀉 | 261 | 行 | 402 | 朽 | 207 | 敘 | 191 | **xuē** | |
| 些 | 10 | 蟹 | 401 | 邢 | 452 | **xiù** | | 敍 | 192 | 削 | 43 |
| 楔 | 220 | 解 | 411 | **xǐng** | | 嗅 | 77 | 旭 | 198 | 薛 | 388 |
| 歇 | 230 | 謝 | 419 | 省 | 303 | 宿 | 114 | 煦 | 267 | 靴 | 484 |
| 蠍 | 400 | 邂 | 452 | 醒 | 457 | 秀 | 319 | 畜 | 291 | **xué** | |
| | | | | | | 繡 | 343 | 絮 | 343 | 學 | 111 |

| | | | | | | | | | | |
|---|---|---|---|---|---|---|---|---|---|---|
| 穴 | 324 | **y** | | yān | | 鹽 | 509 | 決 | 242 | yáo |
| xuě | | | | 咽 | 68 | yǎn | | 秧 | 320 | 堯 | 90 |
| 雪 | 480 | yā | | 嫣 | 107 | 偃 | 25 | 鴦 | 505 | 姚 | 104 |
| xuè | | 丫 | 4 | 殷 | 234 | 儼 | 30 | yáng | | 搖 | 181 |
| 血 | 402 | 呀 | 63 | 淹 | 248 | 奄 | 99 | 佯 | 20 | 瑤 | 286 |
| xūn | | 啞 | 72 | 烟 | 265 | 掩 | 176 | 揚 | 179 | 窯 | 326 |
| 勛 | 47 | 壓 | 94 | 焉 | 265 | 演 | 257 | 楊 | 221 | 肴 | 360 |
| 勳 | 48 | 押 | 169 | 煙 | 267 | 眼 | 305 | 洋 | 245 | 謠 | 419 |
| 熏 | 268 | 椏 | 218 | 燕 | 269 | 衍 | 403 | 瘍 | 296 | 遙 | 450 |
| 燻 | 271 | 鴉 | 505 | 胭 | 362 | 黶 | 515 | 羊 | 351 | 餚 | 493 |
| 醺 | 457 | 鴨 | 505 | 腌 | 364 | yàn | | 陽 | 475 | yǎo |
| xún | | yá | | 醃 | 456 | 厭 | 56 | 颺 | 490 | 咬 | 69 |
| 尋 | 118 | 崖 | 125 | 閹 | 472 | 咽 | 68 | yǎng | | 舀 | 370 |
| 峋 | 124 | 涯 | 247 | yán | | 唁 | 71 | 仰 | 16 | yào |
| 巡 | 128 | 牙 | 274 | 嚴 | 82 | 嚥 | 82 | 氧 | 237 | 瘧 | 296 |
| 循 | 146 | 玡 | 282 | 妍 | 102 | 堰 | 90 | 癢 | 298 | 耀 | 355 |
| 旬 | 198 | 芽 | 375 | 岩 | 124 | 宴 | 114 | 養 | 492 | 藥 | 390 |
| 荀 | 379 | 蚜 | 393 | 巖 | 127 | 晏 | 200 | yàng | | 要 | 408 |
| 詢 | 415 | 衙 | 403 | 延 | 139 | 焰 | 266 | 快 | 149 | 鑰 | 468 |
| xùn | | yǎ | | 檐 | 228 | 燕 | 269 | 恙 | 151 | 鷂 | 507 |
| 殉 | 233 | 啞 | 72 | 沿 | 242 | 硯 | 312 | 樣 | 224 | yē |
| 汛 | 239 | 雅 | 478 | 炎 | 264 | 艷 | 374 | 漾 | 256 | 噎 | 79 |
| 葷 | 387 | yà | | 研 | 310 | 諺 | 418 | yāo | | 掖 | 178 |
| 訓 | 412 | 亞 | 9 | 筵 | 331 | 豔 | 423 | 吆 | 62 | 椰 | 220 |
| 訊 | 412 | 揠 | 179 | 簷 | 334 | 贋 | 430 | 吣 | 62 | 耶 | 357 |
| 迅 | 444 | 訝 | 412 | 蜒 | 395 | 雁 | 478 | 夭 | 98 | yé | |
| 遜 | 450 | 軋 | 439 | 言 | 411 | 驗 | 497 | 妖 | 102 | 爺 | 273 |
| 馴 | 495 | ya | | 鉛 | 461 | yāng | | 腰 | 364 | 耶 | 357 |
| | | 呀 | 63 | 閻 | 472 | 央 | 98 | 要 | 408 | yě | |
| | | | | 顏 | 489 | 殃 | 233 | 邀 | 452 | 也 | 7 |

| 字 | 頁 | 字 | 頁 | 字 | 頁 | 字 | 頁 | 字 | 頁 | 字 | 頁 |
|---|---|---|---|---|---|---|---|---|---|---|---|
| 冶 | 37 | 彝 | 142 | 抑 | 168 | 蔭 | 387 | 鷹 | 508 | 臃 | 367 |
| 野 | 458 | 怡 | 150 | 易 | 199 | 陰 | 475 | 鸚 | 509 | 雍 | 478 |
| **yè** | | 沂 | 240 | 毅 | 234 | 音 | 485 | **yíng** | | **yǒng** | |
| 咽 | 68 | 疑 | 293 | 溢 | 254 | **yín** | | 熒 | 268 | 俑 | 22 |
| 夜 | 97 | 移 | 321 | 異 | 292 | 吟 | 64 | 營 | 271 | 勇 | 47 |
| 掖 | 178 | 胰 | 362 | 疫 | 294 | 垠 | 89 | 瑩 | 286 | 咏 | 67 |
| 曳 | 204 | 貽 | 428 | 益 | 301 | 寅 | 114 | 盈 | 301 | 恿 | 153 |
| 業 | 220 | 迤 | 445 | 縊 | 346 | 淫 | 249 | 縈 | 346 | 憑 | 157 |
| 液 | 249 | 遺 | 451 | 繹 | 348 | 鄞 | 454 | 螢 | 399 | 永 | 238 |
| 腋 | 364 | 頤 | 488 | 義 | 353 | 銀 | 462 | 蠅 | 401 | 泳 | 243 |
| 葉 | 383 | **yǐ** | | 翌 | 354 | 齦 | 516 | 贏 | 430 | 湧 | 252 |
| 謁 | 418 | 乙 | 7 | 翼 | 354 | **yǐn** | | 迎 | 444 | 甬 | 290 |
| 鄴 | 454 | 以 | 14 | 肄 | 359 | 尹 | 121 | **yǐng** | | 蛹 | 395 |
| 頁 | 486 | 倚 | 23 | 臆 | 367 | 引 | 140 | 影 | 143 | 詠 | 414 |
| **yī** | | 尾 | 121 | 艾 | 374 | 癮 | 298 | 穎 | 323 | 踴 | 436 |
| 一 | 1 | 已 | 129 | 藝 | 389 | 蚓 | 393 | **yìng** | | **yòng** | |
| 伊 | 16 | 椅 | 218 | 蜴 | 396 | 隱 | 477 | 應 | 160 | 佣 | 18 |
| 依 | 20 | 矣 | 309 | 裔 | 405 | 飲 | 491 | 映 | 199 | 用 | 289 |
| 壹 | 95 | 蟻 | 401 | 詣 | 414 | **yìn** | | 硬 | 312 | **yōu** | |
| 揖 | 180 | **yì** | | 誼 | 418 | 印 | 54 | **yō** | | 優 | 30 |
| 漪 | 256 | 亦 | 10 | 譯 | 421 | 飲 | 491 | 唷 | 73 | 幽 | 135 |
| 衣 | 403 | 億 | 29 | 議 | 421 | **yīng** | | 喲 | 77 | 悠 | 152 |
| 醫 | 457 | 刈 | 40 | 逸 | 448 | 嬰 | 108 | **yo** | | 憂 | 157 |
| 銥 | 462 | 奕 | 99 | 邑 | 452 | 應 | 160 | 喲 | 77 | **yóu** | |
| **yí** | | 屹 | 124 | **yīn** | | 櫻 | 229 | **yōng** | | 尤 | 120 |
| 儀 | 29 | 弈 | 139 | 喑 | 76 | 瑛 | 285 | 傭 | 28 | 柚 | 212 |
| 咦 | 68 | 役 | 144 | 因 | 83 | 纓 | 349 | 雍 | 94 | 油 | 242 |
| 夷 | 98 | 意 | 156 | 姻 | 104 | 膺 | 367 | 庸 | 136 | 游 | 252 |
| 姨 | 104 | 憶 | 160 | 殷 | 234 | 英 | 377 | 擁 | 186 | 猶 | 280 |
| 宜 | 112 | 懿 | 161 | 茵 | 378 | 鶯 | 507 | 癰 | 298 | 由 | 290 |

| | | | | | | | | | |
|---|---|---|---|---|---|---|---|---|---|
| 遊 | 449 | 愚 | 155 | 喻 | 76 | 鬱 | 500 | **yuē** | | 暈 | 202 |
| 郵 | 454 | 愉 | 156 | 域 | 89 | 鷸 | 508 | 日 | 203 | 熨 | 269 |
| 鈾 | 461 | 於 | 196 | 嫗 | 107 | **yuān** | | 約 | 339 | 蘊 | 390 |
| 魷 | 501 | 榆 | 221 | 寓 | 115 | 冤 | 36 | **yuè** | | 運 | 449 |
| **yǒu** | | 渝 | 252 | 尉 | 118 | 淵 | 252 | 岳 | 124 | 醞 | 457 |
| 友 | 57 | 漁 | 256 | 峪 | 125 | 鳶 | 504 | 嶽 | 127 | 昜 | 486 |
| 有 | 205 | 瑜 | 285 | 御 | 146 | 鴛 | 505 | 悅 | 152 | 韻 | 486 |
| 莠 | 380 | 盂 | 301 | 愈 | 156 | **yuán** | | 月 | 205 | | |
| 酉 | 455 | 竽 | 328 | 慾 | 158 | 元 | 31 | 樂 | 224 | | |
| 黝 | 513 | 臾 | 370 | 欲 | 230 | 原 | 56 | 粵 | 336 | **Z** | |
| **yòu** | | 萸 | 382 | 浴 | 246 | 員 | 70 | 越 | 432 | **zā** | |
| 佑 | 16 | 虞 | 392 | 煜 | 267 | 園 | 85 | 躍 | 438 | 扎 | 165 |
| 又 | 57 | 覦 | 410 | 熨 | 269 | 圓 | 85 | 閱 | 472 | 紮 | 340 |
| 右 | 59 | 諛 | 417 | 獄 | 280 | 垣 | 88 | 龠 | 517 | **zá** | |
| 宥 | 113 | 輿 | 441 | 玉 | 282 | 媛 | 107 | **yūn** | | 砸 | 311 |
| 幼 | 134 | 逾 | 449 | 瘐 | 297 | 援 | 180 | 暈 | 202 | 雜 | 479 |
| 柚 | 212 | 隅 | 476 | 癒 | 298 | 源 | 253 | **yún** | | **zǎ** | |
| 祐 | 316 | 餘 | 492 | 禦 | 318 | 猿 | 280 | 云 | 9 | 咋 | 66 |
| 誘 | 416 | 魚 | 501 | 籲 | 335 | 緣 | 346 | 勻 | 49 | **zāi** | |
| 釉 | 458 | **yǔ** | | 育 | 361 | 袁 | 404 | 筠 | 330 | 哉 | 67 |
| **yū** | | 予 | 8 | 與 | 370 | 轅 | 441 | 紜 | 339 | 栽 | 214 |
| 淤 | 249 | 宇 | 111 | 芋 | 374 | **yuǎn** | | 耘 | 356 | 災 | 263 |
| 瘀 | 296 | 嶼 | 127 | 蔚 | 387 | 遠 | 450 | 雲 | 480 | **zǎi** | |
| 迂 | 444 | 禹 | 318 | 裕 | 406 | **yuàn** | | **yǔn** | | 仔 | 14 |
| **yú** | | 羽 | 353 | 譽 | 421 | 媛 | 107 | 允 | 31 | 宰 | 114 |
| 予 | 8 | 與 | 370 | 豫 | 424 | 怨 | 150 | 隕 | 476 | 崽 | 126 |
| 于 | 9 | 語 | 415 | 遇 | 448 | 苑 | 377 | **yùn** | | 載 | 440 |
| 余 | 16 | 雨 | 479 | 郁 | 453 | 院 | 474 | 員 | 70 | **zài** | |
| 俞 | 20 | **yù** | | 預 | 487 | 願 | 489 | 孕 | 109 | 再 | 35 |
| 娛 | 105 | 吁 | 61 | 馭 | 495 | | | 慍 | 155 | 在 | 86 |

| | | | | | |
|---|---|---|---|---|---|
| 載 440 | 蚤 393 | **zhā** | 翟 354 | 蘸 391 | 釗 459 |
| **zān** | **zào** | 吒 61 | **zhǎi** | 顫 489 | **zháo** |
| 簪 334 | 噪 81 | 喳 74 | 窄 325 | **zhāng** | 着 306 |
| **zán** | 灶 263 | 扎 165 | **zhài** | 張 141 | **zhǎo** |
| 咱 68 | 燥 270 | 查 211 | 債 27 | 彰 143 | 找 166 |
| **zǎn** | 皁 299 | 楂 220 | 寨 115 | 樟 224 | 沼 244 |
| 攢 189 | 皂 299 | 樝 224 | **zhān** | 漳 256 | 爪 271 |
| **zàn** | 竈 326 | 渣 251 | 占 54 | 璋 286 | **zhào** |
| 暫 202 | 躁 437 | 紮 340 | 氈 236 | 章 327 | 兆 31 |
| 讚 422 | 造 447 | **zhá** | 甎 236 | 蟑 400 | 召 60 |
| 贊 430 | **zé** | 扎 165 | 沾 241 | **zhǎng** | 照 267 |
| **zāng** | 則 43 | 札 207 | 瞻 308 | 掌 176 | 罩 351 |
| 臧 368 | 咋 66 | 炸 264 | 粘 336 | 漲 257 | 肇 359 |
| 贓 431 | 嘖 78 | 軋 439 | 詹 415 | 長 469 | 詔 414 |
| 臟 431 | 擇 186 | 鍘 465 | 黏 512 | **zhàng** | 趙 432 |
| 髒 498 | 澤 259 | 閘 471 | **zhǎn** | 丈 2 | **zhē** |
| **zàng** | 責 426 | **zhǎ** | 展 122 | 仗 13 | 折 167 |
| 臟 368 | **zè** | 眨 305 | 嶄 126 | 嶂 126 | 蜇 395 |
| 葬 383 | 仄 13 | **zhà** | 斬 195 | 帳 131 | 遮 450 |
| 藏 389 | **zéi** | 乍 6 | 盞 302 | 杖 208 | **zhé** |
| **zāo** | 賊 428 | 柵 212 | 詹 415 | 漲 257 | 哲 70 |
| 糟 338 | **zěn** | 榨 223 | 輾 441 | 瘴 297 | 喆 75 |
| 遭 450 | 怎 149 | 炸 264 | **zhàn** | 脹 363 | 折 167 |
| **záo** | **zēng** | 蚱 393 | 佔 17 | 賬 429 | 摺 183 |
| 鑿 469 | 增 93 | 詐 413 | 占 54 | 障 476 | 蜇 395 |
| **zǎo** | 憎 159 | **zhāi** | 戰 163 | **zhāo** | 蟄 399 |
| 早 198 | 曾 205 | 摘 183 | 棧 218 | 招 171 | 輒 440 |
| 棗 219 | **zèng** | 齋 515 | 湛 250 | 昭 200 | 轍 442 |
| 澡 259 | 贈 430 | **zhái** | 站 327 | 朝 206 | **zhě** |
| 藻 390 | | 宅 111 | 綻 345 | 着 306 | 者 355 |

| 褶 | 407 | 振 | 173 | 證 | 420 | 指 | 172 | 識 | 420 | 譾 | 419 |
| 鍺 | 464 | 朕 | 206 | 鄭 | 454 | 旨 | 198 | 質 | 429 | 週 | 448 |
| **zhè** | | 賑 | 428 | **zhī** | | 枳 | 212 | 雉 | 478 | **zhóu** | |
| 浙 | 245 | 鎮 | 466 | 之 | 6 | 止 | 231 | **zhōng** | | 妯 | 103 |
| 蔗 | 386 | 陣 | 474 | 只 | 59 | 衹 | 316 | 中 | 4 | 軸 | 440 |
| 這 | 447 | 震 | 480 | 吱 | 63 | 紙 | 340 | 忠 | 148 | **zhǒu** | |
| 鷓 | 508 | **zhēng** | | 支 | 189 | 趾 | 433 | 盅 | 301 | 帚 | 131 |
| **zhe** | | 崢 | 126 | 枝 | 209 | **zhì** | | 終 | 341 | 肘 | 360 |
| 着 | 306 | 征 | 144 | 汁 | 238 | 制 | 42 | 衷 | 404 | **zhòu** | |
| 著 | 381 | 徵 | 147 | 知 | 309 | 峙 | 124 | 鍾 | 466 | 咒 | 66 |
| **zhēn** | | 怔 | 149 | 織 | 348 | 幟 | 133 | 鐘 | 467 | 宙 | 113 |
| 偵 | 25 | 掙 | 177 | 肢 | 360 | 志 | 147 | **zhǒng** | | 晝 | 201 |
| 幀 | 132 | 正 | 231 | 胝 | 361 | 摯 | 182 | 冢 | 36 | 皺 | 301 |
| 斟 | 194 | 爭 | 272 | 脂 | 362 | 擲 | 188 | 塚 | 92 | 紂 | 339 |
| 榛 | 221 | 猙 | 279 | 芝 | 376 | 智 | 201 | 種 | 322 | 驟 | 497 |
| 珍 | 283 | 症 | 294 | 蜘 | 396 | 櫛 | 228 | 腫 | 365 | **zhū** | |
| 甄 | 288 | 癥 | 298 | 隻 | 477 | 治 | 244 | 踵 | 436 | 侏 | 20 |
| 真 | 305 | 眵 | 307 | **zhí** | | 滯 | 255 | **zhòng** | | 朱 | 208 |
| 砧 | 311 | 箏 | 331 | 侄 | 20 | 炙 | 263 | 中 | 4 | 株 | 214 |
| 碪 | 313 | 蒸 | 386 | 值 | 23 | 痔 | 295 | 仲 | 15 | 豬 | 279 |
| 箴 | 332 | 錚 | 464 | 執 | 89 | 痣 | 295 | 眾 | 305 | 珠 | 283 |
| 臻 | 370 | **zhěng** | | 姪 | 104 | 秩 | 320 | 種 | 322 | 硃 | 312 |
| 貞 | 425 | 拯 | 173 | 植 | 218 | 稚 | 321 | 衆 | 402 | 茱 | 378 |
| 針 | 459 | 整 | 193 | 殖 | 233 | 室 | 325 | 重 | 458 | 蛛 | 394 |
| **zhěn** | | **zhèng** | | 直 | 303 | 緻 | 346 | **zhōu** | | 誅 | 414 |
| 枕 | 211 | 掙 | 177 | 職 | 358 | 置 | 351 | 周 | 67 | 諸 | 416 |
| 疹 | 295 | 政 | 190 | **zhǐ** | | 至 | 369 | 州 | 127 | 豬 | 424 |
| 診 | 413 | 正 | 231 | 只 | 59 | 致 | 369 | 洲 | 245 | 銖 | 462 |
| **zhèn** | | 症 | 294 | 咫 | 69 | 製 | 406 | 粥 | 336 | **zhú** | |
| 圳 | 86 | 諍 | 417 | 址 | 86 | 誌 | 415 | 舟 | 372 | 燭 | 271 |

| | | | | | |
|---|---|---|---|---|---|
| 竹 327 | **zhuài** | 惴 155 | 淄 250 | **zǒng** | **zuàn** |
| 竺 328 | 拽 172 | 綴 345 | 滋 252 | 總 347 | 攥 189 |
| 逐 446 | **zhuān** | 贅 430 | 茲 379 | **zòng** | 鑽 469 |
| **zhǔ** | 專 118 | **zhūn** | 諮 419 | 粽 337 | **zuǐ** |
| 主 5 | 磚 315 | 肫 360 | 資 428 | 糭 337 | 嘴 80 |
| 囑 83 | **zhuǎn** | 諄 418 | 輜 441 | 縱 347 | **zuì** |
| 屬 123 | 轉 442 | **zhǔn** | 錙 465 | 踪 436 | 最 36 |
| 拄 171 | **zhuàn** | 准 37 | 鯔 516 | **zōu** | 罪 351 |
| 渚 247 | 傳 27 | 準 253 | **zǐ** | 鄒 454 | 醉 457 |
| 煮 266 | 撰 185 | **zhuō** | 仔 14 | **zǒu** | **zūn** |
| 矚 308 | 篆 332 | 拙 170 | 姊 103 | 走 431 | 尊 118 |
| **zhù** | 賺 430 | 捉 174 | 子 109 | **zòu** | 樽 226 |
| 住 18 | 轉 442 | 桌 214 | 滓 254 | 奏 99 | 遵 451 |
| 助 46 | **zhuāng** | **zhuó** | 籽 336 | 揍 179 | **zuō** |
| 柱 213 | 妝 102 | 卓 53 | 紫 342 | **zū** | 作 17 |
| 注 243 | 椿 223 | 啄 72 | **zì** | 租 320 | **zuó** |
| 祝 317 | 粧 336 | 濁 259 | 字 109 | **zú** | 昨 199 |
| 築 333 | 莊 381 | 灼 263 | 漬 254 | 卒 53 | 琢 285 |
| 苧 377 | 裝 406 | 琢 285 | 自 369 | 族 197 | **zuǒ** |
| 著 381 | **zhuàng** | 着 306 | **zi** | 足 433 | 佐 16 |
| 蛀 394 | 壯 95 | 茁 378 | 子 109 | **zǔ** | 左 128 |
| 註 414 | 幢 133 | 著 381 | **zōng** | 俎 21 | 撮 184 |
| 貯 427 | 撞 185 | 酌 455 | 宗 112 | 祖 316 | **zuò** |
| 鑄 468 | 狀 277 | 鐲 468 | 棕 219 | 組 340 | 作 17 |
| 駐 495 | **zhuī** | **zī** | 椶 221 | 詛 413 | 做 25 |
| **zhuā** | 椎 219 | 吱 63 | 綜 344 | 阻 473 | 坐 86 |
| 抓 167 | 追 445 | 咨 69 | 踪 436 | **zuān** | 座 136 |
| **zhuǎ** | 錐 464 | 姿 105 | 蹤 437 | 鑽 469 | 柞 212 |
| 爪 271 | **zhuì** | 孜 110 | 鬃 499 | **zuǎn** | |
| | 墜 93 | 孳 110 | | 纂 348 | |

一 部

**一** ⁰

[ yī ㄧ ⑧ jet⁷ 壹 ]

❶ 最小的整數。大寫作"壹" ◆ 一支筆 / 一舉兩得 / 千鈞一髮 / 一年之計在於春，一日之計在於晨。❷ 相同；同樣的 ◆ 一模一樣 / 一視同仁 / 千篇一律 / 表裏如一。❸ 全部；整個兒 ◆ 一切 / 一輩子 / 一身汗 / 一冬天沒下雪。❹ 專一 ◆ 一心一意。❺ 每；各 ◆ 一天三餐。❻ 另外；又 ◆ 墨魚一名烏賊。❼ 用在重疊動詞之間，表示稍微或短暫 ◆ 想一想 / 試一試。❽ 表示動作或情況突然出現 ◆ 大吃一驚 / 嚇了一跳 / 煥然一新 / 曇花一現。❾ 跟"就"、"便"相呼應，組成"一…就"、"便…"格式，表示前後兩個動作或情況緊接着發生 ◆ 一學就會 / 一問便知 / 一有空就坐下來看書。

**丁** ¹

[ dīng ㄉㄧㄥ ⑧ diŋ¹ 叮 ]

❶ 天干的第四位；泛指第四 ◆ 甲乙丙丁 / 丁級。❷ 成年男子；泛指人口 ◆ 壯丁 / 人丁興旺。❸ 稱從事某種職業的人 ◆ 園丁 / 家丁。❹ 蔬菜、肉類切成的小塊 ◆ 肉丁 / 炒雞丁。

✿ 圖見 290 頁。

**七** ¹

[ qī ㄑㄧ ⑧ tsɐt⁷ 漆 ]

❶ 數目字，五加二的得數。大寫作"柒" ◆ 七夕 / 七弦琴 / 七言詩。❷ 舊時民間習俗，人死後每七天祭奠一次，到七個七為止，共四十九天，叫七七 ◆ 頭七 / 滿七。

**三** ²

[ sān ㄙㄢ ⑧ sam¹ 衫 ]

❶ 數目字，二加一的得數。大寫作"叁" ◆ 三個朋友 / 一而再，再而三 / 三天打魚，兩天曬網 / 三百六十行，行行出狀元。❷ 表示多或多次。"三"不是確指 ◆ 三番五次 / 三令五申 / 再三叮囑 / 三思而行（此例粵音讀 sam³ 衫³）/ 三人行必有我師 / 烽火連三月，家書抵萬金。

**上** ²

〈一〉[ shàng ㄕㄤˋ ⑧ sœŋ⁶ 尚 ]

❶ 位置在高處；跟"下"相對 ◆ 上層 / 上臂 / 上梁不正下梁歪 / 小荷才露尖尖角，早有蜻蜓立上頭。❷ 等級、質量等高的；次序在前的 ◆ 上將 / 上級 / 上等 / 上午 / 上學期 / 上一次。❸ 指地位高的人；特指帝王 ◆ 犯上作亂 / 目無尊上 / 皇上。

〈二〉[ shàng ㄕㄤˋ ⑧ sœŋ⁵ 尚⁵ ]

❹ 從低處到高處 ◆ 上山 / 上車 / 上天無路，入地無門 / 欲窮千里目，更上一層樓。❺ 前進 ◆ 蜂擁而上 / 迎着困難上。❻ 向上呈遞；奉上 ◆ 上書 / 上茶 / 上報。❼ 表示到、去等動作 ◆ 上街 / 上學 / 上公園玩。❽ 增添；安裝 ◆ 上貨 / 上刺刀 / 上螺絲。❾ 塗；抹 ◆ 上色 / 上藥。❿ 按規定時間進行活動 ◆ 上班 / 上課。⓫ 表示

達到一定程度或數量 ◆ 上了年紀的人 / 成千上萬。

〈三〉[ shǎng ㄕㄤˇ ⓹ sœŋ⁵ 尚⁵]

⑫ 漢語四聲之一，即上聲。古代漢語是第二聲（平、上、去、入），現代漢語是第三聲（陰平、陽平、上聲、去聲）。

〈四〉[ shang ·ㄕㄤ ⓹ sœŋ⁶ 尚]

⑬ 用在名詞後，表示處所、時間、範圍等 ◆ 山上 / 早上 / 工作上 / 海上生明月，天涯共此時。⑭ 用在動詞後，表示動作的趨向、結果等 ◆ 爬上山頂 / 考上大學 / 遇上機會。

📖 見古文字插頁 11。

²才　　見手部，165 頁。

²下　　　　　　下 下 **下**

[ xià ㄒㄧㄚˋ ⓹ ha⁶ 夏]

❶ 位置在低處；跟"上"相對 ◆ 下面 / 山下 / 往下看 / 長城腳下 / 鋤禾日當午，汗滴禾下土。❷ 等級、質量等低的；次序在後的 ◆ 下級 / 下等 / 下策 / 下學期 / 下一次。❸ 從高處到低處；降；落 ◆ 下樓 / 下雨 / 下車 / 騎虎難下 / 飛流直下三千尺，疑是銀河落九天。❹ 表示作出、發出、用等動作 ◆ 下結論 / 下命令 / 下苦功夫 / 對症下藥。❺ 結束；退出 ◆ 下班 / 下課 / 一號球員下場。❻ 表示一定的範圍、情況、條件等 ◆ 在他的協助下 / 在困難的情況下。❼ 表示動作的繼續、完成或趨向 ◆ 請說下去 / 坐下休息 / 已經躺下了。❽ 少於；低於 ◆ 觀眾不下三千人。❾ 某些動物生產 ◆ 母豬下仔 / 母雞下蛋。❿ 量詞，表示動作的次數 ◆ 拍了三下 / 敲了幾下。

📖 見古文字插頁 11。

²丈　　　　　　丈 丈 **丈**

[ zhàng ㄓㄤˋ ⓹ dzœŋ⁶ 象]

❶ 長度單位，十尺為一丈。折合市制，一丈等於 3.3333 米 ◆ 一丈布 / 一落千丈 / 道高一尺，魔高一丈。❷ 測量土地 ◆ 丈量土地。❸ 對男性長輩的尊稱 ◆ 丈人 / 岳丈。❹ 女子的配偶 ◆ 丈夫 / 姑丈。

²兀　　見儿部，30 頁。

³丐　　　　　　丐 丐 丐 **丐**

[ gài ㄍㄞˋ ⓹ goi³ 改³/kɔi³ 概（語）]

乞丐：靠要飯、討錢生活的人。

³廿　　見廾部，139 頁。

³不　　　　　　不 不 不 **不**

[ bù ㄅㄨˋ ⓹ bɐt⁷ 畢]

❶ 表示否定 ◆ 不是 / 説得不對 / 愛不釋手 / 不經一事，不長一智 / 橫看成嶺側成峯，遠近高低各不同。❷ 放在句子末尾表示疑問 ◆ 你去不？這東西賣不？❸ 用在相同的動詞或形容詞之間，表示詢問 ◆ 你去不去？風景美不美？身體好不好？❹ 跟"就"搭配，組成"不…就…"格式，表示選擇或二者兼有 ◆ 到了晚上，他不是做作業，就是看電視。

³五　　見二部，9 頁。

³丹　　見丶部，5 頁。

³
# 丑
丑 丑 丑 丑

[ chǒu ㄔㄡˇ 圖tsɐu² 醜 ]

❶ 地支的第二位 ◆ 子丑寅卯。❷ 丑時：十二時辰之一，即半夜一時至三時。❸ 傳統戲劇裏的滑稽角色 ◆ 丑角 / 生旦淨末丑。❹ "醜" 的簡字，見 457 頁。

☺ 圖見 109 頁。

³
# 尹
見尸部，121 頁。

³
# 互
見二部，9 頁。

⁴
# 世
世 世 世 世 世

[ shì ㄕˋ 圖sɐi³ 細 ]

❶ 一輩子 ◆ 今生今世 / 永世不忘。❷ 一輩又一輩；一代又一代 ◆ 世交 / 世襲 / 世代相傳。❸ 有世交關係的 ◆ 世叔 / 世兄。❹ 時代 ◆ 今世 / 近世。❺ 世界；社會 ◆ 舉世聞名 / 世外桃源 / 公之於世 / 世上無難事，只怕有心人。

⁴
# 丕
丕 丕 丕 丕 丕

[ pī ㄆㄧ 圖pei¹ 披 ]

大 ◆ 丕績 / 丕變。

⁴
# 且
且 且 且 且 且

[ qiě ㄑㄧㄝˇ 圖tsɛ² 扯 ]

❶ 並且；又 ◆ 既聰明且勤奮 / 鐵塔既高且大。❷ 暫時 ◆ 且慢 / 且不説 / 得過且過 / 暫且休息片刻。❸ 表示兩個動作同時進行 ◆ 且談且走 / 且戰且退。

⁴
# 册
見 冂 部，35 頁。

⁴
# 丙
丙 丙 丙 丙 丙

[ bǐng ㄅㄧㄥˇ 圖biŋ² 炳 ]

天干的第三位；泛指第三 ◆ 甲乙丙丁 / 丙等。

☺ 圖見 290 頁。

⁴
# 册
見 冂 部，35 頁。

⁴
# 丘
丘 丘 丘 丘 丘

[ qiū ㄑㄧㄡ 圖jɐu¹ 休 ]

❶ 小土山；土堆 ◆ 土丘 / 荒丘 / 沙丘 / 丘陵 / 一丘之貉。❷ 量詞，水田分隔成大小不同的塊 ◆ 一丘田。

☺ 圖見 123 頁。

⁵
# 再
見 冂 部，35 頁。

⁵
# 两
同 "兩❹"，見 33 頁。

⁵
# 丢
丢 丢 丢 丢 丢 丢

[ diū ㄉㄧㄡ 圖diu¹ 刁 ]

❶ 失去；遺失 ◆ 丟臉 / 丟失。❷ 扔；拋棄 ◆ 丟手絹 / 丟盔棄甲 / 不要亂丟果皮。

⁵
# 丞
丞 丞 丞 丞 丞 丞

[ chéng ㄔㄥˊ 圖siŋ⁴ 成 ]

古代輔助帝王或主要官員辦理公務的官吏 ◆ 丞相 / 縣丞 / 府丞。

⁷
# 亞
見二部，9 頁。

⁷
# 事
見 亅 部，8 頁。

---

⁷**兩**　見入部，33頁。

⁷**並**(并)　並 並 並 並 並 並　並

[ bìng ㄅㄧㄥˋ ⑳ biŋ⁶ 冰⁶ ]
❶ 一齊；相挨着 ◆ 並排／肩並肩／並駕齊驅／齊頭並進。❷ 表示進一層；而且 ◆ 一致贊成並決心付諸行動。❸ 用在否定詞 "不"、"非" 的前面，加強否定語氣，表示實際上不是那樣 ◆ 並不可怕／並非如此／並未解決。

☞ 見古文字插頁 14。

⁸**並**　"並" 的異體字，見本頁。

**｜部**

²**丫**　丫 丫　丫

[ yā ㄧㄚ ⑳ a¹/ŋa¹ 鴉 ]
❶ 稱呼女孩子；古時的婢女 ◆ 丫頭／丫鬟。❷ "椏" 的簡化字，見 218 頁。

³**中**　中 中 中　中

〈一〉[ zhōng ㄓㄨㄥ ⑳ dzuŋ¹ 宗 ]
❶ 跟上下左右距離相等的位置；泛指位置、等級處於中間的 ◆ 中心／中央／中等／中途／中流砥柱。❷ 裏面；一定的範圍之內 ◆ 心中／水中／空中／暑假中／不識廬山真面目，只緣身在此山中。❸ 不偏不倚 ◆ 中立／中庸／適中。❹ 適合 ◆ 中用／中聽。❺ 表示動作正在進行 ◆ 在辦理中／案件正在審理中。❻ 中國的簡稱 ◆ 中文／中醫／中外合資。

〈二〉[ zhòng ㄓㄨㄥˋ ⑳ dzuŋ³ 眾 ]
❼ 好好對上；正合適 ◆ 中意／中獎／猜中了／擊中目標／百發百中。❽ 受到；遭受 ◆ 中毒／中暑／中彈身亡／惡意中傷。

³**弔**　見弓部，140 頁。

³**引**　見弓部，140 頁。

⁶**串**　串 串 串 串 串 串　串

[ chuàn ㄔㄨㄢˋ ⑳ tsyn³ 寸 ]
❶ 把事物連貫起來 ◆ 串講課文／把一片片樹葉串起來。❷ 連貫而成的東西 ◆ 羊肉串。❸ 來往走動 ◆ 串門／串親戚／到處亂串。❹ 指聯繫或暗中勾結 ◆ 串聯／串供／串通。❺ 錯誤地連接 ◆ 電話串線／看串行了。❻ 擔演戲劇中的角色 ◆ 客串／反串／串演。❼ 量詞，用於連貫起來的東西 ◆ 一串珍珠／一串冰糖葫蘆。

**丶部**

²**丸**　丸 丸　丸

[ wán ㄨㄢˊ ⑳ jyn⁴ 元 ]

小而圓的東西 ◆ 藥丸 / 彈丸 / 紅燒丸子。

²**丫**
見丨部，4頁。

²**凡**
見几部，38頁。

²**刃**
見刀部，40頁。

²**叉**
見又部，57頁。

³**卞**
見卜部，53頁。

³**太**
見大部，98頁。

³**丹**　　　丹 丹 丹 **丹**

[dān ㄉㄢ 🔊 dan¹ 單]

❶ **紅色** ◆ 丹青 / 丹頂鶴 / 一片丹心 / 楓葉如丹。❷ **顆粒狀或粉末狀的中成藥** ◆ 仁丹 / 靈丹妙藥。❸ **古代指朱砂；也指古代道家用朱砂煉成的藥** ◆ 煉丹 / 金丹。

³**之**
見ノ部，6頁。

⁴**主**　　　主 主 主 主 **主**

[zhǔ ㄓㄨˇ 🔊 dzy² 煮]

❶ **主人；跟 "賓"、"客" 相對** ◆ 賓主 / 東道主 / 喧賓奪主。❷ **財物的所有者** ◆ 物主 / 店主 / 物歸原主。❸ **當事人** ◆ 事主 / 買主 / 顧主。❹ **最重要的；根本的** ◆ 主流 / 主角 / 主力隊員 / 分清主次 / 主要任務。❺ **負主要責任的** ◆ 主編 / 主講 / 主

辦 / 主持會議。❻ **決定；看法** ◆ 主張 / 自主 / 好主意 / 不由自主 / 力主改革。

⁴**永**
見水部，238頁。

⁵**乓**　　　乓 乓 乓 乓 乓 **乓**

[pāng ㄆㄤ 🔊 pɔŋ¹ 旁¹]

**象聲詞，常跟 "乒" 字連用或重疊使用** ◆ 乒乓作響 / 乓乓乓連放三槍。

⁶**卵**
見卩部，54頁。

⁶**良**
見艮部，374頁。

ノ部

¹**九**
見乙部，7頁。

¹**乃**　　　乃 **乃**

[nǎi ㄋㄞˇ 🔊 nai⁵ 奶]

❶ **是** ◆ 謙虛乃人之美德 / 失敗乃成功之母。❷ **你；你的** ◆ 乃父 / 乃兄 / 王師北定中原日，家祭無忘告乃翁。

²**千**
見十部，52頁。

²**丸**
見、部，4頁。

²
# 久

久 久 **朱**

[ jiǔ ㄐㄧㄡˇ ⑧ geu² 九 ]

❶ 時間長 ◆ 長久 / 久別重逢 / 歷史悠久 / 久旱逢甘雨 / 路遙知馬力，日久見人心。

❷ 時間的長短 ◆ 他來了多久？ / 等了足足有十年之久。

³
# 午

見十部，52 頁。

³
# 升

見十部，52 頁。

³
# 之

之 之 之 **之**

[ zhī ㄓ ⑧ dzi¹ 支 ]

❶ 相當於 "的" ◆ 無價之寶 / 不毛之地 / 驚弓之鳥 / 原因之一 / 不速之客。❷ 代替人或物 ◆ 來之不易 / 置之度外 / 求之不得 / 取之不盡，用之不竭。❸ 表示語氣，沒有實在的意思 ◆ 久而久之 / 總而言之。

³
# 尹

見尸部，121 頁。

³
# 及

見又部，58 頁。

⁴
# 丘

見一部，3 頁。

⁴
# 乍

乍 乍 乍 乍 **乍**

[ zhà ㄓㄚˋ ⑧ dza⁶ 炸⁶ ]

❶ 剛剛；起初 ◆ 新來乍到 / 乍一聽到這消息，簡直不敢相信。❷ 忽然；突然 ◆ 乍冷乍熱 / 山風乍起。

⁴
# 乏

乏 乏 乏 乏 **乏**

[ fá ㄈㄚˊ ⑧ fet⁹ 罰 ]

❶ 缺少 ◆ 缺乏 / 乏味 / 貧乏 / 不乏其人。

❷ 疲倦 ◆ 疲乏 / 人困馬乏。

⁴
# 乎

乎 乎 乎 乎 **乎**

[ hū ㄏㄨ ⑧ fu⁴ 符 ]

❶ 相當於 "於" ◆ 出乎意料 / 合乎情理。

❷ 形容詞或副詞的後綴 ◆ 微乎其微 / 確乎存在。

⁵
# 乒

乒 乒 乒 乒 乒 **乒**

[ pīng ㄆㄧㄥ ⑧ pin¹ 平¹ ]

❶ 象聲詞 ◆ 乒的一聲槍響 / 乒乓作響。

❷ 指乒乓球 ◆ 乒壇老將 / 世乒賽。

⁵
# 乓

見、部，5 頁。

⁶
# 兵

見八部，34 頁。

⁷
# 乖

乖 乖 乖 乖 乖 乖 **乖**

[ guāi ㄍㄨㄞ ⑧ gwai¹ 怪¹ ]

❶ 懂事；聽話；不淘氣 ◆ 這孩子真乖！

❷ 機靈；機警 ◆ 乖巧 / 得了便宜還賣乖 / 這一次他可學乖了。❸ 性情、言行等反常、不合情理 ◆ 乖僻 / 乖戾。

⁸
# 垂

見土部，88 頁。

⁸
# 重

見里部，458 頁。

⁹
# 乘

乘 乘 乘 乘 乘 乘 **乘**

[ chéng ㄔㄥˊ ⑧ sing⁴ 成 ]

❶ 用交通工具或牲畜代替步行；坐 ◆ 乘馬 / 乘車 / 乘坐 / 乘客 / 乘飛機。❷ 趁着；

利用 ◆ 乘機／乘虛而入／乘人之危／乘風破浪／乘勝追擊。❸ 數學中的一種運算方法，即乘法。

乙 部

$^0$**乙** 乙

[ yǐ ㄧˇ 粵 jyt$^8$ 月$^8$ ]
天干的第二位；泛指第二 ◆ 甲乙丙丁／乙等／乙班同學。
❀ 圖見 290 頁。

$^1$**九** 九 九

[ jiǔ ㄐㄧㄨˇ 粵 gɐu$^2$ 久 ]
❶ 數目字，五加四的得數。大寫作"玖" ◆ 布九匹／詩九首。❷ 泛指數量多或次數多 ◆ 九牛一毛／九曲迴廊／九霄雲外／九死一生。

$^1$**了** 見 亅部，8 頁。

$^2$**乞** 乞 乞 乞

[ qǐ ㄑㄧˇ 粵 hɐt$^7$ 核$^7$ ]
向人求、討 ◆ 乞求／乞丐／乞討／搖尾乞憐。

$^2$**丸** 見 丶部，4 頁。

$^2$**也** 也 也 也

[ yě ㄧㄝˇ 粵 ja$^5$ ]

❶ 表示彼此相同 ◆ 風停了，雨也停了／想不到你也來了。❷ 表示轉折或讓步 ◆ 即使你不說，我也知道／寧可犧牲，也不投降／困難再大，也能克服。❸ 用在否定句中，表示加強語氣 ◆ 坐着一動也不動／永遠也忘不了你。❹ 表示埋怨、同情等語氣 ◆ 這也太過分了／孩子都還小，也夠她操心的。

$^3$**予** 見 亅部，8 頁。

$^3$**孔** 見子部，109 頁。

$^5$**丞** 見一部，3 頁。

$^7$**乳** 乳 乳 乳 乳 乳 乳 乳

[ rǔ ㄖㄨˇ 粵 jy$^5$ 羽 ]
❶ 乳房：人或動物的哺乳器官。❷ 奶汁 ◆ 乳汁／母乳／哺乳期／水乳交融。❸ 初生的；幼小的 ◆ 乳燕／乳豬／乳牙。❹ 繁殖；生育 ◆ 孳乳。

$^{10}$**乾**(干) 乾 乾 乾 乾 乾 乾 乾

〈一〉[ gān ㄍㄢ 粵 gɔn$^1$ 肝 ]
❶ 不含水分或缺少水分；跟"濕"相對 ◆ 乾柴／乾枯／乾旱／乾燥／口乾舌燥。❷ 烘烤或曬乾後的食品 ◆ 餅乾／牛肉乾／葡萄乾。❸ 盡；空虛 ◆ 乾杯／外強中乾／眼淚都哭乾了。❹ 白白地；徒然 ◆ 乾着急／乾瞪眼／乾打雷不下雨。❺ 拜認的親屬關係 ◆ 乾爹／乾媽／乾兒子。❻ 不用水的 ◆ 乾洗。
〈二〉[ qián ㄑㄧㄢˊ 粵 kin$^4$ 虔 ]
❼ 八卦名，古代以乾象徵天、日、君、夫等。以乾坤象徵天地、世界 ◆ 扭轉乾坤。
（此解不能簡作"干"）

## 亂 ⁽亂⁾ 亂 亂 亂 亂 亂 亂 **亂**

[ luàn ㄌㄨㄢˋ 粵 lyn⁶ 聯⁶ ]

❶ 不整齊；沒條理 ◆ 雜亂無章／亂七八糟／思維混亂／快刀斬亂麻。❷ 搞亂；混淆 ◆ 擾亂秩序／亂了陣腳／以假亂真。❸ 任意；隨便；不加限制 ◆ 亂吃／亂花錢／不要亂跑／胡言亂語／病急亂投醫。❹ 社會動盪不安 ◆ 動亂／叛亂／騷亂／天下大亂／亂世出英雄。❺ 心情不安寧 ◆ 心煩意亂／請鎮靜，不要慌亂。❻ 不正當的男女關係 ◆ 淫亂。

## 亅 部

## ¹丁

見一部，1頁。

## ¹了 了 **了**

〈一〉[ liǎo ㄌㄧㄠˇ 粵 liu⁵ 聊⁵ ]

❶ 結束 ◆ 了結／不了了之／敷衍了事／一

了百了／了卻一樁心事。❷ 表示可能 ◆ 這麼多菜，三個人吃得了嗎？／我做得了嗎？／他跑不了／真的假不了，假的真不了。❸ 明白 ◆ 了然於心／明了。

〈二〉[ le ·ㄌㄜ 粵 liu⁵ 聊⁵ ]

❹ 表示動作、變化已經完成 ◆ 看了幾本小說／汽車駛過了大橋。❺ 放在句子末尾，表示變化或出現新的情況 ◆ 下雪了／荷花開了／我今年上四年級了。❻ 表示命令或勸阻 ◆ 別説了／算了，別跟他計較。❼ 表示感歎或氣憤 ◆ 太美了！／太不像話了！

## ²于

見二部，9頁。

## ³予 予 予 予 **予**

〈一〉[ yǔ ㄩˇ 粵 jy⁵ 羽 ]

❶ 給 ◆ 給予／授予／予以獎勵／請予考慮。

〈二〉[ yú ㄩˊ 粵 jy⁴ 余 ]

❷ 相當於“我” ◆ 予取予求。

## ⁴乎

見丿部，6頁。

## ⁷事 事 事 事 事 事 事 **事**

[ shì ㄕˋ 粵 si⁶ 士 ]

❶ 事情；工作 ◆ 國家大事／敷衍了事／萬事俱備／有志者，事竟成／世上無難事，只怕有心人。❷ 意外發生的事情 ◆ 事故／出事／平安無事。❸ 做；從事 ◆ 大事宣揚／無所事事。❹ 責任；關係 ◆ 放心，沒你的事／這不關你的事。

## ⁷爭

見爪部，272頁。

**焦點易錯字**　了｜瞭　了解 了結　瞭望 明瞭

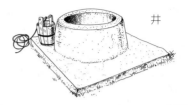
井

二 一 人 二 人 八

## 二 部

### ⁰ 二

二

[ èr ㄦˋ ⑧ ji⁶ 異]

❶ 數目字，一加一的得數。大寫作"貳" ◆ 長二尺 / 三分之二 / 二人同心，其利斷金。❷ 第二 ◆ 二哥 / 二妹 / 二叔 / 二等品 / 停車坐愛楓林晚，霜葉紅於二月花。❸ 兩樣；不同 ◆ 不二價 / 心無二用 / 說一不二 / 三心二意。

### ¹ 于

于 于 于

⟨一⟩ [ yú ㄩˊ ⑧ jy⁴ 余 / jy¹ 於]

❶ 姓

⟨二⟩ [ yú ㄩˊ ⑧ jy⁴ 於]

❷ "於"的簡化字，見 196 頁。

### ² 井

井 井 井 井

[ jǐng ㄐㄧㄥˇ ⑧ dziŋ² 整 / dzɛŋ² 鄭²]

❶ 鑿地而成能取水的深洞 ◆ 水井 / 井底之蛙 / 河水不犯井水 / 飲水不忘掘井人 / 宜未雨而綢繆，勿臨渴而掘井。❷ 形狀像井的東西 ◆ 礦井 / 油井 / 天井 / 沙井。❸ 古制八家為一井，後借指人口聚居的地方或鄉里 ◆ 市井 / 背井離鄉。❹ 整齊；有條理 ◆ 井井有條 / 秩序井然。

☞ 見古文字插頁 11 。

### ² 云

云 云 云

[ yún ㄩㄣˊ ⑧ wɐn⁴ 雲]

❶ 相當於"說" ◆ 人云亦云 / 不知所云。❷ "雲"的簡化字，見 480 頁。

### ² 五

五 五 五 五

[ wǔ ㄨˇ ⑧ ŋ⁵ 午]

數目字，四加一的得數。大寫作"伍" ◆ 五行 / 五臟六腑 / 五湖四海 / 五彩繽紛 / 伸手不見五指 / 中國有五十六個民族。

### ² 互

互 互 互 互

[ hù ㄏㄨˋ ⑧ wu⁶ 戶]

彼此 ◆ 互相幫助 / 互助友愛 / 互不干涉 / 互諒互讓。

### ⁴ 亙 ⁽亘⁾

亙 亙 亙 亙 亙

[ gèn ㄍㄣˋ ⑧ gɐn² 耿]

空間或時間上延續不斷 ◆ 亙古未有 / 山脈橫亙千里。

### ⁶ 亞 ⁽亚⁾

亞 亞 亞 亞 亞 亞

[ yà ㄧㄚˋ ⑧ a³/ŋa³ 阿]

❶ 次一等的 ◆ 亞軍 / 亞熱帶。❷ 較差 ◆ 這裏的風景不亞於杭州的西湖。❸ 亞洲的簡稱 ◆ 亞運會 / 東南亞國家。

---

**焦點易錯字**　互｜亙　互相合作　互惠互利　綿亙千里　亙古亙今

⁶些　些些些些些些　**些**

[ xiē ㄒㄧㄝ ⑧ se¹ 賒 ]

❶ 表示不確定的數量 ◆ 一些／好些書／某些人／前些日子。❷ 表示程度的比較；略微 ◆ 輕些放／慢些走／他的病好些了／這樣擺要好看些。

⁷亟　亟亟亟亟亟亟　**亟**

⟨一⟩ [ jí ㄐㄧˊ ⑧ gik⁷ 擊 ]

❶ 急切；緊迫 ◆ 亟待解決／亟須糾正／亟需資金。

⟨二⟩ [ qì ㄑㄧˋ ⑧ kei³ 冀 ]

❷ 屢次 ◆ 亟請允准／亟經協商。

亠 部

¹亡　亡亡　**亡**

[ wáng ㄨㄤˊ ⑧ mong⁴ 忙 ]

❶ 逃跑 ◆ 逃亡／流亡／亡命在外。❷ 丟失；失去 ◆ 亡羊補牢／脣亡齒寒／歧途亡羊／名存實亡。❸ 死；死去的 ◆ 陣亡／傷亡／死亡／家破人亡。❹ 滅，跟「興」相對 ◆ 滅亡／亡國之恨／國家興亡，匹夫有責。

²亢　亢亢亢　**亢**

[ kàng ㄎㄤˋ ⑧ kong³ 抗 ]

❶ 高 ◆ 高亢。❷ 高傲 ◆ 不卑不亢。❸ 過度；極 ◆ 亢奮／亢進。

²六　見八部，33頁。

³市　見巾部，130頁。

⁴亦　亦亦亦亦亦　**亦**

[ yì ㄧˋ ⑧ jik⁹ 液 ]

也；也是；表示相同 ◆ 人云亦云／亦步亦趨／反之亦然。

⁴交　交交交交交　**交**

[ jiāo ㄐㄧㄠ ⑧ gau¹ 郊 ]

❶ 相穿過；相連接 ◆ 交叉／交織／交接／界／春夏之交。❷ 遇到 ◆ 交好運。❸ 結交；互相往來 ◆ 交往／交際／交友／外交。❹ 交情；友誼 ◆ 深交／一面之交／與他絕交。❺ 互相 ◆ 交談／交換／交戰。❻ 一齊；同時 ◆ 雷電交加／飢寒交迫／悲喜交集。❼ 付給 ◆ 交卷／交款／轉交／移交。❽ 指人發生性行為；動植物進行交配 ◆ 性交／雜交。

☞ 見古文字插頁 12。

⁴衣　見衣部，403頁。

⁴亥　亥亥亥亥亥　**亥**

[ hài ㄏㄞˋ ⑧ hoi⁶ 害 ]

❶ 地支的第十二位 ◆ 申酉戌亥。❷ 亥時：十二時辰之一，即晚上九時至十一時。

❀ 圖見 109 頁。

⁴充　見儿部，31頁。

⁴妄　見女部，101頁。

<sup>5</sup>**言**
見言部，411 頁。

<sup>5</sup>**亨** 亨亨亨亨亨 亨

[ hēng ㄏㄥ ⓟ hɐŋ¹ 鏗]
順利 ◆ 萬事亨通。

<sup>5</sup>**辛**
見辛部，442 頁。

<sup>5</sup>**忘**
見心部，148 頁。

<sup>6</sup>**京** 京京京京京京 京

[ jīng ㄐㄧㄥ ⓟ giŋ¹ 經]
❶ 國家的首都 ◆ 京城 / 京師。❷ 特指中國的首都北京 ◆ 京腔 / 京劇 / 京九鐵路。

<sup>6</sup>**享** 享享享享享享 享

[ xiǎng ㄒㄧㄤˇ ⓟ hœŋ² 響]
❶ 受用；物質或精神上得到滿足 ◆ 享受 / 享樂 / 坐享其成 / 有福同享。❷ 敬辭，稱死去的人活的歲數（多指老人）◆ 享年九十歲。

<sup>6</sup>**夜**
見夕部，97 頁。

<sup>6</sup>**卒**
見十部，53 頁。

<sup>6</sup>**盲**
見目部，303 頁。

<sup>6</sup>**氓**
見氏部，237 頁。

<sup>7</sup>**亮** 亮亮亮亮亮亮 亮

[ liàng ㄌㄧㄤˋ ⓟ lœŋ⁶ 諒]

❶ 光線強；發光 ◆ 明亮 / 光亮 / 亮晶晶 / 天亮了 / 屋子亮着燈光。❷ 聲音響 ◆ 響亮 / 洪亮 / 歌聲嘹亮。❸ 顯露；心胸或思想上的開朗、清楚 ◆ 亮相 / 亮底牌 / 心明眼亮 / 打開窗子說亮話。

<sup>7</sup>**亭** 亭亭亭亭亭亭 亭

[ tíng ㄊㄧㄥˊ ⓟ tiŋ⁴ 廷]
❶ 有頂無牆，供休息、眺望和觀賞用的小型建築物 ◆ 亭子 / 涼亭 / 望江亭 / 亭台樓閣。❷ 形狀像亭的或簡單小型的建築 ◆ 崗亭 / 書報亭 / 售貨亭。

亭

<sup>7</sup>**哀**
見口部，69 頁。

<sup>7</sup>**弈**
見廾部，139 頁。

<sup>7</sup>**奕**
見大部，99 頁。

<sup>7</sup>**音**
見音部，485 頁。

<sup>7</sup>**帝**
見巾部，131 頁。

<sup>8</sup>**衰**
見衣部，404 頁。

<sup>8</sup>**衷**
見衣部，404 頁。

**高** <sup>8</sup>
見高部，499 頁。

**旁** <sup>8</sup>
見方部，196 頁。

**毫** <sup>9</sup>
見毛部，236 頁。

**孰** <sup>9</sup>
見子部，110 頁。

**烹** <sup>9</sup>
見火部，266 頁。

**商** <sup>9</sup>
見口部，73 頁。

**率** <sup>9</sup>
見玄部，282 頁。

**牽** <sup>9</sup>
見牛部，276 頁。

**就** <sup>10</sup>
見尢部，120 頁。

**裏** <sup>11</sup>
見衣部，405 頁。

**稟** <sup>11</sup>
見禾部，322 頁。

**雍** <sup>11</sup>
見佳部，478 頁。

**豪** <sup>12</sup>
見豕部，424 頁。

**齊** <sup>12</sup>
見齊部，515 頁。

**褒** <sup>13</sup>
見衣部，407 頁。

**襄** <sup>15</sup>
見衣部，407 頁。

**齋** <sup>15</sup>
見齊部，515 頁。

**贏** <sup>18</sup>
見貝部，430 頁。

# 人部

**人** <sup>0</sup>　　　　　人 大

[ rén ㄖㄣˊ 粵 jen⁴ 仁 ]

❶ 具有智慧和靈性的高等動物 ◆ 人類 / 人非草木，豈能無情 / 人生七十古來稀。❷ 個人；一般人 ◆ 人心 / 膽略過人 / 人不能貌相。❸ 指某種人 ◆ 恩人 / 軍人 / 節目主持人 / 解鈴還須繫鈴人。❹ 每個人；大家 ◆ 人手一冊 / 人同此心 / 人所共知。❺ 別人；他人 ◆ 人云亦云 / 助人為樂 / 先人後己 / 捨己救人。❻ 成年人 ◆ 長大成人。
📖 見古文字插頁 1。

**仁** <sup>2</sup>　　　仁 仁 仁 仔

[ rén ㄖㄣˊ 粵 jen⁴ 人 ]

❶ 友愛；有同情心 ◆ 仁愛 / 仁慈 / 仁義道德 / 仁至義盡。❷ 尊稱對方 ◆ 仁兄 / 仁弟。❸ 果核或其他硬殼中可吃的部分 ◆ 果仁 / 杏仁 / 蝦仁 / 核桃仁。

**什** <sup>2</sup>　　　什 什 什 什

〈一〉[ shí ㄕˊ 粵 sep⁹ 拾 ]

❶ 多種多樣的 ◆ 什物 / 什錦 / 傢什。

〈二〉[ shén ㄕㄣˊ ⑨ sɐm⁶ 甚]
❷ "甚"的簡化字，見 288 頁。

²**仃** 仃仃仃 仃

[ dīng ㄉㄧㄥ ⑨ diŋ¹ 丁]
伶仃。見"伶"字，17 頁。

²**仄** 仄仄仄 仄

[ zè ㄗㄜˋ ⑨ dzɐk⁷ 則]
❶ 狹窄 ◆ 寬仄 / 逼仄。❷ 內心不安 ◆ 歉仄。❸ 古漢語中上聲、去聲、入聲統稱"仄聲"；跟"平聲"相對 ◆ 律詩講究平仄相間。

²**仆** 仆仆仆 仆

〈一〉[ pū ㄆㄨ ⑨ fu⁶ 付/puk⁷]
❶ 向前跌倒 ◆ 前仆後繼。
〈二〉[ pú ㄆㄨˊ ⑨ buk⁹ 瀑]
❷ "僕"的簡化字，見 28 頁。

²**介** 介介介 介

[ jiè ㄐㄧㄝˋ ⑨ gai³ 界]
❶ 聯繫兩者的人或事物 ◆ 介紹 / 媒介 / 中介機構。❷ 處於兩者之間 ◆ 介音 / 介乎兩者之間。❸ 放在心上 ◆介意 / 介懷。❹ 動物身上堅硬的甲殼 ◆ 介蟲 / 鱗介。❺ 正直；有骨氣 ◆ 為人耿介。❻ 量詞，相當於"個"，用於人 ◆ 一介書生 / 一介武夫。

²**仇** 仇仇仇 仇

〈一〉[ chóu ㄔㄡˊ ⑨ tsɐu⁴ 酬 / sɐu⁴ 愁]
❶ 強烈的恨 ◆ 仇恨 / 仇視 / 報仇 / 恩將仇報 / 血海深仇。❷ 敵人 ◆ 仇敵 / 同仇敵愾 / 疾惡如仇。

〈二〉[ qiú ㄑㄧㄡˊ ⑨ kɐu⁴ 求]
❸ 姓。

²**化** 見匕部，50 頁。

²**仍** 仍仍仍 仍

[ réng ㄖㄥˊ ⑨ jiŋ⁴ 刑]
❶ 依然；還是 ◆ 仍然 / 仍舊不變 / 仍須努力。❷ 頻繁；接連不斷 ◆ 頻仍。❸ 依照 ◆ 一仍其舊。

²**今** 今今今 今

[ jīn ㄐㄧㄣ ⑨ gɐm¹ 甘]
❶ 現在；當前；跟"古"、"昔"相對 ◆ 今天 / 今年 / 古往今來 / 今非昔比 / 至今下落不明。❷ 此；這 ◆ 今生今世。

³**仝** "同〈一〉"的異體字，見 61 頁。

³**仕** 仕仕仕仕 仕

[ shì ㄕˋ ⑨ si⁶ 士]
做官 ◆ 出仕 / 仕途 / 仕宦。

³**付** 付付付付 付

[ fù ㄈㄨˋ ⑨ fu⁶ 父]
交給 ◆ 交付 / 支付 / 付款 / 付賬 / 付諸東流。

³**仗** 仗仗仗仗 仗

[ zhàng ㄓㄤˋ ⑨ dzœŋ⁶ 丈]
❶ 兵器的總稱 ◆ 儀仗 / 明火執仗。❷ 依靠；憑藉 ◆ 依仗 / 仗勢欺人 / 狗仗人勢。❸ 兩軍交鋒；戰爭 ◆ 打仗 / 吃敗仗 / 這一仗打得很漂亮。

## <sup>3</sup>代

代 代 代 代 代

[ dài ㄉㄞˋ 粵 dɔi<sup>6</sup> 待 ]

❶ 替；替換 ◆ 代管 / 代理 / 代課 / 取而代之。❷ 歷史上的分期；朝代 ◆ 唐代 / 古代 / 當代 / 末代皇帝 / 江山代有人才出，各領風騷數百年。❸ 家族相傳的輩分 ◆ 下一代 / 後代子孫 / 祖孫三代。

## <sup>3</sup>以

以 以 以 以 以

[ yǐ ㄧˇ 粵 jy<sup>5</sup> 已 ]

❶ 用；拿 ◆ 以身作則 / 以理服人 / 以卵擊石 / 以小人之心，度君子之腹。❷ 按照 ◆ 以次就座 / 以姓氏筆畫為序 / 物以類聚，人以羣分。❸ 因為 ◆ 何以知之 / 不以此而氣餒。❹ 表示目的；為了 ◆ 學以致用 / 不要在馬路上亂跑，以免發生危險。❺ 表示時間、方位、數量的界限 ◆ 以前 / 以東 / 黃河以北 / 十人以上。

## <sup>3</sup>囚

見口部，83 頁。

## <sup>3</sup>仙

仙 仙 仙 仙 仙

[ xiān ㄒㄧㄢ 粵 sin<sup>1</sup> 先 ]

古代神話中指長生不老、神通廣大的人 ◆ 仙人 / 神仙 / 仙女下凡 / 八仙過海，各顯神通。

## <sup>3</sup>仟

仟 仟 仟 仟 仟

[ qiān ㄑㄧㄢ 粵 tsin<sup>1</sup> 千 ]

數目字“千”的大寫。

## <sup>3</sup>令

令 令 令 令 令

〈一〉[ lìng ㄌㄧㄥˋ 粵 liŋ<sup>6</sup> 另 ]

❶ 上級對下級的指示 ◆ 命令 / 下令 / 三令五申 / 發號施令。❷ 使；使得 ◆ 令人振奮 / 利令智昏。❸ 時節 ◆ 時令 / 冬令 / 夏令營。❹ 古代官名 ◆ 縣令 / 令尹。❺ 尊稱對方的親屬 ◆ 令尊 / 令郎。

〈二〉[ lǐng ㄌㄧㄥˇ 粵 lim<sup>1</sup> 黏 ]

❻ 量詞，五百張原張的紙為一令 ◆ 五令白報紙。

## <sup>3</sup>他

他 他 他 他 他

[ tā ㄊㄚ 粵 ta<sup>1</sup> 它 ]

❶ 第三人稱代詞，一般用來指男性 ◆ 這事不能怪他。❷ 別的；另外的 ◆ 改作他用 / 他鄉遇故知 / 長他人志氣，滅自己威風。

## <sup>3</sup>仞

仞 仞 仞 仞 仞

[ rèn ㄖㄣˋ 粵 jɐn<sup>6</sup> 刃 ]

古代長度單位，八尺或七尺為一仞 ◆ 萬仞高山 / 三萬里河東入海，五千仞嶽上摩天。

## <sup>3</sup>仔

仔 仔 仔 仔 仔

〈一〉[ zǐ ㄗˇ 粵 dzi<sup>2</sup> 子 ]

❶ 幼小的 ◆ 仔雞 / 仔豬。❷ 細心；小心 ◆ 仔細。

〈二〉[ zǎi ㄗㄞˇ 粵 dzɐi<sup>2</sup> 濟<sup>2</sup> ]

❸ 幼小的動物。也寫作“崽” ◆ 豬仔 / 雞仔。❹ 指小孩子 ◆ 輝仔 / 樂仔。❺ 指有某種特徵或從事某某職業性質的人 ◆ 西部牛仔 / 打工仔。

## <sup>4</sup>伕

伕 伕 伕 伕 伕

[ fū ㄈㄨ 粵 fu<sup>1</sup> 呼 ]

指服勞役、做苦工的人 ◆ 民伕 / 挑伕 / 拉伕。

# ⁴休

休 休 休 休 休 休

[ xiū ㄒㄧㄡ ㊁ jeu¹ 丘 ]

❶ 歇息 ◆ 休息 / 休假 / 公休 / 退休 / 午休。❷ 停止 ◆ 休會 / 罷休 / 喋喋不休 / 善罷甘休 / 爭論不休。❸ 不要；別 ◆ 休要 / 休想打他主意。❹ 歡樂；吉慶 ◆ 休戚與共。❺ 舊時指丈夫離棄妻子 ◆ 休妻 / 休書。
☞ 見古文字插頁 12。

# ⁴合

見口部，62頁。

# ⁴伎

伎 伎 伎 伎 伎 伎

[ jì ㄐㄧˋ ㊁ gei⁶ 忌 ]

❶ 伎倆：不正當的手段 ◆ 耍伎倆。❷ 古代以歌舞表演為業的女子 ◆ 樂伎 / 歌伎。

# ⁴伍

伍 伍 伍 伍 伍 伍

[ wǔ ㄨˇ ㊁ ŋ⁵ 五 ]

❶ 軍隊；行列 ◆ 應徵入伍 / 退伍軍人 / 遊行隊伍。❷ 數目字"五"的大寫。

# ⁴伏

伏 伏 伏 伏 伏 伏

[ fú ㄈㄨˊ ㊁ fuk⁹ 服 ]

❶ 身體前傾，臉朝下；趴 ◆ 伏地 / 伏案工作。❷ 低下去 ◆ 起伏不平 / 此起彼伏。❸ 認錯認罪；使屈服 ◆ 伏罪 / 伏輸 / 制伏 / 降龍伏虎。❹ 隱藏 ◆ 埋伏 / 潛伏 / 危機四伏。❺ 時令名稱，即伏天。分初伏、中伏、末伏，合稱"三伏"，是一年中最炎熱的時期。

# ⁴伐

伐 伐 伐 伐 伐 伐

[ fá ㄈㄚˊ ㊁ fɐt⁹ 罰 ]

❶ 砍 ◆ 伐木 / 砍伐 / 採伐。❷ 攻擊；征討 ◆ 討伐 / 口誅筆伐 / 北伐戰爭。

# ⁴企

企 企 企 企 企 企

[ qǐ ㄑㄧˇ ㊁ kei⁵ 其⁵ ]

提起腳後跟；引申為盼望、希望 ◆ 企待 / 企望 / 企求 / 企圖。
☞ 見古文字插頁 12。

# ⁴仲

仲 仲 仲 仲 仲 仲

[ zhòng ㄓㄨㄥˋ ㊁ dzuŋ⁶ 頌 ]

❶ 排行第二的；居中的 ◆ 仲春（春季的第二個月）/ 仲夏（夏季的第二個月）。❷ 弟兄排行第二的 ◆ 仲兄 / 仲弟。❸ 仲裁：由第三者從中調停、裁決 ◆ 仲裁委員會。

# ⁴件

件 件 件 件 件 件

[ jiàn ㄐㄧㄢˋ ㊁ gin⁶ 健 ]

❶ 量詞 ◆ 一件衣服 / 三件事情。❷ 可以一一計算的事物 ◆ 零件 / 配件 / 案件 / 事件。❸ 指文件 ◆ 急件 / 密件 / 附件。

# ⁴任

任 任 任 任 任 任

〈一〉[ rèn ㄖㄣˋ ㊁ jɐm⁶ 賃 ]

❶ 委派；使用 ◆ 任命 / 委任 / 任用 / 任人唯賢。❷ 擔當；承擔 ◆ 任職 / 任課 / 擔任 / 勝任 / 任勞任怨。❸ 擔當的職務；職責 ◆就任 / 擔負重任 / 任重道遠。❹ 相信 ◆ 信任。❺ 由着性子；放縱 ◆ 任性 / 任意 / 放任自流。❻ 隨順；聽憑 ◆ 任其自然 / 任人擺佈 / 聽之任之。

〈二〉[ rén ㄖㄣˊ ㊁ jɐm⁴ 吟 ]

❼ 姓。

## ⁴份

份 份 份 份 份 ｜份｜

[ fèn ㄈㄣˋ 　粵 fen⁶ 昏⁶ ]

❶ 由整體分出的各部分 ◆ 年份／月份／分五份。❷ 量詞 ◆ 一份報紙／一份禮物。

## ⁴仰

仰 仰 仰 仰 仰 ｜仰｜

[ yǎng ㄧㄤˇ 　粵 jœŋ⁵ 養 ]

❶ 抬起頭，臉朝上；跟"俯"相對 ◆ 仰望／仰泳／仰天長歎／人仰馬翻。❷ 敬慕 ◆ 仰慕／敬仰／景仰／信仰。❸ 依賴；依靠 ◆ 仰賴／仰仗。

## ⁴仿

仿 仿 仿 仿 仿 ｜仿｜

[ fǎng ㄈㄤˇ 　粵 fɔŋ² 訪 ]

❶ 照樣子做 ◆ 仿照／仿效／仿造／模仿。❷ 相似；類似 ◆ 相仿。❸ 仿佛：也寫作"彷彿"，見"彷〈一〉"，144頁。

## ⁴伉

伉 伉 伉 伉 伉 ｜伉｜

[ kàng ㄎㄤˋ 　粵 kɔŋ³ 抗 ]

伉儷：夫妻 ◆ 結為伉儷。

## ⁴伙

伙 伙 伙 伙 伙 ｜伙｜

[ huǒ ㄏㄨㄛˇ 　粵 fɔ² 火 ]

❶ 合在一起；同伴 ◆ 合伙／伙伴／成羣結伙。❷ 舊指店員 ◆ 伙計。❸ 集體辦的飯食 ◆ 伙食。❹ 量詞，用於人羣 ◆ 一伙人／三個一羣，五個一伙。（❶❷❹也寫作"夥"）

## ⁴伊

伊 伊 伊 伊 伊 ｜伊｜

[ yī ㄧ 　粵 ji¹ 衣 ]

❶ 他；她；這；那 ◆ 伊人。❷ 助詞，無實在意思 ◆ 新年伊始。

## ⁵余

余 余 余 余 余 余 ｜余｜

[ yú ㄩˊ 　粵 jy⁴ 如 ]

❶ 我。❷ "餘"的簡化字，見492頁。

## ⁵佞

佞 佞 佞 佞 佞 ｜佞｜

[ nìng ㄋㄧㄥˋ 　粵 niŋ⁶ 濘 ]

❶ 有才智。多帶否定詞"不"，謙稱自己 ◆ 不佞。❷ 能言善辯、阿諛奉迎的人 ◆ 佞人／佞臣／奸佞。

## ⁵估

估 估 估 估 估 估 ｜估｜

[ gū ㄍㄨ 　粵 gu² 古 ]

推算；揣測 ◆ 估計／估價／估算／估量。

## ⁵巫

見工部，129頁。

## ⁵何

何 何 何 何 何 何 ｜何｜

[ hé ㄏㄜˊ 　粵 hɔ⁴ 河 ]

❶ 表示疑問；相當於"甚麼"、"哪裏"等意思 ◆ 有何理由／不知為何／何去何從／不知從何說起。❷ 表示反問 ◆ 何苦呢？／何必如此？／何樂而不為？❸ 相當於"多麼" ◆ 何其相似／明月何皎皎。
🐚 見古文字插頁13。

## ⁵佐

佐 佐 佐 佐 佐 佐 ｜佐｜

[ zuǒ ㄗㄨㄛˇ 　粵 dzɔ³ 左³ ]

輔助；幫助 ◆ 輔佐／佐證。

## ⁵佑

佑 佑 佑 佑 佑 佑 ｜佑｜

[ yòu ㄧㄡˋ 　粵 jeu⁶ 又 ]

保護；幫助 ◆ 保佑／庇佑。

## ⁵佈 ⁽布⁾

佈 佈 佈 佈 佈 佈 佈

[ bù ㄅㄨˋ ⑧ bou³ 報 ]

❶ **宣告；告訴公眾** ◆ 宣佈 / 發佈 / 公佈 / 佈告 / 開誠佈公。❷ **散開；分散、流傳到各處** ◆ 分佈 / 散佈 / 傳佈 / 星羅棋佈 / 烏雲密佈。❸ **安排；設置** ◆ 佈置 / 佈局 / 佈防 / 佈景 / 排兵佈陣。

## ⁵佔 ⁽占⁾

佔 佔 佔 佔 佔 佔 佔

[ zhàn ㄓㄢˋ ⑧ dzim³ 尖³ ]

❶ **據有；強取** ◆ 佔領 / 佔據 / 攻佔 / 霸佔。❷ **處於** ◆ 佔優勢 / 佔上風 / 佔多數。

## ⁵似

似 似 似 似 似 似 似

⟨一⟩ [ sì ㄙˋ ⑧ tsi⁵ 恃 ]

❶ **像** ◆ 相似 / 近似 / 類似。❷ **好像** ◆ 似乎 / 似曾相識 / 似是而非 / 歸心似箭 / 不知細葉誰裁出，二月春風似剪刀。❸ **用於比較，表示超過的意思** ◆ 一年好似一年 / 不是江南，勝似江南。

⟨二⟩ [ shì ㄕˋ ⑧ tsi⁵ 恃 ]

❹ **似的：表示比況** ◆ 鵝毛似的大雪 / 黃金似的珍貴 / 飛似的跑了過來。

## ⁵但

但 但 但 但 但 但 但

[ dàn ㄉㄢˋ ⑧ dan⁶ 憚 ]

❶ **可是；不過，表示轉折關係** ◆ 他身體不好，但很用功。❷ **只是；僅** ◆ 但願如此 / 不求有功，但求無過。

## ⁵伸

伸 伸 伸 伸 伸 伸 伸

[ shēn ㄕㄣ ⑧ sɐn¹ 辛 ]

❶ **舒展；拉長** ◆ 伸縮 / 伸長 / 延伸 / 伸懶腰 / 能屈能伸 / 伸手不見五指。❷ **表白；**

陳述 ◆ 伸冤 / 伸張正義。

## ⁵夾

見大部，98 頁。

## ⁵佃

佃 佃 佃 佃 佃 佃 佃

[ diàn ㄉㄧㄢˋ ⑧ din⁶ 電 ]

**農民向地主租種土地** ◆ 佃農 / 佃戶。

## ⁵作

作 作 作 作 作 作 作

⟨一⟩ [ zuò ㄗㄨㄛˋ ⑧ dzɔk⁸ 昨⁸ ]

❶ **做；進行活動** ◆ 日出而作 / 作繭自縛 / 高空作業 / 多次作弊 / 自作自受。❷ **寫作；創作成果** ◆ 作文 / 作曲 / 著作 / 佳作。❸ **裝出** ◆ 裝腔作勢 / 惺惺作態。❹ **當；充當** ◆ 作陪 / 作媒 / 作客。❺ **當成** ◆ 認賊作父 / 過期作廢。❻ **興起；發作** ◆ 作怪 / 作嘔 / 隱隱作痛 / 雷聲大作。

⟨二⟩ [ zuō ㄗㄨㄛ ⑧ dzɔk⁸ 昨⁸ ]

❼ **小規模的手工業工場** ◆ 作坊。

## ⁵伯

伯 伯 伯 伯 伯 伯 伯

⟨一⟩ [ bó ㄅㄛˊ ⑧ bak⁸ 百 ]

❶ **父親的哥哥** ◆ 伯父 / 大伯 / 二伯。❷ **對輩分高、年紀大的男子的尊稱** ◆ 老伯 / 李大伯 / 張伯伯。❸ **兄弟排行第一的** ◆ 伯兄 / 伯仲叔季。❹ **古代貴族五等爵位的第三等** ◆ 公、侯、伯、子、男 / 伯爵。

⟨二⟩ [ bǎi ㄅㄞˇ ⑧ bak⁸ 百 ]

❺ **大伯子：丈夫的哥哥。**

## ⁵坐

見土部，86 頁。

## ⁵伶

伶 伶 伶 伶 伶 伶 伶

[ líng ㄌㄧㄥˊ ⑧ liŋ⁴ 零 ]

❶ 戲曲演員 ◆ 名伶／優伶。❷ 伶俐：聰明；靈活 ◆ 口齒伶俐。❸ 伶仃：孤獨無依靠 ◆ 孤苦伶仃。

## ⁵低　低低低低低低　低

[ dī ㄉㄧ 　⑧ dɐi¹ 底¹ ]

❶ 位置、程度等在下的；跟"高"相對 ◆ 低聲説話／價格低廉／低空飛行／水往低處流／風吹草低見牛羊。❷ 向下垂 ◆ 低垂／低聲下氣／舉頭望明月，低頭思故鄉。

## ⁵佝　佝佝佝佝佝　佝

[ gōu ㄍㄡ 　⑧ gɐu¹ 溝 ]

佝僂：(1) 背脊向前彎曲 ◆ 挺起胸來，別老佝僂着背。(2) 佝僂病，俗稱軟骨病，患者多為幼兒。症狀是頭大，雞胸，駝背，兩腿彎曲。

## ⁵你　你你你你你你　你

[ nǐ ㄋㄧˇ 　⑧ nei⁵ 您 ]

第二人稱代詞 ◆ 我來幫助你／我你他，好朋友。

## ⁵佗　佗佗佗佗佗佗　佗

[ tuó ㄊㄨㄛˊ 　⑧ to⁴ 陀 ]

華佗：中國古代名醫，是世界上最早發明麻醉劑的人。

## ⁵位　位位位位位位　位

[ wèi ㄨㄟˋ 　⑧ wɐi⁶ 胃 ]

❶ 所在的地方 ◆ 位置／座位／崗位／各就各位。❷ 職務；地位 ◆ 職位／學位。❸ 處在某種位置 ◆ 中國位於亞洲東部。❹ 量

詞，用於人，表示尊敬 ◆ 諸位／各位來賓。

## ⁵住　住住住住住住　住

[ zhù ㄓㄨˋ 　⑧ dzy⁶ 豬⁶ ]

❶ 居住 ◆ 住房／住址／住宿／衣食住行。❷ 停止；停下 ◆ 雨住了／請住手。❸ 用在動詞後面，表示牢固或勝任 ◆ 記住／抓住／頂得住／禁得住／滿園春色關不住，一枝紅杏出牆來。

## ⁵伴　伴伴伴伴伴伴　伴

[ bàn ㄅㄢˋ 　⑧ bun⁶ 版 ]

❶ 同在一起的人 ◆ 伴侶／同伴／伙伴／旅伴。❷ 配合；陪着 ◆ 伴唱／伴舞／伴奏／伴隨／陪伴。

## ⁵含

見口部，64 頁。

## ⁵伺　伺伺伺伺伺伺　伺

〈一〉[ sì ㄙˋ 　⑧ dzi⁶ 自／si⁶ 士 ]

❶ 偵察；等候 ◆ 窺伺／伺機行動。

〈二〉[ cì ㄘˋ 　⑧ dzi⁶ 自／si⁶ 士 ]

❷ 服侍；照料 ◆ 伺候病人。

## ⁵佣　佣佣佣佣佣佣　佣

[ yòng ㄩㄥˋ 　⑧ jun² 擁 ]

買賣時付給中間人的報酬 ◆ 佣金／佣錢。

## ⁵佛　佛佛佛佛佛佛　佛

〈一〉[ fó ㄈㄛˊ 　⑧ fɐt⁹ 乏 ]

❶ 佛教徒稱修行圓滿的人 ◆ 立地成佛／急來抱佛腳。❷ 佛教的簡稱 ◆ 佛經／佛門弟

**焦點易錯字**　佣｜傭　佣金 回佣　傭工 僱傭

子。❸ 佛像 ◆ 玉佛 / 千佛洞 / 樂山大佛。

〈二〉[ fú ㄈㄨˊ 粵 fɐt⁷ 忽 ]

❹ 仿佛。同"彷佛",見"彷〈一〉"字,144 頁。

⁶ **舍** 見舌部,371 頁。

⁶ **佳** 佳佳佳佳佳佳 佳

[ jiā ㄐㄧㄚ 粵 gai¹ 皆 ]

好的;美的 ◆ 佳音 / 絕代佳人 / 美味佳肴 / 成績甚佳 / 身體欠佳。

⁶ **侍** 侍侍侍侍侍侍 侍

[ shì ㄕˋ 粵 si⁶ 士 ]

陪伴;照料 ◆ 侍從 / 侍奉 / 侍候 / 服侍。

⁶ **佬** 佬佬佬佬佬佬 佬

[ lǎo ㄌㄠˇ 粵 lou² 老² ]

稱呼成年男子,常帶有貶義 ◆ 闊佬 / 鄉巴佬。

⁶ **供** 供供供供供供 供

〈一〉[ gōng ㄍㄨㄥ 粵 guŋ¹ 公 ]

❶ 準備財物或提供某種條件給需要的人使用 ◆ 供給 / 供應 / 供不應求 / 供讀者參考。

〈二〉[ gòng ㄍㄨㄥˋ 粵 guŋ¹ 公 ]

❷ 受審人陳述案情 ◆ 供詞 / 口供 / 招供 / 供認不諱。

〈三〉[ gòng ㄍㄨㄥˋ 粵 guŋ³ 頁 ]

❸ 向神佛或祖先敬獻祭品;祭品 ◆ 供桌 / 供品 / 上供。❹ 侍奉;侍候 ◆ 供養。

⁶ **使** 使使使使使使 使

〈一〉[ shǐ ㄕˇ 粵 si² 史/sɐi² 洗 (語) ]

❶ 派遣 ◆ 使者 / 指使 / 鬼使神差。❷ 用 ◆ 使用 / 使勁 / 看風使舵 / 這工具不好使。❸ 令;讓 ◆ 使人高興 / 使大家掃興。❹ 假如 ◆ 假使。

〈二〉[ shǐ ㄕˇ 粵 si³ 試 ]

❺ 長駐外國或接受使命到外國去的外交官 ◆ 大使 / 公使 / 特使。

⁶ **侖** ⁽侖⁾ 侖侖侖侖侖侖 侖

[ lún ㄌㄨㄣˊ 粵 lœn⁴ 鄰 ]

❶ 昆侖:山名,也寫作"崑崙"。❷ 加侖:英美的容量單位。

⁶ **命** 見口部,66 頁。

⁶ **佰** 佰佰佰佰佰佰 佰

[ bǎi ㄅㄞˇ 粵 bak⁸ 百 ]

數目字"百"的大寫。

⁶ **來** ⁽来⁾ 來來來來來來 來

[ lái ㄌㄞˊ 粵 lɔi⁴ 萊 ]

❶ 從別處到這裏;跟"去"、"往"相對 ◆ 來信 / 來賓 / 人來人往 / 來者不善,善者不來。❷ 從過去一直到現在 ◆ 自古以來 / 向來學習勤奮 / 從來不説謊話。❸ 以後 ◆ 來年 / 後來 / 將來 / 來日方長。❹ 表示某些行為、動作或變化 ◆ 再來一遍 / 來一個前滾翻 / 來一斤黃酒 / 暴風雨來了。❺ 表示動作的趨向 ◆ 從屋裏走出來 / 從山上爬下來。❻ 表示約數 ◆ 十來個人 / 二十來歲。

⁶ **例** 例例例例例例 例

[ lì ㄌㄧˋ 粵 lɐi⁶ 麗 ]

❶ 可作依據或示範的事物 ◆ 例句 / 範例 / 舉例 / 先例 / 下不為例。❷ 規定；規則；標準 ◆ 條例 / 體例 / 凡例。❸ 按常規進行的 ◆ 例假 / 例會 / 例行公事。

⁶**侄**　同"姪"字，見 104 頁。

⁶**侗**　侗侗侗侗侗侗　侗
[dòng ㄉㄨㄥˋ 粵 duŋ⁶ 洞]
侗族：中國少數民族之一，分佈在貴州、廣西和湖南。

⁶**侃**　侃侃侃侃侃　侃
[kǎn ㄎㄢˇ 粵 hɔn² 罕]
❶ 侃侃：形容説話理直氣壯、從容不迫的樣子 ◆ 侃侃而談。❷ 用言語戲弄、嘲笑 ◆ 調侃。

⁶**侏**　侏侏侏侏侏侏　侏
[zhū ㄓㄨ 粵 dzy¹ 朱]
侏儒：身體特別矮小的人。

⁶**佻**　佻佻佻佻佻佻　佻
[tiāo ㄊㄧㄠˋ 粵 tiu¹ 挑]
輕薄；不莊重 ◆ 輕佻。

⁶**侈**　侈侈侈侈侈侈　侈
[chǐ ㄔˇ 粵 tsi² 此]
❶ 浪費 ◆ 奢侈 / 窮奢極侈。❷ 誇大；過分 ◆ 侈談。

⁶**佩**　佩佩佩佩佩佩　佩
[pèi ㄆㄟˋ 粵 pui³ 配]

❶ 掛或繫在身上；也指掛或繫在身上的飾物 ◆ 佩劍 / 佩戴校徽 / 玉佩。❷ 感到可敬可服 ◆ 佩服 / 敬佩 / 欽佩。

⁶**依**　依依依依依依　依
[yī ㄧ 粵 ji¹ 衣]
❶ 倚靠 ◆ 依靠 / 偎依 / 相依為命 / 脣齒相依。❷ 按照 ◆ 依照 / 依舊 / 依次入場 / 依法辦事。❸ 順從 ◆ 依從 / 百依百順。

⁶**佯**　佯佯佯佯佯佯　佯
[yáng ㄧㄤˊ 粵 jœy⁴ 羊]
假裝 ◆ 佯裝 / 佯攻 / 佯死。

⁶**併**⁽并⁾　併併併併併併　併
[bìng ㄅㄧㄥˋ 粵 biŋ³ 丙³]
合在一起 ◆ 併吞 / 合併 / 吞併 / 兼併 / 歸併。

⁶**念**　見心部，148 頁。

⁷**便**　便便便便便便　便
〈一〉[biàn ㄅㄧㄢˋ 粵 bin⁶ 辨]
❶ 順利；容易 ◆ 便利 / 便當 / 方便 / 輕便 / 便於攜帶。❷ 適宜的時候或機會 ◆ 順便 / 就便 / 得便。❸ 簡單的；平常的 ◆ 便衣 / 便條 / 家常便飯。❹ 就 ◆ 説走便走 / 一朝權在手，便把令來行。❺ 大小便；排泄大小便 ◆ 糞便 / 便溺 / 便祕。
〈二〉[pián ㄆㄧㄢˊ 粵 pin⁴ 片⁴]
❻ 便宜：（1）價錢低 ◆ 東西很便宜。（2）好處 ◆ 佔便宜。

⁷**俞**　俞俞俞俞俞俞　俞
[yú ㄩˊ 粵 jy⁴ 余]
姓。

## ⁷俠 ⁽俠⁾ 俠俠俠俠俠俠 俠

[ xiá ㄒㄧㄚˊ ⑨ hap⁹ 峽/hɐp⁹ 合 ]
助弱抑強、見義勇為的人或行為 ◆ 俠客 /
大俠 / 行俠仗義 / 武俠小説。

## ⁷俏 俏俏俏俏俏俏 俏

[ qiào ㄑㄧㄠˋ ⑨ tsiu³ 肖 ]
❶ 容貌姿態輕盈美好 ◆ 俏麗 / 俊俏 / 長
得俏。❷ 貨物銷路好 ◆ 俏貨 / 產品走俏。

## ⁷保 保保保保保保 保

[ bǎo ㄅㄠˇ ⑨ bou² 補 ]
❶ 護衞；使不受損害 ◆ 保護 / 保健 / 保
養 / 自身難保。❷ 負責 ◆ 保證 / 保管 /
保險。❸ 維持；使不喪失 ◆ 保持 / 保存 /
保密 / 保鮮。

## ⁷俚 俚俚俚俚俚俚 俚

[ lǐ ㄌㄧˇ ⑨ lei⁵ 里 ]
❶ 粗俗，不文雅 ◆ 文詞俚俗。❷ 民間的；
通俗的 ◆ 俚語 / 俚歌 / 俚諺。

## ⁷促 促促促促促促 促

[ cù ㄘㄨˋ ⑨ tsuk⁷ 束 ]
❶ 時間緊迫；匆忙 ◆ 急促 / 短促 / 匆促。
❷ 催；推動 ◆ 催促 / 督促 / 促使 / 促成
其事。❸ 靠近 ◆ 促膝談心。

## ⁷侶 ⁽侶⁾ 侶侶侶侶侶侶 侶

[ lǚ ㄌㄩˇ ⑨ lœy⁵ 呂 ]
同伴 ◆ 伴侶 / 情侶。

## ⁷俄 俄俄俄俄俄俄 俄

[ é ㄜˊ ⑨ ŋɔ⁴ 鵝 ]
❶ 短時間；不久 ◆ 俄而。❷ 俄羅斯的簡
稱。

## ⁷俐 俐俐俐俐俐俐 俐

[ lì ㄌㄧˋ ⑨ lei⁶ 利 ]
伶俐。見 "伶" 字，17 頁。

## ⁷侮 侮侮侮侮侮侮 侮

[ wǔ ㄨˇ ⑨ mou⁵ 母 ]
欺負；對人不尊重 ◆ 侮辱 / 欺侮。

## ⁷俎 俎俎俎俎俎 俎

[ zǔ ㄗㄨˇ ⑨ dzɔ² 阻 ]
❶ 古代祭祀時盛放祭品的器具 ◆ 越俎代
庖。❷ 古代切肉或切菜時用的砧板 ◆ 刀
俎。

## ⁷俗 俗俗俗俗俗俗 俗

[ sú ㄙㄨˊ ⑨ dzuk⁹ 濁 ]
❶ 社會上長期形成的風氣、習慣 ◆ 風俗 /
習俗 / 移風易俗 / 入鄉隨俗。❷ 大眾的；
流行的 ◆ 俗語 / 通俗歌曲 / 雅俗共賞。❸
低級趣味的；低格調的 ◆ 俗氣 / 庸俗 / 俗
不可耐。

## ⁷俘 俘俘俘俘俘俘 俘

[ fú ㄈㄨˊ ⑨ fu¹ 呼 ]
戰爭中活捉敵人；活捉到的敵人 ◆ 俘獲 /
俘虜 / 被俘 / 交換戰俘。

## ⁷係⁽系⁾

係 係 係 係 係 係　係

【 xì ㄒㄧˋ 　 ⑲ hɐi⁶ 系 】

❶ 是 ◆ 確係事實 / 係中國血統。❷ 關聯 ◆ 關係 / 成敗係於努力。

## ⁷信

信 信 信 信 信 信　信

【 xìn ㄒㄧㄣˋ 　 ⑲ sœn³ 迅 】

❶ 誠實；不欺騙 ◆ 信用 / 守信 / 誠信 / 言而有信 / 背信棄義。❷ 不懷疑；認為可靠 ◆ 相信 / 信賴 / 信任 / 深信不疑 / 他的話我信。❸ 信奉 ◆ 信仰 / 信教 / 信徒。❹ 書信；函件 ◆ 信件 / 信封 / 寫信 / 掛號信。❺ 消息 ◆ 信息 / 報信 / 音信全無。❻ 憑據 ◆ 信物 / 信號。❼ 隨意 ◆ 信口開河 / 信手拈來。

## ⁷俊

俊 俊 俊 俊 俊 俊　俊

【 jùn ㄐㄩㄣˋ 　 ⑲ dzœn³ 進 】

❶ 容貌秀美 ◆ 俊俏 / 英俊少年 / 這孩子長得真俊。❷ 才智出眾 ◆ 俊傑 / 俊士。

## ⁷侵

侵 侵 侵 侵 侵 侵　侵

【 qīn ㄑㄧㄣ 　 ⑲ tsɐm¹ 尋¹ 】

進犯；損害 ◆ 侵略 / 侵犯 / 入侵 / 侵權行為。

## ⁷侯

侯 侯 侯 侯 侯 侯　侯

【 hóu ㄏㄡˊ 　 ⑲ hɐu⁴ 喉 】

❶ 古代貴族五等爵位的第二等 ◆ 公、侯、伯、子、男 / 侯爵。❷ 泛指高官貴族 ◆ 萬戶侯 / 侯門似海。

## ⁷俑

俑 俑 俑 俑 俑 俑　俑

【 yǒng ㄩㄥˇ 　 ⑲ juŋ² 湧 】

古代殉葬用的人像或獸形物 ◆ 陶俑 / 兵馬俑。

## ⁷俟

俟 俟 俟 俟 俟 俟　俟

〈一〉【 sì ㄙˋ 　 ⑲ dzi⁶ 字 】

❶ 等待 ◆ 俟機行事。

〈二〉【 qí ㄑㄧˊ 　 ⑲ kei⁴ 其 】

❷ 万俟：複姓。

## ⁸拿

見手部，173 頁。

## ⁸俸

俸 俸 俸 俸 俸 俸　俸

【 fèng ㄈㄥˋ 　 ⑲ fuŋ⁶ 鳳 】

俸祿；薪金 ◆ 薪俸。

## ⁸倩

倩 倩 倩 倩 倩 倩　倩

〈一〉【 qiàn ㄑㄧㄢˋ 　 ⑲ sin³ 扇 】

❶ 美麗 ◆ 倩影 / 倩裝。

〈二〉【 qiàn ㄑㄧㄢˋ 　 ⑲ tsin³ 秤 】

❷ 請人代做 ◆ 倩人代筆。

## ⁸倀⁽伥⁾

倀 倀 倀 倀 倀 倀　倀

【 chāng ㄔㄤ 　 ⑲ tsœŋ¹ 昌 】

傳說中被老虎咬死的人變成鬼後專門幫助老虎傷人 ◆ 為虎作倀。

## ⁸倖⁽幸⁾

倖 倖 倖 倖 倖 倖　倖

【 xìng ㄒㄧㄥˋ 　 ⑲ hɐŋ⁶ 杏 】

❶ 寵愛 ◆ 寵倖 / 得倖。❷ 僥倖。見 "僥" 字，28 頁。

## ⁸借

借 借 借 借 借 借　借

【 jiè ㄐㄧㄝˋ 　 ⑲ dzɛ³ 蔗 】

❶ 暫時使用別人的錢物或暫時把錢物給別人使用 ◆ 借錢 / 借書 / 暫借 / 寫借據。❷ 依靠；利用 ◆ 借助 / 借題發揮 / 借刀殺人。

## <sup>8</sup>值　　值 值 值 值 值 值　值

[ zhí ㄓˊ 粵 dzik<sup>9</sup> 夕 ]

❶ 價格；價值 ◆ 貶值 / 產值 / 保值 / 一文不值 / 不斷增值。❷ 貨物與價錢相當；值得 ◆ 這套服裝值二百元 / 不值一提。❸ 遇到；碰到 ◆ 正值中秋佳節。❹ 擔任輪流的工作 ◆ 值日 / 值班 / 值勤。

## <sup>8</sup>倆 <sup>(俩)</sup>　倆 倆 倆 倆 倆 倆　倆

〈一〉[ liǎ ㄌㄧㄚˇ 粵 lœŋ<sup>5</sup> 兩 ]

❶ 兩個 ◆ 咱倆 / 兄弟倆。

〈二〉[ liǎng ㄌㄧㄤˇ 粵 lœŋ<sup>5</sup> 兩 ]

❷ 伎倆。見 "伎" 字，15 頁。

## <sup>8</sup>倚　　倚 倚 倚 倚 倚 倚　倚

[ yǐ ㄧˇ 粵 ji<sup>2</sup> 椅 ]

❶ 靠着 ◆ 倚門而立。❷ 憑着；仗着 ◆ 倚仗 / 倚勢欺人 / 倚老賣老。❸ 偏在一邊 ◆ 不偏不倚。

## <sup>8</sup>俺　　俺 俺 俺 俺 俺 俺　俺

[ ǎn ㄢˇ 粵 em<sup>2</sup>/ŋem<sup>2</sup> 黯 ]

北方方言。我；我們 ◆ 俺娘 / 俺老家。

## <sup>8</sup>倒　　倒 倒 倒 倒 倒 倒　倒

〈一〉[ dǎo ㄉㄠˇ 粵 dou<sup>2</sup> 島 ]

❶ 橫躺下來 ◆ 臥倒 / 跌倒 / 倒塌 / 電線杆被大風颳倒了 / 樹倒猢猻散。❷ 失敗；垮台 ◆ 倒台 / 倒霉 / 工廠倒閉。❸ 調換；轉

換 ◆ 倒手 / 倒買倒賣 / 中途要倒車。

〈二〉[ dào ㄉㄠˋ 粵 dou<sup>2</sup> 島 ]

❹ 傾斜容器，使裏面的東西出來 ◆ 倒水 / 倒茶 / 倒垃圾。

〈三〉[ dào ㄉㄠˋ 粵 dou<sup>3</sup> 到 ]

❺ 向後；朝相反方向行動 ◆ 倒車 / 倒流 / 倒退 / 倒行逆施。❻ 上下、前後、主次等位置反了 ◆ 倒影 / 倒立 / 倒數第一 / 本末倒置。❼ 表示轉折；可是 ◆ 年紀不大，知道的事情倒不少 / 東西雖然舊了點，倒挺實用。

## <sup>8</sup>倉 <sup>(仓)</sup>　倉 倉 倉 倉 倉 倉　倉

[ cāng ㄘㄤ 粵 tsɔŋ<sup>1</sup> 蒼 ]

❶ 儲藏糧食和其他物資的建築物 ◆ 糧倉 / 倉庫。❷ 倉促：匆忙；急促 ◆ 倉促應考 / 時間倉促。❸ 倉皇：匆忙慌張 ◆ 倉皇出逃。

## <sup>8</sup>倘　　倘 倘 倘 倘 倘 倘　倘

[ tǎng ㄊㄤˇ 粵 tɔŋ<sup>2</sup> 躺 ]

如果；假使 ◆ 倘若 / 倘有危險，當與警方聯絡。

## <sup>8</sup>俱　　俱 俱 俱 俱 俱 俱　俱

[ jù ㄐㄩˋ 粵 gœy<sup>1</sup> 居 / kœy<sup>1</sup> 驅（語）]

全；都 ◆ 面面俱到 / 聲淚俱下 / 與日俱增 / 萬事俱備，只欠東風 / 麻雀雖小，五臟俱全。

## <sup>8</sup>倡　　倡 倡 倡 倡 倡 倡　倡

[ chàng ㄔㄤˋ 粵 tsœŋ<sup>3</sup> 唱 ]

首先提出；發起 ◆ 倡議 / 倡導 / 提倡。

## <sup>8</sup>個 <sup>(个)</sup>　個 個 個 個 個 個　個

〈一〉[ gè ㄍㄜˋ 粵 gɔ<sup>3</sup> 哥<sup>3</sup> ]

❶ 量詞 ◆ 一個人 / 三個月 / 做個動作 / 五個朋友。❷ 身材或物體的體積 ◆ 個子高 / 個兒大 / 小個兒運動員。❸ 單獨的 ◆ 個人 / 個別 / 逐個擊破。
〈二〉[ gě ㄍㄜˇ ⑧ go³ 哥³ ]
❹ 自個兒：自己。

## ⁸候 候候候候候候 候
[ hòu ㄏㄡˋ ⑧ heu⁶ 后 ]
❶ 等待 ◆ 等候 / 守候 / 候車室 / 候選人。❷ 時節；時間 ◆ 候鳥 / 時候。❸ 看望；問好 ◆ 問候。❹ 事物變化的情況、程度 ◆ 氣候 / 火候 / 症候。

## ⁸修 修修修修修修 修
[ xiū ㄒㄧㄡ ⑧ seu¹ 收 ]
❶ 經過修理或裝飾，使破損的東西恢復原有的功能或變得整齊美觀 ◆ 修理 / 修飾 / 維修 / 裝修門面 / 不修邊幅。❷ 建造 ◆ 修路 / 修機場 / 興修水利 / 修建鐵路。❸ 學習 ◆ 自修 / 選修 / 進修。

## ⁸倪 倪倪倪倪倪倪 倪
[ ní ㄋㄧˊ ⑧ ŋei⁴ 危 ]
姓。

## ⁸俾 俾俾俾俾俾俾 俾
[ bǐ ㄅㄧˇ ⑧ bei² 比 ]
❶ 使 ◆ 俾有所獲。❷ 給予。粵語中用法同"畀" ◆ 俾錢 / 統統俾你。

## ⁸倫 (伦) 倫倫倫倫倫倫 倫
[ lún ㄌㄨㄣˊ ⑧ lœn⁴ 輪 ]
❶ 人與人之間的道德關係 ◆ 倫理 / 天倫

之樂。❷ 條理；次序 ◆ 語無倫次。❸ 類；同類 ◆ 不倫不類 / 無與倫比 / 荒謬絕倫。

## ⁸倍 倍倍倍倍倍倍 倍
[ bèi ㄅㄟˋ ⑧ pui⁵ 陪⁵ ]
❶ 把原來的數目翻番 ◆ 一倍 / 十倍。❷ 加倍；更加 ◆ 信心倍增 / 事半功倍 / 身價百倍 / 獨在異鄉為異客，每逢佳節倍思親。

## ⁸俯 俯俯俯俯俯俯 俯
[ fǔ ㄈㄨˇ ⑧ fu² 苦 ]
屈身低頭，臉朝下；跟"仰"相對 ◆ 俯視 / 俯衝 / 俯拾即是 / 俯首貼耳 / 前俯後仰。

## ⁸做
"仿"的異體字，見 16 頁。

## ⁸倦 倦倦倦倦倦倦 倦
[ juàn ㄐㄩㄢˋ ⑧ gyn⁶ 捐⁶ ]
❶ 疲勞 ◆ 疲倦 / 困倦 / 倦怠 / 毫無倦意。❷ 厭煩 ◆ 厭倦 / 孜孜不倦 / 學而不厭，誨人不倦。

## ⁸倌 倌倌倌倌倌倌 倌
[ guān ㄍㄨㄢ ⑧ gun¹ 官 ]
❶ 農村中稱專門飼養家畜的人 ◆ 羊倌 / 牛倌。❷ 舊時稱在飯館、酒家中做雜役的人 ◆ 堂倌。❸ 粵語中稱有名氣的粵劇演員 ◆ 大老倌。

## ⁸們 (们) 們們們們們們 們
[ men ·ㄇㄣ ⑧ mun⁴ 門 ]
放在指人的名詞或代詞後面表示複數 ◆ 同學們 / 老師們 / 我們 / 你們 / 他們。

## ⁸倔

倔 倔 倔 倔 倔 倔 | 倔

〈一〉[ jué ㄐㄩㄝˊ ⑧gwɐt⁹ 掘 ]
❶ 剛強不屈服 ◆ 性格倔強。
〈二〉[ juè ㄐㄩㄝˋ ⑧gwɐt⁹ 掘 ]
❷ 性子急；態度生硬 ◆ 倔頭倔腦 / 倔脾氣。

## ⁸倨

倨 倨 倨 倨 倨 倨 | 倨

[ jù ㄐㄩˋ ⑧gœy³ 據 ]
傲慢無禮 ◆ 前倨後恭。

## ⁹做

做 做 做 做 做 做 | 做

[ zuò ㄗㄨㄛˋ ⑧dzou⁶ 造 ]
❶ 製作；製造 ◆ 做衣服 / 做玩具 / 做標本 / 做手工。❷ 從事某項工作或活動 ◆ 做工 / 做功課 / 做生意 / 一不做，二不休。❸ 特指寫作 ◆ 做詩 / 做文章。❹ 充當；擔任 ◆ 做客 / 做好人 / 做教師 / 做嚮導。❺ 結成某種關係 ◆ 做朋友 / 做鄰居 / 做夫妻。❻ 裝出某種樣子 ◆ 做作 / 做鬼臉。

## ⁹盒

見皿部，302 頁。

## ⁹偃

偃 偃 偃 偃 偃 偃 | 偃

[ yǎn ㄧㄢˇ ⑧jin² 演 ]
❶ 仰面倒下 ◆ 偃卧。❷ 使倒下 ◆ 偃旗息鼓。❸ 停止；停息 ◆ 偃武修文。

## ⁹偕

偕 偕 偕 偕 偕 偕 | 偕

[ xié ㄒㄧㄝˊ ⑧gai¹ 佳 ]
一同 ◆ 偕同 / 白頭偕老。

## ⁹偵 ⁽偵⁾

偵 偵 偵 偵 偵 偵 | 偵

[ zhēn ㄓㄣ ⑧dziŋ¹ 晶 ]
暗中探聽、察看 ◆ 偵察 / 偵探 / 偵緝 / 偵破一宗重大案件。

## ⁹偌 ⁽偌⁾

偌 偌 偌 偌 偌 偌 | 偌

[ ruò ㄖㄨㄛˋ ⑧je⁶ 夜 ]
這麼；那麼 ◆ 偌大年紀 / 偌大一個海港。

## ⁹偎

偎 偎 偎 偎 偎 偎 | 偎

[ wēi ㄨㄟ ⑧wui¹ 煨 ]
緊挨着 ◆ 偎依 / 偎傍。

## ⁹側 ⁽側⁾

側 側 側 側 側 側 | 側

[ cè ㄘㄜˋ ⑧dzɐk⁷ 則 ]
❶ 旁邊 ◆ 兩側 / 左側 / 側面 / 旁敲側擊。❷ 向旁邊傾斜的 ◆ 側影 / 側重 / 側泳 / 側耳傾聽 / 橫看成嶺側成峯，遠近高低各不同。

## ⁹條

見木部，217 頁。

## ⁹偶

偶 偶 偶 偶 偶 偶 | 偶

[ ǒu ㄡˇ ⑧ŋɐu⁵ 藕 ]

❶ 雙數；成對 ◆ 偶數 / 對偶 / 配偶 / 無獨有偶。❷ 難得的；不常有的 ◆ 偶然 / 偶爾 / 這是偶合。❸ 用泥、木等製成的人像 ◆ 偶像 / 木偶 / 玩偶。

⁹**偷** 偷偷偷偷偷偷 偷

[tōu ㄊㄡ ⑧ tɐu¹ 頭¹]

❶ 暗地裏拿走別人的東西；也指偷東西的人 ◆ 偷竊 / 偷錢 / 小偷。❷ 瞞着人做 ◆ 偷聽 / 偷襲 / 偷渡。❸ 只顧眼前，得過且過 ◆ 偷安 / 苟且偷生。❹ 擠出時間 ◆ 偷空 / 忙裏偷閒。

⁹**停** 停停停停停停 停

[tíng ㄊㄧㄥˊ ⑧ tiŋ⁴ 庭]

止住；中斷 ◆ 停止 / 停頓 / 停電 / 馬不停蹄。

⁹**偽**(伪) 偽偽偽偽偽偽 偽

[wěi ㄨㄟˇ ⑧ ŋɐi⁶ 魏]

❶ 假的；跟"真"相對 ◆ 偽造 / 偽裝 / 偽證 / 虛偽 / 偽君子。❷ 不合法的 ◆ 偽政府。

⁹**偏** 偏偏偏偏偏偏 偏

[piān ㄆㄧㄢ ⑧ pin¹ 篇]

❶ 歪；斜 ◆ 偏斜 / 偏離航向 / 太陽偏西。❷ 遠離中心的 ◆ 偏僻 / 偏遠山區。❸ 不公正；不全面 ◆ 偏見 / 偏愛 / 偏心 / 偏聽偏信。❹ 跟願望或常情相反 ◆ 偏偏 / 偏不下雨 / 偏要參加 / 今年夏天氣溫偏高 / 明知山有虎，偏向虎山行。

⁹**貪** 見貝部，426 頁。

⁹**健** 健健健健健健 健

[jiàn ㄐㄧㄢˋ ⑧ gin⁶ 件]

❶ 身體好；強壯有力 ◆ 健康 / 健壯 / 健步如飛。❷ 使強壯 ◆ 健美 / 健身運 / 健胃補腎。❸ 善於；易於 ◆ 健談 / 健忘。

⁹**假** 假假假假假假 假

⟨一⟩ [jiǎ ㄐㄧㄚˇ ⑧ ga² 加²]

❶ 不真實的；虛偽的；跟"真"相對 ◆ 假裝 / 假貨 / 虛情假意 / 真假難辨 / 弄假成真。❷ 借用；利用 ◆ 假借 / 假公濟私 / 狐假虎威。❸ 假如 ◆ 假設 / 假使。

⟨二⟩ [jià ㄐㄧㄚˋ ⑧ ga³ 嫁]

❹ 規定的公休日或個人因事、因病暫停工作或學習的時間 ◆ 假期 / 假日 / 暑假 / 度假 / 病假。

⁹**偉**(伟) 偉偉偉偉偉偉 偉

[wěi ㄨㄟˇ ⑧ wei⁵ 葦]

❶ 高大 ◆ 偉岸 / 身材魁偉。❷ 卓越不凡 ◆ 偉大 / 雄偉 / 豐功偉績 / 一代偉人。

¹⁰**傣** 傣傣傣傣傣傣 傣

[dǎi ㄉㄞˇ ⑧ tai³ 泰]

傣族：中國少數民族之一，分佈在雲南。

¹⁰**備**(备) 備備備備備備 備

[bèi ㄅㄟˋ ⑧ bei⁶ 鼻]

❶ 事先籌劃、安排好 ◆ 備課 / 籌備 / 準備 / 預備 / 有備無患。❷ 具有 ◆ 具備 / 德才兼備。❸ 設施；器材 ◆ 設備 / 裝備 / 軍備。❹ 完全 ◆ 完備 / 齊備 / 關懷備至 / 備受推崇。

**¹⁰傅** 傅傅傅傅傅傅 傅

[ fù ㄈㄨˋ ⑧fu⁶ 父]
師傅：傳授技藝的人。

**¹⁰俅** 俅俅俅俅俅俅 俅

[ lì ㄌㄧˋ ⑧lœt⁹ 律]
傈僳族：中國少數民族之一，分佈在雲南和四川。

**¹⁰傀** 傀傀傀傀傀傀 傀

[ kuǐ ㄎㄨㄟˇ ⑧fai³ 快]
傀儡：（1）木偶。（2）比喻徒有虛名、受人操縱的人或組織 ◆ 他這個經理實際上是個傀儡。

**¹⁰傘**⁽傘⁾ 傘傘傘傘傘傘 傘

[ sǎn ㄙㄢˇ ⑧san³ 汕]
❶ 擋雨、遮陽的用具 ◆ 雨傘 / 陽傘 / 摺疊傘。❷ 形狀像傘的東西 ◆ 降落傘。

**¹⁰傑**⁽杰⁾ 傑傑傑傑傑傑 傑

[ jié ㄐㄧㄝˊ ⑧git⁹ 桀]
❶ 才智超羣的人 ◆ 豪傑 / 俊傑 / 生當為人傑，死亦為鬼雄。❷ 特別優異的；突出的 ◆ 傑作 / 傑出人才 / 人傑地靈。

**¹⁰傍** 傍傍傍傍傍傍 傍

[ bàng ㄅㄤˋ ⑧boŋ⁶ 磅]
❶ 臨近 ◆ 傍午 / 傍晚。❷ 靠近；依靠 ◆ 依山傍水 / 船傍了岸。

**¹⁰傢** 傢傢傢傢傢傢 傢

[ jiā ㄐㄧㄚ ⑧ga¹ 家]

❶ 傢具：指桌、椅、牀、櫃等家庭用具 ◆ 買傢具。❷ 傢伙：（1）指某些工具或武器。（2）指人或牲畜。指人時，含有輕視或開玩笑的意味 ◆ 這傢伙真不像話 / 這傢伙真機靈。

**¹¹債**⁽债⁾ 債債債債債債 債

[ zhài ㄓㄞˋ ⑧dzai³ 齋³]
欠人的錢財 ◆ 欠債 / 債務 / 債台高築 / 背了一身債 / 冤有頭，債有主。

**¹¹傲** 傲傲傲傲傲傲 傲

[ ào ㄠˋ ⑧ŋou⁶ 敖⁶]
❶ 自高自大，看不起人 ◆ 傲慢 / 驕傲 / 高傲 / 居功自傲。❷ 剛強不屈 ◆ 傲然挺立。

**¹¹僅**⁽仅⁾ 僅僅僅僅僅僅 僅

[ jǐn ㄐㄧㄣˇ ⑧gen² 緊]
只；只不過 ◆ 僅此而已 / 僅供參考 / 不僅如此 / 僅有的幾本書。

**¹¹傳**⁽传⁾ 傳傳傳傳傳傳 傳

〈一〉[ chuán ㄔㄨㄢˊ ⑧tsyn⁴ 全]
❶ 把知識、技能、信息等從一方遞送到另一方 ◆ 傳授 / 傳達 / 傳遞 / 祖傳 / 遺傳。❷ 擴散；推廣 ◆ 傳播 / 傳染 / 宣傳 / 流傳 / 以訛傳訛。❸ 表達；表露 ◆ 傳神 / 傳情達意 / 只能意會，不能言傳。❹ 把人叫來 ◆ 傳訊 / 傳喚。
〈二〉[ zhuàn ㄓㄨㄢˋ ⑧dzyn⁶ 專⁶]
❺ 記敍人物生平事跡或歷史故事的文字 ◆ 自傳 / 小傳 / 傳記作品 /《水滸傳》。

**¹¹愈** 見心部，156 頁。

## <sup>11</sup>會

見日部，205 頁。

## <sup>11</sup>傾 (倾)

傾 傾 傾 傾 傾 傾

[ qīng ㄑㄧㄥ 粵kiŋ¹ 鯨¹ ]

❶ 歪斜不正；偏在一方 ◆ 傾斜 / 傾向 / 一見傾心。❷ 倒塌 ◆ 傾覆 / 大廈將傾。❸ 全部倒出、拿出 ◆ 傾訴 / 傾家盪產 / 傾巢出動 / 傾盆大雨 / 傾箱倒篋。

## <sup>11</sup>僂 (偻)

僂 僂 僂 僂 僂 僂

[ lóu ㄌㄡˊ 粵lɐu⁴ 留 ]

佝僂。見 "佝" 字，18 頁。

## <sup>11</sup>催

催 催 催 催 催 催

[ cuī ㄘㄨㄟ 粵tsœy¹ 吹 ]

促使；使加快 ◆ 催促 / 催淚彈 / 催眠曲 / 催化劑 / 催人淚下。

## <sup>11</sup>傷 (伤)

傷 傷 傷 傷 傷 傷

[ shāng ㄕㄤ 粵sœŋ¹ 商 ]

❶ 身體或東西受到損害 ◆ 傷亡 / 受傷 / 損傷 / 救死扶傷 / 二虎相鬥，必有一傷。❷ 損害；敗壞 ◆ 傷害 / 傷身體 / 傷感情 / 出口傷人 / 傷風敗俗。❸ 妨害 ◆ 無傷大體。❹ 悲哀 ◆ 傷心 / 哀傷 / 憂傷 / 悲傷 / 少壯不努力，老大徒傷悲。

## <sup>11</sup>傻

傻 傻 傻 傻 傻 傻

[ shǎ ㄕㄚˇ 粵sɔ⁴ 梳⁴ ]

❶ 頭腦糊塗；愚蠢 ◆ 傻子 / 傻頭傻腦 / 裝瘋賣傻 / 別做傻事 / 一下子給嚇傻了。❷ 老實不知變通 ◆ 傻等 / 傻幹。

## <sup>11</sup>禽

見内部，318 頁。

## <sup>11</sup>傭 (佣)

傭 傭 傭 傭 傭 傭

[ yōng ㄩㄥ 粵juŋ⁴ 容 ]

僱傭；受人僱傭的人 ◆ 僱傭 / 傭工。

## <sup>12</sup>僥 (侥)

僥 僥 僥 僥 僥 僥

[ jiǎo ㄐㄧㄠˇ 粵giu¹ 嬌 / hiu¹ 囂（語）]

僥倖：（1）碰巧獲得成功 ◆ 這次辯論比賽，我們僥倖獲勝。（2）意外地避免不幸 ◆ 這次意外只有三人僥倖生還。

## <sup>12</sup>儌

儌 儌 儌 儌 儌 儌

[ sù ㄙㄨˋ 粵suk⁷ 叔 ]

儌儌。見 "儌" 字，27 頁。

## <sup>12</sup>僚

僚 僚 僚 僚 僚 僚

[ liáo ㄌㄧㄠˊ 粵liu⁴ 聊 ]

❶ 官吏 ◆ 官僚 / 幕僚。❷ 一起做官的人；同事 ◆ 同僚。

## <sup>12</sup>僕 (仆)

僕 僕 僕 僕 僕 僕

[ pú ㄆㄨˊ 粵buk⁹ 瀑 ]

❶ 被僱做雜事、供使喚的人 ◆ 僕人 / 奴僕 / 公僕。❷ 僕僕：形容旅途勞累的樣子 ◆ 風塵僕僕。

## <sup>12</sup>僑 (侨)

僑 僑 僑 僑 僑 僑

[ qiáo ㄑㄧㄠˊ 粵kiu⁴ 喬 ]

寄居國外；寄居國外的人 ◆ 僑居 / 僑胞 / 僑民 / 華僑 / 歸僑。

¹²像 像像像像像像 像

[ xiàng ㄒㄧㄤˋ 粵 dzœŋ⁶ 象 ]
❶ 照人物原樣製成的形象 ◆ 肖像 / 畫像 / 雕像 / 塑像 / 銅像。❷ 相似；相同 ◆ 孩子長得像她媽 / 像他這樣的老實人真不多見。❸ 如同。用作比喻 ◆ 火紅的太陽像個大氣球 / 這彎彎的月亮，像小船，像鐮刀。

¹²僧 僧僧僧僧僧僧 僧

[ sēng ㄙㄥ 粵 seŋ¹ 生 / dzeŋ¹ 增（語）]
出家修行的男性佛教徒；和尚 ◆ 僧人 / 高僧 / 粥少僧多 / 不看僧面看佛面。

¹²僱 ⁽僱⁾ 僱僱僱僱僱僱 僱

[ gù ㄍㄨˋ 粵 gu³ 故 ]
❶ 出錢叫人給自己做事 ◆ 僱工 / 僱用 / 解僱。❷ 租用交通工具 ◆ 僱車 / 僱船。

¹³僵 僵僵僵僵僵僵 僵

[ jiāng ㄐㄧㄤ 粵 gœŋ¹ 姜 ]
❶ 肌體發硬，不能自由活動 ◆ 僵硬 / 凍僵 / 僵屍。❷ 雙方相持不下，事情難以處理 ◆ 僵持不下 / 已成僵局 / 事情弄僵了。

¹³價 ⁽价⁾ 價價價價價價 價

[ jià ㄐㄧㄚˋ 粵 ga³ 嫁 ]
貨物所值的錢數 ◆ 價錢 / 價格 / 物價 / 價廉物美 / 無價之寶。

¹³儂 ⁽侬⁾ 儂儂儂儂儂儂 儂

[ nóng ㄋㄨㄥˊ 粵 nuŋ⁴ 農 ]
❶ 吳語中用作第二人稱代詞。你。❷ 我。

多見於古代詩文 ◆ 儂今葬花人笑痴，他年葬儂知是誰？

¹³儉 ⁽俭⁾ 儉儉儉儉儉儉 儉

[ jiǎn ㄐㄧㄢˇ 粵 gim⁶ 檢⁶ ]
節省；簡樸；不浪費 ◆ 儉樸 / 節儉 / 克勤克儉 / 省吃儉用 / 勤能補拙，儉以養廉。
✿ 圖見 100 頁。

¹³儈 ⁽侩⁾ 儈儈儈儈儈儈 儈

[ kuài ㄎㄨㄞˋ 粵 kui² 繪 ]
介紹買賣從中取利的人 ◆ 市儈 / 牙儈。

¹³億 ⁽亿⁾ 億億億億億億 億

[ yì ㄧˋ 粵 jik⁷ 益 ]
數目字，一萬萬 ◆ 投資三億元 / 億萬人民熱愛和平 / 世界人口已超過六十五億。

¹³儀 ⁽仪⁾ 儀儀儀儀儀儀 儀

[ yí ㄧˊ 粵 ji⁴ 兒 ]
❶ 按程序進行的禮節 ◆ 儀式 / 司儀。❷ 容貌；風度；姿態 ◆ 儀表 / 威儀 / 儀態萬千。❸ 儀器 ◆ 地球儀 / 測量儀。

¹³僻 僻僻僻僻僻僻 僻

[ pì ㄆㄧˋ 粵 pik⁷ 闢 ]
❶ 偏遠的 ◆ 偏僻 / 窮鄉僻壤 / 荒僻的沙漠地帶。❷ 不常見的 ◆ 冷僻 / 生僻。❸ 性情古怪 ◆ 孤僻 / 怪僻。

¹⁴儒 儒儒儒儒儒儒 儒

[ rú ㄖㄨˊ 粵 jy⁴ 如 ]
❶ 過去指讀書人 ◆ 儒生 / 焚書坑儒。❷ 孔

子創立的學派 ◆ 儒家／儒學。

## ¹⁴儐（傧）

儐儐儐儐儐儐　儐

[ bīn ㄅㄧㄣ 🔊 bɐn³ 鬢 ]

儐相（xiàng）：婚禮中陪伴新郎新娘的人 ◆ 姐姐今天要去當儐相。

## ¹⁴儘（尽）

儘儘儘儘儘儘　儘

[ jǐn ㄐㄧㄣˇ 🔊 dzɐŋ² 準 ]

❶ 力求達到最大限度 ◆ 儘量／儘快／儘早／儘可能。❷ 用在表示方位的詞前面，相當於"最" ◆ 儘東頭／儘裏邊／儘底層。❸ 優先 ◆ 座位先儘老人和小孩坐／好東西不能儘着孩子吃。❹ 老是；總是 ◆ 這幾天儘下雨／他儘愛説笑話。

## ¹⁵優（优）

優優優優優優　優

[ yōu ㄧㄡ 🔊 jɐu¹ 休 ]

❶ 好的；跟"劣"相對 ◆ 優良／優美／優秀／優點／品學兼優。❷ 充足；富裕 ◆ 優厚／優裕／優渥。❸ 厚待；善待 ◆ 優待／優惠。❹ 過去稱演戲的人 ◆ 名優。

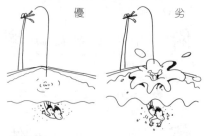

## ¹⁵償（偿）

償償償償償償　償

[ cháng ㄔㄤˊ 🔊 sœŋ⁴ 常 ]

❶ 歸還；抵補 ◆ 償還／賠償／償命／得不償失。❷ 實現；滿足 ◆ 如願以償。

## ¹⁵儡

儡儡儡儡儡儡　儡

[ lěi ㄌㄟˇ 🔊 lœy⁵ 呂 ]

傀儡。見"傀"字，27 頁。

## ¹⁵儲（储）

儲儲儲儲儲儲　儲

[ chǔ ㄔㄨˇ 🔊 tsy⁴ 廚／tsy⁵ 柱（語）]

❶ 積蓄；存放 ◆ 儲蓄／儲存／儲備／儲藏。❷ 已經確定繼承王位的人 ◆ 儲君／皇儲。

## ¹⁹儷（俪）

儷儷儷儷儷儷　儷

[ lì ㄌㄧˋ 🔊 lɐi⁶ 麗 ]

伉儷。見"伉"字，16 頁。

## ²⁰儼（俨）

儼儼儼儼儼儼　儼

[ yǎn ㄧㄢˇ 🔊 jim⁵ 染 ]

儼然：（1）莊嚴；恭敬。（2）整齊 ◆ 屋舍儼然。（3）像真的一樣；活像 ◆ 這孩子很老練，説起話來儼然是個大人。

## ¹兀

兀兀　兀

[ wù ㄨˋ 🔊 ŋɐt⁹ 屹 ]

高高地突起 ◆ 突兀。

## ² 元

元 元 元 **兀**

[ yuán ㄩㄢˊ ⑲ jyn⁴ 原 ]

❶ 第一；為首的 ◆ 元旦 / 元月 / 元帥 / 元首。❷ 主要的；基本的 ◆ 元素 / 元氣 / 元音 / 固本培元。❸ 構成整體的一部分 ◆ 元件 / 單元。❹ 貨幣單位，同 "圓"。十角等於一元。❺ 朝代名 ◆ 元、明、清。

## ² 允

允 允 允 **允**

[ yǔn ㄩㄣˇ ⑲ wɐn⁵ 尹 ]

❶ 答應；許可 ◆ 允諾 / 允許 / 應允。❷ 公平得當 ◆ 公允 / 允當。

## ³ 兄

兄 兄 兄 兄 **兄**

[ xiōng ㄒㄩㄥ ⑲ hiŋ¹ 卿 ]

❶ 哥哥 ◆ 兄長 / 弟兄 / 表兄 / 遙知兄弟登高處，遍插茱萸少一人。❷ 男性朋友間的尊稱 ◆ 老兄 / 仁兄 / 師兄 / 稱兄道弟。

## ⁴ 光

光 光 光 光 光 **光**

[ guāng ㄍㄨㄤ ⑲ gwɔŋ¹ 廣 ]

❶ 某些物體放射出或反射出的亮光 ◆ 陽光 / 燈光 / 光芒四射 / 火光衝天 / 牀前明月光，疑是地上霜。❷ 明亮 ◆ 光明 / 光亮 / 光澤 / 光輝。❸ 榮譽；使榮耀 ◆ 光榮 / 為國爭光 / 光宗耀祖。❹ 景色 ◆ 春光明媚 / 湖光山色 / 風光宜人。❺ 平滑 ◆ 光滑 / 磨光 / 光溜溜。❻ 全部露出；無遮蓋 ◆ 光腳 / 光膀子 / 山上光禿禿的。❼ 完了；一點不剩 ◆ 錢花光了 / 人都走光了 / 一掃而光。❽ 只；只是 ◆ 光説不做 / 光靠他一個人不行。❾ 對賓客來臨的敬辭 ◆ 光顧 / 歡迎光臨。

✍ 見古文字插頁 12。

## ⁴ 先

先 先 先 先 先 **先**

[ xiān ㄒㄧㄢ ⑲ sin¹ 仙 ]

❶ 時間或次序在前的；跟 "後" 相對 ◆ 先前 / 領先 / 捷足先登 / 先天下之憂而憂，後天下之樂而樂 / 工欲善其事，必先利其器。❷ 對死者的尊稱 ◆ 先父 / 先輩 / 先烈。

## ⁴ 兇 ⁽凶⁾

兇 兇 兇 兇 兇 **兇**

[ xiōng ㄒㄩㄥ ⑲ huŋ¹ 胸 ]

❶ 狠毒；殘暴 ◆ 兇殘 / 兇惡 / 兇狠 / 兇狂 / 窮兇極惡。❷ 殘暴、作惡的人 ◆ 元兇 / 幫兇。❸ 傷人、殺人的行為 ◆ 行兇。❹ 厲害；猛烈 ◆ 鬧得太兇了 / 雙方拚搶得很兇。

## ⁴ 兆

兆 兆 兆 兆 兆 **兆**

[ zhào ㄓㄠˋ ⑲ siu⁶ 紹 ]

❶ 事前顯露的跡象 ◆ 預兆 / 徵兆 / 好兆頭 / 不祥之兆。❷ 預示 ◆ 瑞雪兆豐年。

## ⁴ 充

充 充 充 充 充 **充**

[ chōng ㄔㄨㄥ ⑲ tsuŋ¹ 匆 ]

❶ 滿的；足夠的 ◆ 充滿 / 充分 / 充足 / 充實 / 充裕。❷ 填滿；補充 ◆ 充氣 / 充電 / 填充 / 充耳不聞 / 畫餅充飢 / 濫竽充數。❸ 擔當 ◆ 充當 / 充任。❹ 假冒 ◆ 冒充 / 充行家 / 以次充好。

## ⁵ 克

克 克 克 克 克 克 **克**

[ kè ㄎㄜˋ ⑲ hɐk⁷ 刻 ]

❶ 戰勝；攻下 ◆ 攻克 / 克服 / 以柔克剛 / 戰無不勝，攻無不克。❷ 限止；抑制 ◆ 克

制 / 克己奉公。❸ 能夠 ◆ 克勤克儉。❹
重量單位,一千克等於一公斤。❺ "剋" 的
簡化字,見 43 頁。

⁵
**禿** 見禾部,319 頁。

⁵
**免** 免 免 免 免 免 免

[ miǎn ㄇㄧㄢˇ 粵 min⁵ 勉 ]
❶ 去掉;除去 ◆ 免費 / 免稅 / 免職 / 免禮 /
罷免。❷ 避開 ◆ 避免 / 免疫 / 難免 / 幸免
於難。❸ 不要 ◆ 免開尊口 / 閒人免進。

⁵
**兑** 兑 兑 兑 兑 兑 兑

[ duì ㄉㄨㄟˋ 粵 døy⁶ 隊 ]
換取;特指憑票據換取現金 ◆ 兑現 / 兑換 /
匯兑。

⁶
**虎** 見虍部,391 頁。

⁶
**兒** ⁽儿⁾ 兒 兒 兒 兒 兒 兒

[ ér ㄦˊ 粵 ji⁴ 而 ]
❶ 男孩子 ◆ 兒子 / 兒媳 / 生了一兒三女。
❷ 子女 ◆ 兒女 / 兒孫滿堂。❸ 小孩 ◆ 兒
童 / 兒歌 / 嬰兒 / 幼兒 / 孤兒。❹ 年輕人
◆ 游泳健兒 / 好男兒志在四方。❺ 用作詞
尾 ◆ 花兒 / 勁兒 / 一塊兒 / 慢慢兒。
☞ 見古文字插頁 14。

⁶
**兔** 兔 兔 兔 兔 兔 兔

[ tù ㄊㄨˋ 粵 tou³ 吐 ]
哺乳動物,有家兔和野兔兩種 ◆ 兔毛 / 小
白兔 / 守株待兔 / 兔死狐悲 / 兔死狗烹。
☞ 見古文字插頁 14。

⁹
**冕** 見冂部,35 頁。

⁹
**兜** 兜 兜 兜 兜 兜 兜

[ dōu ㄉㄡ 粵 dɐu¹ 斗¹ ]
❶ 像口袋那樣的東西 ◆ 衣兜 / 褲兜 / 網
兜。❷ 繞 ◆ 兜圈子。❸ 招攬 ◆ 兜售 / 兜
銷存貨。

¹⁰
**堯** 見土部,90 頁。

¹²
**兢** 兢 兢 兢 兢 兢 兢

[ jīng ㄐㄧㄥ 粵 giŋ¹ 京 ]
兢兢:小心謹慎 ◆ 兢兢業業 / 戰戰兢兢,
如臨深淵,如履薄冰。

¹⁸
**競** 見立部,327 頁。

入 部

⁰
**入**

[ rù ㄖㄨˋ 粵 jɐp⁹ 泣⁹ ]
❶ 進到裏面;跟 "出" 相對 ◆ 入場 / 禁止
入內 / 病從口入 / 不入虎穴,焉得虎子 / 白
日依山盡,黃河入海流。❷ 參加進去 ◆ 入
伍 / 入學 / 加入。❸ 收進錢財 ◆ 收入 / 入
不敷出。❹ 合乎 ◆ 入時 / 入情入理。❺
達到某種狀態或程度 ◆ 入迷 / 入睡 / 體貼

入微。❻ 漢語四聲之一，即入聲。古代漢語是第四聲（平、上、去、入）。

## ² 內 <sup>(内)</sup>

內 內 內

[ nèi ㄋㄟˋ 　粵 nɔi⁶ 耐 ]

❶ 裏面；跟"外"相對 ◆ 內部 / 內衣 / 國內 / 室內 / 內外交困。❷ 稱妻子或妻子的親屬 ◆ 內子 / 內弟 / 賢內助。

外　　　　內

## ⁴ 全 <sup>(全)</sup>

全 全 全 全 全 全

[ quán ㄑㄩㄢˊ 　粵 tsyn⁴ 泉 ]

❶ 完備；齊備 ◆ 齊全 / 十全十美 / 百科全書 / 智勇雙全 / 殘缺不全。❷ 整個兒 ◆ 全國 / 全體 / 全部 / 全家 / 全神貫注。❸ 保全；使完滿 ◆ 兩全其美 / 成全其事 / 寧為玉碎，不為瓦全。❹ 都；完全 ◆ 全來了 / 全新的 / 踏破鐵鞋無覓處，得來全不費工夫。

## ⁶ 兩 <sup>(两)</sup>

兩 兩 兩 兩 兩 兩

[ liǎng ㄌㄧㄤˇ 　粵 lœŋ⁵ 倆 ]

❶ 數目字，二 ◆ 兩個人 / 兩隻腳 / 兩虎相鬥，必有一傷 / 三天打魚，兩天曬網。❷ 雙方 ◆ 公私兩便 / 兩相情願 / 勢不兩立 / 兩敗俱傷。❸ 表示不定數，相當於"幾" ◆ 我來說兩句 / 過兩天再說。❹ 重量單位，

舊制十六兩為一斤；市制十兩為一斤，一兩即五十克 ◆ 半斤八兩 / 缺斤少兩。

八 部

## ⁰ 八

八

[ bā ㄅㄚ 　粵 bat⁸ 捌 ]

❶ 數目字，五加三的得數。大寫作"捌" ◆ 八歲 / 八次 / 半斤八兩 / 八仙過海，各顯神通。❷ 形容多 ◆ 八寶粥 / 八面玲瓏 / 眼觀六路，耳聽八方。

## ² 兮

兮 兮 兮

[ xī ㄒㄧ 　粵 hei⁴ 奚 ]

文言助詞，表示感歎語氣，相當於"啊" ◆ 魂兮歸來 / 悲莫悲兮生別離，樂莫樂兮新相知。

## ² 六

六 六 六

〈一〉[ liù ㄌㄧㄡˋ 　粵 luk⁹ 綠 ]

❶ 數目字，五加一的得數。大寫作"陸" ◆ 六畜 / 六腑 / 六神無主 / 六親不認 / 三十六計，走為上計 / 畢竟西湖六月中，風光不與四時同。

〈二〉[ lù ㄌㄨˋ 　粵 luk⁹ 綠 ]

❷ 六安：地名，在安徽省。

## ² 分

見刀部，40頁。

## ²公

公 公 公　公

[ gōng 《ㄨㄥ 🔊 gung¹ 工 ]

❶ 正直無私；跟 "私" 相對 ◆ 大公無私。
❷ 不偏不私 ◆ 公正／秉公辦事／公平交易。❸ 國家的；集體的；跟 "私" 相對 ◆ 公物／公款／公共設施／假公濟私。❹ 國際間的 ◆ 公海／公曆。❺ 共同的；大家承認的 ◆ 公敵／公理／公約／公認。❻ 讓大家知道 ◆ 公佈／公開／公告。❼ 對男性祖輩或老年人的稱呼 ◆ 外公／諸公／老公公。❽ 稱丈夫的父親 ◆ 公公。❾ 雄性的；跟 "母" 相對 ◆ 公雞／公牛。

## ³只

見口部，59 頁。

## ⁴共

共 共 共 共 共　共

[ gòng 《ㄨㄥˋ 🔊 gung⁶ 公⁶ ]

❶ 一起；一齊 ◆ 共同／共事／共患難／同甘共苦／同舟共濟。❷ 相同的；都具有的 ◆ 共性／共識／共通。❸ 總計 ◆ 共計／總共／一共五人。

☞見古文字插頁 12。

## ⁵兵

兵 兵 兵 兵 兵　兵

[ bīng ㄅㄧㄥ 🔊 bing¹ 冰 ]

❶ 戰士；軍隊 ◆ 士兵／步兵／哨兵／按兵不動。❷ 武器 ◆ 兵器／短兵相接。❸ 戰事；戰爭 ◆ 兵不厭詐／紙上談兵／兵貴神速。

## ⁵岔

見山部，124 頁。

## ⁶其

其 其 其 其 其　其

[ qí ㄑㄧˊ 🔊 kei⁴ 奇 ]

❶ 他；他們；他的；他們的 ◆ 出其不意／人盡其才／各得其所／名副其實／自圓其說。❷ 這；那 ◆ 其次／其中／確有其事／不厭其煩。

## ⁶具

具 具 具 具 具 具　具

[ jù ㄐㄩˋ 🔊 gœy⁶ 巨 ]

❶ 器物 ◆ 文具／工具／玩具／傢具／用具。❷ 有 ◆ 具有／具備／別具一格。

## ⁶典

典 典 典 典 典 典　典

[ diǎn ㄉㄧㄢˇ 🔊 din² 電² ]

❶ 標準；法則；可以作為依據或標準的 ◆ 典範／典型／字典／引經據典。❷ 隆重的儀式 ◆ 典禮／慶典／開國大典。❸ 詩文裏引用的古書裏的故事或詞句 ◆ 典故／用典。❹ 用東西作抵押 ◆ 典押／典當。

## ⁶忿

見心部，148 頁。

## ⁸真

見目部，305 頁。

## ⁸兼

兼 兼 兼 兼 兼 兼　兼

[ jiān ㄐㄧㄢ 🔊 gim¹ 檢¹ ]

❶ 同時做幾件事或具有幾個方面 ◆ 兼顧／兼職／兼收並蓄／軟硬兼施／德才兼備。❷ 加倍 ◆ 日夜兼程。

## ⁸冥

見冖部，36 頁。

## ⁸翁

見羽部，353 頁。

## ⁹異

見田部，292 頁。

**⁹貧**
見貝部，426 頁。

**¹⁰黃**
見黃部，512 頁。

**¹¹與**
見臼部，370 頁。

**¹⁴冀**　冀 冀 冀 冀 冀 冀 **冀**

[ jì ㄐㄧˋ ⑧ gei³ 既 / kei³ 暨（語）]

❶ 希望 ◆ 希冀 / 冀其成功。❷ 河北省的簡稱 ◆ 冀中平原。

**¹⁴興**
見臼部，371 頁。

**¹⁵翼**
見羽部，354 頁。

# 冂 部

**²內**
見入部，33 頁。

**³冉**　冉 冉 冉 冉 **冉**

[ rǎn ㄖㄢˇ ⑧ jim⁵ 染]

冉冉：慢慢地 ◆ 太陽從東方冉冉升起。

**³冊** ⁽册⁾　冊 冊 冊 冊 **冊**

[ cè ㄘㄜˋ ⑧ tsak⁸ 拆]

❶ 書本或簿子 ◆ 畫冊 / 手冊 / 史冊 / 賬冊 / 紀念冊。❷ 量詞，用於書籍等 ◆ 一冊書。
✎ 見古文字插頁 12。

**³册**
"冊" 的異體字，見本頁。

**⁴再**　再 再 再 再 再 **再**

[ zài ㄗㄞˋ ⑧ dzɔi³ 載]

❶ 又一次；第二次 ◆ 歡迎再來 / 一而再，再而三 / 再度取得好成績 / 花有重開日，人無再少年。❷ 更加 ◆ 再快一點 / 聲音再提高一點。❸ 表示動作的先後次序 ◆ 洗了手再吃飯 / 做完作業再看電視。

**⁴同**
見口部，61 頁。

**⁶岡**
見山部，124 頁。

**⁶冏**
見丨部，350 頁。

**⁷冒**　冒 冒 冒 冒 冒 冒 **冒**

[ mào ㄇㄠˋ ⑧ mou⁶ 務]

❶ 向上升；向外透出 ◆ 冒煙 / 冒氣 / 冒汗。❷ 頂着；不顧 ◆ 冒雨 / 冒險。❸ 魯莽；不慎重 ◆ 冒失 / 冒昧。❹ 觸犯；衝撞 ◆ 冒犯 / 冒天下之大不韙。❺ 以假充真 ◆ 假冒 / 冒充 / 冒領 / 冒牌貨 / 冒名頂替。

**⁹冕**　冕 冕 冕 冕 冕 冕 **冕**

[ miǎn ㄇㄧㄢˇ ⑧ min⁵ 免]

古代帝王、諸侯等戴的禮帽，後來專指皇帝戴的禮帽 ◆ 加冕 / 冠冕堂皇。

冕

<sup>10</sup>最　最最最最最最　最

[ zuì ㄗㄨㄟˋ ⓟ dzœy³ 醉 ]

到頂了；第一位的 ◆ 最高峯 / 最好的 / 最認真 / 最長的河流 / 世界之最。

冖 部

<sup>2</sup>冗　冗冗冗　宂

[ rǒng ㄖㄨㄥˇ ⓟ juŋ⁵ 勇 ]

❶ 多餘的 ◆ 冗員 / 冗長。 ❷ 繁雜；事情多 ◆ 冗雜 / 敬請撥冗光臨。

<sup>5</sup>罕　見网部，350 頁。

<sup>7</sup>軍　見車部，439 頁。

<sup>7</sup>冠　冠冠冠冠冠冠　冠

⟨一⟩ [ guān ㄍㄨㄢ ⓟ gun¹ 官 ]

❶ 帽子 ◆ 桂冠 / 冠冕堂皇 / 衣冠楚楚 / 怒髮衝冠 / 瓜田不納履，李下不整冠。 ❷ 生在頂上像冠的東西 ◆ 雞冠 / 花冠。

冠

⟨二⟩ [ guàn ㄍㄨㄢˋ ⓟ gun³ 貫 ]

❸ 位居第一的 ◆ 冠軍。 ❹ 戴帽子。

<sup>8</sup>冢　冢冢冢冢冢冢　冢

[ zhǒng ㄓㄨㄥˇ ⓟ tsuŋ² 寵 ]

指墳墓 ◆ 古冢 / 衣冠冢。

<sup>8</sup>冥　冥冥冥冥冥冥　冥

[ míng ㄇㄧㄥˊ ⓟ miŋ⁴ 明 ]

❶ 昏暗 ◆ 晦冥。 ❷ 深沉 ◆ 冥思苦想。 ❸ 愚昧 ◆ 冥頑不靈。 ❹ 迷信的人稱陰間 ◆ 冥間 / 冥幣。

<sup>8</sup>冤　冤冤冤冤冤冤　冤

[ yuān ㄩㄢ ⓟ jyn¹ 淵 ]

❶ 受委屈；被誣陷 ◆ 冤枉 / 冤屈 / 冤案 / 申冤 / 鳴冤叫屈。 ❷ 仇恨 ◆ 冤仇 / 積冤 / 冤家路窄 / 冤有頭，債有主 / 冤家宜解不宜結。 ❸ 上當；吃虧 ◆ 買了件假貨，真冤。

<sup>14</sup>冪 <sup>(羃)</sup>　冪冪冪冪冪冪　冪

[ mì ㄇㄧˋ ⓟ mik⁹ 覓 ]

❶ 覆蓋；覆蓋東西的巾。 ❷ 數學上指一個數目乘若干次的形式，如二次冪就是平方，三次冪就是立方。

冫 部

<sup>3</sup>冬　冬冬冬冬　冬

[ dōng ㄉㄨㄥ ⓟ duŋ¹ 東 ]

一年四季中的最後一季，即農曆十月到十二月 ◆ 冬季 / 冬至 / 冬天 / 春夏秋冬 / 動物怎樣過冬？

### ⁴ 沖

冲冲冲冲冲 **沖**

❶ "沖" 的異體字，見240頁。❷ "衝" 的簡化字，見403頁。

### ⁴ 冰

冰冰冰冰冰 **冰**

[ bīng ㄅㄧㄥ （粵）bin¹ 兵 ]
❶ 水在攝氏零度或零度以下凝結成的固體 ◆ 冰山 / 冰雹 / 結冰 / 滴水成冰 / 冰凍三尺，非一日之寒。❷ 使人感到寒冷 ◆ 冰手 / 冰冷。❸ 用冰使東西變涼 ◆ 冰西瓜 / 冰啤酒 / 把汽水冰一冰。❹ 比喻晶瑩純潔 ◆ 冰肌玉骨 / 一片冰心。

### ⁴ 次

見欠部，230頁。

### ⁵ 冷

冷冷冷冷冷冷 **冷**

[ lěng ㄌㄥˇ （粵）lan⁵ ]
❶ 溫度低；跟 "熱" 相對 ◆ 冷水 / 冷飲 / 寒冷 / 冰冷 / 冷藏。❷ 不熱情；不溫和 ◆ 冷淡 / 冷漠 / 冷酷無情 / 冷言冷語。❸ 不熱鬧；寂靜 ◆ 冷落 / 冷場 / 冷冷清清。❹ 少見的 ◆ 冷僻。❺ 暗中的；意外的 ◆ 冷槍 / 冷箭 / 冷不防。

### ⁵ 冶

冶冶冶冶冶冶 **冶**

[ yě ㄧㄝˇ （粵）je⁵ 野 ]
❶ 熔煉金屬 ◆ 冶金 / 冶煉。❷ 過分的打扮 ◆ 妖冶 / 冶容。

### ⁶ 冽

冽冽冽冽冽冽 **冽**

[ liè ㄌㄧㄝˋ （粵）lit⁹ 列 ]
凜冽。見 "凜" 字，38頁。

### ⁶ 冼

冼冼冼冼冼冼 **冼**

[ xiǎn ㄒㄧㄢˇ （粵）sin² 癬 ]
姓。

### ⁸ 凌

凌凌凌凌凌凌 **凌**

[ líng ㄌㄧㄥˊ （粵）lin⁴ 零 ]
❶ 欺壓 ◆ 凌辱 / 欺凌 / 盛氣凌人。❷ 接近 ◆ 凌晨。❸ 升高；登上 ◆ 凌空飛架 / 壯志凌雲 / 會當凌絕頂，一覽眾山小。

### ⁸ 凍 ⁽凍⁾

凍凍凍凍凍凍 **凍**

[ dòng ㄉㄨㄥˋ （粵）dun³ 棟³ ]
❶ 水遇寒結冰 ◆ 霜凍 / 天寒地凍 / 冰凍三尺，非一日之寒。❷ 受寒或感到冷 ◆ 凍僵 / 防凍 / 凍傷 / 朱門酒肉臭，路有凍死骨。❸ 凝結的湯汁 ◆ 魚凍 / 肉凍。

### ⁸ 准

准准准准准准 **准**

[ zhǔn ㄓㄨㄣˇ （粵）dzœn² 準 ]
❶ 允許；同意 ◆ 准許 / 獲准 / 批准 / 不准 / 准予畢業。❷ 依據；按照 ◆ 准此。❸ "準" 的簡化字，見253頁。

### ⁸ 凋

凋凋凋凋凋凋 **凋**

[ diāo ㄉㄧㄠ （粵）diu¹ 刁 ]
草木枯萎敗謝 ◆ 凋謝 / 凋零 / 歲寒然後知松柏之後凋。

**焦點易錯字** 准｜準　准許　獲准　準備　標準

## ¹⁰馮

見馬部，495 頁。

## ¹³凜 ⁽凛⁾

凜 凜 凜 凜 凜 凜　凜

[ lǐn ㄌㄧㄣˇ ⑲ lɐm⁵ 林⁵ ]

❶ 凜冽：嚴寒 ◆ 北風凜冽。❷ 威嚴 ◆ 大義凜然 / 威風凜凜。

## ¹⁴凝

凝 凝 凝 凝 凝 凝　凝

[ níng ㄋㄧㄥˊ ⑲ jiŋ⁴ 仍 ]

❶ 氣體變成液體；液體變成固體 ◆ 凝固 / 凝結 / 冷凝。❷ 注意力集中 ◆ 凝神 / 凝思 / 凝視。

几部

## ⁰几

几　几

⟨一⟩ [ jī ㄐㄧ ⑲ gei² 己/gei¹ 基 (語) ]

❶ 小桌子 ◆ 茶几 / 明窗淨几。

⟨二⟩ [ jǐ ㄐㄧˇ ⑲ gei² 己 ]

❷ "幾" 的簡化字，135 頁。

## ¹凡

凡 凡　凡

[ fán ㄈㄢˊ ⑲ fan⁴ 煩 ]

❶ 平常的；普通的 ◆ 平凡 / 非凡 / 不同凡響 / 自命不凡。❷ 所有的；一切 ◆ 凡事都要小心 / 凡是價廉物美的商品，都會受到顧客的歡迎。❸ 大概 ◆ 凡例。❹ 指人世間 ◆ 凡間 / 仙女下凡。❺ 總共 ◆ 全書凡二十卷。

## ²兀

見一部，10 頁。

## ²冗

見冖部，36 頁。

## ⁶咒

見口部，66 頁。

## ⁹凰

凰 凰 凰 凰 凰 凰　凰

[ huáng ㄏㄨㄤˊ ⑲ wɔŋ⁴ 王 ]

鳳凰。見 "鳳" 字，504 頁。

## ¹⁰凱 ⁽凯⁾

凱 凱 凱 凱 凱 凱　凱

[ kǎi ㄎㄞˇ ⑲ hɔi² 海 ]

勝利 ◆ 凱歌 / 凱旋而歸。

## ¹¹鳧

見鳥部，504 頁。

## ¹²凳

凳 凳 凳 凳 凳 凳　凳

[ dèng ㄉㄥˋ ⑲ dɐŋ³ 等³ ]

沒有靠背的坐具 ◆ 凳子 / 板凳 / 長凳。

凸出 / 凸面鏡 / 挺胸凸肚。

## 凵 部

<sup>2</sup>**凶**　凶 凶 凶 **凶**

[ xiōng ㄒㄩㄥ 粵 huŋ¹ 兇 ]

❶ 不幸的；不吉祥的；跟"吉"相對 ◆ 吉凶 / 凶多吉少 / 逢凶化吉。❷ 農作物收成不好 ◆ 凶年。❸ 狠毒；殘暴 ◆ 凶狠 / 窮凶極惡。❹ 傷人、殺人的行為 ◆ 行凶。❺ 厲害 ◆ 鬧得太凶 / 雨來得極凶。(❸－❺ 同"兇"字)

<sup>3</sup>**出**　出 出 出 出 **出**

[ chū ㄔㄨ 粵 tsœt⁷ 齣 ]

❶ 從裏到外；跟"入"、"進"相對 ◆ 出門 / 出國 / 出口處 / 病從口入，禍從口出。❷ 來到 ◆ 出場 / 出席 / 出勤 / 出庭作證。❸ 產生；發生 ◆ 出產 / 出身 / 出品 / 出事。❹ 往外拿；支付 ◆ 出納 / 出錢 / 出力 / 出主意 / 入不敷出。❺ 顯露 ◆ 出現 / 出名 / 出頭露面 / 水落石出 / 君看一葉舟，出沒風波裏。❻ 超過；越過 ◆ 出眾 / 出界 / 出軌 / 出人頭地 / 出類拔萃。❼ "齣"的簡化字，見 516 頁。

☞ 見古文字插頁 12。

<sup>3</sup>**凸**　凸 凸 凸 凸 **凸**

[ tū ㄊㄨ 粵 dɐt⁹ 突 ]

突起；比四周高；跟"凹"相對 ◆ 凸起 /

<sup>3</sup>**凹**　凹 凹 凹 凹 **凹**

[ āo ㄠ 粵 au³ / ŋau¹ 拗 / nɐp⁷ 粒 ]

四周高，中間低；跟"凸"相對 ◆ 凹地 / 凹面鏡 / 凹凸不平 / 地形凹陷。

<sup>6</sup>**函**　函 函 函 函 **函**

[ hán ㄏㄢˊ 粵 ham⁴ 咸 ]

信件 ◆ 公函 / 來函 / 函購。

## 刀 部

<sup>0</sup>**刀**　刀 **刀**

[ dāo ㄉㄠ 粵 dou¹ 都 ]

❶ 用來切、割、砍、削的工具或兵器 ◆ 菜刀 / 刀光劍影 / 一刀兩斷 / 抽刀斷水水更流，舉杯消愁愁更愁 / 不知細葉誰裁出，二月春風似剪刀。❷ 量詞，用於計算紙張的單位，一百張紙為一刀。

☞ 見古文字插頁 1。

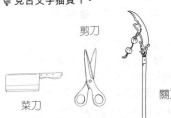

剪刀

關刀

菜刀

⁰刁　　刁 刁 **刁**

[ diāo ㄉㄧㄠ ⑧ diu¹ 丟]
狡猾；奸詐 ◆ 刁鑽 / 刁悍 / 耍刁。

¹刃　　刃 刃 **刃**

[ rèn ㄖㄣˋ ⑧ jen⁶ 孕]
❶ 刀口；刀鋒 ◆ 刀刃 / 迎刃而解。❷ 指刀劍等利器 ◆ 白刃戰 / 手持利刃。

²切　　切 切 切 **切**

〈一〉[ qiē ㄑㄧㄝ ⑧ tsit⁸ 徹]
❶ 用刀割斷 ◆ 切割 / 切斷 / 切削 / 切除。
〈二〉[ qiè ㄑㄧㄝˋ ⑧ tsit⁸ 徹]
❷ 符合 ◆ 切題 / 貼切 / 切合 / 不切實際。
❸ 親近；貼近 ◆ 親切 / 密切 / 切身體會 / 切膚之痛。❹ 急迫 ◆ 急切 / 迫切 / 求勝心切。❺ 務必 ◆ 切記 / 切忌 / 切莫虛度年華。
〈三〉[ qiè ㄑㄧㄝˋ ⑧ tsɐi³ 砌]
❻ 所有的；全部 ◆ 一切。

²分　　分 分 分 **分**

〈一〉[ fēn ㄈㄣ ⑧ fen¹ 婚]
❶ 把完整的東西變成幾部分；使相聯繫的事物脫離；跟 "合" 相對 ◆ 分裂 / 分散 / 分割 / 瓜分 / 難捨難分。❷ 散發；派發 ◆ 分發 / 分配 / 分糖果。❸ 辨別 ◆ 分辨 / 區分 / 分清是非 / 敵我不分 / 不分青紅皂白。❹ 整體中分出的部分 ◆ 分店 / 分校 / 分公司。❺ 表示程度 ◆ 十分可靠 / 七分把握。❻ 時間單位，六十秒為一分，六十分為一小時。❼ 貨幣單位，十分為一角。
〈二〉[ fèn ㄈㄣˋ ⑧ fen⁶ 份]
❽ 東西裏的不同物質 ◆ 成分 / 水分 / 鹽分。

糖分。❾ 職責和權利的限度 ◆ 本分 / 安分守己 / 要求過分 / 恰如其分。❿ 指情誼、機緣 ◆ 情分 / 緣分 / 看在老同學的分上，算了吧。⓫ 同 "份" 字。整體中的一部分 ◆ 部分。

²刈　　刈 刈 刈 **刈**

[ yì ㄧˋ ⑧ ŋai⁶ 艾]
割 ◆ 刈麥 / 刈草。

³刊　　刊 刊 刊 刊 **刊**

[ kān ㄎㄢ ⑧ hɔn¹ 看¹]
❶ 排印；出版 ◆ 刊印 / 創刊 / 停刊 / 復刊。❷ 雜誌、報紙的部分版面 ◆ 月刊 / 期刊 / 報刊 / 副刊。❸ 發表；登載 ◆ 刊登 / 刊載。❹ 修改 ◆ 刊誤。

³召　　見口部，60 頁。

⁴刑　　刑 刑 刑 刑 刑 **刑**

[ xíng ㄒㄧㄥˊ ⑧ jiŋ⁴ 營]
對犯人施行的各種處罰 ◆ 死刑 / 判刑 / 緩刑 / 有期徒刑。

⁴列　　列 列 列 列 列 **列**

[ liè ㄌㄧㄝˋ ⑧ lit⁹ 烈]
❶ 按次序排放；擺出 ◆ 列隊 / 排列 / 陳列 / 列舉 / 羅列 / 名列前茅。❷ 排出的行 ◆ 行列 / 前列。❸ 安排 ◆ 列入計劃 / 列為重點。❹ 各；眾多 ◆ 列國 / 列強 / 列島。❺ 量詞，用於成行列的事物 ◆ 一列火車。

⁴划　　划 划 划 划 划 **划**

〈一〉[ huá ㄏㄨㄚˊ ⑧ wa⁴ 華]

❶ 撥水前進 ◆ 划船。❷ 合算 ◆ 划算 / 划得來 / 划不來。

〈二〉[ huà ㄏㄨㄚˋ ⑧ wak⁹ 或 ]
❸ "劃" 的簡化字，45 頁。

<sup>4</sup>
## 刎
刎 刎 刎 刎　刎

[ wěn ㄨㄣˇ ⑧ men⁵ 吻 ]
用刀割脖子 ◆ 自刎 / 刎頸之交。

<sup>5</sup>
## 別 <sup>(别)</sup>
別 別 別 別 別 別　別

〈一〉[ bié ㄅㄧㄝˊ ⑧ bit⁹ 必⁹ ]
❶ 分離 ◆ 離別 / 告別 / 久別重逢 / 生離死別 / 送君千里，終須一別。❷ 區分；分類 ◆ 區別 / 辨別 / 鑒別 / 性別 / 分門別類。❸ 不同 ◆ 差別 / 特別 / 天壤之別。❹ 另外的 ◆ 別名 / 別出心裁 / 別具一格 / 別開生面。❺ 不要 ◆ 別去 / 別出聲 / 別生氣。❻ 插着；夾住 ◆ 胸前別着一朵大紅花 / 腰間別着一把手槍。
〈二〉[ biè ㄅㄧㄝˋ ⑧ bit⁹ 必⁹ ]
❼ "彆" 的簡化字，見 142 頁。

<sup>5</sup>
## 免
見儿部，32 頁。

<sup>5</sup>
## 刪 <sup>(删)</sup>
刪 刪 刪 刪 刪 刪　刪

[ shān ㄕㄢ ⑧ san¹ 山 ]
去掉書面語中某些字句或內容 ◆ 刪改 / 刪節 / 刪繁就簡 / 把重複多餘的話刪掉。

<sup>5</sup>
## 删
"刪" 的異體字，見本頁。

<sup>5</sup>
## 利
利 利 利 利 利 利　利

[ lì ㄌㄧˋ ⑧ lei⁶ 吏 ]
❶ 好處；益處；跟 "害"、"弊" 相對 ◆ 利益 / 利弊得失 / 有利可圖 / 鷸蚌相爭，漁人得利 / 天時不如地利，地利不如人和。❷ 使得到好處 ◆ 平等互利 / 利國利民。❸ 順當；方便 ◆ 順利 / 交通便利。❹ 尖銳鋒利；跟 "鈍" 相對 ◆ 利刃 / 利劍 / 犀利 / 靈牙利齒。❺ 利潤；利息 ◆ 利率 / 年利 / 盈利 / 薄利多銷 / 一本萬利。

<sup>5</sup>
## 刨
刨 刨 刨 刨 刨 刨　刨

〈一〉[ páo ㄆㄠˊ ⑧ pau⁴ 咆 ]
❶ 挖掘 ◆ 刨坑 / 刨根問底。
〈二〉[ bào ㄅㄠˋ ⑧ pau⁴ 庖 ]
❷ "鉋" 的簡化字，見 461 頁。

<sup>5</sup>
## 判
判 判 判 判 判 判　判

[ pàn ㄆㄢˋ ⑧ pun³ 潘³ ]
❶ 分辨 ◆ 判別 / 判斷 / 判明真相。❷ 顯然不同 ◆ 前後判若兩人。❸ 評定 ◆ 裁判 / 評判 / 判罰球賽。❹ 司法機關對案件作出決定 ◆ 判決 / 審判 / 宣判 / 公判大會 / 判處死刑。

<sup>5</sup>
## 初
初 初 初 初 初 初　初

[ chū ㄔㄨ ⑧ tsɔ¹ 蹉 ]

刀 匕 匚 亡 几 刀

❶ 剛開始；第一次 ◆ 初學 / 初次見面 / 初出茅廬 / 如夢初醒 / 初生之犢 / 既知今日，何必當初。❷ 最低的 ◆ 初級 / 初等數學。❸ 本來的；原來的 ◆ 初衷 / 和好如初。❹ 開始的一段時間 ◆ 開學之初。

刺

刺 刺 刺 刺 刺 刺　刺

[ cì ㄘˋ ⑧ tsi³ 次 ]

❶ 像針一樣尖銳的東西 ◆ 魚刺 / 骨刺 / 刺刀 / 芒刺在背。❷ 用尖銳的東西扎入 ◆ 刺繡 / 刺傷 / 針刺麻醉 / 寒風刺骨。❸ 殺；暗殺 ◆ 行刺 / 刺客 / 遇刺身亡。❹ 暗中打聽 ◆ 刺探情報。❺ 用尖刻的話指責、譏笑別人 ◆ 諷刺。❻ 氣味、聲音、光線等引起感覺器官不舒服 ◆ 刺鼻 / 刺耳 / 刺眼。

到

到 到 到 到 到 到　到

[ dào ㄉㄠˋ ⑧ dou³ 妒 ]

❶ 到達 ◆ 到期 / 遲到 / 春天到 / 恰到好處 / 火車到站了。❷ 去；往 ◆ 到公園去玩 / 到北京旅遊 / 到過加拿大。❸ 表示動作有結果 ◆ 拿到了 / 辦得到 / 說到做到。❹ 周密；完備 ◆ 周到 / 面面俱到 / 不到之處，請多原諒。

兔　見儿部，32 頁。

制

制 制 制 制 制 制　制

[ zhì ㄓˋ ⑧ dzɐi³ 際 ]

❶ 約束；限定 ◆ 制約 / 管制 / 控制 / 限制 / 強制 / 先發制人。❷ 訂立；規定 ◆ 制訂 / 制定 / 因地制宜 / 編制發展規劃。❸ 制度 ◆ 法制 / 體制 / 學制 / 股份制。❹ “製”的簡化字，見 406 頁。

刮

刮 刮 刮 刮 刮 刮　刮

[ guā ㄍㄨㄚ ⑧ gwat⁸ 颳 ]

❶ 用鋒利的器具清除物體表面的東西 ◆ 刮臉 / 刮鬍子 / 士別三日，刮目相看。❷ 榨取 ◆ 搜刮民財。❸ “颳”的簡化字，見 490 頁。

例　見人部，19 頁。

剁

剁 剁 剁 剁 剁 剁　剁

[ duò ㄉㄨㄛˋ ⑧ dɔ² 躲 ]

用刀向下砍；斬碎 ◆ 剁肉餡 / 剁成肉醬。

剁　“剁”的異體字，見本頁。

刻

刻 刻 刻 刻 刻 刻　刻

[ kè ㄎㄜˋ ⑧ hɐk⁷ 克 ]

❶ 用刀在器物上雕、挖 ◆ 刻字 / 雕刻 / 木刻 / 刻圖章 / 刻舟求劍。❷ 時間單位，十五分鐘為一刻。❸ 時候 ◆ 此時此刻 / 一刻千金 / 稍等片刻 / 刻不容緩。❹ 形容程度深 ◆ 刻苦 / 深刻 / 刻意求新。❺ 不厚道 ◆ 刻薄 / 尖刻 / 苛刻。

券

券 券 券 券 券 券　券

[ quàn ㄑㄩㄢˋ ⑧ hyn³ 勸 ]

用紙片等印成的票證 ◆ 證券 / 餐券 / 入場券。

刷

刷 刷 刷 刷 刷 刷　刷

[ shuā ㄕㄨㄚ ⑧ tsat⁸ 察 ]

❶ 除污或塗抹用的工具；刷子 ◆ 牙刷 / 板刷 / 鞋刷 / 油刷。❷ 用刷子清除或塗抹

焦點易錯字　卷｜券　試卷 手不釋卷　獎券 穩操勝券　制｜製｜掣　制度 限制　炮製　掣肘 風馳電掣

◆ 刷牙 / 刷洗 / 刷鞋 / 粉刷 / 刷油漆。

---

## ⁶冽

見冫部，37頁。

---

## ⁷刻 ⁽克⁾

刻 刻 刻 刻 刻　刻

[ kè ㄎㄜˋ ⑧ hɐk⁷ 黑 ]

嚴格限定 ◆ 刻日完工 / 刻期送達。

---

## ⁷刹

刹 刹 刹 刹 刹 刹　刹

〈一〉[ chà ㄔㄚˋ ⑧ sat⁸ 殺 ]

❶ 佛教的寺廟 ◆ 古刹鐘聲。❷ 刹那：形容極短的時間 ◆ 一刹那 / 刹那間飛機掠過了頭頂。

〈二〉[ shā ㄕㄚ ⑧ sat⁸ 殺 ]

❸ 止住 ◆ 刹車。

---

## ⁷削

削 削 削 削 削 削　削

〈一〉[ xuē ㄒㄩㄝ ⑧ sœk⁸ 爍 ]

❶ 用刀斜刮，去掉物體表層 ◆ 削平 / 削髮為僧 / 削鐵如泥。❷ 減少；減弱 ◆ 削減 / 削弱 / 削價。❸ 掠取 ◆ 剝削。

〈二〉[ xiāo ㄒㄧㄠ ⑧ sœk⁸ 爍 ]

❹ 意思同 ❶，多用於口語 ◆ 削皮 / 切削 / 削鉛筆。

---

## ⁷則 ⁽则⁾

則 則 則 則 則 則　則

[ zé ㄗㄜˊ ⑧ dzɐk⁷ 仄 ]

❶ 規章；條文 ◆ 規則 / 法則 / 原則 / 守則 / 細則。❷ 榜樣；標準 ◆ 準則 / 以身作則。❸ 就；便 ◆ 不平則鳴 / 不進則退 / 物極則反 / 山不在高，有仙則名；水不在深，有龍則靈。❹ 量詞，相當於 "篇"、"條" ◆ 寓言二則 / 新聞三則。

---

## ⁷前

前 前 前 前 前 前　前

[ qián ㄑㄧㄢˊ ⑧ tsin⁴ 錢 ]

❶ 位置、次序在正面的、較先的；跟 "後" 相對 ◆ 前三排 / 名列前茅 / 前因後果 / 前倨後恭 / 牀前明月光，疑是地上霜。❷ 往前走 ◆ 前進 / 勇往直前 / 停滯不前。❸ 過去的；早先的 ◆ 從前 / 前年 / 前所未有 / 前功盡廢 / 前事不忘，後事之師。❹ 未來的 ◆ 前途 / 前景 / 前程遠大。

---

## ⁷剃

剃 剃 剃 剃 剃 剃　剃

[ tì ㄊㄧˋ ⑧ tɐi³ 替 ]

用刀刮去毛髮 ◆ 剃頭 / 剃鬚 / 剃鬍子。

---

## ⁸荊

見艸部，378頁。

---

## ⁸剛 ⁽刚⁾

剛 剛 剛 剛 剛 剛　剛

[ gāng ㄍㄤ ⑧ gɔŋ¹ 江 ]

❶ 堅硬；堅強；跟 "柔" 相對 ◆ 剛健 / 剛強 / 以柔克剛 / 血氣方剛。❷ 才；方才 ◆ 剛才 / 天剛亮 / 剛剛走開。❸ 正巧；恰好 ◆ 剛巧 / 剛合適。

剛　　柔

---

## ⁸剔

剔 剔 剔 剔 剔 剔　剔

[ tī ㄊㄧ 　粵 tik⁷ 惕 ]

❶ 把肉從骨頭上刮下來 ◆ 剔骨頭／骨頭上的肉還沒剔乾淨。❷ 從縫隙中把東西挑出來 ◆ 剔牙。❸ 把不好的、不要的東西挑出 ◆ 剔除／挑剔。

## ⁸剖

剖 剖 剖 剖 剖 剖　剖

[ pōu ㄆㄡ 　粵 peu² 袁²/feu² 阜²（語）]

❶ 破開；切開 ◆ 剖腹／解剖／剖西。❷ 分辨；分析 ◆ 剖析／剖白。

## ⁸剜

剜 剜 剜 剜 剜 剜　剜

[ wān ㄨㄢ 　粵 wun¹ 碗 ]

用刀挖去 ◆ 剜肉補瘡。

## ⁸剝 (剥)

剝 剝 剝 剝 剝 剝　剝

〈一〉[ bō ㄅㄛ 　粵 bok7 博7/mok7 莫7（語）]

❶ 脱落 ◆ 剝落。❷ 掠取；奪去 ◆ 剝削／剝奪。❸ 去掉皮殼；強行脱人衣服 ◆ 生吞活剝。

〈二〉[ bāo ㄅㄠ 　粵 bok7 博7/mok7 莫7（語）]

❹ 意思同❸，多用於口語 ◆ 剝皮／剝花生／剝光衣服。

## ⁹副

副 副 副 副 副 副　副

[ fù ㄈㄨˋ 　粵 fu³ 富 ]

❶ 次要的；附帶的；跟“主”、“正”相對 ◆ 副食／副業／副品／副產品／副標題。❷ 職務屬輔助性質的人；與“正”相對 ◆ 副職／副主席／副校長／副經理。❸ 符合 ◆ 名副其實／名不副實。❹ 量詞，用於成對或成套的物品；也用於面部表情 ◆ 一副手套／一副對聯／一副象棋／一副笑臉。

## ⁹刷 (刮)

刮 刮 刮 刮 刮 刮　刮

[ guǎ ㄍㄨㄚˇ 　粵 gwa² 寡 ]

❶ 用刀割肉離骨 ◆ 刮骨療毒／千刀萬刮。❷ 碰上尖銳的東西而劃破 ◆ 衣服刮破了／手上刮了一個口子。

## ⁹剪

剪 剪 剪 剪 剪 剪　剪

[ jiǎn ㄐㄧㄢˇ 　粵 dzin² 展 ]

❶ 剪刀 ◆ 指甲剪。❷ 用剪刀斷開 ◆ 剪紙／修剪／剪指甲／裁剪衣服。❸ 除掉 ◆ 剪除／剪滅。

## ¹⁰剩

剩 剩 剩 剩 剩 剩　剩

[ shèng ㄕㄥˋ 　粵 sin⁶ 盛 ]

多餘；餘下 ◆ 剩餘／過剩／殘羹剩飯。

## ¹⁰創 (创)

創 創 創 創 創 創　創

〈一〉[ chuāng ㄔㄨㄤ 　粵 tsɔŋ¹ 倉 ]

❶ 傷口；外傷 ◆ 創傷／創口／刀創。❷ 使受打擊 ◆ 重創敵軍。

〈二〉[ chuàng ㄔㄨㄤˋ 　粵 tsɔŋ³ 倉³ ]

❸ 開始；第一次做 ◆ 創立／創辦／首創／開創／創業難，守業更難。

## ¹⁰惻

見心部，155頁。

## ¹⁰割

割 割 割 割 割 割　割

[ gē ㄍㄜ 　粵 gɔt⁸ 葛 ]

❶ 用刀截斷；把物體分開 ◆ 割麥／割草

分割 / 宰割 / 心如刀割。❷ 捨棄 ◆ 忍痛
割愛 / 難以割捨。

劍

## ¹¹剽

剽 剽 剽 剽 剽 剽

[ piāo ㄆㄧㄠ ⑧ piu³ 票 ]

❶ 搶奪；掠奪 ◆ 剽掠 / 剽竊。❷ 敏捷 ◆
剽悍。

## ¹¹剿

剿 剿 剿 剿 剿 剿

[ jiǎo ㄐㄧㄠˇ ⑧ dziu² 沼 ]

用武力消滅 ◆ 剿匪 / 圍剿。

## ¹²劃 ⁽划⁾

劃 劃 劃 劃 劃 劃

〈一〉 [ huà ㄏㄨㄚˋ ⑧ wak⁹ 或 ]

❶ 區分；分開 ◆ 劃分 / 劃清界限 / 劃時
代的意義。❷ 打算；安排 ◆ 計劃 / 策劃 /
籌劃 / 規劃 / 出謀劃策。❸ 轉撥 ◆ 劃賬 /
劃款。

〈二〉 [ huá ㄏㄨㄚˊ ⑧ wak⁹ 或 ]

❹ 用尖銳的東西割開 ◆ 劃玻璃 / 劃破了手 /
皮包被劃了一個口子。❺ 擦 ◆ 劃火柴。

## ¹³劇 ⁽剧⁾

劇 劇 劇 劇 劇 劇

[ jù ㄐㄩˋ ⑧ kɛk⁹ 屐 ]

❶ 戲劇 ◆ 京劇 / 歌劇 / 喜劇 / 劇本 / 劇情介
紹。❷ 猛烈；厲害；形容程度深 ◆ 劇烈 /
劇痛 / 形勢劇變 / 病勢加劇 / 氣温急劇下降。

## ¹³劍 ⁽剑⁾

劍 劍 劍 劍 劍 劍

[ jiàn ㄐㄧㄢˋ ⑧ gim³ 檢³ ]

一種兵器，長條形，兩面有刃 ◆ 寶劍 / 舞
劍 / 刀光劍影 / 口蜜腹劍 / 脣槍舌劍。

## ¹³劊 ⁽刽⁾

劊 劊 劊 劊 劊 劊

[ guì ㄍㄨㄟˋ ⑧ kui² 繪 ]

砍割；斬殺 ◆ 劊子手。

## ¹³劉 ⁽刘⁾

劉 劉 劉 劉 劉 劉

[ liú ㄌㄧㄡˊ ⑧ leu⁴ 流 ]

姓。

## ¹³劈

劈 劈 劈 劈 劈 劈

〈一〉 [ pī ㄆㄧ ⑧ pik⁷ 闢/pɛk⁸ (語) ]

❶ 用刀、斧等破開 ◆ 劈木頭 / 把竹筒劈
開。❷ 正對着 ◆ 劈面而來 / 劈頭蓋臉。
❸ 特指雷擊 ◆ 天轟雷劈 / 大樹被雷劈了。

〈二〉 [ pǐ ㄆㄧˇ ⑧ pik7 闢/pɛk⁸ (語) ]

❹ 分開 ◆ 劈成兩半。

## ¹⁴劑 ⁽剂⁾

劑 劑 劑 劑 劑 劑

[ jì ㄐㄧˋ ⑧ dzei¹ 擠 ]

❶ 配製成的藥物 ◆ 藥劑 / 針劑 / 麻醉劑 /
殺蟲劑 / 化學試劑。❷ 量詞，用於藥物 ◆
一劑藥。

## ²³釁

見酉部，457 頁。

# 力 部

**⁰力**　　力 **力**

[lì ㄌㄧˋ 粵 lik⁹ 曆]

❶ 力量；能力 ◆ 體力／説服力／力不從心／路遙知馬力，日久見人心。❷ 儘量；盡力 ◆ 力求完美／力爭取勝／據理力爭。

🖊 見古文字插頁 1。

**³功**　　功 功 功 功 **功**

[gōng ㄍㄨㄥ 粵 gung¹ 工]

❶ 貢獻；成就 ◆ 功勞／有功之臣／豐功偉績／勞苦功高／功德無量。❷ 成效；效果 ◆ 大功告成／事半功倍／功虧一簣／徒勞無功。❸ 技巧；本領 ◆ 功力／練功／唱功／基本功／他的書法功底很深。

**³另**　　見口部，60 頁。

**³加**　　加 加 加 加 **加**

[jiā ㄐㄧㄚ 粵 ga¹ 家]

❶ 兩個以上的數合在一起；跟“減”相對 ◆ 加法／兩數相加／三加五得八。❷ 數量增多；程度提高 ◆ 增加／加速器／加倍努力／病情加劇／有則改之，無則加勉。❸ 增添 ◆ 加班／附加／加上註解／雪上加霜／句末要加標點符號。❹ 施以某種動作 ◆ 嚴加管教／不加思索／大加讚賞／多加小心／加以保護。

**³幼**　　見幺部，134 頁。

**⁴劣**　　劣 劣 劣 劣 劣 **劣**

[liè ㄌㄧㄝˋ 粵 lyt⁹ 捋⁹]

壞的；不好的；跟“優”相對 ◆ 劣跡／低劣／劣質產品／品行惡劣／土豪劣紳／處於劣勢。

☺ 圖見 30 頁。

**⁵劫**　　劫 劫 劫 劫 劫 劫 **劫**

[jié ㄐㄧㄝˊ 粵 gip⁸]

❶ 搶奪；強取 ◆ 搶劫／劫富濟貧／趁火打劫。❷ 威逼；脅制 ◆ 劫機／劫持人質。❸ 災難 ◆ 劫難／浩劫／遭劫／在劫難逃／劫後餘生。

**⁵助**　　助 助 助 助 助 助 **助**

[zhù ㄓㄨˋ 粵 dzo⁶ 座]

相幫；支持 ◆ 幫助／援助／助人為樂／愛莫能助／得道多助，失道寡助。

**⁵努**　　努 努 努 努 努 努 **努**

[nǔ ㄋㄨˇ 粵 nou⁵ 腦]

❶ 儘量使出（力氣）◆ 少壯不努力，老大徒傷悲。❷ 凸起；鼓起 ◆ 努嘴。

**⁶劾**　　劾 劾 劾 劾 劾 劾 **劾**

[hé ㄏㄜˊ 粵 het⁹ 瞎]

揭發罪狀 ◆ 彈劾。

**⁶坳**　　見土部，88 頁。

**⁶協**　　見十部，53 頁。

## ⁷勃

勃 勃 勃 勃 勃 勃　勃

[ bó ㄅㄛˊ 🔊 but⁹ 渤]

❶ 突然興起 ◆ 勃發 / 勃然大怒。❷ 旺盛
◆ 蓬勃向上 / 興致勃勃 / 生機勃勃。

## ⁷勁 ⁽劲⁾

勁 勁 勁 勁 勁 勁　勁

〈一〉[ jìn ㄐㄧㄣˋ 🔊 giŋ³ 敬]

❶ 力氣 ◆ 使勁 / 用勁 / 費勁 / 加把勁 / 有
勁使不出。❷ 積極奮發的精神或情緒 ◆
幹勁 / 起勁 / 闖勁十足 / 年輕人的衝勁 /
做自己不想做的事真沒勁。

〈二〉[ jìng ㄐㄧㄥˋ 🔊 giŋ⁶ 競]

❸ 剛強有力 ◆ 勁敵 / 勁旅 / 強勁 / 剛勁有
力 / 疾風勁草。

## ⁷勉

勉 勉 勉 勉 勉 勉　勉

[ miǎn ㄇㄧㄢˇ 🔊 min⁵ 免]

❶ 盡力;努力 ◆ 勉力 / 勤勉 / 勉為其難。
❷ 鼓勵 ◆ 勉勵 / 共勉 / 勸勉 / 有則改之,
無則加勉。

## ⁷勇

勇 勇 勇 勇 勇 勇　勇

[ yǒng ㄩㄥˇ 🔊 juŋ⁵ 俑]

❶ 有膽量;不怕艱險 ◆ 勇敢 / 勇氣 / 勇
往直前 / 智勇雙全 / 重賞之下,必有勇夫。
❷ 兵士 ◆ 散兵游勇。

## ⁸脅

見肉部,363頁。

## ⁹勘

勘 勘 勘 勘 勘 勘　勘

[ kān ㄎㄢ 🔊 hɐm³ 瞰]

❶ 校訂;核對 ◆ 校勘 / 勘誤表。❷ 調查;
探測 ◆ 勘察 / 勘測 / 踏勘地形。

## ⁹勒

勒 勒 勒 勒 勒 勒　勒

〈一〉[ lè ㄌㄜˋ 🔊 lɐk⁹ 肋]

❶ 收緊韁繩 ◆ 懸崖勒馬。❷ 強制;逼迫
◆ 勒令解散 / 敲詐勒索。

〈二〉[ lēi ㄌㄟ 🔊 lɐk⁹ 肋]

❸ 用繩子捆住;用繩子套住後用力抽緊 ◆
勒緊腰帶 / 把人勒死。

## ⁹動 ⁽动⁾

動 動 動 動 動 動　動

[ dòng ㄉㄨㄥˋ 🔊 duŋ⁶ 洞]

❶ 改變事物原來的位置或狀態;跟"靜"相
對 ◆ 移動 / 搖動 / 流動 / 風吹草動 / 一動
不如一靜。❷ 行為動作 ◆ 行動 / 舉動 / 一
舉一動 / 窺測動靜。❸ 使用;運用 ◆ 動手 /
動腦筋 / 大動干戈 / 動用全部人力。❹ 使
行動起來 ◆ 發動 / 鼓動 / 動員 / 興師動
眾。❺ 觸發;激起 ◆ 感動 / 激動 / 使人動
心 / 楚楚動人 / 無動於衷。❻ 開始進行 ◆
明日動身 / 動工興建。

## ⁹務 ⁽务⁾

務 務 務 務 務 務　務

[ wù ㄨˋ 🔊 mou⁶ 冒]

❶ 事情;工作 ◆ 事務 / 任務 / 業務 / 商務 /
清官難斷家務事。❷ 做;從事 ◆ 務農 / 不
務正業 / 當務之急。❸ 追求 ◆ 不務虛名。
❹ 必須;一定 ◆ 務必 / 除惡務盡 / 務求切
實有效。

## ⁹勛

同"勳"字,見48頁。

## ¹⁰勝 ⁽胜⁾

勝 勝 勝 勝 勝 勝　勝

〈一〉[ shèng ㄕㄥˋ 🔊 siŋ³ 姓]

❶ 贏;佔據優勢;跟"敗"、"負"相對 ◆ 勝

利 / 取勝 / 不分勝負 / 大獲全勝 / 勝敗乃兵家常事。❷ 超過 ◆ 事實勝於雄辯 / 一代勝過一代 / 與君一話，勝讀十年書 / 三個臭皮匠，勝過諸葛亮。❸ 優美的；有名的；多指景物、地方 ◆ 名勝古跡 / 避暑勝地 / 名山勝跡 / 引人入勝。

〈二〉[ shèng ㄕㄥˋ ⑨ sin¹ 升 ]

❹ 能夠承擔；能承受 ◆ 勝任 / 不勝重負。❺ 盡 ◆ 數不勝數 / 不勝枚舉 / 不勝感激 / 美不勝收。

**勞**(勞) ¹⁰　勞 勞 勞 勞 勞 勞　勞

[ láo ㄌㄠˊ ⑨ lou⁴ 盧 ]

❶ 工作；勞動 ◆ 不勞而穫 / 按勞分配。❷ 辛苦；疲乏 ◆ 勞累 / 勞苦功高 / 任勞任怨 / 徒勞無功 / 一勞永逸。❸ 請人做事的客氣話；煩託◆ 勞駕 / 有勞諸位 / 煩勞各位。❹ 功績 ◆ 功勞 / 汗馬之勞。❺ 慰問 ◆ 勞軍 / 慰勞。

**勢**(勢) ¹¹　勢 勢 勢 勢 勢 勢　勢

[ shì ㄕˋ ⑨ sɐi³ 世 ]

❶ 力量；威力；權力 ◆ 勢力 / 勢均力敵 / 人多勢眾 / 仗勢欺人 / 有錢有勢。❷ 狀態或趨向 ◆ 形勢 / 局勢 / 地勢險要 / 大勢所趨 / 勢在必行。❸ 姿態 ◆ 手勢 / 姿勢 / 裝腔作勢。

**勤** ¹¹　勤 勤 勤 勤 勤 勤　勤

[ qín ㄑㄧㄣˊ ⑨ kɐn⁴ 芹 ]

❶ 做事努力；跟 "懶"、"惰" 相對 ◆ 勤快 / 勤奮 / 勤勞樸實 / 勤學苦練 / 勤能補拙 / 書山有路勤為徑，學海無涯苦作舟。❷ 常常；次數多 ◆ 勤洗澡 / 勤換衣 / 夏天雨勤。❸ 公共事務或雜務工作 ◆ 執勤 / 內勤 / 勤務員 / 勤雜工 / 外勤工作。❹ 在規定的時間內工作、學習 ◆ 出勤 / 考勤 / 缺勤。

**募**(募) ¹¹　募 募 募 募 募 募　募

[ mù ㄇㄨˋ ⑨ mou⁶ 務 ]

廣泛徵集 ◆ 募捐 / 募兵 / 募集 / 招募 / 募了一筆錢。

**舅** ¹¹　見臼部，370 頁。

**勳**(勛) ¹⁴　勳 勳 勳 勳 勳 勳　勳

[ xūn ㄒㄩㄣ ⑨ fɐn¹ 昏 ]

❶ 功勞 ◆ 功勳 / 勳章。❷ 有大功的人 ◆ 元勳。

**勵**(励) ¹⁵　勵 勵 勵 勵 勵 勵　勵

[ lì ㄌㄧˋ ⑨ lɐi⁶ 厲 ]

勸勉 ◆ 勉勵 / 鼓勵 / 獎勵 / 勵精圖治。

**勸**(劝) ¹⁸　勸 勸 勸 勸 勸 勸　勸

[ quàn ㄑㄩㄢˋ ⑨ hyn³ 券 ]

❶ 説服；用言語開導別人 ◆ 勸告 / 勸阻 / 勸説 / 規勸 / 好言相勸。❷ 鼓勵 ◆ 勸勉。

# 勺 部

**勺** ¹　勺 勺　勺

[ sháo ㄕㄠˊ ⑨ sœk⁸ 削 ]

舀東西的用具；也用作量詞 ◆ 勺子 / 湯勺 / 舀一勺。

勹
1978 年河南出土文物

急忙 ◆ 匆忙 / 匆促 / 急匆匆。

³ 包　　包包包包 **包**

[ bāo ㄅㄠ 粵 bau¹ 胞 ]

❶ 把東西裹紮起來 ◆ 包書 / 包裝 / 包紮 / 紙包不住火。❷ 包好的東西 ◆ 郵包 / 封包 / 包裹。❸ 裝東西的袋子 ◆ 書包 / 皮包 / 公文包 / 手提包。❹ 有餡的食物 ◆ 肉包 / 菜包 / 水晶包 / 小籠湯包。❺ 身上腫起的或地上凸起的東西 ◆ 膿包 / 小土包。❻ 容納；總括 ◆ 包容 / 包含 / 包括 / 包羅萬象 / 無所不包。❼ 承擔；負責 ◆ 包辦 / 包攬 / 承包 / 退包換。❽ 保證；擔保 ◆ 包在我身上 / 包你滿意。❾ 約定的；專用的 ◆ 包場 / 包車。❿ 一種氈製的帳篷 ◆ 蒙古包。⓫ 量詞，用於包裹起來的東西 ◆ 一包花生 / 一大包茶葉。

² 勻　　勻勻勻 **勻**

[ yún ㄩㄣˊ 粵 wɐn⁴ 云 ]

❶ 平均 ◆ 勻稱 / 均勻 / 顏色塗得不勻。❷ 分出；讓給；使勻 ◆ 勻一部分菜給鄰居送去 / 把糖果勻一勻。

² 勿　　勿勿勿 **勿**

[ wù ㄨˋ 粵 mɐt⁹ 密 ]

不要 ◆ 請勿入內 / 請勿攀折花木 / 勿亂拋果皮紙屑 / 己所不欲，勿施於人。

² 勾　　勾勾勾 **勾**

〈一〉[ gōu ㄍㄡ 粵 ŋɐu¹ 鈎 ]

❶ 畫出符號表示去掉或特別需要 ◆ 勾掉 / 一筆勾銷 / 勾出重點。❷ 描畫出輪廓 ◆ 勾畫 / 勾勒。❸ 招引；串通 ◆ 勾引 / 勾搭 / 勾結。❹ 引起 ◆ 勾起往事的回憶。

〈二〉[ gòu ㄍㄡˋ 粵 ŋɐu¹ 鈎 ]

❺ 勾當：事情；現在多指壞事情 ◆ 非法勾當 / 拐賣婦女兒童的罪惡勾當。

³ 句　　見口部，60 頁。

³ 匆　　匆匆匆匆 **匆**

[ cōng ㄘㄨㄥ 粵 tsuŋ¹ 充 ]

⁴ 旬　　見日部，198 頁。

⁴ 匈　　匈匈匈匈匈 **匈**

[ xiōng ㄒㄩㄥ 粵 huŋ¹ 兇 ]

匈奴：中國古代北方民族之一。

⁵ 甸　　見田部，291 頁。

⁷ 匍　　匍匍匍匍匍匍 **匍**

[ pú ㄆㄨˊ 粵 pou⁴ 袍 ]

匍匐：爬行 ◆ 匍匐前進。

⁸ 芻　　見艸部，375 頁。

⁹ 匐　　匐匐匐匐匐匐 **匐**

[ fú ㄈㄨˊ 粵 fuk⁹ 服 / bak⁹ 白 ]

方 ㄅ ㄆ ㄇ ㄈ 十

匍匐。見"匍"字，49 頁。

## ⁹够

見夕部，97 頁。

## ⁹夠

見夕部，97 頁。

匕 部

## ⁰匕

匕 匕

[ bǐ ㄅㄧˇ ⓥ bei³ 臂 ]

匕首：短劍或短刀 ◆ 拔出匕首 / 圖窮匕現。

匕首

## ²化

化 化 化 化

[ huà ㄏㄨㄚˋ ⓥ fa³ 花³ ]

❶ 改變原來的樣子；使改變 ◆ 變化 / 化妝 / 化名 / 化險為夷 / 落紅不是無情物，化作春泥更護花。❷ 融解；消除 ◆ 化凍 / 消化 / 化痰止咳 / 積雪常年不化。❸ 燒掉 ◆ 火化 / 焚化。❹ 化學的簡稱 ◆ 數理化 / 化工產品。❺ 放在名詞或形容詞的後面，構成動詞，表示轉變成某種性質或狀態 ◆ 綠化 / 現代化 / 工業化 / 美化環境。

## ³北

北 北 北 北 北

[ běi ㄅㄟˇ ⓥ bɐk⁷ ]

❶ 方位名，早晨面對太陽時左手的一方；跟 "南" 相對 ◆ 北方 / 北風 / 北極 / 城北 / 坐北向南 / 南轅北轍。❷ 打了敗仗；敗逃 ◆ 敗北 / 追奔逐北。
✿ 圖見 210 頁。

## ⁴此

見止部，231 頁。

## ⁴旨

見日部，198 頁。

## ⁶些

見二部，10 頁。

## ⁹頃

見頁部，486 頁。

## ⁹匙

匙 匙 匙 匙 匙 匙 匙

〈一〉[ chí ㄔˊ ⓥ tsi⁴ 池 ]

❶ 舀取湯汁的小勺 ◆ 湯匙。

〈二〉[ shi ·ㄕ ⓥ si⁴ 時 ]

❷ 鑰匙。見 "鑰" 字，468 頁。

匚 部

## ²巨

見工部，128 頁。

## ³匝

見口部，59 頁。

## ⁴匡

匡 匡 匡 匡 匡

[ kuāng ㄎㄨㄤ ⑧ hɔŋ¹ 康 ]
❶ 糾正 ◆ 匡正 / 匡謬。❷ 幫助 ◆ 匡助 /
匡濟。❸ 估算 ◆ 匡算 / 匡計。

## ⁴匠

匠 匠 匠 匠 匠

[ jiàng ㄐㄧㄤˋ ⑧ dzœŋ⁶ 象 ]
❶ 有專門手藝的工人 ◆ 工匠 / 木匠 / 泥
水匠 / 能工巧匠。❷ 在某一方面造詣很
深，有突出成就的人 ◆ 文學巨匠。

## ⁵匣

匣 匣 匣 匣 匣

[ xiá ㄒㄧㄚˊ ⑧ hap⁹ 峽 ]
裝東西的有蓋小盒子 ◆ 木匣 / 鏡匣。

## ⁸匪

匪 匪 匪 匪 匪

[ fěi ㄈㄟˇ ⑧ fei² 誹 ]
❶ 強盜；搶劫財物、危害人民的人 ◆ 匪
徒 / 土匪。❷ 同 "非" 字；不 ◆ 得益匪淺 /
匪夷所思。

## ¹¹匯 （汇）

匯 匯 匯 匯 匯

[ huì ㄏㄨㄟˋ ⑧ wui⁶ 會⁶ ]
❶ 水流會合在一起 ◆ 匯合 / 川匯大海 / 涓
涓細流匯成江河。❷ 寄錢 ◆ 匯款 / 電匯。
❸ 外幣 ◆ 創匯 / 匯率 / 外匯儲備。

## ¹²匱 （匮）

匱 匱 匱 匱 匱

[ kuì ㄎㄨㄟˋ ⑧ gwɐi⁶ 跪 ]
缺乏 ◆ 匱乏 / 匱竭。

匸 部

## ²匹

匹 匹 匹

[ pǐ ㄆㄧˇ ⑧ pɐt⁷ ]
❶ 相當；相稱；比得上 ◆ 匹配 / 匹敵。
❷ 單獨 ◆ 單槍匹馬 / 國家興亡，匹夫有
責。❸ 量詞 ◆ 一匹馬 / 一匹布。

## ⁹匿

匿 匿 匿 匿 匿

[ nì ㄋㄧˋ ⑧ nik⁹ 溺/nik⁷ (語) ]
隱藏；不讓人知道 ◆ 匿名 / 隱匿 / 匿藏 /
銷聲匿跡。

## ⁹區 （区）

區 區 區 區 區

[ qū ㄑㄩ ⑧ kœy¹ 拘 ]
❶ 劃分；分出 ◆ 區分 / 區別開來。❷ 地
域；空間範圍 ◆ 區域 / 地區 / 風景區 / 住
宅區 / 禁飛區。❸ 行政區劃單位 ◆ 特區 /
自治區。

## ⁹匾

匾 匾 匾 匾 匾

[ biǎn ㄅㄧㄢˇ ⑧ bin² 貶 ]
❶ 長方形的題字木牌 ◆ 匾額 / 牌匾 / 橫
匾。❷ 一種用薄竹片編成的器具，通常
為圓形淺邊平底，用來養蠶或放東西 ◆
蠶匾。

匾額

**十 部**

<sup>0</sup>**十**　　　　十 十

[ shí ㄕˊ ⑧ sɐp⁹ 拾 ]

❶ 數目字，五加五的得數。大寫作"拾" ◆ 十指連心／十惡不赦／以一當十／十年樹木，百年樹人。❷ 完全；達到頂點 ◆ 十分滿意／十萬火急／信心十足／十全十美。

<sup>1</sup>**千**　　　　千 千

[ qiān ㄑㄧㄢ ⑧ tsin¹ 遷 ]

❶ 數目字，十個一百等於一千。大寫作"仟" ◆ 在校學生一千二百餘人。❷ 形容數量多、時間長、距離遠等 ◆ 千家萬戶／千方百計／千秋萬代／一失足成千古恨／智者千慮，必有一失；愚者千慮，必有一得。

<sup>2</sup>**午**　　　　午 午 午

[ wǔ ㄨˇ ⑧ ŋ⁵ 五 ]

❶ 地支的第七位 ◆ 子丑寅卯辰巳午未。

❷ 午時：十二時辰之一，即上午的十一時至下午一時；泛指中午 ◆ 午飯／午睡／鋤禾日當午，汗滴禾下土。誰知盤中餐，粒粒皆辛苦。

❀ 圖見 109 頁。

<sup>2</sup>**卅**　　　　卅 卅 卅

[ sà ㄙㄚˋ ⑧ sɐp⁸ 澀/sa¹ 沙 (語) ]

數目字，三十 ◆ "五卅"慘案。

<sup>2</sup>**升**　　　　升 升 升

[ shēng ㄕㄥ ⑧ sin¹ 星 ]

❶ 提高；向上移動；跟"降"相對 ◆ 升級／升旗／提升／氣溫回升／一輪紅日從東方升起。❷ 舊時的容量單位，十升為一斗 ◆ 一升米。

<sup>3</sup>**古**　　　見口部，59 頁。

<sup>3</sup>**卉**　　　　卉 卉 卉 卉

[ huì ㄏㄨㄟˋ ⑧ wɐi² 毀 ]

花草的總稱 ◆ 花卉。

<sup>3</sup>**半**　　　　半 半 半 半

[ bàn ㄅㄢˋ ⑧ bun³ 本³ ]

❶ 二分之一 ◆ 半個月／半身照／對半分／半身不遂／事倍功半。❷ 在中間 ◆ 半山腰／半途而廢／半路出家／白天不做虧心事，半夜不怕鬼叫門。❸ 不完全的 ◆ 半自動／半成品／半新不舊／半信半疑。❹ 形容少 ◆ 一知半解／一星半點／半句話也不説。

<sup>4</sup>**早**　　　見日部，198 頁。

<sup>5</sup>**克**　見儿部，31頁。

<sup>6</sup>**卓**　卓 卓 卓 卓 卓

[ zhuó ㄓㄨㄛˊ 粵 tsœk⁸ 綽 ]
高超；不平凡 ◆ 卓越／卓絕／成績卓著／
遠見卓識／卓爾不羣。

<sup>6</sup>**卑**　卑 卑 卑 卑 卑 卑

[ bēi ㄅㄟ 粵 bei¹ 悲 ]
❶ 地位低下 ◆ 卑賤／自卑／卑躬屈膝。
❷ 品質低劣 ◆ 卑鄙無恥／卑劣行徑。

<sup>6</sup>**卒**　卒 卒 卒 卒 卒 卒

[ zú ㄗㄨˊ 粵 dzœt⁷ 绌 ]
❶ 士兵 ◆ 一兵一卒／身先士卒／無名小
卒。❷ 差役 ◆ 走卒／馬前卒。❸ 死亡 ◆
病卒／生卒年不詳。❹ 終結；結束 ◆ 卒業。

<sup>6</sup>**協**<sup>(协)</sup>　協 協 協 協 協 協

[ xié ㄒㄧㄝˊ 粵 hip⁸ 脅 ]
❶ 共同；一起 ◆ 協商／協議／協定／同
心協力。❷ 幫助 ◆ 協助／協辦。❸ 配合；
和諧 ◆ 協調／團結協作／鋼琴協奏曲。

<sup>7</sup>**南**　南 南 南 南 南 南

[ nán ㄋㄢˊ 粵 nam⁴ 男 ]
方位名，早晨面向太陽時右手的一方；跟
"北"相對 ◆ 南方／南風／南極／山南／走
南闖北／南腔北調。
❀ 圖見 210 頁。

<sup>8</sup>**索**　見糸部，339頁。

<sup>9</sup>**乾**　見乙部，7頁。

<sup>9</sup>**率**　見玄部，282頁。

<sup>10</sup>**博**　博 博 博 博 博 博

[ bó ㄅㄛˊ 粵 bɔk⁸ 搏 ]
❶ 廣；多；豐富 ◆ 博學／博愛／博覽羣書／
知識淵博／地大物博。❷ 取得 ◆ 博得好
評／博得滿堂掌聲。❸ 賭錢 ◆ 賭博。

<sup>11</sup>**準**　見水部，253頁。

<sup>12</sup>**兢**　見儿部，32頁。

卜部

<sup>0</sup>**卜**　卜

〈一〉[ bǔ ㄅㄨˇ 粵 buk⁷ 僕⁷ ]
❶ 占卜；預測吉凶的活 ◆ 卜卦／問卜／未
卜先知。❷ 估計；預料 ◆ 生死未卜。
〈二〉[ bo ·ㄅㄛ 粵 bak⁹ 白 ]
❸ "蔔"的簡化字，見 386 頁。

<sup>2</sup>**卞**　卞 卞 卞

[ biàn ㄅㄧㄢˋ 粵 bin⁶ 辨 ]
姓。

³**卡**　　卡卡卡卡 **卡**

〈一〉[ qiǎ ㄑㄧㄚˇ 粵 ka¹ ]
❶ 夾在中間 ◆ 魚刺卡在喉嚨裏 / 鋼絲被齒輪卡住了。❷ 夾東西的器具 ◆ 髮卡。
❸ 在交通要道上設置的檢查站 ◆ 關卡 / 邊卡 / 哨卡。

〈二〉[ kǎ ㄎㄚˇ 粵 ka¹ ]
❹ 小而硬的紙卡 ◆ 卡片 / 賀年卡 / 信用卡 / 資料卡。❺ 熱量單位，卡路里的簡稱。

³**占**　　占占占占 **占**

〈一〉[ zhān ㄓㄢ 粵 dzim¹ 尖 ]
❶ 占卜 ◆ 占卦。

〈二〉[ zhàn ㄓㄢˋ 粵 dzim³ 尖³ ]
❷ "佔" 的簡化字，見 17 頁。

³**外**　　見夕部，96 頁。

⁶**卦**　　卦卦卦卦卦卦 **卦**

[ guà ㄍㄨㄚˋ 粵 gwa³ 掛 ]
古代占卜用的符號 ◆ 八卦。

⁶**臥**　　見臣部，368 頁。

**卩 部**

²**厄**　　見厂部，55 頁。

³**叩**　　見口部，60 頁。

³**卯**　　卯卯卯卯 **卯**

[ mǎo ㄇㄠˇ 粵 mau⁵ 矛⁵ ]
❶ 地支的第四位 ◆ 子丑寅卯。❷ 卯時：十二時辰之一，即上午五時至七時。❸ 器物上安裝榫頭的孔眼 ◆ 卯眼。
☺ 圖見 109 頁。

⁴**印**　　印印印印印 **印**

[ yìn ㄧㄣˋ 粵 jɐn³ 因³ ]
❶ 圖章 ◆ 印章 / 蓋印 / 帥印 / 印泥。❷ 把文字或圖畫印在紙上或器物上 ◆ 印刷 / 油印 / 印花布。❸ 痕跡 ◆ 手印 / 腳印 / 烙印。❹ 彼此符合 ◆ 印證 / 心心相印。

⁴**危**　　危危危危危 **危**

[ wēi ㄨㄟ 粵 ŋei⁴ 霓 ]
❶ 不安全；跟 "安" 相對 ◆ 危險 / 轉危為安 / 臨危不懼 / 乘人之危 / 居安思危。❷ 傷害；損害 ◆ 危害 / 危及生命財產。❸ 指人快要死了 ◆ 病危 / 生命垂危。❹ 高 ◆ 危樓百丈。❺ 端正 ◆ 正襟危坐。

⁵**卵**　　卵卵卵卵卵 **卵**

[ luǎn ㄌㄨㄢˇ 粵 lœn² 論² ]
雌性生殖細胞；特指動物的蛋 ◆ 卵生 / 鳥卵 / 以卵擊石 / 危如纍卵 / 覆巢之下無完卵。

⁵**即**　　即即即即即即 **即**

[ jí ㄐㄧˊ 粵 dzik⁷ 積 ]
❶ 馬上；就 ◆ 立即 / 當即 / 招之即來 / 一

觸即發 / 即以其人之道，還治其人之身。
❷ **就是** ◆ 非此即彼 / 花城即廣州市。❸
**當；當前；當地** ◆ 即日起 / 即席發言 / 即
景生情 / 成功在即。❹ **靠近** ◆ 若即若離 /
可望而不可即。

## ⁵却

"卻"的異體字，見本頁。

## ⁶卷

卷卷卷卷卷卷 卷

⟨一⟩[ juàn ㄐㄩㄢˋ ⑧ gyn² 捲 ]
❶ **書籍；字畫** ◆ 開卷有益 / 手不釋卷 /
巨幅畫卷 / 讀書破萬卷，下筆如有神。❷
**全書的一部分** ◆ 上卷 / 第三卷。❸ **印有
試題的紙** ◆ 試卷 / 交卷 / 閱卷。❹ **分類
存檔的文件** ◆ 卷宗 / 案卷。
⟨二⟩[ juǎn ㄐㄩㄢˇ ⑧ gyn² 捲 ]
❺ "捲" 的簡化字，見 178 頁。

## ⁶卸

卸卸卸卸卸 卸

[ xiè ㄒㄧㄝˋ ⑧ se³ 瀉 ]
❶ **把東西取下來** ◆ 卸貨 / 卸妝 / 拆卸。
❷ **解除；推脫** ◆ 卸任 / 推卸責任。

## ⁷卻 ⁽却⁾

卻卻卻卻卻卻 卻

[ què ㄑㄩㄝˋ ⑧ kœk⁸ ]
❶ **後退** ◆ 退卻 / 望而卻步。❷ **推辭；拒
絕** ◆ 推卻 / 卻之不恭 / 盛情難卻。❸ **放
在一個單音節動詞後，相當於 "掉"、"了"
的意思** ◆ 忘卻 / 冷卻 / 了卻一樁心事。❹
**表示語氣的轉折；可是** ◆ 話不多，卻耐人
尋味 / 配角到齊了，主角卻不出席。

## ⁸卿

卿卿卿卿卿卿 卿

[ qīng ㄑㄧㄥ ⑧ hin¹ 兄 ]

❶ **古代高級官員的名稱；現在用於某些外
國官員名** ◆ 上卿 / 國務卿。❷ **古代君主
對大臣、長輩對晚輩的稱呼** ◆ 愛卿。❸
**古代夫妻、朋友之間表示親密的稱呼** ◆ 卿
卿我我。

## ⁹脚

見肉部，363 頁。

## ⁹御

見彳部，146 頁。

## ¹¹腳

見肉部，365 頁。

厂 部

## ²仄

見人部，13 頁。

## ²厄

厄厄厄 厄

[ è ㄜˋ ⑧ ak⁷/ŋak⁷ 握 ]
**艱難；困苦** ◆ 困厄 / 厄運。

## ⁷厘

厘厘厘厘厘厘 厘

[ lí ㄌㄧˊ ⑧ lei⁴ 離 ]
❶ **公制計量單位，如厘米、厘升、厘克等。**
❷ **同 "釐" 字，見 459 頁。**

## ⁷厚

厚厚厚厚厚厚 厚

[ hòu ㄏㄡˋ ⑧ heu⁵ 口⁵ ]
❶ **扁平物體的上下兩面距離較大；跟 "薄"**

相對 ◆ 厚鋼板 / 厚棉被 / 這本字典很厚。
❷ 厚度 ◆ 五公分厚的木板 / 下了一尺厚的雪。❸ 深;重 ◆ 厚禮 / 深情厚意 / 寄予厚望 / 深厚的友誼。❹ 待人誠懇;不刻薄 ◆ 厚道 / 忠厚老實 / 待人寬厚。❺ 重視 ◆ 厚此薄彼 / 厚古薄今。❻ 濃 ◆ 酒味醇厚。

<sup>8</sup>原　　原原原原原原　原

[ yuán ㄩㄢˊ ⑧ jyn<sup>4</sup> 元 ]

❶ 最初的;本來的 ◆ 原始 / 原意 / 原籍 / 原封不動 / 原形畢露。❷ 未經加工的 ◆ 原油 / 原煤 / 原材料。❸ 寬容;諒解 ◆ 原諒 / 情有可原。❹ 寬廣平坦的地方 ◆ 原野 / 平原 / 草原 / 高原地帶。

<sup>9</sup>厠　　"廁" 的異體字,見 137 頁。

<sup>10</sup>雁　　見隹部,478 頁。

<sup>12</sup>厭 <sup>(厌)</sup>　厭厭厭厭厭厭　厭

[ yàn ㄧㄢˋ ⑧ jim<sup>3</sup> 掩<sup>3</sup> ]

❶ 不喜歡;憎惡 ◆ 厭惡 / 厭倦 / 討厭 / 不厭其煩。❷ 滿足 ◆ 貪得無厭 / 學而不厭,誨人不倦。

<sup>13</sup>厲 <sup>(厉)</sup>　厲厲厲厲厲厲　厲

[ lì ㄌㄧˋ ⑧ lei<sup>6</sup> 麗 ]

❶ 嚴格;嚴肅 ◆ 嚴厲 / 厲行節約 / 聲色俱厲。❷ 猛烈 ◆ 雷厲風行 / 變本加厲。

<sup>14</sup>歷　　見止部,232 頁。

<sup>14</sup>曆　　見日部,203 頁。

<sup>15</sup>壓　　見土部,94 頁。

<sup>19</sup>贗　　見貝部,430 頁。

ㄙ 部

<sup>2</sup>云　　見二部,9 頁。

<sup>2</sup>公　　見八部,34 頁。

<sup>2</sup>勾　　見勹部,49 頁。

<sup>2</sup>允　　見儿部,31 頁。

<sup>3</sup>去　　去去去去去　去

[ qù ㄑㄩˋ ⑧ hœy<sup>3</sup> 許<sup>3</sup> ]

❶ 從所在地到別處;離開所在地;跟 "來" 相對 ◆ 不知去向 / 來去自由 / 一去不返 / 從香港去北京。❷ 距離 ◆ 兩地相去不遠 / 去今已有三十年。❸ 過去的;多指剛過去的一年 ◆ 去年 / 去冬今春。❹ 除掉 ◆ 去掉 / 去殼 / 去皮 / 去除 / 去偽存真。❺ 失掉 ◆ 大勢已去。❻ 離開 ◆ 去世 / 去職。❼ 表示動作的趨向或持續 ◆ 進去 / 上去 / 說下去。❽ 漢語聲調之一。現代漢語有四個聲調,即陰平、陽平、上聲、去聲,簡稱陰陽上去。

<sup>3</sup>台　　見口部,60 頁。

⁴丟
見一部，3頁。

⁴牟
見牛部，275頁。

⁵矣
見矢部，309頁。

⁵私
見禾部，319頁。

⁶叄 叄叄叄叄叄叄 **叄**

[ sān ㄙㄢ 粵 sam¹ 衫]
數目字"三"的大寫。

⁹參 ⁽參⁾ 參參參參參參 **參**

〈一〉[ cān ㄘㄢ 粵 tsam¹ 慘]
❶ 加入 ◆ 參加 / 參與 / 參軍 / 參戰 / 參賽。❷ 進見；會見 ◆ 參拜 / 參見總統。
❸ 查看；考察 ◆ 參考 / 參閱 / 參觀。
〈二〉[ shēn ㄕㄣ 粵 sɐm¹ 心]
❹ 人參：一種貴重藥材。
〈三〉[ cēn ㄘㄣ 粵 tsɐm¹ 侵]
❺ 參差：長短、高低、大小等不齊 ◆ 參差不齊。

又 部

⁰又 又 **来**

[ yòu ㄧㄡˋ 粵 jɐu⁶ 右]

❶ 表示重複或繼續 ◆ 看了又看 / 一波未平，一波又起 / 山重水複疑無路，柳暗花明又一村。❷ 表示幾種情況或性質同時存在 ◆ 又高又大 / 又多又好 / 又要馬兒跑，又要馬兒不吃草。❸ 表示加重語氣 ◆ 天氣寒冷，又下着大雪 / 你又不是三歲的孩子。
❹ 表示轉折 ◆ 既怕冷，又不願多穿衣服，自然要感冒了。❺ 表示整數之外再加上分數 ◆ 四又二分之一。
🖐見古文字插頁1。

¹叉 叉叉 **叉**

〈一〉[ chā ㄔㄚ 粵 tsa¹ 差]
❶ 交錯 ◆ 交叉。❷ 頭上有分杈的器具 ◆ 叉子 / 魚叉 / 鋼叉。❸ 用叉子刺或挑起東西 ◆ 叉魚 / 叉稻草。
〈二〉[ chǎ ㄔㄚˇ 粵 tsa¹ 差]
❹ 分開 ◆ 叉起兩腿。

²友 友友友 **友**

[ yǒu ㄧㄡˇ 粵 jɐu⁵ 有]
❶ 朋友；有交情的人 ◆ 友情 / 親朋好友 / 良師益友 / 友誼地久天長。❷ 相好；親密 ◆ 友好 / 友善 / 友愛。❸ 有友好關係的 ◆ 友人 / 友邦 / 友軍。
🖐見古文字插頁11。

²反 反反反 **反**

[ fǎn ㄈㄢˇ 粵 fan² 返]
❶ 顛倒了的；相背的；跟"正"相對 ◆ 反常 / 反面 / 相反 / 違反 / 適得其反。❷ 不同意；對抗 ◆ 反對 / 反抗 / 反侵略 / 反走私。
❸ 翻轉；回轉過來 ◆ 反省 / 易如反掌 / 反敗為勝 / 反客為主。❹ 背叛 ◆ 造反 / 反

叛。❺ 類推 ◆ 舉一反三。❻ 相當於“反而”
◆ 聰明反被聰明誤。

## ²及　及及及　及

[ jí ㄐㄧˊ 🔊 kæp⁹ 給⁹]
❶ 到；達到 ◆ 顧及 / 涉及 / 及格 / 由此及
彼 / 危及生命財產的安全。❷ 趕上；比得
上 ◆ 及時雨 / 望塵莫及 / 來得及時 / 桃花
潭水深千尺，不及汪倫送我情。❸ 相當於
“和”、“與”，用來連接並列的名詞性成分
◆ 童話及寓言 / 老師、同學及家長。
📖 見古文字插頁 12。

## ³奴　見女部，101 頁。

## ⁶取　取取取取取取　取

[ qǔ ㄑㄩˇ 🔊 tsœy² 娶]
❶ 拿；拿回 ◆ 取款 / 領取 / 取行李 / 取回
證件。❷ 得到 ◆ 取勝 / 取得經驗 / 取信
於民 / 按勞取酬 / 自取滅亡。❸ 選擇；採
用 ◆ 錄取 / 取材 / 取長補短 / 這辦法不可
取 / 取之不盡，用之不竭。

## ⁶叔　叔叔叔叔叔叔　叔

[ shū ㄕㄨ 🔊 suk⁷ 縮]
❶ 父親的弟弟；跟父親同輩而年輕的男子 ◆
叔叔 / 叔父 / 表叔 / 大叔。❷ 稱丈夫的弟
弟 ◆ 小叔子。❸ 排行第三的 ◆ 伯仲叔季。

## ⁶受　受受受受受受　受

[ shòu ㄕㄡˋ 🔊 sɐu⁶ 授]
❶ 接收 ◆ 接受 / 受教育 / 行賄受賄 / 受人
之託 / 受權發表聲明。❷ 得到；遭到 ◆ 受
害 / 受表揚 / 受苦受難 / 受寵若驚 / 滿招
損，謙受益。❸ 忍耐 ◆ 忍受 / 受不了。

## ⁷叟　叟叟叟叟叟叟　叟

[ sǒu ㄙㄡˇ 🔊 sɐu² 手]
老頭兒 ◆ 童叟無欺。

## ⁷叛　叛叛叛叛叛叛　叛

[ pàn ㄆㄢˋ 🔊 bun⁶ 伴]
背離、出賣自己的一方，去投靠敵對的一方
◆ 叛變 / 叛徒 / 背叛 / 叛國投敵 / 眾叛親
離。

## ⁸隻　見隹部，477 頁。

## ⁹曼　曼曼曼曼曼曼　曼

[ màn ㄇㄢˋ 🔊 man⁶ 慢]
柔美 ◆ 輕歌曼舞。

## ¹⁶雙　見隹部，479 頁。

## ¹⁶叢(丛)　叢叢叢叢叢叢　叢

[ cóng ㄘㄨㄥˊ 🔊 tsun⁴ 松]
❶ 聚集 ◆ 叢林 / 雜草叢生。❷ 聚在一起的
草木、事物或人羣 ◆ 草叢 / 樹叢 / 叢書 / 論
叢 / 人叢裏走出一位年輕姑娘。

口 部

## ⁰口　　口口　口

[ kǒu ㄎㄡˇ 🔊 hɐu² 侯²]

❶ 嘴 ◆ 口説無憑 / 病從口入 / 開口説話 / 有口難言 / 苦口良藥。❷ 指説話 ◆ 口才 / 口音 / 口氣。❸ 容器通外面的地方 ◆ 瓶口。❹ 出入通過的地方 ◆ 門口 / 港口 / 關口 / 入口處。❺ 破裂的地方 ◆ 裂口 / 創口 / 傷口 / 缺口。❻ 刀刃 ◆ 刀口 / 菜刀錛口了。❼ 量詞，多用於計算人口或有口的東西 ◆ 五口之家 / 一口井 / 一口鍋。

✍ 見古文字插頁 1。

<sup>1</sup>
# 中
見 丨部，4 頁。

<sup>2</sup>
# 古
古 古 古 古 古

[ gǔ ㄍㄨˇ 粵 gu² 鼓 ]

❶ 年代久遠的；跟 "今" 相對 ◆ 古代 / 古老 / 古人 / 古跡 / 古往今來。❷ 指古代的事物 ◆ 考古 / 訪古 / 懷古。

<sup>2</sup>
# 右
右 右 右 右 右

[ yòu ㄧㄡˋ 粵 jeu⁶ 又 ]

方位名，如面向南時，則東面為左，西面為右；跟 "左" 相對 ◆ 右手 / 右邊 / 左右逢源 / 左顧右盼。

<sup>2</sup>
# 可
可 可 可 可 可

〈一〉[ kě ㄎㄜˇ 粵 ho² 何² ]

❶ 允許 ◆ 許可 / 認可。❷ 能夠 ◆ 可以 / 可大可小 / 由此可見 / 牢不可破 / 可望而不可即。❸ 值得 ◆ 可敬 / 可疑 / 可愛 / 可憐 / 難能可貴。❹ 適合 ◆ 可口 / 可心。❺ 表示轉折 ◆ 年紀雖小，志向可不小 / 文章不長，可內容豐富。❻ 表示疑問 ◆ 身體可好 / 你可曾去過北京？❼ 表示加強語氣 ◆ 我可沒有説 / 這下子可好了 / 這孩子可不簡單。

〈二〉[ kè ㄎㄜˋ 粵 hɐk⁷ 克 ]

❽ 可汗：古代鮮卑、突厥、回紇、蒙古等族君主的稱號。

<sup>2</sup>
# 叵
叵 叵 叵 叵 叵

[ pǒ ㄆㄛˇ 粵 po² 頗 ]

不可 ◆ 居心叵測。

<sup>2</sup>
# 占
見卜部，54 頁。

<sup>2</sup>
# 叮
叮 叮 叮 叮 叮

[ dīng ㄉㄧㄥ 粵 diŋ¹ 丁 ]

❶ 蚊子等蟲類用針刺人 ◆ 蚊叮蟲咬。❷ 叮囑：再三囑咐 ◆ 媽媽叮囑我，過馬路要注意安全。❸ 叮嚀：再三囑咐 ◆ 千叮嚀，萬囑咐。❹ 叮噹：象聲詞 ◆ 叮噹作響。

<sup>2</sup>
# 只
只 只 只 只 只

〈一〉[ zhǐ ㄓˇ 粵 dzi² 止 ]

❶ 僅。同 "衹" 字 ◆ 只有 / 只此一家 / 只知其一，不知其二 / 只見樹木，不見森林 / 不識廬山真面目，只緣身在此山中。

〈二〉[ zhī ㄓ 粵 dzɛk⁸ 炙 ]

❷ "隻" 的簡化字，見 477 頁。

<sup>2</sup>
# 叭
叭 叭 叭 叭 叭

〈一〉[ bā ㄅㄚ 粵 ba¹ 巴 ]

❶ 象聲詞 ◆ 叭的一聲。

〈二〉[ ba ·ㄅㄚ 粵 ba¹ 巴 ]

❷ 喇叭。見 "喇" 字，75 頁。

<sup>2</sup>
# 史
史 史 史 史 史

[ shǐ ㄕˇ 粵 si² 屎 ]

❶ 記載過去事跡的書籍；歷史 ◆ 史書 / 史料 / 近代史 / 中國通史 / 名垂青史。❷ 古代掌管記載歷史的官 ◆ 左史 / 太史。

## ²句

句句句句 句

[ jù ㄐㄩˋ ⑧ gœy³ 據 ]

❶ 由詞或詞組構成的能表達一個完整意思的話；句子 ◆ 造句 / 句意 / 語句通順 / 句與句之間的關係。❷ 量詞，用於語言 ◆ 一句話 / 三句話不離本行。

## ²兄

見儿部，31 頁。

## ²叱

叱叱叱叱 叱

[ chì ㄔˋ ⑧ tsik⁷ 斥 ]

❶ 大聲責罵 ◆ 叱責 / 叱罵 / 呵叱。❷ 叱咤：發怒呼喊 ◆ 叱咤風雲。

## ²司

司司司司 司

[ sī ㄙ ⑧ si¹ 斯 ]

❶ 掌管 ◆ 司法 / 司機 / 司儀 / 各司其職。❷ 國家機關內的一級行政部門 ◆ 教育司 / 政務司。

## ²叩

叩叩叩叩 叩

[ kòu ㄎㄡˋ ⑧ keu³ 扣 ]

❶ 敲；打 ◆ 叩門。❷ 磕頭 ◆ 叩頭 / 叩拜 / 叩謝。

## ²加

見力部，46 頁。

## ²另

另另另另 另

[ lìng ㄌㄧㄥˋ ⑧ liŋ⁶ 令 ]

別的；另外 ◆ 另一方面 / 另有安排 / 另行處理。

## ²叨

叨叨叨叨 叨

〈一〉[ tāo ㄊㄠ ⑧ tou¹ 滔 ]

❶ 謙辭。受到 ◆ 叨教 / 叨擾 / 叨光。

〈二〉[ dāo ㄉㄠ ⑧ tou¹ 滔 ]

❷ 叨叨：話多，説個沒完沒了 ◆ 別再叨叨了，煩死人了。

## ²召

召召召召 召

[ zhào ㄓㄠˋ ⑧ dziu⁶ 趙 ]

呼喚；叫人來 ◆ 召喚 / 召集 / 號召 / 召開大會 / 召之即來，揮之即去。

## ²叼

叼叼叼叼 叼

[ diāo ㄉㄧㄠ ⑧ diu¹ 刁 ]

用嘴銜住 ◆ 嘴裏叼着一支煙 / 狼叼走了一隻雞。

## ²叫

叫叫叫叫 叫

[ jiào ㄐㄧㄠˋ ⑧ giu³ 嬌³ ]

❶ 物發出聲音 ◆ 雞叫 / 喜鵲喳喳叫。❷ 呼喊 ◆ 叫喊 / 大聲呼叫 / 拍手叫好 / 叫天天不應，叫地地不靈。❸ 招呼；呼喚 ◆ 把大家叫來 / 有人叫你 / 快叫他起牀。❹ 稱為 ◆ 這叫纜車。❺ 使；讓；令 ◆ 叫人難以相信 / 定要叫沙漠變良田。

## ²台

台台台台 台

〈一〉[ tái ㄊㄞˊ ⑧ tɔi⁴ 抬 ]

❶ 尊稱對方的詞 ◆ 台端 / 台鑒 / 兄台。❷ 高而平的建築物 ◆ 瞭望台 / 烽火台 / 亭台

樓閣／近水樓台先得月。❸ 高出地面供講話、表演用的建築物 ◆ 講台／舞台／同台演出。❹ 像台的東西 ◆ 陽台／窗台／炮台。❺ 量詞 ◆ 一台戲／一台機器。❻ 台灣省的簡稱 ◆ 港台。(❶ － ❻同 "臺" 字)❼ "颱" 的簡化字，見 490 頁。

〈二〉[ tāi ㄊㄞ 粵 tɔi⁴ 抬 ]

❽ 台州、天台山：地名，在浙江省。

³吁　　吁吁吁吁吁　吁

〈一〉[ xū ㄒㄩ 粵 hœy¹ 虛 ]

❶ 歎氣 ◆ 長吁短歎。❷ 象聲詞 ◆ 氣喘吁吁。

〈二〉[ yù ㄩ 粵 jy⁶ 預 ]

❸ "籲" 的簡化字，見 335 頁。

³吐　　吐吐吐吐吐　吐

〈一〉[ tǔ ㄊㄨˇ 粵 tou³ 兔 ]

❶ 東西從嘴裏出來 ◆ 吐痰／春蠶吐絲。❷ 説出 ◆ 吐露真情／吐字清晰／談吐文雅／傾吐衷腸。❸ 露出；綻出 ◆ 麥子吐穗／棉桃吐絮／百花吐豔。

〈二〉[ tù ㄊㄨˋ 粵 tou³ 兔 ]

❹ 內臟裏的東西從嘴裏湧出 ◆ 吐血／嘔吐／上吐下瀉。❺ 被迫退還侵吞的財物 ◆ 吐出贓款。

³吉　　吉吉吉吉吉　吉

[ jí ㄐㄧˊ 粵 gɐt⁷ 桔 ]

❶ 表示幸運、順利；跟 "凶" 相對 ◆ 吉利／吉祥如意／凶多吉少／萬事大吉／逢凶化吉。❷ 表示喜慶、美好 ◆ 吉日良辰。❸ 吉林省的簡稱 ◆ 遼 (寧)、吉、黑 (龍江)。

³扣　　見手部，166 頁。

³吏　　吏吏吏吏吏　吏

[ lì ㄌㄧˋ 粵 lei⁶ 利 ]

舊時官員的通稱 ◆ 小吏／貪官污吏。

³吋　　吋吋吋吋吋　吋

[ cùn ㄘㄨㄣˋ 粵 tsyn³ 寸 ]

英寸，長度單位，一英寸合 2.54 厘米。

³同　　同同同同同　同

〈一〉[ tóng ㄊㄨㄥˊ 粵 tuŋ⁴ 童 ]

❶ 一樣 ◆ 同樣／相同／同名同姓／不約而同／年年歲歲花相似，歲歲年年人不同。❷ 一起 ◆ 共同／一同／同甘共苦／同舟共濟／有福同享，有難同當。❸ 跟 "和"、"跟" 用法相同 ◆ 同大家商量一下／孩子同他父親長得一般高。

〈二〉[ tòng ㄊㄨㄥˋ 粵 tuŋ⁴ 童 ]

❹ "胡同" 中 "同" 的讀音。

³吊　　吊吊吊吊吊　吊

[ diào ㄉㄧㄠˋ 粵 diu³ 釣 ]

❶ 懸掛 ◆ 吊燈／吊車／提心吊膽。❷ 收回 ◆ 吊銷牌照。❸ 同 "弔" 字，見 140 頁。

³回　　見口部，84 頁。

³吒　　吒吒吒吒吒　吒

[ zhā ㄓㄚ 粵 dza¹ 楂 ]

古代神話中的人名用字 ◆ 哪吒鬧海。

³吃　　　吃吃吃吃吃　吃

[ chī ㄔ ⑧ hɛk⁸ ]

❶ 把食物放到嘴裏嚼碎嚥下去 ◆ 吃飯 / 吃飽了 / 有吃有穿 / 不吃不喝。❷ 承受；感受 ◆ 吃虧 / 吃重 / 吃一驚 / 吃不消 / 吃苦耐勞。❸ 耗費 ◆ 很吃力。❹ 消滅，多用於下棋或作戰 ◆ 跳馬吃炮 / 吃掉敵人一個團。

³向　　　向向向向向　向

[ xiàng ㄒㄧㄤˋ ⑧ hœn³ 嚮 ]

❶ 方向 ◆ 風向 / 航向 / 志向 / 趨向 / 暈頭轉向。❷ 朝着；對着 ◆ 向東看 / 向前進 / 面向大海 / 努力向上。❸ 偏向；偏袒 ◆ 做媽媽的總是向着孩子。❹ 從來 ◆ 向來 / 一向如此。❺ "嚮" 的簡化字，見 82 頁。
📖 見古文字插頁 13。

³后　　　后后后后后　后

[ hòu ㄏㄡˋ ⑧ heu⁶ 後 ]

❶ 帝王的妻子 ◆ 皇后 / 王后 / 母后。❷ "後" 的簡化字，見 145 頁。

³合　　　合合合合合合　合

[ hé ㄏㄜˊ ⑧ hɐp⁹ 盒 ]

❶ 使分開的東西閉上、收攏在一起 ◆ 合上眼 / 笑得合不攏嘴。❷ 聚集；共同 ◆ 集合 / 合唱 / 聯合 / 同心合力 / 團結合作。❸ 全 ◆ 合家歡聚。❹ 相符 ◆ 符合 / 合適 / 合格 / 合情合理 / 正合我心意。❺ 折算 ◆ 折合 / 五百克合一市斤。

³名　　　名名名名名　名

[ míng ㄇㄧㄥˊ ⑧ miŋ⁴ 明 ]

❶ 人、地、事物的稱呼 ◆ 名稱 / 名字 / 人名 / 書名 / 姓戀隨處改，行客不知名。❷ 聲望；名聲 ◆ 出名 / 名望 / 聞名於世 / 名不虛傳。❸ 有聲望的；出名的 ◆ 名人 / 名醫 / 名著 / 名山大川 / 名勝古跡。❹ 説出 ◆ 莫名其妙 / 不可名狀。❺ 擁有 ◆ 不名一文。❻ 量詞，用於指稱人 ◆ 三名學生 / 數名代表。

³各　　　各各各各各　各

[ gè ㄍㄜˋ ⑧ gɔk⁸ 角 ]

❶ 每個 ◆ 各個 / 各地 / 各族人民 / 各有所長 / 各有千秋 / 各得其所。❷ 彼此不相同的 ◆ 各式各樣。

³吆　　　"吆" 的異體字，見本頁。

³如　　　見女部，101 頁。

³吆　　　吆吆吆吆吆　吆

[ yāo ㄧㄠ ⑧ jiu¹ 腰 ]

吆喝：大聲喊叫 ◆ 小販的吆喝聲不斷。

⁴吞　　　吞吞吞吞吞吞　吞

[ tūn ㄊㄨㄣ ⑧ tɐn¹ ]

❶ 整個嚥下去 ◆ 狼吞虎嚥 / 吞雲吐霧 / 囫圇吞棗 / 人心不足蛇吞象。❷ 兼併；佔為己有 ◆ 侵吞 / 獨吞 / 吞併。

⁴杏　　　見木部，208 頁。

⁴呆　　　呆呆呆呆呆呆　呆

[ dāi ㄉㄞ ⑧ ŋɔi⁴ 外⁴ ]

❶ 死板；不靈活 ◆ 呆板 / 目瞪口呆。❷

傻；愚笨。同"獃"字 ◆ 呆子／痴呆／呆若木雞。❸ 停留。同"待"字 ◆ 呆在家裏／在這裏呆了一個月。

## ⁴吱 吱吱吱吱吱吱 吱

〈一〉[ zhī ㄓ ⑧dzi¹ 支]
❶ 象聲詞 ◆ 嘎吱一聲／只聽見吱的一聲。
〈二〉[ zī ㄗ ⑧dzi¹ 支]
❷ 象聲詞，多用來形容小動物的叫聲 ◆ 老鼠吱吱地叫。

## ⁴吾 吾吾吾吾吾吾吾 吾

[ wú ㄨˊ ⑧ŋ⁴ 吳]
我；我的 ◆ 吾日三省吾身／老吾老以及人之老，幼吾幼以及人之幼。

## ⁴否 否否否否否否 否

〈一〉[ fǒu ㄈㄡˇ ⑧feu² 阜²]
❶ 不同意；不承認 ◆ 否定／否認／否決。
❷ 不 ◆ 是否（等於"是不是"）／能否（等於"能不能"）。
〈二〉[ pǐ ㄆㄧˇ ⑧pei⁵ 婢/pei² 鄙（語）]
❸ 壞；惡 ◆ 否極泰來。❹ 貶斥 ◆ 臧否人物。

## ⁴吠 吠吠吠吠吠吠 吠

[ fèi ㄈㄟˋ ⑧fei⁶ 廢⁶]
狗叫 ◆ 狂吠／柴門聞犬吠，風雪夜歸人。

## ⁴呀 呀呀呀呀呀呀 呀

〈一〉[ yā ㄧㄚ ⑧a¹ 鴉]
❶ 歎詞，表示驚異 ◆ 呀，你怎麼也來了！
❷ 象聲詞 ◆ 門"呀"的一聲打開了。

〈二〉[ ya ·ㄧㄚ ⑧a³ 亞]
❸ 句末語氣詞 ◆ 快來呀！／説得對呀！

## ⁴足 見足部，433頁。

## ⁴吵 吵吵吵吵吵吵 吵

[ chǎo ㄔㄠˇ ⑧tsau² 炒]
❶ 發生口角 ◆ 吵嘴／吵架／爭吵。❷ 聲音嘈雜；打擾人 ◆ 吵鬧／吵得人頭痛／把孩子吵醒了。

## ⁴呐 ⁽吶⁾ 呐呐呐呐呐呐 呐

[ nà ㄋㄚˋ ⑧nap⁹ 納]
呐喊：大聲呼喊 ◆ 搖旗呐喊。

## ⁴告 告告告告告告 告

[ gào ㄍㄠˋ ⑧gou³ 誥]
❶ 説出來讓別人知道 ◆ 告訴／報告／奔走相告。❷ 揭發；提起訴訟 ◆ 告發／告狀／控告。❸ 請求 ◆ 告饒／告老還鄉。❹ 宣佈；表示 ◆ 告辭／告終／宣告成立／自告奮勇／大功告成。

## ⁴呈 ⁽呈⁾ 呈呈呈呈呈呈 呈

[ chéng ㄔㄥˊ ⑧tsiŋ⁴ 情]
❶ 顯出 ◆ 呈現。❷ 恭敬地送上 ◆ 呈報／呈獻／謹呈。❸ 下級給上級的公文 ◆ 呈文／辭呈。

## ⁴呂 ⁽呂⁾ 呂呂呂呂呂呂 呂

[ lǚ ㄌㄩˇ ⑧løy⁵ 旅]
姓。

⁴**吟** 吟 吟 吟 吟 吟 吟

[ yín ㄧㄣˊ 粵 jɐm⁴ 淫 ]

用高低快慢的聲調，有節奏有感情地誦讀
◆ 吟誦／吟詩作畫／反覆吟詠／熟讀唐詩
三百首，不會吟詩也會吟。

⁴**含** 含 含 含 含 含 含 含

[ hán ㄏㄢˊ 粵 hɐm⁴ 酣 ]

❶ 東西放在嘴裏，不吐也不吞下去 ◆ 含一
口水／嘴裏含着一顆橄欖。❷ 裏面存在着
◆ 包含／含意／含量／含有水分／含淚告
別。❸ 帶有；懷有 ◆ 含笑／含怒／含羞／
含冤受屈／含情脈脈。

⁴**吩** 吩 吩 吩 吩 吩 吩 吩

[ fēn ㄈㄣ 粵 fɐn¹ 分 ]

吩咐：囑咐；口頭指示、交代 ◆ 母親吩咐
我，出門要注意交通安全／不要忘記老師
的吩咐。

⁴**吹** 吹 吹 吹 吹 吹 吹 吹

[ chuī ㄔㄨㄟ 粵 tsœy¹ 催 ]

❶ 撮起嘴脣用力出氣 ◆ 吹喇叭／吹汽球／
吹口哨／把燈吹滅／牧童歸去橫牛背，短
笛無腔信口吹。❷ 空氣流動 ◆ 北風吹／
風吹草動／春風吹拂大地／野火燒不盡，
春風吹又生。❸ 説大話 ◆ 吹牛／自吹自
擂／自我吹噓。❹ 不成功 ◆ 婚事告吹／
這個計劃吹了。

⁴**吸** 吸 吸 吸 吸 吸 吸 吸

[ xī ㄒㄧ 粵 kɐp⁷ 級 ]

❶ 把氣引入鼻腔；跟"呼"相對 ◆ 吸氣／

呼吸。❷ 把氣或液體引入口腔 ◆ 吸食／
吸吮／吸管／禁止吸煙。❸ 吸收 ◆ 吸水
紙／吸塵器／吸取教訓。❹ 引來 ◆ 吸引／
吸鐵石。

⁴**吻** 吻 吻 吻 吻 吻 吻

[ wěn ㄨㄣˇ 粵 mɐn⁵ 敏 ]

❶ 嘴脣 ◆ 接吻。❷ 用嘴脣接觸表示親
熱、喜愛 ◆ 吻一下。❸ 説話的語氣態度
◆ 口吻。

⁴**言** 見言部，411 頁。

⁴**吝** 吝 吝 吝 吝 吝 吝

[ lìn ㄌㄧㄣˋ 粵 lœn⁶ 論 ]

捨不得；小氣；過分愛惜 ◆ 吝嗇／吝惜／
不吝賜教。

⁴**吭** 吭 吭 吭 吭 吭 吭

〈一〉[ háng ㄏㄤˊ 粵 hɔŋ⁴ 航 ]
❶ 喉嚨 ◆ 引吭高歌。
〈二〉[ kēng ㄎㄥ 粵 hɐŋ¹ 亨 ]
❷ 出聲；説話 ◆ 一聲不吭。

⁴**局** 見尸部，121 頁。

⁴**邑** 見邑部，452 頁。

⁴**君** 君 君 君 君 君 君 君

[ jūn ㄐㄩㄣ 粵 gwɐn¹ 軍 ]

❶ 國王；皇帝 ◆ 國君／君主／君王／暴
君。❷ 對別人的尊稱 ◆ 諸君／趙君／與君
一席話，勝讀十年書／君看一葉舟，出沒風

 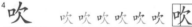 吸｜汲　吸引 吸收知識　汲水

波裏。❸ 君子：指人格高尚的人；跟 "小人" 相對 ◆ 偽君子／君子動口不動手／以小人之心度君子之腹。

## ⁴呎

呎 呎 呎 呎 呎 呎

[ chǐ 彳ˇ 粵 tsɛk⁸ 尺 ]

英尺，長度單位，一英尺合 0.3048 米。

## ⁴吧

吧 吧 吧 吧 吧 吧

⟨一⟩ [ bā ㄅㄚ 粵 ba¹ 巴 ]

❶ 象聲詞 ◆ 只聽得吧的一聲。

⟨二⟩ [ ba ·ㄅㄚ 粵 ba⁶ 罷 ]

❷ 放在句末，表示商量、推測、命令等語氣 ◆ 你去吧，好嗎？／今天該不會下雨吧！／快走吧！ ❸ 放在句中，表示停頓，並含有假設的意思 ◆ 告訴他吧，怕他傷心；不告訴他吧，早晚他也會知道。

## ⁴吮

吮 吮 吮 吮 吮 吮

[ shǔn ㄕㄨㄣˇ 粵 syn⁵ 船⁵ ]

用嘴吸 ◆ 吸吮／吮乳。

## ⁴吳 ⁽吴⁾

吳 吳 吳 吳 吳 吳

[ wú ㄨˊ 粵 ŋ⁴ 吾 ]

古代國名。後來也指江蘇、浙江一帶，所以江浙一帶的方言稱吳方言 ◆ 窗含西嶺千秋雪，門泊東吳萬里船。

## ⁴吼

吼 吼 吼 吼 吼 吼

[ hǒu ㄏㄡˇ 粵 heu³ 口³／heu² 口 ]

猛獸大聲叫；泛指大聲呼叫 ◆ 獅吼／吼叫／狂風怒吼／大聲吼叫。

## ⁵味

味 味 味 味 味 味

[ wèi ㄨㄟˋ 粵 mei⁶ 未 ]

❶ 口嘗鼻聞所得的感覺 ◆ 味道／甜味／香味／氣味／有滋味。 ❷ 有滋味的食品；菜肴 ◆ 野味／山珍海味／美味佳肴。 ❸ 情趣；意味 ◆ 趣味／文章枯燥無味／看得津津有味。 ❹ 體會；揣摩 ◆ 體味／品味詩文／細細玩味。 ❺ 量詞，用於中藥 ◆ 由十幾味藥配置而成。

## ⁵咕

咕 咕 咕 咕 咕 咕

[ gū ㄍㄨ 粵 gu¹ 姑 ]

象聲詞 ◆ 咕咚一聲／咕嘟一口。

## ⁵呵

呵 呵 呵 呵 呵 呵

[ hē ㄏㄜ 粵 ho¹ 苛 ]

❶ 大聲斥責 ◆ 呵斥。 ❷ 哈氣 ◆ 呵氣／一氣呵成。 ❸ 歎詞，表示驚訝 ◆ 呵，想不到你會彈琴。 ❹ 象聲詞 ◆ 笑呵呵／樂呵呵。

## ⁵呸

呸 呸 呸 呸 呸 呸

[ pēi ㄆㄟ 粵 pei¹ 披 ]

唾罵聲，表示斥責或看不起對方 ◆ 呸！真不要臉。

## ⁵奇

見大部，99 頁。

## ⁵尚

見小部，119 頁。

## ⁵咀

咀 咀 咀 咀 咀 咀

[ jǔ ㄐㄩˇ 粵 dzœy² 嘴 ]

細細嚼碎 ◆ 咀嚼。

**焦點易錯字** 咀｜嘴　咀嚼　咀咒　嘴巴　鬥嘴

## ⁵呻　呻 呻 呻 呻 呻 呻

[ shēn ㄕㄣ 粵sɐn¹ 申 ]

呻吟：病痛時發出的聲音 ◆ 無病呻吟。

## ⁵咒　咒 咒 咒 咒 咒 咒

[ zhòu ㄓㄡˋ 粵dzɐu³ 奏 ]

❶ 宗教或巫術中用來驅鬼、消災或降禍的語句 ◆ 符咒 / 唸咒。❷ 用惡毒的話罵人，希望別人遭難 ◆ 咒罵 / 詛咒。❸ 發誓的話 ◆ 賭咒。

## ⁵咋　咋 咋 咋 咋 咋 咋

〈一〉[ zǎ ㄗㄚˇ 粵dza² 渣² ]

❶ 怎麼 ◆ 咋辦 / 究竟咋樣。

〈二〉[ zé ㄗㄜˊ 粵dzak⁸ 責/dzak⁹ 宅 ]

❷ 咋舌：形容害怕，吃驚，説不出話。

## ⁵和　和 和 和 和 和 和

〈一〉[ hé ㄏㄜˊ 粵wo⁴ 禾 ]

❶ 協調；相處、配合得好 ◆ 和睦 / 和諧 / 和衷共濟 / 家和萬事興。❷ 溫順；不粗暴；不激烈 ◆ 和顏悦色 / 和藹可親 / 心平氣和 / 風和日麗 / 態度溫和。❸ 平息爭端 ◆ 和解 / 和談 / 握手言和。❹ 不分勝負 ◆ 和棋 / 和局。❺ 連帶着 ◆ 和衣而卧 / 和盤托出。❻ 幾個數目加起來的總數 ◆ 和數 / 五加五的和是十。❼ 連詞，表示並列、聯合 ◆ 老師和學生。❽ 介詞，表示相關 ◆ 你和老師説一聲 / 我和你一起玩。

〈二〉[ huó ㄏㄨㄛˊ 粵wo⁶ 禍 ]

❾ 在粉狀物中加水攪拌揉弄，使有黏性 ◆ 和麪 / 和泥。

〈三〉[ huò ㄏㄨㄛˋ 粵wo⁶ 禍 ]

❿ 混合；攪拌 ◆ 和藥 / 豆沙裏和點桂花糖更香。

〈四〉[ hè ㄏㄜˋ 粵wo⁶ 禍 ]

⓫ 跟着唱或説 ◆ 隨聲附和 / 一唱一和 / 曲高和寡。⓬ 依照別人詩詞的內容和形式創作詩詞 ◆ 和詩一首。

## ⁵知

見矢部，309 頁。

## ⁵咐　咐 咐 咐 咐 咐 咐

[ fu ·ㄈㄨ 粵fu³ 富 ]

吩咐。見 "吩" 字，64 頁。

## ⁵呱　呱 呱 呱 呱 呱 呱

〈一〉[ guā ㄍㄨㄚ 粵gwa¹ 瓜 ]

❶ 象聲詞 ◆ 呱嗒一聲 / 鴨子呱呱地叫。

〈二〉[ gū ㄍㄨ 粵gu¹ 孤/wa¹ 蛙 ]

❷ 呱呱：形容嬰兒的哭聲 ◆ 呱呱墮地。

## ⁵命　命 命 命 命 命 命

[ mìng ㄇㄧㄥˋ 粵min⁶ 明⁶ ]

❶ 生命 ◆ 性命 / 喪命 / 長命百歲 / 相依為命 / 救人一命，勝造七級浮屠。❷ 人一生中生死、貧富、禍福等遭遇 ◆ 命運 / 算命 / 命中注定 / 聽天由命。❸ 上級對下級的指示、委派 ◆ 命令 / 奉命 / 任命 / 遵命 / 將在外，君命有所不受。❹ 給予 ◆ 命名 / 命題作文。

## ⁵呼　呼 呼 呼 呼 呼 呼

[ hū ㄏㄨ 粵fu¹ 膚 ]

❶ 向外吐氣；跟 "吸" 相對 ◆ 一呼一吸 / 呼着粗氣。❷ 喊；叫喚 ◆ 呼喊 / 呼救 /

歡呼雀躍 / 大聲疾呼 / 呼風喚雨。❸ 象聲詞 ◆ 呼呼一聲 / 北風呼呼地吹。

## ⁵周 ⁽周⁾

周 周 周 周 周 周　周

[ zhōu ㄓㄡ 🔊 dzɐu¹ 舟 ]

❶ 物體的外圍 ◆ 周圍 / 四周 / 圓周 / 運動員繞場一周。❷ 全；普遍 ◆ 周身發癢 / 眾所周知。❸ 完備；細緻 ◆ 周密 / 周到 / 考慮不周。❹ 時間的一輪；特指一個星期 ◆ 周年 / 周歲 / 周期。❺ 繞一圈；循環 ◆ 周而復始。❻ 接濟 ◆ 周濟。❼ 朝代名 ◆ 夏、商、周 / 東周 / 西周。(❹❺ 同 "週")

## ⁵咚

咚 咚 咚 咚 咚 咚　咚

[ dōng ㄉㄨㄥ 🔊 duŋ¹ 冬 ]

象聲詞 ◆ 咕咚一聲 / 咚咚咚的敲門聲。

## ⁵咎

咎 咎 咎 咎 咎 咎　咎

[ jiù ㄐㄧㄡˋ 🔊 gɐu³ 究 ]

❶ 過錯；罪過 ◆ 咎由自取 / 引咎辭職。❷ 責備；怪罪 ◆ 既往不咎。

## ⁵咆

咆 咆 咆 咆 咆 咆　咆

[ páo ㄆㄠˊ 🔊 pau⁴ 刨 ]

咆哮：原指猛獸怒吼，也形容人在發怒時大聲叫喊或水流的奔騰轟鳴 ◆ 咆哮如雷 / 黃河在咆哮。

## ⁵咏

"詠" 的異體字，見 414 頁。

## ⁵呢

呢 呢 呢 呢 呢 呢　呢

〈一〉[ ní ㄋㄧˊ 🔊 nei⁴ 尼 ]

❶ 一種毛織品 ◆ 呢絨 / 花呢 / 呢大衣。

〈二〉[ ne ˙ㄋㄜ 🔊 nɛ¹ ]

❷ 語氣詞，用在句中表示停頓，放在句末表示疑問、肯定或動作正在進行等語氣 ◆ 怎麼辦呢？/ 多着呢！/ 在説話呢！

## ⁵咄

咄 咄 咄 咄 咄 咄　咄

[ duō ㄉㄨㄛ 🔊 dœt⁷/dzyt⁸ 啜 ]

咄咄：表示驚訝或感慨 ◆ 咄咄怪事 / 咄咄逼人。

## ⁵咖

咖 咖 咖 咖 咖 咖　咖

〈一〉[ kā ㄎㄚ 🔊 ga³ 駕 ]

❶ 咖啡：一種熱帶植物，種子研碎、焙炒後成咖啡粉，可做飲料 ◆ 非洲盛產咖啡 / 咖啡味 / 咖啡館。

〈二〉[ gā ㄍㄚ 🔊 ga³ 駕 ]

❷ 咖喱：一種用胡椒、薑黃、茴香等粉末合成的調味品，味香，略帶辣味 ◆ 咖喱牛肉 / 咖喱雞塊。

## ⁶哐

哐 哐 哐 哐 哐 哐　哐

[ kuāng ㄎㄨㄤ 🔊 hɔŋ¹ 康 ]

象聲詞 ◆ 哐的一聲，茶杯掉在地上了。

## ⁶哇

哇 哇 哇 哇 哇 哇　哇

〈一〉[ wā ㄨㄚ 🔊 wa¹ 蛙 ]

❶ 形容孩子的哭聲 ◆ 孩子哇地一聲哭了起來。

〈二〉[ wa ˙ㄨㄚ 🔊 wa¹ 蛙 ]

❷ 語氣詞，同 "啊" 字 ◆ 你好哇。

## ⁶哉

哉 哉 哉 哉 哉 哉　哉

[ zāi ㄗㄞ 🔊 dzɔi¹ 災 ]

語氣語，表示感歎、疑問或反問 ◆ 嗚呼哀哉 / 何足道哉 / 豈有他哉。

## ⁶哄　哄哄哄哄哄哄　哄

〈一〉[ hōng ㄏㄨㄥ ⑧ huŋ⁶ 鬨 ]
❶ 許多人同時發出聲音；人聲嘈雜 ◆ 哄笑 / 亂哄哄 / 哄堂大笑。

〈二〉[ hǒng ㄏㄨㄥˇ ⑧ huŋ6 鬨 ]
❷ 用假話騙人 ◆ 哄騙 / 你別哄我了。❸ 用話語或行動逗引人 ◆ 哄孩子。

〈三〉[ hòng ㄏㄨㄥˋ ⑧ huŋ⁶ 鬨 ]
❹ "鬨" 的簡化字，見 500 頁。

## ⁶哂　哂哂哂哂哂哂　哂

[ shěn ㄕㄣˇ ⑧ tsen² 診 ]
微笑 ◆ 敬請哂納 / 聊博一哂。

## ⁶咸　咸咸咸咸咸咸　咸

[ xián ㄒㄧㄢˊ ⑧ ham⁴ 函 ]
全；都 ◆ 老少咸宜。

## ⁶咧　咧咧咧咧咧咧　咧

[ liě ㄌㄧㄝˇ ⑧ lit⁹ 列 ]
嘴向兩旁微斜着張開 ◆ 咧着嘴笑 / 齜牙咧嘴。

## ⁶咦　咦咦咦咦咦咦　咦

[ yí ㄧˊ ⑧ ji² 倚 ]
歎詞，表示驚訝 ◆ 咦，你怎麼不參加比賽？

## ⁶哎　哎哎哎哎哎哎　哎

〈一〉[ āi ㄞ ⑧ ai¹ 唉 ]
❶ 歎詞，表示驚訝、不滿或提醒等 ◆ 哎，真了不起 / 哎，你又遲到了 / 哎，該你上場了。

〈二〉[ ǎi ㄞˇ ⑧ ɔi² 藹 ]
❷ 歎詞，表示不滿或不同意 ◆ 哎，這就是你的不對了。

〈三〉[ ài ㄞˋ ⑧ ɔi² 藹 ]
❸ 歎詞，表示懊惱或惋惜 ◆ 哎，早知如此，何必當初 / 哎，真倒霉！❹ 歎詞，表示答應或同意 ◆ 哎，我馬上就去 / 哎，你去吧。

## ⁶品　品品品品品品　品

[ pǐn ㄆㄧㄣˇ ⑧ ben² 稟 ]
❶ 物品 ◆ 成品 / 商品 / 獎品 / 禮品 / 工藝品。❷ 等級 ◆ 上品 / 次品 / 一等品。❸ 種類 ◆ 品種 / 品類。❹ 性質；本質 ◆ 品質 / 人品 / 品德 / 品行 / 品學兼優。❺ 體察、辨別好壞、優劣 ◆ 品評 / 品嘗 / 品茶 / 評頭品足。

## ⁶咽　咽咽咽咽咽咽　咽

〈一〉[ yān ㄧㄢ ⑧ jin¹ 煙 ]
❶ 消化和呼吸的共同通道，在鼻腔、口腔和喉嚨的後方，分別稱為鼻咽、口咽和喉咽 ◆ 咽喉炎 / 鼻咽癌。

〈二〉[ yè ㄧㄝˋ ⑧ jit⁸ 噎 ]
❷ 因悲傷而聲音阻塞 ◆ 嗚咽 / 哽咽。

〈三〉[ yàn ㄧㄢˋ ⑧ jin³ 燕 ]
❸ 同 "嚥" 字，見 82 頁。

## ⁶咱　咱咱咱咱咱咱　咱

[ zán ㄗㄢˊ ⑧ dza¹ 渣 ]
我；我們 ◆ 咱一個人不敢去 / 咱村裏有一所小學 / 咱們都是好朋友。

# ⁶哈

哈 哈 哈 哈 哈 哈 哈

〈一〉[ hā ㄏㄚ ⑧ ha¹ 蝦]

❶ 張嘴呼氣 ◆ 哈氣。❷ 形容笑聲 ◆ 笑哈哈 / 哈哈大笑。❸ 稍稍彎腰 ◆ 點頭哈腰。

〈二〉[ hǎ ㄏㄚˇ ⑧ ha¹ 蝦]

❹ 哈達:藏族、蒙古族用來表示敬意或祝賀的白色絲巾或紗巾 ◆ 獻哈達。

# ⁶咯

咯 咯 咯 咯 咯 咯 咯

〈一〉[ gē ㄍㄜ ⑧ gok⁷ 各⁷]

❶ 象聲詞 ◆ 咯吱一聲。

〈二〉[ kǎ ㄎㄚˇ ⑧ hak⁸ 客]

❷ 吐 ◆ 咯血。

〈三〉[ lo ·ㄌㄛ ⑧ lɔ¹ 囉]

❸ 語氣詞,表示肯定 ◆ 這就對咯!

# ⁶哆

哆 哆 哆 哆 哆 哆 哆

[ duō ㄉㄨㄛ ⑧ dɔ¹ 多]

哆嗦:發抖 ◆ 兩手直哆嗦。

# ⁶咬

咬 咬 咬 咬 咬 咬 咬

[ yǎo ㄧㄠˇ ⑧ ŋau⁵ 餚⁵]

❶ 用牙齒夾住或切碎東西 ◆ 咬斷 / 咬碎 / 咬住不放 / 狗咬呂洞賓,不識好心人 / 一朝被蛇咬,十年怕井繩。❷ 比喻話說定了不再改變 ◆ 一口咬定。❸ 讀字音 ◆ 咬字清楚。❹ 指推敲文字 ◆ 咬文嚼字。

# ⁶哀

哀 哀 哀 哀 哀 哀 哀

[ āi ㄞ ⑧ ɔi¹/ŋɔi¹ 埃]

❶ 悲痛 ◆ 悲哀 / 哀愁 / 哀號 / 節哀順變 / 喜怒哀樂。❷ 悼念 ◆ 哀悼 / 默哀 / 奏哀樂。❸ 苦苦地 ◆ 哀求。

# ⁶咨

咨 咨 咨 咨 咨 咨

[ zī ㄗ ⑧ dzi¹ 支]

商量;詢問 ◆ 咨詢。

# ⁶亭

見亠部,11頁。

# ⁶咳

咳 咳 咳 咳 咳 咳

〈一〉[ ké ㄎㄜˊ ⑧ kɔi³ 概/kɐt⁷ (語) ]

❶ 咳嗽:喉部或氣管受刺激而把吸入的氣急呼出,聲帶振動發聲 ◆ 百日咳 / 止咳化痰。

〈二〉[ hāi ㄏㄞ ⑧ hai¹ 揩]

❷ 歎詞,表示惋惜、後悔或呼喚等 ◆ 咳!真可惜 / 咳!快走啊。

# ⁶咩

咩 咩 咩 咩 咩 咩 咩

[ miē ㄇㄧㄝ ⑧ mɛ¹]

羊叫的聲音。

# ⁶咪

咪 咪 咪 咪 咪 咪 咪

[ mī ㄇㄧ ⑧ mɐi¹ 米¹/mei¹ 微¹]

❶ 貓叫聲 ◆ 小貓咪咪叫。❷ 微笑的樣子 ◆ 笑咪咪。

# ⁶客

見宀部,113頁。

# ⁶咫

咫 咫 咫 咫 咫 咫

[ zhǐ ㄓˇ ⑧ dzi² 止]

❶ 古代的長度單位,八寸為一咫。❷ 咫尺:形容很近的距離 ◆ 咫尺天涯 / 近在咫尺。

**⁷唇**
同"脣"字，見 363 頁。

**⁷袁**
見衣部，404 頁。

**⁷哧** 哧 哧 哧 哧 哧 哧 哧

[ chī ㄔ ⑧ tsik⁸ 赤 ]
象聲詞 ◆ 哧哧地笑 / 噗哧一聲。

**⁷哮** 哮 哮 哮 哮 哮 哮 哮

[ xiào ㄒㄧㄠˋ ⑧ hau¹ 敲 ]
❶ 吼叫 ◆ 咆哮。❷ 氣喘 ◆ 哮喘。

**⁷哺** 哺 哺 哺 哺 哺 哺 哺

[ bǔ ㄅㄨˇ ⑧ bou⁶ 步 ]
餵；餵養 ◆ 哺乳 / 哺育 / 嗷嗷待哺。

**⁷哽** 哽 哽 哽 哽 哽 哽 哽

[ gěng ㄍㄥˇ ⑧ gɐŋ² 梗 ]
❶ 因悲傷而使聲氣阻塞 ◆ 哽咽。❷ 食物堵住喉嚨 ◆ 別吃那麼快，小心哽着。

**⁷哥** 哥 哥 哥 哥 哥 哥 哥

[ gē ㄍㄜ ⑧ gɔ¹ 歌 ]
❶ 稱同父母或親族中同輩而年齡比自己大的男子 ◆ 哥哥 / 大哥 / 二哥 / 表哥。❷ 對年齡稍長的男子的敬稱 ◆ 張大哥 / 李大哥。

**⁷哲** 哲 哲 哲 哲 哲 哲 哲

[ zhé ㄓㄜˊ ⑧ dzit⁸ 節 ]

❶ 有智慧 ◆ 哲人。❷ 有智慧的人 ◆ 先哲。

**⁷哨** 哨 哨 哨 哨 哨 哨 哨

[ shào ㄕㄠˋ ⑧ sau³ 梢³ ]
❶ 巡邏、警戒防守的崗位 ◆ 哨兵 / 站崗放哨 / 前哨陣地 / 邊防哨所。❷ 哨子：一種能吹出響聲的器具，在人員集合或某些體育比賽時使用 ◆ 吹哨子 / 哨子一響，全體集合。❸ 用嘴吹出聲音 ◆ 口哨 / 吹口哨。

**⁷員** ⁽员⁾ 員 員 員 員 員 員 員

〈一〉[ yuán ㄩㄢˊ ⑧ jyn⁴ 元 ]
❶ 團體裏的人 ◆ 成員 / 會員 / 隊員。❷ 工作或學習的人 ◆ 職員 / 船員 / 演員 / 學員 / 工作人員。❸ 周圍 ◆ 幅員遼闊。❹ 量詞，多用於武將 ◆ 一員猛將。
〈二〉[ yùn ㄩㄣˋ ⑧ wɐn⁶ 運 ]
❺ 姓。

**⁷唄** ⁽呗⁾ 唄 唄 唄 唄 唄 唄

[ bei ㄅㄟ ⑧ bai⁶ 敗 ]
表示承認、勉強同意或讓步等語氣 ◆ 疼愛唄 / 去就去唄。

**⁷哩** 哩 哩 哩 哩 哩 哩 哩

〈一〉[ li ˙ㄌㄧ ⑧ lɛ¹ ]
❶ 用在句末，表示肯定的語氣，相當於"呢" ◆ 多着哩。
〈二〉[ lī ㄌㄧ ⑧ li¹ ]
❷ 哩哩啦啦：形容零零散散或斷斷續續的樣子 ◆ 濛濛細雨哩哩啦啦下個不停。

## ⁷哭

哭 哭 哭 哭 哭 哭 **哭**

[kū ㄎㄨ ⑧ huk⁷ 酷⁷]

因痛苦悲傷或激動而流淚發聲；跟"笑"相對 ◆ 哭泣 / 哭哭啼啼 / 痛哭流涕 / 欲哭無淚。

## ⁷哦

哦 哦 哦 哦 哦 哦 **哦**

〈一〉[ó ㄛˊ ⑧ ɔ⁴ 柯⁴]

❶ 語氣詞，表示疑問或驚訝 ◆ 哦，他也出國留學去了？/哦，舞跳得真好！

〈二〉[ò ㄛˋ ⑧ ɔ⁶ 柯⁶]

❷ 歎詞，表示醒悟 ◆ 哦，原來如此！

## ⁷唁

唁 唁 唁 唁 唁 唁 **唁**

[yàn ㄧㄢˋ ⑧ jin⁶ 現]

對遭遇喪事的人表示慰問 ◆ 弔唁 / 唁電。

## ⁷高

見高部，499頁。

## ⁷哼

哼 哼 哼 哼 哼 哼 **哼**

[hēng ㄏㄥ ⑧ hɐŋ⁷ 亨]

❶ 從鼻孔裏發出的聲音，表示痛苦、憤怒或瞧不起等 ◆ 痛得直哼哼 / 強忍疼痛，一聲不哼 / 哼，別理他 / 哼，這算甚麼本事。

❷ 低聲唱 ◆ 哼着小曲。

## ⁷唐

唐 唐 唐 唐 唐 唐 **唐**

[táng ㄊㄤˊ ⑧ tɔŋ⁴ 堂]

朝代名 ◆ 唐朝 / 唐代詩人李白。

## ⁷宮

見宀部，114頁。

## ⁷害

見宀部，114頁。

## ⁷容

見宀部，114頁。

## ⁷唧

唧 唧 唧 唧 唧 唧 **唧**

[jī ㄐㄧ ⑧ dzit⁷ 即]

❶ 抽水或射水 ◆ 用唧筒唧水。❷ 形容説話聲或蟲鳴聲 ◆ 唧咕 / 唧唧喳喳 / 小蟲兒唧唧地叫個不停。

## ⁷哪

哪 哪 哪 哪 哪 哪 **哪**

〈一〉[nǎ ㄋㄚˇ ⑧ na⁵ 那]

❶ 疑問代詞 ◆ 哪個 / 哪位 / 哪些 / 哪裏。
❷ 相當於"甚麼"；任何 ◆ 無論哪裏，都有他的朋友。❸ 表示反問 ◆ 不下功夫，哪能學好語文？

〈二〉[něi ㄋㄟˇ ⑧ na⁵ 那]

❹ "哪"和"一"的合音，但指數量時不限於一 ◆ 哪年 / 哪月 / 哪所學校。

〈三〉[na ·ㄋㄚ ⑧ na¹ 那¹]

❺ 用在句末，表示語氣 ◆ 快來看哪 / 要小心哪。

〈四〉[né ㄋㄜˊ ⑧ na⁴ 拿/nɔ⁴ 儺]

❻ 哪吒：中國古代神話中的人名 ◆ 哪吒鬧海。

## ⁷唉

唉 唉 唉 唉 唉 唉 **唉**

〈一〉[āi ㄞ ⑧ ai¹/ŋai1 挨]

❶ 表示答應或歎息的聲音 ◆ 唉，我馬上就來 / 唉聲歎氣。

〈二〉[ài ㄞˋ ⑧ ai¹/ŋai¹ 挨]

❷ 歎詞，表示失望、同情、惋惜等 ◆ 唉！又上當了 / 唉！太可惜了。

## ⁷唆

唆 唆 唆 唆 唆 唆 **唆**

[suō ㄙㄨㄛ ⑧ sɔ¹ 梳]

❶ 指使、挑動別人做壞事 ◆ 唆使／挑唆／教唆犯。❷ 囉唆。見 "囉" 字，83頁。

---

⁸啞<sup>(啞)</sup>　啞 啞 啞 啞 啞 啞 啞

⟨一⟩[ yǎ ㄧㄚˇ 粵 a²/ŋaä 鴉²]
❶ 因生理原因不能說話 ◆ 啞巴／聾啞／啞巴吃黃連，有苦說不出。❷ 發音困難或不清楚 ◆ 聲音沙啞／連嗓子都喊啞了。❸ 不出聲的 ◆ 啞劇。
⟨二⟩[ yā ㄧㄚ 粵 a¹/ŋa¹ 鴉¹]
❹ 象聲詞 ◆ 啞啞學語／咿啞一聲。

---

⁸區　見匚部，51頁。

---

⁸啄　啄 啄 啄 啄 啄 啄

[ zhuó ㄓㄨㄛˊ 粵 dœk⁸ 琢]
鳥用嘴取食或叩擊東西 ◆ 雞啄米／小雞啄食／啄木鳥。

---

⁸啪　啪 啪 啪 啪 啪 啪

[ pā ㄆㄚ 粵 pak⁷ 柏⁷]
象聲詞 ◆ 啪的一聲／掌聲啪啪地響。

---

⁸啦　啦 啦 啦 啦 啦 啦

⟨一⟩[ lā ㄌㄚ 粵 la¹ 喇¹]
❶ 象聲詞，多形容水聲、風聲等 ◆ 嘩啦嘩啦／呼啦一聲。
⟨二⟩[ la ·ㄌㄚ 粵 la¹ 喇¹]
❷ 語氣詞，又是 "了" 和 "啊" 的合音詞，放在句子末尾，表示已經完成或出現新的情況，同時又表示語氣 ◆ 天晴啦／他真的來啦。

---

⁸啃　啃 啃 啃 啃 啃 啃

[ kěn ㄎㄣˇ 粵 heŋ² 肯]
❶ 用牙把堅硬的東西一點一點咬下來 ◆ 啃豬爪／螞蟻啃骨頭。❷ 比喻刻苦鑽研、攻讀 ◆ 啃書本。

---

⁸唬　唬 唬 唬 唬 唬 唬

[ hǔ ㄏㄨˇ 粵 fu² 虎]
虛張聲勢嚇人或蒙騙人 ◆ 嚇唬／別唬人／差點兒叫他給唬住了。

---

⁸唱　唱 唱 唱 唱 唱 唱

[ chàng ㄔㄤˋ 粵 tsœŋ³ 暢]
❶ 唱歌或唱戲 ◆ 演唱／獨唱／清唱／四重唱／唱山歌。❷ 高聲唸出 ◆ 唱票。❸ 歌曲；唱詞 ◆ 唱本。

---

⁸啡　啡 啡 啡 啡 啡 啡

[ fēi ㄈㄟ 粵 fe¹ ]
咖啡。見 "咖" 字，67頁。

---

⁸唯　唯 唯 唯 唯 唯 唯

⟨一⟩[ wéi ㄨㄟˊ 粵 wei⁴ 圍]
❶ 只；只是；單 ◆ 唯有／唯獨／唯一的／唯命是從／唯利是圖。
⟨二⟩[ wěi ㄨㄟˇ 粵 wei⁵ 偉]
❷ 答應的聲音 ◆ 唯唯諾諾。

---

⁸售　售 售 售 售 售 售

[ shòu ㄕㄡˋ 粵 seu⁶ 受]
❶ 賣 ◆ 售貨／出售／零售／銷售／售後服務。
❷ 達到；實現 ◆ 以售其奸／其計不售。

⁸**啤** 啤 啤 啤 啤 啤 啤 啤

[pí ㄆㄧˊ ⑧ bɛ¹]
啤酒:用大麥為主要原料製成的酒。

⁸**唸**⁽念⁾ 唸 唸 唸 唸 唸 唸 唸

[niàn ㄋㄧㄢˋ ⑧ nim⁶ 念]
❶ **出聲誦讀** ◆ 唸書 / 唸兩遍 / 唸口訣 / 和尚唸經。❷ **上學** ◆ 明年要唸中學了。

⁸**啥** 啥 啥 啥 啥 啥 啥 啥

[shá ㄕㄚˊ ⑧ sa² 灑]
**甚麼** ◆ 要啥 / 有啥說啥 / 要啥沒啥。

⁸**够** 見夕部,97頁。

⁸**夠** 見夕部,97頁。

⁸**啕** 啕 啕 啕 啕 啕 啕 啕

[táo ㄊㄠˊ ⑧ tou⁴ 陶]
**嚎啕**:形容大聲痛哭的樣子 ◆ 嚎啕大哭。

⁸**商** 商 商 商 商 商 商 商

[shāng ㄕㄤ ⑧ sœŋ¹ 雙]
❶ **買賣貨物** ◆ 商店 / 商人 / 商業 / 經商 / 商場如戰場。❷ **買賣貨物的人** ◆ 客商 / 巨商 / 軍火商。❸ **交換意見** ◆ 商量 / 商議 / 商談 / 協商 / 磋商。❹ **除法運算的得數** ◆ 商數。❺ **朝代名** ◆ 夏、商、周。
❀ 圖見 95 頁。

⁸**唷** 唷 唷 唷 唷 唷 唷 唷

[yō ㄧㄛ ⑧ jɔ¹ 喲]
**歎詞,表示驚訝或疑問** ◆ 唷!力氣可真不小。

⁸**唳** 唳 唳 唳 唳 唳 唳 唳

[lì ㄌㄧˋ ⑧ lœy⁶ 類]
**飛鳥高聲鳴叫** ◆ 風聲鶴唳。

⁸**啟**⁽启⁾ 啟 啟 啟 啟 啟 啟 啟

[qǐ ㄑㄧˇ ⑧ kɐi² 溪²]
❶ **開;打開** ◆ 啟封 / 開啟 / 難以啟齒。
❷ **開始** ◆ 啟程 / 啟航 / 啟用 / 承上啟下。
❸ **開導;教導** ◆ 啟發 / 啟迪 / 啟示 / 啟蒙教育。❹ **陳述** ◆ 啟事 / 某某謹啟。

⁸**啊** 啊 啊 啊 啊 啊 啊 啊

〈一〉[ā ㄚ ⑧ a¹ 丫]
❶ **歎詞,表示讚歎** ◆ 啊,美麗的香港!/ 啊,他是多麼堅強!
〈二〉[á ㄚˊ ⑧ a² 啞]
❷ **歎詞,表示疑問、反問** ◆ 啊,這可怎麼辦?/ 啊,你說甚麼?
〈三〉[ǎ ㄚˇ ⑧ a² 啞]
❸ **歎詞,表示驚訝** ◆ 啊,連你也不知道?
〈四〉[à ㄚˋ ⑧ a³ 亞]
❹ **助詞,表示答應或終於明白過來** ◆ 啊,我就來 / 啊,原來是這麼回事。
〈五〉[a ㄚ˙ ⑧ a³ 亞]
❺ **語氣詞,放在句子末尾或句中表示語氣或情感。語氣詞"啊"的實際讀音,常受前一個字的收尾音的影響而改變,有時也用別的字來代替,見下表:**

| "啊"前一字<br>的收尾音 | "啊"音變後<br>實際讀音 | 舉例 | "啊"的<br>代用字 |
|---|---|---|---|
| - a,- o,- e | ya | 好大啊 (dàya)<br>真多啊 (duōya)<br>快寫啊 (xiěya) | 呀 |
| - i,- ü | ya | 多美麗啊 (lìya)<br>真乖啊 (guāiya)<br>好大的雨啊 (yǔya) | 呀 |
| - u,- ao | wa | 手段真毒啊 (dúwa)<br>好高啊 (gāowa)<br>怎麼得了啊 (liǎowa) | 哇 |
| - n | na | 快看啊 (kànna)<br>真難啊 (nánna) | 哪 |
| - ng | nga | 真長啊 (chángnga)<br>長得真像啊 (xiàngnga) | |

## ⁸問 (问)

問 問 問 問 問 問 　問

[ wèn ㄨㄣˋ 🔊 mɐn⁶ 紊 ]

❶ 向人求教，請人解答；跟 "答" 相對 ◆ 問路 / 詢問 / 答非所問 / 兒童相見不相識，笑問客從何處來。❷ 為表示關心而詢問 ◆ 問候 / 問好 / 慰問。❸ 審訊；追究 ◆ 審問 / 盤問 / 興師問罪。❹ 管；干預 ◆ 過問 / 不聞不問。

## ⁸啜

啜 啜 啜 啜 啜 啜　啜

[ chuò ㄔㄨㄛˋ 🔊 dzyt⁸ 輟 ]

❶ 喝 ◆ 啜茗 / 啜粥。❷ 哭泣時抽噎的樣子 ◆ 啜泣。

## ⁸唧

"銜 ❶ － ❸" 的異體字，見 462 頁。

　喋 | 諜　喋血 喋喋不休　諜報 間諜

## ⁹喜

喜 喜 喜 喜 喜 喜　喜

[ xǐ ㄒㄧˇ 🔊 hei² 起 ]

❶ 高興；快樂；跟 "悲" 相對 ◆ 喜悦 / 喜出望外 / 欣喜若狂 / 悲喜交集 / 沾沾自喜。❷ 愛好 ◆ 喜愛 / 喜聞樂見 / 好大喜功。❸ 高興的事；值得慶賀的事 ◆ 喜事 / 喜訊 / 賀喜 / 雙喜臨門。

## ⁹喋

喋 喋 喋 喋 喋 喋　喋

[ dié ㄉㄧㄝˊ 🔊 dip⁹ 蝶 ]

❶ 喋喋：説話囉唆 ◆ 喋喋不休。❷ 喋血：血流滿地。

## ⁹喃

喃 喃 喃 喃 喃 喃　喃

[ nán ㄋㄢˊ 🔊 nam⁴ 南 ]

喃喃：連續不斷地低聲説話的聲音 ◆ 喃喃自語。

## ⁹喪 (丧)

喪 喪 喪 喪 喪 喪　喪

〈一〉[ sāng ㄙㄤ 🔊 sɔŋ¹ 桑 ]

❶ 有關人死亡的事情 ◆ 喪事 / 喪禮 / 喪葬 / 治喪 / 奔喪。

〈二〉[ sàng ㄙㄤˋ 🔊 sɔŋ³ 桑³ ]

❷ 失去 ◆ 喪失 / 喪命 / 聞風喪膽 / 喪心病狂 / 玩物喪志。

## ⁹喳

喳 喳 喳 喳 喳 喳　喳

〈一〉[ zhā ㄓㄚ 🔊 dza¹ 渣 ]

❶ 象聲詞，形容鳥叫聲 ◆ 喜鵲叫喳喳。

〈二〉[ chā ㄔㄚ 🔊 dza¹ 渣 ]

❷ 象聲詞，形容小聲説話 ◆ 喊喊喳喳。

## ⁹喇

喇 喇 喇 喇 喇 喇　喇

〈一〉[ lǎ ㄌㄚˇ ⑧ la³ 啦³ ]

❶ 喇叭：（1）一種用嘴吹的管樂器，也叫嗩吶。（2）形狀像喇叭、有擴音作用的東西 ◆ 汽車喇叭／高音喇叭。

❀圖見 225 頁。

〈二〉[ lǎ ㄌㄚˇ ⑧ la¹ 啦 ]

❷ 喇嘛：藏、蒙佛教對僧侶的尊稱。

## ⁹喊

喊 喊 喊 喊 喊 喊　喊

[ hǎn ㄏㄢˇ ⑧ ham³ 咸³ ]

大聲呼叫 ◆ 喊叫／吶喊／呼喊／喊口號／賊喊捉賊。

## ⁹喝

喝 喝 喝 喝 喝 喝　喝

〈一〉[ hē ㄏㄜ ⑧ hɔt⁸ 渴 ]

❶ 吸食液體或稀的食物 ◆ 喝茶／喝酒／喝湯／喝粥／喝水不忘掘井人。

〈二〉[ hè ㄏㄜˋ ⑧ hɔt⁸ 渴 ]

❷ 大聲叫喊 ◆ 喝彩／吆喝／大喝一聲。

## ⁹喱

喱 喱 喱 喱 喱 喱　喱

[ lí ㄌㄧˊ ⑧ lei¹ 里¹ ]

咖喱。見“咖”字，67 頁。

## ⁹喂

喂 喂 喂 喂 喂 喂　喂

[ wèi ㄨㄟˋ ⑧ wɐi³ 畏 ]

❶ 招呼人的聲音 ◆ 喂！快過來看哪。❷ 把食物或藥物送進別人的嘴裏，同“餵”字 ◆ 喂奶／喂藥。

## ⁹單 (单)

單 單 單 單 單 單　單

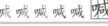

〈一〉[ dān ㄉㄢ ⑧ dan¹ 丹 ]

❶ 獨；一個 ◆ 單獨／單身／孤單／單槍匹馬／形單影隻／單絲不成線，獨木不成林。

❷ 稱一、三、五、七、九等奇數；與“雙”相對 ◆ 單號／單數／舞蹈隊每逢單週活一次。❸ 不複雜 ◆ 單純／單一／單調／簡單。

❹ 衣物等只有一層的 ◆ 單衣／被單／牀單。

❺ 薄弱的 ◆ 身體單薄／勢單力薄。❻ 只；僅 ◆ 不單是他一個人／單就待人接物的禮貌上説／辦事不能單憑熱情。❼ 記事用的紙片、票據 ◆ 菜單／名單／賬單／傳單／單據。

〈二〉[ shàn ㄕㄢˋ ⑧ sin⁶ 善 ]

❽ 姓。

〈三〉[ chán ㄔㄢˊ ⑧ sin⁴ 仙⁴/sim⁴ 蟬 (語) ]

❾ 單于：匈奴君主的稱號 ◆ 月黑雁飛高，單于夜遁逃。

## ⁹喟

喟 喟 喟 喟 喟 喟　喟

[ kuì ㄎㄨㄟˋ ⑧ wɐi² 委 ]

歎氣 ◆ 喟然長歎。

## ⁹喘

喘 喘 喘 喘 喘 喘　喘

[ chuǎn ㄔㄨㄢˇ ⑧ tsyn² 忖 ]

呼吸急促 ◆ 喘氣／喘息／氣喘吁吁。

## ⁹嚞

 “哲”的異體字，見70頁。

## ⁹唾

唾 唾 唾 唾 唾 唾　唾

[ tuò ㄊㄨㄛˋ ⑧ tɔ³ 妥 ]

❶ 口水 ◆ 唾沫／唾液。❷ 用力吐口水；吐口水，表示鄙視 ◆ 唾手可得／唾罵／唾棄。

## ⁹啾

啾 啾 啾 啾 啾 啾　啾

[ jiū ㄐㄧㄡ ⑧ dzɐu¹ 周 ]

啾啾：形容蟲、鳥細而雜的叫聲 ◆ 天陰雨濕聲啾啾。

## ⁹喬 (乔)

喬 喬 喬 喬 喬 喬　喬

[ qiáo ㄑㄧㄠˊ 粵 kiu⁴ 橋 ]

❶ 高而大 ◆ 喬木。❷ 裝扮 ◆ 喬裝打扮。

## ⁹嗖 (嗖)

嗖 嗖 嗖 嗖 嗖 嗖　嗖

[ sōu ㄙㄡ 粵 seu¹ 收 ]

形容東西迅速飛過的聲音 ◆ 忽聽嗖的一聲。

## ⁹喉

喉 喉 喉 喉 喉 喉　喉

[ hóu ㄏㄡˊ 粵 heu⁴ 侯 ]

喉頭：在頸的前部，跟氣管相連接的部分，是呼吸器官的一部分，又有發音的功能 ◆ 喉嚨／咽喉。

## ⁹喻

喻 喻 喻 喻 喻 喻　喻

[ yù ㄩˋ 粵 jy⁶ 遇 ]

❶ 明白；了解 ◆ 家喻戶曉／不言而喻。❷ 説明；使人明白 ◆ 喻之以理／喻以利害／不可理喻。❸ 比方 ◆ 比喻／暗喻。

## ⁹喚 (唤)

喚 喚 喚 喚 喚 喚　喚

[ huàn ㄏㄨㄢˋ 粵 wun⁶ 換 ]

呼喊；呼叫 ◆ 叫喚／使喚／喚醒／千呼萬喚。

## ⁹喨

喨 喨 喨 喨 喨 喨　喨

[ liàng ㄌㄧㄤˋ 粵 lœŋ⁶ 亮 ]

嘹喨。見“嘹”字，80 頁。

## ⁹喑

喑 喑 喑 喑 喑 喑　喑

[ yīn ㄧㄣ 粵 jem¹ 陰 ]

❶ 啞；不能出聲 ◆ 喑啞。❷ 沉默；不説話 ◆ 萬馬齊喑。

## ⁹啼

啼 啼 啼 啼 啼 啼　啼

[ tí ㄊㄧˊ 粵 tɐi⁴ 提 ]

❶ 哭出聲；放聲哭 ◆ 啼哭／啼飢號寒／啼笑皆非／哭哭啼啼。❷ 某些鳥獸鳴叫 ◆ 公雞喔喔啼／兩岸猿聲啼不住，輕舟已過萬重山。

## ⁹喧

喧 喧 喧 喧 喧 喧　喧

[ xuān ㄒㄩㄢ 粵 hyn¹ 圈 ]

聲音大而雜亂 ◆ 喧鬧／喧譁／喧賓奪主／鑼鼓喧天／一片喧騰。

## ⁹喀

喀 喀 喀 喀 喀 喀　喀

[ kā ㄎㄚ 粵 ka¹ 卡 ]

象聲詞 ◆ 喀嚓一聲／只聽得喀的一聲。

## ⁹善 (善)

善 善 善 善 善 善　善

[ shàn ㄕㄢˋ 粵 sin⁶ 羨 ]

❶ 品行好；仁慈；跟“惡”相對 ◆ 善良／慈善／改惡從善／善有善報，惡有惡報。❷ 良好；好的 ◆ 完善／改善／多多益善。❸ 友好；和好 ◆ 友善／和善。❹ 擅長；很會 ◆ 善於交際／能歌善舞／循循善誘／英勇善戰。❺ 容易 ◆ 善變／多愁善感。❻ 做好 ◆ 善始善終／善後工作。❼ 熟悉 ◆ 面善。❽ 好好地 ◆ 善罷甘休。

吝嗇。見"吝"字，64頁。

<sup>10</sup>嗦 嗦嗦嗦嗦嗦嗦 嗦

[ suo ·ㄙㄨㄛ 粵 sɔk⁸ 朔]

❶ 哆嗦。見"哆"字，69頁。❷ 囉嗦。
見"囉"字，83頁。

<sup>9</sup>喔 喔喔喔喔喔喔 喔

〈一〉[ wō ㄨㄛ 粵 ɐk⁷/ŋɐŋ⁷ 握]

❶ 形容公雞叫 ◆ 公雞喔喔啼。

〈二〉[ ō ㄛ 粵 ɔ¹ 柯]

❷ 歎詞，表示了解 ◆ 喔！原來是這樣。

<sup>9</sup>哟<sup>(哟)</sup> 哟哟哟哟哟哟 哟

〈一〉[ yō |ㄛ 粵 jɔ¹ 唷]

❶ 歎詞，表示驚訝或懷疑 ◆ 哟！長得真
漂亮 / 哟，他也會開汽車？

〈二〉[ yo ·|ㄛ 粵 jɔ¹ 唷]

❷ 用在句末，表示希望的語氣 ◆ 快來哟！

<sup>10</sup>嗎<sup>(吗)</sup> 嗎嗎嗎嗎嗎嗎 嗎

〈一〉[ ma ·ㄇㄚ 粵 ma¹ 媽/ma³ 嘛]

❶ 用在句末表示疑問的語氣詞 ◆ 身體好
嗎？ / 暑假外出旅遊嗎？

〈二〉[ mǎ ㄇㄚˇ 粵 ma¹ 媽]

❷ 嗎啡：一種麻醉藥品，有毒，能止痛。

<sup>10</sup>嗜 嗜嗜嗜嗜嗜嗜 嗜

[ shì ㄕˋ 粵 si³ 試]

特別愛好 ◆ 嗜好 / 嗜酒。

<sup>10</sup>嗇<sup>(啬)</sup> 嗇嗇嗇嗇嗇嗇 嗇

[ sè ㄙㄜˋ 粵 sik⁷ 色]

<sup>10</sup>嗒<sup>(嗒)</sup> 嗒嗒嗒嗒嗒嗒 嗒

[ dā ㄉㄚ 粵 dap⁸ 答]

象聲詞 ◆ 嗒嗒的馬蹄聲 / 機槍嗒嗒地響
着。

<sup>10</sup>嗣 嗣嗣嗣嗣嗣嗣 嗣

[ sì ㄙˋ 粵 dzi⁶ 自]

❶ 繼承；接續 ◆ 嗣位。❷ 子孫 ◆ 子嗣 /
後嗣。

<sup>10</sup>嗯 嗯嗯嗯嗯嗯嗯 嗯

〈一〉[ ǹg ㄥˋ 粵 ŋ⁶ 誤]

❶ 表示答應 ◆ 嗯，我就來。

〈二〉[ ńg ㄥˊ 粵 ŋ² 誤²]

❷ 表示疑問 ◆ 嗯，你説甚麼？

〈三〉[ ňg ㄥˇ 粵 ŋ² 誤²]

❸ 表示出乎意外或不以為然 ◆ 嗯，居然
會有這樣的事發生！/ 嗯，你怎麼還不上
學去？

<sup>10</sup>嗤 嗤嗤嗤嗤嗤嗤 嗤

[ chī ㄔ 粵 tsi¹ 雌]

譏笑 ◆ 嗤笑 / 嗤之以鼻。

<sup>10</sup>嗅 嗅嗅嗅嗅嗅嗅 嗅

[ xiù ㄒ|ㄡˋ 粵 tsɐu³ 臭/huŋ³ 控]

用鼻子辨別氣味；聞 ◆ 嗅覺靈敏。

## ¹⁰嗥

嗥 嗥 嗥 嗥 嗥　嗥

[ háo ㄏㄠˊ ⓹hou⁴ 豪]
野獸吼叫 ◆ 獅吼狼嗥。

## ¹⁰嗚 ⁽呜⁾

嗚 嗚 嗚 嗚 嗚 嗚　嗚

[ wū ㄨ ⓹wu¹ 烏]
象聲詞 ◆ 火車嗚嗚叫 / 孩子嗚嗚地哭個不停。

## ¹⁰嗆 ⁽呛⁾

嗆 嗆 嗆 嗆 嗆 嗆　嗆

〈一〉[ qiāng ㄑㄧㄤ ⓹tsœŋ¹ 昌]
❶ 水或食物不小心進入氣管而引起咳嗽 ◆ 給水嗆了 / 吃飯吃嗆了。
〈二〉[ qiàng ㄑㄧㄤˋ ⓹tsœŋ³ 唱]
❷ 有刺激性的氣體使呼吸器官感到難受 ◆ 油煙嗆人 / 辣椒嗆得叫人流眼淚。

## ¹⁰嗡

嗡 嗡 嗡 嗡 嗡 嗡　嗡

[ wēng ㄨㄥ ⓹juŋ¹ 翁]
嗡嗡：形容蜜蜂、飛機等飛行時的聲音。

## ¹⁰嗓

嗓 嗓 嗓 嗓 嗓 嗓　嗓

[ sǎng ㄙㄤˇ ⓹sɔŋ² 爽]
❶ 喉嚨 ◆ 嗓子疼。❷ 聲帶發出的聲音 ◆ 嗓音 / 尖嗓子 / 金嗓子。

## ¹¹嘖 ⁽啧⁾

嘖 嘖 嘖 嘖 嘖 嘖　嘖

[ zé ㄗㄜˊ ⓹dzak⁸ 責/dzak⁹ 宅]
嘖嘖：形容說話聲 ◆ 嘖嘖稱羨。

## ¹¹嘉

嘉 嘉 嘉 嘉 嘉 嘉　嘉

[ jiā ㄐㄧㄚ ⓹ga¹ 加]
❶ 美好的 ◆ 嘉賓 / 嘉言。❷ 表揚；讚許 ◆ 嘉獎 / 嘉勉 / 精神可嘉。

## ¹¹嘟

嘟 嘟 嘟 嘟 嘟 嘟　嘟

[ dū ㄉㄨ ⓹dou¹ 都]
象聲詞 ◆ 遠方傳來"嘟嘟"的汽笛聲 / 喇叭嘟嘟地吹了起來。

## ¹¹嘆

同"歎"字，見231頁。

## ¹¹嗷

嗷 嗷 嗷 嗷 嗷 嗷　嗷

[ áo ㄠˊ ⓹ŋou⁴ 熬]
嗷嗷：形容哀號的聲音 ◆ 嗷嗷待哺。

## ¹¹嘈

嘈 嘈 嘈 嘈 嘈 嘈　嘈

[ cáo ㄘㄠˊ ⓹tsou⁴ 曹]
聲音雜亂 ◆ 人聲嘈雜。

## ¹¹嗽

嗽 嗽 嗽 嗽 嗽 嗽　嗽

[ sòu ㄙㄡˋ ⓹seu³ 秀]
咳嗽。見"咳"字，69頁。

## ¹¹嘔 ⁽呕⁾

嘔 嘔 嘔 嘔 嘔 嘔　嘔

[ ǒu ㄡˇ ⓹eu²/ŋeu² 歐²]
吐 ◆ 嘔吐 / 嘔心瀝血。

## ¹¹嘁

嘁 嘁 嘁 嘁 嘁 嘁　嘁

[ qī ㄑㄧ ⓹tsi¹ 雌]
形容細碎的說話聲 ◆ 嘁嘁喳喳。

焦點易錯字　歎｜嘆　讚歎　感歎　嘆息　哀嘆　　嗽｜漱　咳嗽　漱口

## ¹¹嘎

嘎 嘎 嘎 嘎 嘎 嘎 **嘎**

[gā ㄍㄚ (粵)git⁸ 結]

形容聲音短促而響亮 ◆ 嘎巴一聲 / 嘎吱一響。

## ¹¹嗬 ⁽嗬⁾

嗬 嗬 嗬 嗬 嗬 嗬 **嗬**

[hē ㄏㄜ (粵)hɔ¹ 苛]

歎詞,表示驚歎 ◆ 嗬,真了不起!

## ¹¹嘗 ⁽尝⁾

嘗 嘗 嘗 嘗 嘗 嘗 **嘗**

[cháng ㄔㄤ (粵)sœŋ⁴ 常]

❶ 辨別滋味 ◆ 嘗新 / 品嘗 / 嘗嘗味道 / 臥薪嘗膽。❷ 經歷;感受 ◆ 備嘗艱辛。❸ 試 ◆ 嘗試。❹ 曾經 ◆ 未嘗 / 何嘗。

## ¹¹嘍 ⁽喽⁾

嘍 嘍 嘍 嘍 嘍 嘍 **嘍**

〈一〉[lou ·ㄌㄡ (粵)lɐu¹ 留¹]

❶ 表示語氣,相當於"啦" ◆ 好嘍 / 走嘍。

〈二〉[lóu ㄌㄡ (粵)lɐu⁴ 留]

❷ 嘍囉:強盜的部下;比喻幫兇、爪牙。

## ¹¹嘣

嘣 嘣 嘣 嘣 嘣 嘣 **嘣**

[bēng ㄅㄥ (粵)bɐŋ¹ 崩]

形容心跳或東西爆裂的聲音 ◆ 心嘣嘣直跳 / 只聽嘣的一聲,琴弦斷了。

## ¹¹鳴

見鳥部,504頁。

## ¹¹嘛

嘛 嘛 嘛 嘛 嘛 嘛 **嘛**

〈一〉[ma ·ㄇㄚ (粵)ma³ 媽³]

❶ 助詞,表示道理明顯,應該如此 ◆ 不會就學嘛 / 有意見就提嘛。

〈二〉[ma ·ㄇㄚ (粵)ma⁴ 麻]

❷ 喇嘛。見"喇"字,75頁。

## ¹¹嘀

嘀 嘀 嘀 嘀 嘀 嘀 **嘀**

〈一〉[dí ㄉㄧˊ (粵)dik⁹ 敵]

❶ 嘀咕:小聲説話 ◆ 你們在嘀咕些甚麼?

〈二〉[dī ㄉㄧ (粵)dik⁹ 敵]

❷ 嘀嗒:形容鐘錶或水滴落下的聲音。

## ¹²嘻

嘻 嘻 嘻 嘻 嘻 嘻 **嘻**

[xī ㄒㄧ (粵)hei¹ 希]

歡笑的樣子 ◆ 笑嘻嘻 / 嘻皮笑臉。

## ¹²噴 ⁽喷⁾

噴 噴 噴 噴 噴 噴 **噴**

〈一〉[pēn ㄆㄣ (粵)pɐn³ 貧³]

❶ 受到壓力而散射出 ◆ 噴射 / 噴泉 / 噴霧器 / 火山噴發 / 血口噴人。

〈二〉[pèn ㄆㄣˋ (粵)pɐn³ 貧³]

❷ 香味濃厚撲鼻 ◆ 噴香撲鼻 / 香噴噴。

## ¹²噎

噎 噎 噎 噎 噎 噎 **噎**

[yē ㄧㄝ (粵)jit⁸ 熱⁸]

食物堵住喉嚨 ◆ 因噎廢食 / 吃飯防噎。

## ¹²噁 ⁽恶⁾

噁 噁 噁 噁 噁 噁 **噁**

[ě ㄜˇ (粵)wu³ 胡³]

噁心:(1)難受、要嘔吐的感覺 ◆ 有點噁心。(2)令人厭惡 ◆ 此人真叫人噁心。

## ¹²嘶

嘶 嘶 嘶 嘶 嘶 嘶 **嘶**

[sī ㄙ (粵)sɐi¹ 西]

❶ 馬叫 ◆ 人喊馬嘶。❷ 聲音沙啞 ◆ 嘶啞 / 聲嘶力竭。

## <sup>12</sup>嘲

嘲 嘲 嘲 嘲 嘲 嘲

[ cháo ㄔㄠˊ ⑧dzau<sup>1</sup> 爪<sup>1</sup> ]

譏笑；諷刺 ◆ 嘲笑 / 嘲弄 / 嘲謔 / 冷嘲熱諷。

## <sup>12</sup>嘹

嘹 嘹 嘹 嘹 嘹 嘹

[ liáo ㄌㄧㄠˊ ⑧liu<sup>4</sup> 聊 ]

嘹喨：聲音響亮。也作"嘹亮" ◆ 歌聲嘹喨。

## <sup>12</sup>嘩(哗)

嘩 嘩 嘩 嘩 嘩 嘩

〈一〉[ huā ㄏㄨㄚ ⑧wa<sup>1</sup> 娃 ]

❶ 象聲詞 ◆ 嘩啦一聲 / 水嘩嘩流。

〈二〉[ huá ㄏㄨㄚˊ ⑧wa<sup>1</sup> 娃 ]

❷ 同"譁"字，見 420 頁。

## <sup>12</sup>噗

噗 噗 噗 噗 噗

[ pū ㄆㄨ ⑧pɔk<sup>8</sup> 撲 ]

象聲詞 ◆ 噗哧一笑 / 水噗噗地往外冒。

## <sup>12</sup>噓(嘘)

噓 噓 噓 噓 噓 噓

[ xū ㄒㄩ ⑧hœy<sup>1</sup> 虛 ]

❶ 慢慢地吐氣 ◆ 噓氣。 ❷ 歎氣 ◆ 長噓短歎。

## <sup>12</sup>器

"器"的異體字，見 81 頁。

## <sup>12</sup>嘿

嘿 嘿 嘿 嘿 嘿 嘿

[ hēi ㄏㄟ ⑧hei<sup>1</sup> 希 ]

❶ 歎詞，表示讚歎、驚異或招呼等 ◆ 嘿，力氣真不小 / 嘿，還不快跑！ ❷ 象聲詞，形容笑聲 ◆ 只見他站在一邊嘿嘿地傻笑。

## <sup>12</sup>嗶

"嗶"的異體字，見 78 頁。

## <sup>12</sup>嘮(唠)

嘮 嘮 嘮 嘮 嘮 嘮

[ láo ㄌㄠˊ ⑧lou<sup>4</sup> 勞 ]

嘮叨：説起話來囉囉嗦嗦，沒完沒了 ◆ 嘮嘮叨叨 / 在這裏嘮叨了半天。

## <sup>12</sup>嘰(叽)

嘰 嘰 嘰 嘰 嘰 嘰

[ jī ㄐㄧ ⑧gei<sup>1</sup> 機 ]

象聲詞 ◆ 嘰咕 / 鳥兒嘰嘰地叫。

## <sup>13</sup>噩

噩 噩 噩 噩 噩 噩

[ è ㄜˋ ⑧ŋɔk<sup>9</sup> 岳 ]

兇惡可怕的；驚恐的 ◆ 噩夢 / 噩耗傳來。

## <sup>13</sup>噤

噤 噤 噤 噤 噤 噤

[ jìn ㄐㄧㄣˋ ⑧gɐm<sup>3</sup> 禁 ]

❶ 閉上嘴，不做聲 ◆ 噤聲 / 噤若寒蟬。 ❷ 因寒冷而身體哆嗦 ◆ 打了個寒噤。

## <sup>13</sup>噸(吨)

噸 噸 噸 噸 噸 噸

[ dūn ㄉㄨㄣ ⑧dœn<sup>1</sup> 敦 ]

重量單位，有公噸、英噸、美噸的分別。一公噸合 1000 公斤，一英噸合 1016 公斤，一美噸合 907.2 公斤。

## <sup>13</sup>嘴

嘴 嘴 嘴 嘴 嘴 嘴

[ zuǐ ㄗㄨㄟˇ ⑧dzœy<sup>2</sup> 咀 ]

❶ 口；人和動物吃東西、説話的器官 ◆ 嘴巴 / 嘴脣 / 閉嘴 / 張嘴。 ❷ 説話 ◆ 頂嘴 / 插嘴 / 笨嘴笨舌 / 油嘴滑舌。 ❸ 形狀或作用像嘴的東西 ◆ 煙嘴 / 壺嘴。

**¹³噹** 噹 噹 噹 噹 噹 噹 **噹**

[ dāng ㄉㄤ ⑧ dɔŋ¹ 當 ]

象聲詞，形容金屬器物撞擊的響聲 ◆ 叮叮
噹噹 / 噹噹的鐘聲敲響了。

**¹³噥** ⁽噥⁾ 噥 噥 噥 噥 噥 噥 **噥**

[ nóng ㄋㄨㄥˊ ⑧ nuŋ⁴ 農 ]

噥噥：小聲說話 ◆ 唧唧噥噥 / 嘟嘟噥噥。

**¹³器** 器 器 器 器 器 器 **器**

[ qì ㄑㄧˋ ⑧ hei³ 氣 ]

❶ 用具 ◆ 器具 / 瓷器 / 樂器 / 武器 / 玉
不琢，不成器 / 工欲善其事，必先利其器。
❷ 生物體中具有某種生理機能的部分；器
官 ◆ 消化器 / 呼吸器 / 生殖器。❸ 指人
的氣度、才幹 ◆ 器度不凡 / 器宇軒昂 / 大
器晚成。❹ 看重；看得起 ◆ 器重。

**¹³噪** 噪 噪 噪 噪 噪 噪 **噪**

[ zào ㄗㄠˋ ⑧ tsou³ 燥 ]

❶ 蟲、鳥亂叫 ◆ 蟬噪 / 鵲噪 / 羣鴉亂噪。
❷ 亂喊亂叫 ◆ 聲音嘈雜 ◆ 聒噪 / 鼓噪 / 噪
聲污染。

**¹³噬** 噬 噬 噬 噬 噬 噬 **噬**

[ shì ㄕˋ ⑧ sei⁶ 誓 ]

咬；吃 ◆ 吞噬 / 反噬。

**¹³噢** 噢 噢 噢 噢 噢 噢 **噢**

[ ō ㄛ ⑧ ɔ¹ 柯 ]

歎詞，表示答應或明白 ◆ 噢，我來幫你 /
噢，我知道了。

**¹³噙** 噙 噙 噙 噙 噙 噙 **噙**

[ qín ㄑㄧㄣˊ ⑧ kɐm⁴ 禽 ]

含 ◆ 兩眼噙着淚水。

**¹³嗳** ⁽嗳⁾ 嗳 嗳 嗳 嗳 嗳 嗳 **嗳**

〈一〉[ āi ㄞ ⑧ ai¹ 唉 ]

❶ 同“哎”。歎詞，表示驚訝、不滿或提
醒等 ◆ 嗳，他怎麼也來了？/ 嗳，上課時
不要隨便講話。

〈二〉[ ǎi ㄞˇ ⑧ ɔi² 藹 ]

❷ 同“哎”。歎詞，表示不滿或不同意 ◆
嗳，你怎麼可以這樣說呢？/ 嗳，別這樣
說。

〈三〉[ ài ㄞˋ ⑧ ɔi² 藹 ]

❸ 同“哎”。歎詞，表示懊惱、惋惜 ◆ 嗳，
早做準備就好了 / 嗳，他的遭遇太悲慘了。
❹ 同“哎”。歎詞，表示答應或同意 ◆ 嗳，
我去打電話請他來 / 嗳，就讓他去吧。

**¹³嘯** ⁽嘯⁾ 嘯 嘯 嘯 嘯 嘯 嘯 **嘯**

[ xiào ㄒㄧㄠˋ ⑧ siu³ 笑 ]

發出長而高的聲音；拉長聲音高聲尖叫 ◆
北風呼嘯 / 仰天長嘯 / 虎嘯猿啼。

**¹⁴嚔** 嚔 嚔 嚔 嚔 嚔 嚔 **嚔**

[ tì ㄊㄧˋ ⑧ dɐi³ 帝/tɐi³ 替（語） ]

噴嚔：由於鼻腔受到刺激而猛然噴出氣來，
並發出聲音的生理現象。也作“嚔噴” ◆ 打
噴嚔。

**¹⁴嚇** ⁽吓⁾ 嚇 嚇 嚇 嚇 嚇 嚇 **嚇**

〈一〉[ xià ㄒㄧㄚˋ ⑧ hak⁸ 客 ]

❶ 害怕；受驚；使害怕 ◆ 嚇唬人／嚇了一跳／你別嚇人／把人嚇死了／嚇得渾身打顫。
〈二〉[ hè ㄏㄜˋ ⑧ hak⁸ 客]
❷ 威脅 ◆ 恐嚇信。❸ 歎詞，表示不滿或驚訝 ◆ 嚇，怎麼能這樣呢？／嚇，真了不起！

## ¹⁴嚐
同"嘗"字，見79頁。

## ¹⁴襄
見衣部，407頁。

## ¹⁴嚎
[ háo ㄏㄠˊ ⑧ hou⁴ 毫]
大聲哭；大聲叫 ◆ 嚎啕大哭／大聲嚎叫／啼飢嚎寒／鬼哭狼嚎。

## ¹⁴嚀(咛)
[ níng ㄋㄧㄥˊ ⑧ niŋ⁴ 寧]
叮嚀。見"叮"字，59頁。

## ¹⁴嚓
[ cā ㄘㄚ ⑧ tsat⁸ 擦]
象聲詞 ◆ 嚓地一聲，火柴劃着了。

## ¹⁵嚕(噜)
[ lū ㄌㄨ ⑧ lou¹ 撈¹]
嚕囌。也作"囉唆"：（1）語言繁瑣 ◆ 説話太嚕囌／嚕嚕囌囌説個沒完。（2）事情瑣碎、麻煩 ◆ 手續太嚕囌／這件事真嚕囌。

## ¹⁵嚮(向)
[ xiàng ㄒㄧㄤˋ ⑧ hœŋ³ 向]
❶ 同"向"字。朝着；面對着；跟"背"相對

◆ 嚮陽／嚮往／相嚮而行。❷ 引導 ◆ 嚮導。❸ 接近；將近 ◆ 嚮晚／嚮曉雨止。

## ¹⁶嚥(咽)
[ yàn ㄧㄢˋ ⑧ jin³ 宴]
吞下 ◆ 狼吞虎嚥／嚥不下這口氣／難以下嚥／細嚼慢嚥。

## ¹⁶嚨(咙)
[ lóng ㄌㄨㄥˊ ⑧ luŋ⁴ 龍]
喉嚨。見"喉"字，76頁。

## ¹⁷嚴(严)
[ yán ㄧㄢˊ ⑧ jim⁴ 炎]
❶ 緊密沒縫隙 ◆ 嚴密封鎖／把瓶口封嚴／窗戶關得嚴嚴實實。❷ 認真；要求高，不放鬆；跟"寬"相對 ◆ 嚴格／嚴屬／嚴守祕密／嚴加管束／紀律很嚴。❸ 莊重 ◆ 莊嚴／嚴肅／威嚴／嚴正聲明。❹ 厲害的；程度深的 ◆ 嚴重／嚴酷／嚴峻／嚴寒／嚴刑拷打。❺ 對別人稱自己的父親 ◆ 家嚴。

## ¹⁷嚼
〈一〉[ jiáo ㄐㄧㄠˊ ⑧ dzœk⁹ 着/dziu⁶ 趙]
❶ 用牙齒咬碎食物 ◆ 嚼不碎／細嚼慢嚥／咬文嚼字。
〈二〉[ jué ㄐㄩㄝˊ ⑧ dzœk⁹ 着/dziu⁶ 趙]
❷ 意思同❶，多用於書面語詞，如"咀嚼"。
〈三〉[ jiào ㄐㄧㄠˋ ⑧ dzœk⁹ 着/dziu⁶ 趙]
❸ 倒嚼：即牛羊等動物把嚥下去的食物再反回到嘴裏細細咀嚼，然後再嚥下去，也叫"反芻"。

## <sup>17</sup>嚷

嚷 嚷 嚷 嚷 嚷 嚷

〈一〉[ rǎng 日尢ˇ ⑧ jœŋ<sup>6</sup> 讓 ]
❶ 大聲喊叫；吵鬧 ◆ 叫嚷 / 大叫大嚷 /
他們在嚷些甚麼 / 別嚷了，煩死人了。
〈二〉[ rāng 日尢 ⑧ jœŋ<sup>6</sup> 讓 ]
❷ 嚷嚷：吵鬧 ◆ 別嚷嚷了。

## <sup>18</sup>囂 <sup>(嚣)</sup>

囂 囂 囂 囂 囂 囂

[ xiāo ㄒ丨ㄠ ⑧ hiu<sup>1</sup> 僥 ]
❶ 大聲喧鬧 ◆ 叫囂 / 喧囂。❷ 放肆；毫
無顧忌 ◆ 囂張。

## <sup>19</sup>囊

囊 囊 囊 囊 囊 囊

[ náng ㄋ尢ˊ ⑧ nɔŋ<sup>4</sup> 瓤 ]
❶ 口袋 ◆ 囊中物 / 囊空如洗 / 探囊取物 /
錦囊妙計 / 慷慨解囊。❷ 像口袋的東西 ◆
膽囊。

## <sup>19</sup>囉 <sup>(罗)</sup>

囉 囉 囉 囉 囉 囉

[ luō ㄌㄨㄛ ⑧ lɔ<sup>4</sup> 羅 ]
囉嗦。也作"囉嚛"、"嚕嚛"、"囉嗦"：
（1）語言瑣碎、不簡煉 ◆ 說話囉嗦 / 囉囉
嗦嗦說個沒完 / 寫文章要把囉嗦的話刪掉。
（2）事情瑣碎、麻煩 ◆ 這件事很囉嗦 / 手
續太囉嗦。

## <sup>20</sup>嚛 <sup>(苏)</sup>

嚛 嚛 嚛 嚛 嚛 嚛

[ sū ㄙㄨ ⑧ sou<sup>1</sup> 穌 ]
囉嚛。見"囉"字，本頁。

## <sup>21</sup>囑 <sup>(嘱)</sup>

囑 囑 囑 囑 囑 囑

[ zhǔ ㄓㄨˇ ⑧ dzuk<sup>7</sup> 足 ]

吩咐；託付 ◆ 叮囑 / 囑託 / 遺囑 / 或遵醫
囑 / 千叮嚀萬囑咐。

## <sup>22</sup>囔

囔 囔 囔 囔 囔 囔

[ nāng ㄋ尢 ⑧ nɔŋ<sup>4</sup> 囊 ]
嘟囔、嘟嘟囔囔：形容自言自語、嘮嘮叨
叨的樣子。

口 部

## <sup>2</sup>四

四 四 四 四

[ sì ㄙˋ ⑧ sei<sup>3</sup> 死<sup>3</sup> ]
數目字，二加二的得數。大寫作"肆" ◆ 四
肢 / 一年四季 / 四海之內皆兄弟。

## <sup>2</sup>囚

囚 囚 囚 囚

[ qiú ㄑ丨ㄡˊ ⑧ tsɐu<sup>4</sup> 酬 ]
❶ 拘禁；關押 ◆ 囚禁 / 囚車 / 囚籠 / 囚牢。
❷ 被拘禁、被關押的人 ◆ 囚犯 / 死囚 / 階
下囚。
☞ 見古文字插頁 12。

## <sup>3</sup>因

因 因 因 因 因

[ yīn 丨ㄣ ⑧ jɐn<sup>1</sup> 恩 ]
❶ 緣故；原因 ◆ 病因 / 起因 / 因果關係 /
前因後果。❷ 由於；因為 ◆ 因此 / 因小失
大 / 因噎廢食 / 因病請假。❸ 依據；根據

◆ 因地制宜 / 因勢利導 / 因材施教 / 因人而異。❹ 沿襲 ◆ 因襲 / 因循守舊 / 陳陳相因。

³
**回**　　回 回 回 回 回　回

[ huí ㄏㄨㄟˊ ⑧ wui⁴ 徊 ]

❶ 返；歸來 ◆ 回家 / 回國探親 / 妙手回春 / 起死回生 / 少小離家老大回，鄉音無改鬢毛衰。❷ 答覆 ◆ 回答 / 回信 / 回話 / 回訪。❸ 掉轉 ◆ 回過頭來 / 回顧往事 / 回心轉意 / 回頭是岸。❹ 舊小説一個章節叫 "一回" ◆ 章回小説 /《水滸傳》七十回本 / 且聽下回分解。❺ 量詞 ◆ 不是一回事 / 去過三回 / 此曲只應天上有，人間能得幾回聞。❻ 中國少數民族回族的簡稱 ◆ 回民。❼ "迴" 的簡化字，見 445 頁。

⁴
**困**　　困 困 困 困 困 困　困

[ kùn ㄎㄨㄣˋ ⑧ kwɐn³ 窘³ ]

❶ 窮苦；艱難 ◆ 貧困 / 窮困 / 困難 / 陷入困境 / 內外交困。❷ 包圍；陷入 ◆ 圍困 / 困獸猶鬥 / 把敵人困在孤島上。❸ 疲乏 ◆ 困乏 / 困倦 / 人困馬乏。❹ "睏" 的簡化字，見 306 頁。

⁴
**囤**　　囤 囤 囤 囤 囤 囤　囤

〈一〉[ dùn ㄉㄨㄣˋ ⑧ tœn⁵ 盾 ]

❶ 儲存糧食的器物 ◆ 米囤 / 糧囤。

〈二〉[ tún ㄊㄨㄣˊ ⑧ tyn⁴ 團 ]

❷ 儲存東西 ◆ 囤貨 / 囤積居奇。

⁴
**囫**　　囫 囫 囫 囫 囫 囫　囫

[ hú ㄏㄨˊ ⑧ wɐt⁹ 屈⁹ ]

囫圇：整個兒 ◆ 囫圇吞棗。

⁴
**囱**　　囱 囱 囱 囱 囱 囱　囱

[ cōng ㄘㄨㄥ ⑧ tsuŋ¹ 充 ]

煙囱：爐灶出煙的通道。

⁵
**固**　　固 固 固 固 固 固　固

[ gù ㄍㄨˋ ⑧ gu³ 故 ]

❶ 堅實；不容易壞 ◆ 堅固 / 牢固 / 穩固 / 根深蒂固。❷ 堅硬；不流動 ◆ 固體 / 凝固 / 固定。❸ 堅持；極力地 ◆ 固守陣地 / 固執己見 / 頑固不化。❹ 原來；本來 ◆ 固有的民間習俗。

⁷
**圃**　　圃 圃 圃 圃 圃 圃　圃

[ pǔ ㄆㄨˇ ⑧ bou² 保/pou² 普（語）]

種植花草、蔬菜、樹苗的園子 ◆ 花圃 / 苗圃。

⁸
**國**（国）　　國 國 國 國 國 國　國

[ guó ㄍㄨㄛˊ ⑧ gwɔk⁸ 郭 ]

❶ 國家 ◆ 國內 / 祖國 / 盡忠報國 / 國泰民安。❷ 國家的；本國的 ◆ 國旗 / 國寶 / 國貨 / 國產電腦 / 國民教育 / 捐軀赴國難，視死忽如歸。❸ 特指傑出的、為國人所推崇的人 ◆ 國手 / 國色天香。

⁸
**圇**（囵）　　圇 圇 圇 圇 圇 圇　圇

[ lún ㄌㄨㄣˊ ⑧ lœn⁴ 倫 ]

囫圇。見 "囫" 字，本頁。

⁸
**圈**　　圈 圈 圈 圈 圈 圈　圈

〈一〉[ quān ㄑㄩㄢ ⑧ hyn¹ 喧 ]

❶ 圓形；圓形的東西 ◆ 圓圈 / 花圈 / 救生

圈 / 繞圈跑 / 畫了一個圈。❷ **畫圈作記號**
◆ 圈閱 / 圈點。❸ **圍住** ◆ 圈地 / 圈出一
個場地來表演。❹ **一定的地區範圍** ◆ 北
極圈 / 伏擊圈 / 包圍圈 / 演藝圈。
〈二〉[ juàn ㄐㄩㄢˋ ⑧ gyn⁶ 倦 ]
❺ **關養牲畜的棚欄** ◆ 豬圈 / 羊圈。
〈三〉[ juān ㄐㄩㄢ ⑧ hyn¹ 喧 ]
❻ **用棚欄把牲畜、家禽關起來** ◆ 把鴨子
圈起來。

---

**⁹圍**（围）　圍圍圍圍圍圍　圍

[ wéi ㄨㄟˊ ⑧ wei⁴ 惟 ]
❶ **環繞；四面攔起來** ◆ 圍攻 / 圍困 / 包
圍 / 圍繞 / 團團圍住。❷ **四周** ◆ 周圍 /
外圍 / 範圍。

---

**¹⁰園**（园）　園園園園園園　園

[ yuán ㄩㄢˊ ⑧ jyn⁴ 元 ]
❶ **種有花草林木、果蔬菜的地方** ◆ 花
園 / 果園 / 菜園 / 校園。❷ **供人遊覽休閒
的地方** ◆ 公園 / 植物園 / 兒童樂園 / 蘇州
園林。

---

**¹⁰圓**（圆）　圓圓圓圓圓圓　圓

[ yuán ㄩㄢˊ ⑧ jyn⁴ 元 ]
❶ **從中心到周圍距離相等的圖形** ◆ 圓圈 /
圓規 / 圓周率 / 圓圓的大皮球。❷ **完滿；
周到；使周全** ◆ 圓滿 / 大團圓 / 自圓其説。
❸ **貨幣單位，十角為一圓。也寫作"元"。**

---

**¹¹團**（团）　團團團團團團　團

[ tuán ㄊㄨㄢˊ ⑧ tyn⁴ 屯 ]
❶ **圓形或球形的東西** ◆ 團扇 / 甲魚又叫團
魚。❷ **會聚在一起** ◆ 團聚 / 團圓 / 春節

團拜 / 團結就是力量。❸ **因工作或活動而
組織起來的集體** ◆ 團體 / 參觀團 / 旅行團 /
智囊團。❹ **軍隊的一級編制單位，在師（或
旅）以下，營以上** ◆ 上校團副。❺ **量詞，
用於成團的東西** ◆ 一團絨線。❻ **"糰"的簡
化字，見 338 頁。**

---

**¹¹圖**（图）　圖圖圖圖圖圖　圖

[ tú ㄊㄨˊ ⑧ tou⁴ 徒 ]
❶ **用線條、色彩等畫出來的形象** ◆ 圖畫 /
圖片 / 地圖 / 看圖識字 / 插圖精美。❷ **謀
劃；打算** ◆ 圖謀 / 企圖 / 意圖 / 宏圖大志。
❸ **謀取；希望得到** ◆ 不圖名利 / 貪圖安逸 /
唯利是圖。

---

土 部

---

**⁰土**　　　　　　土 土　土

[ tǔ ㄊㄨˇ ⑧ tou² 討 ]
❶ **地面上泥、沙等的混合物** ◆ 土壤 / 泥土 /
黃土高原 / 塵土飛揚 / 揮金如土。❷ **土地；**

地域 ◆ 國土 / 領土 / 寸土必爭 / 安土重遷。❸ 本地的；民間的 ◆ 土生土長 / 土特產 / 方言土語 / 土風舞。❹ 不合潮流的 ◆ 土氣 / 土頭土腦 / 這身打扮真土。

☙ 見古文字插頁 1。

³
# 圭
圭 圭 圭 圭 圭　**圭**

[ guī 《ㄨㄟ ⑧ gwai¹ 歸 ]
❶ 古代貴族在舉行典禮時拿的一種長條形玉器。❷ 古代測日影定時間的一種儀器 ◆ 圭表。

³
# 寺
見寸部，117 頁。

³
# 吐
見口部，61 頁。

³
# 在
在 在 在 在 在　**在**

[ zài ㄗㄞˋ ⑧ dzoi⁶ 再⁶ ]
❶ 存在；生存 ◆ 健在 / 精神永在 / 留得青山在，不怕沒柴燒 / 國破山河在，城春草木深。❷ 表示動作行為正進行中；正在 ◆ 他們在踢球 / 老師在給學生講故事。❸ 介詞，表示動作的時間、地點或範圍等 ◆ 在早晨跑步 / 在學校打乒乓球 / 在全國各地巡迴演出。❹ 事情的關鍵、本質、要點；在於；決定於 ◆ 事在人為 / 醉翁之意不在酒 / 學習貴在堅持。❺ 居於；處於 ◆ 在職 / 高高在上 / 不在其位，不謀其政 / 不識廬山真面目，只緣身在此山中。

³
# 圳
圳 圳 圳 圳 圳　**圳**

[ zhèn ㄓㄣˋ ⑧ dzen³ 振 ]
地名用字，如深圳，在廣東省。

³
# 地
地 地 地 地 地　**地**

⟨一⟩ [ dì ㄉㄧˋ ⑧ dei⁶ ]
❶ 人類生活的地球 ◆ 天地 / 地質 / 地震 / 地殼 / 地平線。❷ 田地；土地 ◆ 種地 / 耕地 / 地大物博 / 開墾荒地 / 地裏莊稼長得好。❸ 地點；區域 ◆ 地方 / 產地 / 本地 / 目的地 / 英雄無用武之地。❹ 所處的位置或環境 ◆ 地位 / 境地 / 設身處地。❺ 心理活動的領域 ◆ 有見地 / 心地善良。❻ 底子 ◆ 白地紅字。❼ 質量；品質 ◆ 質地精良。❽ 指路程 ◆ 離這裏大約有二十多里地。

⟨二⟩ [ de ·ㄉㄜ ⑧ dei⁶ ]
用在動詞、形容詞的修飾語後面，表示修飾關係 ◆ 慢慢地說 / 高高興興地走了 / 天氣漸漸地涼了。

³
# 至
見至部，369 頁。

⁴
# 址
址 址 址 址 址　**址**

[ zhǐ ㄓˇ ⑧ dzi² 止 ]
地點 ◆ 住址 / 通信地址 / 移至新址辦公。

⁴
# 牡
見牛部，275 頁。

⁴
# 坐
坐 坐 坐 坐 坐　**坐**

[ zuò ㄗㄨㄛˋ ⑧ dzo⁶ 助 /tso⁵ 楚⁵ ]
❶ 坐在椅子上的“坐”；跟“立”相對 ◆ 坐下 / 坐立不安 / 坐井觀天 / 坐在草地上。❷ 乘；搭 ◆ 坐車 / 坐船 / 坐飛機。❸ 位置所在 ◆ 坐北朝南 / 坐落在上海外灘。❹ 不勞動；不採取行動 ◆ 坐吃山空 / 坐享其成 / 坐以待斃。❺ 子彈射出時，槍炮會出現一種向後或向下的壓力 ◆ 後坐力。❻

定罪 ◆ 反坐入獄 / 連坐入罪。

⁴坎　坎坎坎坎坎坎　坎

[ kǎn ㄎㄢˇ ⑧ hɐm² 砍 ]

❶ 地面上凹陷的地方 ◆ 溝溝坎坎。❷ 坎坷：道路高低不平；比喻不順利、不得志 ◆ 一生坎坷 / 這條路坎坷不平。

⁴均　均均均均均均　均

[ jūn ㄐㄩㄣ ⑧ gwɐn¹ 君 ]

❶ 相等；沒有輕重、多少、高下之分 ◆ 平均 / 均勻 / 機會均等 / 勢均力敵 / 分配不均。❷ 都；全 ◆ 均已完成 / 均告失敗。

⁴坍　坍坍坍坍坍坍　坍

[ tān ㄊㄢ ⑧ tan¹ 灘 ]

倒塌 ◆ 坍塌。

⁴圾　圾圾圾圾圾圾　圾

[ jī ㄐㄧ ⑧ sap⁸ 霎 ]

垃圾。見"垃"字，88頁。

⁴坊　坊坊坊坊坊坊　坊

〈一〉[ fāng ㄈㄤ ⑧ foŋ¹ 方 ]

❶ 舊時街道、里巷的通稱 ◆ 街坊 / 德信坊。❷ 舊時用作表彰或紀念的一種建築物，形狀像牌樓 ◆ 牌坊 / 貞節坊。

〈二〉[ fáng ㄈㄤˊ ⑧ foŋ¹ 方 ]

❸ 小手工業的工作場所 ◆ 作坊 / 染坊 / 磨坊。

⁴坑　坑坑坑坑坑坑　坑

[ kēng ㄎㄥ ⑧ haŋ¹ ]

❶ 地面上低陷下去的地方 ◆ 水坑 / 泥坑 / 坑坑窪窪 / 刨坑種樹。❷ 地洞；地道 ◆ 坑道。❸ 設計陷害人 ◆ 坑人 / 坑害 / 給他坑苦了。❹ 活埋 ◆ 焚書坑儒。

⁴社　見示部，316頁。

⁵卦　見卜部，54頁。

⁵坯　坯坯坯坯坯坯　坯

[ pī ㄆㄧ ⑧ pui¹ 胚 ]

❶ 沒有燒過的磚瓦、陶器 ◆ 土坯 / 磚坯。❷ 未經加工的半成品 ◆ 毛坯 / 鋼坯。

⁵坪　坪坪坪坪坪坪　坪

[ píng ㄆㄧㄥˊ ⑧ piŋ⁴ 平 ]

平坦的場地 ◆ 草坪 / 停機坪。

⁵坷　坷坷坷坷坷坷　坷

〈一〉[ kě ㄎㄜˇ ⑧ ho² 可 ]

❶ 坎坷。見"坎"字，本頁。

〈二〉[ kē ㄎㄜ ⑧ ho² 可 ]

❷ 坷垃：土塊 ◆ 土坷垃。

⁵坦　坦坦坦坦坦坦　坦

[ tǎn ㄊㄢˇ ⑧ tan² 袒 ]

❶ 道路或場地平整而寬闊 ◆ 平坦 / 坦途。❷ 心裏平靜、開朗 ◆ 坦然處之 / 為人坦率 / 心裏覺得舒坦 / 君子坦蕩蕩。❸ 不加隱瞞，如實説出 ◆ 坦白。

⁵坤　坤坤坤坤坤坤　坤

[ kūn ㄎㄨㄣ ⑧ kwɐn¹ 羣¹ ]

❶ 八卦之一，代表地；跟"乾"相對 ◆ 扭轉
乾坤。❷ 表示女性的 ◆ 坤包 / 坤錶。

---

## ⁵垃　垃垃垃垃垃垃　[垃]

[ lā ㄌㄚ ⑧ lap⁹ 臘 ]
垃圾：髒土、果皮和紙屑等廢棄物的總稱
◆ 倒垃圾 / 垃圾處理場。

---

## ⁵幸　見干部，134 頁。

---

## ⁵坡　坡坡坡坡坡坡　[坡]

[ pō ㄆㄛ ⑧ po¹ 婆1/bɔ¹ 波（語）]
❶ 地形傾斜的地方 ◆ 山坡 / 陡坡 / 上坡 /
滑坡。❷ 傾斜 ◆ 坡度。

---

## ⁵坳　坳坳坳坳坳坳　[坳]

[ ào ㄠˋ ⑧ au³/ŋau³ 拗/au¹/ŋau¹ 拗 ]
山間的平地 ◆ 山坳。
☺ 圖見 123 頁。

---

## ⁶封　見寸部，117 頁。

---

## ⁶型　型型型型型型　[型]

[ xíng ㄒㄧㄥˊ ⑧ jiŋ⁴ 刑 ]
❶ 製造器物用的模子 ◆ 模型。❷ 樣式；
類別 ◆ 典型 / 新型 / 造型美觀 / 不同類型 /
微型照相機。

---

## ⁶垣　垣垣垣垣垣垣　[垣]

[ yuán ㄩㄢˊ ⑧ wun⁴ 桓 ]
短牆；牆 ◆ 斷垣殘壁。

---

## ⁶垮　垮垮垮垮垮垮　[垮]

[ kuǎ ㄎㄨㄚˇ ⑧ kwa¹ 誇 ]

---

❶ 倒塌 ◆ 房屋震垮了 / 水壩沖垮了。❷
失敗；崩潰 ◆ 對方垮台了 / 敵人被打垮了 /
身體拖垮了。

---

## ⁶城　城城城城城城　[城]

[ chéng ㄔㄥˊ ⑧ siŋ⁴ 成 ]
❶ 城牆 ◆ 打開城門 / 萬里長城 / 眾志成城 /
城門失火，殃及池魚。❷ 都市 ◆ 城市 / 城
鄉 / 重慶是個山城。

---

## ⁶垂　垂垂垂垂垂垂　[垂]

[ chuí ㄔㄨㄟˊ ⑧ sœy⁴ 誰 ]
❶ 一頭從上往下掛着 ◆ 垂釣 / 垂柳 / 垂
頭喪氣。❷ 向下流或滴 ◆ 垂涎三尺 / 蠟
燭有心還惜別，替人垂淚到天明。❸ 流傳
◆ 名垂千古 / 永垂不朽。❹ 將近 ◆ 生命
垂危 / 垂死掙扎 / 垂暮之年。

---

## ⁶垢　垢垢垢垢垢垢　[垢]

[ gòu ㄍㄡˋ ⑧ gɐu³ 救 ]
❶ 骯髒；髒東西 ◆ 污垢 / 油垢 / 蓬頭垢
面。❷ 恥辱 ◆ 含垢忍辱。

---

## ⁶垛　垛垛垛垛垛垛　[垛]

〈一〉[ duǒ ㄉㄨㄛˇ ⑧ dɔ⁶ 墮 ]
❶ 牆兩側或向上突出的部分 ◆ 城垛。
〈二〉[ duò ㄉㄨㄛˋ ⑧ dɔ⁶ 墮 ]
❷ 成堆的東西；堆積 ◆ 草垛 / 麥垛 / 柴
垛 / 垛麥子。

---

## ⁶垜　"垛"的異體字，見本頁。

---

## ⁶室　見宀部，113 頁。

---

## <sup>6</sup>垠

垠 垠 垠 垠 垠 垠 **垠**

[ yín | ㄣˊ ⑧ ŋɐn⁴ 銀 ]

邊際;界限 ◆ 一望無垠。

## <sup>7</sup>埔

埔 埔 埔 埔 埔 埔 **埔**

〈一〉[ pǔ ㄆㄨˇ ⑧ pou² 普 ]

❶ 柬埔寨:國名,位於亞洲。

〈二〉[ pǔ ㄆㄨˇ ⑧ bou³ 布 ]

❷ 黃埔:地名,在廣東省珠江口。

〈三〉[ bù ㄅㄨˋ ⑧ bou³ 布 ]

❸ 大埔:縣名,在廣東省東北部。又地區名,在香港新界。

## <sup>7</sup>埂

埂 埂 埂 埂 埂 埂 **埂**

[ gěng ㄍㄥˇ ⑧ gɐŋ² 梗 ]

❶ 田間的小路 ◆ 田埂。❷ 用土築成的堤防 ◆ 堤埂。

## <sup>7</sup>埋

埋 埋 埋 埋 埋 埋 **埋**

〈一〉[ mái ㄇㄞˊ ⑧ mai⁴ 買⁴ ]

❶ 把死者或東西藏在地下,用沙、土等蓋上 ◆ 埋葬 / 埋藏 / 掩埋 / 埋地雷。❷ 隱藏起來,不讓人知道 ◆ 埋伏 / 隱姓埋名。

〈二〉[ mán ㄇㄢˊ ⑧ mai⁴ 買⁴ ]

❸ 抱怨;責怪 ◆ 埋怨。

## <sup>7</sup>袁

見衣部,404 頁。

## <sup>7</sup>埃

埃 埃 埃 埃 埃 埃 **埃**

[ āi ㄞ ⑧ ɔi¹/ŋɔi¹ 哀 ]

灰塵 ◆ 塵埃。

## <sup>8</sup>堵

堵 堵 堵 堵 堵 堵 **堵**

[ dǔ ㄉㄨˇ ⑧ dou² 賭 ]

❶ 阻塞;攔住 ◆ 堵塞 / 堵漏洞 / 一路堵車嚴重 / 把巷口堵住,別讓小偷跑了。❷ 憋悶 ◆ 心裏堵得慌。❸ 量詞,用於牆 ◆ 一堵牆。

## <sup>8</sup>執 <sup>(执)</sup>

執 執 執 執 執 執 **執**

[ zhí ㄓˊ ⑧ dzɐp⁷ 汁 ]

❶ 拿着;握着 ◆ 執筆 / 明火執仗。❷ 掌管;從事 ◆ 執政 / 執掌公司大權 / 執教三十年。❸ 實施;實行 ◆ 執行 / 執法如山。❹ 堅持 ◆ 固執己見 / 執迷不悟 / 執意不肯參加 / 各執一詞,爭論不休。❺ 憑證;單據 ◆ 執照 / 回執 / 存執。

## <sup>8</sup>基

基 基 基 基 基 基 **基**

[ jī ㄐ丨 ⑧ gei¹ 機 ]

❶ 建築物的地下部分 ◆ 地基 / 路基 / 牆基 / 奠基儀式。❷ 根本的 ◆ 基本 / 基金 / 基礎 / 基調。❸ 依據 ◆ 基於上述理由。

## <sup>8</sup>域

域 域 域 域 域 域 **域**

[ yù ㄩˋ ⑧ wik⁹ ]

一定疆界內的地方;泛指一定的範圍 ◆ 區域 / 地域 / 長江流域 / 疆域遼闊 / 經濟領域 / 音域很寬。

## <sup>8</sup>堅 <sup>(坚)</sup>

堅 堅 堅 堅 堅 堅 **堅**

[ jiān ㄐ丨ㄢ ⑧ gin¹ 肩 ]

❶ 硬;結實;牢固 ◆ 堅硬 / 堅固 / 堅冰 / 堅不可摧。❷ 牢固、結實的東西 ◆ 攻堅 /

無堅不摧。❸ 不鬆懈；不動搖 ◆ 堅決 / 堅定不移 / 意志堅強 / 堅守崗位 / 堅持自己的看法。

## <sup>8</sup>堂

堂堂堂堂堂堂　堂

[ táng ㄊㄤˊ 粵 tɔŋ⁴ 唐 ]
❶ 房子的正屋；廳 ◆ 堂屋 / 廳堂 / 升堂入室。❷ 特指審理案件的地方；法庭 ◆ 公堂 / 過堂。❸ 寬敞的大房間 ◆ 會堂 / 禮堂 / 課堂 / 紀念堂 / 濟濟一堂。❹ 同祖父的親屬關係 ◆ 堂兄 / 堂姐妹。❺ 某些店鋪的名號 ◆ 同仁堂 / 胡慶餘堂。❻ 量詞 ◆ 一堂課。

## <sup>8</sup>堆

堆堆堆堆堆堆　堆

[ duī ㄉㄨㄟ 粵 dœy¹ 對¹ ]
❶ 聚積起來成高大的東西 ◆ 沙堆 / 土堆 / 草堆。❷ 聚積；累積 ◆ 堆雪人 / 堆積如山 / 堆砌詞藻。❸ 量詞，用於成堆的東西 ◆ 一堆書 / 事情一大堆。

## <sup>8</sup>埠

埠埠埠埠埠埠　埠

[ bù ㄅㄨˋ 粵 bou⁶ 步/fɐu6 阜（語）]
❶ 停船的碼頭 ◆ 埠頭 / 船埠。❷ 城市；通商口岸 ◆ 商埠 / 外埠 / 開埠。

## <sup>8</sup>培

培培培培培培　培

[ péi ㄆㄟˊ 粵 pui⁴ 陪 ]
❶ 在植物根部或牆堤的基礎部分堆土 ◆ 培土。❷ 栽種植物，使發育成長；引申指對人進行教育、訓練 ◆ 培植 / 栽培 / 培育 / 培養 / 培訓。

## <sup>9</sup>堯 <sup>(尭)</sup>

堯堯堯堯堯堯　堯

[ yáo ㄧㄠˊ 粵 jiu⁴ 姚 ]
中國遠古時期部落聯盟的首領，相傳為古代的聖明君主。史書上也叫唐堯。

## <sup>9</sup>報 <sup>(报)</sup>

報報報報報報　報

[ bào ㄅㄠˋ 粵 bou³ 布 ]
❶ 通知；告訴 ◆ 報告 / 報信 / 報喜 / 公雞報曉 / 天氣預報。❷ 傳達消息的文件或信號 ◆ 捷報 / 情報 / 喜報 / 電報 / 警報。❸ 定期出版的報紙、刊物 ◆ 日報 / 晚報 / 畫報。❹ 回答；回應 ◆ 報答 / 報酬 / 恩將仇報 / 善有善報，惡有惡報 / 誰言寸草心，報得三寸暉。

## <sup>9</sup>堪

堪堪堪堪堪堪　堪

[ kān ㄎㄢ 粵 hɐm¹ 含¹ ]
❶ 能夠；可以 ◆ 堪稱一絕 / 堪負重任 / 不堪設想。❷ 經得起；承受得了 ◆ 令人難堪 / 不堪一擊 / 狼狽不堪 / 不堪重負。

## <sup>9</sup>堰

堰堰堰堰堰堰　堰

[ yàn ㄧㄢˋ 粵 jin² 演² ]
較低的擋水堤壩。古代不少水利灌溉工程，常用某某堰來命名，如四川省有都江堰。

## <sup>9</sup>堤

堤堤堤堤堤堤　堤

[ dī ㄉㄧ 粵 tɐi⁴ 提 ]
修築在江、河、湖、海邊上用來擋水的高岸 ◆ 堤防 / 堤壩 / 河堤 / 海堤 / 螻蟻之穴，潰千丈之堤。

河堤

<sup>9</sup>**場** (场)　場場場場場場　場

〈一〉[ chǎng ㄔㄤˇ 粵 tsœŋ⁴ 祥 ]

❶ 可供許多人聚會或活動的地方 ◆ 廣場 / 會場 / 商場 / 操場 / 足球場。❷ 指特定的地點 ◆ 考場 / 戰場 / 牧場 / 作案現場 / 當場解決。❸ 特指舞台 ◆ 上場 / 出場 / 粉墨登場 / 開場鑼鼓。❹ 戲劇的分段 ◆ 第三幕第二場戲最精彩。❺ 量詞 ◆ 一場電影 / 一場排球賽 / 贏了三場，輸了一場。

〈二〉[ cháng ㄔㄤˊ 粵 tsœŋ⁴ 祥 ]

❻ 翻曬和收打莊稼的平坦空地 ◆ 場院 / 曬場 / 打場。❼ 特指集市 ◆ 趕場。❽ 量詞，用於一件事情的經過 ◆ 下了一場雨 / 做了一場夢。

<sup>9</sup>**堡**　堡堡堡堡堡堡　堡

〈一〉[ bǎo ㄅㄠˇ 粵 bou² 保 ]

❶ 軍事上防禦用的堅固建築物 ◆ 碉堡 / 暗堡 / 橋頭堡。

〈二〉[ bǔ ㄅㄨˇ 粵 bou² 保 ]

❷ 村鎮。多用作地名，如楊家堡。

〈三〉[ pù ㄆㄨˋ 粵 pou³ 舖 ]

❸ 地名用字，如十里堡。

<sup>10</sup>**填**　填填填填填填　填

[ tián ㄊㄧㄢˊ 粵 tin⁴ 田 ]

❶ 把凹陷的地墊平；把空缺的地方補上 ◆ 把坑填平 / 填海造樓 / 填充題 / 填補虧空 / 填飽肚子。❷ 在空格裏按一定的要求及格式書寫 ◆ 填表 / 填寫。

<sup>10</sup>**塔** (塔)　塔塔塔塔塔塔　塔

[ tǎ ㄊㄚˇ 粵 tap⁸ 榻 ]

❶ 一種多層、尖頂的建築物，原為佛教建築 ◆ 寶塔 / 塔林 / 大雁塔 / 六和塔。❷ 像塔形的建築物 ◆ 燈塔 / 水塔 / 電視塔。

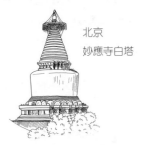

北京
妙應寺白塔

<sup>10</sup>**塌**　塌塌塌塌塌塌　塌

[ tā ㄊㄚ 粵 tap⁸ 塔 ]

豎立起來的東西倒下、下陷 ◆ 塌陷 / 坍塌 / 房屋倒塌 / 堤壩塌方。

<sup>10</sup>**塢** (坞)　塢塢塢塢塢塢　塢

[ wù ㄨˋ 粵 wu² 滸 ]

❶ 四面高中間低的地方；四面可以擋風的建築物 ◆ 山塢 / 花塢。❷ 在水邊建築的停船、修船、造船的地方 ◆ 船塢。

<sup>10</sup>**塊** (块)　塊塊塊塊塊塊　塊

[ kuài ㄎㄨㄞˋ 粵 fai³ 快 ]

❶ 凝結成團的東西 ◆ 土塊 / 石塊 / 糖塊 /

**焦點易錯字**　塌 | 蹋　崩塌　死心塌地　糟蹋

煤塊。❷ 量詞，用於塊狀或片狀的東西 ◆
一塊香皂 / 一塊玻璃 / 一塊紅燒肉。

¹⁰ **塘**　　塘 塘 塘 塘 塘 塘　塘

[ táng ㄊㄤˊ 粵 tɔŋ⁴ 堂 ]

❶ 堤岸 ◆ 河塘 / 海塘。❷ 水池 ◆ 池塘 /
荷塘 / 魚塘 / 澡塘。

¹⁰ **塑**　　塑 塑 塑 塑 塑 塑　塑

[ sù ㄙㄨˋ 粵 sou³ 訴 ]

❶ 用泥土、石膏等做成人或物的形象 ◆ 塑
像 / 雕塑 / 泥塑木雕。❷ 指塑料 ◆ 塑膠 /
全塑傢具。

¹⁰ **塗**（涂）　　塗 塗 塗 塗 塗 塗　塗

[ tú ㄊㄨˊ 粵 tou⁴ 途 ]

❶ 抹上 ◆ 塗抹 / 塗脂抹粉 / 塗上彩色 / 塗
上油漆。❷ 因修改而抹掉 ◆ 塗改。❸ 爛
泥 ◆ 生靈塗炭。

¹⁰ **塞**　　塞 塞 塞 塞 塞 塞　塞

〈一〉[ sāi ㄙㄞ 粵 sɐk⁷ ]

❶ 堵住了；填滿 ◆ 阻塞 / 堵塞 / 把漏洞
塞住 / 路上塞車嚴重。❷ 塞子：用來堵住
器物口子的東西 ◆ 瓶塞 / 軟木塞。

〈二〉[ sè ㄙㄜˋ 粵 sɐk⁷ ]

❸ 意思同 ❶，一般用於書面語，如 “閉
塞”、“搪塞”、“阻塞”、“閉目塞聰” 等。

〈三〉[ sài ㄙㄞˋ 粵 tsɔi³ 菜 ]

❹ 邊界上險要的地方 ◆ 要塞 / 邊塞 / 塞
外風光 / 塞翁失馬，焉知非福。

¹⁰ **塚**　　“冢” 的異體字，見 36 頁。

¹¹ **墊**（垫）　　墊 墊 墊 墊 墊 墊　墊

〈一〉[ diàn ㄉㄧㄢˋ 粵 din³ 電³ ]

❶ 用別的東西襯托在下面使加厚或加高；
鋪 ◆ 把桌子墊高些 / 墊上褥子再睡。

〈二〉[ diàn ㄉㄧㄢˋ 粵 din² 典 ]

❷ 襯托的東西 ◆ 鞋墊 / 牀墊 / 沙發墊子。

〈三〉[ diàn ㄉㄧㄢˋ 粵 din⁶ 電 ]

❸ 暫時替人付錢 ◆ 墊錢 / 墊款 / 墊付 / 墊
支。

¹¹ **塹**（堑）　　塹 塹 塹 塹 塹 塹　塹

[ qiàn ㄑㄧㄢˋ 粵 tsim³ 簽³ ]

❶ 壕溝 ◆ 長江天塹。❷ 比喻挫折 ◆ 吃
一塹，長一智。

¹¹ **墓**（墓）　　墓 墓 墓 墓 墓 墓　墓

[ mù ㄇㄨˋ 粵 mou⁶ 暮 ]

埋葬死人的地方 ◆ 墓地 / 墳墓 / 公墓 / 墓
碑 / 掃墓。

¹¹ **墅**　　墅 墅 墅 墅 墅 墅　墅

[ shù ㄕㄨˋ 粵 sœy⁶ 睡 ]

別墅：正式住宅以外，建在環境優美地方
供短期休息遊樂用的園林式房屋 ◆ 郊外別
墅。

¹¹ **塾**　　塾 塾 塾 塾 塾 塾　塾

[ shú ㄕㄨˊ 粵 suk⁹ 熟 ]

舊時私人設立的教學場所 ◆ 私塾。

¹¹ **塵**（尘）　　塵 塵 塵 塵 塵 塵　塵

[ chén ㄔㄣˊ 粵 tsɐn⁴ 陳 ]

**❶** 飛散的灰土 ◆ 塵埃／灰塵／塵土飛揚／一塵不染／風塵僕僕。**❷** 佛教、道教所指的現實社會 ◆ 塵世／看破紅塵。**❸** 行跡 ◆ 步人後塵。

<sup>11</sup>
境　　境境境境境境　境

[ jìng ㄐㄧㄥˋ ⑱ gin² 景 ]
**❶** 疆界 ◆ 國境／邊境／越境／入境證。**❷** 地方；處所 ◆ 環境／身臨其境／事過境遷／如入無人之境。**❸** 遭遇到的情況 ◆ 順境／境遇／處境困難／家境貧寒／逆境求變。

<sup>11</sup>
堉　　堉堉堉堉堉堉　堉

[ shāng ㄕㄤ ⑱ sœŋ¹ 商 ]
土壤的濕度 ◆ 堉情／保堉。

<sup>12</sup>
墳 <sup>(坟)</sup>　墳墳墳墳墳墳　墳

[ fén ㄈㄣˊ ⑱ fɐn⁴ 焚 ]
埋葬死人的地方，地面堆成土堆 ◆ 墳墓／墳地／祖墳。

<sup>12</sup>
墟 <sup>(圩)</sup>　墟墟墟墟墟墟　墟

[ xū ㄒㄩ ⑱ hœy¹ 虛 ]
**❶** 殘敗、荒廢了的地方 ◆ 一片廢墟。**❷** 農村集市 ◆ 墟市／趁墟。

<sup>12</sup>
墨　　墨墨墨墨墨墨　墨

[ mò ㄇㄛˋ ⑱ mɐk⁹ 脈 ]
**❶** 寫字、繪畫用的黑色塊狀物；泛指寫字、繪畫、印刷用的顏料 ◆ 文房四寶：筆墨紙硯／墨水／油墨／粉墨登場／近朱者赤，近墨者黑。**❷** 黑色 ◆ 墨鏡／墨菊。**❸** 指字畫 ◆ 墨跡／墨寶。**❹** 比喻學問 ◆ 胸無點墨。

<sup>12</sup>
墩　　墩墩墩墩墩墩　墩

[ dūn ㄉㄨㄣ ⑱ dœn¹ 敦 ]
**❶** 土堆 ◆ 土墩。**❷** 粗大厚實的整塊的石頭或木頭；用大塊的石頭砌成的或用鋼筋水泥澆注成的基礎部分 ◆ 石墩／橋墩。

<sup>12</sup>
增　　增增增增增增　增

[ zēng ㄗㄥ ⑱ dzɐŋ¹ 僧 ]
加多；添 ◆ 增加／增進友誼／增長知識／有增無減／與日俱增／人口激增。

<sup>12</sup>
墮 <sup>(堕)</sup>　墮墮墮墮墮墮　墮

[ duò ㄉㄨㄛˋ ⑱ dɔ⁶ 惰 ]
**❶** 落下；掉下 ◆ 墮地／如墮五里霧中。**❷** 使掉下 ◆ 墮胎。

<sup>12</sup>
墜 <sup>(坠)</sup>　墜墜墜墜墜墜　墜

[ zhuì ㄓㄨㄟˋ ⑱ dzœy⁶ 序 ]
**❶** 從高處落下；掉下來 ◆ 墜樓／墜落／飛機墜毀／搖搖欲墜／呱呱墜地。**❷**（沉重的東西）往下沉；往下垂 ◆ 船身漸漸下墜／稻穗下墜。**❸** 吊在下面的裝飾品 ◆ 耳墜／扇墜。

<sup>13</sup>
墾 <sup>(垦)</sup>　墾墾墾墾墾墾　墾

[ kěn ㄎㄣˇ ⑱ hɐn² 很 ]
翻土；開荒 ◆ 墾荒／墾殖／開墾荒地／屯墾戍邊。

<sup>13</sup>
壇 <sup>(坛)</sup>　壇壇壇壇壇壇　壇

[ tán ㄊㄢˊ ⑱ tan⁴ 檀 ]
**❶** 古代用來祭祀、舉行儀式的土築的高台

**焦點易錯字**　墨｜默　墨汁　墨守成規　沉默　默不作聲　　墮｜墜　墮落　墮入圈套　墜毀　搖搖欲墜

◆ 天壇 / 為壇而盟。❷ 用土堆成的高地 ◆ 花壇。❸ 指職業、工作相同的社會成員的總體 ◆ 文壇 / 球壇 / 歌壇新秀 / 影壇巨星。

<sub>13</sub> **壅** 壅 壅 壅 壅 壅 壅 壅

[ yōng ㄩㄥ 粵 jung¹ 雍 ]

❶ 堵塞 ◆ 河道壅塞。❷ 把土或肥料堆在植物的根部 ◆ 壅土。

<sub>13</sub> **壁** 壁 壁 壁 壁 壁 壁 壁

[ bì ㄅㄧˋ 粵 bik⁷ 碧 ]

❶ 牆 ◆ 牆壁 / 壁畫 / 壁報 / 銅牆鐵壁 / 飛簷走壁。❷ 像牆那樣陡峭的山崖 ◆ 峭壁 / 懸崖絕壁。❸ 營壘 ◆ 壁壘森嚴 / 堅壁清野。

<sub>14</sub> **壓** <sup>(压)</sup> 壓 壓 壓 壓 壓 壓 壓

[ yā ㄧㄚ 粵 at⁸/ngat⁸ 押 ]

❶ 從上向下加力 ◆ 壓碎 / 壓平 / 壓路機 / 泰山壓頂 / 房屋倒塌，壓死了人。❷ 用強力制服或制止 ◆ 壓迫 / 鎮壓 / 壓制言論 / 欺壓姓 / 高壓手段。❸ 竭力抑制 ◆ 強壓怒火。❹ 迫近 ◆ 大軍壓境。❺ 擱置起來 ◆ 積壓。❻ 指壓力 ◆ 電壓 / 血壓 / 變壓器。

<sub>14</sub> **壑** 壑 壑 壑 壑 壑 壑 壑

[ hè ㄏㄜˋ 粵 kok⁸ 確 ]

❶ 山谷 ◆ 丘壑 / 千山萬壑。❷ 深溝；大坑 ◆ 溝壑 / 以鄰為壑 / 慾壑難填。

<sub>14</sub> **壕** 壕 壕 壕 壕 壕 壕 壕

[ háo ㄏㄠˊ 粵 hou⁴ 豪 ]

深溝 ◆ 壕溝 / 戰壕 / 防空壕。

<sub>15</sub> **壘** <sup>(垒)</sup> 壘 壘 壘 壘 壘 壘 壘

[ lěi ㄌㄟˇ 粵 loey⁵ 呂 ]

❶ 用磚、石等堆砌 ◆ 壘牆 / 壘花壇。❷ 軍事上防守用的牆壁 ◆ 營壘 / 壁壘 / 兩軍對壘。

<sub>16</sub> **壟** <sup>(垄)</sup> 壟 壟 壟 壟 壟 壟 壟

[ lǒng ㄌㄨㄥˇ 粵 lung⁵ 隴 ]

❶ 農作物的行或行間的空地 ◆ 壟溝 / 麥壟。❷ 田地分界的小路；田埂 ◆ 界壟。❸ 像壟的東西 ◆ 瓦壟。

<sub>16</sub> **壞** <sup>(坏)</sup> 壞 壞 壞 壞 壞 壞 壞

[ huài ㄏㄨㄞˋ 粵 wai⁶ 懷 ]

❶ 不好；惡劣；跟"好"相對 ◆ 壞人 / 壞毛病 / 天氣很壞 / 好事不出門，壞事傳千里。❷ 東西受到損傷；破損 ◆ 毀壞 / 損壞 / 電視機壞了。❸ 放在動詞、形容詞的後面，表示程度深 ◆ 氣壞了 / 忙壞了 / 累壞了。

<sub>17</sub> **壤** 壤 壤 壤 壤 壤 壤 壤

[ rǎng ㄖㄤˇ 粵 joeng⁶ 讓 ]

❶ 鬆軟的泥土 ◆ 土壤。❷ 大地 ◆ 天壤之別。❸ 地區 ◆ 接壤 / 窮鄉僻壤。

<sub>21</sub> **壩** <sup>(坝)</sup> 壩 壩 壩 壩 壩 壩 壩

[ bà ㄅㄚˋ 粵 ba³ 霸 ]

截流攔水的建築物；堤 ◆ 堤壩 / 水壩 / 攔河壩 / 防洪大壩。

壩

士 部

天干的第九位 ◆ 甲乙丙丁戊己庚辛壬癸。
❀ 圖見 290 頁。

³吉
　　見口部，61 頁。

⁴志
　　見心部，147 頁。

⁴壯 ⁽壮⁾　壯壯壯壯壯壯 壯
[ zhuàng ㄓㄨㄤˋ ⑱ dzɔŋ³ 葬 ]
❶ 強健有力 ◆ 強壯／健壯／年輕力壯／少
壯不努力，老大徒傷悲。❷ 雄偉；有氣魄
◆ 雄壯／壯舉／山河壯麗／十分壯觀／理
直氣壯／壯志凌雲。❸ 增強；加強 ◆ 壯
膽／壯大隊伍／以壯聲勢。❹ 壯族，我國
少數民族之一，分佈在廣西和雲南、廣東。

⁹壹　壹壹壹壹壹壹 壹
[ yī ㄧ ⑱ jɐt⁷ 一 ]
數目字 "一" 的大寫。

⁰士　士士 士
[ shì ㄕˋ ⑱ si⁶ 事 ]
❶ 過去稱讀書人、研究學問的人；現在指
知識分子 ◆ 學士／士農工商／一介寒士／
士為知己者死。❷ 對人的敬稱 ◆ 女士／壯
士／烈士／勇士／志士仁人。❸ 指從事某
種職業的技術人員 ◆ 護士／助產士。❹ 軍
人 ◆ 士兵／身先士卒／三軍將士。❺ 軍銜
之一，在尉以下 ◆ 上士／中士／下士。

⁹壺 ⁽壶⁾　壺壺壺壺壺壺 壺
[ hú ㄏㄨˊ ⑱ wu⁴ 胡 ]
一種有把、有嘴、腹大口小，用來盛茶、酒
等液體的器具 ◆ 茶壺／酒壺／水壺／壺蓋。

士　農　工　商

⁹喜
　　見口部，74 頁。

⁹喆
　　見口部，75 頁。

¹¹嘉
　　見口部，78 頁。

¹壬 ⁽⁾　壬壬壬 壬
[ rén ㄖㄣˊ ⑱ jɐm⁴ 吟 ]

¹¹臺
　　見至部，369 頁。

焦點易錯字　士｜仕　士氣　博士　仕途　出仕

## ¹¹壽 (寿)

壽 壽 壽 壽 壽 壽　壽

[ shòu ㄕㄡˋ 粵 sɐu⁶ 受 ]

❶ 歲數大；活得長久 ◆ 壽星 / 有福有壽 / 人壽年豐。❷ 年歲；壽命 ◆ 健康長壽 / 延年益壽 / 老先生今年高壽？福如東海，壽比南山。❸ 生日 ◆ 壽辰 / 祝壽。❹ 生前準備為死後用的衣物 ◆ 壽衣 / 壽材。

## ¹²賣

見貝部，429 頁。

## ¹⁹懿

見心部，161 頁。

夊 部

## ²冬

見冫部，36 頁。

## ⁷夏

夏 夏 夏 夏 夏 夏　夏

[ xià ㄒㄧㄚˋ 粵 ha⁶ 下 ]

❶ 一年四季中的第二季，即農曆的四、五、六月 ◆ 夏天 / 夏季 / 夏至 / 盛夏酷暑 / 夏日炎炎。❷ 指中國 ◆ 華夏。❸ 古朝代名，相傳由禹建立 ◆ 夏、商、周。

## ¹⁰愛

見心部，156 頁。

## ¹²憂

見心部，157 頁。

夕 部

## ⁰夕

夕 夕　夕

[ xī ㄒㄧ 粵 dzik⁹ 直 ]

❶ 日落的時候；傍晚；跟 "朝" 相對 ◆ 夕照 / 夕陽無限好，只是近黃昏。❷ 泛指晚上 ◆ 除夕 / 前夕 / 朝夕相處 / 朝令夕改 / 天有不測風雲，人有旦夕禍福。

🖎 見古文字插頁 1。

## ²外

外 外 外 外　外

[ wài ㄨㄞˋ 粵 ŋɔi⁶ 礙 ]

❶ 在某一範圍的外邊；跟 "內" 相對 ◆ 門外 / 國外 / 世外桃源 / 置之度外 / 逍遙法外。❷ 表面的 ◆ 外表 / 外貌 / 外觀 / 外強中乾。❸ 自己所在地以外的；跟 "本" 相對 ◆ 外國 / 外省 / 外語 / 古今中外 / 對外貿易。❹ 關係疏遠的 ◆ 外人 / 見外。❺ 別方面的 ◆ 另外 / 例外 / 外帶。❻ 稱母親、姐妹或女兒方面的親戚 ◆ 外公 / 外婆 / 外甥 / 外孫。❼ 非正式的 ◆ 外號 / 外史 / 外傳。

😊 圖見 33 頁。

## ³名

見口部，62 頁。

## ³多

多 多 多 多 多　多

[ duō ㄉㄨㄛ 粵 dɔ¹ 躲¹ ]

❶ 數量大；跟 "少" 相對 ◆ 人很多 / 多多

益善／多讀多寫／多行不義必自斃。❷ **超出；有餘** ◆ 多餘／二十多歲／多了一張票。❸ **表示相差的程度大** ◆ 大得多／她比我聰明多了。❹ **不必要的** ◆ 多慮／多嘴／多此一舉。❺ **表示驚訝、讚歎或疑問** ◆ 多美啊！／多不容易啊！／他今年多大？

## ³舛

見舛部，372 頁。

## ⁵夜

夜 夜 夜 夜 夜 夜　夜

[ yè ㄧㄝˋ ⑧ jɛ⁶ 野⁶ ]

從天黑到天亮的一段時間；跟“晝”相對 ◆ 夜景／夜以繼日／夜長夢多／夜幕降臨／白天不做虧心事，半夜不怕鬼敲門。

## ⁸够

“夠”的異體字，見本頁。

## ⁸夠 ⁽够⁾

夠 夠 夠 夠 夠 夠　夠

[ gòu ㄍㄡˋ ⑧ gɐu³ 救 ]

❶ **滿足；達到某種要求** ◆ 足夠／夠資格／夠條件／這點錢夠用了。❷ **過多，令人厭煩** ◆ 這些話早聽夠了。

## ⁹飧

見食部，491 頁。

## ¹¹夢 ⁽梦⁾

夢 夢 夢 夢 夢 夢　夢

[ mèng ㄇㄥˋ ⑧ mung⁶ 蒙⁶ ]

❶ **睡眠中出現的一種幻象** ◆ 夢境／做了一個夢／如夢初醒／同牀異夢／夜長夢多。❷ **做夢** ◆ 夢見／夢寐以求。❸ **比喻幻想** ◆ 夢想／夢幻。

## ¹¹夥 ⁽伙⁾

夥 夥 夥 夥 夥 夥　夥

[ huǒ ㄏㄨㄛˇ ⑧ fo² 火 ]

❶ **同伴** ◆ 夥伴／成羣結夥。❷ **僱用的人** ◆ 夥計。❸ **共同；聯合起來。也作“伙”** ◆ 夥同／合夥經營。

## ¹¹舞

見舛部，372 頁。

# 大 部

## ⁰大

大 大　大

〈一〉[ dà ㄉㄚˋ ⑧ dai⁶ 帶⁶ ]

❶ **大樹、大海的“大”；跟“小”相對** ◆ 大風大浪／大街小巷／聲音太大／大難不死，必有後福。❷ **年長的；排行第一的** ◆ 老大／大哥／大姐／一家大小。❸ **表示程度深** ◆ 大放光明／大紅大綠／大驚小怪／大快人心／大錯特錯。❹ **表示主要的、重要的** ◆ 教學大綱／國家大事／段落大意。❺ **時間更前或更後的** ◆ 大前年／大後天。❻ **估計；約莫** ◆ 大約／大概／大略／大致。❼ **尊敬別人的説法** ◆ 大作／大師／尊姓大名。

〈二〉[ dài ㄉㄞˋ ⑧ dai⁶ 帶⁶ ]

❽ **大夫：指醫生** ◆ 李大夫。

見古文字插頁 1。

## ¹天

天 天 天　天

[ tiān ㄊㄧㄢ ⑧ tin¹ 田¹ ]

❶ **高空；跟“地”相對** ◆ 天空／頂天立地／天長地久／天有不測風雲／飛流直下三千尺，疑是銀河落九天。❷ **位置在頂部或高**

處的 ◆ 天窗 / 天線 / 天橋。❸ 一晝夜叫
"一天"；或單指白天 ◆ 今天 / 每天 / 三天
三夜。❹ 季節；氣候；時令 ◆ 春天 / 秋
天 / 冷天 / 晴天 / 陰天。❺ 自然的；不是
人工做成的 ◆ 天然 / 天生 / 天災人禍 / 長
江天險 / 巧奪天工。❻ 古人或宗教指神靈
的住地 ◆ 天國 / 天堂 / 歸天。

## ¹夫

夫 夫 夫　**夫**

[ fū ㄈㄨ ⑧ fu¹ 呼 ]

❶ 女子的配偶；跟"妻"相對 ◆ 丈夫 / 夫
妻 / 姐夫 / 夫唱婦隨。❷ 成年男子 ◆ 懦
夫 / 天下興亡，匹夫有責 / 大丈夫能屈能
伸。❸ 特指成年的體力勞動者 ◆ 農夫 /
車夫 / 漁夫。❹ 同"伕"字，見 14 頁。
🖎 見古文字插頁 11。

## ¹太

太 太 太　**太**

[ tài ㄊㄞˋ ⑧ tai³ 泰 ]

❶ 高；大 ◆ 太空 / 太湖。❷ 極；過於 ◆
太多 / 太熱 / 太自信。❸ 稱呼高一輩的人
◆ 太師母 / 太祖母。

## ¹夭

夭 夭 夭　**夭**

[ yāo ㄧㄠ ⑧ jiu² 妖² ]

未成年而死 ◆ 夭折 / 夭亡。

## ²矢

見矢部，309 頁。

## ²央

央 央 央 央　**央**

[ yāng ㄧㄤ ⑧ jœŋ¹ 秧 ]

❶ 中心；當中 ◆ 中央。❷ 懇求；請求 ◆
央求 / 央告 / 央託。

## ²失

失 失 失 失　**失**

[ shī ㄕ ⑧ sɐt⁷ 室 ]

❶ 丟掉；不存在了；跟"得"相對 ◆ 丟失 /
遺失 / 失而復得 / 機不可失 / 得道多助，失
道寡助。❷ 找不着 ◆ 失蹤 / 失羣之雁 / 迷
失方向。❸ 沒有把握住；不小心 ◆ 失策 /
失手 / 一時失言 / 一失足成千古恨。❹ 錯
誤；過錯 ◆ 過失 / 失誤。❺ 違背；不合 ◆
失禮 / 失約 / 失實 / 失職。❻ 沒有達到目的
◆ 失望 / 失意 / 失敗乃成功之母。❼ 改變
常態 ◆ 失神 / 失聲痛哭 / 飛機失事 / 驚慌失
色。

## ³尖

見小部，119 頁。

## ³夷

夷 夷 夷 夷 夷　**夷**

[ yí ㄧˊ ⑧ ji⁴ 而 ]

❶ 平坦；平安 ◆ 履險如夷 / 化險為夷。
❷ 殺滅；削平 ◆ 夷滅 / 夷族 / 夷為平地。
❸ 古代對東方少數民族的通稱，也泛指各
少數民族 ◆ 東夷 / 四夷。

## ⁴夾 (夹)

夾 夾 夾 夾 夾 夾　**夾**

〈一〉[ jiā ㄐㄧㄚ ⑧ gap⁸ 甲 ]

❶ 從兩邊鉗住或限制住 ◆ 夾菜 / 夾道歡迎 /
夾着一本書 / 用老虎鉗夾住。❷ 兩面一起
來 ◆ 夾擊 / 兩面夾攻。❸ 處在兩者之間 ◆
夾縫 / 兩樓之間有一條夾道。❹ 混雜；攙
雜 ◆ 夾雜 / 夾在人羣裏 / 雨夾雪。❺ 夾東
西的用具 ◆ 票夾 / 髮夾 / 皮夾子 / 資料夾。

〈二〉[ jiá ㄐㄧㄚˊ ⑧ gap⁸ 甲 ]

❻ 雙層的 ◆ 夾衣 / 夾被 / 夾襖。
🖎 見古文字插頁 13。

⁵ **奉**　奉奉奉奉奉奉　奉

[ fèng ㄈㄥˋ 🔊 fuŋ⁶ 鳳 ]

❶ 恭敬地送給或接受 ◆ 奉送 / 奉獻 / 奉命 / 奉旨 / 陽奉陰違。❷ 敬詞，表示尊重 ◆ 奉 勸 / 奉陪到底 / 無可奉告。❸ 信仰；推崇 ◆ 信奉 / 奉行 / 奉公守法。❹ 供養；侍候 ◆ 奉養 / 侍奉 / 供奉。

⁵ **奈**　奈奈奈奈奈奈　奈

[ nài ㄋㄞˋ 🔊 nɔi⁶ 耐 ]

怎麼；如何 ◆ 無奈 / 無可奈何花落去，似 曾相識燕歸來。

⁵ **奇**　奇奇奇奇奇奇　奇

〈一〉[ qí ㄑㄧˊ 🔊 kei⁴ 其 ]

❶ 少見的；特殊的 ◆ 奇特 / 奇跡 / 奇妙 / 奇觀 / 天下奇聞。❷ 出人意料的 ◆ 奇襲 / 出奇制勝。❸ 驚異 ◆ 奇怪 / 不足為奇 / 大 為驚奇。❹ 非常；極其 ◆ 奇醜無比 / 奇癢 難忍。

〈二〉[ jī ㄐㄧ 🔊 gei¹ 基 ]

❺ 單數；跟 "偶" 相對 ◆ 奇數。

⁵ **奔**　奔奔奔奔奔奔　奔

〈一〉[ bēn ㄅㄣ 🔊 ben¹ 賓 ]

❶ 跑；急走 ◆ 奔跑 / 狂奔 / 飛奔 / 奔走相 告 / 騎馬奔馳在草原上。❷ 古代指女子未 行婚禮而私自與男子成婚，離家出走 ◆ 私 奔。❸ 忙着處理事務 ◆ 奔喪 / 疲於奔命。

〈二〉[ bèn ㄅㄣˋ 🔊 ben¹ 賓 ]

❹ 直往；投向 ◆ 投奔 / 各奔前程。

✍ 見古文字插頁 14。

⁶ **奄**　奄奄奄奄奄奄　奄

[ yǎn ㄧㄢˇ 🔊 jim² 掩 ]

❶ 覆蓋；擁有 ◆ 奄有四方。❷ 忽然；突 然 ◆ 奄忽 / 奄然。❸ 奄奄：氣息微弱， 快要斷氣的樣子 ◆ 奄奄一息。

⁶ **契**　契契契契契契　契

[ qì ㄑㄧˋ 🔊 kɐi³ 溪³ ]

❶ 文書證券；合約 ◆ 契約 / 地契 / 房契 / 賣身契。❷ 意氣相合 ◆ 契友 / 契合 / 默契。

⁶ **奏**　奏奏奏奏奏奏　奏

[ zòu ㄗㄡˋ 🔊 dzɐu³ 咒 ]

❶ 按曲調吹彈樂器 ◆ 奏樂 / 演奏 / 獨奏 / 彈奏 / 奏國歌。❷ 發生；取得 ◆ 奏效。❸ 古代臣子向君王陳述意見 ◆ 上奏 / 奏章 / 奏本 / 先斬後奏。

⁶ **奎**　奎奎奎奎奎奎　奎

[ kuí ㄎㄨㄟˊ 🔊 kwɐi¹ 規 /fui¹ 灰 ]

星名。常作人名用字。

⁶ **耷**　見耳部，357 頁。

⁶ **奕**　奕奕奕奕奕奕　奕

[ yì ㄧˋ 🔊 jik⁹ 亦 ]

奕奕：精神飽滿的樣子 ◆ 神采奕奕。

⁶ **美**　見羊部，352 頁。

⁷ **套**　套套套套套套　套

[ tào ㄊㄠˋ 🔊 tou³ 吐 ]

❶ 罩在外面；罩在外面的東西 ◆ 套上一層布／書套／手套／套。❷ 相連接的或重疊上去的 ◆ 套間／套印／套色／一環套一環。❸ 同類事物組成的一個整體 ◆ 成套設備／套裝。❹ 用繩子等結成的環狀物 ◆ 牲口套／雙套結。❺ 設法騙取或引出 ◆ 套購／套口氣／設法套出他的話。❻ 模仿；照樣子做 ◆ 生搬硬套／套用那篇文章的寫法。❼ 固定的、陳舊的 ◆ 俗套／客套／老一套。❽ 量詞，用於成組的東西 ◆ 一套茶具／一套傢具／一套醉拳。

### ⁷奚

奚 奚 奚 奚 奚 奚

[ xī ㄒㄧ ⑧ hɐi⁴ 係⁴ ]

姓。

### ⁸奢

奢 奢 奢 奢 奢 奢

[ shē ㄕㄜ ⑧ tsɛ¹ 斜¹ ]

❶ 大量用錢，過分追求享受 ◆ 奢侈／奢華／窮奢極侈。❷ 過分；過多 ◆ 奢望／奢想。

奢　　　　儉

### ⁹奠

奠 奠 奠 奠 奠 奠

[ diàn ㄉㄧㄢˋ ⑧ din⁶ 電 ]

❶ 為死者舉行儀式表示悼念 ◆ 祭奠／奠儀。❷ 建立；安置；使穩固 ◆ 奠基／奠定。

### ¹⁰奧 (奥)

奧 奧 奧 奧 奧 奧

[ ào ㄠˋ ⑧ ou³/ŋou³ 澳 ]

含義深；不容易理解 ◆ 奧妙／深奧／宇宙的奧祕。

### ¹¹奩 (奁)

奩 奩 奩 奩 奩 奩

[ lián ㄌㄧㄢˊ ⑧ lim⁴ 廉 ]

女子梳妝用的鏡匣 ◆ 妝奩／鏡奩。

### ¹¹奪 (夺)

奪 奪 奪 奪 奪 奪

[ duó ㄉㄨㄛˊ ⑧ dyt⁹ ]

❶ 搶；強取 ◆ 搶奪／掠奪／爭權奪利／奪人所好／巧取豪奪。❷ 爭取；奮力得到 ◆ 奪標／爭分奪秒／爭奪冠軍。❸ 使失去 ◆ 剝奪／褫奪。❹ 衝出 ◆ 奪門而去／眼淚奪眶而出。❺ 勝過；壓倒 ◆ 巧奪天工／先聲奪人。❻ 作出處理決定 ◆ 定奪／裁奪。

### ¹¹奬

"獎"的異體字，見 280 頁。

### ¹²樊

見木部，224 頁。

### ¹³奮 (奋)

奮 奮 奮 奮 奮 奮

[ fèn ㄈㄣˋ ⑧ fɐn³ 訓/fɐn⁵ 憤（語）]

❶ 振作精神，鼓起幹勁 ◆ 努力奮鬥／浴血奮戰／奮勇向前／奮發圖強／興奮不已。❷ 用力舉起；揮動 ◆ 奮臂高呼／奮筆疾書。

## 女部

### ⁰女

女 女 女

[ nǚ ㄋㄩˇ ⑧ nœy⁵ 餒 ]

❶ **女性；女人；跟"男"相對** ◆ 女生 / 婦女 / 女主人 / 男女平等 / 女中豪傑。❷ **女兒** ◆ 長女 / 幼女 / 男大當婚，女大當嫁。
☞ **見古文字插頁 1。**

²
# 奶
奶 奶 奶 奶 **奶**

[ nǎi ㄋㄞˇ ⑧ nai⁵ 乃 ]
❶ **乳汁；乳製品** ◆ 牛奶 / 酸奶 / 奶粉 / 奶油 / 鮮奶蛋糕。❷ **餵奶** ◆ 奶媽 / 奶孩子。❸ **乳房** ◆ 奶頭。

²
# 奴
奴 奴 奴 奴 **奴**

[ nú ㄋㄨˊ ⑧ nou⁴ 駑 ]
**受人役使而沒有人身自由的人** ◆ 奴僕 / 奴隸 / 奴婢 / 農奴 / 奴顏婢膝。

³
# 奸
奸 奸 奸 奸 奸 **奸**

[ jiān ㄐㄧㄢ ⑧ gan¹ 艱 ]
❶ **虛偽；狡詐** ◆ 奸詐 / 奸險 / 奸臣 / 奸笑 / 老奸巨猾。❷ **私通敵方的人** ◆ 內奸 / 奸細 / 漢奸。❸ **"姦"的簡化字，見 105 頁。**

³
# 如
如 如 如 如 如 **如**

[ rú ㄖㄨˊ ⑧ jy⁴ 餘 ]
❶ **像；好像** ◆ 如花似錦 / 如飢似渴 / 如虎添翼 / 一見如故。❷ **依照；符合** ◆ 如願以償 / 如數歸還 / 如期完成 / 如實招來。❸ **比得上** ◆ 自愧不如 / 天時不如地利，地利不如人和。❹ **假使；表示假設** ◆ 如果 / 假如。❺ **表示舉例** ◆ 例如 / 比如 / 條件如下。

³
# 妁
妁 妁 妁 妁 妁 **妁**

[ shuò ㄕㄨㄛˋ ⑧ dzœk⁸ 雀 ]

媒人 ◆ 父母之命，媒妁之言。

³
# 安
見宀部，112 頁。

³
# 妄
妄 妄 妄 妄 妄 **妄**

[ wàng ㄨㄤˋ ⑧ mɔŋ⁶ 望⁶/mɔŋ⁵ 網 (語) ]
**任意亂來；不合實際** ◆ 狂妄自大 / 輕舉妄動 / 膽大妄為 / 痴心妄想。

³
# 好
好 好 好 好 好 **好**

〈一〉[ hǎo ㄏㄠˇ ⑧ hou² 號² ]
❶ **美的、善的；叫人喜愛的；跟"壞"相對** ◆ 好人 / 美好 / 好脾氣 / 牡丹雖好，也要綠葉扶持 / 好事不出門，壞事傳千里。❷ **友愛；和睦** ◆ 友好 / 相好 / 和好如初 / 言歸於好。❸ **完成；結束** ◆ 功課做好了 / 一切都準備好了。❹ **容易；跟"難"相對** ◆ 這道題好做 / 這件事好辦。❺ **能夠；可以** ◆ 只好如此 / 我好走了 / 我好進來嗎？❻ **表示贊成、答應等語氣** ◆ 好，就這麼辦 / 好，我就來。❼ **很** ◆ 天氣好熱 / 等了好久好久 / 這大樓好高啊！
〈二〉[ hào ㄏㄠˋ ⑧ hou³ 耗 ]
❽ **喜歡；愛** ◆ 好勝 / 愛好 / 投其所好 / 游手好閒 / 好逸惡勞。

³
# 妃
妃 妃 妃 妃 妃 **妃**

[ fēi ㄈㄟ ⑧ fei¹ 飛 ]
**皇帝的妾；太子、王侯的妻** ◆ 妃子 / 王妃 / 貴妃。

³
# 她
她 她 她 她 她 **她**

[ tā ㄊㄚ ⑧ ta¹ 他 ]

女性的第三人稱代詞 ◆ 女同學在跳土風舞，你看，她們跳得多好。

⁴**妍**　妍 妍 妍 妍 妍 妍　妍

[ yán 丨ㄢˊ ⑧ jin⁴ 言 ]
美麗；美好 ◆ 春光明媚，百花爭妍。

⁴**妓**　妓 妓 妓 妓 妓 妓　妓

[ jì 丨丨ˋ ⑧ gei⁶ 忌 ]
❶ 賣淫的女子 ◆ 妓女／娼妓。❷ 古代稱從事歌舞表演的女子 ◆ 歌妓。

⁴**姒**　姒 姒 姒 姒 姒 姒　姒

[ bǐ ㄅ丨ˇ ⑧ bei² 比 ]
已經去世的母親 ◆ 先姒／如喪考姒。

⁴**妊**　妊 妊 妊 妊 妊 妊　妊

[ rèn ㄖㄣˋ ⑧ jem⁴ 吟／jem⁶ 賃 ]
懷孕 ◆ 妊婦／妊娠。

⁴**妖**　妖 妖 妖 妖 妖 妖　妖

[ yāo 丨ㄠ ⑧ jiu¹ 腰／jiu² 夭 (語) ]
❶ 神話傳說中奇怪可怕而能害人的東西 ◆ 妖怪／妖魔／妖精／照妖鏡／除妖降魔。❷ 邪惡的；不正派的 ◆ 妖術／妖言惑眾。❸ 打扮過分艷麗而不夠莊重 ◆ 妖冶／妖艷／妖裏妖氣。

⁴**妥**　妥 妥 妥 妥 妥 妥　妥

[ tuǒ ㄊㄨㄛˇ ⑧ to⁵ 橢 ]
❶ 合適；穩當 ◆ 妥當／妥善／穩妥／這樣做不妥。❷ 停當；完備 ◆ 事已辦妥／雙方

談妥了。

⁴**妨**　妨 妨 妨 妨 妨 妨　妨

[ fáng ㄈㄤˊ ⑧ fɔŋ⁴ 房 ]
阻礙；損害 ◆ 妨害／妨礙交通／但説無妨。

⁴**妒**　妒 妒 妒 妒 妒 妒　妒

[ dù ㄉㄨˋ ⑧ dou³ 到 ]
忌恨比自己強的人 ◆ 妒忌／嫉妒／妒賢嫉能。

⁴**妙**　妙 妙 妙 妙 妙 妙　妙

[ miào 口丨ㄠˋ ⑧ miu⁶ 廟 ]
❶ 美好；精美 ◆ 美妙／妙語驚人／妙齡少女／妙手回春／妙不可言。❷ 奇巧；神祕 ◆ 奇妙／神機妙算／錦囊妙計／其中奧妙／莫名其妙。

⁴**妞**　妞 妞 妞 妞 妞 妞　妞

[ niū ㄋ丨ㄡ ⑧ neu² 紐 ]
女孩子 ◆ 大妞／妞子／這幾個妞長得挺漂亮。

⁴**妝**⁽妆⁾　妝 妝 妝 妝 妝 妝　妝

[ zhuāng ㄓㄨㄤ ⑧ dzɔŋ¹ 莊 ]
❶ 打扮；修飾 ◆ 妝扮／化妝／梳妝嫂／女扮男妝／濃妝淡抹總相宜。❷ 身上的服飾 ◆ 卸妝。❸ 嫁妝：女子出嫁時隨帶的物品。

⁵**妹**　妹 妹 妹 妹 妹 妹　妹

[ mèi 口ㄟˋ ⑧ mui⁶ 昧 ]

稱同輩女性中年齡比自己小的 ◆ 姐妹 / 兄妹 / 表妹 / 師妹。

⁵ **姑** 姑 姑 姑 姑 姑 姑 姑

[ gū ㄍㄨ ⑧ gu¹ 孤 ]

❶ 稱父親的姐妹或丈夫的姐妹 ◆ 姑媽 / 姑嫂。❷ 未嫁女子的通稱 ◆ 姑娘 / 尼姑。❸ 暫且 ◆ 姑且 / 姑妄言之,姑妄聽之。

⁵ **妒** "妒"的異體字,見 102 頁。

⁵ **妻** 妻 妻 妻 妻 妻 妻

[ qī ㄑㄧ ⑧ tsɐi¹ 棲 ]

男子的配偶;跟"夫"相對 ◆ 妻子 / 愛妻 / 娶妻 / 妻離子散 / 賢妻良母。

⁵ **姐** 姐 姐 姐 姐 姐 姐

[ jiě ㄐㄧㄝˇ ⑧ dzɛ² 者 ]

❶ 稱同輩女性中年齡比自己大的 ◆ 姐姐 / 姐妹 / 表姐 / 姐弟倆。❷ 稱呼年輕女子 ◆ 劉大姐 / 李小姐。

⁵ **妯** 妯 妯 妯 妯 妯 妯

[ zhóu ㄓㄡˊ ⑧ dzuk⁹ 逐 ]

妯娌:兄和弟的妻子之間的關係 ◆ 她們三個是妯娌 / 妯娌倆一起去吧!

⁵ **姓** 姓 姓 姓 姓 姓 姓

[ xìng ㄒㄧㄥˋ ⑧ siŋ³ 性 ]

表明家族系統的稱號 ◆ 姓氏 / 姓名 / 尊姓大名 / 坐不改姓,行不改名 / 歐陽是複姓,司徒也是複姓。

⁵ **委** 委 委 委 委 委 委

[ wěi ㄨㄟˇ ⑧ wɐi² 毀 ]

❶ 任命;把事情交給他人去辦 ◆ 委任 / 委託 / 委派 / 委以重任。❷ 拋棄 ◆ 委棄。❸ 推託;推卸 ◆ 推委 / 委罪於人。❹ 委員或委員會的簡稱 ◆ 常委 / 市委。❺ 事情的末尾 ◆ 事情的原委。❻ 確實 ◆ 委實。❼ 精神不振作;疲乏 ◆ 委靡不振 / 委頓。

⁵ **姍** 姍 姍 姍 姍 姍 姍

[ shān ㄕㄢ ⑧ san¹ 山 ]

姍姍:走路緩慢,從容不迫的樣子 ◆ 姍姍來遲。

⁵ **姍** "姍"的異體字,見本頁。

⁵ **妳** 妳 妳 妳 妳 妳 妳

[ nǐ ㄋㄧˇ ⑧ nei⁵ 你 ]

專指女性的第二人稱代詞 ◆ 玉玲妳好!

⁵ **姊** 姊 姊 姊 姊 姊 姊

[ zǐ ㄗˇ ⑧ dzi² 紙 ]

姐姐 ◆ 姊妹。

⁵ **妾** 妾 妾 妾 妾 妾 妾

[ qiè ㄑㄧㄝˋ ⑧ tsip⁸ ]

❶ 舊時男子在正妻之外另娶的女子 ◆ 納妾 / 三妻四妾。❷ 古代女子自稱 ◆ 君在天一涯,妾身長別離。

⁵ **妮** 妮 妮 妮 妮 妮 妮

[ nī ㄋㄧ ⑧ nei⁴ 尼 ]

❶ 女孩子 ◆ 妮子。❷ 常用作女性的名字。

⁵**弩**

見弓部，141 頁。

⁵**始**　始 始 始 始 始 始　始

[ shǐ ㄕˇ （粤）tsi² 齒 ]
❶ 事情的開頭；最初；跟"終"相對 ◆ 開始 / 原始 / 始作俑者 / 週而復始 / 由始至終 / 千里之行，始於足下。❷ 才 ◆ 千呼萬喚始出來 / 不斷學習始能進步。

⁵**姆**　姆 姆 姆 姆 姆 姆　姆

[ mǔ ㄇㄨˇ （粤）mou⁵ 母 ]
保姆：受僱幫人家照管孩子或料理家務的婦女 ◆ 年輕保姆。

⁶**娃**　娃 娃 娃 娃 娃 娃　娃

[ wá ㄨㄚˊ （粤）wa¹ 蛙 ]
小孩 ◆ 娃娃 / 女娃。

⁶**姥**　姥 姥 姥 姥 姥 姥　姥

〈一〉[ lǎo ㄌㄠˇ （粤）lou⁵ 老 ]
❶ 姥姥：外祖母 ◆ 去姥姥家玩。
〈二〉[ mǔ ㄇㄨˇ （粤）mou⁵ 母 ]
❷ 年老的婦女。

⁶**威**　威 威 威 威 威 威　威

[ wēi ㄨㄟ （粤）wɐi¹ 委¹ ]
❶ 強大的聲勢，使人敬畏、害怕 ◆ 威力 / 威嚴 / 威信 / 威望 / 長他人志氣，滅自己威風。❷ 施加壓力 ◆ 威逼 / 威脅 / 威嚇。

⁶**姨**　姨 姨 姨 姨 姨 姨　姨

[ yí ㄧˊ （粤）ji⁴ 疑 ]

❶ 稱母親的姐姐 ◆ 姨媽。❷ 稱母親的妹妹、妻子的姐妹 ◆ 姨夫 / 小姨子。❸ 小孩對成年婦女的一般稱呼 ◆ 秦姨 / 阿姨。

⁶**姪**⁽任⁾　姪 姪 姪 姪 姪 姪　姪

[ zhí ㄓˊ （粤）dzɐt⁹ 疾 ]
兄弟或同輩男性親戚的兒子 ◆ 姪子 / 姪兒 / 內姪 / 叔姪之間。

⁶**要**

見 而部，408 頁。

⁶**耍**

見而部，356 頁。

⁶**姻**　姻 姻 姻 姻 姻 姻　姻

[ yīn ㄧㄣ （粤）jɐn¹ 因 ]
婚姻 ◆ 聯姻 / 千里姻緣一線牽。

⁶**姚**　姚 姚 姚 姚 姚 姚　姚

[ yáo ㄧㄠˊ （粤）jiu⁴ 搖 ]
姓。

⁶**姣**　姣 姣 姣 姣 姣 姣　姣

[ jiāo ㄐㄧㄠ （粤）gau² 狡 ]
容貌美 ◆ 姣好。

⁶**姜**　姜 姜 姜 姜 姜 姜　姜

[ jiāng ㄐㄧㄤ （粤）gœŋ¹ 疆 ]
❶ 姓。❷ "薑"的簡化字，見 388 頁。

⁶**姘**　姘 姘 姘 姘 姘 姘　姘

[ pīn ㄆㄧㄣ （粤）piŋ¹ 乒 ]
非正式夫妻而同居的不正當男女關係 ◆ 姘

居／妍頭。

## ⁶ 姿

姿 姿 姿 姿 姿 姿

[ zī ㄗ ⑧dzi¹ 支 ]

❶ 容貌 ◆ 姿容／姿色。❷ 體態；樣子 ◆ 姿態／姿勢／舞姿／英姿颯爽。

## ⁶ 姦 (奸)

姦 姦 姦 姦 姦 姦

[ jiān ㄐㄧㄢ ⑧gan¹ 奸 ]

私通；犯淫 ◆ 通姦／強姦／姦污／姦淫擄掠。

## ⁷ 姬

姬 姬 姬 姬 姬 姬

[ jī ㄐㄧ ⑧gei¹ 機 ]

❶ 古代對婦女的美稱；也指美女。❷ 過去稱以歌舞為業的女子 ◆ 歌姬。

## ⁷ 娠

娠 娠 娠 娠 娠 娠

[ shēn ㄕㄣ ⑧sen¹ 身／dzen³ 振 ]

懷孕 ◆ 妊娠。

## ⁷ 娌

娌 娌 娌 娌 娌 娌

[ lǐ ㄌㄧˇ ⑧lei⁵ 理 ]

妯娌。見 "妯" 字，103 頁。

## ⁷ 娟

娟 娟 娟 娟 娟 娟

[ juān ㄐㄩㄢ ⑧gyn¹ 捐 ]

❶ 姿態美好 ◆ 娟秀。❷ 女性人名用字。

## ⁷ 娛 (娯)

娛 娛 娛 娛 娛 娛

[ yú ㄩˊ ⑧jy⁴ 魚 ]

快樂；歡樂；使快樂 ◆ 娛樂／歡娛／文娛活動／聊以自娛／耳目之娛。

## ⁷ 娥

娥 娥 娥 娥 娥 娥

[ é ㄜˊ ⑧ngo⁴ 鵝 ]

❶ 女子姿容美好。❷ 美女 ◆ 宮娥／嬌娥／娥眉。❸ 嫦娥。見 "嫦" 字，108 頁。

## ⁷ 娩

娩 娩 娩 娩 娩 娩

[ miǎn ㄇㄧㄢˇ ⑧min⁵ 免 ]

生孩子 ◆ 分娩。

## ⁷ 娣

娣 娣 娣 娣 娣 娣

[ dì ㄉㄧˋ ⑧dei⁶ 弟 ]

古代姐姐稱弟妹或兄妻稱弟媳。多作女性人名用字。

## ⁷ 宴

見宀部，114 頁。

## ⁷ 娘

娘 娘 娘 娘 娘 娘

[ niáng ㄋㄧㄤˊ ⑧nœng⁴ ]

❶ 母親 ◆ 爹娘。❷ 對長輩婦女的稱呼 ◆ 大娘／嬸娘／老大娘。❸ 對年輕婦女的稱呼 ◆ 姑娘／新娘。

## ⁷ 娓

娓 娓 娓 娓 娓 娓

[ wěi ㄨㄟˇ ⑧mei⁵ 美 ]

娓娓：形容談論不倦或説話動聽 ◆ 娓娓而談／娓娓動聽。

## ⁷娜

娜 娜 娜 娜 娜 娜 娜

〈一〉[ nuó ㄋㄨㄛˊ ⑧ no⁵ 挪⁵]
❶ 婀娜。見 "婀" 字，本頁。
〈二〉[ nà ㄋㄚˋ ⑧ no⁴ 挪/na⁴ 拿]
❷ 多作女性人名用字。

## ⁸婊

婊 婊 婊 婊 婊 婊 婊

[ biǎo ㄅㄧㄠˇ ⑧ biu² 表]
婊子：指妓女。多作罵人的話。

## ⁸娶

娶 娶 娶 娶 娶 娶 娶

[ qǔ ㄑㄩˇ ⑧ tsœy² 取]
男子結婚；討老婆 ◆ 娶親 / 娶妻 / 婚喪嫁娶 / 娶了個外籍妻子。

## ⁸婪

婪 婪 婪 婪 婪 婪 婪

[ lán ㄌㄢˊ ⑧ lam⁴ 藍]
貪；不知滿足 ◆ 貪婪。

## ⁸娼

娼 娼 娼 娼 娼 娼 娼

[ chāng ㄔㄤ ⑧ tsœŋ¹ 昌]
妓女 ◆ 娼妓 / 逼良為娼 / 男盜女娼。

## ⁸婁 ⁽娄⁾

婁 婁 婁 婁 婁 婁 婁

[ lóu ㄌㄡˊ ⑧ lɐu⁴ 留]
姓。

## ⁸婢

婢 婢 婢 婢 婢 婢 婢

[ bì ㄅㄧˋ ⑧ pei⁵ 拔⁵]
舊時供有錢人家使喚的年輕女子 ◆ 婢女 / 奴婢 / 奴顏婢膝。

## ⁸婚

婚 婚 婚 婚 婚 婚 婚

[ hūn ㄏㄨㄣ ⑧ fɐn¹ 昏]
成年男女結為夫妻 ◆ 結婚 / 婚姻 / 婚禮 / 男大當婚，女大當嫁。

## ⁸婆

婆 婆 婆 婆 婆 婆 婆

[ pó ㄆㄛˊ ⑧ pɔ⁴ 破⁴]
❶ 對祖輩或老年婦女的稱呼 ◆ 外婆 / 老婆婆。❷ 特指丈夫的母親 ◆ 婆媳 / 公婆。❸ 指從事某些職業的婦女 ◆ 媒婆 / 收生婆。

## ⁸婉

婉 婉 婉 婉 婉 婉 婉

[ wǎn ㄨㄢˇ ⑧ jyn² 苑]
態度溫和；和順 ◆ 婉轉 / 委婉 / 婉言。

## ⁸婦 ⁽妇⁾

婦 婦 婦 婦 婦 婦 婦

[ fù ㄈㄨˋ ⑧ fu⁵ 夫⁵]
❶ 結了婚的女子 ◆ 婦人 / 媳婦 / 少婦。❷ 指妻子 ◆ 夫婦 / 夫唱婦隨。❸ 女性的通稱 ◆ 婦科 / 婦孺皆知 / 世界婦女大會。
🖝 見古文字插頁 15。

## ⁸婀

婀 婀 婀 婀 婀 婀 婀

[ ē ㄜ ⑧ ɔ²/ŋɔ² 柯²]
婀娜：姿態柔軟而美好 ◆ 婀娜多姿。

## ⁹媒

媒 媒 媒 媒 媒 媒 媒

[ méi ㄇㄟˊ ⑧ mui⁴ 煤]
❶ 介紹婚姻的人 ◆ 做媒 / 媒人 / 媒婆。❷ 起聯繫作用的 ◆ 媒介 / 媒體 / 新聞傳媒。

## ⁹嫂

嫂 嫂 嫂 嫂 嫂 嫂 嫂

[ sǎo ㄙㄠˇ ⑧ sou² 數²]

❶ 哥哥的妻子 ◆ 嫂子。❷ 尊稱年紀跟自己差不多的已婚婦女 ◆ 李大嫂／這位大嫂。

⁹
## 媛
媛 媛 媛 媛 媛 媛

〈一〉[ yuán ㄩㄢˊ ⓰ jyn⁴ 員]
❶ 嬋媛。同"嬋娟"。見"嬋"字，108頁。
〈二〉[ yuàn ㄩㄢˋ ⓰ jyn⁶ 願]
❷ 美女 ◆ 名媛／淑媛。

⁹
## 婷
婷 婷 婷 婷 婷 婷

[ tíng ㄊㄧㄥˊ ⓰ tiŋ⁴ 停]
姿態美好。多作女性人名用字。

⁹
## 媚
媚 媚 媚 媚 媚 媚

[ mèi ㄇㄟˋ ⓰ mei⁶ 味]
❶ 討好巴結 ◆ 獻媚／諂媚。❷ 美好；可愛 ◆ 嫵媚／春光明媚。

⁹
## 婿
婿 婿 婿 婿 婿 婿

[ xù ㄒㄩˋ ⓰ sɐi³ 世]
女婿：女兒的丈夫。

¹⁰
## 媽 (妈)
媽 媽 媽 媽 媽 媽

[ mā ㄇㄚ ⓰ ma¹ 嗎]
❶ 母親 ◆ 親爹媽／我愛媽，媽也愛我。❷ 對女性長輩或年長婦女的稱呼 ◆ 姑媽／舅媽／大媽。❸ 稱呼中年或老年的女僕 ◆ 黃媽／張媽。

¹⁰
## 媳
媳 媳 媳 媳 媳 媳

[ xí ㄒㄧˊ ⓰ sik⁷ 息]
兒子、弟弟或其他晚輩的妻子 ◆ 兒媳／弟媳／孫媳／婆媳。

¹⁰
## 媲
媲 媲 媲 媲 媲 媲

[ pì ㄆㄧˋ ⓰ pei³ 屁]
匹敵；比得上 ◆ 媲美。

¹⁰
## 嫉
嫉 嫉 嫉 嫉 嫉 嫉

[ jí ㄐㄧˊ ⓰ dzɛt⁹ 疾]
❶ 忌恨比自己強的人 ◆ 嫉才／嫉恨／妒嫉／妒賢嫉能。❷ 痛恨 ◆ 憤世嫉俗／嫉惡如仇。

¹⁰
## 嫌
嫌 嫌 嫌 嫌 嫌 嫌

[ xián ㄒㄧㄢˊ ⓰ jim⁴ 鹽]
❶ 懷疑；被懷疑 ◆ 嫌疑／避嫌／涉嫌。❷ 厭惡 ◆ 嫌棄／討嫌。❸ 不滿意 ◆ 嫌少／嫌他懶。❹ 怨恨 ◆ 捐棄前嫌。

¹⁰
## 嫁
嫁 嫁 嫁 嫁 嫁 嫁

[ jià ㄐㄧㄚˋ ⓰ ga³ 駕]
❶ 女子結婚，從娘家遷到婆家 ◆ 出嫁／嫁妝／男大當婚，女大當嫁。❷ 轉移 ◆ 轉嫁／嫁禍於人。

¹¹
## 嫣
嫣 嫣 嫣 嫣 嫣 嫣

[ yān ㄧㄢ ⓰ jin¹ 煙]
❶ 美好的樣子 ◆ 嫣然一笑。❷ 顏色鮮豔 ◆ 姹紫嫣紅。

¹¹
## 嫗 (妪)
嫗 嫗 嫗 嫗 嫗 嫗

[ yù ㄩˋ ⓰ jy³ 瘀]
年老的婦女 ◆ 老嫗。

¹¹
## 𡢃
𡢃 𡢃 𡢃 𡢃 𡢃 𡢃

[ léi ㄌㄟˊ ⓰ lœy⁴ 雷]

嫘祖：傳說是黃帝的妻子，最早發明養蠶的人。

## ¹¹嫖

嫖 嫖 嫖 嫖 嫖 嫖　嫖

[ piáo ㄆㄧㄠˊ 粵 piu⁴ 瓢 ]

男子用金錢玩弄妓女 ◆ 嫖娼 / 嫖客 / 吃喝嫖賭。

## ¹¹嫩

嫩 嫩 嫩 嫩 嫩 嫩　嫩

[ nèn ㄋㄣˋ 粵 nyn⁶ 暖⁶ ]

❶ 剛長出來不久，還很柔弱的；跟"老"相對 ◆ 嫩芽 / 嫩葉 / 嬌嫩。❷ 食物燒製的時間短，鬆軟好嚼；跟"老"相對 ◆ 牛肉炒得很嫩 / 雞蛋煎嫩一些。❸ 顏色淺 ◆ 嫩黃 / 嫩綠。

## ¹¹嫦

嫦 嫦 嫦 嫦 嫦 嫦　嫦

[ cháng ㄔㄤˊ 粵 sœŋ⁷ 常 ]

嫦娥：神話傳說中月宮裏的仙女 ◆ 嫦娥奔月。

## ¹¹嫡

嫡 嫡 嫡 嫡 嫡 嫡　嫡

[ dí ㄉㄧˊ 粵 dik⁷ 的 ]

❶ 家族中血統最近的 ◆ 嫡親兄弟。❷ 關係最親近的；正宗的 ◆ 嫡系 / 嫡傳。

## ¹²嬉

嬉 嬉 嬉 嬉 嬉 嬉　嬉

[ xī ㄒㄧ 粵 hei¹ 希 ]

玩耍；遊戲 ◆ 嬉戲 / 嬉笑。

## ¹²嬋

嬋 嬋 嬋 嬋 嬋 嬋　嬋

[ chán ㄔㄢˊ 粵 sim⁴ 蟬 ]

嬋娟：(1) 姿態美好；借指美女。(2) 指月亮

◆ 但願人長久，千里共嬋娟。也作"嬋媛"。

## ¹²嫵 (妩)

嫵 嫵 嫵 嫵 嫵 嫵　嫵

[ wǔ ㄨˇ 粵 mou⁵ 武 ]

嫵媚：形容女子、花木等姿態美好可愛 ◆ 嫵媚動人。

## ¹²嬌 (娇)

嬌 嬌 嬌 嬌 嬌 嬌　嬌

[ jiāo ㄐㄧㄠ 粵 giu¹ 驕 ]

❶ 美好；可愛 ◆ 嬌美 / 嬌豔 / 江山如此多嬌。❷ 借指美女 ◆ 金屋藏嬌。❸ 柔嫩脆弱 ◆ 嬌嫩 / 嬌貴 / 嬌氣。❹ 過分的愛護；寵愛 ◆ 嬌縱 / 嬌生慣養。

## ¹²嫻 (娴)

嫻 嫻 嫻 嫻 嫻 嫻　嫻

[ xián ㄒㄧㄢˊ 粵 han⁴ 閒 ]

❶ 熟練 ◆ 技術嫻熟。❷ 文雅 ◆ 舉止嫻雅 / 嫻靜。

## ¹³娘

娘　同"嬲"字，見 406 頁。

## ¹⁴嬪 (嫔)

嬪 嬪 嬪 嬪 嬪 嬪　嬪

[ pín ㄆㄧㄣˊ 粵 pen⁴ 貧 ]

皇帝的妾；皇宮中的女官 ◆ 妃嬪。

## ¹⁴嬰 (婴)

嬰 嬰 嬰 嬰 嬰 嬰　嬰

[ yīng ㄧㄥ 粵 jiŋ¹ 英 ]

出生不久的孩子 ◆ 嬰兒 / 男嬰 / 棄嬰。

## ¹⁵嬸 (婶)

嬸 嬸 嬸 嬸 嬸 嬸　嬸

[ shěn ㄕㄣˇ 粵 sem² 審 ]

❶ 叔叔的妻子 ◆ 嬸嬸 / 嬸娘 / 嬸子。❷ 尊稱與父母同輩而年齡較小的婦女 ◆ 大嬸

¹⁷孀　孀 孀 孀 孀 孀 孀　孀

[ shuāng ㄕㄨㄤ 粵 sœŋ¹ 商]
死了丈夫的女人；寡婦 ◆ 遺孀 / 孀婦。

子 部

⁰子　子 子　子

〈一〉[ zǐ ㄗˇ 粵 dzi² 止]
❶ 兒子 ◆ 父子 / 子女 / 獨生子。❷ 人的通稱 ◆ 男子 / 女子 / 莘莘學子。❸ 古代稱有學問、道德及地位的人；對男子的尊稱；古代指 “你” ◆ 君子 / 諸子百家 / 孔子 / 夫子 / 以子之矛，攻子之盾。❹ 植物的種子；動物的卵 ◆ 瓜子 / 雞子 / 魚子醬。❺ 小而硬的成塊或成顆粒狀的東西 ◆ 子彈 / 石子 / 棋子 / 算盤子。❻ 幼小的；稚嫩的 ◆ 子雞 / 子豬 / 子薑。❼ 派生的；從屬的 ◆ 子公司 / 子母鈕。❽ 封建時代五等爵位的第四等 ◆ 公、侯、伯、子、男 / 子爵。❾ 地支的第一位 ◆ 子丑寅卯。❿ 子時：即晚上十一時至凌晨一時。

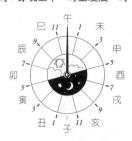

〈二〉[ zi ·ㄗ 粵 dzi² 止]
⓫ 名詞的後綴 ◆ 椅子 / 墊子 / 胖子 / 出亂子。
☞ 見古文字插頁 1。

⁰子　孑 孑　孑

[ jié ㄐㄧㄝˊ 粵 kit⁸ 揭]
❶ 單獨；孤單 ◆ 孑立 / 孑然一身。❷ 孑孓：蚊子的幼蟲。

⁰孓　孓 孓　孓

[ jué ㄐㄩㄝˊ 粵 kyt⁸ 決]
孑孓：蚊子的幼蟲。

¹孔　孔 孔 孔　孔

[ kǒng ㄎㄨㄥˇ 粵 huŋ² 恐]
洞；窟窿 ◆ 鼻孔 / 彈孔 / 無孔不入 / 千瘡孔 / 十七孔橋。

²孕　孕 孕 孕 孕　孕

[ yùn ㄩㄣˋ 粵 jɐn⁶ 刃]
❶ 懷胎 ◆ 孕婦 / 孕育 / 避孕。❷ 胎兒 ◆ 懷孕 / 身孕。

³存　存 存 存 存 存　存

[ cún ㄘㄨㄣˊ 粵 tsyn⁴ 全]
❶ 還在；還活着；跟 “亡” 相對 ◆ 存在 / 生存 / 生死存亡 / 盪然無存 / 名存實亡。❷ 保留 ◆ 存根 / 存疑 / 求同存異 / 保存下來。❸ 積儲 ◆ 存款 / 存貨 / 儲存。❹ 寄放 ◆ 存放 / 存車 / 寄存。❺ 心裏懷有 ◆ 存心搗亂 / 不存幻想 / 心存僥倖。

³字　字 字 字 字 字　字

[ zì ㄗˋ 粵 dzi⁶ 自]

❶ 文字；記錄語言的符號 ◆ 漢字／字典／常用字／字裏行間。❷ 指字音 ◆ 字正腔圓／吐字清楚。❸ 名字；人本名以外的別號 ◆ 簽字／岳飛，字鵬舉／諸葛亮，字孔明。❹ 用文字寫成的憑據、契約 ◆ 字據／立字為據。

## ³好

見女部，101 頁。

## ⁴孝

孝 孝 孝 孝 孝 孝　孝

[ xiào ㄒㄧㄠˋ 粵 hau³ 效³ ]

❶ 敬重並盡心供養父母 ◆ 孝順／盡孝道／孝敬父母／不孝子孫／孝子賢孫。❷ 居喪；喪服 ◆ 守孝／戴孝。

## ⁴李

見木部，209 頁。

## ⁴孜

孜 孜 孜 孜 孜 孜　孜

[ zī ㄗ 粵 dzi¹ 支 ]

孜孜：努力不懈 ◆ 孜孜以求／孜孜不倦。

## ⁴孚

孚 孚 孚 孚 孚 孚　孚

[ fú ㄈㄨˊ 粵 fu¹ 呼 ]

令人信服 ◆ 深孚眾望。

## ⁵孟

孟 孟 孟 孟 孟 孟　孟

[ mèng ㄇㄥˋ 粵 maŋ⁶ 猛⁶ ]

農曆每季的第一個月 ◆ 孟春（正月）／孟秋（七月）。

## ⁵季

季 季 季 季 季 季　季

[ jì ㄐㄧˋ 粵 gwɐi³ 貴 ]

❶ 三個月為一季，一年分春夏秋冬四季 ◆ 春季／冬季／換季。❷ 具有某種特點的一段時間 ◆ 雨季／旱季／旺季／淡季。❸ 兄弟排行第四或最小的 ◆ 季弟／伯仲叔季。❹ 競賽中得第三 ◆ 季軍。

## ⁵孤

孤 孤 孤 孤 孤 孤　孤

[ gū ㄍㄨ 粵 gu¹ 姑 ]

❶ 幼年失去父親或父母雙亡的 ◆ 孤兒／遺孤／孤兒寡婦。❷ 單獨 ◆ 孤雁／孤身一人／孤立無援／孤軍作戰／孤掌難鳴。❸ 古代王侯的自稱 ◆ 稱孤道寡。

## ⁵乳

見乙部，7 頁。

## ⁵享

見亠部，11 頁。

## ⁶孩

孩 孩 孩 孩 孩 孩　孩

[ hái ㄏㄞˊ 粵 hɔi⁴ 開⁴/hai⁴ 鞋 ]

❶ 兒童 ◆ 小孩／男孩／女孩。❷ 子女 ◆ 我們有三個孩子。

## ⁷孫 ⁽孙⁾

孫 孫 孫 孫 孫 孫　孫

[ sūn ㄙㄨㄣ 粵 syn¹ 宣 ]

❶ 兒女的子女 ◆ 孫子／孫女／外孫。❷ 孫子以後各代 ◆ 曾孫／玄孫。

👉 見古文字插頁 15。

## ⁸孰

孰 孰 孰 孰 孰 孰　孰

[ shú ㄕㄨˊ 粵 suk⁹ 淑 ]

誰；甚麼 ◆ 人非聖賢，孰能無過？／是可忍，孰不可忍？

## ⁹孳

孳 孳 孳 孳 孳 孳　孳

[ zī ㄗ 粵 dzi¹ 之 ]

焦點易錯字　熟｜孰　熟悉 熟能生巧　孰知 孰不可忍

繁殖 ◆ 孳乳 / 清除污水，防止蚊蠅孳生。

## ⁹屏

屏 屏 屏 屏 屏 屏　屏

〈一〉[ chán 彳ㄢˊ 粵 san⁴ 潺 ]
❶ 瘦弱；軟弱 ◆ 屏羸 / 屏弱。
〈二〉[ càn ㄘㄢˋ 粵 tsan³ 燦 ]
❷ 屏頭：指軟弱無能的人。

## ¹¹孵

孵 孵 孵 孵 孵 孵　孵

[ fū ㄈㄨ 粵 fu¹ 呼 ]
鳥類伏在蛋上，用體溫使蛋受熱而成幼鳥（也可用人工方法）◆ 人工孵化 / 母雞孵小雞。

## ¹³學 (学)

學 學 學 學 學 學　學

[ xué ㄒㄩㄝˊ 粵 hɔk⁹ 鶴 ]
❶ 學習 ◆ 學畫畫 / 學以致用 / 學無止境 / 學而不厭。❷ 模仿 ◆ 鸚鵡學舌 / 他學猴子學得很神似。❸ 學習的地方；學校 ◆ 小學 / 大學 / 上學。❹ 學問；學科 ◆ 學術 / 博學 / 學說 / 數學 / 醫學。

## ¹⁴孺

孺 孺 孺 孺 孺 孺　孺

[ rú ㄖㄨˊ 粵 jy⁶ 遇/jy⁴ 余 ]
小孩子 ◆ 孺子可教 / 婦孺皆知。

## ¹⁷孽 (孼)

孽 孽 孽 孽 孽 孽　孽

[ niè ㄋㄧㄝˋ 粵 jit⁹ 熱 ]
❶ 妖怪；禍害 ◆ 妖孽 / 餘孽。❷ 罪惡 ◆ 造孽 / 罪孽深重。

## ¹⁹孿 (孪)

孿 孿 孿 孿 孿 孿　孿

[ luán ㄌㄨㄢˊ 粵 lyn⁴ 聯/syn³ 算 ]
雙生 ◆ 孿生子 / 孿生兄弟。

宀 部

## ²宂

"冗" 的異體字，見 36 頁。

## ²穴

見穴部，324 頁。

## ²它

它 它 它 它　它

[ tā ㄊㄚ 粵 ta¹ 他 ]
事物的第三身代詞 ◆ 桌上有一杯牛奶，你把它喝了吧 / 它山之石，可以攻玉。

## ³宇

宇 宇 宇 宇 宇 宇　宇

[ yǔ ㄩˇ 粵 jy⁵ 羽 ]
❶ 屋簷；泛指房屋 ◆ 屋宇 / 廟宇。❷ 所有的空間；世界 ◆ 宇宙 / 寰宇 / 宇航員。❸ 儀容；風度 ◆ 器宇軒昂。

## ³守

守 守 守 守 守 守　守

[ shǒu ㄕㄡˇ 粵 sɐu² 手 ]
❶ 防禦；保衛 ◆ 守衛 / 防守 / 守邊疆 / 守門員 / 駐守部隊。❷ 照管；看管 ◆ 守護 / 看守 / 守口如瓶。❸ 遵照；奉行 ◆ 遵守 / 守紀律 / 奉公守法 / 信守諾言。❹ 保持 ◆ 因循守舊 / 墨守成規 / 保守祕密。❺ 等候 ◆ 守候 / 守株待兔。

## ³宅

宅 宅 宅 宅 宅　宅

[ zhái ㄓㄞˊ 粵 dzak⁹ 擇 ]

居住的地方 ◆ 宅第／住宅／深宅大院。

## ³字

見子部，109 頁。

## ³安

安安安安安 **安**

[ ān ㄢ （粵）ɔn¹/ŋɔn¹ 鞍 ]

❶ 太平無事，沒有危險；跟 "危" 相對 ◆ 安全／平安／安定／轉危為安／安然無恙。
❷ 平靜；穩定 ◆ 安穩／安靜／心神不安。
❸ 使人安定 ◆ 安慰／安神補腦／除暴安良／保境安民。❹ 舒適；快樂 ◆ 安樂／安逸／安居樂業。❺ 對環境或事物感到滿足；習慣於 ◆ 安於現狀。❻ 裝備；放置◆ 安裝／安上門鈴。❼ 放在適當的位置上◆ 安排／安置／安頓。❽ 存着；懷着 ◆無處安身／他到底安的甚麼心？❾ 怎麼；哪裏 ◆ 燕雀安知鴻鵠之志？

📖 見古文字插頁 13。

## ⁴完

完完完完完完 **完**

[ wán ㄨㄢˊ （粵）jyn⁴ 元 ]

❶ 齊全；沒有損壞，沒有欠缺 ◆ 完好無損／完美無缺／體無完膚／設備完善／事情已完滿解決。❷ 做成了 ◆ 完成／完工／完婚。❸ 結束 ◆ 完結／完了。❹ 盡；沒有了 ◆ 用完／吃完／貨物賣完了。❺ 交納◆ 完稅／完糧。

## ⁴宋

宋宋宋宋宋宋 **宋**

[ sòng ㄙㄨㄥˋ （粵）suŋ³ 送 ]

朝代名 ◆ 唐、宋、元、明、清。

## ⁴宏

宏宏宏宏宏宏 **宏**

[ hóng ㄏㄨㄥˊ （粵）weŋ⁴ 弘 ]

大；廣 ◆ 規模宏大／建築宏偉／宏圖大志／寬宏大量。

## ⁴牢

見牛部，275 頁。

## ⁵宗

宗宗宗宗宗宗 **宗**

[ zōng ㄗㄨㄥ （粵）dzuŋ¹ 鐘 ]

❶ 祖先 ◆ 祖宗／列祖列宗／光宗耀祖。
❷ 家族；同一家族的 ◆ 宗族／同宗同祖。
❸ 派別 ◆ 宗派／正宗。❹ 主旨 ◆ 宗旨／開宗明義／萬變不離其宗。❺ 量詞 ◆ 大宗貨物／一宗案件。

📖 見古文字插頁 14。

## ⁵定

定定定定定定 **定**

[ dìng ㄉㄧㄥˋ （粵）diŋ⁶ 訂 ]

❶ 平靜；安穩 ◆ 安定／穩定／心神不定。
❷ 使安定 ◆ 定心丸／安邦定國／定神一看。❸ 確立下來，不再變 ◆ 決定／定論／舉棋不定／一言為定。❹ 不易變更的 ◆ 定律／定理。❺ 規定的 ◆ 定額／定量。❻預先約好 ◆ 定貨／定做／預定。❼ 表示肯定或必然 ◆ 定能取勝／定有緣故。

## ⁵宜

宜宜宜宜宜宜 **宜**

[ yí ㄧˊ （粵）ji⁴ 疑 ]

❶ 合適；適當 ◆ 適宜／相宜／因地制宜／不合時宜／風光宜人。❷ 應該 ◆ 事不宜遲／不宜急於求成／冤家宜解不宜結／宜未雨而綢繆，毋臨渴而掘井。

## ⁵帘

見巾部，131 頁。

⁵**宙** 宙宙宙宙宙宙 **宙**

[ zhòu ㄓㄡˋ ⓟ dzɐu⁶ 就 ]

宇宙。見"宇"字，111頁。

⁵**官** 官官官官官官 **官**

[ guān ㄍㄨㄢ ⓟ gun¹ 觀¹ ]

❶ 在國家機關或軍隊中擔任一定職務的人員 ◆ 官員 / 軍官 / 官官相護 / 清官難斷家務事 / 只許州官放火，不許百姓點燈。❷ 屬於國家或政府的 ◆ 官商 / 官辦。❸ 器官 ◆ 感官 / 五官端正。

⁵**宛** 宛宛宛宛宛宛 **宛**

[ wǎn ㄨㄢˇ ⓟ jyn² 婉 ]

❶ 好像 ◆ 宛如 / 宛若 / 宛然在目。❷ 曲折 ◆ 宛轉。

⁶**宣** 宣宣宣宣宣宣 **宣**

[ xuān ㄒㄩㄢ ⓟ syn¹ 孫 ]

公開説出；發表 ◆ 宣告 / 宣佈 / 宣傳 / 宣誓 / 心照不宣。

⁶**宦** 宦宦宦宦宦宦 **宦**

[ huàn ㄏㄨㄢˋ ⓟ wan⁶ 幻 ]

❶ 古代官吏的統稱；做官 ◆ 官宦人家 / 仕宦 / 宦海沉浮 / 為宦數十載。❷ 宦官：即太 。

⁶**宥** 宥宥宥宥宥宥 **宥**

[ yòu ㄧㄡˋ ⓟ jɐu⁶ 又 ]

寬恕；原諒 ◆ 寬宥 / 原宥 / 敬希見宥。

⁶**室** 室室室室室室 **室**

[ shì ㄕˋ ⓟ sɐt⁷ 失 ]

❶ 房屋；房間 ◆ 卧室 / 教室 / 室外温度 / 十室九空 / 引狼入室。❷ 機關、團體、學校等單位內部的工作部門 ◆ 辦公室 / 經理室 / 編輯室 / 資料室。

⁶**客** 客客客客客客 **客**

[ kè ㄎㄜˋ ⓟ hak⁸ 嚇 ]

❶ 來賓；客人；跟"主"相對 ◆ 賓客 / 會客 / 請客 / 不速之客 / 反客為主。❷ 某些行業對主顧的稱呼 ◆ 顧客 / 乘客 / 客滿。❸ 出門在外的；寄居他鄉的 ◆ 旅客 / 客居在外 / 客死異鄉 / 獨在異鄉為異客，每逢佳節倍思親。❹ 指從事某種活動的人 ◆ 政客 / 説客 / 刺客 / 俠客。

⁷**家** 家家家家家家 **家**

[ jiā ㄐㄧㄚ ⓟ ga¹ 加 ]

❶ 家庭 ◆ 放學回家 / 家喻戶曉 / 家破人亡 / 少小離家老大回，鄉音無改鬢毛衰。❷ 指住處 ◆ 搬家 / 四海為家 / 無家可歸。❸ 屬於家庭的 ◆ 家產 / 家當 / 家務。❹ 謙稱自己的長輩或同輩中年長的 ◆ 家父 / 家母 / 家兄。❺ 尊稱有專門知識或技能的人 ◆ 專家 / 科學家 / 藝術家 / 政治家。❻ 學術上的派別 ◆ 儒家 / 百家爭鳴。❼ 特指某種人 ◆ 野心家 / 陰謀家 / 冤家路窄。❽ 人工飼養的；跟"野"相對 ◆ 家畜 / 家禽 / 家兔。❾ 量詞 ◆ 一家工廠 / 兩家旅館。

⁷**宵** 宵宵宵宵宵宵 **宵**

[ xiāo ㄒㄧㄠ ⓟ siu¹ 消 ]

夜 ◆ 元宵 / 宵禁 / 良宵 / 通宵達旦。

## ⁷宴　宴宴宴宴宴宴　[宴]

[ yàn ㄧㄢˋ ⑧ jin³ 燕 ]

酒席；用酒肉款待賓客 ◆ 宴席 / 設宴 / 赴宴 / 宴請賓客 / 告別宴會。

## ⁷宮 ⁽宫⁾　宮宮宮宮宮宮　[宮]

[ gōng ㄍㄨㄥ ⑧ guŋ¹ 公 ]

❶ 帝王的住所 ◆ 皇宮 / 宮殿 / 宮 。❷ 神話中神仙的住所 ◆ 天宮 / 龍宮 / 月宮。❸ 某些廟宇的名稱 ◆ 北京雍和宮 / 拉薩布達拉宮。❹ 羣眾娛樂場所 ◆ 文化宮 / 少年宮。❺ 指子宮 ◆ 宮頸 / 宮外孕。

## ⁷害　害害害害害害　[害]

[ hài ㄏㄞˋ ⑧ hɔi⁶ 亥 ]

❶ 損傷；毀壞 ◆ 損害 / 危害 / 迫害 / 害羣之馬 / 傷天害理。❷ 殘殺 ◆ 殺害 / 遇害 / 謀財害命 / 殘害百姓。❸ 有壞處的；跟"益"相對 ◆ 害蟲 / 有害氣體 / 有害無益。❹ 災禍 ◆ 災害 / 禍害 / 貽害無窮 / 為民除害。❺ 患病 ◆ 害病。❻ 怕 ◆ 害怕 / 害羞。

## ⁷容　容容容容容容　[容]

[ róng ㄖㄨㄥˊ ⑧ juŋ⁴ 溶 ]

❶ 包含；接納 ◆ 容納 / 收容 / 無地自容 / 兼容並包。❷ 寬恕；原諒 ◆ 寬容 / 容忍 / 決不容情 / 殺人可恕，情理難容。❸ 允許；讓 ◆ 容許 / 不容分説 / 刻不容緩 / 容人把話説完。❹ 相貌；神情 ◆ 容貌 / 面容 / 笑容滿面 / 容光煥發。❺ 事物的景象；外觀 ◆ 市容 / 陣容強大。

## ⁷宰　宰宰宰宰宰宰　[宰]

[ zǎi ㄗㄞˇ ⑧ dzɔi² 載2 ]

❶ 殺 ◆ 宰豬 / 屠宰 / 宰割 / 宰殺。❷ 主管；主持；支配 ◆ 主宰。

## ⁷案

見木部，215 頁。

## ⁸寇　寇寇寇寇寇寇　[寇]

[ kòu ㄎㄡˋ ⑧ keu³ 扣 ]

❶ 盜匪；侵略者 ◆ 匪寇 / 流寇 / 敵寇 / 視如寇仇 / 成則為王敗則為寇。❷ 敵人入侵 ◆ 寇邊 / 入寇。

## ⁸寅　寅寅寅寅寅寅　[寅]

[ yín ㄧㄣˊ ⑧ jɐn⁴ 仁 ]

❶ 地支的第三位 ◆ 子丑寅卯。❷ 寅時：十二時辰之一，即凌晨三時至五時。
✿ 圖見 109 頁。

## ⁸寄　寄寄寄寄寄寄　[寄]

[ jì ㄐㄧˋ ⑧ gei³ 記 ]

❶ 由郵局或託人傳送 ◆ 寄信 / 郵寄 / 寄語 / 寄往外地。❷ 託付；委託 ◆ 寄放 / 寄存 / 寄託。❸ 依附 ◆ 寄生 / 寄居 / 寄人籬下。

## ⁸寂　寂寂寂寂寂寂　[寂]

[ jì ㄐㄧˋ ⑧ dzik⁹ 直 ]

❶ 靜悄悄；沒有聲音 ◆ 寂靜 / 沉寂 / 萬籟俱寂。❷ 孤單冷清 ◆ 寂寞 / 孤寂。

## ⁸宿　宿宿宿宿宿宿　[宿]

⟨一⟩ [ sù ㄙㄨˋ ⑧ suk⁷ 叔 ]

❶ 住；過夜 ◆ 住宿 / 宿舍 / 宿營 / 露宿街頭。❷ 一向就有的 ◆ 宿願 / 宿怨 / 宿疾。❸ 年老的、有學問、有經驗的 ◆ 耆宿 / 宿儒 / 宿將。

〈二〉[ xiǔ ㄒㄧㄡˇ 粵 suk⁷ 叔]
❹ 一個晚上叫"一宿" ◆ 住了三宿。

〈三〉[ xiù ㄒㄧㄡˋ 粵 sɐu³ 秀]
❺ 中國古代天文學家把天上某些星的集合體叫"宿" ◆ 星宿 / 二十八宿。

⁸
# 密

密密密密密密 密

[ mì ㄇㄧˋ 粵 mɐt⁹ 勿]
❶ 距離近；空隙小；跟"稀"、"疏"相對 ◆ 密集 / 人口稠密 / 陰雲密佈 / 茂密的樹林。❷ 關係親近 ◆ 親密 / 關係密切。❸ 不公開的；不能公開的事物 ◆ 祕密 / 保密 / 機密 / 密碼。❹ 精細；細緻 ◆ 細密 / 精密儀器。
❀ 圖見 322 頁。

⁹
# 寒

寒寒寒寒寒寒 寒

[ hán ㄏㄢˊ 粵 hɔn⁴ 韓]
❶ 冷；跟"暑"相對 ◆ 寒氣襲人 / 寒風凜冽 / 寒冬臘月 / 天寒地凍 / 不是一番寒徹骨，怎得梅花撲鼻香。❷ 灰心失望；害怕 ◆ 寒心 / 膽寒。❸ 貧窮 ◆ 家境貧寒 / 出身寒門。

⁹
# 富

富富富富富富 富

[ fù ㄈㄨˋ 粵 fu³ 副]
❶ 錢財多；跟"貧"、"窮"相對 ◆ 富裕 / 富有 / 貧富不均 / 國富民強 / 農村漸漸富起來。❷ 使富裕 ◆ 富國強兵 / 富民政策。❸ 豐裕；充足 ◆ 豐富 / 富饒 / 富於想像力。❹ 財產；資源 ◆ 財富。

⁹
# 寓

寓寓寓寓寓寓 寓

[ yù ㄩˋ 粵 jy⁶ 遇]
❶ 寄住 ◆ 寓居 / 寄寓。❷ 住的地方 ◆ 寓所 / 公寓。❸ 寄託；隱含在內 ◆ 寓意 / 寓言 / 寓教於樂。

⁹
# 寐

寐寐寐寐寐寐 寐

[ mèi ㄇㄟˋ 粵 mei⁶ 味]
睡覺；入睡 ◆ 夜不能寐 / 夢寐以求。

¹⁰
# 塞

見土部，92 頁。

¹¹
# 寨

寨寨寨寨寨寨 寨

[ zhài ㄓㄞˋ 粵 dzai⁶ 債⁶]
❶ 防衛用的柵欄 ◆ 木寨。❷ 舊時的軍營 ◆ 營寨 / 安營紮寨。❸ 有圍欄的村子 ◆ 寨子 / 本村本寨。❹ 強盜聚居的地方 ◆ 山寨 / 寨主。

¹¹
# 賓

見貝部，429 頁。

¹¹
# 寡

寡寡寡寡寡寡 寡

[ guǎ ㄍㄨㄚˇ 粵 gwa² 瓜²]
❶ 少；跟"眾"、"多"相對 ◆ 寡言少語 / 寡不敵眾 / 寡廉鮮恥 / 沉默寡言。❷ 死了丈夫的婦女 ◆ 寡婦 / 守寡。❸ 古代君主的自稱 ◆ 寡人 / 稱孤道寡。
❀ 圖見 305 頁。

¹¹
# 寞 (寞)

寞寞寞寞寞寞 寞

[ mò ㄇㄛˋ 粵 mɔk⁹ 莫]
寂靜；冷落 ◆ 寂寞 / 落寞。

焦點易錯字　莫 | 寞　變幻莫測　莫名其妙　　落寞　寂寞難耐　　蜜 | 密　蜂蜜　甜言蜜語　親密　陰雲密佈

## 11 寧 (宁)

寧寧寧寧寧寧　寧

〈一〉[ níng ㄋㄧㄥˊ ⑧ niŋ⁴ 檸]
❶ 安定；平靜 ◆ 寧靜／安寧／雞犬不寧。
❷ 使安定 ◆ 息事寧人。 ❸ 寧夏回族自治區的簡稱 ◆ 陝甘寧。 ❹ 江蘇省南京市的簡稱 ◆ 滬寧高速公路。

〈二〉[ nìng ㄋㄧㄥˋ ⑧ niŋ⁴ 檸]
❺ 情願 ◆ 寧可／寧願／寧死不屈／寧為玉碎，不為瓦全。

## 11 察

察察察察察察　察

[ chá ㄔㄚˊ ⑧ tsat⁸ 刷]
仔細看；調查考核 ◆ 察看／觀察／考察／察言觀色／偵察破案。

## 11 寤

寤寤寤寤寤寤　寤

[ wù ㄨˋ ⑧ ŋ⁶ 誤]
睡醒。跟"寐"相對 ◆ 寤寐不忘。

## 11 寥

寥寥寥寥寥寥　寥

[ liáo ㄌㄧㄠˊ ⑧ liu⁴ 聊]
❶ 稀少 ◆ 掌聲寥落／寥寥無幾／寥若晨星。 ❷ 空闊；寂靜 ◆ 寥闊／寂寥。

## 11 寢 (寝)

寢寢寢寢寢寢　寢

[ qǐn ㄑㄧㄣˇ ⑧ tsɐm² 侵²]
❶ 睡覺 ◆ 寢具／寢食不安／廢寢忘食。 ❷ 睡覺的地方 ◆ 就寢／入寢。

## 11 實 (实)

實實實實實實　實

[ shí ㄕˊ ⑧ sɐt⁹ 失⁹]
❶ 草木的果子或種子 ◆ 果實／結實纍纍／開花結實。 ❷ 充滿；填滿 ◆ 實心／充實／荷槍實彈。 ❸ 真誠的；不虛假 ◆ 實情／忠實／誠實／真情實意。 ❹ 真的去做 ◆ 實行／實踐／實施／實習。 ❺ 客觀存在的 ◆ 事實／實際／如實招來／名存實亡／名副其實。

## 12 寮

寮寮寮寮寮寮　寮

[ liáo ㄌㄧㄠˊ ⑧ liu⁴ 遼]
小屋 ◆ 茅寮／茶寮。

## 12 寬 (宽)

寬寬寬寬寬寬　寬

[ kuān ㄎㄨㄢ ⑧ fun¹ 歡]
❶ 橫向的距離大；闊；跟"窄"相對 ◆ 寬廣／寬敞／寬銀幕／寬闊的馬路。 ❷ 放鬆；舒緩 ◆ 寬心／寬慰／寬限／放寬。 ❸ 不嚴厲；原諒；跟"嚴"相對 ◆ 寬恕／寬容／從寬處理／寬宏大量／寬以待人。

## 12 寫 (写)

寫寫寫寫寫寫　寫

〈一〉[ xiě ㄒㄧㄝˇ ⑧ sɛ² 捨]
❶ 拿筆寫字、作畫 ◆ 書寫／抄寫／默寫課文／野外寫生。 ❷ 寫文章；創作文藝作品 ◆ 寫作／編寫／寫小説／人物描寫。

〈二〉[ xiè ㄒㄧㄝˋ ⑧ sɛ² 捨]
❸ 寫意：舒適。

## 12 審 (审)

審審審審審審　審

[ shěn ㄕㄣˇ ⑧ sɐm² 沈]
❶ 訊問；調查案件 ◆ 審訊／審問／審判／開庭審理／公審大會。 ❷ 檢查；核對；評定 ◆ 審查／審核／審稿／評審。 ❸ 詳細；周密 ◆ 審慎／精審。

¹³ **憲**

見心部，159 頁。

¹⁴ **賽**

見貝部，430 頁。

¹⁶ **寶**

"寶"的異體字，見本頁。

¹⁶ **寵**（宠）

寵 寵 寵 寵 寵 寵 寵

[ chǒng ㄔㄨㄥˇ ⑧ tsuŋ² 充²]

❶ 偏愛；溺愛 ◆ 寵愛 / 譁眾取寵 / 受寵若驚 / 別把孩子寵壞了。❷ 尊榮 ◆ 寵辱皆忘。

¹⁷ **寶**（宝）

寶 寶 寶 寶 寶 寶 寶

[ bǎo ㄅㄠˇ ⑧ bou² 保]

❶ 珍貴的東西 ◆ 獻寶 / 國寶 / 無價之寶 / 金銀財寶 / 如獲至寶。❷ 珍貴的；貴重的 ◆ 寶石 / 寶刀 / 寶物 / 寶貝。

寸 部

⁰ **寸**

寸 寸 寸

[ cùn ㄘㄨㄣˋ ⑧ tsyn³ 串]

❶ 長度單位，十分等於一寸，十寸等於一尺 ◆ 三尺五寸 / 他長高了三寸。❷ 形容極其短小 ◆ 寸土必爭 / 寸步難移 / 手無寸鐵 / 一寸光陰一寸金，寸金難買寸光陰。

☝ 見古文字插頁 2。

³ **寺**

寺 寺 寺 寺 寺 寺

[ sì ㄙˋ ⑧ dzi⁶ 自]

佛教的廟宇或伊斯蘭教做禮拜的地方 ◆ 寺院 / 寺廟 / 少林寺 / 清真寺 / 姑蘇城外寒山寺，夜半鐘聲到客船。

³ **守**

見宀部，111 頁。

⁴ **肘**

見肉部，360 頁。

⁶ **恃**

見心部，150 頁。

⁶ **封**

封 封 封 封 封 封 封

[ fēng ㄈㄥ ⑧ fuŋ¹ 峯]

❶ 密閉；隔絕 ◆ 封閉 / 查封 / 封鎖 / 封山育林 / 信件還沒封口。❷ 用來封閉或包裝的紙袋、外衣 ◆ 信封 / 封面。❸ 限制在一定的範圍 ◆ 固步自封。❹ 帝王把官爵或土地賜給臣子 ◆ 封官 / 封侯 / 封土。❺ 量詞，用於裝封套的東西 ◆ 一封信 / 一封銀子。

⁶ **耐**

見而部，356 頁。

⁷ **辱**

見辰部，443 頁。

⁷ **射**

射 射 射 射 射 射 射

[ shè ㄕㄜˋ ⑧ sɛ⁶ 捨⁶]

❶ 利用壓力、彈力、推力或機械作用把東西送出 ◆ 射箭 / 射擊 / 噴射 / 注射 / 發射火箭 / 射入一球。❷ 放出光、熱等 ◆ 反射 / 光芒四射。❸ 用語言文字暗示；言外另有

大 女 子 宀 寸 木

所指 ◆ 影射 / 含沙射影。

見古文字插頁 15。

射箭

射擊

射門

<sup>8</sup> **專**（专）　專 專 專 專 專 專　專

[ zhuān ㄓㄨㄢ 粵 dzyn¹ 磚 ]
❶ 集中在一件事情上 ◆ 專一 / 專題 / 專心致志。❷ 單獨的；特定的 ◆ 專車 / 教育專款 / 專用電話 / 專人負責。❸ 獨自掌握或享有 ◆ 專權 / 專利 / 專賣。❹ 對某種學術、技能有特長 ◆ 專家 / 專長 / 專業。

<sup>8</sup> **將**（将）　將 將 將 將 將 將　將

〈一〉[ jiāng ㄐㄧㄤ 粵 dzœŋ¹ 張 ]
❶ 快要；就要 ◆ 將要 / 即將開始 / 老之將至 / 暴風雨將來臨。❷ 把；拿；用 ◆ 將功補過 / 將計就計 / 將錯就錯 / 將門鎖上 / 將他請來。❸ 又；且 ◆ 將信將疑。❹ 下象棋時攻擊對方的 "將"、"帥" ◆ 將軍 / 跳馬將。
〈二〉[ jiàng ㄐㄧㄤˋ 粵 dzœŋ³ 障 ]

❺ 軍銜名，校官以上、元帥以下的一級 ◆ 少將 / 上將 / 大將。❻ 泛指高級軍官 ◆ 將領 / 將帥 / 破關斬將 / 損兵折將 / 強將手下無弱兵。

<sup>8</sup> **尉**　尉 尉 尉 尉 尉 尉　尉

〈一〉[ wèi ㄨㄟˋ 粵 wɐi³ 畏 ]
❶ 軍銜名，士以上、校以下的一級 ◆ 上尉 / 中尉。
〈二〉[ yù ㄩˋ 粵 wɐt⁷ 屈 ]
❷ 尉遲：複姓。

<sup>9</sup> **尊**　尊 尊 尊 尊 尊 尊　尊

[ zūn ㄗㄨㄣ 粵 dzyn¹ 專 ]
❶ 地位或輩分高；跟 "卑" 相對 ◆ 尊長 / 尊貴 / 尊卑 / 唯我獨尊。❷ 敬重 ◆ 尊敬 / 尊重 / 尊崇 / 尊師愛生 / 自尊自重。❸ 敬詞 ◆ 請問尊姓大名。❹ 量詞，用於神佛塑像或大炮 ◆ 一尊佛 / 一尊大炮。

見古文字插頁 16。

<sup>9</sup> **尋**（寻）　尋 尋 尋 尋 尋 尋　尋

[ xún ㄒㄩㄣˊ 粵 tsɐm⁴ 侵⁴ ]
❶ 找 ◆ 尋找 / 尋求 / 搜尋 / 尋根究底。
❷ 尋常：普通；平常 ◆ 舊時王謝堂前燕，飛入尋常百姓家。

<sup>11</sup> **奪**　見大部，100 頁。

<sup>11</sup> **對**（对）　對 對 對 對 對 對　對

[ duì ㄉㄨㄟˋ 粵 dœy³ 隊³ ]
❶ 正確；跟 "錯" 相對 ◆ 他說得對 / 這樣做就對了 / 答案對不對？對。❷ 回答 ◆

對答如流 / 無言以對。❸ 向着；朝着 ◆
面對 / 對牛彈琴 / 對人發誓。❹ 彼此相向
的 ◆ 對門 / 對岸 / 有緣千里來相會，無緣
對面不相逢。❺ 競爭的雙方；相抗衡 ◆
對立 / 對抗 / 作對 / 針鋒相對 / 棋逢對手，
將遇良才。❻ 互相 ◆ 對比 / 對調。❼ 照
着樣子檢查 ◆ 核對 / 校對 / 對筆跡。❽
成雙的 ◆ 對聯 / 配對 / 成雙成對 / 天生一
對。❾ 平均分成兩半 ◆ 對開 / 對半分。
❿ 適合；附合 ◆ 對胃口 / 文不對題 / 門
當戶對。⓫ 對待；對付 ◆ 對策 / 對事不
對人 / 對症下藥。⓬ 對於 ◆ 對兒童文學
有興趣 / 他要對這件事負責。⓭ 量詞，用
於成雙的 ◆ 一對夫妻 / 一對花瓶。

¹³**導**（导）　導 導 導 導 導 導　導

[ dǎo ㄉㄠˇ ⓹ dou⁶ 杜 ]
❶ 帶領；指引 ◆ 導遊 / 引導 / 領導 / 導
航。❷ 傳送 ◆ 導電 / 導熱 / 半導體。❸
教育 ◆ 教導 / 指導 / 輔導。❹ 指導演 ◆
編導 / 執導 / 自編自導。

¹⁴**謝**　見言部，419頁。

## 小 部

⁰**小**　　小 小　小

[ xiǎo ㄒㄧㄠˇ ⓹ siu² 笑² ]
❶ 大小的“小”；跟“大”相對 ◆ 小樹 /
小狗 / 一條小河 / 小題大做 / 會當凌絕頂，

一覽眾山小。❷ 年幼的；排行最末的 ◆
小兒子 / 小弟弟。❸ 細小的；不重要的 ◆
不拘小節 / 小事一樁。❹ 時間短 ◆ 小住 /
小坐。❺ 輕視；看不起 ◆ 別小看人。❻
細微 ◆ 小有名氣。❼ 小學的簡稱 ◆ 高小
畢業 / 今年讀小四 / 大、中、小各級學校。
🖐 見古文字插頁 2。

¹**少**　　少 少 少　少

〈一〉[ shǎo ㄕㄠˇ ⓹ siu² 小 ]
❶ 數量小；跟“多”相對 ◆ 少數 / 少量 / 以
少勝多 / 少說空話 / 積少成多。❷ 短缺；丟
失 ◆ 缺少 / 缺衣少食 / 必不可少 / 屋裏少了
東西沒有？❸ 稍微；暫時 ◆ 少候 / 少安勿
躁。❹ 不常見的 ◆ 少見多怪 / 世上少有。
〈二〉[ shào ㄕㄠˋ ⓹ siu³ 笑 ]
❺ 年紀輕；年輕人 ◆ 少男 / 少女 / 男女老
少 / 少不更事 / 少壯不努力，老大徒傷悲 /
花無重開日，人無再少年。❻ 過去稱富貴
人家的孩子 ◆ 少爺 / 闊少。

³**尖**　　尖 尖 尖 尖 尖　尖

[ jiān ㄐㄧㄢ ⓹ dzim¹ 沾 ]
❶ 物體細小銳利的一頭 ◆ 筆尖 / 刀尖 /
塔尖 / 小荷才露尖尖角，早有蜻蜓立上頭。
❷ 銳利 ◆ 尖銳 / 尖刀 / 尖刻 / 把鉛筆削
尖。❸ 感覺靈敏 ◆ 眼睛尖 / 耳朵尖。❹
聲音又高又細 ◆ 尖嗓子 / 尖聲尖氣。❺
出眾的人或物品 ◆ 冒尖 / 拔尖。

³**劣**　　見力部，46頁。

⁵**尚**　　尚 尚 尚 尚 尚 尚　尚

[ shàng ㄕㄤˋ ⓹ sœŋ⁶ 上⁶ ]

❶ 尊崇；注重 ◆ 崇尚／禮尚往來。❷ 社會上一時流行的風氣或東西 ◆ 風尚／時尚。❸ 還 ◆ 尚未完成／一息尚存／精神尚好／成績尚可。

⁵京 見亠部，11頁。

⁶省 見目部，303頁。

⁸雀 見隹部，477頁。

⁹景 見日部，201頁。

# 尢 部

¹尤　　尤尤尤 尤

[ yóu ㄧㄡˊ 粵 jeu⁴ 由 ]
❶ 特別的；突出的 ◆ 擇尤／無恥之尤。❷ 更加；格外 ◆ 尤其／尤為聰明。❸ 怨恨；責怪 ◆ 怨天尤人。❹ 過失 ◆ 以儆效尤。

⁴尬　尬尬尬尬尬尬 尬

[ gà ㄍㄚˋ 粵 gai³ 介 ]
尷尬。見 "尷" 字，本頁。

⁹就　　就就就就就 就

[ jiù ㄐㄧㄡˋ 粵 dzɐu⁶ 袖 ]
❶ 立刻；馬上 ◆ 說完就走／他一來，我就

走。❷ 單單；只有 ◆ 這件事就你知道／他就愛看武俠小說／大家都贊成，就他反對。❸ 表示加強語氣 ◆ 我就不信／這就對了。❹ 靠近；接近 ◆ 就近入學／各就各位／就地取材／就着燈光看書。❺ 從事；前往 ◆ 就業／就職／就學。❻ 成功 ◆ 一揮而就／功成名就／取得成就。❼ 依據；按照；對 ◆ 就事論事／就這篇文章發表意見。❽ 即使 ◆ 你就不說，我也猜得出來。❾ 已經 ◆ 雨早就停了／作業早就做完了。

¹⁴尷⁽尴⁾　尷尷尷尷尷尷 尷

[ gān ㄍㄢ 粵 gam¹ 緘／gam³ 鑒 (語) ]
尷尬：(1) 處境困難，不好處理 ◆ 事情弄得很尷尬。(2) 態度不自然；不好意思的樣子 ◆ 她是第一次向人借錢，神情有點尷尬。

# 尸 部

⁰尸　　　　尸尸 尸

[ shī ㄕ 粵 si¹ 詩 ]
❶ 空佔職位而不做事 ◆ 尸位素餐。❷ 同

"屍" 字，見 122 頁。

## ¹ 尹

尹 尹 尹 尹

[ yǐn ｜ㄣˇ ⑧ wen⁵ 允 ]

姓。

## ¹ 尺

尺 尺 尺 尺

[ chǐ ㄔˇ ⑧ tsɛk⁸ 赤 ]

❶ 長度單位，十寸等於一尺，一尺等於三分之一米 ◆ 三尺四寸 / 這裏有十尺高 / 百尺竿頭，更進一步。❷ 量長度或畫圖用的工具 ◆ 皮尺 / 捲尺 / 丁字尺 / 放大尺。❸ 某些形狀像尺的東西 ◆ 鎮尺 / 計算尺。

## ² 尼

尼 尼 尼 尼

[ ní ㄋ｜ˊ ⑧ nei⁴ 妮 ]

尼姑：信奉佛教而出家的女子 ◆ 僧尼 / 尼庵。

## ⁴ 屁

屁 屁 屁 屁 屁 屁

[ pì ㄆ｜ˋ ⑧ pei³ 譬 ]

從肛門排出的臭氣 ◆ 放屁。

## ⁴ 尾

尾 尾 尾 尾 尾 尾

〈一〉[ wěi ㄨㄟˇ ⑧ mei⁵ 美 ]

❶ 尾巴：鳥獸蟲魚脊椎末端突出的部分 ◆ 豬尾 / 蛇尾 / 搖尾乞憐。❷ 事物的最後部分 ◆ 有頭有尾 / 首尾相接 / 文章的結尾 / 音樂會將近尾聲。❸ 緊跟在後 ◆ 尾隨 / 尾追。❹ 量詞，用於魚 ◆ 一尾魚。

〈二〉[ yǐ ｜ˇ ⑧ mei⁵ 美 ]

❺ 義同 ❶，用於 "尾巴" 等口語詞 ◆ 馬尾兒 (馬尾的毛)。

## ⁴ 局

局 局 局 局 局 局

[ jú ㄐㄩˊ ⑧ guk⁹ 焗 ]

❶ 整體中的一部分 ◆ 局部。❷ 機關、單位的名稱 ◆ 書局 / 教育局 / 警察局 / 郵政局。❸ 形勢；事態 ◆ 時局 / 局勢 / 結局 / 顧全大局。❹ 限制；拘束 ◆ 局限 / 局促。❺ 棋盤；下一次棋或一場其他的比賽 ◆ 棋局 / 平局 / 先勝一局。❻ 圈套 ◆ 騙局。

## ⁴ 尿

尿 尿 尿 尿 尿 尿

[ niào ㄋ｜ㄠˋ ⑧ niu⁶ 鳥⁶ ]

小便 ◆ 撒尿 / 尿布。

## ⁵ 届 ⁽届⁾

届 届 届 届 届 届

[ jiè ㄐ｜ㄝˋ ⑧ gai³ 介 ]

❶ 到 ◆ 屆時。❷ 量詞。次數；期 ◆ 本屆運動會 / 第三屆畢業生。

## ⁵ 居

居 居 居 居 居 居

[ jū ㄐㄩ ⑧ gœy¹ 舉¹ ]

❶ 住；住處 ◆ 居住 / 定居 / 分居 / 舊居 / 故居。❷ 處在 ◆ 居中 / 後來居上 / 居於首位 / 居安思危。❸ 當；任 ◆ 居功自傲 / 以學者自居。❹ 積存 ◆ 居積致富 / 奇貨可居。❺ 佔 ◆ 贊成者居多 / 二者必居其一。

## ⁵ 屆

"届" 的異體字，見本頁。

## ⁵ 屈

屈 屈 屈 屈 屈 屈

[ qū ㄑㄩ ⑧ wet⁷ 鬱 ]

❶ 彎曲；跟 "伸" 相對 ◆ 屈指可數 / 卑恭屈膝 / 大丈夫能屈能伸。❷ 低頭服輸；妥

**協讓步** ◆ 屈服 / 寧死不屈 / 不屈不撓 / 富貴不能淫，威武不能屈。**❸ 理虧** ◆ 理屈詞窮。**❹ 委屈；冤枉** ◆ 冤屈 / 鳴冤叫屈 / 屈打成招。

---

⁶ **屍** ⁽⁽尸⁾⁾　屍 屍 屍 屍 屍 屍　屍

[ shī ㄕ 粵si¹ 詩 ]

死人的軀體 ◆ 屍體 / 死屍 / 行屍走肉。

---

⁶ **屋**　屋 屋 屋 屋 屋 屋　屋

[ wū ㄨ 粵uk⁷/ŋuk⁷ ]

房子；房間 ◆ 房屋 / 茅屋 / 屋前屋後 / 疊牀架屋 / 屋漏更遭連夜雨，行船又遇頂頭風。

---

⁶ **屏**　屏 屏 屏 屏 屏 屏　屏

〈一〉[ píng ㄆㄧㄥˊ 粵piŋ⁴ 平 ]

**❶ 遮擋；用來擋風或擋住視線用的傢具** ◆ 屏蔽 / 屏障 / 屏風 / 畫屏。**❷ 字畫的條幅** ◆ 屏條。**❸ 電視機或某些科學儀器能顯示圖像的部分，用玻璃製成** ◆ 屏幕 / 熒光屏。

〈二〉[ bǐng ㄅㄧㄥˇ 粵biŋ² 丙 ]

**❹ 除去** ◆ 屏棄。**❺ 止住呼吸** ◆ 屏息 / 屏氣 / 屏住呼吸。

---

⁶ **屎**　屎 屎 屎 屎 屎 屎　屎

[ shǐ ㄕˇ 粵si² 史 ]

**❶ 糞；大便** ◆ 拉屎。**❷ 眼、耳等器官的分泌物** ◆ 眼屎 / 耳屎。

---

⁷ **展**　展 展 展 展 展 展　展

[ zhǎn ㄓㄢˇ 粵dzin² 剪 ]

**❶ 張開；舒緩** ◆ 舒展 / 伸展 / 展翅飛翔 / 愁眉不展。**❷ 擴大** ◆ 擴展 / 拓展。**❸ 陳列出來** ◆ 展覽 / 展銷 / 展品 / 畫展。**❹ 推遲；放寬** ◆ 展期舉行 / 展緩處理。**❺ 發揮** ◆ 施展才能 / 一籌莫展。

---

⁷ **屑**　屑 屑 屑 屑 屑 屑　屑

[ xiè ㄒㄧㄝˋ 粵sit⁸ 薛 ]

**❶ 碎末；細碎** ◆ 木屑 / 紙屑 / 瑣屑。**❷ 值得** ◆ 不屑一顧。

---

⁷ **屐**　屐 屐 屐 屐 屐 屐　屐

[ jī ㄐㄧ 粵kɛk⁹ 劇 ]

木頭鞋 ◆ 木屐。

---

⁸ **屠**　屠 屠 屠 屠 屠 屠　屠

[ tú ㄊㄨˊ 粵tou⁴ 徒 ]

**❶ 宰殺牲畜** ◆ 屠宰 / 屠夫。**❷ 殘殺** ◆ 屠殺 / 放下屠刀，立地成佛。

---

⁸ **屜** ⁽⁽屉⁾⁾　屜 屜 屜 屜 屜 屜　屜

[ tì ㄊㄧˋ 粵tɐi³ 替 ]

分層疊放的器物；器物中可以隨意抽出的部分 ◆ 籠屜 / 抽屜。

---

⁹ **犀**　見牛部，276 頁。

---

⁹ **孱**　見子部，111 頁。

---

¹¹ **屢** ⁽⁽屡⁾⁾　屢 屢 屢 屢 屢 屢　屢

[ lǚ ㄌㄩˇ 粵lœy⁵ 呂 ]

多次；一次又一次 ◆ 屢次 / 屢戰屢勝 / 屢創佳績 / 屢教不改 / 屢見不鮮。

---

¹² **履**　履 履 履 履 履 履　履

[ lǚ ㄌㄩˇ 粵lei⁵ 里/lœy⁵ 呂 ]

❶ 鞋 ◆ 西裝革履／削足適履／瓜田不納履，李下不整冠。❷ 踩；走過 ◆ 履險如夷／如履薄冰。❸ 實行；執行 ◆ 履行諾言／履行公務。❹ 經歷 ◆ 履歷。❺ 腳步 ◆ 步履艱難。

<sup>12</sup>層<sup>(层)</sup> 層 層 層 層 層 層 層

[ céng ㄘㄥˊ 粵 tseŋ⁴ 曾 ]
❶ 重疊；重複 ◆ 層層疊疊／層巒疊嶂／層出不窮。❷ 重疊起來的東西；重複事物的一部分 ◆ 雲層／表層。❸ 量詞 ◆ 想深一層／千層餅／欲窮千里目，更上一層樓。

<sup>18</sup>屬<sup>(属)</sup> 屬 屬 屬 屬 屬 屬 屬

〈一〉[ shǔ ㄕㄨˇ 粵 suk⁹ 蜀 ]
❶ 類別 ◆ 金屬。❷ 同一家族或有親戚關係的 ◆ 家屬／親屬／有情人終成眷屬。❸ 有管轄關係的 ◆ 直屬／部屬／附屬。❹ 有統領關係的 ◆ 歸屬／勝利屬於我們。❺ 是；符合 ◆ 情況屬實。❻ 用十二生肖記出生年 ◆ 我屬豬，他屬牛。
〈二〉[ zhǔ ㄓㄨˇ 粵 dzuk⁷ 足 ]
❼ 專注；注意力集中到一點上 ◆ 屬目／屬望。❽ 連接 ◆ 前後相屬。

屮 部

<sup>1</sup>屯 屯 屯 屯 屯

[ tún ㄊㄨㄣˊ 粵 tyn⁴ 團 ]
❶ 儲存；積聚 ◆ 屯糧。❷ 軍隊駐紮 ◆ 屯兵戍邊。❸ 村莊 ◆ 屯子／屯落。

<sup>2</sup>出
見山部，39 頁。

山 部

<sup>0</sup>山 山 山 山

[ shān ㄕㄢ 粵 san¹ 刪 ]
❶ 地面上由土石構成的高聳部分 ◆ 山峯／高山／萬水千山／崇山峻嶺／不識廬山真面目，只緣身在此山中。❷ 像山的東西 ◆ 冰山／山牆。
見古文字插頁 2。

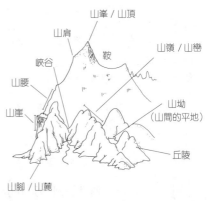

山峯／山頂
山肩
鞍
山嶺／山巒
峽谷
山腰
山坳
（山間的平地）
山崖
丘陵
山腳／山麓

³
屹　　　屹 屹 屹 屹 屹　屹

[ yì ㄧˋ ⑧ ŋet⁹ 迄 ]
形容山勢高聳的樣子 ◆ 屹立 / 屹然不動。

⁴
岑　　　岑 岑 岑 岑 岑　岑

[ cén ㄘㄣˊ ⑧ sem⁴ 忱 ]
小而高的山。

⁴
岌　　　岌 岌 岌 岌 岌　岌

[ jí ㄐㄧˊ ⑧ kep⁷ 級 ]
岌岌:形容山高;也形容十分危險 ◆ 岌岌
可危。

⁴
岔　　　岔 岔 岔 岔 岔　岔

[ chà ㄔㄚˋ ⑧ tsa³ 詫 ]
❶ 由主幹分出來的 ◆ 岔道 / 三岔路口。
❷ 轉移方向或話題 ◆ 你別打岔 / 把話岔
開。❸ 互相讓開;錯開 ◆ 把時間岔開。
❹ 岔子、岔兒:指事故、錯誤 ◆ 千萬別出
岔子 / 請放心,不會出岔兒。

⁵
岸　　　岸 岸 岸 岸 岸　岸

[ àn ㄢˋ ⑧ ŋon⁶ ]
❶ 江、河、湖、海等邊緣的陸地 ◆ 上岸 /
海岸線 / 長江沿岸 / 兩岸猿聲啼不住,輕
舟已過萬重山。❷ 高大 ◆ 偉岸。❸ 高傲;
莊嚴 ◆ 傲岸 / 道貌岸然。

⁵
岩　　　"巖"的異體字,見127頁。

⁵
岡⁽冈⁾　　岡 岡 岡 岡 岡　岡

[ gāng ㄍㄤ ⑧ goŋ¹ 江 ]
山脊;不高的山嶺 ◆ 岡巒 / 岡坡 / 在山岡
上。

⁵
岳　　　岳 岳 岳 岳 岳 岳　岳

[ yuè ㄩㄝˋ ⑧ ŋok⁹ 鄂 ]
❶ 妻子的父母 ◆ 岳父 / 岳母。❷ 同"嶽"
字,見127頁。

⁵
岱　　　岱 岱 岱 岱 岱 岱　岱

[ dài ㄉㄞˋ ⑧ doi⁶ 代 ]
泰山的別稱。也叫"岱宗"、"岱嶽"。

⁵
岷　　　岷 岷 岷 岷 岷 岷　岷

[ mín ㄇㄧㄣˊ ⑧ men⁴ 民 ]
岷山:山名,在四川省。岷水:水名,在
四川省。

⁶
峙　　　峙 峙 峙 峙 峙 峙　峙

[ zhì ㄓˋ ⑧ dzi⁶ 治/tsi⁵ 似 ]
聳立 ◆ 兩山對峙。

⁶
峋　　　峋 峋 峋 峋 峋 峋　峋

[ xún ㄒㄩㄣˊ ⑧ soen¹ 荀 ]
嶙峋。見"嶙"字,126頁。

⁶
幽　　　見幺部,135頁。

⁷
豈　　　見豆部,422頁。

⁷
峽⁽峡⁾　　峽 峽 峽 峽 峽 峽　峽

[ xiá ㄒㄧㄚˊ ⑧ hap⁹ 狹 ]
兩山之間的狹長凹陷地帶;兩山之間或兩

個大陸之間的水道 ◆ 大峽谷／海峽兩岸／
長江三峽。
☺ 圖見 123 頁。

**⁷峭** 峭峭峭峭峭峭 峭

[ qiào ㄑㄧㄠˋ ⑧tsiu³ 俏 ]
❶ 山勢又高又陡 ◆ 峭拔／陡峭／峻峭／
懸崖峭壁。❷ 比喻嚴厲、尖厲 ◆ 峭寒／
格峭直。

**⁷峨** 峨峨峨峨峨峨 峨

[ é ㄜˊ ⑧ŋɔ⁴ 俄 ]
❶ 高 ◆ 巍峨／峨冠。❷ 峨眉：山名，在
四川省。也寫作 "峨嵋"。

**⁷島** ⁽岛⁾ 島島島島島島 島

[ dǎo ㄉㄠˇ ⑧dou² 賭 ]
江、河、湖、海中四面環水的陸地 ◆ 島嶼／
孤島／羣島／列島／海南島。

**⁷峪** 峪峪峪峪峪峪 峪

[ yù ㄩˋ ⑧juk⁹ 浴 ]
山谷，多用作地名 ◆ 嘉峪關／馬蘭峪。

**⁷峯** ⁽峰⁾ 峯峯峯峯峯峯 峯

[ fēng ㄈㄥ ⑧fuŋ¹ 風 ]
❶ 山的尖頂；比喻最高處 ◆ 山峯／頂峯／
峯巒疊嶂／峯迴路轉／登峯造極／橫看成
嶺側成峯，遠近高低各不同。❷ 形狀像山
峯的東西 ◆ 駝峯／洪峯。
☺ 圖見 123 頁。

**⁷峰**
"峯" 的異體字，見本頁。

**⁷峻** 峻峻峻峻峻峻 峻

[ jùn ㄐㄩㄣˋ ⑧dzœn³ 俊 ]
❶ 山勢又高又陡 ◆ 峻峭／險峻／崇山峻嶺。
❷ 比喻嚴厲 ◆ 形勢嚴峻／嚴刑峻法。

**⁸崖** 崖崖崖崖崖崖 崖

[ yá ㄧㄚˊ ⑧ŋai⁴ 捱 ]
高山陡壁的邊 ◆ 山崖／懸崖勒馬。

**⁸崎** 崎崎崎崎崎崎 崎

[ qí ㄑㄧˊ ⑧kei¹ 畸 ]
崎嶇：山路高低不平；比喻困難、曲折 ◆
山路崎嶇／生平多崎嶇。

**⁸崗** ⁽岗⁾ 崗崗崗崗崗崗 崗

[ gǎng ㄍㄤˇ ⑧gɔŋ¹ 江 ]
❶ 隆起的土石坡 ◆ 高崗／黃土崗。❷ 值
勤、守衛、工作的場所 ◆ 崗位／崗哨／崗
亭／站崗放哨。

**⁸崑** ⁽昆⁾ 崑崑崑崑崑崑 崑

[ kūn ㄎㄨㄣ ⑧gwɐn¹ 軍/kwɐn¹ 坤 ]
崑崙：山名，中國最大的山脈，在新疆、
西藏和青海。也寫作 "昆侖"。

**⁸崔** 崔崔崔崔崔崔 崔

[ cuī ㄘㄨㄟ ⑧tsœy¹ 吹 ]
姓。

**⁸崙** ⁽岺⁾ 崙崙崙崙崙崙 崙

[ lún ㄌㄨㄣˊ ⑧lœn⁴ 輪 ]
崑崙。見 "崑" 字，本頁。

## ⁸崢 ⁽峥⁾

崢 崢 崢 崢 崢 崢　崢

[ zhēng ㄓㄥ ⑧ dzeŋ¹ 增 ]
崢嶸：(1)形容高峻挺拔 ◆ 山勢崢嶸／殿
宇崢嶸。(2)比喻超乎尋常、不平凡 ◆ 崢
嶸歲月。

## ⁸崩

崩 崩 崩 崩 崩 崩　崩

[ bēng ㄅㄥ ⑧ beŋ¹ ]
❶ 倒塌；坍塌 ◆ 雪崩／崩裂／山崩地裂／
土崩瓦解。❷ 破裂 ◆ 他們談崩了／把氣
球吹崩了。❸ 建時代稱皇帝死 ◆ 駕崩。

## ⁸崇

崇 崇 崇 崇 崇 崇　崇

[ chóng ㄔㄨㄥˊ ⑧ suŋ⁴ 宋⁴ ]
❶ 高 ◆ 崇高／崇山峻嶺。❷ 尊重 ◆ 崇
拜／崇敬／推崇／尊崇。

## ⁸密

見宀部，115頁。

## ⁸崛

崛 崛 崛 崛 崛 崛　崛

[ jué ㄐㄩㄝˊ ⑧ gwet⁹ 掘 ]
突起；興起 ◆ 崛起。

## ⁹嵌

嵌 嵌 嵌 嵌 嵌 嵌　嵌

[ qiàn ㄑㄧㄢˋ ⑧ hɐm² 坎 ]
把一種物體卡進另一較大物體的空隙裏 ◆
鑲嵌／嵌花。

## ⁹崽

崽 崽 崽 崽 崽 崽　崽

[ zǎi ㄗㄞˇ ⑧ dzɔi² 宰 ]
❶ 小孩；孩子。❷ 幼小的動物 ◆ 豬崽／
雞崽。也寫作"仔"。

## ⁹嵐

嵐 嵐 嵐 嵐 嵐 嵐　嵐

[ lán ㄌㄢˊ ⑧ lam⁴ 藍 ]
山林中的霧氣 ◆ 山嵐／曉嵐。

## ⁹嵋

嵋 嵋 嵋 嵋 嵋 嵋　嵋

[ méi ㄇㄟˊ ⑧ mei⁴ 眉 ]
峨嵋。見"峨"字，125頁。

## ¹⁰嵩

嵩 嵩 嵩 嵩 嵩 嵩　嵩

[ sōng ㄙㄨㄥ ⑧ suŋ¹ 鬆 ]
嵩山，山名，五嶽之一(東嶽泰山，南嶽衡
山，西嶽華山，北嶽恆山，中嶽嵩山)，在
河南省登封縣北。

## ¹¹嶄 ⁽崭⁾

嶄 嶄 嶄 嶄 嶄 嶄　嶄

[ zhǎn ㄓㄢˇ ⑧ tsam⁵ 慚⁵ ]
❶ 高出；突出 ◆ 嶄露頭角。❷ 相當於
"很"、"特別" ◆ 嶄新的西裝。

## ¹¹嶇 ⁽岖⁾

嶇 嶇 嶇 嶇 嶇 嶇　嶇

[ qū ㄑㄩ ⑧ kœy¹ 拘 ]
崎嶇。見"崎"字，125頁。

## ¹¹嶂

嶂 嶂 嶂 嶂 嶂 嶂　嶂

[ zhàng ㄓㄤˋ ⑧ dzœŋ³ 漲 ]
直立如屏障的山峯 ◆ 層巒疊嶂。

## ¹²嶙

嶙 嶙 嶙 嶙 嶙 嶙　嶙

[ lín ㄌㄧㄣˊ ⑧ lœn⁴ 倫 ]
嶙峋：(1)形容山石重疊不平 ◆ 怪石嶙
峋。(2)形容身體消瘦 ◆ 瘦骨嶙峋。(3)
形容人剛正有骨氣 ◆ 傲骨嶙峋。

¹³ 嶼 ⁽屿⁾

[ yǔ ㄩˇ ⑧ dzœy⁶ 敘 ]

小島 ◆ 島嶼。

¹⁴ 嶺 ⁽岭⁾

[ lǐng ㄌㄧㄥˇ ⑧ liŋ⁵ 領/lɛŋ⁵ (語) ]

山峯；山脈 ◆ 山嶺／崇山峻嶺／翻山越嶺／大興安嶺／嶺南習俗。

☯ 圖見 123 頁。

¹⁴ 嶽 ⁽岳⁾

[ yuè ㄩㄝˋ ⑧ ŋɔk⁹ 愕 ]

高大的山 ◆ 五嶽（東嶽泰山，南嶽衡山，西嶽華山，北嶽恆山，中嶽嵩山）。

¹⁴ 嶸 ⁽嵘⁾

[ róng ㄖㄨㄥˊ ⑧ wiŋ⁴ 榮 ]

崢嶸。見"崢"字，126 頁。

¹⁸ 巍

[ wēi ㄨㄟ ⑧ ŋɐi⁴ 危 ]

高大 ◆ 巍峨／巍然屹立。

¹⁸ 巋 ⁽岿⁾

[ kuī ㄎㄨㄟ ⑧ kwɐi¹ 虧 ]

高峻屹立 ◆ 巋然不動／山峯巋巍。

¹⁸ 巔 ⁽巅⁾

[ diān ㄉㄧㄢ ⑧ din¹ 顛 ]

山頂 ◆ 巔峯／站在高山之巔。

¹⁹ 巒 ⁽峦⁾

[ luán ㄌㄨㄢˊ ⑧ lyn⁴ 聯 ]

小而尖的山；連綿的山 ◆ 岡巒／山巒起伏／重巒疊嶂。

☯ 圖見 123 頁。

²⁰ 巖 ⁽岩⁾

[ yán ㄧㄢˊ ⑧ ŋam⁴ 癌 ]

❶ 高峻的石山 ◆ 七星巖。 ❷ 巖石 ◆ 巖層／花崗巖／石灰巖／水成巖。

巛 部

⁰ 川

[ chuān ㄔㄨㄢ ⑧ tsyn¹ 穿 ]

❶ 河流 ◆ 名山大川／川歸海／日照香爐生紫煙，遙看瀑布掛前川。 ❷ 平原；平地 ◆ 一馬平川／八百里秦川。 ❸ 四川省的簡稱 ◆ 川菜／川劇。

☙ 見古文字插頁 11。

³ 州

[ zhōu ㄓㄡ ⑧ dzɐu¹ 周 ]

❶ 從前的一種行政區劃名稱，現仍保留在一些地名裏 ◆ 州府／蘇州／揚州。 ❷ 指少數民族自治行政區域 ◆ 自治州。

☙ 見古文字插頁 13。

<sup>4</sup>災
見火部，263頁。

<sup>4</sup>巡 巡 巡 巡 巡 巡 巡 巡

[ xún ㄒㄩㄣˊ ⑧ tsœn<sup>4</sup> 秦 ]
❶ 往來查看或活動 ◆ 巡視 / 巡查 / 巡邏 / 出巡 / 巡迴演出。❷ 量詞，相當於 "遍" ◆ 酒過三巡。

<sup>8</sup>巢 巢 巢 巢 巢 巢 巢

[ cháo ㄔㄠˊ ⑧ tsau<sup>4</sup> 抄<sup>4</sup> ]
❶ 鳥或蜂、蟻等昆蟲的窩 ◆ 鳥巢 / 蜂巢 / 蟻巢 / 築巢。❷ 比喻盜匪藏身的地方 ◆ 巢穴 / 傾巢出動。

工 部

<sup>0</sup>工 工 工

[ gōng ㄍㄨㄥ ⑧ guŋ<sup>1</sup> 公 ]
❶ 從事勞動生產的人；工人 ◆ 礦工 / 修理技工 / 紡織女工。❷ 勞動；工作 ◆ 工地 / 做工 / 罷工 / 工欲善其事，必先利其器。❸ 工業 ◆ 化工 / 工商界。❹ 建設項目；工程 ◆ 施工 / 開工 / 竣工。❺ 一天的工作量 ◆ 記工 / 五個工。❻ 技巧 ◆ 唱工 / 做工 / 鬼斧神工。❼ 精細 ◆ 工筆畫 / 字寫得工整。❽ 擅長；善於 ◆ 工書法 / 工西洋油畫。☺ 圖見 95 頁。

<sup>2</sup>左 左 左 左 左 左

[ zuǒ ㄗㄨㄛˇ ⑧ dzɔ<sup>2</sup> 阻 ]
❶ 方位名，面向南時靠東的一邊；跟 "右" 相對 ◆ 左手 / 左邊 / 左顧右盼 / 左右逢源。❷ 邪的；不正派的 ◆ 旁門左道。❸ 相反；不合 ◆ 意見相左。❹ 地理位置上指東面 ◆ 江左（長江東面）/ 山左（太行山以東）。

<sup>2</sup>巧 巧 巧 巧 巧

[ qiǎo ㄑㄧㄠˇ ⑧ hau<sup>2</sup> 考 ]
❶ 靈敏精細；技藝高超 ◆ 靈巧 / 心靈手巧 / 巧奪天工 / 巧婦難為無米之炊。❷ 恰好；正好 ◆ 恰巧 / 不是巧合 / 事有湊巧 / 來得正巧。❸ 虛浮不實 ◆ 巧立名目 / 花言巧語 / 投機取巧。

<sup>2</sup>巨 巨 巨 巨 巨

[ jù ㄐㄩˋ ⑧ gœy<sup>6</sup> 具 ]
大 ◆ 巨大 / 巨變 / 巨額 / 一艘巨輪 / 為數甚巨。

<sup>2</sup>仝
見人部，13頁。

<sup>2</sup>功
見力部，46頁。

<sup>3</sup>式
見弋部，139頁。

<sup>4</sup>汞
見水部，239頁。

<sup>4</sup>攻
見攴部，190頁。

<sup>4</sup>**巫**　巫 巫 巫 巫 巫 巫 巫

[ wū ㄨ ⑧ mou<sup>4</sup> 無 ]
以裝神弄鬼替人求神降福為職業的人 ◆ 巫師 / 巫婆 / 小巫見大巫。

<sup>5</sup>**空**　見穴部，324 頁。

<sup>6</sup>**缸**　見缶部，349 頁。

<sup>7</sup>**貢**　見貝部，425 頁。

<sup>7</sup>**差**　差 差 差 差 差 差 差

〈一〉[ chā ㄔㄚ ⑧ tsa<sup>1</sup> 叉 ]
❶ 不同；比較而產生的區別 ◆ 差別 / 差距 / 差異 / 批發與零售的差價。❷ 錯誤；失誤 ◆ 差錯 / 陰差陽錯 / 一念之差 / 差之毫釐，失之千里。❸ 兩數相減的餘數 ◆ 差數。

〈二〉[ chà ㄔㄚˋ ⑧ tsa<sup>1</sup> 叉 ]
❹ 不好 ◆ 成績差 / 質量太差。❺ 不相當；不相稱 ◆ 差一點 / 差遠了。❻ 欠缺；短少 ◆ 差一元 / 還差三個人 / 還差一道手續。❼ 錯 ◆ 記差了 / 先生之言差矣。

〈三〉[ chāi ㄔㄞ ⑧ tsai<sup>1</sup> 猜 ]
❽ 派遣 ◆ 差遣 / 差使 / 鬼使神差。❾ 公務；職務 ◆ 出差 / 公差。❿ 被派遣的人 ◆ 差役 / 聽差。

〈四〉[ cī ㄘ ⑧ tsi<sup>1</sup> 雌 ]
⓫ 參差。見"參"字，57 頁。

<sup>9</sup>**項**　見頁部，486 頁。

# 己 部

<sup>0</sup>**己**　己 己 己

[ jǐ ㄐㄧˇ ⑧ gei<sup>2</sup> 紀 ]
❶ 自身 ◆ 自己 / 固執己見 / 知己知彼 / 捨己為人 / 若要人不知，除非己莫為。❷ 天干的第六位 ◆ 己巳之變。
⊛ 圖見 290 頁。

<sup>0</sup>**已**　已 已

[ yǐ ㄧˇ ⑧ ji<sup>5</sup> 以 ]
❶ 停止 ◆ 讚歎不已 / 鞠躬盡瘁，死而後已。❷ 已經 ◆ 事已如此 / 時間已過 / 大勢已去 / 勝負已定。

<sup>0</sup>**巳**　巳 巳

[ sì ㄙˋ ⑧ dzi<sup>6</sup> 自 ]
❶ 地支的第六位 ◆ 辛巳年。❷ 巳時：即上午九時至十一時。
⊛ 圖見 109 頁。

<sup>1</sup>**巴**　巴 巴 巴 巴

〈一〉[ bā ㄅㄚ ⑧ ba<sup>1</sup> 爸 ]
❶ 盼望 ◆ 巴望 / 巴不得。❷ 靠近；挨着 ◆ 巴着窗户看 / 前不巴村，後不巴店。❸ 乾燥黏結着的東西 ◆ 泥巴 / 鍋巴。❹ 指四川省東部地區 ◆ 巴山蜀水。

〈二〉[ ba ·ㄅㄚ ⑧ ba<sup>1</sup> 爸 ]

❺ 詞尾 ◆ 嘴巴 / 尾巴。

³**妃**
見女部，101 頁。

⁴**改**
見攴部，190 頁

⁴**忌**
見心部，148 頁。

⁶**巷**　巷 巷 巷 巷 巷 巷 巷
〈一〉[ xiàng ㄒㄧㄤˋ 粵 hɔŋ⁶ 項]
狹窄的街道 ◆ 巷戰 / 街談巷議 / 大街小巷 /
萬人空巷 / 酒香不怕巷子深。
〈二〉[ hàng ㄏㄤˋ 粵 同〈一〉]
採礦或探礦時挖的坑道。

**巾 部**

⁰**巾**　巾 巾 巾
[ jīn ㄐㄧㄣ 粵 gɐn¹ 斤]
用來擦拭、包裹、覆蓋的紡織品 ◆ 毛巾 /
餐巾 / 頭巾 / 圍巾 / 巾幗英雄 / 昨日入城
市，歸來淚滿巾。
✎ 見古文字插頁 2。

²**布**　布 布 布 布 布
[ bù ㄅㄨˋ 粵 bou³ 報]
❶ 棉、麻等紡織品 ◆ 棉布 / 麻布 / 布匹 /
布鞋。❷ 宣告；發表 ◆ 布告 / 宣布 / 發
布。❸ 分散到各處 ◆ 分布 / 陰雲密布 / 星
羅棋布 / 遍布全國 / 散布謠言。❹ 安排；

設置 ◆ 布防 / 布置 / 布局。❺ 姓。( ❷ –
❹ 又寫作 "佈" )

²**市**　市 市 市 市 市
[ shì ㄕˋ 粵 si⁵ 時⁵]
❶ 集中做買賣的場所 ◆ 市場 / 集市 / 夜市 /
上市 / 門庭若市。❷ 買賣；交易 ◆ 開市 /
日中為市。❸ 城市 ◆ 市民 / 市容 / 市區 /
都市。❹ 行政區劃單位 ◆ 北京市 / 上海市 /
直轄市。❺ 屬於市制的單位 ◆ 市斤 / 市尺。

³**吊**
見口部，61 頁。

³**帆**　帆 帆 帆 帆 帆
[ fān ㄈㄢ 粵 fan⁴ 凡]
❶ 掛在桅杆上，借風力使船前進的布篷 ◆
帆船 / 揚帆起航 / 一帆風順。❷ 借指船 ◆
千帆競發 / 孤帆遠影碧空盡，唯見長江天
際流。

⁴**希**　希 希 希 希 希 希
[ xī ㄒㄧ 粵 hei¹ 嬉]
❶ 少 ◆ 希有 / 希奇 / 希罕 / 希世珍寶 /
人生七十古來希。(同 "稀") ❷ 期望 ◆ 希
望 / 希準時出席。

⁵**帖**　帖 帖 帖 帖 帖 帖
〈一〉[ tiē ㄊㄧㄝ 粵 tip⁸ 貼]
❶ 妥當；合適 ◆ 妥帖。❷ 順從；服從 ◆
服帖 / 俯首帖耳。
〈二〉[ tiě ㄊㄧㄝˇ 粵 tip⁸ 貼]
❸ 邀請或通知的紙條 ◆ 請帖 / 帖子。
〈三〉[ tiè ㄊㄧㄝˋ 粵 tip⁸ 貼]

❹ 供臨寫模仿用的字本或畫本 ◆ 字帖 /
畫帖 / 碑帖 / 法帖。

他的書法真帥。

⁵ **帕**　帕帕帕帕帕帕　帕

[ pà ㄆㄚˋ ⑧ pa³ 怕/pak⁸ 拍（語）]
用來擦手擦臉的方形小巾 ◆ 手帕。

⁵ **帛**　帛帛帛帛帛帛　帛

[ bó ㄅㄛˊ ⑧ bak⁹ 白 ]
絲織品的總稱 ◆ 布帛 / 帛書 / 帛畫 / 化干
戈為玉帛。

⁵ **帚**　帚帚帚帚帚帚　帚

[ zhǒu ㄓㄡˇ ⑧ dzeu² 酒 ]
掃除垃圾的用具 ◆ 掃帚 / 炊帚 / 敝帚自
珍。

帚

⁵ **帘**　帘帘帘帘帘帘　帘

[ lián ㄌㄧㄢˊ ⑧ lim⁴ 簾 ]
❶ 掛在商店門口用來招攬生意的旗幟 ◆
酒帘。❷ "簾"的簡化字，見 334 頁。

⁶ **帥**⁽帅⁾　帥帥帥帥帥帥　帥

[ shuài ㄕㄨㄞˋ ⑧ sœy³ 歲 ]
❶ 軍隊中的最高指揮官 ◆ 元帥 / 統帥 /
掛帥。❷ 英俊；瀟灑；漂亮 ◆ 長得帥 /

⁶ **帝**　帝帝帝帝帝帝　帝

[ dì ㄉㄧˋ ⑧ dei³ 諦 ]
❶ 君主 ◆ 帝王 / 皇帝 / 帝制。❷ 宗教或
神話中稱最高的天神 ◆ 上帝 / 玉皇大帝。

⁷ **師**⁽师⁾　師師師師師師　師

[ shī ㄕ ⑧ si¹ 詩 ]
❶ 稱傳授知識或技藝的人 ◆ 老師 / 師傅 /
師徒關係 / 尊師重道 / 三人行必有我師。
❷ 稱擅長一種專門技藝的人 ◆ 醫師 / 工
程師 / 藥劑師 / 理髮師。❸ 榜樣 ◆ 為人
師表 / 前事不忘，後事之師。❹ 軍隊的編
制單位，軍以下、團以上 ◆ 師長。❺ 軍
隊 ◆ 師出有名 / 揮師東進 / 百萬雄師 / 王
師北定中原日，家祭無忘告乃翁。

⁷ **席**　席席席席席席　席

[ xí ㄒㄧˊ ⑧ dzik⁹ 直 ]
❶ 同"蓆"。席子；用蘆葦、竹篾等編成
的鋪墊用具 ◆ 竹席 / 涼席 / 草席 / 席捲天
下。❷ 座位；席位 ◆ 出席 / 軟席卧鋪 /
首席代表 / 座無虛席。❸ 酒筵 ◆ 酒席 /
天下無不散的筵席。❹ 量詞 ◆ 與君一席
話，勝讀十年書。

⁸ **帳**⁽帐⁾　帳帳帳帳帳帳　帳

[ zhàng ㄓㄤˋ ⑧ dzœŋ³ 漲 ]
❶ 張掛起來用作遮擋的用具 ◆ 蚊帳 / 帳
篷。❷ 錢財進出的記錄 ◆ 記帳 / 帳目 /
帳簿 / 查帳。❸ 所欠的錢財；債務 ◆ 欠
帳 / 還帳。（❷❸同"賬"字）

## ⁸帶 （带）

帶 帶 帶 帶 帶 帶　帶

[ dài ㄉㄞˋ 粵 daai³ 戴 ]

❶ 帶子：束衣或捆紮用的長條形的東西 ◆ 皮帶／鞋帶／領帶／繃帶／書包帶。❷ 像帶子的長條 ◆ 帶魚／錄音帶／傳送帶。❸ 佩掛；隨身拿着 ◆ 佩帶／攜帶／出國要帶護照。❹ 率領；引導 ◆ 帶隊／帶路／帶徒弟／帶他來見我。❺ 順便做；連着 ◆ 附帶／帶個口信／拖泥帶水／連人帶車掉進河裏。❻ 地區 ◆ 熱帶／沿海一帶／危險地帶。

## ⁸常

常 常 常 常 常 常　常

[ cháng ㄔㄤˊ 粵 sœŋ⁴ 嘗 ]

❶ 長久的；不變的 ◆ 常綠樹／四季常青／常年積雪／常任理事。❷ 時時；一次又一次地 ◆ 常常／經常／時常／常來常往／勝敗乃兵家常事。❸ 普通的；一般的 ◆ 常識／人之常情／常規檢查／習以為常／一反常態。

## ⁸帷

帷 帷 帷 帷 帷 帷　帷

[ wéi ㄨㄟˊ 粵 wai⁴ 圍 ]

圍起來作遮擋用的布幕 ◆ 帷幕／牀帷／帷幔。

## ⁹幅

幅 幅 幅 幅 幅 幅　幅

[ fú ㄈㄨˊ 粵 fuk⁷ 福 ]

❶ 布匹的寬度 ◆ 單幅／雙幅／寬幅的布。❷ 泛指書畫面或地域的廣狹 ◆ 篇幅／幅員遼闊。❸ 量詞，多用於圖畫、布帛等 ◆ 一幅畫／兩幅布。

## ⁹幀 （帧）

幀 幀 幀 幀 幀 幀　幀

[ zhēn ㄓㄣ 粵 dzin³ 正 ]

❶ 畫幅 ◆ 裝幀。❷ 量詞，相當於"幅" ◆ 一幀照片／一幀山水畫。

## ⁹帽

帽 帽 帽 帽 帽 帽　帽

[ mào ㄇㄠˋ 粵 mou⁶ 冒 ]

❶ 帽子 ◆ 草帽／脫帽致敬 。❷ 形狀或作用像帽子的東西 ◆ 筆帽／螺絲帽。（粵口語讀 mou² 冒 ²）

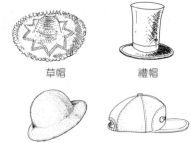

草帽　　　禮帽

呢帽　　　鴨舌帽

## ⁹幃 （帏）

幃 幃 幃 幃 幃 幃　幃

[ wéi ㄨㄟˊ 粵 wai⁴ 圍 ]

帳幔。同"帷"字，見本頁 ◆ 幃幔。

## ¹⁰幌

幌 幌 幌 幌 幌 幌　幌

[ huǎng ㄏㄨㄤˇ 粵 foŋ² 訪 ]

幌子：商店門外掛的表明所賣貨物的招牌或標誌；比喻用來蒙騙人的話或行為 ◆ 他只是以生病作為缺席會議的幌子。

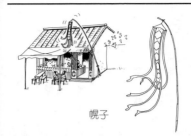

幌子

## 幕 (幕)

幕幕幕幕幕幕　幕

[ mù ㄇㄨˋ ⓰ mok⁹ 莫 ]

❶ 張掛起來或覆蓋在東西上的大塊織物 ◆ 幕布／銀幕／開幕／揭幕。❷ 戲劇中的一個段落 ◆ 序幕／第二幕／五幕話劇。❸ 內部的或隱祕的事情 ◆ 內幕／黑幕。

## 慢 (慢)

慢慢慢慢慢慢　慢

[ màn ㄇㄢˋ ⓰ man⁶ 慢 ]

掛在屋裏用作遮擋的布 ◆ 布幔／窗幔／帷幔。

## 幗 (帼)

幗幗幗幗幗幗　幗

[ guó ㄍㄨㄛˊ ⓰ gwok⁸ 國 ]

巾幗：古代婦女的頭巾和髮飾，借指婦女 ◆ 巾幗英雄／巾幗不讓鬚眉。

## 幣 (币)

幣幣幣幣幣幣　幣

[ bì ㄅㄧˋ ⓰ bɐi⁶ 弊 ]

錢；貨幣 ◆ 港幣／錢幣／金幣／人民幣。

## 幢 (幢)

幢幢幢幢幢幢　幢

[ zhuàng ㄓㄨㄤˋ ⓰ dzɔŋ⁶ 狀 ]

量詞 ◆ 一幢樓房。

## 幟 (帜)

幟幟幟幟幟幟　幟

[ zhì ㄓˋ ⓰ tsi³ 次 ]

旗子 ◆ 旗幟／獨樹一幟。

## 幫 (帮)

幫幫幫幫幫幫　幫

[ bāng ㄅㄤ ⓰ bɔŋ¹ 邦 ]

❶ 相助；替人家出力 ◆ 幫助／幫忙／好幫手／幫媽媽洗衣服。❷ 成羣結夥的 ◆ 幫派／馬幫／匪幫。❸ 物體的周圍部分 ◆ 船幫／鞋幫。❹ 量詞 ◆ 一幫朋友／一幫強盜。

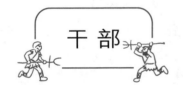

干 部

## 干

干干干　干

〈一〉[ gān ㄍㄢ ⓰ gɔn¹ 肝 ]

❶ 觸犯；冒犯 ◆ 干犯／干擾。❷ 關係；牽連；過問 ◆ 干涉／干連／干預／不相干。❸ 相當於"個"，若干，用來約計數目 ◆ 若干人。❹ 干支：古人用來記年月日的十干十二支，即甲乙丙丁戊己庚辛壬癸十干，也叫天干；子丑寅卯辰巳午未申酉戌亥十二支，也叫地支。❺ 盾牌 ◆ 大動干戈／化干戈為玉帛。❻ "乾〈一〉"的簡化字，見 7 頁。

☺ 圖見 290 頁。

〈二〉[ gàn ㄍㄢˋ ⑧ gɔn³ 肝³]

❼ "幹"的簡化字,見本頁。

## ²刊

見刀部,40 頁。

## ²平

平 平 平 平　**平**

[ píng ㄆㄧㄥˊ ⑧ piŋ⁴ 瓶]

❶ 表面沒有高低凹凸,也不傾斜 ◆ 平地 / 平坦 / 波平如鏡 / 馬路很平。❷ 均等;公正;不相上下 ◆ 平均 / 平分秋色 / 平等互利 / 平起平坐 / 公平合理。❸ 安定 ◆ 平安 / 太平 / 和平 / 風平浪靜 / 一波未平,一波又起。❹ 用武力征服;消除動亂 ◆ 平定騷亂 / 平息叛亂。❺ 經常的;普通的 ◆ 平時 / 平常 / 平淡無奇 / 平民百姓 / 平凡的工作。❻ 漢語聲調四聲之一 ◆ 陰平 / 陽平。

## ³年

年 年 年 年 年　**年**

[ nián ㄋㄧㄢˊ ⑧ nin⁴]

❶ 地球繞太陽一周的時間叫 "一年" ◆ 年曆 / 一年半載 / 年復一年 / 一年之計在於春 / 十年樹木,年樹人。❷ 歲數;按歲數劃分的階段 ◆ 年紀 / 年齡 / 年輕力壯 / 中年婦女 / 花有重開日,人無再少年。❸ 時期;時代 ◆ 年代 / 近年 / 永樂年間 / 清朝末年。❹ 農作物的收成 ◆ 年成 / 豐年 / 人壽年豐。❺ 年節;與年節有關的 ◆ 過年 / 拜年 / 新年 / 年貨 / 年畫。

## ³奸

見女部,101 頁。

## ⁴旱

見日部,198 頁。

## ⁴罕

見网部,350 頁。

## ⁵幸

幸 幸 幸 幸 幸 幸　**幸**

[ xìng ㄒㄧㄥˋ ⑧ heŋ⁶ 杏]

❶ 生活愉快美滿;境遇稱心如意 ◆ 幸福 / 幸運 / 慶幸 / 榮幸 / 三生有幸。❷ 希望 ◆ 幸勿推辭。❸ "倖"的簡化字,見 22 頁。

## ¹⁰幹 ⁽干⁾

幹 幹 幹 幹 幹 幹　**幹**

[ gàn ㄍㄢˋ ⑧ gɔn³ 肝³]

❶ 主體部分;主要部分 ◆ 樹幹 / 幹線 / 幹渠 / 主幹 / 骨幹。❷ 做事;辦事 ◆ 幹活 / 説幹就幹 / 埋頭苦幹 / 幹甚麼事情。❸ 辦事的能力 ◆ 才幹 / 精明能幹。

幺 部

## ¹幻

幻 幻 幻　**幻**

[ huàn ㄏㄨㄢˋ ⑧ wan⁶ 患]

❶ 不真實的;空虛的;不實在的 ◆ 幻覺 / 夢幻 / 虛幻 / 幻想破滅。❷ 奇異地變化 ◆ 幻術 / 變幻莫測。

## ²幼

幼 幼 幼 幼　**幼**

[ yòu ㄧㄡˋ ⑧ jeu³ 丘³]

❶ 年紀小;還沒長成的 ◆ 幼兒 / 幼稚 / 年幼 / 幼苗 / 幼蟲。❷ 小孩 ◆ 扶老攜幼 / 幼教工作。

## ⁶幽

幽 幽 幽 幽 幽 幽 **幽**

[ yōu ㄧㄡ 粵 jɐu¹ 休 ]
❶ 深；深遠 ◆ 幽深 / 幽谷 / 發千古之幽情。❷ 昏暗 ◆ 幽暗。❸ 隱蔽的 ◆ 幽會 / 幽居。❹ 沉靜；僻靜 ◆ 幽思 / 幽靜 / 幽雅。❺ 囚禁 ◆ 幽禁 / 幽囚。❻ 陰間 ◆ 幽靈 / 幽冥。

## ⁹幾 ⁽几⁾

幾 幾 幾 幾 幾 幾 **幾**

〈一〉[ jǐ ㄐㄧˇ 粵 gei² 己 ]
❶ 詢問數量；多少 ◆ 幾歲 / 現在幾點 / 有幾個人報名？❷ 表示數目不定 ◆ 十幾本書 / 幾百人 / 相差無幾 / 幾十里路。
〈二〉[ jī ㄐㄧ 粵 gei¹ 基 ]
❸ 接近；差一點 ◆ 幾遭暗算 / 幾乎都來了。

## ¹¹麼

見麻部，511 頁。

## ¹²樂

見木部，224 頁。

## ⁴床

"牀" 的異體字，見 273 頁。

## ⁴庇

庇 庇 庇 庇 庇 庇 **庇**

[ bì ㄅㄧˋ 粵 bei³ 祕 ]
遮蔽；保護 ◆ 庇護 / 包庇 / 庇蔭。

## ⁴序

序 序 序 序 序 序 **序**

[ xù ㄒㄩˋ 粵 dzœy⁶ 聚 ]
❶ 排列的先後 ◆ 次序 / 順序 / 程序 / 工序 / 秩序 / 循序漸進。❷ 開頭的；正式內容之前的 ◆ 序幕 / 序曲 / 序言 / 序文。

## ⁵店

店 店 店 店 店 店 **店**

[ diàn ㄉㄧㄢˋ 粵 dim³ 惦 ]
❶ 買賣東西的場所；商店 ◆ 店鋪 / 書店 / 服裝店。❷ 旅館 ◆ 客店 / 旅店。

## ⁵府

府 府 府 府 府 府 **府**

[ fǔ ㄈㄨˇ 粵 fu² 苦 ]
❶ 官署；政權機關 ◆ 官府 / 政府。❷ 高級官員辦公或居住的地方 ◆ 王府 / 總統府。❸ 尊稱別人的籍貫、家屬或住宅 ◆ 貴府 / 府上。❹ 舊時的行政區劃，在縣與省之間 ◆ 開封府 / 知府大人。

## ⁵底

底 底 底 底 底 底 **底**

[ dǐ ㄉㄧˇ 粵 dɐi² 抵 ]
❶ 物體最下面的部分 ◆ 鍋底 / 鞋底 / 井底之蛙 / 沉入海底。❷ 一段時間的末尾；結束 ◆ 年底 / 月底 / 進行到底。❸ 留作根據的原稿或草樣 ◆ 底稿 / 底本 / 留底。❹ 事情的內情或根源 ◆ 摸底 / 底細 / 刨根問底 / 打破砂鍋問到底。❺ 襯托花紋圖案的一面 ◆ 白底紅花。

## ⁵庖

庖 庖 庖 庖 庖 庖 **庖**

[ páo ㄆㄠˊ 粵 pau⁴ 刨 ]
❶ 廚房 ◆ 庖廚。❷ 廚師 ◆ 大庖 / 庖丁解牛 / 越俎代庖。

⁵庚　庚 庚 庚 庚 庚 庚　庚

[ gēng 《ㄥ 粵 gɐŋ¹ 羹 ]
❶ 天干的第七位 ◆ 庚申。❷ 年齡 ◆ 同庚 / 貴庚。
☺ 圖見 290 頁。

⁶度　度 度 度 度 度 度　度

〈一〉[ dù ㄉㄨˋ 粵 dou⁶ 道 ]
❶ 計量物體長短的標準；量長短的器具 ◆ 度量衡。❷ 按計量標準規定的計量單位 ◆ 溫度 / 長度 / 經度 / 角度。❸ 事物所達到的水平、境地 ◆ 程度 / 高度 / 濃度 / 深淺適度 / 極度困難。❹ 法則；標準 ◆ 法度 / 制度。❺ 人的氣量、胸懷 ◆ 度量 / 氣度不凡 / 豁達大度。❻ 人的外貌、儀表 ◆ 風度 / 態度。❼ 過；經過 ◆ 度假 / 歡度春節 / 度日如年 / 虛度年華。❽ 越過；跨過 ◆ 春風不度玉門關。❾ 量詞。回；次 ◆ 再度奪冠 / 一年一度 / 幾度風雨。
〈二〉[ duó ㄉㄨㄛˊ 粵 dɔk⁹ 鐸 ]
❿ 估計；推測 ◆ 揣度 / 以己度人 / 以小人之心，度君子之腹。

⁷席　見巾部，131 頁。

⁷庫⁽库⁾　庫 庫 庫 庫 庫 庫　庫

[ kù ㄎㄨˋ 粵 fu³ 富 ]
儲存大量東西的房屋或建築物 ◆ 庫房 / 倉庫 / 糧庫 / 書庫 / 水庫 / 彈藥庫。

⁷庭　庭 庭 庭 庭 庭 庭　庭

[ tíng ㄊㄧㄥˊ 粵 tiŋ⁴ 停 ]
❶ 廳堂 ◆ 大庭廣眾。❷ 正房前的院子 ◆

庭院 / 前庭後院 / 門庭若市。❸ 法院審理案件的場所 ◆ 法庭 / 開庭審理 / 出庭作證。

⁷座　座 座 座 座 座 座　座

[ zuò ㄗㄨㄛˋ 粵 dzɔ⁶ 助 ]
❶ 坐位 ◆ 座次 / 讓座 / 高朋滿座 / 對號入座 / 座無虛席。❷ 器物下面的托子 ◆ 鐘座 / 花瓶座。❸ 量詞 ◆ 一座山 / 兩座橋 / 一座寶塔。

⁷唐　見口部，71 頁。

⁸庶　庶 庶 庶 庶 庶 庶　庶

[ shù ㄕㄨˋ 粵 sy³ 恕 ]
❶ 眾多 ◆ 庶務 / 富庶。❷ 平民；百姓 ◆ 庶民。

⁸麻　見麻部，511 頁。

⁸庵　庵 庵 庵 庵 庵 庵　庵

[ ān ㄢ 粵 ɐm¹/ŋɐm¹ 暗¹ ]
尼姑住的寺廟 ◆ 庵堂 / 尼姑庵。

⁸庸　庸 庸 庸 庸 庸 庸　庸

[ yōng ㄩㄥ 粵 juŋ⁴ 容 ]
❶ 平常的；普通的；不高明 ◆ 平庸 / 庸才 / 庸醫 / 庸庸碌碌 / 天下本無事，庸人自擾之。❷ 用；需要 ◆ 毋庸諱言 / 無庸細述。

⁸康　康 康 康 康 康 康　康

[ kāng ㄎㄤ 粵 hɔŋ¹ 腔 ]
平平安安；身體好 ◆ 安康 / 健康 / 康復。

⁸
# 鹿
見鹿部，510頁。

⁹
# 廂 <sup>(厢)</sup>
廂廂廂廂廂廂 廂

[ xiāng ㄒ丨ㄤ ⓟ sœŋ¹ 商 ]

❶ 正屋前邊兩旁的房屋 ◆ 廂房 / 東廂房 / 西廂房。❷ 像屋子一樣隔間的地方 ◆ 車廂 / 包廂。❸ 靠近城市的地段 ◆ 城廂。

⁹
# 廁 <sup>(厕)</sup>
廁廁廁廁廁廁 廁

[ cè ㄘㄜˋ ⓟ tsi³ 次 ]

廁所：大小便的地方 ◆ 公廁 / 男廁 / 女廁。

⁹
# 廊
廊廊廊廊廊廊 廊

[ láng ㄌㄤˊ ⓟ lɔŋ⁴ 郎 ]

屋簷下的過道或連接建築物有頂無牆的狹長過道 ◆ 走廊 / 長廊 / 畫廊 / 九曲迴廊。

頤和園長廊

⁹
# 廄 <sup>(廐)</sup>
廄廄廄廄廄廄 廄

[ jiù ㄐ丨ㄡˋ ⓟ gɐu³ 究 ]

馬棚；泛指牲口棚 ◆ 馬廄 / 廄肥。

¹⁰
# 廈 <sup>(厦)</sup>
廈廈廈廈廈廈 廈

〈一〉[ shà ㄕㄚˋ ⓟ ha⁶ 夏 ]

❶ 高大的房子 ◆ 廣廈 / 高樓大廈。

〈二〉[ xià ㄒ丨ㄚˋ ⓟ ha⁶ 夏 ]

❷ 廈門：地名，在福建省。

¹⁰
# 廉
廉廉廉廉廉廉 廉

[ lián ㄌ丨ㄢˊ ⓟ lim⁴ 簾 ]

❶ 不貪財；不損公肥私 ◆ 廉潔奉公 / 為政清廉 / 不知廉恥 / 勤能補拙，儉以養廉。❷ 價錢便宜 ◆ 廉價 / 價廉物美 / 價格低廉。

¹¹
# 麼
見麻部，511頁。

¹¹
# 腐
見肉部，364頁。

¹¹
# 廓
廓廓廓廓廓廓 廓

[ kuò ㄎㄨㄛˋ ⓟ kwɔk⁸ 擴 ]

❶ 空闊；寬廣 ◆ 寥廓。❷ 物體外形的邊線 ◆ 輪廓 / 耳廓。

¹¹
# 塵
見土部，92頁。

¹¹
# 廖
廖廖廖廖廖廖 廖

[ liào ㄌ丨ㄠˋ ⓟ liu⁶ 料 ]

姓。

¹²
# 廚 <sup>(厨)</sup>
廚廚廚廚廚廚 廚

[ chú ㄔㄨˊ ⓟ tsy⁴ 躇 / tsœy⁴ 除 ]

❶ 做飯菜的屋子 ◆ 廚房 / 下廚。❷ 專做飯菜的人 ◆ 廚師 / 名廚。

¹²
# 廝 <sup>(厮)</sup>
廝廝廝廝廝廝 廝

[ sī ㄙ ⓟ si¹ 司 ]

❶ 互相 ◆ 廝打 / 廝殺。❷ 過去稱呼男僕 ◆ 小廝 / 廝役。

¹²廣 (广)　廣廣廣廣廣廣 廣

[ guǎng 《ㄨㄤˇ ⑧ gwoŋ² 光² ]
❶ 寬闊；跟"狹"相對 ◆ 廣闊 / 廣場 / 寬廣 / 地廣人稀 / 廣泛搜集。❷ 多 ◆ 大庭廣眾。❸ 擴大；擴充 ◆ 推廣 / 廣播 / 廣為宣傳 / 以廣見聞。❹ 廣東省的簡稱；廣東、廣西稱"兩廣"。

¹²廟 (庙)　廟廟廟廟廟廟 廟

[ miào ㄇㄧㄠˋ ⑧ miu⁶ 妙 ]
供奉神佛、祖宗或歷史名人的處所 ◆ 廟宇 / 孔廟 / 宗廟 / 山頂上有一座廟。

¹²摩　見手部，183 頁。

¹²廠 (厂)　廠廠廠廠廠廠 廠

[ chǎng ㄔㄤˇ ⑧ tsɔŋ² 敞 ]
製造或修理器物的地方；工廠 ◆ 造船廠 / 紡織廠 / 製藥廠 / 汽車修理廠。

¹²慶　見心部，158 頁。

¹²廢 (废)　廢廢廢廢廢廢 廢

[ fèi ㄈㄟˋ ⑧ fɐi³ 肺 ]
❶ 放棄不用；停止 ◆ 廢除 / 廢棄 / 作廢 / 荒廢 / 廢寢忘食 / 半途而廢。❷ 失去效用的；沒用的 ◆ 廢品 / 廢料 / 廢話 / 廢紙 / 廢物利用。❸ 肢體傷殘 ◆ 殘廢。❹ 沮喪 ◆ 頹廢。

¹³磨　見石部，314 頁。

¹⁴膺　見肉部，367 頁。

¹⁴應　見心部，160 頁。

¹⁶盧 (庐)　盧盧盧盧盧盧 盧

[ lú ㄌㄨˊ ⑧ lou⁴ 勞 ]
簡陋的房屋 ◆ 茅盧 / 盧舍 / 三顧草盧。

¹⁶龐 (庞)　龐龐龐龐龐龐 龐

[ páng ㄆㄤˊ ⑧ pɔŋ⁴ 旁 ]
❶ 大 ◆ 龐大 / 龐然大物。❷ 又多又雜 ◆ 龐雜。❸ 臉盤 ◆ 面龐。

¹⁸魔　見鬼部，501 頁。

²¹鷹　見鳥部，508 頁。

²²廳 (厅)　廳廳廳廳廳廳 廳

[ tīng ㄊㄧㄥ ⑧ tiŋ¹ 庭¹/tɛŋ¹ 艇¹（語） ]
❶ 聚會、會客等用的大房間 ◆ 客廳 / 門廳 / 會議廳。❷ 機關單位或辦事部門 ◆ 市政廳 / 辦公廳。❸ 營業處所 ◆ 歌舞廳 / 理髮廳。

廴 部

⁴廷　廷廷廷廷廷廷 廷

[ tíng ㄊㄧㄥˊ ⑧ tiŋ⁴ 停 ]
古代帝王接見官吏和辦理政務的地方 ◆ 朝廷 / 廷試。

## ⁵延

延 延 延 延 延 延 延

[ yán ｜ㄢˊ ⑧ jin⁴ 言 ]

❶ **伸長** ◆ 延長 / 延伸 / 蔓延 / 延年益壽。
❷ **時間向後推** ◆ 延期 / 延誤 / 拖延 / 時間順延。❸ **聘請** ◆ 延醫 / 延攬人才。

## ⁶建

建 建 建 建 建 建 建

[ jiàn ㄐㄧㄢˋ ⑧ gin³ 見 ]

❶ **修築** ◆ 建房 / 建橋 / 修建 / 興建 / 建築鐵路。❷ **創設；成立** ◆ 建立 / 建國 / 建校三十週年。❸ **提出** ◆ 建議。

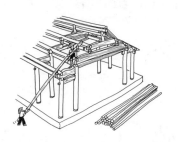

廾 部

## ¹廿

廿 廿 廿 廿

[ niàn ㄋㄧㄢˋ ⑧ jɐp⁹ 入/ja⁶ 也⁶/jɛ⁶ 夜 (語) ]
**數目字，二十** ◆ 廿年不見。

## ²卉

見十部，52 頁。

## ⁴弄

弄 弄 弄 弄 弄 弄 弄

〈一〉[ nòng ㄋㄨㄥˋ ⑧ luŋ⁶ 龍⁶ ]
❶ **玩；耍** ◆ 玩弄 / 戲弄 / 舞文弄墨 / 弄假成真。❷ **做；搞** ◆ 弄飯吃 / 弄清楚 / 弄錯了。
〈二〉[ lòng ㄌㄨㄥˋ ⑧ luŋ⁶ 龍⁶ ]
❸ **小巷** ◆ 弄堂 / 里弄。

## ⁶弈

弈 弈 弈 弈 弈 弈 弈

[ yì ｜ˋ ⑧ jik⁹ 亦 ]
**圍棋；下棋** ◆ 對弈 / 博弈。

## ¹¹算

見竹部，331 頁。

## ¹¹弊

弊 弊 弊 弊 弊 弊 弊

[ bì ㄅㄧˋ ⑧ bɐi⁶ 幣 ]
❶ **害處；毛病；跟 "利" 相對** ◆ 弊病 / 弊端 / 流弊 / 興利除弊 / 有利有弊。❷ **欺騙；弄虛作假** ◆ 作弊 / 營私舞弊。

弋 部

## ¹戈

見戈部，161 頁。

## ³式

式 式 式 式 式 式 式

[ shì ㄕˋ ⑧ sik⁷ 色 ]
❶ **樣子** ◆ 式樣 / 新式 / 款式 / 西式糕點 /

手 幺 广 廴 廾 弋

中國式的園林建築。❷ 規格；標準 ◆ 格式／程式／模式。❸ 典禮 ◆ 開幕式／閱兵式。❹ 自然科學中表明某種規律的一組符號 ◆ 公式／方程式／分子式。

⁵ **武**
見止部，232 頁。

⁹ **貳**
見貝部，426 頁。

¹⁰ **弑**（弑）
弑 弑 弑 弑 弑 弑

[ shì ㄕˋ ⑧ si³ 試 ]
古代指臣下殺死君主或子女殺死父母 ◆ 弑君／弑父。

¹¹ **鳶**
見鳥部，504 頁。

**弓 部**

⁰ **弓**
弓 弓 弓

[ gōng ㄍㄨㄥ ⑧ gung¹ 公 ]
❶ 射箭或發射彈丸的器具 ◆ 弓箭／彈弓／彎弓／張弓射鳥／左右開弓。❷ 形狀像弓的東西 ◆ 琴弓／車弓。❸ 彎曲 ◆ 弓背／弓着腰。
✍ 見古文字插頁 2。

¹ **弔**（吊）
弔 弔 弔 弔

[ diào ㄉㄧㄠˋ ⑧ diu³ 釣 ]
❶ 拜祭死者或慰問死者家人 ◆ 弔喪／弔

唁。❷ 追懷古人或往事 ◆ 憑弔／弔文。

¹ **引**
引 引 引 引

[ yǐn ㄧㄣˇ ⑧ jen⁵ 蚓 ]
❶ 拉開弓 ◆ 引而不發。❷ 延伸；伸長 ◆ 引申／引領而望／引吭高歌。❸ 帶領 ◆ 引導／引見／引狼入室／指引方向。❹ 招來；惹 ◆ 吸引／引人注目／拋磚引玉／引人發笑／引來一場大禍。❺ 用來作根據 ◆ 引文／引證／引經據典。❻ 離開 ◆ 引退。

² **弗**
弗 弗 弗 弗 弗

[ fú ㄈㄨˊ ⑧ fet⁷ 忽 ]
不 ◆ 弗用／自愧弗如。

² **弘**
弘 弘 弘 弘 弘

[ hóng ㄏㄨㄥˊ ⑧ weng⁴ 宏 ]
大；使廣大 ◆ 弘圖大志／氣勢恢弘／弘揚中華文化。

³ **弛**
弛 弛 弛 弛 弛 弛

[ chí ㄔˊ ⑧ tsi² 始 ]
放鬆 ◆ 鬆弛／一張一弛。
✿ 圖見 141 頁。

⁴ **弟**
弟 弟 弟 弟 弟 弟

[ dì ㄉㄧˋ ⑧ dei⁶ 第 ]
稱同胞或同輩中年齡比自己小的男子 ◆ 弟弟／堂弟／表弟／親兄弟。

⁵ **弧**
弧 弧 弧 弧 弧 弧

[ hú ㄏㄨˊ ⑧ wu⁴ 胡 ]

圓周的任何一段 ◆ 弧形 / 弧線。

⁵ **弦** 弦弦弦弦弦弦 弦

[ xián ㄒㄧㄢˊ ⑲jin⁴ 言 ]

❶ 弓上發箭的繩線 ◆ 弓弦 / 箭在弦上。
❷ 樂器上發聲的細絲 ◆ 琴弦 / 弦樂 / 弦外之音。❸ 月亮半圓的時候，形狀像弓，所以稱半邊月為弦月。每月上旬月缺上半叫 "上弦"，下旬月缺下半叫 "下弦"。

⁵ **弩** 弩弩弩弩弩弩 弩

[ nǔ ㄋㄨˇ ⑲nou⁵ 腦 ]

一種裝有機關、靠機械力量來射箭的弓 ◆ 強弩 / 弩箭 / 劍拔弩張。

⁶ **弭** 弭弭弭弭弭弭 弭

[ mǐ ㄇㄧˇ ⑲mei⁵ 米 ]

停止；消除 ◆ 弭兵 / 弭亂 / 弭患 / 弭除成見。

⁷ **躬** 見身部，438 頁。

⁷ **弱** 弱弱弱弱弱弱 弱

[ ruò ㄖㄨㄛˋ ⑲jœk⁹ 藥 ]

❶ 不健壯，力量小；能力差；跟 "強" 相對 ◆ 弱小 / 衰弱 / 體弱多病 / 不甘示弱 / 強將手下無弱兵。❷ 年幼的 ◆ 老弱病殘。
❸ 表示略少一點 ◆ 三分之一弱。

⁸ **張**⁽张⁾ 張張張張張張 張

[ zhāng ㄓㄤ ⑲dzœŋ¹ 章 ]

❶ 放開；伸展；擴大 ◆ 擴張 / 誇張 / 張開嘴巴 / 張牙舞爪 / 張揚出去。❷ 陳設；

鋪排 ◆ 張燈結綵 / 鋪張浪費。❸ 看；望 ◆ 張望 / 東張西望。❹ 新開業 ◆ 開張。
❺ 量詞 ◆ 一張紙 / 一張寫字檯。

⁸ **強**⁽强⁾ 強強強強強強 強

〈一〉[ qiáng ㄑㄧㄤˊ ⑲kœŋ⁴ ]

❶ 健壯；力量大；跟 "弱" 相對 ◆ 強壯 / 強健 / 強大 / 繁榮富強 / 強中更有強中手。
❷ 使健壯；使鞏固 ◆ 強身健體 / 強化紀律。❸ 程度高 ◆ 強烈 / 堅強 / 責任心強 / 理解力強。❹ 粗暴；用力硬拚；兇狠 ◆ 強攻 / 強行 / 強暴 / 強制。❺ 優越；勝過 ◆ 他比你強 / 一年強過一年 / 一年更比一年強。❻ 表示略多一點 ◆ 三分之一強。

〈二〉[ qiǎng ㄑㄧㄤˇ ⑲kœŋ⁵ ]

❼ 勉強；硬要 ◆ 強辯 / 強詞奪理 / 強迫命令 / 強人所難 / 強顏歡笑。

〈三〉[ jiàng ㄐㄧㄤˋ ⑲kœŋ⁵ ]

❽ 固執；任性 ◆ 倔強 / 氣強。

⁹ **弼** 弼弼弼弼弼弼 弼

[ bì ㄅㄧˋ ⑲bɐt⁹ 拔 ]

輔助 ◆ 輔弼。

⁹ **強** "強" 的異體字，見本頁。

## ⁹粥

見米部，336頁。

## ¹¹彆(别)

彆彆彆彆彆彆　彆

[ biè ㄅㄧㄝˋ ⓟbit⁸ 鱉]

**彆扭**：（1）不順心；不正常；難對付 ◆ 這天氣真彆扭，忽冷忽熱。（2）意見不合；矛盾 ◆ 鬧彆扭／兩人最近有些彆扭。（3）說話、作文不通順；不流暢 ◆ 這段文字讀起來很彆扭。

## ¹²彈(弹)

彈彈彈彈彈彈　彈

〈一〉[ dàn ㄉㄢˋ ⓟdan⁶ 但]

❶ 堅硬的小圓球 ◆ 彈子／鐵彈／彈丸。
❷ 能爆炸、有殺傷力的武器 ◆ 投彈／炮彈／炸彈／手榴彈／原子彈。

〈二〉[ tán ㄊㄢˊ ⓟtan⁴ 壇]

❸ 用手指彈擊 ◆ 把帽子上的土彈掉。❹ 用手指撥弄或敲打樂器 ◆ 彈奏／彈琵琶／彈鋼琴。

〈三〉[ tán ㄊㄢˊ ⓟdan⁶ 但]

❺ 有彈性的 ◆ 彈力／彈簧。

## ¹⁴彌(弥)

彌彌彌彌彌彌　彌

[ mí ㄇㄧˊ ⓟmei⁴ 微]

❶ 滿；到處都是。同"瀰" ◆ 煙霧彌漫／彌天大謊。❷ 填補 ◆ 彌補／彌縫。❸ 更加 ◆ 欲蓋彌彰／彌足珍貴。

## ¹⁹彎(弯)

彎彎彎彎彎彎　彎

[ wān ㄨㄢ ⓟwan¹ 灣]

❶ 曲；不直 ◆ 彎曲／彎道／彎彎的月亮。❷ 使彎曲 ◆ 彎腰／彎着身子。❸ 彎曲的部分 ◆ 拐個彎／轉彎抹角。

# ㅋ 部

## ¹尹

見尸部，121頁。

## ⁵事

見亅部，8頁。

## ⁹尋

見寸部，118頁。

## ¹⁰彙(汇)

彙彙彙彙彙彙　彙

[ huì ㄏㄨㄟˋ ⓟwɐi⁶ 位]

聚集在一起 ◆ 詞彙／彙報／資料彙編。

## ¹⁵彝

彝彝彝彝彝彝　彝

[ yí ㄧˊ ⓟji⁴ 而]

❶ 古代用青銅製成的祭器 ◆ 彝器／鼎彝。❷ 常規；法則 ◆ 彝訓／彝準。❸ 我國少數民族之一，分佈在四川、貴州、雲南等地。

# 彡 部

## ⁴形

形形形形形形　形

[ xíng ㄒㄧㄥˊ ⓟjin⁴ 仍]

❶ 樣子；形象 ◆ 形狀 / 形體 / 三角形 / 形影不離。❷ 顯露；表現 ◆ 喜形於色。❸ 對比 ◆ 相形見絀。

### ⁴彤

彤 彤 彤 彤 彤 彤　彤

[ tóng ㄊㄨㄥˊ ⑧ tuŋ⁴ 同 ]
紅色 ◆ 彤雲 / 紅彤彤。

### ⁷修

見人部，24 頁。

### ⁸彬

彬 彬 彬 彬 彬 彬　彬

[ bīn ㄅㄧㄣ ⑧ bɐn¹ 奔 ]
彬彬：形容文雅的樣子 ◆ 彬彬有禮 / 文質彬彬。

### ⁸彪

見虍部，392 頁。

### ⁸彩

彩 彩 彩 彩 彩 彩　彩

[ cǎi ㄘㄞˇ ⑧ tsɔi² 採 ]
❶ 各種顏色 ◆ 彩色 / 彩雲 / 彩虹 / 彩旗飄揚 / 五彩繽紛。❷ 鮮明；出色 ◆ 光彩奪目 / 豐富多彩 / 精彩的表演。❸ 負傷流血 ◆ 掛彩。❹ 憑運氣得來的財物 ◆ 得彩 /

彩票 / 中頭彩。❺ 稱讚；叫好聲 ◆ 喝彩。❻ “綵” 的簡化字，見 344 頁。

### ⁸彫

❶ “雕” 的異體字，見 478 頁。❷ “凋” 的異體字，見 37 頁。

### ⁸參

見厶部，57 頁。

### ⁹彭

彭 彭 彭 彭 彭 彭　彭

[ péng ㄆㄥˊ ⑧ paŋ⁴ 鵬 ]
姓。

### ⁹須

見頁部，487 頁。

### ¹¹彰

彰 彰 彰 彰 彰 彰　彰

[ zhāng ㄓㄤ ⑧ dzœŋ¹ 章 ]
❶ 明顯；顯著 ◆ 臭名昭彰 / 相得益彰 / 欲蓋彌彰。❷ 表揚 ◆ 表彰。

### ¹²影

影 影 影 影 影 影　影

[ yǐng ㄧㄥˇ ⑧ jiŋ² 映 ]
❶ 影子：物體擋住光線造成的形象 ◆ 人影 / 樹影 / 倒影 / 形影不離 / 無影無蹤。❷ 照片；圖像 ◆ 攝影 / 合影 / 剪影。❸ 電影的簡稱 ◆ 影壇 / 影院 / 影星。❹ 描摹 ◆ 仿影 / 影印。

### ²⁶鬱

見鬯部，500 頁。

## 彳部

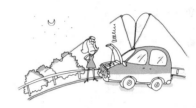

³ **行**
見行部，402 頁。

⁴ **役** 役役役役役役 役

[ yì ㄧˋ ⑧ jik⁹ 亦]

❶ 需要出勞力的事 ◆ 勞役 / 苦役。 ❷ 在軍隊中服務；服兵役 ◆ 服役 / 退役 / 現役軍人。 ❸ 戰事 ◆ 戰役 / 必其攻於一役。 ❹ 使喚；差遣 ◆ 役使 / 奴役。 ❺ 供使喚的人 ◆ 僕役。

⁴ **彷** 彷彷彷彷彷彷 彷

〈一〉[ fǎng ㄈㄤˇ ⑧ fɔŋ² 訪]

❶ 彷彿：似乎；好像。也寫作 "仿佛" ◆ 這個人我彷彿在哪裏見過。

〈二〉[ páng ㄆㄤˊ ⑧ pɔŋ⁴ 旁]

❷ 彷徨：拿不定主意，不知道往哪裏去 ◆ 彷徨失措 / 歧途彷徨。

⁵ **征** 征征征征征征 征

[ zhēng ㄓㄥ ⑧ dziŋ¹ 晶]

❶ 遠行；走遠路 ◆ 遠征 / 征途 / 長征。 ❷ 用武力討伐 ◆ 出征 / 征服 / 征討 / 南征北戰。 ❸ "徵" 的簡化字，見 147 頁。

⁵ **往** 往往往往往往 往

[ wǎng ㄨㄤˇ ⑧ wɔŋ⁵ 王]

❶ 到……去；跟 "來" 相對 ◆ 前往 / 人來人往 / 有來有往 / 飛機飛往上海。 ❷ 過去的；跟 "今" 相對 ◆ 往日 / 往常 / 回憶往事 / 繼往開來 / 一如以往。 ❸ 朝；向 ◆ 往前走 / 人往高處走，水往低處流。

⁵ **彼** 彼彼彼彼彼彼 彼

[ bǐ ㄅㄧˇ ⑧ bei² 比]

❶ 那；那個；跟 "此" 相對 ◆ 此起彼伏 / 顧此失彼 / 太平洋彼岸 / 此一時彼一時。 ❷ 他；對方 ◆ 不分彼此 / 知己知彼。

⁵ **彿** 彿彿彿彿彿彿 彿

[ fú ㄈㄨˊ ⑧ fɐt⁷ 忽]

彷彿。見 "彷〈一〉"，本頁。

⁶ **待** 待待待待待待 待

〈一〉[ dài ㄉㄞˋ ⑧ dɔi⁶ 代]

**焦點易錯字** 征｜徵　征服　征途　徵兵　特徵

❶ 等候 ◆ 等待 / 待命 / 期待 / 嚴陣以待 / 守株待兔 / 及時當勉勵，歲月不待人。❷ 對人或事的態度 ◆ 對待 / 優待 / 款待 / 待人接物 / 以禮相待。

〈二〉[ dāi ㄉㄞ ⑧ doi⁶ 代]

❸ 停留 ◆ 待一會再走 / 在家待了三個月。

## ⁶衍

見行部，403 頁。

## ⁶徊

[ huái ㄏㄨㄞˊ ⑧ wui⁴ 回]

徘徊。見"徘"字，146 頁。

## ⁶律

[ lǜ ㄌㄩˋ ⑧ lœt⁹ 慄]

❶ 法則；規章 ◆ 法律 / 紀律 / 規律 / 定律。❷ 約束 ◆ 自律 / 嚴於律己。❸ 古代詩歌的一種體裁 ◆ 律詩 / 七律。

## ⁶很

[ hěn ㄏㄣˇ ⑧ hɐn² 狠]

非常；表示程度高 ◆ 很好 / 很能幹 / 很會說話 / 開心得很。

## ⁶後 (后)

[ hòu ㄏㄡˋ ⑧ hɐu⁶ 候]

❶ 時間較晚的；位置、次序不在前面的；跟 "前"、"先" 相對 ◆ 以後 / 後門 / 先來後到 / 前排後排 / 落在後邊 / 長江後浪推前浪 / 先天下之憂而憂，後天下之樂而樂。❷ 指下代子孫；晚輩 ◆ 後代 / 後裔 / 後輩。

## ⁷徒

[ tú ㄊㄨˊ ⑧ tou⁴ 途]

❶ 步行 ◆ 徒步。❷ 跟師傅學習的人 ◆ 徒弟 / 學徒 / 嚴師出高徒。❸ 同一類的人 ◆ 教徒 / 信徒 / 基督徒。❹ 特指壞人 ◆ 匪徒 / 叛徒 / 賭徒 / 酒色之徒 / 不法之徒。❺ 剝奪犯人自由的一種刑罰 ◆ 有期徒刑 / 無期徒刑。❻ 空；白白地 ◆ 徒手 / 徒勞無功 / 少壯不努力，老大徒傷悲。❼ 只；僅僅 ◆ 徒有虛名 / 家徒四壁。

## ⁷徑 (径)

[ jìng ㄐㄧㄥˋ ⑧ giŋ³ 敬]

❶ 小路 ◆ 山徑 / 曲徑通幽 / 羊腸小徑 / 千山鳥飛絕，萬徑人蹤滅。❷ 比喻達到目的的方法或門路 ◆ 途徑 / 捷徑。❸ 直接；直截了當 ◆ 徑直 / 徑行辦理。❹ 數學名詞，指圓周內通過圓心的直線 ◆ 直徑 / 半徑 / 大炮口徑。

## ⁷徐

[ xú ㄒㄩˊ ⑧ tsœy⁴ 除]

緩慢 ◆ 腳步徐緩 / 清風徐來 / 國旗徐徐升起。

## ⁸徙

[ xǐ ㄒㄧˇ ⑧ sai² 璽]

遷移 ◆ 遷徙。

## ⁸得

〈一〉[ dé ㄉㄜˊ ⑧ dɐk⁷ 德]

❶ 從無到有；獲取；跟 "失" 相對 ◆ 取得 /

得獎／一舉兩得／失而復得／近水樓台先得月／不入虎穴，焉得虎子。❷ 高興；滿意 ◆ 得意／洋洋自得／春風得意馬蹄疾。❸ 合適 ◆ 得當／得法／得體。❹ 許可；能 ◆ 不得有誤／讓潛能得以發揮／求生不能，求死不得。❺ 完成了 ◆ 衣服做得了／放心，明天就得。

〈二〉[ děi ㄉㄟˇ ⑧ dɐk⁷ 德]
❻ 必須；需要；應該 ◆ 總得有個交代／你得認真想一想／要取到好成績，就得努力。

〈三〉[ de ˙ㄉㄜ ⑧ dɐk⁷ 德]
❼ 用在動詞、形容詞後面，表示可能、結果、程度 ◆ 看得見／好得很／玩得很開心／安排得很周到。
☞ 見古文字插頁 15。

⁸徘　徘徘徘徘徘徘 徘
[ pái ㄆㄞˊ ⑧ pui⁴ 培]
徘徊：（1）來回地走 ◆ 在海邊徘徊。（2）比喻猶豫不決 ◆ 徘徊歧路／徘徊不定。

⁸從（从）　從從從從從從 從
〈一〉[ cóng ㄘㄨㄥˊ ⑧ tsuŋ⁴ 松]
❶ 自；由 ◆ 從東到西／從古到今／從無到有／從現在起／病從口入，禍從口出。❷ 跟隨；跟隨的人 ◆ 隨從／從師學藝／輕裝簡從。❸ 依順 ◆ 服從／順從／擇善而從／力不從心／唯命是從。❹ 參加 ◆ 從軍／從事／從政。❺ 採取某種原則或方法 ◆ 從嚴處理／從長計議／一切從簡／從輕發落。❻ 次要的 ◆ 從屬／有主有從。

〈二〉[ cóng ㄘㄨㄥˊ ⑧ suŋ¹ 鬆／tsuŋ¹ 匆]
❼ 從容：不慌不忙的樣子 ◆ 舉止從容／從容不迫。
☞ 見古文字插頁 15。

⁸御　御御御御御御 御
[ yù ㄩˋ ⑧ jy⁶ 預]
❶ 駕駛車馬 ◆ 駕御／御者。❷ 跟皇帝有關的 ◆ 御醫／御筆／御花園／告御狀。❸ "禦"的簡化字，見 318 頁。

⁹街　見行部，403 頁。

⁹復（复）　復復復復復復 復
〈一〉[ fù ㄈㄨˋ ⑧ fuk⁹ 服]
❶ 再；又 ◆ 死灰復燃／舊病復發／年復一年／一去不復返。❷ 還原；回到原來的樣子 ◆ 恢復／復原／康復／收復失地。❸ 反擊；報復 ◆ 復仇。❹ 返回 ◆ 循環往復。

〈二〉[ fù ㄈㄨˋ ⑧ fuk⁷ 福]
❺ 同"覆"字。回答 ◆ 答復／復信。❻ 同"覆"字。轉過去或轉回來 ◆ 反復無常／翻來復去。

⁹徨　徨徨徨徨徨徨 徨
[ huáng ㄏㄨㄤˊ ⑧ wɔŋ⁴ 皇]
彷徨。見"彷〈二〉"，144 頁。

⁹循　循循循循循循 循
[ xún ㄒㄩㄣˊ ⑧ tsœn⁴ 巡]
依照；遵守 ◆ 遵循／循序漸進／循規蹈矩／因循守舊。

¹⁰微　微微微微微微 微
[ wēi ㄨㄟ ⑧ mei⁴ 眉]
❶ 細小；輕微 ◆ 微小／微型／微不足道／無微不至／微風吹來。❷ 少；稍稍 ◆ 微

笑 / 稍微 / 略微。 ❸ 衰落 ◆ 衰微。 ❹ 地
位低 ◆ 卑微 / 人微言輕。 ❺ 精妙；奧妙
◆ 微妙 / 精微 / 微言大義。

¹¹衞
見金部，462 頁。

¹²德　德德德德德德 德
[ dé ㄉㄜˊ ⑧ dɐk⁷ 得]
❶ 品行；為人處世的修養 ◆ 道德 / 品德 /
社會公德 / 德高望重。 ❷ 恩惠 ◆ 感恩戴
德 / 功德無量 / 大恩大德 / 以怨報德。 ❸
心意；信念 ◆ 同心同德 / 離心離德。 ❹
德國的簡稱 ◆ 德語。

¹²徵 ⁽徵⁾　徵徵徵徵徵徵 徵
[ zhēng ㄓㄥ ⑧ dziŋ¹ 晶]
❶ 由國家召集或收用 ◆ 徵召 / 徵稅 / 徵
收 / 徵用 / 應徵入伍。 ❷ 尋求 ◆ 徵求 /
徵集 / 徵文。 ❸ 跡象；現象 ◆ 徵兆 / 徵
候 / 特徵 / 象徵。

¹²衝
見行部，403 頁。

¹²徹 ⁽彻⁾　徹徹徹徹徹徹 徹
[ chè ㄔㄜˋ ⑧ tsit⁸ 設]
通；透 ◆ 貫徹 / 透徹 / 徹夜不眠 / 響徹雲
霄 / 嚴寒徹骨。

¹²衛
見行部，403 頁。

¹³衡
見行部，403 頁。

¹³衞
見行部，403 頁。

¹⁴徽　徽徽徽徽徽徽徽 徽
[ huī ㄏㄨㄟ ⑧ fɐi¹ 揮]
標誌；符號 ◆ 國徽 / 校徽 / 帽徽 / 徽章。

²⁰徽
見黑部，514 頁。

心 部

⁰心　心心心 心
[ xīn ㄒㄧㄣ ⑧ sɐm¹ 深]
❶ 心臟：血液循環器官 ◆ 心電圖 / 心絞痛 /
心力衰竭。 ❷ 指思想、感情、意志、計謀
等 ◆ 心思 / 談心 / 一心一意 / 枉費心機 /
有心栽花花不發，無心插柳柳成蔭 / 人生
自古誰無死，留取丹心照汗青。 ❸ 平面的
中央；物體的內部 ◆ 中心 / 圓心 / 空心 /
拋入江心。
📖 見古文字插頁 2。
⚙ 圖見 368 頁。

¹必　必必必必 必
[ bì ㄅㄧˋ ⑧ bit⁷ 別⁷]
一定；一定要 ◆ 必定 / 必須 / 必然 / 驕兵
必敗 / 工欲善其事，必先利其器。

³志　志志志志志志 志
[ zhì ㄓˋ ⑧ dzi³ 至]
❶ 理想；想有所作為的決定、決心 ◆ 志

向 / 志願 / 志同道合 / 有志者事竟成 / 立志當個科學家 / 好男兒志在四方。❷ 記載。同 "誌" 字 ◆ 縣志 / 三國志。

生難忘 / 難以忘懷 / 留戀忘返。

³忑　忑忑忑忑忑忑 忑

[ tè ㄊㄜˋ ⑧ tik⁷ 剔]
忐忑。見 "忐" 字，本頁。

³忖　忖忖忖忖忖 忖

[ cǔn ㄘㄨㄣˇ ⑧ tsyn² 喘]
推測；思量 ◆ 忖度 / 忖量 / 自忖。

³忐　忐忐忐忐忐忐 忐

[ tǎn ㄊㄢˇ ⑧ tan² 坦]
忐忑：心神不定 ◆ 忐忑不安。

³忙　忙忙忙忙忙 忙

[ máng ㄇㄤˊ ⑧ mɔŋ⁴ 亡]
❶ 事情多，不得空；跟 "閒" 相對 ◆ 繁忙 / 忙忙碌碌 / 忙裏偷閒 / 採得百花成蜜後，為誰辛苦為誰甜。❷ 急迫 ◆ 慌忙 / 匆忙 / 不慌不忙 / 急急忙忙。

³忘　忘忘忘忘忘忘 忘

[ wàng ㄨㄤˋ ⑧ mɔŋ⁴ 亡]
不記得；想不起來 ◆ 忘記 / 忘恩負義 / 終

³沁　見水部，241 頁。

³忌　忌忌忌忌忌忌 忌

[ jì ㄐㄧˋ ⑧ gei⁶ 技]
❶ 嫉妒 ◆ 猜忌 / 妒忌 / 忌恨。❷ 怕；顧慮 ◆ 顧忌 / 無所畏忌 / 肆無忌憚。❸ 禁戒；有意迴避 ◆ 禁忌 / 忌口 / 忌諱 / 忌煙酒。

³忍　忍忍忍忍忍忍 忍

[ rěn ㄖㄣˇ ⑧ jen⁵ 引/jen² 隱（語）]
❶ 耐住性子；控制住感情不讓表現 ◆ 忍耐 / 容忍 / 忍無可忍 / 不能容忍 / 忍氣吞聲。❷ 狠心 ◆ 忍心 / 殘忍 / 於心不忍。

⁴忠　忠忠忠忠忠忠 忠

[ zhōng ㄓㄨㄥ ⑧ dzuŋ¹ 宗]
真誠無私，盡心竭力 ◆ 忠誠 / 忠貞 / 效忠 / 忠心耿耿 / 盡忠報國 / 忠言逆耳 / 忠實的朋友。

⁴念　念念念念念念 念

[ niàn ㄋㄧㄢˋ ⑧ nim⁶ 唸⁶]
❶ 常常想起 ◆ 思念 / 懷念 / 念念不忘 / 日夜惦念。❷ 想法；心思 ◆ 念頭 / 信念 / 雜念 / 一念之差。❸ 讀；上學。同 "唸" 字 ◆ 念書 / 念小學 / 念口訣。

⁴忿　忿忿忿忿忿忿 忿

[ fèn ㄈㄣˋ ⑧ fen² 粉]
生氣；怨恨 ◆ 忿怒 / 氣忿 / 忿忿不平。

焦點易錯字　念∣唸　紀念 念念不忘　唸書 唸唸有詞　　肘∣忖　臂肘 捉襟見肘　忖度 自忖

⁴忽 忽忽忽忽忽忽 忽

[ hū ㄏㄨ ⑧ fɐt⁷ 拂 ]
❶ 不注意；心 ◆ 忽視 / 忽略 / 疏忽大意。
❷ 突然 ◆ 忽然 / 忽聽得 / 忽冷忽熱。

⁴忱 忱忱忱忱忱忱 忱

[ chén ㄔㄣˊ ⑧ sɐm⁴ 岑 ]
真誠的情意 ◆ 熱忱 / 謹表謝忱。

⁴快 快快快快快快 快

[ kuài ㄎㄨㄞˋ ⑧ fai³ 塊 ]
❶ 稱心；高興 ◆ 快樂 / 愉快 / 大快人心 /
拍手稱快。❷ 舒服 ◆ 身體不快。❸ 迅速；
跟 "慢" 相對 ◆ 快速 / 快車 / 快馬加鞭 /
火車跑得快。❹ 趕緊 ◆ 快跑 / 趕快 / 快
來幫忙。❺ 將近；將要 ◆ 天快亮了 / 快
放假了 / 事情快做完了。❻ 鋒利；跟 "鈍"
相對 ◆ 刀磨得很快 / 快刀斬亂麻。❼ 直
爽 ◆ 爽快 / 快人快語 / 心直口快。

⁵怔 怔怔怔怔怔怔 怔

[ zhēng ㄓㄥ ⑧ dziŋ¹ 晶 ]
發呆；發愣 ◆ 心裏一怔。

⁵怯 怯怯怯怯怯怯 怯

[ qiè ㄑㄧㄝˋ ⑧ hip⁸ 脅 ]
膽小害怕 ◆ 膽怯 / 怯懦 / 怯場 / 怯弱 / 怯
生生。

⁵怵 怵怵怵怵怵怵 怵

[ chù ㄔㄨˋ ⑧ dzœt⁷ 卒 ]
恐懼；害怕 ◆ 怵目驚心 / 心裏發怵。

⁵怖 怖怖怖怖怖怖 怖

[ bù ㄅㄨˋ ⑧ bou³ 布 ]
恐懼；害怕 ◆ 陰森可怖 / 恐怖活動。

⁵怦 怦怦怦怦怦怦 怦

[ pēng ㄆㄥ ⑧ paŋ¹ 烹 ]
形容心跳 ◆ 怦然心動 / 心怦怦直跳。

⁵思 思思思思思思 思

[ sī ㄙ ⑧ si¹ 司 ]
❶ 想；腦筋 ◆ 思考 / 深思熟慮 / 不假思
索 / 見異思遷 / 前思後想。❷ 懷念；想念
◆ 思念 / 思鄉 / 相思 / 獨在異鄉為異客，
每逢佳節倍思親。❸ 情懷；心緒 ◆ 思緒 /
情思 / 哀思。❹ 指寫文章的思路 ◆ 文思 /
構思 / 思潮起伏。

⁵怏 怏怏怏怏怏怏 怏

[ yàng ㄧㄤˋ ⑧ jœŋ² 央² ]
心中不快；不滿意 ◆ 怏然不悅 / 怏怏而去。

⁵怎 怎怎怎怎怎怎 怎

[ zěn ㄗㄣˇ ⑧ dzɐm² 枕 ]
如何；表示疑問 ◆ 怎樣 / 怎麼辦 / 怎能不
着急。

⁵性 性性性性性性 性

[ xìng ㄒㄧㄥˋ ⑧ siŋ³ 姓 ]
❶ 人或事物所具有的本質、特徵 ◆ 本性 /
性質 / 彈性 / 毒性 / 可塑性。❷ 特指男女
或雌雄的區別 ◆ 男性 / 女性 / 雄性 / 性別 /
異性。❸ 人的脾氣 ◆ 性格 / 性情 / 耐性 /
任性。❹ 生命 ◆ 性命。

焦點易錯字 押 | 怦 押擊 押劫 怦然心動 心怦怦地跳

## ⁵怕

怕 怕 怕 怕 怕 怕 |怕|

[ pà ㄆㄚˋ ⑧ pa³ 爬³]

❶ 害怕 ◆ 膽小怕事 / 貪生怕死 / 初生之犢不怕虎 / 白天不做虧心事，半夜不怕鬼叫門。❷ 也許；表示擔心或估計 ◆ 恐怕 / 這事怕不好辦 / 月底怕完不成任務 / 這樣下去怕要出事。

## ⁵怨

怨 怨 怨 怨 怨 怨 |怨|

[ yuàn ㄩㄢˋ ⑧ jyn³ 冤³]

❶ 仇恨 ◆ 怨仇 / 怨恨 / 結怨。❷ 責怪；不滿 ◆ 埋怨 / 毫無怨言 / 任勞任怨 / 怨聲載道 / 怨天尤人 / 這事怨不得他。

## ⁵急

急 急 急 急 急 急 |急|

[ jí ㄐㄧˊ ⑧ gɐp⁷]

❶ 快速；猛烈 ◆ 急速 / 急轉直下 / 急忙趕來 / 急風暴雨 / 病情急劇惡化。❷ 緊要；迫切 ◆ 急迫 / 急救 / 緊急 / 急中生智 / 病急亂投醫。❸ 緊急的事 ◆ 救急 / 當務之急。❹ 焦躁 ◆ 性急 / 着急 / 急躁 / 操之過急 / 急壞了他。

## ⁵怪

怪 怪 怪 怪 怪 怪 |怪|

[ guài ㄍㄨㄞˋ ⑧ gwai³ 乖³]

❶ 奇異的；不常見的 ◆ 奇怪 / 怪事 / 奇形怪狀 / 怪模怪樣。❷ 驚奇 ◆ 少見多怪 / 大驚小怪 / 不以為怪。❸ 埋怨；責備 ◆ 怪罪 / 責怪 / 這件事不能怪他。❹ 神話傳說中的妖魔 ◆ 妖怪 / 妖魔鬼怪 / 興妖作怪。❺ 很 ◆ 怪不錯的 / 怪可憐的。

## ⁵怡

怡 怡 怡 怡 怡 怡 |怡|

[ yí ㄧˊ ⑧ ji⁴ 宜]

愉快；和悦；安適 ◆ 怡然自得 / 心曠神怡 / 怡養天年。

## ⁵怒

怒 怒 怒 怒 怒 怒 |怒|

[ nù ㄋㄨˋ ⑧ nou⁶ 奴⁶]

❶ 生氣；氣憤 ◆ 發怒 / 憤怒 / 請息怒 / 怒氣沖沖 / 怒髮衝冠。❷ 形容氣勢強盛 ◆ 怒濤 / 怒吼 / 心花怒放 / 狂風怒號。

## ⁵怠

怠 怠 怠 怠 怠 怠 |怠|

[ dài ㄉㄞˋ ⑧ dɔi⁶ 代/tɔi⁵ 殆]

懶惰；不經心 ◆ 怠工 / 怠慢 / 怠惰 / 懈怠。

## ⁶恃

恃 恃 恃 恃 恃 恃 |恃|

[ shì ㄕˋ ⑧ tsi⁵ 似]

依靠；依仗 ◆ 有恃無恐 / 恃才傲物。

## ⁶恐 ⁽恐⁾

恐 恐 恐 恐 恐 恐 |恐|

[ kǒng ㄎㄨㄥˇ ⑧ huŋ² 孔]

❶ 害怕 ◆ 恐懼 / 恐怖 / 恐慌 / 驚恐萬分 / 惶恐不安。❷ 嚇唬人 ◆ 恐嚇。❸ 表示擔心或推測 ◆ 恐有不測 / 恐難從命。

## ⁶恥

恥 恥 恥 恥 恥 恥 |恥|

[ chǐ ㄔˇ ⑧ tsi² 齒]

❶ 羞愧 ◆ 羞恥 / 可恥 / 恬不知恥 / 不顧廉恥。❷ 可恥的事 ◆ 恥辱 / 國恥 / 引以為恥 / 報仇雪恥 / 奇恥大辱。

## ⁶恭

恭 恭 恭 恭 恭 恭 |恭|

[ gōng ㄍㄨㄥ ⑧ guŋ¹ 工]

有禮貌；表示敬意 ◆ 恭敬 / 恭候 / 洗耳恭聽 / 謙恭有禮 / 恭賀新禧。

# ⁶恒

"恆"的異體字，見本頁。

# ⁶恢

恢恢恢恢恢恢 **恢**

[ huī ㄏㄨㄟ ⑧ fui¹ 灰 ]

大；**寬廣** ◆ 氣勢恢宏 / 恢廓的胸襟 / 天網恢恢，疏而不漏。

# ⁶恆 ⁽恒⁾

恆恆恆恆恆恆 **恆**

[ héng ㄏㄥˊ ⑧ heng⁴ 衡 ]

長久；**固定不變** ◆ 永恆 / 恆久不變 / 持之以恆 / 做事要有恆心。

# ⁶恍

恍恍恍恍恍恍 **恍**

[ huǎng ㄏㄨㄤˇ ⑧ fong² 訪 ]

❶ **忽然** ◆ 恍然大悟。❷ **好像；彷彿** ◆ 恍如隔世 / 恍如夢境。❸ **恍惚**：(1) **隱隱約約；模糊不清** ◆ 恍惚記得。(2) **神志不清** ◆ 精神恍惚。

# ⁶恫

恫恫恫恫恫恫 **恫**

[ dòng ㄉㄨㄥˋ ⑧ dung⁶ 動 ]

**恐嚇** ◆ 恫嚇。

# ⁶恩

恩恩恩恩恩恩 **恩**

[ ēn ㄣ ⑧ jen¹ 因 ]

好處；**情義；跟"仇"相對** ◆ 恩惠 / 恩情 / 恩將仇報 / 忘恩負義 / 感恩戴德。

# ⁶恬

恬恬恬恬恬恬 **恬**

[ tián ㄊㄧㄢˊ ⑧ tim⁴ 甜 ]

❶ **安靜** ◆ 恬靜 / 恬適。❷ **滿不在乎** ◆ 恬不知恥 / 恬不為怪。

# ⁶息

息息息息息息 **息**

[ xī ㄒㄧ ⑧ sik⁷ 色 ]

❶ **呼進呼出的氣** ◆ 氣息 / 喘息 / 窒息 / 一息尚存。❷ **音信** ◆ 消息 / 信息。❸ **停止；休息** ◆ 歇息 / 息怒 / 作息時間 / 自強不息 / 息事寧人。❹ **滋生；繁衍** ◆ 休養生息。❺ **利錢** ◆ 利息 / 年息 / 還本付息。

# ⁶恤

恤恤恤恤恤恤 **恤**

[ xù ㄒㄩˋ ⑧ sœt⁷ 戌 ]

❶ **同情；憐憫** ◆ 體恤。❷ **救濟** ◆ 撫恤。

# ⁶恰

恰恰恰恰恰恰 **恰**

[ qià ㄑㄧㄚˋ ⑧ hep⁷ 洽 ]

❶ **正；正好** ◆ 恰巧 / 恰好 / 恰到好處 / 恰恰相反 / 恰如其分。❷ **合適；適當** ◆ 恰當 / 恰切。

# ⁶恪

恪恪恪恪恪恪 **恪**

[ kè ㄎㄜˋ ⑧ kok⁸ 確 ]

**恭敬而謹慎** ◆ 恪盡職守 / 恪守諾言。

# ⁶恨

恨恨恨恨恨恨 **恨**

[ hèn ㄏㄣˋ ⑧ hen⁶ 很⁶ ]

❶ **仇和怨；跟"愛"相對** ◆ 仇恨 / 怨恨 / 憎恨 / 恨之入骨 / 報仇雪恨。❷ **懊悔；遺憾** ◆ 悔恨 / 相見恨晚 / 書到用時方恨少 / 一失足成千古恨。

# ⁶恙

恙恙恙恙恙恙 **恙**

[ yàng ㄧㄤˋ ⑧ jœng⁶ 讓 ]

**病；災** ◆ 抱恙 / 別來無恙。

## ⁶恕

恕 恕 恕 恕 恕 恕　恕

[ shù ㄕㄨˋ 🔊 sy³ 戍 ]

❶ 原諒；寬容 ◆ 恕罪／饒恕／寬恕。❷ 請人原諒 ◆ 恕不奉陪／恕不招待／恕難從命。

## ⁷悖

悖 悖 悖 悖 悖 悖　悖

[ bèi ㄅㄟˋ 🔊 bui³ 背/bui⁶ 焙 ]

❶ 違背情理；錯誤 ◆ 悖逆／悖理／悖謬。❷ 抵觸；矛盾 ◆ 並行不悖。

## ⁷悟

悟 悟 悟 悟 悟 悟　悟

[ wù ㄨˋ 🔊 ŋ⁶ 誤 ]

明白；領會；覺醒 ◆ 領悟／覺悟／恍然大悟／執迷不悟。

## ⁷悚

悚 悚 悚 悚 悚 悚　悚

[ sǒng ㄙㄨㄥˇ 🔊 suŋ² 聳 ]

恐懼；害怕 ◆ 毛骨悚然。

## ⁷悄

悄 悄 悄 悄 悄 悄　悄

⟨一⟩[ qiāo ㄑㄧㄠ 🔊 tsiu² 超² ]

❶ 悄悄：沒有聲音或聲音很低 ◆ 靜悄悄／説悄悄話／悄悄地走了過來。

⟨二⟩[ qiǎo ㄑㄧㄠˇ 🔊 tsiu² 超² ]

❷ 義同 ❶ ◆ 低聲悄語／悄然無語。❸ 憂愁 ◆ 悄然落淚。

## ⁷悍

悍 悍 悍 悍 悍 悍　悍

[ hàn ㄏㄢˋ 🔊 hɔn⁶ 汗 ]

❶ 勇猛 ◆ 強悍／短小精悍／一員悍將／悍勇好鬥。❷ 兇暴；蠻橫 ◆ 兇悍／悍然不顧。

## ⁷患

患 患 患 患 患 患　患

[ huàn ㄏㄨㄢˋ 🔊 wan⁶ 幻 ]

❶ 禍害；災難 ◆ 禍患／後患無窮／患難之交／有備無患／防患未然。❷ 憂慮 ◆ 患得患失／生於憂患／欲加之罪，何患無辭。❸ 害病 ◆ 患病／肝炎患者。

## ⁷悉

悉 悉 悉 悉 悉 悉　悉

[ xī ㄒㄧ 🔊 sik⁷ 色 ]

❶ 知道 ◆ 獲悉／得悉／熟悉／知悉。❷ 全部；盡 ◆ 悉數捐獻／悉心照料。

## ⁷悔

悔 悔 悔 悔 悔 悔　悔

[ huǐ ㄏㄨㄟˇ 🔊 fui³ 晦 ]

對以前做過的事或説過的話產生懊惱、自恨心理 ◆ 懊悔／後悔／懺悔／悔過自新／悔不當初／無怨無悔。

## ⁷悠

悠 悠 悠 悠 悠 悠　悠

[ yōu ㄧㄡ 🔊 jɐu⁴ 由 ]

❶ 久遠；長久 ◆ 悠遠／悠長／歷史悠久／悠悠歲月。❷ 安閒 ◆ 悠閒／悠然自得。❸ 懸空擺動 ◆ 她坐在鞦韆上來回悠盪。

## ⁷您

您 您 您 您 您 您　您

[ nín ㄋㄧㄣˊ 🔊 nei⁵ 你 ]

“你”的敬稱 ◆ 您好／謝謝您。

## ⁷悦

悦 悦 悦 悦 悦 悦　悦

[ yuè ㄩㄝˋ 🔊 jyt⁹ 月 ]

❶ 愉快；高興 ◆ 喜悦／心悦誠服。❷ 使人愉快 ◆ 悦耳動聽／賞心悦目。❸ 和善

◆ 和顏悅色。

好逸惡勞。

---

⁷ **愐** 愐 愐 愐 愐 愐 愐 愐

[ yǒng ㄩㄥˇ ⑧ juŋ² 湧 ]

慫愐。見 "慫" 字，158 頁。

---

⁸ **情** 情 情 情 情 情 情 情

[ qíng ㄑ丨ㄥˊ ⑧ tsiŋ⁴ 呈 ]

❶ **感情** ◆ 友情 / 熱情 / 溫情 / 人非草木，豈能無情 / 桃花潭水深千尺，不及汪倫送我情。❷ **情面** ◆ 講情 / 求情 / 人情 / 手下留情。❸ **愛情** ◆ 情書 / 情歌 / 談情說愛。❹ **事物的狀況** ◆ 情況 / 情形 / 情報 / 實情 / 災情。❺ **心理；事理** ◆ 人之常情 / 合情合理 / 不情之請。

---

⁸ **悵** ⁽ 怅 ⁾ 悵 悵 悵 悵 悵 悵 悵

[ chàng ㄔㄤˋ ⑧ tsœŋ³ 唱 ]

失意；傷感 ◆ 悵惘 / 惆悵 / 悵然若失。

---

⁸ **悻** 悻 悻 悻 悻 悻 悻 悻

[ xìng ㄒ丨ㄥˋ ⑧ hɐŋ⁶ 杏 ]

怨恨；惱怒 ◆ 悻然 / 悻悻而去。

---

⁸ **惡** ⁽ 恶 ⁾ 惡 惡 惡 惡 惡 惡

〈一〉[ è ㄜˋ ⑧ ɔk⁸ / ŋɔk⁸ ]

❶ **罪過；犯罪的事；跟 "善" 相對** ◆ 罪惡 / 罪大惡極 / 惡貫滿盈 / 善有善報，惡有惡報。❷ **壞的；不好的** ◆ 惡習 / 惡劣 / 惡意 / 自食惡果 / 惡人先告狀。❸ **兇狠** ◆ 惡毒 / 兇惡 / 惡戰 / 窮兇極惡。

〈二〉[ wù ㄨˋ ⑧ wu³ 烏³ ]

❹ **討厭；憎恨** ◆ 可惡 / 厭惡 / 深惡痛絕。

---

⁸ **惜** 惜 惜 惜 惜 惜 惜 惜

[ xī ㄒ丨 ⑧ sik⁷ 色 ]

❶ **感到遺憾** ◆ 可惜 / 惋惜 / 痛惜。❷ **覺得珍貴而重視** ◆ 愛惜 / 珍惜。❸ **捨不得** ◆ 吝惜 / 依依惜別 / 不惜工本。

---

⁸ **惠** 惠 惠 惠 惠 惠 惠 惠

[ huì ㄏㄨㄟˋ ⑧ wɐi⁶ 胃 ]

❶ **給予或受到別人的好處** ◆ 恩惠 / 受惠 / 優惠 / 互惠 / 小恩小惠。❷ **在別人的行為上加 "惠" 字，表示尊敬** ◆ 惠存 / 惠臨 / 歡迎惠顧。

---

⁸ **惑** 惑 惑 惑 惑 惑 惑 惑

[ huò ㄏㄨㄛˋ ⑧ wak⁹ 或 ]

❶ **有疑慮而分辨不清；不明白** ◆ 疑惑 / 困惑 / 大惑不解 / 三十而立，四十而不惑。❷ **使迷亂；讓人分辨不清** ◆ 迷惑對方 / 妖言惑眾 / 蠱惑人心 / 惑亂軍心。

---

⁸ **悽** ⁽ 凄 ⁾ 悽 悽 悽 悽 悽 悽 悽

[ qī ㄑ丨 ⑧ tsɐi¹ 妻 ]

悲傷難過 ◆ 悽慘 / 悽楚 / 悽涼 / 寒蟬悽切。

---

**焦點易錯字** 幸｜倖 悻 幸運 慶幸 僥倖 寵倖 悻然 悻悻而去 惡｜噩 惡劣 兇惡 噩夢 噩耗

## ⁸悼

悼 悼 悼 悼 悼 悼　[悼]

[ dào ㄉㄠˋ 🔊 dou⁶ 道 ]

追念死者，表示哀傷 ◆ 悼念 / 悼詞 / 哀悼 /
追悼。

## ⁸悶 (闷)

悶 悶 悶 悶 悶 悶　[悶]

〈一〉[ mèn ㄇㄣˋ 🔊 mun⁶ 門⁶ ]

❶ 心情不舒暢 ◆ 煩悶 / 愁悶 / 苦悶 / 悶
悶不樂。❷ 密閉的；不透氣 ◆ 窒悶 / 悶
罐車。

〈二〉[ mēn ㄇㄣ 🔊 mun⁶ 門⁶ ]

❸ 因氣壓低或空氣不流通，使人感到不舒
暢 ◆ 悶熱 / 屋裏太悶，快打開窗戶。❹ 密
封使不透氣 ◆ 剛沏的茶，悶一會兒再喝。
❺ 聲音不響亮；不聲不響 ◆ 悶聲悶氣 / 悶
聲不響。

## ⁸惕

惕 惕 惕 惕 惕 惕　[惕]

[ tì ㄊㄧˋ 🔊 tik⁷ 剔 ]

謹慎；小心提防 ◆ 警惕 / 日夜惕勵。

## ⁸悲

悲 悲 悲 悲 悲 悲　[悲]

[ bēi ㄅㄟ 🔊 bei¹ 卑 ]

❶ 傷心；哀痛；跟 "喜" 相對 ◆ 悲哀 / 悲
傷 / 悲痛 / 樂極生悲 / 少壯不努力，老大徒
傷悲。❷ 憐憫 ◆ 悲天憫人 / 慈悲為懷 / 大
慈大悲。

## ⁸悸

悸 悸 悸 悸 悸 悸　[悸]

[ jì ㄐㄧˋ 🔊 gwɐi⁶ 跪 ]

因害怕而心跳得厲害 ◆ 驚悸 / 心悸 / 心有
餘悸。

## ⁸惟

惟 惟 惟 惟 惟 惟　[惟]

[ wéi ㄨㄟˊ 🔊 wɐi⁴ 圍 ]

❶ 考慮 ◆ 思惟。❷ 單單 ◆ 惟獨 / 惟有 /
惟一 / 惟我獨尊。❸ 只是 ◆ 貨品雖好，惟
價錢太貴 / 惟恐天下不亂。

## ⁸惆

惆 惆 惆 惆 惆 惆　[惆]

[ chóu ㄔㄡˊ 🔊 tsɐu⁴ 囚 ]

惆悵：失意；傷感 ◆ 惆悵的心情 / 離別讓
她感到一陣惆悵。

## ⁸惘

惘 惘 惘 惘 惘 惘　[惘]

[ wǎng ㄨㄤˇ 🔊 mɔŋ⁵ 妄 ]

不得意；不順心 ◆ 悵惘 / 惘然若失。

## ⁸惚

惚 惚 惚 惚 惚 惚　[惚]

[ hū ㄏㄨ 🔊 fɐt⁷ 忽 ]

恍惚。見 "恍" 字，151 頁。

## ⁸惦

惦 惦 惦 惦 惦 惦　[惦]

[ diàn ㄉㄧㄢˋ 🔊 dim³ 店 ]

掛念 ◆ 惦記 / 惦念。

## ⁸悴

悴 悴 悴 悴 悴 悴　[悴]

[ cuì ㄘㄨㄟˋ 🔊 sœy⁶ 瑞 ]

憔悴。見 "憔" 字，159 頁。

## ⁸惋

惋 惋 惋 惋 惋 惋　[惋]

[ wǎn ㄨㄢˇ 🔊 wun² 碗 / jyn² 苑 ]

痛惜和同情 ◆ 惋惜 / 歎惜。

<sup>9</sup>愜<sup>(愜)</sup> 愜 愜 愜 愜 愜 愜 愜

[ qiè ㄑㄧㄝˋ ⓟ hip<sup>8</sup> 協 ]

心裏滿足；感到暢快 ◆ 愜心／愜意。

<sup>9</sup>想 想 想 想 想 想 想 想

[ xiǎng ㄒㄧㄤˇ ⓟ sœŋ<sup>2</sup> 賞 ]

❶ 動腦筋；思索 ◆ 想辦法／想方設法／冥思苦想。❷ 希望；打算 ◆ 理想／幻想／妄想／夢想／想去旅遊。❸ 懷念；思念 ◆ 想家／朝思暮想／我們都很想你。❹ 估計；認為 ◆ 猜想／料想不到／我想他也不會來了。

<sup>9</sup>惰 惰 惰 惰 惰 惰 惰

[ duò ㄉㄨㄛˋ ⓟ dɔ<sup>6</sup> 墮 ]

懶；不勤快；跟"勤"相對 ◆ 懶惰／怠惰／惰性。

<sup>9</sup>感 感 感 感 感 感 感

[ gǎn ㄍㄢˇ ⓟ gɐm<sup>2</sup> 錦 ]

❶ 覺得 ◆ 感覺／感到／深感榮幸。❷ 受外界事物的刺激而引起的思想情緒上的某種反應 ◆ 感想／感慨／感動／百感交集／感觸良多。❸ 某種思想情緒的體驗 ◆ 情感／美感／好感／親切感／自豪感。❹ 表示或懷着謝意 ◆ 感謝／感激／感恩。❺ 受到傳染 ◆ 感染疾病／劇情感染了每一個人。

<sup>9</sup>惹 惹 惹 惹 惹 惹 惹

[ rě ㄖㄜˇ ⓟ jɛ<sup>5</sup> 野 ]

❶ 招引 ◆ 惹禍／招惹／惹麻煩／惹是生非。
❷ 觸犯 ◆ 惹不起／別把他惹火了。

<sup>9</sup>惻<sup>(恻)</sup> 惻 惻 惻 惻 惻 惻 惻

[ cè ㄘㄜˋ ⓟ tsɐk<sup>7</sup> 測 ]

悲傷 ◆ 悽惻／惻隱之心。

<sup>9</sup>愠 愠 愠 愠 愠 愠 愠

[ yùn ㄩㄣˋ ⓟ wɐn<sup>3</sup> 蘊 ]

惱怒 ◆ 面有愠色／人不知而不愠，不亦君子乎？

<sup>9</sup>愚 愚 愚 愚 愚 愚 愚

[ yú ㄩˊ ⓟ jy<sup>4</sup> 如 ]

❶ 笨；傻；跟"智"相對 ◆ 愚人／愚笨／愚蠢／愚不可及／大智若愚。❷ 欺騙；耍弄 ◆ 愚弄／為人所愚。

<sup>9</sup>惺 惺 惺 惺 惺 惺 惺

[ xīng ㄒㄧㄥ ⓟ siŋ<sup>1</sup> 星／siŋ<sup>2</sup> 醒 ]

惺忪：剛睡醒時眼睛迷糊的樣子 ◆ 睡眼惺忪。

<sup>9</sup>愕 愕 愕 愕 愕 愕 愕

[ è ㄜˋ ⓟ ŋɔk<sup>9</sup> 岳 ]

驚訝；發愣 ◆ 驚愕／愕然。

<sup>9</sup>惴 惴 惴 惴 惴 惴 惴

[ zhuì ㄓㄨㄟˋ ⓟ dzœy<sup>3</sup> 最 ]

又擔憂又恐懼的樣子 ◆ 惴慄／惴惴不安。

<sup>9</sup>愣 愣 愣 愣 愣 愣 愣

[ lèng ㄌㄥˋ ⓟ liŋ<sup>6</sup> 另 ]

❶ 失神；發呆 ◆ 發愣／愣住了。❷ 魯莽；冒失 ◆ 愣小子／愣頭愣腦。

心
戈
戶
手
支
攴

## ⁹愁

愁愁愁愁愁愁　愁

[ chóu ㄔㄡˊ ⑧ sɐu⁴ 仇 ]

❶ 憂慮；苦悶 ◆ 愁悶 / 發愁 / 無憂無愁 / 抽刀斷水水更流，舉杯消愁愁更愁。❷ 憂慮苦悶的情緒 ◆ 鄉愁 / 離愁別緒。

## ⁹愎

愎愎愎愎愎愎　愎

[ bì ㄅㄧˋ ⑧ bik⁷ 碧 ]

固執 ◆ 剛愎自用。

## ⁹惶

惶惶惶惶惶惶　惶

[ huáng ㄏㄨㄤˊ ⑧ wɔŋ⁴ 王 ]

恐懼；驚慌不安 ◆ 惶恐 / 驚惶 / 人心惶惶 / 誠惶誠恐。

## ⁹愉

愉愉愉愉愉愉　愉

[ yú ㄩˊ ⑧ jy⁴ 如 ]

高興；快樂 ◆ 愉快 / 愉悅 / 歡愉。

## ⁹愈

愈愈愈愈愈愈　愈

[ yù ㄩˋ ⑧ jy⁶ 預 ]

❶ 更加；越 ◆ 愈加 / 愈走愈快 / 愈來愈懂事了 / 成績愈好，愈要謙虛。❷ "癒"的簡化字，見297頁。

## ⁹愛 (爱)

愛愛愛愛愛愛　愛

[ ài ㄞˋ ⑧ ɐi³/ŋɒi³ 嫒 ]

❶ 對人或事物有親密、真摯的感情；跟"恨"相對 ◆ 母愛 / 愛心 / 愛父母 / 愛國。❷ 喜歡 ◆ 愛好 / 喜愛 / 愛不釋手 / 愛看小說 / 停車坐愛楓林晚，霜葉紅於二月花。❸ 珍惜；重視 ◆ 愛惜 / 愛護 / 自尊自愛。❹ 容易發生 ◆ 愛哭 / 愛開玩笑 / 鐵愛生銹。

## ⁹意

意意意意意意　意

[ yì ㄧˋ ⑧ ji³ 衣³ ]

❶ 意思 ◆ 含意 / 來意 / 詞不達意 / 言外之意 / 醉翁之意不在酒。❷ 願望；心願 ◆ 合意 / 稱心如意 / 真心誠意 / 非常滿意。❸ 主張；見解 ◆ 意見 / 不知意下如何。❹ 料想 ◆ 意外 / 出乎意料 / 出其不意 / 意想不到。❺ 事物顯露的情態 ◆ 春意盎然 / 幾分醉意。

## ⁹慨

慨慨慨慨慨慨　慨

[ kǎi ㄎㄞˇ ⑧ gɔi³ 丐/kɔi³ 丐 (語) ]

❶ 感歎 ◆ 感慨 / 慨歎。❷ 情緒激動 ◆ 憤慨。❸ 大方；不吝惜 ◆ 慷慨解囊 / 慨然允諾。

## ⁹惱 (恼)

惱惱惱惱惱惱　惱

[ nǎo ㄋㄠˇ ⑧ nou⁵ 腦 ]

❶ 生氣；發怒 ◆ 惱怒 / 惱火 / 惱羞成怒。❷ 煩悶；心裏不痛快 ◆ 煩惱 / 苦惱 / 懊惱。

## ¹⁰慎

慎慎慎慎慎慎　慎

[ shèn ㄕㄣˋ ⑧ sɐn⁶ 腎 ]

做事小心 ◆ 謹慎 / 慎重 / 稍有不慎。

## ¹⁰慄 (栗)

慄慄慄慄慄慄　慄

[ lì ㄌㄧˋ ⑧ lœt⁹ 律 ]

因寒冷或害怕而發抖 ◆ 戰慄 / 不寒而慄。

## ¹⁰潓

"惠"的異體字，見153頁。

心
戈
戶
手
支

10 **慌** 慌 慌 慌 慌 慌 慌 慌

[ huāng ㄏㄨㄤ 粵 fɔŋ¹ 方 ]

❶ 心神不安；動作忙亂 ◆ 慌張 / 恐慌 / 心慌意亂 / 驚慌失措 / 慌手慌腳。❷ 表示程度深，相當於"很"、"非常" ◆ 餓得慌 / 悶得慌。

10 **愾** 愾 愾 愾 愾 愾 愾

[ kài ㄎㄞˋ 粵 kɔi³ 慨 ]

憤恨 ◆ 同仇敵愾。

10 **愧** 愧 愧 愧 愧 愧 愧

[ kuì ㄎㄨㄟˋ 粵 kwɐi⁵ 葵⁵ ]

羞慚；感到不安或對不起別人 ◆ 慚愧 / 羞愧 / 問心無愧 / 愧不敢當。

10 **愴** 愴 愴 愴 愴 愴 愴

[ chuàng ㄔㄨㄤˋ 粵 tsɔŋ³ 創 ]

悲傷 ◆ 悲愴 / 悽愴 / 愴然淚下。

10 **態** 態 態 態 態 態 態

[ tài ㄊㄞˋ 粵 tai³ 太 ]

❶ 形狀；模樣 ◆ 形態 / 狀態 / 姿態 / 病態 / 一反常態。❷ 情形；情況 ◆ 動態 / 事態的發展。

10 **慈** 慈 慈 慈 慈 慈 慈

[ cí ㄘˊ 粵 tsi⁴ 詞 ]

❶ 仁愛和善；疼愛晚輩 ◆ 慈愛 / 慈善 / 仁慈 / 慈祥的面容 / 慈母手中線，遊子身上衣。❷ 指母親 ◆ 家慈。

11 **慧** ⁽慧⁾ 慧 慧 慧 慧 慧 慧

[ huì ㄏㄨㄟˋ 粵 wɐi⁶ 惠 ]

聰明 ◆ 智慧 / 聰慧 / 慧心 / 獨具慧眼。

11 **慚** ⁽惭⁾ 慚 慚 慚 慚 慚 慚

[ cán ㄘㄢˊ 粵 tsam⁴ 蠶 ]

羞愧；感到內疚 ◆ 慚愧 / 羞慚 / 大言不慚 / 自慚形穢。

11 **慳** ⁽悭⁾ 慳 慳 慳 慳 慳 慳

[ qiān ㄑㄧㄢ 粵 han¹ 閒¹ ]

吝嗇；小氣 ◆ 慳吝。

11 **憂** ⁽忧⁾ 憂 憂 憂 憂 憂 憂

[ yōu ㄧㄡ 粵 jɐu¹ 幽 ]

❶ 發愁；擔心 ◆ 憂慮 / 憂愁 / 憂傷 / 憂心忡忡 / 杞人憂天。❷ 使人發愁的事 ◆ 高枕無憂 / 後顧之憂 / 人無遠慮，必有近憂 / 先天下之憂而憂，後天下之樂而樂。

11 **慕** 慕 慕 慕 慕 慕 慕

[ mù ㄇㄨˋ 粵 mou⁶ 務 ]

敬仰；嚮往 ◆ 羨慕 / 仰慕 / 愛慕 / 慕名而來。

11 **慮** ⁽虑⁾ 慮 慮 慮 慮 慮 慮

[ lǜ ㄌㄩˋ 粵 lœy⁶ 類 ]

❶ 思考；謀劃 ◆ 考慮 / 深思熟慮 / 千慮一得。❷ 發愁；擔心 ◆ 顧慮 / 疑慮 / 憂慮 / 無憂無慮。

11 **慢** 慢 慢 慢 慢 慢 慢

[ màn ㄇㄢˋ 粵 man⁶ 萬 ]

❶ 速度低；跟"快"相對 ◆ 慢車 / 緩慢 / 走得慢 / 慢條斯理 / 慢工出細貨。❷ 態度冷淡，缺少禮貌 ◆ 傲慢 / 怠慢 / 慢待。

¹¹慫 (怂)

慫 慫 慫 慫 慫 慫 **慫**

[ sǒng ㄙㄨㄥˇ ⑧ sun² 聳 ]

慫恿：從旁鼓動別人去做某種事情。也寫作"慫慂"。

¹¹慾 (欲)

慾 慾 慾 慾 慾 慾 **慾**

[ yù ㄩˋ ⑧ juk⁹ 玉 ]

想得到某種東西的願望 ◆ 慾望 / 食慾 / 求知慾 / 慾壑難填。

¹¹慷

慷 慷 慷 慷 慷 慷 **慷**

[ kāng ㄎㄤ ⑧ hɔŋ¹ 康1 / hɔŋ² 康² ]

慷慨：(1) 情緒激；充滿正氣 ◆ 慷慨陳詞 / 慷慨激昂。(2) 大方；不吝嗇 ◆ 慷慨解囊 / 為人慷慨。

¹¹慶 (庆)

慶 慶 慶 慶 慶 慶 **慶**

[ qìng ㄑㄧㄥˋ ⑧ hiŋ³ 興³ ]

❶ 祝賀 ◆ 慶賀 / 慶功會 / 歡慶勝利 / 普天同慶。❷ 值得祝賀的事 ◆ 國慶 / 校慶。

¹¹憋

憋 憋 憋 憋 憋 憋 **憋**

[ biē ㄅㄧㄝ ⑧ bit⁸ 鱉 ]

❶ 悶；心裏不舒暢 ◆ 憋悶 / 心裏憋得難受。❷ 忍住 ◆ 憋着一肚子氣 / 實在憋不住，還是把話說了出來。

¹¹慰

慰 慰 慰 慰 慰 慰 **慰**

[ wèi ㄨㄟˋ ⑧ wei³ 畏 ]

❶ 使人心情安適 ◆ 慰問 / 慰勞 / 聊以自慰。❷ 心安 ◆ 欣慰。

¹¹慘 (惨)

慘 慘 慘 慘 慘 慘 **慘**

[ cǎn ㄘㄢˇ ⑧ tsam² 蠶² ]

❶ 處境或遭遇極其不幸，使人悲傷 ◆ 悲慘 / 悽慘 / 慘劇 / 慘不忍睹 / 慘痛的教訓。❷ 狠毒；殘酷 ◆ 慘無人道 / 慘殺無辜。❸ 形容程度嚴重 ◆ 損失慘重 / 屢遭慘敗。

¹¹慣 (惯)

慣 慣 慣 慣 慣 慣 **慣**

[ guàn ㄍㄨㄢˋ ⑧ gwan³ 關³ ]

❶ 習以為常的；積久成性的 ◆ 習慣 / 慣例 / 慣用的手法。❷ 縱容；放任 ◆ 嬌生慣養 / 別把孩子慣壞了。

¹²憤 (愤)

憤 憤 憤 憤 憤 憤 **憤**

[ fèn ㄈㄣˋ ⑧ fen⁵ 奮⁵ ]

生氣；不滿 ◆ 憤怒 / 憤恨 / 氣憤 / 憤憤不平 / 義憤填膺。

¹²憨 (憨)

憨 憨 憨 憨 憨 憨 **憨**

[ hān ㄏㄢ ⑧ hem¹ 堪 ]

❶ 痴呆；傻氣 ◆ 憨痴 / 憨笑。❷ 天真；忠厚 ◆ 憨厚 / 憨直。

¹²憫 (悯)

憫 憫 憫 憫 憫 憫 **憫**

[ mǐn ㄇㄧㄣˇ ⑧ men⁵ 敏 ]

對遭遇不幸的人表示同情 ◆ 憐憫 / 悲天憫人 / 其情可憫。
☺ 圖見 159 頁。

# 12 憬

憬 憬 憬 憬 憬 憬 [憬]

[jǐng ㄐㄧㄥˇ 粵 gin⁷ 竟]

憧憬。見"憧"字，159頁。

# 12 憚 (惮)

憚 憚 憚 憚 憚 憚 [憚]

[dàn ㄉㄢˋ 粵 dan⁶ 但]

怕；畏懼 ◆ 肆無忌憚。

# 12 憊 (惫)

憊 憊 憊 憊 憊 憊 [憊]

[bèi ㄅㄟˋ 粵 bai⁶ 敗]

非常疲倦 ◆ 疲憊不堪。

# 12 憩

憩 憩 憩 憩 憩 憩 [憩]

[qì ㄑㄧˋ 粵 hei³ 器]

休息 ◆ 小憩 / 休憩。

# 12 憔

憔 憔 憔 憔 憔 憔 [憔]

[qiáo ㄑㄧㄠˊ 粵 tsiu⁴ 潮]

憔悴：形容人身體瘦弱、臉色不好的樣子
◆ 他大病過後，顯得憔悴多了。

# 12 憧

憧 憧 憧 憧 憧 憧 [憧]

[chōng ㄔㄨㄥ 粵 tsuŋ¹ 沖]

憧憬：嚮往 ◆ 憧憬未來。

# 12 憑 (凭)

憑 憑 憑 憑 憑 憑 [憑]

[píng ㄆㄧㄥˊ 粵 pɐŋ⁴ 朋]

❶ 身子靠着；依靠；依仗 ◆ 憑欄遠眺 /
憑藉實力 / 憑本事立足社會。 ❷ 根據；證
據 ◆ 憑票入場 / 憑空捏造 / 口說無憑 / 真
憑實據 / 畢業文憑。 ❸ 隨便；聽任 ◆ 任

憑 / 聽憑 / 海闊憑魚躍，天高任鳥飛。

# 12 憐 (怜)

憐 憐 憐 憐 憐 憐 [憐]

[lián ㄌㄧㄢˊ 粵 lin⁴ 連]

❶ 對別人的不幸表示同情 ◆ 憐憫 / 憐惜 /
可憐 / 同病相憐。 ❷ 愛 ◆ 憐愛 / 愛憐。

# 12 憎

憎 憎 憎 憎 憎 憎 [憎]

[zēng ㄗㄥ 粵 dzɐŋ¹ 增]

厭惡；恨；跟"愛"相對 ◆ 憎惡 / 憎恨 /
面目可憎 / 愛憎分明。

# 12 憲 (宪)

憲 憲 憲 憲 憲 憲 [憲]

[xiàn ㄒㄧㄢˋ 粵 hin³ 獻]

❶ 法令 ◆ 憲令。 ❷ 憲法；國家的根本法
◆ 立憲 / 違憲 / 憲章。

# 13 憾

憾 憾 憾 憾 憾 憾 [憾]

[hàn ㄏㄢˋ 粵 hɐm⁶ 撼]

失望；感到不滿足 ◆ 遺憾 / 憾事 / 缺憾 /
死而無憾。

# 13 懂

懂 懂 懂 懂 懂 懂 [懂]

[dǒng ㄉㄨㄥˇ 粵 duŋ² 董]

了解；明白 ◆ 聽懂了 / 懂英語 / 似懂非懂 /
懂事的孩子 / 懂得做人的道理。

焦點易錯字　懂｜懵｜懂　懂憬 鬼影憧憧　一幢房子　懂事

心
交
母
牙
支
支

## <sup>13</sup>懇 (恳)

懇 懇 懇 懇 懇 懇

[kěn ㄎㄣˇ 粵 hen² 很]

❶ 真誠 ◆ 懇切 / 誠懇 / 懇求 / 懇請 / 懇談。❷ 請求 ◆ 敬懇。

## <sup>13</sup>懊 (懊)

懊 懊 懊 懊 懊 懊

[ào ㄠˋ 粵 ou³/ngou³ 澳]

煩惱；後悔 ◆ 懊惱 / 懊悔 / 懊喪。

## <sup>13</sup>應 (应)

應 應 應 應 應 應

〈一〉[yīng ㄧㄥ 粵 jing¹ 英]

❶ 該；應當 ◆ 應該 / 應有盡有 / 理應如此 / 罪有應得。❷ 允許；答應 ◆ 應允 / 應許 / 應承。❸ 姓。

〈二〉[yìng ㄧㄥˋ 粵 jing³ 英³]

❹ 回答；隨聲附和 ◆ 答應 / 呼應 / 響應 / 應聲倒地 / 應對自如。❺ 對付；對待 ◆ 應戰 / 隨機應變 / 應付一下 / 應接不暇。❻ 接受 ◆ 應邀 / 應聘 / 應徵入伍 / 有求必應。❼ 配合 ◆ 裏應外合。❽ 適合 ◆ 應時 / 應景 / 應用 / 適應 / 得心應手。

## <sup>13</sup>懈

懈 懈 懈 懈 懈 懈

[xiè ㄒㄧㄝˋ 粵 hai⁶ 械]

意志鬆散，做事不努力 ◆ 鬆懈 / 堅持不懈 / 毫不懈怠 / 不懈的努力。

## <sup>13</sup>憶 (忆)

憶 憶 憶 憶 憶 憶

[yì ㄧˋ 粵 jik⁷ 益]

❶ 回想；思念 ◆ 回憶 / 追憶 / 憶往事 / 長相憶。❷ 記住；記得 ◆ 記憶力 / 記憶猶新。

## <sup>14</sup>懣 (懑)

懣 懣 懣 懣 懣 懣

[mèn ㄇㄣˋ 粵 mun⁶ 悶]

憤懣：氣憤；生氣 ◆ 憤懣異常。

## <sup>14</sup>懦

懦 懦 懦 懦 懦 懦

[nuò ㄋㄨㄛˋ 粵 no⁶ 糯]

軟弱；膽小 ◆ 懦弱 / 怯懦 / 懦夫。

## <sup>15</sup>懲 (惩)

懲 懲 懲 懲 懲 懲

[chéng ㄔㄥˊ 粵 tsing⁴ 情]

❶ 處罰；跟 "獎" 相對 ◆ 懲罰 / 依法懲治 / 懲惡揚善 / 嚴懲不貸。❷ 警戒 ◆ 懲戒 / 懲前毖後。

## <sup>16</sup>懶 (懒)

懶 懶 懶 懶 懶 懶

[lǎn ㄌㄢˇ 粵 lan⁵ 蘭⁵]

❶ 不努力；不勤快；跟 "勤" 相對 ◆ 懶惰 / 偷懶 / 好吃懶做 / 獎勤罰懶。❷ 疲倦；精神不振作 ◆ 懶散 / 懶洋洋。❸ 不想；不願意 ◆ 懶得跟他説話。

## <sup>16</sup>懵

懵 懵 懵 懵 懵 懵

[měng ㄇㄥˇ 粵 mung⁵/mung²]

懵懂：糊塗；不明事理 ◆ 懵懵懂懂 / 聰明一世，懵懂一時。

## <sup>16</sup>懸 (悬)

懸 懸 懸 懸 懸 懸

[xuán ㄒㄩㄢˊ 粵 jyn⁴ 元]

❶ 掛；吊掛 ◆ 懸掛 / 懸空 / 懸燈結綵 / 梁上懸股。❷ 事情沒有結果 ◆ 懸案 / 懸而未決 / 他的問題還懸着。❸ 牽掛；掛念 ◆ 懸望 / 以釋懸念。❹ 距離遠；差別大 ◆ 懸

殊 / 懸隔千里。

## <sup>16</sup>懷 <sup>(怀)</sup> 懷懷懷懷懷懷 懷

[ huái ㄏㄨㄞˊ ⑧ wai⁴ 淮 ]
❶ 想念；思念 ◆ 懷念 / 懷舊 / 懷古。❷ 胸部；胸前 ◆ 敞胸露懷 / 抱在懷裏。❸ 心意；心胸 ◆ 情懷 / 胸懷寬廣 / 正中下懷 / 襟懷坦白。❹ 心裏存着；藏着 ◆ 懷恨在心 / 身懷絕技 / 不懷好意 / 懷才不遇。❺ 腹中有胎 ◆ 懷孕 / 懷了孩子。

## <sup>17</sup>懺 <sup>(忏)</sup> 懺懺懺懺懺懺 懺

[ chàn ㄔㄢˋ ⑧ tsam³ 杉 ]
為所犯的過錯而悔恨 ◆ 懺悔。

## <sup>18</sup>慴 <sup>(慑)</sup> 慴慴慴慴慴慴 慴

[ shè ㄕㄜˋ ⑧ sip⁸ 攝/dzip⁸ 接 ]
威脅；受威逼而害怕 ◆ 威慴 / 慴服。

## <sup>18</sup>懿 懿懿懿懿懿懿 懿

[ yì ㄧˋ ⑧ ji³ 意 ]
美好，多指道德、行為 ◆ 懿德 / 懿範 / 嘉言懿行。

## <sup>18</sup>懼 <sup>(惧)</sup> 懼懼懼懼懼懼 懼

[ jù ㄐㄩˋ ⑧ gœy⁶ 巨 ]
害怕 ◆ 畏懼 / 恐懼 / 臨危不懼。

## <sup>19</sup>戀 <sup>(恋)</sup> 戀戀戀戀戀戀 戀

[ liàn ㄌㄧㄢˋ ⑧ lyn² 聯² ]
❶ 思念不忘；不忍分離 ◆ 依戀 / 留戀忘返 / 戀戀不捨 / 眷戀故土 / 戀上了音樂。❷ 特

指男女相愛 ◆ 戀人 / 戀愛 / 初戀 / 失戀。

## 戈 部

## <sup>0</sup>戈 戈戈戈 戈

[ gē ㄍㄜ ⑧ gwɔ¹ 過¹ ]
古代的一種兵器 ◆ 枕戈待旦 / 化干戈為玉帛。
☞ 見古文字插頁 2。

戈

## <sup>1</sup>戊 戊戊戊戊 戊

[ wù ㄨˋ ⑧ mou⁶ 務 ]
天干的第五位 ◆ 甲乙丙丁戊己庚辛。
✿ 圖見 290 頁。

## <sup>2</sup>戎 戎戎戎戎戎 戎

[ róng ㄖㄨㄥˊ ⑧ juŋ⁴ 容 ]
❶ 軍隊；戰事 ◆ 戎士 / 戎裝 / 投筆從戎 / 戎馬生涯 / 迅赴戎機。❷ 古代對西部民族的通稱 ◆ 西戎。

## ²戌

戌 戌 戌 戌 戌　**戌**

[ xū ㄒㄩ ⑧ sœt⁷ 恤]

❶ 地支的第十一位 ◆ 申酉戌亥。❷ 戌時：即下午七點到九點。

❀ 圖見 109 頁。

## ²划

見刀部，40 頁。

## ²戍

戍 戍 戍 戍 戍　**戍**

[ shù ㄕㄨˋ ⑧ sy³ 恕]

軍隊駐防 ◆ 戍邊 / 衛戍 / 戍守。

☙ 見古文字插頁 13。

## ²成

成 成 成 成 成　**成**

[ chéng ㄔㄥˊ ⑧ sin⁴ 乘]

❶ 事情做完，已經達到目的；跟 "敗" 相對 ◆ 大功告成 / 任務完成 / 心想事成 / 有志者事竟成。❷ 變為；成為 ◆ 百煉成鋼 / 鐵杵磨成針 / 玉不琢，不成器 / 聚沙成塔，集腋成裘。❸ 成果 ◆ 坐享其成 / 一事無成。❹ 事物發展到一定的狀態 ◆ 成品 / 成規 / 成人 / 五穀成熟。❺ 建立；成全 ◆ 成家立業 / 成人之美。❻ 整 ◆ 成批 / 成天 / 成千上萬 / 成年累月。❼ 十分之一叫 "一成" ◆ 有七八成新 / 今年糧食可增產三成。❽ 同意；許可 ◆ 贊成 / 成！就這麼辦 / 這樣做恐怕不成。

## ³戒

戒 戒 戒 戒 戒　**戒**

[ jiè ㄐㄧㄝˋ ⑧ gai³ 介]

❶ 防備；警惕 ◆ 警戒 / 戒備森嚴 / 存有戒心 / 實行戒嚴 / 戒驕戒躁。❷ 除掉某種嗜好 ◆ 戒煙 / 戒酒。❸ 禁止做某些事情的

規定 ◆ 戒條 / 清規戒律。❹ 教訓 ◆ 引以為戒。❺ 戒指的簡稱 ◆ 金戒 / 鑽戒。

☙ 見古文字插頁 13。

## ³我

我 我 我 我 我　**我**

[ wǒ ㄨㄛˇ ⑧ ŋɔ⁵ 卧⁵]

自稱；自己 ◆ 我們 / 我校 / 我知道 / 忘我境界 / 我行我素。

## ⁴或

或 或 或 或 或　**或**

[ huò ㄏㄨㄛˋ ⑧ wak⁹ 劃]

❶ 也許；表示不一定、有可能 ◆ 或許能有辦法。❷ 表示選擇 ◆ 或者我去，或者你去。

## ⁴戕

戕 戕 戕 戕 戕　**戕**

[ qiāng ㄑㄧㄤ ⑧ tsœŋ⁴ 祥]

殺害；傷害 ◆ 戕害 / 自戕。

## ⁵哉

見口部，67 頁。

## ⁵咸

見口部，68 頁。

## ⁵威

見女部，104 頁。

## ⁶栽

見木部，214 頁。

## ⁷戚

戚 戚 戚 戚 戚 戚　**戚**

[ qī ㄑㄧ ⑧ tsik⁷ 斥]

❶ 親屬 ◆ 親戚。❷ 憂愁 ◆ 哀戚 / 休戚相關。

## ⁸裁

見衣部，405 頁。

⁸**幾**

見瀻部，135 頁。

⁹**戡** 戡戡戡戡戡戡 戡

[kān ㄎㄢ ⑧ hɐm¹ 堪]
用武力平定叛亂 ◆ 戡亂。

⁹**盞**

見皿部，302 頁。

¹⁰**臧**

見臣部，368 頁。

¹⁰**截** 截截截截截截 截

[jié ㄐㄧㄝˊ ⑧ dzit⁹ 捷]
❶ 切斷；割斷 ◆ 截斷 / 截肢 / 斬釘截鐵 / 把木條截成兩段。❷ 阻擋；攔住 ◆ 截擊 / 截流 / 攔截。❸ 到一定期限為止 ◆ 截止報名日期。❹ 量詞，相當於"段" ◆ 鋸成兩截 / 一截木頭 / 話説了半截。

¹¹**戮** 戮戮戮戮戮戮 戮

[lù ㄌㄨˋ ⑧ luk⁹ 錄]
殺 ◆ 殺戮 / 屠戮。

¹²**戰** (战) 戰戰戰戰戰戰 戰

[zhàn ㄓㄢˋ ⑧ dzin³ 箭]
❶ 打仗；軍事鬥爭 ◆ 戰爭 / 作戰 / 戰役 / 身經百戰 / 戰無不勝。❷ 泛指爭勝負、比高低的競賽 ◆ 舌戰 / 論戰 / 挑戰。❸ 發抖；哆嗦。也寫作"顫" ◆ 寒戰 / 戰慄 / 心驚膽戰 / 冷得打戰。

¹³**戴** 戴戴戴戴戴戴 戴

[dài ㄉㄞˋ ⑧ dai³ 帶]

❶ 把東西加在頭上或身體的其他部位上 ◆ 戴帽子 / 戴眼鏡 / 戴項鏈 / 佩戴校徽 / 張冠李戴。❷ 尊敬；擁護 ◆ 愛戴 / 擁戴。

¹³**戲** (戏) 戲戲戲戲戲戲 戲

[xì ㄒㄧˋ ⑧ hei³ 氣]
❶ 玩耍 ◆ 遊戲 / 嬉戲 / 兒戲。❷ 開玩笑；嘲弄 ◆ 戲弄 / 戲言。❸ 戲劇、雜技等 ◆ 戲曲 / 看戲 / 戲 / 馬戲。

¹⁴**戳** 戳戳戳戳戳戳 戳

[chuō ㄔㄨㄛ ⑧ tsœk⁸ 綽]
❶ 用尖的東西刺 ◆ 戳破 / 戳了一個洞 / 鞋底給戳穿了。❷ 圖章 ◆ 戳記 / 郵戳 / 蓋戳。

¹⁷**殲**

見歹部，233 頁。

户 部

⁰**户** 户户户 户

[hù ㄏㄨˋ ⑧ wu⁶ 互]
❶ 門 ◆ 門户 / 足不出户 / 夜不閉户。❷ 人家；門第 ◆ 住户 / 户籍 / 一家一户 / 家喻户曉 / 門當户對。❸ 有財務關係的個人或單位 ◆ 賬户 / 存户 / 銀行户口。
✍ 見古文字插頁 2。

³**妒**

見女部，102 頁。

⁴戾 戾戾戾戾戾戾 戾

[ lì ㄌㄧˋ ⑧ lœy⁶ 淚]

❶ 違背；蠻橫兇暴 ◆ 乖戾／暴戾。❷ 罪過 ◆ 罪戾。

⁴所 所所所所所所 所

[ suǒ ㄙㄨㄛˇ ⑧ sɔ² 鎖]

❶ 地方 ◆ 住所／場所／廁所／各得其所。❷ 機關集團或其他辦事地方 ◆ 研究所／律師事務所／證券交易所。❸ 放在動詞前，表示動作的對象 ◆ 所見所聞／各盡所能／所知不多。❹ 放在動詞前，跟"為"或"被"相呼應，表示被動 ◆ 為人所笑／被歌聲所吸引。❺ 量詞 ◆ 一所醫院／三所學校。

⁴肩 見肉部，361 頁。

⁴房 房房房房房房 房

[ fáng ㄈㄤˊ ⑧ fɔŋ⁴ 防]

❶ 供人居住或其他用途的建築物 ◆ 房屋／房間／樓房／廠房／庫房。❷ 像房子的東西 ◆ 蜂房／心房。❸ 家族的分支 ◆ 長房／遠房親戚。

⁵扁 扁扁扁扁扁扁 扁

〈一〉[ biǎn ㄅㄧㄢˇ ⑧ bin² 貶]

❶ 寬而薄的形狀 ◆ 扁盒子／壓扁了。

〈二〉[ piān ㄆㄧㄢ ⑧ pin¹ 偏]

❷ 小 ◆ 一葉扁舟。

⁶扇 扇扇扇扇扇扇 扇

〈一〉[ shàn ㄕㄢˋ ⑧ sin³ 線]

❶ 搖動或轉動生風的用具 ◆ 扇子／摺扇／電扇。❷ 量詞，用來計算門窗 ◆ 一扇門／兩扇窗。

〈二〉[ shān ㄕㄢ ⑧ sin³ 線]

❸ 搖扇子生風。也寫作"搧" ◆ 扇風／扇一扇就涼快了。

⁷扈 扈扈扈扈扈扈 扈

[ hù ㄏㄨˋ ⑧ wu⁶ 戶]

隨從；侍衞 ◆ 扈從。

⁸扉 扉扉扉扉扉扉 扉

[ fēi ㄈㄟ ⑧ fei¹ 非]

門 ◆ 柴扉／心扉。

⁸雇 見隹部，478 頁。

手 部

⁰手 手手手 手

[ shǒu ㄕㄡˇ ⑧ sɐu² 首]

❶ 人體的上肢；通常指用來拿東西、做事情的那一部分 ◆ 右手／手指／手掌／手舞足蹈／手心手背。❷ 拿着；擁有 ◆ 人手一冊。❸ 小巧的；便於攜帶和使用的 ◆ 手冊／手槍／手機。❹ 親自做的 ◆ 手書／手稿。❺ 技能；本領 ◆ 露一手／真有一手／眼高手低。❻ 從事某種工作或有某種技能的人 ◆ 水手／鼓手／神槍手／捕魚能手。

見古文字插頁 2。

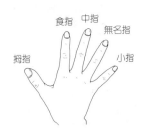

食指 中指 無名指
拇指 小指

## ⁰才

才 才 才

[ cái ㄘㄞˊ ㊂ tsɔi⁴ 財]

❶ 能力 ◆ 才能 / 才幹 / 多才多藝 / 才智出眾 / 德才兼備。❷ 以才能稱人 ◆ 天才 / 英才 / 奇才 / 蠢才 / 奴才。❸ 只有；僅僅 ◆ 他才三歲，就能背唐詩了。❹ 剛剛 ◆ 剛才 / 會議才結束，就不見他人影了。❺ 表示強調 ◆ 我才不信呢。❻ 表示在某種條件下就會出現某種情況 ◆ 站得高才看得遠 / 努力才會成功。

## ¹扎

扎 扎 扎

〈一〉[ zhā ㄓㄚ ㊂ dzat⁸ 札]

❶ 刺 ◆ 扎針。❷ 鑽 ◆ 扎進水裏 / 扎到人羣裏。

〈二〉[ zhá ㄓㄚˊ ㊂ dzat⁸ 札]

❸ 掙扎。見 "掙" 字，177 頁。

〈三〉[ zā ㄗㄚ ㊂ dzat⁸ 札]

❹ "紮" 的簡化字，見 340 頁。

## ²打

打 打 打 打

〈一〉[ dǎ ㄉㄚˇ ㊂ da²]

❶ 撞擊；敲 ◆ 打鐘 / 打鼓 / 打門。❷ 撞碎 ◆ 碗打破了 / 打碎了一塊玻璃。❸ 吵架；鬥毆；戰鬥 ◆ 打架 / 打人 / 打仗 / 毆打。❹ 放射；發出 ◆ 打雷 / 打炮 / 打火機 / 打信號 / 打電話。❺ 捕捉 ◆ 打獵 / 打魚。❻ 修築；製造 ◆ 打井 / 打壩 / 打傢具。❼ 編織；捆 ◆ 打毛衣 / 打包裹。❽ 舉；提 ◆ 打傘 / 打旗 / 打燈籠。❾ 除掉 ◆ 打蛔蟲 / 把樹皮打掉。❿ 買；舀取 ◆ 打酒 / 打水 / 打醬油。⓫ 指農作物的收穫 ◆ 一畝地打了兩千斤糧食。⓬ 計算；定出 ◆ 打主意 / 精打細算 / 打在成本裏 / 利潤打一萬。⓭ 寫；畫 ◆ 打收條 / 打報告 / 打格子。⓮ 從事；做 ◆ 打工 / 打雜 / 打夜班 / 打籃球。⓯ 人際往來或交涉 ◆ 打交道 / 打官司。⓰ 採用某種方式 ◆ 打比方 / 打官腔。⓱ 表示某些動作或狀態 ◆ 打嗝 / 打哈欠 / 打手勢。⓲ 玩；遊戲 ◆ 打牌 / 打撲克 / 打鞦韆。⓳ 從 ◆ 打上海來 / 打明天起。

〈二〉[ dá ㄉㄚˊ ㊂ da¹]

⓴ 十二個叫 "一打" ◆ 一打鉛筆 / 兩打毛巾。

## ²扒

扒 扒 扒 扒

〈一〉[ bā ㄅㄚ ㊂ pa⁴ 爬]

❶ 抓住；把着 ◆ 扒牆 / 扒着欄杆 / 扒着窗戶往外看。❷ 刨；挖 ◆ 扒開了一個口子 / 扒了一個土坑。❸ 剝；強脫別人衣服 ◆ 扒皮 / 扒衣服。

〈二〉[ pá ㄆㄚˊ ㊂ pa⁴ 爬]

❹ 伸手偷別人身上的錢物 ◆ 扒竊 / 扒手。

## ²扔

扔 扔 扔 扔

[ rēng ㄖㄥ ㊂ jiŋ⁴ 仍]

❶ 拋棄；丟掉 ◆ 扔掉 / 不要亂扔果皮紙

屑。❷ 投擲 ◆ 扔鉛球 / 扔手榴彈 / 把球扔過來。

## ³扛

扛扛扛扛扛

[ káng ㄎㄤˊ ⑧ gong¹ 江 ]
用肩膀擔起 ◆ 扛槍打仗 / 扛着行李。

## ³扣

扣扣扣扣扣

[ kòu ㄎㄡˋ ⑧ keu³ 叩 ]
❶ 套住或搭上，使不鬆開 ◆ 把門扣上 / 把衣服扣好 / 一環扣一環。❷ 衣鈕。同 "釦" 字 ◆ 鈕扣 / 暗扣。❸ 繩結 ◆ 活扣 / 死扣。❹ 強留下來 ◆ 扣押 / 扣留。❺ 從中減去 ◆ 扣除 / 折扣 / 七折八扣 / 不折不扣。❻ 蓋上；罩上 ◆ 用盤子把碗扣上。

## ³扦

扦扦扦扦扦

[ qiān ㄑ丨ㄢ ⑧ tsin¹ 千 ]
❶ 一種長而尖的器具 ◆ 竹扦 / 蠟扦。❷ 插 ◆ 扦插 / 扦花。

## ³托

托托托托托

[ tuō ㄊㄨㄛ ⑧ tok⁸ 託 ]
❶ 用手掌承受着 ◆ 托着茶盤 / 托着下巴 / 用手托住。❷ 墊器物的座子；托子 ◆ 茶托 / 花托 / 槍托。❸ 陪襯 ◆ 襯托 / 烘托 / 烘雲托月。❹ "託" 的簡化字，見412頁。

## ⁴扶

扶扶扶扶扶扶

[ fú ㄈㄨˊ ⑧ fu⁴ 符 ]
❶ 用手支持，使不倒下 ◆ 攙扶 / 扶老攜幼 / 扶着欄杆。❷ 用手使倒下的人或東西立起來 ◆ 扶起跌倒在地的弟弟 / 把小樹苗扶起來。❸ 幫助 ◆ 扶植 / 扶貧 / 救死扶傷。

## ⁴技

技技技技技技

[ jì ㄐ丨ˋ ⑧ gei⁶ 忌 ]
手藝；專門的本領 ◆ 技術 / 技能 / 雜技 / 一技之長 / 身懷絕技。

## ⁴扼

扼扼扼扼扼扼

[ è ㄜˋ ⑧ ek⁷/ngek⁷ 厄 ]
❶ 用力掐住、抓住 ◆ 扼殺 / 扼要 / 扼腕歎息 / 扼住喉嚨。❷ 把守；控制 ◆ 扼守 / 扼制。

## ⁴找

找找找找找找

[ zhǎo ㄓㄠˇ ⑧ dzau² 爪 ]
❶ 尋求 ◆ 尋找 / 找東西 / 找工作 / 找朋友 / 找不到。❷ 把多餘的部分退回；補不足 ◆ 找錢 / 找齊。

## ⁴批

批批批批批批

[ pī ㄆ丨 ⑧ pei¹ ]
❶ 在公文或學生作業上寫上意見 ◆ 審批 / 批准 / 批示 / 批改 / 批閱。❷ 分析；評論

焦點易錯字　託｜托　委託 託管　烘托 承托　　伎｜技　伎倆　技巧 技藝

心 戈 户 手 支 攴

◆ 批駁 / 批評 / 批得體無完膚。❸ **大量的** ◆ 批發 / 批量生產。❹ **量詞，用於數量較多的人或事物** ◆ 一批貨物 / 一批學生 / 一批旅客。

⁴**抄** 抄抄抄抄抄抄 抄

[ chāo ㄔㄠ 📻 tsau¹ 鈔 ]

❶ **照原文寫** ◆ 抄書 / 抄寫 / 抄錄 / 抄襲 / 照抄不誤。❷ **搜查並沒收** ◆ 抄家 / 查抄 / 抄出一批走私商品。❸ **走近路** ◆ 抄近道 / 抄小路。❹ **從側面走過去** ◆ 兩面包抄。

⁴**扯** 扯扯扯扯扯扯 扯

[ chě ㄔㄜˇ 📻 tsɛ² 且 ]

❶ **拉** ◆ 拉扯 / 牽扯 / 扯住不放。❷ **撕** ◆ 扯了一米布 / 把信紙扯破了 / 把牆上的招貼扯下來。❸ **隨便閒談** ◆ 閒扯 / 扯談 / 東拉西扯。

⁴**抓** 抓抓抓抓抓抓 抓

[ zhuā ㄓㄨㄚ 📻 dzau² 找 ]

❶ **用手或爪拿取東西** ◆ 抓一把米餵雞 / 抓住樹枝往上爬。❷ **用手或爪撓；搔** ◆ 抓癢 / 抓耳撓腮。❸ **捕捉；捉拿** ◆ 抓小偷 / 老鷹抓小雞。❹ **把握住** ◆ 抓緊時間 / 抓住重點。❺ **吸引** ◆ 這影星一出場就抓住了觀眾。

⁴**折** 折折折折折折 折

〈一〉[ zhé ㄓㄜˊ 📻 dzit⁸ 節 ]

❶ **斷；弄斷** ◆ 折斷 / 骨折 / 攀折花木。❷ **彎曲；轉變方向** ◆ 曲折 / 轉折 / 折腰 / 一波三折 / 走到半路又折了回來。❸ **損失；受阻礙；受打擊** ◆ 損兵折將 / 百折不

撓 / 歷經挫折 / 受盡折磨 / 賠了夫人又折兵。❹ **死去** ◆ 夭折。❺ **佩服；信服** ◆ 折服 / 心折。❻ **價錢按幾成減少** ◆ 折扣 / 七折八扣 / 一律八折出售。❼ **相抵；抵作** ◆ 折換 / 折合 / 把房子折價抵押。

〈二〉[ zhē ㄓㄜ 📻 dzit⁸ 節 ]

❽ **翻轉；反過來倒過去** ◆ 折騰 / 用兩個碗把水折一折就涼了。

〈三〉[ shé ㄕㄜˊ 📻 dzit⁸ 節 ]

❾ **斷** ◆ 柄折了 / 鉛筆芯折了。❿ **虧損；賠錢** ◆ 折本 / 折耗 / 這筆買賣連本錢都折光了。

〈四〉[ zhé ㄓㄜˊ 📻 dzip⁸ 接 ]

⓫ **"摺"的簡化字**，見 183 頁。

☞ 見古文字插頁 13。

⁴**扳** 扳扳扳扳扳扳 扳

[ bān ㄅㄢ 📻 pan¹ 攀 ]

❶ **拉；撥動** ◆ 扳閘門 / 扳槍機 / 扳着手指算。❷ **扭轉** ◆ 扳回一局，打成平手。

⁴**扮** 扮扮扮扮扮扮 扮

[ bàn ㄅㄢˋ 📻 ban⁶ 辦 ]

**化裝** ◆ 裝扮 / 扮演 / 喬裝打扮 / 女扮男裝 / 在戲裏扮警察。

⁴**投** 投投投投投投 投

[ tóu ㄊㄡˊ 📻 tɐu⁴ 頭 ]

❶ **扔；擲** ◆ 投籃 / 投擲 / 空投 / 投手榴彈 / 投石問路。❷ **跳進去** ◆ 投河自殺 / 自投羅網 / 投井下石。❸ **放進去** ◆ 投放 / 投資 / 投票。❹ **參加進去；找上去** ◆ 投考 / 投宿 / 投身抗戰 / 投親靠友 / 棄暗投明。❺ **寄；送** ◆ 投稿 / 投遞 / 投信 / 投送。❻ **光**

心戈户手支支

線射到 ◆ 投射 / 投影。❼ 相合；迎合 ◆
投機 / 意氣相投 / 情投意合 / 投其所好。

## ⁴抑

抑 抑 抑 抑 抑 抑　抑

[ yì ㄧˋ 粵 jik⁷ 益 ]

壓下去；遏止 ◆ 抑制 / 壓抑。

## ⁴抗

抗 抗 抗 抗 抗 抗　抗

[ kàng ㄎㄤˋ 粵 kɔŋ³ 亢 ]

❶ 抵禦；抵擋 ◆ 抵抗 / 抗戰 / 反抗 / 抗
災 / 抗洪。❷ 拒絕；不接受 ◆ 抗命 / 抗
拒 / 違抗。❸ 對等；不相上下 ◆ 抗衡 /
分庭抗禮。

## ⁴抖

抖 抖 抖 抖 抖 抖　抖

[ dǒu ㄉㄡˇ 粵 dɐu² 斗 ]

❶ 顫；打哆嗦 ◆ 發抖 / 兩手顫抖 / 渾身直
抖。❷ 甩；甩開 ◆ 抖開被窩 / 抖掉身上
的塵土。❸ 振作 ◆ 抖起精神。❹ 諷刺別
人因突然有錢有勢而得意起來 ◆ 他最近又
抖起來了。

## ⁴抉

抉 抉 抉 抉 抉 抉　抉

[ jué ㄐㄩㄝˊ 粵 kyt⁸ 決 ]

挑選 ◆ 抉擇。

## ⁴扭

扭 扭 扭 扭 扭 扭　扭

[ niǔ ㄋㄧㄡˇ 粵 nɐu² 紐 ]

❶ 掉轉 ◆ 扭過臉來 / 扭頭便跑 / 扭過身
子來。❷ 用力擰；擰傷 ◆ 扭鋼絲 / 把繩
子扭斷 / 扭傷了胳膊 / 小心別扭了腰。❸
身體搖擺轉 ◆ 扭了兩步 / 走路一扭一扭
的。❹ 揪住不放 ◆ 他們扭在一起 / 雙方
扭打起來 / 把壞人扭送到警局。

## ⁴把

把 把 把 把 把 把　把

〈一〉[ bǎ ㄅㄚˇ 粵 ba² 靶 ]

❶ 用手握着；抓住 ◆ 把舵 / 把住方向盤。
❷ 看守；守衛 ◆ 把門 / 把關 / 分兵把守。
❸ 控制 ◆ 把持。❹ 車子的柄 ◆ 車把。
❺ 捆成長條形的東西 ◆ 草把 / 火把。❻
將 ◆ 把書包放好 / 把窗戶關上 / 把衣服整
理一下。❼ 量詞 ◆ 一把花生 / 一把鋤頭 /
一把椅子 / 拉了我一把 / 再加一把勁。❽
表示約數 ◆ 個把月 / 大約有百把人。

〈二〉[ bà ㄅㄚˋ 粵 ba² 靶 ]

❾ 器具上用手拿的部分；柄 ◆ 刀把 / 鋤
把 / 印把子。

## ⁴抒

抒 抒 抒 抒 抒 抒　抒

[ shū ㄕㄨ 粵 sy¹ 書 ]

盡情表達；傾吐 ◆ 抒發 / 抒情 / 抒懷 / 各
抒己見。

## ⁴承

承 承 承 承 承 承　承

[ chéng ㄔㄥˊ 粵 siŋ⁴ 成 ]

❶ 在下面托着或支撐着 ◆ 承載 / 承重牆。
❷ 接受；擔當 ◆ 承受 / 承擔 / 承辦 / 一人
承當。❸ 受到。客氣話 ◆ 承蒙厚愛 / 承
您指教。❹ 繼續；接聯 ◆ 繼承 / 承上啟
下 / 承前啟後 / 一脈相承。

## ⁵拜

拜 拜 拜 拜 拜 拜　拜

[ bài ㄅㄞˋ 粵 bai³ 擺³ ]

❶ 跪下叩頭或低頭拱手作揖的一種禮節 ◆
跪拜 / 拜堂 / 求神拜佛 / 夫妻交拜。❷ 敬
佩 ◆ 崇拜 / 拜服。❸ 對人表示恭敬的客
氣話 ◆ 拜讀 / 拜訪 / 拜謝 / 拜託 / 拜會。

# ⁵抹

抹 抹 抹 抹 抹 抹　抹

〈一〉[ mǒ ㄇㄛˇ 粵 mut⁹ 末/mut⁸ 沬⁸ (語) ]
❶ 塗上；搽 ◆ 抹上藥膏 / 塗脂抹粉 / 濃妝淡抹總相宜。❷ 擦掉；擦 ◆ 抹眼淚。
❸ 去掉；勾銷 ◆ 一筆抹煞 / 往日的恩恩怨怨難以從心頭抹去。

〈二〉[ mò ㄇㄛˋ 粵 mut⁹ 末/mut⁸ 沬⁸ (語) ]
❹ 塗上泥灰並弄平 ◆ 抹牆 / 抹上一層白灰。❺ 緊靠着繞過去 ◆ 轉彎抹角。

〈三〉[ mā ㄇㄚ 粵 mut⁹ 末/mut⁸ 沬⁸ (語) ]
❻ 擦 ◆ 抹布 / 抹桌子。❼ 用手按着向下移動 ◆ 把帽子抹下來。

# ⁵拓

拓 拓 拓 拓 拓 拓　拓

〈一〉[ tuò ㄊㄨㄛˋ 粵 tɔk⁸ 托 ]
❶ 開闢；擴充 ◆ 拓荒 / 開拓 / 拓寬知識領域。

〈二〉[ tà ㄊㄚˋ 粵 tap⁸ 塔 ]
❷ "搨" 的異體字，見 181 頁。

# ⁵拔

拔 拔 拔 拔 拔 拔　拔

[ bá ㄅㄚˊ 粵 bɐt⁹ 跋 ]
❶ 拉出；抽出來 ◆ 拔草 / 拔牙 / 拔苗助長 / 不能自拔 / 路見不平，拔刀相助。❷ 吸出 ◆ 拔毒 / 拔火。❸ 挑選；提升 ◆ 選拔 / 提拔。❹ 攻克 ◆ 連拔數城 / 拔掉敵人的據點。❺ 超出；突出 ◆ 拔尖人物 / 出類拔萃 / 峯巒挺拔 / 高樓大廈拔地而起。

# ⁵拋

拋 拋 拋 拋 拋 拋　拋

[ pāo ㄆㄠ 粵 pau¹ 泡 ]
❶ 扔；投擲 ◆ 拋錨 / 拋繡球 / 拋物線 / 拋向空中 / 拋磚引玉。❷ 丟掉；捨棄 ◆ 拋棄 / 拋屍荒野 / 拋離對手 / 拋卻煩憂。❸ 暴露 ◆ 拋頭露面。

# ⁵抨

抨 抨 抨 抨 抨 抨　抨

[ pēng ㄆㄥ 粵 paŋ¹ 烹 ]
攻擊；指責 ◆ 抨擊。

# ⁵拒

拒 拒 拒 拒 拒 拒　拒

[ jù ㄐㄩˋ 粵 kœy⁵ 距 ]
❶ 抵抗；抵擋 ◆ 拒捕 / 抗拒 / 拒敵 / 拒之門外。❷ 不接受 ◆ 拒絕 / 拒聘 / 來者不拒 / 拒不執行。

# ⁵拈

拈 拈 拈 拈 拈 拈　拈

[ niān ㄋㄧㄢ 粵 nim⁴ 黏/nim¹ 黏 (語) ]
用手指頭夾取 ◆ 信手拈來 / 從盒子裏拈出一塊糖。

# ⁵押

押 押 押 押 押 押　押

[ yā ㄧㄚ 粵 ap⁸/ŋap⁸ 鴨/at⁸/ŋat⁸ 遏 (語) ]
❶ 拘留 ◆ 扣押 / 關押 / 看押。❷ 跟隨；看管 ◆ 押送 / 押運 / 押車。❸ 在文書契約上簽字或畫符號，作為憑信 ◆ 畫押 / 簽押。❹ 用財物作擔保 ◆ 抵押 / 押金 / 用房產作押。❺ 詩歌用韻叫押韻。

# ⁵抽

抽 抽 抽 抽 抽 抽　抽

[ chōu ㄔㄡ 粵 tsɐu¹ 秋 ]
❶ 拔出；拉出 ◆ 釜底抽薪 / 抽籤問卜 / 抽刀斷水水更流。❷ 提取 ◆ 抽樣檢查 / 抽肥補瘦。❸ 騰出 ◆ 抽空 / 忙中抽閒。❹ 吸 ◆ 抽水 / 抽煙。❺ 長出 ◆ 抽芽 / 抽穗。❻ 用細長的東西打 ◆ 抽打一頓 / 用鞭子抽。

心 戈 户 手 支 攴

## $^5$ 拐 (拐)

拐 拐 拐 拐 拐 拐　拐

[ guǎi ㄍㄨㄞˇ ⑧ gwai² 枴 ]

❶ 腿腳患病,走路不穩 ◆ 一瘸一拐/他走路一拐一拐的。❷ 轉變方向 ◆ 拐彎/拐角/向左拐/拐進小巷。❸ 用欺詐手段把人或財物騙走 ◆ 誘拐/拐騙/拐帶/拐賣人口。❹ 走路拄的棍子,同"枴" ◆ 拐杖/拐棍。

## $^5$ 拙

拙 拙 拙 拙 拙 拙　拙

[ zhuō ㄓㄨㄛ ⑧ dzyt⁸ 苗 ]

❶ 笨;不靈巧;跟"巧"相對 ◆ 笨拙/拙嘴笨舌/拙於言辭/弄巧成拙/勤能補拙。❷ 謙詞,多用於稱自己的文章或見解 ◆ 拙著/拙文/拙作/拙見。

## $^5$ 拖

拖 拖 拖 拖 拖 拖　拖

[ tuō ㄊㄨㄛ ⑧ to¹ 妥¹ ]

❶ 拉;牽引;帶着 ◆ 拖拉機/拖人下水/拖泥帶水/拖兒帶女/把箱子拖過來。❷ 拉長時間;延遲 ◆ 拖延/拖時間/工程進度一拖再拖/案件拖了一年還沒有了結。❸ 垂掛在後面 ◆ 拖一條小辮子/長裙拖在身後。

## $^5$ 拍

拍 拍 拍 拍 拍 拍　拍

[ pāi ㄆㄞ ⑧ pak⁸ 魄 ]

❶ 用手掌或扁平的器具打 ◆ 拍球/拍手叫好/拍案叫絕/拍拍他的肩膀。❷ 拍打的用具 ◆ 球拍/蒼蠅拍子。❸ 音樂的節奏 ◆ 節拍/打拍子/四分之三拍。❹ 攝影 ◆ 拍攝/拍照/拍電影。❺ 發出 ◆ 拍電報。❻ 諂媚奉承 ◆ 拍馬屁/逢迎拍馬。

## $^5$ 拆

拆 拆 拆 拆 拆 拆　拆

[ chāi ㄔㄞ ⑧ tsak⁸ 冊 ]

把合在一起的東西分開、弄散 ◆ 拆開/拆散/拆信/拆夥/拆機器/把舊房子拆了。

## $^5$ 拎

拎 拎 拎 拎 拎 拎　拎

[ līn ㄌㄧㄣ ⑧ liŋ⁴ 零/liŋ¹ 令¹ (語) ]

用手提 ◆ 拎包/拎了一桶水/太重,拎不動/拎着飯盒上課/把東西拎過來。

## $^5$ 抵

抵 抵 抵 抵 抵 抵　抵

[ dǐ ㄉㄧˇ ⑧ dɐi² 底 ]

❶ 彼此相當;能替代 ◆ 一個抵兩個/烽火連三月,家書抵萬金。❷ 擋住;抗拒 ◆ 抵擋/抵制/抵抗/抵禦。❸ 對立;排斥 ◆ 抵觸/抵牾。❹ 抵消 ◆ 收支相抵。❺ 支撐;頂住 ◆ 抵着下巴/用棍子把門抵住。❻ 賠償;補償 ◆ 抵賬/抵債/抵押/殺人抵命。❼ 到達 ◆ 抵達/今日抵港。

## $^5$ 拘

拘 拘 拘 拘 拘 拘　拘

[ jū ㄐㄩ ⑧ kœy¹ 驅 ]

❶ 逮捕;扣押 ◆ 拘捕/拘留/拘押/拘禁。❷ 約束;限制 ◆ 拘束/拘謹/無拘無束/不拘多少/形式不拘。❸ 死板;不能變通 ◆ 拘泥/熟不拘禮。

## $^5$ 抱

抱 抱 抱 抱 抱 抱　抱

[ bào ㄅㄠˋ ⑧ pou⁵ 普⁵ ]

❶ 用手臂圍住 ◆ 擁抱/抱孩子/抱頭大哭/抱薪救火/臨時抱佛腳。❷ 環繞 ◆ 環抱/山環水抱。❸ 心裏懷着或身上存在着 ◆ 抱歉/抱怨/抱不平/抱定宗旨/抱

撼終生 / 抱病工作。

## $^5$ 拄　拄拄拄拄拄拄　拄

[ zhǔ ㄓㄨˇ 粵 dzy² 主 ]

用手杖、枴棍等支撐身體 ◆ 拄杖 / 拄着枴棍。

## $^5$ 拉　拉拉拉拉拉拉　拉

[ lā ㄌㄚ 粵 lap⁹ 臘/lai¹ 賴¹（語）]

❶ 牽；扯；拖動 ◆ 拉車 / 拉鋸 / 拉網捕魚 / 把車拉過來。❷ 用車載運 ◆ 拉貨 / 拉煤。❸ 拖長；使延長 ◆ 拉開距離 / 拉長聲音 / 拉下臉來。❹ 聯絡；籠絡 ◆ 拉攏 / 拉生意 / 拉關係 / 拉幫結派。❺ 演奏樂器的一種方法 ◆ 拉二胡 / 吹拉彈唱 / 拉手風琴。❻ 排泄 ◆ 拉屎 / 拉肚子。

## $^5$ 拌　拌拌拌拌拌拌　拌

[ bàn ㄅㄢˋ 粵 bun⁶ 伴 ]

攪和 ◆ 攪拌 / 拌和飼料 / 把涼麵拌一拌 / 把水泥和沙子拌勻。

## $^5$ 抿　抿抿抿抿抿抿　抿

[ mǐn ㄇㄧㄣˇ 粵 men⁴ 民 ]

❶ 合攏；閉上 ◆ 抿着嘴笑。❷ 嘴脣輕輕沾一下；略微喝一點 ◆ 抿了一口酒。

## $^5$ 拂　拂拂拂拂拂拂　拂

[ fú ㄈㄨˊ 粵 fet⁷ 忽 ]

❶ 揮去塵垢 ◆ 拂拭 / 拂去衣上的塵土。❷ 輕輕擦過 ◆ 春風拂面。❸ 甩動；抖動 ◆ 拂袖而去。❹ 接近 ◆ 拂曉。

## $^5$ 披　披披披披披披　披

[ pī ㄆㄧ 粵 pei¹ 丕 ]

❶ 覆蓋或搭在肩背上 ◆ 披着斗篷 / 披衣而坐 / 披紅戴綠 / 披麻戴孝 / 披掛上陣。❷ 披在肩上沒有袖子的外衣 ◆ 披肩 / 雨披。❸ 散開 ◆ 披頭散髮。❹ 打開；分開；揭開 ◆ 披肝瀝膽 / 披荊斬棘 / 披露內幕。

## $^5$ 招　招招招招招招　招

[ zhāo ㄓㄠ 粵 dziu¹ 蕉 ]

❶ 打手勢叫人或示意 ◆ 招手 / 招呼。❷ 用廣告或通知的方式使人來 ◆ 招生 / 招募 / 招聘 / 招標 / 招兵買馬。❸ 惹出；引起 ◆ 招引 / 招惹 / 招禍 / 招人喜歡。❹ 承認罪行；供認 ◆ 招供 / 招認 / 從實招來 / 不打自招。❺ 辦法；手段 ◆ 絕招 / 耍花招 / 有兩招 / 這一招真厲害。

## $^5$ 抃$^{(拼)}$　抃抃抃抃抃抃　抃

〈一〉[ pàn ㄆㄢˋ 粵 pun¹ 潘 ]

❶ 捨棄；不顧一切 ◆ 抃命 / 抃棄。

〈二〉[ pīn ㄆㄧㄣ 粵 pin¹ 乒/piŋ³ 聘 ]

❷ 同 "拼" 字，見 173 頁。

## $^5$ 抬　抬抬抬抬抬抬　抬

[ tái ㄊㄞˊ 粵 tɔi⁴ 台 ]

❶ 共同用手或肩搬運東西 ◆ 抬桌子 / 抬擔架 / 抬轎子。❷ 向上舉；提高 ◆ 抬起頭來 / 高抬貴手 / 哄抬物價 / 不識抬舉。

## $^5$ 拇　拇拇拇拇拇拇　拇

[ mǔ ㄇㄨˇ 粵 mou⁵ 母 ]

拇指：手、腳的第一個指頭。

---

**焦點易錯字**　拌｜絆　拌和 攪拌　絆腳石 絆手絆腳　拙｜絀　笨拙 勤能補拙　左支右絀 相形見絀

❀ 圖見 165 頁。

---

**⁵拗**　拗 拗 拗 拗 拗 拗　拗

〈一〉[ào ㄠˋ 粵 au³/ŋau³ 坳]
❶ 不順口 ◆ 拗口。❷ 不順從 ◆ 違拗。

〈二〉[niù ㄋㄧㄡˋ 粵 au³/ŋau³ 坳]
❸ 固執 ◆ 執拗 / 脾氣很拗 / 實在拗不過他。

---

**⁶挈**　挈 挈 挈 挈 挈 挈　挈

[qiè ㄑㄧㄝˋ 粵 kit⁸ 揭]
❶ 提起；舉起 ◆ 提綱挈領。❷ 帶領 ◆ 挈眷 / 扶老挈幼。

---

**⁶拭**　拭 拭 拭 拭 拭 拭　拭

[shì ㄕˋ 粵 sik⁷ 式]
擦；揩 ◆ 拭淚 / 拂拭 / 拭目以待。

---

**⁶持**　持 持 持 持 持 持　持

[chí ㄔˊ 粵 tsi⁴ 池]
❶ 拿；握着 ◆ 持槍 / 持刀殺人 / 持有護照 / 手持鮮花。❷ 堅守不變 ◆ 持久 / 保持 / 堅持 / 維持現狀 / 持之以恆。❸ 對抗 ◆ 僵持局面 / 相持不下。❹ 主管；治理 ◆ 主持 / 操持家務 / 勤儉持家。❺ 扶助 ◆ 支持 / 牡丹雖好，還要綠葉扶持。❻ 控制；挾制 ◆ 劫持 / 挾持。

---

**⁶拮**　拮 拮 拮 拮 拮 拮　拮

[jié ㄐㄧㄝˊ 粵 git⁸ 結]
拮据：經濟困難；錢 ◆ 手頭拮据，入不敷出。

---

**⁶拷**　拷 拷 拷 拷 拷 拷　拷

[kǎo ㄎㄠˇ 粵 hau² 考]
打 ◆ 拷問 / 嚴刑拷打。

---

**⁶拱**　拱 拱 拱 拱 拱 拱　拱

[gǒng ㄍㄨㄥˇ 粵 guŋ² 鞏]
❶ 兩手合拳，表示敬意 ◆ 拱手 / 打拱作揖。❷ 兩手合圍；環繞着 ◆ 拱衞 / 拱抱 / 眾星拱月。❸ 建築物成弧形的 ◆ 拱門 / 石拱橋。❹ 頂起；聳起 ◆ 彎腰拱背 / 嫩芽拱土而出。

---

**⁶挎**　挎 挎 挎 挎 挎 挎　挎

[kuà ㄎㄨㄚˋ 粵 fu¹ 呼]
東西掛在肩上或胳膊上 ◆ 挎着書包 / 挎着籃子。

---

**⁶指**　指 指 指 指 指 指　指

[zhǐ ㄓˇ 粵 dzi² 子]
❶ 手指 ◆ 指紋 / 大拇指 / 屈指可數 / 首屈一指 / 伸手不見五指。❷ 指點；引導 ◆ 指教 / 指引 / 指導 / 指揮 / 借問酒家何處有，牧童遙指杏花村。❸ 對着；向着 ◆ 指南針 / 指桑罵槐 / 時針指着十二點。❹ 依靠 ◆ 指望 / 指靠。❺ 斥責 ◆ 指責 / 指摘。❻ 豎起來 ◆ 令人髮指。

---

**⁶拽**　拽 拽 拽 拽 拽 拽　拽

[zhuài ㄓㄨㄞˋ 粵 jit⁹ 熱]
用力拉、拖 ◆ 拽不動 / 連拖帶拽 / 生拉硬拽。

---

**⁶括**　括 括 括 括 括 括　括

[kuò ㄎㄨㄛˋ 粵 kut⁸ 豁]
包含 ◆ 包括 / 總括 / 概括。

## <sup>6</sup>拴 <sup>(拴)</sup>

拴 拴 拴 拴 拴 拴　拴

[ shuān ㄕㄨㄢ 🔊 san¹ 山 ]
用繩子繫住 ◆ 把馬拴在樹下。

## <sup>6</sup>拾

拾 拾 拾 拾 拾 拾　拾

[ shí ㄕˊ 🔊 sɐp⁹ 十 ]
❶ 從地上撿起來 ◆ 拾麥穗 / 拾金不昧 / 道不拾遺。 ❷ 數目字 "十" 的大寫。

## <sup>6</sup>拿

拿 拿 拿 拿 拿 拿　拿

[ ná ㄋㄚˊ 🔊 na⁴ 那⁴ ]
❶ 用手取或用手握住；取得 ◆ 把書拿出來 / 拿着警棍 / 東西太重,拿不動 / 他在比賽中拿了冠軍。 ❷ 掌握;把握 ◆ 拿主意 / 十拿九穩 / 總經理的責任太大,他不一定拿得起來。 ❸ 捕捉 ◆ 拿獲 / 捉拿歸案。 ❹ 用 ◆ 拿鎖鎖上 / 拿筷子吃飯 / 拿事實證明。 ❺ 把 ◆ 拿他當自家人 / 總拿她當孩子看待。

## <sup>6</sup>挑

挑 挑 挑 挑 挑 挑　挑

〈一〉[ tiāo ㄊㄧㄠ 🔊 tiu¹ 佻 ]
❶ 用肩膀擔東西 ◆ 挑擔 / 挑水 / 肩挑手提 / 千斤重擔一肩挑。 ❷ 擔子 ◆ 菜挑子。 ❸ 選擇;找 ◆ 挑選 / 挑食 / 愛挑毛病 / 雞蛋裏挑骨頭。
〈二〉[ tiǎo ㄊㄧㄠˇ 🔊 tiu¹ 佻 ]
❹ 用竿子等把東西支起 ◆ 挑燈夜戰 / 把簾子挑起來。 ❺ 用尖的東西撥 ◆ 挑刺 / 挑火。 ❻ 搬弄是非;鼓動 ◆ 挑釁 / 挑戰 / 挑撥離間。

## <sup>6</sup>拼

拼 拼 拼 拼 拼 拼　拼

[ pīn ㄆㄧㄣ 🔊 piŋ¹ 乒 ]

❶ 組合在一起 ◆ 拼音 / 拼湊 / 拼盤 / 東拼西湊。 ❷ 同 "拚" 字。不顧一切地去做 ◆ 拼命 / 拼搏 / 拼死拼活 / 硬拼一場。

## <sup>6</sup>拳

拳 拳 拳 拳 拳 拳　拳

[ quán ㄑㄩㄢˊ 🔊 kyn⁴ 權 ]
❶ 手指收攏成球形,即拳頭 ◆ 握拳 / 抱拳 / 磨拳擦掌 / 赤手空拳 / 拳打腳踢。 ❷ "拳術" 的簡稱 ◆ 打拳 / 醉拳 / 太極拳。 ❸ 彎曲 ◆ 拳曲 / 拳着身子 / 拳着腿而坐。

## <sup>6</sup>按

按 按 按 按 按 按　按

[ àn ㄢˋ 🔊 ɔn³/ŋɔn³ 案 ]
❶ 用手或指頭往下壓 ◆ 按電鈴 / 把他按倒在地。 ❷ 抑制;壓住 ◆ 按兵不動 / 捺不住心頭的怒火。 ❸ 依照 ◆ 按時上學 / 按規矩辦 / 按部就班 / 按勞付酬。 ❹ 給書籍、文章所作的說明或評論 ◆ 按語 / 編者按。

## <sup>6</sup>挖

挖 挖 挖 挖 挖 挖　挖

[ wā ㄨㄚ 🔊 wat⁸ ]
掘;掏 ◆ 挖泥 / 挖洞 / 挖掘 / 挖耳朵。

## <sup>6</sup>拯

拯 拯 拯 拯 拯 拯　拯

[ zhěng ㄓㄥˇ 🔊 tsiŋ² 請 ]
援救;救助 ◆ 拯救。

## <sup>7</sup>振

振 振 振 振 振 振　振

[ zhèn ㄓㄣˋ 🔊 dzen³ 鎮 ]
❶ 搖;揮動 ◆ 振動 / 振鈴 / 振翅高飛 / 振臂高呼 / 振筆疾書。 ❷ 奮起;興奮 ◆ 振奮精神 / 振興中華 / 振作起來 / 士氣大振 / 委靡不振。

**焦點易錯字** 振 | 震　振作 振翅高飛　震驚 震耳欲聾

## 捕

捕 捕 捕 捕 捕 　捕

[ bǔ ㄅㄨˇ （粵）bou⁶ 步]

捉；逮 ◆ 捕魚 / 捕捉 / 捕獲 / 逮捕 / 追捕。

## 捂

捂 捂 捂 捂 捂 　捂

[ wǔ ㄨˇ （粵）ŋ⁶ 誤]

用手或其他東西遮蓋起來 ◆ 捂着耳朵 / 捂着嘴笑 / 用被子捂住 / 這件事一直捂着不讓人知道。

## 挾(挟)

挾 挾 挾 挾 挾 　挾

[ xié ㄒㄧㄝˊ （粵）hip⁸ 協]

❶ 用胳膊夾住 ◆ 挾着講義走進教室。❷ 仗勢威脅或逼迫 ◆ 挾制 / 要挾 / 挾持 / 挾天子以令諸侯。❸ 心裏懷着 ◆ 挾怨 / 挾嫌 / 挾仇陷害。

## 捎

捎 捎 捎 捎 捎 　捎

[ shāo ㄕㄠ （粵）sau¹ 梢]

順便帶上 ◆ 捎帶 / 捎信 / 捎個口信 / 捎回幾件衣服。

## 捍

捍 捍 捍 捍 捍 　捍

[ hàn ㄏㄢˋ （粵）hɔn⁶ 瀚]

保衞；防禦 ◆ 捍禦邊疆 / 捍衞新聞自由。

## 捏

捏 捏 捏 捏 捏 　捏

[ niē ㄋㄧㄝ （粵）nip⁹ 轟]

❶ 用拇指和其他手指夾住 ◆ 捏住筆 / 捏着鼻子 / 把菜蟲捏出來。❷ 用手指把軟的東西做成一定形狀 ◆ 捏麵人 / 捏餃子 / 用橡皮泥捏了一座寶塔。❸ 假造；虛構 ◆

捏造罪名 / 憑空捏造。

## 捉

捉 捉 捉 捉 捉 　捉

[ zhuō ㄓㄨㄛ （粵）dzuk⁷ 足]

❶ 捕；抓；逮 ◆ 捕捉 / 貓捉老鼠 / 捕魚捉蟹 / 賊喊捉賊 / 捉拿歸案。❷ 握 ◆ 捉筆。

## 捆

捆 捆 捆 捆 捆 　捆

[ kǔn ㄎㄨㄣˇ （粵）kwɐn² 菌]

❶ 用繩子等把東西綁緊 ◆ 捆綁 / 捆紮 / 捆書本 / 把麥子捆起來。❷ 量詞，用於捆紮起來的東西 ◆ 一捆書 / 一捆柴。

## 捐

捐 捐 捐 捐 捐 　捐

[ juān ㄐㄩㄢ （粵）gyn¹ 娟]

❶ 用錢物幫助 ◆ 募捐活動 / 踴躍捐獻 / 捐錢捐物，幫助受災民眾。❷ 捨棄；獻出 ◆ 捐生 / 捐棄前嫌 / 為國捐軀。❸ 稅收的名目 ◆ 捐稅 / 苛捐雜稅。

## 捌(捌)

捌 捌 捌 捌 捌 　捌

[ bā ㄅㄚ （粵）bat⁸ 八]

數目字 "八" 的大寫。

## 挺

挺 挺 挺 挺 挺 　挺

[ tǐng ㄊㄧㄥˇ （粵）tiŋ⁵ 鋌]

❶ 筆直 ◆ 挺拔 / 挺立 / 筆挺。❷ 伸直；向前凸出（多指身體或身體的一部分） ◆ 挺起腰桿 / 挺身而出 / 昂首挺胸 / 直挺挺地躺着。❸ 勉強支撐着 ◆ 有病還是硬着身上班。❹ 很 ◆ 挺好 / 挺高興 / 挺不容易 / 寫得挺不錯。❺ 量詞 ◆ 一挺機槍。

## ⁷挫

挫挫挫挫挫挫 挫

[ cuò ㄘㄨㄛˋ ⑧ tsɔ³ 錯 ]

❶ 不順利；遭受失敗 ◆ 挫折 / 一再受挫。

❷ 壓下去；降低 ◆ 挫傷 / 抑揚頓挫 / 挫了敵人銳氣。

## ⁷将

将将将将将将 将

〈一〉[ lǚ ㄌㄩˇ ⑧ lyt⁸ 劣 ]

❶ 用手指順着抹，使整齊 ◆ 将鬍子 / 将麻繩 / 把紙将平整。

〈二〉[ luō ㄌㄨㄛ ⑧ lyt⁸ 劣 ]

❷ 握着東西順勢移 ◆ 将奶 / 将樹葉 / 将起袖子。

## ⁷挽

挽挽挽挽挽挽 挽

[ wǎn ㄨㄢˇ ⑧ wan⁵ 輓 ]

❶ 拉 ◆ 挽弓 / 牽挽 / 手挽手。❷ 設法使情況好轉或恢復原狀 ◆ 挽救 / 挽回損失 / 力挽狂瀾。❸ 向上捲起 ◆ 挽褲腿 / 挽起袖子。❹ 哀悼死者。同 "輓" 字 ◆ 挽聯 / 挽歌。

## ⁷挪

挪挪挪挪挪挪 挪

[ nuó ㄋㄨㄛˊ ⑧ nɔ⁴ 糯⁴ ]

移動 ◆ 挪動 / 挪用公款 / 把椅子挪開 / 向前挪移了幾步。

## ⁷捅

捅捅捅捅捅捅 捅

[ tǒng ㄊㄨㄥˇ ⑧ tuŋ² 桶 ]

❶ 戳；扎 ◆ 捅了一刀 / 捅了個洞 / 把門捅破了。❷ 碰；觸 ◆ 用肘捅了他幾下。

❸ 比喻戳穿；揭露 ◆ 把事情捅出去。

## ⁷挨

挨挨挨挨挨挨 挨

〈一〉[ āi ㄞ ⑧ ai¹/ŋai¹ 唉 ]

❶ 順着次序 ◆ 挨家挨户 / 挨次入場 / 挨個兒查問。❷ 靠近；緊靠着 ◆ 挨着我坐 / 兩家緊挨着 / 大樓一幢挨着一幢。

〈二〉[ ái ㄞˊ ⑧ ŋai⁴ 涯 ]

❸ 同 "捱" 字，見 176 頁。

## ⁸捧

捧捧捧捧捧捧 捧

[ pěng ㄆㄥˇ ⑧ puŋ² 碰² ]

❶ 雙手張開手掌托着 ◆ 捧着花瓶 / 捧起獎杯 / 捧出一對玉雕獅子。❷ 奉承；代人吹噓，藉此抬高一個人的地位 ◆ 吹捧 / 捧場。❸ 量詞，用於可捧的東西 ◆ 一捧花生米。

## ⁸掛 (挂)

掛掛掛掛掛掛 掛

[ guà ㄍㄨㄚˋ ⑧ gwa³ 卦 ]

❶ 把東西吊起 ◆ 懸掛 / 掛彩燈 / 掛起一號風球 / 衣服掛在衣架上 / 牆上掛着一幅名畫。❷ 惦記 ◆ 掛念 / 掛在心上 / 心無掛礙 / 身無牽掛。❸ 帶上；提及 ◆ 掛名總裁 / 不足掛齒 / 掛一漏萬。❹ 登記 ◆ 掛號 / 支票掛失。❺ 量詞，用於成串的東西 ◆ 一掛鞭炮。

## ⁸措

措措措措措措 措

[ cuò ㄘㄨㄛˋ ⑧ tsou³ 醋 ]

❶ 安放；處置 ◆ 措置 / 手足無措 / 不知所措 / 驚慌失措 / 措手不及。❷ 計劃辦理；處理事情的方法 ◆ 籌措資金 / 新的舉措 / 措施得當。

## ⁸捺

捺 捺 捺 捺 捺 捺

[ nà ㄋㄚˋ ⑧ nat⁹ ]

❶ 壓下；抑制 ◆ 捺指模 / 捺着性子 / 按捺不住心頭的怒火。❷ 漢字的一種筆畫名稱，如 "大" 字的第三筆。

## ⁸掩

掩 掩 掩 掩 掩 掩

[ yǎn ㄧㄢˇ ⑧ jim² 奄 ]

❶ 遮蓋；遮蔽 ◆ 掩蔽 / 掩護 / 掩飾 / 掩口而笑 / 掩人耳目。❷ 關上；合上 ◆ 門虛掩着 / 把門掩上。

## ⁸捱⁽挨⁾

捱 捱 捱 捱 捱 捱

[ ái ㄞˊ ⑧ ŋai⁴ 涯 ]

❶ 遭受到 ◆ 捱打 / 捱罵 / 捱餓。❷ 困難地度過 ◆ 捱日子 / 捱時間。

## ⁸捷

捷 捷 捷 捷 捷 捷

[ jié ㄐㄧㄝˊ ⑧ dzit⁹ 截 ]

❶ 勝利 ◆ 捷報 / 首戰告捷 / 我軍大捷。❷ 快；迅速 ◆ 思路敏捷 / 捷足先登。

## ⁸掉

掉 掉 掉 掉 掉 掉

[ diào ㄉㄧㄠˋ ⑧ diu⁶ 調 ]

❶ 落下；落在後面 ◆ 掉眼淚 / 掉在河裏 / 從樹上掉下來 / 不要掉隊。❷ 丟失；遺漏 ◆ 錢包掉了 / 掉了幾行字。❸ 回轉 ◆ 掉過身來 / 掉頭就跑 / 掉轉槍口。❹ 對換 ◆ 掉換座位 / 掉包計。❺ 減少；降低 ◆ 掉色 / 掉價。❻ 放在動詞後表示動作完成 ◆ 忘掉 / 賣掉 / 丟掉 / 徹底改掉。

## ⁸掌

掌 掌 掌 掌 掌 掌

[ zhǎng ㄓㄤˇ ⑧ dzœŋ² 獎 ]

❶ 手心 ◆ 手掌 / 鼓掌 / 掌上明珠 / 磨拳擦掌 / 一個巴掌拍不響。❷ 某些動物的腳掌 ◆ 鴨掌 / 熊掌 / 白毛浮綠水，紅掌撥清波。❸ 釘在鞋底上的皮或馬蹄子底下的鐵 ◆ 鞋掌 / 前掌 / 釘馬掌。❹ 用手掌打 ◆ 掌嘴。❺ 把握；主管 ◆ 掌舵 / 掌權 / 掌管 / 掌握。

## ⁸排

排 排 排 排 排 排

[ pái ㄆㄞˊ ⑧ pai⁴ 牌 ]

❶ 依次擺放或編成序列 ◆ 排隊 / 排座位 / 排名次 / 按二十六個字母排列。❷ 排成的行列 ◆ 前排 / 後排 / 第五排。❸ 軍隊的編制單位，連以下，班以上的一級 ◆ 排長。❹ 除去 ◆ 排除 / 排擠 / 排斥 / 排難解憂 / 把水排出去。❺ 推開 ◆ 排山倒海 / 排門而去。❻ 演練 ◆ 排演 / 排練 / 彩排。❼ 用竹子或木頭編紮成的筏子 ◆ 竹排 / 木排。❽ 指排球或排球隊 ◆ 男排 / 女排精英賽。❾ 一種食品，用大片的肉煎炸做成 ◆ 牛排 / 炸豬排。❿ 量詞，用於成行列的東西 ◆ 一排椅子 / 一排樹木 / 一排排新建的樓房。

## ⁸掣

掣 掣 掣 掣 掣 掣

[ chè ㄔㄜˋ ⑧ dzɐi³ 制/tsit⁸ 設 ]

❶ 拖；拉 ◆ 掣肘 / 風馳電掣。❷ 抽；拔 ◆ 掣籤 / 掣劍 / 掣回手去。

## ⁸推

推 推 推 推 推 推

[ tuī ㄊㄨㄟ ⑧ tœy¹ 退¹ ]

❶ 用力使東西向前移動 ◆ 推車 / 推倒 / 推開門 / 長江後浪推前浪。❷ 使

心 戈 戶 手 支 支

事情展開 ◆ 推動 / 推行 / 推廣 / 推銷。❸ **根據已知的情況作判斷** ◆ 推測 / 推理 / 推算 / 類推 / 推己及人。❹ **辭讓；拒絕** ◆ 推辭 / 推讓 / 推託 / 推卸 / 推三阻四。❺ **拖延** ◆ 推延 / 推遲 / 往後推幾天。❻ **看重** ◆ 推許 / 推崇。❼ **舉薦** ◆ 推選 / 推薦 / 推舉 / 推他當代表。

⁸ 掀 掀 掀 掀 掀 掀 掀 掀

[ xiān ㄒㄧㄢ 粵 hin¹ 牽 ]

❶ **揭開；打開** ◆ 掀開鍋蓋 / 掀起門簾。❷ **興起；翻騰** ◆ 掀起高潮 / 大海掀起了洶湧的波濤。

⁸ 捨⁽舍⁾ 捨 捨 捨 捨 捨 捨 捨

[ shě ㄕㄜˇ 粵 sɛ² 寫 ]

❶ **放棄；丟棄** ◆ 捨棄 / 捨不得 / 捨本逐末 / 捨己為人 / 捨生取義。❷ **把財物給人** ◆ 施捨 / 捨藥救人。

⁸ 掄⁽抡⁾ 掄 掄 掄 掄 掄 掄 掄

[ lūn ㄌㄨㄣ 粵 lœn⁴ 淪 ]

**舉起手臂用力揮動** ◆ 掄拳 / 掄大刀 / 掄鐵錘。

⁸ 捻 捻 捻 捻 捻 捻 捻 捻

[ niǎn ㄋㄧㄢˇ 粵 nin⁵ 年⁵ ]

❶ **用手指搓** ◆ 捻線 / 捻鬍子。❷ **用紙條、布條等搓成的長條的東西** ◆ 紙捻 / 藥捻 / 燈捻。

⁸ 掰 掰 掰 掰 掰 掰 掰 掰

[ bāi ㄅㄞ 粵 bai² 擺 ]

**用手把東西分開或折斷** ◆ 掰開 / 掰成兩半 / 掰得粉碎。

⁸ 採⁽采⁾ 採 採 採 採 採 採 採

[ cǎi ㄘㄞˇ 粵 tsɔi² 彩 ]

❶ **摘取** ◆ 採茶 / 採蓮 / 上山採藥。❷ **選取；搜集** ◆ 採用 / 採集標本 / 採納意見 / 採訪名人 / 採得百花成蜜後，為誰辛苦為誰忙。❸ **挖掘；開發** ◆ 採礦 / 採煤 / 開採石油。

📖 見古文字插頁 15。

⁸ 授 授 授 授 授 授 授 授

[ shòu ㄕㄡˋ 粵 sɐu⁶ 受 ]

❶ **給；交予** ◆ 授權 / 授旗 / 授獎 / 授意。❷ **把知識、技藝教給人** ◆ 傳授 / 教授 / 函授 / 講授。

⁸ 掙⁽挣⁾ 掙 掙 掙 掙 掙 掙 掙

〈一〉[ zhēng ㄓㄥ 粵 dzɐŋ¹ 爭 ]

❶ **掙扎：竭力支撐；力圖擺脫** ◆ 垂死掙扎 / 他掙扎着從病牀上爬起來。

〈二〉[ zhèng ㄓㄥˋ 粵 dzɐŋ¹ 爭 ]

❷ **用力擺脫束縛** ◆ 掙脫枷鎖 / 掙斷繩子。❸ **用勞動換取報酬** ◆ 掙錢 / 掙口飯吃。

⁸ 掏 掏 掏 掏 掏 掏 掏 掏

[ tāo ㄊㄠ 粵 tou⁴ 逃 ]

❶ **手伸進去摸出來** ◆ 掏錢 / 掏口袋 / 掏腰包 / 掏鳥窩。❷ **挖** ◆ 掏了一個洞。

⁸ 掐 掐 掐 掐 掐 掐 掐 掐

[ qiā ㄑㄧㄚ 粵 hap⁸ 呷 ]

❶ **用手指甲按或切斷** ◆ 掐算 / 掐一朵花 /

掐出幾個血印。❷ 用手掌的虎口處緊緊卡住或按住 ◆ 掐脖子 / 掐住喉嚨 / 把貓兒活活掐死。

---

### ⁸掬

掬 掬 掬 掬 掬 掬　掬

[ jū ㄐㄩ ⑧ guk⁷ 菊 ]

用兩手捧起 ◆ 掬水 / 笑容可掬。

---

### ⁸掠

掠 掠 掠 掠 掠 掠　掠

[ lüè ㄌㄩㄝˋ ⑧ lœk⁹ 略 ]

❶ 搶奪 ◆ 掠奪 / 搶掠 / 擄掠。❷ 輕輕擦過或拂過 ◆ 涼風掠面 / 浮光掠影 / 海鷗掠過水面。

---

### ⁸掂

掂 掂 掂 掂 掂 掂　掂

[ diān ㄉㄧㄢ ⑧ dim¹ 店¹ ]

用手托着東西上下晃動來估量輕重 ◆ 掂量 / 掂一掂這本書的重量。

---

### ⁸掖

掖 掖 掖 掖 掖 掖　掖

〈一〉[ yè ㄧㄝˋ ⑧ jik⁹ 亦 ]

❶ 扶持；提拔 ◆ 扶掖 / 提掖 / 獎掖後生。

〈二〉[ yē ㄧㄝ ⑧ jik⁹ 亦 ]

❷ 塞；夾藏 ◆ 藏掖 / 腰裏掖着一把手槍 / 把書掖在懷裏。

---

### ⁸接

接 接 接 接 接 接　接

[ jiē ㄐㄧㄝ ⑧ dzip⁸ 摺 ]

❶ 收；受 ◆ 接收 / 接受 / 接納 / 接電話 / 接到來信。❷ 相迎。跟 “送” 相對 ◆ 接見 / 接待 / 迎接 / 接父親出院。❸ 連續；繼續 ◆ 接二連三 / 上下集接着演。❹ 連在一起 ◆ 連接 / 接骨 / 銜接 / 移花接木 / 電線

接通了。❺ 輪替；繼承 ◆ 接班 / 四百米接力 / 傳宗接代。❻ 挨着；靠近 ◆ 接近 / 接壤 / 接觸 / 交頭接耳。

---

### ⁸捲⁽卷⁾

捲 捲 捲 捲 捲 捲　捲

[ juǎn ㄐㄩㄢˇ ⑧ gyn² 卷 ]

❶ 把東西收攏成圓筒形 ◆ 捲席子 / 捲簾子 / 捲起袖子 / 把地毯捲起來。❷ 裹成圓筒形的東西 ◆ 蛋捲 / 膠捲 / 魷魚捲。❸ 一種大的力量把東西裹住帶走 ◆ 捲入漩渦 / 捲土重來 / 風捲殘雲 / 狂風捲起巨浪。❹ 量詞，用於成捲的東西 ◆ 一捲紙。

---

### ⁸控

控 控 控 控 控 控　控

[ kòng ㄎㄨㄥˋ ⑧ huŋ³ 空³ ]

❶ 告發 ◆ 控告 / 控訴 / 指控。❷ 掌握；操縱 ◆ 控制 / 遙控 / 控股公司。

---

### ⁸探

探 探 探 探 探 探　探

[ tàn ㄊㄢˋ ⑧ tam³ 貪³/tam¹ 貪 ]

❶ 找；尋求 ◆ 探路 / 探礦 / 探求 / 試探 / 鑽探石油。❷ 打聽；偵察 ◆ 探聽 / 窺探 / 偵探 / 探消息。❸ 做偵察工作的人 ◆ 暗探 / 密探 / 探子。❹ 看望 ◆ 探望 / 探病 / 探親訪友。❺ 伸出 ◆ 探身 / 探頭探腦。❻ 把手伸進去摸取 ◆ 探囊取物。

---

### ⁸掃⁽扫⁾

掃 掃 掃 掃 掃 掃　掃

〈一〉[ sǎo ㄙㄠˇ ⑧ sou³ 素 ]

❶ 用笤帚清除塵土、垃圾等 ◆ 掃地 / 清掃 / 打掃房間。❷ 消除；清除 ◆ 掃雷 / 掃黃 / 掃興 / 掃除文盲。❸ 很快地左右移動 ◆ 掃射 / 掃描 / 掃視。

〈二〉[ sào ㄙㄠˋ ⑱ sou³ 素 ]

❹ 掃帚：掃地的用具。

☯ 圖見 131 頁。

<sup>8</sup>捫<sup>(扪)</sup>　捫 捫 捫 捫 捫 捫　[捫]

[ mén ㄇㄣˊ ⑱ mun⁴ 門 ]

摸；按 ◆ 捫心自問。

<sup>8</sup>据　据 据 据 据 据 据　[据]

〈一〉[ jū ㄐㄩ ⑱ gœy¹ 居 ]

❶ 拮据。見 "拮" 字，172 頁。

〈二〉[ jù ㄐㄩ ⑱ gœy³ 句 ]

❷ "據" 的簡化字。見 185 頁。

<sup>8</sup>掇　掇 掇 掇 掇 掇 掇　[掇]

[ duō ㄉㄨㄛ ⑱ dzyt⁸ 啜 ]

拾掇：收拾；整理；修理 ◆ 掇拾舊聞／把臥室掇掇一下。（"拾掇" 中的 "掇" 讀輕聲。）

<sup>8</sup>掘　掘 掘 掘 掘 掘 掘　[掘]

[ jué ㄐㄩㄝˊ ⑱ gwɐt⁹ 倔 ]

挖；刨 ◆ 挖掘／發掘／掘土／宜未雨而綢繆，毋臨渴而掘井。

<sup>9</sup>揍　揍 揍 揍 揍 揍 揍　[揍]

[ zòu ㄗㄡˋ ⑱ tsɐu³ 臭 ]

打 ◆ 捱揍／揍了一頓。

<sup>9</sup>摁　摁 摁 摁 摁 摁　[摁]

[ yà ㄧㄚˋ ⑱ at⁸/ŋat⁸ 壓 ]

拔 ◆ 摁苗助長。

<sup>9</sup>揀<sup>(拣)</sup>　揀 揀 揀 揀 揀 揀　[揀]

[ jiǎn ㄐㄧㄢˇ ⑱ gan² 簡 ]

❶ 挑選 ◆ 揀選／揀擇／挑三揀四。❷ 拾取。同 "撿" 字 ◆ 揀麥穗／在路上揀到一塊手錶。

<sup>9</sup>揩　揩 揩 揩 揩 揩 揩　[揩]

[ kāi ㄎㄞ ⑱ hai¹ 鞋¹ ]

擦；抹 ◆ 揩汗／揩桌子／揩黑板／揩眼淚。

<sup>9</sup>描<sup>(描)</sup>　描 描 描 描 描 描　[描]

[ miáo ㄇㄧㄠˊ ⑱ miu⁴ 苗 ]

照樣子寫或畫 ◆ 描摹／描繪／描寫／素描。

<sup>9</sup>提　提 提 提 提 提 提　[提]

〈一〉[ tí ㄊㄧˊ ⑱ tɐi⁴ 題 ]

❶ 垂手拿着；用手拎東西 ◆ 提水／手提包／提着皮箱。❷ 由下往上、由低到高或由後往前 ◆ 提高／提升／提前／提拔。❸ 取出 ◆ 提款／提貨／提取／提煉。❹ 舉出；説起 ◆ 提名／提議／提意見／舊事重提／這事別再提了。

〈二〉[ dī ㄉㄧ ⑱ tɐi⁴ 題 ]

❺ 提防：小心防備 ◆ 提防小偷。

<sup>9</sup>揚<sup>(扬)</sup>　揚 揚 揚 揚 揚 揚　[揚]

[ yáng ㄧㄤˊ ⑱ jœŋ⁴ 羊 ]

❶ 舉起；升起 ◆ 揚手／揚鞭策馬／揚帆起航／揚眉吐氣。❷ 飄動 ◆ 紅旗飄揚／塵土飛揚／海水揚波。❸ 傳播；顯示 ◆ 揚言／揚名／宣揚／張揚／耀武揚威。❹ 稱讚 ◆ 讚揚／表揚／頌揚。❺ 江蘇省揚州市的簡稱。

心 戈 戶 手 支 攴

⁹ **揖**

揖 揖 揖 揖 揖 揖 ┃揖┃

[ yī ㄧ 粵 jɐp⁷ 泣 ]

拱手行禮 ◆ 作揖／揖讓。

⁹ **揭**

揭 揭 揭 揭 揭 揭 ┃揭┃

[ jiē ㄐㄧㄝ 粵 kit⁸ 竭 ]

❶ **掀開** ◆ 揭幕／揭鍋蓋／在房頂揭了幾片瓦。❷ **使顯露出來** ◆ 揭發／揭露／揭示／揭曉／揭穿祕密。❸ **高舉** ◆ 揭竿而起。

⁹ **揣**

揣 揣 揣 揣 揣 揣 ┃揣┃

〈一〉[ chuāi ㄔㄨㄞ 粵 tsœy² 取 ]

❶ **藏在衣服裏** ◆ 揣在懷裏／懷揣錢包。

〈二〉[ chuǎi ㄔㄨㄞˇ 粵 tsœy² 取 ]

❷ **估量；猜測** ◆ 揣測／揣度／揣摩。

⁹ **捶**

捶 捶 捶 捶 捶 捶 ┃捶┃

[ chuí ㄔㄨㄟˊ 粵 tsœy⁴ 除 ]

**用拳、棍敲打** ◆ 捶背／捶鼓／捶胸頓足／猛地捶了一拳。

⁹ **插**

插 插 插 插 插 插 ┃插┃

[ chā ㄔㄚ 粵 tsap⁸ ]

❶ **刺入；放進去** ◆ 插入／插秧／插上門栓／插翅難飛／把花插在花瓶裏。❷ **中間加進去；加進中間去** ◆ 插手／插隊／插曲／插圖／插話／插班生。

⁹ **揪**

揪 揪 揪 揪 揪 揪 ┃揪┃

[ jiū ㄐㄧㄡ 粵 dzɐu¹ 周 ]

**緊緊抓住；扭住** ◆ 揪住繩子／把他揪過來／揪住他的耳朵。

⁹ **搜** (搜)

搜 搜 搜 搜 搜 搜 ┃搜┃

[ sōu ㄙㄡ 粵 sɐu¹ 收／sɐu² 手（語）]

**尋求；查找** ◆ 搜尋／搜查／搜集／搜捕。

⁹ **援**

援 援 援 援 援 援 ┃援┃

[ yuán ㄩㄢˊ 粵 wun⁴ 垣／jyn⁴ 元 ]

❶ **幫助；救助** ◆ 援助／援軍／支援／救援／孤立無援。❷ **用手牽引** ◆ 攀援而上。❸ **引用** ◆ 援引／援例／援用。

⁹ **換** (換)

換 換 換 換 換 換 ┃換┃

[ huàn ㄏㄨㄢˋ 粵 wun⁶ 喚 ]

❶ **對調** ◆ 調換／交換／換座位／以舊換新／浪子回頭金不換。❷ **變更；以一種代替另一種** ◆ 換牙／換車／換班／變換手法／脫胎換骨。

⁹ **揮** (揮)

揮 揮 揮 揮 揮 揮 ┃揮┃

[ huī ㄏㄨㄟ 粵 fɐi¹ 輝 ]

❶ **搖動；舞動** ◆ 揮手／揮動／大筆一揮／揮舞着鮮花。❷ **發號令，做指示；調遣** ◆ 指揮／揮師北上。❸ **散發；甩出** ◆ 發揮／揮金如土／揮汗如雨／揮淚告別。

⁹ **握**

握 握 握 握 握 握 ┃握┃

[ wò ㄨㄛˋ 粵 ɐk⁷／ŋɐk⁷ 扼 ]

**手指彎攏來拿住** ◆ 握手／握筆／握緊拳頭／手握兵器。

⁹ **摒**

摒 摒 摒 摒 摒 摒 ┃摒┃

[ bìng ㄅㄧㄥˋ 粵 biŋ³ 併 ]

**排除；除去** ◆ 摒除／摒棄／摒之於外／摒絕妄念。

# 9

## 揉

揉 揉 揉 揉 揉 揉 [揉]

[ róu ㄖㄡˊ ⑨ jeu⁴ 由/jeu⁶ 又]

用手來回搓或撫摩 ◆ 揉麵 / 揉臉 / 揉眼睛 / 揉揉腿。

# 10

## 搏

搏 搏 搏 搏 搏 搏 [搏]

[ bó ㄅㄛˊ ⑨ bɔk⁸ 博]

❶ 激烈地對打 ◆ 搏鬥 / 搏擊 / 肉搏 / 頑強 拚搏。 ❷ 跳動 ◆ 搏動 / 脈搏。

# 10

## 搭 (搭)

搭 搭 搭 搭 搭 搭 [搭]

[ dā ㄉㄚ ⑨ dap⁸ 答]

❶ 支起；架設 ◆ 搭帳篷 / 鳥搭窩 / 鋪路 搭橋。 ❷ 掛；披 ◆ 衣服搭在繩子上 / 肩 上搭了條浴巾。 ❸ 湊在一起 ◆ 搭配 / 搭 夥 / 搭檔 / 搭伴而行。 ❹ 連接 ◆ 前言不 搭後語 / 兩根電線搭在一起了。 ❺ 乘坐 ◆ 搭車 / 搭船。 ❻ 一起抬 ◆ 把這些傢具搭 上車。

# 10

## 搽 (搽)

搽 搽 搽 搽 搽 搽 [搽]

[ chá ㄔㄚˊ ⑨ tsa⁴ 茶]

均勻地抹上 ◆ 搽粉 / 搽藥 / 頭髮上搽點油。

# 10

## 搨 (搨)

搨 搨 搨 搨 搨 搨 [搨]

[ tà ㄊㄚˋ ⑨ tap⁸ 塔]

把石碑或其他器物上的文字、圖畫印在紙 上。也寫作"拓" ◆ 搨本 / 搨片 / 把碑文搨 下來。

# 10

## 損 (损)

損 損 損 損 損 損 [損]

[ sǔn ㄙㄨㄣˇ ⑨ syn² 選]

❶ 減少；喪失 ◆ 損失 / 損耗 / 虧損 / 減

損 / 損兵折將。 ❷ 破壞；遭受傷害 ◆ 破 損 / 損壞 / 損傷 / 損人利己 / 滿招損，謙 受益。

# 10

## 携

"攜"的異體字，見 189 頁。

# 10

## 搗 (捣)

搗 搗 搗 搗 搗 搗 [搗]

[ dǎo ㄉㄠˇ ⑨ dou² 島]

❶ 用棍棒的一頭舂、捶 ◆ 搗米 / 搗衣 / 搗 藥 / 搗碎。 ❷ 衝擊；攻擊 ◆ 搗毀 / 直搗 匪巢 / 直搗黃龍。 ❸ 攪亂；破壞 ◆ 搗亂 / 搗蛋。

# 10

## 搥

"捶"的異體字，見 180 頁。

# 10

## 搬

搬 搬 搬 搬 搬 搬 [搬]

[ bān ㄅㄢ ⑨ bun¹ 般]

❶ 移動；遷移 ◆ 搬運 / 搬磚 / 搬家 / 搬 遷 / 把桌子搬走。 ❷ 移用 ◆ 生搬硬套。

# 10

## 搶 (抢)

搶 搶 搶 搶 搶 搶 [搶]

〈一〉[ qiǎng ㄑㄧㄤˇ ⑨ tsœŋ² 昌²]

❶ 奪取；強拿 ◆ 搶奪 / 搶劫 / 搶佔 / 他 把書本搶走了。 ❷ 爭先；趕緊做 ◆ 搶 先 / 搶修 / 搶救傷者 / 抗洪搶險 / 搶運救 災物資。

〈二〉[ qiāng ㄑㄧㄤ ⑨ tsœŋ² 昌²]

❸ 碰；撞 ◆ 呼天搶地。

# 10

## 搖 (摇)

搖 搖 搖 搖 搖 搖 [搖]

[ yáo ㄧㄠˊ ⑨ jiu⁴ 姚]

來回擺 ◆ 搖擺 / 搖晃 / 搖鈴 / 搖頭擺尾 / 搖尾乞憐 / 搖旗吶喊。

---

**焦點易錯字** | 搏｜搏 臂搏 赤搏 搏擊 脈搏 　　柔｜揉｜糅 柔和 柔軟 揉搓 矯揉造作 糅合 雜糅

## 搞

搞 搞 搞 搞 搞 搞　搞

[ gǎo ㄍㄠˇ ⑧ gau² 狡 ]

弄；做；從事 ◆ 搞生產 / 搞清楚 / 搞破壞 / 搞好工作 / 搞運輸工作。

## 搪

搪 搪 搪 搪 搪 搪　搪

[ táng ㄊㄤˊ ⑧ tɔŋ⁴ 塘 ]

❶ 敷衍；應付 ◆ 搪塞 / 搪帳。❷ 塗抹使平整 ◆ 搪爐子。❸ 搪瓷：在金屬器物表面塗上釉後燒製成用具 ◆ 搪瓷碗 / 搪瓷茶杯。

## 搐

搐 搐 搐 搐 搐 搐　搐

[ chù ㄔㄨˋ ⑧ tsuk⁷ 促 ]

牽動 ◆ 肌肉抽搐。

## 搓

搓 搓 搓 搓 搓 搓　搓

[ cuō ㄘㄨㄛ ⑧ tsɔ¹ 初 ]

用手來回揉、擦 ◆ 搓洗 / 搓背 / 搓繩 / 搓搓手。

## 搧

搧 搧 搧 搧 搧 搧　搧

[ shān ㄕㄢ ⑧ sin³ 扇 ]

❶ 搖動扇子生風 ◆ 搧扇子 / 搧煤爐。❷ 用手掌批、打 ◆ 搧一個耳光。

## 搔（搔）

搔 搔 搔 搔 搔 搔　搔

[ sāo ㄙㄠ ⑧ sou¹ 蘇 ]

用手指甲來回輕輕地抓撓 ◆ 搔癢 / 搔頭皮 / 隔靴搔癢 / 搔首弄姿。

## 搡

搡 搡 搡 搡 搡 搡　搡

[ sǎng ㄙㄤˇ ⑧ sɔŋ² 爽 ]

用力推 ◆ 推推搡搡。

## 摯（挚）

摯 摯 摯 摯 摯 摯　摯

[ zhì ㄓˋ ⑧ dzi³ 至 ]

真誠懇切 ◆ 真摯 / 誠摯 / 摯愛 / 摯友。

## 摳（抠）

摳 摳 摳 摳 摳 摳　摳

[ kōu ㄎㄡ ⑧ kɐu¹ 溝 ]

❶ 用手指或尖細的東西往深處挖 ◆ 摳鼻子 / 摳了個洞。❷ 鑽研；在某一方面深究 ◆ 摳字眼 / 死摳書本。❸ 吝嗇 ◆ 這人太摳 / 真摳門兒。

## 摸（摸）

摸 摸 摸 摸 摸 摸　摸

[ mō ㄇㄛ ⑧ mɔk⁹ 莫 / mɔ² 摩²（語）]

❶ 用手接觸或撫摩 ◆ 撫摸 / 瞎子摸象 / 媽媽摸着懷中的小貓。❷ 用手探取 ◆ 摸魚 / 摸出幾張鈔票 / 摸到一盒火柴。❸ 試着了解 ◆ 摸索 / 摸底 / 摸出一套方法來。❹ 黑暗中行路 ◆ 摸黑回家。

## 摹（摹）

摹 摹 摹 摹 摹 摹　摹

[ mó ㄇㄛˊ ⑧ mou⁴ 無 ]

照樣子寫或畫；模仿 ◆ 摹寫 / 臨摹 / 描摹 / 摹本。

## 摟（搂）

摟 摟 摟 摟 摟 摟　摟

〈一〉[ lǒu ㄌㄡˇ ⑧ lɐu⁵ 柳 ]

❶ 抱住 ◆ 摟在懷裏 / 摟住脖子。
〈二〉[ lōu ㄌㄡ 粵 lɐu⁵ 柳 ]
❷ 把東西聚攏起來 ◆ 摟柴草。❸ 用不正當的手段謀取財物；搜刮 ◆ 摟錢。

## <sup>11</sup> 撂

撂 撂 撂 撂 撂 撂

[ liào ㄌㄧㄠˋ 粵 liu¹ 了¹ ]
放下；擱置一旁 ◆ 把箱子撂在沙發邊 / 撂手不管。

## <sup>11</sup> 摧

摧 摧 摧 摧 摧 摧

[ cuī ㄘㄨㄟ 粵 tsœy¹ 吹 ]
折斷；毀壞 ◆ 摧毀 / 摧折 / 摧殘 / 無堅不摧。

## <sup>11</sup> 摩

摩 摩 摩 摩 摩 摩

[ mó ㄇㄛˊ 粵 mɔ⁴ 磨 /mɔ¹ 魔（語）]
❶ 擦；撫摸 ◆ 摩擦 / 按摩 / 摩拳擦掌。
❷ 接觸 ◆ 摩天大樓 / 摩肩接踵。❸ 研究；探索 ◆ 觀摩 / 揣摩。

## <sup>11</sup> 摘

摘 摘 摘 摘 摘 摘

[ zhāi ㄓㄞ 粵 dzak⁹ 擇 ]
❶ 用手採或取下 ◆ 採摘 / 摘蘋果 / 摘棉花 / 摘帽致意 / 把燈泡摘下來。❷ 選取 ◆ 摘要 / 摘錄 / 摘記 / 文摘。

## <sup>11</sup> 摔

摔 摔 摔 摔 摔 摔

[ shuāi ㄕㄨㄞ 粵 sœt⁷ 恤 ]
❶ 用力扔、拋 ◆ 摔掉 / 把球拍摔在地上 / 把玩具摔出窗外。❷ 從高處掉下來；東西落下而碰破、打碎 ◆ 從樹上摔了下來 / 茶杯摔碎了。❸ 跌倒 ◆ 摔了一跤 / 摔倒在路旁。

## <sup>11</sup> 撇

撇 撇 撇 撇 撇 撇

〈一〉[ piē ㄆㄧㄝ 粵 pit⁸ 瞥 ]
❶ 丟開；捨棄不顧 ◆ 撇棄 / 撇開 / 撇在一邊 / 撇下孩子不管。❷ 舀去浮在液體表面的東西 ◆ 撇油 / 撇泡。
〈二〉[ piě ㄆㄧㄝˇ 粵 pit⁸ 瞥 ]
❸ 漢字筆畫名稱之一，如"八"字的第一筆，"力"字的第二筆。

## <sup>11</sup> 摺<sup>(摺)</sup>

摺 摺 摺 摺 摺 摺

[ zhé ㄓㄜˊ 粵 dzip⁸ 接 ]
❶ 疊 ◆ 摺紙 / 摺疊 / 摺了一隻船。❷ 摺疊式的 ◆ 摺扇 / 摺尺。❸ 摺子 ◆ 存摺 / 奏摺。

## <sup>11</sup> 摻<sup>(掺)</sup>

摻 摻 摻 摻 摻 摻

[ chān ㄔㄢ 粵 tsam¹ 參 ]
混合。也寫作"攙" ◆ 摻兌 / 摻雜 / 摻假。

## <sup>12</sup> 撓<sup>(挠)</sup>

撓 撓 撓 撓 撓 撓

[ náo ㄋㄠˊ 粵 nau⁶ 鬧 ]
❶ 打擾；阻止 ◆ 阻撓。❷ 彎曲；屈服 ◆ 百折不撓 / 不屈不撓。❸ 用手指輕輕地抓 ◆ 撓癢 / 抓耳撓腮。

## <sup>12</sup> 撕

撕 撕 撕 撕 撕 撕

[ sī ㄙ 粵 si¹ 斯 ]
扯破；扯裂 ◆ 撕破 / 撕爛 / 撕碎 / 把牆上的標語撕下來 / 一把好好的紙扇給撕掉了。

## <sup>12</sup> 撒

撒 撒 撒 撒 撒 撒

〈一〉[ sā ㄙㄚ 粵 sat⁸ 殺 ]
❶ 放開 ◆ 撒手不管 / 撒腿就跑 / 撒網捕

魚。❷ 發出；放出 ◆ 撒尿／撒傳單／輪
胎撒了氣。❸ 盡量施展；故意表現 ◆ 撒
謊／撒野／撒嬌。

〈二〉[ sǎ ㄙㄚˇ ⑧ sat<sup>8</sup> 殺 ]

❹ 散開；散落；散佈 ◆ 撒種／一碗湯撒了
半碗／地上撒了一層石灰。

---

<sup>12</sup>撩　撩撩撩撩撩撩 撩

〈一〉[ liāo ㄌㄧㄠ ⑧ liu<sup>4</sup> 聊 ]

❶ 把下垂的東西掀起來或提上來 ◆ 撩起窗
簾／撩起長裙／把頭髮撩上去。❷ 用手灑
水 ◆ 撩水掃地／往菜上撩點水。

〈二〉[ liáo ㄌㄧㄠˊ ⑧ liu<sup>4</sup> 聊 ]

❸ 挑逗；招惹 ◆ 撩逗／撩撥／撩弄／撩動
心弦／春色撩人。

---

<sup>12</sup>撅　撅撅撅撅撅撅 撅

[ juē ㄐㄩㄝ ⑧ kyt<sup>8</sup> 決 ]

翹起 ◆ 撅着嘴巴／撅起尾巴。

---

<sup>12</sup>撲<sup>(扑)</sup>　撲撲撲撲撲撲 撲

[ pū ㄆㄨ ⑧ pok<sup>8</sup> 樸 ]

❶ 猛衝或猛壓過去 ◆ 敵人瘋狂反撲／一頭
撲在媽媽懷裏／飛蛾撲火，自取滅亡／那
老虎向武松猛撲過來。❷ 直衝 ◆ 春風撲
面／花香撲鼻／不是一番寒徹骨，怎得梅
花撲鼻香。❸ 拍；拍打 ◆ 撲粉／採茶撲
蝶／撲掉身上的塵土。❹ 全身心投入 ◆
一心撲在工作上。

---

<sup>12</sup>撮　撮撮撮撮撮撮 撮

〈一〉[ cuō ㄘㄨㄛ ⑧ tsyt<sup>8</sup> 猝 ]

❶ 聚攏起來 ◆ 撮合／撮土／撮成一堆。
❷ 用手指捏取 ◆ 撮藥／撮一點鹽。❸ 從

資料中摘取 ◆ 撮要。❹ 量詞 ◆ 一小撮人。

〈二〉[ zuǒ ㄗㄨㄛˇ ⑧ tsyt<sup>8</sup> 猝 ]

❺ 量詞，用於成叢的毛髮 ◆ 一撮毛／一撮
鬍子。

---

<sup>12</sup>撣<sup>(掸)</sup>　撣撣撣撣撣撣 撣

[ dǎn ㄉㄢˇ ⑧ dan<sup>6</sup> 但 ]

拂去塵土；拂去塵土的用具 ◆ 撣灰塵／把
沙發撣一撣／雞毛撣。

---

<sup>12</sup>撐　撐撐撐撐撐撐 撐

[ chēng ㄔㄥ ⑧ tsaŋ<sup>1</sup> 瞠 ]

❶ 用竹篙使船前進 ◆ 撐船／把船撐過來。
❷ 支持；抵住 ◆ 支撐／給你撐腰／撐竿跳
高／兩手撐着下巴。❸ 張開 ◆ 撐傘。❹
吃得太飽；裝得太滿 ◆ 少吃點，別撐着／
書包撐破了。

---

<sup>12</sup>撫<sup>(抚)</sup>　撫撫撫撫撫撫 撫

[ fǔ ㄈㄨˇ ⑧ fu<sup>2</sup> 苦 ]

❶ 輕輕地按、摸 ◆ 撫摸／撫摩／撫琴。
❷ 安慰；慰問 ◆ 安撫／撫慰／撫恤。❸
養育；保護 ◆ 撫育／撫養成人。

---

<sup>12</sup>撬　撬撬撬撬撬撬 撬

[ qiào ㄑㄧㄠˋ ⑧ giu<sup>6</sup> 翹 ]

用棍棒或刀錐等工具抬起或弄開 ◆ 撬石頭／
撬鎖／撬門／撬保險箱行竊。

---

<sup>12</sup>播　播播播播播播 播

[ bō ㄅㄛ ⑧ bo<sup>3</sup> 波<sup>3</sup> ]

❶ 撒種；下種 ◆ 播種／春播／飛機撒播。
❷ 傳揚；放送 ◆ 播音／播放／廣播／傳
播／播送音樂。

---

## <sup>12</sup>撞　撞撞撞撞撞撞　撞

[ zhuàng ㄓㄨㄤˋ ⓟ dzɔŋ⁶ 狀]

❶ 碰擊；敲打 ◆ 撞擊／撞車／撞鐘。❷
碰面；相遇 ◆ 撞見／撞上一位舊同學。
❸ 闖；行動魯莽 ◆ 莽撞／橫衝直撞。

## <sup>12</sup>撤　撤撤撤撤撤撤　撤

[ chè ㄔㄜˋ ⓟ tsit⁸ 設]

❶ 免去；除去 ◆ 撤職／撤銷／撤換／把他
的職務撤了。❷ 退離；收回 ◆ 撤退／撤
離／撤兵／後撤／撤回上訴。

## <sup>12</sup>撈<sup>(捞)</sup>　撈撈撈撈撈撈　撈

[ lāo ㄌㄠ ⓟ lou⁴ 勞/lau⁴ 語 ]

❶ 從水裏取出東西 ◆ 撈魚／捕撈／打撈／
海底撈月／大海撈針。❷ 用不正當的手段
取得 ◆ 撈取暴利／趁機撈一把／撈個一官
半職。

## <sup>12</sup>撥<sup>(拨)</sup>　撥撥撥撥撥撥　撥

[ bō ㄅㄛ ⓟ but⁸ 鈸/but⁹ 勃 語 ]

❶ 用手指或棍子等使東西移動或分開 ◆
撥門／撥開雲霧／把鐘撥到八點整。❷ 調
配；分給 ◆ 撥款／調撥救災物資／撥幾個
人去幫忙。❸ 量詞，用於人的分組 ◆ 一
撥人／大家輪撥休息。

## <sup>12</sup>撰　撰撰撰撰撰撰　撰

[ zhuàn ㄓㄨㄢˋ ⓟ dzan⁶ 賺/dzyn⁶ 傳⁶]

寫作 ◆ 撰寫／撰稿／編撰。

## <sup>13</sup>撻<sup>(挞)</sup>　撻撻撻撻撻撻　撻

[ tà ㄊㄚˋ ⓟ tat⁸ ]

用鞭子或棍棒打 ◆ 鞭撻。

## <sup>13</sup>擂　擂擂擂擂擂擂　擂

〈一〉[ léi ㄌㄟˊ ⓟ lœy⁴ 雷]

❶ 敲打 ◆ 擂鼓／自吹自擂。

〈二〉[ lèi ㄌㄟˋ ⓟ lœy⁴ 雷]

❷ 擂台：比武的台子；競技比賽 ◆ 打擂
台／擂台賽。

## <sup>13</sup>擊<sup>(击)</sup>　擊擊擊擊擊擊　擊

[ jī ㄐㄧ ⓟ gik⁷ 激]

❶ 敲；打 ◆ 擊鼓／擊掌／旁敲側擊。❷
攻打 ◆ 攻擊／襲擊／拳擊／聲東擊西／擊
毀敵機數架。❸ 碰撞；相碰 ◆ 撞擊／目
擊／海水沖擊着堤岸。

## <sup>13</sup>撼　撼撼撼撼撼撼　撼

[ hàn ㄏㄢˋ ⓟ hɐm⁶ 憾]

搖動 ◆ 搖撼／震天撼地／不為權勢所撼／
雷電聲撼動山峯。

## <sup>13</sup>擎　擎擎擎擎擎擎　擎

[ qíng ㄑㄧㄥˊ ⓟ kiŋ⁴ 瓊]

舉起；往上托起 ◆ 擎起／擎天柱／眾擎易
舉。

## <sup>13</sup>據<sup>(据)</sup>　據據據據據據　據

[ jù ㄐㄩˋ ⓟ gœy³ 句]

❶ 按照 ◆ 據理力爭／據實招來／依據你的
意見辦／根據實情作出處理。❷ 依靠；憑
藉 ◆ 據點／據險固守。❸ 佔有 ◆ 佔據／
盤據／割據／據為己有。❹ 憑證 ◆ 證據／
憑據／收據／字據／真憑實據。

心 戈 戶 手 支 攴

## 13 擄(掳)

擄 擄 擄 擄 擄 擄 **擄**

[ lǔ ㄌㄨˇ 🔊 lou⁵ 老 ]

搶奪；掠奪 ◆ 擄掠／擄人勒索。

## 13 擋(挡)

擋 擋 擋 擋 擋 擋 **擋**

[ dǎng ㄉㄤˇ 🔊 dɔŋ² 黨 ]

❶ 阻攔 ◆ 阻擋／擋住去路／勢不可擋／擋不住的誘惑。❷ 遮住 ◆ 擋風／擋雨／擋住了視線。❸ 用來遮擋的東西 ◆ 爐擋。

## 13 摀(挝)

摀 摀 摀 摀 摀 摀 **摀**

[ wō ㄨㄛ 🔊 gwɔ¹ 戈 ]

老摀：國名，在東南亞。

## 13 操

操 操 操 操 操 操 **操**

〈一〉[ cāo ㄘㄠ 🔊 tsou¹ 粗 ]

❶ 拿；掌握 ◆ 操刀／同室操戈／操縱／穩操勝券／操起一把斧子。❷ 從事；做 ◆ 操作／操持家務／操之過急／重操舊業／一手操辦。❸ 勞心費力 ◆ 操勞一生／為孩子操碎了心。❹ 用某種語言或方言說話 ◆ 操英語／操廣東話。❺ 演練 ◆ 操練。❻ 體操 ◆ 健美操。

〈二〉[ cāo ㄘㄠ 🔊 tsou³ 躁 ]

❼ 品行；行為 ◆ 操行／情操／節操／操守清廉。

## 13 攜

"攜"的異體字，見189頁。

## 13 擇(择)

擇 擇 擇 擇 擇 擇 **擇**

[ zé ㄗㄜˊ 🔊 dzak⁹ 澤 ]

挑選 ◆ 選擇／抉擇／不擇手段／擇善而從／飢不擇食／兩者任擇其一。

## 13 撿(捡)

撿 撿 撿 撿 撿 撿 **撿**

[ jiǎn ㄐㄧㄢˇ 🔊 gim² 檢 ]

拾取 ◆ 撿樹葉／撿貝殼／把筆撿起來／撿到一個錢包。

## 13 擒

擒 擒 擒 擒 擒 擒 **擒**

[ qín ㄑㄧㄣˊ 🔊 kɛm⁴ 禽 ]

捉拿 ◆ 擒拿／擒獲／生擒／束手就擒／射人先射馬，擒賊先擒王。

## 13 擔(担)

擔 擔 擔 擔 擔 擔 **擔**

〈一〉[ dān ㄉㄢ 🔊 dam¹ 兜 ]

❶ 用肩挑 ◆ 擔水／擔柴。❷ 承當；負責 ◆ 擔任／承擔／分擔／擔保／擔負重任。❸ 承受；牽掛 ◆ 擔憂／擔心／擔驚受怕。

〈二〉[ dàn ㄉㄢˋ 🔊 dam³ 兜³ ]

❹ 挑子；擔子 ◆ 貨郎擔／千斤重擔。❺ 量詞 ◆ 一擔水／一擔青菜／一擔茶葉。❻ 重量單位，一斤為一擔。

## 13 擅

擅 擅 擅 擅 擅 擅 **擅**

[ shàn ㄕㄢˋ 🔊 sin⁶ 善 ]

❶ 自作主張 ◆ 擅自決定／擅離職守／請勿擅入。❷ 善於；專長 ◆ 擅長／不擅辭令。

## 13 擁(拥)

擁 擁 擁 擁 擁 擁 **擁**

[ yōng ㄩㄥ 🔊 juŋ² 翁² ]

❶ 抱 ◆ 擁抱。❷ 圍着；擠在一起 ◆ 擁擠／蜂擁而上／前呼後擁。❸ 領有；具有 ◆ 擁有／擁兵百萬。❹ 贊成、支持 ◆ 擁護／擁戴。

## ¹³擘

擘 擘 擘 擘 擘 擘 擘

[ bò ㄅㄛˋ ⑧ mak⁸ ]

大拇指 ◆ 巨擘。

## ¹⁴擡

同"抬"字，見 171 頁。

## ¹⁴擬 (拟)

擬 擬 擬 擬 擬 擬 擬

[ nǐ ㄋㄧˇ ⑧ ji⁵ 耳 ]

❶ 起草；設計 ◆ 擬稿 / 擬訂計劃 / 草擬文件。❷ 打算；想要 ◆ 擬同意 / 擬採用 / 擬飛往廣州 / 不擬列入議題 / 球賽擬於明日下午舉行。❸ 模仿 ◆ 擬人 / 擬態 / 模擬。

## ¹⁴擱 (搁)

擱 擱 擱 擱 擱 擱 擱

〈一〉[ gē ㄍㄜ ⑧ gɔk⁸ 各 ]

❶ 放；擺 ◆ 把書擱在桌上 / 橡皮擱在文具盒裏 / 窗台上擱了一盆花 / 牛奶裏擱一點糖。❷ 停止進行 ◆ 擱置起來 / 耽擱了一個月 / 這件事先擱一擱。

〈二〉[ gé ㄍㄜˊ ⑧ gɔk⁸ 各 ]

❸ 承受；禁受 ◆ 小木船擱不住這麼重 / 即使是百萬富翁，也擱不住你這樣揮霍。

## ¹⁴擠 (挤)

擠 擠 擠 擠 擠 擠 擠

[ jǐ ㄐㄧˇ ⑧ dzɐi¹ 劑 ]

❶ 緊緊靠攏在一起 ◆ 擁擠 / 擠作一團 / 屋裏擠滿了人。❷ 用力壓、榨使排出 ◆ 擠牙膏 / 擠牛奶 / 受排擠 / 擠出時間來溫習。

## ¹⁴擯 (摈)

擯 擯 擯 擯 擯 擯 擯

[ bìn ㄅㄧㄣˋ ⑧ bɐn³ 殯 ]

拋棄；排除 ◆ 擯棄 / 擯除 / 擯諸門外 / 擯而不用。

## ¹⁴擦

擦 擦 擦 擦 擦 擦 擦

[ cā ㄘㄚ ⑧ tsat⁸ 察 ]

❶ 兩物相摩 ◆ 摩擦 / 擦火柴 / 摩拳擦掌。❷ 揩；抹 ◆ 擦臉 / 擦桌子 / 擦皮鞋。❸ 塗；敷 ◆ 擦油 / 擦粉。❹ 貼近 ◆ 擦肩而過 / 擦着水面飛。❺ 擦東西的器具 ◆ 黑板擦。

## ¹⁴擰 (拧)

擰 擰 擰 擰 擰 擰 擰

〈一〉[ nǐng ㄋㄧㄥˇ ⑧ niŋ⁶ 寧⁶ ]

❶ 用力扭轉 ◆ 擰螺絲 / 擰不開 / 把水龍頭擰緊。❷ 相反；弄錯 ◆ 話說擰了 / 把事情搞擰了。

〈二〉[ níng ㄋㄧㄥˊ ⑧ niŋ⁶ 寧⁶ ]

❸ 絞 ◆ 擰毛巾 / 把麻擰成繩子。

〈三〉[ nìng ㄋㄧㄥˋ ⑧ niŋ⁶ 寧⁶ ]

❹ 倔強 ◆ 擰脾氣 / 脾氣太擰。

## ¹⁵撵 (撵)

撵 撵 撵 撵 撵 撵 撵

[ niǎn ㄋㄧㄢˇ ⑧ lin⁵ 連⁵ ]

❶ 驅逐；趕走 ◆ 把他撵出去。❷ 追趕 ◆ 撵不上。

## ¹⁵攀

攀 攀 攀 攀 攀 攀 攀

[ pān ㄆㄢ ⑧ pan¹ 扳 ]

❶ 抓住東西往上爬 ◆ 攀登 / 攀援 / 攀折樹

木 / 攀山越嶺。 ❷ 結交；**牽扯** ◆ 攀親 /
高攀 / 攀談 / 攀龍附鳳 / 不要攀扯別人。

**¹⁵擾**⁽扰⁾　擾擾擾擾擾擾　擾

[ rǎo 日ㄠˇ 粵 jiu⁵ 繞 ]

❶ 攪亂；打擾 ◆ 擾亂 / 騷擾 / 干擾 / 天下
本無事，庸人自擾之。 ❷ 受人招待或麻煩
別人時說的客氣話 ◆ 叨擾 / 打擾。

**¹⁵撤**⁽擞⁾　撤撤撤撤撤撤　撤

[ sǒu ㄙㄡˇ 粵 sɐu² 手 ]

抖撤。見 "抖" 字，168 頁。

**¹⁵擺**⁽摆⁾　擺擺擺擺擺擺　擺

[ bǎi ㄅㄞˇ 粵 bai² 捭 ]

❶ 安放；陳列 ◆ 擺放 / 擺設 / 擺整齊 / 擺
了一桌子菜。 ❷ 來回搖動或搖動的東西 ◆
擺動 / 擺擺手 / 搖頭擺尾 / 鐘擺。 ❸ 故意顯
示；炫耀 ◆ 擺架子 / 擺威風 / 擺闊氣 / 擺老
資格。

**¹⁵擴**⁽扩⁾　擴擴擴擴擴擴　擴

[ kuò ㄎㄨㄛˋ 粵 kwɔk⁸ 廓 /gwɔk⁸ 國 ]

向外伸展；放大 ◆ 擴展 / 擴大 / 擴充 / 擴
散 / 擴建工程。

**¹⁵擲**⁽掷⁾　擲擲擲擲擲擲　擲

[ zhì ㄓˋ 粵 dzak⁹ 擇 ]

拋；投；扔出去 ◆ 投擲 / 擲鐵餅 / 擲手榴
彈 / 孤注一擲。

**¹⁶攏**⁽拢⁾　攏攏攏攏攏攏　攏

[ lǒng ㄌㄨㄥˇ 粵 luŋ⁵ 壟 ]

❶ 合在一起；匯總起來 ◆ 合攏 / 併攏 / 圍
攏 / 攏共 / 歸攏。 ❷ 靠近 ◆ 靠攏 / 拉攏 /
船已攏岸。 ❸ 梳理 ◆ 攏一攏頭髮。

**¹⁷攔**⁽拦⁾　攔攔攔攔攔攔　攔

[ lán ㄌㄢˊ 粵 lan⁴ 蘭 ]

阻止；擋 ◆ 阻攔 / 遮攔 / 攔截 / 攔路搶劫 /
攔住去路。

**¹⁷攙**⁽搀⁾　攙攙攙攙攙攙　攙

[ chān ㄔㄢ 粵 tsam¹ 參 ]

❶ 扶着 ◆ 攙扶 / 攙老人上車 / 把跌倒在
地的孩子攙起來。 ❷ 混合 ◆ 攙雜 / 攙假 /
酒裏攙了水。

**¹⁷攘**　攘攘攘攘攘攘　攘

[ rǎng 日ㄤˇ 粵 jœŋ⁶ 讓 ]

❶ 排斥 ◆ 攘除 / 攘外。 ❷ 侵奪；搶 ◆ 攘
奪。 ❸ 捋起袖子 ◆ 攘臂高呼。 ❹ 紛亂 ◆
擾攘 / 熙熙攘攘。

**¹⁸攝**⁽摄⁾　攝攝攝攝攝攝　攝

[ shè ㄕㄜˋ 粵 sip⁸ 涉 ]

❶ 照相 ◆ 攝影 / 攝製 / 拍攝 / 攝像機。
❷ 吸取；吸收 ◆ 攝取營養 / 攝入熱量。
❸ 代理 ◆ 攝政。

## ¹⁸攜 ⁽携⁾
攜攜攜攜攜攜 攜

[ xié ㄒㄧㄝˊ ⑧ kwɐi⁴ 葵 ]

❶ 帶着 ◆ 攜刀 / 攜卷 / 攜款潛逃 / 攜帶行李。❷ 拉；挽 ◆ 攜手 / 扶老攜幼。

## ¹⁹攤 ⁽摊⁾
攤攤攤攤攤攤 攤

[ tān ㄊㄢ ⑧ tan¹ 灘 ]

❶ 擺開；鋪開 ◆ 攤牌 / 把報紙攤開 / 攤了一桌子的書。❷ 分派；分擔 ◆ 攤派 / 分攤 / 均攤。❸ 路旁的簡易售貨處 ◆ 攤販 / 水果攤 / 擺地攤。❹ 量詞，用於凝聚成一片的東西 ◆ 一攤泥 / 一攤血。

## ¹⁹攢 ⁽攒⁾
攢攢攢攢攢攢 攢

〈一〉[ zǎn ㄗㄢˇ ⑧ dzan² 盞 ]

❶ 積聚；積蓄 ◆ 攢錢 / 積攢 / 攢了一大筆錢。

〈二〉[ cuán ㄘㄨㄢˊ ⑧ dzan² 盞 ]

❷ 聚集；湊集 ◆ 攢在一處 / 人頭攢動。

## ¹⁹攣 ⁽挛⁾
攣攣攣攣攣攣 攣

[ luán ㄌㄨㄢˊ ⑧ lyn⁴ 聯 ]

蜷曲不能伸直 ◆ 痙攣 / 拘攣 / 攣縮。

## ²⁰攫
攫攫攫攫攫攫 攫

[ jué ㄐㄩㄝˊ ⑧ gwɔk⁸ 國 ]

用爪抓取；奪取 ◆ 攫取 / 攫為己有。

## ²⁰攥
攥攥攥攥攥攥 攥

[ zuàn ㄗㄨㄢˋ ⑧ dzyt⁸ 茁 ]

握；握緊 ◆ 攥拳 / 攥緊拳頭 / 手裏攥着一把斧頭。

## ²⁰攪 ⁽搅⁾
攪攪攪攪攪攪 攪

[ jiǎo ㄐㄧㄠˇ ⑧ gau² 狡 ]

❶ 拌和 ◆ 攪拌 / 攪勻 / 把粥攪一攪。❷ 攪亂 ◆ 攪亂人心 / 胡攪蠻纏。

## ²¹攬 ⁽揽⁾
攬攬攬攬攬攬 攬

[ lǎn ㄌㄢˇ ⑧ lam⁵ 覽 ]

❶ 把持；包辦 ◆ 攬權 / 總攬一切 / 大權獨攬。❷ 拉過來；招來 ◆ 攬生意 / 招攬顧客 / 延攬人才 / 包攬工程項目。❸ 摟抱 ◆ 把小孩攬在懷中。

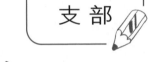

支 部

心 戈 戶 **手 支** 攴

## ⁰支
支 支 支 支

[ zhī ㄓ ⑧ dzi¹ 之 ]

❶ 撐起 ◆ 支撐 / 支架 / 支起帳篷 / 大廈將傾，非一木能支。❷ 維持；受得住 ◆ 體力不支 / 樂不可支。❸ 援助；贊助 ◆ 支援 / 互相支持。❹ 調度；指使 ◆ 支使 / 支派 / 支配時間 / 把他支開。❺ 付款或領款 ◆ 支付 / 支取 / 支出 / 預支 / 收支平衡。❻ 從總體中分出來的 ◆ 支流 / 支行 / 支線 / 支派 / 分支。❼ 量詞，用於桿狀的東西或分支事物 ◆ 一支鉛筆 / 一支軍隊 / 兩支樂曲。

## ³吱
見口部，63頁。

³**妓** 見女部，102 頁。

⁴**歧** 見止部，232 頁。

⁶**翅** 見羽部，353 頁。

⁹**鼓** 見鼓部，514 頁。

攴 部

²**攷** "考"的異體字，見 355 頁。

²**收** 收 收 收 收 收 收

[ shōu ㄕㄡ tsɐu¹ 修 ]

❶ **獲得** ◆ 收穫 / 收益 / 豐收 / 收支相抵。
❷ **接到；接受；接納** ◆ 收信 / 收容 / 接收 / 收音機 / 收徒弟 / 招收新生。 ❸ **取回** ◆ 收稅 / 收賬 / 收復失地 / 收歸國有。 ❹ **聚集；合攏** ◆ 收集 / 收藏 / 收羅人才 / 盡收眼底。 ❺ **結束** ◆ 收工 / 收尾 / 收場 / 收攤。 ❻ **拘捕；監禁** ◆ 收押 / 收監 / 收審。

³**攻** 攻 攻 攻 攻 攻 攻 攻

[ gōng ㄍㄨㄥ tguŋ¹ 工 ]

❶ **攻打；攻擊**；跟 "守" 相對 ◆ 攻城 / 攻佔 / 反攻 / 出其不意，攻其不備 / 以子之矛，攻子之盾。 ❷ **指責** ◆ 羣起而攻之。

❸ **治療** ◆ 以毒攻毒。 ❹ **學習；研習** ◆ 刻苦攻讀 / 專攻醫學。

³**改** 改 改 改 改 改 改 改

[ gǎi ㄍㄞˇ tgɔi² 該² ]

❶ **變動；更換** ◆ 改變 / 改期 / 更改 / 改頭換面 / 江山易改，本性難移。 ❷ **修正** ◆ 改寫 / 修改 / 塗改。 ❸ **糾正** ◆ 改正錯誤 / 改過自新 / 知錯能改 / 有則改之，無則加勉。

⁴**孜** 見子部，110 頁。

⁴**牧** 見牛部，275 頁。

⁴**放** 放 放 放 放 放 放 放

[ fàng ㄈㄤˋ fɔŋ³ 況 ]

❶ **解除約束；結束** ◆ 解放 / 釋放 / 放學 / 放虎歸山。 ❷ **不加管束，聽其自然** ◆ 放縱 / 放肆 / 放任自流 / 放蕩不羈 / 放聲高歌。 ❸ **把家畜、家禽趕到野外去找食物** ◆ 放牛 / 放羊 / 放鴨 / 放牧。 ❹ **把人驅逐到遠方** ◆ 放逐 / 流放。 ❺ **拋棄** ◆ 放棄。 ❻ **發出；射出** ◆ 放槍 / 放冷箭 / 放射出萬丈光芒 / 白蘭花放出陣陣的清香。 ❼ **開出** ◆ 百花齊放 / 心花怒放。 ❽ **點燃** ◆ 放火 / 放鞭炮。 ❾ **擴展** ◆ 放大 / 放寬。 ❿ **把錢借給別人，收取利息** ◆ 放債 / 放高利貸。 ⓫ **擱置；安放** ◆ 存放 / 這事先放一放 / 放下屠刀，立地成佛 / 咖啡裏放點牛奶更好喝。 ⓬ **控制自己的行為、態度，使適度** ◆ 放慢速度 / 放穩重些。

⁵**政** 政 政 政 政 政 政 政

[ zhèng ㄓㄥˋ dziŋ³ 正 ]

❶ **政治** ◆ 政策 / 政黨 / 政權 / 參政議政 / 軍

事政變。❷ 國家某一部門主管的業務 ◆ 財政 / 民政 / 郵政。❸ 指家庭或團體的事務 ◆ 家政 / 校政。

幫助脫離危險、災難、困境等 ◆ 救火 / 救濟 / 搶救 / 救死扶傷 / 救人一命，勝造七級浮屠。

---

⁵ **故** 故 故 故 故 故 故 **故**

[ gù 《ㄨˋ ⑧ gu³ 固 ]

❶ 意外的事情 ◆ 事故 / 變故 / 故障。❷ 原因 ◆ 緣故 / 不知何故 / 無故缺席。❸ 有意；存心 ◆ 故意 / 故作鎮靜 / 明知故犯。❹ 從前的；原來的 ◆ 故居 / 故事 / 溫故知新 / 依然如故。❺ 老朋友 ◆ 一見如故 / 久旱逢甘雨，他鄉遇故知 / 故人西辭黃鶴樓，煙花三月下揚州。❻ 死亡；死去的 ◆ 病故 / 已故 / 故友 / 染病身故。❼ 所以；因此 ◆ 實力雄厚，故能取勝。

---

⁶ **修** 見人部，24 頁。

---

⁶ **效** 效 效 效 效 效 效 **效**

[ xiào ㄒㄧㄠˋ ⑧ hau⁶ 校 ]

❶ 模仿 ◆ 效法 / 仿效 / 上行下效 / 東施效顰 / 以儆效尤。❷ 獻出 ◆ 效力 / 效勞 / 效忠。❸ 事物的功用；行為的結果 ◆ 效果 / 功效 / 有效 / 已見成效。

---

⁷ **赦** 見赤部，431 頁。

---

⁷ **敖** 敖 敖 敖 敖 敖 敖 **敖**

[ áo ㄠˊ ⑧ ŋou⁴ 熬 ]

姓。

---

⁷ **救** 救 救 救 救 救 救 **救**

[ jiù ㄐㄧㄡˋ ⑧ gɐu³ 夠 ]

---

⁷ **教** 教 教 教 教 教 教 **教**

⟨一⟩ [ jiào ㄐㄧㄠˋ ⑧ gau³ 較 ]

❶ 指導和培養 ◆ 教育 / 教導 / 管教 / 因材施教 / 請多指教。❷ 宗教 ◆ 教堂 / 信教 / 佛教 / 基督教 / 教會學校 ❸ 使；讓 ◆ 教他進來 / 教人失望 / 誰教你不聽我的話。

⟨二⟩ [ jiāo ㄐㄧㄠ ⑧ gau³ 較 ]

❹ 傳授知識或技能 ◆ 教書 / 教學相長 / 師傅教徒弟 / 老師教我們唱歌。

---

⁷ **敗** ⁽敗⁾ 敗 敗 敗 敗 敗 敗 **敗**

[ bài ㄅㄞˋ ⑧ bai⁶ 拜⁶ ]

❶ 輸了；失利；跟 "勝" 相對 ◆ 打了敗仗 / 一敗塗地 / 反敗為勝 / 兩敗俱傷 / 驕兵必敗 / 勝敗乃兵家常事。❷ 不成功；跟 "成" 相對 ◆ 失敗 / 功敗垂成 / 坐觀成敗 / 成事不足，敗事有餘。❸ 打敗；使遭失敗 ◆ 擊敗對手 / 大敗敵軍。❹ 毀壞；損害 ◆ 敗壞 / 身敗名裂 / 傷風敗俗 / 乘興而去，敗興而回。❺ 解除；消除 ◆ 敗火 / 敗毒。❻ 破舊；腐爛；凋謝 ◆ 殘敗不堪 / 枯枝敗葉 / 金玉其外，敗絮其中。

---

⁷ **敏** 敏 敏 敏 敏 敏 敏 **敏**

[ mǐn ㄇㄧㄣˇ ⑧ mɐn⁵ 吻 ]

靈活；迅速；反應快 ◆ 敏感 / 敏捷 / 靈敏 / 神經過敏。

---

⁷ **敍** ⁽敘⁾ 敍 敍 敍 敍 敍 敍 **敍**

[ xù ㄒㄩˋ ⑧ dzœy⁶ 序 ]

---

❶ 談；説 ◆ 敍談 / 敍舊 / 面敍 / 聞言少敍。
❷ 記述 ◆ 敍事 / 敍述 / 倒敍 / 記敍文 / 平鋪直敍

<sup>7</sup> 敍 "敘"的異體字，見 191 頁。

<sup>7</sup> 敎 同"教"字，見 191 頁。

<sup>7</sup> 啟 見口部，73 頁。

<sup>7</sup> 敝
[ bì ㄅㄧˋ ⓟ bei<sup>6</sup> 幣 ]
❶ 破舊；壞的 ◆ 敝衣 / 敝帚自珍。❷ 用於稱與自己有關的客氣話 ◆ 敝人 / 敝校 / 敝公司。

<sup>8</sup> 敢 (敢)
[ gǎn ㄍㄢˇ ⓟ gem<sup>2</sup> 感 ]
有勇氣；有膽量 ◆ 勇敢 / 果敢 / 敢作敢為 / 敢為天下先 / 敢怒而不敢言 / 不敢跟他較量。

<sup>8</sup> 散
〈一〉[ sàn ㄙㄢˋ ⓟ san<sup>3</sup> 傘 ]
❶ 分開；跟"聚"相對 ◆ 散會 / 散場 / 分散 / 解散 / 煙消雲散 / 天下無不散之筵席。❷ 傳開去；分發 ◆ 散播 / 散佈 / 擴散 / 散發傳單。❸ 排除 ◆ 散熱 / 散悶 / 散心。
〈二〉[ sǎn ㄙㄢˇ ⓟ san<sup>2</sup> 傘<sup>2</sup> ]
❹ 鬆開；沒有約束 ◆ 散漫 / 懶散 / 鬆散 / 散文。❺ 零碎的；不集中的 ◆ 散裝 / 散居 / 零散 / 散兵游勇。❻ 中藥藥末 ◆ 健胃散 / 丸散膏丹。

<sup>8</sup> 敦
[ dūn ㄉㄨㄣ ⓟ dœn<sup>1</sup> 噸 ]
❶ 忠厚老實 ◆ 敦厚。❷ 誠懇；誠心誠意 ◆ 敦請 / 敦促。

<sup>8</sup> 敞
[ chǎng ㄔㄤˇ ⓟ tsɔŋ<sup>2</sup> 廠 ]
❶ 寬闊；沒有遮攔 ◆ 寬敞 / 敞亮 / 敞篷車。❷ 張開；打開 ◆ 敞開 / 敞着門 / 敞胸露懷。

<sup>9</sup> 敬 (敬)
[ jìng ㄐㄧㄥˋ ⓟ giŋ<sup>3</sup> 徑 ]
❶ 對人尊重，有禮貌 ◆ 敬重 / 敬佩 / 尊敬 / 致敬 / 敬而遠之 / 肅然起敬 / 恭敬不如從命。❷ 有禮貌地送上 ◆ 敬茶 / 敬奉 / 敬獻花圈 / 敬你一杯。

<sup>9</sup> 微 見彳部，146 頁。

<sup>10</sup> 敲
[ qiāo ㄑㄧㄠ ⓟ hau<sup>1</sup> 哮 ]
打；擊 ◆ 敲門 / 敲鐘 / 敲敲打打 / 敲鑼打鼓 / 旁敲側擊。

<sup>10</sup> 嫩 見女部，108 頁。

<sup>11</sup> 敷
[ fū ㄈㄨ ⓟ fu<sup>1</sup> 呼 ]
❶ 搽；塗 ◆ 敷粉 / 敷藥。❷ 佈置；鋪開 ◆ 敷陳 / 敷設管道。❸ 足夠 ◆ 入不敷出。

## ¹¹徵

見彳部，147 頁。

## ¹¹徹

見彳部，147 頁。

## ¹¹敵（敌）

敵 敵 敵 敵 敵 敵

[ dí ㄉㄧˊ 粵dik⁹ 滴]

❶ 仇人；敵人 ◆ 仇敵 / 化敵為友 / 消滅敵軍 / 克敵制勝 / 叛國投敵。❷ 抵擋；對抗 ◆ 寡不敵眾 / 所向無敵。❸ 地位、實力相當 ◆ 匹敵 / 勢均力敵 / 棋逢敵手。

## ¹¹數（数）

數 數 數 數 數 數

〈一〉[ shù ㄕㄨˋ 粵sou³ 訴]

❶ 數目 ◆ 人數 / 次數 / 不計其數 / 數額驚人。❷ 幾；幾個 ◆ 一家數口 / 數小時之後 / 數次登門拜訪。

〈二〉[ shǔ ㄕㄨˇ 粵sou² 嫂]

❸ 點數計算 ◆ 屈指可數 / 不可勝數 / 數也數不清 / 從一數到一百。❹ 指責；列舉過錯 ◆ 數了一頓 / 數落。❺ 比較起來最突出的 ◆ 數一數二 / 全班數他成績最好。

〈三〉[ shuò ㄕㄨㄛˋ 粵sok⁸ 朔]

❻ 屢次 ◆ 數見不鮮。

## ¹²整

整 整 整 整 整 整

[ zhěng ㄓㄥˇ 粵dziŋ² 征²]

❶ 全部的；沒有殘缺 ◆ 整體 / 整天 / 化整為零 / 完整無缺 / 整套設備。❷ 有秩序；不凌亂 ◆ 整齊 / 整潔 / 衣冠不整 / 寫字工整。❸ 治理；使有秩序 ◆ 整理 / 整頓 / 調整。❹ 修理；修飾 ◆ 整修 / 整容 / 整舊如新。

## ¹³徵

見彳部，147 頁。

## ¹³斂（敛）

斂 斂 斂 斂 斂 斂

[ liǎn ㄌㄧㄢˇ 粵lim⁵ 殮]

❶ 收起；約束 ◆ 收斂 / 斂足 / 斂容。❷ 收集；徵收 ◆ 斂財 / 聚斂 / 橫徵暴斂。

## ¹³斃（毙）

斃 斃 斃 斃 斃 斃

[ bì ㄅㄧˋ 粵bei⁶ 弊]

死亡；滅亡 ◆ 斃命 / 倒斃 / 擊斃 / 槍斃 / 坐以待斃 / 多行不義必自斃。

## ¹⁹變

見言部，421 頁。

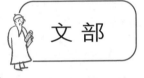

文 部

## ⁰文

文 文 文

[ wén ㄨㄣˊ 粵mɐn⁴ 聞]

❶ 字；文字 ◆ 甲骨文 / 漢文 / 英文 / 文盲。❷ 用文字寫成的作品；文章 ◆ 作文 / 詩文 / 記敘文 / 說明文 / 文不對題。❸ 特指古代的書面語言 ◆ 文言 / 文白夾雜 / 半文不白。❹ 指古代的禮節儀式 ◆ 虛文 / 繁文縟節。❺ 非軍事的；跟 "武" 相對 ◆ 文人 / 文官 / 文武雙全。❻ 溫柔的；不猛烈 ◆ 文靜 / 文雅 / 文火煮食。❼ 指社會科學；文化 ◆ 文科 / 文教 / 重理輕文。❽ 自然界的某些現象 ◆ 天文 / 水文。❾ 掩飾 ◆ 文過飾非。❿ 量詞，用於舊時的銅錢 ◆ 一文錢 / 不取分文。

見古文字插頁 2。

戈 戶 手 攴 攴 文

文 斗 斤 方 无 日

³ **峇**
見口部，64 頁。

⁶ **虔**
見虍部，391 頁。

⁶ **紊**
見糸部，340 頁。

⁸ **斑**　斑 斑 斑 斑 斑 斑　斑
[ bān ㄅㄢ 🔊 ban¹ 班 ]
雜色；雜色的點子或條紋 ◆ 斑點 / 斑痕 /
雀斑 / 斑馬 / 斑竹。

⁸ **斐**　斐 斐 斐 斐 斐 斐　斐
[ fěi ㄈㄟˇ 🔊 fei² 匪 ]
斐然：(1) 形容有文采 ◆ 斐然成章。(2)
形容成績顯著 ◆ 成績斐然 / 斐然可觀。

⁸ **斌**　斌 斌 斌 斌 斌 斌　斌
[ bīn ㄅㄧㄣ 🔊 ben¹ 奔 ]
同 "彬" 字。形容有文采。常作人名用字。

¹⁷ **斕**（斓）　斕 斕 斕 斕 斕 斕　斕
[ lán ㄌㄢˊ 🔊 lan⁴ 蘭 ]
斑斕：燦爛多彩 ◆ 五色斑斕。

斗 部

⁰ **斗**　斗 斗 斗　斗
〈一〉[ dǒu ㄉㄡˇ 🔊 deu² 陡 ]

❶ 量糧食的器具 ◆ 人不可貌相，海水不可
斗量。❷ 形狀像斗的東西 ◆ 熨斗 / 漏斗 /
煙斗。❸ 形容大 ◆ 斗膽。❹ 形容小 ◆ 斗
室。❺ 量詞，容量單位，十升為一斗 ◆ 不
為五斗米折腰。
〈二〉[ dòu ㄉㄡˋ 🔊 deu³ 鬥 ]
❻ "鬥" 的簡化字，見 500 頁。
🖎 見古文字插頁 2。

⁵ **科**
見禾部，319 頁。

⁶ **料**　料 料 料 料 料 料　料
[ liào ㄌㄧㄠˋ 🔊 liu⁶ 廖 ]
❶ 可供加工製造或使用的物資 ◆ 原料 / 材
料 / 衣料 / 肥料 / 燃料 / 偷工減料。❷ 可供
調味或飲用的食品 ◆ 調料 / 飲料 / 料酒。
❸ 餵牲口、家禽的糧草 ◆ 飼料 / 草料 / 給
牲口加點料。❹ 估計；猜想 ◆ 料想 / 預
料 / 料事如神 / 不出所料 / 出乎意料之外。
❺ 整理；照顧 ◆ 料理 / 照料。

⁷ **斜**　斜 斜 斜 斜 斜 斜　斜
[ xié ㄒㄧㄝˊ 🔊 tse⁴ 邪 ]
不正；不直；歪 ◆ 斜線 / 傾斜 / 歪斜 / 斜
着眼睛看 / 遠上寒山石徑斜，白雲深處有人
家。

⁹ **斟**　斟 斟 斟 斟 斟 斟　斟
[ zhēn ㄓㄣ 🔊 dzem¹ 針 ]
往杯裏或碗裏倒 ◆ 斟酒 / 斟茶 / 自斟自飲。

¹⁰ **斡**　斡 斡 斡 斡 斡 斡　斡
[ wò ㄨㄛˋ 🔊 wat⁸ 挖 ]

斡旋：調解 ◆ 經斡旋，終於打破僵局。

¹⁰ **魁** 見鬼部，501 頁。

# 斤 部

⁰ **斤**　斤 斤 斤　斤

[ jīn ㄐㄧㄣ 粵gen¹ 巾 ]
重量單位，五百克為一斤，舊制十六兩為
一斤 ◆ 半斤八兩 / 掂斤播兩 /
📖 見古文字插頁 3。

¹ **斥**　斥 斥 斥　斥

[ chì ㄔˋ 粵tsik⁷ 戚 ]
❶ 責備 ◆ 斥責 / 痛斥 / 指斥 / 駁斥。❷ 排
除；使離開 ◆ 排斥 / 斥退。❸ 充滿 ◆ 充
斥。

² **匠** 見匚部，51 頁。

⁴ **所** 見戶部，164 頁。

⁴ **欣** 見欠部，230 頁。

⁴ **斧**　斧 斧 斧 斧 斧 斧　斧

[ fǔ ㄈㄨˇ 粵fu² 府 ]
斧子：砍木頭的工具。

⁴ **祈** 見示部，316 頁。

⁷ **斬** (斩)　斬 斬 斬 斬 斬 斬　斬

[ zhǎn ㄓㄢˇ 粵dzam² 站² ]
砍斷；砍殺 ◆ 斬斷 / 斬草除根 / 披荊斬棘 /
斬首示眾 / 快刀斬亂麻。

⁸ **斯**　斯 斯 斯 斯 斯 斯　斯

[ sī ㄙ 粵si¹ 思 ]
這個；這裏 ◆ 斯人 / 斯時 / 生於斯，長於
斯。

⁹ **新**　新 新 新 新 新 新　新

[ xīn ㄒㄧㄣ 粵sɐn¹ 申 ]
❶ 剛出現的；跟 "舊"、"老" 相對 ◆ 新品
種 / 新辦法 / 新型產品 / 新式傢具。❷ 沒有
用過的或用過不久的 ◆ 新筆 / 新書包 / 新
衣服。❸ 最近；剛才 ◆ 新聞 / 新買的書 /
新來的同學。❹ 剛開始的 ◆ 新年 / 新學
期。❺ 改掉舊的，變成新的 ◆ 改過自新 /
一新耳目 / 煥然一新。❻ 稱結婚時的人或
物 ◆ 新娘 / 新郎 / 新房。

¹⁴ **斷** (断)　斷 斷 斷 斷 斷 斷　斷

[ duàn ㄉㄨㄢˋ 粵dyn⁶ 段/tyn⁵ 團⁵ ]
❶ 從中間截開，不再相連 ◆ 割斷 / 折斷 /
一刀兩斷 / 斷線風箏。❷ 隔絕；中止 ◆ 斷
絕往來 / 斷了音信 / 孩子斷奶 / 聯繫中斷。
❸ 判定；決定 ◆ 判斷 / 診斷 / 獨斷專行 /
當機立斷 / 優柔寡斷。❹ 絕對；一定 ◆ 斷
無此事 / 斷不可信。

**焦點易錯字**　叱｜斥　叱罵　叱吒風雲　痛斥　充斥

# 方 部

0
## 方
方 方 方 方

[ fāng ㄈㄤ ⑧ fɔŋ¹ 芳 ]

❶ 四個角都是九十度的四邊形，或六個面都是方形的六面體 ◆ 方桌 / 正方形 / 長方形。❷ 地位的一邊或一面 ◆ 東方 / 對方 / 雙方 / 四面八方 / 男兒志在四方。❸ 指某個地區 ◆ 地方 / 方言 / 飛向遠方 / 一方水土養一方人。❹ 辦法 ◆ 方略 / 千方百計 / 教導有方 / 掌握方法。❺ 配藥的單子 ◆ 藥方 / 處方 / 祖傳祕方。❻ 相當於"正在"、"正當" ◆ 方興未艾 / 來日方長。❼ 相當於"才" ◆ 年方十八 / 如夢方醒 / 書到用時方恨少。❽ 數學上指一個數的自乘 ◆ 平方 / 立方。

3
## 坊
見土部，87 頁。

4
## 放
見攴部，190 頁。

4
## 於 (于)
於 於 於 於 於 於

[ yú ㄩˊ ⑧ jy¹ 于¹ ]

❶ 在 ◆ 首都位於北京 / 她出生於 1966 年。❷ 向 ◆ 求教於人。❸ 給 ◆ 嫁禍於人 / 己所不欲，勿施於人。❹ 對；對於 ◆ 忠於職守 / 良藥苦口利於病，忠言逆耳利於行。❺ 從 ◆ 青出於藍 / 千里之行，始於足下 / 取之於民，用之於民。❻ 表示比較 ◆ 大於 / 等於 / 高於 / 苛政猛於虎 / 停車坐愛楓林晚，霜葉紅於二月花。❼ 表示被動 ◆ 受制於人 / 見笑於大方之家。

4
## 房
見戶部，164 頁。

5
## 施
施 施 施 施 施 施

[ shī ㄕ ⑧ si¹ 詩 ]

❶ 實行 ◆ 施行 / 施工 / 實施 / 無計可施 / 倒行逆施。❷ 加上；用上 ◆ 施肥 / 施加壓力。❸ 發佈；發出 ◆ 發號施令 / 施放煙幕。❹ 把財物等好處給人 ◆ 施捨 / 布施 / 樂善好施 / 施不望報 / 己所不欲，勿施於人。

6
## 旅
旅 旅 旅 旅 旅 旅

[ lǚ ㄌㄩˇ ⑧ lœy⁵ 呂 ]

❶ 在外作客；旅行 ◆ 旅居 / 旅客 / 行旅 / 旅途 / 旅遊 / 旅館。❷ 軍隊的編制單位，在師以下、團以上 ◆ 旅長。❸ 指軍隊 ◆ 軍旅生涯 / 一支勁旅。

6
## 旁
旁 旁 旁 旁 旁 旁

[ páng ㄆㄤˊ ⑧ pɔŋ⁴ 龐 ]

❶ 左右兩側；旁邊 ◆ 路旁 / 身旁 / 兩旁 / 旁若無人 / 當局者迷，旁觀者清。❷ 其他的；另外的 ◆ 旁證 / 旁人一概不知。❸ 邪的；偏的 ◆ 旁門左道。❹ 漢字的偏旁 ◆ 木字旁 / 日字旁 / 言字旁。❺ 廣泛 ◆ 旁徵博引。

7
## 旌
旌 旌 旌 旌 旌 旌

[ jīng ㄐㄧㄥ ⑧ dziŋ¹ 晶 ]

古代用羽毛裝飾的旗子；泛指旗子 ◆ 旌節 / 旌旗。

## [7] 族　族族族族族族　族

[ zú ㄗㄨˊ （粵）dzuk[9] 俗 ]

**❶** 同姓的親屬 ◆ 家族 / 宗族 / 同宗同族。
**❷** 民族；種族 ◆ 漢族 / 回族 / 藏族 / 異族。
**❸** 有共同屬性的一大類 ◆ 貴族 / 水族。

## [7] 旋　旋旋旋旋旋旋　旋

⟨一⟩ [ xuán ㄒㄩㄢˊ （粵）syn[4] 船 ]

**❶** 轉動 ◆ 旋繞 / 迴旋 / 盤旋 / 天旋地轉。
**❷** 返回 ◆ 凱旋。　**❸** 圓圈 ◆ 旋渦。

⟨二⟩ [ xuàn ㄒㄩㄢˋ （粵）syn[4] 船 ]

**❹** 打轉的 ◆ 旋風。

## [10] 旗　旗旗旗旗旗旗　旗

[ qí ㄑㄧˊ （粵）kei[4] 期 ]

**❶** 旗幟 ◆ 國旗 / 校旗 / 軍旗 / 升旗。　**❷** 稱滿族人或物 ◆ 旗人 / 旗袍。　**❸** 內蒙古自治區的行政區劃，相當於“縣”。

无 部

## [5] 既　既既既既既既　既

[ jì ㄐㄧˋ （粵）gei[3] 寄 ]

**❶** 已經 ◆ 既成事實 / 既往不咎 / 一言既出，駟馬難追。　**❷** 跟“又”、“且”連用，表示並列 ◆ 既快又好 / 既高且大。　**❸** 既然 ◆ 既來之，則安之 / 既已如此，就不必再說了。

## [20] 蠶　見虫部，401 頁。

日 部

## [0] 日　日日日日　日

[ rì ㄖˋ （粵）jɐt[9] 逸 ]

**❶** 太陽 ◆ 日出 / 日光浴 / 日落西山 / 光陰似箭，日月如梭 / 鋤禾日當午，汗滴禾下土。　**❷** 白天；跟“夜”相對 ◆ 日場 / 白日做夢 / 夜以繼日 / 日夜操勞 / 日日夜夜。　**❸** 一天；一晝夜 ◆ 今日 / 明日 / 一日之計在於晨 / 一日不見，如隔三秋。　**❹** 特定的一天 ◆ 生日 / 忌日 / 假日 / 王師北定中原日，家祭無忘告乃翁。　**❺** 每天；一天一天地 ◆ 日記 / 日新月異 / 日理萬機 / 日積月累 / 趨成熟。　**❻** 泛指一段時間 ◆ 往日 / 來日無多 / 路遙知馬力，日久見人心 / 常將有日思無日，莫待無時思有時。　**❼** 日本的簡稱 ◆ 日語 / 中日邦交。

☙ 見古文字插頁 3。

## [1] 旦　旦旦旦旦　旦

[ dàn ㄉㄢˋ （粵）dan[3] 誕 ]

**❶** 天亮；早晨 ◆ 通宵達旦 / 枕戈待旦 / 天有不測風雲，人有旦夕禍福。　**❷** 某一天 ◆ 元旦 / 一旦。　**❸** 傳統戲曲中扮演婦女的角色 ◆ 花旦 / 刀馬旦 / 生旦淨末丑。

☙ 見古文字插頁 12。

## ² 早

早 早 早 早 早　早

[ zǎo ㄗㄠˇ 粵dzou² 祖]

❶ 清晨；跟 "晚" 相對 ◆ 早晨 / 早餐 / 早操 / 早出晚歸 / 起早貪黑。❷ 時間在前的 ◆ 早期 / 早年 / 早就知道 / 早做準備 / 莫道君行早，更有早行人。❸ 比一定時間靠前 ◆ 早熟 / 早婚 / 來早了 / 提早下班。❹ 早晨的問候話 ◆ 你早！

## ² 旨

旨 旨 旨 旨 旨　旨

[ zhǐ ㄓˇ 粵dzi² 止]

❶ 意思；目的 ◆ 要旨 / 宗旨 / 旨意 / 旨趣。❷ 特指舊時皇帝的命令 ◆ 聖旨 / 下旨 / 接旨。

## ² 旬

旬 旬 旬 旬 旬　旬

[ xún ㄒㄩㄣˊ 粵tsœn⁴ 巡]

❶ 十天為一旬，一個月分上旬、中旬和下旬。❷ 十歲為一旬 ◆ 八旬老翁 / 年過七旬。

## ² 旭

旭 旭 旭 旭 旭　旭

[ xù ㄒㄩˋ 粵juk⁷ 沃]

初升的太陽 ◆ 旭日東升。

## ³ 旱

旱 旱 旱 旱 旱　旱

[ hàn ㄏㄢˋ 粵hon⁵ 寒⁵]

❶ 缺少雨水；跟 "澇" 相對 ◆ 旱災 / 抗旱 / 旱情嚴重 / 久旱逢甘雨。❷ 陸地上的；沒有水的 ◆ 旱船 / 旱橋 / 旱田。

## ⁴ 旺

旺 旺 旺 旺 旺　旺

[ wàng ㄨㄤˋ 粵wɔŋ⁶ 王⁶]

火勢大；興盛 ◆ 火很旺 / 爐火正旺 / 生意興旺 / 銷售旺季 / 精力旺盛。

## ⁴ 昔

昔 昔 昔 昔 昔 昔　昔

[ xī ㄒㄧ 粵sik⁷ 色]

從前；跟 "今" 相對 ◆ 昔日 / 往昔 / 今不如昔 / 今昔對比。

## ⁴ 昆

昆 昆 昆 昆 昆 昆　昆

[ kūn ㄎㄨㄣ 粵gwen¹ 軍/kwen¹ 坤(語)]

❶ 哥哥 ◆ 昆仲 / 昆弟。❷ 昆侖：同 "崑崙"，見 125 頁。

## ⁴ 昌

昌 昌 昌 昌 昌 昌　昌

[ chāng ㄔㄤ 粵tsœŋ¹ 槍]

興旺；發達 ◆ 繁榮昌盛 / 科學昌明。

## ⁴ 明

明 明 明 明 明 明　明

[ míng ㄇㄧㄥˊ 粵miŋ⁴ 名]

❶ 光亮；跟 "暗" 相對 ◆ 明亮 / 天色未明 / 燈火通明 / 舉頭望明月，低頭思故鄉。❷ 公開的；不隱蔽 ◆ 明顯 / 明說 / 明碼標價 / 明爭暗鬥 / 明槍易躲，暗箭難防。❸ 懂得；清楚 ◆ 明白 / 說明 / 明確 / 黑白分明 / 深明大義 / 明知山有虎，偏向虎山行。❹ 聰慧；悟性高 ◆ 精明 / 聰明反被聰明誤。❺ 視力好；視覺 ◆ 眼明手快 / 耳聰目明 / 雙目失明。❻ 第二年或第二天 ◆ 明年 / 明天。❼ 朝代名 ◆ 元、明、清。

✍ 見古文字插頁 14。

## ⁴ 昏

昏 昏 昏 昏 昏 昏　昏

[ hūn ㄏㄨㄣ 粵fen¹ 芬]

❶ 天將黑的時候 ◆ 黃昏。❷ 光線暗 ◆ 昏暗 / 天昏地暗。❸ 神志不清；頭腦糊塗 ◆ 昏庸 / 昏君 / 昏頭昏腦 / 利令智昏。❹ 失去知覺 ◆ 昏迷不醒 / 昏倒在地。

## ⁴易

易 易 易 易 易 易 **易**

⟨一⟩ [ yì ㄧˋ ⑧ ji⁶ 義 ]

❶ 不難；容易；跟"難"相對 ◆ 易懂 / 易如反掌 / 輕而易舉 / 得來不易。❷ 和氣 ◆ 平易近人。

⟨二⟩ [ yì ㄧˋ ⑧ jik⁹ 亦 ]

❸ 改變；更改 ◆ 易名 / 易容術 / 移風易俗 / 改弦易轍。❹ 交換 ◆ 交易 / 貿易 / 以貨易貨。

## ⁴昂

昂 昂 昂 昂 昂 昂 **昂**

[ áng ㄤˊ ⑧ ŋɔŋ⁴ ]

❶ 仰着；抬起 ◆ 昂首闊步 / 昂首挺胸。❷ 價格高 ◆ 價錢昂貴。❸ 情緒高漲 ◆ 鬥志昂揚 / 慷慨激昂。

## ⁴昇

"升"的異體字，見 52 頁。

## ⁵春

春 春 春 春 春 春 **春**

[ chūn ㄔㄨㄣ ⑧ tsœn¹ 蠢¹ ]

❶ 一年四季的第一季 ◆ 春天 / 春暖花開 / 春光明媚 / 雨後春筍 / 一年之計在於春。❷ 比喻生機；生氣勃勃 ◆ 妙手回春 / 沉舟側畔千帆過，病樹前頭萬木春。❸ 指男女情慾 ◆ 春心 / 懷春。

## ⁵昧

昧 昧 昧 昧 昧 昧 **昧**

[ mèi ㄇㄟˋ ⑧ mui⁶ 妹 ]

❶ 糊塗；不明事理 ◆ 愚昧 / 蒙昧 / 昏昧。❷ 隱藏 ◆ 拾金不昧。❸ 曖昧。見"曖"字，203 頁。

## ⁵是

是 是 是 是 是 是 **是**

[ shì ㄕˋ ⑧ si⁶ 事 ]

❶ 表示肯定判斷 ◆ 我是中國人 / 我們都是好朋友 / 失敗是成功之母。❷ 表示存在 ◆ 桌上都是書 / 馬路對面是一個大商場。❸ 表示適合 ◆ 來得是時候 / 東西放得不是地方。❹ 表示所有 ◆ 凡是 / 是武俠小說他都看。❺ 對；正確；跟"非"相對 ◆ 自以為是 / 一無是處 / 是非分明 / 實事求是。❻ 表示答應、同意 ◆ 是，我馬上就去 / 是，三天內一定完成。❼ 相當於"這"、"此" ◆ 是可忍，孰不可忍。

## ⁵映

映 映 映 映 映 映 **映**

[ yìng ㄧㄥˋ ⑧ jiŋ² 影 /jœŋ² 央² ]

因光線照射而顯出物體的影像 ◆ 反映 / 放映 / 映照 / 相映成趣 / 交相輝映。

## ⁵星

星 星 星 星 星 星 **星**

[ xīng ㄒㄧㄥ ⑧ siŋ¹ 升 ]

❶ 宇宙間發光或反射的天體，有恆星、行星、衛星、流星等 ◆ 望星空 / 日月星辰 / 星光燦爛 / 披星戴月 / 星羅棋佈。❷ 形容細小 ◆ 零星 / 一星半點 / 星星之火，可以燎原。❸ 比喻知名的藝術表演家或技能突出的人 ◆ 歌星 / 影星 / 球星 / 影視明星。

## ⁵昨

昨 昨 昨 昨 昨 昨 **昨**

[ zuó ㄗㄨㄛˊ ⑧ dzɔk⁹ 鑿 ]

❶ 今天的前一天 ◆ 昨天 / 昨晚 / 昨日入城

文 斗 斤 方 无 日

**焦點易錯字**　影｜映　樹影 影響　映襯 反映

市，歸來淚滿巾。❷ 過去 ◆ 今是昨非。

## 5 音

見音部，485 頁。

## 5 昭

昭 昭 昭 昭 昭 昭 昭

[zhāo ㄓㄠ 粵 dziu¹ 招/tsiu¹ 超 (語)]

明顯；顯著 ◆ 昭然若揭 / 臭名昭著 / 罪惡昭彰。

## 5 昵

"暱"的異體字，見 202 頁。

## 6 時 (时)

時 時 時 時 時 時 時

[shí ㄕˊ 粵 si⁴ 匙]

❶ 比較長的一段時間 ◆ 時代 / 時期 / 古時 / 平時 / 盛極一時。❷ 規定的時間 ◆ 屆時 / 按時出發 / 準時參加。❸ 季節 ◆ 時令 / 應時食品 / 清明時節雨紛紛，路上行人欲斷魂。❹ 計算時間的單位 ◆ 時辰 / 一小時 / 半夜子時 / 上午九時。❺ 現代的；當前的 ◆ 時事 / 時裝 / 時髦 / 時興 / 時新 / 不合時宜。❻ 機會；時機 ◆ 及時 / 時來運轉 / 待時而動 / 機不可失，時不再來。❼ 常常 ◆ 時常 / 時時 / 時有出現。❽ 有時候 ◆ 時而 / 時隱時現。

## 6 晉 (晋)

晉 晉 晉 晉 晉 晉 晉

[jìn ㄐㄧㄣˋ 粵 dzœn³ 進]

❶ 進；升 ◆ 晉見 / 晉升 / 晉級 / 加官晉爵。❷ 山西省的別稱。

## 6 晃

晃 晃 晃 晃 晃 晃 晃

⟨一⟩ [huǎng ㄏㄨㄤˇ 粵 fɔŋ² 訪]

❶ 明亮；閃耀 ◆ 晃眼 / 明晃晃。❷ 很快地

閃過 ◆ 一晃而過 / 虛晃一刀。

⟨二⟩ [huàng ㄏㄨㄤˋ 粵 fɔŋ² 訪]

❸ 搖動；擺動 ◆ 搖晃 / 晃動 / 搖頭晃腦 / 風颳得樹枝直晃。

## 6 晌

晌 晌 晌 晌 晌 晌 晌

[shǎng ㄕㄤˇ 粵 hœŋ² 享]

❶ 正午 ◆ 晌午。❷ 一天裏的一段時間；一會兒 ◆ 前半晌 / 工作了一晌。

## 6 晏

晏 晏 晏 晏 晏 晏 晏

[yàn ㄧㄢˋ 粵 an³/ŋan³]

晚；遲 ◆ 早起晏睡。

## 7 晨

晨 晨 晨 晨 晨 晨 晨

[chén ㄔㄣˊ 粵 sɐn⁴ 神]

清早；太陽剛出來的時候 ◆ 早晨 / 晨曦 / 清晨 / 一日之計在於晨 / 盛年不重來，一日難再晨。

## 7 奢

見大部，100 頁。

## 7 晤

晤 晤 晤 晤 晤 晤 晤

[wù ㄨˋ 粵 ŋ⁶ 悟]

見面 ◆ 會晤 / 晤談 / 晤面。

## 7 晦

晦 晦 晦 晦 晦 晦 晦

[huì ㄏㄨㄟˋ 粵 fui³ 悔]

❶ 昏暗；不明顯 ◆ 晦暗 / 晦澀難懂 / 隱晦曲折。❷ 倒霉 ◆ 晦氣。

## 7 晚

晚 晚 晚 晚 晚 晚 晚

[wǎn ㄨㄢˇ 粵 man⁵ 萬⁵]

左側豎排：文 斤 斥 方 无 日

❶ 日落以後的時間；夜間 ◆ 晚上 / 夜晚 / 晚會 / 一天到晚 / 一片晚霞。❷ 時間靠後的；末期 ◆ 晚年 / 晚期 / 歲晚 / 保持晚節。❸ 遲 ◆ 來晚了 / 大器晚成 / 悔之晚矣 / 亡羊補牢，猶未為晚。❹ 後來的；後輩 ◆ 晚輩 / 晚生 / 晚娘。

**晝**（昼）

晝晝晝晝晝晝　晝

[ zhòu ㄓㄡˋ ⑧ dzɐu³ 咒 ]

白天；跟 "夜" 相對 ◆ 白晝 / 晝夜不停。

**晴**

晴晴晴晴晴晴　晴

[ qíng ㄑㄧㄥˊ ⑧ tsiŋ⁴ 情 ]

天空明朗無雲或雲很少 ◆ 晴天 / 晴朗 / 晴空萬里 / 雨過天晴 / 晴天霹靂。

**暑**

暑暑暑暑暑暑　暑

[ shǔ ㄕㄨˇ ⑧ sy² 鼠 ]

天氣炎熱；盛夏；跟 "寒" 相對 ◆ 中暑 / 暑假 / 小暑 / 大暑 / 寒來暑往 / 暑熱難耐。

**晰**

晰晰晰晰晰晰　晰

[ xī ㄒㄧ ⑧ sik⁷ 析 ]

清楚；明白 ◆ 清晰 / 明晰。

**晶**

晶晶晶晶晶晶　晶

[ jīng ㄐㄧㄥ ⑧ dziŋ¹ 貞 ]

❶ 光亮、透明 ◆ 亮晶晶 / 晶瑩剔透。❷ 水晶：一種堅硬、透明的礦物。❸ 晶體狀的物質 ◆ 結晶。

**智**

智智智智智智　智

[ zhì ㄓˋ ⑧ dzi³ 志 ]

❶ 聰明；有見識；跟 "愚" 相對 ◆ 智力 / 機智勇敢 / 明智之舉 / 智者千慮，必有一失 / 只能智取，不能強攻。❷ 才略；見識 ◆ 智慧 / 智謀 / 智勇雙全 / 足智多謀。

**晾**

晾晾晾晾晾晾　晾

[ liàng ㄌㄧㄤˋ ⑧ lɔŋ⁶ 浪 ]

把衣物等放在太陽底下或通風處曬乾或吹乾 ◆ 晾衣服 / 衣服晾乾了 / 把被單晾到陽台上去。

**景**

景景景景景景　景

[ jǐng ㄐㄧㄥˇ ⑧ giŋ² 警 ]

❶ 風光；自然風貌或人文名勝 ◆ 景物 / 景色 / 雪景 / 風景宜人 / 香港一景。❷ 指舞台上或影視中的佈景 ◆ 場景 / 外景 / 近景 / 遠景。❸ 情況；情形 ◆ 背景 / 景況 / 情景 / 光景。❹ 尊敬；敬佩 ◆ 景仰 / 景慕。

**普**

普普普普普普　普

[ pǔ ㄆㄨˇ ⑧ pou² 譜 ]

全面；廣泛 ◆ 普遍 / 普及 / 普通 / 普天同慶 / 陽光普照。

**間**

見門部，471 頁。

**暖**

暖暖暖暖暖暖　暖

[ nuǎn ㄋㄨㄢˇ ⑧ nyn⁵ 嫩⁵ ]

❶ 天氣溫和；不冷不熱 ◆ 暖和 / 溫暖 / 春暖花開 / 風和日暖 / 冬暖夏涼。❷ 使溫暖 ◆ 暖手 / 暖酒 / 暖暖身子。

**暗**

暗暗暗暗暗暗　暗

[ àn ㄢˋ ⑧ ɐm³/ŋɐm³ 庵³ ]

❶ 沒有亮光；昏黑；跟"明"相對 ◆ 暗室 / 黑暗 / 暗中摸索 / 天昏地暗 / 燈光忽明忽暗。❷ 隱蔽的；不露出來的 ◆ 暗示 / 暗礁 / 暗箭傷人 / 暗暗地傷心。❸ 不明白；糊塗 ◆ 兼聽則明，偏信則暗。

## ⁹ 暉 (晖)

暉 暉 暉 暉 暉 暉

[ huī ㄏㄨㄟ ◉ fei¹ 揮 ]

陽光 ◆ 朝暉 / 斜暉 / 誰言寸草心，報得三春暉。

## ⁹ 暈 (晕)

暈 暈 暈 暈 暈 暈

〈一〉[ yùn ㄩㄣˋ ◉ wen⁶ 運 ]
❶ 太陽、月亮周圍的光圈 ◆ 日暈 / 月暈 / 月暈而風，礎潤而雨。❷ 頭昏 ◆ 暈車 / 眼暈 / 他一坐船就暈。

〈二〉[ yūn ㄩㄣ ◉ wen⁴ 雲 ]
❸ 頭昏；感覺旋轉 ◆ 暈頭暈腦 / 暈頭轉向。❹ 昏迷；昏倒 ◆ 暈倒 / 暈厥 / 他又暈過去了。

## ⁹ 暇

暇 暇 暇 暇 暇 暇

[ xiá ㄒㄧㄚˊ ◉ ha⁶ 夏 ]

空閒；空餘時間 ◆ 暇日 / 閒暇 / 目不暇接 / 應接不暇 / 無暇兼顧。

## ¹⁰ 暢 (畅)

暢 暢 暢 暢 暢 暢

[ chàng ㄔㄤˋ ◉ tsœŋ³ 唱 ]

❶ 沒有阻礙 ◆ 暢銷 / 暢通無阻 / 說話流暢。❷ 盡情；痛快 ◆ 暢談 / 暢遊 / 歡暢 / 心情舒暢 / 暢所欲言。

## ¹⁰ 嘗

見口部，79頁。

## ¹⁰ 暨

暨 暨 暨 暨 暨 暨

[ jì ㄐㄧˋ ◉ kei³ 冀 ]

❶ 連詞。相當於"及"、"和"，帶有莊重色彩 ◆ 百年慶典暨學術討論會。❷ 到；至 ◆ 暨今。

## ¹¹ 暱 (昵)

暱 暱 暱 暱 暱 暱

[ nì ㄋㄧˋ ◉ nik⁹ 溺 / nik⁷ 匿 (語) ]

親近；親熱 ◆ 親暱。

## ¹¹ 暫 (暂)

暫 暫 暫 暫 暫 暫

[ zàn ㄗㄢˋ ◉ dzam⁶ 站 ]

短時間的 ◆ 暫時 / 暫停 / 短暫 / 暫緩執行。

## ¹¹ 暴

暴 暴 暴 暴 暴 暴

〈一〉[ bào ㄅㄠˋ ◉ bou⁶ 步 ]
❶ 兇狠；殘酷 ◆ 暴行 / 暴虐 / 暴徒 / 施暴 / 殘暴。❷ 突然而又猛烈 ◆ 暴病 / 暴怒 / 暴發戶 / 狂風暴雨 / 山洪暴發 / 暴風驟雨。❸ 急躁 ◆ 粗暴 / 脾氣暴躁 / 暴跳如雷。❹ 露出；凸現 ◆ 暴露行蹤 / 青筋暴現。❺ 不愛惜；損害；糟蹋 ◆ 暴殄天物 / 自暴自棄。

〈二〉[ pù ㄆㄨˋ ◉ buk⁹ 僕 ]
❻ 同"曝"字，見 203 頁。

## ¹¹ 暮

暮 暮 暮 暮 暮 暮

[ mù ㄇㄨˋ ◉ mou⁶ 務 ]

❶ 日落的時候；傍晚 ◆ 暮色 / 日暮途窮 / 朝三暮四 / 暮鼓晨鐘 / 朝思暮想。❷ 晚；時間快終了的時候 ◆ 暮春 / 暮年 / 天寒歲暮。

焦點易錯字　匿 | 暱　藏匿　銷聲匿跡　親暱　暱稱　　　暇 | 瑕　閒暇　目不暇給　疵暇　完美無暇

<sup>11</sup>**魯**

見魚部，502頁。

<sup>12</sup>**曉**(晓)　曉 曉 曉 曉 曉 曉　曉

[ xiǎo ㄒㅣㄠˇ 粵hiu² 囂²]

❶ 天剛亮 ◆ 破曉 / 拂曉 / 公雞報曉 / 曉行夜宿 / 春眠不覺曉，處處聞啼鳥。❷ 知道 ◆ 知曉 / 曉得 / 家喻戶曉。❸ 告知；使人知道 ◆ 揭曉 / 曉以大義 / 曉示眾人。

<sup>12</sup>**曆**(历)　曆 曆 曆 曆 曆 曆　曆

[ lì ㄌㅣˋ 粵lik⁹ 力]

❶ 推算年、月、日和節氣的方法 ◆ 曆法 / 陰曆 / 陽曆。❷ 記錄年、月、日和節氣的書或印刷品 ◆ 日曆 / 年曆 / 枱曆 / 掛曆。

<sup>12</sup>**曇**(昙)　曇 曇 曇 曇 曇 曇　曇

[ tán ㄊㄢˊ 粵tam⁴ 談]

曇花：常綠灌木，花淡黃色，常在夜間開放，開花的時間很短 ◆ 曇花一現。

<sup>13</sup>**曙**　曙 曙 曙 曙 曙 曙　曙

[ shǔ ㄕㄨˇ 粵sy⁶ 樹]

天剛亮 ◆ 曙光初照。

<sup>13</sup>**曖**(暧)　曖 曖 曖 曖 曖 曖　曖

[ ài ㄞˋ 粵ɔi³/ŋɔi³ 愛]

曖昧：（1）態度、用意等含糊、不明朗 ◆ 態度曖昧 / 他的話很曖昧，讓人難以捉摸。（2）行為不光明；不可告人 ◆ 關係曖昧。

<sup>15</sup>**曝**　曝 曝 曝 曝 曝 曝　曝

〈一〉[ pù ㄆㄨˋ 粵buk⁹ 僕]

❶ 曝 ◆ 一曝十寒。

〈二〉[ bào ㄅㄠˋ 粵bou⁶ 步]

❷ 同"暴"字。曝光：（1）使照相膠片或印相紙感光。（2）把隱祕的或不光彩的事揭露出來 ◆ 緋聞被媒體曝光後，他的聲譽一落千丈。

<sup>15</sup>**曠**(旷)　曠 曠 曠 曠 曠 曠　曠

[ kuàng ㄎㄨㄤˋ 粵kwɔŋ³ 礦]

❶ 地方寬闊 ◆ 曠達 / 曠野 / 空曠 / 地曠人稀。❷ 心胸開闊 ◆ 曠達 / 心曠神怡。❸ 無故缺勤；荒廢 ◆ 曠課 / 曠工 / 曠日持久。

<sup>16</sup>**曦**　曦 曦 曦 曦 曦 曦　曦

[ xī ㄒㅣ 粵hei¹ 希]

早晨的陽光 ◆ 晨曦。

<sup>19</sup>**曬**(晒)　曬 曬 曬 曬 曬 曬　曬

[ shài ㄕㄞˋ 粵sai³ 徙³]

受陽光照射 ◆ 曬太陽 / 曬衣服 / 日曬雨淋 / 三天打魚，兩天曬網。

# 日 部

<sup>0</sup>**日**　日 日 日　日

[ yuē ㄩㄝ 粵jyt⁹ 月/jœk⁹ 若 (語)]

❶ 説 ◆ 孔子曰。❷ 叫做 ◆ 名曰科技大學。

¹
**由** 見田部，290 頁。

¹
**甲** 見田部，290 頁。

¹
**申** 見田部，290 頁。

²
**曲** 曲曲曲曲曲 曲

〈一〉[ qū ㄑㄩ ⑧ kuk⁷ ]
❶ 彎；跟"直"相對 ◆ 曲線 / 彎曲 / 這小說的情節曲折離奇，引人入勝。❷ 使彎曲 ◆ 彎腰曲背 / 曲突徙薪。❸ 不正確；不公正；不合理 ◆ 曲解 / 歪曲事實 / 是非曲直。❹ 姓。❺ "麯"的簡化字，見 511 頁。

〈二〉[ qǔ ㄑㄩˇ ⑧ kuk⁷ ]
❻ 歌；歌譜 ◆ 作曲 / 流行曲 / 高歌一曲 / 曲調優美 / 曲高和寡。❼ 一種古代文學形式 ◆ 元曲 / 戲曲。

²
**曳** 曳曳曳曳曳 曳

[ yè ㄧㄝˋ ⑧ jɐi⁶ 拽 ]
拖；拉 ◆ 曳光彈 / 棄甲曳兵。

³
**更** 更更更更更更 更

〈一〉[ gēng ㄍㄥ ⑧ gɐŋ¹ 庚 ]
❶ 改變；改換 ◆ 更改 / 更換 / 更正 / 變更 / 更衣室 / 除舊更新。❷ 舊時夜間計時的方法，一夜分五更，每更約兩小時 ◆ 打更 / 五更天 / 三更半夜。

〈二〉[ gèng ㄍㄥˋ ⑧ gɐŋ³ 庚³ ]
❸ 愈加；更加；表示程度加深或數量進一步增加、減少 ◆ 更好看 / 規模更大 / 更吸引人 / 人數更多 / 抽刀斷水水更流，舉杯消愁愁更愁。❹ 再；又 ◆ 強中更有強中手 /

百尺竿頭，更進一步 / 欲窮千里目，更上一層樓。

⁵
**冒** 見冂部，35 頁。

⁶
**書** (书) 書書書書書書 書

[ shū ㄕㄨ ⑧ sy¹ 舒 ]
❶ 書本；書籍 ◆ 圖書 / 書店 / 教科書 / 讀萬卷書，走萬里路 / 讀書破萬卷，下筆如有神 / 除舊更新。❷ 文件 ◆ 聘書 / 説明書 / 判決書 / 畢業證書。❸ 信件 ◆ 書信 / 書札 / 烽火連三月，家書抵萬金。❹ 寫字；用文字記錄 ◆ 書寫 / 書法 / 振筆疾書 / 罄竹難書。❺ 字體 ◆ 楷書 / 行書 / 草書。

⁷
**曹** 曹曹曹曹曹曹 曹

[ cáo ㄘㄠˊ ⑧ tsou⁴ 嘈 ]
等；輩 ◆ 吾曹 / 爾曹身與名俱裂，不廢江河萬古流。

⁷
**曼** 見又部，58 頁。

⁷
**冕** 見 f 部，35 頁。

⁸
**替** 替替替替替替 替

[ tì ㄊㄧˋ ⑧ tɐi³ 剃 ]
❶ 代；代換；代理 ◆ 替代 / 替換 / 替身 / 接替 / 替天行道。❷ 為 ◆ 替你高興。❸ 衰敗 ◆ 衰替 / 興替。

⁸
**最** 見冂部，36 頁。

⁸
**量** 見里部，459 頁。

## ⁸曾

曾 曾 曾 曾 曾 曾　曾

〈一〉[ zēng ㄗㄥ ⓪ dzɐŋ¹ 增]

❶ 中間隔兩代的親屬 ◆ 曾孫 / 曾祖父。❷ 姓。

〈二〉[ céng ㄘㄥˊ ⓪ tsɐŋ⁴ 層]

❸ 從前經歷過 ◆ 曾經 / 似曾相識 / 未曾去過。

## ⁹會 (会)

會 會 會 會 會 會　會

〈一〉[ huì ㄏㄨㄟˋ ⓪ wui⁶ 匯]

❶ 集合在一起 ◆ 會合 / 會師 / 會診 / 聚會。❷ 見面 ◆ 會面 / 會晤 / 會客 / 有緣千里能相會。❸ 集會；會議 ◆ 報告會 / 討論會 / 座談會。❹ 某種社會團體或組織 ◆ 工會 / 學生會 / 同鄉會。❺ 理解；懂得 ◆ 領會 / 體會 / 誤會 / 心領神會 / 只能意會，不能言傳。❻ 時機 ◆ 機會 / 適逢其會。❼ 付錢 ◆ 會鈔。❽ 大城市 ◆ 都會 / 省會。

〈二〉[ huì ㄏㄨㄟˋ ⓪ wui⁵ 匯⁵]

❾ 能夠；擅長 ◆ 會游泳 / 不會忘記 / 能說會道 / 熟讀唐詩三百首，不會吟詩也會吟。

〈三〉[ kuài ㄎㄨㄞˋ ⓪ kui² 繪/wui⁶ 匯]

❿ 會計：管理財務工作或從事財務管理工作的人員。

# 月 部

## ⁰月

月 月 月　月

[ yuè ㄩㄝˋ ⓪ jyt⁹ 粵]

❶ 月亮 ◆ 月光 / 花好月圓 / 月是故鄉明。❷ 計時單位，一年分十二個月 ◆ 月份。❸ 每月的；按月的 ◆ 月息 / 月刊。❹ 形容形狀、顏色等像月亮的 ◆ 月琴 / 月餅。☞ 見古文字插頁 3。

## ²有

有 有 有 有 有　有

[ yǒu ㄧㄡˇ ⓪ jɐu⁵ 友]

❶ 表示具有、擁有、存在、發生、出現等；跟 “無” 相對 ◆ 有學問 / 有許多書 / 大有希望 / 情況有變化 / 他有病了 / 有志者事竟成。❷ 表示估計或比較 ◆ 水有一米多深 / 弟弟有哥哥那麼高了。❸ 表示部分；跟 “某”、“某些” 相近 ◆ 有一天 / 有人遲到了 / 有些事我不明白。❹ 放在某些動詞前，表示客氣 ◆ 有請 / 有勞。

## ⁴明

見日部，198 頁。

## ⁴朋

朋 朋 朋 朋 朋 朋　朋

[ péng ㄆㄥˊ ⓪ pɐŋ⁴ 憑]

❶ 朋友 ◆ 親朋好友 / 高朋滿座 / 有朋自遠方來，不亦樂乎。❷ 結黨 ◆ 朋比為奸。

## ⁴服

服 服 服 服 服 服　服

〈一〉[ fú ㄈㄨˊ ⓪ fuk⁹ 伏]

❶ 衣裳 ◆ 衣服 / 禮服 / 服裝 / 服飾。❷ 相信；順從 ◆ 服從 / 服氣 / 信服 / 佩服 / 心悅誠服。❸ 使信服；使順從 ◆ 說服 / 征服 / 以理服人。❹ 擔任；承擔 ◆ 服務 / 服刑 / 服兵役。❺ 適應；習慣 ◆ 水土不服。❻ 吃 ◆ 按時服藥 / 服毒自殺。

〈二〉[ fù ㄈㄨˋ ⓪ fuk⁹ 伏]

❼ 量詞，中藥一劑叫 “一服” ◆ 一服藥。

## ⁶朕

朕 朕 朕 朕 朕 朕 朕

[zhèn ㄓㄣˋ 粵 dzɐm⁶ 浸⁶]

❶ 相當於"我"、"我的"；從秦始皇起用作皇帝的自稱。 ❷ 預兆 ◆ 朕兆。

## ⁶朔

朔 朔 朔 朔 朔 朔 朔

[shuò ㄕㄨㄛˋ 粵 sɔk⁸ 索]

❶ 陰曆每月的初一。 ❷ 北方 ◆ 朔方 / 朔風凜冽。

## ⁶朗

朗 朗 朗 朗 朗 朗 朗

[lǎng ㄌㄤˇ 粵 lɔŋ⁵ 狼⁵]

❶ 明亮，光線充足 ◆ 明朗 / 天氣晴朗 / 豁然開朗。 ❷ 聲音響亮 ◆ 朗讀 / 朗誦。

## ⁷望

望 望 望 望 望 望 望

[wàng ㄨㄤˋ 粵 mɔŋ⁶ 亡⁶]

❶ 向遠處、高處看 ◆ 瞭望 / 遙望 / 一望無際 / 登高望遠。 ❷ 拜訪 ◆ 看望 / 探望 / 拜望。 ❸ 希望；期待 ◆ 盼望 / 渴望 / 喜出望外 / 望子成龍 / 大失所望。 ❹ 名譽；名聲 ◆ 名望 / 聲望 / 威望 / 德高望重。 ❺ 向着；朝着 ◆ 望前走 / 望山上看。 ❻ 陰曆每月十五日 ◆ 朔望（初一和十五）。
見古文字插頁 16。

## ⁸期

期 期 期 期 期 期 期

[qī ㄑㄧ 粵 kei⁴ 其]

❶ 規定的時間 ◆ 按期 / 限期 / 延期 / 到期 / 如期完成 / 過期作廢。 ❷ 約定時間 ◆ 不期而遇。 ❸ 希望；盼望 ◆ 期待 / 期盼 / 期望 / 達到了預期的目的。 ❹ 量詞，用於分期的事物 ◆ 本刊已出版了三百期 / 第二期游泳

訓練班。

## ⁸朝

朝 朝 朝 朝 朝 朝 朝

〈一〉[zhāo ㄓㄠ 粵 dziu¹ 招]

❶ 早晨；跟"夕"、"暮"相對 ◆ 朝陽 / 朝霞萬丈 / 朝思暮想 / 朝令夕改 / 朝夕相處。 ❷ 日；天 ◆ 今朝 / 有朝一日。

〈二〉[cháo ㄔㄠˊ 粵 tsiu⁴ 潮]

❸ 向着；對着 ◆ 朝前走 / 朝遠處看 / 坐北朝南。 ❹ 朝南；朝代 ◆ 上朝 / 唐朝 / 改朝換代 / 一朝天子一朝臣。 ❺ 臣子進見皇帝或教徒參拜神佛 ◆ 朝見 / 朝拜 / 朝聖 / 朝覲。

## ⁸勝

見力部，47 頁。

## ⁸閒

見門部，471 頁。

## ¹³謄

見言部，419 頁。

## ¹⁴朦

朦 朦 朦 朦 朦 朦 朦

[méng ㄇㄥˊ 粵 muŋ⁴ 蒙]

朦朧：形容月光不明；泛指模糊不清 ◆ 月色朦朧 / 暮色朦朧。

## ¹⁶朧 （胧）

朧 朧 朧 朧 朧 朧 朧

[lóng ㄌㄨㄥˊ 粵 luŋ⁴ 龍]

朦朧。見"朦"字，本頁。

¹⁶**騰**　見馬部，496 頁。

木 部

⁰**木**　木木木 末

[ mù ㄇㄨˋ ⑲ muk⁹ 目 ]

❶ 樹 ◆ 樹木 / 灌木 / 十年樹木，百年樹人 / 人非草木，豈能無情 / 近水樓台先得月，向陽花木易為春。❷ 木頭；木製品 ◆ 紅木 / 檀香木 / 木器 / 木箱 / 木屋。❸ 手腳等發麻、失去知覺 ◆ 麻木 / 兩腿發木。❹ 呆笨；不靈活 ◆ 木頭木腦。❺ 棺材 ◆ 棺木 / 行將就木。

🖐 見古文字插頁 3。

¹**本**　本本本本 本

[ běn ㄅㄣˇ ⑲ bun² 般² ]

❶ 草木的根或莖幹 ◆ 草本 / 木本 / 無本之木。❷ 事物的根源或根基 ◆ 本源 / 忘本 / 正本清源 / 做人的根本。❸ 主要的；中心的 ◆ 本部 / 本科 / 本末倒置。❹ 原來的；原有的 ◆ 本意 / 本來面目 / 變本加厲 / 江山易改，本性難移 / 天下本無事，庸人自擾之。❺ 自己方面的 ◆ 本國 / 本地 / 本人 / 本職。❻ 現今的；目前的 ◆ 本月 / 本年度 / 本週內。❼ 投入的資金 ◆ 本錢 / 成本 / 虧本 / 本利合計 / 一本萬利。❽ 根據；按照 ◆ ❾ 書冊；簿冊 ◆ 書本 / 賬本 / 筆記本。❿ 量詞，用於書冊 ◆ 一本書 / 一本練習簿。

🖐 見古文字插頁 12。

¹**未**　未未未未 未

[ wèi ㄨㄟˋ ⑲ mei⁶ 味 ]

❶ 沒有；不曾 ◆ 未能完成 / 聞所未聞 / 前所未有 / 未卜先知 / 未老先衰 / 未雨綢繆。❷ 不 ◆ 未知數 / 未知可否。❸ 地支的第八位。古人用以紀年、月、日、時 ◆ 子丑寅卯辰巳午未。❹ 未時：即下午一時至三時。☸ 圖見 109 頁。

¹**末**　末末末末 末

[ mò ㄇㄛˋ ⑲ mut⁹ 沒 ]

❶ 樹梢；東西的尖端、盡頭 ◆ 末梢 / 秋毫之末。❷ 比喻不是根本的；不重要的 ◆ 捨本逐末 / 本末倒置 / 細枝末節。❸ 事情的最後；終了 ◆ 週末 / 末尾 / 末日 / 末代皇帝 / 窮途末路。❹ 碎屑 ◆ 粉末 / 茶葉末。

🖐 見古文字插頁 12。

¹**札**　札札札札 札

[ zhá ㄓㄚˊ ⑲ dzat⁸ 扎 ]

書信 ◆ 信札 / 手札。

²**朽**　朽朽朽朽朽 朽

[ xiǔ ㄒㄧㄡˇ ⑲ nɐu² 紐 ]

❶ 腐爛 ◆ 朽木 / 腐朽 / 摧枯拉朽。❷ 衰老 ◆ 老朽。❸ 磨滅 ◆ 永垂不朽。

²**朴**　朴朴朴朴朴 朴

〈一〉[ pò ㄆㄛˋ ⑲ pɔk⁸ 撲 ]

❶ 朴樹，落葉喬木，葉子卵形或長橢圓形，花淡黃色，果實黑色。木材可製器具。

〈二〉[ pō ㄆㄛ ⑧ pɔk⁸ 撲 ]
❷ 朴刀：古代一種窄長有短把的刀。

〈三〉[ piáo ㄆㄧㄠˊ ⑧ fɐu⁴ 浮 ]
❸ 姓。

〈四〉[ pǔ ㄆㄨˇ ⑧ pɔk⁸ 樸 ]
❹ "樸" 的簡化字，見 226 頁。

²**朱**　朱朱朱朱朱　朱

[ zhū ㄓㄨ ⑧ dzy¹ 豬 ]
大紅色 ◆ 朱紅 / 近朱者赤，近墨者黑 / 朱門酒肉臭，路有凍死骨。

²**朵**　朵朵朵朵朵　朵

[ duǒ ㄉㄨㄛˇ ⑧ dɔ² 躲 ]
❶ 植物的花或苞 ◆ 花朵。❷ 量詞，用於花或像花的東西 ◆ 一朵大紅花 / 紅霞萬朵 / 白雲朵朵。

²**朶**　"朵" 的異體字，見本頁。

³**杆**　杆杆杆杆杆杆　杆

〈一〉[ gān ㄍㄢ ⑧ gɔn¹ 肝 ]
❶ 長的木棍或像長木棍的東西 ◆ 旗杆 / 桅杆 / 電線杆。

〈二〉[ gǎn ㄍㄢˇ ⑧ gɔn¹ 肝 ]
❷ 同 "桿" 字，見 216 頁。

³**杜**　杜杜杜杜杜杜　杜

[ dù ㄉㄨˋ ⑧ dou⁶ 渡 ]
堵塞；防止 ◆ 杜絕 / 杜門謝客 / 以杜流弊。

³**杖**　杖杖杖杖杖杖　杖

[ zhàng ㄓㄤˋ ⑧ dzœŋ⁶ 丈 ]
扶着走路的棍子；泛指棍棒 ◆ 枴杖 / 手杖 / 擀麵杖 / 明火執杖。

³**材**　材材材材材材　材

[ cái ㄘㄞˊ ⑧ tsɔi⁴ 才 ]
❶ 原料；物資 ◆ 材料 / 木材 / 藥材 / 教材 / 就地取材。❷ 能力；有能力的人 ◆ 人材 / 材幹 / 因材施教 / 棟梁之材。❸ 指人的身體外形 ◆ 身材魁梧。

³**村**　村村村村村村　村

[ cūn ㄘㄨㄣ ⑧ tsyn¹ 穿 ]
❶ 鄉間多戶人家聚居的地方；城市中某些居民集中的地區 ◆ 村莊 / 鄉村 / 農村 / 借問酒家何處有，牧童遙指杏花村。❷ 粗俗 ◆ 村野。

³**杏**　杏杏杏杏杏杏　杏

[ xìng ㄒㄧㄥˋ ⑧ hɐŋ⁶ 幸 ]
果樹，果子也叫杏，可以吃 ◆ 杏仁 / 杏黃色。

杏

³**呆**　見口部，62 頁。

# 古文字（一）部首

| 古文字 | 説　明 | 古文字 | 説　明 |
|---|---|---|---|
| 人 | 古字像側立的人形。"人"部字多跟人和人的品行有關。　　　（見12頁） | 土 | 古字像土堆形。"土"部字多跟土地有關。（見85頁） |
| 刀 | 古字像刀形。"刀"部字多跟刀有關。　　（見39頁） | 夕 | 古字像半月形。"夕"部字多跟夜間有關。（見96頁） |
| 力 | 古字像農具耒形。執耒耕作需用力氣，所以"力"部字多跟用力、力量有關。　　　　（見46頁） | 大 | 古字像正面站立的人。"大"部字多表示大的意思。　　　　（見97頁） |
| 又 | 古字像右手。"又"部字多跟手的動作有關。　　　　（見57頁） | 女 | 古字像兩手交叉、屈膝而跪的人形。"女"部字多跟婦女有關。　（見100頁） |
| 口 | 古字像嘴。"口"部字多跟口和口的動作有關。　　　　（見58頁） | 子 | 古字像孩子形。"子"部字多跟孩子有關。　　　　（見109頁） |

| 古文字 | 説　明 | 古文字 | 説　明 |
|---|---|---|---|
| 寸 | 古字在手下加一橫，表示"寸口"的位置。（見117頁） | 心 | 古字像心臟形。"心"部字多跟思想、感情有關。（見147頁） |
| 小 | 古字像細碎之物。"小"部字多表示細小的意思。（見119頁） | 戈 | 古字像長柄鈎殺兵器。"戈"部字多跟兵器打仗有關。（見161頁） |
| 尸 | 古字像人蹲坐形。"尸"部字多跟人體、房屋有關。（見120頁） | 户 | 古字像單扇門形。"户"部字多跟門户有關。（見163頁） |
| 山 | 古字像山峯層疊形。"山"部字多跟山有關。（見123頁） | 手 | 古字像伸出五指的手形。"手"部字多跟手的動作有關。（見164頁） |
| 巾 | 古字像佩巾形。"巾"部字多跟有布帛有關。（見130頁） | 文 | 古字像人身上刺有花紋形。"文"部字多跟文彩、修飾有關。（見193頁） |
| 弓 | 古字像弓形。"弓"部字多跟弓有關。（見140頁） | 斗 | 古字像有把的杓子。"斗"部字多跟舀酒有關。（見194頁） |

| 古文字 | 説　明 | 古文字 | 説　明 |
|---|---|---|---|
| 斤 | 古字像斧子一類工具形。"斤"部字多跟斧子有關。<br>（見 195 頁） | 毛 | 古字像毛髮形。"毛"部字多跟人髮、獸毛有關。<br>（見 235 頁） |
| 日 | 古字像太陽形。"日"部字多跟太陽有關。<br>（見 197 頁） | 气 | 古字像雲氣。"气"部字多跟氣體有關。　（見 237 頁） |
| 月 | 古字像月亮形。"月"部字多跟月亮有關。<br>（見 205 頁） | 水 | 古字像流水形。"水"部字多跟水有關。　（見 238 頁） |
| 木 | 古字像樹木形。"木"部字多跟樹木、木材有關。<br>（見 207 頁） | 火 | 古字像火焰形。"火"部字多跟火有關。<br>（見 262 頁） |
| 欠 | 古字像張口打哈欠。"欠"部字多跟嘴出氣有關。<br>（見 229 頁） | 爪 | 古字像手爪形。"爪"部字多跟指爪有關。（見 271 頁） |
| 止 | 古字像腳形。"止"部字多跟腳有關。　（見 231 頁） | 片 | 古字像劈開的木。"片"部字多跟木片、木板有關。<br>（見 274 頁） |

| 古文字 | 説　明 | 古文字 | 説　明 |
|---|---|---|---|
| 牙 | 古字像牙齒交錯形。<br>（見 274 頁） | 甘 | 古字像口裏有美味的食物。"甘"部字多表示甘甜。<br>（見 288 頁） |
| 牛 | 古字像牛頭形。"牛"部字多跟牛有關。（見 275 頁） | 生 | 古字像草木從土裏生長出來。"生"部字多跟生長、産出有關。（見 289 頁） |
| 犬 | 古字像犬形。"犬"部字多表示獸類。（見 277 頁） | 田 | 古字像阡陌縱橫的田地。"田"部字多跟田地有關。<br>（見 290 頁） |
| 玉 | 古字像一串玉。"玉"部字多跟玉石有關。（見 282 頁） | 皮 | 古字像用手剝獸皮。"皮"部字多跟皮一類東西有關。<br>（見 300 頁） |
| 瓜 | 古字像瓜蔓上結瓜。"瓜"部字多跟瓜果有關。<br>（見 287 頁） | 皿 | 古字像器皿形。"皿"部字多跟器皿有關。（見 301 頁） |
| 瓦 | 古字像瓦片互相覆蓋形。"瓦"部字跟陶器有關。<br>（見 287 頁） | 目 | 古字像眼睛形。"目"部字多跟眼睛有關。（見 303 頁） |

| 古文字 | 説　明 | 古文字 | 説　明 |
|---|---|---|---|
| 矛 | 古字像長矛形。（見 309 頁） | 竹 | 古字像竹子形。"竹"部多跟竹子、竹製品有關。（見 327 頁） |
| 矢 | 古字像箭形。"矢"部字多跟箭有關。（見 309 頁） | 米 | 古字像米粒。"米"部字多跟米或糧有關。（見 335 頁） |
| 石 | 古字像山崖下有石塊形。"石"部字多跟石有關。（見 310 頁） | 糸 | 古字像一束絲。"糸"部字多跟線繩、絲織品或顏色有關。（見 338 頁） |
| 示 | 古字像神主形。"示"部字多跟鬼神、祭祀有關。（見 316 頁） | 缶 | 古字像杵在瓦器中搗物。"缶"部字多跟瓦器有關。（見 349 頁） |
| 禾 | 古字像結了穗的莊稼。"禾"部字多跟穀物、植物有關。（見 319 頁） | 网 | 古字像網形。"网"部字多跟網有關。（見 350 頁） |
| 立 | 古字像人站立地上。（見 326 頁） | 羊 | 古字像羊頭形。"羊"部字多跟羊有關。（見 351 頁） |

| 古文字 | 説明 | 古文字 | 説明 |
|---|---|---|---|
| 羽 | 古字像羽毛形。"羽"部字多跟羽翼有關。(見 353 頁) | 至 | 古字像箭落到地上形。"至"部字多表示達到的意思。　(見 369 頁) |
| 老 | 古字像拄杖的老人。"老"部字多跟年老有關。　　(見 355 頁) | 臼 | 古字像舂米器具形。　　(見 370 頁) |
| 耳 | 古字像耳朵形。"耳"部字多跟耳朵有關。(見 357 頁) | 舌 | 古字像嘴裏伸出舌頭形。"舌"部字多跟舌有關。　　(見 371 頁) |
| 肉 | 古字像割下來的一塊肉。"肉"部字多跟肉和人體有關。　　　(見 359 頁) | 舟 | 古字像船形。"舟"部字多跟船有關。　(見 372 頁) |
| 臣 | 古字像用目俯首側視形。"臣"部字多跟目有關。　　(見 368 頁) | 艸 | 古字像草形。"艸"部字多跟草木植物有關。　　(見 374 頁) |
| 自 | 古字像鼻子形。"自"部字多跟鼻有關。　(見 369 頁) | 虫 | 古字像蟲形。"虫"部字多跟爬蟲、昆蟲有關。　　(見 392 頁) |

| 古文字 | 説　明 | 古文字 | 説　明 |
|---|---|---|---|
| 血 | 古字像器皿中有血。"血"部字多跟血有關。<br>（見402頁） | 谷 | 古字像水從峽谷流出。<br>（見422頁） |
| 行 | 古字像四通八達的道路。"行"部字多跟道路有關。<br>（見402頁） | 豆 | 古字像高腳器皿形。<br>（見422頁） |
| 衣 | 古字像上衣。"衣"部字多跟衣服有關。　（見403頁） | 豕 | 古字像豬形。"豕"部字多跟豬有關。　（見423頁） |
| 見 | 古字像張目注視形。"見"部字多跟見有關。<br>（見409頁） | 豸 | 古字像一種獸形。"豸"部字多表示獸類。（見424頁） |
| 角 | 古字像獸角形。"角"部字多跟角或角製品有關。<br>（見410頁） | 貝 | 古字像貝形。"貝"部字多跟錢財有關。　（見425頁） |
| 言 | 古字在舌上加上一橫，像用舌發出聲音。"言"部字多跟說話有關。（見411頁） | 赤 | 古字從大從火，用大火的顏色表示赤紅色。"赤"部字多跟紅色有關。<br>（見431頁） |

| 古文字 | 説　明 | 古文字 | 説　明 |
|--------|--------|--------|--------|
| 走 | 古字用兩臂擺和腳形，表示急行。"走"部字多跟行走有關。　　(見 431 頁) | 酉 | 古字像酒樽形。"酉"部字多跟酒有關。　(見 455 頁) |
| 足 | 古字像膝蓋至腳趾形。"足"部字多跟腳有關。　　　　　(見 433 頁) | 金 | 古字像熔化金屬後的鑄器。"金"部字多跟金屬有關。　　　　　(見 459 頁) |
| 身 | 古字像人身形。"身"部字多跟身體有關。(見 438 頁) | 長 | 古字像拄杖老人長着頭髮。　　　　(見 469 頁) |
| 車 | 古字像車形。"車"部字多跟車輛有關。　(見 439 頁) | 門 | 古字像兩扇門形。"門"部字多跟門有關。(見 470 頁) |
| 辵 | 古字像在路上行走。"辵"部字多跟行走有關。　　　　　　　(見 444 頁) | 阜 | 古字山坡層疊形。"阜"部字多跟山有關。　　　　(見 473 頁) |
| 邑 | 古字上面表示區域範圍，下面是跪坐的人，表示人聚居的地方。"邑"部字多跟地域有關。　(見 452 頁) | 隹 | 古字像鳥形。"隹"部字多跟鳥有關。　(見 477 頁) |

| 古文字 | 説　明 | 古文字 | 説　明 |
|---|---|---|---|
| 雨 | 古字像下雨形。"雨"部字多跟雲雨有關。（見479頁） | 首 | 古字像頭形。（見494頁） |
| 面 | 古字像面形。"面"部字多跟面孔有關。（見483頁） | 馬 | 古字像馬形。"馬"部字多跟馬有關。（見494頁） |
| 革 | 古字像用手整理獸皮。"革"部字多跟皮革有關。（見484頁） | 骨 | 古字像肉中的骨頭。"骨"部字多跟骨骼有關。（見498頁） |
| 頁 | 古字像人形，突出人頭。"頁"部字多跟頭面有關。（見486頁） | 高 | 古字像高的建築物，表示高的意思。（見499頁） |
| 飛 | 古字像鳥振翅飛翔形。（見490頁） | 鬥 | 古字像兩人徒手搏鬥形。（見500頁） |
| 食 | 古字像有蓋器皿中有可吃的食物。"食"部字多跟吃喝、食物有關。（見491頁） | 鬼 | 古字像頭大貌醜的畸形人。"鬼"部字多跟鬼魂神怪有關。（見500頁） |

| 古文字 | 説　明 | 古文字 | 説　明 |
|---|---|---|---|
| 魚 | 古字像魚形。"魚"部字多跟魚有關。　（見 501 頁） | 鼎 | 古字像鼎器形。"鼎"部字多跟鼎有關。　（見 514 頁） |
| 鳥 | 古字像鳥形。"鳥"部字多跟鳥有關。　（見 504 頁） | 鼓 | 古字像用棍擊鼓形。"鼓"部字多跟鼓有關。　（見 514 頁） |
| 鹿 | 古字像鹿形。"鹿"部字多跟鹿有關。　（見 510 頁） | 鼠 | 古字像鼠形。"鼠"部字多表示鼠類。　（見 515 頁） |
| 麥 | 古字像小麥形。"麥"部字多跟麥有關。　（見 511 頁） | 齊 | 古字像長得整齊的穀穗。　（見 515 頁） |
| 黑 | 古字像煙火熏成黑色。"黑"部字多跟黑色有關。　（見 513 頁） | 齒 | 古字像口中牙齒形。"齒"部字多跟牙齒有關。　（見 516 頁） |
| 黽 | 古字像蛙形。"黽"部字多與腹大有腳的爬行動物有關。　（見 514 頁） | 龍 | 古字像龍形。傳說中的一種神異動物。　（見 516 頁） |

| 古文字 | 説　明 | 古文字 | 説　明 |
|---|---|---|---|
| 龠 | 古字像編管形，一種吹奏樂器。"龠"部字多跟竹製樂器有關。　（見 517 頁） | 龜 | 古字像烏龜形。（見 517 頁） |

## 古文字 (二) 其他字

| 古文字 | 説　明 | 古文字 | 説　明 |
|---|---|---|---|
| 下 | 古字用長橫表示基線，基線之下加一橫，表示下。（見 2 頁） | 井 | 古字像水井形，有井欄。（見 9 頁） |
| 上 | 古字用長橫表示基線，基線之上加一橫，表示上。（見 1 頁） | 夫 | 古字像男人頭上有髮簪，表示成年男子。（見 98 頁） |
| 川 | 古字像兩岸之間有水流經過。　（見 127 頁） | 友 | 古字像兩手相牽，表示朋友。　（見 57 頁） |

| 古文字 | 説　明 | 古文字 | 説　明 |
|---|---|---|---|
| 及 | 古字像一隻手觸到前面一個人，表示趕上。<br>（見 58 頁） | 末 | 古字在木上加一橫，指明樹梢。　　（見 207 頁） |
| 冊 | 古字像編起來的竹簡。<br>（見 35 頁） | 企 | 古字像人踮起腳跟形。<br>（見 15 頁） |
| 出 | 古字像腳從穴居處走出來。　　（見 39 頁） | 交 | 古字像兩腿交叉形。<br>（見 10 頁） |
| 囚 | 古字像人囚禁牢中。<br>（見 83 頁） | 休 | 古字像人靠在樹旁休息。<br>（見 15 頁） |
| 旦 | 古字像太陽升出地平線。<br>（見 197 頁） | 光 | 古字像人頭上有火光照耀。　　（見 31 頁） |
| 本 | 古字在木下加一橫，指明樹根。　　（見 207 頁） | 共 | 古字像兩手同時舉一樣東西。　　（見 34 頁） |

| 古文字 | 説　明 | 古文字 | 説　明 |
|---|---|---|---|
| 向 | 古字像牆上的窗戶。<br>（見 62 頁） | 夾 | 古字像大人腋下夾着兩個小人。　　（見 98 頁） |
| 安 | 古字像女子在屋內，表示安全。　　（見 112 頁） | 戒 | 古字兩手持戈，表示警戒。　　（見 162 頁） |
| 州 | 古字像水中有小塊陸地。<br>（見 127 頁） | 折 | 古字像用斧斤斷草。<br>（見 167 頁） |
| 戍 | 古字像人持戈守宪。<br>（見 162 頁） | 束 | 古字像捆紮樹枝形。<br>（見 209 頁） |
| 何 | 古字像人荷戈形，是"荷"的本字。　　（見 16 頁） | 步 | 古字像兩腳一前一後走路。　　（見 231 頁） |
| 男 | 古字像用力耕種，表示男性。　　（見 291 頁） | 牢 | 古字像牛在欄裏，表示關養牲口的圈。（見 275 頁） |

| 古文字 | 説　明 | 古文字 | 説　明 |
|---|---|---|---|
| 並 | 古字像兩人並立形。<br>（見 4 頁） | 果 | 古字像樹上結了果實。<br>（見 210 頁） |
| 兔 | 古字像兔形，耳朵大。<br>（見 32 頁） | 炙 | 古字像用火烤肉。<br>（見 263 頁） |
| 兒 | 古字像孩兒尚未發展成熟的腦部。（見 32 頁） | 牧 | 古字像手持棍趕牛，表示放牧。　（見 275 頁） |
| 奔 | 古字像兩臂擺，下面三隻腳，表示快跑。<br>（見 99 頁） | 舍 | 古字像簡單房舍，有蓋、柱及地基。　（見 371 頁） |
| 宗 | 古字像放有祖宗牌位的房子，表示宗廟。<br>（見 112 頁） | 虎 | 古字像虎形。　（見 391 頁） |
| 明 | 古字像日月照耀，表示明亮。　（見 198 頁） | 泉 | 古字像泉水形。（見 242 頁） |

| 古文字 | 説　明 | 古文字 | 説　明 |
|---|---|---|---|
| 苗 | 古字像田裏種下秧苗。<br>（見 377 頁） | 涉 | 古字像兩足淌水過河。<br>（見 245 頁） |
| 眉 | 古字像眼眉形。（見 304 頁） | 益 | 古字像水溢出器皿，是<br>"溢"的本字。（見 301 頁） |
| 看 | 古字像用手遮陽而看。<br>（見 304 頁） | 得 | 古字像手持貝殼（古代錢<br>幣），表示有所得。<br>（見 145 頁） |
| 降 | 古字像兩腳從山坡走下<br>來。　（見 474 頁） | 從 | 古字像兩人前後相隨。<br>（見 146 頁） |
| 孫 | 古字在子旁加一束絲，表<br>示子子孫孫持續不斷，代<br>代相傳。（見 110 頁） | 婦 | 古字像手持掃帚，從事家<br>務的婦女。　（見 106 頁） |
| 射 | 古字像拉弓射箭。<br>（見 117 頁） | 採 | 古字像用手在樹上採摘果<br>子或葉子形。（見 177 頁） |

| 古文字 | 説　明 | 古文字 | 説　明 |
|---|---|---|---|
| 望 | 古字像人站在地上縱目遠望。（見 206 頁） | 雲 | 古字像雲彩形。（見 480 頁） |
| 莫 | 古字像太陽落在草叢中，是“暮”的本字。（見 380 頁） | 飲 | 古字像人張嘴伸舌就着酒罎飲酒。（見 491 頁） |
| 逐 | 古字像趕豬形，表示追逐野獸。（見 446 頁） | 舞 | 古字像手持樹枝舞蹈形。（見 372 頁） |
| 雀 | 古字從小從隹，表示小鳥。（見 477 頁） | 燕 | 古字像燕子形。（見 269 頁） |
| 尊 | 古字像雙手捧着酒器。（見 118 頁） | 盥 | 古字像在器皿中洗手。（見 303 頁） |
| 象 | 古字像象形，鼻子長。（見 423 頁） | 臨 | 古字像人低頭看物。（見 368 頁） |

³ **困** 見口部，84 頁。

³ **束** 束束束束束束 **束**

[ shù ㄕㄨˋ ⑧tsuk⁷ 畜 ]
❶ 捆；繫 ◆ 束腰帶 / 束手就擒 / 束手無策 / 束之高閣。❷ 比喻受到限制 ◆ 束縛 / 拘束 / 約束 / 無拘無束。❸ 聚集成一條的東西 ◆ 光束 / 電子束。❹ 量詞，用於成紮成捆的東西 ◆ 一束鮮花。
📖 見古文字插頁 13。

³ **杉** 杉杉杉杉杉杉 **杉**

〈一〉[ shān ㄕㄢ ⑧sam¹ 三 / ⑧sam³ 懺 (語) ]
❶ 杉樹：常綠喬木，木材用途廣泛。

杉

〈二〉[ shā ㄕㄚ ⑧sam¹ 三 / ⑧sam³ 懺 ]
❷ 義同 ❶，用於 "杉木"、"杉篙" 等。

³ **床** 見广部，135 頁。

³ **宋** 見宀部，112 頁。

³ **杞** 杞杞杞杞杞杞 **杞**

[ qǐ ㄑㄧˇ ⑧gei² 己 ]
周朝國名，在今河南省杞縣 ◆ 杞人憂天。

³ **杈** 杈杈杈杈杈杈 **杈**

〈一〉[ chā ㄔㄚ ⑧tsa¹ 叉 ]
❶ 叉取柴草的農具。
〈二〉[ chà ㄔㄚˋ ⑧tsa³ 詫 ]
❷ 分岔的樹枝 ◆ 樹杈。

³ **李** 李李李李李李 **李**

[ lǐ ㄌㄧˇ ⑧lei⁵ 里 ]
果樹，果子叫李子，可以吃 ◆ 瓜田李下 / 桃李滿門。

⁴ **枉** 枉枉枉枉枉枉 **枉**

[ wǎng ㄨㄤˇ ⑧woŋ² 汪² ]
❶ 彎曲；不正直；使歪曲 ◆ 矯枉過正 / 貪贓枉法。❷ 冤屈 ◆ 冤枉 / 枉死。❸ 徒然；白白地 ◆ 枉然 / 枉費心機。

⁴ **林** 林林林林林林 **林**

[ lín ㄌㄧㄣˊ ⑧lɐm⁴ 臨 ]
❶ 成片的樹木或竹子 ◆ 樹林 / 森林 / 竹林 / 單絲不成線，獨木不成林。❷ 比喻人或事物聚集在一起；密集、眾多 ◆ 藝林 / 碑林 / 武林中人 / 槍林彈雨 / 高樓林立 / 林林總總。

⁴ **枝** 枝枝枝枝枝枝 **枝**

[ zhī ㄓ ⑧dzi¹ 支 ]
❶ 植物主幹分出的莖條 ◆ 樹枝 / 枝葉繁茂 / 橫生枝節。❷ 量詞 ◆ 一枝花 / 兩枝筆 / 三枝蠟燭。

⁴ **杯** 杯杯杯杯杯杯 **杯**

[ bēi ㄅㄟ ⑧bui¹ 貝¹ ]

日月木欠止歹

**❶** 盛飲料的器皿 ◆ 茶杯 / 酒杯 / 杯弓蛇影 / 杯盤狼藉 / 抽刀斷水水更流，舉杯消愁愁更愁。**❷** 杯狀的獎品 ◆ 獎杯 / 金杯 / 世界杯足球賽。

---

## <sup>4</sup> 枇

枇 枇 枇 枇 枇 枇 ‖枇‖

[ pí ㄆㄧˊ ⑧ pei⁴ 皮 ]

枇杷，一種常綠喬木，葉子長橢圓形，開白色小花，果實也叫枇杷，圓球形，橙黃色，味甜。葉子可做藥。

---

## <sup>4</sup> 東 (东)

東 東 東 東 東 東 ‖東‖

[ dōng ㄉㄨㄥ ⑧ dun¹ 冬 ]

**❶** 方向名，早晨太陽出來的那一邊；跟"西"相對 ◆ 東方 / 城東 / 旭日東升 / 東邊日出西邊雨。**❷** 向東 ◆ 大江東去。**❸** 主人 ◆ 房東 / 作東 / 股東。

---

## <sup>4</sup> 果

果 果 果 果 果 果 ‖果‖

[ guǒ ㄍㄨㄛˇ ⑧ gwo² 裹 ]

**❶** 植物的果實 ◆ 水果 / 乾果 / 人參果 / 開花結果 / 枝頭碩果纍纍。**❷** 事情的結局 ◆ 成果 / 結果 / 效果 / 前因後果 / 後果不堪設想。**❸** 堅決 ◆ 果敢 / 果斷。**❹** 的確；確實 ◆ 果然 / 果真如此 / 果如所料。

🖏 見古文字插頁 14。

---

## <sup>4</sup> 杵

杵 杵 杵 杵 杵 杵 ‖杵‖

[ chǔ ㄔㄨˇ ⑧ tsy² 褚 ]

**❶** 舂米或捶衣用的木棒 ◆ 杵臼 / 只要功夫深，鐵杵磨成針。**❷** 用細長的東西戳或捅 ◆ 門上給杵了幾個洞。

---

## <sup>4</sup> 枚

枚 枚 枚 枚 枚 枚 ‖枚‖

[ méi ㄇㄟˊ ⑧ mui⁴ 梅 ]

量詞，多用於小物件，相當於"個" ◆ 一枚獎章 / 一枚金幣 / 不勝枚舉。

---

## <sup>4</sup> 析

析 析 析 析 析 析 ‖析‖

[ xī ㄒㄧ ⑧ sik⁷ 息 ]

**❶** 分開；散開 ◆ 條分縷析 / 分崩離析。**❷** 解釋；辨別 ◆ 分析 / 辨析 / 剖析 / 析疑 / 奇文共欣賞，疑義相與析。

---

## <sup>4</sup> 板

板 板 板 板 板 板 ‖板‖

[ bǎn ㄅㄢˇ ⑧ ban² 版 ]

**❶** 成片狀的較硬的物體 ◆ 木板 / 鋼板 / 黑板 / 墊板。**❷** 不靈活；少變化 ◆ 死板 / 呆板 / 古板 / 板着臉 / 表情太板。**❸** 音樂的節拍 ◆ 快板 / 慢板 / 有板有眼 / 一板一眼。**❹** "闆"的簡化字。

---

## <sup>4</sup> 來

見人部，19 頁。

---

## <sup>4</sup> 采

見采部，458 頁。

---

## <sup>4</sup> 松

松 松 松 松 松 松 ‖松‖

〈一〉[ sōng ㄙㄨㄥ ⑧ tsuŋ⁴ 從 ]

**❶** 松樹：常綠喬木，種類很多。種子叫松子，可以吃，也可以榨油。木材用途廣泛

◆ 青松不老 / 松柏常青 / 歲寒然後知松柏之後凋。

松

〈二〉[ sōng ㄙㄨㄥ 粵 suŋ¹ 嵩]
❷ "鬆" 的簡化字，見 499 頁。

<sup>4</sup>杭　杭杭杭杭杭杭　杭

[ háng ㄏㄤˊ 粵 hɔŋ⁴ 航]
浙江省杭州市的簡稱 ◆ 上有天堂，下有蘇杭。

<sup>4</sup>枕　枕枕枕枕枕枕　枕

〈一〉[ zhěn ㄓㄣˇ 粵 dzɐm² 怎]
❶ 枕頭：睡覺時墊頭的用具 ◆ 高枕無憂。
〈二〉[ zhěn ㄓㄣˇ 粵 dzɐm³ 浸]
❷ 把頭放在枕頭或別的東西上 ◆ 枕戈待旦。

<sup>4</sup>杷　杷杷杷杷杷杷　杷

[ pá ㄆㄚˊ 粵 pa⁴ 爬]
枇杷。見 "枇" 字，210 頁。

<sup>4</sup>牀　見爿部，273 頁。

<sup>5</sup>某　某某某某某某　某

[ mǒu ㄇㄡˇ 粵 mɐu⁵ 畝]
代替不明確指出的人、時、地或事物等 ◆ 某人 / 某地 / 某年某月 / 某種事物。

<sup>5</sup>柑　柑柑柑柑柑柑　柑

[ gān ㄍㄢ 粵 gɐm¹ 甘]
果樹，種類很多。果實像橘，汁多味甜 ◆ 廣柑 / 蜜柑 / 蘆柑。

<sup>5</sup>枯　枯枯枯枯枯枯　枯

[ kū ㄎㄨ 粵 fu¹ 呼]
❶ 草木因失去水分變得焦黃，沒有生氣 ◆ 乾枯 / 枯萎 / 枯黃 / 枯木逢春猶再發，人無兩度再少年 / 赤日炎炎似火燒，野田禾稻半枯焦。❷ 乾了；沒有水了 ◆ 枯井 / 枯竭 / 海枯石爛。❸ 單調；乏味 ◆ 枯燥無味。

<sup>5</sup>柯　柯柯柯柯柯柯　柯

[ kē ㄎㄜ 粵 ɔ¹/ŋɔ¹ 疴]
❶ 樹枝 ◆ 枝柯 / 交柯錯葉。❷ 斧子的柄 ◆ 斧柯。

<sup>5</sup>柄　柄柄柄柄柄柄　柄

[ bǐng ㄅㄧㄥˇ 粵 biŋ³ 併/bɛŋ³ 餅³ (語)]
❶ 器物的把兒 ◆ 斧柄 / 刀柄 / 傘柄。❷ 植物花葉和枝莖相連的部分 ◆ 花柄 / 葉柄。❸ 比喻在言行上被人用來作談笑或要挾的材料 ◆ 把柄 / 笑柄 / 話柄。❹ 權力 ◆ 權柄。

<sup>5</sup>柩　柩柩柩柩柩柩　柩

[ jiù ㄐㄧㄡˋ 粵 gɐu³ 救]
裝着屍體的棺材 ◆ 靈柩 / 棺柩。

<sup>5</sup>查　查查查查查查　查

〈一〉[ chá ㄔㄚˊ 粵 tsa⁴ 茶]

日月 木 矢止 歹

❶ 考察；檢驗；尋檢 ◆ 查看 / 查對 / 調查 / 查字典 / 查詢下落。

〈二〉[ zhā ㄓㄚ 粵 dza¹ 渣 ]

❷ 姓。

$^5$ **相**　見目部，304 頁。

$^5$ **柚**　柚柚柚柚柚 柚

〈一〉[ yóu ㄧㄡˊ 粵 jeu⁴ 由 ]

❶ 一種落葉喬木，樹幹高大，花白色，有香味。木材堅硬耐久，紋理美觀，是高級的建築裝潢材料 ◆ 柚木地板。

〈二〉[ yòu ㄧㄡˋ 粵 jeu² 有² ]

❷ 一種常綠喬木，葉子大而厚，花白色。果實碩大，叫柚子，果皮淡黃色或橙色，可以吃。種類很多，著名的有廣西的沙田柚。

$^5$ **枳**　枳枳枳枳枳枳 枳

[ zhǐ ㄓˇ 粵 dzi² 指 ]

植物名，果實可做藥材。也叫枸橘。

$^5$ **柬**　柬柬柬柬柬柬 柬

[ jiǎn ㄐㄧㄢˇ 粵 gan² 簡 ]

信件、帖子的總稱 ◆ 請柬 / 書柬 / 信柬。

$^5$ **枴** (拐)　枴枴枴枴枴枴 枴

同 "拐❹"，見170頁。

$^5$ **柵** (栅)　柵柵柵柵柵柵 柵

[ zhà ㄓㄚˋ 粵 tsak⁸ 拆 ]

柵欄：用竹、木、鐵條等編成的圍欄。

$^5$ **柏**　柏柏柏柏柏柏 柏

〈一〉[ bǎi ㄅㄞˇ 粵 pak⁸ 拍 ]

❶ 柏樹：種類較多，四季常綠。木質堅硬，用途廣泛 ◆ 柏樹 / 松柏常青 / 古柏參天 / 歲寒然後知松柏之後凋。

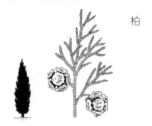

柏

〈二〉[ bó ㄅㄛˊ 粵 pak⁸ 拍 ]

❷ 柏林：德國的首都。

$^5$ **柞**　柞柞柞柞柞柞 柞

[ zuò ㄗㄨㄛˋ 粵 dzɔk⁸ 作/dzɔk⁹ 鑿 ]

柞樹：木材堅硬，可做枕木、傢具等。葉子可餵柞蠶。

$^5$ **柳**　柳柳柳柳柳柳 柳

[ liǔ ㄌㄧㄡˇ 粵 lɐu⁵ 留⁵ ]

柳樹：落葉喬木，種類很多，常見的如垂柳。枝條可用來編織器具 ◆ 柳絮 / 桃紅柳綠 / 有意栽花花不發，無心插柳柳成蔭。

柳

⁵ **柱** 柱柱柱柱柱柱 柱

[ zhù ㄓㄨˋ ⑧ tsy⁵ 佇 ]
❶ 建築物中用來支撐屋頂的長條形構件 ◆ 柱子 / 柱石 / 支柱 / 頂梁柱 / 偷梁換柱。❷ 像柱子的東西 ◆ 水柱 / 冰柱 / 水銀柱 / 中流砥柱。

⁵ **柿** 柿柿柿柿柿柿 柿

[ shì ㄕˋ ⑧ tsi⁵ 似 ]
柿子樹:落葉喬木,品種很多。葉子橢圓形或倒卵形,花黃白色,果實叫柿子,可以吃。

⁵ **柒** 柒柒柒柒柒柒 柒

[ qī ㄑㄧ ⑧ tsɐt⁷ 七 ]
數目字"七"的大寫。

⁵ **染** 染染染染染染 染

[ rǎn ㄖㄢˇ ⑧ jim⁵ 冉 ]
❶ 用顏料使東西着色 ◆ 染色 / 印染 / 染布。❷ 沾上;感受到 ◆ 沾染 / 傳染 / 污染 / 感染 / 染病 / 一塵不染。

⁵ **架** 架架架架架架 架

[ jià ㄐㄧㄚˋ ⑧ ga³ 嫁 ]
❶ 安放東西的器物 ◆ 書架 / 貨架 / 衣架 / 筆架。❷ 支撐東西的架子 ◆ 屋架 / 骨架 / 腳手架 / 葡萄架。❸ 支起;搭起 ◆ 架橋 / 架設電線 / 把帳篷架起來。❹ 抵擋;承受 ◆ 招架不住。❺ 攙扶 ◆ 架着病人去醫院。❻ 把人劫走 ◆ 綁架。❼ 毆打;爭吵 ◆ 打架 / 吵架 / 勸架。❽ 量詞 ◆ 一架飛機 / 一架鋼琴。

⁵ **枷** 枷枷枷枷枷枷 枷

[ jiā ㄐㄧㄚ ⑧ ga¹ 加 ]
舊時套在犯人頸上的刑具 ◆ 枷鎖。

頸鎖

枷

腳鎖

⁵ **枱**⁽台⁾ 枱枱枱枱枱枱 枱

[ tái ㄊㄞˊ ⑧ tɔi⁴ 台 ]
本作"檯"。桌子 ◆ 寫字枱 / 梳妝枱。

⁵ **柔** 柔柔柔柔柔柔 柔

[ róu ㄖㄡˊ ⑧ jɐu⁴ 由 ]
❶ 軟;嫩弱 ◆ 柔軟 / 柔嫩 / 柔枝細葉 / 柔腸寸斷。❷ 溫和,不強烈;跟"剛"相對 ◆ 柔和 / 溫柔 / 柔順 / 以柔克剛。
❀ 圖見 43 頁。

⁶ **框** 框框框框框框 框

[ kuàng ㄎㄨㄤˋ ⑧ kwaŋ¹/hɔŋ¹ 康 ]
❶ 門窗的架子 ◆ 門框 / 窗框。❷ 鑲在器物周圍的邊框 ◆ 鏡框 / 眼鏡框。❸ 限制;約束 ◆ 框得太死。

⁶ **桂** 桂桂桂桂桂桂 桂

[ guì ㄍㄨㄟˋ ⑧ gwɐi³ 貴 ]

**焦點易錯字** 柔 | 揉 | 糅　柔和 柔軟　揉搓 矯揉造作　糅合 雜糅

❶ 桂樹：常綠灌木或喬木，秋季開花，花很香，可以做香料 ◆ 桂花飄香。❷ 廣西壯族自治區的別稱。

⁶ **桔** 桔桔桔桔桔桔 桔

[ jié ㄐㄧㄝˊ 粵git⁸ 結/gɐt⁷ 吉(語) ]

桔梗：草本植物，開暗藍色或紫色的花。可供觀賞，根可做藥材。

⁶ **栽** 栽栽栽栽栽栽 栽

[ zāi ㄗㄞ 粵dzɔi¹ 災 ]

❶ 種植 ◆ 栽樹／栽種／移栽／有意栽花花不發，無心插柳柳成蔭。❷ 硬給安上 ◆ 栽贓。❸ 跌倒 ◆ 栽倒／栽了個跟斗。

⁶ **桓** 桓桓桓桓桓桓 桓

[ huán ㄏㄨㄢˊ 粵wun⁴ 援 ]

姓。

⁶ **栗** 栗栗栗栗栗栗 栗

[ lì ㄌㄧˋ 粵lœt⁹ 律 ]

栗子樹：果實叫栗子，也叫板栗，可以吃。木質堅硬，可做器具，也用作建築材料。

⁶ **柴** 柴柴柴柴柴柴 柴

[ chái ㄔㄞˊ 粵tsai⁴ 豺 ]

燒火用的草木 ◆ 柴火／木柴／乾柴烈火／眾人拾柴火焰高／留得青山在，不怕沒柴燒。

⁶ **桌** 桌桌桌桌桌桌 桌

[ zhuō ㄓㄨㄛ 粵dzœk⁸ 雀/tsœk⁸ 綽(語) ]

❶ 桌子：日用傢具，上面可以放東西 ◆ 飯桌／書桌／課桌／辦公桌。❷ 量詞 ◆ 一桌菜／一桌酒席。

⁶ **桐** 桐桐桐桐桐桐 桐

[ tóng ㄊㄨㄥˊ 粵tuŋ⁴ 同 ]

樹名。有梧桐、油桐、泡桐等。

⁶ **株** 株株株株株株 株

[ zhū ㄓㄨ 粵dzy¹ 朱 ]

❶ 露出地面的樹根 ◆ 守株待兔。❷ 量詞，用於計算樹木的數量，相當於“棵” ◆ 種桃樹二百株。

⁶ **栓**⁽栓⁾ 栓栓栓栓栓栓 栓

[ shuān ㄕㄨㄢ 粵san¹ 山 ]

❶ 機械或器物上可以開關的部分 ◆ 槍栓／消火栓。❷ 瓶塞；像瓶塞的東西 ◆ 瓶栓／栓劑／血栓。

⁶ **桃** 桃桃桃桃桃桃 桃

[ táo ㄊㄠˊ 粵tou⁴ 逃 ]

❶ 桃樹：落葉喬木，花可觀賞，果實叫桃子，可以吃 ◆ 水蜜桃／桃紅柳綠。❷ 像桃子的東西 ◆ 壽桃／棉桃。❸ 核桃 ◆ 桃仁／桃酥。

⁶ **格** 格格格格格格 格

〈一〉[ gé ㄍㄜˊ 粵gak⁸ 隔 ]

❶ 方形的空框或線條 ◆ 格子／方格／空格／把字寫在格裏。❷ 一定的標準或式樣 ◆ 規格／合格／格律／格式／破格錄用／別具一格。❸ 品質；風度 ◆ 人格／品格／性格／格調／風格。❹ 阻隔；阻礙 ◆ 阻格／格格

焦點易錯字　裁｜栽　裁決 剪裁　栽培 盆栽

不入。❺ 打鬥 ◆ 格鬥 / 格殺。

〈二〉[ gē ㄍㄜ 粵gak⁸ 隔]

❻ 格格：象聲詞。形容笑聲、咬牙聲等 ◆ 格格地笑 / 牙齒咬得格格響。❼ 形容禽鳥的叫聲 ◆ 母雞格格地叫。

---

## ⁶桅　桅桅桅桅桅桅　桅

[ wéi ㄨㄟˊ 粵ŋɐi⁴ 危]

桅杆：（1）船上掛帆用的杆子。（2）輪船上懸掛旗幟、航行燈的長杆。

桅

---

## ⁶桀　桀桀桀桀桀桀　桀

[ jié ㄐㄧㄝˊ 粵git⁹ 傑]

❶ 兇暴；倔強 ◆ 桀驁不馴。❷ 夏朝末代的君主，相傳是個暴君。

---

## ⁶校　校校校校校校　校

〈一〉[ xiào ㄒㄧㄠˋ 粵hau⁶ 效]

❶ 學校 ◆ 校長 / 校舍 / 校友 / 校慶。

〈二〉[ xiào ㄒㄧㄠˋ 粵gau³ 教]

❷ 軍官等級之一，將以下，尉以上 ◆ 上校。

〈三〉[ jiào ㄐㄧㄠˋ 粵gau³ 教]

❸ 訂正 ◆ 校對 / 校勘。

---

## ⁶核　核核核核核核　核

〈一〉[ hé ㄏㄜˊ 粵hɐt⁹ 瞎]

❶ 果實中心包含種子的堅硬部分 ◆ 棗核 / 桃核。❷ 泛指事物的中心部分 ◆ 核心。❸ 像果核那樣結成硬塊的東西 ◆ 細胞核 / 肺結核。❹ 特指原子核 ◆ 核能 / 核武器 / 核裝置。❺ 仔細對照、考察 ◆ 核對 / 核實 / 考核 / 審核。

〈二〉[ hú ㄏㄨˊ 粵wɐt⁹ 屈⁹]

❻ 義同❶，用於某些口語詞語，如杏核、梨核。

---

## ⁶案　案案案案案案　案

[ àn ㄢˋ 粵ɔn³/ŋɔn³ 按]

❶ 狹長的桌子 ◆ 書案 / 伏案疾書 / 拍案而起。❷ 涉及法律的事件或政治上的重大事件 ◆ 案件 / 案情 / 案底 / 破案 / 懸案 / 慘案。❸ 提出建議、計劃、辦法的文件 ◆ 提案 / 議案 / 方案 / 草案。❹ 機關、團體內處理公務的記錄、文件 ◆ 檔案 / 備案 / 案卷 / 有案可查。❺ 事例；實例 ◆ 個案。

---

## ⁶桉　桉桉桉桉桉桉　桉

[ ān ㄢ 粵ɔn¹/ŋɔn¹ 安]

桉樹：常綠喬木，樹葉可提取桉油。

---

## ⁶根　根根根根根根　根

[ gēn ㄍㄣ 粵gɐn¹ 斤]

❶ 植物莖幹的地下部分，有吸收水分和養料的作用 ◆ 樹根 / 根深葉茂 / 根深蒂固 / 盤根結蒂 / 斬草除根 / 葉落歸根。❷ 物體的基礎部分 ◆ 根基 / 牆根 / 牙根。❸ 事情的本源 ◆ 根本 / 根源 / 病根 / 禍根 / 追根究底。

日月木欠止歹

❹ 依據 ◆ 根據／有根有據。❺ 徹底的 ◆ 根治／根除。❻ 量詞，用於細長的東西 ◆ 一根竹竿／三根火柴／一根頭髮。

⁶ **栩**　栩栩栩栩栩栩　栩

[ xǔ ㄒㄩˇ ⑧ hœy² 許 ]

栩栩：形容生動活潑的樣子 ◆ 栩栩如生。

⁶ **桑**　桑桑桑桑桑桑　桑

[ sāng ㄙㄤ ⑧ sɔŋ¹ 喪¹ ]

桑樹：落葉喬木，葉子可餵蠶，果實可以吃，也可做藥。

⁷ **梆**　梆梆梆梆梆梆　梆

[ bāng ㄅㄤ ⑧ bɔŋ¹ 邦 ]

舊時打更用的響器，用竹筒或挖空的木頭做成 ◆ 梆子。

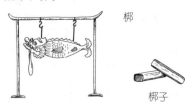

梆

梆子

⁷ **械**　械械械械械械　械

[ xiè ㄒㄧㄝˋ ⑧ hai⁶ 懈 ]

❶ 器物；具專門用途的器具 ◆ 器械／機械／械鬥。❷ 指武器 ◆ 軍械／槍械／繳械投降。

⁷ **梗**　梗梗梗梗梗梗　梗

[ gěng ㄍㄥˇ ⑧ gɐŋ² 耿 ]

❶ 植物的莖或枝 ◆ 花梗／芋梗／芹菜梗。❷ 直着；挺着 ◆ 梗着脖子。❸ 正直；直

爽 ◆ 梗直。❹ 阻塞；阻礙 ◆ 梗阻／梗塞／從中作梗。❺ 大略 ◆ 故事梗概。

⁷ **梧**　梧梧梧梧梧梧　梧

[ wú ㄨˊ ⑧ ŋ⁴ 吳 ]

梧桐：植物名，落葉喬木，木質堅韌，可做樂器和器具。

⁷ **彬**　見彡部，143 頁。

⁷ **婪**　見女部，106 頁。

⁷ **梢**　梢梢梢梢梢梢　梢

[ shāo ㄕㄠ ⑧ sau¹ 筲 ]

樹枝或長條形東西的末端 ◆ 樹梢／辮梢／喜上眉梢／月上柳梢頭，人約黃昏後。

⁷ **桿**⁽杆⁾　桿桿桿桿桿桿　桿

[ gǎn ㄍㄢˇ ⑧ gɔn¹ 干 ]

❶ 某些用具上像棍子的細長部分 ◆ 秤桿／筆桿／槍桿。❷ 量詞，用於竿狀物 ◆ 一桿秤／一桿槍。

⁷ **梨**　梨梨梨梨梨梨　梨

[ lí ㄌㄧˊ ⑧ lei⁴ 離 ]

梨樹：落葉喬木，種類很多。開白花，果實也叫梨，味香甜，可以吃。

梨樹

## ⁷梅

梅梅梅梅梅梅　梅

[ méi ㄇㄟˊ ⑧ mui⁴ 媒 ]

❶ 樹名，落葉喬木，花可供觀賞，果實叫梅子，味酸甜，可以吃 ◆ 望梅止渴。❷ 節候名。初夏中國南方氣候濕潤多雨，正是黃梅成熟時，因此叫"梅雨" ◆ 入梅 / 出梅 / 黃梅天。

## ⁷梟 (枭)

梟梟梟梟梟梟梟　梟

[ xiāo ㄒㄧㄠ ⑧ hiu¹ 囂 ]

❶ 一種兇猛的鳥，羽毛棕褐色，有橫紋，爪呈鈎狀，很銳利，晝伏夜出；捕食小動物。❷ 強悍；勇健；不馴服 ◆ 梟雄 / 一員梟將。❸ 指非法集團的頭領 ◆ 毒梟。❹ 舊時酷刑，懸掛砍下的人頭 ◆ 梟首示眾。

## ⁷條 (条)

條條條條條條　條

[ tiáo ㄊㄧㄠˊ ⑧ tiu⁴ 調 ]

❶ 細長的軟樹枝 ◆ 枝條 / 柳條 / 藤條。❷ 細長的東西 ◆ 麪條 / 布條 / 木條 / 紙條。❸ 簡單的文書、字據 ◆ 便條 / 借條 / 收條 / 留言條。❹ 次序；層次 ◆ 條理 / 有條不紊 / 井井有條。❺ 分條說明的文字項目 ◆ 條目 / 條款 / 條例 / 條文。❻ 量詞，用於長條形的東西 ◆ 一條蛇 / 一條繩子 / 一條帶魚。

## ⁷梳

梳梳梳梳梳梳　梳

[ shū ㄕㄨ ⑧ sɔ¹ 蔬 ]

❶ 整理頭髮的用具 ◆ 梳子 / 木梳。❷ 用梳子整理頭髮 ◆ 梳頭 / 梳洗 / 梳妝打扮。

## ⁷梁

梁梁梁梁梁梁　梁

[ liáng ㄌㄧㄤˊ ⑧ lœŋ⁴ 良 ]

❶ 架在牆上或柱子支撐屋頂的大橫木 ◆ 房梁 / 正梁 / 無梁殿 / 上梁不正下梁歪。❷ 橋 ◆ 橋梁 / 津梁。❸ 物體中間隆起的部分 ◆ 鼻梁 / 山梁 / 脊梁。

## ⁷梯

梯梯梯梯梯梯　梯

[ tī ㄊㄧ ⑧ tɐi¹ 替¹ ]

❶ 供上下用的器具或設備 ◆ 梯子 / 電梯 / 樓梯 / 雲梯 / 上樹拔梯，過河拆橋。❷ 形狀像梯子那樣一層一層的東西 ◆ 梯田。

## ⁷桶

桶桶桶桶桶桶　桶

[ tǒng ㄊㄨㄥˇ ⑧ tuŋ² 統 ]

❶ 圓柱形的盛東西的器具 ◆ 水桶 / 木桶 / 汽油桶。❷ 量詞 ◆ 一桶水。

## ⁷梭

梭梭梭梭梭梭　梭

[ suō ㄙㄨㄛ ⑧ sɔ¹ 梳 ]

梭子：織布機上用來牽引緯線的工具，形狀兩頭尖，中間寬 ◆ 光陰似箭，日月如梭。

## ⁸棒

棒棒棒棒棒棒　棒

[ bàng ㄅㄤˋ ⑧ paŋ⁵ 彭⁵ ]

❶ 棍子 ◆ 木棒 / 棍棒 / 棒槌 / 指揮棒 / 當頭棒喝。❷ 北方方言。凡身體強壯、能力強、水平高、東西好都可用"棒"來形容 ◆ 他身體棒極了 / 球踢得真棒 / 他的字寫得很棒。

## ⁸棱

棱棱棱棱棱棱　棱

[ léng ㄌㄥˊ ⑧ liŋ⁴ 零 ]

❶ 物體的邊角或尖角 ◆ 棱角 / 三棱鏡 / 模棱兩可。❷ 物體表面凸起的長條形部分 ◆ 瓦棱。

日月木欠止歹

焦點易錯字　條｜條　條例 條件　倏然 倏忽

8 **椏** (丫)　椏椏椏椏椏椏　椏

[ yā ㄧㄚ 粵a¹/ŋa¹ 鴉 ]

樹杈 ◆ 椏杈 / 枝椏。

---

8 **棋**　棋棋棋棋棋棋　棋

[ qí ㄑㄧˊ 粵kei⁴ 其 ]

文娛用具，種類很多 ◆ 象棋 / 圍棋 / 星羅棋佈 / 棋逢敵手 / 棋錯一着，滿盤皆輸。

---

8 **植**　植植植植植植　植

[ zhí ㄓˊ 粵dzik⁹ 直 ]

❶ 栽種 ◆ 植樹 / 種植 / 移植。❷ 穀物、草木的總稱 ◆ 植物。❸ 把有機體連接上或補好 ◆ 植皮 / 斷指再植。❹ 培養；樹立 ◆ 扶植 / 培植 / 植黨營私。

---

8 **棟** (栋)　棟棟棟棟棟棟　棟

[ dòng ㄉㄨㄥˋ 粵duŋ⁶ 洞 ]

❶ 房屋的正梁 ◆ 棟梁 / 畫棟雕梁。❷ 量詞，房屋的計量單位 ◆ 一棟房子。

---

8 **森**　森森森森森森　森

[ sēn ㄙㄣ 粵sɐm¹ 心 ]

❶ 樹木多而密 ◆ 只見樹木，不見森林。❷ 形容陰暗可怕 ◆ 陰森 / 陰森森。

---

8 **焚**

見火部，266 頁。

---

8 **椅**　椅椅椅椅椅椅　椅

[ yǐ ㄧˇ 粵ji² 倚 ]

有靠背的坐具 ◆ 椅子 / 籐椅 / 輪椅。

---

8 **棲** (栖)　棲棲棲棲棲棲　棲

[ qī ㄑㄧ 粵tsɐi¹ 妻 ]

❶ 鳥類在樹枝上或巢裏歇息 ◆ 棲息 / 兩棲動物。❷ 泛指居住、停留 ◆ 棲身之所。

---

8 **棧** (栈)　棧棧棧棧棧棧　棧

[ zhàn ㄓㄢˋ 粵dzan⁶ 撰 ]

❶ 存放貨物或旅客留宿的地方 ◆ 棧房 / 貨棧 / 糧棧 / 客棧。❷ 養牲口的竹木棚或柵欄 ◆ 馬棧 / 羊棧。

---

8 **椒**　椒椒椒椒椒椒　椒

[ jiāo ㄐㄧㄠ 粵dziu¹ 焦 ]

植物名，果實或種子有刺激性味道，有辣椒、花椒、胡椒等。

---

8 **棠**　棠棠棠棠棠棠　棠

[ táng ㄊㄤˊ 粵tɔŋ⁴ 唐 ]

植物名：（1）棠梨：落葉喬木，有紅、白兩種，紅的木質堅韌，果實味澀，不能吃；白的果實味酸，可以吃。（2）海棠：落葉小喬木，果實味酸甜，可以吃。

---

8 **棵**　棵棵棵棵棵棵　棵

[ kē ㄎㄜ 粵fo² 火 ]

量詞，植物一株叫 "一棵" ◆ 一棵草 / 三棵樹。

---

8 **棍**　棍棍棍棍棍棍　棍

[ gùn ㄍㄨㄣˋ 粵gwɐn³ 君³ ]

❶ 棒 ◆ 棍棒 / 木棍 / 鐵棍 / 警棍。❷ 壞人；無賴 ◆ 惡棍 / 賭棍 / 訟棍。

---

⁸ **棗** ⁽枣⁾　棗 棗 棗 棗 棗 棗　棗

[ zǎo ㄗㄠˇ ⑧dzou² 早]
棗樹：落葉喬木，果實味甜，可以吃 ◆ 紅棗 / 棗紅色。

⁸ **棘**　棘 棘 棘 棘 棘 棘　棘

[ jí ㄐㄧˊ ⑧gik⁷ 激]
❶ 酸棗樹，枝上有刺。❷ 有刺草木的統稱 ◆ 荊棘 / 披荊斬棘。❸ 刺；扎 ◆ 棘手的問題。

⁸ **棃**　"梨"的異體字，見216頁。

⁸ **椎**　椎 椎 椎 椎 椎 椎　椎

〈一〉[ zhuī ㄓㄨㄟ ⑧dzœy¹ 追]
❶ 椎骨：也叫脊椎骨，構成脊柱的短骨 ◆ 頸椎 / 腰椎 / 脊椎。
〈二〉[ chuí ㄔㄨㄟˊ ⑧tsœy⁴ 徐]
❷ 同"槌"。敲打東西的器具 ◆ 鐵椎 / 鼓椎。❸ 同"捶"。敲打 ◆ 椎背 / 椎胸頓足。

⁸ **集**　見隹部，478頁。

⁸ **棉**　棉 棉 棉 棉 棉 棉　棉

[ mián ㄇㄧㄢˊ ⑧min⁴ 眠]
植物名。草棉，俗稱棉花。果實叫棉桃，成熟後裂開，綻出白色纖維，就是棉花，可以用來紡紗；種子可以榨油。木棉，是落葉喬木，果實內的纖維不能紡紗，但可用來做枕芯等。

⁸ **棚**　棚 棚 棚 棚 棚 棚　棚

[ péng ㄆㄥˊ ⑧paŋ⁴ 彭]

用竹木等搭成的篷架或簡陋的建築，用來遮陽擋雨 ◆ 瓜棚 / 草棚 / 涼棚 / 牲口棚。

⁸ **棹**　同"櫂"字，見224頁。

⁸ **棄** ⁽弃⁾　棄 棄 棄 棄 棄 棄　棄

[ qì ㄑㄧˋ ⑧hei³ 氣]
扔掉；捨去 ◆ 拋棄 / 放棄 / 棄權 / 前功盡棄 / 食之無味，棄之可惜。

⁸ **渠**　見水部，251頁。

⁸ **棕**　棕 棕 棕 棕 棕 棕　棕

[ zōng ㄗㄨㄥ ⑧dzuŋ¹ 宗]
棕櫚：也叫棕櫚樹，常綠喬木。樹幹外有棕毛，可做繩子、掃帚、刷子等。葉子可做扇子。

棕櫚

⁸ **棺**　棺 棺 棺 棺 棺 棺　棺

[ guān ㄍㄨㄢ ⑧gun¹ 官]
棺材：裝殮死人的器具 ◆ 蓋棺論定 / 不見棺材不落淚。

⁸ **閑**　見門部，471頁。

⁹ **楔**　楔楔楔楔楔 楔

[xiē ㄒㄧㄝ 粵 sit⁸ 屑]

楔子：(1)插進榫縫使榫頭固定的上厚下薄的小木片。(2)某些舊小說、戲曲正文前的引子或開場白。

⁹ **椿**　椿椿椿椿椿椿 椿

[chūn ㄔㄨㄣ 粵 tsœn¹ 春]

植物名，一種叫香椿，嫩葉有香味，可作菜吃。一種叫臭椿，葉子有臭味。

⁹ **椰**　椰椰椰椰椰椰 椰

[yē ㄧㄝ 粵 jɛ⁴ 爺]

椰樹：常綠喬木，生長在熱帶和亞熱帶。果實叫椰子，果汁可做飲料，果肉可以吃，也可以榨油。

椰子

⁹ **楠**　楠楠楠楠楠楠 楠

[nán ㄋㄢˊ 粵 nam⁴ 南]

楠木，常綠喬木，木質堅固細密，有香味，是建築和製作器具的優質木材。

⁹ **禁**　見示部，317 頁。

⁹ **楂**　楂楂楂楂楂楂 楂

[zhā ㄓㄚ 粵 dza¹ 渣]

山楂：植物名。果實也叫山楂，味酸甜，可以吃，也可入藥。

⁹ **楚**　楚楚楚楚楚楚 楚

[chǔ ㄔㄨˇ 粵 tsɔ² 礎]

❶ 痛苦 ◆ 痛楚／苦楚／悽楚。❷ 清晰；鮮明；整齊 ◆ 清楚／一清二楚／衣冠楚楚。❸ 姿態嬌柔；纖弱；秀美 ◆ 楚楚可憐。❹ 古國名。戰國七雄之一，國土主要在今湖南、湖北一帶 ◆ 四面楚歌。❺ 指湖北和湖南；特指湖北 ◆ 楚劇。

⁹ **極**⁽极⁾　極極極極極極 極

[jí ㄐㄧˊ 粵 gik⁹ 擊⁹]

❶ 事物達到了最高的境地；到了盡頭 ◆ 南極／北極／登峯造極／泰山極頂。❷ 最；非常；達到最高程度 ◆ 極好／妙極了／成績極佳／極其重要／樂極生悲。❸ 用盡；竭盡 ◆ 極力／極目遠望／無所不用其極。

⁹ **楷**　楷楷楷楷楷楷 楷

[kǎi ㄎㄞˇ 粵 kai²]

❶ 典範；榜樣 ◆ 楷模。❷ 漢字的一種字體，也就是現在通行的正體字 ◆ 楷書／楷體／大楷／小楷。

⁹ **業**⁽业⁾　業業業業業業 業

[yè ㄧㄝ 粵 jip⁹ 葉]

❶ 社會上的各種行業 ◆ 農業／工業／商業／各行各業。❷ 從事的工作；職務 ◆ 職業／就業／轉業／業務／安居樂業。❸ 學習的內

容或過程 ◆ 學業 / 畢業 / 業精於勤，荒於嬉。❹ 財產 ◆ 產業 / 家業 / 祖業 / 業主。❺ 已經 ◆ 業已長大成人。

⁹ **楫** 楫楫楫楫楫楫 楫

[ jí ㄐㄧˊ 🔊 dzip⁸ 接 ]
划船用的槳。 ◆ 舟楫之利。

⁹ **楊**(杨) 楊楊楊楊楊楊 楊

[ yáng ㄧㄤˊ 🔊 jœŋ⁴ 羊 ]
楊樹：落葉喬木，種類很多，有白楊、黃楊、大葉楊、小葉楊、山楊等。木材可做器具 ◆ 楊柳 / 百步穿楊。

⁹ **楞** 楞楞楞楞楞楞 楞

⟨一⟩ [ léng ㄌㄥˊ 🔊 liŋ⁴ 零 ]
❶ 同 "棱" 字，見 217 頁。
⟨二⟩ [ lèng ㄌㄥˋ 🔊 liŋ⁶ 另 ]
❷ 同 "愣" 字，見 155 頁。

⁹ **楡** 楡楡楡楡楡楡 楡

[ yú ㄩˊ 🔊 jy⁴ 如 ]
榆樹：落葉喬木，果實叫榆莢或榆錢，可以吃。木質堅固，可做器具。

⁹ **椶** "棕" 的異體字，見 219 頁。

⁹ **楓**(枫) 楓楓楓楓楓楓 楓

[ fēng ㄈㄥ 🔊 fuŋ¹ 風 ]
楓樹：落葉喬木，葉子像手掌，秋天變紅。

⁹ **榔** 榔榔榔榔榔榔 榔

[ láng ㄌㄤˊ 🔊 lɔŋ⁴ 郎 ]

❶ 榔頭：體積較大的錘子。❷ 檳榔。見 "檳" 字，228 頁。

⁹ **概** 概概概概概概 概

[ gài ㄍㄞˋ 🔊 gɔi³ ㄎㄞ/kɔi³ 蓋 (語) ]
❶ 大致；總括 ◆ 概況 / 概要 / 概貌 / 概述 / 大概。❷ 氣度 ◆ 氣概。❸ 一律；表示全部，沒有例外 ◆ 一概 / 概不負責 / 概不退換。

⁹ **楣** 楣楣楣楣楣楣 楣

[ méi ㄇㄟˊ 🔊 mei⁴ 眉 ]
門框上的橫木 ◆ 門楣。

⁹ **椽** 椽椽椽椽椽椽 椽

[ chuán ㄔㄨㄢˊ 🔊 tsyn⁴ 全 ]
椽子：安放在梁上用來架住屋面和屋瓦的木條。

¹⁰ **構**(构) 構構構構構構 構

[ gòu ㄍㄡˋ 🔊 gɐu³ 救 / kɐu³ 扣 (語) ]
❶ 建造；建築 ◆ 構築工事。❷ 組合；設計 ◆ 構思 / 構圖 / 構成 / 構造 / 虛構。❸ 構成的事物；作品 ◆ 佳構。

¹⁰ **榛** 榛榛榛榛榛榛 榛

[ zhēn ㄓㄣ 🔊 dzœn¹ 津 ]
榛樹：落葉喬木，果實叫榛子，果仁可以吃，也可榨油。

¹⁰ **槓**(杠) 槓槓槓槓槓槓 槓

[ gàng ㄍㄤˋ 🔊 gɔŋ³ 鋼 ]
❶ 抬重物的較粗的棍子 ◆ 竹槓 / 鐵槓 / 轎

槓／撬槓。❷ 體育運動器械 ◆ 單槓／雙槓／高低槓。❸ 在讀書或批改文字時畫的粗線記號 ◆ 打上紅槓。

## <sup>10</sup> 榻

榻 榻 榻 榻 榻 榻　榻

[ tà ㄊㄚˋ ⑧ tap⁸ 塔 ]
狹長而較矮的牀；也泛指牀 ◆ 竹榻／臥榻／病榻／下榻。

## <sup>10</sup> 榦

同 "幹"〈一〉，見 134 頁。

## <sup>10</sup> 榫

榫 榫 榫 榫 榫 榫　榫

[ sǔn ㄙㄨㄣˇ ⑧ sœn² 筍 ]
器物接合處的凸凹部分。凸的部分叫榫頭或榫子；凹進的叫榫眼或卯眼。

## <sup>10</sup> 槐 (槐)

槐 槐 槐 槐 槐 槐　槐

[ huái ㄏㄨㄞˊ ⑧ wai⁴ 懷 ]
槐樹：落葉喬木，木材可做器具，花、果、根皮可入藥。

## <sup>10</sup> 榭

榭 榭 榭 榭 榭 榭　榭

[ xiè ㄒㄧㄝˋ ⑧ dzɛ⁶ 謝 ]
建在高台上的房屋 ◆ 水榭／歌台舞榭。

## <sup>10</sup> 槌

槌 槌 槌 槌 槌 槌　槌

[ chuí ㄔㄨㄟˊ ⑧ tsœy⁴ 徐 ]
敲打用具 ◆ 棒槌／鼓槌。

## <sup>10</sup> 榴

榴 榴 榴 榴 榴 榴　榴

[ liú ㄌㄧㄡˊ ⑧ lɐu⁴ 留 ]
石榴樹；落葉灌木或小喬木，果實球形，叫石榴，裏面有許多種子，種子的外皮汁甜，可以吃。根皮、果皮可入藥。

## <sup>10</sup> 槍 (枪)

槍 槍 槍 槍 槍 槍　槍

[ qiāng ㄑㄧㄤ ⑧ tsœŋ¹ 昌 ]
❶ 能用尖頭刺擊或能發射子彈的兵器 ◆ 手槍／紅纓槍／機關槍／槍林彈雨／明槍易躲，暗箭難防。❷ 像槍的器具 ◆ 水槍／焊槍。

## <sup>10</sup> 槁

槁 槁 槁 槁 槁 槁　槁

[ gǎo ㄍㄠˇ ⑧ gou² 稿 ]
草木乾枯；面容憔悴 ◆ 槁木死灰／臉容枯槁。

## <sup>10</sup> 榜

榜 榜 榜 榜 榜 榜　榜

[ bǎng ㄅㄤˇ ⑧ bɔŋ² 綁 ]
❶ 張貼出來的文告或名單 ◆ 發榜／放榜／

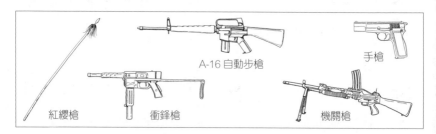

紅纓槍　　A-16 自動步槍　　手槍
衝鋒槍　　機關槍

排行榜 / 榜上有名。❷ 榜樣：模範。

商量；討論 ◆ 商榷。

¹⁰ **榮**（荣）　榮榮榮榮榮榮 榮

[ róng ㄖㄨㄥˊ （粵）wiŋ⁴ 永⁴ ]

❶ 草木茂盛；跟 "枯" 相對 ◆ 本固枝榮 /
欣欣向榮 / 離離原上草，一歲一枯榮。野火
燒不盡，春風吹又生。❷ 事業興盛 ◆ 繁
榮昌盛。❸ 光榮；跟 "辱" 相對 ◆ 榮耀 /
榮譽 / 榮登榜首 / 榮獲冠軍 / 榮辱與共。

¹⁰ **榨**　榨榨榨榨榨榨 榨

[ zhà ㄓㄚˋ （粵）dza³ 炸 ]

❶ 把物體裏的液汁擠壓出來 ◆ 榨取 / 榨油 /
榨甘蔗 / 榨橙汁。❷ 擠壓物體液汁的器具
◆ 油榨 / 酒榨。

¹⁰ **寨**　見宀部，115 頁。

¹⁰ **榕**　榕榕榕榕榕榕 榕

[ róng ㄖㄨㄥˊ （粵）juŋ⁴ 容 ]

❶ 榕樹：常綠喬木，生長在熱帶和亞熱帶，
樹幹分枝多，有氣根，葉子互生，木材可做
器具。❷ 福建省福州市，別稱 "榕城"。

榕樹

¹⁰ **榷**　榷榷榷榷榷榷 榷

[ què ㄑㄩㄝˋ （粵）kɔk⁸ 確 ]

¹¹ **樁**（桩）　樁樁樁樁樁樁 樁

[ zhuāng ㄓㄨㄤ （粵）dzɔŋ¹ 裝 ]

❶ 打入地裏的柱子 ◆ 打樁 / 橋樁 / 木樁。
❷ 量詞，用於事情 ◆ 小事一樁 / 一樁要事 /
一樁心事。

¹¹ **槽**　槽槽槽槽槽槽 槽

[ cáo ㄘㄠˊ （粵）tsou⁴ 曹 ]

❶ 長條形的盛器，用來放飼料、貯水或釀
酒 ◆ 馬槽 / 豬槽 / 水槽 / 酒槽。❷ 兩邊高
起、中間凹下像槽的東西 ◆ 牙槽 / 河槽 /
在地上挖了個槽。

¹¹ **樞**（枢）　樞樞樞樞樞樞 樞

[ shū ㄕㄨ （粵）sy¹ 書 ]

❶ 門上的轉軸 ◆ 戶樞不蠹。❷ 指事物的
中心或重要部分 ◆ 樞紐 / 樞要 / 中樞。

門樞

¹¹ **標**（标）　標標標標標標 標

[ biāo ㄅㄧㄠ （粵）biu¹ 彪 ]

❶ 記號；識別符號 ◆ 標誌 / 標記 / 標點 / 商
標 / 路標。❷ 表明；寫明 ◆ 標價 / 標題 /
標榜 / 標新立異。❸ 表面的；不是根本的；
跟 "本" 相對 ◆ 治標不治本 / 標本兼治。❹

一定的準則、規格 ◆ 標準／標尺／目標／指標。❺ 特指用比價方式發包建設工程或進行大宗商品交易中的一種招商形式，即先由一方提出標準、條件等，承包商或承買人進行競爭 ◆ 招標／投標／評標／中標。❻ 發給競賽優勝者的獎品 ◆ 錦標／奪標。

## ¹¹模 (模)

模 模 模 模 模 模　模

〈一〉[ mó ㄇㄛˊ ⑧ mou⁴ 無 ]
❶ 榜樣；規範 ◆ 模範／模式／楷模／模型。
❷ 仿效；仿照 ◆ 模仿／模擬。
〈二〉[ mú ㄇㄨˊ ⑧ mou⁴ 無 ]
❸ 製造器物的模型 ◆ 模子／字模／鋼模。

## ¹¹樻

"楂"的異體字，見 220 頁。

## ¹¹樓 (楼)

樓 樓 樓 樓 樓 樓　樓

[ lóu ㄌㄡˊ ⑧ leu⁴ 留 ]
❶ 兩層以上的房屋 ◆ 樓房／高樓大廈／摩天大樓／欲窮千里目，更上一層樓。❷ 樓房的一層 ◆ 二樓／五樓。❸ 建築物的上層部分或有上層結構的建築物 ◆ 城樓／炮樓／鐘樓。

## ¹¹樊

樊 樊 樊 樊 樊 樊　樊

[ fán ㄈㄢˊ ⑧ fan⁴ 凡 ]
❶ 籬笆 ◆ 樊籬。❷ 關鳥獸的籠子 ◆ 樊籠。

## ¹¹樂 (乐)

樂 樂 樂 樂 樂 樂　樂

〈一〉[ lè ㄌㄜˋ ⑧ lok⁹ 落 ]
❶ 高興；喜悅；跟"悲"相對 ◆ 快樂／歡樂／樂趣／助人為樂／樂極生悲。❷ 喜愛；

願意 ◆ 樂意幫助／樂於助人／樂此不疲。
❸ 笑 ◆ 把他逗樂了／樂得合不攏嘴。
〈二〉[ yuè ㄩㄝˋ ⑧ ŋɔk⁹ 岳 ]
❹ 音樂 ◆ 樂器／奏樂／樂譜／第一樂章。
❺ 姓。
⊕ 圖見 225 頁。

## ¹¹槨

槨 槨 槨 槨 槨 槨　槨

[ guǒ ㄍㄨㄛˇ ⑧ gwɔk⁸ 國 ]
套在棺材外面的大棺材 ◆ 棺槨。

## ¹¹樟

樟 樟 樟 樟 樟 樟　樟

[ zhāng ㄓㄤ ⑧ dzœŋ¹ 章 ]
樟樹：一種常綠喬木，木材有香味，可提取樟腦和樟油，用來做傢具可以防蛀 ◆ 樟木箱。

## ¹¹樣 (样)

樣 樣 樣 樣 樣 樣　樣

[ yàng ㄧㄤˋ ⑧ jœŋ⁶ 讓 ]
❶ 形狀 ◆ 樣子／模樣／同樣／一模一樣／裝模作樣。❷ 用來做標準的 ◆ 樣品／樣本／榜樣／樣板。❸ 種類 ◆ 各式各樣／樣樣齊全／幾樣點心。

## ¹¹樑

"梁"的異體字，見 217 頁。

## ¹¹槳 (桨)

槳 槳 槳 槳 槳 槳　槳

[ jiǎng ㄐㄧㄤˇ ⑧ dzœŋ² 蔣 ]
划船的用具 ◆ 蕩起雙槳。

## ¹²橄 (橄)

橄 橄 橄 橄 橄 橄　橄

[ gǎn ㄍㄢˇ ⑧ gam³ 鑒 ]
橄欖樹：常綠喬木，果實長圓形，綠色，叫

# 樂器

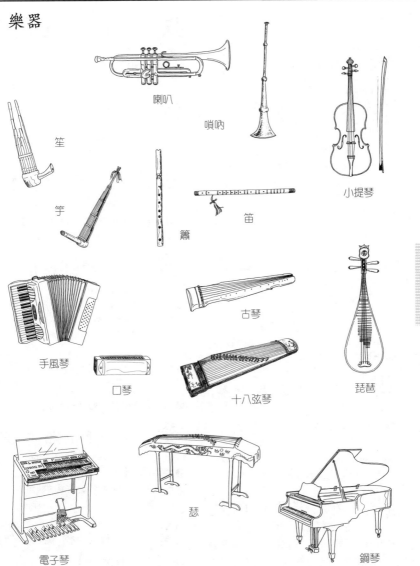

喇叭

嗩吶

小提琴

笙

竽

笛

簫

手風琴

口琴

古琴

十八弦琴

琵琶

電子琴

瑟

鋼琴

日月木犬正歹

橄欖，也叫青果，可以吃，也可入藥。種子叫欖仁，可以榨油。

¹²**橫**（横） 橫橫橫橫橫橫 橫

〈一〉[ héng ㄏㄥˊ ⑧ waŋ⁴ ]

❶ 跟地面平行的；左右向的；東西向的；跟"豎"、"直"、"縱"相對 ◆ 橫寫 / 橫梁 / 橫線 / 縱橫交錯 / 橫看成嶺側成峯，遠近高低各不同。❷ 交錯雜亂 ◆ 橫七豎八 / 蔓草橫生 / 血肉橫飛。❸ 粗暴不講理 ◆ 橫行霸道 / 橫衝直撞 / 橫加阻撓。

〈二〉[ hèng ㄏㄥˋ ⑧ waŋ⁴ ]

❹ 粗暴；兇狠 ◆ 蠻橫無理 / 態度強橫。❺ 意外的 ◆ 飛來橫禍 / 大發橫財。

¹²**樹**（树） 樹樹樹樹樹樹 樹

[ shù ㄕㄨˋ ⑧ sy⁶ 豎 ]

❶ 木本植物的總稱 ◆ 樹林 / 植樹造林 / 大樹底下好乘涼 / 只見樹木，不見森林。❷ 種植；培養 ◆ 十年樹木，百年樹人。❸ 建立 ◆ 建樹 / 獨樹一幟 / 樹立新風氣。

¹²**樺**（桦） 樺樺樺樺樺樺 樺

[ huà ㄏㄨㄚˋ ⑧ wa⁶ 話 / wa⁴ 華 ]

白樺樹：落葉喬木，樹皮白色。木材可做器具。

¹²**樸**（朴） 樸樸樸樸樸樸 樸

[ pǔ ㄆㄨˇ ⑧ pɔk⁸ 撲 ]

不加修飾的；實實在在的 ◆ 樸實 / 樸素 / 質樸 / 純樸 / 古樸典雅。

¹²**橇** 橇橇橇橇橇橇 橇

[ qiāo ㄑㄧㄠ ⑧ hiu¹ 僥 / tsœy³ 趣 ]

在冰雪上滑行的工具 ◆ 雪橇。

¹²**橋**（桥） 橋橋橋橋橋橋 橋

[ qiáo ㄑㄧㄠˊ ⑧ kiu⁴ 喬 ]

橫跨水面或架設在空中以便通行的建築物 ◆ 橋梁 / 天橋 / 鐵橋 / 石拱橋 / 青馬大橋。

¹²**橡** 橡橡橡橡橡橡 橡

[ xiàng ㄒㄧㄤˋ ⑧ dzœŋ⁶ 象 ]

❶ 橡樹：落葉喬木，果實叫橡子。木材可做枕木、傢具等。❷ 橡膠樹：常綠喬木，樹幹有乳狀膠汁，可製橡膠。

¹²**樽** 樽樽樽樽樽樽 樽

[ zūn ㄗㄨㄣ ⑧ dzœn¹ 津 ]

❶ 古代盛酒的器具。❷ 粵語指瓶子 ◆ 花樽。

¹²**橙** 橙橙橙橙橙橙 橙

[ chéng ㄔㄥˊ ⑧ tsaŋ⁴ 撐⁴/tsaŋ² 撐² 〔語〕 ]

❶ 橙樹：常綠喬木，果實叫橙子，可以吃，果皮可入藥。❷ 紅和黃合成的顏色 ◆ 紅橙黃綠青藍紫。

¹²**橘** 橘橘橘橘橘橘 橘

[ jú ㄐㄩˊ ⑧ gwɐt⁷ 骨 ]

橘樹：常綠喬木，品種很多。果實叫橘子，可以吃，果皮可入藥。

## <sup>12</sup>橢（椭）

橢 橢 橢 橢 橢 橢 橢

[ tuǒ ㄊㄨㄛˇ 🔊 tɔ⁵ 妥 ]

長圓形 ◆ 橢圓。

## <sup>12</sup>機（机）

機 機 機 機 機 機 機

[ jī ㄐㄧ 🔊 gei¹ 基 ]

❶ 由多種零件組合成的器具；機器 ◆ 打字機 / 發電機 / 洗衣機 / 拖拉機 / 縫紉機。❷ 飛機的簡稱 ◆ 機場 / 專機 / 戰鬥機 / 偵察機。❸ 事物的關鍵或重要方面 ◆ 機要 / 機密。❹ 適宜的時候；機會 ◆ 機遇 / 時機 / 趁機 / 隨機應變 / 坐失良機 / 機不可失。❺ 靈巧；靈活 ◆ 機靈 / 機智 / 機警 / 機敏 / 機動靈活。

## <sup>13</sup>檔（档）

檔 檔 檔 檔 檔 檔 檔

[ dàng ㄉㄤˋ 🔊 dɔŋ³ 當³ ]

❶ 架子上的橫木或框格 ◆ 橫檔 / 牀檔 / 框檔 / 窗檔。❷ 存放公文案卷的櫥架 ◆ 存檔 / 歸檔。❸ 分類保存的公文案卷 ◆ 檔案。❹ 貨物的等級 ◆ 檔次 / 低檔貨 / 高檔消費品。

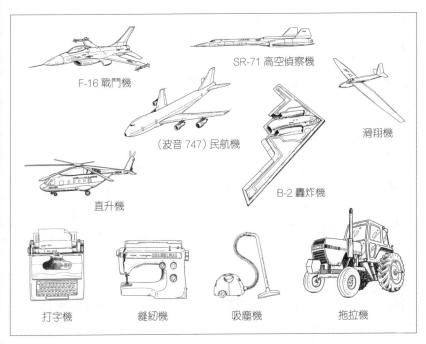

F-16 戰鬥機

SR-71 高空偵察機

（波音 747）民航機

滑翔機

B-2 轟炸機

直升機

打字機

縫紉機

吸塵機

拖拉機

日月木欠止歹

## <sup>13</sup>檄

檄 檄 檄 檄 檄 檄　檄

[ xí ㄒㄧˊ 粵 het⁹ 瞎 ]

檄文：古代的一種文書，用來徵召、聲討或告示民眾，大多指聲討敵人的文書。

## <sup>13</sup>櫛（栉）

櫛 櫛 櫛 櫛 櫛 櫛　櫛

[ zhì ㄓˋ 粵 dzit⁸ 折 ]

❶ 梳子、篦子的總稱 ◆ 鱗次櫛比。❷ 梳頭 ◆ 櫛髮 / 櫛風沐雨。

## <sup>13</sup>檢（检）

檢 檢 檢 檢 檢 檢　檢

[ jiǎn ㄐㄧㄢˇ 粵 gim² 撿 ]

❶ 查看；查驗 ◆ 檢驗 / 體檢 / 檢閱 / 檢疫。❷ 約束；限制 ◆ 有失檢點 / 行為不檢。

## <sup>13</sup>簷

"簷" 的異體字，見 334 頁。

## <sup>13</sup>檀

檀 檀 檀 檀 檀 檀　檀

[ tán ㄊㄢˊ 粵 tan⁴ 壇 ]

檀樹：落葉喬木，木質堅硬，可製作器物。另一種叫檀香木，常綠喬木，木材有香味，可提取香料，做摺扇等。

## <sup>13</sup>檁（檩）

檁 檁 檁 檁 檁 檁　檁

[ lǐn ㄌㄧㄣˇ 粵 lɐm⁵ 凜 ]

屋架上的橫木，用來支撐椽子或屋面板 ◆ 檁條。

## <sup>14</sup>檯

同 "枱" 字，見 213 頁。

## <sup>14</sup>櫃（柜）

櫃 櫃 櫃 櫃 櫃 櫃　櫃

[ guì ㄍㄨㄟˋ 粵 gwɐi⁶ 跪 ]

❶ 收藏東西的器具 ◆ 櫃子 / 衣櫃 / 櫥櫃 / 貨櫃 / 保險櫃。❷ 商店裏用來存放商品或進行交易的形狀像櫃的枱子 ◆ 櫃枱。

## <sup>14</sup>檻（槛）

檻 檻 檻 檻 檻 檻　檻

〈一〉[ kǎn ㄎㄢˇ 粵 lam⁶ 艦 ]

❶ 門下面的橫木 ◆ 門檻。

〈二〉[ jiàn ㄐㄧㄢˋ 粵 ham⁵ 咸⁵ ]

❷ 關野獸的柵欄；囚禁、押送犯人的籠車 ◆ 獸檻 / 檻車。

## <sup>14</sup>檬（檬）

檬 檬 檬 檬 檬 檬　檬

[ méng ㄇㄥˊ 粵 muŋ⁴ 蒙 ]

檸檬。見 "檸" 字，本頁。

## <sup>14</sup>檳（槟）

檳 檳 檳 檳 檳 檳　檳

〈一〉[ bīn ㄅㄧㄣ 粵 bɐn¹ 賓 ]

❶ 檳子：果樹，果實比蘋果小，味酸甜。

〈二〉[ bīng ㄅㄧㄥ 粵 bɐn¹ 賓 ]

❷ 檳榔：常綠喬木，生長在熱帶、亞熱帶。果實可以吃，也可以做藥材 ◆ 採檳榔。

檳榔

## <sup>14</sup>檸（柠）

檸 檸 檸 檸 檸 檸　檸

[ níng ㄋㄧㄥˊ 粵 niŋ⁴ 寧 ]

檸檬樹：常綠喬木，生長在熱帶或亞熱帶。果實叫檸檬，味酸，可以做飲料，果皮可以提取檸檬油。

<sup>15</sup>櫝<sup>(椟)</sup> 櫝櫝櫝櫝櫝櫝 櫝

[ dú ㄉㄨˊ ⑧ duk<sup>9</sup> 讀 ]
櫃子；木匣 ◆ 買櫝還珠。

<sup>15</sup>麓
見鹿部，510 頁。

<sup>15</sup>櫟<sup>(栎)</sup> 櫟櫟櫟櫟櫟櫟 櫟

[ lì ㄌㄧˋ ⑧ lik<sup>7</sup> 礫 ]
櫟樹：也叫柞樹，落葉喬木，葉子可餵柞蠶，木材可做器具。

<sup>15</sup>櫓<sup>(橹)</sup> 櫓櫓櫓櫓櫓櫓 櫓

[ lǔ ㄌㄨˇ ⑧ lou<sup>5</sup> 魯 ]
裝在船尾用來搖船的工具，比槳長而大 ◆ 搖櫓。

<sup>15</sup>櫚<sup>(榈)</sup> 櫚櫚櫚櫚櫚櫚 櫚

[ lǘ ㄌㄩˊ ⑧ lœy<sup>4</sup> 雷 ]
棕櫚。見 "棕" 字，219 頁。

<sup>15</sup>櫥<sup>(橱)</sup> 櫥櫥櫥櫥櫥櫥 櫥

[ chú ㄔㄨˊ ⑧ tsy<sup>4</sup>/tsœy<sup>4</sup> 除 ]
放置衣物的傢具 ◆ 衣櫥 / 書櫥 / 碗櫥。

<sup>17</sup>櫻<sup>(樱)</sup> 櫻櫻櫻櫻櫻 櫻

[ yīng ㄧㄥ ⑧ jiŋ<sup>1</sup> 英 ]
❶ 櫻桃樹：落葉喬木，果實叫櫻桃，球形，味酸甜，可以吃。❷ 櫻花：落葉喬木，春天開淡紅花或白花，供觀賞。

<sup>17</sup>欄<sup>(栏)</sup> 欄欄欄欄欄欄 欄

[ lán ㄌㄢˊ ⑧ lan<sup>4</sup> 蘭 ]
❶ 欄杆；橋的兩邊或亭台等建築的四邊起攔擋作用的東西 ◆ 石欄 / 木欄 / 迴欄 / 憑欄遠眺。❷ 關養牲畜的圈 ◆ 牛欄 / 豬欄。❸ 報刊上用線條等分隔開的版面；表格中的項目 ◆ 專欄 / 廣告欄 / 文藝欄 / 學歷欄。

<sup>18</sup>權<sup>(权)</sup> 權權權權權權 權

[ quán ㄑㄩㄢˊ ⑧ kyn<sup>4</sup> 拳 ]
❶ 具有支配事物的力量；權力 ◆ 政權 / 職權 / 掌權 / 主權。❷ 應有的權力和享受的利益；權利 ◆ 人權 / 選舉權 / 發言權 / 合法權益。❸ 暫時的；變通的 ◆ 權變 / 權宜之計 / 通權達變。❹ 衡量 ◆ 權衡利弊得失。

<sup>21</sup>欖<sup>(榄)</sup> 欖欖欖欖欖欖 欖

[ lǎn ㄌㄢˇ ⑧ lam<sup>5</sup> 覽 ]
橄欖。見 "橄" 字，224 頁。

<sup>25</sup>鬱
見鬯部，500 頁。

欠 部

<sup>0</sup>欠 欠欠欠 欠

[ qiàn ㄑㄧㄢˋ ⑧ him<sup>3</sup> 謙<sup>3</sup> ]
❶ 借人錢物沒有還、買東西暫時不付錢或應該給的沒有給 ◆ 欠債 / 欠賬 / 欠款 / 拖

欠。❷ **不夠**；**缺少** ◆ 欠缺 / 成績欠佳 / 考慮欠妥 / 萬事俱備，只欠東風。❸ **身體稍微向上或向前移動** ◆ 欠身。❹ **困倦時張口出氣** ◆ 打阿欠。

🖙 見古文字插頁 3。

## ²次

次 次 次 次 次 　次

[ cì ㄘˋ ⑧tsi³ 刺 ]

❶ **順序**；**先後** ◆ 次序 / 名次 / 依次排隊 / 層次分明 / 語無倫次。❷ **排在第二的** ◆ 次日 / 次子 / 次要 / 其次。❸ **質量差的** ◆ 次貨 / 以次充好 / 東西太次。❹ **量詞，用於反覆出現的事情，略等於"回"** ◆ 屢次 / 初次見面 / 三番五次。

## ³吹

見口部，64 頁。

## ⁴欣

欣 欣 欣 欣 欣 欣 　欣

[ xīn ㄒㄧㄣ ⑧jen¹ 因 ]

**高興**；**喜悦** ◆ 欣喜 / 欣慰 / 欣然接受 / 歡欣 / 欣逢佳節 / 十分欣幸。

## ⁷軟

見車部，439 頁。

## ⁷欲

欲 欲 欲 欲 欲 欲 　欲

[ yù ㄩˋ ⑧juk⁹ 玉 ]

❶ **想要**；**希望** ◆ 欲速不達 / 欲罷不能 / 欲蓋彌彰 / 隨心所欲 / 工欲善其事，必先利其器。❷ **將要**；**快要** ◆ 搖搖欲墜 / 山雨欲來風滿樓。❸ **同"慾"字** ◆ 食欲 / 求知欲。

## ⁸款

款 款 款 款 款 款 　款

[ kuǎn ㄎㄨㄢˇ ⑧fun² 寬² ]

❶ **錢財**；**經費** ◆ 現款 / 存款 / 公款 / 撥款 / 專款專用。❷ **法令、規章、條約等分條列出的項目** ◆ 條款 / 第三條第五款。❸ **字畫上的題名** ◆ 落款 / 上款 / 下款。❹ **樣式**；**規格** ◆ 款式 / 新款服飾。❺ **誠懇** ◆ 款留。❻ **招待** ◆ 款待 / 款客。

## ⁸欺

欺 欺 欺 欺 欺 欺 　欺

[ qī ㄑㄧ ⑧hei¹ 希 ]

❶ **騙**；**隱瞞事實真相** ◆ 欺騙 / 欺詐 / 欺上瞞下 / 自欺欺人 / 童叟無欺。❷ **壓迫**；**凌辱** ◆ 欺侮 / 欺負 / 仗勢欺人 / 欺人太甚 / 欺軟怕硬。

## ⁸欽 (钦)

欽 欽 欽 欽 欽 欽 　欽

[ qīn ㄑㄧㄣ ⑧jem¹ 音 ]

❶ **恭敬**；**敬重** ◆ 欽佩 / 欽羨 / 欽仰。❷ **古代稱皇帝親自做的** ◆ 欽定 / 欽賜 / 欽差大臣。

## ⁹歇

歇 歇 歇 歇 歇 歇 　歇

[ xiē ㄒㄧㄝ ⑧hit⁸ 蠍 ]

❶ **休息** ◆ 歇息 / 歇一會再説。❷ **停止** ◆ 歇業。

## ¹⁰歌

歌 歌 歌 歌 歌 歌 　歌

[ gē ㄍㄜ ⑧gɔ¹ 哥 ]

❶ **詩**；**樂曲** ◆ 詩歌 / 民歌 / 歌曲 / 歌謠 / 兒歌 / 四面楚歌。❷ **唱** ◆ 歌唱 / 歌手 / 歌舞晚會 / 載歌載舞 / 引吭高歌。❸ **讚揚**；**頌揚** ◆ 歌頌 / 歌功頌德 / 可歌可泣。

## ¹⁰歉

歉 歉 歉 歉 歉 歉 　歉

[ qiàn ㄑㄧㄢˋ ⑧hip⁸ 怯 ]

日月木欠止歹

❶ 莊稼收成不好；跟"豐"相對 ◆ 歉收 / 歉年 / 以豐補歉。❷ 感到對不起人；向人說對不起 ◆ 抱歉 / 道歉 / 深表歉意。

<sup>11</sup> 歎 <sup>(叹)</sup>　歎 歎 歎 歎 歎 歎　歎

[ tàn ㄊㄢˋ ⑧ tan<sup>3</sup> 炭 ]

❶ 心裏苦悶時發出的呼氣聲 ◆ 歎息 / 歎氣 / 長吁短歎 / 唉聲歎氣 / 長歎一聲。❷ 讚美；讚美之聲 ◆ 歎服 / 讚歎不已 / 歎為觀止。❸ 吟詠 ◆ 詠歎 / 一唱三歎。

<sup>11</sup> 歐 <sup>(欧)</sup>　歐 歐 歐 歐 歐 歐　歐

[ ōu ㄡ ⑧ eu<sup>1</sup>/ŋeu<sup>1</sup> 鷗 ]

歐洲的簡稱 ◆ 西歐 / 北歐 / 地跨歐亞兩洲。

<sup>18</sup> 歡 <sup>(欢)</sup>　歡 歡 歡 歡 歡 歡　歡

[ huān ㄏㄨㄢ ⑧ fun<sup>1</sup> 寬 ]

❶ 快樂；高興 ◆ 歡樂 / 歡笑 / 歡迎 / 歡天喜地 / 不歡而散。❷ 起勁；活躍 ◆ 幹得歡 / 唱得歡 / 玩得歡。❸ 戀人 ◆ 新歡。

止 部

<sup>0</sup> 止　止 止 止　止

[ zhǐ ㄓˇ ⑧ dzi<sup>2</sup> 只 ]

❶ 停住；停下來 ◆ 停止 / 靜止 / 遊客止步 / 終止計劃 / 適可而止。❷ 阻擋；使停止 ◆ 阻止 / 禁止 / 制止 / 止咳 / 止血。❸ 只；僅

◆ 不止一次 / 止此一家，別無分店。

☞ 見古文字插頁 3。

<sup>1</sup> 正　正 正 正 正　正

〈一〉[ zhèng ㄓㄥˋ ⑧ dziŋ<sup>3</sup> 政 ]

❶ 不偏不斜；正中；跟"歪"、"斜"相對 ◆ 立正 / 正前方 / 正方形 / 身正不怕影子斜 / 上梁不正下梁歪。❷ 正面的；跟"反"相對 ◆ 正反兩面 / 一正一反。❸ 合法的；正規的；合乎常理的 ◆ 正當 / 正派 / 公正 / 正常 / 正大光明。❹ 作為主體的；為主的；跟"副"相對 ◆ 正文 / 正本 / 正業 / 正部長。❺ 純淨不雜 ◆ 純正 / 味道不正 / 顏色不正。❻ 修改差錯，使正確 ◆ 改正 / 糾正 / 訂正 / 修正 / 正音。❼ 嚴肅；鄭重 ◆ 正告 / 正視。❽ 恰好 ◆ 正好 / 正中下懷。❾ 表示動作在進行中 ◆ 正在洗澡 / 正說着話。

〈二〉[ zhēng ㄓㄥ ⑧ dziŋ<sup>1</sup> 征 ]

❿ 農曆一年的第一個月 ◆ 正月。

<sup>2</sup> 此　此 此 此 此 此　此

[ cǐ ㄘˇ ⑧ tsi<sup>2</sup> 始 ]

❶ 這；這個；跟"彼"相對 ◆ 此人 / 顧此失彼 / 豈有此理 / 此地無銀三百兩 / 此時無聲勝有聲。❷ 這裏；這時 ◆ 到此一遊 / 從此以後。❸ 這樣 ◆ 如此這般 / 照此辦理 / 長此以往 / 人同此心，心同此理。

<sup>3</sup> 址　見土部，86 頁。

<sup>3</sup> 步　步 步 步 步 步 步　步

[ bù ㄅㄨˋ ⑧ bou<sup>6</sup> 部 ]

❶ 行走 ◆ 步行 / 徒步 / 步入教室 / 步履艱難。❷ 走路時兩腳之間的距離 ◆ 腳步 /

步伐／邁大步／寸步難行。❸ 跟隨 ◆ 步人後塵。❹ 事情進行的階段、程序 ◆ 步驟／初步／逐步。❺ 境地 ◆ 不幸落到這一步／事情到了這個地步，已經很難挽回了。
📖 見古文字插頁 13。

**武**　武武武武武武　武
[ wǔ ㄨˇ ⑧ mou⁵ 舞 ]
❶ 與軍事有關的；跟"文"相對 ◆ 武力／武器／武裝／文武雙全／耀武揚威。❷ 跟技擊有關的 ◆ 武術／武功／武藝高強。❸ 勇猛 ◆ 英武／富貴不能淫，威武不能屈。

**歧**　歧歧歧歧歧歧　歧
[ qí ㄑㄧˊ ⑧ kei⁴ 其 ]
❶ 岔路；從大路分出來的小路 ◆ 歧路／歧路亡羊／誤入歧途。❷ 不相同；不一致 ◆ 歧義／分歧／歧視。

**肯**　見肉部，360 頁。

**歪**　歪歪歪歪歪歪　歪
[ wāi ㄨㄞ ⑧ wai¹ 懷¹ ]
❶ 不正；偏斜；跟"正"相對 ◆ 歪斜／東倒西歪／畫掛歪了／上梁不正下梁歪。❷ 不正當；不正派 ◆ 歪理／邪門歪道／歪風邪氣。

**歲**（岁）　歲歲歲歲歲歲　歲
[ suì ㄙㄨㄟˋ ⑧ sœy³ 碎 ]
❶ 年 ◆ 歲末年初／歲歲平安／歲寒然後知松柏之後凋／辭舊歲，迎新年。❷ 量詞，表示年齡 ◆ 歲數／我十歲，弟弟七歲。

**雌**　見隹部，478 頁。

**齒**　見齒部，516 頁。

**整**　見攴部，193 頁。

**歷**（历）　歷歷歷歷歷歷　歷
[ lì ㄌㄧˋ ⑧ lik⁹ 力 ]
❶ 經過 ◆ 經歷／歷時三年／艱難的歷程／歷盡千辛萬苦。❷ 過去的每一個、每一次 ◆ 歷史／歷屆／歷代／歷年／歷次。❸ 遍；一個一個的 ◆ 歷訪歐洲各國／往事歷歷在目。

**歸**（归）　歸歸歸歸歸歸　歸
[ guī ㄍㄨㄟ ⑧ gwɐi¹ 龜 ]
❶ 返回；回到原處 ◆ 歸心似箭／一夜未歸／滿載而歸／葉落歸根／柴門聞犬吠，風雪夜歸人。❷ 還給；返還 ◆ 歸還／物歸原主／完璧歸趙。❸ 合併；聚攏 ◆ 歸併／歸攏。❹ 屬於 ◆ 歸屬／歸公／這事歸你管。❺ 依附；趨向 ◆ 萬眾歸心／眾望所歸／殊途同歸／百川歸海。

歹 部

**歹**　歹歹歹　歹
[ dǎi ㄉㄞˇ ⑧ dai² 帶² ]

壞；惡；跟"好"相對 ◆ 歹徒 / 並無歹意 / 為非作歹 / 不知好歹。

## ²列
見刀部，40頁。

## ²死
死死死死死 死

[ sǐ ㄙˇ 粵 si² 史 / sei² 四² ]
❶ 喪失生命；跟"生"相對 ◆ 死亡 / 死不瞑目 / 視死如歸 / 大難不死，必有後福 / 人生自古誰無死，留取丹心照汗青。❷ 不顧生命；拚命 ◆ 決一死戰 / 死守陣地 / 殊死搏鬥。❸ 不活動；不靈活 ◆ 死水 / 死板 / 死腦筋 / 死心眼。❹ 不能通過 ◆ 死胡同 / 死路一條。❺ 形容達到極點 ◆ 死頑固 / 笑死了 / 氣死人了。

## ⁴歿
歿歿歿歿歿 歿

[ mò ㄇㄛˋ 粵 mut⁹ 末 ]
死 ◆ 病歿 / 秦王既歿。

## ⁵殃
殃殃殃殃殃殃 殃

[ yāng ㄧㄤ 粵 jœŋ¹ 央 ]
❶ 災禍 ◆ 遭殃 / 災殃。❷ 使受災禍；危害 ◆ 禍國殃民 / 殃及池魚。

## ⁵殆
殆殆殆殆殆殆 殆

[ dài ㄉㄞˋ 粵 tɔi⁵ 怠 ]
❶ 危險；失敗 ◆ 知己知彼，百戰不殆。❷ 幾乎；差不多 ◆ 喪失殆盡。

## ⁶殊
殊殊殊殊殊殊 殊

[ shū ㄕㄨ 粵 sy⁴ 薯 ]
❶ 不同；差別 ◆ 殊途同歸 / 正本與副本無

殊。❷ 特別的 ◆ 特殊 / 殊勳 / 獲此殊榮。❸ 很；非常 ◆ 殊念 / 殊有同感。

## ⁶殉
殉殉殉殉殉殉 殉

[ xùn ㄒㄩㄣˋ 粵 sœn⁶ 順 / sœn¹ 荀 (語) ]
❶ 為了一定目的而犧牲生命 ◆ 殉情 / 殉國 / 以身殉職 / 以殉國難。❷ 陪葬 ◆ 殉葬。

## ⁸殖
殖殖殖殖殖殖 殖

[ zhí ㄓˊ 粵 dzik⁹ 直 ]
生育；生長 ◆ 生殖 / 繁殖。

## ⁸殘 (残)
殘殘殘殘殘殘 殘

[ cán ㄘㄢˊ 粵 tsan⁴ 燦⁴ ]
❶ 有缺損；不完整 ◆ 殘疾人 / 殘破不堪 / 殘缺不全 / 身殘志堅。❷ 剩下的 ◆ 殘存 / 殘羹剩飯 / 風燭殘年 / 殘兵敗將 / 殘冬臘月。❸ 毀壞；傷害 ◆ 殘害 / 殘殺 / 摧殘。❹ 兇暴 ◆ 殘酷 / 殘忍 / 殘暴。

## ¹³殮 (殓)
殮殮殮殮殮殮 殮

[ liàn ㄌㄧㄢˋ 粵 lim⁵ 斂 ]
把死人裝入棺材 ◆ 入殮 / 裝殮 / 殮葬。

## ¹⁴殯 (殡)
殯殯殯殯殯殯 殯

[ bìn ㄅㄧㄣˋ 粵 bɐn³ 鬢 ]
停棺；送葬 ◆ 殯葬 / 出殯 / 殯儀館。

## ¹⁷殲 (歼)
殲殲殲殲殲殲 殲

[ jiān ㄐㄧㄢ 粵 tsim¹ 簽 ]
消滅 ◆ 殲滅 / 圍殲 / 聚而殲之 / 殲敵千人。

殳 部

<sup>5</sup> 段　　　段 段 段 段 段 段　段

[ duàn ㄉㄨㄢˋ 粵 dyn<sup>6</sup> 斷 ]
事物或時間的一節或一部分 ◆ 分三個階段 / 文章共五段 / 講了一段話 / 還有一段時間 / 把木頭鋸成三段。

<sup>6</sup> 殷　　　殷 殷 殷 殷 殷 殷　殷

〈一〉[ yīn ㄧㄣ 粵 jɐn<sup>1</sup> 因 ]
❶ 富足 ◆ 殷實 / 殷富 / 殷商。❷ 懇切；深厚 ◆ 殷切 / 殷勤 / 情意甚殷。❸ 姓。
〈二〉[ yān ㄧㄢ 粵 jin<sup>1</sup> 煙 ]
❹ 赤黑色 ◆ 殷紅。

<sup>7</sup> 殺 <sup>(杀)</sup>　　殺 殺 殺 殺 殺 殺　殺

[ shā ㄕㄚ 粵 sat<sup>8</sup> 煞 ]
❶ 使人或動物喪失生命；弄死 ◆ 殺人 / 殺蟲劑 / 消毒殺菌 / 殺雞焉用牛刀。❷ 戰鬥 ◆ 殺出重圍。❸ 削減；減除 ◆ 殺價 / 殺威風。❹ 形容程度深 ◆ 氣殺 / 真是笑殺人。

<sup>8</sup> 殼 <sup>(壳)</sup>　　殼 殼 殼 殼 殼 殼　殼

〈一〉[ ké ㄎㄜˊ 粵 hɔk<sup>8</sup> 學<sup>8</sup> ]
❶ 堅硬的外皮 ◆ 貝殼 / 外殼 / 蛋殼 / 子彈殼。
〈二〉[ qiào ㄑㄧㄠˋ 粵 hɔk<sup>8</sup> 學<sup>8</sup> ]
❷ 義同 ❶ ◆ 地殼 / 軀殼 / 金蟬脱殼。

<sup>9</sup> 毀 <sup>(毁)</sup>　　毀 毀 毀 毀 毀 毀　毀

[ huǐ ㄏㄨㄟˇ 粵 wɐi<sup>2</sup> 委 ]
❶ 破壞 ◆ 毀壞 / 毀容 / 摧毀 / 搗毀。❷ 説別人的壞話 ◆ 毀謗 / 詆毀 / 毀譽參半。❸ "燬" 的簡化字。

<sup>9</sup> 殿　　　殿 殿 殿 殿 殿 殿　殿

[ diàn ㄉㄧㄢˋ 粵 din<sup>6</sup> 電 ]
❶ 古代稱高大的房屋，後專指帝皇居住的地方或供奉神佛的地方 ◆ 宮殿 / 佛殿 / 太和殿 / 大雄寶殿。❷ 行軍時走在最後的；比賽中名列第四 ◆ 殿後 / 殿軍。

<sup>11</sup> 穀　　見禾部，322 頁。

<sup>11</sup> 毆 <sup>(殴)</sup>　　毆 毆 毆 毆 毆 毆　毆

[ ōu ㄡ 粵 ɐu<sup>2</sup> / ŋɐu<sup>2</sup> 嘔 ]
打 ◆ 毆打 / 打架鬥毆。

<sup>11</sup> 毅　　　毅 毅 毅 毅 毅 毅　毅

[ yì ㄧˋ 粵 ŋɐi<sup>6</sup> 藝 ]
堅決；果斷 ◆ 毅力 / 剛毅 / 堅毅。

毋 部

<sup>0</sup> 毋　　　　　　　毋 毋 毋　毋

[ wú ㄨˊ 粵 mou<sup>4</sup> 無 ]
不要；不可以 ◆ 毋妄言 / 寧缺毋濫 / 宜未

殳毋
比毛氏气

雨而綢繆，毋臨渴而掘井。

## ¹母

母 母 母 母

[ mǔ ㄇㄨˇ ⓰ mou⁵ 武 ]

❶ **母親；媽媽** ◆ 母愛 / 母子情深 / 可憐天下父母心 / 慈母手中線，遊子身上衣。❷ **對長輩婦女的尊稱** ◆ 祖母 / 岳母 / 伯母 / 姑母 / 師母。❸ **雌性的動物** ◆ 母雞 / 母牛 / 母豬。❹ **有製造、產生其他事物的能力或作用的；從那裏出來的** ◆ 母本 / 母校 / 航空母艦 / 失敗乃成功之母。

## ³每

每 每 每 每 每 每

[ měi ㄇㄟˇ ⓰ mui⁵ 梅⁵ ]

❶ **各個** ◆ 每人 / 每月一次 / 每隊派一名代表。❷ **各次** ◆ 每次 / 每逢佳節倍思親。

## ⁵毒

毒 毒 毒 毒 毒 毒

[ dú ㄉㄨˊ ⓰ duk⁹ 獨 ]

❶ **有害的** ◆ 毒品 / 毒藥 / 毒蛇 / 毒氣。❷ **有害的東西** ◆ 吸毒 / 消毒 / 中毒 / 以毒攻毒。❸ **用毒物殺死** ◆ 毒害 / 毒老鼠。❹ **兇狠；殘暴** ◆ 毒辣 / 毒計 / 狠毒 / 下毒手 / 毒打一頓。

比 部

## ⁰比

比 比 比

〈一〉 [ bǐ ㄅㄧˇ ⓰ bei² 彼 ]

❶ **比較；比賽** ◆ 比武 / 比高矮 / 比大小 / 比誰跑得快。❷ **表示兩個數值的關係** ◆ 比值 / 三比一勝出。❸ **譬喻；打比方** ◆ 比喻 / 把月亮比作彎彎的小船。❹ **模仿** ◆ 比着葫蘆畫瓢。❺ **打手勢** ◆ 比劃 / 連説帶比。

〈二〉 [ bǐ ㄅㄧˇ ⓰ bei⁶ 備/bei² 彼 ]

❻ **靠近；挨着** ◆ 鱗次櫛比 / 比翼齊飛 / 海內存知己，天涯若比鄰。❼ **依附；勾結** ◆ 朋比為奸。

## ⁴昆

見日部，198 頁。

## ⁵毗

毗 毗 毗 毗 毗 毗

[ pí ㄆㄧˊ ⓰ pei⁴ 皮 ]

**連接** ◆ 毗連 / 毗鄰。

## ⁵皆

見白部，300 頁。

## ⁵毖

毖 毖 毖 毖 毖 毖

[ bì ㄅㄧˋ ⓰ bei³ 祕 ]

**謹慎** ◆ 懲前毖後。

毛 部

## ⁰毛

毛 毛 毛

[ máo ㄇㄠˊ ⓰ mou⁴ 無 ]

❶ **動植物表皮上所生的絲狀物；鳥類身上的羽** ◆ 羊毛 / 雞毛 / 羽毛 / 眉毛 / 毛髮。❷ **粗糙的；沒有加工的** ◆ 毛樣 / 毛坯。❸ **粗**

略估計的；不是純淨的 ◆ 毛估 / 毛重 / 毛利。❹ 做事粗心，不沉着 ◆ 毛手毛腳 / 毛毛躁躁。❺ 形容細、小 ◆ 毛孩子 / 毛毛雨。❻ 一元的十分之一；角 ◆ 一毛。
👆 見古文字插頁 3。

³ **尾**　見尸部，121 頁。

⁶ **耗**　見耒部，356 頁。

⁷ **毫**　毫毫毫毫毫毫 **毫**

[ háo ㄏㄠˊ ⑧ hou⁴ 豪 ]
❶ 細毛 ◆ 毫毛 / 明察秋毫。❷ 指毛筆 ◆ 羊毫 / 狼毫 / 揮毫疾書 / 即席揮毫。❸ 形容極少；一點兒 ◆ 一絲一毫 / 毫無誠意 / 毫無影響 / 毫不在乎 / 毫無道理。

⁸ **毯**　毯毯毯毯毯毯 **毯**

[ tǎn ㄊㄢˇ ⑧ tam² 貪²/tan² 坦 (語) ]
鋪、墊、蓋用的較厚的毛、棉織品 ◆ 毛毯 / 地毯 / 毯子。

⁹ **毽**　毽毽毽毽毽毽 **毽**

[ jiàn ㄐㄧㄢˋ ⑧ gin³ 見 ]
毽子：一種用腳踢的玩具 ◆ 踢毽子。

毽子

¹¹ **麾**　見麻部，512 頁。

¹³ **氈** (毡)　氈氈氈氈氈氈 **氈**

[ zhān ㄓㄢ ⑧ dzin¹ 煎 ]
用羊毛等壓製成的片狀材料，可做墊子、褥子等 ◆ 氈子 / 氈帽 / 氈靴。

¹³ **氊**　"氈"的異體字，見本頁。

氏 部

⁰ **氏**　氏氏氏 **氏**

[ shì ㄕˋ ⑧ si⁶ 示 ]
❶ 姓 ◆ 姓氏 / 周氏兄弟 / 李氏姐妹。❷ 過去稱已婚婦女，加在父姓之後或夫姓父姓雙姓之後 ◆ 張氏 / 張王氏。

¹ **民**　民民民民 **民**

[ mín ㄇㄧㄣˊ ⑧ men⁴ 文 ]
❶ 人民；姓氏 ◆ 民眾 / 民心 / 公民 / 國泰民安 / 為民除害。❷ 從事某種職業或從屬某個民族的人 ◆ 牧民 / 漁民 / 農民 / 僑民。❸ 民間的 ◆ 民歌 / 民謠 / 民俗民風。❹ 非軍事的；跟"軍"相對 ◆ 民航公司 / 民用物資。

⁴ **昏**　見日部，198 頁。

# ⁴氓

氓 氓 氓 氓 氓 氓

〈一〉[ máng ㄇㄤˊ 粵 men⁴ 盟/men⁴ 民 (語) ]
❶ 流氓：不務正業、為非作歹的人。

〈二〉[ méng ㄇㄥˊ 粵 men⁴ 盟 ]
❷ 古代稱百姓為氓。

# 气部

## ²氖

氖 氖 氖 氖 氖

[ nǎi ㄋㄞˇ 粵 nai⁵ 奶 ]
一種氣體元素，無色，無臭，可用來製造霓虹燈。

## ⁴氛

氛 氛 氛 氛 氛

[ fēn ㄈㄣ 粵 fen¹ 分 ]
情景；氣象 ◆ 氛圍 / 氣氛熱烈。

## ⁵氟

氟 氟 氟 氟 氟

[ fú ㄈㄨˊ 粵 fet⁷ 忽 ]
一種氣體元素，有毒，有很強的腐蝕。

## ⁶氣 (气)

氣 氣 氣 氣 氣 氣

[ qì ㄑㄧˋ 粵 hei³ 器 ]
❶ 氣體，物體三態（固體、液體、氣體）之一 ◆ 氧氣 / 煤氣 / 蒸氣 / 毒氣。❷ 特指空氣 ◆ 氣溫 / 氣壓 / 開窗透氣。❸ 自然界冷熱、陰晴等現象 ◆ 天氣 / 氣候 / 氣象 / 節氣 / 秋高氣爽。❹ 指人的呼吸 ◆ 氣喘吁吁 / 氣

息奄奄 / 歎了一口氣 / 上氣不接下氣。❺ 鼻子聞到的味道 ◆ 氣味 / 香氣撲鼻 / 臭氣熏天。❻ 人所表現出來的精神狀態 ◆ 勇氣 / 志氣 / 有骨氣 / 朝氣蓬勃 / 一團和氣。❼ 事物的狀態 ◆ 新氣象 / 氣勢宏偉 / 社會風氣 / 熱烈的氣氛。❽ 生氣；發怒；使生氣 ◆ 真氣人 / 氣得半死 / 請別氣 / 故意氣我。

## ⁶氦

氦 氦 氦 氦 氦 氦

[ hài ㄏㄞˋ 粵 hɔi⁶ 亥 ]
一種氣體元素，無色，無臭，可用來填充氣球和電燈泡。液體氦可作冷凍劑。

## ⁶氨

氨 氨 氨 氨 氨 氨

[ ān ㄢ 粵 ɔn¹/ŋɐn¹ 安 ]
一種無色氣體，是氮和氫的化合物，有強烈的刺激性臭味。可用來做冷凍劑和化肥。

## ⁶氧

氧 氧 氧 氧 氧 氧

[ yǎng ㄧㄤˇ 粵 jœn⁵ 養 ]
一種氣體元素，無色，無臭，能助燃。氧是人和植物呼吸必需的氣體，在工業上也有廣泛用途。

## ⁷氫 (氢)

氫 氫 氫 氫 氫 氫

[ qīng ㄑㄧㄥ 粵 hiŋ¹ 輕 ]
一種氣體元素，無色，無臭，是最輕的一種元素，在工業上用途廣泛。液態氫是火箭的高能燃料 ◆ 氫彈。

## ⁸氮

氮 氮 氮 氮 氮 氮

[ dàn ㄉㄢˋ 粵 dam⁶ 淡 ]

焦點易錯字　汽 | 氣　汽車 汽水　氣體 空氣

一種氣體元素，無色，無臭，是空氣的重要成分之一。可用來製造氮肥，氮肥是植物的重要營養素。

## ⁸氪 (氪)

氪 氪 氪 氪 氪 氪　氪

[ lǜ ㄌㄩˋ 粵 luk⁹ 綠 ]

一種氣體元素，有毒，有刺激性臭味。可用來製造漂白劑、消毒劑和農藥等。

水 部

## ⁰水

水 水 水　水

[ shuǐ ㄕㄨㄟˇ 粵 sœy² 雖² ]

❶ 一種無色無臭無味的透明液體 ◆ 礦泉水 / 自來水 / 蒸餾水 / 飲水思源 / 喝水不忘掘井人。❷ 江、河、湖、海的通稱；跟 "陸" 相對 ◆ 水產 / 水路 / 水陸交通 / 跋山涉水。❸ 指河流 ◆ 漢水 / 湘水。❹ 汁液 ◆ 藥水 / 墨水 / 汽水 / 湯水 / 橘子水。

🖐 見古文字插頁 3。

## ¹永

永 永 永 永　永

[ yǒng ㄩㄥˇ 粵 wiŋ⁵ 榮⁵ ]

長久；久遠 ◆ 永久 / 永遠 / 永恆 / 永垂不朽 / 一勞永逸。

## ²汁

汁 汁 汁 汁　汁

[ zhī ㄓ 粵 dzɐp⁷ 執 ]

含有某種物質的液體 ◆ 汁液 / 果汁 / 墨汁 /

西瓜汁 / 牛肉汁。

## ²汀

汀 汀 汀 汀　汀

[ tīng ㄊㄧㄥ 粵 tiŋ¹ 庭¹ ]

水中或水邊的小塊平地。多用作地名 ◆ 綠汀 / 蓼花汀。

## ²求 (求)

求 求 求 求 求 求　求

[ qiú ㄑㄧㄡˊ 粵 kɐu⁴ 球 ]

❶ 尋找；設法得到 ◆ 尋求 / 索求 / 求學 / 實事求是 / 刻舟求劍 / 精益求精 / 夢寐以求。❷ 請求 ◆ 求救 / 求援 / 求教 / 懇求 / 哀求。❸ 需要 ◆ 供不應求 / 供過於求。

## ²冰

見 冫 部，37 頁。

## ²氾

"泛" 的異體字，見 242 頁。

## ³汗

汗 汗 汗 汗 汗 汗　汗

〈一〉[ hàn ㄏㄢˋ 粵 hɔn⁶ 翰 ]

❶ 從皮膚的毛孔排泄出來的液體 ◆ 汗珠 / 汗水 / 出汗 / 汗流浹背 / 鋤禾日當午，汗滴禾下土。

〈二〉[ hán ㄏㄢˊ 粵 hɔn⁴ 寒 ]

❷ 可汗：中國古代突厥、鮮卑等少數民族的最高首領的稱號。

## ³汙

"污" 的異體字，見本頁。

## ³污

污 污 污 污 污 污　污

[ wū ㄨ 粵 wu¹ 烏 ]

❶ 髒；不清潔 ◆ 污濁 / 污穢 / 污垢 / 出污泥而不染。❷ 弄髒 ◆ 污染 / 玷污。❸ 使

受辱 ◆ 姦污。❹ **不廉潔；貪贓** ◆ 貪官污
吏／貪污公款。

³**汞**　汞汞汞汞汞汞　汞

[ gǒng 《ㄨㄥˇ ⑧ hun³ 哄 ]
一種金屬元素，俗稱水銀。

³**江**　江江江江江　江

[ jiāng ㄐㄧㄤ ⑧ gɔŋ¹ 剛 ]
❶ **大河流的通稱** ◆ 珠江／錢塘江／江河
湖泊。❷ **特指長江** ◆ 江南／江淮平原／
江東父老／孤帆遠影碧空盡，唯見長江天
際流。

³**汕**　汕汕汕汕汕　汕

[ shàn ㄕㄢˋ ⑧ san³ 傘 ]
汕頭：地名，在廣東省。

³**汐**　汐汐汐汐汐　汐

[ xī ㄒㄧ ⑧ dzik⁹ 夕 ]
海水漲潮，早潮叫潮，晚潮叫汐。

³**汛**　汛汛汛汛汛　汛

[ xùn ㄒㄩㄣˋ ⑧ sœn³ 信 ]
江河季節性的漲水 ◆ 汛期／防汛／秋汛。

³**尿**　見尸部，121頁。

³**池**　池池池池池　池

[ chí ㄔˊ ⑧ tsi⁴ 持 ]
❶ **水塘** ◆ 池塘／水池／荷花池／養魚池／游
泳池。❷ **像池子樣的** ◆ 花池／樂池／舞池。
❸ **古代指護城河** ◆ 城門失火，殃及池魚。

³**汝**　汝汝汝汝汝　汝

[ rǔ ㄖㄨˇ ⑧ jy⁵ 雨 ]
你 ◆ 汝曹（你們）／汝輩。

⁴**汪**　汪汪汪汪汪汪　汪

[ wāng ㄨㄤ ⑧ wɔŋ¹ 王¹ ]
❶ **水深而廣** ◆ 一片汪洋／汪洋大海。❷
**液體積聚在一起** ◆ 淚汪汪／地上汪着水。
❸ **形容狗的叫聲**。

⁴**沐**　沐沐沐沐沐沐　沐

[ mù ㄇㄨˋ ⑧ muk⁹ 木 ]
洗頭；泛指洗澡 ◆ 沐浴／櫛風沐雨。

⁴**沛**　沛沛沛沛沛沛　沛

[ pèi ㄆㄟˋ ⑧ pui³ 佩 ]
旺盛 ◆ 沛然／精力充沛。

⁴**汰**　汰汰汰汰汰汰　汰

[ tài ㄊㄞˋ ⑧ tai³ 太 ]
去掉差的 ◆ 淘汰／汰弱留強。

⁴**沌**　沌沌沌沌沌沌　沌

[ dùn ㄉㄨㄣˋ ⑧ dœn⁶ 鈍 ]
混沌：(1) 古代傳說中指天地未分開之前
模糊一團的景象 ◆ 天地混沌／混沌初開。
(2) 模糊，不清楚 ◆ 迷霧茫茫，遠山景色
一片混沌。

⁴**汨**　汨汨汨汨汨汨　汨

[ mì ㄇㄧˋ ⑧ mik⁹ 覓 ]
汨羅江：水名，在湖南省。

## 沏

沏沏沏沏沏沏　沏

[qī ㄑㄧ ⑧tsit⁸ 徹]

用開水沖泡東西 ◆ 沏茶。

## 沙

沙沙沙沙沙沙　沙

[shā ㄕㄚ ⑧sa¹ 紗]

❶ 細小的石粒 ◆ 沙子 / 沙灘 / 沙漠 / 風沙 / 飛沙走石 / 聚沙成塔，集腋成裘。❷ 像沙粒的東西 ◆ 豆沙 / 沙糖。❸ 聲音嘶啞 ◆ 沙啞。

## 沖

沖沖沖沖沖沖　沖

[chōng ㄔㄨㄥ ⑧tsun¹ 充]

❶ 用水、酒等澆 ◆ 沖茶 / 沖服。❷ 水力撞擊 ◆ 沖洗 / 沖刷 / 海浪沖擊堤岸。

## 汽

汽汽汽汽汽汽　汽

[qì ㄑㄧˋ ⑧hei³ 氣]

液體或固體受熱變成的氣體；特指水蒸氣 ◆ 汽油 / 汽車 / 汽艇 / 汽水 / 蒸汽機。

## 沃

沃沃沃沃沃沃　沃

[wò ㄨㄛˋ ⑧juk⁷ 郁]

❶ 灌溉；澆 ◆ 沃田。❷ 土地肥 ◆ 肥沃 / 沃土 / 沃野千里 / 肥田沃地。

## 沂

沂沂沂沂沂沂　沂

[yí ㄧˊ ⑧ji⁴ 兒]

沂河：水名，發源於山東省，流入江蘇省。

## 汾

汾汾汾汾汾汾　汾

[fén ㄈㄣˊ ⑧fen⁴ 焚]

汾河：水名，在山西省。

## 沒(没)

沒沒沒沒沒沒　沒

〈一〉[mò ㄇㄛˋ ⑧mut⁹ 末]

❶ 沉在水裏 ◆ 沉沒 / 沒入水中。❷ 水蓋過、漫過 ◆ 沒頂之災 / 水深沒膝 / 大水淹沒了莊稼。❸ 隱藏；消失 ◆ 隱沒 / 埋沒 / 出沒無常 / 神出鬼沒。❹ 扣下財物 ◆ 沒收 / 抄沒。❺ 盡頭；終了 ◆ 沒世 / 沒齒不忘。

〈二〉[méi ㄇㄟˊ ⑧mut⁹ 末]

❻ 沒有；無；跟"有"相對 ◆ 沒事 / 沒道理 / 沒工作。❼ 不曾 ◆ 沒去過 / 沒看見 / 沒聽說。❽ 不如；不夠 ◆ 你沒他高 / 來了沒三天就走了。

## 汲

汲汲汲汲汲汲　汲

[jí ㄐㄧˊ ⑧kɐp⁷ 級]

❶ 從下面把水打上來 ◆ 汲水。❷ 吸收；吸取 ◆ 汲取。

## 汴

汴汴汴汴汴汴　汴

[biàn ㄅㄧㄢˋ ⑧bin⁶ 辨]

河南省開封市的別稱。

## 沈

沈沈沈沈沈沈　沈

〈一〉[shěn ㄕㄣˇ ⑧sɐm² 審]

❶ 姓。❷ "瀋"的簡化字，見 261 頁。

〈二〉[chén ㄔㄣˊ ⑧tsɐm⁴ 尋]

同"沉"，見本頁。

## 沉

沉沉沉沉沉沉　沉

[chén ㄔㄣˊ ⑧tsɐm⁴ 尋]

❶ 沒入水裏；跟"浮"相對 ◆ 沉沒 / 石沉

水火爪父爻爿

大海 / 破釜沉舟 / 沉舟側畔千帆過，病樹前頭萬木春。❷ 往下落；陷下去 ◆ 太陽西沉 / 地基下沉。❸ 分量重 ◆ 沉重 / 沉甸甸的 / 這箱子很沉。❹ 表示程度深 ◆ 沉思 / 沉醉 / 沉痛 / 沉睡。❺ 穩重；鎮定 ◆ 沉着 / 沉穩 / 沉住氣。❻ 陷入某種境地 ◆ 沉淪 / 沉溺。❼ 情緒等低落 ◆ 消沉 / 低沉。

## ⁴沁

沁沁沁沁沁沁 沁

[ qìn ㄑㄧㄣˋ ⑧ sem³ 滲 ]

滲；透 ◆ 沁人心脾 / 額上沁出了汗珠。

## ⁴決 (决)

決決決決決決 決

[ jué ㄐㄩㄝˊ ⑧ kyt⁸ 缺 ]

❶ 水沖破堤壩 ◆ 決堤 / 決口 / 潰決。❷ 拿定主意，不再改變 ◆ 決定 / 決意 / 下定決心 / 遲疑不決。❸ 確定；判定 ◆ 決賽 / 表決 / 判決 / 決勝局。❹ 一定；絕對 ◆ 決無此事 / 決不反悔 / 決不屈服。❺ 執行死刑 ◆ 處決 / 槍決。

## ⁵泰

泰泰泰泰泰泰 泰

[ tài ㄊㄞˋ ⑧ tai³ 太 ]

❶ 安定；太平 ◆ 國泰民安。❷ 鎮定 ◆ 泰然自若 / 處之泰然。

## ⁵沫

沫沫沫沫沫沫 沫

[ mò ㄇㄛˋ ⑧ mut⁹ 沒 ]

❶ 液體表面的水泡 ◆ 泡沫 / 肥皂沫。❷ 口水 ◆ 唾沫。

## ⁵法

法法法法法法 法

[ fǎ ㄈㄚˇ ⑧ fat⁸ 髮 ]

❶ 由國家制定的、必須人人遵守的行為規則 ◆ 法律 / 法令 / 憲法 / 逍遙法外 / 貪贓枉法。❷ 合法的；守法的 ◆ 非法行為 / 不法分子。❸ 有一定規則可以遵循的 ◆ 語法 / 文章作法。❹ 可作為標準的、規範的 ◆ 法帖 / 取法 / 不足為法。❺ 仿效 ◆ 效法。❻ 處理事務的手段 ◆ 方法 / 辦法 / 手法 / 想方設法 / 別無他法。❼ 法術 ◆ 作法 / 鬥法。❽ 法國的簡稱 ◆ 中法兩國。

## ⁵泄

泄泄泄泄泄泄 泄

[ xiè ㄒㄧㄝˋ ⑧ sit⁸ 屑 ]

❶ 排出 ◆ 泄洪 / 排泄 / 水泄不通。❷ 發散 ◆ 泄恨 / 泄憤 / 發泄怨恨。❸ 走漏；透露祕密 ◆ 泄密 / 泄露機密。

## ⁵沽

沽沽沽沽沽沽 沽

[ gū ㄍㄨ ⑧ gu¹ 姑 ]

❶ 買 ◆ 沽酒 / 沽名釣譽。❷ 賣 ◆ 待價而沽。

## ⁵河

河河河河河河 河

[ hé ㄏㄜˊ ⑧ ho⁴ 何 ]

❶ 水道的通稱 ◆ 河流 / 運河 / 淮河 / 內河 / 護城河 / 錦繡河山。❷ 特指黃河 ◆ 河東 / 河套 / 河西走廊。

## ⁵泵

泵泵泵泵泵泵 泵

[ bèng ㄅㄥˋ ⑧ bɐm¹ ]

用來抽出、壓入液體或氣體的機械裝置 ◆ 水泵 / 油泵 / 氣泵。

## ⁵沾

沾沾沾沾沾沾 沾

[ zhān ㄓㄢ ⑧ dzim¹ 尖 ]

❶ 浸濕 ◆ 沾水 / 淚流沾襟。❷ 因接觸而

水火爪父爻爿

焦點易錯字　吸 | 汲　吸引 吸收知識　汲水

附着 ◆ 沾染上 / 沾了一身油泥。 ❸ 有關
係 ◆ 不沾邊 / 沾親帶故。 ❹ 因有關係而
得到 ◆ 沾光 / 沾便宜 / 利益均沾。

⁵**泪**　同"淚"字，見250頁。

⁵**沮**　沮沮沮沮沮沮　沮

[ jǔ ㄐㄩˇ ⑧ dzœ² 左/dzœ³ 佐 ]
❶ 阻止 ◆ 沮遏。 ❷ 敗壞 ◆ 沮喪。

⁵**泱**　泱泱泱泱泱泱　泱

[ yāng ㄧㄤ ⑧ jœŋ¹ 央 ]
泱泱：(1)形容水面廣闊 ◆ 江水泱泱。(2)
形容氣勢宏大 ◆ 泱泱大國。

⁵**況**　(况)　況況況況況況　況

[ kuàng ㄎㄨㄤˋ ⑧ fɔŋ³ 放 ]
❶ 情形；情景 ◆ 情況 / 近況 / 境況 / 狀況 /
概況。 ❷ 比方 ◆ 比況。 ❸ 表示更進一層
◆ 況且 / 何況。

⁵**油**　油油油油油油　油

[ yóu ㄧㄡˊ ⑧ jɐu⁴ 由 ]
❶ 動物的脂肪或從動物、植物、礦物中提
煉出來的脂質物 ◆ 豬油 / 菜油 / 石油 / 花
生油 / 火上加油。 ❷ 烹飪用的某些液體調
味品 ◆ 醬油。 ❸ 用油塗抹 ◆ 油門窗 / 木
盆剛油好。 ❹ 不誠懇；圓滑 ◆ 油腔滑調 /
油嘴滑舌 / 這個人太油了。

⁵**泅**　泅泅泅泅泅泅　泅

[ qiú ㄑㄧㄡˊ ⑧ tsɐu⁴ 囚 ]
游泳；浮水 ◆ 泅渡 / 泅水。

⁵**泗**　泗泗泗泗泗泗　泗

[ sì ㄙˋ ⑧ si³ 試 ]
❶ 鼻涕 ◆ 涕泗滂沱。 ❷ 泗水：水名，也
叫泗河，淮河的支流，在山東省。

⁵**泊**　泊泊泊泊泊泊　泊

〈一〉[ bó ㄅㄛˊ ⑧ bɔk⁹ 薄 ]
❶ 停船靠岸 ◆ 停泊 / 夜泊秦淮河 / 窗含
西嶺千秋雪，門泊東吳萬里船。
〈二〉[ pō ㄆㄛ ⑧ bɔk⁹ 薄 ]
❷ 湖 ◆ 湖泊 / 水泊 / 羅布泊。

⁵**泉**　泉泉泉泉泉泉　泉

[ quán ㄑㄩㄢˊ ⑧ tsyn⁴ 全 ]
地下冒出來的水 ◆ 泉水 / 噴泉 / 淚如泉湧。
🕮 見古文字插頁 14。

⁵**泛**　泛泛泛泛泛泛　泛

[ fàn ㄈㄢˋ ⑧ fan³ 販 ]
❶ 漂浮水面 ◆ 泛舟。 ❷ 露出；透出 ◆ 白
裏泛紅 / 泛出香味。 ❸ 一般地；普遍地 ◆
泛指 / 廣泛。 ❹ 不切實；不深入 ◆ 浮泛 /
空泛 / 泛泛而論 / 泛泛之交。 ❺ 泛濫：江
河湖泊裏的水猛漲橫流 ◆ 泛濫成災。

⁵**沿**　(沿)　沿沿沿沿沿沿　沿

[ yán ㄧㄢˊ ⑧ jyn⁴ 元 ]
❶ 順着 ◆ 沿途 / 沿路 / 沿街叫賣 / 沿着河
邊走。 ❷ 靠近 ◆ 沿岸 / 沿海城市。 ❸ 邊
◆ 井沿 / 前沿陣地。 ❹ 照原樣傳下去 ◆
沿襲 / 沿習 / 沿用 / 相沿成習。

水
火
爪
父
爻
爿

## ⁵泡

泡泡泡泡泡泡 泡

〈一〉[ pào ㄆㄠˋ ⑧ pau¹ 拋 ]

❶ 液體內包有空氣的球狀物 ◆ 泡沫 / 氣泡 / 水泡 / 肥皂泡。❷ 像泡一樣的東西 ◆ 電燈泡 / 手上起了泡。

〈二〉[ pào ㄆㄠˋ ⑧ pau³ 炮 ]

❸ 用水浸 ◆ 泡茶 / 衣服泡在水裏。❹ 故意消磨時間 ◆ 軟磨硬泡 / 在咖啡廳泡了大半天。

〈三〉[ pāo ㄆㄠ ⑧ pau¹ 拋 ]

❺ 質地鬆軟 ◆ 饅頭很泡。

## ⁵注

注注注注注注 注

[ zhù ㄓㄨˋ ⑧ dzy³ 駐 ]

❶ 灌入 ◆ 注入 / 灌注 / 傾注 / 注射 / 大雨如注。❷ 精力集中在一點 ◆ 注目 / 注意 / 注視 / 注重 / 全神貫注。❸ 同 "註" 字。用文字給書中的字句作解釋 ◆ 注解 / 注釋 / 詳注 / 附注。❹ 同 "註" 字。登記；記載 ◆ 注冊 / 注銷。❺ 賭博時下的本錢 ◆ 賭注 / 下注 / 孤注一擲。

## ⁵泣

泣泣泣泣泣泣 泣

[ qì ㄑㄧˋ ⑧ jɐp⁷ 邑 ]

❶ 無聲或小聲地哭 ◆ 哭泣 / 抽泣 / 泣不成聲 / 可歌可泣。❷ 眼淚 ◆ 飲泣 / 泣下沾襟 / 涕泣如雨。

## ⁵沱

沱沱沱沱沱沱 沱

[ tuó ㄊㄨㄛˊ ⑧ tɔ⁴ 駝 ]

沱江：水名，長江的支流，在四川省。

## ⁵泌

泌泌泌泌泌泌 泌

〈一〉[ mì ㄇㄧˋ ⑧ bei³ 祕 ]

❶ 液體從細孔排出 ◆ 分泌 / 泌尿。

〈二〉[ bì ㄅㄧˋ ⑧ bei³ 祕 ]

❷ 泌陽：地名，在河南省。

## ⁵泳

泳泳泳泳泳泳 泳

[ yǒng ㄩㄥˇ ⑧ wiŋ⁶ 詠 ]

在水裏游動 ◆ 游泳 / 仰泳 / 蛙泳 / 自由泳。

## ⁵泥

泥泥泥泥泥泥 泥

〈一〉[ ní ㄋㄧˊ ⑧ nɐi⁴ ]

❶ 和了水的土；濕土 ◆ 泥土 / 泥沙 / 泥濘 / 污泥濁水 / 落花不是無情物，化作春泥更護花。❷ 像泥一般的東西 ◆ 棗泥 / 蒜泥 / 印泥。

〈二〉[ nì ㄋㄧˋ ⑧ hɐi⁶ ]

❸ 用泥、灰等塗抹 ◆ 泥牆。❹ 固執；死板 ◆ 拘泥 / 泥古不化。

## ⁵沸

沸沸沸沸沸沸 沸

[ fèi ㄈㄟˋ ⑧ fɐi³ 肺 ]

水、油等燒開後上下翻滾 ◆ 沸水 / 沸騰 / 揚湯止沸。

## ⁵泓

泓泓泓泓泓泓 泓

[ hóng ㄏㄨㄥˊ ⑧ wɐŋ⁴ 宏 ]

❶ 水深。❷ 量詞，用於一道水或一片水 ◆ 一泓清泉 / 一泓秋水。

## ⁵波

波波波波波波 波

[ bō ㄅㄛ ⑧ bɔ¹ 玻 ]

❶ 水面上一起一伏的現象 ◆ 波浪 / 波濤 / 碧波蕩漾 / 隨波逐流 / 白毛浮綠水，紅掌撥清波。❷ 比喻事情的意外變化、曲折 ◆

風波 / 一波未平，一波又起。❸ 形容流轉
的目光 ◆ 暗送秋波。❹ 物理學上稱振動
傳播的形式 ◆ 聲波 / 光波 / 電波。

<sup>5</sup>沼　沼沼沼沼沼沼　沼

[zhǎo ㄓㄠˇ 粵 dziu² 剿]
天然的水池 ◆ 池沼 / 泥沼 / 沼澤地。

<sup>5</sup>治　治治治治治治　治

[zhì ㄓˋ 粵 dzi⁶ 自]
❶ 管理 ◆ 治理 / 治國 / 治家 / 自治 / 統治。
❷ 社會安定、太平；跟 "亂" 相對 ◆ 治世 /
長治久安 / 天下大治。❸ 辦理；處理 ◆ 治
裝 / 治喪委員會。❹ 懲處 ◆ 治罪 / 懲治 /
處治。❺ 醫療 ◆ 治病 / 治療 / 醫治 / 不治
之症。❻ 修整水道 ◆ 治水。❼ 研究 ◆ 治學。

<sup>6</sup>洱　洱洱洱洱洱洱　洱

[ěr ㄦˇ 粵 ji⁵ 耳]
洱海：湖名，在雲南省。

<sup>6</sup>洪　洪洪洪洪洪洪　洪

[hóng ㄏㄨㄥˊ 粵 huŋ⁴ 紅]
❶ 大 ◆ 洪水 / 滾滾洪流 / 洪福齊天 / 聲如
洪鐘。❷ 指大水 ◆ 防洪 / 泄洪區 / 山洪
暴發 / 在洪峰來到之前。

<sup>6</sup>洌　洌洌洌洌洌洌　洌

[liè ㄌㄧㄝˋ 粵 lit⁹ 列]
清澈潔淨 ◆ 清洌 / 泉香而酒洌。

<sup>6</sup>洩　同 "泄" 字，見 241 頁。

<sup>6</sup>洞　洞洞洞洞洞洞　洞

[dòng ㄉㄨㄥˋ 粵 duŋ⁶ 動]
❶ 物體中間空的部分 ◆ 洞穴 / 山洞 / 漏
洞 / 防空洞 / 引蛇出洞。❷ 透徹；清楚 ◆
洞察 / 洞悉 / 洞若觀火。

<sup>6</sup>洗　洗洗洗洗洗洗　洗

〈一〉[xǐ ㄒㄧˇ 粵 sɐi² 駛]
❶ 用水除去污垢 ◆ 洗臉 / 洗衣 / 洗滌 / 飯
前要洗手。❷ 清除掉（冤屈、恥辱等）◆ 洗
冤 / 洗雪 / 洗脫罪名。❸ 形容像用水沖過
一樣；搶光、殺盡 ◆ 洗劫一空 / 血洗省城。
❹ 空空的；一無所有 ◆ 一貧如洗 / 囊空如
洗。❺ 基督教的一種儀式 ◆ 洗禮 / 受洗。
❻ 照相中的顯影定影 ◆ 洗膠捲 / 洗相片。
〈二〉[xiǎn ㄒㄧㄢˇ 粵 sin² 洗]
❼ 姓。

<sup>6</sup>活　活活活活活活　活

[huó ㄏㄨㄛˊ 粵 wut⁹]
❶ 生存；跟 "死" 相對 ◆ 活路 / 活在世上 /
不管他人死活。❷ 有生命的；跟 "死" 相對
◆ 活人 / 活魚 / 抓活的 / 樹苗又活過來了。
❸ 生動的；不呆板 ◆ 活潑 / 靈活 / 活用 / 活
生生。❹ 逼真的 ◆ 活像 / 活靈活現。❺ 不
固定的 ◆ 活頁 / 活水 / 活期存款。❻ 使活
動 ◆ 舒筋活血。❼ 指工作或產品 ◆ 幹活 /
粗活 / 重活 / 找活幹 / 這活兒做得很精細。

<sup>6</sup>派　派派派派派派　派

[pài ㄆㄞˋ 粵 pai³ 排³]
❶ 水的支流；分支 ◆ 派生 / 支派。❷ 人、
事或學術的流別 ◆ 派別 / 流派 / 學派 / 黨

派／宗派。❸ 思想；作風；風度 ◆ 正派／氣派／派頭。❹ 分配；差遣；任用 ◆ 分派／派遣／攤派／調派／委派／派人去。❺ 量詞，用於景象等。數詞限於"一" ◆ 一派胡言／一派新氣象。

## ⁶洽

洽洽洽洽洽洽

[qià ㄑㄧㄚˋ ⑧hap⁹ 峽/hɐp¹ 恰]

❶ 和睦；協調 ◆ 融洽。❷ 商量；協商 ◆ 洽談／洽商／接洽／面洽。

## ⁶洶 ⁽洶⁾

洶洶洶洶洶洶 洶

[xiōng ㄒㄩㄥ ⑧huŋ¹ 空]

洶湧：形容水勢奔騰上湧 ◆ 波濤洶湧。

## ⁶洛

洛洛洛洛洛洛 洛

[luò ㄌㄨㄛˋ ⑧lɔk⁹ 落]

洛陽市：地名，在河南省。

## ⁶津

津津津津津津 津

[jīn ㄐㄧㄣ ⑧dzœn¹ 樽]

❶ 唾液 ◆ 津液／生津止渴。❷ 渡口 ◆ 津渡／要津／無人問津。❸ 天津市的簡稱 ◆ (北)京、(天)津、滬(上海)。

## ⁶洲

洲洲洲洲洲洲 洲

[zhōu ㄓㄡ ⑧dzɐu¹ 周]

❶ 江河中的小塊陸地 ◆ 沙洲／長洲。❷ 大陸。全球分為七大洲即亞洲、歐洲、非洲、南美洲、北美洲、大洋洲和南極洲。✿ 圖見本頁。

## ⁶洋

洋洋洋洋洋洋 洋

[yáng ㄧㄤˊ ⑧jœŋ⁴ 羊]

❶ 地球上最大的水域 ◆ 太平洋／大西洋／飄洋過海／大洋彼岸。❷ 泛指外國；外國的 ◆ 西洋／東洋／洋人／洋貨／崇洋。❸ 盛大；眾多 ◆ 洋溢／洋洋大觀。❹ 舊稱銀幣為洋錢，簡稱"洋" ◆ 大洋／一塊現洋。

## ⁷浦

浦浦浦浦浦浦 浦

[pǔ ㄆㄨˇ ⑧pou² 普]

水邊；河流入海的地方。多用作地名 ◆ 浦口／乍浦。

## ⁷酒

見西部，455 頁。

## ⁷浙

浙浙浙浙浙浙 浙

[zhè ㄓㄜˋ ⑧dzit⁸ 折]

浙江省的簡稱 ◆ 江(蘇)浙(江)一帶。

## ⁷浹 ⁽浹⁾

浹浹浹浹浹浹 浹

[jiā ㄐㄧㄚ ⑧dzip⁸ 接]

濕透 ◆ 汗流浹背。

## ⁷涉

涉涉涉涉涉涉 涉

[shè ㄕㄜˋ ⑧sip⁸ 攝]

❶ 徒步從水裏走過；渡水 ◆ 涉水 / 涉江 / 遠涉重洋 / 跋山涉水 / 長途跋涉。❷ 經歷 ◆ 涉險 / 涉世未深。❸ 牽連；相關 ◆ 牽涉 / 干涉 / 涉及 / 涉嫌。

📎 見古文字插頁 15。

---

## ⁷消

消消消消消消 消

[ xiāo ㄒㄧㄠ 🔊 siu¹ 燒 ]

❶ 散失；化解 ◆ 消失 / 消散 / 消化不良 / 煙消雲散 / 冰雪消融。❷ 除去；滅掉 ◆ 消除 / 消毒 / 取消 / 消滅 / 抽刀斷水水更流，舉杯消愁愁更愁。❸ 耗費；花費 ◆ 消耗 / 消費。❹ 消遣；度過 ◆ 消夜 / 消夏 / 消磨時光。❺ 承受 ◆ 吃不消 / 無福消受。❻ 需要 ◆ 不消說 / 只消一天。

---

## ⁷涅

涅涅涅涅涅涅 涅

[ niè ㄋㄧㄝˋ 🔊 nip⁹ 聶 ]

❶ 礦物，可做黑色染料。❷ 染黑。

---

## ⁷涓

涓涓涓涓涓涓 涓

[ juān ㄐㄩㄢ 🔊 gyn¹ 娟 ]

細小的水流 ◆ 涓涓細流，匯成大海。

---

## ⁷浩 ⁽浩⁾

浩浩浩浩浩浩 浩

[ hào ㄏㄠˋ 🔊 hou⁶ 號 ]

❶ 大 ◆ 浩大 / 浩劫 / 浩瀚 / 浩蕩 / 煙波浩渺。❷ 多 ◆ 浩繁 / 浩如煙海。

---

## ⁷海

海海海海海海 海

[ hǎi ㄏㄞˇ 🔊 hoi² 凱 ]

❶ 大洋靠近陸地的水域 ◆ 公海 / 東海 / 漂洋過海 / 台灣海峽 / 四海之內皆兄弟。

❷ 大的湖泊 ◆ 青海 / 洱海。❸ 比喻大或多 ◆ 火海 / 海量 / 雲海 / 林海 / 誇下海口 / 人海茫茫。

---

## ⁷浜

浜浜浜浜浜浜 浜

[ bāng ㄅㄤ 🔊 beŋ¹ 崩 ]

小河溝。多用作地名 ◆ 河浜 / 沙家浜。

---

## ⁷浴

浴浴浴浴浴浴 浴

[ yù ㄩˋ 🔊 juk⁹ 玉 ]

洗澡 ◆ 沐浴 / 浴池 / 浴室 / 淋浴。

---

## ⁷浮

浮浮浮浮浮浮 浮

[ fú ㄈㄨˊ 🔊 feu⁴ 否⁴ ]

❶ 漂在液體表面或飄在空中；跟 "沉" 相對 ◆ 浮標 / 浮萍 / 漂浮 / 浮雲 / 白毛浮綠水，紅掌撥清波。❷ 在表面上的 ◆ 浮土 / 浮雕。❸ 空虛；不實在 ◆ 浮誇 / 浮華 / 浮名。❹ 不踏實；不沉着 ◆ 浮躁 / 輕浮。❺ 多餘；超出 ◆ 人浮於事。

---

## ⁷流

流流流流流流 流

[ liú ㄌㄧㄡˊ 🔊 leu⁴ 留 ]

❶ 流淌 ◆ 流水 / 川流不息 / 汗流浹背 / 淚流滿面 / 白日依山盡，黃河入海流。❷ 指水道；流水 ◆ 河流 / 支流 / 小溪流 / 涓涓細流。❸ 像水一樣流動的東西 ◆ 人流 / 電流 / 氣流 / 寒流 / 新潮流。❹ 像流水一樣通暢 ◆ 口齒流利 / 對答如流 / 說話流暢。❺ 移動不定 ◆ 流通 / 流星 / 流民 / 流浪 / 流落他鄉。❻ 傳下去；傳播開 ◆ 流傳 / 流言蜚語 / 流毒 / 流芳百世。❼ 等級；品類 ◆ 一流產品 / 二流演員 / 一流水平。❽ 派別 ◆ 流派 / 三教九流。❾ 古代的一種

---

水火爪父爻爿片牙

**焦點易錯字**　消∣銷　消除 意志消沉　銷毀 一筆勾銷

刑罰，把犯人押送到邊遠地區去 ◆ 流放。

## 7 涕
涕涕涕涕涕涕 涕

[ tì ㄊㄧˋ ⑧ tɐi³ 替 ]

❶ 眼淚 ◆ 痛哭流涕 / 感激涕零。❷ 哭泣 ◆ 破涕為笑。❸ 鼻涕 ◆ 涕淚交流。

## 7 浪
浪浪浪浪浪浪 浪

[ làng ㄌㄤˋ ⑧ lɔŋ⁶ 晾 ]

❶ 大的水波 ◆ 波浪 / 浪花飛濺 / 風平浪靜 / 驚濤駭浪 / 無風三尺浪。❷ 像波浪那樣起伏 ◆ 麥浪 / 氣浪 / 熱浪 / 聲浪。❸ 放縱；沒有節制 ◆ 浪費 / 放浪。

## 7 浸
浸浸浸浸浸浸 浸

[ jìn ㄐㄧㄣˋ ⑧ dzɐm³ 針³ ]

把東西泡在液體裏；液體滲入 ◆ 浸泡 / 浸濕 / 浸透。

## 7 涌
涌涌涌涌涌涌 涌

[ chōng ㄔㄨㄥ ⑧ tsuŋ¹ 充 ]

❶ 小河。方言字，多用於地名 ◆ 東涌 / 葵涌。❷ 同"湧"字，見252頁。

## 7 浚
同"濬"字，見260頁。

## 8 涎
涎涎涎涎涎涎 涎

[ xián ㄒㄧㄢˊ ⑧ jin⁴ 言 ]

口水 ◆ 垂涎三尺 / 口角流涎。

## 8 清
清清清清清清 清

[ qīng ㄑㄧㄥ ⑧ tsiŋ¹ 青 ]

❶ 潔淨；不含雜質；跟"濁"相對 ◆ 清潔 / 湖水清澈 / 水清見底 / 天朗氣清 / 空氣清新。❷ 明白；不混亂 ◆ 清楚 / 清晰 / 頭腦清醒 / 分清是非 / 當局者迷，旁觀者清。❸ 寂靜 ◆ 清靜 / 冷清 / 淒清。❹ 涼爽 ◆ 清涼 / 清爽。❺ 徹底；一點不留 ◆ 清除 / 肅清 / 還清債務 / 堅壁清野。❻ 單純；不混雜東西 ◆ 清唱 / 清湯 / 清一色 / 清炒蝦仁。❼ 公正廉潔 ◆ 清廉 / 清官難斷家務事。❽ 朝代名 ◆ 清朝 / 清代。

## 8 渚
渚渚渚渚渚渚 渚

[ zhǔ ㄓㄨˇ ⑧ dzy² 主 ]

水中的小塊陸地 ◆ 江渚。

## 8 淅
淅淅淅淅淅淅 淅

[ xī ㄒㄧ ⑧ sik⁷ 色 ]

淅瀝：象聲詞，形容輕微的雨聲、風聲、落葉聲等 ◆ 小雨淅淅瀝瀝下個不停。

## 8 凇
凇凇凇凇凇凇 凇

[ sōng ㄙㄨㄥ ⑧ suŋ¹ 鬆 ]

淞江，也稱吳淞江，水名，發源於江蘇太湖，至上海與黃浦江匯合流入長江。

## 8 淋
淋淋淋淋淋淋 淋

[ lín ㄌㄧㄣˊ ⑧ lɐm⁴ 林 ]

❶ 澆 ◆ 淋水 / 淋浴 / 日曬雨淋。❷ 淋漓：(1) 形容濕淋淋地往下滴 ◆ 大汗淋漓。(2) 形容暢快 ◆ 痛快淋漓 / 淋漓盡致。

## 8 涯
涯涯涯涯涯涯 涯

[ yá ㄧㄚˊ ⑧ ŋai⁴ 崖 ]

焦點易錯字　淅｜浙　淅瀝　浙江

❶ 水邊 ◆ 涯岸。❷ 邊際；邊緣 ◆ 天涯海角 / 一望無涯 / 海內存知己,天涯若比鄰 / 書山有路勤為徑,學海無涯苦作舟。

⁸ **淹** 淹淹淹淹淹淹 淹

[ yān ㄧㄢ ⑧ jim¹ 醃 ]
❶ 沒在水中；被水浸泡 ◆ 淹沒 / 淹死 / 房子被水淹了。❷ 久留；滯留 ◆ 淹留。

⁸ **凄**(凄) 凄凄凄凄凄凄 凄

[ qī ㄑㄧ ⑧ tsɐi¹ 妻 ]
寒冷 ◆ 凄涼 / 凄清 / 凄風苦雨 / 風雨凄凄。

⁸ **淺**(浅) 淺淺淺淺淺淺 淺

[ qiǎn ㄑㄧㄢˇ ⑧ tsin² 錢² ]
❶ 從上到下、從外到裏的距離小；跟 "深" 相對 ◆ 淺水 / 淺灘 / 院子淺 / 湖水很淺。❷ 歷時短 ◆ 年代淺 / 相處的日子還淺。❸ 顏色淡；跟 "濃" 相對 ◆ 淺色 / 淺藍 / 淺綠。❹ 表示程度不深 ◆ 淺薄 / 膚淺 / 功夫淺 / 得益匪淺。❺ 容易懂 ◆ 淺顯 / 淺近。

⁸ **淑** 淑淑淑淑淑淑 淑

[ shū ㄕㄨ ⑧ suk⁹ 熟 ]
善良；美好 ◆ 淑女 / 賢淑。

⁸ **淖** 淖淖淖淖淖淖 淖

[ nào ㄋㄠˋ ⑧ nau⁶ 鬧 ]
爛泥；泥沼 ◆ 泥淖。

⁸ **淌** 淌淌淌淌淌淌 淌

[ tǎng ㄊㄤˇ ⑧ tɔŋ² 倘 ]
往下流 ◆ 流淌 / 淌眼淚 / 淌了一地水。

⁸ **混** 混混混混混混 混

〈一〉[ hún ㄏㄨㄣˊ ⑧ wɐn⁴ 雲 ]
❶ 水不清 ◆ 混濁 / 混水摸魚 / 把水攪混。
〈二〉[ hùn ㄏㄨㄣˋ ⑧ wɐn⁶ 運 ]
❷ 攙和在一起 ◆ 混雜 / 混合 / 混淆 / 混凝土 / 混為一談。❸ 苟且過日子 ◆ 混日子 / 混飯吃 / 混了一輩子。❹ 冒充 ◆ 魚目混珠。

⁸ **涸** 涸涸涸涸涸涸 涸

[ hé ㄏㄜˊ ⑧ kɔk⁸ 確 ]
水乾竭 ◆ 乾涸 / 枯涸 / 涸轍。

⁸ **添** 添添添添添添 添

[ tiān ㄊㄧㄢ ⑧ tim¹ 甜¹ ]
增加 ◆ 添置 / 增添 / 添枝加葉 / 錦上添花 / 畫蛇添足。

⁸ **淮** 淮淮淮淮淮淮 淮

[ huái ㄏㄨㄞˊ ⑧ wai⁴ 懷 ]
淮河:水名,發源於河南省,經安徽省流入江蘇省的洪澤湖,簡稱 "淮" ◆ 江淮平原 / 淮北 / 淮南地區。

⁸ **淪**(沦) 淪淪淪淪淪淪 淪

[ lún ㄌㄨㄣˊ ⑧ lɐn⁴ 倫 ]
❶ 沉沒 ◆ 沉淪。❷ 陷落；滅亡 ◆ 淪陷 / 淪亡 / 道德淪喪。❸ 沒落；流落 ◆ 淪落街頭 / 淪為乞丐。

⁸ **淆** 淆淆淆淆淆淆 淆

[ xiáo ㄒㄧㄠˊ ⑧ ŋau⁴ 肴 ]

混雜；攪亂 ◆ 混淆 / 淆亂。

<sup>8</sup>淫 淫淫淫淫淫淫 [淫]

[ yín ㄧㄣˊ ⑭ jɐm⁴ 吟 ]
❶ 過多；過度 ◆ 淫雨 / 淫威。❷ 放縱；放蕩 ◆ 荒淫無恥 / 驕奢淫逸。❸ 迷惑 ◆ 富貴不能淫，威武不能屈。❹ 不正當的性行為 ◆ 淫亂 / 姦淫 / 賣淫。

<sup>8</sup>淨<sup>(净)</sup> 淨淨淨淨淨淨 [淨]

[ jìng ㄐㄧㄥˋ ⑭ dzing⁶ 靜/dzɛŋ⁶ 鄭 (語) ]
❶ 清潔 ◆ 淨水 / 乾淨 / 潔淨 / 窗明几淨 / 一片淨土。❷ 使清潔 ◆ 淨手 / 淨化。❸ 沒有剩餘 ◆ 淨盡 / 一乾二淨 / 力氣已使淨。❹ 純粹的 ◆ 淨重 / 淨利。❺ 全部；只是 ◆ 淨挑好的吃 / 淨說些漂亮話 / 遊樂場淨是孩子們。

<sup>8</sup>淘 淘淘淘淘淘淘 [淘]

[ táo ㄊㄠˊ ⑭ tou⁴ 逃 ]
❶ 用水洗掉雜質 ◆ 淘米 / 淘金 / 千淘萬漉雖辛苦，吹盡狂沙始得金。❷ 挖濬；清除泥沙等雜物 ◆ 淘井 / 水溝要淘一淘了。❸ 去掉壞的，留下好的 ◆ 淘汰。❹ 頑皮 ◆ 淘氣 / 這孩子真淘。

<sup>8</sup>涼<sup>(凉)</sup> 涼涼涼涼涼涼 [涼]

〈一〉[ liáng ㄌㄧㄤˊ ⑭ lœŋ⁴ 良 ]
❶ 溫度較低；不熱 ◆ 涼水 / 涼爽 / 涼風 / 天氣涼 / 冬暖夏涼。❷ 避熱取涼用的東西 ◆ 涼蓆 / 涼棚 / 涼鞋。❸ 比喻灰心失望 ◆ 心早就涼了。❹ 寂寞；冷清 ◆ 悲涼 / 淒涼 / 荒涼。
〈二〉[ liàng ㄌㄧㄤˋ ⑭ lœŋ⁴ 良 ]

❺ 使溫度降低 ◆ 把水涼一涼再喝。

<sup>8</sup>淳 淳淳淳淳淳淳 [淳]

[ chún ㄔㄨㄣˊ ⑭ sœn⁴ 純 ]
樸實厚道 ◆ 淳樸 / 淳厚。

<sup>8</sup>液 液液液液液液 [液]

[ yè ㄧㄝˋ ⑭ jik⁹ 亦 ]
液體：物體三態（固體、液體、氣體）之一 ◆ 血液 / 唾液 / 溶液。

<sup>8</sup>淬 淬淬淬淬淬淬 [淬]

[ cuì ㄘㄨㄟˋ ⑭ tsœy³ 翠 ]
淬火：把金屬器件燒紅後，放到水裏使急速冷卻，來提高它的硬度。

<sup>8</sup>淤 淤淤淤淤淤淤 [淤]

[ yū ㄩ ⑭ jy¹ 於/jy³ 嫗 ]
❶ 江河中沉積的泥沙 ◆ 淤泥 / 河淤。❷ 由於泥沙沉積而阻塞不通 ◆ 淤塞 / 淤滯。

<sup>8</sup>涪 涪涪涪涪涪涪 [涪]

[ fú ㄈㄨˊ ⑭ fɐu⁴ 浮 ]
涪水：水名，在四川省。

<sup>8</sup>淡 淡淡淡淡淡淡 [淡]

[ dàn ㄉㄢˋ ⑭ dam⁶ 氮 ]
❶ 味道、顏色不濃；跟"濃"、"深"相對 ◆ 淡酒 / 淡紅 / 淡而無味 / 輕描淡寫 / 鹹淡適中 / 濃妝淡抹總相宜。❷ 稀薄 ◆ 天高雲淡。❸ 不熱心；感情、關係等不深 ◆ 冷淡 / 淡漠 / 淡淡一笑。❹ 不興旺 ◆ 淡季 / 生意清淡。

**焦點易錯字** 淳丨醇 淳樸 淳厚 醇酒 醇香

⁸**淙** 淙淙淙淙淙淙 淙

[ cóng ㄘㄨㄥˊ 粵 tsuŋ⁴ 松 ]
淙淙：流水聲 ◆ 泉水淙淙。

⁸**淀** 淀淀淀淀淀淀 淀

[ diàn ㄉㄧㄢˋ 粵 din⁶ 電 ]
❶ 淺的湖泊 ◆ 白洋淀／荷花淀。❷ "澱" 的簡化字，見 260 頁。

⁸**淚** ⁽泪⁾ 淚淚淚淚淚淚 淚

[ lèi ㄌㄟˋ 粵 lœy⁶ 類 ]
❶ 眼淚 ◆ 淚水／淚流滿面／熱淚盈眶／男兒有淚不輕彈。❷ 像眼淚一樣的東西 ◆ 燭淚。

⁸**深** 深深深深深深 深

[ shēn ㄕㄣ 粵 sɐm¹ 心 ]
❶ 從上到下、從外到裏的距離大；跟 "淺" 相對 ◆ 深水／深山老林／深宅大院／樹大根深／桃花潭水深千尺，不及汪倫送我情。❷ 歷時久 ◆ 深秋／深夜／年深日久。❸ 顏色濃；跟 "淺" 相對 ◆ 深紅／深色／顏色太深。❹ 表示程度高 ◆ 深思熟慮／深仇大恨／深信不疑／情深意切／只要功夫深，鐵杵磨成針。

⁸**涮** 涮涮涮涮涮涮 涮

[ shuàn ㄕㄨㄢˋ 粵 syn³ 算 ]
❶ 搖動着水清洗或在水裏擺動洗滌 ◆ 涮碗／涮瓶子／涮衣服／洗洗涮涮。❷ 把生肉片放在開水裏燙一下就吃 ◆ 涮羊肉。

⁸**涵** 涵涵涵涵涵涵 涵

[ hán ㄏㄢˊ 粵 ham⁴ 咸 ]
包含；包容 ◆ 涵蓋／涵義／包涵／海涵／內涵。

⁸**淄** 淄淄淄淄淄淄 淄

[ zī ㄗ 粵 dzi¹ 支 ]
❶ 淄河：水名，在山東省。❷ 淄博市：地名，在山東省。

⁹**湊** ⁽凑⁾ 湊湊湊湊湊湊 湊

[ còu ㄘㄡˋ 粵 tsɐu³ 臭 ]
❶ 聚集 ◆ 湊錢／湊數／拼拼湊湊／湊在一起／湊成整數。❷ 接近；靠攏 ◆ 湊近／湊上去／往前湊。❸ 碰上；趕上 ◆ 湊巧／湊熱鬧。

⁹**湛** 湛湛湛湛湛湛 湛

[ zhàn ㄓㄢˋ 粵 dzam³ 斬³ ]
❶ 深 ◆ 深湛／技藝精湛。❷ 清澈 ◆ 湛清／湛藍的天空。

⁹**港** 港港港港港港 港

[ gǎng ㄍㄤˇ 粵 gɔŋ² 講 ]
❶ 江河的支流 ◆ 港汊。❷ 可以停泊船隻的江、海口岸 ◆ 港口／港灣／海港／軍港／避風港。❸ 香港的簡稱 ◆ 港幣／港人／港澳碼頭。

⁹**湖** 湖湖湖湖湖湖 湖

[ hú ㄏㄨˊ 粵 wu⁴ 胡 ]
陸地上面積較大的水域 ◆ 湖泊／西湖／洞庭湖／鄱陽湖／湖光山色。

**焦點易錯字** 函｜涵　函授 公函　涵義 內涵

# ⁹湘

湘 湘 湘 湘 湘 湘 湘

[ xiāng ㄒㄧㄤ 粵 sœŋ¹ 商 ]

❶ 湘江：水名，發源於廣西，流入湖南的洞庭湖。 ❷ 湖南省的別稱。

# ⁹渤

渤 渤 渤 渤 渤 渤 渤

[ bó ㄅㄛˊ 粵 but⁹ 勃 ]

渤海：中國的一個內海，在遼東半島和山東半島之間。

# ⁹渣

渣 渣 渣 渣 渣 渣 渣

[ zhā ㄓㄚ 粵 dza¹ 楂 ]

❶ 物品提去精華或汁液後剩下的部分 ◆ 煤渣 / 油渣 / 豆腐渣 / 甘蔗渣。 ❷ 碎屑 ◆ 麵包渣。

# ⁹減 ⁽减⁾

減 減 減 減 減 減 減

[ jiǎn ㄐㄧㄢˇ 粵 gam² 監⁻² ]

❶ 從原有數量中去掉一部分；跟 "加" 相對 ◆ 減價 / 減少 / 裁減 / 減刑 / 偷工減料 / 五減三等於二。 ❷ 降低；衰退 ◆ 減速 / 減色 / 減弱 / 威風不減當年 / 視力逐漸減退。

# ⁹渠

渠 渠 渠 渠 渠 渠 渠

[ qú ㄑㄩˊ 粵 kœy⁴ 拒⁴ ]

人工開鑿的水道 ◆ 溝渠 / 水到渠成 / 灌溉渠道 / 問渠那得清如許，為有源頭活水來。

# ⁹測 ⁽测⁾

測 測 測 測 測 測 測

[ cè ㄘㄜˋ 粵 tsɐk⁷ 惻 ]

❶ 度量；考查 ◆ 目測 / 測試 / 測驗 / 測雨量。 ❷ 猜想；估計；預料 ◆ 猜測 / 預測 / 推測 / 變幻莫測 / 天有不測風雲。

# ⁹渺

渺 渺 渺 渺 渺 渺 渺

[ miǎo ㄇㄧㄠˇ 粵 miu⁵ 秒 ]

❶ 微小 ◆ 渺小 / 渺不足道。 ❷ 水勢遼闊 ◆ 煙波浩渺。 ❸ 遙遠而模糊不清 ◆ 音信渺茫 / 渺無人迹。

# ⁹湯 ⁽汤⁾

湯 湯 湯 湯 湯 湯 湯

[ tāng ㄊㄤ 粵 tɔŋ¹ 躺¹ ]

❶ 熱水或開水 ◆ 赴湯蹈火 / 固若金湯。 ❷ 菜少水多的食物；食物的汁液 ◆ 魚湯 / 雞湯 / 豆腐湯。 ❸ 特指中藥的湯劑 ◆ 湯藥。

# ⁹溫

溫 溫 溫 溫 溫 溫 溫

[ wēn ㄨㄣ 粵 wɐn¹ 瘟 ]

❶ 不冷不熱 ◆ 溫水 / 溫暖 / 溫帶 / 溫泉。 ❷ 冷熱的程度 ◆ 溫度 / 氣溫 / 體溫 / 高溫 / 降溫。 ❸ 把東西適當加熱 ◆ 溫酒。 ❹ 複習 ◆ 溫習功課 / 溫故知新。 ❺ 性情柔和 ◆ 溫柔 / 溫順 / 溫和 / 溫情脈脈 / 溫文爾雅。

# ⁹渭

渭 渭 渭 渭 渭 渭 渭

[ wèi ㄨㄟˋ 粵 wɐi⁶ 胃 ]

渭河：水名，發源於甘肅省，經陝西省流入黃河 ◆ 涇渭分明。

# ⁹渴

渴 渴 渴 渴 渴 渴 渴

[ kě ㄎㄜˇ 粵 hɔt⁸ 喝 ]

❶ 口乾想喝水 ◆ 口渴 / 飢渴 / 望梅止渴 / 又渴又餓 / 宜未雨而綢繆，毋臨渴而掘井。 ❷ 形容急切 ◆ 渴望 / 渴求。

焦點易錯字　喝｜渴　喝水 吃喝玩樂　口渴 望梅止渴

## <sup>9</sup>渦(涡)

渦渦渦渦渦渦　渦

〈一〉[ wō ㄨㄛ ⑩ wo<sup>1</sup> 窩]
❶ 旋轉的水流 ◆ 漩渦。❷ 樣子像漩渦的 ◆ 渦輪／酒渦。

〈二〉[ guō ㄍㄨㄛ ⑩ gwo<sup>1</sup> 戈]
❸ 渦河：水名，發源於河南省，經安徽省流入淮河。

## <sup>9</sup>湍

湍湍湍湍湍湍　湍

[ tuān ㄊㄨㄢ ⑩ tyn<sup>1</sup> 團<sup>1</sup>]
水流很急 ◆ 湍急／湍流。

## <sup>9</sup>湃

湃湃湃湃湃湃　湃

[ pài ㄆㄞ ⑩ pai<sup>3</sup> 派]
澎湃。見"澎"字，257頁。

## <sup>9</sup>淵(渊)

淵淵淵淵淵淵　淵

[ yuān ㄩㄢ ⑩ jyn<sup>1</sup> 冤]
❶ 深水；深潭 ◆ 天淵之別／魚躍於淵／萬丈深淵／戰戰兢兢，如臨深淵。❷ 深 ◆ 淵泉／學識淵博／家學淵源。

## <sup>9</sup>渝

渝渝渝渝渝渝　渝

[ yú ㄩˊ ⑩ jy<sup>4</sup> 如]
❶ 改變 ◆ 始終不渝。❷ 重慶市的別稱 ◆ 成(都)渝鐵路。

## <sup>9</sup>渙(涣)

渙渙渙渙渙渙　渙

[ huàn ㄏㄨㄢˋ ⑩ wun<sup>6</sup> 換]
消散；不集中 ◆ 渙然冰釋／精神渙散。

## <sup>9</sup>渡

渡渡渡渡渡渡　渡

[ dù ㄉㄨˋ ⑩ dou<sup>6</sup> 道]

❶ 過河；通過水面到彼岸 ◆ 渡江／擺渡／橫渡長江／遠渡重洋。❷ 過河的地方 ◆ 渡口／渡頭／津渡。❸ 通過；經過；由此到彼 ◆ 過渡／渡過難關。

## <sup>9</sup>游

游游游游游游　游

[ yóu ㄧㄡˊ ⑩ jeu<sup>4</sup> 由]
❶ 在水裏移動 ◆ 游水／游泳／游到對岸。❷ 不固定的；經常流動的。同"遊"字 ◆ 游牧／游資／無業游民／散兵游勇。❸ 河流的一段 ◆ 上游／下游。

## <sup>9</sup>渲

渲渲渲渲渲渲　渲

[ xuàn ㄒㄩㄢˋ ⑩ syn<sup>3</sup> 算]
渲染：中國畫的一種畫法，用水墨或淡的色彩塗抹畫面，加強藝術效果；比喻誇大的形容 ◆ 大肆渲染。

## <sup>9</sup>渾(浑)

渾渾渾渾渾渾　渾

[ hún ㄏㄨㄣˊ ⑩ wen<sup>4</sup> 雲]
❶ 水不清 ◆ 渾濁／渾水摸魚。❷ 糊塗；胡亂 ◆ 渾話／渾不講理／渾頭渾腦。❸ 全；滿 ◆ 渾身是泥／渾身是勁。❹ 質樸；天然的 ◆ 渾厚／渾樸／渾金璞玉。

## <sup>9</sup>溉

溉溉溉溉溉溉　溉

[ gài ㄍㄞˋ ⑩ koi<sup>3</sup> 概]
澆灌 ◆ 灌溉。

## <sup>9</sup>湧(涌)

湧湧湧湧湧湧　湧

[ yǒng ㄩㄥˇ ⑩ jun<sup>2</sup> 擁]
❶ 水向上冒 ◆ 噴湧／淚如泉湧／波濤洶湧／洶湧澎湃。❷ 像水湧出來一樣 ◆ 風

起雲湧 / 湧上心頭 / 人材湧現。

## <sup>10</sup>溝 (沟) 溝溝溝溝溝溝 溝

[ gōu ㄍㄡ （粵）geu¹ 鳩 ]

❶ 水道（一般指人工挖掘的）◆ 水溝 / 河溝 / 陰溝 / 溝渠 / 排水溝。❷ 像溝一樣的東西 ◆ 壕溝 / 瓦溝 / 車溝 / 山溝。

## <sup>10</sup>滋 滋滋滋滋滋滋 滋

[ zī ㄗ （粵）dzi¹ 支 ]

❶ 生長；生出 ◆ 滋生 / 滋長 / 滋事 / 滋蔓。❷ 增加營養；補養身體 ◆ 滋補 / 滋養。❸ 味道 ◆ 好滋味。❹ 不乾枯 ◆ 滋潤。❺ 噴出 ◆ 水管直往外滋水。

## <sup>10</sup>滇 滇滇滇滇滇滇 滇

[ diān ㄉㄧㄢ （粵）din¹ 顛 ]

雲南省的別稱。

## <sup>10</sup>滅 (灭) 滅滅滅滅滅滅 滅

[ miè ㄇㄧㄝ （粵）mit⁹ 蔑 ]

❶ 火熄了；使火熄掉 ◆ 熄滅 / 滅火 / 火滅了 / 撲滅大火。❷ 除掉；使不存在 ◆ 消滅 / 毀滅 / 滅亡 / 滅鼠 / 殺人滅口 / 長他人志氣，滅自己威風。❸ 淹沒 ◆ 滅頂之災。

## <sup>10</sup>溼

"濕"的異體字，見 260 頁。

## <sup>10</sup>源 源源源源源源 源

[ yuán ㄩㄢˊ （粵）jyn⁴ 元 ]

❶ 水流的起點 ◆ 發源 / 水源 / 源遠流長 / 長江的源頭。❷ 事物的來源和根由 ◆ 來源 / 根源 / 資源 / 貨源 / 源泉。

## <sup>10</sup>滑 (滑) 滑滑滑滑滑滑 滑

[ huá ㄏㄨㄚˊ （粵）wat⁹ 挖⁹ ]

❶ 光滑 ◆ 滑溜 / 滑梯 / 雨後路滑。❷ 滑動 ◆ 滑冰 / 滑雪 / 滑行。❸ 狡詐；不誠實 ◆ 狡滑 / 油滑 / 圓滑 / 油腔滑調 / 滑頭滑腦 / 老奸巨滑。

## <sup>10</sup>準 (准) 準準準準準準 準

[ zhǔn ㄓㄨㄣˇ （粵）dzœn² 准 ]

❶ 正確；精確 ◆ 準確 / 準時 / 瞄準 / 這錶走時很準。❷ 可作依據的尺度、法則 ◆ 標準 / 準則 / 以此為準 / 以法律為準繩。❸ 一定 ◆ 他準來 / 準能完成任務。

## <sup>10</sup>塗

見土部，92 頁。

## <sup>10</sup>滄 (沧) 滄滄滄滄滄滄 滄

[ cāng ㄘㄤ （粵）tsɔŋ¹ 倉 ]

水深呈暗綠色 ◆ 滄海 / 滄海桑田。

## <sup>10</sup>滔 滔滔滔滔滔滔 滔

[ tāo ㄊㄠ （粵）tou¹ 韜 ]

大水漫流 ◆ 白浪滔天 / 江水滔滔。

## <sup>10</sup>溪 溪溪溪溪溪溪 溪

[ xī ㄒㄧ （粵）kɐi¹ 稽 ]

小河溝 ◆ 溪流 / 溪水 / 小溪。

## <sup>10</sup>溜 溜溜溜溜溜溜 溜

〈一〉[ liū ㄌㄧㄡ （粵）leu⁶ 漏 ]

❶ 偷偷地走開 ◆ 溜走 / 溜之大吉 / 悄悄地溜了。❷ 滑行 ◆ 溜冰。❸ 光滑 ◆ 滑溜 /

光溜溜。

〈二〉[ liù ㄌㄧㄡˋ 粵 leu⁶ 漏 ]

❹ 急流的水 ◆ 急溜。❺ 量詞。排；行 ◆
一溜新房子 / 一溜煙跑了。

---

¹⁰ **滾**

"滾" 的異體字，見 256 頁。

---

¹⁰ **滂**　滂滂滂滂滂滂 滂

[ pāng ㄆㄤ 粵 pɔŋ¹ 乓 ]

滂沱：形容雨下得很大或淚下如雨 ◆ 大雨滂
沱 / 涕泗滂沱。

---

¹⁰ **溢**　溢溢溢溢溢溢 溢

[ yì ㄧˋ 粵 jɐt⁹ 日 ]

❶ 水滿而外流；水漫出來 ◆ 水溢出來 / 江
水橫溢。❷ 超出；過分 ◆ 溢出範圍 / 溢
美之辭。❸ 充滿 ◆ 熱情洋溢。

---

¹⁰ **溯**　溯溯溯溯溯溯 溯

[ sù ㄙㄨˋ 粵 sou³ 訴 ]

❶ 逆流而上 ◆ 溯流而上。❷ 尋求根源；
回想過去 ◆ 追溯 / 推本溯源 / 回溯往事。

---

¹⁰ **溶**　溶溶溶溶溶溶 溶

[ róng ㄖㄨㄥˊ 粵 juŋ⁴ 容 ]

物質在液體裏化開 ◆ 溶化 / 溶解 / 溶液 /
水裏的糖塊全溶了。

---

¹⁰ **滓**　滓滓滓滓滓滓 滓

[ zǐ ㄗˇ 粵 dzi² 子 ]

液體裏沉澱下來的雜質 ◆ 渣滓。

---

¹⁰ **溟**　溟溟溟溟溟溟 溟

[ míng ㄇㄧㄥˊ 粵 miŋ⁴ 明 ]

❶ 模糊不清 ◆ 溟濛。❷ 古代指海 ◆ 北溟。

---

¹⁰ **溺**　溺溺溺溺溺溺 溺

〈一〉[ nì ㄋㄧˋ 粵 nik⁹ 匿 ]

❶ 淹沒在水裏 ◆ 溺死 / 溺水。❷ 過分；
沉迷不悟 ◆ 溺愛 / 沉溺酒色。

〈二〉[ niào ㄋㄧㄠˋ 粵 niu⁶ 尿 ]

❸ 同 "尿" 字。小便。

---

¹⁰ **滁**　滁滁滁滁滁滁 滁

[ chú ㄔㄨˊ 粵 tsœy⁴ 徐 ]

滁縣：地名，在安徽省。

---

¹¹ **漬**（渍）　漬漬漬漬漬漬 漬

[ zì ㄗˋ 粵 dzi⁶ 自 ]

❶ 浸泡 ◆ 浸漬。❷ 污跡 ◆ 油漬 / 污漬。

---

¹¹ **漢**（汉）　漢漢漢漢漢漢 漢

[ hàn ㄏㄢˋ 粵 hɔn³ 看 ]

❶ 漢族：中國人數最多的民族 ◆ 漢語 /
漢字。❷ 漢語的簡稱 ◆ 英漢詞典。❸ 成
年男子 ◆ 漢子 / 老漢 / 英雄好漢 / 彪形大
漢。❹ 朝代名 ◆ 漢朝 / 漢代 / 漢武帝。
❺ 指銀河 ◆ 銀漢 / 霄漢。

---

¹¹ **憑**

見心部，156 頁。

---

¹¹ **滿**（满）　滿滿滿滿滿滿 滿

[ mǎn ㄇㄢˇ 粵 mun⁵ 門⁵ ]

❶ 全部充實，不留空隙 ◆ 滿座 / 客滿 / 充

---

**焦點易錯字**　溶｜熔　溶液 溶合　熔點 熔煉

水火爪父爻爿

滿 / 滿腔熱血 / 天空佈滿烏雲。❷ 符合心意 ◆ 滿意 / 滿足 / 不滿 / 心滿意足。❸ 自我滿足；不虛心 ◆ 自滿 / 滿招損，謙受益。❹ 完全 ◆ 滿不在乎 / 滿身是泥。❺ 達到一定期限 ◆ 期滿 / 假期已滿 / 不滿一年。❻ 滿族：中國少數民族之一。

<sup>11</sup>**滯**<sup>(滞)</sup> 滯滯滯滯滯滯 滯

[ zhì ㄓˋ ⑧ dzɐi⁶ 濟⁶ ]

積留；不流通 ◆ 滯銷 / 滯留 / 停滯不前。

<sup>11</sup>**漆** 漆漆漆漆漆漆 漆

[ qī ㄑㄧ ⑧ tsɐt⁷ 七 ]

❶ 各種黏液狀塗料的統稱 ◆ 油漆 / 青漆。
❷ 用漆塗刷 ◆ 漆門窗 / 漆成乳白色。

<sup>11</sup>**漸**<sup>(渐)</sup> 漸漸漸漸漸漸 漸

〈一〉[ jiàn ㄐㄧㄢˋ ⑧ dzim⁶ 尖⁶ ]

❶ 慢慢地；一點一點地 ◆ 漸漸 / 漸變 / 逐漸 / 循序漸進 / 天氣漸冷 / 歌聲漸遠。
❷ 苗頭 ◆ 防微杜漸。

〈二〉[ jiān ㄐㄧㄢ ⑧ dzim¹ 尖 ]

❸ 流入 ◆ 西學東漸。

<sup>11</sup>**漣**<sup>(涟)</sup> 漣漣漣漣漣漣 漣

[ lián ㄌㄧㄢˊ ⑧ lin⁴ 連 ]

水面細小的波紋 ◆ 清漣 / 漣漪。

<sup>11</sup>**漱** 漱漱漱漱漱漱 漱

[ shù ㄕㄨˋ ⑧ sɐu³ 秀 ]

含水清洗口腔 ◆ 漱口 / 洗漱。

<sup>11</sup>**漚**<sup>(沤)</sup> 漚漚漚漚漚漚 漚

[ òu ㄡˋ ⑧ ɐu³ 歐³ ]

把東西長時間地浸泡在水裏 ◆ 漚肥 / 衣服老浸在水裏會漚壞的。

<sup>11</sup>**漂** 漂漂漂漂漂漂 漂

〈一〉[ piāo ㄆㄧㄠ ⑧ piu¹ 飄 ]

❶ 浮在水面；浮在水面上移動 ◆ 漂浮 / 漂流 / 漂萍。

〈二〉[ piǎo ㄆㄧㄠˇ ⑧ piu³ 票 ]

❷ 用藥物浸洗，使織物褪色或變白 ◆ 漂白。❸ 用水洗去雜質 ◆ 放水裏漂一漂。

〈三〉[ piào ㄆㄧㄠˋ ⑧ piu³ 票 ]

❹ 漂亮：(1) 美；好看 ◆ 打扮得很漂亮。(2) 出色 ◆ 幹得漂亮 / 他的英語説得很漂亮。

<sup>11</sup>**漕** 漕漕漕漕漕漕 漕

[ cáo ㄘㄠˊ ⑧ tsou⁴ 曹 ]

舊時指向京城運送糧食的水道 ◆ 漕河 / 漕運。

<sup>11</sup>**漠**<sup>(漠)</sup> 漠漠漠漠漠漠 漠

[ mò ㄇㄛˋ ⑧ mɔk⁹ 莫 ]

❶ 沙漠 ◆ 荒漠 / 漠北 / 大漠孤煙直，長河落日圓。❷ 冷淡；不關心 ◆ 漠視 / 冷漠 / 漠不關心 / 處之漠然。

<sup>11</sup>**滷**<sup>(卤)</sup> 滷滷滷滷滷滷 滷

[ lǔ ㄌㄨˇ ⑧ lou⁵ 老 ]

❶ 濃汁 ◆ 肉滷 / 陳年老滷。❷ 用濃汁煮製食物 ◆ 滷肉 / 滷雞 / 滷蛋。

¹¹**漫**　漫漫漫漫漫漫　漫

[ màn ㄇㄢˋ ⑱ man⁶ 慢/man⁴ 蠻 ]

❶ 水滿了往外流 ◆ 河水漫出來了。❷ 滿；
遍佈 ◆ 漫山遍野 / 大霧彌漫。❸ 隨意；
不受拘束 ◆ 漫談 / 漫遊 / 漫步 / 散漫 / 漫
不經心 / 漫無目的。❹ 長；遠；廣闊 ◆
漫長 / 路漫漫。

¹¹**滌**⁽涤⁾　滌滌滌滌滌滌　滌

[ dí ㄉㄧˊ ⑱ dik⁹ 敵 ]

洗；洗去污垢 ◆ 洗滌 / 滌蕩。

¹¹**漪**　漪漪漪漪漪漪　漪

[ yī ㄧ ⑱ ji¹ 衣 ]

水面的波紋 ◆ 漣漪。

¹¹**漁**⁽渔⁾　漁漁漁漁漁漁　漁

[ yú ㄩˊ ⑱ jy⁴ 如 ]

❶ 捕魚 ◆ 漁民 / 漁船 / 漁具 / 鷸蚌相爭，
漁翁得利。❷ 謀取不應得的東西 ◆ 從中
漁利。

¹¹**滸**⁽浒⁾　滸滸滸滸滸滸　滸

〈一〉[ hǔ ㄏㄨˇ ⑱ wu² 烏² ]

❶ 水邊。

〈二〉[ xǔ ㄒㄩˇ ⑱ hœy² 許 ]

❷ 滸墅關：地名，在江蘇省。

¹¹**漓**　漓漓漓漓漓漓　漓

[ lí ㄌㄧˊ ⑱ lei⁴ 離 ]

❶ 淋漓。見 "淋" 字，247 頁。❷ "灕" 的
簡化字，見 262 頁。

¹¹**漉**　漉漉漉漉漉漉　漉

[ lù ㄌㄨˋ ⑱ luk⁹ 鹿 ]

❶ 水往下滲；濕潤 ◆ 濕漉漉。❷ 過濾 ◆
漉酒 / 漉網。

¹¹**漩**　漩漩漩漩漩漩　漩

[ xuán ㄒㄩㄢˊ ⑱ syn⁴ 船 ]

迴旋的水流 ◆ 漩渦。

¹¹**漳**　漳漳漳漳漳漳　漳

[ zhāng ㄓㄤ ⑱ dzœŋ¹ 章 ]

❶ 漳河：水名，發源於山西省，經河南省、
河北省流入衞河。❷ 漳州：地名，在福建
省。

¹¹**滴**　滴滴滴滴滴滴　滴

[ dī ㄉㄧ ⑱ dik⁹ 敵 ]

❶ 水點 ◆ 水滴 / 汗滴 / 雨滴。❷ 液體一點
一點落下來 ◆ 滴水成冰 / 滴眼藥水 / 水滴石
穿 / 垂涎欲滴 / 鋤禾日當午，汗滴禾下土。
❸ 量詞 ◆ 一滴血 / 幾滴眼淚 / 滴水不漏。

¹¹**滾**⁽滚⁾　滾滾滾滾滾滾　滾

[ gǔn ㄍㄨㄣˇ ⑱ gwen² 均² ]

❶ 旋轉着移動 ◆ 滾雪球 / 滾鐵環 / 在地上
滾來滾去。❷ 液體沸騰 ◆ 滾水 / 滾湯 / 水
滾了。❸ 形容水流翻騰 ◆ 波濤滾滾 / 白浪
翻滾。❹ 責令人馬上走開 ◆ 滾出去 / 給我
滾開。

¹¹**漾**　漾漾漾漾漾漾　漾

[ yàng ㄧㄤˋ ⑱ jœŋ⁶ 樣 ]

水面輕微波動 ◆ 河水漾漾 / 碧波蕩漾。

## <sup>11</sup>演

演 演 演 演 演 演 演

[ yǎn ㄧㄢˇ 🔊 jin⁵ 兗/jin² 偃（語）]

❶ 當眾表現技藝；表演 ◆ 演戲 / 演奏 / 演技 / 公演 / 義演。❷ 當眾發表見解；根據事理推斷、發揮 ◆ 演說 / 演講 / 演義 / 演繹。❸ 按一定的程式練習 ◆ 演習 / 演算 / 演練。❹ 不斷發展、變化 ◆ 演變 / 演進 / 演化。

## <sup>11</sup>滬<sup>(沪)</sup>

滬 滬 滬 滬 滬 滬

[ hù ㄏㄨˋ 🔊 wu⁶ 戶]

上海市的別稱 ◆ 京津滬 / 滬劇。

## <sup>11</sup>漏

漏 漏 漏 漏 漏 漏

[ lòu ㄌㄡˋ 🔊 leu⁶ 陋]

❶ 東西從洞眼、縫隙裏流出或透過 ◆ 漏水 / 漏氣 / 漏風 / 漏光 / 屋漏更遭連夜雨。❷ 泄露 ◆ 泄漏機密 / 走漏消息。❸ 遺落 ◆ 遺漏 / 疏漏 / 掛一漏萬 / 漏了一行字。❹ 逃脫 ◆ 漏網之魚 / 走私漏稅 / 天網恢恢，疏而不漏。

## <sup>11</sup>漲<sup>(涨)</sup>

漲 漲 漲 漲 漲 漲

〈一〉[ zhǎng ㄓㄤˇ 🔊 dzœŋ³ 帳]

❶ 水位升高 ◆ 漲水 / 漲潮 / 水漲船高。❷ 價格提高 ◆ 漲價 / 行情看漲 / 價格不斷上漲。

〈二〉[ zhàng ㄓㄤˋ 🔊 dzœŋ³ 帳]

❸ 體積增大 ◆ 熱漲冷縮。❹ 充滿 ◆ 頭昏腦漲 / 煙塵漲天。

## <sup>11</sup>漿<sup>(浆)</sup>

漿 漿 漿 漿 漿 漿

〈一〉[ jiāng ㄐㄧㄤ 🔊 dzœŋ¹ 章]

❶ 比較濃的液體 ◆ 豆漿 / 糖漿 / 血漿 / 泥漿。❷ 用米湯、粉漿等浸濕衣服、紗、布等，使乾後變硬變挺 ◆ 漿紗 / 漿衣服。

〈二〉[ jiàng ㄐㄧㄤˋ 🔊 dzœŋ¹ 章]

❸ 漿糊：用來黏貼東西的糊狀物。

## <sup>11</sup>滲<sup>(渗)</sup>

滲 滲 滲 滲 滲 滲

[ shèn ㄕㄣˋ 🔊 sɐm³ 沁]

液體從細孔裏慢慢透過或漏出 ◆ 滲水 / 滲出 / 滲入 / 雨水滲透進泥土。

## <sup>12</sup>潔<sup>(洁)</sup>

潔 潔 潔 潔 潔 潔

[ jié ㄐㄧㄝˊ 🔊 git⁸ 結]

❶ 乾淨 ◆ 潔淨 / 清潔 / 整潔 / 潔白無瑕。❷ 為人清白、正派 ◆ 純潔 / 廉潔奉公 / 潔身自好。

## <sup>12</sup>澆<sup>(浇)</sup>

澆 澆 澆 澆 澆 澆

[ jiāo ㄐㄧㄠ 🔊 giu¹ 嬌]

❶ 用水淋；灌溉 ◆ 澆水 / 澆花 / 澆地 / 澆灌良田。❷ 把金屬熔液或混凝土倒入模型 ◆ 澆鑄 / 澆製。

## <sup>12</sup>澎

澎 澎 澎 澎 澎 澎

[ péng ㄆㄥˊ 🔊 paŋ¹ 烹]

澎湃：波浪相撞擊 ◆ 波濤洶湧澎湃。

## <sup>12</sup>潸

潸 潸 潸 潸 潸 潸

[ shān ㄕㄢ 🔊 san¹ 山]

形容流淚 ◆ 潸然淚下。

## <sup>12</sup>潮

潮 潮 潮 潮 潮 潮

[ cháo ㄔㄠˊ 🔊 tsiu⁴ 憔]

水 火 爪 父 爻 爿（見側欄文字）

❶ 海水定時漲落的現象 ◆ 觀潮 / 海潮 / 退潮 / 潮漲潮落。❷ 像潮水起伏那樣的情況 ◆ 寒潮 / 思潮 / 風潮 / 高潮 / 社會潮流。❸ 含水分較多,有點濕 ◆ 潮濕 / 受潮 / 返潮。

## $^{12}$潭 潭潭潭潭潭潭 潭

[ tán ㄊㄢˊ 粵 tam⁴ 談 ]

深水坑;水深的地方 ◆ 深潭 / 泥潭 / 水潭 / 龍潭虎穴 / 桃花潭水深千尺,不及汪倫送我情。

## $^{12}$潦 潦潦潦潦潦潦 潦

[ liáo ㄌㄧㄠˊ 粵 lou⁵ 老 ]

❶ 潦草:寫字不工整;做事馬虎 ◆ 字跡潦草 / 做事要認真,不能馬虎潦草。❷ 潦倒:頹喪、不得意的樣子 ◆ 窮愁潦倒 / 一生潦倒。

## $^{12}$潛 (潜) 潛潛潛潛潛潛 潛

[ qián ㄑㄧㄢˊ 粵 tsim⁴ 簽⁴ ]

❶ 鑽到水裏 ◆ 潛水 / 潛泳 / 潛艇。❷ 隱藏的 ◆ 潛藏 / 潛伏 / 潛力 / 潛在能力。❸ 祕密地 ◆ 潛逃 / 潛入。

## $^{12}$潰 (溃) 潰潰潰潰潰潰 潰

[ kuì ㄎㄨㄟˋ 粵 kui² 繪 ]

❶ 堤壩被大水沖破 ◆ 潰堤 / 潰決。❷ 散亂;垮台 ◆ 潰逃 / 潰敗 / 潰不成軍 / 徹底崩潰。❸ 肌肉組織腐爛 ◆ 潰爛 / 胃潰瘍。

## $^{12}$潘 潘潘潘潘潘潘 潘

[ pān ㄆㄢ 粵 pun¹ 判¹ ]

姓。

## $^{12}$澈 澈澈澈澈澈澈 澈

[ chè ㄔㄜˋ 粵 tsit⁸ 設 ]

水很清 ◆ 清澈 / 澄澈。

## $^{12}$澇 (涝) 澇澇澇澇澇澇 澇

[ lào ㄌㄠˋ 粵 lou⁶ 路 ]

雨水過多,造成災害;跟"旱"相對 ◆ 澇災 / 排澇 / 防澇抗旱。

## $^{12}$潤 (润) 潤潤潤潤潤潤 潤

[ rùn ㄖㄨㄣˋ 粵 jœn⁶ 閏 ]

❶ 不乾燥 ◆ 濕潤 / 滋潤。❷ 使不乾燥 ◆ 潤膚 / 潤滑 / 潤喉 / 潤澤 / 潤潤嗓子。❸ 細膩;光滑 ◆ 光潤 / 滑潤 / 珠圓玉潤。❹ 修飾;使有文采 ◆ 潤色 / 潤飾。❺ 利益 ◆ 利潤 / 分潤。

## $^{12}$澗 (涧) 澗澗澗澗澗澗 澗

[ jiàn ㄐㄧㄢˋ 粵 gan³ 諫 ]

兩山間的水流 ◆ 山澗 / 溪澗。

## $^{12}$潺 潺潺潺潺潺潺 潺

[ chán ㄔㄢˊ 粵 san⁴ 散⁴ ]

潺潺:流水聲 ◆ 潺潺流水。

## $^{12}$澄 澄澄澄澄澄澄 澄

〈一〉[ chéng ㄔㄥˊ 粵 tsiŋ⁴ 情 ]

❶ 水很清 ◆ 湖水澄澈 / 江水碧綠澄清。

❷ 把事情弄清楚 ◆ 澄清謠言。

〈二〉[ dèng ㄉㄥˋ 粵 dɐŋ⁶ 鄧 ]

❸ 使雜質沉澱下去,液體變清 ◆ 把水澄清後再喝。

水火爪交爻爿

## ¹²潑(泼)

潑 潑 潑 潑 潑 潑 潑

[ pō ㄆㄛ 粵 put⁸ ]

❶ 灑或用力倒水，使散開 ◆ 潑水 / 潑灑。

❷ 蠻橫不講理 ◆ 撒潑 / 潑婦。

## ¹³澠(渑)

澠 澠 澠 澠 澠 澠

〈一〉[ miǎn ㄇㄧㄢˇ 粵 mɐn⁵ 敏 / min⁵ 免 ]

❶ 澠池：地名，在河南省。

〈二〉[ shéng ㄕㄥˊ 粵 siŋ⁴ 成 ]

❷ 澠水：古水名，在今山東省。

## ¹³濃(浓)

濃 濃 濃 濃 濃 濃 濃

[ nóng ㄋㄨㄥˊ 粵 nuŋ⁴ 農 ]

❶ 稠；密；顏色深；跟“淡”相對 ◆ 濃度 / 濃茶 / 濃煙滾滾 / 濃妝艷抹 / 濃眉大眼。❷ 程度深 ◆ 濃厚 / 興趣很濃 / 睡意正濃。

## ¹³澧

澧 澧 澧 澧 澧 澧

[ lǐ ㄌㄧˇ 粵 lei⁵ 禮 ]

澧水：水名，在湖南省，流入洞庭湖。

## ¹³潞

潞 潞 潞 潞 潞 潞

[ lù ㄌㄨˋ 粵 lou⁶ 路 ]

❶ 潞城：縣名，在山西省。❷ 潞西：縣名，在雲南省。

## ¹³澡

澡 澡 澡 澡 澡 澡

[ zǎo ㄗㄠˇ 粵 dzou² 早 ]

洗身 ◆ 洗澡 / 澡堂。

## ¹³澤(泽)

澤 澤 澤 澤 澤 澤

[ zé ㄗㄜˊ 粵 dzak⁹ 擇 ]

❶ 水積聚的地方 ◆ 沼澤 / 湖澤 / 大澤 / 水鄉澤國。❷ 金屬、珠玉等發出的光亮 ◆ 色澤 / 光澤。❸ 濕潤 ◆ 潤澤。❹ 恩惠 ◆ 恩澤。

## ¹³濁(浊)

濁 濁 濁 濁 濁 濁

[ zhuó ㄓㄨㄛˊ 粵 dzuk⁹ 俗 ]

❶ 水渾，不潔淨；跟“清”相對 ◆ 渾濁 / 濁流 / 污泥濁水 / 河水污濁。❷ 聲音低沉重 ◆ 濁音 / 濁聲濁氣。❸ 混亂 ◆ 濁世。

## ¹³激

激 激 激 激 激 激 激

[ jī ㄐㄧ 粵 gik⁷ 擊 ]

❶ 水流受到阻礙或震蕩而向上湧或飛濺起來 ◆ 激起浪花 / 海水激蕩 / 一石激起千層浪。❷ 使感情衝動 ◆ 激 / 激發 / 激怒 / 刺激 / 激將法。❸ 急劇的；強烈的 ◆ 激情 / 激烈 / 偏激 / 激戰 / 激流勇退 / 慷慨激昂。

## ¹³澳

澳 澳 澳 澳 澳 澳

[ ào ㄠˋ 粵 ou³ / ŋou³ 奧 ]

❶ 海邊彎曲可以停船的地方。多用作地名 ◆ 三都澳。❷ 澳門的簡稱 ◆ 港澳同胞。❸ 澳大利亞的簡稱 ◆ 中澳兩國。

## ¹³澹

澹 澹 澹 澹 澹 澹

[ dàn ㄉㄢˋ 粵 dam⁶ 淡 ]

❶ 安靜；寧靜 ◆ 恬澹。❷ 不熱心；不經意 ◆ 澹於名利 / 澹泊寡慾。

## ¹³濂

濂 濂 濂 濂 濂 濂

[ lián ㄌㄧㄢˊ 粵 lim⁴ 廉 ]

多作地名、人名用字。如�江，水名，在江西省。

<sup>13</sup>**澱** (淀)

澱澱澱澱澱澱　澱

[ diàn ㄉㄧㄢˋ ⑧din⁶ 電 ]
沉積；沉積的東西 ◆ 沉澱 / 澱粉。

<sup>14</sup>**濤** (涛)

濤濤濤濤濤濤　濤

[ tāo ㄊㄠ ⑧tou⁴ 陶 ]
❶ 大浪 ◆ 浪濤 / 狂濤 / 波濤洶湧 / 驚濤駭浪。❷ 像波濤的聲音 ◆ 松濤。

<sup>14</sup>**鴻**　見鳥部，506 頁。

<sup>14</sup>**濫** (滥)

濫濫濫濫濫濫　濫

[ làn ㄌㄢˋ ⑧lam⁶ 纜 ]
❶ 水漫出來 ◆ 泛濫成災。❷ 過度；沒有節制 ◆ 濫用職權 / 寧缺毋濫 / 濫殺無辜。

<sup>14</sup>**濡**

濡濡濡濡濡濡　濡

[ rú ㄖㄨˊ ⑧jy⁴ 如 ]
沾上；沾染 ◆ 濡濕 / 濡染 / 相濡以沫 / 耳濡目染。

<sup>14</sup>**濛** (蒙)

濛濛濛濛濛濛　濛

[ méng ㄇㄥˊ ⑧muŋ⁴ 蒙 ]
形容雨點細小、密集 ◆ 雨濛濛 / 細雨濛濛。

<sup>14</sup>**濬** (浚)

濬濬濬濬濬濬　濬

[ jùn ㄐㄩㄣˋ ⑧dzœn³ 俊 ]
挖深；疏通河道 ◆ 疏濬 / 濬渠 / 濬河。

<sup>14</sup>**濕** (湿)

濕濕濕濕濕濕　濕

[ shī ㄕ ⑧sɐp⁷ 拾⁷ ]
東西沾上了水或含水分太多；跟 "乾" 相對
◆ 濕度 / 潮濕 / 濕潤 / 衣服濕透了 / 全身被雨澆得濕淋淋的。

<sup>14</sup>**濠**

濠濠濠濠濠濠　濠

[ háo ㄏㄠˊ ⑧hou⁴ 豪 ]
❶ 護城河 ◆ 城濠。❷ 濠水：水名，在安徽省。

<sup>14</sup>**濟** (济)

濟濟濟濟濟濟　濟

〈一〉[ jì ㄐㄧˋ ⑧dzɐi³ 祭 ]
❶ 救助 ◆ 救濟 / 接濟 / 扶危濟貧。❷ 渡；過河 ◆ 同舟共濟。❸ 補益；有益處 ◆ 無濟於事 / 假公濟私。
〈二〉[ jǐ ㄐㄧˇ ⑧dzɐi² 仔 ]
❹ 濟南市：地名，在山東省。❺ 濟濟：形容人多 ◆ 濟濟一堂 / 人才濟濟。

<sup>14</sup>**濱** (滨)

濱濱濱濱濱濱　濱

[ bīn ㄅㄧㄣ ⑧bɐn¹ 賓 ]
❶ 水邊 ◆ 海濱 / 江濱 / 湖濱 / 東海之濱。
❷ 靠近水邊 ◆ 濱海城市 / 濱江大道。

<sup>14</sup>**濘** (泞)

濘濘濘濘濘濘　濘

[ nìng ㄋㄧㄥˋ ⑧niŋ⁶ 寧⁶ ]
爛泥；泥漿 ◆ 泥濘 / 路濘難行。

<sup>14</sup>**澀** (涩)

澀澀澀澀澀澀　澀

[ sè ㄙㄜˋ ⑧sɐp⁸ 雯 ]
❶ 不潤滑；磨擦力大 ◆ 滯澀。❷ 吃起

來使舌頭發麻的味道 ◆ 苦澀 / 生柿子澀
嘴。❸ 文章不流暢，意思難懂 ◆ 艱澀 /
晦澀。

¹⁴濰⁽濰⁾ 濰 濰 濰 濰 濰 濰 【濰】
[wéi ㄨㄟˊ ⑧ wɐi⁴ 維]
❶ 濰河：水名，在山東省。❷ 濰坊市：
地名，在山東省。

¹⁵瀆⁽渎⁾ 瀆 瀆 瀆 瀆 瀆 瀆 【瀆】
[dú ㄉㄨˊ ⑧ duk⁹ 毒]
❶ 水溝；水道 ◆ 溝瀆。❷ 輕慢；對人不
敬或對事不盡職 ◆ 褻瀆 / 瀆職。

¹⁵濾⁽滤⁾ 濾 濾 濾 濾 濾 濾 【濾】
[lǜ ㄌㄩˋ ⑧ lœy⁶ 慮]
液體通過紗布、沙層等去掉雜質 ◆ 過濾。

¹⁵瀑 瀑 瀑 瀑 瀑 瀑 瀑 【瀑】
[pù ㄆㄨˋ ⑧ buk⁹ 僕]
瀑布：從高山、懸崖瀉落下來的水，遠看
像垂掛的白布。

¹⁵濺⁽溅⁾ 濺 濺 濺 濺 濺 濺 【濺】
[jiàn ㄐㄧㄢˋ ⑧ dzin³ 箭]
迸射；液體受衝擊而向四外飛射 ◆ 濺了一
身水 / 浪花飛濺。

¹⁵瀏⁽浏⁾ 瀏 瀏 瀏 瀏 瀏 瀏 【瀏】
[liú ㄌㄧㄡˊ ⑧ lɐu⁴ 劉]
❶ 瀏陽河：水名，在湖南省。❷ 瀏覽：
大略地翻閱一下 ◆ 抽空瀏覽一遍。

¹⁵瀋⁽沈⁾ 瀋 瀋 瀋 瀋 瀋 瀋 【瀋】
[shěn ㄕㄣˇ ⑧ sɐm² 審]
瀋陽市：地名，在遼寧省。

¹⁵瀉⁽泻⁾ 瀉 瀉 瀉 瀉 瀉 瀉 【瀉】
[xiè ㄒㄧㄝˋ ⑧ sɛ³ 舍]
❶ 水向下急流 ◆ 傾瀉 / 一瀉千里。❷ 腹
瀉 ◆ 瀉藥 / 上吐下瀉。

¹⁶瀚 瀚 瀚 瀚 瀚 瀚 瀚 【瀚】
[hàn ㄏㄢˋ ⑧ hɔn⁶ 汗]
廣大 ◆ 浩瀚。

¹⁶瀝⁽沥⁾ 瀝 瀝 瀝 瀝 瀝 瀝 【瀝】
[lì ㄌㄧˋ ⑧ lik⁹ 力]
液體一滴一滴地落下 ◆ 嘔心瀝血 / 雨淅淅
瀝瀝下個不停。

¹⁶瀕⁽濒⁾ 瀕 瀕 瀕 瀕 瀕 瀕 【瀕】
[bīn ㄅㄧㄣ ⑧ bɐn¹ 賓/pɐn⁴ 頻]
臨近；靠近 ◆ 瀕危 / 瀕臨滅絕 / 瀕海小
鎮。

¹⁶瀘⁽泸⁾ 瀘 瀘 瀘 瀘 瀘 瀘 【瀘】
[lú ㄌㄨˊ ⑧ lou⁴ 勞]
瀘州：地名，在四川省。

¹⁷瀾⁽澜⁾ 瀾 瀾 瀾 瀾 瀾 瀾 【瀾】
[lán ㄌㄢˊ ⑧ lan⁴ 蘭]
大波浪 ◆ 巨瀾 / 力挽狂瀾 / 推波助瀾 / 波
瀾壯闊。

**¹⁷瀰** (弥)　瀰瀰瀰瀰瀰瀰　瀰

[ mí ㄇㄧˊ ⑧ mei⁴ 眉/mei⁵ 美 ]

瀰漫：充滿煙塵、水、霧等 ◆ 煙霧瀰漫。

**¹⁸灌** (灌)　灌灌灌灌灌灌　灌

[ guàn ㄍㄨㄢˋ ⑧ gun³ 貫 ]

❶ 澆水 ◆ 灌溉／灌水／澆灌。 ❷ 注入 ◆ 灌腸／灌注／灌輸／灌了滿滿一壺水。

**¹⁸瀟** (潇)　瀟瀟瀟瀟瀟瀟　瀟

[ xiāo ㄒㄧㄠ ⑧ siu¹ 消 ]

❶ 水深而清。 ❷ 瀟灑：言談舉止自然大方；無拘無束 ◆ 風度瀟灑。

**¹⁹灘** (滩)　灘灘灘灘灘灘　灘

[ tān ㄊㄢ ⑧ tan¹ 攤 ]

❶ 水邊泥沙淤積成的平地或水中的沙洲 ◆ 沙灘／海灘／河灘／灘地。 ❷ 江河中水淺石多、水流很急的地方 ◆ 急流險灘。

**¹⁹灑** (洒)　灑灑灑灑灑灑　灑

[ sǎ ㄙㄚˇ ⑧ sa² 耍 ]

❶ 把水散佈開 ◆ 灑水掃地／灑掃庭院。 ❷ 東西散落 ◆ 麪粉灑了一地／當心，別把口袋裏的米灑了。 ❸ 舉止自然大方 ◆ 灑脫／瀟灑。

**¹⁹灕** (漓)　灕灕灕灕灕灕　灕

[ lí ㄌㄧˊ ⑧ lei⁴ 離 ]

灕江：水名，在廣西壯族自治區北部。

**²²灣** (湾)　灣灣灣灣灣灣　灣

[ wān ㄨㄢ ⑧ wan¹ 彎 ]

❶ 江河等彎曲的地方 ◆ 河灣／水灣。 ❷ 海岸向陸地凹進可停泊船隻的地方 ◆ 海灣／港灣／淺水灣／渤海灣。

**²³灤** (滦)　灤灤灤灤灤灤　灤

[ luán ㄌㄨㄢˊ ⑧ lyn⁴ 聯 ]

灤河：水名，在河北省。

# 火 部

**⁰火**　火火火火　火

[ huǒ ㄏㄨㄛˇ ⑧ fo² 夥 ]

❶ 物體燃燒時發出的光和熱 ◆ 火光／烈火／點火／真金不怕火煉／野火燒不盡，春風吹又生。 ❷ 發怒；怒氣 ◆ 惱火／別發火／氣得他火冒三丈。 ❸ 指槍炮彈藥 ◆ 軍火／火力偵察／前方已開火。 ❹ 比喻緊急 ◆ 火速／十萬火急。 ❺ 中醫指引起發炎、紅腫等症狀的病因 ◆ 清火／上火／虛火上升。

🖐 見古文字插頁 3。

**²灰**　灰灰灰灰灰　灰

[ huī ㄏㄨㄟ ⑧ fui¹ 魁 ]

❶ 物體燃燒後剩下的粉末 ◆ 煤灰／煙灰／骨灰／灰燼／春蠶到死絲方盡，蠟炬成灰

淚始乾。❷ 塵土 ◆ 灰塵 / 不費吹灰之力。
❸ 特指石灰 ◆ 灰牆 / 白灰 / 抹灰。❹ 介
於黑白之間的顏色 ◆ 灰白 / 銀灰色 / 灰濛
濛的天空。❺ 失望；意志消沉 ◆ 灰心 /
灰溜溜 / 心灰意冷 / 灰心喪氣。

³**灶**　灶灶灶灶灶灶 灶

[ zào ㄗㄠˋ 粵 dzou³ 早³ ]

用來燒水、做飯菜的設備 ◆ 灶台 / 煤氣灶 /
電磁灶 / 另起爐灶。

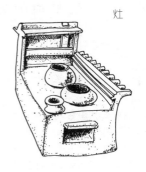

灶

³**狄**　見犬部，277 頁。

³**灼**　灼灼灼灼灼灼 灼

[ zhuó ㄓㄨㄛˊ 粵 dzɛk⁸ 雀 ]

❶ 燒；燙 ◆ 灼熱 / 灼傷。❷ 明白透徹 ◆
真知灼見。

³**灸**　灸灸灸灸灸灸 灸

[ jiǔ ㄐㄧㄡˇ 粵 gɐu³ 救 ]

中醫的一種治療方法，用艾絨熏烤身體的
某些穴位 ◆ 針灸。

針　　　　　　　灸

³**災**（灾）　災災災災災災 災

[ zāi ㄗㄞ 粵 dzɔi¹ 栽 ]

一切自然的（如水、火、蟲等）和人為的（如
戰爭、傷害等）禍害 ◆ 天災 / 水災 / 救災 /
災難 / 幸災樂禍。

⁴**炖**　同 “燉”，見 270 頁。

⁴**炒**　炒炒炒炒炒炒 炒

[ chǎo ㄔㄠˇ 粵 tsau² 吵 ]

❶ 把食物放在鍋裏加熱並不斷翻動使變熟
◆ 炒菜 / 炒花生 / 炒肉絲。❷ 從事倒手買
賣來謀利 ◆ 炒地皮 / 炒股票。❸ 為了提
高知名度或賣點而大事宣傳 ◆ 炒作。

⁴**炊**　炊炊炊炊炊炊 炊

[ chuī ㄔㄨㄟ 粵 tsœy¹ 吹 ]

燒火做飯菜 ◆ 炊事 / 炊具 / 炊煙 / 野炊 /
巧婦難為無米之炊。

⁴**炙**　炙炙炙炙炙炙 炙

[ zhì ㄓˋ 粵 dzɛk⁸ 隻 ]

❶ 烤 ◆ 炙肉 / 烈日炙人。❷ 烤熟的肉 ◆
膾炙人口。

☞ 見古文字插頁 14。

水火爪父爻爿

**焦點易錯字**　炙 | 灸　炙手可熱　針灸

⁴炕　炕炕炕炕炕炕 炕

[ kàng ㄎㄤˋ ⑧ koŋ³ 抗 ]
北方農村用磚或土坯砌成、可以燒火取暖的
牀 ◆ 土炕 / 上炕睡覺。

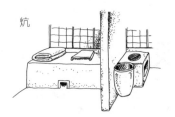

炕

⁴炎　炎炎炎炎炎炎 炎

[ yán ㄧㄢˊ ⑧ jim⁴ 嚴 ]
❶ 天氣極熱 ◆ 炎熱 / 炎夏 / 赤日炎炎似火
燒，野田禾稻半枯焦。❷ 比喻權勢如日中
天或對有權有勢者的趨附 ◆ 趨炎附勢 / 世
態炎涼。❸ 身體某一部位發生紅腫、痛癢
等症狀 ◆ 發炎 / 消炎 / 肺炎。❹ 指炎帝。
與黃帝合稱炎黃，代表中華民族的祖先 ◆
炎黃子孫。

⁴炔　炔炔炔炔炔炔 炔

[ quē ㄑㄩㄝ ⑧ kyt⁸ 決 ]
有機化合物。如乙炔，是一種可燃氣體。

⁵炳　炳炳炳炳炳炳 炳

[ bǐng ㄅㄧㄥˇ ⑧ biŋ² 丙 ]
明亮；光耀顯著 ◆ 彪炳史冊。

⁵炬　炬炬炬炬炬炬 炬

[ jù ㄐㄩˋ ⑧ gœy⁶ 巨 ]

❶ 火把 ◆ 火炬 / 目光如炬。❷ 用火燒 ◆
付之一炬。❸ 蠟燭 ◆ 春蠶到死絲方盡，
蠟炬成灰淚始乾。

⁵炭　炭炭炭炭炭炭 炭

[ tàn ㄊㄢˋ ⑧ tan³ 歎 ]
❶ 木炭：用木材燒製成的一種燃料 ◆ 炭
盆 / 雪中送炭 / 生靈塗炭。❷ 煤 ◆ 煤炭 /
焦炭。

⁵炯　炯炯炯炯炯炯 炯

[ jiǒng ㄐㄩㄥˇ ⑧ gwiŋ² 迥 ]
明亮 ◆ 目光炯炯 / 炯炯有神。

⁵炸　炸炸炸炸炸炸 炸

〈一〉[ zhà ㄓㄚˋ ⑧ dza³ 詐 ]
❶ 物體突然破裂 ◆ 爆炸 / 瓶子炸了。❷
用炸藥、炸彈等爆破 ◆ 轟炸 / 炸毀 / 炸碉
堡 / 狂轟濫炸。

〈二〉[ zhá ㄓㄚˊ ⑧ dza³ 詐 ]
❸ 把食物放到滾油裏煎熟 ◆ 炸魚 / 炸雞 /
炸油條。

⁵秋　見禾部，320 頁。

⁵炮　炮炮炮炮炮炮 炮

〈一〉[ pào ㄆㄠˋ ⑧ pau³ 豹 ]
❶ 射程較遠的重型武器，種類很多 ◆ 大
炮 / 高射炮 / 迫擊炮 / 榴彈炮。❷ 爆竹 ◆
炮仗 / 鞭炮 / 花炮。

〈二〉[ páo ㄆㄠˊ ⑧ pau⁴ 刨 ]
❸ 炮製：用烘、炒等方法加工製造中藥 ◆
如法炮製。

〈三〉[ bāo ㄅㄠ ⑧ bau³ 爆]
❹ 一種烹調方法，就是在旺火上急炒 ◆ 炮羊肉。

## 炫

炫炫炫炫炫炫 **炫**

[ xuàn ㄒㄩㄢˋ ⑧ jyn⁶ 願]
❶ 照耀 ◆ 光彩炫目。❷ 誇耀 ◆ 炫耀自己 / 自炫其能。

## 為 <sup>(为)</sup>

為為為為為為 **為**

〈一〉[ wéi ㄨㄟˊ ⑧ wɐi⁴ 圍]
❶ 做；作為 ◆ 敢作敢為 / 大有可為 / 為非作歹 / 為所欲為 / 若要人不知，除非己莫為。❷ 充當；當作 ◆ 選他為代表 / 以你為榜樣 / 四海為家 / 指鹿為馬。❸ 成；變成 ◆ 成為 / 變為 / 一分為二 / 化為烏有 / 反敗為勝。❹ 是 ◆ 比數為三比一 / 失敗為成功之母。❺ 被 ◆ 為人稱頌。
〈二〉[ wèi ㄨㄟˋ ⑧ wɐi⁶ 胃]
❻ 替；給 ◆ 為國爭光 / 為民服務 / 為人作嫁。❼ 表示目的；為了 ◆ 為正義而戰 / 為事業成功而不辭辛勞 / 為取得優異成績而勤奮學習。❽ 表示原因 ◆ 因為 / 為甚麼 / 為此而付出代價。

## 烤

烤烤烤烤烤烤 **烤**

[ kǎo ㄎㄠˇ ⑧ hau¹ 敲]
用火或其他熱源烘乾或烘熟或取暖 ◆ 烤衣服 / 烤鴨 / 烤火 / 燒烤 / 烤湘包。

## 烘

烘烘烘烘烘烘 **烘**

[ hōng ㄏㄨㄥ ⑧ huŋ³ 控]
❶ 用火烤乾、烤熟或取暖 ◆ 烘乾 / 烘山芋 / 烘手。❷ 渲染；襯托 ◆ 烘托 / 烘雲托月。

## 耿

見耳部，357 頁。

## 烏 <sup>(乌)</sup>

烏烏烏烏烏烏 **烏**

[ wū ㄨ ⑧ wu¹ 污]
❶ 烏鴉 ◆ 愛屋及烏 / 月落烏啼霜滿天，江楓漁火對愁眠。❷ 黑色 ◆ 烏木 / 烏骨雞 / 烏雲密佈。

## 烈

烈烈烈烈烈烈 **烈**

[ liè ㄌㄧㄝˋ ⑧ lit⁹ 列]
❶ 很猛；很強 ◆ 烈日 / 猛烈 / 強烈 / 激烈 / 興高采烈。❷ 正直；剛強 ◆ 剛烈 / 烈性漢子。❸ 為正義而死的 ◆ 烈士 / 先烈。

## 烟

"煙"的異體字，見 267 頁。

## 烙

烙烙烙烙烙烙 **烙**

〈一〉[ lào ㄌㄠˋ ⑧ lok⁸ 絡]
❶ 食物放在熱鍋上烤熟 ◆ 烙餅。❷ 用燒熱的金屬器物燙、熨 ◆ 烙花 / 烙印 / 烙衣服。
〈二〉[ luò ㄌㄨㄛˋ ⑧ lok⁸ 絡]
❸ 炮烙：古代的一種酷刑，用炭燒熱銅柱，叫人爬上去，最後掉入火中燒死。

## 羔

見羊部，352 頁。

## 焉

焉焉焉焉焉焉 **焉**

〈一〉[ yān ㄧㄢ ⑧ jin⁴ 言]
❶ 相當於"於此" ◆ 心不在焉 / 樂莫大焉。
〈二〉[ yān ㄧㄢ ⑧ jin¹ 煙]
❷ 怎麼；哪裏 ◆ 焉能置之不理 / 皮之不

焦點易錯字 | 烈 | 裂 激烈 轟轟烈烈 裂開 四分五裂

存，毛將焉附。

⁷**烴**⁽烃⁾　烴 烴 烴 烴 烴 烴　烴

[ tīng ㄊㄧㄥ ⑧ tiŋ¹ 聽 ]

有機化學中碳氫化合物的總稱。

⁷**焊**　焊 焊 焊 焊 焊 焊　焊

[ hàn ㄏㄢˋ ⑧ hɔn² 罕/hɔn⁶ 汗 ]

用熔化的金屬連接或修補金屬器物 ◆ 焊
接 / 電焊 / 焊條。

⁷**烯**　烯 烯 烯 烯 烯 烯　烯

[ xī ㄒㄧ ⑧ hei¹ 希 ]

有機化合物，如乙烯。

⁷**烽**　烽 烽 烽 烽 烽 烽　烽

[ fēng ㄈㄥ ⑧ fuŋ¹ 風 ]

烽火：古代邊境為報警而在高台上燃燒的煙
火；也指戰爭 ◆ 烽火台 / 烽火連三月，家
書抵萬金。

⁷**烹**　烹 烹 烹 烹 烹 烹　烹

[ pēng ㄆㄥ ⑧ paŋ¹ 棚¹ ]

燒煮食物 ◆ 烹飪 / 烹調。

⁷**烷**　烷 烷 烷 烷 烷 烷　烷

[ wán ㄨㄢˊ ⑧ jyn⁴ 完 ]

有機化合物，是構成石油的主要成分。

⁸**煮**　煮 煮 煮 煮 煮 煮　煮

[ zhǔ ㄓㄨˇ ⑧ dzy² 主 ]

把食物或器具放在水裏燒開，使變熟或消毒
◆ 煮飯 / 飯還未煮好 / 把碗、筷先煮一煮
才用。

⁸**焚**　焚 焚 焚 焚 焚 焚　焚

[ fén ㄈㄣˊ ⑧ fɐn⁴ 墳 ]

燒 ◆ 焚燒 / 焚燬 / 玩火自焚 / 憂心如焚 / 玉
石俱焚。

⁸**無**⁽无⁾　無 無 無 無 無 無　無

[ wú ㄨˊ ⑧ mou⁴ 毛 ]

❶ 沒有；跟“有”相對 ◆ 從無到有 / 巧婦
難為無米之炊 / 天下無難事，只怕有心人 /
花有重開日，人無再少年。❷ 不 ◆ 無妨 /
無須。❸ 不論 ◆ 事無大小，都要親自處理。

⁸**焦**　焦 焦 焦 焦 焦 焦　焦

[ jiāo ㄐㄧㄠ ⑧ dziu¹ 招 ]

❶ 東西被燒或烤後變成炭狀或變得枯黃
◆ 飯焦了 / 樹燒焦了 / 一片焦土 / 赤日炎
炎似火燒，野田禾稻半枯焦。❷ “焦炭”的
簡稱 ◆ 煉焦。❸ 形容心裏着急 ◆ 焦急 /
心焦 / 焦躁不安 / 十分焦慮。

⁸**焰**　焰 焰 焰 焰 焰 焰　焰

[ yàn ㄧㄢˋ ⑧ jim⁶ 驗 ]

❶ 火苗 ◆ 烈焰 / 光焰 / 眾人拾柴火焰高。
❷ 比喻氣勢盛 ◆ 氣焰囂張 / 兇焰畢露。

⁸
## 然　然 然 然 然 然 然 〔然〕

[ rán ㄖㄢˊ （粵）jin⁴ 言 ]

❶ 是；對 ◆ 不以為然 / 大謬不然。❷ 這樣；如此 ◆ 不盡然 / 理所當然 / 知其然，不知其所以然。❸ 表示轉折，相當於"但是"、"可是" ◆ 然而 / 年已古稀，然身體強健。❹ 放在某些詞後面，表示狀態 ◆ 突然 / 忽然 / 偶然 / 飄飄然 / 煥然一新。

⁸
## 焯

"淬"的異體字，見 249 頁。

⁸
## 焙　焙 焙 焙 焙 焙 焙 〔焙〕

[ bèi ㄅㄟˋ （粵）bui⁶ 貝⁶ ]

把東西（如藥材、茶葉等）放在器皿裏，放在小火上烘烤 ◆ 焙乾 / 焙茶葉。

⁸
## 勞

見力部，48 頁。

⁹
## 煤　煤 煤 煤 煤 煤 煤 〔煤〕

[ méi ㄇㄟˊ （粵）mui⁴ 梅 ]

黑色礦物，由長期埋在地下的古代植物變成，是重要的燃料和化工原料 ◆ 煤炭 / 煤礦 / 採煤 / 無煙煤。

⁹
## 煩（烦）　煩 煩 煩 煩 煩 煩 〔煩〕

[ fán ㄈㄢˊ （粵）fan⁴ 凡 ]

❶ 心裏苦悶、焦躁 ◆ 煩悶 / 煩躁 / 煩惱 / 心煩意亂。❷ 討厭 ◆ 厭煩 / 膩煩。❸ 多而雜 ◆ 煩雜 / 煩瑣 / 要言不煩 / 不厭其煩。❹ 有勞別人的客氣話 ◆ 煩交 / 煩勞 / 有事相煩。

⁹
## 煙（烟）　煙 煙 煙 煙 煙 煙 〔煙〕

[ yān ㄧㄢ （粵）jin¹ 胭 ]

❶ 物質燃燒時產生的氣體 ◆ 冒煙 / 濃煙滾滾 / 炊煙裊裊 / 煙霧騰騰。❷ 煙氣凝結的黑灰 ◆ 松煙。❸ 像煙一樣的東西 ◆ 雲煙 / 煙波浩渺。❹ 指煙草和煙草製品 ◆ 煙葉 / 香煙 / 戒煙 / 公共場所不能吸煙。❺ 特指鴉片 ◆ 煙土 / 林則徐虎門銷煙。

⁹
## 煉（炼）　煉 煉 煉 煉 煉 煉 〔煉〕

[ liàn ㄌㄧㄢˋ （粵）lin⁶ 練 ]

❶ 用加熱等方法使物質純淨或變得堅韌 ◆ 煉鋼 / 煉油 / 提煉 / 煉成鋼 / 真金不怕火煉。❷ 用心琢磨，下功夫，使字句更精妙 ◆ 煉字 / 煉句。

⁹
## 煜　煜 煜 煜 煜 煜 煜 〔煜〕

[ yù ㄩˋ （粵）juk⁷ 郁 ]

照耀。多作人名用字。

⁹
## 煦　煦 煦 煦 煦 煦 煦 〔煦〕

[ xù ㄒㄩˋ （粵）hœy² 許 ]

溫暖 ◆ 拂煦 / 春風和煦。

⁹
## 照　照 照 照 照 照 照 〔照〕

[ zhào ㄓㄠˋ （粵）dziu³ 招³ ]

❶ 光線射在物體上 ◆ 照射 / 紅日高照 / 陽光普照大地 / 日照香爐生紫煙，遙看瀑布掛前川。❷ 對着鏡子或其他有反光作用的東西反映影像 ◆ 照鏡子 / 清澈的湖水照出了自己的身影。❸ 拍攝；拍攝的相片 ◆ 照相 / 近照 / 畢業照。❹ 依據；按着 ◆ 依照 / 按

**焦點易錯字**　照 | 煦　照耀 心照不宣　煦煦 春風和煦　　練 | 煉　熟練 練習　提煉 煉油

照／照例／照樣／照章辦事。❺ 對着；朝着 ◆ 照這個方向走。❻ 對比；查對 ◆ 對照／查照。❼ 憑證 ◆ 牌照／護照／駕駛執照。❽ 關心；看護 ◆ 照顧／照看／照料／照應。❾ 太陽光 ◆ 夕照／晚照。❿ 通知；告知 ◆ 照會／知照。⓫ 明白 ◆ 心照不宣。

⁹
## 煌
煌 煌 煌 煌 煌 煌 煌

[ huáng ㄏㄨㄤˊ (粵) wɔŋ⁴ 皇 ]
明亮 ◆ 輝煌。

⁹
## 煥 (焕)
煥 煥 煥 煥 煥 煥 煥

[ huàn ㄏㄨㄢˋ (粵) wun⁶ 換 ]
鮮明；光亮 ◆ 煥然一新／容光煥發。

⁹
## 煞
煞 煞 煞 煞 煞 煞 煞

〈一〉[ shà ㄕㄚˋ (粵) sat⁸ 殺 ]
❶ 很；極；表示程度深 ◆ 氣煞人／煞費苦心／煞是好看。❷ 兇神 ◆ 兇神惡煞。
〈二〉[ shā ㄕㄚ (粵) sat⁸ 殺 ]
❸ 結束；收尾 ◆ 煞尾。❹ 削減；消除 ◆ 煞價／煞威風／煞暑氣。❺ 止住 ◆ 煞車。

⁹
## 煎
煎 煎 煎 煎 煎 煎 煎

[ jiān ㄐㄧㄢ (粵) dzin¹ 箋 ]
❶ 一種烹調方法，就是把食物放在少量的油裏燒熟 ◆ 煎餅／煎魚／煎雞蛋。❷ 用水煮熬 ◆ 煎藥／煎茶。

¹⁰
## 熙
熙 熙 熙 熙 熙 熙 熙

[ xī ㄒㄧ (粵) hei¹ 希 ]
❶ 光明；興盛。❷ 歡樂 ◆ 熙和／眾人熙熙。

¹⁰
## 熏
熏 熏 熏 熏 熏 熏 熏

[ xūn ㄒㄩㄣ (粵) fɐn¹ 分 ]
❶ 同 "燻" 字：（1）用火煙烤製食物 ◆ 熏魚／熏肉／熏雞。（2）煙氣或其他氣味接觸物體 ◆ 熏蚊子／牆熏黑了／臭氣熏人。❷ 因長期接觸而受到影響 ◆ 熏陶。

¹⁰
## 熄
熄 熄 熄 熄 熄 熄 熄

[ xī ㄒㄧ (粵) sik⁷ 式 ]
火滅了；滅掉燈火 ◆ 熄滅／熄火／爐火已熄／熄燈就寢。

¹⁰
## 熒 (荧)
熒 熒 熒 熒 熒 熒 熒

[ yíng ㄧㄥˊ (粵) jiŋ⁴ 營 ]
❶ 光亮微弱的樣子 ◆ 星光熒熒／一燈熒然。❷ 眼光迷亂；疑惑 ◆ 熒惑。

¹⁰
## 熔
熔 熔 熔 熔 熔 熔 熔

[ róng ㄖㄨㄥˊ (粵) juŋ⁴ 容 ]
固體受熱到一定溫度變成液體 ◆ 熔化／熔解／熔煉／熔液。

¹⁰
## 煽
煽 煽 煽 煽 煽 煽 煽

[ shān ㄕㄢ (粵) sin³ 扇 ]
❶ 用扇子搧火，使旺盛 ◆ 把爐火煽旺。❷ 鼓動別人做不好的事情 ◆ 煽動／煽風點火。

¹⁰
## 熊
熊 熊 熊 熊 熊 熊 熊

[ xióng ㄒㄩㄥˊ (粵) huŋ⁴ 紅 ]
哺乳動物，體大，四肢粗短，能爬樹。種類很多，有黑熊、白熊、棕熊等 ◆ 熊掌／

狗熊／北極熊。

熊

**¹¹熱**（热） 熱熱熱熱熱熱 熱

[rè ㄖㄜˋ ⑧ jit⁹]

❶ 溫度高；跟"冷"相對 ◆ 熱天／熱水／炎熱／酷熱的夏天／熱鍋上的螞蟻。❷ 體溫過高 ◆ 退熱／全身發熱。❸ 加熱 ◆ 把飯菜熱一熱再吃。❹ 情意深厚 ◆ 熱心／熱愛／熱情／親熱／熱烈。❺ 非常羨慕或急切想得到 ◆ 熱中／熱切。❻ 吸引人的；受人關注的 ◆ 熱門／足球熱。❼ 繁華 ◆ 熱鬧。

**¹¹熬** 熬熬熬熬熬熬 熬

〈一〉[áo ㄠˊ ⑧ ŋou⁴ 遨]

❶ 小火慢煮，使水份減少，濃度增加 ◆ 熬藥／熬粥。❷ 比喻勉強忍受、支撐 ◆ 熬夜／苦熬／熬過難關。

〈二〉[āo ㄠ ⑧ ŋou⁴ 遨]

❸ 把菜放在水裏煮 ◆ 熬白菜／熬豆腐。

**¹¹熟** 熟熟熟熟熟熟 熟

[shú ㄕㄨˊ ⑧ suk⁹ 淑]

❶ 食物經過加熱烹煮到可以吃的程度；跟"生"相對 ◆ 煮熟／熟食／飯熟了／生米煮成熟飯。❷ 莊稼、瓜果等長成了，到了可以收穫的程度 ◆ 麥子熟了／瓜熟蒂落／西

瓜熟透了／莊稼成熟了。❸ 經過加工煉製的 ◆ 熟鐵／牛皮。❹ 經歷過的，留有印象的 ◆ 面熟／耳熟。❺ 因常見、常做而認識、瞭解 ◆ 熟人／熟路／熟悉／熟讀唐詩三首，不會吟詩也會吟。❻ 因反覆練習而精通、有經驗 ◆ 熟練／熟手／純熟／熟能生巧。❼ 表示程度深 ◆ 熟睡／深思熟慮。

**¹¹瑩** 見玉部，286頁。

**¹¹熨** 熨熨熨熨熨熨 熨

〈一〉[yùn ㄩㄣˋ ⑧ wɐt⁷ 屈/tɐŋ³ 燙 (語)]

❶ 用燒熱的烙鐵或熨斗把衣物燙平整 ◆ 熨衣服。

〈二〉[yù ㄩˋ ⑧ wɐt⁷ 屈]

❷ 熨帖：妥帖；妥善。

**¹²燒**（烧） 燒燒燒燒燒燒 燒

[shāo ㄕㄠ ⑧ siu¹ 消]

❶ 把東西點着；起火 ◆ 燃燒／火燒戰船／房屋燒燬了／留得青山在，不怕沒柴燒／野火燒不盡，春風吹又生。❷ 加熱煮熟食物或使物體起變化 ◆ 燒飯／燒菜／燒磚／燒炭。❸ 體溫過高 ◆ 退燒／發高燒。

**¹²熹** 熹熹熹熹熹熹 熹

[xī ㄒㄧ ⑧ hei¹ 希]

天亮；明亮 ◆ 星熹／晨光熹微。

**¹²燕** 燕燕燕燕燕燕 燕

〈一〉[yàn ㄧㄢˋ ⑧ jin³ 宴]

❶ 燕子：候鳥，背黑，腹白，翅膀尖而長，尾巴像張開的剪刀。捕食害蟲，是益

水火爪父爻爿

鳥 ◆ 鶯歌燕舞 / 燕雀安知鴻鵠之志 / 無可奈何花落去，似曾相識燕歸來。

燕子

〈二〉[ yān ㄧㄢ 粵 jin¹ 煙]
❷ 古代國名，後用來指河北省北部 ◆ 燕趙多悲歌 / 北京舊稱燕。
🖎 見古文字插頁 16。

¹²燎　燎燎燎燎燎燎　燎
〈一〉[ liáo ㄌㄧㄠˊ 粵 liu⁵ 了/liu⁶ 料]
❶ 延燒 ◆ 星星之火，可以燎原。
〈二〉[ liǎo ㄌㄧㄠˊ 粵 liu⁵ 了/liu⁶ 料]
❷ 挨近了火而燒焦，多用於毛髮 ◆ 火燎眉毛。

¹²燃　燃燃燃燃燃燃　燃
[ rán ㄖㄢˊ 粵 jin⁴ 言]
❶ 燒 ◆ 燃燒 / 燃料 / 自燃 / 燃眉之急 / 死灰復燃。❷ 點火 ◆ 燃燈 / 燃香 / 點燃 / 燃放煙花爆竹。

¹²燉　燉燉燉燉燉燉　燉
[ dùn ㄉㄨㄣˋ 粵 dɐn⁶]
❶ 一種烹調方法，即用小火把食物煮得熟爛 ◆ 燉雞湯 / 清燉排骨。❷ 把盛有酒、藥等的容器放在熱水裏，使變熱 ◆ 燉酒 / 燉藥。

¹²熾(炽)　熾熾熾熾熾熾　熾
[ chì ㄔˋ 粵 tsi³ 次]
火旺；勢盛 ◆ 熾熱 / 熾烈。

¹²燙(烫)　燙燙燙燙燙燙　燙
[ tàng ㄊㄤˋ 粵 tɔŋ³ 趟]
❶ 温度高 ◆ 水很燙 / 滾燙的水。❷ 接觸高温物體感覺疼痛或受傷 ◆ 燙手 / 燙傷。❸ 用熱的東西使別的物體發生變化 ◆ 燙髮 / 燙酒 / 燙衣服。

¹²螢
見虫部，399 頁。

¹²燜(焖)　燜燜燜燜燜燜　燜
[ mèn ㄇㄣˋ 粵 mun⁶ 悶]
一種烹調方法，即蓋緊鍋蓋，用小火慢慢地把食物煮熟煮爛 ◆ 燜米飯 / 油燜筍。

¹²燈(灯)　燈燈燈燈燈燈　燈
[ dēng ㄉㄥ 粵 dɐŋ¹ 登]
發光照明的用具 ◆ 油燈 / 電燈 / 燈籠 / 燈火通明 / 萬家燈火。

¹³燦(灿)　燦燦燦燦燦燦　燦
[ càn ㄘㄢˋ 粵 tsan³ 粲]
光彩鮮明耀眼 ◆ 燦爛 / 金光燦燦。

¹³燥　燥燥燥燥燥燥　燥
[ zào ㄗㄠˋ 粵 tsou³ 醋]
乾；沒有水分或水分很少 ◆ 乾燥 / 燥熱 / 山高地燥。

## <sup>13</sup>燭 (烛)

[ zhú ㄓㄨˊ 🔊 dzuk⁷ 竹 ]

用蠟和油脂製成的照明用具 ◆ 蠟燭 / 燭光 / 洞房花燭 / 風燭殘年。

## <sup>13</sup>燬 (毁)

[ huǐ ㄏㄨㄟˇ 🔊 wɐi² 委 ]

燒掉；燒壞 ◆ 焚燬 / 燒燬。

## <sup>13</sup>燴 (烩)

[ huì ㄏㄨㄟˋ 🔊 wui⁶ 匯 ]

一種烹調方法,把幾種食品用濃汁燒在一起 ◆ 燴豆腐 / 燒雜燴。

## <sup>13</sup>營 (营)

[ yíng ㄧㄥˊ 🔊 jiŋ⁴ 形 ]

❶ 謀求;設法 ◆ 營救 / 營利 / 營私舞弊。
❷ 建造;管理 ◆ 營建 / 營造 / 經營 / 營業。
❸ 軍隊駐紮的地方 ◆ 營房 / 營地 / 軍營 / 野營 / 安營紮寨。❹ 軍隊的編制單位之一,在團以下,連以上 ◆ 營長。

## <sup>14</sup>燻 (熏)

[ xūn ㄒㄩㄣ 🔊 fɐn¹ 分 ]

❶ 用火煙烤製食物 ◆ 燻魚 / 燻肉 / 燻雞。
❷ 煙氣或其他氣味接觸物體 ◆ 燻蚊子 / 牆燻黑了。

## <sup>14</sup>燼 (烬)

[ jìn ㄐㄧㄣˋ 🔊 dzœn⁶ 盡 ]

物質燃燒後剩下的殘餘物 ◆ 餘燼 / 化為灰燼。

## <sup>15</sup>爆

[ bào ㄅㄠˋ 🔊 bau³ 包³ ]

❶ 猛然炸裂 ◆ 爆炸 / 爆破 / 爆裂。❷ 突然發生 ◆ 火山爆發 / 爆出冷門。

## <sup>15</sup>爍 (烁)

[ shuò ㄕㄨㄛˋ 🔊 sœk⁸ 削 ]

光亮的樣子 ◆ 閃爍。

## <sup>16</sup>爐 (炉)

[ lú ㄌㄨˊ 🔊 lou⁴ 勞 ]

做飯菜、取暖、冶煉等用的器具或設備 ◆ 爐子 / 電爐 / 鍋爐 / 圍爐取暖 / 爐火純青。

## <sup>17</sup>爛 (烂)

[ làn ㄌㄢˋ 🔊 lan⁶ 蘭⁶ ]

❶ 食物煮得過熟變得稀軟;稀軟的東西 ◆ 爛飯 / 爛泥。❷ 腐壞 ◆ 腐爛 / 潰爛 / 破爛 / 一筐爛梨。❸ 破碎;殘破 ◆ 破爛 / 破銅爛鐵 / 鞋襪都穿爛了。❹ 表示程度極深 ◆ 喝得爛醉 / 書背得滾瓜爛熟。❺ 頭緒紛亂 ◆ 爛攤子 / 一盤爛賬。❻ 光亮;有光彩 ◆ 星光燦爛 / 山花爛漫。

## 爪 部

## <sup>0</sup>爪

〈一〉[ zhǎo ㄓㄠˇ 🔊 dzau² 找 ]

❶ 鳥獸的腳或動物的趾甲 ◆ 爪牙／虎爪／鷹爪／張牙舞爪／一鱗半爪。

〈二〉[ zhuǎ ㄓㄨㄚˇ ⑧ dzau² 找 ]

❷ 義同 ❶，多用於"爪子"、"爪兒"等詞 ◆ 雞爪子／貓爪子。

🖎 見古文字插頁 3。

³ 孚
見子部，110 頁。

³ 妥
見女部，102 頁。

⁴ 采
見采部，458 頁。

⁴ 受
見又部，58 頁。

⁴ 爭 (争)　爭爭爭爭爭爭　爭

[ zhēng ㄓㄥ ⑧ dzɐŋ¹ 增 ]

❶ 努力取得或奪得 ◆ 爭取／爭奪／競爭／爭先恐後／為國爭光／力爭上游。 ❷ 辯論 ◆ 爭論／爭執不下／激烈爭辯／爭吵不休。

⁴ 爬　爬爬爬爬爬爬　爬

[ pá ㄆㄚˊ ⑧ pa⁴ 扒 ]

❶ 手腳一起着地向前移動 ◆ 爬行／烏龜爬上岸來／在地上爬來爬去。 ❷ 攀登：抓住東西從下往上走 ◆ 爬山／爬樹／爬樓梯／猴子爬竿。

⁴ 乳
見乙部，7 頁。

⁶ 舀
見臼部，370 頁。

⁶ 奚
見大部，100 頁。

⁷ 覓
見見部，409 頁。

⁸ 舜
見舛部，372 頁。

⁹ 愛
見心部，156 頁。

⁹ 亂
見乙部，8 頁。

¹³ 爵　爵爵爵爵爵爵　爵

[ jué ㄐㄩㄝˊ ⑧ dzœk⁸ 雀 ]

❶ 古代的飲酒器具。 ❷ 爵位：君主國家貴族封號的等級，一般分為公、侯、伯、子、男五等 ◆ 封爵／公爵／伯爵。

父 部

⁰ 父　父父父　父

[ fù ㄈㄨˋ ⑧ fu⁶ 付 ]

❶ 爸爸 ◆ 父親／父子／認賊作父。 ❷ 對男性長輩的通稱 ◆ 祖父／伯父／叔父／父老鄉親。

⁴ 斧
見斤部，195 頁。

⁴ 爸　爸爸爸爸爸爸　爸

[ bà ㄅㄚˋ ⑧ ba¹ 巴 ]

爸爸：也就是父親。

⁶
**釜**
見金部，459頁。

⁶
**爹** 爹 爹 爹 爹 爹 爹 爹

[ diē ㄉ丨ㄝ 粵 dɛ¹ ]
❶ 父親 ◆ 爹媽／爹娘。❷ 對老年男子的尊稱 ◆ 老爹。

⁹
**爺**⁽爷⁾ 爺 爺 爺 爺 爺 爺 爺

[ yé 丨ㄝˊ 粵 jɛ⁴ 耶 ]
❶ 父親 ◆ 爺娘。❷ 爺爺：祖父。❸ 對年長男子的尊稱 ◆ 老大爺。❹ 過去對官僚或主人的稱呼 ◆ 王爺／相爺／老爺／少爺。❺ 迷信的人對神的尊稱 ◆ 土地爺／財神爺／閻王爺。

**爻 部**

⁷
**爽** 爽 爽 爽 爽 爽 爽 爽

[ shuǎng ㄕㄨㄤˇ 粵 sɔŋ² 嗓 ]
❶ 明朗；清亮 ◆ 秋高氣爽／神清目爽。❷ 直率；痛快 ◆ 爽快／直爽／格豪爽。❸ 舒服；暢快 ◆ 涼爽／身體不爽／人逢喜事精神爽。❹ 失誤；差錯 ◆ 爽約／絲毫不爽／屢試不爽。

¹⁰
**爾**⁽尔⁾ 爾 爾 爾 爾 爾 爾 爾

[ ěr ㄦˇ 粵 ji⁵ 耳 ]
❶ 你；你的 ◆ 爾等／爾輩／爾父／爾虞我詐／出爾反爾。❷ 如此；這樣 ◆ 偶爾／不過爾爾。❸ 這；那 ◆ 爾後／爾日／爾時。

**爿 部**

³
**壯**
見士部，95頁。

³
**妝**
見女部，102頁。

⁴
**牀**⁽床⁾ 牀 牀 牀 牀 牀 牀 牀

[ chuáng ㄔㄨㄤˊ 粵 tsɔŋ⁴ 藏 ]
❶ 睡覺用的傢具 ◆ 牀鋪／牀位／單人牀／牀上用品／同牀異夢。❷ 像牀的東西 ◆ 車牀／機牀／河牀／冰牀。❸ 量詞，用於被褥等 ◆ 一牀棉被。

⁴
**狀**
見犬部，277頁。

⁴
**戕**
見戈部，162頁。

⁷
**將**
見寸部，118頁。

¹¹
**奬**
見犬部，280頁。

¹³
**牆**⁽墙⁾ 牆 牆 牆 牆 牆 牆 牆

[ qiáng ㄑ丨ㄤˊ 粵 tsœŋ⁴ 祥 ]
用磚、石、土等砌成，用來分隔房屋或某

水 火 爪 父 爻 爿

些場所內外的建築物 ◆ 牆壁／城牆／隔牆／有耳／牆上一草，風吹兩邊倒。

片 部

爪父爻爿片牙

<sup>0</sup>片　　片片片 片

〈一〉[ piàn ㄆㄧㄢˋ 粵 pin³ 騙 ]
❶ 平而薄的東西 ◆ 刀片／名片／照片／鐵片／明信片。❷ 零星的；不全的 ◆ 片段／片刻／片紙隻字／片面理解。❸ 量詞 ◆ 兩片藥／一片草地／一片深情／一片汪洋。
〈二〉[ piān ㄆㄧㄢ 粵 pin³ 騙 ]
❹ 義同 ❶，用於口語中的一部分詞，如"片子"、"唱片"。
☞ 見古文字插頁 3。

<sup>4</sup>版　　版版版版版版 版

[ bǎn ㄅㄢˇ 粵 ban² 板 ]
❶ 上面有文字或圖畫供印刷用的底子 ◆ 排版／製版／拼版／鉛版／照相版。❷ 印刷品排印的次數 ◆ 初版／再版／第五版。❸ 報紙的分頁 ◆ 頭版／文藝版／廣告版／版面設計。

<sup>8</sup>牌　　牌牌牌牌牌牌 牌

[ pái ㄆㄞˊ 粵 pai⁴ 排 ]
❶ 用作標誌的板，上面有文字或圖記 ◆ 牌子／招牌／門牌／路牌／廣告牌。❷ 商品的專用名稱；牌子 ◆ 品牌／名牌／老牌／中華

牌鉛筆。❸ 古代護身用的武器 ◆ 盾牌／擋箭牌。❹ 娛樂或賭博用品 ◆ 紙牌／骨牌／撲克牌／麻將牌。❺ 詞、曲的調子 ◆ 詞牌／曲牌。

<sup>15</sup>牘（牍）　牘牘牘牘牘牘 牘

[ dú ㄉㄨˊ 粵 duk⁹ 讀 ]
古代寫字用的木片，後來指公文、書信 ◆ 尺牘／文牘／案牘。

牙 部

<sup>0</sup>牙　　牙牙牙 牙

[ yá ㄧㄚˊ 粵 ŋa⁴ 衙 ]
❶ 牙齒：咀嚼食物的器官 ◆ 門牙／換牙／拔牙／牙醫。❷ 與牙齒有關的 ◆ 牙膏／牙周病。❸ 特指象牙 ◆ 牙雕／牙筷／牙章。
☞ 見古文字插頁 4。

<sup>3</sup>呀　見口部，63 頁。

<sup>3</sup>邪　見邑部，452 頁。

<sup>5</sup>穿　見穴部，324 頁。

<sup>8</sup>雅　見隹部，478 頁。

<sup>11</sup>鴉　見鳥部，505 頁。

牛 部

<sup>0</sup>牛　　　牛牛牛　牛

[ niú ㄋㄧㄡˊ 圖 ŋeu⁴ 偶⁴]

❶ 反芻類家畜，能耕地、拉車、馱運東西，肉和奶營養價值高。常見的有水牛、黃牛等 ◆ 耕牛 / 奶牛 / 牛奶 / 殺雞焉用牛刀 / 天蒼蒼，野茫茫，風吹草低見牛羊。❷ 比喻有力或固執倔強 ◆ 牛勁 / 牛脾氣 / 牛性子。

 見古文字插頁 4。

亞洲水牛

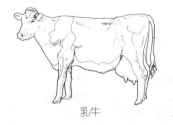

乳牛

<sup>2</sup>牟　　牟牟牟牟牟　牟

[ móu ㄇㄡˊ 圖 meu⁵ 某]

❶ 牛叫聲。❷ 用不正當的手段取得 ◆ 牟取暴利。

<sup>3</sup>牡　　牡牡牡牡牡牡　牡

[ mǔ ㄇㄨˇ 圖 meu⁵ 某]

雄性的鳥獸 ◆ 牡雞 / 牡牛。

<sup>3</sup>牢　　牢牢牢牢牢牢　牢

[ láo ㄌㄠˊ 圖 lou⁴ 勞]

❶ 關押犯人的地方；監獄 ◆ 牢房 / 監牢 / 坐牢 / 打入大牢。❷ 堅固；結實；經久不壞 ◆ 牢固 / 牢不可破 / 牢記在心。❸ 關養牲畜的圈 ◆ 牢籠 / 亡羊補牢。❹ 靠得住；穩妥 ◆ 辦事牢靠。

 見古文字插頁 13。

<sup>3</sup>牠<sup>(它)</sup>　牠牠牠牠牠牠　牠

[ tā ㄊㄚ 圖 ta1 他]

指稱動物的代詞。

<sup>4</sup>牦　　牦牦牦牦牦牦　牦

[ máo ㄇㄠˊ 圖 mou4 毛]

牦牛：牛的一種，產於中國西藏、青海等地。四肢粗短，毛長體健。耐高寒。用來拉犁、馱運，有"高原之舟"的美稱。

<sup>4</sup>牧　　牧牧牧牧牧牧　牧

[ mù ㄇㄨˋ 圖 muk⁹ 木]

放養牲畜 ◆ 牧馬 / 牧場 / 遊牧 / 畜牧 / 借問酒家何處有，牧童遙指杏花村。

見古文字插頁 14。

⁴物　　物 物 物 物 物 物　物

[ wù ㄨˋ ⑧mɐt⁹ 勿 ]

❶ 一切有形體的東西 ◆ 動物／食物／貨物／地大物博／龐然大物。❷ 具體內容；實質 ◆ 言之有物／空洞無物。❸ 自己以外的人或環境 ◆ 待人接物。❹ 尋找 ◆ 物色。

⁵牲　　牲 牲 牲 牲 牲 牲　牲

[ shēng ㄕㄥ ⑧sɐŋ¹ 生 ]

家畜 ◆ 牲口／牲畜。

⁵牴(抵)　　牴 牴 牴 牴 牴 牴　牴

[ dǐ ㄉㄧˇ ⑧dɐi2 底 ]

牴觸：互相對立，發生衝突 ◆ 相互牴觸。也作"抵觸"。

⁶特　　特 特 特 特 特 特　特

[ tè ㄊㄜˋ ⑧dɐk⁹ 得⁹ ]

❶ 不同於一般的；不尋常的 ◆ 特別／特權／特效／特色／奇特／能力特強。❷ 專門的 ◆ 特地／特意／特派記者／特來拜訪／特此聲明。❸ 指特務 ◆ 特工／匪特／防特。

⁷犁　　"犂"的異體字，見本頁。

⁷牽(牽)　　牽 牽 牽 牽 牽 牽　牽

[ qiān ㄑㄧㄢ ⑧hin¹ 掀 ]

❶ 拉 ◆ 牽引／牽牛／順手牽羊／千里姻緣一線牽。❷ 連帶；關連 ◆ 牽涉／牽制／受牽連／牽腸掛肚。

⁸犂(犂)　　犂 犂 犂 犂 犂 犂　犂

[ lí ㄌㄧˊ ⑧lei⁴ 黎 ]

❶ 翻土用的農具 ◆ 扶犂。❷ 用犂耕地 ◆ 犂田。

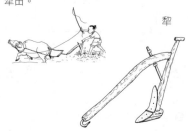

犂

⁸犀　　犀 犀 犀 犀 犀 犀　犀

[ xī ㄒㄧ ⑧sei¹ 西 ]

犀牛：哺乳物，形狀像牛，生長在熱帶森林裏。鼻子上有角，是名貴的藥材 ◆ 犀角。

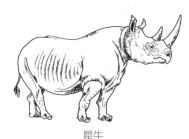

犀牛

⁹犍　　犍 犍 犍 犍 犍 犍　犍

〈一〉[ jiān ㄐㄧㄢ ⑧gin¹ 堅 ]

❶ 閹割過的公牛 ◆ 犍牛。

〈二〉[ qián ㄑㄧㄢˊ ⑧kin⁴ 虔 ]

❷ 犍為：地名，在四川省。

## ¹⁰犒

犒 犒 犒 犒 犒 犒 犒

[ kào ㄎㄠˋ ⑧ hou³ 耗 ]

用酒食或物品慰勞 ◆ 犒勞將士 / 犒賞三軍。

## ¹¹牽

同 "牦" 字，見 275 頁。

## ¹⁵犢 (犊)

犢 犢 犢 犢 犢 犢

[ dú ㄉㄨˊ ⑧ duk⁹ 讀 ]

小牛 ◆ 初生牛犢不怕虎。

## ¹⁶犧 (牺)

犧 犧 犧 犧 犧 犧

[ xī ㄒㄧ ⑧ hei¹ 希 ]

❶ 古代祭祀用的毛色純一的牲畜。❷ 犧牲：原指祭祀時宰殺的牲畜；現在指捨棄生命或放棄利益 ◆ 不怕流血犧牲 / 犧牲個人利益。

犬 部

## ⁰犬

犬 犬 犬 犬

[ quǎn ㄑㄩㄢˇ ⑧ hyn² 勸² ]

狗 ◆ 警犬 / 獵犬 / 雞犬不寧 / 犬馬之勞 / 畫虎不成反類犬 / 柴門聞犬吠，風雪夜歸人。

👣 見古文字插頁 4 。

## ²犯

犯 犯 犯 犯 犯

[ fàn ㄈㄢˋ ⑧ fan⁶ 飯 ]

❶ 違反；抵觸 ◆ 犯法 / 犯規 / 犯忌諱 / 明知故犯 / 眾怒難犯 / 觸犯法律。❷ 犯罪的人 ◆ 囚犯 / 罪犯 / 走私犯 / 在逃犯 / 盜竊犯。❸ 侵害 ◆ 進犯 / 犯境 / 侵犯領空 / 井水不犯河水 。❹ 發作；發生錯誤的或不好的事情 ◆ 犯病 / 犯疑 / 犯錯誤 / 老毛病又犯了。❺ 值得 ◆ 犯得着 / 犯不着。

## ³吠

見口部，63 頁。

## ⁴狂

狂 狂 狂 狂 狂 狂

[ kuáng ㄎㄨㄤˊ ⑧ kwɔŋ⁴ 礦⁴ ]

❶ 精神失常；瘋癲 ◆ 狂人 / 瘋狂 / 狂犬病 / 發狂 / 喪心病狂。❷ 盡情地；無拘束地 ◆ 狂歡 / 狂熱 / 狂笑 / 狂放不拘。❸ 驕傲自大 ◆ 狂妄 / 口出狂言。❹ 猛烈 ◆ 狂浪 / 兇狂 / 狂風暴雨 / 野馬狂奔。

## ⁴狄

狄 狄 狄 狄 狄 狄

[ dí ㄉㄧˊ ⑧ dik⁹ 滴 ]

中國古代對北方少數民族的通稱。

## ⁴狀 (状)

狀 狀 狀 狀 狀 狀

[ zhuàng ㄓㄨㄤˋ ⑧ dzɔŋ⁶ 撞 ]

❶ 樣子；形態 ◆ 狀態 / 形狀 / 奇形怪狀。❷ 情況 ◆ 狀況 / 症狀 / 罪狀 / 維持現狀。❸ 陳述；描摹 ◆ 寫景狀物 / 不可名狀。❹ 陳述事實的文字 ◆ 狀紙 / 訴狀 / 供狀。❺ 褒獎、委任等憑證 ◆ 獎狀 / 委任狀 / 軍令狀。

## <sup>5</sup>狙

狙 狙 狙 狙 狙 狙 狙

[ jū ㄐㄩ ⑲ dzœy¹ 追 ]
狙擊：暗中埋伏，伺機攻擊敵人 ◆ 狙擊戰。

## <sup>5</sup>狎

狎 狎 狎 狎 狎 狎 狎

[ xiá ㄒㄧㄚˊ ⑲ hap⁹ 峽 ]
親近；玩弄。多指輕浮、不莊重的行為 ◆ 狎暱 / 狎侮。

## <sup>5</sup>狐

狐 狐 狐 狐 狐 狐 狐

[ hú ㄏㄨˊ ⑲ wu⁴ 胡 ]
哺乳動物，也叫狐狸。尾部能排出臭氣，皮毛很珍貴 ◆ 狐疑 / 狐假虎威 / 狐朋狗友 / 兔死狐悲。

狐狸

## <sup>5</sup>突

見穴部，324 頁。

## <sup>5</sup>狗

狗 狗 狗 狗 狗 狗 狗

[ gǒu ㄍㄡˇ ⑲ geu² 久 ]
❶ 哺乳動物，也叫犬。嗅覺、聽覺都很靈敏 ◆ 獵狗 / 牧羊狗 / 狗急跳牆 / 狗仗人勢 / 狗嘴裏吐不出象牙。❷ 比喻受人利用、替人作惡的人 ◆ 走狗 / 狗腿子。

## <sup>6</sup>哭

見口部，71 頁。

## <sup>6</sup>臭

見自部，369 頁。

## <sup>6</sup>狡

狡 狡 狡 狡 狡 狡 狡

[ jiǎo ㄐㄧㄠˇ ⑲ gau² 絞 ]
狡猾：詭詐 ◆ 狡詐 / 狡辯 / 狡賴。

## <sup>6</sup>狠

狠 狠 狠 狠 狠 狠 狠

[ hěn ㄏㄣˇ ⑲ hen² 很 ]
❶ 兇惡；殘忍 ◆ 狠心 / 狠毒 / 兇狠 / 心狠手辣。❷ 嚴厲 ◆ 狠狠打擊犯罪分子。❸ 堅決；竭盡全力 ◆ 狠抓業務。

## <sup>7</sup>狹 <sup>(狭)</sup>

狹 狹 狹 狹 狹 狹 狹

[ xiá ㄒㄧㄚˊ ⑲ hap⁹ 峽 ]
窄；不寬闊；跟 "寬"、"廣" 相對 ◆ 狹長 / 狹窄 / 狹隘 / 狹小 / 狹路相逢。

## <sup>7</sup>狽 <sup>(狈)</sup>

狽 狽 狽 狽 狽 狽 狽

[ bèi ㄅㄟˋ ⑲ bui³ 貝 ]
傳說中的一種獸，像狼，前腿短，要趴在狼身上才能行走 ◆ 狼狽為奸 / 狼狽不堪。

## <sup>7</sup>狸

狸 狸 狸 狸 狸 狸 狸

[ lí ㄌㄧˊ ⑲ lei⁴ 離 ]
狐狸。見 "狐" 字，本頁。

## <sup>7</sup>狼

狼 狼 狼 狼 狼 狼 狼

[ láng ㄌㄤˊ ⑲ lɔŋ⁴ 郎 ]
哺乳動物，樣子像狗，性情兇殘而貪婪，吃兔、鹿等，也會傷害人畜。皮毛可製衣

物 ◆ 狼狽不堪 / 狼狽為奸 / 狼心狗肺 / 狼子野心 / 狼吞虎嚥。

狼

<sup>8</sup>**猜** 猜猜猜猜猜猜 猜

[ cāi ㄘㄞ 粵 tsai¹ 釵 ]
❶ 疑心 ◆ 猜疑 / 猜忌 / 青梅竹馬，兩小無猜。❷ 推想；推測 ◆ 猜想 / 猜測 / 猜謎 / 我猜他不會來了。

<sup>8</sup>**猪** "豬" 的異體字，見 424 頁。

<sup>8</sup>**猖** 猖猖猖猖猖猖 猖

[ chāng ㄔㄤ 粵 tsœŋ¹ 昌 ]
兇猛放肆；恣意妄為 ◆ 猖狂 / 猖獗。

<sup>8</sup>**猙**<sup>(狰)</sup> 猙猙猙猙猙猙 猙

[ zhēng ㄓㄥ 粵 dzɐŋ¹ 增 ]
猙獰：形容面目兇惡 ◆ 猙獰面目 / 猙獰可畏。

<sup>8</sup>**猛** 猛猛猛猛猛猛 猛

[ měng ㄇㄥˇ 粵 maŋ⁵ 蜢 ]
❶ 氣勢壯；力量大 ◆ 勇猛 / 兇猛 / 猛烈 / 洪水猛獸 / 突飛猛進。❷ 突然 ◆ 猛然 / 猛醒 / 猛回頭 / 猛不防。❸ 嚴厲 ◆ 寬猛相濟。

<sup>9</sup>**猫** "貓" 的異體字，見 425 頁。

<sup>9</sup>**猹** 猹猹猹猹猹猹 猹

[ chá ㄔㄚˊ 粵 dza¹ 渣 ]
樣子像獾的動物。

<sup>9</sup>**猩** 猩猩猩猩猩猩 猩

[ xīng ㄒㄧㄥ 粵 siŋ¹ 升 ]
猩猩：猿類哺乳動物，樣子有點像人，前肢長，能在地上直立行走 ◆ 黑猩猩。

黑猩猩

<sup>9</sup>**猥** 猥猥猥猥猥猥 猥

[ wěi ㄨㄟˇ 粵 wɐi² 委 ]
❶ 多而煩雜 ◆ 猥雜 / 煩猥。❷ 鄙賤；下流 ◆ 猥瑣 / 猥褻。

<sup>9</sup>**猬** 同 "蝟" 字，見 397 頁。

<sup>9</sup>**猴** 猴猴猴猴猴猴 猴

[ hóu ㄏㄡˊ 粵 hɐu⁴ 喉 ]
哺乳動物，俗稱猴子，形狀有點像人，全身有毛，有尾巴。種類很多，成羣地生活

爻爿片牙牛犬

在山林裏 ◆ 猴山／耍猴戲／金絲猴。

猴子

⁹猶 ⁽犹⁾　猶 猶 猶 猶 猶 猶　猶

[ yóu ㄧㄡˊ ⑧ jɐu⁴ 由 ]
❶ 像；如同 ◆ 猶如／過猶不及／雖死猶生。❷ 還；仍然 ◆ 言猶在耳／記憶猶新／困獸猶鬥。❸ 猶豫：遲疑不決；拿不定主意 ◆ 猶豫不決／毫不猶豫。

¹⁰猿　猿 猿 猿 猿 猿 猿　猿

[ yuán ㄩㄢˊ ⑧ jyn⁴ 元 ]
哺乳動物，樣子像猴，沒有尾巴，有類人猿、長臂猿、猩猩等 ◆ 猿猴／兩岸猿聲啼不住，輕舟已過萬重山。

長臂猿

¹⁰猾 ⁽猾⁾　猾 猾 猾 猾 猾 猾　猾

[ huá ㄏㄨㄚˊ ⑧ wat⁹ 滑 ]

奸詐 ◆ 狡猾／老奸巨猾。

¹⁰獅 ⁽狮⁾　獅 獅 獅 獅 獅 獅　獅

[ shī ㄕ ⑧ si¹ 詩 ]
哺乳動物，猛獸，俗稱獅子。頭圓而大，尾巴細長，雄獅頸部有長鬣，全身毛棕黃色。獅子有“獸王”之稱。主要產在非洲和亞洲的西部 ◆ 獅吼／舞獅。

¹⁰獃　獃 獃 獃 獃 獃 獃　獃

[ dāi ㄉㄞ ⑧ ŋɔi⁴ 呆 ]
傻；笨；痴 ◆ 獃子／痴獃／獃頭獃腦。

¹¹獄 ⁽狱⁾　獄 獄 獄 獄 獄 獄　獄

[ yù ㄩˋ ⑧ juk⁹ 育 ]
❶ 禁犯人的地方 ◆ 監獄／牢獄／入獄／越獄逃跑。❷ 官司；訴訟案件 ◆ 冤獄／文字獄。

¹¹獎 ⁽奖⁾　獎 獎 獎 獎 獎 獎　獎

[ jiǎng ㄐㄧㄤˇ ⑧ dzœŋ² 掌 ]
❶ 鼓勵；表揚；稱讚；跟“懲”、“罰”相對 ◆ 獎勵／嘉獎／誇獎／獎勤罰懶。❷ 為鼓勵或表揚而發的證書或財物 ◆ 獎狀／獎品／發獎儀式。

¹²獗　獗 獗 獗 獗 獗 獗　獗

[ jué ㄐㄩㄝˊ ⑧ kyt⁸ 決 ]
猖獗：兇猛放肆。

¹²默　見黑部，513 頁。

¹³獨（独）　獨獨獨獨獨獨　獨

[ dú ㄉㄨˊ 粵 duk⁹ 讀 ]

❶ 孤單；只有一個 ◆ 單獨／獨唱／獨一無二／獨來獨往／單絲不成綫，獨木不成林／獨在異鄉為異客，每逢佳節倍思親。❷ 年老沒有兒子的人 ◆ 鰥寡孤獨。❸ 特別 ◆ 獨特／獨到之處。❹ 只是；唯有 ◆ 唯獨／不獨。

¹⁴獲（获）　獲獲獲獲獲獲　獲

[ huò ㄏㄨㄛˋ 粵 wɔk⁹ 鑊 ]

❶ 捉住 ◆ 破獲／俘獲／捕獲／擒獲。❷ 得到 ◆ 獲得／獲勝／獲救／獲獎／不勞而獲。

¹⁴獰（狞）　獰獰獰獰獰獰　獰

[ níng ㄋㄧㄥˊ 粵 niŋ⁴ 寧 ]

兇惡可怕 ◆ 猙獰／獰笑。

¹⁵獸（兽）　獸獸獸獸獸獸　獸

[ shòu ㄕㄡˋ 粵 sɐu³ 瘦 ]

❶ 野生的、有四條腿、全身長毛的哺乳動物的通稱 ◆ 野獸／獸醫／飛禽走獸／困獸猶鬥／珍禽異獸。❷ 比喻野蠻兇暴 ◆ 獸行／獸性大發／人面獸心。

¹⁵獷（犷）　獷獷獷獷獷獷　獷

[ guǎng ㄍㄨㄤˇ 粵 gwɔŋ² 廣 ]

粗野；豪放 ◆ 粗獷／獷悍。

¹⁵獵（猎）　獵獵獵獵獵獵　獵

[ liè ㄌㄧㄝˋ 粵 lip⁹ ]

捕捉禽獸 ◆ 打獵／獵手／獵人／獵狗／獵槍。

¹⁶獻（献）　獻獻獻獻獻獻　獻

[ xiàn ㄒㄧㄢˋ 粵 hin³ 憲 ]

❶ 恭敬地送上 ◆ 獻禮／獻花／貢獻／獻計／借花獻佛。❷ 表現給人看 ◆ 獻技／獻藝／獻醜／獻媚／獻殷勤。

¹⁶獺（獭）　獺獺獺獺獺獺　獺

[ tǎ ㄊㄚˇ 粵 tsat⁸ 察／tat⁸ 撻 ]

哺乳動物，有水獺、旱獺和海獺三種。獺的皮毛很珍貴。

水獺

¹⁸獾

"貛" 的異體字，見 425 頁。

玄 部

⁰玄　玄玄玄玄　玄

[ xuán ㄒㄩㄢˊ 粵 jyn⁴ 元 ]

❶ 黑色 ◆ 玄色／玄狐。❷ 深奧；微妙；不易理解的 ◆ 玄妙／故弄玄虛。❸ 不可靠；靠不住 ◆ 玄想／這話真玄。

⁵**畜**
　　見田部，291 頁。

⁶**率**　　率 率 率 率 率 率　率

〈一〉[ shuài ㄕㄨㄞˋ 　粵 sœt⁷ 恤 ]
❶ 帶領 ◆ 率領 / 統率 / 率隊出征。❷ 直爽 ◆ 直率 / 坦率。❸ 不仔細；不慎重 ◆ 草率 / 輕率。❹ 榜樣 ◆ 表率。
〈二〉[ lǜ ㄌㄩˋ 　粵 lœt⁹ 律 ]
❺ 一定的標準和比值 ◆ 效率 / 頻率 / 利率 / 出勤率 / 合格率。

玉 部

⁰**玉**　　玉 玉 玉 玉　玉

[ yù ㄩˋ 　粵 juk⁹ 欲 ]
❶ 一種質地堅硬、略透明、有光澤的礦物，可以做裝飾品或雕刻的原料 ◆ 玉器 / 玉鐲 / 拋磚引玉 / 玉不琢，不成器 / 寧為玉碎，不為瓦全。❷ 比喻潔白或美麗 ◆ 玉人 / 玉容 / 冰肌玉骨 / 玉潔冰清 / 亭亭玉立。❸ 敬詞；客氣話 ◆ 玉體 / 玉照 / 玉音。
✍ 見古文字插頁 4。

⁰**王**　　王 王 王　王

〈一〉[ wáng ㄨㄤˊ 　粵 wɔŋ⁴ 黃 ]
❶ 君主；國君 ◆ 國王 / 女王 / 帝王將相 / 繼承王位 / 王師北定中原日，家祭無忘告乃翁。❷ 首領；頭目 ◆ 佔山為王 / 射人

先射馬，擒賊先擒王。❸ 一族或一類中最強的、居首位的 ◆ 歌王 / 棋王 / 蜂王 / 花王 / 擒賊先擒王。
〈二〉[ wàng ㄨㄤˋ 　粵 wɔŋ⁶ 旺 ]
❹ 稱王；成為國君統治天下 ◆ 王天下。

¹**主**
　　見丶部，5 頁。

²**全**
　　見入部，33 頁。

³**玖**　　玖 玖 玖 玖 玖 玖　玖

[ jiǔ ㄐㄧㄡˇ 　粵 gɐu² 久 ]
❶ 像玉的淺黑色美石。❷ 數目字 "九" 的大寫。

⁴**旺**
　　見日部，198 頁。

⁴**玩**　　玩 玩 玩 玩 玩 玩　玩

[ wán ㄨㄢˊ 　粵 wun⁶ 換 ]
❶ 遊戲 ◆ 玩耍 / 玩具 / 玩水槍 / 到公園去玩。❷ 耍弄 ◆ 玩花招 / 玩手段 / 玩弄權術 / 玩甚麼把戲。❸ 觀賞 ◆ 玩賞 / 遊玩 / 遊山玩水。❹ 輕視；用不嚴肅的態度來對待 ◆ 玩忽職守 / 玩世不恭。❺ 體會 ◆ 細細玩味。❻ 可供觀賞的東西 ◆ 古玩。

⁴**玡**　　玡 玡 玡 玡 玡 玡　玡

[ yá ㄧㄚˊ 　粵 je⁴ 爺 ]
琅玡。見 "琅" 字，284 頁。

⁴**玫**　　玫 玫 玫 玫 玫 玫　玫

[ méi ㄇㄟˊ 　粵 mui⁴ 梅 ]
玫瑰：落葉灌木，枝有刺，花有紅、黃、

白等色，香味很濃，可供觀賞，也可做香料 ◆ 紅玫瑰 / 一朵玫瑰花。

玫瑰花

⁵**珏** 珏珏珏珏珏珏 珏

[ jué ㄐㄩㄝˊ ⑧ gok⁸ 角 ]
合在一起的兩塊玉。多作人名用字。

⁵**珐** 珐珐珐珐珐珐 珐

[ fà ㄈㄚˋ ⑧ fat⁸ 法 ]
珐琅：一種塗料，塗在金屬製品上，有防鏽和裝飾的作用。

⁵**玷** 玷玷玷玷玷玷 玷

[ diàn ㄉㄧㄢˋ ⑧ dim³ 店 ]
❶ 白玉上面的污點；比喻人的缺點、過失 ◆ 白圭之玷。❷ 弄髒；使有污點 ◆ 玷污 / 玷辱。

⁵**玳** 玳玳玳玳玳玳 玳

[ dài ㄉㄞˋ ⑧ dɔi⁶ 代 ]
玳瑁：一種海洋爬行動物，形狀像龜。甲殼堅硬光滑，黃褐色中夾雜黑色斑點，可製作眼鏡框或裝飾品，也可做藥材。

⁵**皇** 見白部，300 頁。

⁵**珊**⁽珊⁾ 珊珊珊珊珊珊 珊

[ shān ㄕㄢ ⑧ san¹ 山 ]
珊瑚：由珊瑚蟲分泌的石灰質骨骼聚集而成，形狀像樹枝，有紅、白等色，可做裝飾品，供玩賞 ◆ 紅珊瑚。

⁵**珀** 珀珀珀珀珀珀 珀

[ pò ㄆㄛˋ ⑧ pak⁸ 拍 ]
琥珀。見 "琥" 字，285 頁。

⁵**珍** 珍珍珍珍珍珍 珍

[ zhēn ㄓㄣ ⑧ dzɐn¹ 真 ]
❶ 寶貴；寶貴的東西 ◆ 珍品 / 珍貴 / 珍禽異獸 / 奇珍異寶 / 山珍海味 / 如數家珍。❷ 看重；重視 ◆ 珍藏 / 珍惜 / 珍視 / 珍愛 / 珍重。

⁵**玲** 玲玲玲玲玲玲 玲

[ líng ㄌㄧㄥˊ ⑧ liŋ⁴ 零 ]
玲瓏：（1）形容東西精緻靈巧 ◆ 小巧玲瓏 / 玲瓏剔透。（2）形容人嬌小可愛或靈活敏捷 ◆ 嬌小玲瓏 / 八面玲瓏。

⁵**玻** 玻玻玻玻玻玻 玻

[ bō ㄅㄛ ⑧ bɔ¹ 波 ]
玻璃：（1）質地硬而脆的透明物體，種類很多，可做門窗、日用器皿等，是重要的建築材料 ◆ 玻璃窗。（2）像玻璃那樣透明的東西 ◆ 玻璃絲襪 / 有機玻璃。

⁶**珠** 珠珠珠珠珠珠 珠

[ zhū ㄓㄨ ⑧ dzy¹ 朱 ]

玄 玉 瓜 瓦 甘 生

❶ 珍珠：蚌殼內由分泌物形成的圓粒，有光澤，是貴重的裝飾品，也可入藥 ◆ 珍珠粉 / 珠寶行 / 夜明珠 / 珠聯璧合。❷ 像珠子一樣的球形東西 ◆ 水珠 / 露珠 / 有眼無珠。

## 班

班班班班班班　[班]

[ bān ㄅㄢ 粵 ban¹ 斑 ]

❶ 按一定要求編排的組別 ◆ 班級 / 班組 / 甲班 / 游泳班。❷ 指一天之內的一段工作時間 ◆ 上班 / 下班 / 值班 / 早班 / 晚班。❸ 定時開行的交通工具 ◆ 班車 / 班機 / 航班。❹ 軍隊編制的最小單位，在 “排” 以下 ◆ 一班戰士。❺ 軍隊的調回或調動 ◆ 班師。❻ 量詞，用於人或交通工具 ◆ 一班人馬 / 一天有三班飛機飛往上海。

## 珮

珮珮珮珮珮珮　[珮]

[ pèi ㄆㄟˋ 粵 pui³ 佩 ]

古人繫在衣帶上的玉飾 ◆ 玉珮。

## 現 <sup>(现)</sup>

現現現現現現　[現]

[ xiàn ㄒㄧㄢˋ 粵 jin⁶ 彥 ]

❶ 顯露 ◆ 出現 / 顯現 / 表現 / 現出原形 / 曇花一現 / 圖窮匕現。❷ 目前；眼前的 ◆ 現在 / 現狀 / 現代 / 現行 / 現任。❸ 當場；臨時 ◆ 現做現賣 / 現編現演。❹ 當時實有的；現成的 ◆ 現錢 / 現金 / 現款 / 現貨。❺ 指現金；現款 ◆ 兌現 / 貼現。

## 理

理理理理理理　[理]

[ lǐ ㄌㄧˇ 粵 lei⁵ 里 ]

❶ 治理；辦理 ◆ 理財 / 理事 / 處理 / 管理 / 日理萬機。❷ 整理；使整齊 ◆ 理髮 / 清理 / 修理 / 梳理。❸ 道理；事理 ◆ 理由 / 合理 / 理直氣壯 / 詞窮理屈。❹ 對別人的言行作出反應 ◆ 理睬 / 理會 / 答理 / 置之不理。❺ 物質組織的紋路 ◆ 紋理 / 肌理。❻ 指物理學；泛指自然科學 ◆ 理科 / 數理化。

## 球

球球球球球球　[球]

[ qiú ㄑㄧㄡˊ 粵 keu⁴ 求 ]

❶ 圓形的東西 ◆ 眼球 / 月球 / 繡球 / 氣球。❷ 特指球形的體育用品 ◆ 球賽 / 籃球 / 排球 / 乒乓球。❸ 特指地球 ◆ 南半球 / 北半球 / 環球旅行 / 全球氣溫變暖。

## 琉

琉琉琉琉琉琉　[琉]

[ liú ㄌㄧㄡˊ 粵 leu⁴ 留 ]

琉璃：塗在磚、瓦等上面的金黃色或綠色的釉料 ◆ 琉璃瓦 / 琉璃磚。

## 琅

琅琅琅琅琅琅　[琅]

[ láng ㄌㄤˊ 粵 lɔŋ⁴ 狼 ]

❶ 琅玡：山名，在山東省。❷ 琅琅：象聲，形容金石相碰的聲音或響亮的讀書聲 ◆ 書聲琅琅 / 琅琅上口。

## 琵

琵琵琵琵琵琵　[琵]

[ pí ㄆㄧˊ 粵 pei⁴ 皮 ]

琵琶：彈撥樂器，長柄，下面像瓜子形，四根弦 ◆ 彈琵琶 / 猶抱琵琶半遮面。☺ 圖見 225 頁。

## 琴

琴琴琴琴琴琴　[琴]

[ qín ㄑㄧㄣˊ 粵 kɐm⁴ 禽 ]

❶ 指古琴，是一種五弦、七弦的彈撥樂器

◆ 琴棋書畫。❷ 某些樂器的統稱，如胡琴、月琴、鋼琴、口琴、手風琴、小提琴、電子琴等。

☺ 圖見 225 頁。

---

⁸琶 琶琶琶琶琶琶 琶

[ pá ㄆㄚˊ ⑧ pa⁴ 爬 ]

琵琶。見 "琵" 字，284 頁。

---

⁸琪 琪琪琪琪琪琪 琪

[ qí ㄑㄧˊ ⑧ kei⁴ 其 ]

美玉。多作人名用字。

---

⁸琳 琳琳琳琳琳琳 琳

[ lín ㄌㄧㄣˊ ⑧ lɐm⁴ 林 ]

美玉 ◆ 琳琅滿目。

---

⁸琦 琦琦琦琦琦琦 琦

[ qí ㄑㄧˊ ⑧ kei⁴ 其 ]

美玉。多作人名用字。

---

⁸琢 琢琢琢琢琢琢 琢

〈一〉[ zhuó ㄓㄨㄛˊ ⑧ dœk⁸ 啄 ]

❶ 加工玉石 ◆ 雕琢 / 精雕細琢 / 玉不琢，不成器。

〈二〉[ zuó ㄗㄨㄛˊ ⑧ dœk⁸ 啄 ]

❷ 琢磨：反復研究、思索 ◆ 他的話我琢磨了很久。

---

⁸琥 琥琥琥琥琥琥 琥

[ hǔ ㄏㄨˇ ⑧ fu² 苦 ]

琥珀：古代樹脂的化石，一般為黃褐色的透明體，可做香料、藥材，也可做裝飾品。

---

⁸斑 見文部，194 頁。

---

⁹瑟 瑟瑟瑟瑟瑟瑟 瑟

[ sè ㄙㄜˋ ⑧ sɐt⁷ 失 ]

一種古弦樂器，二十五根弦。古時常與琴一起演奏 ◆ 琴瑟。

☺ 圖見 225 頁。

---

⁹瑚 瑚瑚瑚瑚瑚瑚 瑚

[ hú ㄏㄨˊ ⑧ wu⁴ 胡 ]

珊瑚。見 "珊" 字，283 頁。

---

⁹瑁 瑁瑁瑁瑁瑁瑁 瑁

[ mào ㄇㄠˋ ⑧ mou⁶ 冒 ]

玳瑁。見 "玳" 字，283 頁。

---

⁹瑛 瑛瑛瑛瑛瑛瑛 瑛

[ yīng ㄧㄥ ⑧ jiŋ¹ 英 ]

美玉；玉石的光彩。多作女性人名用字。

---

⁹瑞 瑞瑞瑞瑞瑞瑞 瑞

[ ruì ㄖㄨㄟˋ ⑧ sœy⁶ 睡 ]

吉祥；好兆頭 ◆ 祥瑞 / 瑞獸 / 瑞雪兆豐年。

---

⁹瑜 瑜瑜瑜瑜瑜瑜 瑜

[ yú ㄩˊ ⑧ jy⁴ 如 ]

❶ 美玉。 ❷ 玉的光彩；比喻優點 ◆ 瑕瑜互見 / 瑕不掩瑜。

---

⁹瑕 瑕瑕瑕瑕瑕瑕 瑕

[ xiá ㄒㄧㄚˊ ⑧ ha⁴ 霞 ]

玄玉瓜甘生

玉上的斑點；比喻缺點 ◆ 瑕疵 / 白璧無瑕 / 瑕瑜互見 / 純潔無瑕。

## ⁹瑙

瑙 瑙 瑙 瑙 瑙 瑙 ‖瑙‖

[nǎo ㄋㄠˇ ⑧ nou⁵ 腦]
瑪瑙。見"瑪"字，本頁。

## ¹⁰瑪 (玛)

瑪 瑪 瑪 瑪 瑪 瑪 ‖瑪‖

[mǎ ㄇㄚˇ ⑧ ma⁵ 馬]
瑪瑙：石英類礦物，質地堅硬，色澤美麗，可做器皿，也可做裝飾品 ◆ 珍珠瑪瑙。

## ¹⁰瑰 (瑰)

瑰 瑰 瑰 瑰 瑰 瑰 ‖瑰‖

〈一〉[guī ㄍㄨㄟ ⑧ gwɐi¹ 歸]
❶ 像玉的石頭。❷ 珍奇；美好 ◆ 瑰寶 / 瑰麗。
〈二〉[guī ㄍㄨㄟ ⑧ gwɐi¹ 歸/gwɐi³ 貴 (語)]
❸ 玫瑰。見"玫"字，282 頁。

## ¹⁰瑣 (琐)

瑣 瑣 瑣 瑣 瑣 瑣 ‖瑣‖

[suǒ ㄙㄨㄛˇ ⑧ so² 所]
細小；零碎 ◆ 瑣事 / 瑣碎 / 瑣細 / 煩瑣。

## ¹⁰瑤 (瑶)

瑤 瑤 瑤 瑤 瑤 瑤 ‖瑤‖

[yáo ㄧㄠˊ ⑧ jiu⁴ 搖]
美玉；比喻美好 ◆ 瓊瑤 / 瑤琴。

## ¹⁰瑩 (莹)

瑩 瑩 瑩 瑩 瑩 瑩 ‖瑩‖

[yíng ㄧㄥˊ ⑧ jin⁴ 仍]
❶ 光潔似玉的美石。❷ 光潔透明 ◆ 晶瑩透亮。

## ¹¹璃

璃 璃 璃 璃 璃 璃 ‖璃‖

[lí ㄌㄧˊ ⑧ lei⁴ 離]
玻璃。見"玻"字，283 頁。

## ¹¹璋

璋 璋 璋 璋 璋 璋 ‖璋‖

[zhāng ㄓㄤ ⑧ dzœŋ¹ 章]
一種長條形的板狀玉器。多作人名用字。

## ¹²璣 (玑)

璣 璣 璣 璣 璣 璣 ‖璣‖

[jī ㄐㄧ ⑧ gei¹ 機]
❶ 不圓的或小的珍珠 ◆ 字字珠璣。❷ 古代用來觀測天象的一種儀器。

## ¹³環 (环)

環 環 環 環 環 環 ‖環‖

[huán ㄏㄨㄢˊ ⑧ wan⁴ 還]
❶ 圓形中空的東西 ◆ 耳環 / 鐵環 / 門環 / 吊環。❷ 圍繞 ◆ 環繞 / 環城公路 / 環視四周 / 環球旅行 / 青山綠水環抱。❸ 一串連環中的一節；比喻相關事物中的一個組成部分 ◆ 環節 / 連環套 / 重要的一環。

## ¹³璧

璧 璧 璧 璧 璧 璧 ‖璧‖

[bì ㄅㄧˋ ⑧ bik⁷ 碧]
古代的一種玉器，扁平，圓形，中間有孔。也作為玉的通稱 ◆ 白璧無瑕 / 完璧歸趙 / 珠聯璧合。

## ¹⁴璽 (玺)

璽 璽 璽 璽 璽 璽 ‖璽‖

[xǐ ㄒㄧˇ ⑧ sai² 徙]
皇帝的印章 ◆ 玉璽。

## ¹⁴瓊(琼)

瓊 瓊 瓊 瓊 瓊 瓊　瓊

[ qióng ㄑㄩㄥˊ ⑲ kiŋ⁴ 鯨 ]
❶ 美玉。❷ 美好的 ◆ 瓊漿玉液 / 瓊樓玉宇。

## ¹⁶瓏(珑)

瓏 瓏 瓏 瓏 瓏 瓏　瓏

[ lóng ㄌㄨㄥˊ ⑲ luŋ⁴ 龍 ]
玲瓏。見 "玲" 字，283 頁。

瓜 部

## ⁰瓜

瓜 瓜 瓜 瓜　瓜

[ guā ㄍㄨㄚ ⑲ gwa¹ 掛¹ ]
蔓生植物和它所結的果實，種類很多，如西瓜、冬瓜、南瓜、黃瓜、絲瓜、哈密瓜等 ◆ 瓜熟蒂落 / 種瓜得瓜，種豆得豆 / 瓜田不納履，李下不整冠。
✎ 見古文字插頁 4。

## ³弧

見弓部，140 頁。

## ³孤

見子部，110 頁。

## ¹¹瓢

瓢 瓢 瓢 瓢 瓢 瓢　瓢

[ piáo ㄆㄧㄠˊ ⑲ piu⁴ 飄⁴ ]
舀東西的用具，用剖開的葫蘆或木料、金屬做成 ◆ 水瓢 / 飯瓢 / 瓢潑大雨。

## ¹⁴瓣

瓣 瓣 瓣 瓣 瓣 瓣　瓣

[ bàn ㄅㄢˋ ⑲ ban⁶ 辦 ]
❶ 組成花朵的花片 ◆ 花瓣。❷ 植物的種子、果實或球莖可以分開的片狀小塊 ◆ 豆瓣 / 蒜瓣 / 橘子瓣。

## ¹⁷瓤

瓤 瓤 瓤 瓤 瓤 瓤　瓤

[ ráng ㄖㄤˊ ⑲ nɔŋ⁴ 囊 ]
瓜果皮裏的肉 ◆ 西瓜瓤。

瓦 部

## ⁰瓦

瓦 瓦 瓦 瓦　瓦

〈一〉[ wǎ ㄨㄚˇ ⑲ ŋa⁵ 雅 ]
❶ 蓋屋頂用的建築材料 ◆ 瓦片 / 瓦房 / 磚瓦 / 上無片瓦，下無立錐之地。❷ 用陶

冬瓜

南瓜

西瓜

哈密瓜

土燒成的器物 ◆ 瓦盆／瓦罐／土崩瓦解／寧為玉碎，不為瓦全。❸ 電功率單位"瓦特"的簡稱 ◆ 一隻四十瓦燈泡。

🎨 圖見 315 頁。

〈二〉[ wà ㄨㄚˋ ⑱ ŋa⁶ 訝 ]

❹ 鋪瓦 ◆ 瓦瓦。

🔖 見古文字插頁 4。

甕

## 瓷

瓷 瓷 瓷 瓷 瓷 瓷

[ cí ㄘˊ ⑱ tsi⁴ 池 ]

用純淨色白的黏土燒製成的器物 ◆ 瓷器／瓷瓶／細瓷／青瓷。

## 瓶

瓶 瓶 瓶 瓶 瓶 瓶

[ píng ㄆㄧㄥˊ ⑱ piŋ⁴ 平 ]

口小腹大，用來盛液體的容器，大都用玻璃或瓷製成 ◆ 酒瓶／花瓶／瓶蓋／守口如瓶。

## 甄

甄 甄 甄 甄 甄 甄

[ zhēn ㄓㄣ ⑱ dzɛn¹ 真／jɛn¹ 因 ]

鑒別；審查 ◆ 甄別／甄拔／甄選。

## 甌 ⁽瓯⁾

甌 甌 甌 甌 甌 甌

[ ōu ㄡ ⑱ ɐu¹ 歐 ]

❶ 小盆、小杯一類的陶瓷器皿 ◆ 茶甌／酒甌。❷ 甌江：水名，在浙江省。❸ 浙江省溫州市的別稱。

## 甕 ⁽瓮⁾

甕 甕 甕 甕 甕 甕

[ wèng ㄨㄥˋ ⑱ uŋ³/ŋuŋ³ ]

口小腹大的陶製容器 ◆ 水甕／酒甕／菜甕／甕中捉鱉。

甘 部

## 甘

甘 甘 甘 甘 甘

[ gān ㄍㄢ ⑱ gɐm¹ 金 ]

❶ 甜；味美；跟"苦"相對 ◆ 甘甜／甘美／甘泉／同甘共苦／苦盡甘來。❷ 情願；願意 ◆ 心甘情願／甘願受罰／不甘落後／甘拜下風／善罷甘休。❸ 甘肅省的簡稱。

🔖 見古文字插頁 4。

## 邯

見邑部，453 頁。

## 某

見木部，211 頁。

## 甚

甚 甚 甚 甚 甚 甚

〈一〉[ shèn ㄕㄣˋ ⑱ sɐm⁶ 心⁶ ]

❶ 很；極 ◆ 成績甚佳／進步甚快／質量甚好。❷ 過分；超過 ◆ 欺人太甚／日甚一日／關心他人甚於關心自己。

〈二〉[ shén ㄕㄣˊ ⑱ sɐm⁶ 心⁶ ]

❸ 甚麼 ◆ 甚事？／有甚說甚／姓甚名誰。

<sup>6</sup>**甜** 甜甜甜甜甜甜 甜

[ tián ㄊㄧㄢˊ ⑧ tim⁴ 恬 ]

❶ 像糖和蜜的味道；跟 "苦" 相對 ◆ 甜點心／甜麵包／這西瓜真甜。❷ 比喻美好、舒適、令人愉快 ◆ 甜言蜜語／甜美的生活／睡得很甜／日子過得甜甜蜜蜜。

## 生 部

<sup>0</sup>**生** 生生生生 生

[ shēng ㄕㄥ ⑧ seŋ¹ 牲 ]

❶ 長出 ◆ 萬物生長／生根發芽／節外生枝／草木叢生／野火燒不盡，春風吹又生。❷ 產出；生育 ◆ 誕生／生孩子／母雞生蛋／出生在香港／初生牛犢不怕虎。❸ 發生 ◆ 生病／生效／惹事生非／造謠生事。❹ 活着；跟 "死" 相對 ◆ 生存下來／貪生怕死／起死回生／無一生還／生死未卜。❺ 維持生活的辦法 ◆ 生計／謀生／營生。❻ 性命 ◆ 生命／喪生／捨生取義。❼ 有生命的東西 ◆ 生物／生靈。❽ 生存期間；生活階段 ◆ 前半生／今生今世／畢生精力／一生平安。❾ 沒成熟或沒煮熟的；跟 "熟" 相對 ◆ 生瓜／生柿子／生米煮成熟飯／生食與熟食要分開。❿ 不熟悉的；不熟練 ◆ 陌生／生疏／生字／生手／眼生。⓫ 勉強 ◆ 生硬／生搬硬套／生拉硬扯。⓬ 學生；讀書人 ◆ 招生／師生／儒生／書生／研究生。⓭ 戲曲裏扮演男性的角色 ◆ 老生／小

生／武生。⓮ 從事某種工作的人 ◆ 醫生。
🕮 見古文字插頁 4。

<sup>4</sup>**星** 見日部，199 頁。

<sup>6</sup>**產**<sup>(产)</sup> 產產產產產產 產

[ chǎn ㄔㄢˇ ⑧ tsan² 剷 ]

❶ 婦女生育；動物生仔或下蛋 ◆ 產婦／產科／產仔／產卵／助產師。❷ 生長出；製造出 ◆ 出產／生產／產品／產地／盛產珍珠。❸ 指生長或製造出來的東西 ◆ 水產／礦產／特產／物產豐富。❹ 指財物 ◆ 財產／家產／遺產／產業／傾家盪產。

<sup>7</sup>**甦** 同 "蘇❶"，見 390 頁。

<sup>7</sup>**甥** 甥甥甥甥甥甥 甥

[ shēng ㄕㄥ ⑧ seŋ¹ 生 ]

姐妹的兒女 ◆ 外甥。

## 用 部

<sup>0</sup>**用** 用用用用 用

[ yòng ㄩㄥˋ ⑧ juŋ⁶ 容⁶ ]

❶ 使用；應用；任用 ◆ 古為今用／學以致用／大材小用／用水洗手／用腦想一想／用毛筆寫字。❷ 用處；效果 ◆ 用途／效用／功用／作用／人盡其才，物盡其用。❸ 花費 ◆ 零用／家用／費用。❹ 吃、喝

玉瓜瓦甘生用

的客氣説法 ◆ 請用茶 / 請用飯。❺ 需要
◆ 不用再説 / 不用去了 / 不用害怕。

## ⁰ 甩

甩 甩 甩 甩 **甩**

[ shuǎi ㄕㄨㄞˇ 🔊 let⁷ ]
❶ 擺動；揮動 ◆ 甩胳膊 / 甩尾巴 / 甩長
袖 / 小辮子一甩。❷ 扔出 ◆ 甩手榴彈。
❸ 拋開 ◆ 把朋友甩了 / 把他一個人遠遠
地甩在後面。

## ² 甫

甫 甫 甫 甫 甫 **甫**

[ fǔ ㄈㄨˇ 🔊 fu² 府/pou² 普 ]
剛剛；才 ◆ 年甫二十 / 驚魂甫定。

## ² 甬

甬 甬 甬 甬 甬 **甬**

[ yǒng ㄩㄥˇ 🔊 juŋ² 擁 ]
❶ 甬江：水名，在浙江省東北部，流經寧
波市。❷ 寧波市的別稱。

## ⁴ 甭

甭 甭 甭 甭 甭 **甭**

[ béng ㄅㄥˊ 🔊 buŋ² ]
"不用" 的合音字 ◆ 甭説 / 甭去 / 甭管。

## ⁰ 田

田 田 田 田 **田**

[ tián ㄊㄧㄢˊ 🔊 tin⁴ 填 ]
❶ 種植農作物的土地 ◆ 稻田 / 秧田 / 農田 /

良田萬頃 / 田野一片葱綠。❷ 跟農村、土地
有關的 ◆ 田園風光 / 解甲歸田。❸ 指可
供開採的蘊藏礦物的地帶 ◆ 油田 / 煤田。
📖 見古文字插頁 4 。

## ⁰ 由

由 由 由 由 **由**

[ yóu ㄧㄡˊ 🔊 jeu⁴ 游 ]
❶ 原因 ◆ 原由 / 理由 / 事由。❷ 經過；
經歷 ◆ 必由之路。❸ 因；由於 ◆ 咎由自
取 / 由感冒所引起。❹ 歸 ◆ 這事由我負
責。❺ 聽從；順從 ◆ 由他去 / 身不由己 /
由不得你 / 信不信由你。❻ 自；從 ◆ 由淺
入深 / 由此及彼 / 由此可見 / 由衷感謝 /
香港到北京。

## ⁰ 甲

甲 甲 甲 甲 **甲**

[ jiǎ ㄐㄧㄚˇ 🔊 gap⁸ 夾 ]
❶ 天干的第一位 ◆ 甲乙丙丁。❷ 第一位；
位居第一的 ◆ 甲等 / 桂林山水甲天下。
❸ 動物身上的硬殼 ◆ 龜甲 / 甲殼蟲 / 手指
甲。❹ 穿在身上或包在物體外面起防護作
用的裝備 ◆ 盔甲 / 裝甲車 / 解甲歸田。

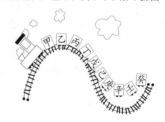

## ⁰ 申

申 申 申 申 **申**

[ shēn ㄕㄣ 🔊 sen¹ 身 ]
❶ 陳述；説明 ◆ 申明 / 申辯 / 申請 / 申
訴 / 申述理由。❷ 地支的第九位 ◆ 申酉

**焦點易錯字**　申｜伸　申報 申請　伸展 能屈能伸

戌亥。❸ 申時：即下午三時至五時。❹
上海市的別稱。

⚙ 圖見 109 頁。

---

²

## 甸

甸 甸 甸 甸 甸 甸　**甸**

[ diàn ㄉㄧㄢˋ 粵 din⁶ 電 ]

❶ 放牧的草地 ◆ 草甸子。❷ 古代稱都城
郊外的地方。

---

²

## 男

男 男 男 男 男 男　**男**

[ nán ㄋㄢˊ 粵 nam⁴ 南 ]

❶ 男；跟 "女" 相對 ◆ 男人 / 男生 / 男子 /
男女平等 / 男兒志在四方。❷ 兒子 ◆ 長男 /
生男育女 / 她有兩男一女。

✍ 見古文字插頁 13。

---

⁴

## 毗

見比部，235 頁。

---

⁴

## 畏

畏 畏 畏 畏 畏 畏　**畏**

[ wèi ㄨㄟˋ 粵 wɐi³ 慰 ]

❶ 害怕 ◆ 畏懼 / 不畏強權 / 望而生畏 / 畏
首畏尾。❷ 佩服；敬佩 ◆ 敬畏 / 後生可畏。

---

⁴

## 界

界 界 界 界 界 界　**界**

[ jiè ㄐㄧㄝˋ 粵 gai³ 介 ]

❶ 地區和地區相連接的邊線 ◆ 邊界 / 國
界 / 交界 / 界線 / 越界。❷ 一定的範圍 ◆
界限 / 眼界 / 婦女界 / 教育界 / 工商界。

---

⁴

## 胃

見肉部，361 頁。

---

⁵

## 留

留 留 留 留 留 留　**留**

[ liú ㄌㄧㄡˊ 粵 lɐu⁴ 流 ]

❶ 停在一個地方不離開 ◆ 停留 / 留校 / 留
學 / 逗留 / 這裏不可久留。❷ 使留下；不
讓離開 ◆ 留客 / 挽留 / 扣留 / 拘留。❸ 保
存；使繼續存在 ◆ 保留 / 留長髮 / 寸草不
留 / 留得青山在，不怕沒柴燒。❹ 收下 ◆
收留。❺ 把注意力放在某個方面；注意 ◆
留心 / 留神 / 留意。❻ 遺下 ◆ 遺留 / 殘
留 / 留言。

---

⁵

## 畝 ⁽畞⁾

畝 畝 畝 畝 畝 畝　**畝**

[ mǔ ㄇㄨˇ 粵 mɐu⁵ 某 ]

計算土地面積的單位，一畝等於六十平方
丈，666.67 平方米 ◆ 五畝地 / 畝產超千
斤。

---

⁵

## 畜

畜 畜 畜 畜 畜 畜　**畜**

〈一〉[ xù ㄒㄩˋ 粵 tsuk⁷ 促 ]

❶ 飼養禽獸 ◆ 畜牧 / 畜養 / 畜產。

〈二〉[ chù ㄔㄨˋ 粵 tsuk⁷ 促 ]

❷ 飼養的禽獸；也泛指禽獸 ◆ 家畜 / 牲
畜 / 畜生 / 六畜興旺。

---

⁵

## 畔

畔 畔 畔 畔 畔 畔　**畔**

[ pàn ㄆㄢˋ 粵 bun⁶ 叛 ]

旁邊 ◆ 河畔 / 湖畔 / 橋畔 / 枕畔 / 歌聲在
耳畔迴響。

---

⁵

## 畚

畚 畚 畚 畚 畚 畚　**畚**

[ běn ㄅㄣˇ 粵 bun² 本 ]

❶ 畚箕：裝土的用具。❷ 用畚箕撮 ◆ 畚
土 / 畚垃圾。

---

⁶

## 畦

畦 畦 畦 畦 畦 畦　**畦**

[ qí ㄑㄧˊ 粵 kwɐi⁴ 葵 ]

田裏分成的一塊塊小區 ◆ 田畦 / 菜畦 / 這一畦種油菜。

---

**⁶畢(毕)** 畢畢畢畢畢畢 畢

[ bì ㄅㄧˋ 粵 bɐt⁷ 筆 ]

❶ 結束；完成 ◆ 畢業 / 完畢 / 禮畢 / 畢其功於一役。❷ 全部 ◆ 畢生精力 / 原形畢露 / 鋒芒畢露 / 羣賢畢至。

---

**⁶異(异)** 異異異異異異 異

[ yì ㄧˋ 粵 ji⁶ 二 ]

❶ 不同；跟"同"相對 ◆ 異常 / 大同小異 / 日新月異 / 異曲同工 / 異口同聲。❷ 奇怪；奇特 ◆ 奇異 / 怪異 / 驚異 / 異想天開 / 奇裝異服。❸ 特別的 ◆ 優異 / 大放異彩。❹ 另外的；別的 ◆ 異國他鄉 / 異軍突起 / 獨在異鄉為異客，每逢佳節倍思親。❺ 分開 ◆ 父母離異。

---

**⁶略** 略略略略略略 略

[ lüè ㄌㄩㄝˋ 粵 lœk⁹ 掠 ]

❶ 簡單；簡要的；跟"詳"相對 ◆ 大略 / 略 / 簡略 / 詳略得當。❷ 稍微 ◆ 略微 / 略知一二 / 略勝一籌 / 略有所聞。❸ 簡要的敍述 ◆ 要略 / 傳略 / 事略 / 史略。❹ 省去；簡化 ◆ 省略 / 略去 / 原文從略。❺ 計謀 ◆ 策略 / 謀略 / 戰略 / 雄材大略 / 膽略過人。❻ 奪取 ◆ 侵略 / 攻城略地。

---

**⁶累** 見糸部，341頁。

---

**⁷番** 番番番番番番 番

〈一〉[ fān ㄈㄢ 粵 fan¹ 翻 ]

❶ 指外國或外族的 ◆ 番邦 / 番茄 / 番薯 /

❷ 量詞：（1）表示次數、遍數 ◆ 三番五次 / 考慮一番 / 幾番周折 / 不是一番寒徹骨，怎得梅花撲鼻香。（2）表示一種 ◆ 另有一番天地。❸ 輪換 ◆ 輪番。

〈二〉[ pān ㄆㄢ 粵 pun¹ 潘 ]

❹ 番禺：地名，在廣東省。

---

**⁷畫(画)** 畫畫畫畫畫畫 畫

〈一〉[ huà ㄏㄨㄚˋ 粵 wak⁹ 或 ]

❶ 描繪；繪圖 ◆ 畫龍點睛 / 畫蛇添足 / 畫一幅山水 / 依樣畫葫蘆 / 畫人畫虎難畫骨，知人知面不知心。❷ 簽押；署名 ◆ 簽字畫押。❸ 漢字的一筆叫"一畫" ◆ 凸字五畫。

〈二〉[ huà ㄏㄨㄚˋ 粵 wa⁶ 話 ]

❹ 畫出的圖像 ◆ 國畫 / 漫畫 / 山水畫。

---

**⁸雷** 見雨部，480頁。

---

**⁸畸** 畸畸畸畸畸畸 畸

[ jī ㄐㄧ 粵 gei¹ 機 / kei¹ 崎（語）]

❶ 不正常的；不均衡的 ◆ 畸形 / 畸變。❷ 偏 ◆ 畸輕 / 畸重。

---

**⁸當(当)** 當當當當當當 當

〈一〉[ dāng ㄉㄤ 粵 dɔŋ¹ 噹 ]

❶ 擔任 ◆ 當經理 / 當班長 / 當學生代表。❷ 承擔；承受 ◆ 不敢當 / 擔當不起 / 當之無愧 / 敢作敢當 / 一人做事一人當。❸ 主持；掌管 ◆ 當權 / 當家作主 / 獨當一面。❹ 阻擋；把守 ◆ 銳不可當 / 一夫當關，萬夫不當之勇。❺ 相稱；相配 ◆ 實力相當 / 旗鼓相當 / 門當戶對。❻ 應該 ◆ 應當 / 該當何罪 / 理當如此。❼ 對着；向着 ◆

---

用田正在共百

當面説清 / 當眾宣佈 / 當機立斷 / 首當其衝 / 當局者迷，旁觀者清。❽ 那時；那地 ◆ 當今 / 當時 / 當地 / 當場試驗 / 悔不當初。

〈二〉[dàng ㄉ�êㄤˋ ⑧ dɔŋ³ 檔]
❾ 合適 ◆ 適當 / 恰當 / 妥當 / 得當 / 用詞不當。❿ 抵得上；等於 ◆ 以一當十。⓫ 作為；認為 ◆ 安步當車 / 當作見面禮 / 把忠告當耳邊風 / 我當他今天不會來了呢。⓬ 圈套 ◆ 受騙上當。⓭ 用實物作抵押 ◆ 典當 / 當鋪 / 贖當。

〈三〉[dàng ㄉ�êㄤˋ ⑧ dɔŋ¹ 噹]
⓮ 指事情發生的同一時間 ◆ 當天 / 當年。

## ¹¹奮
見大部，100 頁。

## ¹³壘
見土部，94 頁。

## ¹⁴疇 (晦)
疇 疇 晦 疇 疇 疇　疇
[chóu ㄔㄡˊ ⑧ tsɐu⁴ 酬]
❶ 田地 ◆ 田疇 / 平疇千里。❷ 類；種類 ◆ 範疇 / 物各有疇。

## ¹⁴疆
疆 疆 疆 疆 疆 疆　疆
[jiāng ㄐㅑㄤ ⑧ gœŋ¹ 姜]
邊界 ◆ 疆界 / 邊疆 / 疆土 / 疆域遼闊 / 萬里海疆。

## ¹⁶纍
見糸部，349 頁。

## ¹⁷疊 (迭)
疊 疊 疊 疊 疊 疊　疊
[dié ㄉㅑㄝˊ ⑧ dip⁹ 蝶]
❶ 一層一層地堆積；重複 ◆ 重疊 / 疊羅漢 /

疊牀架屋 / 雙聲疊韻 / 層巒疊嶂。❷ 用手摺 ◆ 摺疊 / 疊衣服 / 鋪牀疊被。

疋 部

## ⁰疋
"匹" 的異體字，見 51 頁。

## ⁷疏
疏 疏 疏 疏 疏 疏　疏
〈一〉[shū ㄕㄨ ⑧ sɔ¹ 梳]
❶ 清除阻塞；使通暢 ◆ 疏通 / 疏導 / 疏濬河道。❷ 分散 ◆ 疏散 / 仗義疏財。❸ 稀少；不密；跟 "密" 相對 ◆ 疏落 / 稀疏 / 疏密不匀 / 天網恢恢，疏而不漏。❹ 關係遠；不親近；不熟悉 ◆ 疏遠 / 人地生疏 / 不分親疏，量才錄用。❺ 不仔細；粗心 ◆ 疏略 / 疏 / 疏忽大意 / 疏於防範 / 疏漏之處，在所不免。❻ 淺薄；空虛 ◆ 空疏 / 才疏學淺。

〈二〉[shū ㄕㄨ ⑧ sɔ³ 梳³]
❼ 指對古書舊注的注釋 ◆ 注疏。❽ 古代臣子向君主分條陳述事情的文字 ◆ 上疏 / 奏疏。

## ⁷嵊
"疏" 的異體字，見本頁。

## ⁸楚
見木部，220 頁。

## ⁹疑
疑 疑 疑 疑 疑 疑　疑
[yí ㄧˊ ⑧ ji⁴ 移]

❶ **不相信** ◆ 懷疑／半信半疑／疑惑不解／
滿腹狐疑／形跡可疑。❷ **不明白；不能確
定的；不能解決的** ◆ 疑問／嫌疑／疑案／
奇文共欣賞，疑義相與析。

## 广 部

<sup>3</sup> **疙**　疙疙疙疙疙疙　疙

[ gē ㄍㄜ ⑧ ŋɐt⁹ 兀 ]

疙瘩：（1）皮膚上長的小硬塊 ◆ 渾身雞
皮疙瘩。（2）塊狀的東西 ◆ 土疙瘩／冰疙
瘩／麪疙瘩。（3）心裏想不通或不易解決
的問題 ◆ 心裏有疙瘩／解開他們之間的疙
瘩。（4）彆扭；不順 ◆ 這個人很疙瘩／文
章疙裏疙瘩的，讀不通。

<sup>3</sup> **疚**　疚疚疚疚疚疚　疚

[ jiù ㄐㄧㄡˋ ⑧ gɐu³ 救 ]

內心的痛苦 ◆ 內疚／負疚／深感歉疚。

<sup>4</sup> **疥**　疥疥疥疥疥疥　疥

[ jiè ㄐㄧㄝˋ ⑧ gai³ 介 ]

疥瘡：傳染性的皮膚病，病原體是疥蟲，多
發生在手腕、手指、腹部等部位，起小水
崪，發癢。

<sup>4</sup> **疫**　疫疫疫疫疫疫　疫

[ yì ㄧˋ ⑧ jik⁹ 役 ]

流行性急性傳染病的總稱 ◆ 温疫／鼠疫／

檢疫／防疫／免疫。

<sup>4</sup> **疤**　疤疤疤疤疤疤　疤

[ bā ㄅㄚ ⑧ ba¹ 巴 ]

傷口或瘡口長好後留下的痕跡 ◆ 瘡疤／疤
痕／傷疤／樹幹上有一個疤。

<sup>5</sup> **症**　症症症症症症　症

〈一〉[ zhèng ㄓㄥˋ ⑧ dziŋ³ 政 ]

❶ 生病的現象、狀況；疾病 ◆ 症候／急症
室／對症下藥／不治之症。

〈二〉[ zhēng ㄓㄥ ⑧ dziŋ¹ 貞 ]

❷ "癥"的簡化字，見 298 頁。

<sup>5</sup> **疳**　疳疳疳疳疳疳　疳

[ gān ㄍㄢ ⑧ gɐm¹ 金 ]

疳積：中醫指嬰幼兒的一種常見腸胃病，
病狀是食慾不振，肚子脹大，面黃肌瘦，
大多由飲食失調或腸內有寄生蟲引起。

<sup>5</sup> **病**　病病病病病病　病

[ bìng ㄅㄧㄥˋ ⑧ biŋ⁶ 並／bɛŋ⁶ 餅⁶ ]

❶ 身體發生不舒適的現象；失去健康的狀
態 ◆ 生病／疾病／病人／心臟病／病從口
入。❷ 缺點；壞處 ◆ 通病／語病／弊病／
毛病。

<sup>5</sup> **疽**　疽疽疽疽疽疽　疽

[ jū ㄐㄩ ⑧ dzœy¹ 追 ]

一種毒瘡 ◆ 疽癰。

<sup>5</sup> **疾**　疾疾疾疾疾疾　疾

[ jí ㄐㄧˊ ⑧ dzɐt⁹ 姪 ]

**焦點易錯字**　咎｜疚　咎由自取　既往不咎　內疚　梅疚

❶ 病 ◆ 疾病 / 眼疾 / 積勞成疾 / 諱疾忌醫。❷ 痛苦 ◆ 民間疾苦 / 痛心疾首。❸ 痛恨 ◆ 疾惡如仇。❹ 快速；猛烈 ◆ 疾駛而過 / 大聲疾呼 / 眼疾手快 / 疾風知勁草。

⁵ 疹　疹疹疹疹疹疹 疹

[ zhěn ㄓㄣˇ ⓟ tsɐn² 診 ]

一種皮膚上起紅色小顆粒的病，有傳染性 ◆ 濕疹 / 痲疹 / 風疹。

⁵ 疼　疼疼疼疼疼疼 疼

[ téng ㄊㄥˊ ⓟ tuŋ⁴ 同 ]

❶ 痛；由疾病、創傷等引起的難受的感覺 ◆ 牙疼 / 腰疼 / 肚子疼 / 疼痛難耐。❷ 關愛；憐惜 ◆ 疼愛 / 心疼 / 媽媽疼女兒。

⁵ 疲　疲疲疲疲疲疲 疲

[ pí ㄆㄧˊ ⓟ pei⁴ 皮 ]

勞累；困倦 ◆ 疲勞 / 疲倦 / 筋疲力竭 / 疲於奔命 / 疲憊不堪 / 樂此不疲。

⁶ 痔　痔痔痔痔痔痔 痔

[ zhì ㄓˋ ⓟ dzi⁶ 自 ]

痔瘡：一種常見的肛門疾病。

⁶ 疵　疵疵疵疵疵疵 疵

[ cī ㄘ ⓟ tsi¹ 雌 ]

毛病；缺點 ◆ 瑕疵 / 吹毛求疵。

⁶ 痊 ⁽痊⁾　痊痊痊痊痊痊 痊

[ quán ㄑㄩㄢˊ ⓟ tsyn⁴ 全 ]

病好了 ◆ 痊癒。

⁶ 痕　痕痕痕痕痕痕 痕

[ hén ㄏㄣˊ ⓟ hɐn⁴ 很⁴ ]

傷疤；事物留下的印跡 ◆ 疤痕 / 痕跡 / 傷痕累累 / 淚痕滿面 / 一條裂痕。

⁷ 痣　痣痣痣痣痣痣 痣

[ zhì ㄓˋ ⓟ dzi³ 志 ]

皮膚上長的斑點，一般是黑色的，也有紅色的、褐色的 ◆ 黑痣 / 朱砂痣。

⁷ 痘　痘痘痘痘痘痘 痘

[ dòu ㄉㄡˋ ⓟ dɐu⁶ 豆 ]

❶ 一種全身出豆子大小的水疱或膿疱的傳染病 ◆ 水痘 / 痘瘡（即天花）。❷ 痘苗：也叫牛痘苗，接種在人身上，可以預防天花 ◆ 種痘。

⁷ 痞　痞痞痞痞痞痞 痞

[ pǐ ㄆㄧˇ ⓟ pei² 鄙/pei⁵ 婢/fɐu² 否 ]

❶ 痞塊：中醫指腹內可以摸到的硬塊。也叫痞積。❷ 指壞人、惡棍 ◆ 痞子 / 文痞 / 地痞流氓。

⁷ 痙 ⁽痙⁾　痙痙痙痙痙痙 痙

[ jìng ㄐㄧㄥˋ ⓟ gin⁶ 競 ]

痙攣：筋肉緊張，不自然地收縮或手腳抽搐的現象，是一種神經性病症。

⁷ 痢　痢痢痢痢痢痢 痢

[ lì ㄌㄧˋ ⓟ lei⁶ 利 ]

痢疾：一種腸道傳染病。

## ⁷痛

痛痛痛痛痛痛 痛

[ tòng ㄊㄨㄥˋ ⑧ tuŋ³ 通³ ]

❶ 因疾病、創傷等引起的難受的感覺 ◆ 頭痛／肚子痛／不痛也不癢／傷口隱隱作痛。
❷ 悲傷 ◆ 悲痛／沉痛／痛不欲生／痛定思痛。
❸ 極度地；徹底地；盡情地 ◆ 痛恨／痛罵／痛哭流涕／痛改前非／開懷痛飲。

## ⁸麻

麻麻麻麻麻麻 麻

[ má ㄇㄚˊ ⑧ ma⁴ 麻 ]

❶ 麻疹：一種皮膚上起紅色小粒的急性傳染病。
❷ 麻瘋：一種慢性傳染病。

## ⁸痴

痴痴痴痴痴痴 痴

[ chī ㄔ ⑧ tsi¹ 雌 ]

❶ 傻；笨；無知 ◆ 痴笑／痴呆／痴人説夢。
❷ 形容對某人或某種事物極度迷戀 ◆ 痴情／情痴／書痴／痴心妄想／如痴如醉。

## ⁸痹

"痺"的異體字，見本頁。

## ⁸痿

痿痿痿痿痿痿 痿

[ wěi ㄨㄟˇ ⑧ wɐi² 委 ]

指身體某部分萎縮或喪失機能 ◆ 下痿（下肢癱瘓）／陽痿。

## ⁸痱

痱痱痱痱痱痱 痱

[ fèi ㄈㄟˋ ⑧ fɐi² 廢² ]

痱子：夏天皮膚表面生出的紅色小疹，很癢，是由於出汗過多、汗腺發炎引起的 ◆ 痱子粉。

## ⁸痹

痹痹痹痹痹痹 痹

[ bì ㄅㄧˋ ⑧ bei³ 臂 ]

中醫指由風、寒、濕等引起的肢體疼痛或麻木的病狀 ◆ 手腳麻痹。

## ⁸瘁

瘁瘁瘁瘁瘁瘁 瘁

[ cuì ㄘㄨㄟˋ ⑧ sœy⁶ 睡 ]

過度勞累 ◆ 心力交瘁／鞠躬盡瘁。

## ⁸瘀

瘀瘀瘀瘀瘀瘀 瘀

[ yū ㄩ ⑧ jy¹ 於／jy³ 嫗 ]

積血；血不流通 ◆ 瘀血。

## ⁸痰

痰痰痰痰痰痰 痰

[ tán ㄊㄢˊ ⑧ tam⁴ 談 ]

氣管或支氣管分泌的黏液 ◆ 不要隨地吐痰。

## ⁹瘍 ⁽瘍⁾

瘍瘍瘍瘍瘍瘍 瘍

[ yáng ㄧㄤˊ ⑧ jœŋ⁴ 羊 ]

瘡；潰爛 ◆ 潰瘍。

## ⁹瘟

瘟瘟瘟瘟瘟瘟 瘟

[ wēn ㄨㄣ ⑧ wɐn¹ ⑧ ]

人和動物的流行性急性傳染病 ◆ 瘟疫／雞瘟／豬瘟。

## ⁹瘧 ⁽疟⁾

瘧瘧瘧瘧瘧瘧 瘧

〈一〉[ nüè ㄋㄩㄝˋ ⑧ jœk⁹ 若 ]

❶ 瘧疾：一種急性傳染病，由瘧蚊把瘧原蟲傳入人體血液中而引起。症狀是發冷發熱，大量出汗、頭痛、口渴、全身無力。

〈二〉[ yào ㄧㄠˋ ⑧ jœk⁹ 若 ]

❷ 瘧子：即瘧疾，有些地方的口頭語 ◆ 發瘧子。

## ⁹瘦 (瘦)

瘦 瘦 瘦 瘦 瘦 瘦 瘦

[ shòu ㄕㄡˋ 粵 seu³ 獸 ]
❶ 脂肪少，肌肉不豐滿；跟"肥"、"胖"相對 ◆ 瘦弱／瘦小／消瘦／骨瘦如柴／面黃肌瘦。❷ 衣服鞋襪等窄小；跟"肥"、"大"相對 ◆ 袖子太肥，褲腿太瘦。❸ 土地不肥沃 ◆ 瘦田／田地太瘦。

## ⁹瘉 (愈)

瘉 瘉 瘉 瘉 瘉 瘉

[ yù ㄩˋ 粵 jy⁶ 預 ]
病好了 ◆ 痊瘉。

## ⁹瘓 (痪)

瘓 瘓 瘓 瘓 瘓 瘓

[ huàn ㄏㄨㄢˋ 粵 wun⁶ 換 ]
癱瘓。見"癱"字，298頁。

## ⁹瘋 (疯)

瘋 瘋 瘋 瘋 瘋 瘋

[ fēng ㄈㄥ 粵 fuŋ¹ 風 ]
神經錯亂；精神失常 ◆ 瘋子／發瘋／瘋瘋癲癲／裝瘋賣傻。

## ¹⁰瘩

瘩 瘩 瘩 瘩 瘩 瘩

〈一〉[ dá ㄉㄚˊ 粵 dap⁸ 搭 ]
❶ 瘩背：中醫稱長在後背上的毒瘡。
〈二〉[ da ‧ㄉㄚ 粵 dap⁸ 搭 ]
❷ 疙瘩。見"疙"字，294頁。

## ¹⁰瘡 (疮)

瘡 瘡 瘡 瘡 瘡 瘡

[ chuāng ㄔㄨㄤ 粵 tsɔŋ¹ 倉 ]
❶ 皮肉腫爛的病 ◆ 瘡口／瘡疤／凍瘡／毒瘡／頭上生瘡。❷ 外傷 ◆ 刀瘡／棒瘡。

## ¹⁰瘤

瘤 瘤 瘤 瘤 瘤 瘤

[ liú ㄌㄧㄡˊ 粵 leu⁴ 留 ]
人或動物身體長出的腫塊 ◆ 瘤子／肉瘤／腫瘤。

## ¹⁰瘠

瘠 瘠 瘠 瘠 瘠 瘠

[ jí ㄐㄧˊ 粵 dzik⁸ 即⁸／dzɛk⁸ 隻（語）]
❶ 身體瘦弱；跟"肥"、"胖"相對。❷ 土地不肥沃；跟"肥"相對 ◆ 瘠土／瘠田／貧瘠。

## ¹¹瘴

瘴 瘴 瘴 瘴 瘴 瘴

[ zhàng ㄓㄤˋ 粵 dzœŋ³ 帳 ]
瘴氣：熱帶山林中蒸發出來的濕熱空氣，能使人生病。

## ¹¹瘸

瘸 瘸 瘸 瘸 瘸 瘸

[ qué ㄑㄩㄝˊ 粵 kœ⁴ ]
腿腳有毛病，走路時身體不平衡 ◆ 瘸子／瘸腿／一瘸一拐。

## ¹²療 (疗)

療 療 療 療 療 療

[ liáo ㄌㄧㄠˊ 粵 liu⁴ 聊 ]
治病 ◆ 醫療／治療／療效顯著／一個療程。

## ¹²癌

癌 癌 癌 癌 癌 癌

[ ái ㄞˊ 粵 ŋam⁴ 岩 ]
惡性腫瘤 ◆ 肺癌／食道癌／致癌物質。

## ¹²癆 (痨)

癆 癆 癆 癆 癆 癆

[ láo ㄌㄠˊ 粵 lou⁴ 勞 ]
癆病：即肺結核病。肺結核也叫肺癆。

**<sup>13</sup>癮** 同"瘉"字，見 297 頁。

**<sup>13</sup>癖** 癖癖癖癖癖癖 癖

[ pǐ ㄆㄧˇ 🔊 pik⁷ 僻 ]
長期形成對某種事物的特別愛好 ◆ 癖好 / 潔癖 / 嗜酒成癖。

**<sup>14</sup>癡** 同"痴"字，見 296 頁。

**<sup>14</sup>瘪（瘪）** 瘪瘪瘪瘪瘪瘪 瘪

〈一〉[ biě ㄅㄧㄝˇ 🔊 bit⁹ 別 ]
❶ 物體表面凹陷下去；不飽滿 ◆ 乾瘪 / 皮球瘪了。
〈二〉[ biē ㄅㄧㄝ 🔊 bit⁹ 別 ]
❷ 瘪三：上海人稱城市中靠要飯或偷竊為生的無業游民。

**<sup>15</sup>癥（症）** 癥癥癥癥癥癥 癥

[ zhēng ㄓㄥ 🔊 dziŋ¹ 貞 ]
肚子裏結塊的病 ◆ 癥結。

**<sup>15</sup>癢（痒）** 癢癢癢癢癢癢 癢

[ yǎng ㄧㄤˇ 🔊 jœŋ⁵ 仰 ]
皮膚受到刺激，引起要抓撓的一種感覺 ◆ 搔癢 / 背上癢 / 隔靴搔癢。

**<sup>16</sup>癩（癞）** 癩癩癩癩癩癩 癩

〈一〉[ lài ㄌㄞˋ 🔊 lai⁶ 賴 ]
❶ 中醫指麻瘋病，是一種慢性傳染病。❷ 因生癬疥等皮膚病而毛髮脱落 ◆ 癩皮狗。
〈二〉[ là ㄌㄚˋ 🔊 lat⁹ 辣 ]
❸ 癩痢：頭上生瘡使毛髮脱落的皮膚病。

**<sup>17</sup>癬（癣）** 癬癬癬癬癬癬 癬

[ xuǎn ㄒㄩㄢˇ 🔊 sin² 冼 ]
由真菌引起的某些皮膚病的統稱，患處發癢 ◆ 頭癬 / 腳癬 / 牛皮癬。

**<sup>17</sup>癮（瘾）** 癮癮癮癮癮癮 癮

[ yǐn ㄧㄣˇ 🔊 jɐn⁵ 引 ]
一種積久成了習慣，不易改掉的嗜好或特別濃厚的興趣 ◆ 煙癮 / 酒癮 / 看小説上了癮。

**<sup>18</sup>癰（痈）** 癰癰癰癰癰癰 癰

[ yōng ㄩㄥ 🔊 juŋ¹ 翁 ]
一種毒瘡 ◆ 疽癰。

**<sup>19</sup>癱（瘫）** 癱癱癱癱癱癱 癱

[ tān ㄊㄢ 🔊 tan¹ 灘 / tan² 坦（語）]
癱瘓：指神經機能發生障礙，肢體麻痹不能活動；比喻機構失去效能，不能正常進行工作 ◆ 癱子 / 下肢癱瘓 / 系統癱瘓。

**<sup>19</sup>癲（癫）** 癲癲癲癲癲癲 癲

[ diān ㄉㄧㄢ 🔊 din¹ 顛 ]
精神錯亂，失常 ◆ 癲狂 / 瘋癲 / 瘋瘋癲癲。

癶 部

**<sup>4</sup>癸** 癸癸癸癸癸癸 癸

[ guǐ ㄍㄨㄟˇ 🔊 gwei³ 貴 ]

天干的第十位 ◆ 甲乙丙丁戊己庚辛壬癸。
✿ 圖見 290 頁。

## ⁷登

登登登登登登

[ dēng ㄉㄥ （粵）dɐŋ¹ 燈 ]

❶ 從低處向高處走 ◆ 登山 / 登高望遠 / 登峯造極 / 攀登珠穆朗瑪峯。❷ 記載；刊出 ◆ 登記 / 登賬 / 登載 / 登報 / 刊登。❸ 穀物成熟 ◆ 五穀豐登。

## ⁷發 (发)

發發發發發發

[ fā ㄈㄚ （粵）fat⁸ 法 ]

❶ 生長出來；產生 ◆ 發芽 / 發育 / 發電 / 枯木逢春猶再發，人無兩度再少年。❷ 放射出 ◆ 發炮 / 閃閃發光 / 百發百中。❸ 散開 ◆ 揮發 / 蒸發。❹ 送出；派出；跟 "收" 相對 ◆ 發信 / 發貨 / 發兵。❺ 表達；宣佈 ◆ 發表 / 發言 / 發誓 / 發佈 / 發號施令。❻ 起始；起程 ◆ 發起 / 發動 / 發源 / 出發 / 整裝待發 / 朝發夕至。❼ 擴展；興旺 ◆ 發展 / 發揚 / 發達 / 暴發戶 / 發家致富。❽ 揭開 ◆ 揭發 / 發掘 / 告發 / 東窗事發。❾ 顯現出 ◆ 發燒 / 發病 / 發麻 / 樹葉發黃。❿ 啟示 ◆ 啟發 / 發人深省。⓫ 量詞，用於槍彈 ◆ 一發子彈。

## ⁹凳

見几部，38 頁。

白 部

## ⁰白

白白白白

[ bái ㄅㄞˊ （粵）bak⁹ 帛 ]

❶ 像霜、雪一樣的顏色；跟 "黑" 相對 ◆ 雪白 / 潔白 / 黑白分明 / 天上飄着白雲 / 兩個黃鸝鳴翠柳，一行白鷺上青天。❷ 明亮 ◆ 如同白晝 / 月白風清 / 東方發白。❸ 清楚 ◆ 明白 / 不白之冤 / 真相大白。❹ 陳述；說明 ◆ 表白 / 自白 / 告白 / 辯白。❺ 淺顯的；地方話；口語 ◆ 淺白 / 京白 / 話文 / 半文半白。❻ 空的；甚麼都沒有 ◆ 空白 / 白開水 / 交白卷 / 白手起家 / 平白無故。❼ 沒有代價、沒有效果的；徒然的 ◆ 白吃 / 白給 / 白住 / 白費力氣 / 白跑一趟。❽ 把字寫錯或讀錯 ◆ 寫白字 / 唸白了。

## ¹百

百百百百百

[ bǎi ㄅㄞˇ （粵）bak⁸ 伯 ]

❶ 數目字，十的十倍是一百。大寫作 "佰" ◆ 五百五十。❷ 表示很多 ◆ 百貨 / 百花盛開 / 百科全書 / 百戰百勝 / 百聞不如一見。

## ²皁

"皂" 的異體字，見本頁。

## ²皂

皂皂皂皂皂皂

[ zào ㄗㄠˋ （粵）dzou⁶ 造 ]

❶ 黑色 ◆ 皂鞋 / 不分清紅皂白。❷ "肥皂" 的簡稱 ◆ 香皂 / 藥皂 / 透明皂。

## ³帛

見巾部，131 頁。

## ³的

的的的的的的

〈一〉[ dì ㄉㄧˋ （粵）dik⁷ 嫡 ]
❶ 箭靶的中心 ◆ 有的放矢 / 眾矢之的。
〈二〉[ dí ㄉㄧˊ （粵）dik⁷ 嫡 ]
❷ 實在；確實 ◆ 的確 / 的是高手。
〈三〉[ de ·ㄉㄜ （粵）dik⁷ 嫡 ]

❸ 表示修飾或領屬關係 ◆ 我的衣服 / 慈祥的面容 / 國家的財產。❹ 代替所指的人或事物 ◆ 男的 / 吃的 / 用的 / 年輕的。❺ 用在句子末尾，常跟 "是" 呼應，表示肯定的語氣 ◆ 天氣是晴朗的 / 他學習是很用功的。

### ⁴泉
見水部，242 頁。

### ⁴皆
皆 皆 皆 皆 皆 皆 　皆

[ jiē ㄐㄧㄝ ⑧ gai¹ 佳 ]
都；全 ◆ 皆大歡喜 / 有口皆碑 / 啼笑皆非 / 盡人皆知 / 四海之內皆兄弟。

### ⁴皇
皇 皇 皇 皇 皇 皇 　皇

[ huáng ㄏㄨㄤˊ ⑧ wɔŋ⁴ 王 ]
❶ 帝王；君主 ◆ 皇帝 / 皇后 / 皇宮 / 秦始皇。❷ 盛大 ◆ 富麗堂皇。

### ⁵皋
皋 皋 皋 皋 皋 皋 　皋

[ gāo ㄍㄠ ⑧ gou¹ 高 ]
水邊的高地。

### ⁶兜
見儿部，32 頁。

### ⁶皎
皎 皎 皎 皎 皎 皎 　皎

[ jiǎo ㄐㄧㄠˇ ⑧ gau² 絞 ]
潔白明亮 ◆ 皎潔的月亮 / 一輪皎月。

### ⁶習
見羽部，354 頁。

### ⁷皓
皓 皓 皓 皓 皓 皓 　皓

[ hào ㄏㄠˋ ⑧ hou⁶ 浩 ]
潔白；明亮 ◆ 皓齒 / 皓月當空。

### ⁷皖
皖 皖 皖 皖 皖 皖 　皖

[ wǎn ㄨㄢˇ ⑧ wun⁵ 浣 ]
安徽省的別稱 ◆ 皖南 / 皖北。

### ¹⁰皚 （皑）
皚 皚 皚 皚 皚 皚 　皚

[ ái ㄞˊ ⑧ ŋoi⁴ 呆 ]
潔白 ◆ 白雪皚皚。

### ¹⁰魄
見鬼部，501 頁。

# 皮 部

### ⁰皮
皮 皮 皮 皮 　皮

[ pí ㄆㄧˊ ⑧ pei⁴ ]
❶ 人和動植物表面的一層 ◆ 皮膚 / 表皮 / 樹皮 / 雞毛蒜皮。❷ 加工過的獸皮 ◆ 皮革 / 皮鞋 / 皮箱 / 皮包 / 皮衣。❸ 事物表面的或包在外面的東西 ◆ 地皮 / 書皮 / 封皮。❹ 某些薄片狀的東西 ◆ 鐵皮 / 粉皮 / 豆腐皮。❺ 淘氣 ◆ 頑皮 / 調皮 / 這孩子真夠皮的。❻ 鬆脆的東西受潮或放久後變軟 ◆ 花生米放久了。❼ 指橡膠 ◆ 橡皮 / 皮筋 / 皮球。☞ 見古文字插頁 4。

### ⁷皴
皴 皴 皴 皴 皴 皴 　皴

[ cūn ㄘㄨㄣ ⑧ sœn¹ 詢 ]
❶ 皮膚因受凍或風吹而乾裂起皴 ◆ 手皴了。❷ 皮膚上積存的泥垢或老皮 ◆ 你看這孩子，一脖子皴，真髒。

<sup>10</sup>**皺**(皴)　皺 皺 皺 皺 皺 皺　皺

[ zhòu ㄓㄡˋ 　 dzɐu³ 晝 ]

❶ 臉上的紋路；物品的摺紋 ◆ 臉上起了皺紋 / 衣服皺了，要燙一下。❷ 收攏而起皺紋 ◆ 皺眉頭 / 眉頭緊皺。

皿 部

<sup>0</sup>**皿**　皿 皿 皿 皿　皿

[ mǐn ㄇㄧㄣˇ 　 miŋ⁵ 茗 ]

杯、碟、盤等日用器具的統稱 ◆ 器皿。
☞ 見古文字插頁 4。

<sup>3</sup>**盂**　盂 盂 盂 盂 盂 盂　盂

[ yú ㄩˊ 　 jy⁴ 余 ]

敞口的盛液體的器皿 ◆ 痰盂。

<sup>3</sup>**孟**　見子部，110 頁。

<sup>4</sup>**盅**　盅 盅 盅 盅 盅 盅　盅

[ zhōng ㄓㄨㄥ 　 dzuŋ¹ 中 ]

小杯子 ◆ 酒盅 / 茶盅 / 一盅酒。

<sup>4</sup>**盆**　盆 盆 盆 盆 盆 盆　盆

[ pén ㄆㄣˊ 　 pun⁴ 盤 ]

❶ 敞口的用來盛東西或洗東西的器具 ◆ 花盆 / 木盆 / 洗臉盆。❷ 量詞，用於盆裝的東西 ◆ 一盆蘭花 / 一盆清水。

<sup>4</sup>**盈**　盈 盈 盈 盈 盈 盈　盈

[ yíng ㄧㄥˊ 　 jiŋ⁴ 仍 ]

❶ 充滿 ◆ 盈月 / 熱淚盈眶 / 賓客盈門 / 惡貫滿盈。❷ 多出；有餘；跟 "虧" 相對 ◆ 盈餘 / 盈利 / 自負盈虧。

盈　　　　　　　虧

<sup>5</sup>**盎**　盎 盎 盎 盎 盎 盎　盎

[ àng ㄤˋ 　 ɔŋ³/ŋɔŋ³ 骯³ ]

盎然：形容洋溢或濃厚的樣子 ◆ 春意盎然 / 趣味盎然。

<sup>5</sup>**益**　益 益 益 益 益 益　益

[ yì ㄧˋ 　 jik⁷ 億 ]

❶ 增加 ◆ 增益 / 延年益壽。❷ 好處；有好處的；跟 "害" 相對 ◆ 益蟲 / 利益 / 對健康有益 / 良師益友 / 受益不淺。❸ 更加 ◆ 日益 / 精益求精 / 多多益善 / 老當益壯 / 相得益彰。
☞ 見古文字插頁 15。

<sup>6</sup>**盔**　盔 盔 盔 盔 盔 盔　盔

[ kuī ㄎㄨㄟ 　 kwɐi¹ 虧 ]

皮 皿
目 矛 矢 石

保護頭部、預防受傷所戴的帽子 ◆ 鋼盔 / 頭盔 / 盔甲 / 丟盔棄甲。

---

## ⁶盛

盛盛盛盛盛盛 盛

〈一〉[ shèng ㄕㄥˋ ⑧ siŋ⁶ 剩 ]
❶ 興旺；繁茂；跟 "衰" 相對 ◆ 繁榮昌盛 / 太平盛世 / 生意興隆 / 枝葉茂盛 / 百花盛開。
❷ 有規模；隆重熱烈 ◆ 盛會 / 盛典 / 盛況空前。❸ 華美的；豐富的 ◆ 節日的盛裝 / 豐盛的晚宴。❹ 深厚的；表示程度深 ◆ 盛讚 / 盛怒之下 / 盛情難卻 / 一片盛意 / 久負盛名。
❺ 廣泛；普遍 ◆ 盛傳 / 盛行一時。
〈二〉[ chéng ㄔㄥˊ ⑧ siŋ⁴ 成 ]
❻ 把東西裝進容器 ◆ 盛飯。

---

## ⁶盒

盒盒盒盒盒盒 盒

[ hé ㄏㄜˊ ⑧ hɐp⁹ 合 ]
有底有蓋可以裝東西的器具 ◆ 紙盒 / 木盒 / 鞋盒 / 飯盒 / 文具盒。

---

## ⁷盜

盜盜盜盜盜盜 盜

[ dào ㄉㄠˋ ⑧ dou⁶ 道 ]
❶ 偷竊；搶劫 ◆ 盜竊 / 偷盜 / 監守自盜 / 掩耳盜鈴 / 欺世盜名。❷ 偷搶別人財物的人 ◆ 強盜 / 海盜 / 盜賊 / 大盜。

---

## ⁸盞(盏)

盞盞盞盞盞盞 盞

[ zhǎn ㄓㄢˇ ⑧ dzan² 棧 ]
❶ 小杯子 ◆ 酒盞 / 把盞相慶。❷ 量詞，用於燈 ◆ 一盞燈。

---

## ⁸盟

盟盟盟盟盟盟 盟

[ méng ㄇㄥˊ ⑧ mɐŋ⁴ 萌 ]

❶ 集團或國家之間的聯合 ◆ 聯盟 / 結盟 / 同盟 / 盟約。❷ 發誓 ◆ 盟誓。❸ 結拜的（兄弟）◆ 盟兄 / 盟弟。❹ 內蒙古自治區的行政區域，包括旗、縣、市，相當於地區 ◆ 哲里木盟 / 伊克昭盟。

---

## ⁹監(监)

監監監監監監 監

〈一〉[ jiān ㄐㄧㄢ ⑧ gam¹ 鑒¹ ]
❶ 從旁察看 ◆ 監視 / 監督 / 監考 / 監察 / 監護 / 監守自盜。❷ 牢獄 ◆ 監獄 / 監牢 / 收監。
〈二〉[ jiàn ㄐㄧㄢˋ ⑧ gam³ 鑒 ]
❸ 古代的官名或官府名 ◆ 太監 / 國子監。

---

## ⁹盡(尽)

盡盡盡盡盡盡 盡

[ jìn ㄐㄧㄣˋ ⑧ dzœn⁶ 進⁶ ]
❶ 完 ◆ 無窮無盡 / 取之不盡，用之不竭 / 野火燒不盡，春風吹又生。❷ 全部用出來 ◆ 盡心盡力 / 盡心盡職 / 盡其所有 / 人盡其才，物盡其用 / 鞠躬盡瘁，死而後已。
❸ 達到極點 ◆ 盡頭 / 盡情 / 盡善盡美 / 仁至義盡 / 淋漓盡致。❹ 全部；所有 ◆ 應有盡有 / 前功盡棄 / 盡人皆知 / 盡如人意。
❺ 死 ◆ 自盡 / 同歸於盡。

---

## ¹⁰盤(盘)

盤盤盤盤盤盤 盤

[ pán ㄆㄢˊ ⑧ pun⁴ 盆 ]
❶ 淺而扁的盛器 ◆ 盤子 / 茶盤 / 托盤 / 杯盤狼藉 / 誰知盤中餐，粒粒皆辛苦。❷ 形狀或功用像盤的東西 ◆ 算盤 / 磨盤 / 羅盤 / 棋盤 / 字盤。❸ 旋轉；迴環曲繞 ◆ 盤旋 / 盤繞 / 盤根錯節 / 盤山公路 / 盤膝而坐。
❹ 仔細查究；清點 ◆ 盤查 / 盤問 / 盤貨 / 盤根究底。❺ 市場行情 ◆ 開盤 / 收盤。

❻ 全面；全部 ◆ 和盤托出 / 通盤考慮。
❼ 量詞 ◆ 一盤棋 / 一着不慎，滿盤皆輸。

**¹¹ 盧**（卢）　盧盧盧盧盧盧　盧
[ lú ㄌㄨˊ ⓟ lou⁴ 勞 ]
姓。

**¹¹ 盥**　盥盥盥盥盥盥　盥
[ guàn ㄍㄨㄢˋ ⓟ gun³ 貫 ]
洗手洗臉。◆ 盥洗室。
☙ 見古文字插頁 16。

**¹² 盪**（荡）　盪盪盪盪盪盪　盪
[ dàng ㄉㄤˋ ⓟ dɔŋ⁶ 蕩 ]
❶ 搖動；擺動 ◆ 搖盪 / 動盪 / 盪鞦韆 / 隨風飄盪 / 盪舟西湖。❷ 洗滌 ◆ 盪滌。❸ 清除；弄光 ◆ 掃盪 / 傾家盪產。

**¹⁸ 蠱**　見虫部，401 頁。

**¹⁹ 鹽**　見鹵部，509 頁。

**目 部**

**⁰ 目**　目目目目目　目
[ mù ㄇㄨˋ ⓟ muk⁹ 木 ]
❶ 眼睛 ◆ 目不轉睛 / 目中無人 / 有目共睹 / 雙目失明 / 耳聞不如目見。❷ 看 ◆ 一目瞭

然 / 一目十行 / 目為天人。❸ 大項中分出的小項 ◆ 細目 / 項目 / 賬目 / 條目 / 綱舉目張。❹ 標題 ◆ 目錄 / 書目 / 篇目 / 題目 / 劇目。
☙ 見古文字插頁 4。

**² 盯**　盯盯盯盯盯盯　盯
[ dīng ㄉㄧㄥ ⓟ dɛŋ¹ ]
❶ 視線集中在一點上；注視 ◆ 兩眼緊盯住他 / 眼睛盯着前面的大海。❷ 跟蹤；緊跟着不放 ◆ 盯梢 / 盯住他，別讓他跑了。

**³ 直**　直直直直直直直　直
[ zhí ㄓˊ ⓟ dzik⁹ 夕 ]
❶ 不彎曲的；跟 "曲" 相對 ◆ 直線 / 筆直 / 這棵樹長得很直。❷ 使彎曲的變直 ◆ 直起腰來 / 把手伸直。❸ 豎的；跟 "橫" 相對 ◆ 垂直 / 直升機 / 直立行走 / 直行書寫。❹ 中間沒有周折、阻礙的；中間不停的 ◆ 直接 / 直通 / 直達 / 一直 / 勇往直前。❺ 爽快；坦率 ◆ 直爽 / 直率 / 心直口快 / 直言不諱。❻ 公正；正義；正確 ◆ 正直 / 理直氣壯 / 是非曲直。
❁ 圖見 226 頁。

**³ 盲**　盲盲盲盲盲盲　盲
[ máng ㄇㄤˊ ⓟ maŋ⁴ 猛⁴ ]
❶ 眼瞎；看不見東西 ◆ 盲人 / 夜盲症 / 盲人騎瞎馬，夜半臨深池。❷ 對某種事物不認識或分辨不清 ◆ 文盲 / 色盲 / 盲動 / 盲從。

**⁴ 省**　省省省省省省　省
〈一〉[ shěng ㄕㄥˇ ⓟ saŋ² 生² ]
❶ 節約；不浪費 ◆ 節省 / 儉省 / 省吃儉

皮 皿 目 矛 矢 石

用。❷ **免掉；減少** ◆ 省略／省心／省了一道工序／這句話不能省。❸ **地方行政區劃名稱** ◆ 省會／省城／廣東省／河北省。

〈二〉[ xǐng ㄒㄧㄥˇ 🔊 sin² 醒 ]

❹ **檢查** ◆ 反省／內省／自省。❺ **醒悟；知覺** ◆ 省悟／發人深省／不省人事。❻ **探望父母等長輩** ◆ 省親。

## 相

相 相 相 相 相 相 相

〈一〉[ xiāng ㄒㄧㄤ 🔊 sœŋ¹ 雙 ]

❶ **表示雙方都有的行為動作** ◆ 互相幫助／相親相愛／相敬如賓／相依為命／二虎相鬥，必有一傷／有緣千里來相會。❷ **表示一方對另一方的行為動作** ◆ 相信／好言相勸／另眼相看／實不相瞞／本是同根生，相煎何太急。❸ **表示比較** ◆ 相等／相比／相同／相似／不相上下。❹ **親自看** ◆ 相親／相女婿。

〈二〉[ xiàng ㄒㄧㄤˋ 🔊 sœŋ³ 雙³ ]

❺ **容貌；模樣** ◆ 相貌／長相／變相／兇相畢露／真相大白。❻ **仔細察看** ◆ 伯樂相馬／相機行事。❼ **輔助** ◆ 吉人自有天相。❽ **官名** ◆ 丞相／宰相／首相／帝王將相。

## 眈

眈 眈 眈 眈 眈 眈 眈

[ dǔn ㄉㄨㄣˇ 🔊 dzœn³ 俊³ ]

**瞌睡；小睡** ◆ 打眈。

## 冒

見冂部，35頁。

## 看

看 看 看 看 看 看 看

〈一〉[ kàn ㄎㄢˋ 🔊 hɔn³ 漢 ]

❶ **用眼睛觀察** ◆ 看書／看報／看風景／向前看／橫看成嶺側成峯，遠近高低各不同。❷ **訪問；探望** ◆ 看望／看朋友／看病人。

❸ **照料** ◆ 照看。❹ **對待** ◆ 另眼相看／像朋友一樣看待。❺ **診治** ◆ 看病／是張醫生把我的病看好的。❻ **認為** ◆ 我看你沒有錯／你看這辦法好不好。❼ **表示姑且試一試** ◆ 你猜猜看／等一等看／先做幾天看。

〈二〉[ kān ㄎㄢ 🔊 hɔn¹ 刊 ]

❽ **守護** ◆ 看護／看門／看家狗。❾ **監視** ◆ 看管／看押／看守所。

🔖 見古文字插頁 15。

## 盾

盾 盾 盾 盾 盾 盾 盾

[ dùn ㄉㄨㄣˋ 🔊 tœn⁵/sœn⁵ ]

❶ **古代打仗時用來護身的武器** ◆ 盾牌／以子之矛，攻子之盾。❷ **形狀像盾的東西** ◆ 金盾／銀盾。❸ **荷蘭、越南、印度尼西亞等國的本位貨幣。**

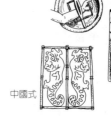

希臘式　羅馬式　中國式　盾

## 盼

盼 盼 盼 盼 盼 盼 盼

[ pàn ㄆㄢˋ 🔊 pan³ 攀³ ]

❶ **想望；期望** ◆ 盼望／企盼／盼星星，盼月亮，總算把你們盼回來了。❷ **看** ◆ 左顧右盼。

## 眉

眉 眉 眉 眉 眉 眉 眉

[ méi ㄇㄟˊ 🔊 mei⁴ 微 ]

❶眼眶上面的毛；眉毛 ◆ 眉開眼笑 / 眉清目秀 / 愁眉深鎖 / 揚眉吐氣 / 喜上眉梢。❷指書頁上方的空白處 ◆ 書眉 / 眉批。
📖 見古文字插頁 15。

⁵真 真真真真真真 **真**

[ zhēn ㄓㄣ ⑧ dzen¹ 珍 ]
❶真實；不虛假；跟"假"相對 ◆ 真人真事 / 真憑實據 / 貨真價實 / 一片真心 / 真金不怕火煉。❷清楚 ◆ 真切 / 看得真 / 聲音太小，聽不真。❸的確；實在 ◆ 他真好 / 這夜景真美 / 火車跑得真快。❹事物的本來面貌 ◆ 逼真 / 失真 / 傳真 / 天真 / 返璞歸真。

⁵眨 眨眨眨眨眨眨 **眨**

[ zhǎ ㄓㄚˇ ⑧ dzap⁸ 匝/dzam² 斬 (語) ]
眼皮很快地一張一閉 ◆ 眨眼 / 一眨眼工夫 / 眼皮眨了一下。

⁵眩 眩眩眩眩眩眩 **眩**

[ xuàn ㄒㄩㄢˋ ⑧ jyn⁴ 元/jyn⁶ 願 ]
眼花 ◆ 頭昏目眩。

⁵眠 眠眠眠眠眠眠 **眠**

[ mián ㄇㄧㄢˊ ⑧ min⁴ 棉 ]
❶睡覺 ◆ 失眠 / 不眠之夜 / 徹夜不眠 / 春眠不覺曉，處處聞啼鳥。❷某些動物的一種生理現象，在一個特定的時間之內不吃不動 ◆ 冬眠 / 蠶眠。

⁶眶 眶眶眶眶眶眶 **眶**

[ kuàng ㄎㄨㄤˋ ⑧ hoŋ⁴ 康/kwaŋ¹ 框 ]
眼窩的周圍 ◆ 眼眶 / 熱淚盈眶。

⁶眾 (众) 眾眾眾眾眾眾 **眾**

[ zhòng ㄓㄨㄥˋ ⑧ dzuŋ³ 綜 ]
❶多；跟"寡"相對 ◆ 眾多 / 眾望所歸 / 眾志成城 / 寡不敵眾 / 眾擎易舉。❷許多人 ◆ 羣眾 / 大眾 / 觀眾 / 聽眾 / 眾所周知。

眾　　　寡

⁶眺 眺眺眺眺眺眺 **眺**

[ tiào ㄊㄧㄠˋ ⑧ tiu³ 跳 ]
向遠處看 ◆ 眺望 / 遠眺 / 登高眺遠。

⁶眷 眷眷眷眷眷眷 **眷**

[ juàn ㄐㄩㄢˋ ⑧ gyn³ 絹 ]
❶親屬 ◆ 親眷 / 家眷 / 有情人終成眷屬。❷關懷；想念 ◆ 眷念 / 眷戀。

⁶眯 眯眯眯眯眯眯 **眯**

〈一〉[ mí ㄇㄧˊ ⑧ mei⁵ 米 ]
❶灰、沙等進入眼睛，使一時睜不開或看不清 ◆ 灰塵眯了眼睛。
〈二〉[ mī ㄇㄧ ⑧ mei¹ 微 ]
❷眼皮微微合攏，成一條線 ◆ 眯縫着眼 / 眯着眼笑。❸合上眼睛小睡 ◆ 眯了一會兒。

⁶眼 眼眼眼眼眼眼 **眼**

[ yǎn ㄧㄢˇ ⑧ ŋan⁵ 顏⁵ ]
❶眼睛 ◆ 眼明手快 / 眉開眼笑 / 有眼不識泰山 / 耳聽是虛，眼見為實 / 眼觀六路，耳聽八方。❷小孔；窟窿 ◆ 針眼 / 炮眼 / 泉眼。❸要點；關鍵所在 ◆ 節骨眼。❹

皮 皿 目 矛 矢 石

音樂的節拍 ◆ 板眼 / 有板有眼 / 一板三眼。

## ⁶眸

眸 眸 眸 眸 眸 眸　眸

[ móu ㄇㄡˊ ⑧ mɐu⁴ 謀]

瞳人;代指眼睛 ◆ 凝眸遠望 / 明眸皓齒。

## ⁷睏 (困)

睏 睏 睏 睏 睏 睏　睏

[ kùn ㄎㄨㄣˋ ⑧ kwɐn³ 困]

疲倦想睡覺 ◆ 孩子睏了,快抱他上牀去。

## ⁷着 (着)

着 着 着 着 着 着　着

〈一〉[ zhuó ㄓㄨㄛˊ ⑧ dzœk⁹ 嚼]

❶ 接觸;附上 ◆ 着陸 / 着色 / 附着 / 不着邊際。❷ 穿衣 ◆ 衣着整齊 / 穿着講究 / 吃着不盡 / 身着和服。❸ 下落;結果 ◆ 無着落 / 尋找無着。❹ 指派 ◆ 着人來取。❺ 做;用 ◆ 着手 / 着筆 / 着力 / 着想 / 大處着眼。

〈二〉[ zháo ㄓㄠˊ ⑧ dzœk⁹ 嚼]

❻ 接觸;挨到 ◆ 夠不着 / 挨不着邊 / 上不着天,下不着地。❼ 進入某種狀態;感受到 ◆ 着迷 / 着魔 / 着急 / 着涼 / 着慌。❽ 燃燒 ◆ 着火 / 柴太濕,燒不着。❾ 表示動作的結果 ◆ 猜着了 / 買着了 / 睡着了。

〈三〉[ zhāo ㄓㄠ ⑧ dzœk⁹ 嚼]

❿ 下棋時走一步或下一子叫"一着" ◆ 着數 / 一着不慎,全盤皆輸。⓫ 計策;手段 ◆ 有甚麼高着 / 這一着很厲害。

〈四〉[ zhe ·ㄓㄜ ⑧ dzœk⁹ 嚼]

⓬ 助詞,表示動作、狀態在持續 ◆ 走着走着 / 我聽着呢 / 大門開着 / 正説着話呢 / 茶几上放着一瓶花。⓭ 表示程度深。常跟"呢"連用 ◆ 多着呢 / 還遠着呢。⓮ 用來表示加強命令或囑咐的語氣 ◆ 你聽着 / 過馬路要多看着啊。

## ⁸睛

睛 睛 睛 睛 睛 睛　睛

[ jīng ㄐㄧㄥ ⑧ dziŋ¹ 晶]

眼珠 ◆ 目不轉睛 / 畫龍點睛 / 定睛一看。

## ⁸睦

睦 睦 睦 睦 睦 睦　睦

[ mù ㄇㄨˋ ⑧ muk⁹ 木]

和善;相親 ◆ 和睦相處 / 睦鄰友好 / 婆媳不睦。

## ⁸睹

睹 睹 睹 睹 睹 睹　睹

[ dǔ ㄉㄨˇ ⑧ dou² 島]

看見 ◆ 親眼目睹 / 耳聞目睹 / 有目共睹 / 先睹為快 / 熟視無睹 / 睹物思人。

## ⁸睞 (睐)

睞 睞 睞 睞 睞 睞　睞

[ lài ㄌㄞˋ ⑧ lɔi⁶ 賴]

看;向旁邊看 ◆ 青睞 / 明眸善睞。

## ⁸睫

睫 睫 睫 睫 睫 睫　睫

[ jié ㄐㄧㄝˊ ⑧ dzit⁹ 捷]

上下眼皮邊上細長的毛 ◆ 眼睫毛 / 目不交睫 / 迫在眉睫。

## ⁸督

督 督 督 督 督 督　督

[ dū ㄉㄨ ⑧ duk⁷ 篤]

監管;察看 ◆ 督促 / 督察 / 監督 / 督學 / 督辦。

## ⁸睬

睬 睬 睬 睬 睬 睬　睬

[ cǎi ㄘㄞˇ ⑧ tsɔi² 彩]

理會;答理 ◆ 理睬 / 不理不睬。

## ⁸睜 (睁)

睜 睜 睜 睜 睜 睜 **睜**

[ zhēng ㄓㄥ ⓥ dzɐŋ¹ 增 ]
張開眼睛 ◆ 睜不開眼 / 睜大眼睛 / 怒目圓睜。

## ⁹瞄 (瞄)

瞄 瞄 瞄 瞄 瞄 瞄 **瞄**

[ miáo ㄇ丨ㄠˊ ⓥ miu⁴ 苗 ]
眼睛盯着目標看 ◆ 瞄準目標。

## ⁹睡

睡 睡 睡 睡 睡 睡 **睡**

[ shuì ㄕㄨㄟˋ ⓥ sœy⁶ 瑞 ]
睡覺 ◆ 睡眠 / 午睡 / 早睡早起 / 睡眼矇矓 / 昏昏欲睡。

## ⁹瞅

瞅 瞅 瞅 瞅 瞅 瞅 **瞅**

[ chǒu ㄔㄡˇ ⓥ tsɐu² 丑 ]
看 ◆ 瞅見 / 瞅了一眼。

## ⁹睪

睪 睪 睪 睪 睪 睪 **睪**

[ gāo ㄍㄠ ⓥ gou¹ 高 ]
睪丸：男人或某些雄性動物生殖器官的一部分，橢圓形，在陰囊內，能產生精子。

## ⁹睽

睽 睽 睽 睽 睽 睽 **睽**

[ kuí ㄎㄨㄟˊ ⓥ kwɐi⁴ 葵 ]
睽睽：形容睜大眼睛注視着 ◆ 眾目睽睽。

## ¹⁰瞌

瞌 瞌 瞌 瞌 瞌 瞌 **瞌**

[ kē ㄎㄜ ⓥ hɐp⁹ 合 ]
瞌睡：由於困倦而昏昏欲睡 ◆ 打瞌睡。

## ¹⁰睞

"睞" 的異體字，見 305 頁。

## ¹⁰瞎

瞎 瞎 瞎 瞎 瞎 瞎 **瞎**

[ xiā ㄒ丨ㄚ ⓥ hɐt⁹ 核 ]
❶ 眼睛失明，看不到東西 ◆ 瞎子 / 眼睛瞎了 / 耳聾眼瞎 / 瞎子摸象 / 盲人騎瞎馬，夜半臨深池。❷ 胡亂；盲動 ◆ 瞎説 / 瞎猜 / 瞎扯 / 瞎操心 / 瞎胡鬧 / 瞎花錢。

## ¹⁰瞑

瞑 瞑 瞑 瞑 瞑 瞑 **瞑**

[ míng ㄇ丨ㄥˊ ⓥ miŋ⁴ 明/miŋ⁶ 命 ]
閉上眼睛 ◆ 死不瞑目。

## ¹¹瞞 (瞒)

瞞 瞞 瞞 瞞 瞞 瞞 **瞞**

[ mán ㄇㄢˊ ⓥ mun⁴ 門 ]
把真實情況隱藏起來，不讓人知道 ◆ 隱瞞 / 欺瞞 / 欺上瞞下 / 瞞天過海 / 實不相瞞。

## ¹¹瞟

瞟 瞟 瞟 瞟 瞟 瞟 **瞟**

[ piǎo ㄆ丨ㄠˇ ⓥ piu⁵ 縹 ]
斜着眼睛看 ◆ 瞟了他一眼。

## ¹¹瞠

瞠 瞠 瞠 瞠 瞠 瞠 **瞠**

[ chēng ㄔㄥ ⓥ tsaŋ¹ 撐 ]
直直地瞪着眼睛看 ◆ 瞠目結舌 / 瞠目相視。

## ¹¹瞥

瞥 瞥 瞥 瞥 瞥 瞥 **瞥**

[ piē ㄆ丨ㄝ ⓥ pit⁸ 撇 ]
匆匆一看；略地看一下 ◆ 瞥見 / 一瞥。

## ¹²瞰 (瞰)

瞰 瞰 瞰 瞰 瞰 瞰 **瞰**

[ kàn ㄎㄢˋ ⓥ hɐm³ 磡 ]
從高處往下看；俯視 ◆ 俯瞰 / 鳥瞰。

## ¹²瞭 (了)

瞭 瞭 瞭 瞭 瞭 瞭 **瞭**

〈一〉[ liǎo ㄌ丨ㄠˇ ⓥ liu⁵ 了 ]

**焦點易錯字** 了 | 瞭 　了解 了結 　瞭望 明瞭

❶ 明白 ◆ 明瞭 / 瞭解 / 瞭如指掌 / 一目瞭然。

〈二〉[ liào ㄌㄧㄠˋ 粵 liu⁴ 聊 ]
❷ 從高處向遠處看 ◆ 瞭望。

¹²瞧　瞧瞧瞧瞧瞧瞧　瞧

[ qiáo ㄑㄧㄠˊ 粵 tsiu⁴ 潮 ]
看 ◆ 瞧見 / 瞧病 / 瞧熱鬧 / 瞧一眼 / 瞧不起人。

¹²瞬　瞬瞬瞬瞬瞬瞬　瞬

[ shùn ㄕㄨㄣˋ 粵 sœn³ 信 ]
眼珠一動;一眨眼。形容時間很短 ◆ 一瞬間 / 轉瞬之間 / 瞬息萬變 / 稍瞬即逝。

¹²瞳　瞳瞳瞳瞳瞳瞳　瞳

[ tóng ㄊㄨㄥˊ 粵 tuŋ⁴ 童 ]
瞳孔:眼球中央的圓孔,可隨着光線的強弱縮小或擴大。也叫瞳人。

¹²瞪　瞪瞪瞪瞪瞪瞪　瞪

[ dèng ㄉㄥˋ 粵 tsiŋ⁴ 呈/tsaŋ⁴ 橙 ]
❶ 睜大眼睛看 ◆ 目瞪口呆 / 眼睛瞪得圓圓的。❷ 生氣地看;怒目而視 ◆ 瞪了他一眼 / 他總愛瞪着眼看人。

¹³瞿　瞿瞿瞿瞿瞿瞿　瞿

[ qú ㄑㄩˊ 粵 kœy⁴ 渠 ]
瞿塘峽,長江三峽之一,在四川省奉節縣東。

¹³瞻　瞻瞻瞻瞻瞻瞻　瞻

[ zhān ㄓㄢ 粵 dzim¹ 尖 ]
向上或向前看 ◆ 觀瞻 / 瞻仰 / 瞻前顧後 / 高瞻遠矚 / 瞻望未來。

¹⁴矇 ⁽蒙⁾　矇矇矇矇矇矇　矇

〈一〉[ mēng ㄇㄥ 粵 muŋ⁴ 濛 ]
❶ 欺騙 ◆ 矇騙 / 欺上矇下。❷ 胡亂猜測 ◆ 瞎矇 / 這道題給他矇上了。(❶❷同"蒙"字)

〈二〉[ méng ㄇㄥˊ 粵 muŋ⁴ 蒙 ]
❸ 矇矓:兩眼半開半合,看東西模糊不清的樣子 ◆ 睡眼矇矓 / 醉眼矇矓。

¹⁶矓 ⁽昽⁾　矓矓矓矓矓矓　矓

[ lóng ㄌㄨㄥˊ 粵 luŋ⁴ 龍 ]
矇矓。見"矇"字,本頁。

¹⁹矗　矗矗矗矗矗矗　矗

[ chù ㄔㄨˋ 粵 tsuk⁷ 促 ]
高高地直立 ◆ 矗立。

²¹矚 ⁽瞩⁾　矚矚矚矚矚矚　矚

[ zhǔ ㄓㄨˇ 粵 dzuk⁷ 足 ]
注視 ◆ 舉世矚目 / 高瞻遠矚。

## 矛 部

⁰矛　矛矛矛矛　矛

[ máo ㄇㄠˊ 粵 mau⁴ 茅 ]
古代的兵器,有長柄,一端裝有金屬槍頭,用來刺敵 ◆ 長矛 / 以子之矛,攻子之盾。
👆 見古文字插頁 5。

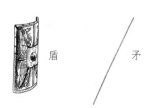

盾　　矛

**⁴柔** 見木部，213 頁。

**⁴矜** 矜矜矜矜矜矜 矜

〈一〉[ jīn ㄐㄧㄣ ⑧ ging¹ 京]
❶ 憐憫；同情 ◆ 矜恤 / 矜惜。❷ 自高自大；自以為了不起 ◆ 自矜 / 不矜不伐 / 毫無驕矜之氣。❸ 拘謹；慎重 ◆ 初次登台，不免矜持。

〈二〉[ guān ㄍㄨㄢ ⑧ gwan¹ 關]
❹ 同 "鰥" 字。沒有妻子或死去了妻子的男人。

**⁶務** 見力部，47 頁。

## 矢 部

**⁰矢** 矢矢矢矢矢 矢

[ shǐ ㄕˇ ⑧ tsi² 始]
❶ 箭 ◆ 弓矢 / 有的放矢。❷ 發誓 ◆ 矢志不移 / 矢口否認。

見古文字插頁 5。

**²矣** 矣矣矣矣矣矣 矣

[ yǐ ㄧˇ ⑧ ji⁵ 以]
文言語氣詞，表示動作或變化已經或將會完成，相當於 "了"、"啦" ◆ 可矣 / 由來久矣 / 悔之晚矣。

**³知** 知知知知知知 知

[ zhī ㄓ ⑧ dzi¹ 支]
❶ 曉得；了解；認識 ◆ 知道 / 知情 / 溫故知新 / 知錯必改 / 人所共知 / 知己知彼，百戰百勝。❷ 使知道 ◆ 通知 / 知會 / 來信告知。❸ 知識 ◆ 無知 / 求知 / 實踐出真知。❹ 彼此了解而感情深厚的人 ◆ 知己 / 新知 / 知友。

**⁵矩** 矩矩矩矩矩矩 矩

[ jǔ ㄐㄩˇ ⑧ gœy² 舉]
❶ 畫方形的用具；曲尺 ◆ 矩尺 / 不以規矩，不成方圓。❷ 法度；規則 ◆ 規矩 / 循規蹈矩。

**⁵候** 見人部，24 頁。

**⁷短** 短短短短短短 短

[ duǎn ㄉㄨㄢˇ ⑧ dyn² 端²]
❶ 兩端之間距離小；跟 "長" 相對 ◆ 短跑 / 短途 / 短袖 / 短期 / 十個指頭有長短。❷ 缺少；欠缺 ◆ 短缺 / 短斤缺兩 / 這套書怎麼短缺了一本。❸ 缺點 ◆ 護短 / 取長補短 / 各有各的長處，各有各的短處。❹ 淺；淺陋 ◆ 見識短 / 目光短淺。

**⁷智** 見日部，201 頁。

**焦點易錯字** 知 | 智 知識 告知 智慧 見仁見智

## ⁸矮

矮 矮 矮 矮 矮 矮 矮

[ ǎi ㄞˇ ⑧ ɐi² /ŋei²]

由底至頂的距離短；跟"高"相對 ◆ 矮牆 / 矮板凳 / 個子矮 / 身材矮小。

## ⁸矬

見隹部，478 頁。

## ¹²矯 ⁽矫⁾

矯 矯 矯 矯 矯 矯 矯

[ jiǎo ㄐㄧㄠˇ ⑧ giu² 繳]

❶ 糾正 ◆ 矯正 / 矯枉過正 / 矯形手術。
❷ 強壯；英勇 ◆ 身手矯健 / 矯若游龍。
❸ 假託；故意做作 ◆ 矯命 / 矯飾 / 矯揉造作。

石 部

## ⁰石

石 石 石 石 石

〈一〉[ shí ㄕˊ ⑧ sɛk⁹ 碩]

❶ 石頭 ◆ 石器 / 巖石 / 水滴石穿 / 石沉大海 / 鐵石心腸。❷ 姓。

〈二〉[ dàn ㄉㄢˋ ⑧ sɛk⁹ 碩]

❸ 容量單位，十斗為一石 ◆ 一石大米。

☞見古文字插頁 5。

## ³岩

見山部，124 頁。

## ³矽

矽 矽 矽 矽 矽 矽

[ xī ㄒㄧ ⑧ dzik⁹ 夕]

"硅"的舊稱，見 311 頁。

## ³妬

見女部，103 頁。

## ⁴研

研 研 研 研 研 研

[ yán ㄧㄢˊ ⑧ jin⁴ 言]

❶ 細磨 ◆ 研墨 / 研藥 / 研成細末。❷ 深入探討 ◆ 研究 / 研討 / 鑽研。

## ⁴砒

砒 砒 砒 砒 砒 砒

[ pī ㄆㄧ ⑧ pei¹ 丕]

"砷"的舊稱。砒霜：砒的化合物，有劇毒，可作藥用。

## ⁴砌

砌 砌 砌 砌 砌 砌

[ qì ㄑㄧˋ ⑧ tsɐi³ 妻³]

❶ 用灰泥黏合，把磚、石等一層層疊起來 ◆ 堆砌 / 砌牆 / 砌堤壩 / 灶台砌好了。❷ 台階 ◆ 雕欄玉砌。

⁴**砍**　砍砍砍砍砍砍　砍

[ kǎn ㄎㄢˇ ⑧ hem² 坎 ]
❶ 用刀、斧等猛劈 ◆ 砍柴 / 砍伐 / 砍頭。
❷ 削減；取消 ◆ 砍價 / 從計劃中砍去一些項目。

⁴**砂**　砂砂砂砂砂砂　砂

[ shā ㄕㄚ ⑧ sa¹ 紗 ]
❶ 細小的石粒 ◆ 礦砂 / 硃砂 / 紫砂壺 / 飛砂走石。❷ 像砂粒的東西 ◆ 砂糖 / 砂紙 / 鐵砂。

⁴**泵**　見水部，241 頁。

⁵**砸**　砸砸砸砸砸砸　砸

[ zá ㄗㄚˊ ⑧ dzap⁸ 眨 ]
❶ 敲擊；搗 ◆ 砸核桃 / 把蒜砸爛。❷ 打碎；打破 ◆ 茶杯砸了 / 司馬光砸缸救人。❸ 比喻事情做壞或失敗了 ◆ 這件事辦砸了 / 戲演砸了。

⁵**砰**　砰砰砰砰砰砰　砰

[ pēng ㄆㄥ ⑧ paŋ¹ 烹 ]
形容物體撞擊、重物落地的聲音或槍聲 ◆ 砰的一聲，大樹倒下了。

⁵**砧**　砧砧砧砧砧砧　砧

[ zhēn ㄓㄣ ⑧ dzɐm¹ 箴 ]
切、剁東西或錘打東西時墊在底下的器具。同 “碪”、“椹” 字 ◆ 砧板 / 鐵砧。

⁵**砷**　砷砷砷砷砷　砷

[ shēn ㄕㄣ ⑧ sɐn¹ 申 ]
舊稱 “砒”。一種非金屬化學元素，有毒，可做殺蟲劑和除草劑。

⁵**砥**　砥砥砥砥砥砥　砥

[ dǐ ㄉㄧˇ ⑧ dei² 底/dzi¹ 枝/dzi² 止 ]
❶ 磨刀石。❷ 砥柱：山名，在黃河中流 ◆ 中流砥柱。

⁵**砲**　同 “炮〈一〉”，見 264 頁。

⁵**破**　破破破破破破　破

[ pò ㄆㄛˋ ⑧ pɔ³ 婆³ ]
❶ 東西受到損壞變得不完整 ◆ 破裂 / 支離破碎 / 破鏡重圓 / 家破人亡 / 踏破鐵鞋無覓處，得來全不費工夫。❷ 使損壞 ◆ 破壞 / 破釜沉舟 / 牢不可破。❸ 劈開 ◆ 勢如破竹 / 乘風破浪 / 把竹筒一破兩半。❹ 衝開；打敗 ◆ 攻破敵陣 / 大破敵軍。❺ 超出常規；越過 ◆ 破例 / 破格提升 / 破紀錄 / 新的突破。❻ 揭穿；使真相露出 ◆ 破案 / 一語道破 / 識破敵人的詭計。❼ 耗費；花費 ◆ 破工夫 / 讓你破費了。❽ 清除 ◆ 破除迷信。

⁶**硅**　硅硅硅硅硅硅　硅

[ guī ㄍㄨㄟ ⑧ gwɐi¹ 歸 ]
舊稱 “矽”。一種非金屬化學元素，很堅硬，有光澤，是用來製造玻璃及半導體的重要材料。

⁶**硒**　硒硒硒硒硒硒　硒

[ xī ㄒㄧ ⑧ sɐi¹ 西 ]
一種非金屬元素，可用來製造光電管、半導體晶體管等。

⁶硃　硃 硃 硃 硃 硃 硃　硃

[ zhū ㄓㄨ ⑧ dzy¹ 朱 ]
硃砂：一種礦物，顏色鮮紅，是提煉汞的主要原料，也可做顏料或藥材。

⁷硬　硬 硬 硬 硬 硬 硬　硬

[ yìng ㄧㄥˋ ⑧ ŋaŋ⁶ ]
❶ 質地非常堅固、結實；跟 "軟" 相對 ◆ 堅硬 / 硬木 / 硬幣。❷ 剛強；堅強不屈 ◆ 硬漢子 / 欺軟怕硬 / 軟硬兼施。❸ 堅決；固執 ◆ 嘴硬 / 態度強硬 / 硬是不承認。❹ 勉強；不自然 ◆ 生硬 / 生搬硬套 / 身體不好，還在硬撐着。❺ 能力強；質量好 ◆ 硬功夫 / 貨色硬。

⁷硯　⁽硯⁾　硯 硯 硯 硯 硯 硯　硯

[ yàn ㄧㄢˋ ⑧ jin⁶ 現 ]
硯台：磨墨的用具 ◆ 筆墨紙硯。

硯

⁷硝　硝 硝 硝 硝 硝 硝　硝

[ xiāo ㄒㄧㄠ ⑧ siu¹ 消 ]
❶ 某些礦物鹽的泛稱 ◆ 硝石 / 芒硝 / 火硝。❷ 用芒硝處理皮革，使變得柔軟 ◆ 硝皮。

⁷硫　硫 硫 硫 硫 硫 硫　硫

[ liú ㄌㄧㄡˊ ⑧ leu⁴ 流 ]
硫磺：一種非金屬元素，淺黃色結晶體，用途廣泛，可用來製造硫酸、火藥、火柴、藥品等。

⁸碘　碘 碘 碘 碘 碘 碘　碘

[ diǎn ㄉㄧㄢˇ ⑧ din² 典 ]
一種非金屬元素，用途廣泛，可用來製造藥品、染料、照相材料等。碘溶於酒精成碘酒，是外用藥品。人體缺少碘會引起甲狀腺腫大。

⁸碑　碑 碑 碑 碑 碑 碑　碑

[ bēi ㄅㄟ ⑧ bei¹ 卑 ]
刻有文字，豎立起來作為紀念或標誌的石塊 ◆ 碑文 / 墓碑 / 紀念碑 / 里程碑 / 樹碑立傳。

⁸碉　⁽碉⁾　碉 碉 碉 碉 碉 碉　碉

[ diāo ㄉㄧㄠ ⑧ diu¹ 刁 ]
碉堡：軍事上主要用於防守的建築物，用磚石、鋼筋水泥等材料建成 ◆ 炸碉堡。

⁸硼　硼 硼 硼 硼 硼 硼　硼

[ péng ㄆㄥˊ ⑧ peŋ⁴ 朋 ]
一種非金屬元素，硼的化合物，如硼酸、硼砂，可用於醫藥、農業、玻璃工業等。

⁸碎　碎 碎 碎 碎 碎 碎　碎

[ suì ㄙㄨㄟˋ ⑧ sœy³ 歲 ]
❶ 完整的東西破裂成零片零塊 ◆ 破碎 / 粉碎 / 碎片 / 杯子打碎了。❷ 使破碎 ◆ 碎石機 / 碎屍萬段 / 粉身碎骨。❸ 零星的；不完整的 ◆ 碎布 / 零碎 / 瑣碎 / 零敲碎打 /

支離破碎。❹ 形容説話嘮叨 ◆ 嘴碎 / 閒言碎語。

## ⁸碰

碰 碰 碰 碰 碰 碰　碰

[ pèng ㄆㄥˋ 粵 puŋ³ 篷³ ]
❶ 兩物相撞擊 ◆ 碰杯 / 小心碰頭 / 碰得頭破血流 / 不小心把一對花瓶碰碎了。❷ 遇見；遇到 ◆ 在商店碰到了幾位老同學 / 碰上了好運氣。❸ 試探 ◆ 碰運氣 / 碰機會。

## ⁸碗

碗 碗 碗 碗 碗 碗　碗

[ wǎn ㄨㄢˇ 粵 wun² 腕 ]
敞口的飲食器具 ◆ 飯碗 / 菜碗 / 瓷碗 / 一碗湯。

## ⁸碌 (碌)

碌 碌 碌 碌 碌 碌　碌

[ lù ㄌㄨˋ 粵 luk⁹ 陸 / luk⁷ 〔語〕 ]
❶ 事務繁忙 ◆ 忙碌 / 勞碌一生 / 忙忙碌碌。❷ 平凡；沒有作為 ◆ 庸庸碌碌 / 碌碌無為。

## ⁹碧

碧 碧 碧 碧 碧 碧　碧

[ bì ㄅㄧˋ 粵 bik⁷ 壁 ]
❶ 青綠色的玉石 ◆ 碧玉 / 金碧輝煌。❷ 青綠色 ◆ 碧綠 / 碧草 / 澄碧 / 碧空萬里 / 碧波蕩漾 / 碧油油的麥苗。

## ⁹碪

"砧"的異體字，見 311 頁。

## ⁹碟

碟 碟 碟 碟 碟 碟　碟

[ dié ㄉㄧㄝˊ 粵 dip⁹ 蝶 ]
一種飲食器具，底平而淺，比盤子小 ◆ 碟子 / 一碟青菜。

## ⁹碴

碴 碴 碴 碴 碴 碴　碴

[ chá ㄔㄚˊ 粵 tsa⁴ 查 ]
❶ 小碎塊 ◆ 冰碴 / 玻璃碴 / 玉米碴。❷ 器物上的破口 ◆ 碗上有個破碴。❸ 碴兒：引起爭執的事由或藉口 ◆ 別找碴兒。

## ⁹碱

"鹼"的異體字，見 510 頁。

## ⁹碩 (硕)

碩 碩 碩 碩 碩 碩　碩

[ shuò ㄕㄨㄛˋ 粵 sɛk⁹ 石 ]
大 ◆ 碩果 / 豐碩 / 碩大無朋。

## ⁹碳

碳 碳 碳 碳 碳 碳　碳

[ tàn ㄊㄢˋ 粵 tan³ 炭 ]
一種非金屬元素，是構成有機物的主要成分，在工農業和醫藥上用途很廣。

## ¹⁰磁

磁 磁 磁 磁 磁 磁　磁

[ cí ㄘˊ 粵 tsi⁴ 池 ]
磁性；具有吸引鐵、鈷、鎳等金屬的性質 ◆ 磁鐵 / 磁石。

## ¹⁰碼 (码)

碼 碼 碼 碼 碼 碼　碼

[ mǎ ㄇㄚˇ 粵 ma⁵ 馬 ]
❶ 表示數目的符號或用具 ◆ 號碼 / 數碼 / 價碼 / 籌碼 / 明碼標價。❷ 指一件事或一類事 ◆ 這是兩碼事。❸ 堆疊 ◆ 把磚碼齊。❹ 英美制長度單位，一碼折合 0.9144 米。

## ¹⁰磕

磕 磕 磕 磕 磕 磕　磕

[ kē ㄎㄜ 粵 kɔi³ 慨 ]

敲擊；碰撞 ◆ 磕煙斗／跌了一跤，只磕破了一點皮。

<sup>10</sup>**磊** 磊磊磊磊磊磊 磊

[lěi ㄌㄟˇ ⑧ lœy⁵ 呂]

石頭多 ◆ 怪石磊磊。

<sup>10</sup>**磐** 磐磐磐磐磐磐 磐

[pán ㄆㄢˊ ⑧ pun⁴ 盤]

大石頭 ◆ 堅如磐石。

<sup>10</sup>**磋** <sup>(磋)</sup> 磋磋磋磋磋磋 磋

[cuō ㄘㄨㄛ ⑧ tsɔ¹ 初]

❶ 把骨、角等磨製成器物 ◆ 如切如磋，如琢如磨。❷ 商量；研究 ◆ 磋商／切磋技藝。

<sup>10</sup>**磅** 磅磅磅磅磅磅 磅

〈一〉[bàng ㄅㄤˋ ⑧ bɔŋ⁶ 鎊]

❶ 英美制重量單位，一磅折合 0.454 公斤。❷ 磅秤或用磅秤稱 ◆ 過磅／磅一下體重。

〈二〉[páng ㄆㄤˊ ⑧ pɔŋ⁴ 旁]

❸ 磅礴：廣大無邊 ◆ 氣勢磅礴。

<sup>10</sup>**確** <sup>(确)</sup> 確確確確確確 確

[què ㄑㄩㄝˋ ⑧ kɔk⁸ 涸]

❶ 真實；符合事實的 ◆ 正確／確實／的確／千真萬確／證據確鑿／確有其事。❷ 堅定；堅固 ◆ 確信／確定／確立地位／確保安全。

<sup>10</sup>**碾** 碾碾碾碾碾碾 碾

[niǎn ㄋㄧㄢˇ ⑧ nin⁵ 年⁵]

❶ 把東西軋碎、磨碎的工具 ◆ 碾子／石碾／藥碾。❷ 用碾子滾軋、轉磨 ◆ 碾米／碾藥／碾碎。

石碾

<sup>11</sup>**磨** 磨磨磨磨磨磨 磨

〈一〉[mó ㄇㄛˊ ⑧ mɔ⁴ 摩⁴]

❶ 物體相摩擦 ◆ 磨刀／磨墨／磨玻璃／鐵杵磨成針。❷ 遭受痛苦；糾纏 ◆ 磨難／折磨／好事多磨。❸ 消滅；消失 ◆ 永不磨滅／百世不磨。❹ 拖延、消耗時間 ◆ 磨洋工／消磨時間。

〈二〉[mò ㄇㄛˋ ⑧ mɔ⁴ 摩⁴／mɔ⁶ 摩⁶]

❺ 把糧食磨成粉的工具 ◆ 石磨／電磨／推磨／磨坊。❻ 用磨碾碎東西 ◆ 磨麵粉／磨豆腐。

石磨

## ¹¹磚 (砖)

磚 磚 磚 磚 磚 磚 磚

[zhuān ㄓㄨㄢ ⑧ dzyn¹ 專]

❶ 用黏土等燒製成的建築材料 ◆ 磚頭 / 磚瓦 / 耐火磚。❷ 形狀像磚的東西 ◆ 茶磚 / 冰磚 / 煤磚。

## ¹¹碜 (碜)

碜 碜 碜 碜 碜 碜 碜

[chěn ㄔㄣˇ ⑧ tsɐm² 寢]

食物中夾雜有沙子 ◆ 牙碜。

## ¹²磺 (磺)

磺 磺 磺 磺 磺 磺 磺

[huáng ㄏㄨㄤˊ ⑧ wɔŋ⁴ 王]

硫磺。見"硫"字，312 頁。

## ¹²礁

礁 礁 礁 礁 礁 礁 礁

[jiāo ㄐㄧㄠ ⑧ dziu¹ 焦]

河流、海洋中距水面較近、或隱或現的巖石 ◆ 礁石 / 暗礁 / 觸礁。

## ¹²磷

磷 磷 磷 磷 磷 磷 磷

[lín ㄌㄧㄣˊ ⑧ lœn⁴ 倫]

一種非金屬元素，有黃磷、紅磷等，可用來製造火柴等。磷也是植物營養的重要成分之一 ◆ 磷肥。

## ¹²磯 (矶)

磯 磯 磯 磯 磯 磯 磯

[jī ㄐㄧ ⑧ gei¹ 基]

露出水面的巖石；水邊凸出的小石山或石灘。多用作地名，如江蘇省有燕子磯，湖南省有城陵磯。

## ¹³礎 (础)

礎 礎 礎 礎 礎 礎 礎

[chǔ ㄔㄨˇ ⑧ tsɔ² 楚]

墊在房屋柱子底下的石頭 ◆ 礎石 / 基礎 / 月暈而風，礎潤而雨。

## ¹⁴礙 (碍)

礙 礙 礙 礙 礙 礙 礙

[ài ㄞˋ ⑧ ŋoi⁶ 外]

❶ 阻擋；阻止；使人不方便 ◆ 阻礙 / 障礙 / 礙手礙腳。❷ 妨害 ◆ 妨礙 / 有礙觀瞻。

## ¹⁵礬 (矾)

礬 礬 礬 礬 礬 礬 礬

[fán ㄈㄢˊ ⑧ fan⁴ 凡]

某些金屬硫酸鹽的結晶，常見的如明礬、膽礬、綠礬。

## ¹⁵礪 (砺)

礪 礪 礪 礪 礪 礪 礪

[lì ㄌㄧˋ ⑧ lɐi⁶ 麗]

❶ 質地較粗的磨刀石 ◆ 礪石。❷ 在磨刀石上磨；比喻磨煉 ◆ 砥礪 / 磨礪。

## ¹⁵礫 (砾)

礫 礫 礫 礫 礫 礫 礫

[lì ㄌㄧˋ ⑧ lik⁹ 力]

碎石；小石塊 ◆ 瓦礫 / 砂礫 / 礫石 / 礫巖。

皮血目矛矢 石

## ¹⁵礦 (矿)

礦 礦 礦 礦 礦 礦 　礦

[ kuàng ㄎㄨㄤˋ ⑧ kwɔŋ³ 鄺]

❶ 埋藏在地層中有開採價值的自然物質 ◆ 礦物 / 礦石 / 礦產。 ❷ 開採礦物的場所 ◆ 礦山 / 礦井 / 礦坑 / 金礦 / 煤礦。

示 部

## ⁰示

示 示 示 示 　示

[ shì ㄕˋ ⑧ si⁶ 士]

表明；把事情告訴人或把東西給人看 ◆ 示意 / 示威 / 示範 / 出示 / 告示 / 顯示 / 表示 / 不甘示弱。

☞見古文字插頁 5。

## ³社

社 社 社 社 社 社 　社

[ shè ㄕㄜˋ ⑧ se⁵ 舍⁵]

指某些團體或機構 ◆ 詩社 / 結社 / 報社 / 出版社 / 通訊社 / 集會結社。

## ³奈

見大部，99頁。

## ³祀

祀 祀 祀 祀 祀 祀 　祀

[ sì ㄙˋ ⑧ dzi⁶ 字]

祭祀 ◆ 祀祖 / 祀天。

## ³祁

祁 祁 祁 祁 祁 祁 　祁

[ qí ㄑㄧˊ ⑧ kei⁴ 其]

地名用字，如祁縣（在山西省）；祁連山（在甘肅省）。

## ⁴祈

祈 祈 祈 祈 祈 祈 　祈

[ qí ㄑㄧˊ ⑧ kei⁴ 其]

❶ 向神求福 ◆ 祈禱 / 祈福。 ❷ 向人請求；希望 ◆ 祈求 / 祈望 / 祈請 / 敬祈光臨。

## ⁴祇 (只)

祇 祇 祇 祇 祇 祇 　祇

[ zhǐ ㄓˇ ⑧ dzi² 紙]

僅僅；不過，同"只"字 ◆ 祇有一人 / 祇知其一，不知其二 / 祇此一家，別無分店。

## ⁵祐

祐 祐 祐 祐 祐 祐 　祐

[ yòu ㄧㄡˋ ⑧ jeu⁶ 右]

神靈的幫助 ◆ 上帝保祐。

## ⁵祖

祖 祖 祖 祖 祖 祖 　祖

[ zǔ ㄗㄨˇ ⑧ dzou² 早]

❶ 父母親的上一輩 ◆ 祖父 / 祖母 / 外祖父 / 曾祖母 / 祖孫三代。 ❷ 先代長輩的通稱 ◆ 祖先 / 祖宗 / 祖祖輩輩 / 祖傳祕方 / 同宗同祖。 ❸ 指受人尊敬的事業、學派等的創始人 ◆ 鼻祖 / 佛祖 / 祖師爺。

## ⁵神

神 神 神 神 神 神 　神

[ shén ㄕㄣˊ ⑧ sɐn⁴ 臣]

❶ 宗教指天地萬物的創造者和主宰者；神話傳說中指能力非凡的人；也指被崇拜的人物死後的精靈 ◆ 天神 / 神仙 / 神靈 / 財神 / 疑神疑鬼 / 讀書破萬卷，下筆如有神。 ❷ 不平凡的；特別高超的 ◆ 神醫 / 神童 / 神品。 ❸ 奇妙的；令人驚異的 ◆ 神力

神奇 / 神效 / 神速 / 神機妙算。❹ 心思；
精力 ◆ 凝神 / 精神 / 費神 / 留神 / 全神貫
注 / 心領神會 / 聚精會神 / 炯炯有神。❺
氣色；表情 ◆ 神色 / 神情 / 神態自若 / 神
采奕奕。

## ⁵祝 祝祝祝祝祝祝 祝

[ zhù ㄓㄨˋ ⑱ dzuk⁷ 足 ]
表示對人或對事的某種良好的願望 ◆ 祝福 /
祝壽 / 祝賀 / 慶祝 / 祝你進步。

## ⁵祟 祟祟祟祟祟祟 祟

[ suì ㄙㄨㄟˋ ⑱ sœy⁶ 睡 ]
迷信說法指鬼怪害人；現多指暗中破壞或
行為不光明正大 ◆ 作祟 / 鬼鬼祟祟。

## ⁵祕⁽祕⁾ 祕祕祕祕祕祕 祕

〈一〉[ mì ㄇㄧˋ ⑱ bei³ 臂 ]
❶ 不公開的；不讓人知道的；使人摸不透
的 ◆ 祕密 / 祕方 / 保祕 / 祕而不宣 / 神祕
莫測。
〈二〉[ bì ㄅㄧˋ ⑱ bei³ 臂 ]
❷ 祕魯：國名，在南美洲。

## ⁵祠 祠祠祠祠祠祠 祠

[ cí ㄘˊ ⑱ tsi⁴ 池 ]
供奉祖先、鬼神或名人的地方 ◆ 祠堂 / 宗
祠 / 武侯祠（為祭祀諸葛亮而建，在四川
省成都市）。

## ⁶票 票票票票票票 票

[ piào ㄆㄧㄠˋ ⑱ piu³ 漂³ ]
❶ 作為憑證的紙片 ◆ 車票 / 郵票 / 發票 /
支票 / 投票 / 電影票。❷ 指紙幣 ◆ 鈔票 /

零票。❸ 被歹徒綁架勒索金錢的人 ◆ 綁票。
❹ 非職業的戲曲演出 ◆ 票友 / 玩票性質。

## ⁶祭 祭祭祭祭祭祭 祭

[ jì ㄐㄧˋ ⑱ dzɐi³ 制 ]
❶ 供奉天地神佛或祖先的活動 ◆ 祭祀 / 祭
天 / 祭祖 / 祭壇 / 祭文。❷ 對死者表示追
悼、紀念的儀式 ◆ 祭奠 / 公祭。

## ⁶祥 祥祥祥祥祥祥 祥

[ xiáng ㄒㄧㄤˊ ⑱ tsœŋ⁴ 詳 ]
吉利；好兆頭 ◆ 祥瑞 / 吉祥如意 / 祥和 /
不祥之兆 / 龍鳳呈祥。

## ⁷視 見見部，410 頁。

## ⁸祺 祺祺祺祺祺祺 祺

[ qí ㄑㄧˊ ⑱ kei⁴ 其 ]
吉祥。多用作書信中的祝頌語 ◆ 敬祺撰安 /
即頌時祺。

## ⁸禁 禁禁禁禁禁禁 禁

〈一〉[ jìn ㄐㄧㄣˋ ⑱ gɐm³ 金³ ]
❶ 不准；不許；制止 ◆ 禁止 / 禁賭 / 禁煙 /
嚴禁入內。❷ 法律或習俗上不允許的事情
◆ 犯禁 / 違禁品 / 令行禁止 / 入境問禁。❸
拘押 ◆ 拘禁 / 監禁 / 軟禁 / 囚禁 / 禁閉。❹
舊稱皇帝住的地方 ◆ 禁中 / 宮禁 / 紫禁城。
〈二〉[ jīn ㄐㄧㄣ ⑱ gɐm¹ 金 ]
❺ 承受得起；忍得住 ◆ 禁得起 / 禁不住 /
弱不禁風 / 情不自禁 / 不禁失聲痛哭。

## ⁸禀 "稟"的異體字，見 322 頁。

$^8$**祿**（禄）　祿祿祿祿祿祿　祿

[ lù ㄌㄨˋ ㊂ luk $^9$ 六 ]

❶ 古代官吏領取的錢糧 ◆ 俸祿 / 高官厚祿。❷ 報酬；好處 ◆ 無功不受祿。

$^9$**福**　福福福福福福　福

[ fú ㄈㄨˊ ㊂ fuk $^7$ 幅 ]

幸福；幸運；跟"禍"相對 ◆ 福氣 / 享福 / 有福同享，有難同當 / 大難不死，必有後福 / 天有不測風雲，人有旦夕禍福。

$^9$**禍**（祸）　禍禍禍禍禍禍　禍

[ huò ㄏㄨㄛˋ ㊂ wɔ $^6$ 和 $^6$ ]

❶ 災難；不幸；跟"福"相對 ◆ 災禍 / 車禍 / 因禍得福 / 禍不單行 / 天有不測風雲，人有旦夕禍福。❷ 損害；為害 ◆ 禍國殃民。

$^{11}$**禦**（御）　禦禦禦禦禦禦　禦

[ yù ㄩˋ ㊂ jy $^6$ 預 ]

抵擋；抵抗 ◆ 抵禦 / 防禦 / 禦敵 / 禦寒。

$^{12}$**禧**　禧禧禧禧禧禧　禧

[ xǐ ㄒㄧˇ ㊂ hei $^1$ 希 ]

幸福；吉祥 ◆ 年禧 / 恭賀新禧。

$^{12}$**禪**（禅）　禪禪禪禪禪禪　禪

〈一〉[ chán ㄔㄢˊ ㊂ sim $^4$ 蟬 ]

❶ 佛教用語，指排除雜念，靜思修行 ◆ 坐禪 / 參禪。❷ 泛指有關佛教的事物 ◆ 禪院 / 禪房 / 禪寺 / 禪杖 / 禪林。

〈二〉[ shàn ㄕㄢˋ ㊂ sin $^6$ 善 ]

❸ 古代帝王把王位讓給別人 ◆ 禪讓 / 禪位 / 受禪。

$^{13}$**禮**（礼）　禮禮禮禮禮禮　禮

[ lǐ ㄌㄧˇ ㊂ lei $^5$ 黎 $^5$ ]

❶ 隆重的儀式 ◆ 禮儀 / 典禮 / 婚禮 / 葬禮。❷ 表示尊敬的言語、動作或態度 ◆ 禮貌 / 禮節 / 敬禮 / 以禮相待 / 彬彬有禮。❸ 表示敬意或慶賀而送的東西 ◆ 禮物 / 禮品 / 送禮 / 獻禮 / 千里送鵝毛，禮輕情意重。

$^{14}$**禱**（祷）　禱禱禱禱禱禱　禱

[ dǎo ㄉㄠˇ ㊂ tou $^2$ 討 ]

向神求保祐 ◆ 禱告 / 祈禱。

内 部

$^4$**禹**　禹禹禹禹禹禹　禹

[ yǔ ㄩˇ ㊂ jy $^5$ 雨 ]

傳說中夏朝的第一個君主，曾治理洪水 ◆ 夏禹治水，三過家門而不入。

$^8$**禽**　禽禽禽禽禽禽　禽

[ qín ㄑㄧㄣˊ ㊂ kɐm $^4$ 琴 ]

鳥類的總稱 ◆ 飛禽 / 家禽 / 禽獸。

禾 部

⁰禾　　禾禾禾禾 **禾**

[ hé ㄏㄜˊ 🔊 wo⁴ 和 ]
❶ 穀類植物的總稱 ◆ 禾苗 / 鋤禾日當午，汗滴禾下土。❷ 特指稻子。
👁 見古文字插頁 5。

²利　　見刀部，41 頁。

²禿　　禿禿禿禿禿禿 **禿**

[ tū ㄊㄨ 🔊 tuk⁷ ]
❶ 沒有毛髮 ◆ 禿頂 / 禿頭 / 禿尾巴。❷ 山上沒有樹木；樹木沒有葉子 ◆ 禿樹 / 光禿禿的山頭。

²秀　　秀秀秀秀秀秀 **秀**

[ xiù ㄒㄧㄡˋ 🔊 sɐu³ 瘦 ]
❶ 穀物抽穗開花 ◆ 麥秀 / 稻子秀穗了。
❷ 美麗的 ◆ 秀麗 / 清秀 / 眉清目秀 / 山明水秀 / 秀外慧中。❸ 特別優異的；出眾的 ◆ 優秀 / 後起之秀 / 歌壇新秀。

²私　　私私私私私私 **私**

[ sī ㄙ 🔊 si¹ 思 ]
❶ 屬於個人的；跟 "公" 相對 ◆ 私事 / 私生活。❷ 利己的；為了個人的；跟 "公" 相對 ◆ 自私自利 / 大公無私 / 公報私仇 / 假公濟私。❸ 非公家的 ◆ 私立學校 / 私營機構。❹ 祕密的；暗地裏；不合法的 ◆ 私下 / 走私 / 竊竊私語 / 私藏武器 / 私通敵寇。

³秆　　"稈" 的異體字，見 321 頁。

³和　　見口部，66 頁。

³秉　　秉秉秉秉秉秉 **秉**

[ bǐng ㄅㄧㄥˇ 🔊 biŋ² 丙 ]
❶ 拿着；握着 ◆ 秉燭夜遊 / 秉筆直書。
❷ 主持；按照 ◆ 秉持 / 秉公處理。

³委　　見女部，103 頁。

³季　　見子部，110 頁。

⁴香　　見香部，494 頁。

⁴秕　　秕秕秕秕秕秕 **秕**

[ bǐ ㄅㄧˇ 🔊 bei² 比 ]
不飽滿的穀粒 ◆ 秕穀 / 秕粒。

⁴秒　　秒秒秒秒秒秒 **秒**

[ miǎo ㄇㄧㄠˇ 🔊 miu⁵ 渺 ]
❶ 計算時間的單位，六十秒為一分，六十分為一小時 ◆ 秒錶 / 分秒必爭 / 爭分奪秒。❷ 計算圓周角度的單位，六十秒為一分，六十分為一度。

⁴科　　科科科科科科 **科**

[ kē ㄎㄜ 🔊 fo¹ 火¹ ]

石示禸禾穴立

❶ 學術或業務的類別 ◆ 科目／專科／文科／理科／內科／外科。❷ 動植物的分類 ◆ 貓科／豆科／薔薇科。❸ 機關裏按工作性質分設的辦事單位 ◆ 人事科／財務科／總務科。❹ 法律條文 ◆ 金科玉律／作奸犯科。

⁴**秋** 秋秋秋秋秋秋 秋

[qiū ㄑㄧㄡ ⑧ tsɐu¹ 抽]

❶ 一年四季中的第三季，陰曆的七月至九月 ◆ 秋季／秋風／秋高氣爽／深秋時節／春種一粒粟，秋收萬顆子。❷ 指一年的時間 ◆ 千秋萬代／一日不見，如隔三秋／窗含西嶺千秋雪，門泊東吳萬里船。❸ 指某一個時期 ◆ 多事之秋／危急存亡之秋。❹ 莊稼成熟的時節 ◆ 麥秋。❺ "鞦"的簡化字，見 484 頁。

⁵**秦** 秦秦秦秦秦秦 秦

[qín ㄑㄧㄣˊ ⑧ tsɐn⁴ 巡]

朝代名：（1）戰國七雄之一。（2）秦始皇滅六國後，統一中國，國號為秦。

⁵**秣** 秣秣秣秣秣秣 秣

[mò ㄇㄛˋ ⑧ mut⁸ 抹]

❶ 餵牲畜的飼料 ◆ 糧秣。❷ 餵牲畜 ◆ 秣馬厲兵。

⁵**秫** 秫秫秫秫秫秫 秫

[shú ㄕㄨˊ ⑧ sœt⁹ 述]

指有黏性的高粱 ◆ 秫米／秫秸。

⁵**秤** 秤秤秤秤秤秤 秤

[chèng ㄔㄥˋ ⑧ tsiŋ³ 青³]

稱重量的器具 ◆ 磅秤／地秤／枱秤／彈簧秤／一桿秤。

秤

⁵**乘** 見丿部，6頁。

⁵**租** 租租租租租租 租

[zū ㄗㄨ ⑧ dzou¹ 遭]

❶ 出錢借用他人的東西 ◆ 租房／租車／租用／租賃。❷ 收取費用，把東西借給他人使用；把東西借給別人使用時所收取的錢或實物 ◆ 租金／房租。

⁵**秧** 秧秧秧秧秧秧 秧

[yāng ㄧㄤ ⑧ jœŋ¹ 央]

❶ 植物的幼苗；特指稻苗 ◆ 秧苗／育秧／插秧／稻秧／菜秧。❷ 某些植物的莖 ◆ 豆秧／瓜秧。❸ 某些幼小的動物 ◆ 魚秧。

⁵**秩** 秩秩秩秩秩秩 秩

[zhì ㄓˋ ⑧ dit⁹ 迭]

次序 ◆ 秩序。

⁵**秘** 同"祕"字，見 317 頁。

⁶**秸** 同"稭"字，見 322 頁。

## ⁶移

移 移 移 移 移 移 移

[ yí ㄧˊ ⑧ jy⁴ 宜 ]

❶ 挪動；變動所在的位置 ◆ 移動 / 轉移 / 遷移 / 寸步難移 / 物換星移。❷ 改變 ◆ 移風易俗 / 潛移默化 / 堅定不移 / 貧賤不能移。

## ⁷酥

見酉部，455頁。

## ⁷稈 ⁽秆⁾

稈 稈 稈 稈 稈 稈 稈

[ gǎn ㄍㄢˇ ⑧ gɔŋ² 趕 ]

某些植物的莖 ◆ 麥稈 / 高粱稈 / 矮稈稻。

## ⁷程

程 程 程 程 程 程 程

[ chéng ㄔㄥˊ ⑧ tsiŋ⁴ 情 ]

❶ 規矩；規章；法則 ◆ 程式 / 章程 / 操作規程。❷ 事情進行的步驟、順序 ◆ 程序 / 日程 / 議程 / 進程 / 課程 / 療程。❸ 路途；道路的一段 ◆ 路程 / 行程 / 起程 / 前程似錦 / 鵬程萬里 / 送你一程。

## ⁷稍

稍 稍 稍 稍 稍 稍 稍

〈一〉[ shāo ㄕㄠ ⑧ sau² 梢² ]

❶ 略微，表示程度淺、數量少或時間短 ◆ 稍微 / 稍有不同 / 請稍等 / 稍有出入 / 稍安毋躁。

〈二〉[ shào ㄕㄠˋ ⑧ sau² 梢² ]

❷ 稍息：軍事或體操的一種口令，使從立正姿態變為休息姿態。

## ⁷稀

稀 稀 稀 稀 稀 稀 稀

[ xī ㄒㄧ ⑧ hei¹ 希 ]

❶ 疏；不密；空隙大；跟“密”相對 ◆ 稀疏 / 地廣人稀 / 月明星稀。❷ 少有；難得

◆ 稀少 / 稀有金屬 / 稀罕之物 / 物以稀為貴 / 人生七十古來稀。❸ 薄；不稠；水分多或濃度小；跟“稠”相對 ◆ 稀飯 / 空氣稀薄。❹ 使濃度降低 ◆ 稀釋。

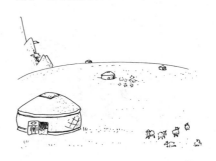

## ⁷黍

見黍部，512頁。

## ⁷稅

稅 稅 稅 稅 稅 稅 稅

[ shuì ㄕㄨㄟˋ ⑧ sœy³ 歲 ]

國家根據規定向單位或個人徵收的錢或實物 ◆ 稅收 / 繳稅 / 關稅 / 營業稅 / 所得稅。

## ⁸稚

稚 稚 稚 稚 稚 稚 稚

[ zhì ㄓˋ ⑧ dzi⁶ 自 ]

幼小；引申指不成熟 ◆ 稚氣 / 稚嫩 / 幼稚 / 幼稚園。

## ⁸稗

稗 稗 稗 稗 稗 稗 稗

[ bài ㄅㄞˋ ⑧ bai⁶ 敗 ]

稗子、稗草，稻田裏的雜草。

## ⁸稠 ⁽稠⁾

稠 稠 稠 稠 稠 稠 稠

[ chóu ㄔㄡˊ ⑧ tsɐu⁴ 酬 ]

石示肉禾宂立

❶ 多而密；跟"稀"相對 ◆ 稠密／稠人廣
眾。❷ 濃；厚；水分少、濃度大；跟"稀"
相對 ◆ 粥很稠／稠雲濃霧。

### ⁸稟（禀）

稟稟稟稟稟稟　稟

[ bǐng ㄅㄧㄥˇ ⑩ ben² 品 ]

❶ 領受 ◆ 稟承／稟命。❷ 對上級或長輩
報告 ◆ 稟報／稟告／回稟。❸ 本質；賦與
◆ 江山易改，稟性難移／稟賦聰明。

### ⁹稭（秸）

稭稭稭稭稭稭　稭

[ jiē ㄐㄧㄝ ⑩ gai¹ 皆 ]

農作物脫粒後剩下的莖稈 ◆ 麥稭／豆稭／
秫稭。

### ⁹種（种）

種種種種種種　種

〈一〉[ zhǒng ㄓㄨㄥˇ ⑩ dzuŋ² 腫 ]

❶ 植物的種子 ◆ 稻種／麥種／花種／選種／
播種。❷ 藉以繁殖的動物 ◆ 種馬／配種。
❸ 人或其他生物的族類 ◆ 種族／人種／
物種／黃種人／白種人。❹ 事物的類別
◆ 種類／品種／工種／劇種／兵種。❺ 量
詞，表示類別 ◆ 一種觀點／兩種唱法／各
種情況。

〈二〉[ zhòng ㄓㄨㄥˋ ⑩ dzuŋ³ 眾 ]

❻ 把植物的種子或秧苗埋在土裏，使發育
生長 ◆ 種植／栽種／種瓜得瓜，種豆得豆／
春種一粒粟，秋收萬顆籽。❼ 把痘苗接種
在人體上 ◆ 種牛痘。

### ⁹稱（称）

稱稱稱稱稱稱　稱

〈一〉[ chēng ㄔㄥ ⑩ tsiŋ¹ 青 ]

❶ 叫；叫做 ◆ 稱呼／自稱／稱兄道弟／人
稱他智慧老人。❷ 名字；名號 ◆ 名稱／
稱號／簡稱／別稱／禾是穀類植物的通稱。
❸ 成為；以…自居 ◆ 稱雄／稱王稱霸。
❹ 說 ◆ 人人稱便／拍手稱快／據目睹者
稱。❺ 讚揚 ◆ 稱讚／稱頌／稱道／稱許。

〈二〉[ chèn ㄔㄣˋ ⑩ tsin³ 秤 ]

❻ 適合；相當 ◆ 相稱／稱職／對稱／勻
稱／稱心如意。

〈三〉[ chēng ㄔㄥ ⑩ tsin³ 秤 ]

❼ 用秤測量東西的輕重 ◆ 稱體重／稱一
稱。

### ¹⁰稽

稽稽稽稽稽稽　稽

〈一〉[ jī ㄐㄧ ⑩ kɐi¹ 溪 ]

❶ 查考；核查 ◆ 稽查／有案可稽／無稽
之談。❷ 爭論；計較 ◆ 反脣相稽。❸ 停
留；拖延 ◆ 稽留／稽延。

〈二〉[ qǐ ㄑㄧˇ ⑩ kɐi² 啟 ]

❹ 稽首：拱手和叩頭至地。

### ¹⁰穀（谷）

穀穀穀穀穀穀　穀

[ gǔ ㄍㄨˇ ⑩ guk⁷ 菊 ]

❶ 糧食作物的總稱 ◆ 百穀／穀物／五穀
豐登／穀賤傷農。❷ 指稻子的果實 ◆ 稻
穀。

<sup>10</sup>**稷** 稷稷稷稷稷稷 稷

[jì ㄐㄧˋ 🔊dzik⁷跡]

古代稱一種穀物叫稷,大概是黍。古人把稷看作百穀之長,所以把它當穀神來奉祀 ◆ 社稷。

<sup>10</sup>**稻** 稻稻稻稻稻稻 稻

[dào ㄉㄠˋ 🔊dou⁶道]

糧食作物的一種,去殼以後即大米。有水稻、旱稻兩種 ◆ 稻穀 / 稻種 / 稻米 / 稻草人。

水稻

<sup>10</sup>**稿** 稿稿稿稿稿稿 稿

[gǎo ㄍㄠˇ 🔊gou²高²]

❶ 文章、圖畫的草底或沒有發表的作品 ◆ 稿本 / 草稿 / 底稿 / 原稿 / 修改稿。❷ 穀類植物的莖稈。

<sup>10</sup>**稼** 稼稼稼稼稼稼 稼

[jià ㄐㄧㄚˋ 🔊ga³嫁]

❶ 農作物 ◆ 莊稼。❷ 播種農作物 ◆ 稼穡。

<sup>11</sup>**積**(积) 積積積積積積 積

[jī ㄐㄧ 🔊dzik⁷即]

❶ 聚集起來 ◆ 積聚 / 積累 / 堆積如山 / 積少成多。❷ 長時間累積起來 ◆ 積習 / 積弊 / 積重難返 / 積勞成疾。❸ 乘法的得數 ◆ 乘積。

<sup>11</sup>**穎**(颖) 穎穎穎穎穎穎 穎

[yǐng ㄧㄥˇ 🔊wiŋ⁶泳]

❶ 細長物體的尖端 ◆ 脫穎而出。❷ 聰明 ◆ 聰穎。

<sup>11</sup>**穆** 穆穆穆穆穆穆 穆

[mù ㄇㄨˋ 🔊muk⁹目]

恭敬;莊嚴 ◆ 肅穆 / 靜穆。

<sup>11</sup>**穌**(稣) 穌穌穌穌穌穌 穌

[sū ㄙㄨ 🔊sou¹蘇]

昏迷後醒過來;死而復生。同"蘇"字 ◆ 穌醒 / 復穌。

<sup>11</sup>**顈** 見頁部,488頁。

<sup>12</sup>**穗** 穗穗穗穗穗穗 穗

[suì ㄙㄨㄟˋ 🔊sœy⁶睡]

❶ 稻、麥等穀類植物聚生在莖端的花和果實 ◆ 稻穗 / 麥穗 / 吐穗揚花。❷ 用絲線等結紮成的像穗一樣的裝飾品,也叫"流蘇" ◆ 燈穗 / 旗穗。❸ 廣州市的別稱。

<sup>13</sup>**穡**(穑) 穡穡穡穡穡穡 穡

[sè ㄙㄜˋ 🔊sik⁷色]

收穫莊稼 ◆ 小孩子怎會知道稼穡的艱難?

石示禸禾宂立

## ¹³穢 (秽)

穢穢穢穢穢穢

[ huì ㄏㄨㄟˋ 粵 wɐi³ 畏 ]

❶ 骯髒的 ◆ 污穢。❷ 醜惡的 ◆ 穢行 / 穢跡 / 自慚形穢。

## ¹⁴穫 (获)

穫穫穫穫穫穫

[ huò ㄏㄨㄛˋ 粵 wɔk⁹ 獲 ]

收割莊稼 ◆ 收穫。

## ¹⁴穩 (稳)

穩穩穩穩穩穩

[ wěn ㄨㄣˇ 粵 wen² 溫² ]

❶ 安定；不動搖 ◆ 穩定 / 穩固 / 平穩 / 穩如泰山 / 站得很穩 / 時局不穩。❷ 妥當；可靠；有把握 ◆ 穩妥 / 穩當 / 十拿九穩。❸ 沉着；不浮躁 ◆ 穩健 / 穩重 / 穩紮穩打。

穴部

## ⁰穴

穴穴穴穴

[ xué ㄒㄩㄝˊ 粵 jyt⁹ 月 ]

❶ 洞；動物的窩 ◆ 洞穴 / 巢穴 / 蟻穴 / 不入虎穴，焉得虎子。❷ 人體經絡的要害，可以進行針灸的部位 ◆ 穴位 / 穴道。

## ²究

究究究究究究

[ jiū ㄐㄧㄡ 粵 gɐu³ 救 ]

❶ 細心探求；徹底追查 ◆ 研究 / 探究 / 追

究 / 查究 / 尋根究底。❷ 到底 ◆ 終究 / 究竟。

## ³空

空空空空空空

〈一〉[ kōng ㄎㄨㄥ 粵 huŋ¹ 兇 ]

❶ 裏面甚麼東西也沒有 ◆ 空虛 / 空瓶 / 空腹 / 目空一切 / 課室內空無一人。❷ 天空；空間 ◆ 領空 / 望星空 / 晴空萬里 / 跨越時空 / 空中樓閣 / 孤帆遠影碧空盡，惟見長江天際流。❸ 浮泛；不切實際的 ◆ 空想 / 空話連篇。❹ 白白地；沒有結果的 ◆ 空跑一趟 / 完全落空 / 空歡喜一場。

〈二〉[ kòng ㄎㄨㄥˋ 粵 huŋ¹ 兇 ]

❺ 沒有被佔用的；閒置着的 ◆ 填空 / 空隙 / 空房 / 空地 / 抽空。❻ 騰出、留出空來 ◆ 空出一個房間 / 文章每段開頭要空兩格寫。❼ 缺；虧欠 ◆ 空缺 / 空額 / 虧空。

## ³帘

見巾部，131 頁。

## ³穹

穹穹穹穹穹穹

[ qióng ㄑㄩㄥˊ 粵 huŋ¹ 空/guŋ¹ 公 (語) ]

天空 ◆ 穹蒼。

## ⁴突

突突突突突突

[ tū ㄊㄨ 粵 dɐt⁹ 凸 ]

❶ 忽然 ◆ 突然 / 突變 / 突如其來。❷ 特出；凸起 ◆ 突出 / 突起。❸ 衝撞；衝擊 ◆ 衝突 / 突圍 / 突出重圍 / 突破紀錄。❹ 煙囪 ◆ 灶突 / 曲突徙薪。

## ⁴穿

穿穿穿穿穿穿

[ chuān ㄔㄨㄢ 粵 tsyn¹ 川 ]

❶ 鑿孔；鑽通 ◆ 穿洞 / 穿耳 / 穿壁引光 /

水滴石穿。❷ **通過** ◆ 穿針引線 / 穿山越嶺 / 不要亂穿馬路 / 穿過大街小巷。❸ **把衣服、鞋襪等着在身上** ◆ 穿衣 / 穿鞋 / 穿襪。❹ **透；破** ◆ 看穿 / 說穿 / 揭穿 / 水滴石穿 / 鞋底磨穿了。

## ⁵窄　窄窄窄窄窄窄　窄

[ zhǎi ㄓㄞˇ 粵 dzak⁸ 責 ]

**狹小；跟"寬"相對** ◆ 狹窄 / 馬路窄 / 心胸窄 / 冤家路窄。

## ⁶窒　窒窒窒窒窒窒　窒

[ zhì ㄓˋ 粵 dzɐt⁹ 姪 ]

**阻塞不通** ◆ 窒礙 / 窒塞 / 窒息。

## ⁷窖　窖窖窖窖窖窖　窖

[ jiào ㄐㄧㄠˋ 粵 gau³ 教 ]

**儲藏東西的地洞；把東西儲藏在地洞裏** ◆ 地窖 / 菜窖 / 冰窖 / 窖甘薯。

## ⁷窗　窗窗窗窗窗窗　窗

[ chuāng ㄔㄨㄤ 粵 tsœŋ¹ 昌 ]

**房屋、車、船、飛機等用來通風採光的設施** ◆ 窗戶 / 窗口 / 玻璃窗 / 窗明几淨 / 打開天窗說亮話。

## ⁷窘　窘窘窘窘窘窘　窘

[ jiǒng ㄐㄩㄥˇ 粵 kwɐn⁵ 菌⁵ ]

❶ **窮困** ◆ 窘困 / 窘迫 / 生活很窘。❷ **為難；難堪** ◆ 窘態 / 陷入窘境。

## ⁸窠　窠窠窠窠窠窠　窠

[ kē ㄎㄜ 粵 wɔ¹ 窩 ]

**鳥獸、昆蟲的巢穴** ◆ 蜂窠 / 雞犬同窠 / 不落窠臼 / 鳥在樹上做窠。

## ⁸窟　窟窟窟窟窟窟　窟

[ kū ㄎㄨ 粵 fɐt⁷ 忽 ]

❶ **洞穴** ◆ 石窟 / 狡兔三窟。❷ **某些人聚居或聚集的地方。現多指壞人聚集的地方** ◆ 貧民窟 / 盜窟 / 賭窟。❸ **窟窿：孔；洞** ◆ 門上有個窟窿 / 鞋底磨了個窟窿。

## ⁹窩⁽窝⁾　窩窩窩窩窩窩　窩

[ wō ㄨㄛ 粵 wɔ¹ 渦 ]

❶ **鳥獸、昆蟲棲息的巢穴** ◆ 鳥窩 / 狗窩 / 雞窩 / 蜂窩 / 螞蟻窩。❷ **人棲身的地方** ◆ 賊窩 / 土匪窩 / 安樂窩。❸ **隱藏壞人或贓物、違禁物品** ◆ 窩藏 / 窩贓 / 窩主。❹ **凹陷進去的地方** ◆ 心窩 / 酒窩 / 眼窩 / 胳肢窩。❺ **量詞，用於一胎所生的或一次孵出的動物，如狗、豬、雞等** ◆ 一窩下了五隻小貓 / 孵了幾窩小雞。

## ⁹窪⁽洼⁾　窪窪窪窪窪窪　窪

[ wā ㄨㄚ 粵 wa¹ 蛙 ]

❶ **低凹；深陷** ◆ 窪地。❷ **低凹、深陷的地方** ◆ 水窪。

## ¹⁰窮⁽穷⁾　窮窮窮窮窮窮　窮

[ qióng ㄑㄩㄥˊ 粵 kuŋ⁴ ]

❶ **貧困；少錢財；跟"富"相對** ◆ 窮人 / 窮困 / 貧窮 / 窮鄉僻壤 / 人窮志不短。❷ **完；盡** ◆ 無窮無盡 / 回味無窮 / 理屈詞窮 / 日暮途窮 / 層出不窮。❸ **極；徹底** ◆ 窮奢極侈 / 窮兇極惡 / 窮追猛打 / 窮根究底。

**焦點易錯字**　巢｜窠　鳥巢 傾巢而出　窠巢 不落窠臼

<sup>10</sup>**窯**(窑)　窯窯窯窯窯窯 **窯**

[ yáo ㄧㄠˊ 粵 jiu⁴ 搖 ]

❶ 燒製磚瓦、陶瓷等的建築物 ◆ 磚窯 / 石灰窯。❷ 土法採煤時開鑿的洞 ◆ 煤窯。❸ 在山坡上開挖修建的用做房屋的洞 ◆ 窯洞。

<sup>11</sup>**窺**(窥)　窺窺窺窺窺窺 **窺**

[ kuī ㄎㄨㄟ 粵 kwɐi¹ 規 ]

偷偷察看 ◆ 窺探 / 窺測 / 窺伺 / 窺視。

<sup>12</sup>**窿**　窿窿窿窿窿窿 **窿**

[ lóng ㄌㄨㄥˊ 粵 luŋ⁴ 龍 ]

窟窿。見 "窟" 字，325 頁。

<sup>13</sup>**竄**(窜)　竄竄竄竄竄竄 **竄**

[ cuàn ㄘㄨㄢˋ 粵 tsyn³ 寸 ]

❶ 逃走；亂跑 ◆ 逃竄 / 流竄 / 抱頭鼠竄 / 東奔西竄。❷ 修改文字 ◆ 竄改 / 點竄。

<sup>13</sup>**竅**(窍)　竅竅竅竅竅竅 **竅**

[ qiào ㄑㄧㄠˋ 粵 hiu³ 曉³ ]

❶ 孔；洞 ◆ 七竅（耳、目、口、鼻）流血。❷ 比喻事情的關鍵或解決問題的好辦法 ◆ 竅門 / 訣竅 / 一竅不通。

<sup>15</sup>**竇**(窦)　竇竇竇竇竇竇 **竇**

[ dòu ㄉㄡˋ 粵 dɐu⁶ 豆 ]

孔穴；洞 ◆ 鼻竇 / 狗竇 / 頓生疑竇。

<sup>16</sup>**竈**　同 "灶" 字，見 263 頁。

<sup>18</sup>**竊**(窃)　竊竊竊竊竊竊 **竊**

[ qiè ㄑㄧㄝˋ 粵 sit⁸ 屑 ]

❶ 偷 ◆ 偷竊 / 盜竊 / 行竊 / 竊案 / 竊賊。❷ 暗暗地 ◆ 竊聽 / 竊笑。

立 部

<sup>0</sup>**立**　立立立立 **立**

[ lì ㄌㄧˋ 粵 lap⁹ 臘/lɐp⁹ 笠 ]

❶ 直着身子站着 ◆ 立正 / 站立起來 / 坐立不安 / 小荷才露尖尖角，早有蜻蜓立上頭。❷ 豎起 ◆ 矗立 / 屹立 / 樹立 / 立竿見影。❸ 建立；設置 ◆ 立功 / 立志 / 創立 / 設立 / 建功立業。❹ 生存；存在 ◆ 自立 / 獨立 / 勢不兩立 / 安身立命。❺ 馬上；即刻 ◆ 立即 / 立刻 / 當機立斷 / 立奏其效 / 立候回音 / 放下屠刀，立地成佛。

 見古文字插頁 5。

<sup>3</sup>**妾**　見女部，103 頁。

<sup>4</sup>**音**　見音部，485 頁。

## ⁵站

站 站 站 站 站 站 站

[zhàn ㄓㄢˋ 粵dzam⁶ 暫]

❶ 直立；跟 "坐" 相對 ◆ 站立 / 站崗 / 站着説 / 站在海邊看日出。❷ 車、船等交通工具臨時停靠供人貨上下的地方 ◆ 站台 / 中轉站 / 汽車站 / 火車站 / 北京站 / 轉運站。❸ 為某種業務而設立的機構 ◆ 氣象站 / 觀測站 / 防疫站 / 供應站。

## ⁶章

章 章 章 章 章 章 章

[zhāng ㄓㄤ 粵dzœŋ¹ 張]

❶ 成篇的文字或詩文、歌曲的段落 ◆ 文章 / 篇章 / 章節 / 第二樂章 / 全書共十二章。❷ 法規；條文 ◆ 章程 / 法令規章 / 招生簡章。❸ 條理 ◆ 雜亂無章。❹ 印記；標誌 ◆ 印章 / 圖章 / 徽章 / 紀念章 / 簽名蓋章。

## ⁶竟

竟 竟 竟 竟 竟 竟 竟

[jìng ㄐㄧㄥˋ 粵gin² 景]

❶ 終於；到底 ◆ 究竟 / 畢竟 / 有志者事竟成。❷ 意料不到 ◆ 竟然 / 竟敢 / 竟會做出這樣的事來。❸ 完成 ◆ 未竟之業。

## ⁶翌

翌 見羽部，354 頁。

## ⁷童

童 童 童 童 童 童 童

[tóng ㄊㄨㄥˊ 粵tuŋ⁴ 同]

小孩；未成年的人 ◆ 兒童 / 牧童 / 童話 / 童年 / 童叟無欺。

## ⁷竣

竣 竣 竣 竣 竣 竣 竣

[jùn ㄐㄩㄣˋ 粵tsœn¹ 春]

完畢 ◆ 竣工 / 告竣。

## ⁸靖

靖 見青部，482 頁。

## ⁸意

意 見心部，156 頁。

## ⁹竭

竭 竭 竭 竭 竭 竭 竭

[jié ㄐㄧㄝˊ 粵kit⁸ 揭]

盡；用完 ◆ 竭力 / 竭盡全力 / 聲嘶力竭 / 取之不盡，用之不竭。

## ⁹端

端 端 端 端 端 端 端

[duān ㄉㄨㄢ 粵dyn¹ 短¹]

❶ 正；正派 ◆ 端正 / 端莊 / 行為不端。❷ 事物的一頭；起頭 ◆ 筆端 / 尖端 / 兩端 / 開端。❸ 原因 ◆ 無端生事。❹ 方面 ◆ 變化多端 / 作惡多端 / 各執一端。❺ 用手捧着東西 ◆ 端飯 / 端菜 / 端碗 / 端來一盆水。

## ⁹颯

颯 見風部，490 頁。

## ¹⁵競 (竞)

競 競 競 競 競 競 競

[jìng ㄐㄧㄥˋ 粵gin⁶ 勁⁶]

比賽；爭勝 ◆ 競技 / 競賽 / 競爭 / 龍舟競渡。

竹 部

## ⁰竹

竹 竹 竹 竹 竹 竹 竹

[zhú ㄓㄨˊ 粵dzuk⁷ 足]

❶ 竹子：多年生常綠植物，莖直中空，有節。用途廣泛，可製作器具，也是造紙、建築材料 ◆ 竹林／竹園／修竹千竿。❷ 簫、笛一類樂器的代稱 ◆ 江南絲竹。
☝ 見古文字插頁 5。

竹

## ²竺

竺竺竺竺竺　竺

[ zhú ㄓㄨˊ ⓿ dzuk⁷ 足]
姓。

## ³竿

竿竿竿竿竿竿　竿

[ gān ㄍㄢ ⓿ gon¹ 干]
竹的主幹 ◆ 竹竿／釣竿／爬竿／立竿見影。

## ³竽

竽竽竽竽竽竽　竽

[ yú ㄩˊ ⓿ jy⁴ 如]
古代像笙的一種管樂器 ◆ 濫竽充數。
☻ 圖見 225 頁。

## ⁴笑

笑笑笑笑笑笑　笑

[ xiào ㄒㄧㄠˋ ⓿ siu³ 嘯]
❶ 面部露出喜悅的表情，發出歡樂的聲音；跟"哭"相對 ◆ 微笑／笑容滿面／哈哈大笑／笑逐顏開／眉開眼笑。❷ 譏笑 ◆ 嘲笑／恥

笑／見笑／蚍蜉撼大樹，可笑不自量。

## ⁴笋

"筍"的異體字，見 330 頁。

## ⁴笆

笆笆笆笆笆笆　笆

[ bā ㄅㄚ ⓿ ba¹ 巴]
❶ 用竹子、柳條等編成的器物 ◆ 笆斗。
❷ 籬笆。見"籬"字，見 335 頁。

## ⁵笨

笨笨笨笨笨笨　笨

[ bèn ㄅㄣˋ ⓿ ben⁶ 奔⁶]
❶ 不聰明 ◆ 愚笨／笨拙／笨鳥先飛。❷ 不靈巧 ◆ 笨嘴笨舌／笨手笨腳。

## ⁵筥

筥筥筥筥筥筥　筥

[ pǒ ㄆㄛˇ ⓿ po² 頗]
筥籮：用薄竹片、柳條等編織成的器具，可以盛東西。

## ⁵笛

笛笛笛笛笛笛　笛

[ dí ㄉㄧˊ ⓿ dɛk⁹]
❶ 管樂器，大都用竹製成，橫吹 ◆ 笛子／竹笛／笛聲悠揚／牧童歸去橫牛背，短笛無腔信口吹。❷ 響聲尖厲的發音器 ◆ 汽笛／警笛。
☻ 圖見 225 頁。

## ⁵笙

笙笙笙笙笙笙　笙

[ shēng ㄕㄥ ⓿ sɐŋ¹ 生]
管樂器，用長短不同的竹管做成，用嘴吹奏 ◆ 蘆笙／笙獨奏。
☻ 圖見 225 頁。

# ⁵符

符 符 符 符 符 符 符

[ fú ㄈㄨˊ ⑧ fu⁴ 扶 ]

❶ 記號;標記 ◆ 符號 / 音符 / 休止符 / 標點符號。❷ 相合;相一致 ◆ 符合 / 與事實相符 / 與事實不符。❸ 道士用來驅鬼防病的圖形 ◆ 符咒 / 護身符。

# ⁵笠

笠 笠 笠 笠 笠 笠 笠

[ lì ㄌㄧˋ ⑧ lɐp⁹ 粒⁹/lɐp⁷ 粒 (語) ]

斗笠:用薄竹片和竹葉編成的帽子,可以遮陽擋雨 ◆ 孤舟蓑笠翁,獨釣寒江雪。

斗笠

# ⁵第

第 第 第 第 第 第 第

[ dì ㄉㄧˋ ⑧ dɐi⁶ 弟 ]

❶ 表示次序 ◆ 次第 / 等第 / 第一名 / 第一流。❷ 達官貴人的住宅 ◆ 府第 / 宅第 / 門第。❸ 古時科舉應試及格的等次 ◆ 及第 / 落第 / 不第。

# ⁵筓

筓 筓 筓 筓 筓 筓 筓

[ tiáo ㄊㄧㄠˊ ⑧ tiu⁴ 條 ]

筓帚:掃地的工具。

# ⁵答

答 答 答 答 答 答 答

[ chī ㄔ ⑧ tsi¹ 雌 ]

用鞭子、棍棒或竹板等抽打 ◆ 鞭答。

# ⁶筐

筐 筐 筐 筐 筐 筐 筐

[ kuāng ㄎㄨㄤ ⑧ kwaŋ¹ 框/hɔŋ¹ 康 ]

用薄竹片、荊條等編的盛東西的器具 ◆ 竹筐 / 籮筐 / 土筐 / 一筐土。

筐

# ⁶等

等 等 等 等 等 等 等

[ děng ㄉㄥˇ ⑧ dɐŋ² 登² ]

❶ 品級;級別 ◆ 等第 / 等級 / 初等 / 優等 / 高人一等。❷ 相同;一樣 ◆ 相等 / 同等 / 平等 / 等量齊觀 / 利益均等 / 大小不等。❸ 等待 ◆ 等候 / 稍等 / 再等一會兒 / 一直等到現在。❹ 表示列舉完 ◆ 蘋果、香蕉、梨等水果 / 紐約、倫敦、東京等國際大城市。❺ 表示列舉完了,用"等"收尾 ◆ 北京、天津、上海等三個直轄市 / 語文、數學、英語等三門功課成績優秀。

# ⁶策

策 策 策 策 策 策 策

[ cè ㄘㄜˋ ⑧ tsak⁸ 冊 ]

❶ 計謀;謀略;辦法 ◆ 策略 / 政策 / 對策 / 決策 / 束手無策。❷ 用馬鞭打馬;比喻督促 ◆ 鞭策 / 揚鞭策馬。❸ 古代寫字用的竹片、木片 ◆ 簡策。

## <sup>6</sup>筋　筋筋筋筋筋筋　筋

[ jīn ㄐㄧㄣ 🔊gen<sup>1</sup> 斤 ]

❶ 肌腱或附在骨頭上的韌帶 ◆ 牛蹄筋 / 筋扭了 / 傷筋動骨 / 剝皮抽筋。❷ 可以看見的皮下靜脈血管 ◆ 青筋暴起。❸ 形狀像筋的東西 ◆ 鋼筋 / 橡皮筋。

## <sup>6</sup>筒　筒筒筒筒筒筒　筒

[ tǒng ㄊㄨㄥˇ 🔊tuŋ<sup>4</sup> 同 ]

❶ 粗的竹管 ◆ 竹筒。❷ 比較粗的像管子那樣的東西 ◆ 筆筒 / 郵筒 / 炮筒 / 袖筒 / 襪筒。

## <sup>6</sup>筏　筏筏筏筏筏筏　筏

[ fá ㄈㄚˊ 🔊fɐt<sup>9</sup> 伐 ]

簡易的水上交通工具，有用竹、木編成的，也有用整張的牛皮、羊皮充氣而成的 ◆ 竹筏 / 木筏 / 皮筏。

筏

## <sup>6</sup>筌　筌筌筌筌筌筌　筌

[ quán ㄑㄩㄢˊ 🔊tsyn<sup>4</sup> 全 ]

捕魚用的竹器，圓筒形，魚能進不能出 ◆ 得魚忘筌。

## <sup>6</sup>答　答答答答答答　答

⟨一⟩ [ dá ㄉㄚˊ 🔊dap<sup>8</sup> 搭 ]

❶ 回話；回答；跟 "問" 相對 ◆ 答覆 / 一問一答 / 對答如流 / 有問必答 / 答非所問。
❷ 受了別人的恩惠，還報別人 ◆ 答謝 / 報答。

⟨二⟩ [ dā ㄉㄚ 🔊dap<sup>8</sup> 搭 ]

❸ 義同 ❶，用於 "答應"、"答理" 等詞。

## <sup>6</sup>筍<sup>(笋)</sup>　筍筍筍筍筍筍　筍

[ sǔn ㄙㄨㄣˇ 🔊sœn<sup>2</sup> 詢<sup>2</sup> ]

竹子剛出土的嫩芽，可當菜吃，味道鮮美 ◆ 竹筍 / 筍乾 / 筍衣 / 冬筍 / 雨後春筍。

筍

## <sup>7</sup>筆<sup>(笔)</sup>　筆筆筆筆筆筆　筆

[ bǐ ㄅㄧˇ 🔊bɐt<sup>7</sup> 畢 ]

❶ 寫字、畫圖的工具 ◆ 鉛筆 / 鋼筆 / 毛筆 / 畫筆 / 筆墨紙硯是文房四寶。❷ 寫 ◆ 代筆 / 親筆。❸ 筆畫 ◆ 筆順 / 起筆 / 凸字是五筆。❹ 量詞 ◆ 一筆生意 / 一筆財產 / 一筆糊塗賬。

## <sup>7</sup>筠　筠筠筠筠筠筠　筠

[ yún ㄩㄣˊ 🔊wɐn<sup>4</sup> 雲 ]

竹子的青皮；借指竹子。

## <sup>7</sup>筷　筷筷筷筷筷筷　筷

[ kuài ㄎㄨㄞˋ 🔊fai<sup>3</sup> 快 ]

筷子，夾菜的用具 ◆ 碗筷／一根筷子／竹筷／象牙筷子。

## <sup>7</sup> 節 <sup>(节)</sup>　節 節 節 節 節 節　節

[ jié ㄐㄧㄝˊ ⓰ dzit<sup>8</sup> 折 ]

❶ 竹子或其他植物的莖幹分枝長葉的地方 ◆ 竹節／節外生枝。❷ 動物骨骼相連接的地方 ◆ 關節／骨節。❸ 段落 ◆ 音節／節拍／季節／章節／第一章第三節。❹ 時令；節日 ◆ 節氣／節令／春節／端午節。❺ 事情的情形 ◆ 細節／情節。❻ 禮儀 ◆ 禮節／不拘小節。❼ 人的操守 ◆ 氣節／節操／貞節／高風亮節／保持晚節。❽ 刪略 ◆ 節選／節錄／刪節。❾ 省減，不浪費；限制，不放縱 ◆ 節省／節約／節儉／節制／節育／節衣縮食／開源節流。❿ 量詞，用於分段的事物 ◆ 四節課／二十節車廂。

## <sup>8</sup> 箍　箍 箍 箍 箍 箍 箍　箍

[ gū ㄍㄨ ⓰ ku<sup>1</sup> ]

用薄竹片或金屬條從外面緊緊把器物捆紮起來，使不鬆散；從外面把器物緊緊捆紮起來的圈 ◆ 用鐵環箍木桶／他頭上箍着一條毛巾／木桶上的鐵箍斷了。

## <sup>8</sup> 筵　筵 筵 筵 筵 筵 筵　筵

[ yán ㄧㄢˊ ⓰ jin<sup>4</sup> 言 ]

酒席 ◆ 筵席／喜筵／壽筵。

## <sup>8</sup> 箕　箕 箕 箕 箕 箕 箕　箕

[ jī ㄐㄧ ⓰ gei<sup>1</sup> 基 ]

用條狀的薄竹片或柳條、鐵皮等製成的揚穀或清除垃圾的器具 ◆ 簸箕／畚箕。

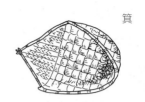

箕

## <sup>8</sup> 箋 <sup>(笺)</sup>　箋 箋 箋 箋 箋 箋　箋

[ jiān ㄐㄧㄢ ⓰ dzin<sup>1</sup> 煎 ]

❶ 供寫信、寫便條等用的小張的紙 ◆ 信箋／便箋。❷ 古書的註釋 ◆ 箋註。

## <sup>8</sup> 算　算 算 算 算 算 算　算

[ suàn ㄙㄨㄢˋ ⓰ syn<sup>3</sup> 蒜 ]

❶ 計數 ◆ 算術／算賬／心算／核算／能寫會算。❷ 計劃；謀劃 ◆ 打算／盤算／失算／精打細算／神機妙算。❸ 當作；認為 ◆ 就算我沒有説／這種講法不能算是正確的。❹ 作罷；不再計較 ◆ 他不想去就算了／算了罷，事情都過去了。❺ 承認有效 ◆ 説話是算數的／他説的不算。

## <sup>8</sup> 箏 <sup>(筝)</sup>　箏 箏 箏 箏 箏 箏　箏

[ zhēng ㄓㄥ ⓰ dzeŋ<sup>1</sup> 僧 ]

❶ 中國民族弦樂器之一，用手彈撥發聲 ◆ 古箏／箏獨奏。❷ 風箏。

☺ 圖見 225 頁。

## <sup>8</sup> 箔　箔 箔 箔 箔 箔 箔　箔

[ bó ㄅㄛˊ ⓰ bɔk<sup>9</sup> 薄 ]

❶ 用蘆葦、秫稭等編成的簾子、蓆子 ◆ 葦箔／蓆箔。❷ 養蠶用的器具，用竹篾編成

的蓆子或篩子 ◆ 籮箈。❸ 金屬打壓成的薄片 ◆ 金箔 / 銀箔。❹ 塗上金屬粉末或貼上金屬薄片的紙 ◆ 錫箔。

## <sup>8</sup>管

管 管 管 管 管 管

[ guǎn ㄍㄨㄢˇ ⑧ gun² 館 ]

❶ 較長的圓筒形的東西 ◆ 竹管 / 鋼管 / 血管 / 自來水管。❷ 管狀的吹奏樂器 ◆ 管樂 / 單簧管 / 雙簧管。❸ 主持；負責辦理 ◆ 主管 / 管理 / 管轄 / 管賬 / 接管。❹ 負責供應 ◆ 管吃 / 管住。❺ 過問；關係 ◆ 管閒事 / 這不管你的事。❻ 約束 ◆ 管束 / 管教 / 看管。❼ 保證 ◆ 管保你滿意 / 包管你馬到成功。❽ 相當於"把" ◆ 同學們管他叫"小博士" / 北京人管甘薯叫"白薯"。

## <sup>9</sup>箱

箱 箱 箱 箱 箱 箱

[ xiāng ㄒㄧㄤ ⑧ sœŋ¹ 商 ]

❶ 收藏衣物的方形用具 ◆ 箱子 / 皮箱 / 書箱 / 翻箱倒櫃。❷ 像箱子的東西 ◆ 冰箱 / 信箱 / 藥箱。

## <sup>9</sup>範 (范)

範 範 範 範 範 範

[ fàn ㄈㄢˋ ⑧ fan⁶ 飯 ]

❶ 榜樣；標準 ◆ 典範 / 模範 / 示範 / 規範。❷ 界限 ◆ 範圍 / 迫其就範。❸ 限制 ◆ 防範。❹ 模子 ◆ 範鑄。

## <sup>9</sup>箴

箴 箴 箴 箴 箴 箴

[ zhēn ㄓㄣ ⑧ dzɛm¹ 針 ]

❶ 規勸；告誡 ◆ 箴言。❷ 古代的一種文體，內容以規勸、告誡為主。

## <sup>9</sup>箭

箭 箭 箭 箭 箭 箭

[ jiàn ㄐㄧㄢˋ ⑧ dzin³ 戰 ]

古代兵器，可以搭在弓上發射；射箭現在也作為一種體育運動項目 ◆ 弓箭 / 一箭雙雕 / 明槍暗箭 / 光陰似箭，日月如梭。

## <sup>9</sup>篇

篇 篇 篇 篇 篇 篇

[ piān ㄆㄧㄢ ⑧ pin¹ 偏 ]

❶ 首尾完整的文章 ◆ 篇章 / 篇幅 / 長篇小說。❷ 量詞，用於文章、紙張等 ◆ 一篇散文 / 兩篇紙。

## <sup>9</sup>篆

篆 篆 篆 篆 篆 篆

[ zhuàn ㄓㄨㄢˋ ⑧ syn⁶ 船⁶ ]

漢字的一種字體，分大篆、小篆 ◆ 篆文。

《千字文》 天地玄黃 宇宙洪荒 日月盈昃 辰宿列張

## <sup>10</sup>篤 (笃)

篤 篤 篤 篤 篤 篤

[ dǔ ㄉㄨˇ ⑧ duk⁷ 督 ]

❶ 忠厚誠實；一心一意 ◆ 篤實 / 篤志 / 誠篤 / 篤學 / 情愛甚篤。❷ 病重 ◆ 病篤。

## <sup>10</sup>篝

篝 篝 篝 篝 篝 篝

[ gōu ㄍㄡ ⑧ gɐu¹ 溝 ]

❶ 竹籠。❷ 篝火：原指用籠子罩着的火，

現借指在野外燃起的火堆 ◆ 篝火晚會。

<sup>10</sup> **築** (筑)　築 築 築 築 築 築　**築**

[ zhù ㄓㄨˋ ⑧ dzuk<sup>7</sup> 竹 ]

建造；修建 ◆ 築路 / 築堤 / 建築 / 修築 / 構築防禦工事。

☺ 圖見 139 頁。

<sup>10</sup> **篡**　篡 篡 篡 篡 篡 篡　**篡**

[ cuàn ㄘㄨㄢˋ ⑧ san<sup>3</sup> 散 ]

奪取；用不正當的手段奪取權力或地位 ◆ 篡奪 / 篡位 / 篡權。

<sup>10</sup> **篩** (筛)　篩 篩 篩 篩 篩 篩　**篩**

[ shāi ㄕㄞ ⑧ sɐi<sup>1</sup> 西 ]

❶ 篩子：用竹篾、鐵絲等做成的有孔眼的器具，可以漏下細的，留下較粗的。❷ 用篩子過東西 ◆ 篩米 / 篩沙子 / 篩選。❸ 斟酒 ◆ 篩酒。

<sup>10</sup> **篍**　同"蓑"字，見 385 頁。

<sup>10</sup> **篙**　篙 篙 篙 篙 篙 篙　**篙**

[ gāo ㄍㄠ ⑧ gou<sup>1</sup> 高 ]

撐船用的竹竿或木竿 ◆ 竹篙。

篙

<sup>11</sup> **簌**　簌 簌 簌 簌 簌 簌　**簌**

[ sù ㄙㄨˋ ⑧ suk<sup>7</sup> 叔 ]

簌簌：（1）象聲詞，形容風吹樹葉等發出的聲音 ◆ 樹葉簌簌作響。（2）形容眼淚紛紛落下的樣子 ◆ 淚珠簌簌地掉了下來。（3）形容肢體發抖的樣子 ◆ 手指簌簌地抖。

<sup>11</sup> **簍** (篓)　簍 簍 簍 簍 簍 簍　**簍**

[ lǒu ㄌㄡˇ ⑧ lɐu<sup>5</sup> 柳 ]

用竹片、荊條或鐵絲等編成的盛東西的器具 ◆ 竹簍 / 背簍 / 油簍 / 字紙簍。

<sup>11</sup> **篾**　篾 篾 篾 篾 篾 篾　**篾**

[ miè ㄇㄧㄝˋ ⑧ mit<sup>9</sup> 滅 ]

劈成條狀的薄竹片；葦稈、高粱稈劈成的條狀薄片，也叫篾 ◆ 竹篾 / 葦篾 / 篾蓆。

<sup>11</sup> **篷**　篷 篷 篷 篷 篷 篷　**篷**

[ péng ㄆㄥˊ ⑧ puŋ<sup>4</sup> 蓬 ]

❶ 用竹片、葦蓆、帆布等製成的用來遮陽、擋風雨的設備 ◆ 帳篷 / 車篷 / 布篷。❷ 指船帆 ◆ 扯起篷來。

<sup>11</sup> **簇**　簇 簇 簇 簇 簇 簇　**簇**

[ cù ㄘㄨˋ ⑧ tsuk<sup>7</sup> 促 ]

❶ 聚集；聚成一團 ◆ 簇擁 / 花團錦簇。❷ 量詞 ◆ 一簇鮮花。

<sup>12</sup> **簧** (黄)　簧 簧 簧 簧 簧 簧　**簧**

[ huáng ㄏㄨㄤˊ ⑧ wɔŋ<sup>4</sup> 黃 ]

❶ 樂器裏振動發聲的薄片 ◆ 巧舌如簧。❷ 器物上有彈力的機件 ◆ 彈簧 / 鎖簧。

**焦點易錯字**　篡｜纂　編纂 纂修　篡位 篡奪　　篷｜蓬　蓬勃 蓬頭垢面　帳篷 見風轉篷

## ¹²簪

簪 簪 簪 簪 簪 簪

[ zān ㄗㄢ 粵 dzam¹ 站¹ ]

❶ 簪子：別住髮結的首飾 ◆ 玉簪。❷ 插戴 ◆ 簪花。

簪

## ¹²簣 (篑)

簣 簣 簣 簣 簣 簣

[ kuì ㄎㄨㄟˋ 粵 gwɐi⁶ 跪 ]

盛土的竹筐 ◆ 功虧一簣。

## ¹²簞 (箪)

簞 簞 簞 簞 簞 簞

[ dān ㄉㄢ 粵 dan¹ 丹 ]

古代盛飯用的圓形竹器 ◆ 簞食壺漿。

## ¹²簡 (简)

簡 簡 簡 簡 簡 簡

[ jiǎn ㄐㄧㄢˇ 粵 gan² 柬 ]

❶ 不複雜；不煩瑣 ◆ 簡單 / 簡便 / 簡潔 / 簡化字 / 言簡意賅 / 刪繁就簡。❷ 書信；信件 ◆ 書簡。❸ 古代用來寫字的竹片、木片 ◆ 竹簡。

## ¹³簸

簸 簸 簸 簸 簸 簸

〈一〉[ bò ㄅㄛˋ 粵 bɔ³ 播 ]

❶ 簸箕：用竹條、柳條、鐵皮等製成的揚穀或清除垃圾的器具。

〈二〉[ bǒ ㄅㄛˇ 粵 bɔ² ]

❷ 用簸箕上下顛動，揚去糠秕、塵土等雜

物 ◆ 簸穀。❸ 搖動；搖盪 ◆ 顛簸。

## ¹³簽 (签)

簽 簽 簽 簽 簽 簽

[ qiān ㄑㄧㄢ 粵 tsim¹ 潛¹ ]

❶ 寫上代表姓名的符號 ◆ 簽名 / 簽署 / 簽約 / 簽到。❷ 簡要地寫出意見 ◆ 簽註。

## ¹³簷 (檐)

簷 簷 簷 簷 簷 簷

[ yán ㄧㄢˊ 粵 jim⁴ 嚴 ]

❶ 屋頂邊沿伸出的部分 ◆ 屋簷 / 廊簷。
❷ 某些器物上像屋簷的部分 ◆ 帽簷。

## ¹³簾 (帘)

簾 簾 簾 簾 簾 簾

[ lián ㄌㄧㄢˊ 粵 lim⁴ 廉 ]

用布、竹片等做成用來遮擋門窗的用具 ◆ 門簾 / 窗簾 / 竹簾。

## ¹³簿

簿 簿 簿 簿 簿 簿

[ bù ㄅㄨˋ 粵 bou⁶ 步 ]

本子；冊子 ◆ 簿冊 / 賬簿 / 練習簿 / 筆記簿 / 作文簿。

## ¹⁴簫 (箫)

簫 簫 簫 簫 簫 簫

[ xiāo ㄒㄧㄠ 粵 siu¹ 消 ]

管樂器，用一根竹管製成，直着吹，叫"洞簫"；用數根竹管排在一起的，叫"排簫"。☺ 圖見 225 頁。

## ¹⁴籍

籍 籍 籍 籍 籍 籍

[ jí ㄐㄧˊ 粵 dzik⁹ 直 ]

❶ 書 ◆ 書籍 / 古籍。❷ 登記的名冊 ◆ 户籍 / 名籍。❸ 出生地或長久居住的地方 ◆

籍貫 / 祖籍 / 原籍。❹ 個人對國家或組織的隸屬關係 ◆ 國籍 / 學籍。

¹⁴ **籌** (筹) 籌 籌 籌 籌 籌 籌 籌

[ chóu ㄔㄡˊ ⓹ tsɐu⁴ 酬 ]
❶ 計數的工具 ◆ 籌碼。❷ 謀劃 ◆ 籌劃 / 籌備 / 籌辦 / 籌集 / 統籌。❸ 計策;辦法 ◆ 一籌莫展 / 運籌帷幄。

¹⁴ **籃** (篮) 籃 籃 籃 籃 籃 籃

[ lán ㄌㄢˊ ⓹ lam⁴ 藍 ]
❶ 用竹條、藤條等編成的盛器,上面有提梁 ◆ 花籃 / 竹籃 / 菜籃子。❷ 指籃球 ◆ 籃壇 / 男籃。❸ 籃球架上供投球用的帶網鐵圈 ◆ 籃框 / 投籃。

¹⁴ **纂** 見糸部,348 頁。

¹⁶ **籟** (籁) 籟 籟 籟 籟 籟 籟

[ lài ㄌㄞˋ ⓹ lai⁶ 賴 ]
從孔穴裏發出的聲音;泛指自然界的聲音 ◆ 萬籟俱寂。

¹⁶ **籠** (笼) 籠 籠 籠 籠 籠 籠

⟨一⟩ [ lóng ㄌㄨㄥˊ ⓹ luŋ⁴ 龍 ]
❶ 用竹條、木條、金屬條等編成的器具,用來關養動物或盛放東西 ◆ 鳥籠 / 鐵籠 / 蒸籠。❷ 舊時囚禁犯人的刑具 ◆ 囚籠。
⟨二⟩ [ lǒng ㄌㄨㄥˇ ⓹ luŋ⁴ 龍 ]
❸ 遮蓋;罩住 ◆ 籠罩。
⟨三⟩ [ lǒng ㄌㄨㄥˇ ⓹ luŋ⁵ 壟 ]
❹ 比較大的箱子 ◆ 箱籠。

¹⁷ **籤** (签) 籤 籤 籤 籤 籤 籤

[ qiān ㄑㄧㄢ ⓹ tsim¹ 簽 ]
❶ 某些作標誌用的東西 ◆ 標籤 / 書籤。
❷ 某些兩頭尖的細短棍或扁狀的東西 ◆ 牙籤 / 竹籤 / 抽籤 / 求籤問卜。

¹⁹ **籮** (箩) 籮 籮 籮 籮 籮 籮

[ luó ㄌㄨㄛˊ ⓹ lɔ⁴ 羅 ]
用竹子編的盛器,方底圓口 ◆ 籮筐。

¹⁹ **籬** (篱) 籬 籬 籬 籬 籬 籬

[ lí ㄌㄧˊ ⓹ lei⁴ 離 ]
籬笆:用竹子、樹枝等編成的遮攔物 ◆ 籬笆 / 樊籬 / 竹籬茅舍。

²⁶ **籲** (吁) 籲 籲 籲 籲 籲 籲

[ yù ㄩˋ ⓹ jy⁶ 預 ]
為某種要求而呼喊 ◆ 呼籲 / 籲請 / 籲求。

米 部

⁰ **米** 米 米 米 米 米 米

[ mǐ ㄇㄧˇ ⓹ mɐi⁵ 迷⁵ ]
❶ 穀物去殼後的種子 ◆ 小米 / 高粱米 / 花生米。❷ 特指稻穀去殼後的子粒 ◆ 大米 / 糯米 / 巧婦難為無米之炊。❸ 長度單位,一米為一百厘米,等於 3.28 英尺。
✎ 見古文字插頁 5。

竹米系缶网羊

³**籽** 籽 籽 籽 籽 籽 籽 籽

[ zǐ ㄗˇ ⑧ dzi² 子 ]
植物的種子 ◆ 棉籽 / 花籽 / 油菜籽 / 春種一粒粟,秋收萬顆籽。

⁴**粉** 粉 粉 粉 粉 粉 粉 粉

[ fěn ㄈㄣˇ ⑧ fɐn² 忿 ]
❶ 細末 ◆ 粉末 / 麵粉 / 花粉 / 藥粉 / 洗衣粉。❷ 粉狀化妝品 ◆ 脂粉 / 擦粉 / 塗脂抹粉 / 粉墨登場。❸ 某些澱粉製成的食品 ◆ 粉絲 / 涼粉。❹ 用石灰等塗料刷牆壁 ◆ 粉刷一新。❺ 淺色;帶白色的 ◆ 粉紅。❻ 使破碎 ◆ 粉身碎骨。

⁵**粗** 粗 粗 粗 粗 粗 粗 粗

[ cū ㄘㄨ ⑧ tsou¹ 操 ]
❶ 顆粒較大的;直徑較大的;跟"細"相對 ◆ 粗沙 / 粗鹽 / 粗鐵絲 / 粗眉大眼 / 釣竿太粗。❷ 東西不精緻;毛糙 ◆ 粗糙 / 粗布 / 粗瓷 / 粗茶淡飯。❸ 不周密;馬虎 ◆ 粗心 / 粗疏 / 粗枝大葉 / 粗製濫造。❹ 大致;略微 ◆ 粗具規模 / 粗略估計 / 粗通文墨。❺ 魯莽;不文雅的 ◆ 粗魯 / 粗暴 / 粗野 / 粗話。❻ 聲音大而低沉 ◆ 粗嗓子 / 粗聲粗氣。

⁵**粕** 粕 粕 粕 粕 粕 粕 粕

[ pò ㄆㄛˋ ⑧ pɔk⁸ 撲 ]
糟粕。見"糟"字,338 頁。

⁵**粘** 同"黏"字,見 512 頁。

⁵**粒** 粒 粒 粒 粒 粒 粒 粒

[ lì ㄌㄧˋ ⑧ nɐp⁷ 凹 / lɐp⁷ 笠 ]

❶ 細小、圓珠形的東西 ◆ 米粒 / 鹽粒 / 沙粒 / 碎粒。❷ 量詞,用於顆粒狀的東西 ◆ 一粒豆 / 一粒珠子 / 一粒子彈 / 誰知盤中餐,粒粒皆辛苦。

⁶**粟** 粟 粟 粟 粟 粟 粟 粟

[ sù ㄙㄨˋ ⑧ suk⁷ 叔 ]
❶ 一種穀物,俗稱穀子,去殼後叫小米;古代泛指糧食 ◆ 滄海一粟 / 春種一粒粟,秋收萬顆籽。

粟

⁶**粧** "妝"的異體字,見 102 頁。

⁶**粥** 粥 粥 粥 粥 粥 粥 粥

[ zhōu ㄓㄡ ⑧ dzuk⁷ 祝 ]
稀飯 ◆ 喝粥 / 大米粥 / 雞粥 / 熬粥 / 八寶粥 / 僧多粥少 / 一粥一飯,當思來之不易。

⁷**粳** 粳 粳 粳 粳 粳 粳 粳

[ jīng ㄐㄧㄥ ⑧ gɐŋ¹ 庚 ]
粳稻:水稻的一種,稻米叫粳米,有黏性。

⁷**粵**(粵) 粵 粵 粵 粵 粵 粵 粵

[ yuè ㄩㄝˋ ⑧ jyt⁹ 月 ]
廣東省的別稱 ◆ 粵語。

**焦點易錯字** 粹 | 萃 | 瘁　　國粹 粹而不雜　　薈萃 出類拔萃　　心力交瘁 鞠躬盡瘁

⁷ 梁　　梁梁梁梁梁梁 梁

[ liáng ㄌㄧㄤˊ 粵 lœŋ⁴ 良 ]

高粱：糧食作物，子實可以食用，也可以釀酒。

高粱

⁸ 精　　精精精精精精 精

[ jīng ㄐㄧㄥ 粵 dziŋ¹ 晶 / dzɛŋ¹（語）]

❶ 經過加工提煉，品質純淨的東西 ◆ 精鹽 / 精米 / 酒精 / 香精。❷ 生物的雄性生殖物質 ◆ 精子 / 精液 / 受精。❸ 完美的；最好的 ◆ 精美 / 精良 / 精華 / 精彩 / 精益求精。❹ 細密的；不粗糙 ◆ 精細 / 精巧 / 精密 / 精緻 / 精確。❺ 聰明、機靈、能幹 ◆ 精明 / 精靈 / 精幹 / 精明強幹 / 這個人很精。❻ 熟練掌握 ◆ 精通 / 精於此道 / 博而不精。❼ 精神；精力 ◆ 聚精會神 / 精疲力竭 / 無精打采 / 養精蓄銳。❽ 很；非常；完全 ◆ 錢輸個精光 / 衣服淋得精濕。

⁸ 粼　　粼粼粼粼粼粼 粼

[ lín ㄌㄧㄣˊ 粵 lœn⁴ 倫 ]

粼粼：形容水清澈而泛光的樣子 ◆ 湖水粼粼 / 波光粼粼。

⁸ 粹　　粹粹粹粹粹粹 粹

[ cuì ㄘㄨㄟˋ 粵 sœy³ 歲 ]

❶ 純淨不雜 ◆ 純粹。❷ 精華 ◆ 精粹 / 國粹。

⁸ 粽　　粽粽粽粽粽粽 粽

[ zòng ㄗㄨㄥˋ 粵 dzuŋ³ 眾 ]

粽子：用竹葉或葦葉等包裹糯米而煮成的食品 ◆ 粽子 / 肉粽 / 豆沙粽。

⁹ 糊　　糊糊糊糊糊糊 糊

〈一〉[ hú ㄏㄨˊ 粵 wu⁴ 胡 ]

❶ 粥類食品 ◆ 玉米糊糊。❷ 黏合；貼 ◆ 裱糊 / 糊窗户。❸ 食物燒焦。也寫作“煳” ◆ 飯糊了。

〈二〉[ hū ㄏㄨ 粵 wu⁴ 胡 ]

❹ 用泥、石灰等黏的東西，把縫、洞堵上 ◆ 糊牆縫 / 用泥把洞糊上。

〈三〉[ hù ㄏㄨˋ 粵 wu⁴ 胡 ]

❺ 像粥一樣稀黏的食品或用品 ◆ 漿糊 / 芝麻糊（此例粵口語讀 wu² 胡 ²）。

⁹ 糭　　“粽”的異體字，見本頁。

¹⁰ 糖　　糖糖糖糖糖糖 糖

[ táng ㄊㄤˊ 粵 tɔŋ⁴ 唐 ]

❶ 從甘蔗、甜菜、大麥等提煉出來的有甜味的食品 ◆ 白糖 / 紅糖 / 冰糖 / 麥芽糖。❷ 指糖果 ◆ 奶糖 / 水果糖 / 薄荷糖 / 花生糖。

¹⁰ 糕　　糕糕糕糕糕糕 糕

[ gāo ㄍㄠ 粵 gou¹ 高 ]

用麵粉或米粉為主要原料做成的食品 ◆ 年糕 / 蛋糕 / 糕點 / 糕餅。

焦點易錯字　　鄰｜粼　　鄰近　毗鄰　　波光粼粼　白石粼粼

¹¹**糟**　糟糟糟糟糟糟　糟

[zāo ㄗㄠ 粵 dzou¹ 遭]

❶ 釀酒剩下的渣子 ◆ 酒糟。❷ 比喻沒有價值的東西 ◆ 糟粕。❸ 用酒或酒糟醃製食品 ◆ 糟肉 / 糟魚。❹ 腐爛 ◆ 桌子腿糟了 / 木頭椽子糟了。❺ 指事情辦壞、情況不好 ◆ 真糟糕 / 成績糟透了 / 這件事給弄糟了。

¹¹**糞**（粪）　糞糞糞糞糞糞　糞

[fèn ㄈㄣˋ 粵 fen³ 訓]

排泄物，俗稱"屎"、"大便" ◆ 糞便。

¹¹**糙**　糙糙糙糙糙糙　糙

[cāo ㄘㄠ 粵 tsou³ 燥]

不細緻；不光滑 ◆ 粗糙 / 毛糙 / 糙米。

¹¹**糜**　糜糜糜糜糜糜　糜

[mí ㄇㄧˊ 粵 mei⁴ 眉]

❶ 粥。❷ 爛 ◆ 糜爛。❸ 浪費 ◆ 糜費 / 生活奢糜。

¹¹**糠**　糠糠糠糠糠糠　糠

[kāng ㄎㄤ 粵 hɔŋ¹ 康]

從稻米、麥子等子實上脱下來的皮或殼 ◆ 米糠 / 糠秕 / 吃糠嚥菜。

¹²**糧**（粮）　糧糧糧糧糧糧　糧

[liáng ㄌㄧㄤˊ 粵 lœŋ⁴ 良]

穀類、豆類、薯類等食物的總稱 ◆ 糧食 / 食糧 / 乾糧 / 五穀雜糧。

¹⁴**糰**（糰）　糰糰糰糰糰糰　糰

[tuán ㄊㄨㄢˊ 粵 tyn⁴ 團]

用米粉做成的圓球形的食品 ◆ 湯糰 / 糕糰。

¹⁴**糯**　糯糯糯糯糯糯　糯

[nuò ㄋㄨㄛˋ 粵 nɔ⁶ 懦]

有黏性的稻米或其他農作物 ◆ 糯稻 / 糯米。

糸 部

¹**糸**　系系系系系系　糸

[xì ㄒㄧˋ 粵 hɐi⁶ 係]

❶ 有聯屬關係的 ◆ 系統 / 系列 / 世系 / 派系 / 直系親屬。❷ 高等學校按專業設置的教學行政單位 ◆ 中文系 / 物理系 / 外語系。❸ "係"的簡化字，見22頁。❹ "繫"的簡化字，見348頁。

²**糾**（纠）　糾糾糾糾糾糾　糾

[jiū ㄐㄧㄡ 粵 gɐu² 九]

❶ 纏繞 ◆ 糾纏 / 糾紛。❷ 改正；使改正 ◆ 糾正 / 有錯必糾。❸ 聚集；集合 ◆ 糾集 / 糾合。❹ 督察 ◆ 糾察隊。

³**紅**（红）　紅紅紅紅紅紅　紅

[hóng ㄏㄨㄥˊ 粵 huŋ⁴ 洪]

❶ 像鮮血一樣的顏色 ◆ 紅花 / 桃紅柳綠 / 萬紫千紅 / 人無千日好，花無百日紅 / 停車

坐愛楓林晚，霜葉紅於二月花。❷ 象徵喜慶、光榮或成功 ◆ 紅榜 / 開門紅 / 紅白喜事。❸ 受到寵愛、重視 ◆ 紅歌星 / 大紅人 / 他越來越走紅。❹ 盈利 ◆ 紅利 / 分紅。

³ 紂 (纣)　紂紂紂紂紂紂 紂

[ zhòu ㄓㄡˋ ⑧ dzɐu⁶ 就 ]
人名，商代最後的君主，相傳是暴君 ◆ 助紂為虐。

³ 約 (约)　約約約約約約 約

[ yuē ㄩㄝ ⑧ jœk⁸ 若⁸ ]
❶ 管束；限制 ◆ 約束 / 制約 / 約法三章。
❷ 事先說定 ◆ 約會 / 預約 / 約定俗成 / 不約而同。❸ 事先說定的事；共同議定的應遵守的條文 ◆ 條約 / 簽約 / 違約 / 公約 / 有約在先。❹ 邀請 ◆ 約請 / 特約。❺ 節省 ◆ 節約 / 儉約。❻ 大概 ◆ 約略 / 約計 / 大約 / 約有二十人。❼ 模糊；不很清楚 ◆ 隱約。

³ 紉 (纫)　紉紉紉紉紉紉 紉

[ rèn ㄖㄣˋ ⑧ jɐn⁴ 人 ]
❶ 縫補衣服；做針線活 ◆ 縫紉。❷ 穿針引線 ◆ 紉針。

³ 紀 (纪)　紀紀紀紀紀紀 紀

〈一〉[ jì ㄐㄧˋ ⑧ gei² 己 ]
❶ 記載 ◆ 紀要 / 紀事 / 紀實。❷ 規則；法度 ◆ 紀律 / 校紀 / 軍紀 / 違法亂紀。❸ 紀年的單位。古代以十二年為一紀，現在以一百年為一世紀。❹ 年歲 ◆ 年紀。
〈二〉[ jǐ ㄐㄧˇ ⑧ gei² 己 ]
❺ 姓。

⁴ 素　素素素素素素 素

[ sù ㄙㄨˋ ⑧ sou³ 訴 ]
❶ 白色的 ◆ 素服。❷ 顏色單純；不華麗；不加修飾的 ◆ 素淨 / 素描 / 素雅 / 樸素。❸ 本來的；原有的 ◆ 素材 / 素質。❹ 構成事物的基本成分 ◆ 元素 / 因素 / 色素 / 毒素。❺ 平時；向來 ◆ 素來 / 平素 / 素不相識 / 素昧平生。❻ 指蔬菜、瓜果等食品；跟 “葷” 相對 ◆ 吃素 / 素菜 / 素餐館 / 兩葷一素。

⁴ 紜 (纭)　紜紜紜紜紜紜 紜

[ yún ㄩㄣˊ ⑧ wɐn⁴ 雲 ]
紛紜。見 “紛” 字，340 頁。

⁴ 索　索索索索索索 索

〈一〉[ suǒ ㄙㄨㄛˇ ⑧ sok⁸ 朔 ]
❶ 粗的繩子或鏈條 ◆ 繩索 / 鐵索 / 船索 / 絞索。❷ 單獨 ◆ 離羣索居。❸ 盡；毫無 ◆ 索然無味。
〈二〉[ suǒ ㄙㄨㄛˇ ⑧ sak⁸ ]
❹ 尋找；探求 ◆ 思索 / 搜索 / 摸索 / 探索 / 按圖索驥。❺ 討取；要 ◆ 索取 / 索價 / 簡章備索 / 敲詐勒索。

⁴ 紕 (纰)　紕紕紕紕紕紕 紕

[ pī ㄆㄧ ⑧ pei¹ 披 ]
錯誤 ◆ 紕漏 / 紕繆。

⁴ 純 (纯)　純純純純純純 純

[ chún ㄔㄨㄣˊ ⑧ sœn⁴ 脣 ]
❶ 單一；不混雜 ◆ 純白 / 純淨 / 純金 / 純粹 / 純潔 / 純樸。❷ 高度的；完全 ◆ 純熟 / 純屬虛構。

⁴ **紗**⁽纱⁾　紗紗紗紗紗紗　紗

[ shā ㄕㄚ （粵）sa¹ 沙 ]

❶ 用棉、麻等紡成的細絲，可以用來紡線、織布 ◆ 棉紗／紗廠／紡紗織布。❷ 用紗織成的較稀疏的紡織品 ◆ 窗紗／紗布。

⁴ **納**⁽纳⁾　納納納納納納　納

[ nà ㄋㄚˋ （粵）nap⁹ 鈉 ]

❶ 收進；歸入 ◆ 出納／歸納／納入計劃。❷ 接受 ◆ 採納／容納／接納／笑納／吐故納新。❸ 交付 ◆ 納税／繳納。❹ 享受 ◆ 納涼／納福。❺ 用針線密密地縫 ◆ 納鞋底。

⁴ **紛**⁽纷⁾　紛紛紛紛紛紛　紛

[ fēn ㄈㄣ （粵）fɐn¹ 分 ]

❶ 形容多 ◆ 大雪紛飛／議論紛紛／紛至沓來／清明時節雨紛紛，路上行人欲斷魂。❷ 形容多而雜亂 ◆ 紛亂／頭緒紛繁。❸ 爭執 ◆ 紛爭／糾紛／排難解紛。❹ 紛紜：形容多而雜亂的樣子 ◆ 眾説紛紜。

⁴ **紙**⁽纸⁾　紙紙紙紙紙紙　紙

[ zhǐ ㄓˇ （粵）dzi² 指 ]

❶ 用來書寫、繪畫、印製、包裝等的紙張，大多用植物纖維製成 ◆ 宣紙／報紙／信紙／牛皮紙／紙上談兵。❷ 量詞，多用於書信、文件 ◆ 一紙公文。

⁴ **級**⁽级⁾　級級級級級級　級

[ jí ㄐㄧˊ （粵）kɐp⁷ 吸 ]

❶ 台階；層 ◆ 石級／拾級而上／救人一命，勝造七級浮屠。❷ 等次 ◆ 級別／等級／高級／甲級。❸ 學校裏按修學年限所

分的級別 ◆ 年級／三年級／升留級／同級同學。

⁴ **紊**　紊紊紊紊紊紊　紊

[ wěn ㄨㄣˇ （粵）mɐn⁶ 問 ]

亂 ◆ 紊亂／有條不紊。

⁴ **紋**⁽纹⁾　紋紋紋紋紋紋　紋

[ wén ㄨㄣˊ （粵）mɐn⁴ 文 ]

❶ 圖案；花樣 ◆ 花紋／指紋。❷ 線條；皺痕 ◆ 紋路／紋理／皺紋／魚尾紋。

⁴ **紡**⁽纺⁾　紡紡紡紡紡紡　紡

[ fǎng ㄈㄤˇ （粵）fɔŋ² 訪 ]

❶ 把棉、麻、絲等纖維加工成紗、線 ◆ 紡紗／紡線／紡織／毛紡廠。❷ 紡綢：一種柔軟、細密的絲織品。

⁴ **紐**⁽纽⁾　紐紐紐紐紐紐　紐

[ niǔ ㄋㄧㄡˇ （粵）nɐu² 扭 ]

❶ 紐釦 ◆ 衣紐。❷ 有連結作用的 ◆ 紐帶／樞紐。❸ 器物上手提的部分 ◆ 秤紐／印紐。

⁵ **紮**⁽扎⁾　紮紮紮紮紮紮　紮

〈一〉[ zā ㄗㄚ （粵）dzat⁸ 札 ]

❶ 捆；束 ◆ 捆紮／包紮／結紮／紮辮子。

〈二〉[ zhā ㄓㄚ （粵）dzat⁸ 札 ]

❷ 暫住；停留 ◆ 駐紮／紮營。

⁵ **組**⁽组⁾　組組組組組組　組

[ zǔ ㄗㄨˇ （粵）dzou² 祖 ]

❶ 結合；構成 ◆ 組成／組合／組詞／改組／

組裝。❷ 由不多的人結合成的單位 ◆ 小組 / 班組 / 祕書組 / 分組討論。❸ 有系統的或成套的東西 ◆ 組曲 / 組歌 / 組詩。

⁵ **紳**⁽紳⁾　紳 紳 紳 紳 紳 紳　紳

[ shēn ㄕㄣ 圖 sɐn¹ 申 ]

指地方上有權勢、有地位的人 ◆ 紳士 / 鄉紳 / 土豪劣紳。

⁵ **累**　累 累 累 累 累 累　累

〈一〉[ lěi ㄌㄟˇ 圖 lœy⁵ 呂 ]
❶ 堆積；積聚 ◆ 累積 / 累計 / 危如累卵 / 日積月累 / 成年累月。❷ 連續；屢次 ◆ 累建功勳 / 連篇累牘 / 累教不改。❸ 牽連 ◆ 牽累 / 連累。

〈二〉[ lèi ㄌㄟˋ 圖 lœy⁶ 類 ]
❹ 疲勞；辛勞 ◆ 勞累 / 很累 / 受累 / 不怕苦，不怕累。

〈三〉[ léi ㄌㄟˊ 圖 lœy⁶ 類 ]
❺ “纍”的簡化字，見 349 頁。

⁵ **細**⁽细⁾　細 細 細 細 細 細　細

[ xì ㄒㄧˋ 圖 sɐi³ 世 ]
❶ 長而不粗；跟“粗”相對 ◆ 粗細 / 細鐵絲 / 細毛線 / 細竹竿。❷ 顆粒微小；跟“粗”、“大”相對 ◆ 細沙 / 細小 / 斜風細雨。❸ 聲音小 ◆ 嗓音細 / 細聲細氣。❹ 精緻 ◆ 細瓷 / 細巧 / 細緻 / 工藝精細。❺ 周密；詳盡 ◆ 細心 / 仔細 / 詳細 / 精打細算 / 細說端詳 / 深耕細作。❻ 瑣碎的；不重要的 ◆ 細節 / 事無巨細。

⁵ **絀**⁽绌⁾　絀 絀 絀 絀 絀 絀　絀

[ chù ㄔㄨˋ 圖 dzœt⁷ 卒 ]

不足；不夠 ◆ 相形見絀。

⁵ **終**⁽终⁾　終 終 終 終 終 終　終

[ zhōng ㄓㄨㄥ 圖 dzuŋ¹ 中 ]
❶ 末了；結束；跟“始”相對 ◆ 終點 / 年終 / 終止 / 有始有終 / 有情人終成眷屬。❷ 指人死 ◆ 臨終 / 送終 / 壽終正寢 / 終年八十五歲。❸ 從開始到末了的整段時間 ◆ 終生難忘 / 終身大事 / 終年積雪 / 飽食終日。❹ 到底；畢竟 ◆ 終歸 / 終於成功 / 終見成效 / 終究會真相大白。

⁵ **絃**　“弦”的異體字，見 141 頁。

⁵ **絆**⁽绊⁾　絆 絆 絆 絆 絆 絆　絆

[ bàn ㄅㄢˋ 圖 bun³ 半 ]

走路時腳被東西擋住或纏住，使跌倒或行走不便 ◆ 絆馬索 / 絆腳石 / 絆了一跤 / 不小心被石頭絆倒。

⁵ **紹**⁽绍⁾　紹 紹 紹 紹 紹 紹　紹

[ shào ㄕㄠˋ 圖 siu⁶ 邵 ]
❶ 替人引進、牽合 ◆ 介紹。❷ 浙江省紹興市的簡稱 ◆ 紹酒。

⁶ **結**⁽结⁾　結 結 結 結 結 結　結

〈一〉[ jié ㄐㄧㄝˊ 圖 git⁸ 潔 ]
❶ 用繩、線、布條等打扣或編織；也指結成的東西 ◆ 活結 / 死結 / 蝴蝶結 / 結網 / 張燈結綵。❷ 聯合；組織 ◆ 結合 / 結盟 / 結婚 / 成羣結隊 / 團結就是力量。❸ 構成 ◆ 結仇 / 結怨 / 冤家宜解不宜結。❹ 凝聚；凝固 ◆ 凝結 / 凍結 / 結冰 / 結晶。❺ 結束；完了 ◆ 結賬 / 結案 / 結業 / 了結 / 結局。

竹米糸缶网羊

〈二〉[ jiē ㄐㄧㄝ 粵git<sup>8</sup> 潔]

❻ 植物長出果實或種子 ◆ 開花結果／樹上結了很多荔枝。

---

## <sup>6</sup>絨（绒） 絨絨絨絨絨絨 絨

[ róng ㄖㄨㄥˊ 粵jung<sup>4</sup> 容]

❶ 細小柔軟的短毛 ◆ 絨毛／鴨絨／駝絨。
❷ 表面有絨毛的紡織品 ◆ 絲絨／絨線／呢絨／羊絨衫／燈心絨。

## <sup>6</sup>紫 紫紫紫紫紫紫 紫

[ zǐ ㄗˇ 粵dzi<sup>2</sup> 子]

藍和紅合成的顏色 ◆ 紫色／紫荊花／紫外線／萬紫千紅。

## <sup>6</sup>給（给） 給給給給給給 給

〈一〉[ gěi ㄍㄟˇ 粵kɐp<sup>7</sup> 級]

❶ 使對方得到；把東西交付對方 ◆ 給他一本字典／把卷子交給老師／教給他讀書的方法。❷ 替；為 ◆ 給學生補課／給旅行團當翻譯。❸ 被 ◆ 衣服給淋濕了／小羊給狼叼走了。❹ 讓；使 ◆ 應該給他們試試／這件事應該給大家知道。❺ 向 ◆ 給老師拜年／給他陪個不是。

〈二〉[ jǐ ㄐㄧˇ 粵kɐp<sup>7</sup> 級]

❻ 供應 ◆ 供給／給養／自給自足。❼ 富足 ◆ 家給人足。

## <sup>6</sup>絢（绚） 絢絢絢絢絢絢 絢

[ xuàn ㄒㄩㄢˋ 粵hyn<sup>3</sup> 勸]

色彩華麗 ◆ 絢麗／絢爛。

## <sup>6</sup>絡（络） 絡絡絡絡絡絡 絡

[ luò ㄌㄨㄛˋ 粵lɔk<sup>8</sup> 烙]

❶ 像網一樣的東西 ◆ 網絡／脈絡／絲瓜絡。❷ 用網兜住；聯繫上 ◆ 頭上絡着一個髮網／聯絡／籠絡人心。

## <sup>6</sup>絞（绞） 絞絞絞絞絞絞 絞

[ jiǎo ㄐㄧㄠˇ 粵gau<sup>2</sup> 狡]

❶ 擰；擰緊 ◆ 絞緊／絞毛巾／把衣服絞乾／幾根繩子絞在一起。❷ 用繩子把人勒死的一種刑罰 ◆ 絞刑／絞刑架。

## <sup>6</sup>統（统） 統統統統統統 統

[ tǒng ㄊㄨㄥˇ 粵tung<sup>2</sup> 桶]

❶ 事物間的連續關係 ◆ 傳統／血統／系統。❷ 總起來管理 ◆ 統率／統領／統治／統兵／統籌安排。❸ 合一 ◆ 統一／統計／統稱／大一統。❹ 共計；全部 ◆ 統共／統統。❺ 衣服、鞋襪的筒狀部分 ◆ 長統鞋／短統襪。

## <sup>6</sup>絕（绝） 絕絕絕絕絕絕 絕

[ jué ㄐㄩㄝˊ 粵dzyt<sup>9</sup> 拙<sup>9</sup>]

❶ 斷了 ◆ 絕交／絕望／斷絕往來／與世隔絕／絡繹不絕。❷ 盡；完了 ◆ 氣絕身亡／彈盡糧絕／趕盡殺絕。❸ 沒有希望的；沒有出路的 ◆ 走上絕路／陷入絕境／絕處逢生。❹ 出色的；獨一無二的 ◆ 絕招／絕技／中國一絕／精彩絕倫。❺ 極；最 ◆ 絕妙／絕大多數／絕密文件／風景絕佳／絕無僅有／會當凌絕頂，一覽眾山小。❻ 一定；無論如何；表示很堅決、很肯定 ◆ 絕對／絕不後退／絕無此意／跟他絕不相干。❼ 一種古代詩體，也叫"絕句"。絕句一首共四句，每句五個字的叫"五言絕句"，七個字的叫"七言絕句"，簡稱"五絕"、"七絕"。

# <sup>6</sup>絮

絮 絮 絮 絮 絮 絮　絮

[ xù ㄒㄩˋ ⑧ sœy³ 歲/sœy⁵ 緒（語）]

❶ 彈鬆的棉花 ◆ 棉絮 / 金玉其外，敗絮其中。❷ 像棉絮一樣的東西 ◆ 柳絮 / 蘆絮。❸ 把棉花均勻地鋪在衣、被裏 ◆ 絮棉襖 / 絮被窩。❹ 話多；語言囉嗦 ◆ 絮語 / 絮絮叨叨。

# <sup>6</sup>絲 <sup>(丝)</sup>

絲 絲 絲 絲 絲 絲　絲

[ sī ㄙ ⑧ si¹ 私 ]

❶ 蠶絲 ◆ 絲綢 / 絲線 / 單絲不成線，獨木不成林 / 春蠶到死絲方盡，蠟炬成灰淚始乾。❷ 像絲一樣細長的東西 ◆ 鐵絲 / 銅絲 / 粉絲 / 雨絲 / 蛛絲馬跡。❸ 形容極細微 ◆ 紋絲不動 / 一絲不苟 / 絲毫不差 / 臉上沒有一絲微笑。

# <sup>7</sup>綁 <sup>(绑)</sup>

綁 綁 綁 綁 綁 綁　綁

[ bǎng ㄅㄤˇ ⑧ bɔŋ² 榜 ]

用繩子捆紮起來 ◆ 捆綁 / 鬆綁 / 綁紮行李 / 綁緊一點 / 綁在一起 / 把手腳綁住。

# <sup>7</sup>經 <sup>(经)</sup>

經 經 經 經 經 經　經

[ jīng ㄐㄧㄥ ⑧ giŋ¹ 京 ]

❶ 紡織機上的直線 ◆ 經線 / 經紗。❷ 地圖上或地球儀上貫穿南北兩極的直線，分東西兩度線；跟"緯"相對 ◆ 經緯度 / 東經 180 度。❸ 中醫指人體內的脈絡 ◆ 經絡 / 經脈。❹ 具有權威、典範的著作或宗教典籍 ◆ 經典 / 佛經 /《聖經》/ 四書五經。❺ 管理；治理 ◆ 經理 / 經營 / 經管 / 經商。❻ 正常的；不變的 ◆ 經常 / 天經地義 / 荒誕不經。❼ 經過；親自體驗過的 ◆ 經歷 / 經手 / 經驗 / 身經百戰 / 不經一事，不長一智。❽ 指婦女的月經 ◆ 經痛 / 行經。

# <sup>7</sup>絹 <sup>(绢)</sup>

絹 絹 絹 絹 絹 絹　絹

[ juàn ㄐㄩㄢˋ ⑧ gyn³ 眷 ]

❶ 薄的絲織品 ◆ 絹紡 / 絹花。❷ 手絹：即手帕。

# <sup>7</sup>綉

"繡"的異體字，見 348 頁。

# <sup>7</sup>綏 <sup>(绥)</sup>

綏 綏 綏 綏 綏 綏　綏

[ suí ㄙㄨㄟˊ ⑧ sœy¹ 須 ]

❶ 安撫；使安定 ◆ 綏靖。❷ 平安。書信用語 ◆ 順頌近綏 / 敬頌台綏。

# <sup>8</sup>緒 <sup>(绪)</sup>

緒 緒 緒 緒 緒 緒　緒

[ xù ㄒㄩˋ ⑧ sœy⁵ 髓 ]

❶ 絲的頭；引申為事情的開端 ◆ 頭緒 / 端緒 / 緒論 / 緒言 / 千頭萬緒 / 準備就緒。❷ 指心情、思想 ◆ 心緒 / 情緒 / 思緒萬千 / 離愁別緒。

# <sup>8</sup>綾 <sup>(绫)</sup>

綾 綾 綾 綾 綾 綾　綾

[ líng ㄌㄧㄥˊ ⑧ liŋ⁴ 零 ]

像緞子而比緞子還薄的絲織品 ◆ 紅綾 / 綾羅綢緞。

# <sup>8</sup>緊 <sup>(紧)</sup>

緊 緊 緊 緊 緊 緊　緊

[ jǐn ㄐㄧㄣˇ ⑧ gɐn² 謹 ]

❶ 嚴實；密合；跟"鬆"相對 ◆ 勒緊 / 拉緊繩子 / 握緊拳頭 / 把鞋帶繫緊。❷ 收束 ◆ 緊縮 / 緊一緊皮帶。❸ 靠得很近；空間極小 ◆ 緊密 / 緊湊 / 緊隔壁 / 兩家是緊鄰 / 一個

緊接着一個。❹ 情況急迫 ◆ 緊急／緊張／緊迫／緊要關頭／前方吃緊。❺ 經濟不寬裕 ◆ 手頭太緊／預算打得緊／日子過得很緊。

## ⁸綺 ⁽綺⁾

綺 綺 綺 綺 綺 綺　綺

[ qǐ ㄑㄧˇ ⑧ ji² 倚 ]

❶ 有花紋的絲織品 ◆ 遍身羅綺者，不是養蠶人。❷ 美麗 ◆ 綺麗的風光。

## ⁸綫

"線" 的異體字，見 345 頁。

## ⁸綽 ⁽绰⁾

綽 綽 綽 綽 綽 綽　綽

[ chuò ㄔㄨㄛˋ ⑧ tsœk⁸ 卓 ]

❶ 寬裕；富餘 ◆ 寬綽／闊綽／綽綽有餘。❷ 體態輕盈柔美 ◆ 風姿綽約。

## ⁸綱 ⁽纲⁾

綱 綱 綱 綱 綱 綱　綱

[ gāng ㄍㄤ ⑧ gɔŋ¹ 江 ]

提網的總繩。比喻事物最主要的部分 ◆ 大綱／綱目／總綱／綱要／綱舉目張／提綱挈領。

## ⁸網 ⁽网⁾

網 網 網 網 網 網　網

[ wǎng ㄨㄤˇ ⑧ mɔŋ⁵ 罔 ]

❶ 用繩線編結成的捕魚、捕鳥獸的用具 ◆ 魚網／撒網／結網／漏網之魚／三天打魚，兩天曬網。❷ 像網一樣的東西 ◆ 電網／蜘蛛網／鐵絲網。❸ 縱橫交錯而成的組織或系統 ◆ 通訊網／發行網／交通網／信息網絡。❹ 比喻法律 ◆ 法網／天網恢恢，疏而不漏。❺ 用網捕捉；引申指搜求 ◆ 網魚／網羅人才。

## ⁸綿 ⁽绵⁾

綿 綿 綿 綿 綿 綿　綿

[ mián ㄇㄧㄢˊ ⑧ min⁴ 眠 ]

❶ 絲綿：用蠶繭加工成的像棉花那樣鬆軟的東西。❷ 柔軟；單薄 ◆ 綿軟／綿薄。❸ 連續不斷 ◆ 綿延萬里／連綿不斷／春雨綿綿。

## ⁸維 ⁽维⁾

維 維 維 維 維 維　維

[ wéi ㄨㄟˊ ⑧ wɐi⁴ 惟 ]

❶ 連結 ◆ 維繫。❷ 保持；保全 ◆ 維持／維護／維修。❸ 思考；想 ◆ 思維。❹ 助詞，表示加強語氣 ◆ 維妙維肖／步履維艱／進退維谷。

## ⁸綸 ⁽纶⁾

綸 綸 綸 綸 綸 綸　綸

〈一〉[ lún ㄌㄨㄣˊ ⑧ lɐn⁴ 輪 ]

❶ 某些合成纖維的名稱 ◆ 錦綸／滌綸／丙綸。❷ 釣魚用的線 ◆ 垂綸。

〈二〉[ guān ㄍㄨㄢ ⑧ gwan¹ 關 ]

❸ 綸巾：古代一種配有青絲帶的頭巾 ◆ 羽扇綸巾。

## ⁸綵 ⁽彩⁾

綵 綵 綵 綵 綵 綵　綵

[ cǎi ㄘㄞˇ ⑧ tsɔi² 採 ]

彩色的絲綢 ◆ 剪綵／張燈結綵。

## ⁸綳

"繃" 的異體字，見 347 頁。

## ⁸綢 ⁽绸⁾

綢 綢 綢 綢 綢 綢　綢

[ chóu ㄔㄡˊ ⑧ tsɐu⁴ 酬 ]

薄而柔軟的絲織品 ◆ 綢緞／紡綢／絲綢。

## ⁸綜 ⁽综⁾

綜 綜 綜 綜 綜 綜　綜

[ zōng ㄗㄨㄥ ⑧ dzuŋ¹ 中／dzuŋ³ 眾 ]

❶ 總合在一起 ◆ 綜合／綜述／綜觀全局。

❷ 交錯在一起 ◆ 錯綜複雜。

## ⁸綻 ⁽綻⁾
綻 綻 綻 綻 綻 綻 　綻

[ zhàn ㄓㄢˋ ⑧ dzan⁶ 賺 ]

**裂開** ◆ 綻開 / 露出破綻 / 皮開肉綻。

## ⁸綴 ⁽缀⁾
綴 綴 綴 綴 綴 綴 　綴

[ zhuì ㄓㄨㄟˋ ⑧ dzœy⁶ 罪 ]

❶ 用針線縫合 ◆ 補綴 / 綴上幾針。❷ 連結；拼合；連結的部分 ◆ 連綴 / 拼綴 / 詞綴 / 前綴。❸ 裝飾 ◆ 點綴。

## ⁸綠 ⁽绿⁾
綠 綠 綠 綠 綠 綠 　綠

⟨一⟩ [ lǜ ㄌㄩˋ ⑧ luk⁹ 陸 ]

❶ 像青草那樣的顏色 ◆ 嫩綠 / 綠油油 / 青山綠水 / 桃紅柳綠 / 牡丹雖好，也要綠葉扶持。

⟨二⟩ [ lù ㄌㄨˋ ⑧ luk⁹ 陸 ]

❷ 義同❶，用於"鴨綠江"、"綠林好漢"等詞語。

## ⁹練 ⁽练⁾
練 練 練 練 練 練 　練

[ liàn ㄌㄧㄢˋ ⑧ lin⁶ 鍊 ]

❶ 反復學習和實踐 ◆ 練習 / 訓練 / 磨練 / 練兵 / 操練 / 練毛筆字 / 勤學苦練。❷ 經驗多；純熟 ◆ 熟練 / 老練 / 幹練。❸ 白色的絹 ◆ 江水如練。

## ⁹緘 ⁽缄⁾
緘 緘 緘 緘 緘 緘 　緘

[ jiān ㄐㄧㄢ ⑧ gam¹ 監 ]

❶ 閉口不言 ◆ 緘口 / 緘默。❷ 書信 ◆ 緘札。

## ⁹緬 ⁽缅⁾
緬 緬 緬 緬 緬 緬 　緬

[ miǎn ㄇㄧㄢˇ ⑧ min⁵ 免 ]

❶ 遙遠 ◆ 緬懷。❷ 緬甸的簡稱。

## ⁹緝 ⁽缉⁾
緝 緝 緝 緝 緝 緝 　緝

⟨一⟩ [ jī ㄐㄧ ⑧ tsɐp⁷ 輯 ]

❶ 搜捕；拿捕 ◆ 緝私 / 通緝 / 緝捕歸案。

⟨二⟩ [ qī ㄑㄧ ⑧ tsɐp⁷ 輯 ]

❷ 一種針腳細密的縫紉法 ◆ 緝鞋口。

## ⁹緞 ⁽缎⁾
緞 緞 緞 緞 緞 緞 　緞

[ duàn ㄉㄨㄢˋ ⑧ dyn⁶ 段 ]

**質地厚實、一面有光澤的絲織品** ◆ 綢緞 / 錦緞。

## ⁹線 ⁽线⁾
線 線 線 線 線 線 　線

[ xiàn ㄒㄧㄢˋ ⑧ sin³ 扇 ]

❶ 用絲、麻、毛、棉等紡成的細長物 ◆ 棉線 / 毛線 / 針線 / 斷線風箏。❷ 像線的東西 ◆ 電線 / 光線 / 曲線。❸ 交通路線 ◆ 航線 / 鐵路沿線。❹ 交界的地方；邊沿 ◆ 防線 / 火線 / 界線 / 海岸線。❺ 探求問題的途徑或探聽消息的人 ◆ 線索 / 內線 / 眼線。❻ 比喻細微 ◆ 一線希望 / 一線生機。

## ⁹緩 ⁽缓⁾
緩 緩 緩 緩 緩 緩 　緩

[ huǎn ㄏㄨㄢˇ ⑧ wun⁶ 換 ]

❶ 慢；跟"急"相對 ◆ 緩慢 / 輕重緩急 / 緩緩而行 / 行動遲緩。❷ 推遲；延緩 ◆ 緩期 / 緩刑 / 延緩 / 刻不容緩 / 緩兵之計。❸ 使緊張狀態平和下來 ◆ 緩和 / 緩衝 / 緩解。❹ 恢復 ◆ 緩過氣來 / 昏過去後又緩過來了。

竹米糸缶网羊

**焦點易錯字** | 練｜煉　熟練 練習　提煉 煉油　｜　緝｜緝｜輯　緝讓 打躬作緝　緝捕 通緝　輯錄 編輯

## ⁹締(缔)

締 締 締 締 締 締　締

[ dì ㄉㄧˋ ⑨ dɐi⁶ 弟 ]

❶ 結合；訂立 ◆ 締結／締約／締盟。❷ 創立；組織 ◆ 締造。❸ 取消；禁止 ◆ 取締。

## ⁹編(编)

編 編 編 編 編 編　編

[ biān ㄅㄧㄢ ⑨ pin¹ 偏 ]

❶ 編織 ◆ 編竹籃／編草蓆／編籮筐。❷ 按條理或順序組織、排列 ◆ 編隊／編組／編號／編碼。❸ 創作或對文字作加工整理 ◆ 編劇／編寫／編書／編輯／編纂。❹ 成本的書或書裏的部分 ◆ 簡編／上編／下編／續編。❺ 組織機構的設置、人員定額和職務分配等 ◆ 編制／定編／超編／編外人員。❻ 捏造；胡説 ◆ 編造謊言／瞎編／胡編亂造。

## ⁹緯(纬)

緯 緯 緯 緯 緯 緯　緯

[ wěi ㄨㄟˇ ⑨ wɐi⁶ 惠／wɐi⁵ 偉（語）]

❶ 紡織機上的橫線 ◆ 緯線／緯紗。❷ 地圖上或地球儀上跟赤道平行的橫線，分南北兩度線；跟 "經" 相對 ◆ 緯度／北緯 50 度。

## ⁹緣(缘)

緣 緣 緣 緣 緣 緣　緣

[ yuán ㄩㄢˊ ⑨ jyn⁴ 元 ]

❶ 原因 ◆ 緣故／緣由／無緣無故。❷ 因為；為了 ◆ 緣何／不識廬山真面目，只緣身在此山中。❸ 抓住東西向上爬；沿着 ◆ 攀緣而上／緣木求魚／緣溪而行。❹ 邊沿 ◆ 邊緣。❺ 人與人之間相遇相親的情分 ◆ 緣分／人緣／機緣／有緣千里來相會，無緣對面不相逢。

## ⁹緻(致)

緻 緻 緻 緻 緻 緻　緻

[ zhì ㄓˋ ⑨ dzi³ 至 ]

精密；精細 ◆ 精緻／細緻。

## ¹⁰縛(缚)

縛 縛 縛 縛 縛 縛　縛

[ fù ㄈㄨˋ ⑨ fɔk⁸ 霍 ]

捆綁；引申為受到限制 ◆ 束縛／手無縛雞之力／作繭自縛。

## ¹⁰縣(县)

縣 縣 縣 縣 縣 縣　縣

[ xiàn ㄒㄧㄢˋ ⑨ jyn⁶ 願 ]

中國省以下的行政區劃單位，如江蘇省有吳縣、武進縣、淮安縣等。

## ¹⁰縊(缢)

縊 縊 縊 縊 縊 縊　縊

[ yì ㄧˋ ⑨ ɐi³ 矮³ ]

用繩子勒死；吊死 ◆ 自縊身亡。

## ¹⁰縈(萦)

縈 縈 縈 縈 縈 縈　縈

[ yíng ㄧㄥˊ ⑨ jiŋ⁴ 營 ]

纏繞；盤繞 ◆ 縈懷／瑣事縈身。

## ¹¹績(绩)

績 績 績 績 績 績　績

[ jì ㄐㄧˋ ⑨ dzik⁷ 即 ]

成就；功勞 ◆ 成績／功績／業績／戰績／豐功偉績。

## ¹¹縷(缕)

縷 縷 縷 縷 縷 縷　縷

[ lǚ ㄌㄩˇ ⑨ lœy⁵ 呂 ]

❶ 線 ◆ 一絲一縷／千絲萬縷／不絕如縷／金縷玉衣。❷ 一條一條地；詳細地 ◆ 縷述／條分縷析。❸ 量詞 ◆ 一縷輕煙／幾縷青絲。

焦點易錯字 ｜ 至 ｜ 致 緻 　 至親 至於 　 致力 導致 　 細緻 精緻 　 諦 ｜ 締 　 真諦 諦聽 　 締造 取締

## ¹¹繃(绷)

繃 繃 繃 繃 繃 繃 繃

〈一〉[ bēng ㄅㄥ ⑧ beŋ¹ 崩 ]

❶ 拉緊；不鬆弛 ◆ 繃直／繃緊。❷ 用繩子或布帛繃緊的竹木框 ◆ 棕繃／藤繃。

〈二〉[ běng ㄅㄥˇ ⑧ maŋ¹ 盲¹ ]

❸ 板着 ◆ 繃着臉不聲不響。

## ¹¹繁

繁 繁 繁 繁 繁 繁

[ fán ㄈㄢˊ ⑧ fan⁴ 凡 ]

❶ 多；跟"簡"相對 ◆ 繁忙／頻繁／繁花似錦／繁星滿天／刪繁就簡。❷ 多而複雜 ◆ 繁複／繁瑣／繁雜。❸ 興旺；興盛 ◆ 繁華／繁榮昌盛／枝繁葉茂／繁花似錦。❹ 生殖 ◆ 繁殖／繁育／繁衍。

## ¹¹縧(绦)

縧 縧 縧 縧 縧 縧

[ tāo ㄊㄠ ⑧ tou¹ 滔 ]

用絲編成的繩子、帶子 ◆ 絲縧／縧帶。

## ¹¹總(总)

總 總 總 總 總 總

[ zǒng ㄗㄨㄥˇ ⑧ dzuŋ² 腫 ]

❶ 合起來 ◆ 總共／總數／總和／總匯／總而言之。❷ 全部的；全面的 ◆ 總評／總動員／總結／總管／總則／總綱。❸ 一直；一向 ◆ 半個月來，總不見晴天／晚飯後總是要出去散步。❹ 畢竟；到底；無論如何 ◆ 萬紫千紅總是春／總算熬出頭了／個人的力量總是有限的。

## ¹¹縱(纵)

縱 縱 縱 縱 縱 縱

〈一〉[ zòng ㄗㄨㄥˋ ⑧ dzuŋ³ 忠 ]

❶ 直的；豎的；跟"橫"相對 ◆ 縱隊／縱橫交錯／縱貫南北／向縱深發展。

〈二〉[ zòng ㄗㄨㄥˋ ⑧ dzuŋ³ 眾 ]

❷ 放；釋放 ◆ 縱火犯／縱虎歸山／欲擒故縱。❸ 放任；不加約束 ◆ 縱容／放縱／縱慾／縱情歌唱／稍縱即逝。❹ 身子猛然跳起 ◆ 縱身一跳。❺ 即使 ◆ 縱然。

## ¹¹縫(缝)

縫 縫 縫 縫 縫 縫

〈一〉[ féng ㄈㄥˊ ⑧ fuŋ⁴ 逢 ]

❶ 用針線連結 ◆ 縫紉／裁縫／縫衣服／縫縫補補／縫合傷口。

〈二〉[ fèng ㄈㄥˋ ⑧ fuŋ⁶ 鳳 ]

❷ 接合處的痕跡 ◆ 衣縫／天衣無縫。❸ 窄長的空隙 ◆ 縫隙／裂縫／門縫裏看人。

## ¹¹縴(纤)

縴 縴 縴 縴 縴 縴

[ qiàn ㄑ丨ㄢˋ ⑧ hin¹ 牽 ]

拉船前進的粗繩 ◆ 縴繩／拉縴／縴夫。

## ¹¹縮(缩)

縮 縮 縮 縮 縮 縮

[ suō ㄙㄨㄛ ⑧ suk⁷ 叔 ]

❶ 由大變小；由長變短；由多變少 ◆ 縮小／縮短／收縮／熱脹冷縮／緊縮開支。❷ 不伸出；向後退 ◆ 縮手縮腳／把頭一縮／退縮／畏縮不前。

## ¹¹繆(缪)

繆 繆 繆 繆 繆 繆

〈一〉[ móu ㄇㄡˊ ⑧ meu⁴ 謀 ]

❶ 綢繆：(1) 修繕 ◆ 宜未雨而綢繆，毋臨渴而掘井。(2) 纏綿 ◆ 情意綢繆。

〈二〉[ miào ㄇ丨ㄠˋ ⑧ miu⁶ 妙 ]

❷ 姓。

〈三〉[ miù ㄇ丨ㄡˋ ⑧ meu⁶ 茂 ]

❸ 紕繆：錯誤 ◆ 文中紕繆不少。

竹
米
糸
缶
羊

---

**焦點易錯字** 煩｜繁 煩惱 心煩意亂 繁複 繁文縟節 縱｜綜 合縱 縱橫 綜合 錯綜複雜

¹²繞 (绕)　繞 繞 繞 繞 繞 繞　繞

[ rào ㄖㄠˋ ⑧ jiu⁵ 擾 ]

❶ 纏 ◆ 纏繞 / 繞毛線 / 繞線圈。❷ 圍着轉;環圍着 ◆ 圍繞 / 繞場一周 / 青山綠水環繞。❸ 走彎路 ◆ 繞遠了 / 繞道行駛 / 從小路繞過去。

¹²繚 (缭)　繚 繚 繚 繚 繚 繚　繚

[ liáo ㄌㄧㄠˊ ⑧ liu⁴ 聊 ]

纏繞;圍繞 ◆ 雲霧繚繞 / 眼花繚亂。

¹²織 (织)　織 織 織 織 織 織　織

[ zhī ㄓ ⑧ dzik⁷ 即 ]

用棉、麻、絲、毛等製成布匹和衣物等用品 ◆ 紡織 / 編織 / 織布 / 織毛衣 / 織魚網。

¹²繕 (缮)　繕 繕 繕 繕 繕 繕　繕

[ shàn ㄕㄢˋ ⑧ sin⁶ 善 ]

❶ 修理 ◆ 修繕。❷ 抄寫 ◆ 繕寫。

¹³繫 (系)　繫 繫 繫 繫 繫 繫　繫

〈一〉[ xì ㄒㄧˋ ⑧ hɐi⁶ 係 ]

❶ 聯絡;關聯 ◆ 聯繫 / 心繫中華。❷ 牽掛 ◆ 繫念。❸ 拴;拘囚 ◆ 繫馬 / 繫囚。

〈二〉[ jì ㄐㄧˋ ⑧ hɐi⁶ 係 ]

❹ 打結;扣上 ◆ 繫鞋帶。

¹³繭 (茧)　繭 繭 繭 繭 繭 繭　繭

[ jiǎn ㄐㄧㄢˇ ⑧ gan² 簡 ]

❶ 蠶和某些昆蟲成蛹前吐絲做成的殼,一般成橢圓形 ◆ 蠶繭 / 作繭自縛。❷ 同 "趼" 字。手腳上因磨擦而生的硬皮 ◆ 老繭。

¹³繩 (绳)　繩 繩 繩 繩 繩 繩　繩

[ shéng ㄕㄥˊ ⑧ sin⁴ 成 ]

❶ 繩子 ◆ 繩索 / 韁繩 / 麻繩 / 繩鋸木斷,水滴石穿。❷ 糾正;制裁 ◆ 繩之以法。❸ 標準;法度 ◆ 準繩。

¹³繹 (绎)　繹 繹 繹 繹 繹 繹　繹

[ yì ㄧˋ ⑧ jik⁹ 亦 ]

理出事物的頭緒來 ◆ 演繹。

¹³繳 (缴)　繳 繳 繳 繳 繳 繳　繳

[ jiǎo ㄐㄧㄠˇ ⑧ giu² 矯 ]

❶ 交納;交付 ◆ 繳納 / 繳稅 / 上繳 / 繳學費 / 繳還失主。❷ 迫使交出 ◆ 繳械 / 繳獲。

¹³繪 (绘)　繪 繪 繪 繪 繪 繪　繪

[ huì ㄏㄨㄟˋ ⑧ kui² 潰 ]

畫圖;描述 ◆ 繪畫 / 繪圖 / 繪製 / 描繪 / 繪聲繪色。

¹⁴繡 (绣)　繡 繡 繡 繡 繡 繡　繡

[ xiù ㄒㄧㄡˋ ⑧ sɐu³ 秀 ]

用彩色的絲線在綢緞、布帛上刺成花紋、圖案等;也指繡成的物品 ◆ 繡花 / 刺繡 / 錦繡 / 湘繡 / 蘇繡。

¹⁴纂　纂 纂 纂 纂 纂 纂　纂

[ zuǎn ㄗㄨㄢˇ ⑧ dzyn² 轉² ]

搜集材料編書 ◆ 編纂 / 纂輯 / 纂修。

¹⁴辮 (辫)　辮 辮 辮 辮 辮 辮　辮

[ biàn ㄅㄧㄢˋ ⑧ bin¹ 鞭 ]

❶ 分成幾股編起來的頭髮 ◆ 辮子 / 髮辮 / 梳了兩條小辮子。❷ 像辮子一樣的東西 ◆ 蒜辮 / 草帽辮。

14 **繽** (缤) 繽繽繽繽繽繽 繽

[ bīn ㄅㄧㄣ 粵 bɐn¹ 賓 ]

繽紛：繁多而凌亂的樣子 ◆ 五彩繽紛 / 落英繽紛。

14 **繼** (继) 繼繼繼繼繼繼 繼

[ jì ㄐㄧˋ 粵 gɐi³ 計 ]

❶ 連續；接替 ◆ 繼續 / 繼承 / 繼任 / 夜以繼日 / 繼往開來 / 前仆後繼。❷ 隨後；跟着 ◆ 初則口角，繼而動武。

15 **續** (续) 續續續續續續 續

[ xù ㄒㄩˋ 粵 dzuk⁹ 俗 ]

❶ 接連不斷；接連下去 ◆ 連續 / 陸續 / 延續 / 繼續。❷ 接在原有的後頭 ◆ 續集 / 續編 / 狗尾續貂。❸ 添；加 ◆ 壺裏再續點水進去 / 燒烤爐裏要續炭了。

15 **纍** (累) 纍纍纍纍纍纍 纍

[ léi ㄌㄟˊ 粵 lœy⁴ 雷 ]

纍纍：連結成串的樣子 ◆ 果實纍纍。

15 **纏** (缠) 纏纏纏纏纏纏 纏

[ chán ㄔㄢˊ 粵 tsin⁴ 前 ]

❶ 繞 ◆ 纏繞 / 傷口纏着繃帶。❷ 攪擾；難擺脫、難應付 ◆ 糾纏不清 / 病魔纏身 / 胡攪蠻纏。

17 **纓** (缨) 纓纓纓纓纓纓 纓

[ yīng ㄧㄥ 粵 jiŋ¹ 英 ]

❶ 帶子；繩子 ◆ 長纓。❷ 用絲線等做的像穗子的裝飾物 ◆ 紅纓槍。

☺ 圖見 222 頁。

17 **纖** (纤) 纖纖纖纖纖纖 纖

[ xiān ㄒㄧㄢ 粵 tsim¹ 簽 ]

細小；細微 ◆ 纖細 / 纖弱 / 纖巧。

17 **繞**

"剛才"、"方才"中"才"的異體字，見 165 頁。

21 **纜** (缆) 纜纜纜纜纜纜 纜

[ lǎn ㄌㄢˇ 粵 lam⁶ 濫 ]

❶ 繫船的粗繩子或鐵索；泛指粗繩 ◆ 纜繩 / 纜車 / 解纜揚帆。❷ 像纜的東西 ◆ 光纜 / 電纜。❸ 用繩索拴 ◆ 纜船。

缶 部

0 **缶** 缶缶缶缶缶 缶

[ fǒu ㄈㄡˇ 粵 fɐu² 否 ]

❶ 口小腹大的瓦器，可用來盛水。❷ 古代的打擊樂器，瓦製，形狀像缶 ◆ 擊缶。

☺ 見古文字插頁 5。

3 **缸** 缸缸缸缸缸缸 缸

[ gāng ㄍㄤ 粵 gɔŋ¹ 江 ]

❶ 盛東西的器具，底小、口寬、腹大，比盆要深，用陶、瓷、玻璃等製成 ◆ 米缸 /

水缸 / 金魚缸。❷ 像缸的器物 ◆ 汽缸。

缸

**<sup>4</sup>缺** 缺 缺 缺 缺 缺 缺 |缺|

[ quē ㄑㄩㄝ ⑧ kyt<sup>8</sup> 決 ]
❶ 殘破;不完整;不完美 ◆ 缺口 / 缺陷 /
殘缺不全 / 完美無缺。❷ 短少;不夠 ◆ 缺
少 / 缺乏 / 缺水 / 短缺 / 欠缺 / 缺了一頁。
❸ 應到而未到 ◆ 缺課 / 缺席 / 缺勤。❹ 職
位上的空額 ◆ 出缺 / 補缺 / 空缺。

**<sup>5</sup>鉢** "鉢"的異體字,見 461 頁。

**<sup>11</sup>罄** 罄 罄 罄 罄 罄 罄 |罄|

[ qìng ㄑㄧㄥˋ ⑧ hiŋ<sup>3</sup> 慶 ]
器皿已空;物資等已用完 ◆ 告罄 / 罄其所
有 / 書已售罄 / 罄竹難書。

**<sup>12</sup>罈**(坛) 罈 罈 罈 罈 罈 罈 |罈|

[ tán ㄊㄢˊ ⑧ tam<sup>4</sup> 潭 ]
口小肚大用來盛東西的陶器,俗稱 "罈子"
◆ 酒罈子 / 泡菜罈子。

罈

**<sup>16</sup>罎** "罈"的異體字,見本頁。

**<sup>18</sup>罐** 罐 罐 罐 罐 罐 罐 |罐|

[ guàn ㄍㄨㄢˋ ⑧ gun<sup>3</sup> 灌 ]
盛東西的器具,多為圓筒形 ◆ 瓦罐 / 鹽罐 /
藥罐 / 茶葉罐 / 空罐子。

网 部

**<sup>3</sup>罕** 罕 罕 罕 罕 罕 罕 |罕|

[ hǎn ㄏㄢˇ ⑧ hɔn<sup>2</sup> 看<sup>2</sup> ]
稀少;難得 ◆ 罕見 / 罕有 / 稀罕之物 / 人
跡罕至。

**<sup>3</sup>罔** 罔 罔 罔 罔 罔 罔 |罔|

[ wǎng ㄨㄤˇ ⑧ mɔŋ<sup>5</sup> 妄 ]
❶ 蒙蔽;欺騙 ◆ 欺罔 / 欺君罔上。❷ 無;
沒有 ◆ 置若罔聞。

**<sup>7</sup>買** 見貝部,427 頁。

**<sup>8</sup>署** 署 署 署 署 署 署 |署|

[ shǔ ㄕㄨˇ ⑧ sy<sup>6</sup> 樹/tsy<sup>5</sup> 柱(語)]
❶ 某些辦理公務的機關 ◆ 教育署 / 行政公
署 / 專員公署。❷ 安排;佈置 ◆ 部署。
❸ 暫時代理官職 ◆ 署理。❹ 簽名;題字
◆ 簽署 / 署名。

**焦點易錯字** 罄|馨 告罄 罄竹難書 馨香 溫馨

<sup>8</sup> **置**　置 置 置 置 置 置　置

[ zhì ㄓˋ ㊀dzi³ 至 ]

❶ 安放；擱 ◆ 放置 / 安置 / 擱置 / 置身事外 / 置之不理 / 本末倒置。 ❷ 設立；配備 ◆ 佈置 / 設置 / 配置 / 裝置。 ❸ 購買 ◆ 置辦 / 購置 / 添置。

<sup>8</sup> **罪**　罪 罪 罪 罪 罪 罪　罪

[ zuì ㄗㄨㄟˋ ㊀dzœy⁶ 聚 ]

❶ 犯法的行為 ◆ 罪行 / 犯罪 / 罪大惡極 / 罪魁禍首 / 將功贖罪。 ❷ 刑罰；懲處 ◆ 判罪 / 免罪 / 死罪。 ❸ 過失 ◆ 罪過 / 歸罪於人。 ❹ 苦難；痛苦 ◆ 受罪 / 遭罪。

<sup>8</sup> **罩**　罩 罩 罩 罩 罩 罩　罩

[ zhào ㄓㄠˋ ㊀dzau³ 爪³ ]

❶ 遮蓋的器具 ◆ 燈罩 / 口罩 / 牀罩。 ❷ 遮蓋 ◆ 籠罩 / 用紗罩把菜罩好。 ❸ 捕魚或養雞用的竹器。

<sup>9</sup> **罰** <sup>(罚)</sup>　罰 罰 罰 罰 罰 罰　罰

[ fá ㄈㄚˊ ㊀fɐt⁹ 乏 ]

處分；懲處；跟"賞"相對 ◆ 罰款 / 處罰 / 懲罰 / 賞罰分明 / 判罰點球。

<sup>10</sup> **罵** <sup>(骂)</sup>　罵 罵 罵 罵 罵 罵　罵

[ mà ㄇㄚˋ ㊀ma⁶ 麻⁶ ]

用惡毒難聽的話侮辱人或斥責人 ◆ 辱罵 / 謾罵 / 責罵 / 破口大罵。

<sup>10</sup> **罷** <sup>(罢)</sup>　罷 罷 罷 罷 罷 罷　罷

〈一〉[ bà ㄅㄚˋ ㊀ba⁶ 吧 ]

❶ 停止 ◆ 罷工 / 罷休 / 作罷 / 欲罷不能 / 善罷甘休。 ❷ 免去；解除 ◆ 罷免 / 罷官。 ❸ 完畢 ◆ 吃罷飯就走了。

〈二〉[ ba ·ㄅㄚ ㊀ba⁶ 吧 ]

❹ 語氣助詞，同"吧"字 ◆ 好罷 / 快走罷。

<sup>11</sup> **罹**　罹 罹 罹 罹 罹 罹　罹

[ lí ㄌㄧˊ ㊀lei⁴ 離 ]

遭受；遭遇災禍或疾病 ◆ 罹禍 / 罹病 / 罹難。

<sup>14</sup> **羅** <sup>(罗)</sup>　羅 羅 羅 羅 羅 羅　羅

[ luó ㄌㄨㄛˊ ㊀lɔ⁴ 蘿 ]

❶ 捕鳥獸的網；張網捕捉 ◆ 羅網 / 門可羅雀。 ❷ 搜尋；招來 ◆ 搜羅 / 網羅 / 羅致人才。 ❸ 陳列；排列 ◆ 羅列 / 星羅棋佈。 ❹ 一種質地輕軟稀疏的紡織品 ◆ 綾羅綢緞 / 遍身羅綺者，不是養蠶人。

<sup>19</sup> **羈** <sup>(羁)</sup>　羈 羈 羈 羈 羈 羈　羈

[ jī ㄐㄧ ㊀gei¹ 機 ]

❶ 馬籠頭 ◆ 無羈之馬。 ❷ 束縛；拘束 ◆ 羈絆 / 放蕩不羈。 ❸ 停留；使停留 ◆ 羈留 / 羈旅。

羊 部

<sup>0</sup> **羊**　羊 羊 羊 羊 羊　羊

[ yáng ㄧㄤˊ ㊀jœŋ⁴ 陽 ]

哺乳動物，有山羊、綿羊、羚羊等 ◆ 羊腸
小道／亡羊補牢／羊毛出在羊身上。
☞ 見古文字插頁 5。

**²羌** 羌 羌 羌 羌 羌 羌 　羌

[qiāng ㄑㄧㄤ ⑧ gœŋ¹ 疆]
中國少數民族之一 ◆ 羌族。

**³美** 美 美 美 美 美 美 　美

[měi ㄇㄟˇ ⑧ mei⁵ 尾]
❶ 漂亮；好看；跟 "醜" 相對 ◆ 美麗／美
觀／美景／年輕貌美。❷ 使美麗 ◆ 美容／
美髮／美化環境。❸ 好的；善的 ◆ 美德／
美意／價廉物美／美中不足／君子成人之
美。❹ 稱讚 ◆ 讚美。❺ 滿意；得意 ◆ 美
滋滋／和美美美／幸福美滿。❻ 美洲、美國
的簡稱 ◆歐美各國／中美兩國／美籍華人。

**³姜** 見女部，104 頁。

**⁴氧** 見气部，237 頁。

**⁴差** 見工部，129 頁。

**⁴悉** 見心部，151 頁。

**⁴羔** 羔 羔 羔 羔 羔 羔 　羔

[gāo ㄍㄠ ⑧ gou¹ 高]
小羊；也指幼小的動物 ◆ 羊羔／鹿羔。

**⁵羚** 羚 羚 羚 羚 羚 羚 　羚

[líng ㄌㄧㄥˊ ⑧ liŋ⁴ 零]
羚羊：形狀像山羊，四肢細長，有角。角
可做藥材。
❀ 圖見本頁。

**⁵羞**（羞） 羞 羞 羞 羞 羞 羞 　羞

[xiū ㄒㄧㄡ ⑧ seu¹ 修]
❶ 感到恥辱 ◆ 羞恥／羞辱／羞愧／惱羞成
怒／羞與為伍。❷ 難為情 ◆ 害羞／怕羞／
羞羞答答的。❸ 使難為情 ◆ 別羞他。

**⁶着** 見目部，306 頁。

**⁶善** 見口部，76 頁。

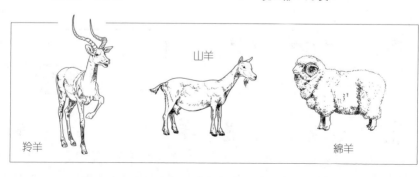

羚羊　　　山羊　　　綿羊

⁶**翔**
見羽部，354 頁。

⁷**義**(义) 義義義義義義 義
[ yì 丨ˋ 粵 ji⁶ 二]
❶ 公正合理的道理或舉動 ◆ 正義 / 義不容辭 / 見義勇為 / 大義滅親 / 從容就義。❷ 合乎正義的；有益公眾的 ◆ 義軍 / 義舉 / 義演 / 義賣。❸ 情誼 ◆ 情義 / 有情有義 / 忘恩負義。❹ 意思；內容 ◆ 意義 / 含義 / 詞義 / 望文生義 / 斷章取義。❺ 不是親屬而認作親屬的 ◆ 義父 / 義女 / 義子。

⁷**羨**(羡) 羨羨羨羨羨羨 羨
[ xiàn ㄒ丨ㄢˋ 粵 sin⁶ 善]
因喜愛而希望得到 ◆ 羨慕 / 欣羨 / 稱羨。

⁷**羣**(群) 羣羣羣羣羣羣 羣
[ qún ㄑㄩㄣˊ 粵 kwɐn⁴ 裙]
❶ 聚集在一起的人或物 ◆ 人羣 / 羊羣 / 建築羣 / 成羣結隊。❷ 成羣的；眾多的 ◆ 羣島 / 羣山 / 羣居 / 羣策羣力。❸ 量詞，用於成羣的人或物 ◆ 一羣孩子 / 一羣羊。

¹⁰**義** 義義義義義義 義
[ xī ㄒ丨 粵 hei¹ 希]
姓。

¹³**羶** 羶羶羶羶羶羶 羶
[ shān ㄕㄢ 粵 dzin¹ 煎]
像羊肉那樣的腥味 ◆ 羶味 / 腥羶 / 黃羊肉很羶。

¹³**羸** 羸羸羸羸羸羸 羸
[ léi ㄌㄟˊ 粵 lœy⁴ 雷]

❶ 瘦弱 ◆ 羸弱。❷ 疲勞 ◆ 羸憊。

¹³**羹** 羹羹羹羹羹羹 羹
[ gēng ㄍㄥ 粵 gɐŋ¹ 庚]
濃湯或糊狀食物 ◆ 魚羹 / 蛇羹 / 雞蛋羹 / 豆腐羹。

羽 部

⁰**羽** 羽羽羽羽羽 羽
[ yǔ ㄩˇ 粵 jy⁵ 雨]
鳥類的毛 ◆ 羽毛 / 羽扇 / 羽絨。
☞ 見古文字插頁 6。

⁴**翅** 翅翅翅翅翅翅 翅
[ chì ㄔˋ 粵 tsi³ 次]
❶ 鳥類、昆蟲等動物的翅膀 ◆ 展翅飛翔 / 插翅難飛 / 大鵬展翅。❷ 魚翅：鯊魚的鰭，是珍貴的食品。

⁴**翁** 翁翁翁翁翁翁 翁
[ wēng ㄨㄥ 粵 juŋ¹ 雍]
❶ 稱年老的男子 ◆ 老翁 / 鷸蚌相爭，漁翁得利 / 孤舟蓑笠翁，獨釣寒江雪。❷ 指父親 ◆ 家翁 / 王師北定中原日，家祭無忘告乃翁。❸ 指丈夫或妻子的父親 ◆ 翁姑 / 翁婿。❹ 對人的尊稱 ◆ 富翁 / 醉翁之意不在酒。

焦點易錯字 贏|羸 輸贏贏餘 羸弱贏兵

## ⁴扇

見户部，164 頁。

## ⁵習 (习)

習 習 習 習 習 習 **習**

[ xí ㄒㄧˊ 　⑱dzap⁹ 雜 ]

❶反復地學，反復地練 ◆ 複習／溫習／練習／實習。 ❷學習 ◆ 習武／習藝。 ❸長時期逐漸形成的行為 ◆ 習慣／習俗／惡習／積習難改／相沿成習。 ❹常常；熟悉的 ◆ 習見／習聞／習以為常。

## ⁵翎

翎 翎 翎 翎 翎 翎 **翎**

[ líng ㄌㄧㄥˊ 　⑱liŋ⁴ 零 ]

鳥類翅膀或尾部的長羽毛 ◆ 翎毛／雁翎／野雞翎。

## ⁵翌

翌 翌 翌 翌 翌 翌 **翌**

[ yì ㄧˋ 　⑱jik⁹ 亦 ]

下一個；第二 ◆ 翌日／翌年。

## ⁶翔

翔 翔 翔 翔 翔 翔 **翔**

[ xiáng ㄒㄧㄤˊ 　⑱tsœŋ⁴ 祥 ]

轉着圈兒飛 ◆ 飛翔／翱翔／滑翔。

## ⁸翡

翡 翡 翡 翡 翡 翡 **翡**

[ fěi ㄈㄟˇ 　⑱fei² 匪 ]

翡翠：（1）半透明、有光澤的翠綠色硬玉，可做裝飾品 ◆ 翡翠戒指。（2）一種鳥，有藍色和綠色的羽毛，生活在水邊，吃魚蝦。羽毛可做裝飾品。

## ⁸翟

翟 翟 翟 翟 翟 翟 **翟**

〈一〉[ zhái ㄓㄞˊ 　⑱dzak⁹ 摘 ]

❶姓。

〈二〉[ dí ㄉㄧˊ 　⑱dik⁹ 敵 ]

❷長尾巴的野雞。

## ⁸翠

翠 翠 翠 翠 翠 翠 **翠**

[ cuì ㄘㄨㄟˋ 　⑱tsœy³ 脆 ]

青綠色 ◆ 翠綠／翠竹／青松翠柏／滿目青翠／兩個黃鸝鳴翠柳，一行白鷺上青天。

## ⁹翩

翩 翩 翩 翩 翩 翩 **翩**

[ piān ㄆㄧㄢ 　⑱pin¹ 篇 ]

翩翩：（1）形容動作輕快 ◆ 翩翩起舞。（2）形容舉止優雅 ◆ 風度翩翩。

## ¹⁰翰

翰 翰 翰 翰 翰 翰 **翰**

[ hàn ㄏㄢˋ 　⑱hɔn⁶ 汗 ]

長而硬的羽毛。古代用來做筆，後來借指毛筆、文章、書信等 ◆ 揮翰疾書／翰墨／書翰。

## ¹⁰翱

翱 翱 翱 翱 翱 翱 **翱**

[ áo ㄠˊ 　⑱ŋou⁴ 遨 ]

翱翔：在空中迴旋地飛 ◆ 自由翱翔。

## ¹¹翼

翼 翼 翼 翼 翼 翼 **翼**

[ yì ㄧˋ 　⑱jik⁹ 亦 ]

❶翅膀 ◆ 鳥翼／薄如蟬翼／不翼而飛。 ❷像翅膀的東西 ◆ 機翼／飛翼船。 ❸作戰時陣地的兩側；政治上的派別 ◆ 左翼／右翼。

## ¹²翹 (翘)

翹 翹 翹 翹 翹 翹 **翹**

〈一〉[ qiáo ㄑㄧㄠˊ 　⑱kiu⁴ 喬 ]

❶ 抬起（頭）◆ 翹首遠望。❷ 平直的板狀物受潮後變得彎曲不平直 ◆ 幾塊地板已經翹了。

〈二〉[ qiào ㄑㄧㄠˋ ⑧ kiu³ 喬³]

❸ 物體的一端向上揚起 ◆ 翹起雙腿 / 尾巴翹起。

## ¹²翱

"翱"的異體字，見 354 頁。

## ¹²翻

翻 翻 翻 翻 翻 翻　翻

[ fān ㄈㄢ ⑧ fan¹ 番]

❶ 反轉過來 ◆ 翻車 / 人仰馬翻 / 翻身作主 / 陰溝裏翻船。❷ 改變 ◆ 翻案 / 翻臉不認人。❸ 把一種語文譯成另一種語文 ◆ 翻譯。❹ 越過 ◆ 翻山越嶺 / 翻過一山又一山。❺ 數量成倍地增加 ◆ 五年內翻了一番。

## ¹⁴耀

耀 耀 耀 耀 耀 耀　耀

[ yào ㄧㄠˋ ⑧ jiu⁶ 腰⁶]

❶ 光線強烈地照射 ◆ 照耀 / 閃耀 / 耀眼。❷ 顯示 ◆ 顯耀 / 誇耀 / 炫耀 / 耀武揚威。❸ 光榮 ◆ 榮耀。

## 老部

## ⁰老

老 老 老 老 老　老

[ lǎo ㄌㄠˇ ⑧ lou⁵ 魯]

❶ 年紀大；年紀大的人；跟"少"、"幼"相對 ◆ 老人 / 老當益壯 / 扶老攜幼 / 少壯不努力，老大徒傷悲。❷ 歷時長久的；跟"新"相對 ◆ 老主顧 / 老牌子 / 老朋友。❸ 陳舊的；原來的 ◆ 老式 / 老家 / 老地方。❹ 閱歷深；經驗豐富 ◆ 老手 / 老練 / 老馬識途 / 老於世故。❺ 硬的；跟"嫩"相對 ◆ 老豆腐 / 菜炒得太老了。❻ 總是；常常 ◆ 老愛開玩笑 / 老是記不住。❼ 很；極 ◆ 老早就起牀了 / 老遠就看到了。❽ 詞頭，用於稱人、排行或某些物名 ◆ 老張 / 老三 / 老虎 / 老鼠。☙ 見古文字插頁 6。

## ²考

考 考 考 考 考　考

[ kǎo ㄎㄠˇ ⑧ hau² 巧]

❶ 測試；測驗 ◆ 考試 / 考卷 / 招考 / 考了第一名。❷ 檢查 ◆ 考查 / 考察 / 考核 / 考勤 / 考績。❸ 思索；研究 ◆ 思考 / 考慮 / 考古。❹ 指已經去世的父親 ◆ 先考 / 如喪考妣。

## ³孝

見子部，110 頁。

## ⁴者

者 者 者 者 者　者

[ zhě ㄓㄜˇ ⑧ dzɛ² 姐]

表示某種人或事物 ◆ 讀者 / 記者 / 作者 / 弱者 / 兩者 一不可。

## 而部

## ⁰而

而 而 而 而 而　而

[ ér ㄦˊ ⑧ ji⁴ 兒]

❶ 又；並且 ◆ 少而精／樸素而大方／年輕而貌美。❷ 但是；可是 ◆ 好看而不實用／可求而不可得／心有餘而力不足。❸ 表示承接；才；然後 ◆ 取而代之／先天下之憂而憂，後天下之樂而樂。❹ 到；及 ◆ 由淺而深／自下而上／一而再，再而三。

³ **耐**　耐 耐 耐 耐 耐 耐　耐

[ nài ㄋㄞˋ 粵 noi⁶ 奈]
受得住；禁得起 ◆ 耐寒／不耐煩／吃苦耐勞／經久耐用。

³ **耍**　耍 耍 耍 耍 耍 耍　耍

[ shuǎ ㄕㄨㄚˇ 粵 sa² 灑]
❶ 遊戲；玩 ◆ 玩耍。❷ 玩弄；使出 ◆ 耍弄／耍花招／耍威風／耍手腕。❸ 舞 ◆ 耍大刀。

⁸ **需**

見雨部，480 頁。

耒 部

⁰ **耒**　耒 耒 耒 耒　耒

[ lěi ㄌㄟˇ 粵 loi⁶ 來⁶]
古代翻土農具耜（像犁）上端的木把 ◆ 耒耜。

⁴ **耕**　耕 耕 耕 耕 耕 耕　耕

[ gēng ㄍㄥ 粵 gaŋ¹]
翻鬆土地 ◆ 耕地／耕種／春耕／深耕細作／一分耕耘，一分收穫。

⁴ **耘**　耘 耘 耘 耘 耘 耘　耘

[ yún ㄩㄣˊ 粵 wɐn⁴ 云]
除草 ◆ 耘田／耕耘。

⁴ **耗**　耗 耗 耗 耗 耗 耗　耗

[ hào ㄏㄠˋ 粵 hou³ 好³]
❶ 花費；損失 ◆ 消耗／損耗／內耗／耗費／耗油。❷ 拖延 ◆ 耗時間。❸ 壞消息 ◆ 噩耗。

⁴ **耙**　耙 耙 耙 耙 耙 耙　耙

〈一〉[ bà ㄅㄚˋ 粵 pa⁴ 爬]
❶ 一種農具，用來弄碎土塊、平整土地。
❷ 用耙碎土、平地 ◆ 耙地。
〈二〉[ pá ㄆㄚˊ 粵 pa⁴ 爬]
❸ 一種農具，用來翻動穀物、聚攏柴草或平整土地 ◆ 釘耙／竹耙。

耙

⁵ **耜**　耜 耜 耜 耜 耜 耜　耜

[ sì ㄙˋ 粵 dzi⁶ 自]
古代翻土農具下端像犁頭的部分。

¹⁰ **耪**　耪 耪 耪 耪 耪 耪　耪

[ pǎng ㄆㄤˇ 粵 pɔŋ⁵ 蚌]
用鋤鬆土 ◆ 耪地／耪穀子。

**焦點易錯字**　耐｜奈　耐 耐人尋味　怎奈 無可奈何

## 耳 部

**⁰耳**

耳耳耳耳耳　耳

[ ěr ㄦˇ ⑧ji⁵ 以]

❶ 耳朵：聽覺器官 ◆ 耳聰目明 / 耳濡目染 / 忠言逆耳利於行。 ❷ 形狀像耳朵的東西 ◆ 木耳 / 銀耳。

☙ 見古文字插頁 6。

**²取**

見又部，58 頁。

**³耷**

耷耷耷耷耷　耷

[ dā ㄉㄚ ⑧dap⁸ 答]

耷拉：下垂的樣子 ◆ 耷拉着腦袋。

**³耶**

耶耶耶耶耶耶　耶

〈一〉[ yé ㄧㄝˊ ⑧jɛ⁴ 爺]

❶ 表示疑問，相當於 "嗎"、"呢" ◆ 是耶？非耶？

〈二〉[ yē ㄧㄝ ⑧jɛ⁴ 爺]

❷ 耶穌：基督教徒所信奉的救世主。

**⁴恥**

見心部，150 頁。

**⁴耿**

耿耿耿耿耿耿　耿

[ gěng ㄍㄥˇ ⑧gɛŋ² 梗]

❶ 正直 ◆ 耿直 / 耿介。 ❷ 耿耿：(1) 形容忠誠 ◆ 忠心耿耿。 (2) 形容有心事 ◆ 耿耿於懷。

**⁴耽**

耽耽耽耽耽耽　耽

[ dān ㄉㄢ ⑧dam¹ 擔¹]

過度喜好；入迷 ◆ 耽玩 / 耽於女色。

**⁵聆**

聆聆聆聆聆聆　聆

[ líng ㄌㄧㄥˊ ⑧liŋ⁴ 玲]

聽 ◆ 聆聽 / 聆教。

**⁵聊**

聊聊聊聊聊聊　聊

[ liáo ㄌㄧㄠˊ ⑧liu⁴ 僚]

❶ 姑且；暫且 ◆ 聊以自慰 / 聊備一格。 ❷ 略微；稍微 ◆ 聊勝於無 / 聊表寸心。 ❸ 依賴；寄託 ◆ 民不聊生 / 無聊賴。 ❹ 閒談 ◆ 聊天 / 閒聊。

**⁷聘**

聘聘聘聘聘聘　聘

[ pìn ㄆㄧㄣˋ ⑧piŋ³ 娉]

❶ 請人擔任職務 ◆ 聘請 / 聘任 / 聘用 / 聘書 / 應聘。 ❷ 定親；訂婚 ◆ 聘禮 / 出聘。

**⁷聖**(圣)

聖聖聖聖聖聖　聖

[ shèng ㄕㄥˋ ⑧siŋ³ 姓]

❶ 品格高尚的 ◆ 聖人 / 人非聖賢，孰能無過。 ❷ 學問、技能成就極高的 ◆ 國醫聖手 / 詩聖杜甫。 ❸ 最崇高、莊嚴的 ◆ 神聖 / 聖地。 ❹ 封建時代對帝王的尊稱 ◆ 聖上 / 聖旨。 ❺ 宗教徒尊稱崇拜的事物 ◆ 聖母 / 聖誕 / 朝聖。

**⁸聞**(闻)

聞聞聞聞聞聞　聞

[ wén ㄨㄣˊ ⑧mɛn⁴ 文]

羽老而棄 耳 韋

❶ **聽見** ◆ 耳聞目睹／聽而不聞／所見所聞／聞所未聞／耳聞不如目見。❷ **聽到的事情；消息** ◆ 新聞／見聞／奇聞／醜聞。❸ **名聲；有名氣** ◆ 默默無聞／舉世聞名。❹ **用鼻子嗅** ◆ 聞氣味／聞到了香味。

---

<sup>8</sup>**聚**(聚)　聚 聚 聚 聚 聚 聚　聚

[jù ㄐㄩˋ 粵 dzœy⁶ 序]

**會合；集合；跟"散"相對** ◆ 聚集／聚餐／合家團聚／聚精會神／聚沙成塔。

---

<sup>11</sup>**聱**　聱 聱 聱 聱 聱 聱　聱

[áo ㄠˊ 粵 ŋou⁴ 敖]

**聱牙：文句讀起來不順口** ◆ 佶屈聱牙。

---

<sup>11</sup>**聲**(声)　聲 聲 聲 聲 聲 聲　聲

[shēng ㄕㄥ 粵 siŋ¹ 升／seŋ¹ 腥 (語)]

❶ **聲音；物體振動發出的音響** ◆ 響聲／風聲／歌聲／書聲琅琅／姑蘇城外寒山寺，夜半鐘聲到客船。❷ **說出來讓人知道** ◆ 聲明／聲言／聲稱／聲辯／聲張／聲東擊西。❸ **名響；名氣** ◆ 聲望／聲譽／名聲／聲名卓著。❹ **量詞，表示發出聲音的次數** ◆ 喊了幾聲／大喝一聲。

---

<sup>11</sup>**聰**(聪)　聰 聰 聰 聰 聰 聰　聰

[cōng ㄘㄨㄥ 粵 tsuŋ¹ 匆]

❶ **聽覺靈敏** ◆ 耳聰目明。❷ **智力強** ◆ 聰明／聰慧／聰穎／聰明反被聰明誤。

---

<sup>11</sup>**聳**(耸)　聳 聳 聳 聳 聳 聳　聳

[sǒng ㄙㄨㄥˇ 粵 suŋ² 慫]

❶ **高高地直立** ◆ 聳立／高聳入雲。❷ **使**

---

**人吃驚** ◆ 聳人聽聞／危言聳聽／聳動視聽。

---

<sup>11</sup>**聯**(联)　聯 聯 聯 聯 聯 聯　聯

[lián ㄌㄧㄢˊ 粵 lyn⁴ 攣]

❶ **連接；結合** ◆ 聯絡／聯合／聯繫／聯盟／聯名上書／珠聯璧合。❷ **對聯** ◆ 春聯／輓聯／上聯／下聯。

---

<sup>12</sup>**聶**(聂)　聶 聶 聶 聶 聶 聶　聶

[niè ㄋㄧㄝˋ 粵 nip⁹ 捏]

**姓。**

---

<sup>12</sup>**職**(职)　職 職 職 職 職 職　職

[zhí ㄓˊ 粵 dzik⁷ 即]

❶ **工作崗位** ◆ 職位／任職／就職／辭職／兼職。❷ **所從事的工作** ◆ 職業／本職。❸ **分內應做的事** ◆ 職務／職責／職權／盡職／失職。

---

<sup>16</sup>**聽**(听)　聽 聽 聽 聽 聽 聽　聽

[tīng ㄊㄧㄥ 粵 tiŋ¹ 汀／tiŋ³ 亭³／teŋ¹ 廳 (語)]

❶ **用耳朵接收聲音** ◆ 聽音樂／聽廣播／聽故事。❷ **服從；接受** ◆ 聽話／聽從指揮／言聽計從／聽不進忠告。❸ **治理；判斷** ◆ 聽訟／垂簾聽政。❹ **順着；由着；隨便** ◆ 聽任／聽便／聽之任之／聽其自然。

---

<sup>16</sup>**聾**(聋)　聾 聾 聾 聾 聾 聾　聾

[lóng ㄌㄨㄥˊ 粵 luŋ⁴ 龍]

**耳朵聽不見或聽不清聲音** ◆ 聾子／聾啞人／耳聾眼瞎。

---

真 ◆ 嚴肅 / 肅靜 / 莊嚴肅穆。❸ 徹底清除
◆ 肅貪 / 肅清盜匪。

聿 部

<sup>4</sup>書
見日部，204 頁。

<sup>5</sup>畫
見日部，201 頁。

<sup>6</sup>畫
見田部，292 頁。

<sup>7</sup>肆　肆 肆 肆 肆 肆 肆　肆

〈一〉[ sì ㄙˋ 粵si³ 試]
❶ 任意妄為；不顧一切 ◆ 肆虐 / 放肆 / 肆
意妄為 / 肆無忌憚 / 大肆破壞。❷ 小店鋪
◆ 酒肆 / 店肆。
〈二〉[ sì ㄙˋ 粵sei³ 四]
❸ 數目字 "四" 的大寫。

<sup>7</sup>肄　肄 肄 肄 肄 肄 肄　肄

[ yì ㄧˋ 粵ji⁶ 義]
學習 ◆ 肄業。

<sup>8</sup>肇　肇 肇 肇 肇 肇 肇　肇

[ zhào ㄓㄠˋ 粵siu⁶ 兆]
❶ 開始 ◆ 肇始 / 肇端。❷ 發生；引起 ◆
肇禍 / 肇事者。

<sup>8</sup>肅(肃)　肅 肅 肅 肅 肅 肅　肅

[ sù ㄙㄨˋ 粵suk⁷ 宿]
❶ 恭敬 ◆ 肅立 / 肅然起敬。❷ 莊重；認

肉 部

<sup>0</sup>肉　肉 肉 肉 肉 肉　肉

[ ròu ㄖㄡˋ 粵juk⁹ 玉]
❶ 人或動物體內皮包着的軟組織 ◆ 肌肉 /
牛肉 / 雞肉 / 皮開肉綻。❷ 某些瓜果裏可
以吃的部分 ◆ 果肉 / 桂圓肉。
☞見古文字插頁 6。

<sup>2</sup>肌　肌 肌 肌 肌 肌　肌

[ jī ㄐㄧ 粵gei¹ 基]
肌肉：皮肉的統稱 ◆ 肌膚 / 面黃肌瘦 / 心
肌梗塞。

<sup>2</sup>肋　肋 肋 肋 肋 肋　肋

[ lèi ㄌㄟˋ 粵lek⁹ 勒]
胸部兩側的部位 ◆ 肋骨 / 兩肋插刀。

<sup>3</sup>肝　肝 肝 肝 肝 肝 肝　肝

[ gān ㄍㄢ 粵gɔn¹ 干]
人和高等動物的內臟之一，有分泌膽汁、
儲藏養料和解毒等功能 ◆ 肝臟 / 肝炎 / 豬
肝 / 肝膽相照 / 肝腸寸斷。
☺ 圖見 368 頁。

³**肛** 肛肛肛肛肛肛 肛

[ gāng 《ㄤ ⑧ gɔŋ¹ 江 ]
肛門：人和動物的直腸末端，糞便的出口處。

³**肚** 肚肚肚肚肚肚 肚

〈一〉[ dù ㄉㄨˋ ⑧ tou⁵ 逃⁵ ]
❶ 人和動物的腹部 ◆ 肚子 / 挺胸凸肚 / 牽腸掛肚。❷ 某些像肚子的東西 ◆ 腿肚子。
〈二〉[ dǔ ㄉㄨˇ ⑧ tou⁵ 逃⁵ ]
❸ 動物的胃 ◆ 豬肚 / 牛肚 / 羊肚。

³**肘** 肘肘肘肘肘肘 肘

[ zhǒu ㄓㄡˇ ⑧ dzeu² 走/dzau² 爪 (語) ]
人的上臂和前臂之間向外凸起、能彎曲的部分 ◆ 胳膊肘 / 捉襟見肘。

³**肖** 肖肖肖肖肖肖 肖

[ xiào ㄒㄧㄠˋ ⑧ tsiu³ 俏 ]
像；相似 ◆ 肖像 / 酷肖 / 惟妙惟肖 / 神情畢肖。

³**肓** 肓肓肓肓肓肓 肓

[ huāng ㄏㄨㄤ ⑧ fɔŋ¹ 方 ]
人體心臟與橫膈膜之間的部位 ◆ 病入膏肓。

⁴**肺** 肺肺肺肺肺肺 肺

[ fèi ㄈㄟˋ ⑧ fɐi³ 廢 ]
❶ 呼吸器官 ◆ 肺病 / 肺癌。❷ 比喻內心 ◆ 肺腑之言 / 狼心狗肺。
☺ 圖見 368 頁。

⁴**肢** 肢肢肢肢肢肢 肢

[ zhī ㄓ ⑧ dzi¹ 之 ]
人體的兩臂、兩腿，鳥獸的翅膀和腳 ◆ 四肢 / 上肢 / 下肢 / 前肢 / 後肢。

⁴**肱** 肱肱肱肱肱肱 肱

[ gōng 《ㄨㄥ ⑧ gwɐŋ¹ 轟 ]
人的上臂；胳膊 ◆ 股肱 / 曲肱而枕。

⁴**肫** 肫肫肫肫肫肫 肫

[ zhūn ㄓㄨㄣ ⑧ dzœn¹ 津 ]
鳥類的胃 ◆ 雞肫 / 鴨肫。

⁴**肯** 肯肯肯肯肯肯 肯

[ kěn ㄎㄣˇ ⑧ hɐŋ² 亨² ]
❶ 願意；同意 ◆ 肯幫忙 / 不肯説。❷ 骨節上的肉；比喻關鍵、要害 ◆ 中肯。

⁴**肴**

"餚"的異體字，見 493 頁。

⁴**股** 股股股股股股 股

[ gǔ 《ㄨˇ ⑧ gu² 古 ]
❶ 大腿 ◆ 懸梁刺股。❷ 某些機關、團體裏辦事部門 ◆ 宣傳股 / 財務股。❸ 工商企業資金的份額 ◆ 股份 / 股票 / 入股。❹ 量詞，用於成條的東西、力氣等，成批的人或氣體 ◆ 一股線 / 一股勁 / 一股泉水 / 一股敵人 / 一股香味。

⁴**肪** 肪肪肪肪肪肪 肪

[ fáng ㄈㄤˊ ⑧ fɔŋ¹ 方 ]
脂肪：物體內凝結的油質。

## ⁴育

育育育育育育 **育**

[ yù ㄩˋ ⑧ juk⁹ 玉 ]

❶ 生孩子 ◆ 生育 / 生兒育女。❷ 撫養 ◆ 育嬰 / 撫育 / 哺育。❸ 培植 ◆ 育秧 / 封山育林。❹ 培養；教育 ◆ 育才 / 德育 / 體育。

## ⁴肩

肩肩肩肩肩肩 **肩**

[ jiān ㄐㄧㄢ ⑧ gin¹ 堅 ]

❶ 肩膀 ◆ 兩肩 / 肩並肩 / 肩挑背扛 / 摩肩接踵。❷ 擔負；承擔 ◆ 肩負使命 / 身肩重任。

## ⁴肥

肥肥肥肥肥肥 **肥**

[ féi ㄈㄟˊ ⑧ fei⁴ 飛⁴ ]

❶ 含脂肪多；胖；跟“瘦”相對 ◆ 肥肉 / 胖 / 肥壯。❷ 土質好，養料充足 ◆ 肥沃 / 肥水不流外人田。❸ 使土地肥沃的養料 ◆ 肥料 / 化肥 / 施肥 / 積肥。❹ 增加養分，使土地肥沃 ◆ 肥田。❺ 由不正當的收入而富裕 ◆ 損公肥私。

## ⁵胛

胛胛胛胛胛胛 **胛**

[ jiǎ ㄐㄧㄚˇ ⑧ gap⁸ 甲 ]

肩胛：肩膀；後背上部與胳膊連接的部分 ◆ 肩胛骨。

## ⁵胡

胡胡胡胡胡胡 **胡**

[ hú ㄏㄨˊ ⑧ wu⁴ 狐 ]

❶ 隨意亂來 ◆ 胡説 / 胡鬧 / 胡言亂語 / 胡作非為。❷ 中國古代對北方和西方各少數民族的通稱 ◆ 胡人 / 胡地。❸ 姓。❹ “鬍”的簡化字，見 499 頁。

## ⁵胚

胚胚胚胚胚胚 **胚**

[ pēi ㄆㄟ ⑧ pui¹ 醅 ]

處在發育初期的生物體 ◆ 胚胎。

## ⁵背

背背背背背背 **背**

〈一〉[ bèi ㄅㄟˋ ⑧ bui³ 貝 ]

❶ 胸部的後面，肩以下腰以上部分 ◆ 背脊 / 背影 / 駝背 / 汗流浹背。❷ 物體的反面或後面 ◆ 背後 / 刀背 / 舞台背景 / 墨透紙背。❸ 背對着 ◆ 背光 / 背過臉去 / 背山面水 / 背水一戰。❹ 離開；向相反方向 ◆ 背離 / 背井離鄉。❺ 違反；反叛 ◆ 背叛 / 違背 / 背信棄義。

〈二〉[ bèi ㄅㄟˋ ⑧ bui⁶ 貝⁶ ]

❻ 不看書本，憑記憶唸出來 ◆ 背書 / 背誦。❼ 不走運；不順利 ◆ 背時。❽ 僻靜；偏僻 ◆ 背靜 / 背街小巷。❾ 聽力差 ◆ 耳背。

〈三〉[ bēi ㄅㄟ ⑧ bui³ 貝 ]

❿ 用肩背馱東西 ◆ 背孩子 / 背着書包上學校。⓫ 負擔 ◆ 背了一身債。

## ⁵胃

胃胃胃胃胃胃 **胃**

[ wèi ㄨㄟˋ ⑧ wɐi⁶ 位 ]

人體內的消化器官，形狀像口袋 ◆ 胃痛 / 胃潰瘍。

🔆 圖見 368 頁。

## ⁵胝

胝胝胝胝胝胝 **胝**

[ zhī ㄓ ⑧ dzi1 支 ]

胼胝。見“胼”字，363 頁。

肉 臣 育 至 白 吉

## ⁵胞

胞 胞 胞 胞 胞 胞　胞

[ bāo ㄅㄠ ⑧ bau¹ 包 ]

❶ 胞衣：包着胎兒的膜。❷ 同胞：（1）同父母所生的 ◆ 同胞兄弟／胞兄／胞妹。（2）同一國家和民族的人 ◆ 全國同胞／海外僑胞。

## ⁵胖

胖 胖 胖 胖 胖 胖　胖

〈一〉[ pàng ㄆㄤˋ ⑧ bun⁶ 叛 ]

❶ 人體長得很豐滿，肉多；跟"瘦"相對 ◆ 胖子／肥胖／矮胖／胖娃娃。

〈二〉[ pán ㄆㄢˊ ⑧ pun⁴ 盤 ]

❷ 舒坦 ◆ 心廣體胖。

## ⁵胎

胎 胎 胎 胎 胎 胎　胎

[ tāi ㄊㄞ ⑧ tɔi¹ 台¹ ]

❶ 人或哺乳動物母體內的幼體 ◆ 胎兒／十月懷胎。❷ 器物的坯子 ◆ 泥胎。❸ 襯在衣服、被褥裏的東西 ◆ 棉花胎。❹ 車輪的內帶 ◆ 輪胎。❺ 表示懷孕或生育的次數 ◆ 頭胎／母豬一胎生了十幾隻小豬。

## ⁶胯

胯 胯 胯 胯 胯 胯　胯

[ kuà ㄎㄨㄚˋ ⑧ kwa¹ 誇/kwa³ 跨/fu³ 富 ]

腰的兩側和大腿之間的部分 ◆ 胯骨／胯下之辱。

## ⁶胰

胰 胰 胰 胰 胰 胰　胰

[ yí ㄧˊ ⑧ ji⁴ 兒 ]

人或高等動物體內的一種內分泌腺，能分泌消化液和胰島素 ◆ 胰臟／胰腺炎。

## ⁶脂

脂 脂 脂 脂 脂 脂　脂

[ zhī ㄓ ⑧ dzi¹ 支 ]

❶ 動植物體內所含的油質 ◆ 脂肪／油脂。❷ "胭脂"的簡稱 ◆ 脂粉／塗脂抹粉。

## ⁶胭

胭 胭 胭 胭 胭 胭　胭

[ yān ㄧㄢ ⑧ jin¹ 煙 ]

胭脂：一種紅色的化妝品，塗在臉頰上，使臉色紅潤 ◆ 胭粉／胭紅。

## ⁶胱

胱 胱 胱 胱 胱 胱　胱

[ guāng ㄍㄨㄤ ⑧ gwɔŋ¹ 光 ]

膀胱。見"膀"字，366頁。

## ⁶脈 (脉)

脈 脈 脈 脈 脈 脈　脈

〈一〉[ mài ㄇㄞˋ ⑧ mɐk⁹ 默 ]

❶ 血管 ◆ 動脈／靜脈／脈絡。❷ 動脈跳動 ◆ 脈搏／切脈。❸ 像血管那樣分佈的東西 ◆ 山脈／葉脈／一脈相承／來龍去脈。

〈二〉[ mò ㄇㄛˋ ⑧ mɐk⁹ 默 ]

❹ 脈脈：默默地用眼神表達情意 ◆ 含情脈脈。

## ⁶脊

脊 脊 脊 脊 脊 脊　脊

[ jǐ ㄐㄧˇ ⑧ dzik⁸ 即⁸/dzɛk⁸ 炙（語）]

❶ 人和動物背部中間的骨柱 ◆ 脊梁／脊髓／脊椎骨／背脊骨。❷ 物體中間高起的部分 ◆ 屋脊／山脊／書脊。

## ⁶脆

脆 脆 脆 脆 脆 脆　脆

[ cuì ㄘㄨㄟˋ ⑧ tsœy³ 翠 ]

❶ 東西容易斷，容易碎的 ◆ 這種玻璃太脆。❷ 食物酥鬆爽口 ◆ 鬆脆／餅乾很脆／又甜又脆。❸ 軟弱；不堅強 ◆ 感情脆弱。❹ 聲音清亮 ◆ 清脆／嗓音脆。❺ 説話做

事爽快 ◆ 乾脆利落。

## ⁶胸

胸 胸 胸 胸 胸 胸 胸

[ xiōng ㄒㄩㄥ 〇 hun¹ 凶 ]

❶ 身體的前面，在頸和腹之間的部分 ◆ 胸膛 / 前胸後背 / 挺胸凸肚 / 胸前掛着大紅花。❷ 指人的內心、抱負、氣量等 ◆ 胸有成竹 / 胸懷坦蕩 / 胸襟寬廣 / 心胸狹窄。

## ⁶胳

胳 胳 胳 胳 胳 胳 胳

[ gē ㄍㄜ 〇 gɔk⁸ 各 ]

胳膊：肩膀以下手腕以上的部分。

## ⁶胼

胼 胼 胼 胼 胼 胼 胼

[ pián ㄆㄧㄢˊ 〇 pin⁴ 駢⁴ ]

胼胝：俗稱 "老繭"，手腳上因長期磨擦而長出的硬皮。

## ⁶朕

見月部，206 頁。

## ⁶胺

胺 胺 胺 胺 胺 胺 胺

[ àn ㄢˋ 〇 ɔn¹/ŋɔn¹ 安 ]

一種有機化合物，如苯胺。

## ⁶脅 ⁽脇⁾

脅 脅 脅 脅 脅 脅 脅

[ xié ㄒㄧㄝˊ 〇 hip⁸ 怯 ]

❶ 從腋下到肋骨盡頭的部位 ◆ 兩脅。❷ 逼迫 ◆ 脅從 / 威脅利誘。

## ⁶能

能 能 能 能 能 能 能

[ néng ㄋㄥˊ 〇 nɐŋ⁴ ]

❶ 才幹；本領 ◆ 能力 / 才能 / 技能 / 無能。❷ 有才幹的 ◆ 能人 / 能者為師 / 能工巧匠。❸ 能夠；會 ◆ 能說會道 / 能歌善舞 / 勤能補拙 / 能屈能伸 / 欲罷不能。❹ 能量的簡稱 ◆ 熱能 / 電能 / 太陽能 / 原子能。

## ⁷脣

脣 脣 脣 脣 脣 脣 脣

[ chún ㄔㄨㄣˊ 〇 sœn⁴ 純 ]

嘴脣 ◆ 脣膏 / 脣齒相依 / 脣亡齒寒 / 脣槍舌劍。

## ⁷脚

"腳" 的異體字，見 365 頁。

## ⁷脯

脯 脯 脯 脯 脯 脯 脯

〈一〉[ fǔ ㄈㄨˇ 〇 fu² 苦/pou² 普（語）]

❶ 乾肉 ◆ 豬肉脯 / 牛肉脯。❷ 蜜汁乾果；蜜餞 ◆ 果脯 / 桃脯 / 杏脯。

〈二〉[ pú ㄆㄨˊ 〇 pou⁴ 葡 ]

❸ 胸脯 ◆ 雞脯肉。

## ⁷脖

脖 脖 脖 脖 脖 脖 脖

[ bó ㄅㄛˊ 〇 but⁹ 勃 ]

脖子：頸項。

## ⁷脱

脱 脱 脱 脱 脱 脱 脱

[ tuō ㄊㄨㄛ 〇 tyt⁸ ]

❶ 附着的東西掉落下來 ◆ 脫落 / 脫皮 / 脫毛。❷ 除去身上穿戴的衣物 ◆ 脫衣 / 脫鞋 / 脫帽致敬。❸ 離開；躲開 ◆ 脫離 / 脫險 / 擺脫困境 / 臨陣脫逃。❹ 遺漏 ◆ 脫漏。

## ⁸脹 ⁽脹⁾

脹 脹 脹 脹 脹 脹 脹

[ zhàng ㄓㄤˋ 〇 dzœŋ³ 帳 ]

❶ 體積變大；跟 "縮" 相對 ◆ 膨脹 / 熱脹

冷縮。❷ 皮肉浮腫 ◆ 腫脹。❸ 吃得過飽
腸胃感到不舒服；體內受到某種壓力感到
不舒服 ◆ 肚子脹 / 頭昏腦脹。

<sup>8</sup>**腎**(肾) 腎腎腎腎腎腎 腎

[ shèn ㄕㄣˋ ⑧ sɐn⁶ 慎 ]
腎臟：分泌尿液的器官 ◆ 腎虛 / 腎功能。

<sup>8</sup>**腌** 腌腌腌腌腌腌 腌

⟨一⟩[ ā ㄚ ⑧ jim¹ 淹 ]
❶ 腌臢：骯髒；不潔淨 ◆ 這地方太腌臢
了！
⟨二⟩[ yān ㄧㄢ ⑧ jim¹ 淹 ]
❷ "醃" 的簡化字，見 456 頁。

<sup>8</sup>**腆** 腆腆腆腆腆腆 腆

[ tiǎn ㄊㄧㄢˇ ⑧ tin² 天² ]
❶ 豐厚；美好。❷ 挺起、凸出胸部或腹部
◆ 腆着肚子 / 腆胸收腹。

<sup>8</sup>**脾** 脾脾脾脾脾脾 脾

[ pí ㄆㄧˊ ⑧ pei⁴ 皮 ]
動物體內製造白血球的器官 ◆ 健脾補腎。

<sup>8</sup>**腋** 腋腋腋腋腋腋 腋

[ yè ㄧㄝˋ ⑧ jik⁹ 亦 ]
胳肢窩 ◆ 腋下。

<sup>8</sup>**腐** 腐腐腐腐腐腐 腐

[ fǔ ㄈㄨˇ ⑧ fu⁶ 父 ]
❶ 東西朽爛變質 ◆ 腐爛 / 腐朽 / 防腐劑 /
流水不腐。❷ 思想、言行等陳舊 ◆ 陳腐 /
迂腐。❸ 豆製品 ◆ 腐乳 / 腐竹 / 豆腐。

<sup>8</sup>**勝** 見力部，47 頁。

<sup>8</sup>**腚** 腚腚腚腚腚腚 腚

[ dìng ㄉㄧㄥˋ ⑧ din⁶ 定 ]
屁股 ◆ 光腚。

<sup>8</sup>**腔** 腔腔腔腔腔腔 腔

[ qiāng ㄑㄧㄤ ⑧ hɔŋ¹ 康 ]
❶ 人或動物體內空的部分 ◆ 胸腔 / 腹腔 /
口腔 / 滿腔熱血。❷ 歌曲的調子 ◆ 唱腔 /
秦腔 / 字正腔圓 / 花腔女高音 / 牧童歸去橫
牛背，短笛無腔信口吹。❸ 說話；說話的
聲音、語氣等 ◆ 搭腔 / 開腔 / 官腔 / 南腔
北調 / 油腔滑調。

<sup>8</sup>**腕** 腕腕腕腕腕腕 腕

[ wàn ㄨㄢˋ ⑧ wun² 碗 ]
胳膊和手、小腿和腳相連的地方 ◆ 手腕 /
腳腕 / 腕力。

<sup>9</sup>**腰** 腰腰腰腰腰腰 腰

[ yāo ㄧㄠ ⑧ jiu¹ 邀 ]
❶ 肋骨以下胯骨以上的部位 ◆ 彎腰 / 腰
圍 / 兩手叉腰。❷ 褲、裙等圍在腰間的部
分 ◆ 腰身 / 褲腰。❸ 事物的中間部分 ◆
山腰 / 攔腰截斷。❹ 腰子：腎的俗稱。

<sup>9</sup>**腸**(肠) 腸腸腸腸腸腸 腸

[ cháng ㄔㄤˊ ⑧ tsœŋ⁴ 祥 ]
❶ 人和動物的內臟之一，形狀像管子，分
大腸、小腸，有消化食物、吸收營養的功
能 ◆ 腸胃 / 盲腸 / 雞腸 / 羊腸小道。❷
用腸衣裹着的食品 ◆ 香腸 / 臘腸。❸ 比

喻思緒、情感 ◆ 愁腸百結 / 鐵石心腸。

☺ 圖見 368 頁。

---

**⁹腥** 腥 腥 腥 腥 腥 腥 腥

[ xīng ㄒㄧㄥ 粵 sing¹ 星 / seng¹ 聲（語）]

❶ 魚、肉一類的食物 ◆ 葷腥。❷ 魚、蝦等難聞的氣味 ◆ 腥氣 / 腥風血雨 / 多放薑酒去腥味。

---

**⁹腮** 腮 腮 腮 腮 腮 腮 腮

[ sāi ㄙㄞ 粵 soi¹ 鰓 ]

臉頰；臉兩邊的下半部分 ◆ 絡腮鬍子 / 抓耳撓腮 / 雙手托腮。

---

**⁹腭** 腭 腭 腭 腭 腭 腭 腭

[ è ㄜˋ 粵 ngok⁹ 岳 ]

口腔的上壁，靠近牙齒比較硬的部分叫"前腭"，靠近鼻腔比較軟的部分叫"軟腭"。

---

**⁹腫** ⁽腫⁾ 腫 腫 腫 腫 腫 腫 腫

[ zhǒng ㄓㄨㄥˇ 粵 dzung² 總 ]

肌膚浮脹 ◆ 腫脹 / 紅腫 / 浮腫 / 腫瘤。

---

**⁹腹** 腹 腹 腹 腹 腹 腹 腹

[ fù ㄈㄨˋ 粵 fuk⁷ 福 ]

❶ 肚子 ◆ 腹腔 / 腹瀉 / 捧腹大笑。❷ 指內心 ◆ 腹案 / 推心置腹 / 口蜜腹劍 / 以小人之心，度君子之腹。❸ 比喻中心部位 ◆ 深入腹地。❹ 指前面；跟"背"相對 ◆ 腹背受敵。

---

**⁹腺** 腺 腺 腺 腺 腺 腺 腺

[ xiàn ㄒㄧㄢˋ 粵 sin³ 線 ]

生物體內有分泌功能的組織 ◆ 乳腺 / 胰腺 / 汗腺 / 唾液腺 / 內分泌腺。

---

**⁹腳** ⁽脚⁾ 腳 腳 腳 腳 腳 腳 腳

〈一〉[ jiǎo ㄐㄧㄠˇ 粵 goek⁸ ]

❶ 人和動物腿的下端，着地行走的部分 ◆ 腳面 / 腳掌 / 腳後跟 / 腳踏兩隻船。❷ 東西的最下部 ◆ 牆腳 / 山腳。❸ 指跟體力搬運有關的 ◆ 腳夫 / 腳力。

〈二〉[ jué ㄐㄩㄝˊ 粵 goek⁸ ]

❹ 演員；演員在戲曲、電影裏扮演的人物。也寫作"角" ◆ 腳色 / 旦腳 / 主腳。

---

**⁹腦** ⁽脑⁾ 腦 腦 腦 腦 腦 腦 腦

[ nǎo ㄋㄠˇ 粵 nou⁵ 努 ]

❶ 人或高等動物神經系統的主要部分 ◆ 腦子 / 大腦 / 腦充血。❷ 指頭 ◆ 腦袋 / 探頭探腦。❸ 功能或形狀像腦子的東西 ◆ 電腦 / 豆腐腦。

---

**¹⁰膊** 膊 膊 膊 膊 膊 膊 膊

[ bó ㄅㄛˊ 粵 bok⁸ 博 ]

上臂 ◆ 胳膊。

---

**¹⁰膈** 膈 膈 膈 膈 膈 膈 膈

[ gé ㄍㄜˊ 粵 gak⁸ 隔 ]

人或哺乳動物體內分隔胸腔和腹腔的薄膜狀肌肉。俗稱橫膈膜。

---

**¹⁰膏** 膏 膏 膏 膏 膏 膏 膏

〈一〉[ gāo ㄍㄠ 粵 gou¹ 高 ]

❶ 脂肪；油脂 ◆ 脂膏 / 民脂民膏 / 春雨如膏。❷ 很稠的糊狀物 ◆ 牙膏 / 藥膏 / 秋梨膏 / 雪花膏。❸ 肥沃 ◆ 膏腴之地。

---

〈二〉[ gào ⟨⟨ㄠˋ ⑧ gou³ 告 ]
❹ 加上潤滑油，使機械轉動靈活自如 ◆ 膏
油／膏車。

## ¹⁰膀

膀 膀 膀 膀 膀 膀　　膀

〈一〉[ bǎng ㄅㄤˇ ⑧ bɔŋ² 綁 ]
❶ 胳膊上部靠肩的部分 ◆ 膀子／肩膀／膀
闊腰圓。❷ 鳥類和某些昆蟲的翅膀。
〈二〉[ páng ㄆㄤˊ ⑧ pɔŋ⁴ 旁 ]
❸ 膀胱：人或高等動物儲尿的器官。

## ¹⁰腿

腿 腿 腿 腿 腿 腿　　腿

[ tuǐ ㄊㄨㄟˇ ⑧ tœy² 推² ]
❶ 人的下肢；動物的四肢 ◆ 左腿／右腿／
前腿／後腿／腿腳不便。❷ 器物上像腿的
東西 ◆ 桌子腿／椅子腿。❸ 醃製的豬腿
◆ 金華火腿。

## ¹¹膝

膝 膝 膝 膝 膝 膝　　膝

[ xī ㄒㄧ ⑧ sɐt⁷ 失 ]
膝蓋；大腿和小腿相連接的關節的前部 ◆
屈膝／護膝／雙膝跪下。

## ¹¹膘

膘 膘 膘 膘 膘 膘　　膘

[ biāo ㄅㄧㄠ ⑧ biu¹ 標 ]
牲畜小腹兩邊的肉 ◆ 長膘／掉膘／膘肥體
壯。

## ¹¹膜⁽膜⁾

膜 膜 膜 膜 膜 膜　　膜

[ mó ㄇㄛˊ ⑧ mɔk⁹ 漠 ]
❶ 生物體內像薄皮的組織 ◆ 耳膜／腦膜／
葦膜／橫膈膜。❷ 像膜一樣薄的東西 ◆ 笛
膜／塑料薄膜。

## ¹¹膚⁽肤⁾

膚 膚 膚 膚 膚 膚　　膚

[ fū ㄈㄨ ⑧ fu¹ 呼 ]
❶ 身體的表皮 ◆ 皮膚／肌膚／膚色／體無
完膚。❷ 比喻表面的，淺薄的 ◆ 膚淺。

## ¹¹膛

膛 膛 膛 膛 膛 膛　　膛

[ táng ㄊㄤˊ ⑧ tɔŋ⁴ 堂 ]
❶ 胸腔 ◆ 胸膛／開膛破肚。❷ 器物的中
空部分 ◆ 爐膛／槍膛／子彈上膛。

## ¹¹膠⁽胶⁾

膠 膠 膠 膠 膠 膠　　膠

[ jiāo ㄐㄧㄠ ⑧ gau¹ 交 ]
❶ 有黏性，能黏合器物的東西 ◆ 膠水／萬
能膠／如膠似漆。❷ 黏合 ◆ 膠合／膠住。
❸ 指橡膠 ◆ 膠鞋。

## ¹²膨

膨 膨 膨 膨 膨 膨　　膨

[ péng ㄆㄥˊ ⑧ paŋ⁴ 彭 ]
脹大 ◆ 膨脹。

## ¹²膩⁽腻⁾

膩 膩 膩 膩 膩 膩　　膩

[ nì ㄋㄧˋ ⑧ nei⁶ 餌 ]
❶ 食物油脂過多 ◆ 油膩。❷ 厭煩 ◆ 膩煩／
聽膩了／玩膩了。❸ 細緻 ◆ 細膩。❹ 污
垢 ◆ 塵膩。

## ¹²膳⁽膳⁾

膳 膳 膳 膳 膳 膳　　膳

[ shàn ㄕㄢˋ ⑧ sin⁶ 善 ]
飯食 ◆ 膳食／用膳／早膳／膳宿。

## ¹³膿⁽脓⁾

膿 膿 膿 膿 膿 膿　　膿

[ nóng ㄋㄨㄥˊ ⑧ nuŋ⁴ 農 ]

皮肉腐爛變成的黃白色黏液 ◆ 化膿／膿
腫／膿包。

## ¹³臊　臊臊臊臊臊臊 [臊]

〈一〉[ sāo ㄙㄠ ⑧sou¹ 蘇 ]
❶ 難聞的腥臭氣味 ◆ 臊氣／腥臊／狐臊。
〈二〉[ sào ㄙㄠˋ ⑧sou³ 掃 ]
❷ 害羞；難為情 ◆ 害臊／臊得臉通紅。

## ¹³膾 ⁽脍⁾　膾膾膾膾膾膾 [膾]

[ kuài ㄎㄨㄞˋ ⑧kui² 繪 ]
切得很細的肉 ◆ 膾炙人口。

## ¹³臉 ⁽脸⁾　臉臉臉臉臉臉 [臉]

[ liǎn ㄌㄧㄢˇ ⑧lim⁵ 殮 ]
❶ 面部；面部的表情 ◆ 洗臉／臉色紅潤／
愁眉苦臉／滿臉笑容／京劇臉譜。❷ 面
子；體面 ◆ 丟臉／沒臉見人。

## ¹³膽 ⁽胆⁾　膽膽膽膽膽膽 [膽]

[ dǎn ㄉㄢˇ ⑧dam² 擔² ]
❶ 膽囊：人或動物的內臟器官之一，儲存
膽汁，能幫助消化 ◆ 苦膽／蛇膽／臥薪嘗
膽。❷ 膽量；勇氣 ◆ 膽怯／斗膽／膽大心
細／膽小如鼠／一身是膽。❸ 裝在器物內
部，供充氣或盛水用的東西 ◆ 瓶膽／球膽。

## ¹³膻　同 "羶" 字，見353頁。

## ¹³臃　臃臃臃臃臃臃 [臃]

[ yōng ㄩㄥ ⑧jung² 擁 ]
腫脹 ◆ 臃腫。

## ¹³臆　臆臆臆臆臆臆 [臆]

[ yì ㄧˋ ⑧jik⁷ 益 ]
❶ 胸 ◆ 胸臆。❷ 主觀的 ◆ 臆測／臆斷。

## ¹³膺　膺膺膺膺膺膺 [膺]

[ yīng ㄧㄥ ⑧jing¹ 英 ]
❶ 胸 ◆ 義憤填膺。❷ 承受；當 ◆ 榮膺。

## ¹³膡　見言部，419頁。

## ¹³臀　臀臀臀臀臀臀 [臀]

[ tún ㄊㄨㄣˊ ⑧tyn⁴ 團 ]
屁股 ◆ 臀部。

## ¹³臂　臂臂臂臂臂臂 [臂]

〈一〉[ bì ㄅㄧˋ ⑧bei³ 祕 ]
❶ 從肩膊到手腕部分 ◆ 臂力／兩臂／臂
膀／振臂高呼／袒胸露臂。❷ 某些物的前
肢 ◆ 螳臂當車。❸ 像臂一樣能提物的東
西 ◆ 吊臂／起重臂。
〈二〉[ bei ㄅㄟ ⑧bei³ 祕 ]
❹ "胳臂" 中 "臂" 的讀音。

## ¹⁴臍 ⁽脐⁾　臍臍臍臍臍臍 [臍]

[ qí ㄑㄧˊ ⑧tsi⁴ 池 ]
❶ 肚臍 ◆ 臍帶。❷ 螃蟹腹部下能活動的
部分，尖形的是雄蟹，圓形的是雌蟹 ◆ 尖
臍／團臍。

## ¹⁴臏 ⁽膑⁾　臏臏臏臏臏臏 [臏]

[ bìn ㄅㄧㄣˋ ⑧pen⁵ 牝 ]
膝蓋骨 ◆ 臏骨。

焦點易錯字　膺｜贗　膺選 榮膺　贗品 贗本

肉
臣自至白舌

### <sup>15</sup>臘 （腊）

臘 臘 臘 臘 臘 臘　臘

[ là ㄌㄚˋ ㊉ lap<sup>9</sup> 立 ]

❶ 農曆十二月 ◆ 臘八粥 / 寒冬臘月。❷ 冬天醃製後風乾或熏乾的肉類 ◆ 臘肉 / 臘味 / 臘鴨。

### <sup>16</sup>臚 （胪）

臚 臚 臚 臚 臚 臚　臚

[ lú ㄌㄨˊ ㊉ lou<sup>4</sup> 勞 ]

陳列；羅列 ◆ 臚列 / 臚陳實情。

### <sup>16</sup>騰

見馬部，496 頁。

### <sup>18</sup>臟 （脏）

臟 臟 臟 臟 臟 臟　臟

[ zàng ㄗㄤˋ ㊉ dzɔŋ<sup>6</sup> 撞 ]

人或動物體內器官的統稱 ◆ 內臟 / 心臟 / 腎臟 / 五臟六腑 / 麻雀雖小，五臟俱全。

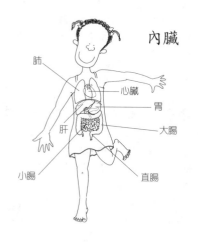

內臟

肺
心臟
胃
肝
大腸
小腸
直腸

臣 部

### <sup>0</sup>臣

臣 臣 臣 臣 臣　臣

[ chén ㄔㄣˊ ㊉ sɐn<sup>4</sup> 辰 ]

君主時代的官吏 ◆ 君臣 / 忠臣 / 奸臣 / 功臣 / 欽差大臣。

☛ 見古文字插頁 6。

### <sup>2</sup>臥

臥 臥 臥 臥 臥 臥　臥

[ wò ㄨㄛˋ ㊉ ŋɔ<sup>6</sup> 餓 ]

❶ 躺下 ◆ 臥倒 / 仰臥 / 臥牀不起 / 臥薪嘗膽。❷ 供睡覺用的 ◆ 臥室 / 臥具 / 臥鋪車廂。

### <sup>5</sup>堅

見土部，89 頁。

### <sup>8</sup>監

見皿部，302 頁。

### <sup>8</sup>緊

見糸部，343 頁。

### <sup>8</sup>臧

臧 臧 臧 臧 臧 臧　臧

[ zāng ㄗㄤ ㊉ dzɔŋ<sup>1</sup> 莊 ]

❶ 好；善。❷ 褒揚；稱讚 ◆ 臧否人物。

### <sup>11</sup>臨 （临）

臨 臨 臨 臨 臨 臨　臨

[ lín ㄌㄧㄣˊ ㊉ lɐm<sup>4</sup> 林 ]

❶ 到達；來到 ◆ 來臨 / 光臨 / 身臨其境 /

雙喜臨門。❷ 靠近；面對 ◆ 臨近 / 臨街 /
面臨 / 臨危不懼 / 背山臨水。❸ 將要；快
要 ◆ 臨走時 / 臨別贈言 / 宜未雨而綢繆，
毋臨渴而掘井。❹ 從高處往下看 ◆ 居高
臨下。❺ 照着字畫摹仿 ◆ 臨帖 / 臨摹。
☞ 見古文字插頁 16。

## 自部

⁰
# 自
自 自 自 自 自　自

[ zì ㄗˋ ⑧ dzi⁶ 字 ]

❶ 自己 ◆ 自學 / 自願 / 自強不息 / 自欺
欺人 / 自相矛盾 / 自給自足。❷ 當然；必
然的 ◆ 自不待言 / 是非自有公論 / 桃李不
言，下自成蹊。❸ 從 ◆ 自古以來 / 自始至
終 / 來自全國各地。
☞ 見古文字插頁 6。

⁴
# 臭
臭 臭 臭 臭 臭 臭　臭

〈一〉[ chòu ㄔㄡˋ ⑧ tsɐu³ 湊 ]
❶ 難聞的氣味；跟 "香" 相對 ◆ 臭氣 / 臭
味 / 惡臭 / 腥臭。❷ 使人厭惡的 ◆ 擺臭
架子 / 臭名遠揚 / 遺臭萬年。❸ 狠狠地 ◆
一頓臭罵。
〈二〉[ xiù ㄒㄧㄡˋ ⑧ tsɐu³ 湊 ]
❹ 用鼻子聞；同 "嗅" 字 ◆ 臭出甚麼味
道。❺ 氣味 ◆ 無色無臭。

⁴
# 息
見心部，151 頁。

⁶
# 臬
"皋" 的異體字，見 300 頁。

⁸
# 鼻
見鼻部，515 頁。

## 至 部

⁰
# 至
至 至 至 至 至　至

[ zhì ㄓˋ ⑧ dzi³ 志 ]

❶ 到 ◆ 至今 / 自始至終 / 從頭至尾 / 賓至
如歸。❷ 達到極點；最好的 ◆ 至親 / 至
高無上 / 至理名言 / 如獲至寶 / 仁至義盡。
❸ 至於；表示可能達到某種程度 ◆ 甚至 /
竟至 / 不至如此悲慘。
☞ 見古文字插頁 6。

²
# 到
見刀部，42 頁。

³
# 致 ⁽致⁾
致 致 致 致 致 致　致

[ zhì ㄓˋ ⑧ dzi³ 志 ]

❶ 給與；向對方表示 ◆ 致函 / 致電 / 致敬 / 致
謝 / 致意。❷ 引起；招引 ◆ 致病 / 致命 / 致
癌物質 / 招致 / 導致。❸ 達到 ◆ 致富 / 學
以致用。❹ 集中精力 ◆ 專心致志 / 致力於
慈善事業。❺ 情趣 ◆ 別致 / 景致 / 錯落有
致 / 興致勃勃。

⁸
# 臺
同 "台" 字，見 60 頁。

焦點易錯字　至 | 致 | 緻　至親 至於　致力 導致　細緻 精緻　　臭 | 嗅　臭氣 臭味相投　嗅覺

## <sup>10</sup>臻

臻 臻 臻 臻 臻 臻　臻

[ zhēn ㄓㄣ 粵 dzœn¹ 津 ]

達到美好的境地 ◆ 臻於完美 / 日臻完善 / 漸臻佳境。

臼 部

## <sup>0</sup>臼

臼 臼 臼 臼 臼　臼

[ jiù ㄐㄧㄡˋ 粵 kɐu⁵ 舅 ]

❶ 舂米的器具，大多用石頭或木頭製成的，中部凹下 ◆ 石臼。❷ 形狀像臼的 ◆ 臼齒。

✐ 見古文字插頁 6。

石臼

木杵

## <sup>2</sup>臾

臾 臾 臾 臾 臾 臾　臾

[ yú ㄩˊ 粵 jy⁴ 余 ]

須臾：片刻；一會兒 ◆ 兩人如影隨形，須臾不離。

## <sup>2</sup>兒

見儿部，32 頁。

## <sup>4</sup>舀

舀 舀 舀 舀 舀 舀　舀

[ yǎo ㄧㄠˇ 粵 jiu⁵ 繞 ]

用瓢、勺等取東西 ◆ 舀水 / 舀湯 / 舀了一碗雞湯。

## <sup>5</sup>舂

舂 舂 舂 舂 舂 舂　舂

[ chōng ㄔㄨㄥ 粵 dzuŋ¹ 忠 ]

用杵臼搗去穀物的皮殼 ◆ 舂米 / 舂藥。

## <sup>7</sup>與 <sup>(与)</sup>

與 與 與 與 與 與　與

〈一〉[ yǔ ㄩˇ 粵 jy⁵ 雨 ]

❶ 和 ◆ 老師與學生 / 城市與鄉村 / 中國與外國。❷ 同；跟 ◆ 與虎謀皮 / 與疾病作鬥爭 / 與君一席話，勝讀十年書。❸ 給予 ◆ 贈與 / 授與 / 與人方便。❹ 幫助 ◆ 與人為善。

〈二〉[ yù ㄩˋ 粵 jy⁶ 預 ]

❺ 參加 ◆ 與會 / 參與。

## <sup>7</sup>舅

舅 舅 舅 舅 舅 舅　舅

[ jiù ㄐㄧㄡˋ 粵 kɐu⁵ 臼 ]

❶ 母親的兄弟 ◆ 舅舅 / 舅父。❷ 妻子的兄弟 ◆ 妻舅 / 小舅子。

## <sup>9</sup>舉 <sup>(举)</sup>

舉 舉 舉 舉 舉 舉　舉

[ jǔ ㄐㄩˇ 粵 gœy² 矩 ]

❶ 向上托；往上伸 ◆ 舉手 / 舉重 / 高舉旗幟 / 舉頭望明月，低頭思故鄉。❷ 推選；推薦 ◆ 選舉 / 推舉 / 舉薦。❸ 發起；興起 ◆ 舉兵 / 舉辦。❹ 提出 ◆ 舉例 / 列

舉 / 舉一反三。❺ **動作；行為** ◆ 舉動 / 壯舉 / 一舉兩得 / 一舉一動 / 輕舉妄動。❻ **全** ◆ 舉國上下 / 舉世聞名 / 舉家出遊。

**⁹ 興**(兴) 興 興 興 興 興 興 興

〈一〉[ xīng ㄒㄧㄥ ⑧hiŋ¹ 兄 ]
❶ **開始；發動** ◆ 興建 / 興辦 / 大興土木 / 百廢俱興 / 興師動眾。❷ **盛行；流行** ◆ 時興 / 新興 / 現在不興這種打扮了。❸ **旺盛；昌盛；跟"衰"、"亡"相對** ◆ 興盛 / 復興 / 興旺發達 / 興衰存亡 / 國家興亡，匹夫有責。

〈二〉[ xìng ㄒㄧㄥˋ ⑧hiŋ³ 慶 ]
❹ **對事物愛好的情緒** ◆ 興趣 / 雅興 / 興致勃勃 / 詩興大發 / 興高采烈 / 十分掃興。

**⁹ 學**　見子部，111頁。

**¹⁰ 輿**　見車部，441頁。

**¹² 舊**(旧) 舊 舊 舊 舊 舊 舊 舊

[ jiù ㄐㄧㄡˋ ⑧geu⁶ 夠⁶ ]
❶ **用過很久的；過時的；跟"新"相對** ◆ 舊車 / 舊衣服 / 舊設備 / 舊傢具 / 陳舊不堪。❷ **從前的；原先的** ◆ 舊居 / 舊址 / 舊地重遊 / 舊貌換新顏。❸ **老交情；老朋友** ◆ 舊交 / 舊友 / 故舊。

**¹³ 覺**　見見部，410頁。

**¹⁸ 釁**　見酉部，457頁。

舌 部

**⁰ 舌** 舌 舌 舌 舌 舌 舌

[ shé ㄕㄜˊ ⑧sit⁹ 泄⁹ ]
❶ **舌頭** ◆ 舌根 / 舌尖。❷ **像舌頭的東西** ◆ 火舌 / 帽舌。❸ **指代說話、辯論等事** ◆ 舌戰 / 鸚鵡學舌 / 油嘴滑舌 / 脣槍舌劍。
☞ 見古文字插頁6。

**² 舍** 舍 舍 舍 舍 舍 舍

〈一〉[ shè ㄕㄜˋ ⑧sɛ³ 赦 ]
❶ **房屋；住所** ◆ 農舍 / 校舍 / 宿舍。❷ **稱自己的家** ◆ 寒舍 / 敝舍。❸ **養家畜的棚、窩** ◆ 雞舍 / 牛舍。
〈二〉[ shě ㄕㄜˇ ⑧sɛ² 寫 ]
❹ **同"捨"字，見177頁。**
☞ 見古文字插頁14。

**⁵ 甜**　見甘部，289頁。

**⁶ 舒** 舒 舒 舒 舒 舒 舒

[ shū ㄕㄨ ⑧sy¹ 書 ]
❶ **伸展；寬解** ◆ 舒展 / 舒暢 / 舒坦 / 舒服 / 舒筋活血 / 舒了一口氣。❷ **緩慢** ◆ 舒緩。

**⁸ 舔** 舔 舔 舔 舔 舔 舔

[ tiǎn ㄊㄧㄢˇ ⑧tim² 添² ]

用舌頭取食或接觸東西 ◆ 舔食 / 舔嘴脣 / 舔一舔，嘗嘗味道。

<sup>9</sup>**舗**　同 "鋪〈三〉"，見 462 頁。

## 舛 部

<sup>0</sup>**舛**　舛 舛 舛 舛 舛

[ chuǎn ㄔㄨㄢˇ 粵 tsyn<sup>2</sup> 喘 ]

❶ 差錯；錯亂 ◆ 乖舛 / 舛誤 / 舛錯 / 舛訛。
❷ 不幸；不順利 ◆ 命運多舛。 ❸ 違背 ◆ 本末舛逆。

<sup>6</sup>**舜**　舜 舜 舜 舜 舜 舜

[ shùn ㄕㄨㄣˋ 粵 sœn<sup>3</sup> 信 ]

中國上古時代傳說中的一個帝王，也叫虞舜。

<sup>8</sup>**舞**　舞 舞 舞 舞 舞 舞

[ wǔ ㄨˇ 粵 mou<sup>5</sup> 武 ]

❶ 舞蹈 ◆ 舞劇 / 跳舞 / 土風舞 / 載歌載舞。 ❷ 揮動 ◆ 舞動 / 舞劍 / 揮舞。 ❸ 耍弄 ◆ 舞弊 / 舞文弄墨。
🐍 見古文字插頁 16。

## 舟 部

<sup>0</sup>**舟**　舟 舟 舟 舟 舟 舟

[ zhōu ㄓㄡ 粵 dzɐu<sup>1</sup> 州 ]

船 ◆ 一葉扁舟 / 同舟共濟 / 順水推舟 / 求學如逆水行舟，不進則退 / 兩岸猿聲啼不住，輕舟已過萬重山。
🐍 見古文字插頁 6。

<sup>3</sup>**舢**　舢 舢 舢 舢 舢 舢

[ shān ㄕㄢ 粵 san<sup>1</sup> 山 ]

舢舨：一種用槳划行的小船，一般只能坐兩三個人。也作 "舢板"、"三板"。

<sup>4</sup>**舨**　舨 舨 舨 舨 舨 舨

[ bǎn ㄅㄢˇ 粵 ban<sup>2</sup> 板 ]

舢舨。見 "舢" 字，本頁。

<sup>4</sup>**般**　般 般 般 般 般 般

[ bān ㄅㄢ 粵 bun<sup>1</sup> 搬 ]

樣；種 ◆ 這般 / 那般 / 兩人一般高 / 雷鳴般的掌聲 / 天下烏鴉一般黑。

<sup>4</sup>**航**　航 航 航 航 航 航

[ háng ㄏㄤˊ 粵 hɔŋ<sup>4</sup> 杭 ]

在水上或天空行駛 ◆ 航行 / 航海 / 航空 / 航線 / 航運 / 領航。

## 4 舫

舫 舫 舫 舫 舫 舫 **舫**

[ f/ng ㄈㄤˇ ⑧ fɔŋ² 訪 ]
船 ◆ 石舫 / 畫舫。

## 5 舶

舶 舶 舶 舶 舶 舶 **舶**

[ bó ㄅㄛˊ ⑧ bak⁹ 白 ]
航海的大船 ◆ 船舶。

## 5 船 (舩)

船 船 船 船 船 船 **船**

[ chuán ㄔㄨㄢˊ ⑧ syn⁴ 旋 ]
水上的交通運輸工具 ◆ 輪船 / 帆船 / 漁船 /
姑蘇城外寒山寺，夜半鐘聲到客船。

## 5 舷

舷 舷 舷 舷 舷 舷 **舷**

[ xián ㄒㄧㄢˊ ⑧ jin⁴ 言 ]
船和飛機的兩側 ◆ 左舷 / 右舷 / 舷梯。

## 5 舵

舵 舵 舵 舵 舵 舵 **舵**

[ duò ㄉㄨㄛˋ ⑧ tɔ⁴ 駝 ]
船或飛機用來控制航行方向的裝置 ◆ 掌舵 /
把舵 / 船舵 / 方向舵。

## 7 艄

艄 艄 艄 艄 艄 艄 **艄**

[ shāo ㄕㄠ ⑧ sau¹ 梢 ]
❶ 船尾 ◆ 船艄。 ❷ 船舵 ◆ 掌艄。

## 7 艇

艇 艇 艇 艇 艇 艇 **艇**

[ tǐng ㄊㄧㄥˇ ⑧ tiŋ⁵ 挺/tɛŋ⁵ 廳⁵（語） ]
輕便快速的小船或戰船 ◆ 汽艇 / 遊艇 / 救
生艇 / 巡邏艇 / 潛水艇。

## 9 艘 (艘)

艘 艘 艘 艘 艘 艘 **艘**

[ sōu ㄙㄡ ⑧ sɐu¹ 收/sɐu² 首（語） ]
量詞，用於船隻 ◆ 一艘輪船 / 一艘軍艦。

## 10 艙 (舱)

艙 艙 艙 艙 艙 艙 **艙**

[ cāng � ⑧ tsɔŋ¹ 倉 ]
船或飛機的內部 ◆ 船艙 / 貨艙 / 頭等艙。

## 14 艦 (舰)

艦 艦 艦 艦 艦 艦 **艦**

[ jiàn ㄐㄧㄢˋ ⑧ lam⁶ 濫 ]
大型的戰船 ◆ 軍艦 / 巡洋艦 / 航空母艦。

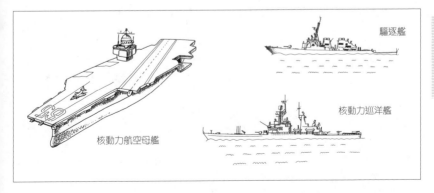

驅逐艦

核動力巡洋艦

核動力航空母艦

和顏悅色 / 眉飛色舞。❸ **情景；景象** ◆ 月色 / 夜色 / 景色 / 行色匆匆。❹ **種類** ◆ 貨色齊全 / 花色品種 / 各色各樣。❺ **物品的質量** ◆ 成色。❻ **特指女子的美貌** ◆ 姿色 / 好色之徒。

## 艮 部

¹ **良**　良 良 良 良 良 良　良

[ liáng ㄌㄧㄤˊ 圖 lœŋ⁴ 梁 ]
❶ **好；好的** ◆ 良好 / 優良 / 善良 / 良師益友 / 良藥苦口 / 消化不良。❷ **善良的人** ◆ 除暴安良 / 良莠不齊。❸ **很** ◆ 良久 / 用心良苦 / 獲益良多。

⁸ **銀**　見金部，462 頁。

¹¹ **艱** ⁽艰⁾　艱 艱 艱 艱 艱 艱　艱

[ jiān ㄐㄧㄢ 圖 gan¹ 奸 ]
**困難** ◆ 艱巨 / 艱難 / 艱苦 / 艱辛 / 艱險 / 步履維艱。

## 色 部

⁰ **色**　色 色 色 色 色　色

[ sè ㄙㄜˋ 圖 sik⁷ 式 ]
❶ **顏色** ◆ 紅色 / 色彩 / 五顏六色 / 藍色的天空。❷ **臉上的神情** ◆ 臉色 / 喜形於色 /

¹⁸ **艷**　"豔"的異體字，見 423 頁。

## 艸 部

² **艾** ⁽艾⁾　艾 艾 艾 艾 艾　艾

⟨一⟩ [ ài ㄞˋ 圖 ŋai⁶ 刈 ]
❶ **草本植物，葉可做艾絨，供針灸用；枝葉熏煙可用來驅蚊。**❷ **停止** ◆ 方興未艾。❸ **姓。**
⟨二⟩ [ yì ㄧˋ 圖 ŋai⁶ 刈 ]
❹ **治理** ◆ 自怨自艾。

³ **芋** ⁽芋⁾　芋 芋 芋 芋 芋 芋　芋

[ yù ㄩˋ 圖 wu⁶ 互 ]
❶ **草本植物，地下的莖像圓球，可以吃。俗稱芋頭，也叫芋芿。**❷ **泛指薯類** ◆ 山芋 / 洋芋。

³ **芍** ⁽芍⁾　芍 芍 芍 芍 芍 芍　芍

[ sháo ㄕㄠˊ 圖 dzœk⁸ 雀 ]
**芍藥：草本植物，花可供觀賞，根可做藥材。**

**焦點易錯字**　芋丨竽　芋頭　濫竽充數　　色丨式　顏色 角色　形式 程式

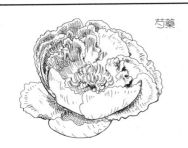

芍藥

◆ 火花 / 雪花 / 浪花 / 窗花。❸ 指棉花 ◆
軋花 / 彈花。❹ 條紋；圖案 ◆ 花紋 / 花邊
/ 印花布。❺ 雜色的 ◆ 小花貓 / 小花狗 /
花白頭髮。❻ 表示種類繁多 ◆ 花樣翻新 /
花色品種 / 五花八門。❼ 視線模糊不清 ◆
老眼昏花 / 頭昏眼花 / 看花了眼。❽ 虛偽
的；迷惑人的 ◆ 花招 / 花言巧語。❾ 用；
耗費 ◆ 花錢 / 花功夫 / 花時間 / 花氣力。

³ **芒**⁽芒⁾　芒芒芒芒芒芒芒 [芒]

[ máng ㄇㄤˊ ⑧ mɔŋ⁴ 忙 ]

❶ 稻麥等外殼上的細刺 ◆ 麥芒 / 芒刺在
背 / 針尖對麥芒。❷ 像芒的東西 ◆ 光芒 /
鋒芒。❸ 芒果：常綠喬木，果肉黃色，味
美多汁，產於亞熱帶地區。

⁴ **芙**⁽芙⁾　芙芙芙芙芙芙 [芙]

[ fú ㄈㄨˊ ⑧ fu⁴ 扶 ]

芙蓉：（1）荷花的別稱 ◆ 出水芙蓉。（2）
一種落葉灌木，也叫木芙蓉，花色美麗，
葉子闊卵形。

⁴ **芽**⁽芽⁾　芽芽芽芽芽芽 [芽]

[ yá ㄧㄚˊ ⑧ ŋa⁴ 牙 ]

植物的幼體，可發育成莖、葉或花 ◆ 嫩芽 /
新芽 / 綠豆芽 / 生根、發芽、開花、結果。

⁴ **花**⁽花⁾　花花花花花花 [花]

[ huā ㄏㄨㄚ ⑧ fa¹ 化¹ ]

❶ 植物的繁殖器官；也指能開花供觀賞的
植物 ◆ 牡丹花 / 開花結果 / 花無百日紅 /
花有重開日，人無再少年 / 有意栽花花不
發，無心插柳柳成蔭。❷ 形狀像花的東西

⁴ **芹**⁽芹⁾　芹芹芹芹芹芹 [芹]

[ qín ㄑㄧㄣˊ ⑧ kɐn⁴ 勤 ]

常見的蔬菜，分水芹和旱芹 ◆ 芹菜。

⁴ **芥**⁽芥⁾　芥芥芥芥芥芥 [芥]

〈一〉[ jiè ㄐㄧㄝˋ ⑧ gai³ 介 ]

❶ 芥菜：蔬菜，可以吃。種子有辣味，碾
成粉後叫芥末，可以做調味品。

〈二〉[ gài ㄍㄞˋ ⑧ gai³ 介 ]

❷ 芥藍：蔬菜，可以吃。

⁴ **芬**⁽芬⁾　芬芬芬芬芬芬 [芬]

[ fēn ㄈㄣ ⑧ fɐn¹ 分 ]

花草的香氣 ◆ 芬芳。

⁴ **芻**⁽芻⁾　芻芻芻芻芻芻 [芻]

[ chú ㄔㄨˊ ⑧ tsɔ¹ 初 ]

❶ 餵牲口的草 ◆ 芻秣 / 反芻。❷ 割草。
❸ 謙稱自己發表的言論 ◆ 芻議 / 芻言。

⁴ **芳**⁽芳⁾　芳芳芳芳芳芳 [芳]

[ fāng ㄈㄤ ⑧ fɔŋ¹ 方 ]

❶ 香；香味 ◆ 芳香 / 芬芳 / 天涯何處無芳
草。❷ 比喻美好的；美好的品德或名聲 ◆

芳名／孤芳自賞／流芳百世／千古流芳。

## ⁴芯 (芯)

芯芯芯芯芯芯 芯

〈一〉[xīn ㄒㄧㄣ ⑧sɐm¹ 心]

❶ 去了皮的燈心草，叫燈心或燈草，用來點油燈。

〈二〉[xìn ㄒㄧㄣˋ ⑧sɐm¹ 心]

❷ 物體的中心部分 ◆ 筆芯／巖芯／蠟燭芯。

## ⁴芝 (芝)

芝芝芝芝芝芝 芝

[zhī ㄓ ⑧dzi¹ 之]

❶ 芝麻：草本植物，種子可以榨油或做食品 ◆ 芝麻開花節節高。❷ 靈芝：菌類植物，可作藥用。

## ⁴芭 (芭)

芭芭芭芭芭芭 芭

[bā ㄅㄚ ⑧ba¹ 巴]

芭蕉：多年生草本植物，葉子很大，果實像香蕉，可以吃。

芭蕉

## ⁵茉 (茉)

茉茉茉茉茉茉 茉

[mò ㄇㄛˋ ⑧mut⁹ 末]

茉莉：常綠灌木，開小白花，香味濃厚，可提取芳香油，也可熏製茶葉 ◆ 茉莉花／茉莉花茶。

## ⁵苦 (苦)

苦苦苦苦苦苦 苦

[kǔ ㄎㄨˇ ⑧fu² 府]

❶ 像膽汁、黃連的味道；跟"甘"、"甜"相對 ◆ 苦瓜／酸甜苦辣／良藥苦口。❷ 難受；艱難 ◆ 痛苦／艱苦／苦難／困苦／苦海無邊，回頭是岸。❸ 竭力；盡力 ◆ 苦讀／刻苦／冥思苦想／勤學苦練。

## ⁵苯 (苯)

苯苯苯苯苯苯 苯

[běn ㄅㄣˇ ⑧bun² 本]

有機化合物，無色液體，有芳香味，可用來做溶劑、香料等。

## ⁵苛 (苛)

苛苛苛苛苛苛 苛

[kē ㄎㄜ ⑧ho¹ 呵]

❶ 過分嚴厲、刻薄 ◆ 苛求／苛刻。❷ 繁重；瑣碎 ◆ 苛捐雜稅。

## ⁵若 (若)

若若若若若若 若

[ruò ㄖㄨㄛˋ ⑧jœk⁹ 弱]

❶ 如果；假如 ◆ 假若／若不／若要人不知，除非己莫為。❷ 好像 ◆ 若無其事／旁若無人／欣喜若狂／門庭若市／若隱若現。

## ⁵茂 (茂)

茂茂茂茂茂茂 茂

[mào ㄇㄠˋ ⑧mɐu⁶ 貿]

❶ 草木長得繁盛 ◆ 茂盛／茂密／枝葉繁茂／根深葉茂。❷ 豐富精美 ◆ 圖文並茂。

## ⁵苫 (苫)

苫苫苫苫苫苫 苫

〈一〉[shān ㄕㄢ ⑧sim¹ 閃¹]

❶ 草簾子或草墊子。

〈二〉[ shàn ㄕㄢˋ ⑧ sim³ 閃³ ]
❷ 用苫或其他東西來遮蓋 ◆ 拿油布苫上。

⁵**苜** ⁽苜⁾　苜苜苜苜苜苜　苜

[ mù ㄇㄨˋ ⑧ muk⁹ 木 ]
苜蓿:草本植物,葉子互生,開紫色蝶形花,結莢果,是重要的牧草和綠肥作物。

苜蓿

⁵**苗** ⁽苗⁾　苗苗苗苗苗苗　苗

[ miáo ㄇㄧㄠˊ ⑧ miu⁴ 描 ]
❶ 初生的、幼小的植物 ◆ 禾苗 / 秧苗 / 麥苗 / 樹苗 / 幼苗。❷ 某些初生的、幼小的動物 ◆ 魚苗 / 豬苗。❸ 形狀像幼苗的東西 ◆ 火苗。❹ 事物初露出來的跡象 ◆ 苗頭 / 根苗。❺ 苗族:中國少數民族之一。
☙ 見古文字插頁 15。

⁵**英** ⁽英⁾　英英英英英英　英

[ yīng ㄧㄥ ⑧ jiŋ¹ 嬰 ]
❶ 花 ◆ 落英繽紛。❷ 才能出眾;傑出的人 ◆ 英雄 / 精英 / 羣英會 / 培育英才。❸ 英國的簡稱 ◆ 英尺 / 英鎊。

⁵**苑** ⁽苑⁾　苑苑苑苑苑苑　苑

[ yuàn ㄩㄢˋ ⑧ jyn² 婉 ]
❶ 古代養禽獸、種樹木,供帝王貴族打獵遊樂之地;泛指園林、花園 ◆ 御苑 / 上林苑。❷ 會集的地方;文藝活動集中處 ◆ 文苑 / 藝苑。

⁵**苟** ⁽苟⁾　苟苟苟苟苟苟　苟

[ gǒu ㄍㄡˇ ⑧ gɐu² 狗 ]
❶ 馬虎;隨便 ◆ 一絲不苟 / 不苟言笑 / 未敢苟同。❷ 暫且;只顧眼前 ◆ 苟且偷生 / 苟安 / 苟活。

⁵**苞** ⁽苞⁾　苞苞苞苞苞苞　苞

[ bāo ㄅㄠ ⑧ bau¹ 包 ]
花未開時包着花朵的小葉片 ◆ 花苞 / 含苞待放。

⁵**苧** ⁽苧⁾　苧苧苧苧苧苧　苧

[ zhù ㄓㄨˋ ⑧ tsy⁵ 柱 ]
苧麻:一種多年生草本植物,莖皮為纖維質,劈成細絲,可以做繩索,也是紡織工業的重要原料。

⁵**范** ⁽范⁾　范范范范范范　范

[ fàn ㄈㄢˋ ⑧ fan⁶ 飯 ]
❶ 姓。❷ "範"的簡化字,見 332 頁。

⁵**茄** ⁽茄⁾　茄茄茄茄茄茄　茄

〈一〉[ qié ㄑㄧㄝˊ ⑧ kɛ⁴ 騎 ]
❶ 茄子:草本植物,果實成球形或長圓形,有紫色、白色或淺綠色,是普通蔬菜。
〈二〉[ jiā ㄐㄧㄚ ⑧ ga¹ 加 ]
❷ 雪茄:用煙葉捲成的煙,比一般的香煙要長。也叫捲煙。

## ⁵茅(茅)

茅茅茅茅茅茅　茅

[ máo ㄇㄠˊ ⑧ mau⁴ 矛 ]

茅草：多年生草本植物，可用來造紙，根可以做藥材 ◆ 茅屋。

## ⁵茁(茁)

茁茁茁茁茁茁　茁

[ zhuó ㄓㄨㄛˊ ⑧ dzyt⁸ 啜 ]

旺盛地生長 ◆ 茁壯。

## ⁵苔(苔)

苔苔苔苔苔苔　苔

〈一〉[ tái ㄊㄞˊ ⑧ toi⁴ 台 ]

❶ 青苔：植物名，生長在陰濕的地方。

〈二〉[ tāi ㄊㄞ ⑧ toi⁴ 台 ]

❷ 舌苔：舌頭表面滑膩的東西，中醫用觀察舌苔來診斷病症。

## ⁶荊(荊)

荊荊荊荊荊荊　荊

[ jīng ㄐㄧㄥ ⑧ gin¹ 京 ]

❶ 落葉灌木，枝條可用來編籃、筐等器具。
❷ 古代用荊條做的刑杖 ◆ 負荊請罪。

## ⁶茸(茸)

茸茸茸茸茸茸　茸

[ róng ㄖㄨㄥˊ ⑧ jun⁴ 容 ]

❶ 初生的草；柔細濃密的毛 ◆ 綠茸茸 / 毛茸茸 / 茸毛。❷ 鹿茸：公鹿剛長出的嫩角，是名貴的藥材。

## ⁶茬(茬)

茬茬茬茬茬茬　茬

[ chá ㄔㄚˊ ⑧ tsa⁴ 茶 ]

❶ 莊稼收割後殘留在地裏的莖和根 ◆ 麥茬 / 豆茬 / 高粱茬。❷ 莊稼種植和收割的次數 ◆ 頭茬 / 二茬 / 一年種三茬。

## ⁶草(草)

草草草草草草　草

[ cǎo ㄘㄠˇ ⑧ tsou² 粗² ]

❶ 草本植物的總稱 ◆ 青草 / 草原 / 人非草木，豈能無情 / 牆頭一棵草，風吹兩邊倒。❷ 指用作燃料、飼料的稻、麥等的莖葉 ◆ 稻草 / 柴草 / 草繩 / 草鞋 / 兵馬未到，糧草先行。❸ 初步的、未定的文稿 ◆ 草稿 / 草圖 / 草案 / 起草。❹ 馬虎；不認真 ◆ 草率 / 潦草 / 草草了事。❺ 漢字字體的一種 ◆ 草書 / 行草。

## ⁶茵(茵)

茵茵茵茵茵茵　茵

[ yīn ㄧㄣ ⑧ jɐn¹ 因 ]

墊子、褥子一類東西的通稱 ◆ 綠草如茵。

## ⁶茱(茱)

茱茱茱茱茱茱　茱

[ zhū ㄓㄨ ⑧ dzy¹ 朱 ]

茱萸：落葉喬木，生長在山谷，有香味。古代風俗，重陽登高時佩茱萸，可以避災避邪 ◆ 獨在異鄉為異客，每逢佳節倍思親。遙知兄弟登高處，遍插茱萸少一人。

## ⁶茴(茴)

茴茴茴茴茴茴　茴

[ huí ㄏㄨㄟˊ ⑧ wui⁴ 回 ]

茴香：草本植物，有特別的香味，莖葉可以吃，果實可以做香料。

## ⁶茶(茶)

茶茶茶茶茶茶　茶

[ chá ㄔㄚˊ ⑧ tsa⁴ 查 ]

❶ 茶樹：常綠灌木，嫩葉加工後成為茶葉 ◆ 茶林 / 採茶 / 烏龍茶 / 龍井茶。❷ 用茶葉做成的飲料；某些其他原料做成的飲料

◆ 喝茶／茶水／清茶／奶茶／杏仁茶。

荔枝：常綠喬木，果肉汁多、香甜。

<sup>6</sup>**荀**<sup>(荀)</sup> 荀荀荀荀荀荀 荀

[ xún ㄒㄩㄣˊ ⑧ sœn¹ 詢 ]

姓。

<sup>6</sup>**茗**<sup>(茗)</sup> 茗茗茗茗茗茗 茗

[ míng ㄇㄧㄥˊ ⑧ miŋ⁵ 皿 ]

茶 ◆ 品茗／香茗。

<sup>6</sup>**荒**<sup>(荒)</sup> 荒荒荒荒荒荒 荒

[ huāng ㄏㄨㄤ ⑧ foŋ¹ 方 ]

❶ 沒有開墾過或長期廢棄不種的 ◆ 荒地／荒山／荒蕪／墾荒／拋荒。❷ 莊稼沒有收成或收成不好 ◆ 荒年／災荒／逃荒。❸ 偏僻；冷落 ◆ 荒涼／荒無人煙／荒郊野林。❹ 廢棄 ◆ 荒疏／學業荒廢。❺ 嚴重缺乏 ◆ 糧荒／水荒。❻ 言行不合情理、不真實 ◆ 荒謬／荒唐／荒誕。

<sup>6</sup>**茨**<sup>(茨)</sup> 茨茨茨茨茨茨 茨

[ cí ㄘˊ ⑧ tsi⁴ 池 ]

❶ 用茅草或蘆葦等蓋房子。❷ 蒺藜，一種草本植物。

<sup>6</sup>**茫**<sup>(茫)</sup> 茫茫茫茫茫茫 茫

[ máng ㄇㄤˊ ⑧ mɔŋ⁴ 忙 ]

❶ 寬廣無邊，模糊不清 ◆ 茫茫大海／暮色蒼茫／煙霧渺茫。❷ 一無所知 ◆ 茫然無知／茫然不知所措。

<sup>6</sup>**荔**<sup>(荔)</sup> 荔荔荔荔荔荔 荔

[ lì ㄌㄧˋ ⑧ lɐi⁶ 例 ]

<sup>6</sup>**茹**<sup>(茹)</sup> 茹茹茹茹茹茹 茹

[ rú ㄖㄨˊ ⑧ jy⁴ 如 ]

❶ 吃 ◆ 茹毛飲血。❷ 引申為忍受 ◆ 含辛茹苦。

<sup>6</sup>**茲**<sup>(茲)</sup> 茲茲茲茲茲茲 茲

[ zī ㄗ ⑧ dzi¹ 資 ]

❶ 這；這個 ◆ 念茲在茲／茲事體大。❷ 現在 ◆ 茲定於國慶節聚會／茲介紹李老師前來洽談。

<sup>7</sup>**莆**<sup>(莆)</sup> 莆莆莆莆莆莆 莆

[ pú ㄆㄨˊ ⑧ pou⁴ 蒲 ]

莆田：縣名，在福建省。

<sup>7</sup>**荸**<sup>(荸)</sup> 荸荸荸荸荸荸 荸

[ bí ㄅㄧˊ ⑧ but⁹ 勃 ]

荸薺：多年生草本植物，生長在水田裏，地下莖可以吃，也可以做澱粉。又叫馬蹄、地栗。

荸薺（馬蹄）

<sup>7</sup>**莽**<sup>(莽)</sup> 莽莽莽莽莽莽 莽

[ mǎng ㄇㄤˇ ⑧ mɔŋ⁵ 網 ]

❶ 茂密的草 ◆ 草莽／莽原。❷ 粗魯；冒失 ◆ 魯莽／莽撞。

⁷**莖**⁽茎⁾　莖莖莖莖莖莖　莖

[jīng ㄐㄧㄥ 粵hɐŋ⁴ 恆]
植物的主幹 ◆ 花莖 / 莖葉粗壯。

⁷**荚**⁽荚⁾　荚荚荚荚荚荚　荚

[jiá ㄐㄧㄚˊ 粵gap⁸ 夾]
豆類植物結的長條形果實 ◆ 豆荚 / 皂荚。

毛豆　四季豆　豌豆　荚

⁷**莫**⁽莫⁾　莫莫莫莫莫莫　莫

[mò ㄇㄛˋ 粵mɔk⁹ 漠]
❶ **不要** ◆ 莫哭 / 閒人莫入 / 莫道君行早，更有早行人 / 若要人不知，除非己莫為。
❷ **沒有誰；沒有甚麼東西** ◆ 莫名其妙 / 莫大的光榮 / 莫不拍手稱快 / 知子莫若父。
❸ **不；不能** ◆ 變幻莫測 / 愛莫能助 / 望塵莫及 / 鞭長莫及 / 一籌莫展。 ❹ **表示猜測或疑問** ◆ 莫非他有事不能來？ / 莫不是走漏了風聲？
📖 見古文字插頁 16。

⁷**莉**⁽莉⁾　莉莉莉莉莉莉　莉

[lì ㄌㄧˋ 粵lei⁶ 利]
茉莉。見 "茉" 字，見 376 頁。

⁷**莠**⁽莠⁾　莠莠莠莠莠莠　莠

[yǒu ㄧㄡˇ 粵jɐu⁵ 友]
❶ **狗尾草，常跟禾苗長在一起。** ❷ **比喻品行不好的人** ◆ 良莠不齊。

⁷**莓**⁽莓⁾　莓莓莓莓莓莓　莓

[méi ㄇㄟˊ 粵mui⁴ 梅]
植物名，果實較小。種類很多，常見的有草莓，味酸甜，可以吃。

⁷**荷**⁽荷⁾　荷荷荷荷荷荷　荷

〈一〉[hé ㄏㄜˊ 粵hɔ⁴ 何]
❶ **水生草本植物，開的花叫荷花，果實叫蓮子，地下莖叫藕。荷花可供觀賞，蓮、藕可以吃** ◆ 荷葉 / 荷塘月色 / 小荷才露尖尖角，早有蜻蜓立上頭。 ❷ **荷蘭的簡稱。**

荷花

〈二〉[hè ㄏㄜˋ 粵hɔ⁶ 賀]
❸ **扛着東西** ◆ 荷鋤 / 荷槍實彈。 ❹ **負擔** ◆ 負荷。

⁷**荼**⁽荼⁾　荼荼荼荼荼荼　荼

[tú ㄊㄨˊ 粵tou⁴ 途]
❶ **古書上説的一種苦菜。** ❷ **茅草開的白花** ◆ 如火如荼。

---

**⁷ 荻 (荻)** 荻荻荻荻荻荻 荻

[ dí ㄉㄧˊ 粵 dik⁹ 敵 ]

多年生草本植物，生長在水邊，形狀像蘆葦。秋天開紫花。莖稈可用來編蓆，也是造紙原料 ◆ 畫荻教子。

**⁷ 莘 (莘)** 莘莘莘莘莘莘 莘

⟨一⟩[ shēn ㄕㄣ 粵 sɐn¹ 辛 ]

❶ 莘莘：形容眾多 ◆ 莘莘學子。❷ 姓。

⟨二⟩[ xīn ㄒㄧㄣ 粵 sɐn¹ 辛 ]

❸ 莘莊：地名，在上海市。

**⁷ 莎 (莎)** 莎莎莎莎莎莎 莎

[ shā ㄕㄚ 粵 sa¹ 沙 ]

多作翻譯用字 ◆ 莎士比亞。

**⁷ 莞 (莞)** 莞莞莞莞莞莞 莞

⟨一⟩[ guǎn ㄍㄨㄢˇ 粵 gun² 管 ]

❶ 東莞：地名，在廣東省。

⟨二⟩[ wǎn ㄨㄢˇ 粵 wun⁵ 浣 ]

❷ 莞爾：微笑的樣子 ◆ 莞爾而笑 / 不覺莞爾。

**⁷ 莊 (庄)** 莊莊莊莊莊莊 莊

[ zhuāng ㄓㄨㄤ 粵 dzɔŋ¹ 裝 ]

❶ 村子 ◆ 村莊 / 農莊。❷ 商店 ◆ 錢莊 / 飯莊 / 布莊 / 茶莊。❸ 嚴肅 ◆ 莊嚴 / 莊重 / 端莊。

**⁸ 菁 (菁)** 菁菁菁菁菁菁 菁

[ jīng ㄐㄧㄥ 粵 dziŋ¹ 晶 ]

菁華：事物最精美的部分 ◆ 唐詩菁華。

**⁸ 華 (华)** 華華華華華華 華

⟨一⟩[ huá ㄏㄨㄚˊ 粵 wa⁴ 蛙⁴ ]

❶ 指中國或中華民族 ◆ 華夏 / 華人 / 華僑 / 華裔 / 錦繡中華。❷ 光彩；漂亮 ◆ 華麗 / 華美 / 華貴 / 繁華 / 豪華。❸ 事物中最好的部分 ◆ 精華 / 英華 / 物華天寶。❹ 時間；光陰 ◆ 年華 / 韶華。❺ 奢侈；鋪張 ◆ 浮華 / 奢華 / 華而不實。

⟨二⟩[ huà ㄏㄨㄚˋ 粵 wa⁶ 話 ]

❻ 華山：山名，五嶽之一，在陝西省。

**⁸ 著 (著)** 著著著著著著 著

⟨一⟩[ zhù ㄓㄨˋ 粵 dzy³ 注 ]

❶ 顯明 ◆ 著名 / 顯著 / 功勳卓著 / 臭名昭著。❷ 寫作；寫成的作品 ◆ 著書立說 / 編著 / 著作 / 名著 / 巨著。

⟨二⟩同 “着” 字，見 306 頁。

**⁸ 菱 (菱)** 菱菱菱菱菱菱 菱

[ líng ㄌㄧㄥˊ 粵 liŋ⁴ 玲 ]

草本水生植物，果實外殼有角，俗稱菱角。果肉可以吃，也可做澱粉 ◆ 紅菱。

菱角

**⁸ 萊 (莱)** 萊萊萊萊萊萊 萊

[ lái ㄌㄞˊ 粵 lɔi⁴ 來 ]

多作地名用字，如山東省有萊陽、萊蕪、蓬萊。

⁸**菴**（菴）　"庵"的異體字，見 136 頁。

⁸**蔞**（蔞）　蔞蔞蔞蔞蔞蔞　蔞

[qī ㄑㄧ　⑨ tsɐi¹ 妻]
蔞蔞：形容草長得很茂密 ◆ 芳草蔞蔞。

⁸**菲**（菲）　菲菲菲菲菲菲　菲

⟨一⟩[fēi ㄈㄟ　⑨ fei¹ 非]
❶ 花草茂盛芳香 ◆ 芳菲。
⟨二⟩[fěi ㄈㄟˇ　⑨ fei² 匪]
❷ 微；薄 ◆ 菲薄。

⁸**菽**（菽）　菽菽菽菽菽菽　菽

[shū ㄕㄨ　⑨ suk⁷ 叔]
豆類的總稱 ◆ 不辨菽麥。

⁸**萌**（萌）　萌萌萌萌萌萌　萌

[méng ㄇㄥˊ　⑨ mɐŋ⁴ 盟]
❶ 草木發芽 ◆ 萌芽。❷ 比喻事物的開始、發生 ◆ 萌發／萌生／故態復萌。

⁸**菌**（菌）　菌菌菌菌菌菌　菌

⟨一⟩[jùn ㄐㄩㄣˋ　⑨ kwɐn⁵ 窘]
❶ 生長在樹林裏或草地上的菌類植物，有的有毒，有的可以吃，如香菇。
⟨二⟩[jūn ㄐㄩㄣ　⑨ kwɐn⁵ 窘]
❷ 細菌 ◆ 病菌／真菌。

⁸**萎**（萎）　萎萎萎萎萎萎　萎

[wěi ㄨㄟˇ　⑨ wɐi¹ 威]
草木乾枯；衰敗 ◆ 枯萎／萎謝／萎縮。

⁸**萸**（萸）　萸萸萸萸萸萸　萸

[yú ㄩˊ　⑨ jy⁴ 如]
茱萸。見 "茱" 字，378 頁。

⁸**菜**（菜）　菜菜菜菜菜菜　菜

[cài ㄘㄞˋ　⑨ tsɔi³ 蔡]
❶ 蔬菜 ◆ 白菜／青菜／芹菜／種菜。❷ 烹調好的魚、肉、蔬菜等食品 ◆ 菜肴／素菜／葷菜／酒菜／炒菜。

⁸**菊**（菊）　菊菊菊菊菊菊　菊

[jú ㄐㄩˊ　⑨ guk⁷ 谷]
菊花：草本植物，種類很多。花可供觀賞，有的可做藥材 ◆ 春蘭秋菊。

⁸**萄**（萄）　萄萄萄萄萄萄　萄

[táo ㄊㄠˊ　⑨ tou⁴ 陶]
葡萄。見 "葡" 字，384 頁。

⁸**菩**（菩）　菩菩菩菩菩菩　菩

[pú ㄆㄨˊ　⑨ pou⁴ 葡]
菩薩：佛教指地位僅次於佛的人；也泛指佛和某些神 ◆ 觀音菩薩／菩薩保祐。

⁸**萃**（萃）　萃萃萃萃萃萃　萃

[cuì ㄘㄨㄟˋ　⑨ sœy⁶ 睡]
❶ 聚集；薈集 ◆ 羣英薈萃。❷ 聚集在一起的人或物 ◆ 出類拔萃。

⁸**萍**（萍）　萍萍萍萍萍萍　萍

[píng ㄆㄧㄥˊ　⑨ pin⁴ 平]

**焦點易錯字**　粹｜萃｜瘁　國粹 粹而不雜　薈萃 出類拔萃　心力交瘁 鞠躬盡瘁

浮萍：草本植物，浮生在水面上，可以做飼料 ◆ 萍水相逢／山河破碎風飄絮，身世沉浮雨打萍。

⁸ **菠**（菠）
菠 菠 菠 菠 菠 菠 **菠**
[ bō ㄅㄛ ◉ bɔ¹ 波 ]
菠菜：草本植物，葉子略呈三角形，根略帶紅色，是普通蔬菜。

⁸ **菅**（菅）
菅 菅 菅 菅 菅 菅 **菅**
[ jiān ㄐㄧㄢ ◉ gan¹ 奸 ]
多年生草本植物，葉細長。莖、葉可做造紙原料 ◆ 草菅人命。

⁸ **菇**（菇）
菇 菇 菇 菇 菇 菇 **菇**
[ gū ㄍㄨ ◉ gu¹ 姑 ]
菌類植物 ◆ 蘑菇／香菇／草菇。

⁹ **葉**（叶）
葉 葉 葉 葉 葉 葉 **葉**
[ yè ㄧㄝˋ ◉ jip⁹ 頁 ]
❶ 葉子：植物的營養器官之一 ◆ 樹葉／綠葉／葉落歸根／根深葉茂／停車坐愛楓林晚，霜葉紅於二月花。❷ 像葉子的、成片的東西 ◆ 百葉窗／君看一葉舟，出沒風波裏。❸ 表示歷史時期的分段 ◆ 二十世紀中葉。

⁹ **葫**（葫）
葫 葫 葫 葫 葫 葫 **葫**
[ hú ㄏㄨˊ ◉ wu⁴ 胡 ]
葫蘆：一年生草本植物，有的果實可以吃，有的可以做藥，有的可以做盛具或玩具 ◆ 葫蘆瓢。

葫蘆

⁹ **慈**
見心部，155 頁。

⁹ **葬**（葬）
葬 葬 葬 葬 葬 葬 **葬**
[ zàng ㄗㄤˋ ◉ dzɔŋ³ 壯 ]
掩埋或處理屍體 ◆ 埋葬／安葬／火葬／葬禮／死無葬身之地。

⁹ **萬**（万）
萬 萬 萬 萬 萬 萬 **萬**
[ wàn ㄨㄢˋ ◉ man⁶ 慢 ]
❶ 數目字，十個一千等於一萬。❷ 形容很多 ◆ 萬物／萬水千山／萬事俱備，只欠東風／讀書破萬卷，下筆如有神／烽火連三月，家書抵萬金。❸ 極；很 ◆ 萬全之計／萬不能行／萬不得已。

⁹ **募**
見力部，48 頁。

⁹ **葛**（葛）
葛 葛 葛 葛 葛 葛 **葛**
〈一〉[ gé ㄍㄜˊ ◉ gɔt⁸ 割 ]
❶ 草本植物，根可製澱粉，也可做藥。莖的纖維叫葛麻，用葛麻織的布叫葛布。
〈二〉[ gě ㄍㄜˇ ◉ gɔt⁸ 割 ]
❷ 姓。

⁹ **董**（董）
董 董 董 董 董 董 **董**
[ dǒng ㄉㄨㄥˇ ◉ duŋ² 懂 ]

舟良色
艸老

❶ 監督管理 ◆ 董理／董事。❷ 董事會成員的簡稱 ◆ 股董／校董。

⁹ **葩** ⁽葩⁾ 葩葩葩葩葩葩 **葩**

[ pā ㄆㄚ ◉ ba¹ 巴 ]

花 ◆ 奇葩。

⁹ **葡** ⁽葡⁾ 葡葡葡葡葡葡 **葡**

[ pú ㄆㄨˊ ◉ pou⁴ 蒲 ]

❶ 葡萄：藤本植物，果實成串，是常見的水果，也可以用來釀酒 ◆ 紫葡萄／葡萄酒。❷ 葡萄牙的簡稱。

⁹ **葱** ⁽葱⁾ 葱葱葱葱葱葱 **葱**

[ cōng ㄘㄨㄥ ◉ tsuŋ¹ 沖 ]

❶ 草本植物，葉子圓筒形，中間空，葉、莖有辣味，可做調味品或當菜吃 ◆ 大葱／葱白。❷ 青綠色 ◆ 葱翠／一片葱綠／鬱鬱葱葱。

⁹ **蒂** ⁽蒂⁾ 蒂蒂蒂蒂蒂蒂 **蒂**

[ dì ㄉㄧˋ ◉ dɐi³ 帝 ]

花或瓜果跟枝、莖相連接的部分 ◆ 並蒂蓮／瓜熟蒂落／根深蒂固。

⁹ **落** ⁽落⁾ 落落落落落落 **落**

〈一〉[ luò ㄌㄨㄛˋ ◉ lɔk⁹ 樂 ]

❶ 從高處往下掉；下降 ◆ 墜落／葉落歸根／飛機降落／太陽落山了／水落石出。❷ 衰敗；飄零 ◆ 衰落／沒落／家道中落／流落他鄉／淪落街頭。❸ 停留；留下 ◆ 落腳／落戶／落款／不落痕跡。❹ 停留的地方 ◆ 着落／下落不明。❺ 人聚居的地方 ◆ 村

落／部落。❻ 歸屬 ◆ 任務落到自己頭上。❼ 掉在後面；跟不上 ◆ 落後／落伍。❽ 建築物完成 ◆ 落成。

〈二〉[ lào ㄌㄠˋ ◉ lɔk⁹ 樂 ]

❾ 用於"落枕"、"落價"等一些口語詞。

〈三〉[ là ㄌㄚˋ ◉ lɔk⁹ 樂 ]

❿ 遺漏 ◆ 丟三落四。

⁹ **葷** ⁽葷⁾ 葷葷葷葷葷葷 **葷**

[ hūn ㄏㄨㄣ ◉ fɐn¹ 昏 ]

雞、鴨、魚、肉等食物；跟"素"相對 ◆ 葷菜／不吃葷／一葷兩素。

⁹ **葦** ⁽苇⁾ 葦葦葦葦葦葦 **葦**

[ wěi ㄨㄟˇ ◉ wɐi⁵ 偉 ]

蘆葦。見"蘆"字，390 頁。

⁹ **葵** ⁽葵⁾ 葵葵葵葵葵葵 **葵**

[ kuí ㄎㄨㄟˊ ◉ kwɐi⁴ 攜 ]

某些開大花的草本植物，品種很多，常見的有向日葵，種子可以吃，也可以榨油。蒲葵葉子可以做扇子，俗稱葵扇或芭蕉扇。

¹⁰ **蒜** ⁽蒜⁾ 蒜蒜蒜蒜蒜蒜 **蒜**

[ suàn ㄙㄨㄢˋ ◉ syn³ 算 ]

大蒜：草本植物，地下莖叫蒜頭。蒜頭、蒜苗、蒜葉都可當菜吃 ◆ 蒜泥／葱蒜。

¹⁰ **蓋** ⁽盖⁾ 蓋蓋蓋蓋蓋蓋 **蓋**

〈一〉[ gài ㄍㄞˋ ◉ gɔi³ 該 / kɔi³ 慨 (語) ]

❶ 遮在器物敞口上的東西 ◆ 瓶蓋／壺蓋。❷ 遮上；蒙上 ◆ 掩蓋／覆蓋／蓋被子。❸ 建造 ◆ 蓋房子。❹ 印上去 ◆ 蓋章

蓋印。❺ 超過；壓倒 ◆ 蓋世英雄 / 氣蓋山河。

〈二〉[ gě 《ㄜˇ ⑱ gɐp⁸ 蛤 ]

❻ 姓。

<sup>10</sup> 墓 見土部，92 頁。

<sup>10</sup> 幕 見巾部，133 頁。

<sup>10</sup> 夢 見夕部，97 頁。

<sup>10</sup> 蓓 (蓓) 蓓蓓蓓蓓蓓蓓 蓓

[ bèi ㄅㄟˋ ⑱ pui⁵ 倍 ]

蓓蕾：含苞未放的花；花骨朵 ◆ 蓓蕾滿枝。

<sup>10</sup> 蓖 (蓖) 蓖蓖蓖蓖蓖蓖 蓖

[ bì ㄅㄧˋ ⑱ bei¹ 跛 ]

蓖麻：草本植物，種子可以榨油。蓖麻油用途廣泛，醫藥上做瀉藥，工業上做潤滑油。

<sup>10</sup> 蒼 (苍) 蒼蒼蒼蒼蒼蒼 蒼

[ cāng ㄘㄤ ⑱ tsɔŋ¹ 倉 ]

❶ 深藍色；深綠色 ◆ 蒼天 / 蒼海 / 蒼翠 / 蒼松翠柏 / 天蒼蒼，野茫茫，風吹草低見牛羊。❷ 灰白色 ◆ 白髮蒼蒼 / 臉色蒼白。❸ 指天或天空 ◆ 上蒼 / 蒼穹。

<sup>10</sup> 蓑 (蓑) 蓑蓑蓑蓑蓑蓑 蓑

[ suō ㄙㄨㄛ ⑱ sɔ¹ 蔬 ]

蓑衣：用草或棕編成的，披在身上擋雨的用具 ◆ 孤舟蓑笠翁，獨釣寒江雪。

<sup>10</sup> 蒿 (蒿) 蒿蒿蒿蒿蒿蒿 蒿

[ hāo ㄏㄠ ⑱ hou¹ 好¹ ]

蒿子：草本植物，有青蒿、白蒿、蓬蒿等，均有特殊氣味。青蒿可做藥材，蓬蒿可當蔬菜。

<sup>10</sup> 蓆 (席) 蓆蓆蓆蓆蓆蓆 蓆

[ xí ㄒㄧˊ ⑱ dzik⁹ 夕/dzɛk⁹ 瘠 (語) ]

用草、蘆葦、竹篾等編成的鋪墊用具 ◆ 草蓆 / 竹蓆 / 涼蓆 / 枕蓆。

<sup>10</sup> 蓄 (蓄) 蓄蓄蓄蓄蓄蓄 蓄

[ xù ㄒㄩˋ ⑱ tsuk⁷ 促 ]

❶ 儲存 ◆ 儲蓄 / 積蓄 / 蓄水池。❷ 保留 ◆ 蓄髮 / 蓄鬚 / 養精蓄銳 / 兼收並蓄。❸ 隱藏不露 ◆ 蓄意 / 含蓄 / 蓄謀已久。

<sup>10</sup> 蒞 (莅) 蒞蒞蒞蒞蒞蒞 蒞

[ lì ㄌㄧˋ ⑱ lei⁶ 利 ]

到 ◆ 蒞會 / 蒞任 / 蒞臨指導。

<sup>10</sup> 蒲 (蒲) 蒲蒲蒲蒲蒲蒲 蒲

[ pú ㄆㄨˊ ⑱ pou⁴ 葡 ]

水生的草本植物，葉子可編蒲蓆、蒲包和蒲扇，花穗的絨毛可做枕芯。

<sup>10</sup> 蓉 (蓉) 蓉蓉蓉蓉蓉蓉 蓉

[ róng ㄖㄨㄥˊ ⑱ juŋ⁴ 容 ]

芙蓉。見 "芙" 字，375 頁。

<sup>10</sup> 蒙 (蒙) 蒙蒙蒙蒙蒙蒙 蒙

〈一〉[ méng ㄇㄥˊ ⑱ muŋ⁴ 濛 ]

❶ 遮蓋 ◆ 蒙蔽／蒙住眼睛／蒙面強盜／蒙着頭睡覺／蒙上一層灰。❷ 遭遇；受到 ◆ 蒙難／蒙受恥辱／承蒙關照。❸ 愚昧；沒有文化 ◆ 蒙昧／啟蒙。❹ 姓。

〈二〉[ mēng ㄇㄥ 🔊 muŋ⁴ 濛 ]

❺ 昏迷；神志不清 ◆ 蒙頭轉向／被打蒙了。❻ "矇" 的簡化字，見 308 頁。

〈三〉[ měng ㄇㄥˇ 🔊 muŋ⁴ 濛 ]

❼ 蒙古族的簡稱 ◆ 蒙族。❽ 蒙古國的簡稱 ◆ 中蒙邊境。

¹⁰ 蒸 ⁽蒸⁾　蒸 蒸 蒸 蒸 蒸 蒸　蒸

[ zhēng ㄓㄥ 🔊 dziŋ¹ 征 ]

❶ 液體受熱化成氣體上升 ◆ 蒸發／水蒸氣。❷ 利用水蒸氣的熱力使食物變熱、變熟 ◆ 蒸飯／蒸菜／清蒸魚。

¹¹ 蔫 ⁽蔫⁾　蔫 蔫 蔫 蔫 蔫 蔫　蔫

[ niān ㄋㄧㄢ 🔊 jin¹ 煙 ]

草木、水果等因失去水分而變得枯萎 ◆ 花蔫了／蘋果擱蔫了。

¹¹ 蓮 ⁽蓮⁾　蓮 蓮 蓮 蓮 蓮 蓮　蓮

[ lián ㄌㄧㄢˊ 🔊 lin⁴ 連 ]

水生草本植物，也叫荷。葉子叫荷葉，開的花叫荷花或蓮花，種子叫蓮子，地下莖叫藕。花供觀賞，蓮子、藕都可以吃 ◆ 蓮藕／採蓮／睡蓮。

¹¹ 慕　見心部，157 頁。

¹¹ 暮　見日部，202 頁。

¹¹ 蔓 ⁽蔓⁾　蔓 蔓 蔓 蔓 蔓 蔓　蔓

〈一〉[ màn ㄇㄢˋ 🔊 man⁶ 慢 ]

❶ 蔓草：有細長的莖，可以纏繞其他植物的野草。❷ 像蔓草一樣向周圍擴展延伸 ◆ 蔓延／滋蔓。

〈二〉[ wàn ㄨㄢˋ 🔊 man⁶ 慢 ]

❸ 義同 ❶，多用於口語，如瓜蔓。

¹¹ 蔑 ⁽蔑⁾　蔑 蔑 蔑 蔑 蔑 蔑　蔑

[ miè ㄇㄧㄝˋ 🔊 mit⁹ 滅 ]

小；輕 ◆ 蔑視／輕蔑。

¹¹ 蔔 ⁽卜⁾　蔔 蔔 蔔 蔔 蔔 蔔　蔔

[ bo ·ㄅㄛ 🔊 bak⁹ 白 ]

蘿蔔。見 "蘿" 字，391 頁。

¹¹ 蔡 ⁽蔡⁾　蔡 蔡 蔡 蔡 蔡 蔡　蔡

[ cài ㄘㄞˋ 🔊 tsɔi³ 菜 ]

姓。

¹¹ 蓬 ⁽蓬⁾　蓬 蓬 蓬 蓬 蓬 蓬　蓬

[ péng ㄆㄥˊ 🔊 puŋ⁴ 篷 ]

❶ 飛蓬：多年生草本植物，葉子像柳葉，邊緣有鋸齒。秋後枝葉枯黃，隨風飄飛 ◆ 遊子如飛蓬，佳人曠千里。❷ 散亂 ◆ 蓬鬆／蓬頭垢面。

¹¹ 蔗 ⁽蔗⁾　蔗 蔗 蔗 蔗 蔗 蔗　蔗

[ zhè ㄓㄜˋ 🔊 dzɛ³ 借 ]

甘蔗：草本植物，莖含有大量糖分，可以用來製糖 ◆ 蔗糖。

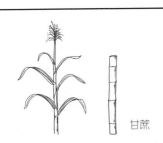

甘蔗

<sup>11</sup>蔽 <sup>(蔽)</sup>　蔽蔽蔽蔽蔽蔽　蔽

[ bì ㄅㄧˋ ⓿ bɐi³ 閉 ]

遮蓋；擋住 ◆ 遮蔽／隱蔽／衣不蔽體。

<sup>11</sup>蓿 <sup>(蓿)</sup>　蓿蓿蓿蓿蓿蓿　蓿

[ xu ·ㄒㄩ ⓿ suk⁷ 宿 ]

苜蓿。見 "苜" 字，377 頁。

<sup>11</sup>蔚 <sup>(蔚)</sup>　蔚蔚蔚蔚蔚蔚　蔚

〈一〉[ wèi ㄨㄟˋ ⓿ wɐi³ 慰 ]

❶ 草木茂盛；盛大 ◆ 蔚然成林／蔚成風
氣／蔚為大觀。

〈二〉[ yù ㄩˋ ⓿ wɐt⁷ 屈 ]

❷ 蔚縣：地名，在河北省。

<sup>11</sup>蔣 <sup>(蔣)</sup>　蔣蔣蔣蔣蔣蔣　蔣

[ jiǎng ㄐㄧㄤˇ ⓿ dzœŋ² 掌 ]

姓。

<sup>11</sup>蔭 <sup>(蔭)</sup>　蔭蔭蔭蔭蔭蔭　蔭

[ yīn ㄧㄣ ⓿ jɐm³ 廕 ]

被樹的枝葉遮蓋，不見陽光的 ◆ 樹蔭／林
蔭道／濃蔭蔽日／綠樹成蔭／有意栽花花不
發，無心插柳柳成蔭。

<sup>12</sup>蕙 <sup>(蕙)</sup>　蕙蕙蕙蕙蕙蕙　蕙

[ huì ㄏㄨㄟˋ ⓿ wɐi⁶ 惠 ]

多年生草本植物，葉細長，初夏開黃綠色的
花，有香味，生在山野。

<sup>12</sup>蕈 <sup>(蕈)</sup>　蕈蕈蕈蕈蕈蕈　蕈

[ xùn ㄒㄩㄣˋ ⓿ tsɐm⁵ 尋⁵ ]

生長在樹林裏或草地上的傘狀菌類植物。
種類很多，有的可以吃，如香蕈；有的具
毒性，如毒蠅蕈。

<sup>12</sup>蕪 <sup>(芜)</sup>　蕪蕪蕪蕪蕪蕪　蕪

[ wú ㄨˊ ⓿ mou⁴ 無 ]

❶ 田地荒廢，長滿雜草 ◆ 荒蕪。❷ 比喻
雜亂或雜亂的東西 ◆ 蕪雜／去蕪存菁。

<sup>12</sup>蕎 <sup>(荞)</sup>　蕎蕎蕎蕎蕎蕎　蕎

[ qiáo ㄑㄧㄠˊ ⓿ kiu⁴ 橋 ]

蕎麥：草本植物，子粒磨成粉可以食用 ◆
蕎麥麵。

<sup>12</sup>蕉 <sup>(蕉)</sup>　蕉蕉蕉蕉蕉蕉　蕉

[ jiāo ㄐㄧㄠ ⓿ dziu¹ 招 ]

大葉子的植物，有香蕉、芭蕉、美人蕉等。
香蕉、芭蕉可以吃，美人蕉可供觀賞。

<sup>12</sup>蕃 <sup>(蕃)</sup>　蕃蕃蕃蕃蕃蕃　蕃

〈一〉[ fān ㄈㄢ ⓿ fan¹ 翻 ]

❶ 同 "番❶"，見 292 頁。

〈二〉[ fán ㄈㄢˊ ⓿ fan⁴ 凡 ]

❷ 草木茂盛 ◆ 蕃盛／蕃茂。❸ 滋長；繁
殖 ◆ 蕃衍／蕃孳。

¹² 蕩 (荡)
蕩 蕩 蕩 蕩 蕩 蕩 〔蕩〕

[ dàng ㄉㄤˋ ⑧ dɔŋ⁶ 盪 ]
❶ 行為放縱，不加約束 ◆ 放蕩／浪蕩。❷
無事隨意遊逛 ◆ 遊蕩／閒蕩。❸ 搖動 ◆
蕩漾／蕩舟／動蕩／蕩鞦韆。❹ 清除；弄
光 ◆ 掃蕩／蕩然無存／傾家蕩產。❺ 淺水
湖泊 ◆ 蘆葦蕩。(❷❸❹ 也寫作"盪")

薔薇

¹² 蕊 (蕊)
蕊 蕊 蕊 蕊 蕊 蕊 〔蕊〕

[ ruǐ ㄖㄨㄟˇ ⑧ jœy⁵ 銳⁵ ]
花心 ◆ 花蕊。

¹³ 薯 (薯)
薯 薯 薯 薯 薯 薯 〔薯〕

[ shǔ ㄕㄨˇ ⑧ sy⁴ 殊 ]
甘薯、馬鈴薯等薯類植物的統稱 ◆ 紅薯／
白薯／薯片。

¹² 蔬 (蔬)
蔬 蔬 蔬 蔬 蔬 蔬 〔蔬〕

[ shū ㄕㄨ ⑧ so¹ 梳 ]
蔬菜：可以做菜吃的植物。

¹³ 薜 (薜)
薜 薜 薜 薜 薜 薜 〔薜〕

[ xuē ㄒㄩㄝ ⑧ sit⁸ 屑 ]
姓。

¹³ 薑 (姜)
薑 薑 薑 薑 薑 薑 〔薑〕

[ jiāng ㄐㄧㄤ ⑧ gœŋ¹ 羌 ]
多年生草本植物，地下莖呈塊狀，有辣味，
可以做調味品，也可以做藥。俗稱生薑。

¹³ 薇 (薇)
薇 薇 薇 薇 薇 薇 〔薇〕

[ wēi ㄨㄟ ⑧ mei¹ 微 ]
❶ 薔薇。見"薔"字，本頁。❷ 白薇：一
種草本植物，根可以做藥。

¹³ 蕾 (蕾)
蕾 蕾 蕾 蕾 蕾 蕾 〔蕾〕

〈一〉[ lěi ㄌㄟˇ ⑧ lœy⁵ 呂 ]
❶ 含苞待放的花朵 ◆ 花蕾。
〈二〉[ lěi ㄌㄟˇ ⑧ lœy⁴ 雷 ]
❷ 譯音字。芭蕾舞：一種常用足尖點地跳
舞的舞蹈。

¹³ 薊 (蓟)
薊 薊 薊 薊 薊 薊 〔薊〕

[ jì ㄐㄧˋ ⑧ gɐi³ 計 ]
古地名，在今北京市西南，曾為周朝燕國國都。

¹³ 薦 (荐)
薦 薦 薦 薦 薦 薦 〔薦〕

[ jiàn ㄐㄧㄢˋ ⑧ dzin⁶ 賤／dzin³ 箭 (語) ]
推舉；介紹 ◆ 推薦／舉薦／薦人。

¹³ 薔 (蔷)
薔 薔 薔 薔 薔 薔 〔薔〕

[ qiáng ㄑㄧㄤˊ ⑧ tsœŋ⁴ 祥 ]
薔薇：落葉灌木，莖枝多刺，花白色或淡
紅色，有香味，可供觀賞。

¹³ 薪 (薪)
薪 薪 薪 薪 薪 薪 〔薪〕

[ xīn ㄒㄧㄣ ⑧ sɐn¹ 新 ]

焦點易錯字　蕩｜盪　蕩氣迴腸　蕩然無存　動盪不安　傾家盪產　　芯｜蕊　燈芯　花蕊

**❶** 柴草 ◆ 臥薪嘗膽 / 杯水車薪 / 釜底抽薪。**❷** 工資 ◆ 薪水 / 薪金 / 月薪 / 年薪。

族：中國少數民族之一 ◆ 藏語。**❺** 西藏的簡稱 ◆ 前藏 / 青藏公路。

**¹³ 薄** (薄)

薄薄薄薄薄薄 薄

〈一〉[ bó ㄅㄛˊ ● bok⁹ 泊 ]

**❶** 厚度小；數量小；程度淺 ◆ 淡薄 / 單薄 / 淺薄 / 薄弱 / 薄利傾銷。**❷** 不莊重；不厚道 ◆ 輕薄 / 刻薄。**❸** 輕視；看不起 ◆ 鄙薄 / 厚此薄彼 / 妄自菲薄。**❹** 靠近；接近 ◆ 日薄西山。

〈二〉[ báo ㄅㄠˊ ● bok⁹ 泊 ]

**❺** 不厚 ◆ 薄板 / 薄片 / 薄被。**❻** 淡；稀 ◆ 酒味薄。**❼** 土地不肥沃 ◆ 土地薄。**❽** 感情冷淡 ◆ 待他不薄。

〈三〉[ bò ㄅㄛˋ ● bok⁹ 泊 ]

**❾** 薄荷：草本植物，莖、葉有清涼香味，可以做藥和香料 ◆ 薄荷糖。

**¹⁴ 蕭** (萧)

蕭蕭蕭蕭蕭蕭 蕭

[ xiāo ㄒㄧㄠ ● siu¹ 消 ]

冷落衰敗，沒有生氣 ◆ 蕭條 / 蕭瑟 / 蕭索。

**¹⁴ 藍** (蓝)

藍藍藍藍藍藍 藍

[ lán ㄌㄢˊ ● lam⁴ 籃 ]

像晴空、大海一樣的顏色 ◆ 藍天白雲 / 蔚藍的大海 / 藍寶石 / 藍墨水。

**¹⁴ 藏** (藏)

藏藏藏藏藏藏 藏

〈一〉[ cáng ㄘㄤˊ ● tsɔŋ⁴ 寶 ]

**❶** 隱藏起來；躲起來 ◆ 隱藏 / 躲藏 / 暗藏 / 捉迷藏 / 藏龍臥虎 / 藏在山洞裏。**❷** 收存 ◆ 收藏 / 儲藏 / 珍藏 / 藏書。

〈二〉[ zàng ㄗㄤˋ ● dzɔŋ⁶ 狀 ]

**❸** 儲存大量東西的地方 ◆ 寶藏。**❹** 藏

**¹⁴ 藉** (藉)

藉藉藉藉藉藉 藉

〈一〉[ jiè ㄐㄧㄝˋ ● dzɛ³ 借/dzik⁹ 直 ]

**❶** 假託 ◆ 藉口 / 藉故。**❷** 依靠 ◆ 憑藉。**❸** 安慰 ◆ 慰藉。

〈二〉[ jí ㄐㄧˊ ● dzik⁹ 直 ]

**❹** 狼藉：雜亂不堪 ◆ 杯盤狼藉。

**¹⁴ 藐** (藐)

藐藐藐藐藐藐 藐

[ miǎo ㄇㄧㄠˇ ● miu⁵ 秒 ]

小 ◆ 藐小 / 藐視。

**¹⁴ 薺** (荠)

薺薺薺薺薺薺 薺

[ qi ·ㄑㄧ ● tsi⁴ 池 ]

荸薺。見"荸"字，379頁。

**¹⁴ 薩** (萨)

薩薩薩薩薩薩 薩

[ sà ㄙㄚˋ ● sat⁸ 殺 ]

菩薩。見"菩"字，382頁。

**¹⁵ 藝** (艺)

藝藝藝藝藝藝 藝

[ yì ㄧˋ ● ŋei⁶ 毅 ]

**❶** 才能；技術 ◆ 技藝 / 手藝 / 工藝 / 球藝 / 多才多藝。**❷** 指音樂、舞蹈、戲曲、美術、雕塑、攝影等藝術 ◆ 文藝 / 曲藝 / 藝術作品。

**¹⁵ 藪** (薮)

藪藪藪藪藪藪 藪

[ sǒu ㄙㄡˇ ● seu² 手 ]

**❶** 野草叢生的湖澤。**❷** 比喻人或物聚集的地方 ◆ 淵藪。

焦點易錯字　籍｜藉　籍貫 書籍　藉口 憑藉　　藍｜籃　蔚藍 藍本　籃球 搖籃

## 15 藕 (藕)

藕藕藕藕藕藕 藕

[ ǒu ㄡˇ 🔊 ŋɐu⁵ 偶 ]

蓮的地下莖，可以吃，也可以製成澱粉 ◆ 蓮藕 / 藕粉。

## 15 藥 (药)

藥藥藥藥藥藥 藥

[ yào ㄧㄠˋ 🔊 jœk⁹ 若 ]

❶ 治病的物品 ◆ 藥物 / 中藥 / 西藥 / 藥到病除 / 苦口良藥。❷ 用藥物醫治 ◆ 不可救藥。❸ 有特殊作用的化學物品 ◆ 農藥 / 炸藥。❹ 用藥物毒殺 ◆ 藥老鼠 / 藥蟑螂。

## 15 藤 (藤)

藤藤藤藤藤藤 藤

[ téng ㄊㄥˊ 🔊 tɐŋ⁴ 騰 ]

❶ 蔓生植物的統稱，有紫藤、白藤等。白藤的莖可以製作器具，如藤椅。❷ 指某些植物能纏繞、攀援的莖 ◆ 葡萄藤 / 絲瓜藤 / 順藤摸瓜。

## 15 藩 (藩)

藩藩藩藩藩藩 藩

[ fān ㄈㄢ 🔊 fan⁴ 凡 ]

❶ 籬笆 ◆ 藩籬。❷ 封建時代稱屬國或屬地 ◆ 藩國 / 藩地 / 藩鎮。

## 15 蘊 (蕴)

蘊蘊蘊蘊蘊蘊 蘊

[ yùn ㄩㄣˋ 🔊 wɐn² 穩 ]

蓄積；包含 ◆ 蘊藏 / 蘊含。

## 16 蘋 (苹)

蘋蘋蘋蘋蘋蘋 蘋

[ píng ㄆㄧㄥˊ 🔊 pɐn⁴ 貧 /pin⁴ 平 (語) ]

蘋果：落葉果木，果實圓形，味甜或略酸，品種很多。

## 16 蘆 (芦)

蘆蘆蘆蘆蘆蘆 蘆

[ lú ㄌㄨˊ 🔊 lou⁴ 盧 ]

蘆葦：草本植物，生長在淺水中。稈可以造紙、編蓆，根可以做藥 ◆ 蘆根 / 蘆花。

## 16 孳

見子部，111 頁。

## 16 蘇 (苏)

蘇蘇蘇蘇蘇蘇 蘇

[ sū ㄙㄨ 🔊 sou¹ 鬚 ]

❶ 醒過來 ◆ 蘇醒 / 死而復蘇。❷ 江蘇省的簡稱 ◆ 蘇、浙、皖。❸ 蘇州市的簡稱 ◆ 蘇繡 / 上有天堂、下有蘇杭。

## 16 藹 (蔼)

藹藹藹藹藹藹 藹

[ ǎi ㄞˇ 🔊 ɔi²/ŋɔi² 靄 ]

和氣；友善 ◆ 和藹可親。

## 16 蘑 (蘑)

蘑蘑蘑蘑蘑蘑 蘑

[ mó ㄇㄛˊ 🔊 mɔ⁴ 磨 ]

蘑菇：食用菌類的統稱。也寫作 "蘑菰" ◆ 鮮蘑 / 白蘑。

## 16 藻 (藻)

藻藻藻藻藻藻 藻

[ zǎo ㄗㄠˇ 🔊 dzou² 早 ]

❶ 藻類植物，大都生長在水裏，沒有根、莖、葉的區分，種類很多；也泛指生長在水裏的綠色植物 ◆ 水藻 / 海藻。❷ 華麗的文辭 ◆ 辭藻。

## 16 藺 (蔺)

藺藺藺藺藺藺 藺

[ lìn ㄌㄧㄣˋ 🔊 lœn⁶ 吝 ]

姓。

<sup>17</sup> **蘖** (蘖)
蘖 蘖 蘖 蘖 蘖 蘖

[ niè ㄋㄧㄝˋ ⓥ jip⁹ 業 ]
樹木砍掉後重新長出新芽；稻麥等農作物的主莖根部生出分枝 ◆ 萌蘖 / 分蘖 / 蘖枝。

<sup>17</sup> **蘚** (藓)
蘚 蘚 蘚 蘚 蘚 蘚

[ xiǎn ㄒㄧㄢˇ ⓥ sin² 洗 ]
生長在陰暗潮濕地方的一種植物，綠色，無根。種類很多 ◆ 苔蘚。

<sup>17</sup> **蘭** (兰)
蘭 蘭 蘭 蘭 蘭 蘭

[ lán ㄌㄢˊ ⓥ lan⁴ 欄 ]
蘭花：草本植物，葉細長，春天開花，花清香，品種很多 ◆ 春蘭秋菊。

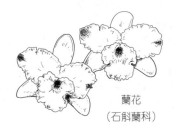

蘭花
(石斛蘭科)

<sup>17</sup> **蕎**
見馬部，497 頁。

<sup>19</sup> **蘸** (蘸)
蘸 蘸 蘸 蘸 蘸 蘸

[ zhàn ㄓㄢˋ ⓥ dzam³ 湛 ]
在液體、粉末或糊狀的東西裏沾一下 ◆ 蘸墨水 / 蘸糖吃。

<sup>19</sup> **蘿** (萝)
蘿 蘿 蘿 蘿 蘿 蘿

[ luó ㄌㄨㄛˊ ⓥ lɔ⁴ 羅 ]

蘿蔔：普通蔬菜，有白蘿蔔、胡蘿蔔、紅蘿蔔等多種。

# 虍 部

<sup>2</sup> **虎**
虎 虎 虎 虎 虎 虎

[ hǔ ㄏㄨˇ ⓥ fu² 苦 ]
❶ 哺乳動物，毛黃色，有黑色的斑紋，性情兇猛，會傷害人畜。俗稱 "老虎" ◆ 武松打虎 / 狐假虎威 / 初生牛犢不怕虎 / 明知山有虎，偏向虎山行 / 不入虎穴，焉得虎子。
❷ 比喻勇猛威武 ◆ 一員虎將 / 虎虎生威。
☞ 見古文字插頁 14。

<sup>3</sup> **虐**
虐 虐 虐 虐 虐 虐

[ nüè ㄋㄩㄝˋ ⓥ jœk⁹ 若 ]
殘暴兇狠 ◆ 虐待 / 暴虐 / 肆虐。

<sup>4</sup> **虔**
虔 虔 虔 虔 虔 虔

[ qián ㄑㄧㄢˊ ⓥ kin⁴ 乾 ]
恭敬；有誠意 ◆ 虔誠的信徒。

<sup>5</sup> **處** (处)
處 處 處 處 處 處

〈一〉[ chù ㄔㄨˋ ⓥ tsy³ 柱³ ]
❶ 地方 ◆ 住處 / 到處 / 難處 / 心靈深處 / 人往高處走，水往低處流 / 踏破鐵鞋無覓處。❷ 機關集體內的一個辦事部門 ◆ 辦事處 / 教務處 / 財務處 / 聯絡處。❸ 部分；方面 ◆ 長處 / 短處。

**焦點易錯字** 虐｜瘧 虐待 助紂為虐 瘧疾 瘧蚊

〈二〉[chǔ ㄔㄨˇ 粵 tsy² 褚]
❹ 居住 ◆ 穴居野處。❺ 置身；在 ◆ 處境 / 設身處地 / 養尊處優 / 地處珠江三角洲。❻ 交往；共同生活或工作 ◆ 處世 / 和平共處 / 相處得很好。❼ 辦理 ◆ 處理 / 處置。❽ 懲罰 ◆ 處罰 / 處分 / 懲處 / 處以徒刑。

⁵ 彪　彪彪彪彪彪彪 彪
[biāo ㄅㄧㄠ 粵 biu¹ 標]
❶ 小老虎。❷ 比喻身材強壯高大 ◆ 彪形大漢。❸ 虎身上的斑紋，借指文采 ◆ 彪炳青史。

⁶ 虛 (虚)　虛虛虛虛虛虛 虛
[xū ㄒㄩ 粵 hœy¹ 墟]
❶ 空；跟"實"相對 ◆ 虛幻 / 虛榮 / 空虛 / 虛位以待 / 乘虛而入 / 虛無縹緲。❷ 自謙；不自滿 ◆ 謙虛 / 虛心。❸ 白白地 ◆ 虛驚一場 / 虛度年華 / 不虛此行 / 彈不虛發。❹ 假的；不真實 ◆ 虛構 / 虛假 / 虛張聲勢 / 徒有虛名。❺ 膽怯 ◆ 膽虛 / 作賊心虛。❻ 衰弱 ◆ 虛弱 / 氣虛 / 身體很虛。

⁷ 虜 (虏)　虜虜虜虜虜虜 虜
[lǔ ㄌㄨˇ 粵 lou⁵ 魯]
❶ 抓獲 ◆ 虜獲。❷ 作戰時抓獲的敵人 ◆ 俘虜。

⁷ 號 (号)　號號號號號號 號
〈一〉[hào ㄏㄠˋ 粵 hou⁶ 浩]
❶ 名稱 ◆ 稱號 / 國號 / 牌號 / 別號。❷ 指商店 ◆ 商號 / 分號 / 老字號。❸ 標誌 ◆ 記號 / 符號 / 信號 / 句號 / 擊掌為號。❹ 表示次序、等級 ◆ 掛號 / 編號 / 號碼 / 特大號。❺ 命令 ◆ 號令 / 發號施令。❻ 喇叭 ◆ 吹

號 / 軍號 / 小號 / 號角 / 號手。❼ 日 ◆ 七月一號 / 本月五號是她的生日。
〈二〉[háo ㄏㄠˊ 粵 hou⁴ 毫]
❽ 拖長聲音大聲呼喊 ◆ 號叫 / 呼號 / 怒號。❾ 大聲哭 ◆ 哀號 / 啼飢號寒 / 號啕大哭。

⁷ 虞　虞虞虞虞虞虞 虞
[yú ㄩˊ 粵 jy⁴ 如]
❶ 預料 ◆ 不虞之需。❷ 憂慮 ◆ 衣食無虞。❸ 欺騙 ◆ 爾虞我詐。

⁹ 膚　見肉部，366 頁。

⁹ 慮　見心部，157 頁。

¹⁰ 盧　見皿部，303 頁。

¹¹ 虧 (亏)　虧虧虧虧虧虧 虧
[kuī ㄎㄨㄟ 粵 kwɐi¹ 盔]
❶ 損失；損耗 ◆ 虧本 / 虧損 / 虧空 / 自負盈虧。❷ 欠缺；短少 ◆ 虧欠 / 理虧 / 功虧一簣。❸ 對不起 ◆ 虧心 / 虧待 / 虧心事。❹ 幸虧 ◆ 多虧鄰居照顧。
❀ 圖見 301 頁。

虫 部

³ 虹　虹虹虹虹虹虹 虹
[hóng ㄏㄨㄥˊ 粵 huŋ⁴ 紅]

雨後天晴，天空中出現的彩色圓弧，是太陽光照射水氣而形成的 ◆ 七色彩虹。

## ⁴蚜

蚜 蚜 蚜 蚜 蚜 蚜

[ yá ㄧㄚˊ ⑧ ŋa⁴ 牙]

蚜蟲：害蟲，吸食植物幼苗、嫩葉的汁液，對糧、棉、豆、菜的生長有很大危害。

## ⁴蚌

蚌 蚌 蚌 蚌 蚌 蚌

〈一〉[ bàng ㄅㄤˋ ⑧ pɔŋ⁵ 旁⁵]
❶ 軟體動物，生活在淡水裏，有兩片長圓形的殼，肉可以吃，有的能產珍珠 ◆ 鷸蚌相爭，漁人得利。

蚌

〈二〉[ bèng ㄅㄥˋ ⑧ pɔŋ⁵ 旁⁵]
❷ 蚌埠：市名，在安徽省。

## ⁴蚣

蚣 蚣 蚣 蚣 蚣 蚣

[ gōng ㄍㄨㄥ ⑧ guŋ¹ 公]
蜈蚣。見“蜈”字，395 頁。

## ⁴蚊

蚊 蚊 蚊 蚊 蚊 蚊

[ wén ㄨㄣˊ ⑧ mɐn⁴ 民/mɐn¹ 文（語）]
蚊子：昆蟲，雄蚊吸食花果液汁，雌蚊吸人畜的血液，能傳染疾病。蚊在水裏產卵，幼蟲叫子孑 ◆ 蚊蟲／滅蚊／避蚊劑／蚊叮蟲咬。

## ⁴蚪

蚪 蚪 蚪 蚪 蚪 蚪

[ dǒu ㄉㄡˇ ⑧ dɐu² 斗]
蝌蚪。見“蝌”字，397 頁。

## ⁴蚓

蚓 蚓 蚓 蚓 蚓 蚓

[ yǐn ㄧㄣˇ ⑧ jɐn⁵ 引]
蚯蚓。見“蚯”字，本頁。

## ⁴蚤 ⁽蚤⁾

蚤 蚤 蚤 蚤 蚤 蚤

[ zǎo ㄗㄠˇ ⑧ dzou² 早]
跳蚤：害蟲，寄生在人畜身上，吸血，能傳染疾病。

## ⁵蚶

蚶 蚶 蚶 蚶 蚶 蚶

[ hān ㄏㄢ ⑧ hɐm¹ 堪]
軟體貝類動物，生活在海灘淺水中。品種很多，大多可以吃。

## ⁵蛆

蛆 蛆 蛆 蛆 蛆 蛆

[ qū ㄑㄩ ⑧ dzœy¹ 追/tsœy¹ 吹]
蒼蠅的幼蟲。

## ⁵蚯

蚯 蚯 蚯 蚯 蚯 蚯

[ qiū ㄑㄧㄡ ⑧ jɐu¹ 丘]
蚯蚓：生活在土裏的環節動物，身體細長，能鑽地成洞，使土壤疏鬆，對農作物有益。

## ⁵蚱

蚱 蚱 蚱 蚱 蚱 蚱

[ zhà ㄓㄚˋ ⑧ dza³ 炸/dzak⁸ 責]
蚱蜢：蝗蟲的一種，頭三角形，是危害稻

麥和豆類植物的害蟲。

蚱蜢

## ⁵蛉

蛉 蛉 蛉 蛉 蛉 蛉　蛉

[ líng ㄌㄧㄥˊ 粵 liŋ⁴ 零 ]

白蛉：比蚊子小的昆蟲，吸人畜的血，能傳染黑熱病和白蛉熱。

## ⁵蛀

蛀 蛀 蛀 蛀 蛀 蛀　蛀

[ zhù ㄓㄨˋ 粵 dzy³ 注 ]

❶ 蛀蟲：蛀蝕木器、衣服、書籍等的小蟲。

❷ 被蛀蟲咬壞 ◆ 蛀蝕 / 蟲蛀 / 防霉防蛀。

## ⁵蛇

蛇 蛇 蛇 蛇 蛇 蛇　蛇

[ shé ㄕㄜˊ 粵 sɛ⁴ 余 ]

爬行動物，身體圓而長，有鱗無足。種類很多，有的具毒性 ◆ 蛇蠍心腸 / 畫蛇添足 / 人心不足蛇吞象 / 一朝被蛇咬，十年怕草繩。

## ⁵蛋

蛋 蛋 蛋 蛋 蛋 蛋　蛋

[ dàn ㄉㄢˋ 粵 dan⁶ 但 ]

❶ 禽鳥類和龜、蛇等生的卵 ◆ 雞蛋 / 鴨蛋 / 龜蛋 / 蛇蛋 / 鵪鶉蛋。❷ 形狀像蛋的東西 ◆ 臉蛋。❸ 對某些人的蔑稱 ◆ 壞蛋 / 笨蛋 / 渾蛋。

## ⁶蛙

蛙 蛙 蛙 蛙 蛙 蛙　蛙

[ wā ㄨㄚ 粵 wa¹ 娃 ]

兩棲動物，前肢短小，後肢粗大有力，趾有蹼，善於跳躍和泅水，捕食昆蟲，對農作物有益。種類很多，最常見的是青蛙。青蛙的幼體叫蝌蚪 ◆ 蛙泳 / 井底之蛙 / 一片蛙鳴聲。

## ⁶蛔

蛔 蛔 蛔 蛔 蛔 蛔　蛔

[ huí ㄏㄨㄟˊ 粵 wui⁴ 回 ]

蛔蟲：寄生在人或動物腸內的寄生蟲，形狀像蚯蚓，白色或米黃色，能損害人或動物的健康。

## ⁶蛛

蛛 蛛 蛛 蛛 蛛 蛛　蛛

[ zhū ㄓㄨ 粵 dzy¹ 朱 ]

蜘蛛。見“蜘”字，396 頁。

## ⁶蛤

蛤 蛤 蛤 蛤 蛤 蛤　蛤

〈一〉[ gé ㄍㄜˊ 粵 gɐp⁸ 鴿 ]

❶ 蛤蜊：軟體動物，生活在淺海泥沙中，體外有長圓形或三角形貝殼，肉味鮮美可口。❷ 蛤蚧：爬行動物，形狀像壁虎而稍大，可供藥用。

〈二〉[ há ㄏㄚˊ 粵 ha⁴ 霞 ]

❸ 蛤蟆：青蛙和蟾蜍的統稱。

蛤蟆

## ⁶蛟

蛟 蛟 蛟 蛟 蛟 蛟　蛟

[ jiāo ㄐㄧㄠ 粵 gau¹ 交 ]

蛟龍：古代傳說中龍的一種，能發洪水 ◆ 蛟龍得水。

⁷**蜃**　蜃蜃蜃蜃蜃蜃　蜃

[ shèn ㄕㄣˋ 粵 sɐn⁶ 慎 ]
大蛤蜊 ◆ 海市蜃樓。

⁷**蜇**　蜇蜇蜇蜇蜇蜇　蜇

〈一〉[ zhē ㄓㄜ 粵 dzit⁸ 折 ]
❶ 某些昆蟲用毒刺刺人或動物 ◆ 臉上被馬蜂蜇了。
〈二〉[ zhé ㄓㄜˊ 粵 dzit⁸ 折 ]
❷ 海蜇：一種生長在海裏的腔腸動物，形狀像張開的傘。經加工處理，傘狀部分叫海蜇皮，口腕部分叫海蜇頭，都可以吃。

⁷**蜀**　蜀蜀蜀蜀蜀蜀　蜀

[ shǔ ㄕㄨˇ 粵 suk⁹ 熟 ]
四川省的別稱 ◆ 蜀錦 / 得隴望蜀。

⁷**蜈**　蜈蜈蜈蜈蜈蜈　蜈

[ wú ㄨˊ 粵 ŋ⁴ 吳 ]
蜈蚣：節肢動物，身體扁長，有許多節構成，每節有一對腳，頭部的腳像鈎子，能分泌毒液。吃小昆蟲，可做藥材。

蜈蚣

⁷**蛾**　蛾蛾蛾蛾蛾蛾　蛾

[ é ㄜˊ 粵 ŋɔ⁴ 娥 ]
樣子像蝴蝶的昆蟲，種類很多，如麥蛾、蠶蛾、蟆蛾等。一般在夜間活動，幼蟲大都是害蟲。俗稱 "蛾子" ◆ 飛蛾撲火，自取滅亡。

⁷**蜂**　蜂蜂蜂蜂蜂蜂　蜂

[ fēng ㄈㄥ 粵 fuŋ¹ 風 ]
❶ 昆蟲，種類很多，如蜜蜂、馬蜂、黃蜂等，通常成羣地生活。大都有毒刺，能蜇人。❷ 特指蜜蜂 ◆ 蜂蜜 / 蜂王漿。❸ 比喻眾多，像蜂成羣一樣 ◆ 蜂起 / 蜂擁而上。

⁷**蜓**　蜓蜓蜓蜓蜓蜓　蜓

[ tíng ㄊㄧㄥˊ 粵 tiŋ⁴ 廷 ]
蜻蜓。見 "蜻" 字，396 頁。

⁷**蛻**　蛻蛻蛻蛻蛻蛻　蛻

[ tuì ㄊㄨㄟˋ 粵 tœy³ 退/sœy³ 歲 ]
❶ 蛇、蟬等動物脫皮 ◆ 蛻皮 / 蛻化。❷ 蛇、蟬等動物脫下的皮 ◆ 蟬蛻。❸ 比喻事物的變化 ◆ 蛻化 / 蛻變。

⁷**蛹**　蛹蛹蛹蛹蛹蛹　蛹

[ yǒng ㄩㄥˇ 粵 juŋ² 勇 ]
昆蟲從幼蟲變為成蟲過程中的一種狀態。這時身體縮短，外皮變硬、變厚，不吃不動 ◆ 蠶蛹 / 蜂蛹。

⁸**蜒**　蜒蜒蜒蜒蜒蜒　蜒

[ yán ㄧㄢˊ 粵 jin⁴ 言 ]
蜿蜒。見 "蜿" 字，396 頁。

## ⁸蜻　蜻蜻蜻蜻蜻蜻　蜻

[ qīng ㄑㄧㄥ ⑧tsiŋ¹ 青 ]

蜻蜓:昆蟲,身體細長,背上有兩對翅膀,捕食蚊子等小飛蟲,是益蟲 ◆ 蜻蜓點水 / 小荷才露尖尖角,早有蜻蜓立上頭。

蜻蜓

## ⁸蜥　蜥蜥蜥蜥蜥蜥　蜥

[ xī ㄒㄧ ⑧sik⁷ 色 ]

蜥蜴:爬行動物,俗稱"四腳蛇"。身上有細鱗,尾巴長,腳上有鈎爪,生活在草叢中,捕食昆蟲和其他小動物。

蜥蜴

## ⁸蜴　蜴蜴蜴蜴蜴蜴　蜴

[ yì ㄧˋ ⑧jik⁹ 亦 ]

蜥蜴。見"蜥"字,本頁。

## ⁸蜘　蜘蜘蜘蜘蜘蜘　蜘

[ zhī ㄓ ⑧dzi¹ 支 ]

蜘蛛:節肢動物,有四對腳,能分泌黏液,織網捕食昆蟲 ◆ 蜘蛛網。

蜘蛛

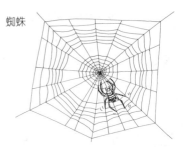

## ⁸蝕（蚀）　蝕蝕蝕蝕蝕蝕　蝕

[ shí ㄕˊ ⑧sik⁹ 食 ]

❶ 蟲蛀物,引申為損傷、侵害 ◆ 侵蝕 / 腐蝕。❷ 日、月虧缺的現象 ◆ 日蝕 / 月蝕。❸ 虧損 ◆ 蝕本 / 把錢蝕光了。

## ⁸蜷　蜷蜷蜷蜷蜷蜷　蜷

[ quán ㄑㄩㄢˊ ⑧kyn⁴ 拳 ]

身體彎曲 ◆ 蜷曲 / 蜷縮 / 蜷成一團 / 蜷伏在地上。

## ⁸蜜　蜜蜜蜜蜜蜜蜜　蜜

[ mì ㄇㄧˋ ⑧met⁹ 勿 ]

❶ 蜂蜜:蜜蜂採集花蜜釀成的東西,味甜,可供食用或藥用 ◆ 蜜餞 / 釀蜜 / 採得百花成蜜後,為誰辛苦為誰忙。❷ 像蜜一樣甜的東西 ◆ 蜜橘 / 水蜜桃。❸ 比喻甜美的事情 ◆ 甜蜜 / 甜言蜜語 / 口蜜腹劍。

## ⁸蜿　蜿蜿蜿蜿蜿蜿　蜿

[ wān ㄨㄢ ⑧jyn¹ 淵 ]

蜿蜒:形容彎彎曲曲的樣子 ◆ 蜿蜒而上 / 山路蜿蜒曲折。

## <sup>8</sup>蝱

蝱 蝱 蝱 蝱 蝱 蝱

[ měng ㄇㄥˇ ⓰ man⁵ 猛 ]

蚱蝱。見"蚱"字，393 頁。

## <sup>9</sup>蝶

蝶 蝶 蝶 蝶 蝶 蝶

[ dié ㄉㄧㄝˊ ⓰ dip⁹ 碟 ]

❶ 蝴蝶。見"蝴"字，本頁 ◆ 採茶撲蝶／兒童急走追黃蝶，飛入菜花無處尋。❷ 樣子或姿勢像蝴蝶的 ◆ 蝶泳。

## <sup>9</sup>蝴

蝴 蝴 蝴 蝴 蝴 蝴

[ hú ㄏㄨˊ ⓰ wu⁴ 胡 ]

蝴蝶：會飛的昆蟲，有兩對翅膀，喜歡飛到花上採蜜，能幫助傳播花粉。種類很多，有粉蝶、黃蝶等 ◆ 台灣有蝴蝶王國的美稱。

## <sup>9</sup>蝠

蝠 蝠 蝠 蝠 蝠 蝠

[ fú ㄈㄨˊ ⓰ fuk⁷ 福 ]

蝙蝠。見"蝙"字，398 頁。

## <sup>9</sup>蝟<sup>(猬)</sup>

蝟 蝟 蝟 蝟 蝟 蝟

[ wèi ㄨㄟˋ ⓰ wɐi⁶ 胃 ]

刺蝟：哺乳動物，頭小，四肢短，全身長有硬刺。晝伏夜出，吃昆蟲、鼠、蛇等，遇到危險時身體縮成球形來保護自己。

刺蝟

## <sup>9</sup>蝸<sup>(蜗)</sup>

蝸 蝸 蝸 蝸 蝸 蝸

[ wō ㄨㄛ ⓰ gwa¹ 瓜／wɔ¹ 窩 (語) ]

蝸牛：軟體動物，有扁圓形硬殼，頭部有兩對觸角，爬行時分泌黏液。爬行很慢，吃植物的苗、葉，對農作物有害。

蝸牛

## <sup>9</sup>蝌

蝌 蝌 蝌 蝌 蝌 蝌

[ kē ㄎㄜ ⓰ fo¹ 科 ]

蝌蚪：青蛙的幼體，頭圓尾細，黑色，生活在水裏。

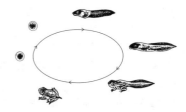

蝌蚪至青蛙的演變圖

## <sup>9</sup>蝗

蝗 蝗 蝗 蝗 蝗 蝗

[ huáng ㄏㄨㄤˊ ⓰ wɔŋ⁴ 王 ]

蝗蟲：昆蟲，背和翅膀黃褐色，後肢很發達，善於跳躍。常成羣飛行，吃莊稼，造成災害。種類很多，危害最大的是飛蝗 ◆ 蝗災。

## ⁹蝙

蝙 蝙 蝙 蝙 蝙 蝙　蝙

[ biān ㄅㄧㄢ 🔊 bin¹ 鞭 ]

蝙蝠：會飛的哺乳動物，頭部像老鼠，四肢和尾巴之間有皮質薄膜相連。常在夜間活動，捕食蚊、蛾等。視力很弱，靠本身發出的超聲波來引導飛行。

蝙蝠

## ⁹螂

螂 螂 螂 螂 螂 螂　螂

[ láng ㄌㄤ 🔊 lɔŋ⁴ 郎 ]

❶ 螳螂。見 "螳" 字，399 頁。 ❷ 蟑螂。見 "蟑" 字，400 頁。

## ⁹蝦 (虾)

蝦 蝦 蝦 蝦 蝦 蝦　蝦

[ xiā ㄒㄧㄚ 🔊 ha¹ 哈/ha⁴ 霞 ]

節肢動物，生活在水裏。種類很多，有青蝦、龍蝦等。肉味鮮美，是重要的水產品之一 ◆ 蝦仁 / 蝦米 / 蝦子醬 / 蝦兵蟹將。

蝦

## ⁹蝨 (虱)

蝨 蝨 蝨 蝨 蝨 蝨　蝨

[ shī ㄕ 🔊 sɐt⁷ 室 ]

俗稱蝨子，寄生在人、畜身上吸血，能傳染疾病。

## ¹⁰融

融 融 融 融 融 融　融

[ róng ㄖㄨㄥˊ 🔊 juŋ⁴ 容 ]

❶ 冰、雪等化成水；溶化 ◆ 融化 / 冰雪消融。 ❷ 和協；調和 ◆ 融合 / 融洽 / 融會貫通 / 水乳交融。 ❸ 貨幣流通 ◆ 金融 / 融資。

## ¹⁰螞 (蚂)

螞 螞 螞 螞 螞 螞　螞

〈一〉[ mǎ ㄇㄚˇ 🔊 ma⁵ 馬 ]

❶ 螞蟻：昆蟲，成羣穴居地下巢內 ◆ 螞蟻向高處搬家，預示天要下雨。 ❷ 螞蟥：環節動物，生活在水田或池沼裏，吸人畜的血液。

〈二〉[ mà ㄇㄚˋ 🔊 ma⁵ 馬 ]

❸ 螞蚱：蝗蟲。

## ¹⁰螗

螗 螗 螗 螗 螗 螗　螗

[ táng ㄊㄤˊ 🔊 tɔŋ⁴ 唐 ]

蟬的一種。

## ¹⁰螃

螃 螃 螃 螃 螃 螃　螃

[ páng ㄆㄤˊ 🔊 pɔŋ⁴ 旁 ]

螃蟹：節肢動物，全身有甲殼，橫着爬行。肉可以吃，有五對腳，第一對叫螯。腹部有臍，尖臍是雄蟹，圓臍是雌蟹。種類很多，有河蟹、海蟹等。

螃蟹

<sup>10</sup>螢<sup>(萤)</sup>　螢螢螢螢螢螢　螢

[ yíng ㄧㄥˊ 🔊 jiŋ⁴ 仍]

螢火蟲：昆蟲，腹部末端有發光器，發綠色的光，夜間活，捕食小蟲。

<sup>10</sup>螟　螟螟螟螟螟螟　螟

[ míng ㄇㄧㄥˊ 🔊 miŋ⁴ 明]

螟蟲：螟蛾的幼蟲，吃水稻、玉米等的莖，是農作物的害蟲。

<sup>11</sup>蟄<sup>(蛰)</sup>　蟄蟄蟄蟄蟄蟄　蟄

[ zhé ㄓㄜˊ 🔊 dzɐt⁹ 姪]

❶ 動物冬眠時隱伏在土中或穴中不吃不動的狀態 ◆ 蟄伏／驚蟄／蟄如冬蛇。❷ 比喻不出頭露面；隱居 ◆ 蟄居／久蟄鄉間。

<sup>11</sup>蟒　蟒蟒蟒蟒蟒蟒　蟒

[ mǎng ㄇㄤˇ 🔊 mɔŋ⁵ 網]

蟒蛇：無毒的大蛇，體長可達五、六米，捕食小禽獸。

<sup>11</sup>蟆　蟆蟆蟆蟆蟆蟆　蟆

[ má ㄇㄚˊ 🔊 ma⁴ 麻]

蛤蟆。見“蛤”字，394 頁。

<sup>11</sup>螳　螳螳螳螳螳螳　螳

[ táng ㄊㄤˊ 🔊 tɔŋ⁴ 堂]

螳螂：昆蟲，頭三角形，前腳發達，形狀像鐮刀，有鋸齒，捕食害蟲，對農業有益 ◆ 螳臂當車／螳螂捕蟬，黃雀在後。

螳螂

<sup>11</sup>螺　螺螺螺螺螺螺　螺

[ luó ㄌㄨㄛˊ 🔊 lɔ⁴ 羅]

❶ 軟體動物，體外有螺旋紋的硬殼，種類很多，有田螺、海螺等。有的螺肉可以吃。❷ 螺旋形的指紋，也叫斗。❸ 螺旋形的東西 ◆ 螺絲釘。

螺

<sup>11</sup>蟈<sup>(蝈)</sup>　蟈蟈蟈蟈蟈蟈　蟈

[ guō ㄍㄨㄛ 🔊 gwɔk⁸ 國]

蟈蟈：樣子像蝗蟲的昆蟲。雄的前翅有發音器，能發出清脆的聲音，對農作物有害。

蟈蟈

---

¹¹ **蟀**　　蟀 蟀 蟀 蟀 蟀 蟀　蟀

[ shuài ㄕㄨㄞˋ ⑧ sœt⁷ 戌 ]
蟋蟀。見 "蟋" 字，本頁。

---

¹² **蟬**（蝉）　　蟬 蟬 蟬 蟬 蟬 蟬　蟬

[ chán ㄔㄢˊ ⑧ sim⁴ 禪 ]
昆蟲，種類很多，身體黑褐色。雄的腹部有發聲器，能不斷發出很大的響聲。也叫知了◆ 薄如蟬翼 / 蟬聯冠軍 / 噤若寒蟬 / 螳螂捕蟬，黃雀在後。

蟬

---

¹¹ **蟑**　　蟑 蟑 蟑 蟑 蟑 蟑　蟑

[ zhāng ㄓㄤ ⑧ dzœŋ¹ 章 ]
蟑螂：有害的昆蟲，身體扁平，黑褐色，能發出臭氣。常在夜間出來偷吃食物，能傳染霍亂等疾病。

---

¹¹ **蟋**　　蟋 蟋 蟋 蟋 蟋 蟋　蟋

[ xī ㄒㄧ ⑧ sik⁷ 色 ]
蟋蟀：昆蟲，身體黑褐色，雄的好鬥，兩翅能摩擦發聲，吃植物的根，是害蟲。也叫蛐蛐或促織 ◆ 鬥蟋蟀。

---

¹² **蟲**（虫）　　蟲 蟲 蟲 蟲 蟲 蟲　蟲

[ chóng ㄔㄨㄥˊ ⑧ tsuŋ⁴ 松 ]
❶ 各種昆蟲的總稱 ◆ 螢火蟲 / 毛毛蟲 / 蚊蟲 / 蛀蟲 / 害蟲。❷ 某些動物的別稱，如蛇又叫長蟲，老虎又叫大蟲。

---

¹³ **蠍**（蝎）　　蠍 蠍 蠍 蠍 蠍 蠍　蠍

[ xiē ㄒㄧㄝ ⑧ hit⁸ 歇/kit⁸ 揭（語）]
蠍子：節肢動物，尾部有毒鈎，能蜇人 ◆ 蛇蠍心腸。

蟋蟀

蠍子

子爬動的樣子 ◆ 蠢動 / 蠢蠢欲動。

15 蠣(蛎)　蠣蠣蠣蠣蠣蠣　蠣

[ lì ㄌㄧˋ 🔘 lɐi⁶ 麗 ]

牡蠣:一種長卵形軟體動物,兩面有硬殼。生活在淺海泥沙中。肉味鮮美。也叫"蠔"。

15 蠟(蜡)　蠟蠟蠟蠟蠟蠟　蠟

[ là ㄌㄚˋ 🔘 lap⁹ 臘 ]

❶ 某些動物、植物分泌的或從礦物中提煉出來的油質,可以製蠟燭等 ◆ 蜂蠟 / 石蠟 / 白蠟 / 蠟像 / 蠟筆。❷ 特指蠟燭 ◆ 洋蠟 / 蠟台 / 點上一支蠟。

17 蠱(蛊)　蠱蠱蠱蠱蠱蠱　蠱

[ gǔ ㄍㄨˇ 🔘 gu² 古 ]

古代傳説把許多毒蟲放在器皿裏使互相吞食,最後剩下不死的毒蟲叫蠱,用來放在食物裏害人。引申指毒害、迷惑 ◆ 蠱惑人心。

18 蠹(蠧)　蠹蠹蠹蠹蠹蠹　蠹

[ dù ㄉㄨˋ 🔘 dou³ 到 ]

❶ 蛀蝕器物的蟲子 ◆ 蠹蟲 / 書蠹 / 木蠹。
❷ 蛀蝕;侵害 ◆ 流水不腐,户樞不蠹。

18 蠶(蚕)　蠶蠶蠶蠶蠶蠶　蠶

[ cán ㄘㄢˊ 🔘 tsam⁴ 慚 ]

能吐絲做繭的昆蟲。蠶絲是織綢緞的原料 ◆ 養蠶 / 蠶繭 / 蠶食 / 春蠶到死絲方盡,蠟炬成灰淚始乾。

13 蠅(蝇)　蠅蠅蠅蠅蠅蠅　蠅

[ yíng ㄧㄥˊ 🔘 jiŋ⁴ 迎 ]

飛蟲,能帶菌傳染疾病,是害蟲。也叫蒼蠅 ◆ 消滅蚊蠅 / 蠅頭小利。

13 蟹　蟹蟹蟹蟹蟹蟹　蟹

[ xiè ㄒㄧㄝˋ 🔘 hai⁵ 駭⁵ ]

螃蟹。見"螃"字,398 頁 ◆ 捕魚捉蟹。

13 蟻(蚁)　蟻蟻蟻蟻蟻蟻　蟻

[ yǐ ㄧˇ 🔘 ŋɐi⁵ 危⁵ ]

螞蟻。見"螞"字,398 頁 ◆ 蟻穴 / 白蟻。

14 蠕　蠕蠕蠕蠕蠕蠕　蠕

[ rú ㄖㄨˊ 🔘 jy⁴ 如 ]

像蚯蚓爬行那樣動 ◆ 蠕動。

14 蠔(蚝)　蠔蠔蠔蠔蠔蠔　蠔

[ háo ㄏㄠˊ 🔘 hou⁴ 豪 ]

即牡蠣 ◆ 蠔油。

15 蠢　蠢蠢蠢蠢蠢蠢　蠢

[ chǔn ㄔㄨㄣˇ 🔘 tsœn² 春² ]

❶ 愚笨 ◆ 愚蠢 / 蠢材 / 別做蠢事。❷ 蟲

虍
虫
血
行
衣
西

## <sup>19</sup>蠻（蛮）

蠻 蠻 蠻 蠻 蠻 蠻　蠻

[ mán ㄇㄢˊ ⑱ man<sup>4</sup> 萬<sup>4</sup> ]

❶ 粗野；不講理 ◆ 野蠻 / 蠻橫無理 / 蠻不講理 / 胡攪蠻纏。❷ 魯莽；強悍 ◆ 蠻幹 / 蠻勁。❸ 很；挺 ◆ 蠻好的 / 裝得蠻像。❹ 還未開化的地方 ◆ 蠻荒。❺ 中國古代對南方民族的稱呼 ◆ 南蠻。

## <sup>0</sup>血

血 血 血 血 血　血

〈一〉[ xuè ㄒㄩㄝˋ ⑱ hyt<sup>8</sup> ]

❶ 人或高等動物心臟和血管裏流動的紅色液體組織 ◆ 血液 / 流血 / 輸血 / 血肉模糊 / 頭破血流。❷ 同一祖先的 ◆ 血統 / 血親 / 血緣關係。❸ 比喻剛強、激烈 ◆ 血戰 / 熱血 / 有血的男子。❹ 思慮；精神 ◆ 心血 / 嘔心瀝血。❺ 精力 ◆ 血氣方剛。❻ 勞力 ◆ 血汗 / 血本。❼ 紅色 ◆ 血色 / 血紅。

〈二〉[ xiě ㄒㄧㄝˇ ⑱ hyt<sup>8</sup> ]

❽ 義同 ❶，多用於口語，如吐血、一針見血。

☞ 見古文字插頁 7。

## <sup>6</sup>衆

"眾"的異體字，見 305 頁。

## <sup>15</sup>衊（衊）

衊 衊 衊 衊 衊 衊　衊

[ miè ㄇㄧㄝˋ ⑱ mit<sup>9</sup> 滅 ]

造謠中傷，陷害別人 ◆ 誣衊 / 污衊。

## <sup>0</sup>行

行 行 行 行 行　行

〈一〉[ xíng ㄒㄧㄥˊ ⑱ heŋ<sup>4</sup> 恆 ]

❶ 走 ◆ 行走 / 步行 / 緩緩而行 / 日行千里 / 明知山有虎，偏向虎山行。❷ 跟出行有關的 ◆ 行李 / 行裝 / 行蹤 / 行程。❸ 流通；傳佈 ◆ 發行 / 流行 / 風行一時 / 行銷世界各國。❹ 做 ◆ 實行 / 執行 / 試行 / 行禮 / 行之有效 / 見機行事。❺ 所作所為 ◆ 行為 / 行動 / 言行一致。❻ 可以 ◆ 這樣下去不行 / 行，就這麼辦。❼ 能幹 ◆ 這個年輕人真行。❽ 將要 ◆ 行將結束。❾ 漢字的一種字體，運筆介於草書和楷書之間 ◆ 行書。

〈二〉[ xíng ㄒㄧㄥˊ ⑱ heŋ<sup>6</sup> 幸 ]

❿ 表現品德的舉止行為 ◆ 品行 / 德行。

〈三〉[ háng ㄏㄤˊ ⑱ hɔŋ<sup>4</sup> 杭 ]

⓫ 排成直線的 ◆ 行列 / 第五行 / 一目十行 / 綠樹成行 / 兩個黃鸝鳴翠柳，一行白鷺上青天。⓬ 職業 ◆ 改行 / 同行 / 各行各業 / 三句話不離本行 / 三百六十行，行行出狀元。⓭ 商店或某些營業機構 ◆ 商行 / 銀行 / 車行。（粵口語讀 hɔŋ<sup>2</sup> 杭<sup>2</sup>）

〈四〉[ háng ㄏㄤˊ ⑱ heŋ<sup>4</sup> 恆 ]

⓮ 兄弟姐妹長幼的次序 ◆ 排行 / 他行二，弟弟行四。

☞ 見古文字插頁 7。

## ³衍

衍 衍 衍 衍 衍 衍　衍

[ yǎn ㄧㄢˇ ⑧ jin² 演／hin² 偃 ]

❶ 延展 ◆ 推衍／繁衍。❷ 多餘的 ◆ 衍文。

## ⁵術 (术)

術 術 術 術 術 術　術

[ shù ㄕㄨˋ ⑧ sœt⁹ 述 ]

❶ 技藝；本領 ◆ 技術／醫術／武術／魔術／不學無術。❷ 方法；手段 ◆ 戰術／權術／心術不正。

## ⁶街

街 街 街 街 街 街　街

[ jiē ㄐㄧㄝ ⑧ gai¹ 皆 ]

市鎮上比較寬闊的道路 ◆ 街道／逛街／街談巷議／大街小巷／穿街走巷。

## ⁷衙

衙 衙 衙 衙 衙 衙　衙

[ yá ㄧㄚˊ ⑧ ŋa⁴ 牙 ]

舊時稱官員辦公的機關 ◆ 衙門／衙役／打道回衙。

## ⁹衝 (冲)

衝 衝 衝 衝 衝 衝　衝

〈一〉[ chōng ㄔㄨㄥ ⑧ tsuŋ¹ 充 ]

❶ 交通要道 ◆ 要衝／首當其衝。❷ 迅猛向前 ◆ 衝向前／衝鋒陷陣／最後衝刺／直衝雲霄／橫衝直撞／衝出重圍。❸ 猛烈地碰撞 ◆ 衝撞／衝突／衝擊。❹ 互相抵消 ◆ 衝賬／衝喜。

〈二〉[ chòng ㄔㄨㄥˋ ⑧ tsuŋ¹ 充 ]

❺ 向；對着 ◆ 衝着我笑／有話衝我説／看情況是衝我來的。❻ 力量大；氣味濃 ◆ 水流得很衝／酒味很衝。

## ⁹衛

同 "衞" 字，見本頁。

## ¹⁰衡

衡 衡 衡 衡 衡 衡　衡

[ héng ㄏㄥˊ ⑧ hɐŋ⁴ 恆 ]

❶ 稱重量的器具，如秤、天平等 ◆ 度量衡／衡器。❷ 用衡器稱重量 ◆ 衡量／衡其輕重。❸ 比較；斟酌 ◆ 權衡利弊得失。❹ 平 ◆ 平衡／均衡。

## ¹⁰衞 (卫)

衞 衞 衞 衞 衞 衞　衞

[ wèi ㄨㄟˋ ⑧ wɐi⁶ 胃 ]

❶ 保護；防護；使不受侵犯 ◆ 保衞／自衞／捍衞／護衞／衞兵／保家衞國。❷ 從事保衞工作的人 ◆ 門衞／警衞。

衣 部

## ⁰衣

衣 衣 衣 衣 衣　衣

[ yī ㄧ ⑧ ji¹ 醫 ]

❶ 衣服 ◆ 大衣／棉衣／衣冠楚楚／豐衣足食／節衣縮食。❷ 包在某些物體外面的一層東西 ◆ 糖衣／腸衣／炮衣。

☞ 見古文字插頁 7。

## ²初

見刀部，41 頁。

## ³表

表 表 表 表 表 表　表

〈一〉[ biǎo ㄅㄧㄠˇ ⑧ biu² 標² ]

追蟲血行衣西

❶ 露在外面的；跟"裏"相對 ◆ 表面 / 表情 / 外表 / 由表及裏 / 虛有其表。❷ 顯示；説出 ◆ 表示 / 表現 / 表白 / 表表心意 / 深表同情。❸ 榜樣 ◆ 表率 / 為人師表。❹ 分格分類記錄事項的文件 ◆ 表格 / 統計表 / 申報表 / 報名表。❺ 跟姑、舅、姨的親屬關係 ◆ 表哥 / 表弟 / 表叔。

〈二〉[biǎo ㄅㄧㄠˇ 粵biu² 標²/biu¹ 標 (語)]

❻ 同"錶"字。表示度數、用量等的儀器 ◆ 電表 / 水表 / 煤氣表。❼ 同"錶"字。計時器 ◆ 手表 / 秒表。

³衫　　衫衫衫衫衫衫　衫

[shān ㄕㄢ 粵sam¹ 三]

❶ 單的上衣 ◆ 襯衫 / 汗衫 / 罩衫 / 羊毛衫。❷ 泛指衣服 ◆ 衣衫不整 / 衣衫襤褸。

³衩　　衩衩衩衩衩衩　衩

〈一〉[chà ㄔㄚˋ 粵tsa³ 岔]

❶ 衣服旁邊開口的地方 ◆ 開衩 / 衩口。

〈二〉[chǎ ㄔㄚˇ 粵tsa³ 岔]

❷ 褲衩：指短褲。

⁴袁　　袁袁袁袁袁袁　袁

[yuán ㄩㄢˊ 粵jyn⁴ 元]

姓。

⁴衰　　衰衰衰衰衰衰　衰

[shuāi ㄕㄨㄞ 粵sœy¹ 須]

人或事物由強變弱；跟"興"、"盛"相對 ◆ 衰老 / 衰弱 / 年老力衰 / 興衰存亡 / 國家的盛衰。

⁴衷　　衷衷衷衷衷衷　衷

[zhōng ㄓㄨㄥ 粵dzuŋ¹ 終/tsuŋ¹ 衝 (語)]

內心 ◆ 言不由衷 / 無動於衷 / 互訴衷情 / 衷心的祝賀。

⁴袂　　袂袂袂袂袂袂　袂

[mèi ㄇㄟˋ 粵mɐi⁶ 米⁶]

袖子 ◆ 聯袂演出。

⁵袒　　袒袒袒袒袒袒　袒

[tǎn ㄊㄢˇ 粵dan⁶ 但]

❶ 露出身體的一部分 ◆ 袒露 / 袒胸露背。❷ 庇護；不公正地偏護或支持一方面 ◆ 袒護 / 偏袒一方。

⁵袖　　袖袖袖袖袖袖　袖

[xiù ㄒㄧㄡˋ 粵dzɐu⁶ 就]

❶ 衣袖；上衣從肩到腕的部分 ◆ 袖子 / 袖章 / 長袖善舞 / 兩袖清風。❷ 藏在袖子裏 ◆ 袖着手 / 袖手旁觀。

⁵袋　　袋袋袋袋袋袋　袋

[dài ㄉㄞˋ 粵dɔi⁶ 代]

❶ 口袋；裝東西的用具 ◆ 米袋 / 布袋 / 食品袋 / 塑料袋 / 文件袋。❷ 量詞，用於成袋的東西 ◆ 一袋大米 / 兩袋麵粉。

⁵袍　　袍袍袍袍袍袍　袍

[páo ㄆㄠˊ 粵pou⁴ 葡]

中式的長衣服 ◆ 棉袍 / 旗袍 / 長袍馬褂。

焦點易錯字　袂 | 訣　袂口 聯袂　祕訣 訣別

## ⁵袈

袈 袈 袈 袈 袈 袈　袈

[ jiā ㄐㄧㄚ 🅖 ga¹ 加 ]

袈裟：和尚披在外面的法衣，用多塊長方
形布片拼製而成。

## ⁵被

被 被 被 被 被 被　被

〈一〉[ bèi ㄅㄟˋ 🅖 bei⁶ 備 ]

❶ 表示被動關係 ◆ 小偷被捉住了／他被
選為班長／一場大火終於被撲滅／一旦被
蛇咬，十年怕草繩／聰明反被聰明誤。

〈二〉[ bèi ㄅㄟˋ 🅖 pei⁵ 婢 ]

❷ 被子：睡覺時蓋在身上禦寒的東西 ◆ 棉
被／毛巾被／羽絨被。

## ⁶裁

裁 裁 裁 裁 裁 裁　裁

[ cái ㄘㄞˊ 🅖 tsoi⁴ 才 ]

❶ 用刀、剪等把布或紙剪開、割開 ◆ 裁
剪／裁紙／裁衣服／量體裁衣。❷ 削減 ◆
裁減／裁軍／裁員。❸ 判斷；決定 ◆ 裁
判／裁決／裁定／仲裁。❹ 控制；抑止 ◆
獨裁／制裁。❺ 安排；設計 ◆ 別出心裁。
❻ 文章的樣式 ◆ 體裁。

## ⁶裂

裂 裂 裂 裂 裂 裂　裂

[ liè ㄌㄧㄝˋ 🅖 lit⁹ 列 ]

破開；分開 ◆ 裂開／裂縫／破裂／決裂／
四分五裂。

## ⁶袱

袱 袱 袱 袱 袱 袱　袱

[ fú ㄈㄨˊ 🅖 fuk⁹ 伏 ]

包衣物用的布 ◆ 包袱。

## ⁷補 ⁽補⁾

補 補 補 補 補 補　補

[ bǔ ㄅㄨˇ 🅖 bou² 寶 ]

❶ 把破損的東西修理好 ◆ 補衣服／補鞋／
補牙／縫補／亡羊補牢／修橋補路。❷ 把
缺少的添足 ◆ 補課／補充／補選／候補／
彌補／取長補短／填補空缺。❸ 事後改正
◆ 補救／將功補過。❹ 對身體健康有幫
助的 ◆ 補品／滋補／補血益氣。❺ 益處；
用處 ◆ 補益／不無小補／無補於事。

## ⁷裘

裘 裘 裘 裘 裘 裘　裘

[ qiú ㄑㄧㄡˊ 🅖 kɐu⁴ 求 ]

皮衣 ◆ 狐裘／裘皮大衣／聚沙成塔，集腋
成裘。

## ⁷裟

裟 裟 裟 裟 裟 裟　裟

[ shā ㄕㄚ 🅖 sa¹ 沙 ]

袈裟。見 "袈" 字，本頁。

## ⁷裏 ⁽里⁾

裏 裏 裏 裏 裏 裏　裏

[ lǐ ㄌㄧˇ 🅖 lœy⁵ 呂 ]

❶ 衣服的內層 ◆ 裏子／夾裏／被裏。❷ 裏
面的；內部的；跟 "外"、"表" 相對 ◆ 裏屋
／手裏／話裏有話／表裏如一／裏應外合。❸
一定範圍以內 ◆ 城裏／村裏／夜裏／暑假裏／
一年裏。❹ 指地方 ◆ 這裏／那裏。

## ⁷裡

"裏" 的異體字，見本頁。

## ⁷裔

裔 裔 裔 裔 裔 裔　裔

[ yì ㄧˋ 🅖 jœy⁶ 銳 ]

後代 ◆ 後裔／華裔。

声<br>虫<br>血<br>行<br>衣<br>西

焦點易錯字　裁｜栽　裁決 剪裁　栽培 盆栽　　烈｜裂　激烈 轟轟烈烈　裂開 四分五裂

⁷ **裊** (裊)

裊 裊 裊 裊 裊 裊 ｜裊｜

[ niǎo ㄋㄧㄠˇ 🔊 niu⁵ 鳥 ]

細長柔弱的樣子 ◆ 裊娜／炊煙裊裊／垂楊裊裊。

⁷ **裕**

裕 裕 裕 裕 裕 裕 ｜裕｜

[ yù ㄩˋ 🔊 jy⁶ 預 ]

富足；充足 ◆ 富裕／寬裕／充裕／優裕。

⁷ **裙**

裙 裙 裙 裙 裙 裙 ｜裙｜

[ qún ㄑㄩㄣˊ 🔊 kwɐn⁴ 羣 ]

❶ 裙子：一種圍在下身、沒有褲腿的服裝 ◆ 短裙／連衣裙／百褶裙。❷ 像裙子的東西 ◆ 圍裙／牆裙。

⁷ **裝** (装)

裝 裝 裝 裝 裝 裝 ｜裝｜

[ zhuāng ㄓㄨㄤ 🔊 dzɔŋ¹ 莊 ]

❶ 衣服 ◆ 服裝／西裝／冬裝／時裝／中山裝。❷ 修飾；打扮 ◆ 裝飾／裝扮／化裝／喬裝打扮／男扮女裝。❸ 假意做作 ◆ 假裝／裝糊塗／裝模作樣／裝聾作啞／裝出一副可憐相。❹ 安置；安放 ◆ 安裝／裝配／裝卸／裝貨／裝電話。❺ 把書刊訂成冊 ◆ 裝訂／平裝／精裝／線裝書。❻ 行李 ◆ 準備行裝／整裝待發／輕裝簡從。

⁸ **褂**

褂 褂 褂 褂 褂 褂 ｜褂｜

[ guà ㄍㄨㄚˋ 🔊 gwa³ 卦／kwa² 誇² ]

中式的單上衣 ◆ 褂子／短褂／大褂／長袍馬褂。

⁸ **褚**

褚 褚 褚 褚 褚 褚 ｜褚｜

[ chǔ ㄔㄨˇ 🔊 tsy⁵ 柱 ]

姓。

⁸ **裳**

裳 裳 裳 裳 裳 裳 ｜裳｜

〈一〉[ cháng ㄔㄤˊ 🔊 sœŋ⁴ 常 ]

❶ 古代人下身的衣服叫裳，相當於今天的裙。

〈二〉[ ·shang ·ㄕㄤ 🔊 sœŋ⁴ 常 ]

❷ 衣服 ◆ 衣裳。

⁸ **裴**

裴 裴 裴 裴 裴 裴 ｜裴｜

[ péi ㄆㄟˊ 🔊 pui⁴ 培 ]

姓。

⁸ **裏**

裏 裏 裏 裏 裏 裏 ｜裏｜

[ guǒ ㄍㄨㄛˇ 🔊 gwo² 果 ]

❶ 包紮；纏 ◆ 包裹／裹腿／裹足不前。❷ 夾雜在裏頭；捲進去 ◆ 襪子裹到衣服裏去了／洪水裹走了大片莊稼。

⁸ **裸**

裸 裸 裸 裸 裸 裸 ｜裸｜

[ luǒ ㄌㄨㄛˇ 🔊 lɔ² 羅² ]

沒有遮掩；赤身露體 ◆ 裸體／裸露／赤裸裸。

⁸ **製** (制)

製 製 製 製 製 製 ｜製｜

[ zhì ㄓˋ 🔊 dzɐi³ 祭 ]

造；做 ◆ 製造／製作／監製／如法炮製。

⁸ **裨**

裨 裨 裨 裨 裨 裨 ｜裨｜

〈一〉[ bì ㄅㄧˋ 🔊 bei¹ 悲 ]

❶ 益處 ◆ 裨益／無裨於事。

〈二〉[ pí ㄆㄧˊ ⑧ pei⁴ 皮]

❷ 輔助的；副的 ◆ 裨將。

<sup>9</sup>褐

褐褐褐褐褐褐 褐

[ hè ㄏㄜˋ ⑧ hɔt⁸ 渴]

❶ 黃黑色 ◆ 褐色。❷ 古代指粗布或粗布衣服，窮苦人所穿。借指貧賤人。

<sup>9</sup>複 (复)

複複複複複複 複

[ fù ㄈㄨˋ ⑧ fuk⁷ 福]

❶ 重複 ◆ 複習／複製／複印。❷ 繁雜的；不簡單的 ◆ 複雜／複數／複句／繁複。

<sup>9</sup>褒

褒褒褒褒褒褒 褒

[ bāo ㄅㄠ ⑧ bou¹ 鋪]

讚美；誇獎；跟 “貶” 相對 ◆ 褒獎／褒揚／褒貶／褒義詞。

褒

貶

<sup>9</sup>褓

褓褓褓褓褓褓 褓

[ bǎo ㄅㄠˇ ⑧ bou² 保]

襁褓。見 “襁” 字，本頁。

<sup>10</sup>褥

褥褥褥褥褥褥 褥

[ rù ㄖㄨˋ ⑧ juk⁹ 玉]

牀上鋪墊的臥具 ◆ 褥子／褥單／被褥。

<sup>10</sup>褡 (褡)

褡褡褡褡褡褡 褡

[ dā ㄉㄚ ⑧ dap⁸ 搭]

褡褳：布做的長帶，中間開口，兩端是裝東西的口袋，大的搭在肩上，小的纏在腰間。也叫褡膊。

<sup>10</sup>褲 (裤)

褲褲褲褲褲褲 褲

[ kù ㄎㄨˋ ⑧ fu³ 富]

褲子 ◆ 長褲／短褲／燈籠褲。

<sup>10</sup>褪

褪褪褪褪褪褪 褪

〈一〉[ tùn ㄊㄨㄣˋ ⑧ tɐn³ 吞³]

❶ 卸下衣物 ◆ 褪下手鐲／褪下一隻袖子。

〈二〉[ tuì ㄊㄨㄟˋ ⑧ tɐn³ 吞³]

❷ 脫去 ◆ 褪毛／褪色。

<sup>11</sup>褸 (褛)

褸褸褸褸褸褸 褸

[ lǚ ㄌㄩˇ ⑧ lœy⁵ 呂]

襤褸。見 “襤” 字，408 頁。

<sup>11</sup>襄

襄襄襄襄襄襄 襄

[ xiāng ㄒㄧㄤ ⑧ sœŋ¹ 商]

協助 ◆ 襄理／襄辦／共襄義舉。

<sup>11</sup>襁

襁襁襁襁襁襁 襁

[ qiǎng ㄑㄧㄤˇ ⑧ kœŋ⁵ 強⁵]

襁褓：包嬰兒的被子和帶子 ◆ 那時，弟弟還在襁褓中。也作 “繈緥”。

<sup>11</sup>褶

褶褶褶褶褶褶 褶

[ zhě ㄓㄜˇ ⑧ dzip⁸ 接]

虎虫血行衣西

衣服摺疊或熨燙後留下的痕跡；泛指摺紋或皺紋 ◆ 西服上有幾道褶／褶裙／眼角有了魚尾褶。

¹³ **襟** 襟襟襟襟襟襟 襟

[ jīn ㄐㄧㄣ ⑧ gɐm¹ 甘／kɐm¹ 衾 (語) ]

❶ 衣服胸前有鈕釦可以開合的部分 ◆ 衣襟／大襟／對襟衫／捉襟見肘。❷ 姐妹的丈夫之間的稱呼 ◆ 連襟／襟兄。❸ 借指胸懷 ◆ 胸襟開闊／襟懷坦蕩。

¹³ **襠** ⁽裆⁾ 襠襠襠襠襠襠 襠

[ dāng ㄉㄤ ⑧ dɔŋ¹ 鐺 ]

兩條褲腿相連的地方 ◆ 褲襠／開襠褲。

¹³ **襖** ⁽袄⁾ 襖襖襖襖襖襖 襖

[ ǎo ㄠˇ ⑧ ou²／ŋou² 澳² ]

有裏子的上衣 ◆ 夾襖／棉襖／皮襖。

¹⁴ **襤** ⁽褴⁾ 襤襤襤襤襤襤 襤

[ lán ㄌㄢˊ ⑧ lam⁴ 藍 ]

襤褸：衣服破爛 ◆ 衣衫襤褸。

¹⁵ **襪** ⁽袜⁾ 襪襪襪襪襪襪 襪

[ wà ㄨㄚˋ ⑧ mɐt⁹ 物 ]

襪子：穿在腳上起保暖或保護作用的針織品 ◆ 絲襪／長襪／襪筒／尼龍襪。

¹⁶ **襯** ⁽衬⁾ 襯襯襯襯襯襯 襯

[ chèn ㄔㄣˋ ⑧ tsɐn³ 趁 ]

❶ 在裏面托上一層 ◆ 襯上一層紗布／襯一張紙再寫。❷ 襯在裏面的 ◆ 襯布／襯衫／襯褲／領襯。❸ 配上別的事物突出主要事物 ◆ 陪襯／襯托／綠葉襯紅花，格外鮮豔。

¹⁶ **襲** ⁽袭⁾ 襲襲襲襲襲襲 襲

[ xí ㄒㄧˊ ⑧ dzap⁹ 習 ]

❶ 趁人不備突然攻擊 ◆ 襲擊／偷襲／空襲。❷ 照別人的樣子做；沿用過去的辦法繼續做下去 ◆ 抄襲／沿襲／因襲。❸ 侵；逼 ◆ 寒氣襲人。

襾 部

⁰ **西** 西西西西西 西

[ xī ㄒㄧ ⑧ sɐi¹ 犀 ]

❶ 方位名，日落的方向；跟 "東" 相對 ◆ 西面／往西走／夕陽西下／東邊日出西邊雨／故人西辭黃鶴樓，煙花三月下揚州。❷ 源於西方國家的 ◆ 西醫／西餐／西服／學貫中西。

☺ 圖見 210 頁。

³ **要** 要要要要要要 要

〈一〉[ yào ㄧㄠˋ ⑧ jiu³ 腰³ ]

❶ 希望得到；討取 ◆ 我要鉛筆／要飯的／要回那本書。❷ 叫；讓 ◆ 他要我去一次／老師要我們多讀書。❸ 應該；必須 ◆ 要有公德心／要互相幫助／大家要珍惜糧食。

❹ 將要 ◆ 天要下雨了／要吃飯了，你還到哪裏去？ ❺ 如果 ◆ 要是他不來呢？／要不快走，就趕不上火車了。 ❻ 重要的；主要的 ◆ 要事／要聞／要點／摘要／提要。
〈二〉[ yāo ㄧㄠ 粵 jiu¹ 腰 ]
❼ 求 ◆ 要求。 ❽ 威脅；強求 ◆ 要脅。

⁵
票　見示部，317 頁。

⁶
覃　覃覃覃覃覃覃　覃
〈一〉[ qín ㄑㄧㄣˊ 粵 tsɐm⁴ 尋 ]
❶ 姓。
〈二〉[ tán ㄊㄢˊ 粵 tam⁴ 談 ]
❷ 姓。

⁶
粟　見米部，336 頁。

⁷
賈　見貝部，428 頁。

¹²
覆　覆覆覆覆覆覆　覆
〈一〉[ fù ㄈㄨˋ 粵 feu⁶ 阜 ]
❶ 遮蓋 ◆ 覆蓋。
〈二〉[ fù ㄈㄨˋ 粵 fuk⁷ 腹 ]
❷ 翻倒；毀滅 ◆ 覆沒／覆滅／重蹈覆轍／水可載舟，亦可覆舟。 ❸ 轉回；反過來 ◆ 反覆無常／翻來覆去／天翻地覆。 ❹ 回答 ◆ 答覆／電覆／覆信。

¹³
覈（核）　覈覈覈覈覈覈　覈
[ hé ㄏㄜˊ 粵 hɐt⁹ 瞎 ]
仔細查考。也寫作 "核" ◆ 覈實／覈對／覈算／覈准／審覈。

# 見 部

⁰
見（见）　見見見見見見　見
〈一〉[ jiàn ㄐㄧㄢˋ 粵 gin³ 建 ]
❶ 看到 ◆ 看見／見義勇為／所見所聞／耳聞不如目見／一日不見，如隔三秋。 ❷ 會面；拜會 ◆ 會見／接見／進見／求見。 ❸ 顯現；顯出 ◆ 見效／病已見好／相形見絀／以國畫見長／日久見人心。 ❹ 遇到；接觸到 ◆ 怕見光／見水就化／見火着着。 ❺ 看法 ◆ 主見／意見／成見／真知灼見／固執己見。 ❻ 表示被動 ◆ 見笑。 ❼ 表示對我怎麼樣 ◆ 見諒／有何見教。
〈二〉[ xiàn ㄒㄧㄢˋ 粵 jin⁶ 現 ]
❽ 顯露。同 "現" 字 ◆ 圖窮匕見。
📖 見古文字插頁 7。

⁴
現　見玉部，284 頁。

⁴
規（规）　規規規規規規　規
[ guī ㄍㄨㄟ 粵 kwɐi¹ 虧 ]
❶ 畫圓形的工具 ◆ 圓規／不以規矩，不成方圓。 ❷ 法則；章程；標準 ◆ 規則／規章／校規／墨守成規／規格／規範。 ❸ 勸告 ◆ 規勸。 ❹ 謀劃；打主意 ◆ 規劃。

⁴
覓（觅）　覓覓覓覓覓覓　覓
[ mì ㄇㄧˋ 粵 mik⁹ 汨 ]

尋找 ◆ 尋覓 / 覓食 / 四處覓求 / 踏破鐵鞋
無覓處，得來全不費工夫。

## ⁴視 (视)

視視視視視視　視

[ shì ㄕˋ 　⑧ si⁶ 事]

❶ 看 ◆ 視力 / 注視 / 近視 / 視而不見 / 熟
視無睹。 ❷ 察看 ◆ 視察 / 巡視 / 監視。 ❸
看待；看作 ◆ 重視 / 輕視 / 藐視 / 一視同
仁 / 視死如歸。

## ⁹親 (亲)

親親親親親親　親

〈一〉[ qīn ㄑㄧㄣ 　⑧ tsɐn¹ 嗔]

❶ 父母 ◆ 父親 / 母親 / 雙親。 ❷ 有血統
或婚姻關係的 ◆ 親屬 / 親戚 / 親兄弟 / 遠
親不如近鄰 / 獨在異鄉為異客，每逢佳節
倍思親。 ❸ 婚姻關係 ◆ 成親 / 定親 / 談親
事。 ❹ 關係密切；感情好 ◆ 親密 / 親近 /
親熱 / 相親相愛 / 不分親疏。 ❺ 本人；親
自 ◆ 親身經歷 / 親眼所見 / 親筆信 / 親臨
現場 / 親口告訴我的。 ❻ 用嘴脣接觸，表
示親熱 ◆ 親吻 / 親一親臉。

〈二〉[ qìng ㄑㄧㄥˋ 　⑧ tsɐn³ 趁]

❼ 親家：夫妻雙方父母間的稱呼。

## ⁹覦 (觎)

覦覦覦覦覦覦　覦

[ yú ㄩˊ 　⑧ jy⁴ 如]

覬覦。見 "覬" 字，本頁。

## ¹⁰覬 (觊)

覬覬覬覬覬覬　覬

[ jì ㄐㄧˋ 　⑧ gei³ 記]

覬覦：企圖得到不該得到的東西 ◆ 敵人覬
覦我國大片領土，狼子野心人所共知。

## ¹³覺 (觉)

覺覺覺覺覺覺　覺

〈一〉[ jué ㄐㄩㄝˊ 　⑧ gɔk⁸ 角]

❶ 感受到 ◆ 感覺 / 聽覺 / 視覺 / 不知不覺 /
覺得不舒服。 ❷ 明白；醒悟 ◆ 覺醒 / 覺悟
過來 / 自覺改正。 ❸ 發現 ◆ 發覺 / 察覺。

〈二〉[ jiào ㄐㄧㄠˋ 　⑧ gau³ 教]

❹ 睡眠 ◆ 睡覺 / 睡午覺 / 一覺醒來。

## ¹⁴覽 (览)

覽覽覽覽覽覽　覽

[ lǎn ㄌㄢˇ 　⑧ lam⁵ 攬]

觀看 ◆ 展覽 / 閱覽 / 遊覽 / 瀏覽 / 一覽無
遺。

## ¹⁸觀 (观)

觀觀觀觀觀觀　觀

〈一〉[ guān ㄍㄨㄢ 　⑧ gun¹ 官]

❶ 看 ◆ 觀看 / 觀日出 / 坐井觀天 / 袖手旁
觀 / 眼觀六路，耳聽八方。 ❷ 景象 ◆ 外觀 /
景觀 / 奇觀 / 壯觀。 ❸ 對事物的看法或所
持的態度 ◆ 觀念 / 主觀 / 客觀 / 悲觀 / 樂
觀 / 人生觀 / 世界觀。

〈二〉[ guàn ㄍㄨㄢˋ 　⑧ gun³ 貫]

❹ 道教的廟宇 ◆ 道觀 / 白雲觀。

# 角 部

## ⁰角

角角角角角角　角

〈一〉[ jiǎo ㄐㄧㄠˇ 　⑧ gɔk⁸ 各]

❶ 牛、羊、鹿等頭上長的角 ◆ 牛角 / 羊

角 / 鹿角。❷ 形狀像角的東西 ◆ 觸角 / 菱角 / 皂角 / 小荷才露尖尖角，早有蜻蜓立上頭。❸ 古代軍中吹的一種樂器 ◆ 號角 / 鼓角相聞。❹ 數學上稱兩條直線相交所形成的形狀 ◆ 直角 / 銳角 / 三角形。❺ 物體邊沿相接的地方；角落 ◆ 牆角 / 轉彎抹角 / 東南角。❻ 貨幣單位，十分於一角，十角等於一元 ◆ 三元五角。

〈二〉[ jué ㄐㄩㄝˊ 粵 gɔk⁸ 各 ]

❼ 演員；演員在劇中扮演的人物 ◆ 主角 / 配角 / 名角 / 角色。❽ 爭鬥；較量；爭吵 ◆ 角逐 / 角力 / 發生口角。

☞ 見古文字插頁 7。

**⁶解**(解) 解解解解解解 解

〈一〉[ jiě ㄐㄧㄝˇ 粵 gai² 佳² ]

❶ 剖開；分開 ◆ 解剖 / 解體 / 分解 / 難分難解。❷ 鬆開；打開 ◆ 解開 / 解釦子 / 解鞋帶 / 解鈴還須繫鈴人。❸ 消除；去掉 ◆ 解除 / 解職 / 解渴 / 排難解紛 / 冤家宜解不宜結。❹ 分析；說明 ◆ 解釋 / 解答 / 註解 / 講解 / 辯講。❺ 明白；知道 ◆ 了解 / 理解 / 大惑不解 / 一知半解。❻ 大小便 ◆ 解手 / 小解。

〈二〉[ jiè ㄐㄧㄝˋ 粵 gai³ 介 ]

❼ 押送 ◆ 押解犯人。

〈三〉[ xiè ㄒㄧㄝˋ 粵 hai⁶ 械 ]

❽ 武術套路；技藝；泛指手段、本事 ◆ 使出渾身解數。❾ 姓。

**¹³觸**(触) 觸觸觸觸觸觸 觸

[ chù ㄔㄨˋ 粵 tsuk⁷ 速 /dzuk⁷ 足 (語) ]

❶ 碰到；遇到 ◆ 觸電 / 觸礁 / 接觸 / 觸景生情 / 一觸即發。❷ 感；引起 ◆ 感觸 / 觸動 / 觸怒。

言 部

**⁰言** 言言言言言言 言

[ yán ㄧㄢˊ 粵 jin⁴ 延 ]

❶ 説的話 ◆ 言語 / 有言在先 / 一言不發 / 言行一致 / 忠言逆耳。❷ 説 ◆ 言之有理 / 苦不堪言 / 暢所欲言 / 知無不言，言無不盡 / 松下問童子，言師採藥去。❸ 一個字或一句話 ◆ 五言詩 / 七言絕句 / 一言難盡 / 三言兩語。

☞ 見古文字插頁 7。

**²計**(计) 計計計計計計 計

[ jì ㄐㄧˋ 粵 gɐi³ 繼 ]

❶ 核算 ◆ 計算 / 計分 / 統計 / 不計其數 / 數以萬計。❷ 策略；主意；辦法 ◆ 計策 / 計謀 / 苦肉計 / 緩兵之計 / 詭計多端 / 將計就計。❸ 謀劃；打算 ◆ 計劃 / 預計 / 從長計議 / 一年之計在於春，一日之計在於晨。❹ 測量或計算的儀器 ◆ 溫度計 / 晴雨計。❺ 考慮；計較 ◆ 不計個人得失。

**²訂**(订) 訂訂訂訂訂訂 訂

[ dìng ㄉㄧㄥˋ 粵 din³ 定³ ]

❶ 制定 ◆ 訂計劃 / 簽訂合同 / 訂立同盟。❷ 約定 ◆ 訂購 / 訂貨 / 預訂 / 私訂終身。❸ 修改；改正 ◆ 訂正 / 修訂 / 審訂 / 校訂。❹ 用線、鐵絲等把書頁連在一起 ◆ 裝訂 / 訂本子 / 合訂本 / 訂書機。

**焦點易錯字**　訂 | 定　修訂 緣訂三生　定案 確定

## ²訃 ⁽讣⁾

訃 訃 訃 訃 訃 訃　訃

[ fù ㄈㄨˋ 粵 fu⁶ 付 ]

報喪 ◆ 訃告 / 訃聞。

## ³訌 ⁽讧⁾

訌 訌 訌 訌 訌 訌　訌

[ hòng ㄏㄨㄥˋ 粵 huŋ³ 控 ]

爭吵;混亂 ◆ 內訌。

## ³討 ⁽讨⁾

討 討 討 討 討 討　討

[ tǎo ㄊㄠˇ 粵 tou² 土 ]

❶ 索取;要回 ◆ 討債 / 討回 / 討賬 / 討個公道 / 討還血債。❷ 請求給予 ◆ 討教 / 討饒 / 討飯 / 乞討。❸ 招惹 ◆ 討厭 / 討人喜歡 / 自討苦吃。❹ 商議;研究 ◆ 討論 / 商討 / 研討 / 探討。❺ 出兵攻打或發動攻擊有罪的 ◆ 討伐 / 征討 / 聲討 / 南征北討。

## ³唁

見口部,71 頁。

## ³訓 ⁽训⁾

訓 訓 訓 訓 訓 訓　訓

[ xùn ㄒㄩㄣˋ 粵 fɐn³ 糞 ]

❶ 教導;告誡 ◆ 訓導 / 訓誡 / 訓話 / 教訓 / 訓了他一頓。❷ 教導或告誡的話 ◆ 家訓 / 遺訓。❸ 訓練 ◆ 培訓 / 軍訓 / 受訓。❹ 準則 ◆ 不足為訓。

## ³託 ⁽托⁾

託 託 託 託 託 託　託

[ tuō ㄊㄨㄛ 粵 tɔk⁸ 拓 ]

❶ 請人代辦 ◆ 委託 / 拜託 / 託運 / 託人幫忙。❷ 寄放 ◆ 寄託 / 託兒所。❸ 借故推辭 ◆ 推託 / 託辭 / 託故缺席。❹ 依賴 ◆ 託福 / 託庇祖蔭。

## ³訖 ⁽讫⁾

訖 訖 訖 訖 訖 訖　訖

[ qì ㄑㄧˋ 粵 gɐt⁷ 吉 ]

完畢;終了 ◆ 收訖 / 驗訖 / 銀貨兩訖。

## ³訊 ⁽讯⁾

訊 訊 訊 訊 訊 訊　訊

[ xùn ㄒㄩㄣˋ 粵 sɐn³ 迅 ]

❶ 問;審問 ◆ 訊問 / 審訊 / 傳訊。❷ 消息;信息 ◆ 通訊 / 電訊 / 喜訊 / 杳無音訊。

## ³記 ⁽记⁾

記 記 記 記 記 記　記

[ jì ㄐㄧˋ 粵 gei³ 寄 ]

❶ 記住不忘 ◆ 記得 / 記憶 / 記在心裏 / 牢牢記住 / 記憶猶新。❷ 想念 ◆ 惦記 / 記掛。❸ 把事情寫下來 ◆ 記錄 / 記功 / 記載 / 登記 / 記在賬上。❹ 記錄事情的書或文章 ◆ 傳記 / 日記 / 週記 / 遊記 / 讀書筆記。❺ 標誌;符號 ◆ 記號 / 印記 / 圖記 / 標記。❻ 量詞 ◆ 打了他一記耳光。

## ⁴訝 ⁽讶⁾

訝 訝 訝 訝 訝 訝　訝

[ yà ㄧㄚˋ 粵 ŋa⁶ 迓 ]

感到很奇怪 ◆ 驚訝。

## ⁴許 ⁽许⁾

許 許 許 許 許 許　許

[ xǔ ㄒㄩˇ 粵 hœy² 栩 ]

❶ 同意;答應 ◆ 允許 / 准許 / 默許 / 許可 / 只許州官放火,不許百姓點燈。❷ 預先答應 ◆ 許願 / 許諾 / 把女兒許配給他。❸ 稱讚 ◆ 讚許。❹ 或者;可能 ◆ 或許 / 也許。❺ 表示大約的數目 ◆ 許多 / 許久 / 少許 / 幾許。❻ 姓。

**焦點易錯字**　託 | 托　委託 託管 烘托 承托　　訖 | 迄　迄今 迄無音信 查訖 起訖

## 4訛 (讹)

訛 訛 訛 訛 訛 訛 訛

[é ㄜˊ （粵）ŋɔ⁴ 俄]

❶ 錯誤 ◆ 訛傳 / 訛誤 / 以訛傳訛。❷ 敲詐；詐騙 ◆ 訛詐。

## 4訟 (讼)

訟 訟 訟 訟 訟 訟 訟

[sòng ㄙㄨㄥˋ （粵）dzuŋ⁶ 頌]

❶ 打官司 ◆ 訴訟。❷ 爭辯是非曲直 ◆ 爭訟 / 聚訟紛紜。

## 4設 (设)

設 設 設 設 設 設 設

[shè ㄕㄜˋ （粵）tsit⁸ 徹]

❶ 佈置；安排 ◆ 陳設 / 設宴。❷ 建立 ◆ 設立 / 設置 / 設防 / 設辦事處 / 開設門市部。❸ 謀劃 ◆ 設計 / 設法。❹ 假使；如果 ◆ 假設 / 設想 / 設身處地。

## 4訪 (访)

訪 訪 訪 訪 訪 訪 訪

[fǎng ㄈㄤˇ （粵）fɔŋ² 紡]

❶ 看望；探望 ◆ 訪問 / 拜訪 / 探親訪友。❷ 尋求；調查 ◆ 訪古 / 採訪 / 明查暗訪。

## 4訣 (诀)

訣 訣 訣 訣 訣 訣 訣

[jué ㄐㄩㄝˊ （粵）kyt⁸ 決]

❶ 竅門；方法 ◆ 訣竅 / 祕訣。❷ 順口易記的語句 ◆ 口訣 / 歌訣。❸ 分離（多指難以再見面的離別）◆ 訣別 / 永訣。

## 5評 (评)

評 評 評 評 評 評 評

[píng ㄆㄧㄥˊ （粵）piŋ⁴ 平]

❶ 議論是非好壞 ◆ 評論 / 批評 / 評語 / 評頭論足。❷ 判定 ◆ 評判 / 評定 / 評分 / 評比。❸ 議論的話或文章 ◆ 短評 / 影評。

## 5詛 (诅)

詛 詛 詛 詛 詛 詛 詛

[zǔ ㄗㄨˇ （粵）dzɔ² 左 / dzɔ³ 佐]

咒罵 ◆ 詛咒。

## 5詐 (诈)

詐 詐 詐 詐 詐 詐 詐

[zhà ㄓㄚˋ （粵）dza³ 炸]

❶ 欺騙 ◆ 詐騙 / 欺詐 / 詐取 / 兵不厭詐 / 爾虞我詐。❷ 假裝 ◆ 詐降 / 詐死。

## 5訴 (诉)

訴 訴 訴 訴 訴 訴 訴

[sù ㄙㄨˋ （粵）sou³ 素]

❶ 對人説；説給人聽 ◆ 訴説 / 訴苦 / 告訴 / 傾訴。❷ 控告 ◆ 起訴 / 上訴 / 控訴 / 公訴。

## 5診 (诊)

診 診 診 診 診 診 診

[zhěn ㄓㄣˇ （粵）tsɐn² 疹]

看病；檢查病情 ◆ 診斷 / 診治 / 會診 / 急診 / 門診。

## 5詆 (诋)

詆 詆 詆 詆 詆 詆 詆

[dǐ ㄉㄧˇ （粵）dɐi² 底]

不顧事實，説人壞話；責罵 ◆ 詆毀。

## ⁵註⁽注⁾ 註註註註註註 註

[ zhù ㄓㄨˋ ⓐ dzy³ 注]

❶ 解釋。同"注"字 ◆ 註解／註釋。❷ 登記；記載 ◆ 註冊／註銷。

## ⁵詠⁽咏⁾ 詠詠詠詠詠詠 詠

[ yǒng ㄩㄥˇ ⓐ wiŋ⁶ 泳]

❶ 歌唱；聲調抑揚地誦讀 ◆ 歌詠比賽／吟詠唐詩。❷ 用詩詞等來敍述或抒發 ◆ 詠史／詠懷。

## ⁵詞⁽词⁾ 詞詞詞詞詞詞 詞

[ cí ㄘˊ ⓐ tsi⁴ 池]

❶ 語言裏能獨立運用的最小的單位。詞有單音節的，如"一"、"書"、"學"、"好"等；也有多音節的，如"書本"、"學校"、"好處"等 ◆ 詞典／名詞／詞／同義詞／反義詞。❷ 語句；言辭 ◆ 歌詞／唱詞／歡迎詞／理屈詞窮／詞不達意／振振有詞。❸ 一種長短句押韻的文體 ◆ 宋詞／詩詞歌賦。

## ⁵詔⁽诏⁾ 詔詔詔詔詔詔 詔

[ zhào ㄓㄠˋ ⓐ dziu³ 照]

❶ 告知；告誡 ◆ 詔告天下。❷ 皇帝發佈的命令 ◆ 詔書／皇帝詔曰。

## ⁶試⁽试⁾ 試試試試試試 試

[ shì ㄕˋ ⓐ si³ 嗜]

❶ 指一件事物在正式推廣使用之前先用用看、做做看，檢驗一下效果怎樣 ◆ 試製／試用／試行／試飛／試驗／測試。❷ 考試；測驗 ◆ 試題／試卷／口試／筆試。

## ⁶詩⁽诗⁾ 詩詩詩詩詩詩 詩

[ shī ㄕ ⓐ si¹ 師]

一種文學體裁。詩的語言優美精練，大都分行押韻，節奏鮮明，可以歌詠朗誦 ◆ 詩歌／詩篇／詩人／古詩／熟讀唐詩三百首，不會吟詩也會吟。

## ⁶詼⁽诙⁾ 詼詼詼詼詼詼 詼

[ huī ㄏㄨㄟ ⓐ fui¹ 灰]

詼諧：説話風趣，引人發笑 ◆ 談吐詼諧。

## ⁶誠⁽诚⁾ 誠誠誠誠誠誠 誠

[ chéng ㄔㄥˊ ⓐ siŋ⁴ 成]

❶ 真心實意 ◆ 誠實／誠懇／真誠／忠誠／心悦誠服／誠心誠意／精誠所至，金石為開。❷ 確實；的確是 ◆ 誠然／誠惶誠恐。

## ⁶誇⁽夸⁾ 誇誇誇誇誇誇 誇

[ kuā ㄎㄨㄚ ⓐ kwa¹ 跨¹]

❶ 説大話；言過其實 ◆ 誇口／誇張／自誇／誇大其詞／誇誇其談。❷ 稱讚；炫耀 ◆ 誇獎／誇耀。

## ⁶詣⁽诣⁾ 詣詣詣詣詣詣 詣

[ yì ㄧˋ ⓐ ŋɐi⁶ 毅]

到；學業或技能所達到的境地 ◆ 造詣／苦心孤詣。

## ⁶誅⁽诛⁾ 誅誅誅誅誅誅 誅

[ zhū ㄓㄨ ⓐ dzy¹ 朱]

❶ 殺 ◆ 誅殺／天誅地滅。❷ 譴責 ◆ 口誅筆伐。

## ⁶話 (话)

話 話 話 話 話 話 話

[ huà ㄏㄨㄚˋ ⑧ wa⁶ 華⁶ ]

❶ 語言；言語 ◆ 説話 / 外國話 / 話中有話。❷ 説；談論 ◆ 話題 / 話別 / 話舊 / 話家常。

## ⁶詮 (诠)

詮 詮 詮 詮 詮 詮 詮

[ quán ㄑㄩㄢˊ ⑧ tsyn⁴ 全 ]

❶ 解釋；説明 ◆ 詮釋。❷ 道理；事理 ◆ 真詮。

## ⁶詹

詹 詹 詹 詹 詹 詹 詹

[ zhān ㄓㄢ ⑧ dzim¹ 尖 ]

姓。

## ⁶詢 (询)

詢 詢 詢 詢 詢 詢 詢

[ xún ㄒㄩㄣˊ ⑧ sœn¹ 荀 ]

問；徵求意見 ◆ 詢問 / 查詢 / 咨詢。

## ⁶詭 (诡)

詭 詭 詭 詭 詭 詭 詭

[ guǐ ㄍㄨㄟˇ ⑧ gwɐi² 鬼 ]

❶ 欺詐；狡猾 ◆ 詭計 / 詭詐 / 詭辯。❷ 奇異多變 ◆ 詭異 / 行動詭祕。

## ⁶該 (该)

該 該 該 該 該 該 該

[ gāi ㄍㄞ ⑧ gɔi¹ 賅 ]

❶ 應當 ◆ 應該 / 當該何罪？/ 早該如此 / 不該這樣絕情 / 很晚了，該睡覺了。❷ 那個；這個 ◆ 該校 / 該學生 / 該公司。❸ 欠 ◆ 該賬 / 該他五元錢。❹ 表示推測的語氣 ◆ 他今天沒有上學，該不會是生病了吧？❺ 加強語氣，表示一種願望 ◆ 要能全家團聚，該多好啊！

## ⁶詳 (详)

詳 詳 詳 詳 詳 詳 詳

[ xiáng ㄒㄧㄤˊ ⑧ tsœŋ⁴ 祥 ]

❶ 周密；完備；跟 "略" 相對 ◆ 詳細 / 詳備 / 詳盡 / 不厭其詳 / 語焉不詳。❷ 細細説明 ◆ 詳談 / 面詳 / 內詳 / 耳熟能詳。❸ 清楚 ◆ 地址不詳 / 生卒年不詳。

## ⁶詫 (诧)

詫 詫 詫 詫 詫 詫 詫

[ chà ㄔㄚˋ ⑧ tsa³ 岔 ]

驚異；驚奇 ◆ 詫異 / 驚詫。

## ⁷誡 (诫)

誡 誡 誡 誡 誡 誡 誡

[ jiè ㄐㄧㄝˋ ⑧ gai³ 戒 ]

警告；規勸 ◆ 告誡 / 勸誡 / 訓誡 / 規誡。

## ⁷誌 (志)

誌 誌 誌 誌 誌 誌 誌

[ zhì ㄓˋ ⑧ dzi³ 至 ]

❶ 記住 ◆ 開張誌喜 / 永誌不忘。❷ 標記；記號 ◆ 標誌。❸ 記事的文字或書籍 ◆ 縣誌 / 雜誌 / 地方誌 /《三國誌》。

## ⁷誣 (诬)

誣 誣 誣 誣 誣 誣 誣

[ wū ㄨ ⑧ mou⁴ 巫 ]

捏造事實來陷害、侮辱人 ◆ 誣告 / 誣陷 / 誣衊 / 誣賴 / 誣良為盜。

## ⁷語 (语)

語 語 語 語 語 語 語

[ yǔ ㄩˇ ⑧ jy⁵ 雨 ]

❶ 説話 ◆ 自言自語 / 不言不語 / 輕聲細語 / 竊竊私語。❷ 説的話 ◆ 語重心長 / 語無倫次 / 言語動聽。❸ 語言 ◆ 國語 / 外語 / 英語。❹ 代表語言的 ◆ 旗語 / 手語。

**焦點易錯字** 祥 | 詳　祥和 吉祥　詳細 安詳

說了他幾句，就沉不住氣了。

〈二〉[ shuì ㄕㄨㄟˋ ⑧ sœy³ 稅]
❺ 用言語勸說、宣傳，使對方聽從、採納自己的意見 ◆ 遊說／說客。

---

$^7$ 誓

誓 誓 誓 誓 誓 誓 　誓

[ shì ㄕˋ ⑧ sɐi⁶ 逝]
❶ 表示決心 ◆ 誓言／誓不罷休／誓師大會。
❷ 表示決心的話 ◆ 發誓／宣誓／起誓／立誓／海誓山盟。

---

$^7$ 誤 (误)

誤 誤 誤 誤 誤 誤 　誤

[ wù ㄨˋ ⑧ ŋ⁶ 悟]
❶ 錯；差錯 ◆ 錯誤／失誤／筆誤／誤解／誤會／誤入歧途。❷ 因錯誤而使人受害 ◆ 誤人子弟／聰明反被聰明誤。❸ 不是故意的 ◆ 誤傷／誤觸忌諱。❹ 耽擱 ◆ 誤事／耽誤／延誤。

---

$^7$ 誘 (诱)

誘 誘 誘 誘 誘 誘 　誘

[ yòu ㄧㄡˋ ⑧ jɐu⁵ 有]
❶ 教導；引導 ◆ 誘導／循循善誘。❷ 用言語、行動迷惑人，使人上當受騙 ◆ 誘騙／誘惑／引誘／威脅利誘／誘敵深入。❸ 吸引 ◆ 景色誘人。❹ 導致，引發 ◆ 誘發／誘因。

---

$^7$ 誨 (诲)

誨 誨 誨 誨 誨 誨 　誨

[ huì ㄏㄨㄟˋ ⑧ fui³ 悔]
教導；勸說 ◆ 教誨／誨人不倦。

---

$^7$ 說 (说)

說 說 說 說 說 說 　說

〈一〉[ shuō ㄕㄨㄛ ⑧ syt⁸ 雪]
❶ 用言語來表達意思 ◆ 說話／有說有笑／說說自己的想法／老師說：「要注意保護牙齒。」❷ 解釋 ◆ 說明／說清楚／解說。❸ 言論；主張 ◆ 學說／眾說紛紜／自圓其說／著書立說。❹ 責備 ◆ 說了他一頓／大哥

---

$^7$ 認 (认)

認 認 認 認 認 認 　認

[ rèn ㄖㄣˋ ⑧ jiŋ⁶ 形⁶]
❶ 分辨；識別 ◆ 認識／認字／認領／辨認／認清是非。❷ 同意；承認 ◆ 認可／認錯／認輸／認罪／否認／公認。

---

$^7$ 誦 (诵)

誦 誦 誦 誦 誦 誦 　誦

[ sòng ㄙㄨㄥˋ ⑧ dzuŋ⁶ 訟]
❶ 大聲地唸；朗讀 ◆ 誦讀／朗誦／背誦。
❷ 讚揚 ◆ 稱誦／廣為傳誦。

---

$^8$ 誕 (诞)

誕 誕 誕 誕 誕 誕 　誕

[ dàn ㄉㄢˋ ⑧ dan⁶ 但]
❶ 出生；生日 ◆ 誕生／誕辰／華誕／聖誕。
❷ 虛假的；荒唐的 ◆ 荒誕／怪誕。

---

$^8$ 請 (请)

請 請 請 請 請 請 　請

[ qǐng ㄑㄧㄥˇ ⑧ tsiŋ² 逞/tsɛŋ² 青² (語)]
❶ 要求 ◆ 請求／請假／申請／請示／請人幫忙。❷ 邀請 ◆ 請柬／請帖／請客／聘請。❸ 敬辭；禮貌用語 ◆ 請進／請坐／請稍等／請問先生貴姓。

---

$^8$ 諸 (诸)

諸 諸 諸 諸 諸 諸 　諸

[ zhū ㄓㄨ ⑧ dzy¹ 朱]
❶ 許多；各 ◆ 諸位／諸侯／諸子百家／諸如此類／諸事如意／諸多疑問。❷ 相當於"之於" ◆ 付諸東流。

焦點易錯字　誦｜頌　誦經 背誦　頌讚 歌頌

## ⁸課 (课) 課課課課課課 課

[ kè ㄎㄜˋ ⑧ fɔ³ 貨 ]

❶ 教學的科目；學業 ◆ 課程 / 課本 / 課業 / 功課 / 語文課。❷ 教學活動 ◆ 上課 / 下課 / 課外閱讀。❸ 徵收捐稅 ◆ 課稅 / 課以重稅。❹ 量詞，指教科書中的一篇課文 ◆ 第一課 / 教了三課書。

## ⁸誹 (诽) 誹誹誹誹誹誹 誹

[ fěi ㄈㄟˇ ⑧ fei² 匪 ]

誹謗：無中生有地說人壞話，破壞別人的名譽 ◆ 誹謗中傷。

## ⁸諛 (谀) 諛諛諛諛諛諛 諛

[ yú ㄩˊ ⑧ jy⁴ 如 ]

用好聽的話去迎合、討好人 ◆ 諛辭 / 阿諛逢迎。

## ⁸誰 (谁) 誰誰誰誰誰誰 誰

[ shéi / shuí ㄕㄟˊ / ㄕㄨㄟˊ ⑧ sœy⁴ 垂 ]

❶ 疑問代詞，甚麼人 ◆ 誰說的？/ 你找誰？/ 這是誰寫的？/ 為誰辛苦為誰忙？/ 誰知盤中餐，粒粒皆辛苦。❷ 不定代詞，無論何人；任何人 ◆ 誰都不准進去 / 誰也不甘心 / 這麼簡單的事誰都會做。

## ⁸論 (论) 論論論論論論 論

〈一〉[ lùn ㄌㄨㄣˋ ⑧ lœn⁶ 吝 ]

❶ 分析、說明道理 ◆ 議論 / 評論 / 論述 / 辯論 / 以事論事 / 高談闊論。❷ 分析、說明道理的言論、文章 ◆ 立論 / 社論 / 輿論 / 奇談怪論 / 長篇大論。❸ 衡量；評定 ◆ 論功

行賞 / 依法論罪。❹ 按照 ◆ 論斤計價。

〈二〉[ lún ㄌㄨㄣˊ ⑧ lœn⁶ 吝 ]

❺《論語》：古書名，是由孔子的弟子記錄孔子言行的書。

## ⁸諍 (诤) 諍諍諍諍諍諍 諍

[ zhèng ㄓㄥˋ ⑧ dzɐŋ³ 增³ ]

直言規勸 ◆ 諫諍 / 諍言。

## ⁸調 (调) 調調調調調調 調

〈一〉[ tiáo ㄊㄧㄠˊ ⑧ tiu⁴ 條 ]

❶ 配合得均勻、適當 ◆ 調勻 / 調色 / 調味 / 調節 / 諧調 / 風調雨順。❷ 使和解、諧調 ◆ 調和 / 調解 / 調整 / 調停 / 協調。❸ 挑逗；戲弄 ◆ 調笑 / 調戲 / 調情。❹ 保養身體 ◆ 調理 / 調養。

〈二〉[ diào ㄉㄧㄠˋ ⑧ diu⁶ 掉 ]

❺ 更換；變動 ◆ 調動 / 調換 / 對調 / 調個位置。❻ 分派；安排 ◆ 調遣 / 調度 / 調兵遣將。❼ 察訪；了解 ◆ 調查 / 函調。❽ 樂曲的調子 ◆ 曲調 / C調 / D大調 / 民間小調。❾ 語音的高低升降變化 ◆ 聲調 / 語調。❿ 喻指言論或意見 ◆ 陳詞濫調 / 老調重彈。⓫ 指風格、特點 ◆ 格調 / 情調 / 筆調 / 色調。

## ⁸諂 (谄) 諂諂諂諂諂諂 諂

[ chǎn ㄔㄢˇ ⑧ tsim² 簽² ]

諂媚：用好聽的話恭維人；用卑賤的態度討好人 ◆ 諂媚上司 / 諂上欺下。

## ⁸諒 (谅) 諒諒諒諒諒諒 諒

[ liàng ㄌㄧㄤˋ ⑧ lœŋ⁶ 亮 ]

❶ 寬容；不計較 ◆ 原諒 / 諒解 / 體諒。

❷ 料想；猜測 ◆ 諒不見怪 / 諒必收到 / 諒他不會來了。

---

⁸ **諄**（谆）　諄諄諄諄諄諄　諄

[ zhūn ㄓㄨㄣ 🔊 dzœn¹ 津 ]

諄諄：誠懇而有耐心 ◆ 諄諄教導 / 諄諄告誠。

---

⁸ **談**（谈）　談談談談談談　談

[ tán ㄊㄢˊ 🔊 tam⁴ 譚 ]

❶ 說；彼此對話 ◆ 談論 / 談話 / 漫談 / 交談 / 談天說地 / 談笑風生。❷ 所說的話；言論 ◆ 奇談怪論 / 無稽之談 / 老生常談 / 誇誇其談。

---

⁸ **誼**（谊）　誼誼誼誼誼誼　誼

[ yì ㄧˋ 🔊 ji⁴ 宜 ]

交情 ◆ 友誼 / 情誼 / 情深誼長 / 深情厚誼。

---

⁹ **謀**（谋）　謀謀謀謀謀謀　謀

[ móu ㄇㄡˊ 🔊 mɐu⁴ 牟 ]

❶ 計策 ◆ 謀略 / 計謀 / 有勇無謀 / 足智多謀 / 陰謀詭計。❷ 計劃；尋求 ◆ 謀生 / 謀劃 / 謀出路 / 深謀遠慮 / 謀財害命。❸ 商議 ◆ 不謀而合。

---

⁹ **諜**（谍）　諜諜諜諜諜諜　諜

[ dié ㄉㄧㄝˊ 🔊 dip⁹ 碟 ]

❶ 祕密刺探敵情 ◆ 諜報。❷ 祕密刺探敵情的人員 ◆ 間諜。

---

⁹ **諫**（谏）　諫諫諫諫諫諫　諫

[ jiàn ㄐㄧㄢˋ 🔊 gan³ 澗 ]

直言規勸，使改正錯誤 ◆ 進諫 / 納諫 / 從諫如流。

---

⁹ **諧**（谐）　諧諧諧諧諧諧　諧

[ xié ㄒㄧㄝˊ 🔊 hai⁴ 鞋 ]

❶ 配合得好；協調 ◆ 諧調 / 諧音 / 和諧。❷ 說話風趣，引人發笑 ◆ 詼諧。

---

⁹ **諾**（诺）　諾諾諾諾諾諾　諾

[ nuò ㄋㄨㄛˋ 🔊 nɔk⁹ ]

答應；允許 ◆ 允諾 / 許諾 / 諾言 / 一諾千金。

---

⁹ **謁**（谒）　謁謁謁謁謁謁　謁

[ yè ㄧㄝˋ 🔊 jit⁸ 咽 ]

拜見；進見。多用於下級、晚輩去見上級、長輩 ◆ 謁見 / 進謁 / 拜謁。

---

⁹ **謂**（谓）　謂謂謂謂謂謂　謂

[ wèi ㄨㄟˋ 🔊 wei⁶ 胃 ]

❶ 說 ◆ 所謂 / 可謂精妙絕倫。❷ 稱為；叫做 ◆ 稱謂 "書聖" / 何謂超音速？

---

⁹ **諷**（讽）　諷諷諷諷諷諷　諷

[ fěng ㄈㄥˇ 🔊 fuŋ³ 風³ ]

用含蓄的話責備、譏笑或勸告 ◆ 諷刺 / 譏諷 / 嘲諷 / 冷嘲熱諷 / 借古諷今。

---

⁹ **諺**（谚）　諺諺諺諺諺諺　諺

[ yàn ㄧㄢˋ 🔊 jin⁶ 現 ]

諺語：民間流傳的俗話，大多反映深刻的道理或某方面經驗的總結，如 "上梁不正下梁歪"、"只要功夫深，鐵杵磨成針"、"三

---

焦點易錯字　喋｜諜　喋血 喋喋不休　諜報 間諜

個臭皮匠，勝過諸葛亮"、"瓜田不納履，
李下不整冠"等。

## ⁹諦 (谛)

諦諦諦諦諦諦 諦

[ dì ㄉㄧˋ ⑧ dɐi³ 帝 ]

❶ 仔細 ◆ 諦視／諦聽。❷ 道理；意義 ◆
真諦／悟出了其中的妙諦。

## ⁹諮

同"咨"字，見 69 頁。

## ⁹諱 (讳)

諱諱諱諱諱諱 諱

[ huì ㄏㄨㄟˋ ⑧ wei³ 毀／wei⁵ 偉（語）]

❶ 有顧忌而不敢說或不願說 ◆ 忌諱／隱
諱／直言不諱／諱疾忌醫／無用諱言。❷
忌諱的事情 ◆ 避諱／犯諱。

## ¹⁰講 (讲)

講講講講講講 講

[ jiǎng ㄐㄧㄤˇ ⑧ gɔŋ² 港 ]

❶ 說；談 ◆ 講話／演講／聽我講／講故事／
講三天三夜也講不完。❷ 解釋；說明 ◆
講課／講解／講道理。❸ 注重 ◆ 講求／
講究／講衛生／講禮貌／做買賣要講信譽。
❹ 商議 ◆ 講和／講價錢／講條件。

## ¹⁰謊 (谎)

謊謊謊謊謊謊 謊

[ huǎng ㄏㄨㄤˇ ⑧ fɔŋ¹ 方 ]

假話 ◆ 說謊／謊言／謊話／撒謊／謊報軍
情。

## ¹⁰謝 (谢)

謝謝謝謝謝謝 謝

[ xiè ㄒㄧㄝˋ ⑧ dzɛ⁶ 借⁶ ]

❶ 表示感激 ◆ 感謝／道謝／謝意／酬謝／致
謝。❷ 道歉；認錯 ◆ 謝罪。❸ 委婉拒絕；

推辭 ◆ 謝絕／辭謝／婉謝／閉門謝客。❹
花或葉子凋落；衰退 ◆ 凋謝／桃花謝了／
新陳代謝。

## ¹⁰謄 (誊)

謄謄謄謄謄謄 謄

[ téng ㄊㄥˊ ⑧ tɐŋ⁴ 騰 ]

照原稿抄寫 ◆ 謄寫／謄錄／謄在本子上。

## ¹⁰謠 (谣)

謠謠謠謠謠謠 謠

[ yáo ㄧㄠˊ ⑧ jiu⁴ 搖 ]

❶ 口頭傳唱、沒有音樂伴奏的歌 ◆ 歌謠／
民謠／童謠。❷ 沒有事實根據的傳言 ◆ 謠
言／謠傳／造謠／闢謠。

## ¹⁰謅 (诌)

謅謅謅謅謅謅 謅

[ zhōu ㄓㄡ ⑧ dzɐu¹ 周 ]

隨口亂說 ◆ 胡謅／瞎謅。

## ¹⁰謗 (谤)

謗謗謗謗謗謗 謗

[ bàng ㄅㄤˋ ⑧ bɔŋ³ 邦³ ]

惡意地說人壞話；誣陷人 ◆ 誹謗／譭謗。

## ¹⁰謎 (谜)

謎謎謎謎謎謎 謎

[ mí ㄇㄧˊ ⑧ mɐi⁴ 迷 ]

❶ 謎語：一種暗示事物或文字供人猜測的
詞句 ◆ 燈謎／謎面／謎底／猜謎。❷ 指
難以理解或還沒弄明白的事情 ◆ 這件事至
今還是個謎。

## ¹⁰謙 (谦)

謙謙謙謙謙謙 謙

[ qiān ㄑㄧㄢ ⑧ him¹ 欠¹ ]

虛心；不自滿 ◆ 謙虛／謙遜／過謙／自謙／
謙讓／謙恭有禮。

焦點易錯字 諦｜締　真諦 諦聽　締造 取締

## ¹¹謹（谨） 謹謹謹謹謹謹 謹

[ jǐn ㄐㄧㄣˇ ⑧ gen² 緊 ]

❶ 小心慎重 ◆ 謹慎 / 謹言慎行 / 謹守規矩 / 謹防假冒。❷ 鄭重；恭敬 ◆ 謹啟 / 謹致謝忱。

## ¹¹謾（谩） 謾謾謾謾謾謾 謾

〈一〉[ màn ㄇㄢˋ ⑧ man⁶ 慢 ]

❶ 輕視；無禮 ◆ 謾罵。

〈二〉[ mán ㄇㄢˊ ⑧ man⁴ 蠻 ]

❷ 欺騙；蒙蔽 ◆ 欺謾。

## ¹¹謬（谬） 謬謬謬謬謬謬 謬

[ miù ㄇㄧㄡˋ ⑧ meu⁶ 茂 ]

錯誤；差錯 ◆ 謬誤 / 謬論 / 荒謬 / 大謬不然 / 失之毫釐，謬以千里。

## ¹²譚（谭） 譚譚譚譚譚譚 譚

[ tán ㄊㄢˊ ⑧ tam⁴ 談 ]

姓。

## ¹²譁（哗） 譁譁譁譁譁譁 譁

[ huá ㄏㄨㄚˊ ⑧ wa¹ 娃 ]

人聲雜亂吵鬧 ◆ 喧譁 / 譁然 / 譁眾取寵。

## ¹²識（识） 識識識識識識 識

〈一〉[ shí ㄕˊ ⑧ sik⁷ 式 ]

❶ 認得；知道；能辨別 ◆ 識字 / 認識 / 目不識丁 / 素不相識 / 老馬識途 / 不識廬山真面目 / 狗咬呂洞賓，不識好人心。❷ 見解；知識 ◆ 見識 / 常識 / 有膽有識 / 遠見卓識 / 學識淵博 / 見多識廣 / 有識之士。

〈二〉[ zhì ㄓˋ ⑧ dzi³ 志 ]

❸ 記住 ◆ 博聞強識。❹ 記號。同 “誌” 字 ◆ 標識 / 款識。

## ¹²譜（谱） 譜譜譜譜譜譜 譜

[ pǔ ㄆㄨˇ ⑧ pou² 普 ]

❶ 按照事物的類別或系統編成的表冊、圖書 ◆ 家譜 / 族譜 / 年譜 / 食譜。❷ 作示範的圖形、樣本 ◆ 棋譜 / 臉譜 / 畫譜。❸ 指用符號記錄下來的樂曲曲調 ◆ 曲譜 / 樂譜 / 五線譜。❹ 為歌詞作曲 ◆ 譜曲。❺ 大致的準則；把握 ◆ 這件事做得太離譜了 / 下一步該怎麼做，他心裏還沒譜呢。

## ¹²證（证） 證證證證證證 證

[ zhèng ㄓㄥˋ ⑧ dziŋ³ 政 ]

❶ 用事實或道理來表明、斷定真偽 ◆ 證明 / 證實 / 論證 / 出庭作證。❷ 憑據；用來表明、斷定真偽的人或事物 ◆ 證據 / 證件 / 憑證 / 人證 / 身份證 / 以此為證。

## ¹²譏（讥） 譏譏譏譏譏譏 譏

[ jī ㄐㄧ ⑧ gei¹ 基 ]

諷刺；挖苦 ◆ 譏笑 / 譏諷 / 反脣相譏。

## ¹³警（警） 警警警警警警 警

[ jǐng ㄐㄧㄥˇ ⑧ giŋ² 景 ]

❶ 防備；戒備 ◆ 警戒 / 警衛 / 警備。❷ 提醒人注意 ◆ 警告 / 警世 / 警報 / 警鐘長鳴。❸ 險情；危急的消息 ◆ 報警 / 火警。❹ 感覺敏銳 ◆ 警覺 / 機警 / 警惕性很高。❺ 警察的簡稱 ◆ 警署 / 民警 / 刑警 / 巡警 / 交通警。

## ¹³譯(译)

譯 譯 譯 譯 譯 譯　譯

[ yì ㄧˋ ⓟ jik⁹ 亦 ]

翻譯；把一種語言文字翻成另一種語言文字 ◆ 譯文 / 口譯 / 中譯英 / 這一句譯錯了。

## ¹³譽(誉)

譽 譽 譽 譽 譽 譽　譽

[ yù ㄩˋ ⓟ jy⁶ 預 ]

❶ 稱讚 ◆ 稱譽 / 讚譽 / 過譽 / 毀譽參半 / 譽不絕口。❷ 好名聲 ◆ 名譽 / 聲譽 / 榮譽 / 信譽 / 譽滿全球。

## ¹³議(议)

議 議 議 議 議 議　議

[ yì ㄧˋ ⓟ ji⁵ 以 ]

❶ 商量；談論 ◆ 爭議 / 商議 / 議論紛紛 / 雙方議定 / 一致議決。❷ 意見；言論 ◆ 建議 / 提議 / 倡議 / 決議 / 異議 / 街談巷議。

## ¹³譬

譬 譬 譬 譬 譬 譬　譬

[ pì ㄆㄧˋ ⓟ pei³ 屁 ]

打比方 ◆ 譬如 / 譬喻 / 譬方。

## ¹⁴護(护)

護 護 護 護 護 護　護

[ hù ㄏㄨˋ ⓟ wu⁶ 戶 ]

❶ 保衛；保護 ◆ 護衛 / 護航 / 愛護 / 護身符 / 落花不是無情物，化作春泥更護花。❷ 掩蓋；包庇 ◆ 護短 / 袒護 / 庇護 / 官官相護。

## ¹⁴譴(谴)

譴 譴 譴 譴 譴 譴　譴

[ qiǎn ㄑㄧㄢˇ ⓟ hin² 顯 ]

申斥；責備 ◆ 譴責。

## ¹⁴辯

見辛部，443頁。

## ¹⁵讀(读)

讀 讀 讀 讀 讀 讀　讀

〈一〉[ dú ㄉㄨˊ ⓟ duk⁹ 毒 ]

❶ 照着文字唸出聲音來 ◆ 讀書 / 讀報 / 朗讀 / 宣讀 / 跟着老師讀。❷ 看書 ◆ 閱讀 / 讀者 / 默讀 / 讀書破萬卷，下筆如有神 / 與君一席話，勝讀十年書。❸ 指上學；學習研究 ◆ 讀大學 / 讀五年級 / 攻讀理科 / 讀博士學位。

〈二〉[ dòu ㄉㄡˋ ⓟ dɐu⁶ 逗 ]

❹ 語句中的停頓 ◆ 句讀。

## ¹⁶變(变)

變 變 變 變 變 變　變

[ biàn ㄅㄧㄢˋ ⓟ bin³ 邊³ ]

❶ 事物的性質、形態有了更改，跟原來的不同 ◆ 變化 / 變更 / 變本加厲 / 變幻莫測 / 變得面目全非了。❷ 突然發生的重大事件 ◆ 變故 / 叛變 / 政變 / 兵變 / "七‧七"蘆溝橋事變。

## ¹⁷讒(谗)

讒 讒 讒 讒 讒 讒　讒

[ chán ㄔㄢˊ ⓟ tsam⁴ 慚 ]

説陷害人的壞話 ◆ 讒言 / 讒害。

## ¹⁷讓(让)

讓 讓 讓 讓 讓 讓　讓

[ ràng ㄖㄤˋ ⓟ jœŋ⁶ 樣 ]

❶ 不跟人爭 ◆ 謙讓 / 讓步 / 退讓 / 寸土不讓 / 孔融讓梨。❷ 把東西轉給他人 ◆ 讓位 / 出讓 / 轉讓。❸ 使；允許 ◆ 讓他去吧 / 讓我來試試 / 讓人把話説完 / 不讓他去他偏要去。❹ 躲閃；避開 ◆ 讓路 / 請

讓開吧。❺ 被 ◆ 兔子讓狼叼走了 / 不要讓困難給嚇倒了。

¹⁷ **讕**（谰）

讕 讕 讕 讕 讕 讕　讕

[lán ㄌㄢˊ ⑧ lan⁵ 懶]

**讕言**：誣陷、抵賴的話 ◆ 無恥讕言。

¹⁹ **讚**（赞）

讚 讚 讚 讚 讚 讚　讚

[zàn ㄗㄢˋ ⑧ dzan³ 贊]

稱許；頌揚 ◆ 讚美 / 讚揚 / 稱讚 / 讚歎不已 / 讚不絕口。

谷 部

⁰ **谷**

谷 谷 谷 谷 谷 谷　谷

[gǔ ㄍㄨˇ ⑧ guk⁷ 菊]

❶ 兩山之間凹陷的地帶 ◆ 山谷 / 峽谷 / 深山狹谷 / 虛懷若谷。❷ 姓。❸ "穀" 的簡化字，見 322 頁。

☞ 見古文字插頁 7。

² **卻**

見 卩 部，55 頁。

⁴ **欲**

見欠部，230 頁。

¹⁰ **豁**

豁 豁 豁 豁 豁 豁　豁

〈一〉[huō ㄏㄨㄛ ⑧ kut⁸ 括]

❶ 裂開；殘缺 ◆ 豁嘴 / 杯子豁了一個口。

❷ 捨棄 ◆ 豁出性命。

〈二〉[huò ㄏㄨㄛˋ ⑧ kut⁸ 括]

❸ 敞開；開闊 ◆ 豁亮 / 顯豁 / 豁達大度 / 豁然開朗。 ❹ 免除 ◆ 豁免。

¹⁰ **谿**

"溪" 的異體字，見 253 頁。

豆 部

⁰ **豆**

豆 豆 豆 豆 豆 豆　豆

[dòu ㄉㄡˋ ⑧ deu⁶ 竇]

❶ 豆類植物及其種子 ◆ 大豆 / 蠶豆 / 綠豆 / 赤豆。❷ 形狀像豆粒的東西 ◆ 花生豆 / 紅豆生南國，春來發幾枝。

☞ 見古文字插頁 7。

³ **豈**（岂）

豈 豈 豈 豈 豈 豈　豈

[qǐ ㄑㄧˇ ⑧ hei² 起]

表示反問的語氣，相當於 "哪裏"、"難道"、"怎麼" ◆ 豈有此理 / 豈敢違抗 / 豈不是巧合嗎？/ 豈能不聞不問？/ 人非草木，豈能無情？

⁴ **豉**

豉 豉 豉 豉 豉 豉　豉

[chǐ ㄔˇ ⑧ si⁶ 士]

**豆豉**：黃豆煮熟後經發酵而製成的一種食品。

<sup>5</sup>**壹**　見士部，95頁。

<sup>5</sup>**短**　見矢部，309頁。

<sup>5</sup>**登**　見癶部，299頁。

<sup>8</sup>**豎**（竖）　豎 豎 豎 豎 豎 豎　豎

[ shù ㄕㄨˋ 粵 sy⁶ 樹 ]
❶ 直立的；垂直的；跟 "橫" 相對 ◆ 豎排 / 豎寫 / 豎琴 / 豎井。❷ 使直立 ◆ 豎電線杆 / 把旗杆豎起來。❸ 漢字筆畫名稱之一，指從上到下的直筆，如 "中" 字的第四筆。
❀ 圖見 226 頁。

<sup>8</sup>**豌**　豌 豌 豌 豌 豌 豌　豌

[ wān ㄨㄢ 粵 wun¹ 碗¹ ]
豌豆：豆類植物，種子、嫩葉可以吃。

豌豆

<sup>11</sup>**豐**（丰）　豐 豐 豐 豐 豐 豐　豐

[ fēng ㄈㄥ 粵 fuŋ¹ 風 ]
❶ 多；富足 ◆ 豐收 / 豐盛 / 豐富 / 豐衣足食 / 五穀豐登。❷ 大 ◆ 豐功偉績 / 歷史豐碑。

<sup>21</sup>**豔**（艳）　豔 豔 豔 豔 豔 豔　豔

[ yàn ㄧㄢˋ 粵 jim⁶ 驗 ]
❶ 色彩鮮明美麗 ◆ 豔麗 / 鮮豔 / 紅豔豔 / 百花爭豔 / 爭奇鬥豔。❷ 有關愛情方面的 ◆ 豔史 / 豔詩 / 豔事 / 豔情 / 香豔。

豕 部

<sup>0</sup>**豕**　豕 豕 豕 豕 豕　豕

[ shǐ ㄕˇ 粵 tsi² 始 ]
豬 ◆ 狼奔豕突。

<sup>5</sup>**象**　象 象 象 象 象 象　象

[ xiàng ㄒㄧㄤˋ 粵 dzœŋ⁶ 像 ]
❶ 哺乳動物，身軀很大，長鼻子，大耳朵。大多有粗大的門牙，可以製作貴重的工藝品 ◆ 大象 / 瞎子摸象 / 人心不足蛇吞象。❷ 事物的形狀、狀態 ◆ 形象 / 印象 / 現象 / 景象 / 萬象更新。❸ 摹仿 ◆ 象形 / 象聲。
❀ 見古文字插頁 16。

象

焦點易錯字　丰｜豐　丰采 丰姿　豐富 豐收　　像｜象　畫像 好像　印象 現象

⁶ **豢**　豢 豢 豢 豢 豢 豢　豢

[ huàn ㄏㄨㄢˋ ⑧ wan⁶ 患 ]

飼養牲畜 ◆ 豢養。

⁷ **豪**　豪 豪 豪 豪 豪 豪　豪

[ háo ㄏㄠˊ ⑧ hou⁴ 毫 ]

❶ 才智出眾的人 ◆ 豪傑／文豪／英豪。
❷ 直爽；有氣魄 ◆ 豪放／豪邁／豪爽／豪
言壯語。❸ 感到光榮；值得驕傲 ◆ 自豪／
引以為豪。❹ 強橫；強橫的人 ◆ 巧取豪
奪／土豪劣紳。❺ 奢侈 ◆ 豪華。❻ 指有
錢有勢的 ◆ 豪門／豪族／豪富。

⁸ **豬**⁽猪⁾　豬 豬 豬 豬 豬 豬　豬

[ zhū ㄓㄨ ⑧ dzy¹ 朱 ]

家畜，肉可以吃，皮可製革。

⁹ **豫**　豫 豫 豫 豫 豫 豫　豫

[ yù ㄩˋ ⑧ jy⁶ 預 ]

❶ 猶豫。見 "猶" 字，280 頁。❷ 河南省的
別稱 ◆ 豫劇／魯(山東)豫(河南)皖(安徽)。

豸 部

³ **豺**　豺 豺 豺 豺 豺 豺　豺

[ chái ㄔㄞˊ ⑧ tsai⁴ 柴 ]

哺乳動物，形狀像狼而小，貪食，情兇殘，
會傷害人和牲畜。也叫豺狗 ◆ 豺狼。

³ **豹**　豹 豹 豹 豹 豹 豹　豹

[ bào ㄅㄠˋ ⑧ pau³ 炮 ]

哺乳動物，身上有黑色斑紋，性情兇殘，
能上樹，是猛獸，會傷害人和牲畜。

豹

⁵ **貂**　貂 貂 貂 貂 貂 貂　貂

[ diāo ㄉㄧㄠ ⑧ diu¹ 刁 ]

哺乳動物，身體細長，四肢較短。種類很
多，有紫貂、水貂等。毛皮很珍貴 ◆ 貂
裘／狗尾續貂。

貂

⁶ **貉**　貉 貉 貉 貉 貉 貉　貉

[ hé ㄏㄜˊ ⑧ hɔk⁹ 學 ]

哺乳動物，形狀像狸，頭尖鼻尖，毛皮很珍
貴 ◆ 一丘之貉。

貜

## 貝 部

<sup>7</sup>**貍**<sup>(狸)</sup>　貍 貍 貍 貍 貍 貍　貍

[ lí ㄌㄧˊ 粵 lei⁴ 離 ]

貍貓：哺乳動物，性兇猛，吃鳥、鼠等小動物。毛皮可做衣服，俗稱野貓。

<sup>7</sup>**貌**　貌 貌 貌 貌 貌 貌　貌

[ mào ㄇㄠˋ 粵 mau⁶ 矛⁶ ]

❶ 相貌；面容 ◆ 面貌 / 容貌 / 其貌不揚 / 不可以貌取人 / 人不可貌相，海水不可斗量。❷ 外表；外觀形象 ◆ 外貌 / 全貌 / 貌合神離 / 貌似強大。

<sup>9</sup>**貓**<sup>(猫)</sup>　貓 貓 貓 貓 貓 貓　貓

[ māo ㄇㄠ 粵 mau⁴ 矛/miu¹ 苗/mau¹ 矛¹ (語) ]

哺乳動物，家畜，寵物。頭部略圓，善跳躍，腳有利爪，會捉老鼠 ◆ 貓捉老鼠。

<sup>18</sup>**貛**<sup>(獾)</sup>　貛 貛 貛 貛 貛 貛　貛

[ huān ㄏㄨㄢ 粵 fun¹ 歡 ]

哺乳動物，形狀像野豬，脂肪煉油後可治燙傷 ◆ 貛油。

貛

<sup>0</sup>**貝**<sup>(贝)</sup>　貝 貝 貝 貝 貝 貝　貝

[ bèi ㄅㄟˋ 粵 bui³ 輩 ]

有硬殼的軟體動物的總稱 ◆ 貝殼 / 扇貝。☙ 見古文字插頁 7。

<sup>2</sup>**貞**<sup>(贞)</sup>　貞 貞 貞 貞 貞 貞　貞

[ zhēn ㄓㄣ 粵 dziŋ¹ 晶 ]

❶ 堅定不移；有節操 ◆ 忠貞 / 堅貞不屈。❷ 過去指女子不失身、不改嫁 ◆ 貞節 / 貞婦。

<sup>2</sup>**則**　見刀部，43 頁。

<sup>2</sup>**負**<sup>(负)</sup>　負 負 負 負 負 負　負

[ fù ㄈㄨˋ 粵 fu⁶ 付 ]

❶ 背；承擔 ◆ 負重 / 負荊請罪 / 負責 / 擔負 / 身負重任。❷ 承擔的任務或責任 ◆ 如釋重負。❸ 依仗 ◆ 負隅頑抗 / 負險固守。❹ 背棄；違背 ◆ 負約 / 負心人 / 忘恩負義 / 有負重託。❺ 失敗；輸了；跟 "勝" 相對 ◆ 不分勝負 / 甲隊負於乙隊。❻ 遭受 ◆ 負傷 / 負屈含冤。❼ 拖欠 ◆ 負債。❽ 跟 "正" 相對 ◆ 負數 / 正負極 / 負面效應。❾ 享有 ◆ 久負盛名。

<sup>3</sup>**貢**<sup>(贡)</sup>　貢 貢 貢 貢 貢 貢　貢

[ gòng ㄍㄨㄥˋ 粵 guŋ³ 工³ ]

豸貝

赤走足身

古代臣民或屬國向帝王進獻物品 ◆ 進貢 / 納貢 / 貢品。

## ³財 (财)

財 財 財 財 財 財 財

[ cái ㄘㄞˊ 🔊 tsoi⁴ 才 ]

金錢、物資的總稱 ◆ 財產 / 財物 / 錢財 / 理財 / 發財 / 生財有道。

## ³唄

見口部，70 頁。

## ³員

見口部，70 頁。

## ⁴責 (责)

責 責 責 責 責 責 責

[ zé ㄗㄜˊ 🔊 dzak⁸ 窄 ]

❶ 分內應做的事 ◆ 責任 / 負責 / 盡責 / 責無旁貸 / 國家興亡，匹夫有責。❷ 要求 ◆ 責成 / 求全責備 / 責人從寬，責己從嚴。

❸ 質問；批評別人的過錯 ◆ 責問 / 責怪 / 責備 / 責難 / 指責 / 譴責 / 斥責。

## ⁴販 (贩)

販 販 販 販 販 販 販

[ fàn ㄈㄢˋ 🔊 fan³ 泛³ ]

❶ 買進貨物來出賣 ◆ 販賣 / 販運 / 販毒。

❷ 小商人 ◆ 小販 / 攤販 / 商販。

## ⁴敗

見攴部，191 頁。

## ⁴貨 (货)

貨 貨 貨 貨 貨 貨 貨

[ huò ㄏㄨㄛˋ 🔊 fo³ 課 ]

❶ 商品 ◆ 貨物 / 百貨 / 國貨精品 / 看樣訂貨 / 貨真價實。❷ 錢 ◆ 貨幣 / 通貨。

❸ 罵人的話 ◆ 蠢貨 / 賤貨。

## ⁴貪 (贪)

貪 貪 貪 貪 貪 貪 貪

[ tān ㄊㄢ 🔊 tam¹ 探¹ ]

❶ 求多；不知足 ◆ 貪多 / 貪心 / 貪玩 / 貪婪 / 貪得無厭。❷ 片面追求；貪圖 ◆ 貪便宜 / 貪方便 / 貪生怕死。❸ 利用職權非法取得財物 ◆ 貪污 / 貪官污吏 / 貪贓枉法。

## ⁴貧 (贫)

貧 貧 貧 貧 貧 貧 貧

[ pín ㄆㄧㄣˊ 🔊 pɐn⁴ 頻 ]

❶ 窮；跟 "富" 相對 ◆ 貧窮 / 貧苦 / 貧困 / 貧民 / 貧富不均 / 富貴不能淫，貧賤不能移。❷ 不足；缺少 ◆ 貧血 / 貧乏 / 貧油國。

## ⁴貫 (贯)

貫 貫 貫 貫 貫 貫 貫

[ guàn ㄍㄨㄢˋ 🔊 gun³ 灌 ]

❶ 連接；穿通 ◆ 聯貫 / 貫穿 / 魚貫而入 / 融會貫通 / 學貫中西 / 九鐵路貫通中國南北。❷ 古錢中間有孔，可用繩子穿成串，每串一千個錢叫 "一貫" ◆ 十五貫 / 腰纏萬貫 / 萬貫家財。❸ 原籍；世代居住的地方 ◆ 籍貫。

## ⁵貳 (贰)

貳 貳 貳 貳 貳 貳 貳

[ èr ㄦˋ 🔊 ji⁶ 二 ]

❶ 數目字 "二" 的大寫。❷ 兩樣 ◆ 不貳價 / 不貳法門 / 心無貳用。❸ 有二心；背叛 ◆ 懷有貳心。

## ⁵貼 (贴)

貼 貼 貼 貼 貼 貼 貼

[ tiē ㄊㄧㄝ 🔊 tip⁸ 帖 ]

❶ 黏附 ◆ 剪貼 / 貼標語 / 貼郵票 / 貼窗花 / 禁止張貼。❷ 靠近；緊挨着 ◆ 貼身 /

貼心 / 貼近 / 貼着牆走。❸ 補助 ◆ 貼補 / 補貼 / 津貼。

⁵ **貴**（贵）
貴貴貴貴貴貴 貴

[ guì ㄍㄨㄟˋ ⑧ gwei³ 桂 ]

❶ 價格高；跟 "賤" 相對 ◆ 昂貴 / 這套衣服太貴。❷ 價值大 ◆ 貴重 / 寶貴 / 珍貴。❸ 值得重視 ◆ 可貴 / 貴在堅持 / 人貴有自知之明。❹ 地位高；跟 "賤" 相對 ◆ 貴賓 / 貴族 / 權貴 / 達官貴人 / 不分貴賤。❺ 敬辭 ◆ 貴姓 / 貴國 / 貴公司。❻ 貴州省的簡稱 ◆ 雲貴高原 / 湘貴鐵路。

貴　　　　賤

⁵ **買**（买）
買買買買買買 買

[ mǎi ㄇㄞˇ ⑧ mai⁵ 埋⁵ ]

❶ 用錢購進物品；跟 "賣" 相對 ◆ 買書 / 買菜 / 購買 / 一寸光陰一寸金，寸金難買寸光陰。❷ 用金錢等拉攏 ◆ 買通 / 收買。

賣　　　　　　買

⁵ **貸**（贷）
貸貸貸貸貸貸 貸

[ dài ㄉㄞˋ ⑧ tai³ 太 ]

❶ 借出或借入 ◆ 貸款 / 信貸 / 借貸。❷ 推卸 ◆ 責無旁貸。❸ 寬恕 ◆ 嚴懲不貸。

⁵ **貶**（贬）
貶貶貶貶貶貶 貶

[ biǎn ㄅㄧㄢˇ ⑧ bin² 扁 ]

❶ 降低 ◆ 貶值 / 貶職 / 貶官。❷ 給予不好的評價；跟 "褒" 相對 ◆ 貶低 / 貶抑 / 貶斥 / 貶詞 / 貶義。
❀ 圖見 407 頁。

⁵ **貿**（贸）
貿貿貿貿貿貿 貿

[ mào ㄇㄠˋ ⑧ meu⁶ 茂 ]

❶ 買賣；交易 ◆ 貿易 / 商貿。❷ 冒失 ◆ 貿然。

⁵ **貯**（贮）
貯貯貯貯貯貯 貯

[ zhù ㄓㄨˋ ⑧ dzy² 主/tsy⁵ 柱（語）]

儲存；積存 ◆ 貯存 / 貯藏室 / 貯滿了水。

⁵ **費**（费）
費費費費費費 費

〈一〉[ fèi ㄈㄟˋ ⑧ fei³ 廢 ]

❶ 消耗；損耗 ◆ 費時 / 浪費 / 白費力氣 / 不費吹灰之力 / 踏破鐵鞋無覓處，得來全不費工夫。❷ 費用；款項 ◆ 經費 / 學費 / 免費。
〈二〉[ fèi ㄈㄟˋ ⑧ bei³ 祕 ]
❸ 姓。

⁵ **賀**（贺）
賀賀賀賀賀賀 賀

[ hè ㄏㄜˋ ⑧ ho⁶ 荷⁶ ]

慶祝；道喜 ◆ 賀喜 / 祝賀 / 慶賀 / 賀詞 / 賀

**焦點易錯字** 貸｜貨　貸款 責無旁貸　貨品 貨真價實

年片 / 恭賀新禧。

## ⁵ 貽 (贻)

貽 貽 貽 貽 貽 貽　貽

[ yí ㄧˊ ⑧ ji⁴ 兒 ]

❶ 贈送；送給 ◆ 貽贈 / 餽貽。❷ 留下；遺留 ◆ 貽患 / 貽害無窮 / 貽笑大方 / 貽誤農時。

## ⁶ 賊 (贼)

賊 賊 賊 賊 賊 賊　賊

[ zéi ㄗㄟˊ ⑧ tsak⁹ 拆⁹ ]

❶ 偷東西的人 ◆ 盜賊 / 賊喊捉賊 / 做賊心虛。❷ 指危害國家、民族的人 ◆ 民賊 / 工賊 / 賣國賊。❸ 邪惡的；不正派的 ◆ 賊心不死 / 賊頭賊腦。

## ⁶ 賈 (贾)

賈 賈 賈 賈 賈 賈　賈

〈一〉[ jiǎ ㄐㄧㄚˇ ⑧ ga² 假 ]

❶ 姓。

〈二〉[ gǔ ㄍㄨˇ ⑧ gu² 古 ]

❷ 商人 ◆ 商賈 / 書賈 / 行商坐賈。❸ 做買賣 ◆ 多財善賈。❹ 賣 ◆ 餘勇可賈。

## ⁶ 賄 (贿)

賄 賄 賄 賄 賄 賄　賄

[ huì ㄏㄨㄟˋ ⑧ kui² 繪/fui² 灰² ]

❶ 為了達到不正當的目的，用財物買通別人 ◆ 賄賂 / 行賄。❷ 用來買通別人的財物 ◆ 受賄。

## ⁶ 賃 (赁)

賃 賃 賃 賃 賃 賃　賃

[ lìn ㄌㄧㄣˋ ⑧ jem⁶ 任 ]

租借 ◆ 租賃 / 出賃房屋 / 賃了一輛車。

## ⁶ 賂 (赂)

賂 賂 賂 賂 賂 賂　賂

[ lù ㄌㄨˋ ⑧ lou⁶ 路 ]

賄賂：為了達到不正當的目的，用財物買通別人；或指用來買通別人的財物 ◆ 收受賄賂。

## ⁶ 賅 (赅)

賅 賅 賅 賅 賅 賅　賅

[ gāi ㄍㄞ ⑧ gɔi¹ 該 ]

兼備；完備 ◆ 以偏賅全 / 言簡意賅。

## ⁶ 資 (资)

資 資 資 資 資 資　資

[ zī ㄗ ⑧ dzi¹ 支 ]

❶ 財產；本錢 ◆ 資金 / 資本 / 資產 / 投資。❷ 費用；錢 ◆ 郵資 / 工資。❸ 經歷；地位；身份 ◆ 資歷 / 資格 / 論資排輩 / 資深外交家。❹ 人在智能方面的素質；天賦 ◆ 資質 / 天資。❺ 供給；提供 ◆ 可資借鑒 / 以資參考。

## ⁷ 賑 (赈)

賑 賑 賑 賑 賑 賑　賑

[ zhèn ㄓㄣˋ ⑧ dzɐn³ 振 ]

用錢物救濟 ◆ 賑濟 / 開倉賑災。

## ⁷ 賒 (赊)

賒 賒 賒 賒 賒 賒　賒

[ shē ㄕㄜ ⑧ sɛ¹ 些 ]

買東西時暫不付錢 ◆ 賒欠 / 賒賬。

⁷ **賓**(宾) 賓 賓 賓 賓 賓 賓 賓

[ bīn ㄅㄧㄣ ⑧ ben¹ 奔 ]

客人；跟"主"相對 ◆ 賓客 / 來賓 / 貴賓 / 賓至如歸 / 喧賓奪主。

⁸ **賬**(账) 賬 賬 賬 賬 賬 賬 賬

[ zhàng ㄓㄤˋ ⑧ dzœŋ³ 障 ]

❶ 錢物進出的記錄 ◆ 賬簿 / 賬本 / 記賬 / 查賬 / 賬目。❷ 債務 ◆ 欠賬 / 還賬 / 收賬。

⁸ **賦**(赋) 賦 賦 賦 賦 賦 賦 賦

[ fù ㄈㄨˋ ⑧ fu³ 富 ]

❶ 舊指向國家繳納的田地稅 ◆ 賦稅 / 田賦。❷ 古代的一種文體 ◆ 漢賦 /《赤壁賦》。❸ 作詩 ◆ 賦詩一首。❹ 給予；授給 ◆ 賦予全權。❺ 天資 ◆ 天賦 / 稟賦。

⁸ **賣**(卖) 賣 賣 賣 賣 賣 賣 賣

[ mài ㄇㄞˋ ⑧ mai⁶ 邁 ]

❶ 用物品換錢；出售；跟"買"相對 ◆ 賣主 / 賣水果 / 買賣公平 / 拍賣。❷ 用勞動、技藝等獲取錢財 ◆ 賣苦力 / 賣藝 / 賣唱。❸ 背叛 ◆ 賣國賊 / 賣國求榮 / 出賣朋友。❹ 儘量使出來 ◆ 賣力 / 賣勁。❺ 故意顯示、表現自己 ◆ 賣弄 / 賣乖 / 老賣老。

☺ 圖見 427 頁。

⁸ **賭**(赌) 賭 賭 賭 賭 賭 賭 賭

[ dǔ ㄉㄨˇ ⑧ dou² 睹 ]

❶ 賭博：用錢物作注爭輸贏 ◆ 賭錢 / 賭徒 / 禁賭 / 聚賭 / 賭場。❷ 以預料爭輸贏 ◆ 打賭。

⁸ **賢**(贤) 賢 賢 賢 賢 賢 賢 賢

[ xián ㄒㄧㄢˊ ⑧ jin⁴ 言 ]

❶ 有德有才的 ◆ 賢能 / 賢達 / 賢明 / 賢妻良母。❷ 有德有才的人 ◆ 先賢 / 求賢若渴 / 選賢舉能 / 任人唯賢 / 人非聖賢，孰能無過。❸ 敬辭 ◆ 賢弟 / 賢姪。

⁸ **賤**(贱) 賤 賤 賤 賤 賤 賤 賤

[ jiàn ㄐㄧㄢˋ ⑧ dzin⁶ 煎⁶ ]

❶ 價格低；跟"貴"相對 ◆ 賤賣 / 穀賤傷農。❷ 地位低 ◆ 貧賤 / 卑賤 / 出身下賤。❸ 罵人品行不好，自失身份 ◆ 賤貨 / 賤骨頭。

☺ 圖見 427 頁。

⁸ **賜**(赐) 賜 賜 賜 賜 賜 賜 賜

[ cì ㄘˋ ⑧ tsi³ 次 ]

❶ 賞給（用於上給下，長輩給晚輩）◆ 賜予 / 賞賜 / 恩賜。❷ 敬辭 ◆ 賜教 / 賜覆。

⁸ **賞**(赏) 賞 賞 賞 賞 賞 賞 賞

[ shǎng ㄕㄤˇ ⑧ sœŋ² 想 ]

❶ 獎勵；獎勵的錢物；跟"罰"相對 ◆ 獎賞 / 賞罰分明 / 賞賜 / 領賞 / 重賞之下，必有勇夫。❷ 讚揚 ◆ 賞識 / 讚賞。❸ 玩味、領略事物的美 ◆ 欣賞 / 觀賞 / 中秋賞月 / 雅俗共賞 / 賞玩古董。❹ 要對方接受邀請或要求的客氣話 ◆ 賞光 / 賞臉。

⁸ **質**(质) 質 質 質 質 質 質 質

〈一〉[ zhì ㄓˋ ⑧ dzɐt⁷ 姪⁷ ]

❶ 事物的根本特性 ◆ 本質 / 性質 / 實質 / 變質 / 金質獎章。❷ 產品或工作的優劣程

度 ◆ 質量上等／優質產品／質次價高／品質保證。❸ 樸實 ◆ 質樸。❹ 責問；詢問 ◆ 質問／質疑。

〈二〉[ zhì ㄓˋ 粵 dzi³ 至 ]

❺ 抵押；抵押品 ◆ 典質／人質。

<sup>8</sup>賠<sup>(赔)</sup>　賠 賠 賠 賠 賠 賠　賠

[ péi ㄆㄟˊ 粵 pui⁴ 培 ]

❶ 償還損失 ◆ 賠款／賠償／損壞東西要賠。❷ 向別人道歉、認錯 ◆ 賠罪／賠不是／賠禮道歉。❸ 虧損；跟"賺"相對 ◆ 賠本買賣／賠了夫人又折兵／一筆交易賠了很多錢。

<sup>9</sup>賴<sup>(赖)</sup>　賴 賴 賴 賴 賴 賴　賴

[ lài ㄌㄞˋ 粵 lai⁶ 籟 ]

❶ 依靠 ◆ 依賴／信賴／仰賴／賴以生存。❷ 推脫；不承認 ◆ 賴賬／抵賴／證據俱在，想賴也賴不了。❸ 誣陷；硬說別人做錯了事 ◆ 誣賴好人／自己做了錯事，卻要賴到別人頭上。❹ 責怪 ◆ 這場球輸了，不能賴運動員，而要賴教練臨場指揮不當。❺ 該走不走；不講道理 ◆ 賴着不走／耍賴／無賴。❻ 壞；不好 ◆ 好的賴的都要／字寫得不賴。

<sup>10</sup>購<sup>(购)</sup>　購 購 購 購 購 購　購

[ gòu ㄍㄡˋ 粵 geu³ 夠／keu³ 扣（語） ]

買 ◆ 購買／購物／搶購／採購／收購／認購股票。

<sup>10</sup>嬰　見女部，108 頁。

<sup>10</sup>賺<sup>(赚)</sup>　賺 賺 賺 賺 賺 賺　賺

[ zhuàn ㄓㄨㄢˋ 粵 dzan⁶ 撰 ]

獲利；盈利；跟"賠"相對 ◆ 賺錢／有賺有賠。

<sup>10</sup>賽<sup>(赛)</sup>　賽 賽 賽 賽 賽 賽　賽

[ sài ㄙㄞˋ 粵 tsɔi³ 菜 ]

❶ 較量；比高低、強弱、勝負 ◆ 比賽／賽跑／競賽／球賽。❷ 勝過；比得上 ◆ 一個賽一個／塞北賽江南，一片好風光。

<sup>11</sup>贅<sup>(赘)</sup>　贅 贅 贅 贅 贅 贅　贅

[ zhuì ㄓㄨㄟˋ 粵 dzœy⁶ 敍 ]

❶ 多餘的；無用的 ◆ 累贅／贅言。❷ 招女婿 ◆ 入贅／贅婿／招贅。

<sup>12</sup>贋<sup>(赝)</sup>　贋 贋 贋 贋 贋 贋　贋

[ yàn ㄧㄢˋ 粵 ŋan⁶ 雁 ]

假的；偽造的 ◆ 贋品／贋本。

<sup>12</sup>贊<sup>(赞)</sup>　贊 贊 贊 贊 贊 贊　贊

[ zàn ㄗㄢˋ 粵 dzan³ 讚 ]

幫助；支持 ◆ 贊助／贊成／贊同。

<sup>12</sup>贈<sup>(赠)</sup>　贈 贈 贈 贈 贈 贈　贈

[ zèng ㄗㄥˋ 粵 dzeŋ⁶ 曾⁶ ]

送給 ◆ 贈送／贈閱／捐贈／饋贈／臨別贈言。

<sup>13</sup>贍<sup>(赡)</sup>　贍 贍 贍 贍 贍 贍　贍

[ shàn ㄕㄢˋ 粵 sim⁶ 閃⁶ ]

供養；供給生活所需 ◆ 贍養費／贍養父母。

<sup>13</sup>贏<sup>(赢)</sup>　贏 贏 贏 贏 贏 贏　贏

[ yíng ㄧㄥˊ 粵 jiŋ⁴ 仍／jɛŋ⁴（語） ]

焦點易錯字　贏｜贏　輸贏 贏餘　贏弱 贏兵　　　贍｜贍　贍仰 贍前遠矚　贍養 贍學淵聞

❶ 獲勝;跟"輸"相對 ◆ 輸贏 / 連贏三場 / 官司打贏了。❷ 獲利;跟"虧"相對 ◆ 贏利 / 贏餘 / 自負贏虧。

## 13 寶

見宀部，117 頁。

## 14 贓 <sup>(赃)</sup>

贓 贓 贓 贓 贓 贓 贓

[ zāng ㄗㄤ ⑧ dzɔŋ¹ 莊 ]

偷盜得來的財物或官員貪污受賄得來的財物 ◆ 贓物 / 贓款 / 追贓 / 分贓 / 貪贓枉法。

## 15 贖 <sup>(赎)</sup>

贖 贖 贖 贖 贖 贖 贖

[ shú ㄕㄨˊ ⑧ suk⁹ 淑 ]

❶ 用財物換回抵押品 ◆ 贖身 / 把典當的東西贖回來。❷ 抵償;彌補 ◆ 將功贖罪。

## 17 贛 <sup>(赣)</sup>

贛 贛 贛 贛 贛 贛 贛

[ gàn ㄍㄢˋ ⑧ gɐm³ 禁 ]

江西省的別稱。

## 18 贜

"贓"的異體字，見本頁。

## 赤 部

## 0 赤

赤 赤 赤 赤 赤 赤 赤

[ chì ㄔˋ ⑧ tsik⁸ 斥⁸/tsɛk⁸ 尺 (語) ]

❶ 紅色 ◆ 赤豆 / 面紅耳赤 / 近朱者赤，近墨者黑。❷ 真誠;忠誠 ◆ 赤誠 / 赤膽忠心。❸ 光着;裸着 ◆ 赤腳 / 赤膊 / 赤身露體。❹ 空無所有 ◆ 赤貧 / 赤手空拳。

☞ 見古文字插頁 7。

## 3 郝

見邑部，453 頁。

## 4 赦

赦 赦 赦 赦 赦 赦 赦

[ shè ㄕㄜˋ ⑧ sɛ³ 舍 ]

免除或減輕刑罰 ◆ 赦免 / 大赦 / 特赦 / 十惡不赦。

## 4 赧

赧 赧 赧 赧 赧 赧 赧

[ nǎn ㄋㄢˇ ⑧ nan⁵ 難⁵ ]

因羞慚或害羞而臉紅 ◆ 赧顏 / 赧然汗下。

## 7 赫

赫 赫 赫 赫 赫 赫 赫

[ hè ㄏㄜˋ ⑧ hak⁷ 客⁷ ]

顯著;盛大 ◆ 顯赫 / 煊赫 / 赫赫有名。

## 走 部

## 0 走

走 走 走 走 走 走 走

[ zǒu ㄗㄡˇ ⑧ dzɐu² 酒 ]

❶ 步行 ◆ 走路 / 行走 / 走在田野上 / 孩子會走了。❷ 跑;逃跑 ◆ 逃走 / 奔走相告 / 走馬看花 / 三十六計，走為上計。❸ 移動;挪動 ◆ 走棋 / 鐘不走了。❹ 離開 ◆ 他剛走 / 賴着不走 / 請你走開。❺ 親友之間的往來 ◆ 走親戚 / 兩家走動很勤。❻ 泄漏 ◆ 走漏風聲 / 走漏消息。❼ 改變

豸
貝
赤
走
足
身

或失去原樣 ◆ 走樣 / 走味 / 走調。
☞ 見古文字插頁 8。

²
# 赴

赴 赴 赴 赴 赴 赴　**赴**

[fù ㄈㄨˋ ⑧ fu⁶ 付]
前往；去到 ◆ 赴宴 / 赴會 / 赴湯蹈火 / 捐
軀赴國難，視死忽如歸。

²
# 赳

赳 赳 赳 赳 赳 赳　**赳**

[jiū ㄐㄧㄡ ⑧ geu² 久]
赳赳：威武雄壯的樣子 ◆ 赳赳武夫 / 雄赳
赳，氣昂昂。

³
# 起

起 起 起 起 起 起　**起**

[qǐ ㄑㄧˇ ⑧ hei² 喜]
❶ 由躺而坐或由坐臥爬伏而站立 ◆ 起牀 /
起立 / 扶起來 / 拍案而起 / 早睡早起。❷ 離
開原來的位置；開始 ◆ 起飛 / 起程 / 起步 /
起初 / 起點。❸ 取出 ◆ 起貨 / 起釘子。❹
發生；發動 ◆ 起因 / 起火 / 起義 / 起疑心 /
起作用 / 發起。❺ 長出 ◆ 起了個疱。❻
建造；建立 ◆ 起房子 / 平地起高樓 / 白手
起家。❼ 草擬；擬寫 ◆ 起草 / 起個稿子。
❽ 放在 "得" 或 "不" 後面，表示力量夠得上
或夠不上 ◆ 經得起 / 經不起 / 買得起 / 買不
起。❾ 放在動詞後面，表示向上 ◆ 抬起頭 /
舉起手 / 吊起一個木箱。❿ 放在動詞後面，
配合 "從"、"由"……，表示開始 ◆ 從何
說起 / 由頭學起。⓫ 量詞，相當於 "件"、
"次" ◆ 一起事故 / 發生了幾起命案。

⁵
# 越

越 越 越 越 越 越　**越**

[yuè ㄩㄝˋ ⑧ jyt⁹ 月]
❶ 跨過；經過 ◆ 跨越 / 越過邊境 / 越野

賽跑 / 翻山越嶺。❷ 超出 ◆ 越軌 / 越級
上訴 / 超越權限。❸ 更加 ◆ 腦子越用越
靈活 / 越辦越興旺 / 越發懂事了。❹ 古國
名，後用來指浙江一帶 ◆ 越劇。

⁵
# 趄

趄 趄 趄 趄 趄 趄　**趄**

[qiè ㄑㄧㄝˋ ⑧ tsœy¹ 吹]
趔趄。見 "趔" 字，本頁。

⁵
# 趁

趁 趁 趁 趁 趁 趁　**趁**

[chèn ㄔㄣˋ ⑧ tsɐn³ 襯]
❶ 利用條件，抓住時機 ◆ 趁機 / 趁早 / 趁
風起帆 / 趁熱打鐵 / 趁火打劫。❷ 搭乘。
同 "乘" 字 ◆ 趁車 / 趁船。

⁵
# 超

超 超 超 超 超 超　**超**

[chāo ㄔㄠ ⑧ tsiu¹ 昭]
❶ 越過；高出 ◆ 超越 / 超過 / 超出 / 超額 /
超水平 / 超音速。❷ 突出的；不平常的 ◆
超級聯賽 / 超等享受。❸ 在某個範圍以外
的；不受限制的 ◆ 超自然 / 超現實。

⁶
# 趔

趔 趔 趔 趔 趔 趔　**趔**

[liè ㄌㄧㄝˋ ⑧ lei⁶ 例]
趔趄：身體歪斜，走路不穩的樣子 ◆ 他趔
趄着走進屋來。

⁷
# 趙 ⁽赵⁾

趙 趙 趙 趙 趙 趙　**趙**

[zhào ㄓㄠˋ ⑧ dziu⁶ 召]
姓。

⁷
# 趕 ⁽赶⁾

趕 趕 趕 趕 趕 趕　**趕**

[gǎn ㄍㄢˇ ⑧ gɔn² 稈]

❶ 從後面追上去 ◆ 追趕 / 你追我趕 / 快趕上去，不要掉隊。❷ 加快行動，使不誤時間 ◆ 趕路 / 趕快去 / 趕任務 / 趕去開會。❸ 驅使 ◆ 趕羊 / 趕鴨子 / 趕馬車。❹ 驅逐 ◆ 趕蒼蠅 / 把他們趕走 / 把敵人趕出去。❺ 恰巧碰上 ◆ 趕巧 / 趕上好天氣。

<sup>8</sup>
**趣** 趣趣趣趣趣趣

[ qù ㄑㄩˋ ⑧tsœy³ 脆 ]
❶ 讓人感到愉快、有意思 ◆ 有趣 / 趣味 / 樂趣 / 興趣 / 趣聞。❷ 志向 ◆ 志趣。

<sup>8</sup>
**趟** 趟趟趟趟趟趟

[ tàng ㄊㄤˋ ⑧tɔŋ³ 燙 ]
量詞，表示來回的次數 ◆ 去一趟 / 去了三趟。

<sup>10</sup>
**趨**(趋) 趨趨趨趨趨趨

[ qū ㄑㄩ ⑧tsœy¹ 吹 ]
❶ 快步走 ◆ 趨前 / 亦步亦趨。❷ 傾向 ◆ 趨向 / 趨勢 / 大勢所趨 / 日趨繁榮 / 意見趨於一致。

足 部

<sup>0</sup>
**足** 足足足足足足

[ zú ㄗㄨˊ ⑧dzuk⁷ 竹 ]
❶ 腳；腿 ◆ 足跡 / 足球 / 手舞足蹈 / 畫蛇添足 / 一失足成千古恨。❷ 充分；夠；滿

◆ 充足 / 足夠 / 豐衣足食 / 心滿意足 / 信心十足。❸ 值得 ◆ 不足掛齒 / 微不足道 / 不足為訓。

☙ 見古文字插頁 8。

<sup>2</sup>
**趴** 趴趴趴趴趴趴

[ pā ㄆㄚ ⑧pa¹ 扒¹ ]
臉朝下臥倒或身子向前靠在物體上 ◆ 趴倒在地 / 趴在桌上睡覺。

<sup>4</sup>
**趾** 趾趾趾趾趾趾

[ zhǐ ㄓˇ ⑧dzi² 止 ]
❶ 腳指頭 ◆ 足趾 / 趾甲 / 鴨子趾間有蹼。❷ 腳 ◆ 趾高氣揚。

<sup>5</sup>
**跋** 跋跋跋跋跋跋

[ bá ㄅㄚˊ ⑧bɐt⁹ 拔 ]
❶ 翻山越嶺 ◆ 跋山涉水。❷ 寫在書籍或文章等後面的短文，一般用來說明寫作經過或對內容加以評論、介紹 ◆ 序跋 / 題跋 / 跋語。

<sup>5</sup>
**距** 距距距距距距

[ jù ㄐㄩˋ ⑧kœy⁵ 拒 ]
距離 ◆ 行距 / 相距二十里 / 距今六十年。

<sup>5</sup>
**跌** 跌跌跌跌跌跌

[ diē ㄉㄧㄝ ⑧dit⁸ 秩⁸ ]
❶ 摔倒 ◆ 跌倒 / 跌了一跤。❷ 下降；落下 ◆ 跌價 / 股價跌入低谷。

<sup>5</sup>
**跑** 跑跑跑跑跑跑

[ pǎo ㄆㄠˇ ⑧pau² 拋² ]

❶ 大步快速向前走 ◆ 跑步／賽跑／奔跑／飛跑過來。❷ 逃走 ◆ 逃跑／嚇跑了。❸ 漏出 ◆ 跑氣／跑電／跑油。❹ 為某事而奔忙 ◆ 跑江湖／跑買賣。

<sup>5</sup>跚<sup>(跚)</sup>　跚 跚 跚 跚 跚 跚　跚

[ shān ㄕㄢ 粵 san¹ 山 ]
蹣跚。見 "蹣" 字，436 頁。

<sup>5</sup>跎　跎 跎 跎 跎 跎 跎　跎

[ tuó ㄊㄨㄛˊ 粵 tɔ⁴ 駝 ]
蹉跎。見 "蹉" 字，436 頁。

<sup>5</sup>跛　跛 跛 跛 跛 跛 跛　跛

[ bǒ ㄅㄛˇ 粵 bɔ² 波²/bɐi¹ 閉¹（語）]
腿腳有毛病，走起路來一瘸一拐的 ◆ 跛腳／跛行。

<sup>6</sup>跨　跨 跨 跨 跨 跨 跨　跨

[ kuà ㄎㄨㄚˋ 粵 kwa³ 誇³ ]
❶ 抬起一隻腳大步邁過或邁出；越過 ◆ 跨欄／跨進大門／向前跨一步／跨年度／跨越障礙。❷ 騎；橫架 ◆ 跨在馬上／大橋橫跨浦江兩岸。

<sup>6</sup>跳　跳 跳 跳 跳 跳 跳　跳

[ tiào ㄊㄧㄠˋ 粵 tiu⁴ 條/tiu³ 眺（語）]
❶ 雙腳騰空，向上或向前躍起 ◆ 跳高／跳遠／跳躍／跳繩／連蹦帶跳。❷ 一起一伏地動 ◆ 心跳／脈搏跳動／心驚肉跳。❸ 越過 ◆ 跳級。

<sup>6</sup>跺　跺 跺 跺 跺 跺 跺　跺

[ duò ㄉㄨㄛˋ 粵 dɔ² 躲 ]
頓腳；用腳使勁踏地 ◆ 跺腳。

<sup>6</sup>跪　跪 跪 跪 跪 跪 跪　跪

[ guì ㄍㄨㄟˋ 粵 gwɐi⁶ 櫃 ]
膝蓋着地的一種姿勢 ◆ 跪拜／下跪／跪在地上求饒。

<sup>6</sup>路　路 路 路 路 路 路　路

[ lù ㄌㄨˋ 粵 lou⁶ 露 ]
❶ 道路 ◆ 公路／鐵路／車到山前必有路／路遙知馬力／清明時節雨紛紛，路上行人欲斷魂。❷ 途徑；方法 ◆ 生路／正路／門路／怪路子。❸ 條理 ◆ 理路／思路／紋路。❹ 方面；種類 ◆ 各路人馬／一路貨色。

<sup>6</sup>跡<sup>(迹)</sup>　跡 跡 跡 跡 跡 跡　跡

[ jì ㄐㄧˋ 粵 dzik⁷ 積 ]
❶ 腳印；印痕 ◆ 足跡／蹤跡／痕跡／筆跡／血跡／蛛絲馬跡。❷ 前人留下的事物 ◆ 遺跡／古跡／事跡／陳跡。

<sup>6</sup>跤　跤 跤 跤 跤 跤 跤　跤

[ jiāo ㄐㄧㄠ 粵 gau¹ 交 ]
跌倒；跟頭 ◆ 摔跤／跌了一跤。

# ⁶跟

跟 跟 跟 跟 跟 跟 **跟**

[ gēn ⟪ㄣ ⑨ gɐn¹ 根 ]

❶ 腳後跟；鞋、襪的後部 ◆ 鞋跟 / 高跟鞋 / 提起腳跟。❷ 緊隨其後 ◆ 跟隨 / 跟蹤 / 緊跟 / 跟上隊伍。❸ 和；同 ◆ 我跟爸爸一起去 / 我跟小明是同班同學。❹ 對；向 ◆ 我跟他說過了 / 他從來沒有跟我談過這件事。

# ⁷踉

踉 踉 踉 踉 踉 踉 **踉**

⟨一⟩ [ liáng ㄌㄧㄤˊ ⑨ lœŋ⁴ 良 ]

❶ 跳踉：跳躍。

⟨二⟩ [ liàng ㄌㄧㄤˋ ⑨ lœŋ⁶ 亮/lɔŋ⁴ 狼 ]

❷ 踉蹌：走起路來搖搖晃晃的樣子。

# ⁷跼

跼 跼 跼 跼 跼 跼 **跼**

[ jú ㄐㄩˊ ⑨ guk⁹ 局 ]

跼促：(1) 空間狹小；時間短促 ◆ 房間跼促 / 三天時間太跼促了。(2) 拘謹，顯得不自然 ◆ 在主考官面前，他有點跼促不安。也作 "局促"、"侷促"。

# ⁸踐 ⁽踐⁾

踐 踐 踐 踐 踐 踐 **踐**

[ jiàn ㄐㄧㄢˋ ⑨ tsin⁵ 前⁵ ]

❶ 踩；踏 ◆ 踐踏。❷ 實行；履行 ◆ 實踐 / 踐約。

# ⁸踏

踏 踏 踏 踏 踏 踏 **踏**

⟨一⟩ [ tà ㄊㄚˋ ⑨ dap⁹ 答⁹ ]

❶ 用腳踩 ◆ 踐踏 / 原地踏步 / 腳踏實地 / 踏上征途 / 踏破鐵鞋無覓處，得來全不費工夫。❷ 親自到現場去 ◆ 踏看 / 踏勘。

⟨二⟩ [ tā ㄊㄚ ⑨ dap⁹ 答⁹ ]

❸ 踏實：(1) 工作或學習切切實實；不虛浮 ◆ 工作踏實 / 做事情很踏實。(2) 情緒安定、安穩；不慌亂 ◆ 心裏很踏實。

# ⁸踢

踢 踢 踢 踢 踢 踢 **踢**

[ tī ㄊㄧ ⑨ tɛk⁸ ]

抬起腿腳用力伸出或猛擊 ◆ 踢球 / 踢毽子 / 踢腿運 / 一腳踢進球門。

# ⁸踝

踝 踝 踝 踝 踝 踝 **踝**

[ huái ㄏㄨㄞˊ ⑨ wa⁵ 華⁵ ]

踝骨，即腳腕兩側凸起的部分 ◆ 踝骨扭傷。

# ⁸踟

踟 踟 踟 踟 踟 踟 **踟**

[ chí ㄔˊ ⑨ tsi⁴ 池 ]

踟躕：形容心裏猶豫不定，要走不走的樣子 ◆ 踟躕不前。也作 "踟躇"。

# ⁸踩

踩 踩 踩 踩 踩 踩 **踩**

[ cǎi ㄘㄞˇ ⑨ tsai² 猜² ]

腳踏 ◆ 踩了一腳 / 踩壞了花草 / 踩出一條路來 / 踩水過河。

# ⁸踮

踮 踮 踮 踮 踮 踮 **踮**

[ diǎn ㄉㄧㄢˇ ⑨ dim³ 店 ]

提起腳跟，用腳尖着地 ◆ 踮起腳跳舞。

⁸**踞**　踞 踞 踞 踞 踞 踞　踞

[ jù ㄐㄩˋ ⑱ gœy³ 句 ]

❶ 蹲或坐 ◆ 龍盤虎踞。❷ 佔據 ◆ 盤踞。

⁸**踪**

"蹤"的異體字，見 437 頁。

⁹**踹**　踹 踹 踹 踹 踹 踹　踹

[ chuài ㄔㄨㄞˋ ⑱ tsai² 猜² ]

踩；腳底用力向外踢 ◆ 踹了他一腳／一腳把門踹開。

⁹**踵**　踵 踵 踵 踵 踵 踵　踵

[ zhǒng ㄓㄨㄥˇ ⑱ dzun² 總 ]

腳後跟 ◆ 接踵而至／摩肩接踵。

⁹**踱**　踱 踱 踱 踱 踱 踱　踱

[ duó ㄉㄨㄛˊ ⑱ dɔk⁹ 鐸 ]

慢步行走 ◆ 踱方步／在客廳裏踱來踱去。

⁹**蹄**　蹄 蹄 蹄 蹄 蹄 蹄　蹄

[ tí ㄊㄧˊ ⑱ tɐi⁴ 啼 ]

牛、馬、羊等動物的腳 ◆ 馬蹄／豬蹄／馬不停蹄／春風得意馬蹄疾。

⁹**踴**(踊)　踴 踴 踴 踴 踴 踴　踴

[ yǒng ㄩㄥˇ ⑱ jun² 勇 ]

❶ 跳躍 ◆ 踴躍。❷（物價）上漲 ◆ 物價騰踴。

⁹**蹂**　蹂 蹂 蹂 蹂 蹂 蹂　蹂

[ róu ㄖㄡˊ ⑱ jɐu⁴ 由／jɐu⁵ 友 ]

蹂躪：踐踏；比喻用暴力欺壓、凌辱 ◆ 受

盡了外來侵略者的蹂躪。

¹⁰**蹋**　蹋 蹋 蹋 蹋 蹋 蹋　蹋

[ tà ㄊㄚˋ ⑱ dap⁹ 踏 ]

❶ 踩。同"踏"字 ◆ 糟蹋。❷ 踢。

¹⁰**蹌**(蹡)　蹌 蹌 蹌 蹌 蹌 蹌　蹌

[ qiàng ㄑㄧㄤˋ ⑱ tsœŋ¹ 槍 ]

踉蹌。見"跟"字，435 頁。

¹⁰**蹈**　蹈 蹈 蹈 蹈 蹈 蹈　蹈

[ dǎo ㄉㄠˇ ⑱ dou⁶ 道 ]

❶ 踩；踐踏 ◆ 重蹈覆轍／赴湯蹈火。❷遵循 ◆ 循規蹈矩。❸ 腳有節奏地跳動 ◆舞蹈／手舞足蹈。

¹⁰**蹊**　蹊 蹊 蹊 蹊 蹊 蹊　蹊

〈一〉[ qī ㄑㄧ ⑱ kɐi¹ 溪 ]

❶ 蹊蹺：奇怪；可疑 ◆ 案情很蹊蹺。

〈二〉[ xī ㄒㄧ ⑱ hɐi⁴ 奚 ]

❷ 小路 ◆ 獨闢蹊徑／桃李不言，下自成蹊。

¹⁰**蹉**　蹉 蹉 蹉 蹉 蹉 蹉　蹉

[ cuō ㄘㄨㄛ ⑱ tsɔ¹ 初 ]

蹉跎：虛度光陰 ◆ 蹉跎歲月。

¹¹**蹟**

"跡"的異體字，見 434 頁。

¹¹**蹣**(蹒)　蹣 蹣 蹣 蹣 蹣 蹣　蹣

[ pán ㄆㄢˊ ⑱ pun⁴ 盤 ]

蹣跚：腿腳不靈便，走路緩慢，一瘸一拐的樣子 ◆ 步履蹣跚。

## ¹¹蹙

蹙 蹙 蹙 蹙 蹙 蹙 　蹙

[ cù ㄘㄨˋ 粵 tsuk⁷ 促]

❶ 收縮；皺起(眉頭) ◆ 雙眉緊蹙 / 疾首蹙額。❷ 緊迫；急促 ◆ 窮蹙 / 氣蹙。

## ¹¹蹦

蹦 蹦 蹦 蹦 蹦 蹦 　蹦

[ bèng ㄅㄥˋ 粵 beŋ¹ 崩]

跳 ◆ 蹦蹦跳跳 / 歡蹦亂跳 / 球蹦得很高。

## ¹¹蹤 (踪)

蹤 蹤 蹤 蹤 蹤 蹤 　蹤

[ zōng ㄗㄨㄥ 粵 dzuŋ¹ 宗]

腳印；痕跡 ◆ 蹤跡 / 行蹤 / 跟蹤 / 無影無蹤 / 千山鳥飛絕，萬徑人蹤滅。

## ¹²蹺 (蹺)

蹺 蹺 蹺 蹺 蹺 蹺 　蹺

[ qiāo ㄑㄧㄠ 粵 hiu¹ 囂]

❶ 抬起腿腳 ◆ 蹺起一條腿 / 把腿蹺得高高的。❷ 豎起指頭 ◆ 蹺起大拇指。

## ¹²蹶

蹶 蹶 蹶 蹶 蹶 蹶 　蹶

[ jué ㄐㄩㄝˊ 粵 kyt⁸ 決]

跌倒；比喻失敗或挫折 ◆ 一蹶不振。

## ¹²躇 (躇)

躇 躇 躇 躇 躇 躇 　躇

[ chú ㄔㄨˊ 粵 tsy⁴ 廚]

躊躇。見 "躊" 字，438 頁。

## ¹²蹼

蹼 蹼 蹼 蹼 蹼 蹼 　蹼

[ pǔ ㄆㄨˇ 粵 buk⁷ 卜]

鴨、鵝等禽鳥趾間相連的膜，用來划水 ◆ 鴨的趾間有蹼。

## ¹²蹲

蹲 蹲 蹲 蹲 蹲 蹲 　蹲

[ dūn ㄉㄨㄣ 粵 tsyn⁴ 存]

兩腿彎曲，像坐的姿勢而臀部不着地 ◆ 蹲下 / 蹲在屋簷下躲雨。

## ¹²蹭

蹭 蹭 蹭 蹭 蹭 蹭 　蹭

[ cèng ㄘㄥˋ 粵 tseŋ³ 層³]

❶ 摩；擦 ◆ 手蹭破了一點皮 / 不小心蹭了一身油漆。❷ 行動緩慢 ◆ 別磨蹭了 / 做事情磨磨蹭蹭的。

## ¹²蹬

蹬 蹬 蹬 蹬 蹬 蹬 　蹬

[ dēng ㄉㄥ 粵 deŋ¹ 燈]

腳用力向下踩 ◆ 蹬單車 / 蹬他一腳 / 蹬踏動作。

## ¹³蹾 (躉)

蹾 蹾 蹾 蹾 蹾 蹾 　蹾

[ dǔn ㄉㄨㄣˇ 粵 deŋ² 墩]

❶ 整批；整數 ◆ 蹾售 / 蹾買蹾賣。❷ 整批買進貨物 ◆ 蹾貨 / 現蹾現賣。

## ¹³躁

躁 躁 躁 躁 躁 躁 　躁

[ zào ㄗㄠˋ 粵 tsou³ 燥]

性急；不冷靜 ◆ 急躁 / 煩躁 / 暴躁 / 浮躁。

焦點易錯字　燥｜躁　燥熱 乾燥　暴躁 急躁　　獗｜蹶　猖獗　一蹶不振

## ¹⁴躊 (踌)

躊 躊 躊 躊 躊 躊　躊

[ chóu ㄔㄡˊ ⑱ tseu⁴ 酬 ]

躊躇：(1) 猶豫不決的樣子 ◆ 躊躇不前。
(2) 得意的樣子 ◆ 躊躇滿志。

## ¹⁴躍 (跃)

躍 躍 躍 躍 躍 躍　躍

[ yuè ㄩㄝˋ ⑱ jœk⁹ 若 ]

跳起 ◆ 跳躍 / 一躍而過 / 歡呼雀躍 / 龍騰
虎躍 / 海闊憑魚躍，天高任鳥飛。

## ¹⁵蹰 (蹰)

蹰 蹰 蹰 蹰 蹰 蹰　蹰

[ chú ㄔㄨˊ ⑱ tsy⁴ 廚 ]

跼蹰。見 "跼" 字，435 頁。

## ¹⁸躡 (蹑)

躡 躡 躡 躡 躡 躡　躡

[ niè ㄋㄧㄝˋ ⑱ nip⁹ 聶 ]

❶ 踩；踏 ◆ 躡足其間。❷ 追隨 ◆ 躡蹤。
❸ 放輕腳步，使行 不出響聲 ◆ 躡手躡足
上樓去。

## ¹⁸躥 (蹿)

躥 躥 躥 躥 躥 躥　躥

[ cuān ㄘㄨㄢ ⑱ tsyn¹ 村 ]

快速向上或向前跳動 ◆ 火苗躥出了屋頂 /
獵狗一下子躥進了樹林。

## ²⁰躪 (躏)

躪 躪 躪 躪 躪 躪　躪

[ lìn ㄌㄧㄣˋ ⑱ lœn⁶ 論 ]

蹂躪。見 "蹂" 字，436 頁。

身 部

## ⁰身

身 身 身 身 身 身　身

[ shēn ㄕㄣ ⑱ sen¹ 申 ]

❶ 身體；人和動物的軀體 ◆ 身高 / 身材 /
身強力壯 / 全身上下 / 遍身羅綺者，不是
養蠶人。❷ 物體的中部或主要部分 ◆ 車
身 / 船身 / 機身 / 樹身。❸ 生命 ◆ 奮不
顧身 / 捨身為國 / 以身殉職。❹ 親自；自
己 ◆ 身臨其境 / 身先士卒 / 以身作則 / 身
不由己 / 親身經歷。❺ 人的地位、名份 ◆
身份 / 出身 / 身敗名裂。❻ 人的品德、行
為 ◆ 潔身自好 / 修身養性 / 言傳不如身教。
☞見古文字插頁 8。

## ³射

見寸部，117 頁。

## ³躬

躬 躬 躬 躬 躬 躬　躬

[ gōng ㄍㄨㄥ ⑱ gun¹ 弓 ]

❶ 自身；親自 ◆ 反躬自省 / 事必躬親 /
躬行實踐。❷ 彎下身子 ◆ 躬身 / 鞠躬。

## ⁴躭 (躭)

躭 躭 躭 躭 躭 躭　躭

[ dān ㄉㄢ ⑱ dam¹ 擔¹ ]

拖延 ◆ 魃擱 / 魃誤。

<sup>6</sup> **躲**　躲躲躲躲躲躲 躲

[ duǒ ㄉㄨㄛˇ ⑲ do² 朵]

避開；隱藏起來 ◆ 躲藏 / 躲避 / 躲雨 / 躲債 / 躲在樹林裏 / 明槍易躲，暗箭難防。

<sup>6</sup> **躱**　"躲"的異體字，見本頁。

<sup>8</sup> **躺**　躺躺躺躺躺躺 躺

[ tǎng ㄊㄤˇ ⑲ toŋ² 倘]

平卧 ◆ 躺在牀上 / 剛躺下就睡着了。

<sup>11</sup> **軀**(躯)　軀軀軀軀軀軀 軀

[ qū ㄑㄩ ⑲ kœy¹ 驅]

身體 ◆ 軀體 / 身軀 / 為國捐軀 / 七尺之軀。

車 部

<sup>0</sup> **車**(车)　車車車車車車 車

〈一〉[ chē ㄔㄜ ⑲ tsɛ¹ 奢]

❶ 車子；陸地上有輪子的交通工具 ◆ 汽車 / 火車 / 車到山前必有路 / 停車坐愛楓林晚，霜葉紅於二月花。❷ 用輪軸轉動的工具 ◆ 紡車 / 吊車 / 風車 / 水車。❸ 用轉動的機械製作器物 ◆ 車零件 / 車螺絲。

〈二〉[ jū ㄐㄩ ⑲ gœy¹ 居]

❹ 象棋棋子之一 ◆ 車、馬、炮。

📖 見古文字插頁 8。

<sup>1</sup> **軋**(轧)　軋軋軋軋軋軋 軋

〈一〉[ yà ㄧㄚˋ ⑲ at⁸/ŋat⁸ 壓]

❶ 碾壓 ◆ 軋路機。❷ 排擠 ◆ 傾軋。

〈二〉[ zhá ㄓㄚˊ ⑲ dzat⁸ 札]

❸ 把鋼坯壓成一定形狀的鋼材 ◆ 軋鋼。

<sup>2</sup> **軌**(轨)　軌軌軌軌軌軌 軌

[ guǐ ㄍㄨㄟˇ ⑲ gwɐi² 鬼]

❶ 為火車、電車行駛而鋪設的條形鋼材 ◆ 鐵軌 / 鋼軌 / 有軌電車 / 火車出軌。❷ 比喻法則、規矩、秩序等 ◆ 常軌 / 越軌 / 軌範 / 步入正軌 / 圖謀不軌。

<sup>2</sup> **軍**(军)　軍軍軍軍軍軍 軍

[ jūn ㄐㄩㄣ ⑲ gwɐn¹ 君]

❶ 軍隊；武裝部隊 ◆ 陸軍 / 海軍 / 軍用物資 / 千軍萬馬 / 潰不成軍。❷ 軍隊的編制單位之一，在師以上 ◆ 軍長。

<sup>3</sup> **軒**(轩)　軒軒軒軒軒軒 軒

[ xuān ㄒㄩㄢ ⑲ hin¹ 牽]

❶ 有窗戶的長廊或小屋。❷ 高；大 ◆ 氣宇軒昂 / 軒然大波。

<sup>3</sup> **庫**　見广部，136 頁。

<sup>4</sup> **軟**(软)　軟軟軟軟軟軟 軟

[ ruǎn ㄖㄨㄢˇ ⑲ jyn⁵ 遠]

❶ 柔和；疏鬆；跟"硬"相對 ◆ 柔軟 / 軟糖 / 軟木塞 / 軟綿綿 / 米飯煮軟一點好。❷ 懦弱無能 ◆ 軟弱 / 欺軟怕硬 / 軟硬兼施。❸ 不堅決；容易動搖 ◆ 心軟 / 耳朵軟 / 心慈手軟。❹ 沒有氣力 ◆ 兩腿發軟。

焦點易錯字　軀｜驅　身軀 軀體　驅使 並駕齊驅

## ⁵軸 (轴)　軸 軸 軸 軸 軸 軸　軸

[ zhóu ㄓㄡˊ 粵 dzuk⁹ 俗 ]

❶ 橫穿在車輪或其他轉動機件中間的圓桿 ◆ 車軸 / 輪軸。❷ 用來捲東西或繞東西的物件 ◆ 畫軸 / 線軸。

## ⁵軻 (轲)　軻 軻 軻 軻 軻 軻　軻

[ kē ㄎㄜ 粵 ɔ¹ 柯 ]

多用於人名 ◆ 孟軻（孟子）/ 荊軻刺秦王。

## ⁶載 (载)　載 載 載 載 載 載　載

〈一〉[ zài ㄗㄞˋ 粵 dzɔi³ 再 ]

❶ 用車、船等交通工具裝運 ◆ 載客 / 載重 / 運載 / 裝載 / 超載 / 滿載而歸。❷ 充滿 ◆ 怨聲載道 / 風雨載途。❸ 又；且 ◆ 載歌載舞。

〈二〉[ zǎi ㄗㄞˇ 粵 dzɔi² 宰 ]

❹ 一年的時間 ◆ 一別三載 / 三年五載 / 一年半載 / 千載難逢。

〈三〉[ zǎi ㄗㄞˇ 粵 dzɔi³ 再 ]

❺ 記錄；刊登 ◆ 記載 / 登載 / 刊載 / 轉載 / 載入史冊。

## ⁶較 (较)　較 較 較 較 較 較　較

[ jiào ㄐㄧㄠˋ 粵 gau³ 教 ]

比較；對比 ◆ 較量 / 成績較好 / 甲隊較乙隊強。

## ⁷輒 (辄)　輒 輒 輒 輒 輒 輒　輒

[ zhé ㄓㄜˊ 粵 dzip⁸ 接 ]

就；總是 ◆ 淺嘗輒止 / 動輒得咎。

## ⁷輔 (辅)　輔 輔 輔 輔 輔 輔　輔

[ fǔ ㄈㄨˇ 粵 fu⁶ 付 ]

幫助；從旁協助 ◆ 輔助 / 輔導 / 輔佐 / 相輔相成 / 相輔而行。

## ⁷輕 (轻)　輕 輕 輕 輕 輕 輕　輕

[ qīng ㄑㄧㄥ 粵 hiŋ¹ 兄/heŋ¹ （語）]

❶ 重量小；跟 "重" 相對 ◆ 輕巧 / 行李很輕 / 輕於鴻毛 / 身輕如燕 / 物輕情意重。❷ 程度淺 ◆ 輕傷 / 病得不輕。❸ 數量少 ◆ 年紀輕 / 工作負擔輕。❹ 用力小 ◆ 小心輕放 / 輕而易舉 / 輕輕地敲了一下門。❺ 負重少；輕鬆 ◆ 輕裝 / 輕鬆 / 輕騎兵 / 輕音樂 / 輕車簡從 / 無債一身輕。❻ 不注意；不重視 ◆ 輕視 / 輕敵 / 掉以輕心。❼ 隨便；不慎重、不莊重 ◆ 輕率 / 輕薄 / 輕浮 / 輕舉妄動 / 男兒有淚不輕彈。

## ⁷輓 (挽)　輓 輓 輓 輓 輓 輓　輓

[ wǎn ㄨㄢˇ 粵 wan⁵ 挽 ]

哀悼死者。又作 "挽" ◆ 輓聯 / 輓歌。

## ⁸輛 (辆)　輛 輛 輛 輛 輛 輛　輛

[ liàng ㄌㄧㄤˋ 粵 lœŋ⁶ 亮 ]

量詞，用於計算車的數量 ◆ 三輛汽車 / 禁止車輛通行。

## ⁸輩 (辈)　輩 輩 輩 輩 輩 輩　輩

[ bèi ㄅㄟˋ 粵 bui³ 貝 ]

❶ 家族的世代；長幼的身份 ◆ 前輩 / 同輩 / 長輩 / 輩分不同。❷ 同一類人 ◆ 我輩 / 無能之輩。❸ 人的一生 ◆ 一輩子 / 後半輩。

## 8輝(辉)

輝 輝 輝 輝 輝 輝　[輝]

[ huī ㄏㄨㄟ （粵）fɐi¹ 揮 ]

❶ 閃耀的光彩 ◆ 光輝／輝煌／落日餘暉／日月增輝。❷ 照耀 ◆ 日月交輝／輝映成趣。

## 8輥(辊)

輥 輥 輥 輥 輥 輥　[輥]

[ gǔn ㄍㄨㄣˇ （粵）gwɐn² 滾／kwɐn² 捆（語）]

能滾動的圓筒形的機件 ◆ 輥筒／輥軸。

## 8輪(轮)

輪 輪 輪 輪 輪 輪　[輪]

[ lún ㄌㄨㄣˊ （粵）lɐn⁴ 倫 ]

❶ 車輪；像車輪的東西 ◆ 車胎／齒輪／三輪車／前輪陷在溝裏了／日輪／耳輪／樹木的年輪。❷ 按次序替換 ◆ 輪流／輪換／輪班／輪值／今天輪到你值日。❸ 指輪船 ◆ 客輪／貨輪／渡輪／油輪／萬噸巨輪。❹ 量詞 ◆ 一輪紅日／首輪演出／進入第三輪比賽。

## 8輜(辎)

輜 輜 輜 輜 輜 輜　[輜]

[ zī ㄗ （粵）dzi¹ 支 ]

❶ 古代一種有帷蓋的大車。❷ 輜重：行軍時攜帶的軍械、糧草、被服等軍需物資。

## 8輟(辍)

輟 輟 輟 輟 輟 輟　[輟]

[ chuò ㄔㄨㄛˋ （粵）dzyt⁸ 啜 ]

中止；停止 ◆ 輟學／輟筆／日夜不輟／時作時輟。

## 9輻(辐)

輻 輻 輻 輻 輻 輻　[輻]

[ fú ㄈㄨˊ （粵）fuk⁷ 福 ]

車輪上連接車軸和輪圈的木條或金屬條 ◆ 輻條／輻輳。

## 9輯(辑)

輯 輯 輯 輯 輯 輯　[輯]

[ jí ㄐㄧˊ （粵）tsɐp⁷ 緝 ]

❶ 搜集材料，加以整理 ◆ 編輯／輯錄。❷ 整套書的一部分 ◆ 叢書共十輯，第一輯是中國歷史。

## 9輸(输)

輸 輸 輸 輸 輸 輸　[輸]

[ shū ㄕㄨ （粵）sy¹ 書 ]

❶ 運送 ◆ 運輸／輸送／輸出／輸油管。❷ 注入 ◆ 輸血／輸液／灌輸。❸ 敗；跟"贏"相對 ◆ 認輸／連輸三局／一着不慎，全盤皆輸。

## 10轅(辕)

轅 轅 轅 轅 轅 轅　[轅]

[ yuán ㄩㄢˊ （粵）jyn⁴ 元 ]

❶ 車前駕牲口用的兩根長木 ◆ 車轅／南轅北轍。❷ 官署 ◆ 行轅／轅門。

## 10輿(舆)

輿 輿 輿 輿 輿 輿　[輿]

[ yú ㄩˊ （粵）jy⁴ 如 ]

❶ 眾人的；公眾的 ◆ 輿論／輿情。❷ 車 ◆ 輿馬／舟輿。❸ 轎子 ◆ 肩輿。❹ 地域 ◆ 輿地／輿圖。

## 10轄(辖)

轄 轄 轄 轄 轄 轄　[轄]

[ xiá ㄒㄧㄚˊ （粵）hɐt⁹ 瞎 ]

管理 ◆ 管轄／統轄／直轄市。

## 10輾(辗)

輾 輾 輾 輾 輾 輾　[輾]

[ zhǎn ㄓㄢˇ （粵）dzin² 展 ]

輾轉：(1)身體翻來覆去 ◆ 輾轉反側／輾轉難眠。(2)經過許多人的手或許多地方；

車
辛
辰
辵
邑
酉

非直接地 ◆ 輾轉流傳。也作展轉。

¹¹ **轉**(转) 轉 轉 轉 轉 轉 轉 ⟦轉⟧

〈一〉[ zhuǎn ㄓㄨㄢˇ ⑱dzyn² 專²]
❶ 改變方向、地點、情勢等 ◆ 轉身 / 轉彎 / 轉學 / 轉移 / 好轉 / 轉危為安。❷ 不是直接傳送的 ◆ 轉告 / 轉送 / 轉交 / 轉播 / 轉達。
〈二〉[ zhuàn ㄓㄨㄢˋ ⑱dzyn³ 鑽]
❸ 繞着中心旋轉 ◆ 轉椅 / 轉圈子 / 地球繞着太陽轉。❹ 量詞,圈 ◆ 一分鐘達三千轉。

¹² **轎**(轿) 轎 轎 轎 轎 轎 轎 ⟦轎⟧

[ jiào ㄐㄧㄠˋ ⑱kiu⁴ 喬]
轎子;由人抬着走的舊式交通工具 ◆ 上轎 / 抬轎 / 花轎 / 八人大轎。

¹² **轍**(辙) 轍 轍 轍 轍 轍 轍 ⟦轍⟧

[ zhé ㄓㄜˊ ⑱tsit⁸ 撤]
❶ 車輪碾過在地上留下的痕跡 ◆ 車轍 / 重蹈覆轍 / 如出一轍。❷ 歌、曲所押的韻 ◆ 合轍押韻。

¹⁴ **轟**(轰) 轟 轟 轟 轟 轟 轟 ⟦轟⟧

[ hōng ㄏㄨㄥ ⑱gwen¹ 肱]
❶ 形容巨大的響聲 ◆ 轟的一聲 / 馬達轟鳴 / 轟隆一聲巨響。❷ 用大炮、炸彈等攻擊、破壞 ◆ 轟炸 / 炮轟。❸ 驅逐;趕走 ◆ 統統轟走 / 把他們轟出去。

¹⁵ **轡**(辔) 轡 轡 轡 轡 轡 轡 ⟦轡⟧

[ pèi ㄆㄟˋ ⑱bei³ 臂]
駕馭牲口用的嚼子和韁繩 ◆ 轡頭 / 鞍轡俱全 / 並轡徐行。

辛 部

⁰ **辛** 辛 辛 辛 辛 辛 辛 ⟦辛⟧

[ xīn ㄒㄧㄣ ⑱sen¹ 新]
❶ 天干的第八位 ◆ 甲乙丙丁戊己庚辛。❷ 辣味 ◆ 辛辣。❸ 勞苦 ◆ 辛勞 / 辛苦 / 辛勤 / 艱辛 / 千辛萬苦。❹ 悲傷 ◆ 一把辛酸淚。
☺ 圖見 290 頁。

⁵ **辜** 辜 辜 辜 辜 辜 辜 ⟦辜⟧

[ gū ㄍㄨ ⑱gu¹ 孤]
❶ 罪 ◆ 無辜 / 死有餘辜。❷ 虧負;對不起 ◆ 辜負。

⁶ **辟** 辟 辟 辟 辟 辟 辟 ⟦辟⟧

〈一〉[ bì ㄅㄧˋ ⑱bik⁷ 碧]
❶ 君主;泛指舊制度、舊勢力 ◆ 復辟。❷ 避免;排除 ◆ 辟邪。

焦點易錯字　關|辟|僻　開關 精闢 復辟 辟召 偏僻 僻靜　辰|晨　時辰 良辰吉日　晨光 晨曦

〈二〉[ pì ㄆㄧˋ ⑧ pik⁷ 僻]
❸ "闢" 的簡化字，見 472 頁。

## <sup>7</sup> 辣 辣辣辣辣辣辣 辣

[ là ㄌㄚˋ ⑧ lat⁹ 瘌]
❶ 辣椒、生薑等有刺激動的味道 ◆ 辣醬 / 酸辣湯 / 麻辣豆腐 / 喜歡吃辣的。❷ 狠毒 ◆ 手段毒辣 / 心狠手辣 / 口甜心辣。

## <sup>9</sup> 辨 辨辨辨辨辨辨 辨

[ biàn ㄅㄧㄢˋ ⑧ bin⁶ 便]
識別；區別 ◆ 辨別 / 分辨 / 辨認 / 明辨是非。

## <sup>9</sup> 辦 <sup>(办)</sup> 辦辦辦辦辦辦 辦

[ bàn ㄅㄢˋ ⑧ ban⁶ 扮]
❶ 處理事務 ◆ 辦事 / 辦公 / 代辦 / 這事交給他去辦。❷ 設立；經營 ◆ 辦廠 / 興辦 / 創辦 / 辦學校。❸ 購買；置備 ◆ 採辦 / 置辦 / 辦嫁妝。❹ 處罰 ◆ 辦罪 / 法辦 / 懲辦。

## <sup>12</sup> 辭 <sup>(辞)</sup> 辭辭辭辭辭辭 辭

[ cí ㄘˊ ⑧ tsi⁴ 池]
❶ 告別 ◆ 辭別 / 辭行 / 不辭而別 / 辭舊歲，迎新春。❷ 請求解除或被解除 ◆ 辭職 / 辭呈 / 辭退 / 辭去校長職務。❸ 推託；躲避 ◆ 推辭 / 辭謝 / 不辭辛勞 / 義不容辭。❹ 言詞；文字 ◆ 修辭 / 辭藻 / 振振有辭 / 外交辭令。❺ 古代的一種文體 ◆ 楚辭 / 辭賦。

## <sup>12</sup> 辮 見 部，287 頁。

## <sup>13</sup> 辯 見糸部，348 頁。

## <sup>14</sup> 辯 <sup>(辩)</sup> 辯辯辯辯辯辯 辯

[ biàn ㄅㄧㄢˋ ⑧ bin⁶ 便]
爭論是非真假 ◆ 辯論 / 辯護 / 爭辯 / 能言善辯 / 不容狡辯。

辰 部

## <sup>0</sup> 辰 辰辰辰辰辰辰 辰

[ chén ㄔㄣˊ ⑧ sɐn⁴ 神]
❶ 地支的第五位 ◆ 子丑寅卯辰巳午未。❷ 辰時：即上午七時至九時。❸ 泛指時間、日子 ◆ 誕辰 / 吉日良辰 / 善有善報，惡有惡報；不是不報，時辰未到。❹ 日、月、星的統稱 ◆ 星辰。
☺ 圖見 109 頁。

## <sup>3</sup> 辱 辱辱辱辱辱辱 辱

[ rǔ ㄖㄨˇ ⑧ juk⁹ 肉]
❶ 羞恥；名譽受損 ◆ 恥辱 / 屈辱 / 奇恥大

辱／榮辱與共。❷ 受到羞辱 ◆ 辱罵／侮辱／
喪權辱國。

³ **唇**
見口部，70 頁。

⁴ **脣**
見肉部，363 頁。

⁴ **晨**
見日部，200 頁。

⁶ **蜃**
見虫部，395 頁。

⁶ **農**（农）
農 農 農 農 農 農

[ nóng ㄋㄨㄥˊ 粵 nung⁴ 濃 ]
❶ 農業 ◆ 務農／農產品／不誤農時／穀賤
傷農／棄農經商。❷ 從事農業生產的人 ◆
農民／菜農／老農。

走 部

³ **迂**
迂 迂 迂 迂 迂 迂

[ yū ㄩ 粵 jy¹ 於／jy⁴ 余 ]
❶ 曲折；繞道 ◆ 迂迴。❷ 拘泥保守，不
合時宜 ◆ 迂腐／迂夫子／這個人太迂了。

³ **迄**
迄 迄 迄 迄 迄 迄

[ qì ㄑㄧˋ 粵 het⁷ 乞 ]
❶ 到 ◆ 迄今為止。❷ 始終；一直 ◆ 迄
未成功／迄無音信。

³ **迅**
迅 迅 迅 迅 迅 迅

[ xùn ㄒㄩㄣˋ 粵 sœn³ 信 ]
速度快 ◆ 迅速／迅急／迅捷／迅雷不及掩
耳。

³ **巡**
見巛部，128 頁。

⁴ **近**
近 近 近 近 近 近

[ jìn ㄐㄧㄣˋ 粵 gen⁶ 覲／ken⁵ 勤⁵ ]
❶ 距離或時間短；跟“遠”相對 ◆ 附近／近
日／近百年史／歌聲由遠而近／學校離家很
近／人無遠慮，必有近憂。❷ 關係密切 ◆
親近。❸ 相差不多 ◆ 接近／近似／年齡相
近。❹ 靠近；接近 ◆ 平易近人／近水樓台
先得月／近朱者赤，近墨者黑。❺ 淺顯易
懂 ◆ 淺近／言近旨遠。

⁴ **返**
返 返 返 返 返 返

[ fǎn ㄈㄢˇ 粵 fan² 反 ]
回；回來 ◆ 返回／返航／往返／返老還童／
一去不復返。

⁴ **迎**
迎 迎 迎 迎 迎 迎

[ yíng ㄧㄥˊ 粵 jing⁴ 仍 ]
❶ 迎接 ◆ 歡迎／迎新送舊／迎來送往／有
失遠迎。❷ 朝着；對着 ◆ 迎面而來／迎
風招展／迎頭趕上／迎刃而解。

⁵ **述**
述 述 述 述 述 述

[ shù ㄕㄨˋ 粵 sœt⁹ 術 ]
陳說；講 ◆ 口述／講述／陳述／敍述／描
述。

<sup>5</sup>**迪** 迪 迪 迪 迪 迪 迪 迪

[ dí ㄉ丨ˊ ⑧ dik<sup>9</sup> 敵 ]
啟發；引導 ◆ 啟迪。

<sup>5</sup>**迥** 迥 迥 迥 迥 迥 迥

[ jiǒng ㄐㄩㄥˇ ⑧ gwiŋ<sup>2</sup> 炯 ]
❶ 形容差別很大 ◆ 迥然不同 / 兩者迥異。
❷ 遠 ◆ 山高路迥。

<sup>5</sup>**迭** 迭 迭 迭 迭 迭 迭

[ dié ㄉ丨ㄝˊ ⑧ dit<sup>9</sup> 秩 ]
❶ 更換；輪流 ◆ 更迭。 ❷ 屢次；接連 ◆
高潮迭起 / 迭挫羣雄 / 花樣迭出。 ❸ 及 ◆
叫苦不迭。

<sup>5</sup>**迤** 迤 迤 迤 迤 迤 迤

[ yí 丨ˊ ⑧ ji<sup>4</sup> 而 / ji<sup>5</sup> 以 ]
逶迤。見"逶"字，448頁。

<sup>5</sup>**迫** 迫 迫 迫 迫 迫 迫

〈一〉[ pò ㄆㄛˋ ⑧ bak<sup>7</sup> 伯<sup>7</sup> ]
❶ 威逼；強壓 ◆ 逼迫 / 迫害 / 強迫 / 壓
迫 / 飢寒交迫 / 被迫出走。 ❷ 急切；緊急
◆ 迫切 / 緊迫 / 窘迫 / 迫不及待 / 從容不
迫。 ❸ 接近；靠近 ◆ 迫近 / 迫在眉睫。
〈二〉[ pǎi ㄆㄞˇ ⑧ bik<sup>7</sup> 碧 ]
❹ 迫擊炮：火炮，能攻擊遮蔽物後面的目
標。

<sup>5</sup>**迢** 迢 迢 迢 迢 迢 迢

[ tiáo ㄊ丨ㄠˊ ⑧ tiu<sup>4</sup> 條 ]
遠 ◆ 千里迢迢 / 路途迢遠。

<sup>6</sup>**迺** "乃"的異體字，見5頁。

<sup>6</sup>**迴**<sup>(回)</sup> 迴 迴 迴 迴 迴 迴

[ huí ㄏㄨㄟˊ ⑧ wui<sup>4</sup> 回 ]
曲折；環繞 ◆ 九曲迴廊 / 迴旋 / 巡迴 / 迂
迴 / 峯迴路轉。

<sup>6</sup>**追** 追 追 追 追 追 追

[ zhuī ㄓㄨㄟ ⑧ dzœy<sup>1</sup> 錐 ]
❶ 趕上；緊跟上 ◆ 追趕 / 你追我趕 / 急起
直追 / 窮追猛打 / 一言既出，駟馬難追。
❷ 尋求；查究 ◆ 追求 / 追查 / 追究 / 追根
究底。 ❸ 回憶過去 ◆ 追想 / 追憶 / 追悼 /
撫今追昔 / 追悔莫及。 ❹ 事後補救或補辦
◆ 追加 / 追認。

<sup>6</sup>**逅** 逅 逅 逅 逅 逅 逅

[ hòu ㄏㄡˋ ⑧ hɐu<sup>6</sup> 後 ]
邂逅。見"邂"字，452頁。

<sup>6</sup>**逃** 逃 逃 逃 逃 逃 逃

[ táo ㄊㄠˊ ⑧ tou<sup>4</sup> 桃 ]
躲避；逃走 ◆ 逃避 / 逃難 / 逃跑 / 潛逃 /
臨陣逃脱。

<sup>6</sup>**迹** "跡"的異體字，見434頁。

<sup>6</sup>**迸** 迸 迸 迸 迸 迸 迸

[ bèng ㄅㄥˋ ⑧ biŋ<sup>3</sup> 並<sup>3</sup> ]
❶ 噴射；飛濺 ◆ 迸發 / 火花迸濺。 ❷ 突然
破裂 ◆ 迸裂 / 迸碎。

**焦點易錯字** 迫｜逼　迫切 從容不迫　逼真 威逼利誘　　迴｜迴　迴異 迴然不同　迴避 蕩氣迴腸

# ⁶送

送 送 送 送 送 送 送

[ sòng ㄙㄨㄥˋ 粵 suŋ³ 宋 ]

❶ 把東西給別人，表示祝賀或友好等 ◆ 贈送 / 送禮 / 奉送 / 千里送鵝毛，禮輕情意重。 ❷ 送行 ◆ 送客 / 歡送 / 送孩子上學 / 送君千里，終有一別 / 桃花潭水深千尺，不及汪倫送我情。 ❸ 把東西運走或拿去給人 ◆ 運送 / 輸送 / 送信 / 送貨上門 / 雪中送炭。 ❹ 失掉；失去 ◆ 送命 / 斷送 / 葬送。

# ⁶逆

逆 逆 逆 逆 逆 逆 逆

[ nì ㄋㄧˋ 粵 jik⁹ 亦 ]

❶ 方向相反；跟"順"相對 ◆ 逆風 / 逆流 / 逆時針方向 / 求學如逆水行舟，不進則退。 ❷ 不順 ◆ 逆境 / 忠言逆耳。 ❸ 背叛 ◆ 叛逆。 ❹ 預先 ◆ 很難逆料。

☺ 圖見 487 頁。

# ⁶迷

迷 迷 迷 迷 迷 迷 迷

[ mí ㄇㄧˊ 粵 mei⁴ 謎 ]

❶ 分辨不清；失去判斷能力 ◆ 迷路 / 迷航 / 迷失方向 / 迷途知返 / 當局者迷，旁觀者清。 ❷ 對某事物特別愛好；沉醉於某事物 ◆ 球迷 / 戲迷 / 迷戀 / 入迷。 ❸ 使迷惑；使陶醉 ◆ 財迷心竅 / 景色迷人。

# ⁶退

退 退 退 退 退 退 退

[ tuì ㄊㄨㄟˋ 粵 tœy³ 蛻 ]

❶ 向後移動；跟"進"相對 ◆ 後退 / 退步 / 倒退 / 進退兩難 / 求學如逆水行舟，不進則退。 ❷ 離開 ◆ 退職 / 退學 / 退席 / 退休 / 早退 / 引退。 ❸ 送還；撤銷 ◆ 退貨 / 退款 / 退婚。 ❹ 消除；減弱 ◆ 退燒 / 退色 / 退化 /

減退 / 衰退。

# ⁷連 ⁽连⁾

連 連 連 連 連 連 連

[ lián ㄌㄧㄢˊ 粵 lin⁴ 蓮 ]

❶ 相接在一起；不間斷 ◆ 連接 / 骨肉相連 / 接二連三 / 連續不斷 / 藕斷絲連 / 烽火連三月，家書抵萬金。 ❷ 加在一起 ◆ 連帶 / 連本帶利 / 連根拔掉 / 連同他一共五人。 ❸ 表示強調，含有"甚至於"的意思 ◆ 連我也不知道 / 連飯也不吃就走了 / 連這樣容易的題目都做不出。 ❹ 軍隊的編制單位，在"營"以下，"排"以上 ◆ 連長 / 連隊。

# ⁷速

速 速 速 速 速 速 速

[ sù ㄙㄨˋ 粵 tsuk⁷ 促 ]

❶ 快 ◆ 迅速 / 快速 / 火速 / 速戰速決 / 速去速回。 ❷ 速度 ◆ 時速 / 風速 / 車速 / 加速。 ❸ 邀請 ◆ 不速之客。

# ⁷逗

逗 逗 逗 逗 逗 逗 逗

[ dòu ㄉㄡˋ 粵 dɐu⁶ 豆 ]

❶ 停留 ◆ 逗留。 ❷ 惹；招引 ◆ 逗人喜歡 / 逗人發笑。 ❸ 逗號：標點符號"，"，表示句子裏較小的停頓。

# ⁷逐

逐 逐 逐 逐 逐 逐 逐

[ zhú ㄓㄨˊ 粵 dzuk⁹ 俗 ]

❶ 追趕 ◆ 追逐 / 逐鹿中原 / 隨波逐流。 ❷ 強迫離開；趕出去 ◆ 驅逐 / 逐客令 / 逐出門外。 ❸ 按順序；一個一個地 ◆ 逐步 / 逐年 / 逐個 / 逐一說明。

✍ 見古文字插頁 16。

焦點易錯字　退｜褪　退出 急流勇退　褪色 褪去

## ⁷逝

逝 逝 逝 逝 逝 逝 逝

[ shì ㄕˋ ⑧ sɐi⁶ 誓 ]

❶ 人去世 ◆ 病逝／逝世。❷ 過去；消失 ◆ 消逝／歲月流逝／稍縱即逝。

## ⁷逕

同"徑❷"，見 145 頁。

## ⁷逍

逍 逍 逍 逍 逍 逍 逍

[ xiāo ㄒㄧㄠ ⑧ siu¹ 消 ]

逍遙：無拘無束，自由自在 ◆ 逍遙自在／逍遙法外。

## ⁷逞

逞 逞 逞 逞 逞 逞 逞

[ chěng ㄔㄥˇ ⑧ tsiŋ² 請 ]

❶ 顯示 ◆ 逞能／逞強／逞威風。❷ 放縱 ◆ 逞子／逞兇狂。❸ 實現；達到目的（多指壞事）◆ 得逞。

## ⁷造 (造)

造 造 造 造 造 造 造

〈一〉[ zào ㄗㄠˋ ⑧ dzou⁶ 做 ]

❶ 製作；做 ◆ 製造／造船／造紙／粗製濫造。❷ 建築 ◆ 造橋／建造／救人一命，勝造七級浮屠。❸ 憑空瞎編 ◆ 造謠／捏造。

〈二〉[ zào ㄗㄠˋ ⑧ tsou³ 燥 ]

❹ 培養；成就 ◆ 造就／造詣／可造之才／出國深造。❺ 前往；到 ◆ 造訪／登峯造極。

## ⁷透

透 透 透 透 透 透 透

[ tòu ㄊㄡˋ ⑧ tɐu³ 偷³ ]

❶ 通過；穿過 ◆ 透氣／透光／滲透／穿透。❷ 泄露；顯露 ◆ 透露／透漏風聲／白裏透紅。❸ 徹底 ◆ 透徹／把利害關係説透。❹

極 ◆ 熟透了／恨透了／倒霉透了。

## ⁷途

途 途 途 途 途 途 途

[ tú ㄊㄨˊ ⑧ tou⁴ 徒 ]

道路 ◆ 途中／中途／半途而廢／老馬識途／誤入歧途。

## ⁷逛

逛 逛 逛 逛 逛 逛 逛

[ guàng ㄍㄨㄤˋ ⑧ kwaŋ³ 框³/gwaŋ⁶ ]

閒遊 ◆ 逛馬路／逛商店／逛公園。

## ⁷逢

逢 逢 逢 逢 逢 逢 逢

[ féng ㄈㄥˊ ⑧ fuŋ⁴ 馮 ]

❶ 遇到 ◆ 重逢／千載難逢／久旱逢甘雨／人逢喜事精神爽／棋逢敵手／每逢佳節倍思親。❷ 迎合 ◆ 逢迎。

## ⁷這 (这)

這 這 這 這 這 這 這

[ zhè ㄓㄜˋ ⑧ dzɛ² 姐 ]

指示代詞，表示近指；跟"那"相對 ◆ 這裏／這個／這地方／這條街比那條街熱鬧。

## ⁷通

通 通 通 通 通 通 通

[ tōng ㄊㄨㄥ ⑧ tuŋ¹ 同¹ ]

❶ 沒有阻礙，可以順利穿過 ◆ 暢通／通車／通行無阻／四通八達。❷ 清除障礙，使不阻塞 ◆ 通陰溝／疏通河道。❸ 相互交往 ◆ 溝通／通商／互通情報。❹ 傳達；告知 ◆ 通知／通告／通報／通風報信。❺ 明白；懂得 ◆ 通曉／精通英語／博古通今／融會貫通／通情達理。❻ 通順；有條理 ◆ 句子通順／文理不通。❼ 普通的；一般的 ◆ 通常／通用／通病／通例／普通。❽ 全部；整個 ◆ 通夜

不眠 / 通宵達旦 / 通盤計劃 / 通讀一遍。 ❾
很；十分 ◆ 燈火通明 / 滿臉通紅。

<sup>8</sup>逵　　逵 逵 逵 逵 逵 逵　逵

[ kuí ㄎㄨㄟˊ ⓟ kwɐi⁴ 葵 ]
四通八達的道路。多作人名用字。

<sup>8</sup>逶　　逶 逶 逶 逶 逶 逶　逶

[ wēi ㄨㄟ ⓟ wɐi¹ 威 ]
逶迤：形容道路、山脈、河流等彎彎曲曲
連綿不斷的樣子 ◆ 羣山逶迤。

<sup>8</sup>進 (进)　　進 進 進 進 進 進　進

[ jìn ㄐㄧㄣˋ ⓟ dzɐn³ 俊 ]
❶ 向前移；跟 "退" 相對 ◆ 前進 / 進步 /
知難而進 / 百尺竿頭，更進一步 / 求學如
逆水行舟，不進則退。 ❷ 從外向裏；跟
"出" 相對 ◆ 進屋 / 進入 / 進出口 / 引進設
備 / 走進學校。 ❸ 收入；買入 ◆ 進賬 /
進款 / 進貨。 ❹ 獻上 ◆ 進貢 / 進言。

<sup>8</sup>週 (周)　　週 週 週 週 週 週　週

[ zhōu ㄓㄡ ⓟ dzɐu¹ 舟 ]
❶ 循環 ◆ 週期 / 週而復始。 ❷ 一星期稱
一週 ◆ 週末 / 週記 / 第五週。 ❸ 一整年
◆ 週年。 ❹ 全；普遍 ◆ 週身 / 眾所週知。

<sup>8</sup>逸　　逸 逸 逸 逸 逸 逸　逸

[ yì ㄧˋ ⓟ jɐt⁹ 日 ]
❶ 跑；逃跑 ◆ 四處逃逸。 ❷ 散失；失傳
◆ 逸書 / 逸文 / 遺聞逸事。 ❸ 安閒；休息
◆ 安逸 / 以逸待勞 / 一勞永逸 / 好逸惡勞。
❹ 超出一般 ◆ 超逸 / 逸羣。

<sup>8</sup>逮　　逮 逮 逮 逮 逮 逮　逮

〈一〉[ dài ㄉㄞˋ ⓟ dɐi⁶ 弟 ]
❶ 捉拿；拘捕 ◆ 逮捕。
〈二〉[ dǎi ㄉㄞˇ ⓟ dɐi⁶ 弟 ]
❷ 捉 ◆ 貓逮老鼠 / 逮住了小偷。

<sup>9</sup>達 (达)　　達 達 達 達 達 達　達

[ dá ㄉㄚˊ ⓟ dat⁹ ]
❶ 通 ◆ 直達車 / 四通八達。 ❷ 到 ◆ 到達 /
抵達。 ❸ 實現 ◆ 達成協議 / 欲速則不達 /
不達目的，誓不罷休。 ❹ 告訴；表示 ◆
表達 / 傳達 / 轉達 / 詞不達意。 ❺ 明白事
理；認識透徹 ◆ 明達 / 通達 / 通情達理。
❻ 顯貴；地位高 ◆ 顯達 / 達官貴人。

<sup>9</sup>逼　　逼 逼 逼 逼 逼 逼　逼

[ bī ㄅㄧ ⓟ bik⁷ 壁 ]
❶ 強迫；威脅 ◆ 逼迫 / 逼債 / 別逼他 / 威
逼利誘 / 形勢逼人。 ❷ 非常接近 ◆ 逼真 /
逼近。

<sup>9</sup>遇　　遇 遇 遇 遇 遇 遇　遇

[ yù ㄩˋ ⓟ jy⁶ 預 ]
❶ 碰上；相逢 ◆ 遇見 / 遇險 / 百年不遇 /
不期而遇 / 久旱逢甘雨，他鄉遇故知。 ❷
對待；接待 ◆ 禮遇 / 冷遇 / 待遇。 ❸ 機
會 ◆ 機遇 / 際遇。

<sup>9</sup>遏　　遏 遏 遏 遏 遏 遏　遏

[ è ㄜˋ ⓟ at⁸/ŋat⁸ 壓 ]
阻止；抑止 ◆ 遏止 / 遏制 / 怒不可遏。

焦點易錯字　　迫 | 逼　迫切 從容不迫　逼真 威逼利誘　　晉 | 進　晉升 晉見　進步 前進

## ⁹過 (过)

過 過 過 過 過 過 過

〈一〉[ guò ㄍㄨㄛˋ ⓹ gwɔ³ 果³]

❶ **經過** ◆ 過河 / 過橋 / 過關 / 沉舟側畔千帆過，病樹前頭萬木春 / 兩岸猿聲啼不住，輕舟已過萬重山。❷ **超出** ◆ 過分 / 過半數 / 過度疲勞 / 過猶不及 / 過期作廢 / 三個臭皮匠，勝過諸葛亮。❸ **過於；太** ◆ 過獎 / 過謙 / 過火行為。❹ **轉移** ◆ 過戶 / 過賬。❺ **錯誤** ◆ 過錯 / 記過 / 悔過自新 / 文過飾非 / 人非聖賢，孰能無過。❻ **放在動詞後面，表示已經完成或曾經發生過** ◆ 吃過了 / 他來過 / 看過這部電影 / 說過這樣的話。

〈二〉[ guō ㄍㄨㄛ ⓹ gwɔ¹ 戈]

❼ **姓**。

## ⁹遁

遁 遁 遁 遁 遁 遁

[ dùn ㄉㄨㄣˋ ⓹ dœn⁶ 頓]

**逃走；隱避** ◆ 逃遁 / 夜遁 / 遁入空門 / 遁世絕俗。

## ⁹逾

逾 逾 逾 逾 逾 逾

[ yú ㄩˊ ⓹ jy⁴ 如]

**越過；超過** ◆ 逾越 / 逾期 / 逾牆而入。

## ⁹遊 (游)

遊 遊 遊 遊 遊 遊

[ yóu ㄧㄡˊ ⓹ jɐu⁴ 由]

❶ **玩；從容地行走** ◆ 遊玩 / 遊戲 / 遊覽 / 遊樂場 / 遊山玩水 / 周遊列國。❷ **相互交往** ◆ 交遊很廣。❸ **不固定的；經常移動的** ◆ 遊牧 / 遊資 / 遊擊隊 / 無業遊民 / 浮雲遊子意，落日故人情。

## ⁹道

道 道 道 道 道 道 道

[ dào ㄉㄠˋ ⓹ dou⁶ 稻]

❶ **路** ◆ 道路 / 鐵道 / 行人道 / 道聽途說 / 羊腸小道。❷ **水流的通路** ◆ 河道 / 黃河故道。❸ **方法；途徑** ◆ 門道 / 治學之道 / 志同道合 / 反其道而行之 / 以其人之道，還治其人之身。❹ **正義；事理** ◆ 道義 / 道理 / 道德 / 討個公道 / 得道多助，失道寡助。❺ **道教的簡稱** ◆ 道觀 / 道士 / 貧道。❻ **說** ◆ 道歉 / 道別 / 道謝 / 常言道 / 一語道破 / 莫道君行早，更有早行人。❼ **量詞** ◆ 一道題目 / 一道命令 / 一道名菜 / 第一道工序。

## ⁹遂

遂 遂 遂 遂 遂 遂

〈一〉[ suì ㄙㄨㄟˋ ⓹ sœy⁶ 睡]

❶ **順；如意** ◆ 順遂 / 遂心 / 遂意 / 遂願。❷ **成功** ◆ 政變未遂。

〈二〉[ suí ㄙㄨㄟˊ ⓹ sœy⁶ 睡]

❸ **義同 ❶**，用於 "半身不遂"。

## ⁹運 (运)

運 運 運 運 運 運

[ yùn ㄩㄣˋ ⓹ wɐn⁶ 混]

❶ **移動；轉動** ◆ 運行 / 運轉。❷ **搬運；輸送** ◆ 運輸 / 運貨 / 客運 / 空運。❸ **利用；使用** ◆ 運用 / 運筆。❹ **運氣** ◆ 幸運 / 命運 / 祝你好運。

## ⁹遍

遍 遍 遍 遍 遍 遍

[ biàn ㄅㄧㄢˋ ⓹ pin³ 片]

❶ **到處；全面** ◆ 普遍 / 遍佈 / 遍地 / 遍體鱗傷 / 漫山遍野。❷ **量詞，表示次數** ◆ 讀一遍 / 再說一遍 / 看了三遍。

---

**焦點易錯字**　游｜遊　游泳 上游　遊覽 遊戲　　遏｜壓　遏止 怒不可遏　壓迫 壓抑

⁹ **遐** (遐)

遐遐遐遐遐遐 遐

[ xiá ㄒㄧㄚˊ ㊵ ha⁴ 霞 ]

遠 ◆ 遐邇聞名 / 閉目遐想。

⁹ **違** (违)

違違違違違違 違

[ wéi ㄨㄟˊ ㊵ wɐi⁴ 惟 ]

❶ 不遵守;不順從 ◆ 違法 / 違背 / 違反 / 陽奉陰違 / 事與願違。❷ 離別 ◆ 久違。

¹⁰ **遠** (远)

遠遠遠遠遠遠 遠

[ yuǎn ㄩㄢˇ ㊵ jyn⁵ 軟 ]

❶ 距離長;時間久;跟"近"相對 ◆ 遠方 / 遙遠 / 久遠 / 遠親不如近鄰 / 人無遠慮,必有近憂 / 孤帆遠影碧空盡,惟見長江天際流。❷ 關係疏;不親密 ◆ 疏遠 / 遠房親戚。❸ 不接近 ◆ 敬而遠之。❹ 差別大 ◆ 相差很遠 / 遠不如從前 / 遠遠比不上他。❺ 含意深刻 ◆ 言近旨遠。

¹⁰ **遣** (遣)

遣遣遣遣遣遣 遣

[ qiǎn ㄑㄧㄢˇ ㊵ hin² 顯 ]

❶ 派;調度 ◆ 派遣 / 調遣 / 遣送 / 遣返 / 調兵遣將。❷ 消磨;排解 ◆ 消遣 / 排遣。

¹⁰ **遞** (递)

遞遞遞遞遞遞 遞

[ dì ㄉㄧˋ ㊵ dɐi⁶ 第 ]

❶ 傳送 ◆ 傳遞 / 郵遞 / 投遞 / 遞交。❷ 順次 ◆ 遞補 / 遞增 / 遞減。

¹⁰ **遙** (遥)

遙遙遙遙遙遙 遙

[ yáo ㄧㄠˊ ㊵ jiu⁴ 搖 ]

遠 ◆ 遙遠 / 遙控 / 遙望 / 遙遙相對 / 千里之遙 / 路遙知馬力,日久見人心。

¹⁰ **遜** (逊)

遜遜遜遜遜遜 遜

[ xùn ㄒㄩㄣˋ ㊵ sœn³ 信 ]

❶ 謙虛 ◆ 謙遜 / 出言不遜。❷ 差;不如 ◆ 毫不遜色 / 稍遜一籌。

¹¹ **遨** (遨)

遨遨遨遨遨遨 遨

[ áo ㄠˊ ㊵ ŋou⁴ 熬 ]

遊歷;遊逛 ◆ 遨遊太空。

¹¹ **遭** (遭)

遭遭遭遭遭遭 遭

[ zāo ㄗㄠ ㊵ dzou¹ 糟 ]

遇到不幸的事 ◆ 遭災 / 遭殃 / 遭難 / 遭遇不幸。

¹¹ **蓬**

見艸部,386 頁。

¹¹ **遮** (遮)

遮遮遮遮遮遮 遮

[ zhē ㄓㄜ ㊵ dzɛ¹ 嗟 ]

擋住;掩蓋 ◆ 遮雨 / 遮擋 / 遮蓋 / 遮醜 / 一手遮天。

¹¹ **適** (适)

適適適適適適 適

[ shì ㄕˋ ㊵ sik⁷ 式 ]

❶ 符合;切合 ◆ 適合 / 適當 / 適宜 / 適用 / 削足適履。❷ 正好 ◆ 大小適中 / 適得其反 / 適可而止 / 適逢其會。❸ 舒服 ◆ 舒適 / 身體不適。❹ 剛才 ◆ 適才。❺ 去;往 ◆ 無所適從。

¹¹ **遷** (迁)

遷遷遷遷遷遷 遷

[ qiān ㄑㄧㄢ ㊵ tsin¹ 千 ]

❶ 轉移;由一個地方搬到另一個地方 ◆ 遷

**焦點易錯字**　遣 | 遺　遣散 差遣　遺忘 遺憾

移／遷徙／遷居／搬遷／喬遷之喜。❷ 改變 ◆ 變遷／事過境遷／見異思遷。

<sup>12</sup>遼(辽)　遼遼遼遼遼遼 遼

[ liáo ㄌㄧㄠˊ ⓟ liu⁴ 聊 ]

❶ 遠 ◆ 遼遠／遼闊。❷ 遼寧省的簡稱。

<sup>12</sup>遺(遗)　遺遺遺遺遺 遺 遺

⟨一⟩ [ yí ㄧˊ ⓟ wɐi⁴ 惟 ]

❶ 丟失；漏掉 ◆ 遺失／遺漏。❷ 遺失的東西 ◆ 路不拾遺。❸ 專指死人留下的 ◆ 遺容／遺囑／遺產。❹ 留下 ◆ 遺跡／遺留／遺憾／不遺餘力／遺臭萬年。

⟨二⟩ [ wèi ㄨㄟˋ ⓟ wɐi⁶ 位 ]

❺ 贈送 ◆ 遺贈。

<sup>12</sup>遴　遴遴遴遴遴遴 遴

[ lín ㄌㄧㄣˊ ⓟ lœn⁴ 鄰 ]

慎重挑選 ◆ 遴選人才。

<sup>12</sup>遵　遵遵遵遵遵遵 遵

[ zūn ㄗㄨㄣ ⓟ dzœn¹ 津 ]

依照；按照 ◆ 遵守／遵照／遵命／遵循。

<sup>12</sup>遲(迟)　遲遲遲遲遲遲 遲

[ chí ㄔˊ ⓟ tsi⁴ 池 ]

❶ 緩慢；不迅速 ◆ 遲緩／事不宜遲／反應遲鈍。❷ 晚；跟 "早" 相對 ◆ 遲到／推遲三天／遲早會知道／別睡得太遲了。

<sup>12</sup>選(选)　選選選選選選 選

[ xuǎn ㄒㄩㄢˇ ⓟ syn² 損 ]

❶ 挑揀 ◆ 選拔／選擇／選派／挑選／精選。❷ 指選舉 ◆ 大選／普選／競選。❸ 選出來的 ◆ 人選／文選／選手。

<sup>13</sup>邁(迈)　邁邁邁邁邁邁 邁

[ mài ㄇㄞˋ ⓟ mai⁶ 賣 ]

❶ 抬起腳向前走；跨越 ◆ 邁步／邁進／邁不過去／邁向新世紀。❷ 年老 ◆ 年邁／老邁。

<sup>13</sup>還(还)　還還還還還還 還

⟨一⟩ [ huán ㄏㄨㄢˊ ⓟ wan⁴ 環 ]

❶ 返回原來的地方；回復原來的狀態 ◆ 還鄉／還原／返老還童／春風又綠江南岸，明月何時照我還？❷ 送回借的東西 ◆ 還書／還債／歸還／有借有還。❸ 回報 ◆ 還禮／還擊／以牙還牙／罵不還口，打不還手。

⟨二⟩ [ hái ㄏㄞˊ ⓟ wan⁴ 環 ]

❹ 仍舊 ◆ 還在看書／還沒有解決／還住在老地方／解鈴還須繫鈴人。❺ 更加 ◆ 比進口的還貴／今天比昨天還熱。❻ 再；又 ◆ 看了還看／還要去一次。❼ 表示程度上勉強過得去 ◆ 成績還可以。❽ 表示早已如此 ◆ 還在小學時，他們就是好朋友了。❾ 用來加強反問語氣 ◆ 說了幾遍，你還不明白嗎？

**焦點易錯字** 遺｜遣　遺散　差遣　遺忘　遺憾

13 邀 邀邀邀邀邀邀 邀
[yāo ㄧㄠ 粵jiu¹ 腰]
❶ 約請 ◆ 邀請 / 特邀 / 應邀。❷ 求得 ◆
邀功請賞。

13 邂 邂邂邂邂邂邂 邂
[xiè ㄒㄧㄝˋ 粵hai⁶ 駭]
邂逅:事先沒有相約而意外遇見 ◆ 不期邂
逅 / 在旅途中邂逅闊別多年的朋友。

13 避 避避避避避避 避
[bì ㄅㄧˋ 粵bei⁶ 鼻]
❶ 躲開 ◆ 避雨 / 避暑 / 逃避 / 躲避 / 避而
不談 / 避重就輕。❷ 防止 ◆ 避免 / 避孕 /
避雷針。

14 遞 (逓) 遞遞遞遞遞遞 遞
[ěr ㄦˇ 粵ji⁵ 耳]
近 ◆ 聞名遐遞。

15 邊 (边) 邊邊邊邊邊邊 邊
[biān ㄅㄧㄢ 粵bin¹ 鞭]
❶ 物體的四周、外緣 ◆ 海邊 / 湖邊 / 邊境 /
無邊無際。❷ 表示近旁 ◆ 身邊 / 旁邊。
❸ 表示方位或方面 ◆ 左邊 / 右邊 / 後邊 /
雙邊會談 / 牆頭一顆草,風吹兩邊倒。❹
表示兩個以上的行動同時進行 ◆ 邊說邊笑 /
邊歌邊舞 / 一邊吃,一邊談。

19 邏 (逻) 邏邏邏邏邏邏 邏
[luó ㄌㄨㄛˊ 粵lɔ⁴ 羅]
巡察 ◆ 巡邏。

邑 部

0 邑 邑邑邑邑邑邑 邑
[yì ㄧˋ 粵jɐp⁷ 泣]
都城;城市 ◆ 都邑 / 通都大邑。
☞見古文字插頁8。

4 邢 邢邢邢邢邢邢 邢
[xíng ㄒㄧㄥˊ 粵jiŋ⁴ 形]
姓。

4 邪 邪邪邪邪邪邪 邪
[xié ㄒㄧㄝˊ 粵tsɛ⁴ 斜]
不正當的思想或行為 ◆ 邪念 / 改邪歸正 /
歪風邪氣 / 邪門歪道。

4 邦 邦邦邦邦邦邦 邦
[bāng ㄅㄤ 粵bɔŋ¹ 幫]
國家 ◆ 邦交 / 友邦 / 鄰邦 / 民為邦本。

4 祁 見示部,316頁。

4 那 那那那那那那 那
〈一〉[nà ㄋㄚˋ 粵na⁵ 拿⁵]
❶ 指示代詞,表示遠指;跟"這"相對 ◆
那人 / 那裏 / 那個 / 那地方 / 這山比那山
高。❷ 承接上文,説明後果;相當於"那麼"

◆ 他能上場，那獲勝的把握就大了／實在沒有辦法，那就算了。

〈二〉［nèi ㄋㄟˋ 粵 na⁵ 拿⁵］

❸ 義同 ❶，在口語中常用在量詞或數量詞之前 ◆ 那個人／那三年／那些玩具。

## <sup>5</sup>邯

邯邯邯邯邯邯 邯

［hán ㄏㄢˊ 粵 hɔn⁴ 韓］

邯鄲：地名，在河北省。

## <sup>5</sup>邱

邱邱邱邱邱邱 邱

［qiū ㄑㄧㄡ 粵 jɐu¹ 休］

姓。

## <sup>5</sup>邸

邸邸邸邸邸邸 邸

［dǐ ㄉㄧˇ 粵 dɐi² 底］

高級官員的住所 ◆ 官邸。

## <sup>6</sup>耶

見耳部，357頁。

## <sup>6</sup>郁

郁郁郁郁郁郁 郁

〈一〉［yù ㄩˋ 粵 juk⁷ 沃］

❶ 香氣濃烈 ◆ 馥郁／濃郁。❷ 姓。

〈二〉［yù ㄩˋ 粵 wɐt⁷ 屈］

❸ “鬱” 的簡化字，見500頁。

## <sup>6</sup>郊

郊郊郊郊郊郊 郊

［jiāo ㄐㄧㄠ 粵 gau¹ 交］

城市周圍的地區 ◆ 郊區／市郊／郊遊。

## <sup>6</sup>郎

郎郎郎郎郎郎 郎

［láng ㄌㄤˊ 粵 lɔŋ⁴ 狼］

❶ 對青年男子的稱呼 ◆ 令郎／郎才女貌。

❷ 女子稱丈夫或情人 ◆ 郎君／情郎。❸ 對某種人的稱呼 ◆ 貨郎／放牛郎／賣油郎。

❹ 古代官名 ◆ 侍郎／員外郎。

## <sup>7</sup>郝

郝郝郝郝郝郝 郝

［hǎo ㄏㄠˇ 粵 kɔk⁸ 確］

姓。

## <sup>7</sup>哪

見口部，71頁。

## <sup>7</sup>郡

郡郡郡郡郡郡 郡

［jùn ㄐㄩㄣˋ 粵 gwɐn⁶ 君⁶］

古代的行政區劃名稱，比現在的縣要大 ◆ 郡縣。

## <sup>7</sup>娜

見女部，106頁。

## <sup>8</sup>都

都都都都都都 都

〈一〉［dū ㄉㄨ 粵 dou¹ 刀］

❶ 首都：一國中央政府的所在地 ◆ 國都／建都。❷ 大城市 ◆ 都市／都會。

〈二〉［dōu ㄉㄡ 粵 dou¹ 刀］

❸ 全；統統 ◆ 大家都來了／手心手背都是肉。❹ 加重語氣 ◆ 連小物都欺負。

## <sup>8</sup>郴

郴郴郴郴郴郴 郴

［chēn ㄔㄣ 粵 tsɐm¹ 侵］

郴州市、郴縣：地名，在湖南省。

## <sup>8</sup>部

部部部部部部 部

［bù ㄅㄨˋ 粵 bou⁶ 步］

❶ 部分；部位 ◆ 局部／內部／全部／胸部／

腿部。❷ 某些機關、單位按業務而設立的部門 ◆ 外交部／編輯部／門市部。❸ 指軍隊 ◆ 部隊／司令部／率部突圍。❹ 統率 ◆ 所部／部下。❺ 量詞，用於書籍、影片等 ◆ 一部字典／兩部電影／一部汽車。

## ⁸郭

郭 郭 郭 郭 郭 郭 **郭**

[ guō ㄍㄨㄛ ⑲ gwɔk⁸ 國 ]
外城 ◆ 城郭。

## ⁹鄂

鄂 鄂 鄂 鄂 鄂 鄂 **鄂**

[ è ㄜˋ ⑲ ŋɔk⁹ 岳 ]
湖北省的別稱 ◆ 湘、鄂。

## ⁹郵 ⁽邮⁾

郵 郵 郵 郵 郵 郵 **郵**

[ yóu ㄧㄡˊ ⑲ jɐu⁴ 由 ]
❶ 通過郵局寄送 ◆ 郵寄／郵匯／郵購。❷ 有關郵務的 ◆ 郵局／郵票／郵資／通郵。

## ⁹鄉 ⁽乡⁾

鄉 鄉 鄉 鄉 鄉 鄉 **鄉**

[ xiāng ㄒㄧㄤ ⑲ hœŋ¹ 香 ]
❶ 農村 ◆ 鄉村／下鄉／窮鄉僻壤。❷ 家鄉 ◆ 鄉親／同鄉／背井離鄉／舉頭望明月，低頭思故鄉。❸ 縣或縣以下的區所屬的農村行政區劃 ◆ 鄉長。

## ¹⁰鄒 ⁽邹⁾

鄒 鄒 鄒 鄒 鄒 鄒 **鄒**

[ zōu ㄗㄡ ⑲ dzɐu¹ 周 ]
姓。

## ¹¹鄞

鄞 鄞 鄞 鄞 鄞 鄞 **鄞**

[ yín ㄧㄣˊ ⑲ ŋɐn⁴ 銀 ]
鄞縣：地名，在浙江省。

## ¹¹鄙

鄙 鄙 鄙 鄙 鄙 鄙 **鄙**

[ bǐ ㄅㄧˇ ⑲ pei² 披² ]
❶ 俗；低劣 ◆ 鄙俗／卑鄙。❷ 輕視；看不起 ◆ 鄙視／鄙薄／鄙棄。❸ 表示自謙 ◆ 鄙人／鄙意。

## ¹²鄲 ⁽郸⁾

鄲 鄲 鄲 鄲 鄲 鄲 **鄲**

[ dān ㄉㄢ ⑲ dan¹ 丹 ]
邯鄲。見"邯"字，453頁。

## ¹²鄱

鄱 鄱 鄱 鄱 鄱 鄱 **鄱**

[ pó ㄆㄛˊ ⑲ bɔ³ 播 ]
❶ 鄱陽湖：湖名，在江西省。❷ 鄱陽：縣名，在江西省。

## ¹²鄭 ⁽郑⁾

鄭 鄭 鄭 鄭 鄭 鄭 **鄭**

[ zhèng ㄓㄥˋ ⑲ dzɛŋ⁶ 井⁶ ]
姓。

## ¹²鄰 ⁽邻⁾

鄰 鄰 鄰 鄰 鄰 鄰 **鄰**

[ lín ㄌㄧㄣˊ ⑲ lœn⁴ 倫 ]
❶ 貼近住家的人家 ◆ 鄰居／四鄰／左鄰右舍／遠親不如近鄰／海內存知己，天涯若比鄰。❷ 接壤的或接近的 ◆ 鄰國／鄰近／鄰縣／鄰座／友好鄰邦。

## ¹²鄧 ⁽邓⁾

鄧 鄧 鄧 鄧 鄧 鄧 **鄧**

[ dèng ㄉㄥˋ ⑲ dɐŋ⁶ 燈⁶ ]
姓。

## ¹³鄴 ⁽邺⁾

鄴 鄴 鄴 鄴 鄴 鄴 **鄴**

[ yè ㄧㄝˋ ⑲ jip⁹ 業 ]
姓。

**焦點易錯字** 鄰｜鄦　鄰近 毗鄰　波光鄰鄰 白石鄰鄰

## <sup>15</sup>廓 (邝)

廓 廓 廓 廓 廓 廓 廓

[ kuàng ㄎㄨㄤˋ ⑧ kwɔŋ³ 曠 ]
姓。

酉 部

## <sup>0</sup>酉

酉 酉 酉 酉 酉 酉 酉

[ yǒu ㄧㄡˇ ⑧ jɐu⁵ 有 ]
❶ 地支的第十位 ◆ 申酉戌亥。❷ 酉時：
即下午五時至七時。
☞ 見古文字插頁 8。
☺ 圖見 109 頁。

## <sup>2</sup>酊

酊 酊 酊 酊 酊 酊 酊

〈一〉[ dīng ㄉㄧㄥ ⑧ diŋ¹ 丁 ]
❶ 用酒精和藥物配製而成的液體藥劑，如
碘酊。
〈二〉[ dǐng ㄉㄧㄥˇ ⑧ diŋ² 頂 ]
❷ 酩酊。見 "酩" 字，456 頁。

## <sup>2</sup>酋

酋 酋 酋 酋 酋 酋 酋

[ qiú ㄑㄧㄡˊ ⑧ tsɐu⁴ 酬/jɐu⁴ 由 ]
部落的首領；頭目 ◆ 酋長 / 匪酋。

## <sup>3</sup>酌

酌 酌 酌 酌 酌 酌 酌

[ zhuó ㄓㄨㄛˊ ⑧ dzœk⁸ 雀 ]
❶ 斟酒；喝酒 ◆ 對酌 / 自斟自酌。❷ 指

簡單的酒飯 ◆ 小酌 / 便酌 / 菲酌。❸ 考
慮；衡量 ◆ 斟酌 / 酌情處理。

## <sup>3</sup>酒

酒 酒 酒 酒 酒 酒 酒

[ jiǔ ㄐㄧㄡˇ ⑧ dzɐu² 走 ]
用糧食或水果經發酵而製成的含有酒精的
飲料，種類很多 ◆ 白酒 / 黃酒 / 啤酒 / 葡
萄酒 / 酒逢知己千杯少。

## <sup>3</sup>配

配 配 配 配 配 配 配

[ pèi ㄆㄟˋ ⑧ pui³ 佩 ]
❶ 按標準或規格加以調和或組合一起 ◆ 配
藥 / 配搭 / 配合 / 裝配 / 配顏色。❷ 有計
劃地分派 ◆ 分配 / 配給 / 配備 / 配售。❸
把缺少的東西補足 ◆ 配套 / 配零件 / 配鑰
匙 / 配玻璃。❹ 陪襯；襯托 ◆ 配角 / 紅花
還要綠葉配。❺ 夠得上；相稱 ◆ 般配 / 配
當優等生 / 不配當警察。❻ 男女結婚；成
婚的一方，多指妻子 ◆ 婚配 / 許配 / 配偶 /
元配。❼ 使動物交配 ◆ 配種。

## <sup>4</sup>酗

酗 酗 酗 酗 酗 酗 酗

[ xù ㄒㄩˋ ⑧ hœy³ 去 ]
酗酒：經常無節制地過量喝酒。

## <sup>5</sup>酣

酣 酣 酣 酣 酣 酣 酣

[ hān ㄏㄢ ⑧ ham⁴ 函 ]
❶ 飲酒暢快、盡興 ◆ 酣飲 / 酒酣耳熱。❷
泛指舒暢、痛快 ◆ 酣睡 / 酣戰 / 酣暢。

## <sup>5</sup>酥

酥 酥 酥 酥 酥 酥 酥

[ sū ㄙㄨ ⑧ sou¹ 蘇 ]
❶ 酥油：從牛羊奶中提煉出來的脂肪。❷

食物鬆脆 ◆ 酥糖／酥餅／又酥又脆。❸ 鬆脆多油的食物 ◆ 桃酥／杏仁酥。❹ 身體軟弱無力 ◆ 四肢酥軟。

## $^6$酮　酮 酮 酮 酮 酮 酮　酮

[ tóng ㄊㄨㄥˊ ⓰ tuŋ$^4$ 同 ]
有機化合物的一類，如丙酮。

## $^6$酪　酪 酪 酪 酪 酪 酪　酪

[ lào ㄌㄠˋ ⓰ lɔk$^9$ 烙 ]
❶ 半凝固的乳製食品 ◆ 奶酪。❷ 用果實或果仁為原料做成的糊狀食品 ◆ 杏仁酪。

## $^6$酩　酩 酩 酩 酩 酩 酩　酩

[ mǐng ㄇㄧㄥˇ ⓰ miŋ$^5$ 皿 ]
酩酊：飲酒過量，醉得很厲害 ◆ 酩酊大醉。

## $^6$酬　酬 酬 酬 酬 酬 酬　酬

[ chóu ㄔㄡˊ ⓰ tseu$^4$ 囚 ]
❶ 用錢或物償付或答謝 ◆ 酬金／酬勞／酬謝／報酬／同工同酬。❷ 交際往來 ◆ 應酬。❸ 實現；達到願望 ◆ 壯志未酬。

## $^7$酵　酵 酵 酵 酵 酵 酵　酵

[ jiào ㄐㄧㄠˋ ⓰ hau$^1$ 敲 ]
發酵：由於攙的化學作用使有機物生黴菌，起泡變酸。發麵、釀酒都要經過發酵。

## $^7$酷（酷）　酷 酷 酷 酷 酷 酷　酷

[ kù ㄎㄨˋ ⓰ huk$^9$ 鵠 ]
❶ 殘忍狠毒 ◆ 殘酷／酷刑／酷吏／冷酷

無情。❷ 極；非常 ◆ 酷熱／酷暑／酷似／酷愛。

## $^7$酶　酶 酶 酶 酶 酶 酶　酶

[ méi ㄇㄟˊ ⓰ mui$^4$ 梅 ]
具有催化作用的有機物質，由蛋白質組成。也就是酵素。

## $^7$酸　酸 酸 酸 酸 酸 酸　酸

[ suān ㄙㄨㄢ ⓰ syn$^1$ 孫 ]
❶ 像醋的氣味或味道 ◆ 酸菜／酸梅／酸棗／酸奶。❷ 悲痛；傷心 ◆ 辛酸／心酸／悲酸。❸ 微痛而無力的感覺。同“痠”字 ◆ 腰酸背痛／四肢酸軟。❹ 譏諷文人迂腐、貧窮或小氣 ◆ 寒酸／窮酸相／心裏有點酸溜溜的。

## $^8$醋　醋 醋 醋 醋 醋 醋　醋

[ cù ㄘㄨˋ ⓰ tsou$^3$ 燥 ]
❶ 有酸味的調味品，大都用糧食發酵做成 ◆ 米醋／甜醋。❷ 比喻嫉妒 ◆ 吃醋／醋意大發。

## $^8$醃（腌）　醃 醃 醃 醃 醃 醃　醃

[ yān ㄧㄢ ⓰ jim$^1$ 淹 ]
用鹽、糖等浸製食物 ◆ 醃肉／醃魚／醃蘿蔔。

## $^8$醇　醇 醇 醇 醇 醇 醇　醇

[ chún ㄔㄨㄣˊ ⓰ sœn$^4$ 純 ]
❶ 酒味純厚 ◆ 醇酒／香醇可口。❷ 有機化合物的一類，如酒精也叫乙醇。

焦點易錯字　淳｜醇　淳樸 淳厚　醇酒 醇香

## <sup>8</sup>醉 醉 醉 醉 醉 醉 醉 醉

[ zuì ㄗㄨㄟˋ ⓹dzœy³ 最]

❶ 飲酒過量，引起嘔吐或神志不清等現象 ◆ 醉漢 / 喝醉了 / 醉得不省人事 / 醉翁之意不在酒。❷ 用酒浸製食物 ◆ 醉蝦 / 醉鴨 / 醉棗。❸ 過分愛好或沉迷於某事 ◆ 陶醉 / 醉心於武俠小説 / 沉醉在娛樂場所。❹ 注射麻藥，使失去知覺 ◆ 麻醉。

## <sup>9</sup>醞 <sup>(酝)</sup> 醞 醞 醞 醞 醞 醞

[ yùn ㄩㄣˋ ⓹wœn² 穩]

醞釀：造酒；比喻逐漸達到成熟的準備過程 ◆ 充分醞釀 / 醞釀候選人。

## <sup>9</sup>醒 醒 醒 醒 醒 醒 醒

[ xǐng ㄒㄧㄥˇ ⓹sing¹ 星/sing² 省/sɛng² (語) ]

❶ 睡覺過後或還沒睡着時的狀態 ◆ 睡醒了 / 一覺醒來 / 如夢初醒 / 還醒着呢。❷ 酒醉、麻醉或昏迷後神志恢復正常 ◆ 酒醒了 / 蘇醒過來。❸ 覺悟過來 ◆ 提醒 / 醒悟 / 猛醒 / 發人深醒。❹ 明顯；突出；引人注意 ◆ 醒目。

## <sup>10</sup>醛 <sup>(醛)</sup> 醛 醛 醛 醛 醛 醛

[ quán ㄑㄩㄢˊ ⓹tsyn⁴ 全]

有機化合物的一類，如甲醛。

## <sup>10</sup>醜 <sup>(丑)</sup> 醜 醜 醜 醜 醜 醜

[ chǒu ㄔㄡˇ ⓹tsœu² 丑]

❶ 相貌難看；跟 "美" 相對 ◆ 醜陋 / 醜小鴨 / 長得很醜。❷ 令人厭惡的；可恥的 ◆ 醜聞 / 醜惡 / 醜態百出 / 當場出醜 / 家醜

不可外揚。

## <sup>10</sup>醚 醚 醚 醚 醚 醚 醚

[ mí ㄇㄧˊ ⓹mei⁴ 迷]

有機化合物的一類，如乙醚。

## <sup>11</sup>醫 <sup>(医)</sup> 醫 醫 醫 醫 醫 醫

[ yī ㄧ ⓹ji¹ 衣]

❶ 治病 ◆ 醫治 / 醫療 / 醫院 / 醫術。❷ 指醫生 ◆ 軍醫 / 牙醫 / 獸醫 / 久病成醫。❸ 指醫學 ◆ 醫書 / 中醫 / 西醫 / 學醫。

## <sup>11</sup>醬 <sup>(酱)</sup> 醬 醬 醬 醬 醬 醬

[ jiàng ㄐㄧㄤˋ ⓹dzœng³ 漲]

❶ 用發酵後的豆、麵等加鹽製成的糊狀調味品 ◆ 豆瓣醬 / 甜麵醬。❷ 用醬或醬油醃製的食品 ◆ 醬菜 / 醬黃瓜。❸ 像醬的糊狀食品 ◆ 蝦醬 / 花生醬 / 果子醬。

## <sup>14</sup>醺 醺 醺 醺 醺 醺 醺

[ xūn ㄒㄩㄣ ⓹fen¹ 分]

酒醉 ◆ 醉醺醺。

## <sup>17</sup>釀 <sup>(酿)</sup> 釀 釀 釀 釀 釀 釀

[ niàng ㄋㄧㄤˋ ⓹jœng⁶ 讓]

❶ 造酒 ◆ 釀造 / 釀酒。❷ 蜜蜂做蜜 ◆ 釀蜜。❸ 指酒 ◆ 佳釀 / 陳釀。❹ 逐漸形成 ◆ 醞釀已久 / 釀成大錯。

## <sup>18</sup>釁 <sup>(衅)</sup> 釁 釁 釁 釁 釁 釁

[ xìn ㄒㄧㄣˋ ⓹jɐn³ 印]

找藉口生事；爭端 ◆ 挑釁 / 尋釁。

車辛辰辵邑酉

# 采部

## ¹采

采 采 采 采 采 采

[ cǎi ㄘㄞˇ 粵 tsoi² 彩 ]

❶ 神態 ◆ 神采 / 興高采烈 / 無精打采。
❷ "採" 的簡化字，見 177 頁。

## ⁵釉

釉 釉 釉 釉 釉 釉

[ yòu ㄧㄡˋ 粵 jeu⁶ 又 ]

塗在陶瓷表面的一種光滑的物質 ◆ 上釉 /
彩釉。

## ¹³釋 (释)

釋 釋 釋 釋 釋 釋

[ shì ㄕˋ 粵 sik⁷ 式 ]

❶ 説明；解説 ◆ 解釋 / 註釋 / 釋義。❷ 消
除 ◆ 釋疑 / 冰釋前嫌。❸ 放出；放下 ◆ 釋
放 / 保釋 / 手不釋卷 / 愛不釋手 / 如釋重負。

# 里部

## ⁰里

里 里 里 里 里 里

[ lǐ ㄌㄧˇ 粵 lei⁵ 李 ]

❶ 居住的地方；家鄉 ◆ 里弄 / 鄰里之間 /

榮歸故里。❷ 長度單位，一里等於五百
米，一公里等於一千米。❸ "裏" 的簡化
字，見 405 頁。

## ²厘

見厂部，55 頁。

## ²重

重 重 重 重 重 重 重

〈一〉[ zhòng ㄓㄨㄥˋ 粵 tsun⁵ 蟲⁵ ]

❶ 分量大；跟 "輕" 相對 ◆ 不知輕重 / 舉
重若輕 / 如釋重負 / 水比油重。❷ 物體的
分量 ◆ 體重 / 重量 / 超重 / 千斤重。❸
程度深 ◆ 重傷 / 病重 / 重病在身 / 嚴重
（粵音又讀 dzun⁶ 仲）/ 千里送鵝毛，禮輕
情意重。❹ 數量多 ◆ 重金收買 / 重兵把
守 / 重賞之下，必有勇夫。

〈二〉[ zhòng ㄓㄨㄥˋ 粵 dzun⁶ 仲 ]

❺ 主要的；要緊的 ◆ 重點 / 重要 / 身負重任 /
軍事重地。❻ 重視；特別關注的 ◆ 尊重 /
敬重 / 器重 / 重男輕女。❼ 嚴肅；不輕率 ◆
鄭重 / 莊重 / 隆重 / 穩重 / 慎重 / 老成持重。

〈三〉[ chóng ㄔㄨㄥˊ 粵 tsun⁴ 蟲 ]

❽ 再 ◆ 重新 / 重寫 / 重見天日 / 久別重逢 /
舊地重遊 / 花有重開日，人無再少年。❾ 重
複 ◆ 重疊在一起 / 書買重了。❿ 層 ◆ 重重
包圍 / 兩岸猿聲啼不住，輕舟已過萬重山。

## ³埋

見土部，89 頁。

## ³哩

見口部，70 頁。

## ⁴野

野 野 野 野 野 野 野

[ yě ㄧㄝˇ 粵 jɛ⁵ 冶 ]

❶ 郊外；原野 ◆ 野外 / 曠野 / 田野 / 漫山
遍野 / 野火燒不盡，春風吹又生 / 天蒼蒼，
野茫茫，風吹草低見牛羊。❷ 界限；範圍

焦點易錯字　采 | 彩 | 綵　姿采 神采　彩霞 色彩　綵排 剪綵　　厘 | 釐　厘米　釐定 釐清

◆ 視野 / 分野。❸ 不是人工馴養或培植的 ◆ 野獸 / 野鴨 / 野兔 / 野菜。❹ 粗魯；蠻 橫無禮 ◆ 粗野 / 野蠻 / 撒野。❺ 不當政 的 ◆ 下野 / 在野黨 / 朝野議論紛紛。

## ⁵量

量 量 量 量 量 量 量

〈一〉[ liàng ㄌㄧㄤˋ ⑨ lœŋ⁶ 亮 ]
❶ 數目的多少 ◆ 數量 / 重量 / 產量 / 降雨 量 / 大量出口。❷ 容納的限度 ◆ 飯量 / 酒 量 / 氣量 / 膽量。❸ 估計；衡量 ◆ 量才錄 用 / 量入為出 / 量力而行。

〈二〉[ liáng ㄌㄧㄤˊ ⑨ lœŋ⁴ 良 ]
❹ 測定物體的長短、大小、多少、輕重等 ◆ 測量 / 量尺寸 / 量體重 / 量體溫 / 人不 可貌相，海水不可斗量。❺ 估計；考慮 ◆ 估量 / 思量。❻ 商議 ◆ 商量。

## ¹¹釐 (厘)

釐 釐 釐 釐 釐 釐

[ lí ㄌㄧˊ ⑨ lei⁴ 離 ]
❶ 長度單位，千分之一尺。❷ 重量單位， 千分之一兩。❸ 地積單位，百分之一畝。 ❹ 銀行計算利息的單位，年利率一釐為本 金的百分之一。❺ 整理；改正 ◆ 釐定 / 釐正。

金 部

## ⁰金

金 金 金 金 金 金 金

[ jīn ㄐㄧㄣ ⑨ gɐm¹ 今 ]
❶ 黃金：貴重金屬，色黃 ◆ 金飾 / 金幣。

❷ 金屬的通稱 ◆ 五金 / 冶金 / 合金。❸ 錢 ◆ 現金 / 獎金 / 金錢 / 揮金如土。❹ 指金屬製的打擊樂器 ◆ 金鼓齊鳴 / 鳴金收 兵。❺ 像金子一樣黃而亮的顏色 ◆ 金黃 / 金髮女郎。❻ 比喻貴重、高貴 ◆ 金貴 / 金 枝玉葉 / 金玉良緣。
☞ 見古文字插頁 8。

## ²針 (针)

針 針 針 針 針 針 針

[ zhēn ㄓㄣ ⑨ dzɐm¹ 斟 ]
❶ 縫紉、刺繡、編結用的引線工具 ◆ 針 線 / 繡花針 / 毛衣針 / 海底撈針 / 只要工 夫深，鐵杵磨成針。❷ 形狀像針的細長的 東西 ◆ 時針 / 松針 / 大頭針 / 指南針。❸ 用針刺入人體穴位治病 ◆ 針灸。❹ 泛指 注射用的醫療器材或液體藥物 ◆ 針頭 / 針 管 / 針劑。

## ²釘 (钉)

釘 釘 釘 釘 釘 釘 釘

〈一〉[ dīng ㄉㄧㄥ ⑨ diŋ¹ 丁 /dɛŋ¹ 盯 (語) ]
❶ 釘子：用來起固定作用或掛東西的物件 ◆ 鐵釘 / 圖釘 / 螺絲釘。

〈二〉[ dìng ㄉㄧㄥˋ ⑨ diŋ¹ 丁 ]
❷ 把釘子打進別的物體裏使固定住 ◆ 釘 木盒 / 釘鞋掌 / 鐵板上釘釘。❸ 用針線把 東西縫住 ◆ 釘釦子 / 釘帶子。

## ²剑 (钊)

剑 剑 剑 剑 剑 剑 剑

[ zhāo ㄓㄠ ⑨ tsiu¹ 超 ]
勉勵。多作人名用字。

## ²釜

釜 釜 釜 釜 釜 釜

[ fǔ ㄈㄨˇ ⑨ fu² 苦 ]
古代的一種鍋 ◆ 釜底抽薪 / 破釜沉舟。

焦點易錯字　繹 釋 譯　演繹 絡繹不絕　解釋 冰釋前嫌　翻譯 譯者

金
長
門
阜
隶
佳

³ **釦**(扣) 釦釦釦釦釦釦 釦

[ kòu ㄎㄡˋ ⑧ keu³ 扣]

衣紐 ◆ 紐釦 / 暗釦 / 釘釦子。

³ **釬**(钎) 釬釬釬釬釬釬 釬

[ qiān ㄑㄧㄢ ⑧ tsin¹ 千]

打孔眼用的一頭尖的鋼棍 ◆ 鋼釬。

³ **釧**(钏) 釧釧釧釧釧釧 釧

[ chuàn ㄔㄨㄢˋ ⑧ tsyn³ 串]

戴在手腕上的鐲子 ◆ 玉釧 / 金釧。

³ **釣** 釣釣釣釣釣釣 釣

[ diào ㄉㄧㄠˋ ⑧ diu³ 吊]

❶ 用食物引誘魚、蝦等上鈎 ◆ 釣魚 / 垂
釣 / 釣到了一條大魚 / 姜太公釣魚，願者
上鈎 / 孤舟蓑笠翁，獨釣寒江雪。 ❷ 比喻
用手段謀取 ◆ 沽名釣譽。

³ **釵**(钗) 釵釵釵釵釵釵 釵

[ chāi ㄔㄞ ⑧ tsai¹ 猜]

婦女髮髻上的一種首飾，由兩股簪子合成
◆ 金釵 / 紫玉釵。

⁴ **鈣**(钙) 鈣鈣鈣鈣鈣鈣 鈣

[ gài ㄍㄞˋ ⑧ kɔi³ 丐]

金屬元素，銀白色。人體缺鈣會引起軟骨
病，影響發育。鈣的化合物，如石灰石、
石膏等，在工業和醫藥上用途很廣。

⁴ **鈍**(钝) 鈍鈍鈍鈍鈍鈍 鈍

[ dùn ㄉㄨㄣˋ ⑧ dœn⁶ 頓]

❶ 不鋒利；跟“銳”、“利”相對 ◆ 菜刀鈍
了 / 鈍刀子割肉。 ❷ 腦子不靈活；做事動
作不快 ◆ 遲鈍。

⁴ **鈔**(钞) 鈔鈔鈔鈔鈔鈔 鈔

[ chāo ㄔㄠ ⑧ tsau¹ 抄]

紙幣 ◆ 鈔票 / 偽鈔 / 現鈔。

⁴ **鈉**(钠) 鈉鈉鈉鈉鈉鈉 鈉

[ nà ㄋㄚˋ ⑧ nap⁹ 納]

金屬元素，銀白色。鈉和它的化合物，如食
鹽、燒鹼等，在工業上用途很廣。

⁴ **欽** 見欠部，230頁。

⁴ **鈞**(钧) 鈞鈞鈞鈞鈞鈞 鈞

[ jūn ㄐㄩㄣ ⑧ gwen¹ 均]

古代的重量單位，三十斤為一鈞 ◆ 千鈞一
髮 / 雷霆萬鈞之勢。

⁴ **鈎**(钩) 鈎鈎鈎鈎鈎鈎 鈎

[ gōu ㄍㄡ ⑧ ŋeu¹ 勾]

❶ 鈎子：形狀彎曲，用來懸掛或取東西的
用具 ◆ 掛鈎 / 釣鈎 / 秤鈎 / 魚鈎。 ❷ 用鈎
子掛或取 ◆ 把東西鈎出來。 ❸ 一種縫紉
或編織的方法 ◆ 鈎邊 / 鈎花。 ❹ 漢字筆
畫名稱之一，是末端彎曲的一種筆畫，如
“小”的第一筆、“戈”的第二筆等。

⁴ **鈕**(钮) 鈕鈕鈕鈕鈕鈕 鈕

[ niǔ ㄋㄧㄡˇ ⑧ neu² 扭]

❶ 同“紐”字 ◆ 鈕釦。 ❷ 電器開關 ◆ 電
鈕 / 按鈕。

金
長
門
皐
隸
隹

⁵**鉗**(钳) 鉗 鉗 鉗 鉗 鉗 鉗 鉗

[ qián ㄑㄧㄢˊ ⑧ kim⁴ 黔 ]
❶ 鉗子：夾東西的工具 ◆ 鉗夾 / 火鉗 / 尖口鉗 / 老虎鉗。❷ 把東西夾住；約束 ◆ 鉗制。

⁵**鈷**(钴) 鈷 鈷 鈷 鈷 鈷 鈷

[ gǔ ㄍㄨˇ ⑧ gu² 鼓 ]
一種金屬元素，銀白色。工業上用途廣泛。放射性鈷可用來治療癌症。

⁵**缽**(钵) 缽 缽 缽 缽 缽 缽

[ bō ㄅㄛ ⑧ but⁸ 勃⁸ ]
❶ 盆狀陶器，可以盛東西或研藥末 ◆ 缽頭 / 乳缽 / 飯缽。❷ 指和尚盛飯的器具 ◆ 衣缽。

⁵**鉅**(钜) 鉅 鉅 鉅 鉅 鉅 鉅

[ jù ㄐㄩˋ ⑧ gœy⁶ 巨 ]
大。同"巨"字 ◆ 鉅款。

⁵**鉀**(钾) 鉀 鉀 鉀 鉀 鉀 鉀

[ jiǎ ㄐㄧㄚˇ ⑧ gap⁸ 甲 ]
金屬元素。鉀的化合物用途很廣，如鉀肥是重要的肥料。

⁵**鈾**(铀) 鈾 鈾 鈾 鈾 鈾 鈾

[ yóu ㄧㄡˊ ⑧ jeu⁴ 由 ]
一種放射性元素，主要用來產生原子能。

⁵**鉑**(铂) 鉑 鉑 鉑 鉑 鉑

[ bó ㄅㄛˊ ⑧ bɔk⁹ 薄 ]

一種金屬元素，銀白色，有光澤。工業上用途廣泛。也可製作裝飾品 ◆ 鉑金鑽戒。

⁵**鈴**(铃) 鈴 鈴 鈴 鈴 鈴 鈴

[ líng ㄌㄧㄥˊ ⑧ liŋ⁴ 零 ]
❶ 用金屬製成的響器 ◆ 鈴鐺 / 門鈴 / 電鈴 / 上課鈴聲響了 / 解鈴還須繫鈴人。❷ 形狀像鈴的東西 ◆ 啞鈴。

⁵**鉛**(铅) 鉛 鉛 鉛 鉛 鉛 鉛

〈一〉[ qiān ㄑㄧㄢ ⑧ jyn⁴ 元 ]
❶ 金屬元素，青灰色，質軟，有毒，用途很廣 ◆ 鉛字 / 鉛球。❷ 鉛筆：用石墨研成粉末，加入顏料、黏土製成筆心的筆。
〈二〉[ yán ㄧㄢˊ ⑧ jyn⁴ 元 ]
❸ 鉛山：地名，在江西省。

⁵**鉚**(铆) 鉚 鉚 鉚 鉚 鉚 鉚

[ mǎo ㄇㄠˇ ⑧ mau⁵ 卯 ]
用釘子連接金屬件的方法 ◆ 鉚接 / 鉚釘。

⁵**鉋**(刨) 鉋 鉋 鉋 鉋 鉋 鉋

[ bào ㄅㄠˋ ⑧ pau⁴ 咆 ]
❶ 鉋子：一種推刮木材使表面平整光滑的木工工具。❷ 鉋牀，一種推刮金屬製品使表面平整光滑的機械設備 ◆ 龍門鉋。❸ 用鉋子或鉋牀進行加工，使器物表面平整光滑 ◆ 桌面鉋得很光滑 / 地板沒鉋平。

⁶**銬**(铐) 銬 銬 銬 銬 銬 銬

[ kào ㄎㄠˋ ⑧ keu³ 扣 ]
❶ 手銬：鎖犯人用的刑具。❷ 給犯人戴上手銬 ◆ 把犯人銬起來。

金
長門阜隶隹

⁶**銅**(铜)　銅銅銅銅銅銅　銅

[tóng ㄊㄨㄥˊ 粵tuŋ⁴ 同]

金屬元素,紅棕色,導電性能好。銅和銅的合金材料在工業上用途廣泛 ◆ 銅絲 / 銅鼓。

⁶**銖**(铢)　銖銖銖銖銖銖　銖

[zhū ㄓㄨ 粵dzy¹ 朱]

古代重量單位,一兩的二十四分之一 ◆ 銖積寸累 / 錙銖必較。

⁶**銑**(铣)　銑銑銑銑銑銑　銑

〈一〉[xiǎn ㄒㄧㄢˇ 粵sin² 癬]
❶ 最有光澤的金屬。

〈二〉[xǐ ㄒㄧˇ 粵sin² 癬]
❷ 在銑牀上切削金屬 ◆ 銑刀。

⁶**銓**(铨)　銓銓銓銓銓銓　銓

[quán ㄑㄩㄢˊ 粵tsyn⁴ 全]

❶ 衡量 ◆ 銓度。❷ 量才選拔官員 ◆ 銓選。

⁶**銜**(衔)　銜銜銜銜銜銜　銜

[xián ㄒㄧㄢˊ 粵ham⁴ 咸]

❶ 用嘴叼 ◆ 燕子銜泥築巢。❷ 存在心裏 ◆ 銜冤 / 銜恨。❸ 相連接 ◆ 銜接。❹ 職位或級別的稱號 ◆ 頭銜 / 軍銜 / 職銜 / 學銜。❶ -❸ 也作"啣"。

⁶**銘**(铭)　銘銘銘銘銘銘　銘

[míng ㄇㄧㄥˊ 粵miŋ⁴ 明]

❶ 刻在器物上的記述事跡、功德或用來勉勵自己的文字 ◆ 墓誌銘 / 座右銘。❷ 比喻深刻記住 ◆ 銘記 / 刻骨銘心。

⁶**鉻**(铬)　鉻鉻鉻鉻鉻鉻　鉻

[gè ㄍㄜˋ 粵gɔk⁸ 各]

金屬元素,可用來電鍍、製造不鏽鋼等。

⁶**鎄**(铱)　鎄鎄鎄鎄鎄鎄　鎄

[yī 粵ji¹ 衣]

金屬元素,銀白色。銥的合金可做鋼筆尖等 ◆ 銥金筆。

⁶**銀**(银)　銀銀銀銀銀銀　銀

[yín ㄧㄣˊ 粵ŋen⁴ 垠]

❶ 金屬元素,白色,可用來製造貴重的日用器皿和裝飾品,工業上也有廣泛用途 ◆ 銀幣 / 金銀首飾。❷ 像銀子的顏色 ◆ 銀河 / 銀幕 / 銀灰色。❸ 跟錢幣有關的 ◆ 銀行 / 銀根。

⁷**鋪**(铺)　鋪鋪鋪鋪鋪鋪　鋪

〈一〉[pū ㄆㄨ 粵pou¹ 普¹]
❶ 把東西展開、攤平 ◆ 鋪被褥 / 鋪鐵軌 / 鋪地毯 / 用沙石把路鋪平。

〈二〉[pù ㄆㄨˋ 粵pou¹ 普¹]
❷ 牀;牀位 ◆ 牀鋪 / 搭鋪 / 臥鋪 / 上下鋪。

〈三〉[pù ㄆㄨˋ 粵pou³ 普³]
❸ 商店。同"舖"字 ◆ 藥鋪 / 雜貨鋪。

⁷**銷**(销)　銷銷銷銷銷銷　銷

[xiāo ㄒㄧㄠ 粵siu¹ 消]

❶ 熔化金屬;燒掉 ◆ 銷金 / 銷毀。❷ 除去;解除 ◆ 銷假 / 報銷 / 撤銷 / 註銷 / 一

**焦點易錯字**　消 | 銷　消除　意志消沉　銷毀　一筆勾銷

筆勾銷。❸ 賣出 ◆ 銷售 / 暢銷 / 推銷 / 銷贓。❹ 消費 ◆ 開銷 / 花銷。❺ 銷子：像釘子一樣的金屬棒；插上銷子 ◆ 插銷 / 銷釘 / 把門銷上。

---

⁷ **鋇**⁽钡⁾ 鋇 鋇 鋇 鋇 鋇 鋇 ｜鋇｜

[ bèi ㄅㄟˋ ⑧ bui³ 貝 ]
金屬元素，銀白色，可以用來做合金材料和化學材料。

---

⁷ **鋤**⁽锄⁾ 鋤 鋤 鋤 鋤 鋤 鋤 ｜鋤｜

[ chú ㄔㄨˊ ⑧ tsɔ⁴ 雛 ]
❶ 翻土和除草的農具 ◆ 鋤頭。❷ 用鋤翻土、除草 ◆ 鋤地 / 鋤草 / 鋤禾日當午，汗滴禾下土。誰知盤中餐，粒粒皆辛苦。❸除掉 ◆ 鋤奸 / 鋤強扶弱。

鋤頭

---

⁷ **鋁**⁽铝⁾ 鋁 鋁 鋁 鋁 鋁 鋁 ｜鋁｜

[ lǚ ㄌㄩˇ ⑧ lœy⁵ 呂 ]
金屬元素，銀色，容易導電、傳熱，可以製電線及日用器具。鋁的合金是製造飛機、火箭的重要材料。

---

⁷ **銹**
"鏽"的異體字，見 468 頁。

---

⁷ **銼**⁽锉⁾ 銼 銼 銼 銼 銼 銼 ｜銼｜

[ cuò ㄘㄨㄛˋ ⑧ tsɔ³ 挫 ]
❶ 銼刀：用來磨平金屬、竹木等器物使表面光滑的工具 ◆ 鋼銼 / 木銼 / 扁銼。❷ 用銼刀打磨東西 ◆ 銼平 / 銼尖 / 銼扁。

---

⁷ **鋒**⁽锋⁾ 鋒 鋒 鋒 鋒 鋒 鋒 ｜鋒｜

[ fēng ㄈㄥ ⑧ fuŋ¹ 風 ]
❶ 刀、劍等物體的鋭利或尖端部分；比喻言語、文章的氣勢 ◆ 刀鋒 / 鋒利 / 筆鋒 / 針鋒相對 / 鋒芒所向 / 詞鋒鋭利。❷ 在前面帶頭的 ◆ 先鋒 / 前鋒。

---

⁷ **鋅**⁽锌⁾ 鋅 鋅 鋅 鋅 鋅 鋅 ｜鋅｜

[ xīn ㄒㄧㄣ ⑧ sɐn¹ 辛 ]
金屬元素，顏色青白，可製鋅板和合金材料，鍍在鐵器上可避免生鏽。

---

⁷ **銻**⁽锑⁾ 銻 銻 銻 銻 銻 銻 ｜銻｜

[ tī ㄊㄧ ⑧ tɐi¹ 梯 ]
金屬元素，銀白色。銻的合金可鑄鉛字、軸承等。

---

⁷ **銳**⁽锐⁾ 銳 銳 銳 銳 銳 銳 ｜銳｜

[ ruì ㄖㄨㄟˋ ⑧ jœy⁶ 裔 ]
❶ 刀鋒快而尖利；跟 "鈍" 相對 ◆ 鋭利 /尖鋭。❷ 快捷 ◆ 敏鋭 / 鋭減。❸ 強有力的氣勢 ◆ 鋭氣 / 鋭不可當 / 養精蓄鋭。

---

⁸ **錶**⁽表⁾ 錶 錶 錶 錶 錶 錶 ｜錶｜

[ biǎo ㄅㄧㄠˇ ⑧ biu² 表/biu¹ 標（語）]
計時用具，一般比鐘要小，可以隨身帶的 ◆ 手錶 / 秒錶 / 石英錶 / 電子錶。

<sup>8</sup>**鍺**(锗)　鍺 鍺 鍺 鍺 鍺 鍺　鍺

[ zhě ㄓㄜˇ 🔊 dzɛ² 者 ]

金屬元素，是半導體材料，也用於製藥。

<sup>8</sup>**錯**(错)　錯 錯 錯 錯 錯 錯　錯

〈一〉[ cuò ㄘㄨㄛˋ 🔊 tsɔ³ 挫 ]

❶ 不正確；不對；跟"對"相對 ◆ 錯誤 / 錯字 / 錯覺 / 知錯能改 / 一錯再錯。❷ 過失 ◆ 出錯 / 過錯 / 他沒錯。❸ 岔開；避開 ◆ 錯車 / 錯過機會。❹ 壞；差。多用在否定詞"不"的後面 ◆ 感情不錯 / 成績不錯。

〈二〉[ cuò ㄘㄨㄛˋ 🔊 tsɔk⁸ ]

❺ 交叉 ◆ 縱橫交錯 / 錯綜複雜 / 錯落有致 / 盤根錯節。

<sup>8</sup>**錢**(钱)　錢 錢 錢 錢 錢 錢　錢

[ qián ㄑㄧㄢˊ 🔊 tsin⁴ 前 ]

❶ 貨幣 ◆ 錢幣 / 五塊錢。❷ 錢財；費用 ◆ 有錢有勢 / 一大筆錢 / 車錢 / 房錢。❸ 重量單位，一兩的十分之一。

<sup>8</sup>**錫**(锡)　錫 錫 錫 錫 錫 錫　錫

[ xī ㄒㄧ 🔊 sik⁸ 色⁸/sɛk⁸ 石⁸（語）]

金屬元素，顏色青白，質地較軟，可用來焊接金屬，製成合金材料。

<sup>8</sup>**鋼**(钢)　鋼 鋼 鋼 鋼 鋼 鋼　鋼

[ gāng ㄍㄤ 🔊 gɔŋ³ 降/gɔŋ¹ 剛 ]

經精煉而成的含碳的鐵，質地堅硬而有彈性，是重要的工業材料 ◆ 煉鋼 / 鋼板 / 鋼管 / 鋼筋 / 錳鋼。

<sup>8</sup>**錐**(锥)　錐 錐 錐 錐 錐 錐　錐

[ zhuī ㄓㄨㄟ 🔊 dzœy¹ 追 ]

❶ 錐子：一頭尖的用來鑽孔的工具 ◆ 立錐之地。❷ 指一頭尖的東西 ◆ 錐體 / 冰錐。

<sup>8</sup>**錦**(锦)　錦 錦 錦 錦 錦 錦　錦

[ jǐn ㄐㄧㄣˇ 🔊 gɐm² 感 ]

❶ 有彩色花紋的絲織品 ◆ 錦緞 / 錦繡 / 錦上添花 / 衣錦還鄉。❷ 形容色彩鮮明美麗 ◆ 錦旗 / 錦霞。❸ 比喻美好 ◆ 錦繡山河 / 錦繡前程 / 前程似錦。

<sup>8</sup>**鍁**(锨)　鍁 鍁 鍁 鍁 鍁 鍁　鍁

[ xiān ㄒㄧㄢ 🔊 hin¹ 掀 ]

挖土、鏟東西的工具 ◆ 鐵鍁。

<sup>8</sup>**錚**(铮)　錚 錚 錚 錚 錚 錚　錚

[ zhēng ㄓㄥ 🔊 dzɐŋ¹ 增 ]

錚錚：（1）象聲詞，形容金屬撞擊時發出的聲音 ◆ 錚錚作響 / 錚錚悅耳。（2）比喻意志剛強 ◆ 鐵骨錚錚。

<sup>8</sup>**錠**(锭)　錠 錠 錠 錠 錠 錠　錠

[ dìng ㄉㄧㄥˋ 🔊 diŋ³ 訂 ]

❶ 錠子：紡織機上繞紗的機件 ◆ 紡錠。❷ 塊狀的金屬或藥物等 ◆ 金錠 / 鋁錠 / 鋼錠 / 萬應錠。❸ 量詞，用於塊狀的東西 ◆ 一錠墨 / 一錠白銀。

<sup>8</sup>**鋸**(锯)　鋸 鋸 鋸 鋸 鋸 鋸　鋸

[ jù ㄐㄩˋ 🔊 gœy³ 據 ]

❶ 有齒的切割工具 ◆ 鋸子 / 鋼鋸 / 電鋸 /

相傳鋸是魯班發明的。❷ 用鋸割開 ◆ 鋸木 / 把竹竿鋸成三截 / 繩鋸木斷，水滴石穿。

<sup>8</sup> **錳**<sup>(锰)</sup> 錳 錳 錳 錳 錳 錳 **錳**

[ měng ㄇㄥˇ ⓰ maŋ<sup>5</sup> 猛 ]

金屬元素，是製造合金、特種鋼的重要原料 ◆ 錳鋼。

<sup>8</sup> **錄**<sup>(录)</sup> 錄 錄 錄 錄 錄 錄 **錄**

[ lù ㄌㄨˋ ⓰ luk<sup>9</sup> 綠 ]

❶ 記載；抄寫 ◆ 記錄 / 抄錄 / 有聞必錄。
❷ 記載言行、事情的作品 ◆ 語錄 / 回憶錄 / 備忘錄 / 見聞錄 / 通訊錄。❸ 用儀器記下聲音或圖像 ◆ 錄音 / 錄像。❹ 選取；任用 ◆ 收錄 / 錄取 / 錄用。

<sup>8</sup> **錙**<sup>(锱)</sup> 錙 錙 錙 錙 錙 錙 **錙**

[ zī ㄗ ⓰ dzi<sup>1</sup> 支 ]

古代重量單位，一兩的四分之一 ◆ 錙銖必較。

<sup>9</sup> **鍥**<sup>(锲)</sup> 鍥 鍥 鍥 鍥 鍥 鍥 **鍥**

[ qiè ㄑㄧㄝˋ ⓰ kit<sup>8</sup> 揭 ]

用刀子雕刻 ◆ 鍥而不捨。

<sup>9</sup> **鍊** 同 "煉" 字，見 267 頁。

<sup>9</sup> **錨**<sup>(锚)</sup> 錨 錨 錨 錨 錨 錨 **錨**

[ máo ㄇㄠˊ ⓰ nau<sup>4</sup> 撓/mau<sup>4</sup> 矛 ]

鐵製的停船或穩定船身的爪鈎 ◆ 拋錨 / 起錨。

錨

<sup>9</sup> **鍘**<sup>(铡)</sup> 鍘 鍘 鍘 鍘 鍘 鍘 **鍘**

[ zhá ㄓㄚˊ ⓰ dzat<sup>8</sup> 扎/dzap<sup>8</sup> 集<sup>8</sup> ]

❶ 鍘刀：切草、中藥材等用的刀具。❷ 用鍘刀切 ◆ 鍘草。

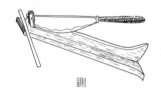

鍘

<sup>9</sup> **鍋**<sup>(锅)</sup> 鍋 鍋 鍋 鍋 鍋 鍋 **鍋**

[ guō ㄍㄨㄛ ⓰ wɔ<sup>1</sup> 窩 ]

煮飯燒菜用的炊具 ◆ 鐵鍋 / 飯鍋 / 沙鍋 / 熱鍋上的螞蟻 / 打破沙鍋問到底。

鍋

<sup>9</sup> **錘**<sup>(锤)</sup> 錘 錘 錘 錘 錘 錘 **錘**

[ chuí ㄔㄨㄟˊ ⓰ tsœy<sup>4</sup> 徐 ]

❶ 錘子，敲打東西用的工具 ◆ 鐵錘。❷ 秤砣 ◆ 秤錘。❸ 用錘子敲打 ◆ 千錘百煉。

## <sup>9</sup> 鍾（锺）

鍾 鍾 鍾 鍾 鍾 鍾

[ zhōng ㄓㄨㄥ ⑧dzuŋ<sup>1</sup> 宗 ]
集中；專一 ◆ 鍾愛 / 一見鍾情 / 情有獨鍾。

## <sup>9</sup> 鍬（锹）

鍬 鍬 鍬 鍬 鍬 鍬

[ qiāo ㄑㄧㄠ ⑧tsiu<sup>1</sup> 超 ]
鐵製的用來挖土或鏟東西的工具 ◆ 鐵鍬。

鍬

## <sup>9</sup> 鍛（锻）

鍛 鍛 鍛 鍛 鍛 鍛

[ duàn ㄉㄨㄢˋ ⑧dyn<sup>3</sup> 煅 ]
把金屬燒紅後錘打 ◆ 鍛造 / 鍛件 / 鍛煉。

## <sup>9</sup> 鍍（镀）

鍍 鍍 鍍 鍍 鍍 鍍

[ dù ㄉㄨˋ ⑧dou<sup>6</sup> 渡 ]
用電解或其他化學方法使一種金屬附着在別的金屬或物體表面上 ◆ 鍍金 / 鍍銀 / 電鍍。

## <sup>9</sup> 鎂（镁）

鎂 鎂 鎂 鎂 鎂 鎂

[ měi ㄇㄟˇ ⑧mei<sup>5</sup> 美 ]
金屬元素，銀白色，燃燒時發出極白的亮光，用於照相閃光、照明彈和製造飛機等。

## <sup>9</sup> 鍵（键）

鍵 鍵 鍵 鍵 鍵 鍵

[ jiàn ㄐㄧㄢˋ ⑧gin<sup>6</sup> 健 ]
鋼琴、手風琴、打字機等器物上可以按動的部件 ◆ 鍵盤 / 琴鍵 / 擊鍵。

## <sup>10</sup> 鎮（镇）

鎮 鎮 鎮 鎮 鎮 鎮

[ zhèn ㄓㄣˋ ⑧dzen<sup>3</sup> 振 ]
❶ 壓；抑制 ◆ 鎮尺 / 鎮紙 / 鎮痛。❷ 用武力壓制 ◆ 鎮壓。❸ 安定 ◆ 鎮靜 / 鎮定。
❹ 防守 ◆ 鎮守 / 坐鎮。❺ 用冰或冷水使飲料變涼 ◆ 冰鎮汽水。❻ 較大的市集 ◆ 小鎮 / 集鎮 / 去鎮上買東西。❼ 行政區劃單位，由縣、市領導 ◆ 鄉鎮。

## <sup>10</sup> 鎖（锁）

鎖 鎖 鎖 鎖 鎖 鎖

[ suǒ ㄙㄨㄛˇ ⑧so<sup>2</sup> 所 ]
❶ 防護用具，加在門上或箱、櫃上，沒有相應的鑰匙便不能隨意打開 ◆ 門鎖 / 彈子鎖 / 密碼鎖 / 一把鑰匙開一把鎖。❷ 用鎖關住 ◆ 鎖門 / 把門鎖上。❸ 封閉 ◆ 封鎖 / 閉關鎖國。❹ 鎖鏈 ◆ 枷鎖 / 披枷帶鎖。❺ 一種縫紉方法，用線順着布邊密密縫緊 ◆ 鎖邊 / 鎖釦眼。

## <sup>10</sup> 鎧（铠）

鎧 鎧 鎧 鎧 鎧 鎧

[ kǎi ㄎㄞˇ ⑧hɔi<sup>2</sup> 海/kɔi<sup>3</sup> 概 ]
鎧甲：古代戰士的護身衣。

## <sup>10</sup> 鎳（镍）

鎳 鎳 鎳 鎳 鎳 鎳

[ niè ㄋㄧㄝˋ ⑧nip<sup>9</sup> 聶 ]
金屬元素，銀白色，可用來製造錢幣和合金材料 ◆ 鎳幣 / 鍍鎳。

## <sup>10</sup> 鎢（钨）

鎢 鎢 鎢 鎢 鎢 鎢

[ wū ㄨ ⑧wu<sup>1</sup> 烏 ]
金屬元素，可用來製造燈泡裏的燈絲和合金鋼 ◆ 鎢絲 / 鎢鋼。

## 10 鎬（镐）

鎬 鎬 鎬 鎬 鎬 鎬 **鎬**

〈一〉[ gǎo ㄍㄠˇ 粵 gou² 稿 ]

❶ 刨土的工具 ◆ 十字鎬 / 鶴嘴鎬。

〈二〉[ hào ㄏㄠˋ 粵 hou⁶ 浩 ]

❷ 古地名，周朝初期的國都，在今陝西省西安市西南。

## 10 鎊（镑）

鎊 鎊 鎊 鎊 鎊 鎊 **鎊**

[ bàng ㄅㄤˋ 粵 bɔŋ⁶ 磅 ]

英國等一些國家的貨幣單位 ◆ 英鎊。

## 10 鎔

"熔"的異體字，見 268 頁。

## 11 鏈（链）

鏈 鏈 鏈 鏈 鏈 鏈 **鏈**

[ liàn ㄌㄧㄢˋ 粵 lin⁶ 練 ]

❶ 用許多金屬環套接起來的長條 ◆ 鐵鏈 / 鏈條 / 鎖鏈 / 項鏈。 ❷ 像鏈子的東西 ◆ 拉鏈。

## 11 鏢（镖）

鏢 鏢 鏢 鏢 鏢 鏢 **鏢**

[ biāo ㄅㄧㄠ 粵 biu¹ 標 ]

❶ 一種投擲用的暗器，形狀像匕首 ◆ 飛鏢。 ❷ 攜帶武器、替人護送財物或保護人身安全的組織或人員 ◆ 鏢局 / 保鏢。

## 11 鏗（铿）

鏗 鏗 鏗 鏗 鏗 鏗 **鏗**

[ kēng ㄎㄥ 粵 hɐŋ¹ 亨 ]

形容聲音響亮 ◆ 鏗鏘悅耳 / 鏗然有聲。

## 11 鏤（镂）

鏤 鏤 鏤 鏤 鏤 鏤 **鏤**

[ lòu ㄌㄡˋ 粵 lɐu⁶ 漏 ]

雕刻 ◆ 鏤花 / 鏤刻。

## 11 鏟（铲）

鏟 鏟 鏟 鏟 鏟 鏟 **鏟**

[ chǎn ㄔㄢˇ 粵 tsan² 產 ]

❶ 鏟子 ◆ 鐵鏟 / 鍋鏟。 ❷ 用鏟子鏟東西 ◆ 鏟土 / 把地鏟平。

## 11 鏖

鏖 鏖 鏖 鏖 鏖 鏖 **鏖**

[ áo ㄠˊ 粵 ou¹/ŋou 澳¹ ]

戰鬥激烈；苦戰 ◆ 鏖戰 / 鏖兵。

## 11 鏡（镜）

鏡 鏡 鏡 鏡 鏡 鏡 **鏡**

[ jìng ㄐㄧㄥˋ 粵 gɛŋ³ 頸³ ]

❶ 鏡子，用來照見形象的器具 ◆ 穿衣鏡 / 波平如鏡。 ❷ 泛指利用光學原理製成的器具 ◆ 眼鏡 / 顯微鏡 / 望遠鏡。

## 11 鏘（锵）

鏘 鏘 鏘 鏘 鏘 鏘 **鏘**

[ qiāng ㄑㄧㄤ 粵 tsœŋ¹ 槍 ]

形容金屬器物的撞擊聲 ◆ 鏗鏘悅耳 / 鑼聲鏘鏘。

## 12 鐐（镣）

鐐 鐐 鐐 鐐 鐐 鐐 **鐐**

[ liào ㄌㄧㄠˋ 粵 liu⁴ 聊 ]

套在腳上的刑具 ◆ 腳鐐 / 鐐銬。

## 12 鐘（钟）

鐘 鐘 鐘 鐘 鐘 鐘 **鐘**

[ zhōng ㄓㄨㄥ 粵 dzuŋ¹ 中 ]

❶ 金屬製成的響器 ◆ 敲鐘 / 警鐘 / 鐘鼓齊鳴 / 姑蘇城外寒山寺，夜半鐘聲到客船。 ❷ 指計時器 ◆ 鐘錶 / 鬧鐘 / 掛鐘 / 時鐘。 ❸ 指鐘點、時間 ◆ 六點鐘 / 五分鐘 / 一秒鐘。

### ¹³鐵 (铁)

鐵 鐵 鐵 鐵 鐵 鐵　鐵

[ tiě ㄊㄧㄝˇ 粵 tit⁸ ]

❶ 金屬元素，灰色，質地堅硬，可以煉鋼及製造各種器具 ◆ 鐵礦 / 磁鐵 / 鐵杵磨成針。❷ 比喻堅強、堅固、剛正無私 ◆ 鐵腕 / 鐵漢子 / 銅牆鐵壁 / 鐵面無私。❸ 比喻確定不移 ◆ 鐵定 / 鐵了心 / 鐵證如山。❹ 指武器 ◆ 手無寸鐵。

### ¹³鐳 (镭)

鐳 鐳 鐳 鐳 鐳 鐳　鐳

[ léi ㄌㄟˊ 粵 løy⁴ 雷 ]

金屬元素，有放射性，可用來治療癌症。

### ¹³鐸 (铎)

鐸 鐸 鐸 鐸 鐸 鐸　鐸

[ duó ㄉㄨㄛˊ 粵 dɔk⁹ 踱 ]

古代的一種響器，形狀像大鈴，宣佈政教法令或遇到戰爭時使用 ◆ 木鐸 / 金鐸 / 振鐸。

### ¹³鐲 (镯)

鐲 鐲 鐲 鐲 鐲 鐲　鐲

[ zhuó ㄓㄨㄛˊ 粵 dzuk⁹ 俗 ]

鐲子，套在手腕上的環狀裝飾器 ◆ 玉鐲 / 金手鐲。

### ¹³鐺 (铛)

鐺 鐺 鐺 鐺 鐺 鐺　鐺

〈一〉[ dāng ㄉㄤ 粵 dɔŋ¹ 當 ]

❶ 象聲詞，撞擊金屬器物發出的聲音。

〈二〉[ chēng ㄔㄥ 粵 tsaŋ¹ 撐 ]

❷ 平底鐵鍋，用來烙餅或煎食物 ◆ 餅鐺。

### ¹³鐮 (镰)

鐮 鐮 鐮 鐮 鐮 鐮　鐮

[ lián ㄌㄧㄢˊ 粵 lim⁴ 廉 ]

鐮刀：收割莊稼或割草的農具 ◆ 開鐮收割。

### ¹⁴鏽 (锈)

鏽 鏽 鏽 鏽 鏽 鏽　鏽

[ xiù ㄒㄧㄡˋ 粵 sɐu³ 秀 ]

❶ 金屬表面所生的氧化物 ◆ 鐵鏽 / 生鏽 / 防鏽。❷ 長鏽 ◆ 菜刀鏽了。

### ¹⁴鑄 (铸)

鑄 鑄 鑄 鑄 鑄 鑄　鑄

[ zhù ㄓㄨˋ 粵 dzy³ 注 ]

把熔化的金屬倒在模子裏製成器物 ◆ 鑄造 / 鑄工 / 澆鑄 / 這口大鐘是青銅鑄的。

### ¹⁴鑒 (鉴)

鑒 鑒 鑒 鑒 鑒 鑒　鑒

[ jiàn ㄐㄧㄢˋ 粵 gam³ 監³ ]

❶ 古代銅製的鏡子。❷ 照 ◆ 水清可鑒 / 光可鑒人。❸ 可以引為教訓、警戒的事 ◆ 借鑒 / 引以為鑒 / 前車之鑒。❹ 仔細觀察、識別 ◆ 鑒別 / 鑒定 / 鑒賞。❺ 書信中常用的客套話，表示請人看信 ◆ 台鑒 / 鈞鑒。

### ¹⁴鑑

同 "鑒"，見本頁。

### ¹⁵鑠 (铄)

鑠 鑠 鑠 鑠 鑠 鑠　鑠

[ shuò ㄕㄨㄛˋ 粵 sœk⁸ 削 ]

熔化金屬 ◆ 鑠石流金 / 眾口鑠金。

### ¹⁵鑣 (镳)

鑣 鑣 鑣 鑣 鑣 鑣　鑣

[ biāo ㄅㄧㄠ 粵 biu¹ 標 ]

勒馬口的器具，與銜合用，銜在口內，鑣在口旁 ◆ 分道揚鑣。

### ¹⁷鑰 (钥)

鑰 鑰 鑰 鑰 鑰 鑰　鑰

[ yào ㄧㄠˋ 粵 jœk⁹ 若 ]

鑰匙：開鎖的用具 ◆ 一把鑰匙開一把鎖。

<sup>17</sup>**鑲** <sup>(镶)</sup>　鑲 鑲 鑲 鑲 鑲 鑲　鑲

[ xiāng ㄒㄧㄤ ⓟ sœŋ¹ 商 ]
把東西嵌入別的物體，或加在邊緣上 ◆ 鑲嵌 / 鑲牙 / 鑲邊。

<sup>18</sup>**鑷** <sup>(镊)</sup>　鑷 鑷 鑷 鑷 鑷 鑷　鑷

[ niè ㄋㄧㄝˋ ⓟ nip⁹ 聶 ]
鑷子：用來夾小東西的用具。

<sup>19</sup>**鑼** <sup>(锣)</sup>　鑼 鑼 鑼 鑼 鑼 鑼　鑼

[ luó ㄌㄨㄛˊ ⓟ lɔ⁴ 羅 ]
圓形的銅製打擊樂器 ◆ 銅鑼 / 敲鑼打鼓 / 鳴鑼開道 / 鑼鼓喧天。

<sup>19</sup>**鑽** <sup>(钻)</sup>　鑽 鑽 鑽 鑽 鑽 鑽　鑽

〈一〉[ zuān ㄗㄨㄢ ⓟ dzyn¹ 專 ]
❶ 穿ば；打眼 ◆ 鑽孔 / 鑽井 / 鑽探 / 鑽木取火。❷ 穿過；進入 ◆ 鑽火圈 / 鑽山洞 / 鑽進水裏。❸ 深入研究 ◆ 鑽研 / 鑽法律。

〈二〉[ zuàn ㄗㄨㄢˋ ⓟ dzyn³ 轉³ ]
❹ 穿孔、打眼用的工具 ◆ 電鑽 / 風鑽。
❺ 鑽石 ◆ 鑽戒。

<sup>20</sup>**鑿**　鑿 鑿 鑿 鑿 鑿 鑿　鑿

[ záo ㄗㄠˊ ⓟ dzɔk⁹ 昨 ]
❶ 鑿子：打孔、挖槽用的工具 ◆ 扁鑿 / 圓鑿。❷ 用鑿子打孔、挖槽；鑿出的孔 ◆ 鑿孔 / 鑿井 / 鑿壁偷光。❸ 明確；確實 ◆ 證據確鑿 / 鑿鑿無疑。

<sup>20</sup>**钁** <sup>(镢)</sup>　钁 钁 钁 钁 钁 钁　钁

[ jué ㄐㄩㄝˊ ⓟ gwɔk⁸ 國 ]

钁頭：刨土的工具。

钁

# 長 部

<sup>0</sup>**長** <sup>(长)</sup>　長 長 長 長 長 長　長

〈一〉[ cháng ㄔㄤˊ ⓟ tsœŋ⁴ 祥 ]
❶ 空間或時間的距離大；跟"短"相對 ◆ 長途 / 長遠 / 長壽 / 萬里長征 / 長治久安。
❷ 長度 ◆ 褲長一米 / 大橋長三千米。❸ 優點；專有技能 ◆ 特長 / 長處 / 專長 / 擅長 / 取長補短 / 一技之長。

〈二〉[ zhǎng ㄓㄤˇ ⓟ dzœŋ² 掌 ]
❹ 發育生長 ◆ 孩子長高了 / 柳枝長出了新葉 / 花園裏長滿了雜草 / 田裏莊稼長得好。❺ 增加 ◆ 增長 / 長見識 / 經一事，長一智 / 長他人的志氣，滅自己的威風。❻ 輩分高、年紀大的；跟"幼"相對 ◆ 長輩 / 年長 / 長子 / 長者。❼ 領導人；主管人 ◆ 長官 / 首長 / 校長 / 廠長 / 院長。

見古文字插頁 8。

³張 見弓部，141 頁。

門 部

⁰門 ⁽门⁾ 門門門門門門 **門**

[ mén ㄇㄣˊ ⓟ mun⁴ 瞞 ]

❶ 建築物的出入口；開關出入口的裝備 ◆ 校門 / 鐵門 / 大門朝東；城門失火，殃及池魚。 ❷ 形狀和作用像門的東西 ◆ 球門 / 閥門 / 閘門。 ❸ 途徑；訣竅 ◆ 門路 / 門徑 / 竅門 / 不二法門。 ❹ 家；家族 ◆ 雙喜臨門 / 一門老小 / 門當戶對 / 名門貴族。 ❺ 種類 ◆ 門類 / 分門別類 / 五花八門。 ❻ 派別 ◆ 佛門 / 儒門 / 門戶之見 / 左道旁門。 ❼ 量詞 ◆ 一門大炮 / 三門功課。

☝ 見古文字插頁 8。

¹閂 ⁽闩⁾ 閂閂閂閂閂閂 **閂**

[ shuān ㄕㄨㄢ ⓟ san¹ 山 ]

❶ 插在門背後使門推不開的木棍或鐵棍 ◆ 門閂 / 上門閂。 ❷ 插上門閂 ◆ 把門閂上。

²閃 ⁽闪⁾ 閃閃閃閃閃閃 **閃**

[ shǎn ㄕㄢˇ ⓟ sim² 陝 ]

❶ 天空裏放電時突然出現的亮光 ◆ 閃電 / 打閃 / 電閃雷鳴。 ❷ 突然出現；忽隱忽現 ◆ 閃爍 / 閃現 / 閃念 / 閃閃發光 / 燈光一閃一閃的。 ❸ 側身躲避 ◆ 閃開 / 躲躲閃閃。 ❹ 動作過猛而扭傷 ◆ 閃了腰。

³閉 ⁽闭⁾ 閉閉閉閉閉閉 **閉**

[ bì ㄅㄧˋ ⓟ bei³ 蔽 ]

❶ 關；合上；跟 "開" 相對 ◆ 閉門 / 關閉 / 封閉 / 夜不閉户。 ❷ 堵塞；不通 ◆ 閉塞 / 閉氣。 ❸ 結束；停止 ◆ 閉市 / 閉會。

³問 見口部，74 頁。

⁴閏 ⁽闰⁾ 閏閏閏閏閏閏 **閏**

[ rùn ㄖㄨㄣˋ ⓟ jœn⁶ 潤 ]

地球繞太陽一周的時間是 365 天 5 小時 48 分 46 秒。陰曆一年是 354 天或 355 天，多出的時間積三年成一個月，加在一年裏，這一個月叫閏月。陽曆一年是 365 天，多出的時間積四年成一天，加在二月末，這一天叫閏日。有閏日或閏月的那一年叫閏年。

⁴開 ⁽开⁾ 開開開開開開 **開**

[ kāi ㄎㄞ ⓟ hɔi¹ 海¹ ]

❶ 打開；展開；跟 "關"、"閉" 相對 ◆ 開門 / 睜開眼睛 / 開卷有益 / 眉開眼笑 / 張開翅膀 / 花開富貴。 ❷ 起始 ◆ 開始 / 開學 / 開工 / 開市 / 開端。 ❸ 創辦；建造 ◆ 開辦 / 開設 / 開工廠 / 開醫院 / 開國元勳。 ❹ 開闢；拓展 ◆ 開礦 / 開荒 / 開拓 / 開發 / 開源節流。 ❺ 列出；寫出 ◆ 開列 / 開發票 / 開藥方 / 開清單。 ❻ 舉行會議、活動等 ◆ 開會 / 開展覽 / 開座談會。 ❼ 發給；支付費用 ◆ 開支 / 開銷 / 先開一個月的工資。 ❽ 發動；發射 ◆ 開車 / 開槍 / 開炮。 ❾ 解除 ◆ 開除 / 開脱 / 開禁 / 開戒。 ❿ 水煮沸

◆ 水開了。⑪ **十分之幾的比例** ◆ 四六開。⑫ **整張紙切割成若干份** ◆ 八開／三十二開。⑬ **黃金裏含純金的計量單位** ◆ 十四開金／二十四開金。⑭ **放在動詞後，表示分開、離開** ◆ 把門打開／他走開了。⑮ **放在動詞後，表示擴大** ◆ 消息傳開了。

## ⁴閑

同"閒"字，見本頁。

## ⁴間 <sup>(间)</sup>

間 間 間 間 間 間

〈一〉[ jiān ㄐㄧㄢ ⑩ gaan¹ 奸 ]
❶ **當中** ◆ 中間／談話間／相互間／兩者之間。❷ **一定的範圍之內** ◆ 空間／田間／期間／晚間／一刹那間。❸ **屋子** ◆ 房間／洗手間／衣帽間。❹ **量詞，用於計算房間** ◆ 兩間臥室／一間貯藏室。
〈二〉[ jiàn ㄐㄧㄢˋ ⑩ gaan³ 諫 ]
❺ **空隙** ◆ 間隙／親密無間。❻ **隔開；不連接** ◆ 間斷／間隔。❼ **使隔開；使人不和** ◆ 反間計／挑撥離間。

## ⁴閒 <sup>(闲)</sup>

閒 閒 閒 閒 閒 閒

[ xián ㄒㄧㄢˊ ⑩ haan⁴ 閑 ]
❶ **沒有事情做；有空；跟"忙"相對** ◆ 空閒／清閒／農閒／忙裏偷閒／遊手好閒。❷ **放着不用** ◆ 閒置／閒田。❸ **跟正事無關的** ◆ 閒談／閒話／看閒書／少管閒事。

## ⁴閔 <sup>(闵)</sup>

閔 閔 閔 閔 閔 閔

[ mǐn ㄇㄧㄣˇ ⑩ man⁵ 敏 ]
姓。

## ⁴悶

見心部，154頁。

## ⁵閘 <sup>(闸)</sup>

閘 閘 閘 閘 閘 閘

[ zhá ㄓㄚˊ ⑩ dzaap⁹ 雜 ]
❶ **可以開關的攔水建築** ◆ 閘門／水閘／開閘泄洪。❷ **機械上的制動器** ◆ 車閘。

## ⁶閨 <sup>(闺)</sup>

閨 閨 閨 閨 閨 閨

[ guī ㄍㄨㄟ ⑩ gwai¹ 歸 ]
舊時女子的臥室 ◆ 閨房／深閨／大家閨秀。

## ⁶聞

見耳部，357頁。

## ⁶閩 <sup>(闽)</sup>

閩 閩 閩 閩 閩 閩

[ mǐn ㄇㄧㄣˇ ⑩ man⁴ 民 ]
福建省的別稱。

## ⁶閥 <sup>(阀)</sup>

閥 閥 閥 閥 閥 閥

[ fá ㄈㄚˊ ⑩ fat⁹ 伐 ]
❶ **稱在某方面權勢很大、具支配地位的人或集團** ◆ 軍閥／財閥。❷ **管道上起調節、控制作用的活門** ◆ 閥門／氣閥。

## ⁶閤 <sup>(阁)</sup>

閤 閤 閤 閤 閤 閤

[ hé ㄏㄜˊ ⑩ hap⁹ 合 ]
全 ◆ 閤家安康。也作"闔"。

## ⁶閣 <sup>(阁)</sup>

閣 閣 閣 閣 閣 閣

[ gé ㄍㄜˊ ⑩ gok⁸ 各 ]
❶ **類似樓房的建築物** ◆ 亭台樓閣／蓬萊閣（在山東蓬萊縣）。❷ **女子的臥室** ◆ 閨閣／出閣。❸ **中央官署** ◆ 內閣／閣僚／組閣。❹ **放置東西的架子** ◆ 束之高閣。

**<sup>6</sup>閡** <sup>(阂)</sup>　閡 閡 閡 閡 閡 閡

[ hé ㄏㄜˊ ⑧ ŋɔi<sup>6</sup> 外 ]

阻隔不通 ◆ 隔閡。

**<sup>7</sup>閱** <sup>(阅)</sup>　閱 閱 閱 閱 閱 閱

[ yuè ㄩㄝˋ ⑧ jyt<sup>9</sup> 月 ]

❶ 看；察看 ◆ 閱讀 / 閱覽 / 閱兵 / 查閱 / 檢閱。❷ 經歷 ◆ 閱歷。

**<sup>8</sup>閹** <sup>(阉)</sup>　閹 閹 閹 閹 閹 閹

[ yān ㄧㄢ ⑧ jim<sup>1</sup> 淹 ]

割去動物的生殖腺 ◆ 閹割 / 閹雞。

**<sup>8</sup>閻** <sup>(阎)</sup>　閻 閻 閻 閻 閻 閻

[ yán ㄧㄢˊ ⑧ jim<sup>4</sup> 炎 ]

姓。

**<sup>9</sup>闌** <sup>(阑)</sup>　闌 闌 闌 闌 闌 闌

[ lán ㄌㄢˊ ⑧ lan<sup>4</sup> 蘭 ]

❶ 晚；將盡 ◆ 夜闌人靜 / 更深夜闌。❷ 闌干：同 "欄杆"。❸ 闌珊：衰落；殘敗 ◆ 春意闌珊 / 意興闌珊。

**<sup>9</sup>闆** <sup>(板)</sup>　闆 闆 闆 闆 闆 闆

[ bǎn ㄅㄢˇ ⑧ ban<sup>2</sup> 板 ]

老闆：工商業的財產擁有者。

**<sup>9</sup>闊** <sup>(阔)</sup>　闊 闊 闊 闊 闊 闊

[ kuò ㄎㄨㄛˋ ⑧ fut<sup>8</sup> ]

❶ 寬廣；跟 "狹" 相對 ◆ 寬闊 / 遼闊 / 廣闊 / 海闊天空。❷ 時間久 ◆ 闊別。❸ 富有；奢華 ◆ 闊氣 / 闊綽。

**<sup>10</sup>闖** <sup>(闯)</sup>　闖 闖 闖 闖 闖 闖

[ chuǎng ㄔㄨㄤˇ ⑧ tsɔŋ<sup>3</sup> 創/tsɔŋ<sup>2</sup> 廠 (語) ]

❶ 猛衝；突然進入 ◆ 闖進去 / 橫衝直闖 / 闖入辦公室。❷ 招惹 ◆ 闖禍 / 闖亂子。❸ 四處奔走謀生 ◆ 闖江湖 / 走南闖北。

**<sup>10</sup>闐** <sup>(阗)</sup>　闐 闐 闐 闐 闐 闐

[ tián ㄊㄧㄢˊ ⑧ tin<sup>4</sup> 田 ]

和闐：縣名，在新疆。今作 "和田"。

**<sup>11</sup>關** <sup>(关)</sup>　關 關 關 關 關 關

[ guān ㄍㄨㄢ ⑧ gwan<sup>1</sup> 慣<sup>1</sup> ]

❶ 閉；合攏；跟 "開" 相對 ◆ 關閉 / 關門 / 關窗 / 關閘。❷ 禁閉；不讓出來 ◆ 關押 / 關在監牢裏 / 關在鳥籠裏。❸ 古代設在邊界上或出入要道上的關口 ◆ 關隘 / 邊關 / 山海關 / 一夫當關，萬夫莫開 / 秦時明月漢時關，萬里長征人未還。❹ 檢查出入口貨物並徵稅的國家機構 ◆ 海關 / 關稅。❺ 重要的時機、轉折點 ◆ 關鍵 / 緊急關頭 / 渡過難關。❻ 牽連；聯繫 ◆ 關聯 / 關係 / 有關 / 無關 / 息息相關。❼ 念及；重視 ◆ 關心 / 關注 / 關照。

**<sup>12</sup>闡** <sup>(阐)</sup>　闡 闡 闡 闡 闡 闡

[ chǎn ㄔㄢˇ ⑧ tsin<sup>2</sup> 淺/dzin<sup>2</sup> 展 (語) ]

説明 ◆ 闡明 / 闡述 / 闡發。

**<sup>13</sup>闢** <sup>(辟)</sup>　闢 闢 闢 闢 闢 闢

[ pì ㄆㄧˋ ⑧ pik<sup>7</sup> 僻 ]

❶ 開拓；開發 ◆ 開闢 / 開天闢地 / 獨闢蹊徑 / 闢為旅遊區。❷ 透徹 ◆ 精闢 / 透闢。❸ 排除；駁斥 ◆ 闢謠。

**阜部**

⁰
**阜**　阜阜阜阜阜阜　阜

[ fù ㄈㄨˋ ⑧ feu⁶ 埠 ]
❶ 土山。❷ 物資豐富 ◆ 物阜民豐。
☝ 見古文字插頁 8。

³
**阡**　阡阡阡阡阡　阡

[ qiān ㄑㄧㄢ ⑧ tsin¹ 千 ]
田間的小路 ◆ 阡陌。

³
**埠**　見土部，90 頁。

⁴
**阱**　阱阱阱阱阱阱　阱

[ jǐng ㄐㄧㄥˇ ⑧ dziŋ⁶ 靜 ]
陷坑 ◆ 陷阱。

⁴
**阮**　阮阮阮阮阮阮　阮

[ ruǎn ㄖㄨㄢˇ ⑧ jyn⁵ 遠 ]
姓。

⁴
**阪**　阪阪阪阪阪阪　阪

[ bǎn ㄅㄢˇ ⑧ ban² 板 ]
❶ 山坡；斜坡 ◆ 嶺阪 / 阪上走丸。❷ 大
阪：地名，在日本。

⁴
**防**　防防防防防防　防

[ fáng ㄈㄤˊ ⑧ fɔŋ⁴ 房 ]

❶ 預先戒備 ◆ 防備 / 防火 / 預防 / 防患於
未然 / 明槍易躲，暗箭難防。❷ 守備；守
衛 ◆ 防禦 / 國防 / 邊防。

⁵
**阿**　阿阿阿阿阿阿　阿

〈一〉[ ā ㄚ ⑧ a³/ŋa³ 亞 ]
❶ 用在稱謂前面的詞頭 ◆ 阿哥 / 阿姨 / 阿
強。
〈二〉[ ē ㄜ ⑧ ɔ¹/ŋɔ¹ 柯 ]
❷ 迎合；偏袒 ◆ 阿諛逢迎 / 剛正不阿。

⁵
**阻**　阻阻阻阻阻阻　阻

[ zǔ ㄗㄨˇ ⑧ dzo² 左 ]
❶ 擋住；攔住 ◆ 阻擋 / 阻攔 / 阻止 / 阻礙 /
受阻。❷ 險要的地方 ◆ 艱難險阻。

⁵
**附**　附附附附附附　附

[ fù ㄈㄨˋ ⑧ fu⁶ 父 ]
❶ 隨帶的；外加的 ◆ 附帶 / 附件 / 附加 /
附錄 / 附設。❷ 依託；依從；歸屬 ◆ 依附 /
歸附 / 附庸 / 附屬醫院 / 魂不附體。❸ 靠近
◆ 附近 / 附耳交談。

⁵
**陀**　陀陀陀陀陀陀　陀

[ tuó ㄊㄨㄛˊ ⑧ tɔ⁴ 駝 ]
陀螺：一種兒童玩具。

陀螺

## ⁶陌

陌 陌 陌 陌 陌 陌　陌

[ mò ㄇㄜˋ ⑧ mɐk⁹ 脈 ]

田間小路；泛指道路 ◆ 阡陌 / 陌路人。

## ⁶陋

陋 陋 陋 陋 陋 陋　陋

[ lòu ㄌㄡˋ ⑧ lɐu⁶ 漏 ]

❶ 醜；不好看 ◆ 醜陋。❷ 劣；狹小 ◆ 簡陋 / 陋巷 / 陋室 / 因陋就簡。❸ 不文明的；不好的 ◆ 陋習 / 陋規 / 陋俗。❹ 見識少；學識淺薄 ◆ 淺陋 / 孤陋寡聞。

## ⁶降

降 降 降 降 降 降　降

〈一〉[ jiàng ㄐㄧㄤˋ ⑧ gɔŋ³ 鋼 ]

❶ 從高處往下落；跟"升"相對 ◆ 降落 / 降級 / 降價 / 降溫 / 降落傘。

〈二〉[ xiáng ㄒㄧㄤˊ ⑧ hɔŋ⁴ 杭 ]

❷ 投降 ◆ 降服 / 誘降 / 寧死不降。❸ 制服 ◆ 降龍服虎 / 一物降一物。

✎ 見古文字插頁 15。

## ⁶限

限 限 限 限 限 限　限

[ xiàn ㄒㄧㄢˋ ⑧ han⁶ 閒⁶ ]

❶ 規定的範圍，不能超越 ◆ 界限 / 期限 / 權限 / 限度 / 限期歸還 / 限定招生名額。❷ 門檻 ◆ 戶限為穿。

## ⁷陡

陡 陡 陡 陡 陡 陡　陡

[ dǒu ㄉㄡˇ ⑧ dɐu² 斗 ]

❶ 坡度很大，近於垂直 ◆ 陡坡 / 陡峭 / 懸崖陡壁。❷ 突然 ◆ 陡然 / 形勢陡變。

## ⁷陣 ⁽阵⁾

陣 陣 陣 陣 陣 陣　陣

[ zhèn ㄓㄣˋ ⑧ dzɐn⁶ 振⁶ ]

❶ 軍隊作戰時佈置的隊列 ◆ 陣勢 / 陣容 / 佈陣 / 嚴陣以待。❷ 指戰場 ◆ 陣地 / 陣亡 / 臨陣脫逃 / 衝鋒陷陣。❸ 量詞 ◆ 陣陣掌聲 / 一陣風吹來 / 下了一陣雨。

## ⁷陝 ⁽陕⁾

陝 陝 陝 陝 陝 陝　陝

[ shǎn ㄕㄢˇ ⑧ sim² 閃 ]

陝西省的簡稱。

## ⁷陛

陛 陛 陛 陛 陛 陛　陛

[ bì ㄅㄧˋ ⑧ bɐi⁶ 幣 ]

陛下：對君主的尊稱 ◆ 國王陛下。

## ⁷除

除 除 除 除 除 除　除

[ chú ㄔㄨˊ ⑧ tsœy⁴ 徐 ]

❶ 去掉 ◆ 除名 / 開除 / 掃除 / 鏟除 / 為民除害 / 排除障礙。❷ 不計算在內 ◆ 除此之外 / 他們二人除外 / 除了這場比賽，還有三場。❸ 算術中的除法，就是把一個數分成相等的若干份 ◆ 除數和被除數 / 十五除以三等於五。❹ 台階 ◆ 黎明即起，灑掃庭除。

## ⁷院

院 院 院 院 院 院　院

[ yuàn ㄩㄢˋ ⑧ jyn⁶ 願/jyn² 婉（語）]

❶ 房屋前後用圍牆圍起來的空地 ◆ 院子 / 庭院 / 前院 / 後院 / 四合院。❷ 某些機關或公共場所的名稱 ◆ 法院 / 醫院 / 國務院 / 科學院 / 電影院。❸ 指高等學校 ◆ 教育學院 / 高等院校。

## ⁸陸 ⁽陆⁾

陸 陸 陸 陸 陸 陸　陸

〈一〉[ lù ㄌㄨˋ ⑧ luk⁹ 綠 ]

❶ 高出水面的土地 ◆ 陸地 / 登陸 / 陸軍。

❷ 指旱路 ◆ 水陸並進。❸ 姓。
〈二〉[ liù ㄌㄧㄡˋ 粵 luk⁹ 綠 ]
❹ 數目字"六"的大寫。

<sup>8</sup>**陵** 陵陵陵陵陵陵 陵

[ líng ㄌㄧㄥˊ 粵 liŋ⁴ 零 ]
❶ 大的土山 ◆ 山陵 / 丘陵。❷ 高大的墳墓 ◆ 陵墓 / 十三陵 / 中山陵 / 烈士陵園。

<sup>8</sup>**陳** <sup>(陈)</sup> 陳陳陳陳陳陳 陳

[ chén ㄔㄣˊ 粵 tsɐn⁴ 塵 ]
❶ 擺放 ◆ 陳列 / 陳設 / 陳兵百萬。❷ 敍述 ◆ 陳述 / 陳説 / 陳訴 / 慷慨陳詞。❸ 時間久的;舊的 ◆ 陳酒 / 陳舊 / 陳跡 / 陳年老賬 / 新陳代謝 / 推陳出新。

<sup>8</sup>**陰** <sup>(阴)</sup> 陰陰陰陰陰陰 陰

[ yīn ㄧㄣ 粵 jɐm¹ 音 ]
❶ 不見陽光的;跟"晴"、"陽"相對 ◆ 陰天 / 陰雨連綿。❷ 山的北面,水的南岸,因不易照到陽光而稱陰。多用於地名;跟"陽"相對 ◆ 華陰(華山北面) / 江陰(長江南岸)。❸ 凹下去的;不顯露的;跟"陽"相對 ◆ 陰溝 / 陰文。❹ 背地裏;不光明正大的 ◆ 陰謀 / 陽奉陰違 / 陰險毒辣。❺ 指人死後的 ◆ 陰間 / 陰魂。❻ 帶負電的 ◆ 陰極。❼ 月亮;跟月亮有關的 ◆ 太陰 / 陰曆。❽ 光陰:時間 ◆ 一寸光陰一寸金,寸金難買寸光陰。❾ 男女生殖器官的通稱 ◆ 陰部 / 陰道 / 陰莖。

<sup>8</sup>**陶** 陶陶陶陶陶陶 陶

[ táo ㄊㄠˊ 粵 tou⁴ 桃 ]

❶ 用黏土燒製成的瓦器 ◆ 陶器 / 彩陶 / 陶瓷。❷ 比喻教育培養 ◆ 陶冶 / 熏陶。❸ 快樂 ◆ 陶醉 / 樂陶陶 / 陶然自得。

<sup>8</sup>**陷** 陷陷陷陷陷陷 陷

[ xiàn ㄒㄧㄢˋ 粵 ham⁶ 咸⁶ ]
❶ 掉進去;沉下去 ◆ 陷入 / 陷下去 / 地基下陷 / 越陷越深。❷ 凹進的地方:坑 ◆ 陷阱 / 凹陷。❸ 設法害人 ◆ 陷害 / 誣陷。❹ 被佔領;攻破 ◆ 陷落 / 淪陷 / 失陷 / 衝鋒陷陣。❺ 缺點 ◆ 缺陷。

<sup>8</sup>**陪** 陪陪陪陪陪陪 陪

[ péi ㄆㄟˊ 粵 pui⁴ 培 ]
❶ 伴同 ◆ 陪伴 / 陪同 / 失陪 / 奉陪 / 陪他去一趟。❷ 從旁協助;襯托 ◆ 陪審 / 陪襯。

<sup>9</sup>**隋** 隋隋隋隋隋隋 隋

[ suí ㄙㄨㄟˊ 粵 tsœy⁴ 徐 ]
朝代名 ◆ 隋、唐。

<sup>9</sup>**階** <sup>(阶)</sup> 階階階階階階 階

[ jiē ㄐㄧㄝ 粵 gai¹ 佳 ]
❶ 台階 ◆ 階梯 / 石階 / 階下囚。❷ 等級 ◆ 官階 / 軍階。

<sup>9</sup>**陽** <sup>(阳)</sup> 陽陽陽陽陽陽 陽

[ yáng ㄧㄤˊ 粵 jœŋ⁴ 羊 ]
❶ 太陽;日光 ◆ 陽光 / 朝陽 / 夕陽 / 豔陽天。❷ 山的南面,水的北岸,因容易照到陽光而稱陽。多用於地名;跟"陰"相對 ◆ 衡陽(衡山南面) / 洛陽(洛水北岸)。❸ 凸出來的;外露的;跟"陰"相對 ◆ 陽文 /

陽溝。❹ **表面上的** ◆ 陽奉陰違。❺ **指人世間；跟"陰"相對** ◆ 陽間。❻ **帶正電的** ◆ 陽極／陽電。❼ **男性生殖器** ◆ 陽萎。

## ⁹隅

隅 隅 隅 隅 隅 隅　隅

[ yú ㄩˊ ⑧ jy⁴ 如 ]

❶ **角落** ◆ 向隅而泣／負隅頑抗。❷ **最邊沿的地方** ◆ 海隅。

## ⁹陲

陲 陲 陲 陲 陲 陲　陲

[ chuí ㄔㄨㄟˊ ⑧ sœy⁴ 垂 ]

**邊疆；邊境** ◆ 黑龍江的漠河，地處中國東北邊陲。

## ⁹隍

隍 隍 隍 隍 隍 隍　隍

[ huáng ㄏㄨㄤˊ ⑧ wɔŋ⁴ 黃 ]

**沒有水的護城壕** ◆ 城隍。

## ⁹隆

隆 隆 隆 隆 隆 隆　隆

[ lóng ㄌㄨㄥˊ ⑧ luŋ⁴ 龍 ]

❶ **高起；凸起** ◆ 隆起。❷ **盛大** ◆ 隆重。❸ **興旺** ◆ 生意興隆。❹ **程度深** ◆ 隆冬。❺ **隆隆：象聲詞，形容雷聲、機器轟鳴聲等** ◆ 雷聲隆隆／炮聲隆隆。

## ⁹隊(队)

隊 隊 隊 隊 隊 隊　隊

[ duì ㄉㄨㄟˋ ⑧ dœy⁶ 兌 ]

❶ **行列** ◆ 隊形／排隊／車隊／隊列／成羣結隊。❷ **有組織的集體** ◆ 軍隊／球隊／樂隊。❸ **量詞，用於成行列的東西** ◆ 一隊人馬。

## ¹⁰隔

隔 隔 隔 隔 隔 隔　隔

[ gé ㄍㄜˊ ⑧ gak⁸ 格 ]

❶ **攔阻使斷絕、分開** ◆ 阻隔／隔開／隔離／隔音／隔岸觀火。❷ **分開的距離** ◆ 間隔／相隔萬里／一步之隔／遠隔重洋／一日不見，如隔三秋。❸ **緊鄰** ◆ 隔壁／隔牆有耳。

## ¹⁰隕(陨)

隕 隕 隕 隕 隕 隕　隕

[ yǔn ㄩㄣˇ ⑧ wɐn⁵ 允 ]

**從高處落下** ◆ 隕落／隕石。

## ¹⁰隘

隘 隘 隘 隘 隘 隘　隘

[ ài ㄞˋ ⑧ ai³／ŋai³ 唉³ ]

❶ **狹窄** ◆ 狹隘。❷ **關口；險要的地方** ◆ 關隘／要隘。

## ¹⁰隙

隙 隙 隙 隙 隙 隙　隙

[ xì ㄒㄧˋ ⑧ kwik⁷ ]

❶ **裂縫** ◆ 縫隙／空隙／門隙／牆隙。❷ **比喻感情上的裂痕** ◆ 仇隙／嫌隙。❸ **空閒的時間** ◆ 間隙／農隙。❹ **漏洞；機會** ◆ 有隙可乘／可乘之隙。

## ¹¹際(际)

際 際 際 際 際 際　際

[ jì ㄐㄧˋ ⑧ dzɐi³ 祭 ]

❶ **交界處；邊；涯** ◆ 邊際／一望無際／孤帆遠影碧空盡，惟見長江天際流。❷ **彼此之間** ◆ 國際／校際。❸ **時候** ◆ 開學之際／颱風到來之際。❹ **機遇** ◆ 際遇／風雲際會。

## ¹¹障

障 障 障 障 障 障　障

[ zhàng ㄓㄤˋ ⑧ dzœŋ³ 帳 ]

❶ **阻擋；遮蔽** ◆ 障礙／障眼法／一葉障目，不見泰山。❷ **用作遮擋、防護的東西** ◆ 屏障／路障／保障。

## ¹³隨 ⁽随⁾　隨 隨 隨 隨 隨 隨　隨

[ suí ㄙㄨㄟˊ ⑨ tsœy⁴ 徐 ]

❶ 跟着 ◆ 跟隨 / 追隨 / 隨行 / 隨聲附和 / 隨波逐流。❷ 順着 ◆ 個性隨和 / 隨風轉舵 / 隨機應變 / 隨心所欲。❸ 聽便；想怎樣就怎樣 ◆ 隨便 / 隨意 / 隨你的便 / 隨時隨地。❹ 順便 ◆ 隨手關門 / 隨口説説。❺ 立刻 ◆ 隨即 / 隨叫隨到。

## ¹³險 ⁽险⁾　險 險 險 險 險 險　險

[ xiǎn ㄒㄧㄢˇ ⑨ him² 謙² ]

❶ 不安全，有遭遇不幸或發生災難的可能 ◆ 危險 / 風險 / 脱險 / 險象環生 / 化險為夷。❷ 地勢險惡、不易通過的地方 ◆ 險阻 / 長江天險 / 據險固守。❸ 用心狠毒 ◆ 陰險 / 人心險惡。❹ 幾乎；差一點兒 ◆ 險遭不測 / 險些墜入山谷。

## ¹³隧　隧 隧 隧 隧 隧 隧　隧

[ suì ㄙㄨㄟˋ ⑨ sœy⁶ 睡 ]

隧道：在山嶺或地下鑿成的通道 ◆ 過海隧道。

## ¹⁴隱 ⁽隐⁾　隱 隱 隱 隱 隱 隱　隱

[ yǐn ㄧㄣˇ ⑨ jɐn² 忍 ]

❶ 藏起來；不暴露 ◆ 隱藏 / 隱匿 / 隱蔽 / 隱士 / 隱姓埋名 / 隱居深山老林。❷ 不清楚；不明顯；跟"顯"相對 ◆ 隱晦 / 隱約 / 隱隱約約。❸ 潛在的；隱祕的 ◆ 隱患 / 隱憂 / 隱衷 / 隱私 / 難言之隱。

## ¹⁶隴 ⁽陇⁾　隴 隴 隴 隴 隴 隴　隴

[ lǒng ㄌㄨㄥˇ ⑨ luŋ⁵ 壟 ]

甘肅省的別稱。

隶 部

## ⁹隸 ⁽隶⁾　隸 隸 隸 隸 隸 隸　隸

[ lì ㄌㄧˋ ⑨ dɐi⁶ 第 ]

❶ 附屬；屬於 ◆ 隸屬。❷ 奴隸。❸ 漢字的一種字體，也叫隸書。

隹 部

## ²隻 ⁽只⁾　隻 隻 隻 隻 隻 隻　隻

[ zhī ㄓ ⑨ dzɛk⁸ 炙 ]

❶ 量詞，稱動物或單件的東西 ◆ 一隻雞 / 一隻老虎 / 一隻手 / 一隻鞋。❷ 單獨的；極少的 ◆ 隻身前往 / 形單影隻 / 片言隻語 / 片紙隻字。

## ³唯

見口部，72 頁。

## ³售

見口部，72 頁。

## ³雀　雀 雀 雀 雀 雀 雀　雀

[ què ㄑㄩㄝˋ ⑨ dzœk⁸ 爵 ]

❶ 麻雀；泛指小鳥 ◆ 鳥雀 / 歡呼雀躍 / 鴉雀無聲。❷ 有的鳥也稱雀 ◆ 孔雀 / 金絲雀。

🐾 見古文字插頁 16。

### ⁴ 集 集 集 集 集 集 集 集

[ jí ㄐㄧˊ ⑧dzap⁹ 習 ]

❶ 匯聚在一起；跟 "散" 相對 ◆ 聚集 / 集中 / 集會 / 集合 / 集思廣益 / 聚沙成塔，集腋成裘。❷ 農村裏的定期交易市場 ◆ 集市 / 趕集。❸ 單篇作品合編成的書籍 ◆ 文集 / 詩集 / 畫集 / 選集 / 全集。❹ 大部頭的書或長篇影視劇中分出的相對完整的部分 ◆ 上集 / 三十集電視連續劇。

### ⁴ 雁 雁 雁 雁 雁 雁 雁

[ yàn ㄧㄢˋ ⑧ŋan⁶ 顏⁶ ]

大雁：樣子像鵝，候鳥，秋天往南飛，春天往北飛。飛行時排成 "人" 字或 "一" 字行。也叫鴻雁 ◆ 雁南飛 / 鴻雁傳書。

大雁

### ⁴ 雄 雄 雄 雄 雄 雄 雄

[ xióng ㄒㄩㄥˊ ⑧huŋ⁴ 紅 ]

❶ 公的；陽；跟 "雌" 相對 ◆ 雄雞 / 雄狗 / 雄蕊。❷ 強有力的；威武的；有氣魄的 ◆ 雄赳赳 / 重振雄風 / 雄心勃勃 / 雄偉壯麗 / 事實勝於雄辯。❸ 強有力的人或國家 ◆ 英雄 / 戰國七雄。

### ⁴ 雅 雅 雅 雅 雅 雅 雅

[ yǎ ㄧㄚˇ ⑧ŋa⁵ 瓦 ]

❶ 高尚的；不粗俗的；跟 "俗" 相對 ◆ 文雅 / 雅致 / 高雅 / 雅座 / 雅俗共賞。❷ 敬辭，稱對方的情意、舉動 ◆ 雅意 / 雅教。

### ⁴ 焦

見火部，266 頁。

### ⁴ 雇

同 "僱" 字，見 29 頁。

### ⁵ 雉 雉 雉 雉 雉 雉 雉

[ zhì ㄓˋ ⑧dzi⁶ 自 ]

野雞。

### ⁵ 雍 雍 雍 雍 雍 雍 雍

[ yōng ㄩㄥ ⑧juŋ¹ 翁 ]

❶ 融洽；和睦 ◆ 雍和。❷ 文雅大方、從容不迫 ◆ 雍容華貴 / 態度雍容。

### ⁶ 雌 雌 雌 雌 雌 雌 雌

[ cí ㄘˊ ⑧tsi¹ 痴 ]

母的；陰性的；跟 "雄" 相對 ◆ 雌兔 / 雌貓 / 雌蕊。

### ⁸ 霍

見雨部，481 頁。

### ⁸ 雕 ⁽雕⁾ 雕 雕 雕 雕 雕 雕

[ diāo ㄉㄧㄠ ⑧diu¹ 刁 ]

❶ 兇猛的大鳥，樣子像鷹 ◆ 射雕。❷ 刻 ◆ 雕刻 / 雕花 / 精雕細刻。❸ 指雕刻作品 ◆ 玉雕 / 石雕 / 浮雕。

⁹**雖**⁽虽⁾ 雖 雖 雖 雖 雖 雖 雖

[ suī ㄙㄨㄟ ⑧ sœy¹ 須 ]

縱然；即使 ◆ 雖死猶榮 / 麻雀雖小，五臟俱全 / 商場雖小，貨物卻很齊全 / 牡丹雖好，也要綠葉扶持。

¹⁰**雙**⁽双⁾ 雙 雙 雙 雙 雙 雙 雙

[ shuāng ㄕㄨㄤ ⑧ sœŋ¹ 商 ]

❶ 兩個 ◆ 雙方 / 雙手 / 雙黃蛋 / 智勇雙全 / 舉世無雙。❷ 偶數；跟 "單" 相對 ◆ 雙數 / 雙號 / 雙日。❸ 加倍的 ◆ 雙料 / 雙倍 / 雙份。❹ 量詞，用於成對的東西 ◆ 一雙鞋 / 一雙襪 / 一雙筷子。

¹⁰**雞**⁽鸡⁾ 雞 雞 雞 雞 雞 雞

[ jī ㄐㄧ ⑧ gɐi¹ 計¹ ]

家禽。雄雞能報曉，母雞能下蛋。雞肉、雞蛋都是家常食品 ◆ 雞鳴狗盜 / 鶴立雞羣 / 聞雞起舞。

¹⁰**雛**⁽维⁾ 雛 雛 雛 雛 雛 雛

[ chú ㄔㄨˊ ⑧ tsɔ⁴ 鋤 ]

幼禽；幼小的 ◆ 雛燕 / 雛鶯。

¹⁰**雜**⁽杂⁾ 雜 雜 雜 雜 雜 雜

[ zá ㄗㄚˊ ⑧ dzap⁹ 習 ]

❶ 多種多樣的；不單一 ◆ 雜色 / 雜亂 / 雜技 / 複雜 / 雜草叢生。❷ 混合在一起 ◆ 夾雜 / 混雜 / 摻雜。❸ 正式的以外的 ◆ 雜項 / 雜費。

¹¹**難**⁽难⁾ 難 難 難 難 難 難

〈一〉[ nán ㄋㄢˊ ⑧ nan⁴ ]

❶ 不容易；跟 "易" 相對 ◆ 難題 / 難辦 / 困難 / 本性難移 / 知易行難。❷ 不好 ◆ 難聽 / 難看 / 難吃。❸ 使人感到困難 ◆ 為難 / 強人所難 / 這道題把他難住了。

〈二〉[ nàn ㄋㄢˋ ⑧ nan⁶ ]

❹ 災禍；不幸的遭遇 ◆ 災難 / 遇難 / 大難臨頭 / 排憂解難 / 捐軀赴國難，視死忽如歸。❺ 遭遇不幸的 ◆ 難民。❻ 責問 ◆ 發難 / 非難 / 責難。

¹¹**離**⁽离⁾ 離 離 離 離 離 離

[ lí ㄌㄧˊ ⑧ lei⁴ 梨 ]

❶ 分開；分別；跟 "合" 相對 ◆ 離開 / 離別 / 分離 / 悲歡離合 / 形影不離 / 少小離家老大回，鄉音無改鬢毛衰。❷ 背叛；不合 ◆ 離經叛道 / 眾叛親離。❸ 相隔的遠近 ◆ 距離 / 我的家離學校很近。❹ 缺少 ◆ 成功離不開個人的努力。

**雨 部**

⁰**雨** 雨 雨 雨 雨 雨 雨

[ yǔ ㄩˇ ⑧ jy⁵ 語 ]

❶ 從雲層中落下的水滴 ◆ 下雨 / 小雨點 / 傾盆大雨 / 雨過天晴 / 清明時節雨紛紛，路上行人欲斷魂。❷ 形容像雨一樣多而密 ◆ 槍林彈雨。

☞ 見古文字插頁 9。

³雪　　　雪雪雪雪雪雪 雪

[ xuě ㄒㄩㄝˇ 粵syt⁸ 説 ]

❶ 從雲層中落下的六角形結晶體 ◆ 下雪 / 雪花飄飄 / 大雪紛飛 / 冰天雪地 / 瑞雪兆豐年 / 柴門聞犬吠，風雪夜歸人。❷ 顏色或光彩像雪似的 ◆ 雪白 / 雪亮。❸ 除去；洗刷掉 ◆ 報怨雪恥 / 報仇雪恨 / 洗雪國恥。

⁴雲 (云)　　　雲雲雲雲雲雲 雲

[ yún ㄩㄣˊ 粵wen⁴ 勻 ]

❶ 天上飄浮的雲彩 ◆ 烏雲 / 彩雲 / 雲開日出 / 萬里無雲 / 天有不測風雲。❷ 雲南省的簡稱 ◆ 雲腿 / 雲貴高原。

✑ 見古文字插頁 16。

⁴雯　　　雯雯雯雯雯雯 雯

[ wén ㄨㄣˊ 粵men⁴ 文 ]

花紋狀的雲彩。多作女性人名用字。

⁵雷　　　雷雷雷雷雷雷 雷

[ léi ㄌㄟˊ 粵ley⁴ 擂 ]

❶ 雲層放電時發出的巨大響聲 ◆ 打雷 / 雷聲隆隆 / 雷電交加 / 電閃雷鳴。❷ 一種能爆炸的武器 ◆ 地雷 / 水雷 / 魚雷。

⁵電 (电)　　　電電電電電電 電

[ diàn ㄉㄧㄢˋ 粵din⁶ 殿 ]

❶ 一種重要的能源，用於發光、發熱、產生動力等 ◆ 電燈 / 電爐 / 電車 / 電機 / 發電廠。❷ 電報的簡稱 ◆ 急電 / 電信 / 電告。

⁵零　　　零零零零零零 零

[ líng ㄌㄧㄥˊ 粵lin⁴ 玲 ]

❶ 花、葉枯萎而落下 ◆ 凋零 / 飄零 / 草木零落。❷ 零碎的；小部分的 ◆ 零星 / 零件 / 零售 / 零用錢 / 吃零食。❸ 表示沒有數量；數目字，符號是 "0"。引申指沒有 ◆ 利潤等於零。❹ 數的空位 ◆ 一百零八人 / 一千零一夜。

⁵雹　　　雹雹雹雹雹雹 雹

[ báo ㄅㄠˊ 粵bok⁹ 薄 ]

空氣中的水氣遇冷後結成的冰粒或冰塊，通常隨雷陣雨降下，對農作物造成災害。俗稱雹子 ◆ 冰雹 / 雹災。

⁶需　　　需需需需需需 需

[ xū ㄒㄩ 粵sœy¹ 須 ]

❶ 必要 ◆ 需要 / 必需 / 急需 / 無需憂慮。❷ 必要的東西 ◆ 軍需 / 不時之需。

⁷震　　　震震震震震震 震

[ zhèn ㄓㄣˋ 粵dzen³ 鎮 ]

❶ 劇烈顫動 ◆ 震動 / 地震 / 震耳欲聾。❷ 情緒非常激動 ◆ 震怒 / 震驚。

⁷霄　　　霄霄霄霄霄霄 霄

[ xiāo ㄒㄧㄠ 粵siu¹ 消 ]

雲；天空 ◆ 雲霄 / 九霄雲外 / 霄壤之別。

⁷霆　　　霆霆霆霆霆霆 霆

[ tíng ㄊㄧㄥˊ 粵tin⁴ 庭 ]

霹靂；暴雷 ◆ 雷霆。

阜隶隹雨青非

<sup>7</sup>霉　霉霉霉霉霉霉　霉

[ méi ㄇㄟˊ ⑧ mui⁴ 梅 ]
東西因受潮生菌而長出白色毛狀物或變質 ◆ 發霉／霉爛。

<sup>8</sup>霖　霖霖霖霖霖霖　霖

[ lín ㄌㄧㄣˊ ⑧ lɐm⁴ 林 ]
連下幾天的雨 ◆ 久旱逢甘霖。

<sup>8</sup>霏　霏霏霏霏霏霏　霏

[ fēi ㄈㄟ ⑧ fei¹ 非 ]
雨、雪、煙霧等紛飛、飄揚 ◆ 煙霏雲散／雨雪霏霏。

<sup>8</sup>霍　霍霍霍霍霍霍　霍

[ huò ㄏㄨㄛˋ ⑧ fɔk⁸ 縛 ]
形容快速；突然 ◆ 霍然／霍地站起來。

<sup>8</sup>霓　霓霓霓霓霓霓　霓

[ ní ㄋㄧˊ ⑧ ŋɐi⁴ 危 ]
霓虹燈：燈的一種，在真空管裏充入惰性氣體，通電後能放射出多種色彩的光。大多用作商業廣告 ◆ 街兩旁的霓虹燈光彩奪目。

<sup>8</sup>霎　霎霎霎霎霎霎　霎

[ shà ㄕㄚˋ ⑧ sap⁸ 澀 ]
很短的時間 ◆ 霎時／一霎。

<sup>9</sup>霜　霜霜霜霜霜霜　霜

[ shuāng ㄕㄨㄤ ⑧ sœŋ¹ 商 ]
❶接近地面的水氣遇冷在地上或物體上凝結成的白色晶體 ◆ 霜降／霜凍／雪上加霜。❷像霜的東西 ◆ 杏仁霜。

<sup>9</sup>霞　霞霞霞霞霞霞　霞

[ xiá ㄒㄧㄚˊ ⑧ ha⁴ 瑕 ]
在日出或日落前後天空中出現的彩色的雲 ◆ 朝霞／晚霞／彩霞／霞光萬道。

<sup>11</sup>霧（雾）　霧霧霧霧霧霧　霧

[ wù ㄨˋ ⑧ mou⁶ 務 ]
接近地面的水蒸氣，遇冷凝結成的小水滴，在空氣中飄浮 ◆ 迷霧／霧氣／大霧彌漫／雲消霧散／雲霧繚繞。

<sup>13</sup>霸　霸霸霸霸霸霸　霸

[ bà ㄅㄚˋ ⑧ ba³ 壩 ]
❶依仗權勢，橫行一方，欺壓別人的人 ◆ 惡霸。❷蠻不講理，用強力奪取佔有 ◆ 霸道／霸佔／欺行霸市。❸中國春秋時代五個強大的諸侯 ◆ 春秋五霸。

<sup>13</sup>露　露露露露露露　露

〈一〉[ lù ㄌㄨˋ ⑧ lou⁶ 路 ]
❶露水：水氣夜間遇冷凝結在地面或物體上的小水珠 ◆ 露珠／露水／朝露。❷在屋外，沒有遮蔽 ◆ 露天／露營／露宿街頭。❸顯現出來 ◆ 顯露／暴露／揭露／拋頭露面／原形畢露。❹用果汁或加藥料製成的飲料或藥劑 ◆ 果子露／杏仁露／枇杷露／玫瑰露。

〈二〉[ lòu ㄌㄡˋ ⑧ lou⁶ 路 ]
❺義同 ❸，多用於口語 ◆ 露面／露馬腳／露一手。

**¹³霹**

霹 霹 霹 霹 霹 霹 　霹

[ pī ㄆ丨 ⑧pik⁷ 僻]

霹靂:急速而來的、響聲很大的雷;比喻
突然發生的事件 ◆ 晴天霹靂。

**¹⁴霾**

霾 霾 霾 霾 霾 霾 　霾

[ mái ㄇㄞˊ ⑧mai⁴ 埋]

陰霾:天空中由於懸浮着大量煙、塵等微粒
物質而形成的混濁現象。

**¹⁴霽** (霁)

霽 霽 霽 霽 霽 霽 　霽

[ jì ㄐ丨ˋ ⑧dzei³ 祭]

❶ 雨或雪停了,天色放晴 ◆ 雪初霽 / 嚮晚
雨霽。❷ 怒氣消除,表情顯得和悅 ◆ 霽
怒 / 色霽。

**¹⁶靋** (雳)

靋 靋 靋 靋 靋 靋 　靋

[ lì ㄌ丨ˋ ⑧lik⁷ 力⁷]

霹靂。見"霹"字,本頁。

**¹⁶靈** (灵)

靈 靈 靈 靈 靈 靈 　靈

[ líng ㄌ丨ㄥˊ ⑧ling⁴ 零/leng⁴ 鯪 (語)]

❶ 聰明;反應快 ◆ 靈敏 / 靈巧 / 靈活 / 機
靈 / 心靈手巧。❷ 人的精神;靈魂 ◆ 心靈 /
英靈。❸ 關於神仙的或死人的 ◆ 神靈 / 靈
堂 / 靈柩 / 靈車。❹ 效驗;有效 ◆ 靈驗 /
靈丹妙藥 / 這辦法真靈。

**¹⁶靄** (霭)

靄 靄 靄 靄 靄 靄 　靄

[ ǎi ㄞˇ ⑧oi² 藹]

雲氣 ◆ 雲靄 / 暮靄沉沉。

# 青 部

**⁰青**

青 青 青 青 青 青 　青

[qīng ㄑ丨ㄥ ⑧tsin¹ 清/tsεng¹ 請 (語)]

❶ 綠色 ◆ 青草 / 青山綠水 / 青出於藍而
勝於藍。❷ 藍色 ◆ 青天白雲。❸ 黑色
◆ 青布 / 青絲。❹ 指青草或沒有成熟的莊
稼 ◆ 踏青 / 青黃不接。❺ 比喻年輕 ◆ 青
年 / 青春年華。❻ 青海省的簡稱 ◆ 青藏
高原。

**⁵靖**

靖 靖 靖 靖 靖 靖 　靖

[ jìng ㄐ丨ㄥˋ ⑧dzing⁶ 靜]

❶ 安定;沒有動亂 ◆ 安靖。❷ 平息動亂;
使安定 ◆ 靖難 / 綏靖。

**⁸靜**

靜 靜 靜 靜 靜 靜 　靜

[ jìng ㄐ丨ㄥˋ ⑧dzing⁶ 淨]

❶ 停止不動;跟"動"相對 ◆ 動靜 / 靜止 /
平靜 / 風平浪靜 / 樹欲靜而風不止。❷ 沒
有聲響 ◆ 安靜 / 寂靜 / 寧靜 / 靜悄悄 / 夜
深人靜。

**⁸靛**

靛 靛 靛 靛 靛 靛 　靛

[ diàn ㄉ丨ㄢˋ ⑧din⁶ 電]

深藍色的顏料 ◆ 靛青。

# 非部

## ⁰非　非非非非非非

[ fēi ㄈㄟ ⑧ fei¹ 飛]

❶ 過失;錯誤;跟 "是" 相對 ◆ 痛改前非 /
文過飾非 / 是非曲直。❷ 不是;不 ◆ 非
賣品 / 非親非故 / 答非所問 / 非同一般。
❸ 不合於 ◆ 非法 / 非禮。❹ 反對;責備
◆ 非難 / 無可厚非 / 無可非議。❺ "非…
不…",表示必須 ◆ 非去不可 / 非説不可 /
非你不成。❻ 非州的簡稱 ◆ 亞非拉。

## ²匪
見匚部,51 頁。

## ⁴扉
見户部,164 頁。

## ⁴斐
見文部,194 頁。

## ⁴悲
見心部,154 頁。

## ⁶翡
見羽部,354 頁。

## ⁷輩
見車部,440 頁。

## ⁷靠　靠靠靠靠靠靠

[ kào ㄎㄠˋ ⑧ kau³]

❶ 依賴 ◆ 依靠 / 靠自己努力 / 全靠搶救及
時 / 在家靠父母,出外靠朋友。❷ 倚着;
挨近 ◆ 靠近 / 靠牆站 / 背靠背 / 船靠岸
了。❸ 信得過 ◆ 質量可靠 / 這個人靠得
住。

## ¹¹靡　靡靡靡靡靡靡

〈一〉[ mí ㄇㄧˊ ⑧ mei⁴ 眉]

❶ 浪費 ◆ 靡費 / 奢靡。

〈二〉[ mǐ ㄇㄧˇ ⑧ mei⁵ 美]

❷ 順風倒下 ◆ 所向披靡 / 風靡一時。

# 面部

## ⁰面　面面面面面面

[ miàn ㄇㄧㄢˋ ⑧ min⁶ 麪]

❶ 臉 ◆ 面孔 / 面紅耳赤 / 笑容滿面。❷
當面;直接 ◆ 面試 / 面談 / 面議 / 面交。
❸ 物體的表面 ◆ 地面 / 湖面 / 封面 / 桌
面。❹ 部位;方面 ◆ 反面 / 南面 / 四面
八方。❺ 對着;向着 ◆ 面臨 / 背山面水。
❻ 量詞,用於扁平的東西或會見的次數 ◆
一面鏡子 / 一面旗幟 / 見過幾面。❼ "麪"
的簡化字,見 511 頁。
☞ 見古文字插頁 9。

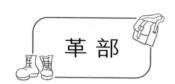

# 革部

## ⁰革

革革革革革革　革

[ gé ㄍㄜˊ ⑧ gak⁸ 隔 ]

❶ 去毛後加工過的獸皮 ◆ 皮革 / 製革 / 西裝革履。❷ 改變 ◆ 改革 / 變革 / 革新 / 革命 / 洗心革面。❸ 除去；撤消 ◆ 革除 / 革職。

☞ 見古文字插頁 9。

## ²勒

見力部，47 頁。

## ⁴靴

靴靴靴靴靴靴　靴

[ xuē ㄒㄩㄝ ⑧ hœ¹ ]

高筒的鞋 ◆ 靴子 / 皮靴 / 雨靴 / 隔靴搔癢。

## ⁴靳

靳靳靳靳靳靳　靳

[ jìn ㄐㄧㄣˋ ⑧ gɐn³ 巾³ ]

姓。

## ⁴靶

靶靶靶靶靶靶　靶

[ bǎ ㄅㄚˇ ⑧ ba³ 霸 ]

射擊的目標 ◆ 靶子 / 箭靶 / 擊中靶心。

## ⁶鞋

鞋鞋鞋鞋鞋鞋　鞋

[ xié ㄒㄧㄝˊ ⑧ hai⁴ 孩 ]

鞋子 ◆ 布鞋 / 皮鞋 / 拖鞋 / 涼鞋。

## ⁶鞏 (巩)

鞏鞏鞏鞏鞏鞏　鞏

[ gǒng ㄍㄨㄥˇ ⑧ guŋ² 拱 ]

牢固；堅固 ◆ 鞏固。

## ⁶鞍

鞍鞍鞍鞍鞍鞍　鞍

[ ān ㄢ ⑧ ɔn¹/ŋɔn¹ 安 ]

馬鞍：放在騾馬背上供騎坐或馱東西的器具 ◆ 鞍前馬後 / 鞍馬勞頓。

馬鞍

## ⁷鞘

鞘鞘鞘鞘鞘鞘　鞘

[ qiào ㄑㄧㄠˋ ⑧ tsiu³ 俏 ]

裝刀劍的套子 ◆ 劍鞘 / 刀出鞘。

## ⁸鞠

鞠鞠鞠鞠鞠鞠　鞠

[ jū ㄐㄩ ⑧ guk⁷ 谷 ]

鞠躬：彎身行禮 ◆ 鞠躬道謝。

## ⁹鞦 (秋)

鞦鞦鞦鞦鞦鞦　鞦

[ qiū ㄑㄧㄡ ⑧ tsɐu¹ 秋 ]

鞦韆：運動和遊戲的用具，在高架上拴兩根長繩，下端拴一塊板子，人在板上用腳蹬，使上下擺動。也寫作 "秋千" ◆ 盪鞦韆。

## ⁹鞭

鞭鞭鞭鞭鞭鞭　鞭

[ biān ㄅㄧㄢ ⑧ bin¹ 邊 ]

❶ 鞭子：趕牲口的用具 ◆ 皮鞭 / 馬鞭 / 揚鞭策馬。❷ 用鞭子抽打 ◆ 鞭打。❸ 成串的小爆竹 ◆ 鞭炮。❹ 古代兵器 ◆ 鋼鞭 / 竹節鞭。

**¹³韁**（缰） 韁 韁 韁 韁 韁 韁　韁

[ jiāng ㄐㄧㄤ 粵 gœŋ¹ 姜 ]
拴馬和其他牲口的繩子 ◆ 韁繩 / 脱韁的野馬。

**¹⁵韆**（千） 韆 韆 韆 韆 韆 韆　韆

[ qiān ㄑㄧㄢ 粵 tsin¹ 千 ]
鞦韆。見 "鞦" 字，484 頁。

**韋 部**

**⁰韋**（韦） 韋 韋 韋 韋 韋 韋　韋

[ wéi ㄨㄟˊ 粵 wɐi⁴ 圍 ]
姓。

**³韌**（韧） 韌 韌 韌 韌 韌 韌　韌

[ rèn ㄖㄣˋ 粵 jɐn⁶ 刃 ]
柔軟而堅固；不容易折斷 ◆ 韌 / 堅韌。

**⁸韓**（韩） 韓 韓 韓 韓 韓 韓　韓

[ hán ㄏㄢˊ 粵 hɔn⁴ 寒 ]
姓。

**¹⁰韜**（韬） 韜 韜 韜 韜 韜 韜　韜

[ tāo ㄊㄠ 粵 tou¹ 滔 ]
❶ 弓、箭的套子。❷ 用兵的謀略 ◆ 韜略 / 文韜武略。❸ 比喻隱藏 ◆ 韜光養晦。

**韭 部**

**⁰韭** 韭 韭 韭 韭 韭 韭　韭

[ jiǔ ㄐㄧㄡˇ 粵 gɐu² 九 ]
韭菜：一種蔬菜，葉子扁而細長。

**音 部**

**⁰音** 音 音 音 音 音 音　音

[ yīn ㄧㄣ 粵 jɐm¹ 陰 ]
❶ 聲音 ◆ 讀音 / 錄音 / 播音 / 音樂 / 音容笑貌。❷ 指消息 ◆ 音信 / 回音 / 佳音 / 福音。❸ 指音節 ◆ 單音詞 / 多音詞。

**²章** 見立部，327 頁。

**²竟** 見立部，327 頁。

音韋韋非音頁

## <sup>4</sup>韵

"韻"的異體字,見本頁。

## <sup>5</sup>韶

韶 韶 韶 韶 韶 韶　韶

[ sháo ㄕㄠˊ 粵 siu⁴ 燒⁴]

美好 ◆ 韶光 / 韶華。

## <sup>10</sup>韻(韵)

韻 韻 韻 韻 韻 韻　韻

[ yùn ㄩㄣˋ 粵 wɐn⁶ 運]

❶ 和諧好聽的聲音 ◆ 琴韻悠揚 / 松聲竹韻。❷ 情趣;風度 ◆ 韻味 / 風韻猶存。❸ 漢字的音節,前段叫聲母,後段叫韻母 ◆ 押韻。

## <sup>12</sup>響(响)

響 響 響 響 響 響　響

[ xiǎng ㄒㄧㄤˇ 粵 hœŋ² 享]

❶ 聲音;發出聲音 ◆ 聲響 / 交響樂 / 一聲不響 / 響起了熱烈的掌聲。❷ 回聲 ◆ 迴響 / 響應 / 影響 / 引起強烈反響。❸ 聲音大 ◆ 響亮。

頁 部

## <sup>0</sup>頁(页)

頁 頁 頁 頁 頁 頁　頁

[ yè ㄧㄝˋ 粵 jip⁹ 葉]

❶ 書冊的一張 ◆ 插頁 / 活頁。❷ 書冊中一張紙的一面 ◆ 頁碼 / 請翻到第十五頁 / 全書共二百五十頁。

☞見古文字插頁 9。

## <sup>2</sup>頂(顶)

頂 頂 頂 頂 頂 頂　頂

[ dǐng ㄉㄧㄥˇ 粵 diŋ² 鼎/dɛŋ² 定²(語)]

❶ 人或物體最上面的部分 ◆ 頭頂 / 屋頂 / 山頂 / 頂峯 / 頂端。❷ 用頭支承 ◆ 頂碗 / 頂天立地。❸ 支撐 ◆ 頂梁柱 / 用木槓把門頂住 / 頂不住對方的猛烈進攻。❹ 迎着 ◆ 頂風冒雨。❺ 不順從 ◆ 頂撞 / 頂嘴。❻ 代替 ◆ 冒名頂替。❼ 相當;抵得上 ◆ 一個人頂兩個人。❽ 表示程度最高;最 ◆ 頂好 / 頂多 / 頂聰明。❾ 量詞,用於某些有頂的東西 ◆ 一頂帽子 / 一頂花轎。

## <sup>2</sup>頃(顷)

頃 頃 頃 頃 頃 頃　頃

[ qǐng ㄑㄧㄥˇ 粵 kiŋ² 傾²]

❶ 計算土地面積的單位。一百畝為一頃 ◆ 良田萬頃。❷ 短時間 ◆ 少頃 / 頃刻之間 / 俄頃即去。❸ 不久以前;剛才 ◆ 頃聞 / 頃接來信。

## <sup>3</sup>項(项)

項 項 項 項 項 項　項

[ xiàng ㄒㄧㄤˋ 粵 hɐŋ⁶ 巷]

❶ 頸的後部 ◆ 頸項 / 項鏈 / 項背相望。❷ 事物的種類或條目 ◆ 事項 / 項目 / 強項。❸ 指款項、經費 ◆ 進項 / 用項。❹ 量詞,用於分項目的事物 ◆ 三項任務 / 兩項運動。

## <sup>3</sup>順(顺)

順 順 順 順 順 順　順

[ shùn ㄕㄨㄣˋ 粵 sœn⁶ 純⁶]

❶ 向着同一方向;跟"逆"相對 ◆ 順風 / 順流而下 / 順水推舟 / 順時針方向。❷ 沿着 ◆ 順着這條路往前走 / 順着城牆挖護城河。❸ 趁便 ◆ 順便 / 順帶 / 順口説説 /

順手牽羊。❹ **服從；不違背** ◆ 順從／歸順／百依百順／順我者昌，逆我者亡。❺ **整理；使有條理** ◆ 把文章內容再順一順。❻ **有條理** ◆ 語句通順／文從字順。❼ **次序；按次序** ◆ 順序／筆順／順延。❽ **適合；如意** ◆ 順心／順遂／順當／工作順利／風調雨順。

逆　　　順

³**須**⁽须⁾ 須須須須須須　須

[ xū ㄒㄩ ⑧ sœy¹ 需 ]

**必要；應當** ◆ 必須／務須／須知／解鈴還須繫鈴人。

⁴**頑**⁽顽⁾ 頑頑頑頑頑頑　頑

[ wán ㄨㄢˊ ⑧ wan⁴ 還 ]

❶ **愚蠢；無知** ◆ 愚頑／冥頑不靈。❷ **固執；不容易改變** ◆ 頑固／頑疾／頑強／負隅頑抗。❸ **淘氣；調皮** ◆ 頑皮／頑童。

⁴**頓**⁽顿⁾ 頓頓頓頓頓頓　頓

[ dùn ㄉㄨㄣˋ ⑧ dœn⁶ 鈍 ]

❶ **稍停一下** ◆ 停頓／抑揚頓挫。❷ **處理；安置** ◆ 整頓／安頓。❸ **頭向下叩或腳跺地** ◆ 頓首／捶胸頓足。❹ **立刻** ◆ 頓時／頓悟／茅塞頓開／頓生疑竇。❺ **疲乏** ◆ 困頓／舟車勞頓。❻ **量詞** ◆ 一頓飯／教訓了一頓。

⁴**頒**⁽颁⁾ 頒頒頒頒頒頒　頒

[ bān ㄅㄢ ⑧ ban¹ 班 ]

❶ **公佈** ◆ 頒佈。❷ **發給** ◆ 頒獎。

⁴**頌**⁽颂⁾ 頌頌頌頌頌頌　頌

[ sòng ㄙㄨㄥˋ ⑧ dzuŋ⁶ 仲 ]

❶ **讚揚；稱讚** ◆ 頌揚／讚頌／稱頌／歌頌／歌功頌德。❷ **以讚揚為內容的詩文** ◆ 《橘頌》。

⁴**煩** 見火部，267頁。

⁴**預**⁽预⁾ 預預預預預預　預

[ yù ㄩˋ ⑧ jy⁶ 譽 ]

❶ **事先** ◆ 預先／預告／預備／預測／預防／預謀。❷ **參加；過問** ◆ 參預／干預。

⁵**碩** 見石部，313頁。

⁵**領**⁽领⁾ 領領領領領領　領

[ lǐng ㄌㄧㄥˇ ⑧ liŋ⁵ 嶺／lɛŋ⁵ 嶺（語） ]

❶ **脖子** ◆ 領帶／引領而望。❷ **衣領** ◆ 尖領／翻領／雞心領。❸ **要點；綱要** ◆ 要領／綱領／提綱挈領。❹ **帶引** ◆ 領導／率領／領隊／領航。❺ **佔有；管轄的** ◆ 佔領／領土／領空。❻ **接受；取得** ◆ 領取／領獎／領教／領情／失物招領。❼ **瞭解；理解** ◆ 領會／領悟／領略／心領神會。

⁵**頗**⁽颇⁾ 頗頗頗頗頗頗　頗

〈一〉[ pō ㄆㄛ ⑧ pɔ¹ 婆¹ ]

❶ **偏差；不正** ◆ 偏頗。

**焦點易錯字** 誦｜頌　誦經 背誦　頌讚 歌頌

〈二〉[ pō ㄆㄛ ⓟ pɔ² 坡 ]
❷ 很；相當地 ◆ 頗好 / 頗能幹 / 頗有同
感 / 頗為合理。

⁶頡 (颉)　頡頡頡頡頡頡　頡
[ jié ㄐㄧㄝˊ ⓟ kit⁸ 揭 ]
倉頡：古代人名，傳說漢字是他創造的 ◆
倉頡造字。

⁶領 (颌)　領領領領領領　領
[ hé ㄏㄜˊ ⓟ hɐp⁹ 合 ]
構成口腔上下部的骨頭和肌肉組織，上部
叫上領，下部叫下領。

⁶頦 (颏)　頦頦頦頦頦頦　頦
[ kē ㄎㄜ ⓟ hɔi⁴ 海⁴ ]
下巴；臉的最下部分。

⁷頭 (头)　頭頭頭頭頭頭　頭
〈一〉[ tóu ㄊㄡˊ ⓟ tɐu⁴ 投 ]
❶ 腦袋 ◆ 頭痛 / 頭暈 / 舉頭望明月，低頭
思故鄉。❷ 指頭髮或髮式 ◆ 剃頭 / 梳頭 /
分頭。❸ 物體的頂端；最前的 ◆ 船頭 / 山
頭 / 兩頭尖。❹ 事情的起點和終點 ◆ 開頭 /
萬事起頭難 / 沒有盡頭。❺ 剩下的部分 ◆
布頭 / 煙頭 / 鉛筆頭。❻ 第一 ◆ 頭班車 /
頭等艙 / 頭號人物。❼ 領頭 ◆ 頭目 / 頭
子。❽ 量詞，用於動物或某些東西 ◆ 一頭
牛 / 兩頭豬 / 一頭蒜。
〈二〉[ tou ·ㄊㄡ ⓟ tɐu⁴ 投 ]
❾ 名詞詞尾 ◆ 石頭 / 木頭 / 外頭 / 念頭。

⁷頤 (颐)　頤頤頤頤頤頤　頤
[ yí ㄧˊ ⓟ ji⁴ 兒 ]

❶ 臉頰；腮幫子 ◆ 頤指氣使。❷ 保養 ◆
頤養天年。

⁷頰 (颊)　頰頰頰頰頰頰　頰
[ jiá ㄐㄧㄚˊ ⓟ gap⁸ 夾 ]
臉的兩側 ◆ 面頰 / 兩頰 / 臉頰紅潤。

⁷頸 (颈)　頸頸頸頸頸頸　頸
[ jǐng ㄐㄧㄥˇ ⓟ gɛŋ² 鏡² ]
脖子 ◆ 頸項 / 頸鏈 / 長頸鹿。

⁷穎　見禾部，323 頁。

⁷頻 (频)　頻頻頻頻頻頻　頻
[ pín ㄆㄧㄣˊ ⓟ pɐn⁴ 貧 ]
連續多次 ◆ 頻仍 / 頻繁 / 捷報頻傳 / 頻頻
點頭。

⁷頹 (颓)　頹頹頹頹頹頹　頹
[ tuí ㄊㄨㄟˊ ⓟ tœy⁴ 推⁴ ]
❶ 倒塌 ◆ 斷壁頹垣。❷ 衰敗 ◆ 衰頹。❸
精神不振；情緒低落 ◆ 頹廢 / 頹唐 / 頹喪。

⁸顆 (颗)　顆顆顆顆顆顆　顆
[ kē ㄎㄜ ⓟ fɔ² 火 ]
量詞，用於粒狀的東西 ◆ 一顆心 / 一顆子
彈 / 一顆花生米。

⁹題 (题)　題題題題題題　題
[ tí ㄊㄧˊ ⓟ tɐi⁴ 提 ]
❶ 題目 ◆ 試題 / 標題 / 離題 / 第三道題 /
文不對題。❷ 寫上；簽署 ◆ 題字 / 題名 /
題詞。

面革韋非音頁

## ⁹顎
同"腭"字，見 365 頁。

## ⁹顏 (颜)
顏 顏 顏 顏 顏 顏 顏

[ yán ㄧㄢˊ ⓟ ŋan⁴ 眼⁴ ]
❶ 色彩 ◆ 顏色／顏料／五顏六色。❷ 臉；臉部的表情 ◆ 容顏／和顏悅色／笑逐顏開。❸ 面子 ◆ 無顏見人／厚顏無恥。

## ⁹額 (额)
額 額 額 額 額 額 額

[ é ㄜˊ ⓟ ŋak⁹ ]
❶ 額頭，頭的前面，頭髮以下、眉毛以上的部分 ◆ 額角。❷ 規定的數目 ◆ 額外／名額／超額／滿額。

## ¹⁰顛 (颠)
顛 顛 顛 顛 顛 顛 顛

[ diān ㄉㄧㄢ ⓟ din¹ 癲 ]
❶ 頂部 ◆ 山顛／塔顛／高山之顛。❷ 跌倒；跌落 ◆ 顛覆／顛撲不破。❸ 搖晃震盪 ◆ 顛簸／路不平，車子顛得厲害。

## ¹⁰願 (愿)
願 願 願 願 願 願 願

[ yuàn ㄩㄢˋ ⓟ jyn⁶ 縣 ]
❶ 樂意；肯 ◆ 願意／心甘情願／甘願受罰／不願幫忙。❷ 希望 ◆ 願望／心願／祝願／但願如此。❸ 許下的酬謝 ◆ 許願／還願。

## ¹⁰類 (类)
類 類 類 類 類 類 類

[ lèi ㄌㄟˋ ⓟ lœy⁶ 淚 ]
❶ 相似 ◆ 類似／類人猿／畫虎不成反類犬。❷ 根據事物相似或相同的特徵分出的種別 ◆ 分類／種類／類別／分門別類／物以類聚。

## ¹²囂
見口部，83 頁。

## ¹²顧 (顾)
顧 顧 顧 顧 顧 顧 顧

[ gù ㄍㄨˋ ⓟ gu³ 故 ]
❶ 回頭看；看 ◆ 回顧／瞻前顧後／義無反顧／環顧四周／左顧右盼／顧名思義。❷ 照管；關心 ◆ 照顧／自顧不暇／奮不顧身／顧此失彼。❸ 商店稱購物的人或出錢要求服務的人 ◆ 顧客。❹ 拜訪 ◆ 三顧茅廬。

## ¹³顫 (颤)
顫 顫 顫 顫 顫 顫 顫

〈一〉[ chàn ㄔㄢˋ ⓟ dzin³ 戰 ]
❶ 物體振動 ◆ 顫動／顫抖。
〈二〉[ zhàn ㄓㄢˋ ⓟ dzin³ 戰 ]
❷ 身體發抖 ◆ 打顫。

## ¹⁴顯 (显)
顯 顯 顯 顯 顯 顯 顯

[ xiǎn ㄒㄧㄢˇ ⓟ hin² 遣 ]
❶ 露在外面，容易看出 ◆ 明顯／顯著／顯然／顯而易見。❷ 露出；表現 ◆ 顯露／顯示／大顯身手／各顯神通／不登高山，不顯平地。❸ 有地位、有權勢、有名聲的 ◆ 顯貴／顯達／顯赫一時。

## ¹⁵顰 (颦)
顰 顰 顰 顰 顰 顰 顰

[ pín ㄆㄧㄣˊ ⓟ pɐn⁴ 頻 ]
皺眉頭 ◆ 一顰一笑／東施效顰。

## ¹⁶顱 (颅)
顱 顱 顱 顱 顱 顱 顱

[ lú ㄌㄨˊ ⓟ lou⁴ 盧 ]
頭蓋骨；頭 ◆ 腦顱／頭顱。

焦點易錯字　戰｜顫　戰爭 心驚膽戰　顫抖 顫動　　領｜頷　上頷 下頷　　頷首 頷下之珠

## $^{18}$顴（颧）

顴 顴 顴 顴 顴 顴　顴

[ quán ㄑㄩㄢˊ 粵 kyn⁴ 權 ]

顴骨：眼下腮上突出的部分 ◆ 顴骨高高
的。

**風 部**

## $^{0}$風（风）

風 風 風 風 風 風　風

[ fēng ㄈㄥ 粵 fuŋ¹ 封 ]

❶ 空氣流動的現象 ◆ 起風 / 颱風 / 龍捲風 /
風吹草動 / 夜來風雨聲，花落知多少。❷
像風那樣流行 ◆ 風行 / 風靡一時。❸ 消
息；傳聞 ◆ 聞風而動 / 風言風語 / 通風報
信 / 不許走漏風聲。❹ 習俗 ◆ 風俗 / 風氣 /
移風易俗 / 傷風敗俗 / 蔚然成風。❺ 景象
◆ 風景 / 風光迷人。❻ 情勢 ◆ 看風使舵 /
望風披靡。❼ 人的舉止、氣度 ◆ 風度 / 風
格 / 風采 / 大將風範。❽ 指民歌 ◆ 採風。
❾ 中醫指某些疾病 ◆ 風濕 / 中風。

## $^{5}$颯（飒）

颯 颯 颯 颯 颯 颯　颯

[ sà ㄙㄚˋ 粵 sap⁸ 霎 ]

形容風聲 ◆ 秋風颯颯。

## $^{5}$颱（台）

颱 颱 颱 颱 颱 颱　颱

[ tái ㄊㄞˊ 粵 tɔi⁴ 抬 ]

颱風：極猛烈的風暴，風力常達十級以上，同
時有暴雨。颱風給人們的生命財產造成災害。

## $^{6}$颳（刮）

颳 颳 颳 颳 颳 颳　颳

[ guā ㄍㄨㄚ 粵 gwat⁸ 刮 ]

風吹動 ◆ 颳風下雨 / 颳起了八級大風 / 樹
被大風颳倒了。

## $^{8}$颶（飓）

颶 颶 颶 颶 颶 颶　颶

[ jù ㄐㄩˋ 粵 gœy⁶ 巨 ]

颶風：十二級以上的強烈風暴。

## $^{9}$颺（飏）

颺 颺 颺 颺 颺 颺　颺

[ yáng ㄧㄤˊ 粵 jœŋ⁴ 羊 ]

隨風飄動、飛起。同“揚”字 ◆ 塵土飛颺 /
軍旗飄颺。

## $^{9}$颼（飕）

颼 颼 颼 颼 颼 颼　颼

[ sōu ㄙㄡ 粵 sɐu¹ 收 ]

風雨聲 ◆ 北風颼颼。

## $^{11}$飄（飘）

飄 飄 飄 飄 飄 飄　飄

[ piāo ㄆㄧㄠ 粵 piu¹ 漂 ]

隨風飛揚 ◆ 飄揚 / 飄動 / 雪花飄舞 / 風雨
飄搖 / 柳枝飄拂。

**飛 部**

## $^{0}$飛（飞）

飛 飛 飛 飛 飛 飛　飛

[ fēi ㄈㄟ 粵 fei¹ 非 ]

❶ 鳥類、昆蟲等鼓動翅膀在空中往來活動 ◆ 飛翔／大雁南飛／飛來幾隻蝴蝶。❷ 物體在空中像飛一樣活動 ◆ 大雪紛飛／塵土飛揚／飛機飛越太平洋。❸ 形容極快 ◆ 飛快／飛奔／飛速發展／物價飛漲。❹ 意外的；沒有根據的 ◆ 飛來橫禍／流言飛語。
🖝 見古文字插頁 9。

食 部

**食**　食食食食食食
[ shí ㄕ′ ⑧ sik⁹ 蝕 ]
❶ 吃 ◆ 吞食／蠶食／食肉動物／廢寢忘食。❷ 吃的東西 ◆ 食品／食油／糧食／豐衣足食／飢不擇食。❸ 日、月虧缺的現象。同"蝕"字 ◆ 日食／月食。
🖝 見古文字插頁 9。

²**飢** ⁽飢⁾　飢飢飢飢飢飢
[ jī ㄐㄧ ⑧ gei¹ 基 ]
肚子餓；跟"飽"相對 ◆ 飢餓／飢寒交迫／忍飢捱餓／畫餅充飢／飢不擇食。

³**飧**　飧飧飧飧飧飧
[ sūn ㄙㄨㄣ ⑧ syn¹ 孫 ]
晚飯；泛指飯食 ◆ 誰知盤中餐（一作"飧"），粒粒皆辛苦。

⁴**飩** ⁽飩⁾　飩飩飩飩飩飩
[ tún ㄊㄨㄣ′ ⑧ ten¹ 吞 ]
餛飩。見"餛"字，493 頁。

⁴**飪** ⁽飪⁾　飪飪飪飪飪飪
[ rèn ㄖㄣ′ ⑧ jem⁶ 任／jem⁵ 任⁵ ]
做飯做菜 ◆ 烹飪。

⁴**飯** ⁽饭⁾　飯飯飯飯飯飯
[ fàn ㄈㄢ′ ⑧ fan⁶ 犯 ]
每天按時吃的食物；指煮熟的穀類食物 ◆ 吃飯／早飯／飯前要洗手／一粥一飯，當思來之不易。

⁴**飲** ⁽饮⁾　飲飲飲飲飲飲
⟨一⟩[ yǐn ㄧㄣˇ ⑧ jem² 音² ]
❶ 喝 ◆ 飲酒／飲茶／痛飲／飲水思源。❷ 喝的東西 ◆ 飲料／冷飲。❸ 含着；懷着 ◆ 飲恨／飲泣。
⟨二⟩[ yìn ㄧㄣ′ ⑧ jem³ 蔭 ]
❹ 給水喝 ◆ 飲馬。
🖝 見古文字插頁 16。

⁵**飾** ⁽饰⁾　飾飾飾飾飾飾
[ shì ㄕ′ ⑧ sik⁷ 式 ]
❶ 裝修、打扮；使美觀 ◆ 裝飾／修飾／粉飾。❷ 裝飾品 ◆ 首飾／服飾。❸ 掩蓋 ◆ 掩飾／文過飾非。❹ 扮演 ◆ 飾演記者。

⁵**飽** ⁽饱⁾　飽飽飽飽飽飽
[ bǎo ㄅㄠˇ ⑧ bau² 包² ]
❶ 吃夠了；跟"餓"、"飢"相對 ◆ 吃飽了／

飽食終日。❷ 充滿；豐富 ◆ 飽和／飽滿／飽經風霜／飽學之士。❸ 感到滿足 ◆ 大飽口福／一飽眼福。

⁵飼（饲）
飼 飼 飼 飼 飼 飼 飼

[sì ㄙˋ （粵）dzi⁶ 自]

餵養（動物）◆ 飼養／飼料。

⁶餌（饵）
餌 餌 餌 餌 餌 餌 餌

[ěr ㄦˇ （粵）nei⁶ 膩]

❶ 誘魚上鈎用的魚食 ◆ 魚餌／釣餌。❷ 用來引誘的東西 ◆ 誘餌。❸ 糕餅 ◆ 餅餌。

⁶餉（饷）
餉 餉 餉 餉 餉 餉 餉

[xiǎng ㄒㄧㄤˇ （粵）hœŋ² 享]

❶ 軍隊的食糧；軍警的薪金 ◆ 糧餉／餉銀／發餉。❷ 用酒食款待 ◆ 餉客。

⁶餃（饺）
餃 餃 餃 餃 餃 餃 餃

[jiǎo ㄐㄧㄠˇ （粵）gau² 狡]

餃子：有餡的半圓形的麵食 ◆ 水餃／蒸餃。

⁶養（养）
養 養 養 養 養 養 養

[yǎng ㄧㄤˇ （粵）jœŋ⁵ 仰]

❶ 生孩子 ◆ 養兒育女／養了一個男孩／養不教，父之過。❷ 撫育；供給生活費用 ◆ 贍養／撫養成人／養家活口／供養父母／養兒防老／養兵千日，用兵一時。❸ 飼養鳥獸蟲魚；栽培花草樹木 ◆ 養羊／養雞／養蠶／養花／養殖。❹ 使身體得到滋補和休息；有益身體健康的滋補品 ◆ 養病／養傷／調養／休養／營養／養精蓄銳。❺ 對事物進行維修、保護 ◆ 養路／養護／保養。❻

人品、學問的學習和磨煉 ◆ 修養／培養／涵養／養成良好習慣／勤能補拙，儉以養廉。❼ 非親生而撫養的 ◆ 養父／養母。

⁶餅（饼）
餅 餅 餅 餅 餅 餅 餅

[bǐng ㄅㄧㄥˇ （粵）bɛŋ² 柄²]

❶ 一種扁圓形的麵食 ◆ 烙餅／月餅／餡餅／畫餅充飢。❷ 形狀像餅的東西 ◆ 鐵餅／柿餅／豆餅。

⁷餐
餐 餐 餐 餐 餐 餐 餐

[cān ㄘㄢ （粵）tsan¹ 產¹]

❶ 吃 ◆ 聚餐／野餐／飽餐一頓。❷ 指飯食 ◆ 早餐／晚餐／西餐／自助餐／誰知盤中餐，粒粒皆辛苦。❸ 量詞，吃一頓叫一餐 ◆ 一日三餐／餐餐有魚。

⁷餓（饿）
餓 餓 餓 餓 餓 餓 餓

[è ㄜˋ （粵）ŋo⁶ 臥]

肚子空了，想吃東西；跟“飽”相對 ◆ 飢餓／忍飢捱餓／餓虎撲食。

⁷餘（徐）
餘 餘 餘 餘 餘 餘 餘

[yú ㄩˊ （粵）jy⁴ 余]

❶ 剩下的；多出來的 ◆ 剩餘／多餘／不遺餘力／綽綽有餘／心有餘而力不足。❷ 整數後面的零數 ◆ 五十餘人／一百餘年。❸ 某種情況以外的 ◆ 業餘／課餘／高興之餘。

⁷餒（馁）
餒 餒 餒 餒 餒 餒 餒

[něi ㄋㄟˇ （粵）nœy⁵ 女]

❶ 信心不足；失去勇氣 ◆ 氣餒／勝不驕，敗不餒。❷ 飢餓 ◆ 凍餒。

真風飛 食 首香

⁸ 餞 ⁽饯⁾ 餞 餞 餞 餞 餞 餞 餞

[ jiàn ㄐㄧㄢˋ ⓿dzin³ 箭 ]

❶ 設酒食送行 ◆ 餞行／餞別。 ❷ 用蜜、糖浸漬加工而成的果品 ◆ 蜜餞。

⁸ 餛 ⁽馄⁾ 餛 餛 餛 餛 餛 餛 餛

[ hún ㄏㄨㄣˊ ⓿wɐn⁴ 雲 ]

餛飩：一種用薄麵片包上餡製成的食品，通常是煮熟後連湯吃 ◆ 鮮肉餛飩。粵方言中也寫作"雲吞"。

⁸ 餡 ⁽馅⁾ 餡 餡 餡 餡 餡 餡 餡

[ xiàn ㄒㄧㄢˋ ⓿ham² 陷² ]

包在食品裏的肉、菜、糖等東西 ◆ 肉餡／豆沙餡／餃子餡／皮薄餡多。

⁸ 館 ⁽馆⁾ 館 館 館 館 館 館 館

[ guǎn ㄍㄨㄢˇ ⓿gun² 管 ]

❶ 接待賓客的房屋 ◆ 賓館／旅館。 ❷ 某些服務性的商店 ◆ 飯館／茶館／理髮館。 ❸ 某些文化體育、休閒娛樂活動的場所 ◆ 博物館／體育館／圖書館／保齡球館。 ❹ 外交使節辦公的地方 ◆ 大使館／領事館。

⁸ 餚 餚 餚 餚 餚 餚 餚

[ yáo ㄧㄠˊ ⓿ŋau⁴ 肴 ]

煮熟的魚肉等 ◆ 菜餚／美味佳餚。

⁹ 餧 ⁽喂⁾ 餧 餧 餧 餧 餧 餧

[ wèi ㄨㄟˋ ⓿wɐi³ 畏 ]

❶ 把食物送到別人嘴裏 ◆ 餧奶／餧飯／餧藥／餧孩子。 ❷ 飼養；給動物吃食 ◆ 餧豬／餧雞／餧牲口。

⁹ 餿 ⁽馊⁾ 餿 餿 餿 餿 餿 餿

[ sōu ㄙㄡ ⓿sɐu¹ 收 ]

食物腐敗變質，有酸臭味 ◆ 菜餿了／飯餿了。

¹⁰ 餼 "饋"的異體字，見本頁。

¹⁰ 餾 ⁽馏⁾ 餾 餾 餾 餾 餾 餾

[ liú ㄌㄧㄡˊ ⓿lɐu⁶ 漏 ]

蒸餾：液體加熱後變成蒸氣，冷卻後再凝成液體 ◆ 蒸餾水。

¹¹ 饃 ⁽馍⁾ 饃 饃 饃 饃 饃 饃

[ mó ㄇㄛˊ ⓿mo⁴ 磨 ]

北方有些地區稱饅頭叫饃，也叫饃饃。

¹¹ 饅 ⁽馒⁾ 饅 饅 饅 饅 饅 饅

[ mán ㄇㄢˊ ⓿man⁴ 蠻 ]

饅頭：用麵粉發酵後蒸成的沒有餡的食品 ◆ 白麵饅頭。

¹² 饒 ⁽饶⁾ 饒 饒 饒 饒 饒 饒

[ ráo ㄖㄠˊ ⓿jiu⁴ 搖 ]

❶ 豐富；多 ◆ 富饒／豐饒／饒舌／饒有興趣。 ❷ 寬恕 ◆ 饒恕／饒命／討饒／決不輕饒／饒他這一回。

¹² 饋 ⁽馈⁾ 饋 饋 饋 饋 饋 饋

[ kuì ㄎㄨㄟˋ ⓿gwɐi⁶ 櫃 ]

贈送 ◆ 饋贈。

¹² 饑 ⁽饥⁾ 饑 饑 饑 饑 饑 饑

[ jī ㄐㄧ ⓿gei¹ 基 ]

荒年；五穀歉收 ◆ 饑荒。

焦點易錯字 飢｜饑 飢餓 飢不擇食 饑饉 積穀防饑

<sup>17</sup>饞 <sup>(馋)</sup>　饞 饞 饞 饞 饞 饞

[ chán ㄔㄢˊ ⑧ tsam⁴ 慚 ]

❶ 貪吃 ◆ 饞嘴 / 嘴饞 / 又饞又懶 / 饞涎欲滴。❷ 貪心；羨慕 ◆ 眼饞。

首 部

<sup>0</sup>首　首 首 首 首 首 首 首

[ shǒu ㄕㄡˇ ⑧ seu² 手 ]

❶ 頭 ◆ 昂首闊步 / 俯首帖耳 / 痛心疾首 / 斬首示眾。❷ 最高領導人；帶頭的 ◆ 首領 / 首腦 / 元首 / 首長 / 罪魁禍首。❸ 開頭的；第一的 ◆ 首先 / 首次 / 首屆 / 首創 / 首席法官。❹ 出頭認罪或告發犯罪事實 ◆ 自首 / 出首。❺ 量詞，用於詩詞、歌曲等 ◆ 一首詩 / 一首歌 / 熟讀唐詩三 首，不會吟詩也會吟。

☞ 見古文字插頁 9。

香 部

<sup>0</sup>香　香 香 香 香 香 香 香

[ xiāng ㄒㄧㄤ ⑧ hœŋ¹ 鄉 ]

❶ 芬芳好聞的氣味；跟 "臭" 相對 ◆ 芳香 / 花香 / 清香 / 香噴噴 / 不是一番寒徹骨，怎得梅花撲鼻香。❷ 帶有香味的東西 ◆ 檀香 / 香料 / 香水 / 香皂。❸ 指用木屑加香料製成的細條 ◆ 蚊香 / 燒香拜佛 / 點上一炷香。❹ 吃得有味道；睡得很熟 ◆ 吃得真香 / 睡得很香。❺ 比喻受歡迎、受重視 ◆ 很吃香。

<sup>9</sup>馥　馥 馥 馥 馥 馥 馥 馥

[ fù ㄈㄨˋ ⑧ fuk⁷ 福 ]

香氣 ◆ 馥郁芬芳。

<sup>11</sup>馨　馨 馨 馨 馨 馨 馨 馨

[ xīn ㄒㄧㄣ ⑧ hiŋ¹ 兄 ]

香氣；芳香 ◆ 馨香 / 溫馨 / 清馨。

馬 部

<sup>0</sup>馬 <sup>(马)</sup>　馬 馬 馬 馬 馬 馬 馬

[ mǎ ㄇㄚˇ ⑧ ma⁵ 碼 ]

哺乳動物，頸部有鬣，尾部有長毛。四肢強健，善跑，可供拉車、耕地、乘騎，訓練後可充戰馬。皮可製革 ◆ 騎馬 / 快馬加鞭 / 馬不停蹄 / 路遙知馬力，日久見人心。

☞ 見古文字插頁 9。

²**馮**（冯）　馮馮馮馮馮馮　馮

[féng ㄈㄥˊ ⑧fuŋ⁴ 逢]
姓。

²**馭**（驭）　馭馭馭馭馭馭　馭

[yù ㄩˋ ⑧jy⁶ 預]
駕馭車馬 ◆ 駕馭 / 馭手。

³**駄**（驮）　駄駄駄駄駄駄　駄

〈一〉[tuó ㄊㄨㄛˊ ⑧tɔ⁴ 駝]
❶ 用背背東西 ◆駄運 / 我駄你過河 / 馬駄
着兩筐蘋果。
〈二〉[duò ㄉㄨㄛˋ ⑧dɔ⁶ 惰]
❷ 牲口駄的東西 ◆ 駄子。

³**嗎**　見口部，77頁。

³**馴**（驯）　馴馴馴馴馴馴　馴

[xùn ㄒㄩㄣˋ ⑧sœn⁴ 純]
❶ 順從；順服 ◆ 馴服 / 馴良 / 溫馴。❷ 使
順從 ◆ 馴養 / 馴馬 / 馴獅。

³**馳**（驰）　馳馳馳馳馳馳　馳

[chí ㄔˊ ⑧tsi⁴ 池]
❶ 車馬等快速奔跑 ◆ 奔馳 / 馳騁 / 飛馳 /
風馳電掣 / 背道而馳。❷ 傳揚 ◆ 馳名中
外。❸ 心思嚮往 ◆ 心馳神往 / 神馳心往。

⁴**駁**（驳）　駁駁駁駁駁駁　駁

[bó ㄅㄛˊ ⑧bɔk⁸ 博]
❶ 爭辯是非；否定別人的意見 ◆ 批駁 /
反駁 / 駁斥 / 駁論 / 無可辯駁。❷ 幾種顏

色混雜在一起 ◆ 斑駁。❸ 用小船分載轉
運；分載轉運的小船 ◆ 起駁 / 駁運 / 駁船。

⁵**駛**（驶）　駛駛駛駛駛駛　駛

[shǐ ㄕˇ ⑧si² 史/sɐi² 洗（語）]
❶ 車船馬等快速行走 ◆ 奔駛 / 行駛 / 疾
駛 / 飛駛而去 / 輪船駛進港灣。❷ 操縱車
船等 ◆ 駕駛。

⁵**駟**（驷）　駟駟駟駟駟駟　駟

[sì ㄙˋ ⑧si³ 試]
古代指同駕一輛車的四匹馬；也指套有四
匹馬的車 ◆ 一言既出，駟馬難追。

⁵**罵**　見网部，351頁。

⁵**駙**（驸）　駙駙駙駙駙駙　駙

[fù ㄈㄨˋ ⑧fu⁶ 父]
駙馬：舊時稱帝王的女婿。

⁵**駒**（驹）　駒駒駒駒駒駒　駒

[jū ㄐㄩ ⑧kœy¹ 驅]
❶ 小馬、小驢、小騾等 ◆ 馬駒 / 驢駒子。
❷ 指少壯的駿馬 ◆ 千里駒。

⁵**駐**（驻）　駐駐駐駐駐駐　駐

[zhù ㄓㄨˋ ⑧dzy³ 注]
停留在一個地方 ◆ 駐紮 / 駐防 / 進駐 / 駐
守邊疆 / 駐外使節。

⁵**駝**（驼）　駝駝駝駝駝駝　駝

[tuó ㄊㄨㄛˊ ⑧tɔ⁴ 佗]

❶駱駝 ◆ 駝峯 / 駝鈴 / 駝絨。 ❷脊背彎曲 ◆ 駝背。

⁵駑(驽) 駑駑駑駑駑駑 駑

[nú ㄋㄨˊ ⓟnou⁴ 奴]
❶駑馬,跑不快的劣馬。 ❷比喻人平庸沒有能力 ◆ 駑鈍 / 駑才。

⁵駕(驾) 駕駕駕駕駕駕 駕

[jià ㄐㄧㄚˋ ⓟga³ 架]
❶用牲口拉 ◆ 駕輕就熟 / 駕着牛耕田。
❷操縱車、船、飛機等 ◆ 駕車 / 駕駛 / 駕馭。 ❸指車輛 ◆ 並駕齊驅。 ❹特指帝王乘坐的車,並借指帝王 ◆ 起駕 / 駕崩。 ❺敬稱對方的車,並借指對方 ◆ 勞駕 / 駕臨。

⁶篤 見竹部,332頁。

⁶駱(骆) 駱駱駱駱駱駱 駱

[luò ㄌㄨㄛˋ ⓟlɔk⁹ 落]
駱駝:哺乳動物,身體高大,背上有駝峯,情馴良,能負重在沙漠裏走遠路,所以有"沙漠之舟"的美譽。

駱駝

⁶駭(骇) 駭駭駭駭駭駭 駭

[hài ㄏㄞˋ ⓟhai⁵ 蟹/hai⁶ 械]
害怕;吃驚 ◆ 驚駭 / 駭人聽聞 / 驚濤駭浪。

⁷騁(骋) 騁騁騁騁騁騁 騁

[chěng ㄔㄥˇ ⓟtsiŋ² 請]
馳騁:奔跑 ◆ 馳騁疆場 / 騎馬在草原上馳騁。

⁷駿(骏) 駿駿駿駿駿駿 駿

[jùn ㄐㄩㄣˋ ⓟdzœn³ 俊]
好馬 ◆ 駿馬飛奔。

⁸騎(骑) 騎騎騎騎騎騎 騎

〈一〉[qí ㄑㄧˊ ⓟkei⁴ 其/kɛ⁴ 茄 (語)]
❶兩腿跨坐 ◆ 騎馬 / 騎自行車。 ❷跨在兩邊 ◆ 騎牆 / 騎縫。
〈二〉[qí ㄑㄧˊ ⓟgei⁶ 忌/kei³ 冀 (語)]
❸騎的馬 ◆ 坐騎。 ❹騎兵;也泛指騎馬的人 ◆ 鐵騎 / 輕騎。

⁹騙(骗) 騙騙騙騙騙騙 騙

[piàn ㄆㄧㄢˋ ⓟpin³ 片]
說謊話或耍花招讓人上當 ◆ 欺騙 / 騙局 / 誘騙 / 受騙上當 / 招搖撞騙。

¹⁰騰(腾) 騰騰騰騰騰騰 騰

[téng ㄊㄥˊ ⓟteŋ⁴ 藤]
❶奔跑;跳躍 ◆ 萬馬奔騰 / 一片歡騰。 ❷上升 ◆ 升騰 / 熱血沸騰 / 騰雲駕霧。 ❸空

出來 ◆ 騰出手來 / 騰不出時間來。

<sup>10</sup>騷 (骚) 騷騷騷騷騷騷 騷

[ sāo ㄙㄠ 粵 sou¹ 蘇 ]
❶ 擾亂;不安定 ◆ 騷擾 / 騷亂 / 騷動。
❷ 輕浮;不正經 ◆ 賣弄風騷。

<sup>11</sup>驁 (骜) 驁驁驁驁驁驁 驁

[ ào ㄠˋ 粵 ŋou⁴ 遨 ]
❶ 駿馬。 ❷ 馬不馴良;比喻傲慢,不溫順
◆ 桀驁不馴。

<sup>11</sup>驃 (骠) 驃驃驃驃驃驃 驃

〈一〉[ biāo ㄅㄧㄠ 粵 biu¹ 標 ]
❶ 黃驃馬:一種黃毛中夾雜有白斑的馬。
〈二〉[ piào ㄆㄧㄠˋ 粵 piu³ 票 ]
❷ 勇猛 ◆ 驃勇 / 驃悍。

<sup>11</sup>驅 (驱) 驅驅驅驅驅驅 驅

[ qū ㄑㄩ 粵 kœy¹ 嶇 ]
❶ 趕牲口;駕駛車輛 ◆ 驅馬 / 驅車前往。
❷ 趕走 ◆ 驅逐 / 驅除 / 驅趕。 ❸ 快跑;
跑在前面 ◆ 長驅直入 / 並駕齊驅 / 先驅 /
前驅。

<sup>11</sup>驀 (蓦) 驀驀驀驀驀驀 驀

[ mò ㄇㄛˋ 粵 mɐk⁹ 默 ]
突然;忽然 ◆ 驀然回首。

<sup>11</sup>騾 (骡) 騾騾騾騾騾騾 騾

[ luó ㄌㄨㄛˊ 粵 lɔ⁴ 羅 / lœy⁴ 雷 (語) ]
哺乳類動物,由母馬和公驢雜交而生的家

畜,體格強壯,有耐久力,能拉車、馱運。
俗稱騾子。

<sup>12</sup>驕 (骄) 驕驕驕驕驕驕 驕

[ jiāo ㄐㄧㄠ 粵 giu¹ 嬌 ]
❶ 自高自大;傲慢 ◆ 驕傲 / 驕橫 / 驕兵必
敗 / 戒驕戒躁 / 勝不驕,敗不餒。 ❷ 猛烈
的 ◆ 驕陽似火。

<sup>13</sup>驚 (惊) 驚驚驚驚驚驚 驚

[ jīng ㄐㄧㄥ 粵 giŋ¹ 京 / gɛŋ¹ 頸¹ (語) ]
❶ 緊張;害怕 ◆ 驚慌 / 驚險 / 驚恐萬狀 /
膽戰心驚 / 驚濤駭浪 / 驚弓之鳥。 ❷ 騾、
馬等因驚嚇而狂奔亂跑,失去控制 ◆ 馬驚
了。 ❸ 使受到震動 ◆ 驚動 / 震驚中外 /
驚天動地 / 打草驚蛇。

<sup>13</sup>驗 (验) 驗驗驗驗驗驗 驗

[ yàn ㄧㄢˋ 粵 jim⁶ 豔 ]
❶ 檢查 ◆ 驗血 / 檢驗 / 測驗 / 試驗 / 實
驗。 ❷ 有功效 ◆ 效驗 / 靈驗 / 驗方 / 應
驗。

<sup>14</sup>驟 (骤) 驟驟驟驟驟驟 驟

[ zhòu ㄓㄡˋ 粵 dzɐu⁶ 就 / dzau⁶ 棹⁶ (語) ]
突然;急速 ◆ 驟然 / 天氣驟變 / 狂風驟起 /
暴風驟雨。

<sup>16</sup>驢 (驴) 驢驢驢驢驢驢 驢

[ lǘ ㄌㄩˊ 粵 lœy⁴ 雷 / lou⁴ 勞 (語) ]
家畜,體形像馬而比馬小,性情溫馴,能
拉車、馱運,也能供人騎。俗稱毛驢。

焦點易錯字　驅 | 騾　身驅 軀體　驅使 並駕齊驅　搔 | 騷　搔癢 搔首弄姿　騷亂 滿腹牢騷

骨 部

**⁰骨**(骨)　骨骨骨骨骨骨　骨

〈一〉[ gǔ ㄍㄨˇ 粵 gwæt⁷ 橘 ]

❶ 動物體內的支架，是一種堅硬的組織 ◆ 骨骼／骨頭／大腿骨折／傷筋動骨。❷ 比喻物體內部起支撐作用的架子 ◆ 扇骨／傘骨／鋼筋水泥。❸ 比喻人的品質、氣概 ◆ 骨氣／傲骨／奴顏媚骨。

〈二〉[ gū ㄍㄨ 粵 gwæt⁷ 橘 ]

❹ 骨朵：花苞；還沒開放的花朵 ◆ 花骨朵。

📖 見古文字插頁 9。

**⁴骯**(骯)　骯骯骯骯骯骯　骯

[ āng ㄤ 粵 ɔŋ¹/ŋɔŋ¹ 盎¹ ]

骯髒：不清潔。

**⁵骷**(骷)　骷骷骷骷骷骷　骷

[ kū ㄎㄨ 粵 fu¹ 枯 ]

骷髏：沒有毛髮、皮肉的死人的頭骨或全身骨架 ◆ 一具骷髏／劇毒物品包裝上有骷髏標籤。

**⁶骼**(骼)　骼骼骼骼骼骼　骼

[ gé ㄍㄜˊ 粵 gak⁸ 格 ]

骨骼：動物體內的支架 ◆ 骨骼強壯。

**⁶骸**(骸)　骸骸骸骸骸骸　骸

[ hái ㄏㄞˊ 粵 hai⁴ 孩 ]

❶ 骨；屍骨 ◆ 骸骨／屍骸。❷ 指身體 ◆ 遺骸／放浪形骸。

**¹¹髏**(髏)　髏髏髏髏髏髏　髏

[ lóu ㄌㄡˊ 粵 leu⁴ 留 ]

骷髏。見 "骷" 字，本頁。

**¹³髓**(髓)　髓髓髓髓髓髓　髓

[ suí ㄙㄨㄟˊ 粵 sœy⁵ 緒 ]

❶ 骨髓：骨頭裏像脂肪一樣的東西 ◆ 敲骨吸髓。❷ 物體內像骨髓的東西 ◆ 腦髓／脊髓。❸ 比喻事物的精華部分 ◆ 中華文化的精髓。

**¹³髒**(脏)　髒髒髒髒髒髒　髒

[ zāng ㄗㄤ 粵 dzɔŋ¹ 莊 ]

不清潔 ◆ 骯髒／衣服髒了／別把手弄髒了。

**¹³體**(体)　體體體體體體　體

[ tǐ ㄊㄧˇ 粵 tɐi² 替² ]

❶ 身體；人和動物的全身 ◆ 體型／體重／體無完膚／量體裁衣／軟體動物。❷ 指身體的一部分 ◆ 肢體／四體不勤／五體投地。❸ 物態 ◆ 固體／液體／氣體。❹ 事物的本身或全部 ◆ 個體／整體／集體／通體晶瑩透亮。❺ 形式；制度 ◆ 文體／字體／體例／體制／體系。❻ 親身經歷的 ◆ 體驗／體會／身體力行。❼ 為人着想 ◆ 體諒／體貼／體恤。

**¹⁴髖**　"臗" 的異體字，見 367 頁。

# 高 部

⁰高　高 高 高 高 高 高　髙

[ gāo ㄍㄠ ⓰ gou¹ 膏 ]

❶ 由下至上的距離大；跟 "低" 相對 ◆ 高山 / 高樓大廈 / 高空飛行 / 橫看成嶺側成峯，遠近高低各不同。❷ 由下至上的長度 ◆ 高度 / 身高二米 / 兩人一樣高。❸ 指高處 ◆ 登高 / 居高臨下。❹ 等級在上的 ◆ 高級 / 高等學校 / 高官厚祿。❺ 超出一般標準的；程度較深的 ◆ 高血壓 / 高速公路 / 高價收購 / 理論高深。❻ 品德非凡 ◆ 高尚 / 德高望重。❼ 歲數大 ◆ 高齡 / 高壽。❽ 聲音大 ◆ 高聲朗讀 / 振臂高呼 / 引吭高歌。❾ 敬辭，稱別人的事物 ◆ 高見 / 高論。
🖎 見古文字插頁 9。

# 髟 部

⁴髦　髦 髦 髦 髦 髦 髦　髦

[ máo ㄇㄠˊ ⓰ mou⁴ 毛 ]
古代指孩童額前的短髮。

---

⁵髮 (发)　髮 髮 髮 髮 髮 髮　髮

[ fà ㄈㄚˋ ⓰ fat⁸ 法 ]
頭髮 ◆ 理髮 / 髮型 / 長髮 / 一髮千鈞。

⁶髻　髻 髻 髻 髻 髻 髻　髻

[ jì ㄐㄧˋ ⓰ gei³ 繼 ]
盤在頭頂或腦後的髮結 ◆ 髮髻。

⁸鬆 (松)　鬆 鬆 鬆 鬆 鬆 鬆　鬆

[ sōng ㄙㄨㄥ ⓰ sung¹ 嵩 ]
❶ 不緊密；跟 "緊" 相對 ◆ 鬆散 / 鬆脆 / 鬆 / 鞋帶鬆了 / 頭髮蓬鬆。❷ 放開；解開 ◆ 鬆手 / 鬆綁 / 放鬆。❸ 不緊張；不嚴格 ◆ 輕鬆 / 鬆懈 / 紀律鬆弛 / 管教太鬆。❹ 用瘦肉、魚等加工成的絨毛狀的食品 ◆ 肉鬆 / 魚鬆。

⁸鬃　鬃 鬃 鬃 鬃 鬃 鬃　鬃

[ zōng ㄗㄨㄥ ⓰ dzung¹ 宗 /tsung⁴ 蟲 ]
馬、豬等動物頸上的長毛，可製刷、帚等 ◆ 馬鬃 / 豬鬃。

⁹鬍 (胡)　鬍 鬍 鬍 鬍 鬍 鬍　鬍

[ hú ㄏㄨˊ ⓰ wu⁴ 胡 ]
鬍子；鬍鬚 ◆ 落腮鬍。

¹²鬚 (须)　鬚 鬚 鬚 鬚 鬚 鬚　鬚

[ xū ㄒㄩ ⓰ sou¹ 蘇 ]
❶ 鬍子；長在嘴旁、下巴和面頰旁的毛 ◆ 蓄鬚 / 鬚髮皆白 / 巾幗不讓鬚眉。❷ 像鬍鬚的東西 ◆ 鬚根 / 觸鬚 / 花鬚。

---

焦點易錯字　鬂 | 髭 | 鬍 | 鬚　鬚鬂　髭鬍　鬍鬚　鬚眉

髟鬥鬯鬼

<sup>14</sup>**鬢**（鬓）　鬢 鬢 鬢 鬢 鬢 鬢　鬢

[ bìn ㄅㄧㄣˋ 　⑧ ben³ 殯 ]

長在耳朵前面、面頰兩旁的頭髮 ◆ 鬢角 / 鬢髮 / 兩鬢斑白 / 少小離家老大回，鄉音無改鬢毛衰。

<sup>15</sup>**鬣**　鬣 鬣 鬣 鬣 鬣 鬣　鬣

[ liè ㄌㄧㄝˋ 　⑧ lip⁹ 獵 ]

某些獸類頸上的長毛。

---

鬥 部

<sup>0</sup>**鬥**（斗）　鬥 鬥 鬥 鬥 鬥 鬥　鬥

[ dòu ㄉㄡˋ 　⑧ deu³ 豆³ ]

❶ 對打 ◆ 搏鬥 / 格鬥 / 戰鬥 / 械鬥。❷ 競賽；比勝負 ◆ 鬥智鬥勇。❸ 使爭鬥 ◆ 鬥牛 / 鬥雞。

☞ 見古文字插頁 9。

<sup>5</sup>**鬧**（闹）　鬧 鬧 鬧 鬧 鬧 鬧　鬧

[ nào ㄋㄠˋ 　⑧ nau⁶ 撓⁶ ]

❶ 人多，聲音雜 ◆ 熱鬧 / 喧鬧 / 鬧市 / 鬧哄哄。❷ 吵嚷；擾亂 ◆ 吵鬧 / 又哭又鬧 / 無理取鬧 / 大鬧一場。❸ 發生；發作 ◆ 鬧病 / 鬧事 / 鬧情緒 / 鬧脾氣。❹ 弄；搞 ◆ 鬧不清楚。

<sup>6</sup>**鬨**（哄）　鬨 鬨 鬨 鬨 鬨 鬨　鬨

[ hòng ㄏㄨㄥˋ 　⑧ hung⁶ 汞 ]

吵鬧；搗亂 ◆ 起鬨 / 一鬨而散。

<sup>15</sup>**鬭**

"鬥"的異體字，見本頁。

---

鬯 部

<sup>19</sup>**鬱**（郁）　鬱 鬱 鬱 鬱 鬱 鬱　鬱

[ yù ㄩˋ 　⑧ wet⁷ 屈 ]

❶ 樹木茂盛的樣子 ◆ 葱鬱 / 蒼鬱 / 鬱鬱葱葱。❷ 心情煩悶、不舒暢 ◆ 鬱悶 / 憂鬱 / 抑鬱 / 鬱鬱寡歡。

---

鬼 部

<sup>0</sup>**鬼**（鬼）　鬼 鬼 鬼 鬼 鬼 鬼　鬼

[ guǐ ㄍㄨㄟˇ 　⑧ gwei² 軌 ]

❶ 迷信説法，人死後的靈魂變成鬼 ◆ 鬼魂 / 妖魔鬼怪 / 驚天地，泣鬼神 / 平生不做虧心事，半夜不怕鬼敲門。❷ 陰險；不光明正大 ◆ 搗鬼 / 鬼頭鬼腦 / 鬼鬼祟祟 / 心懷鬼胎。❸ 看不起別人的稱呼 ◆ 酒鬼 / 賭

鬼 / 小氣鬼。❹ 説人聰明、機靈 ◆ 這孩子真鬼。

☞ 見古文字插頁 9。

³
**塊**　見土部，91 頁。

⁴
**魂** (魂)　魂魂魂魂魂魂 ‖魂‖

[ hún ㄏㄨㄣˊ ⑧ wɐn⁴ 雲 ]

❶ 古人指離開肉體而獨立存在的精神 ◆ 魂魄 / 靈魂 / 魂不附體 / 魂飛魄散。❷ 指人的精神、情緒 ◆ 神魂顛倒 / 夢魂縈繞 / 清明時節雨紛紛，路上行人欲斷魂。❸ 泛指一切事物的精神 ◆ 國魂 / 民族魂。

⁴
**魁** (魁)　魁魁魁魁魁魁 ‖魁‖

[ kuí ㄎㄨㄟˊ ⑧ fui¹ 灰 ]

❶ 第一名；為首的 ◆ 奪魁 / 罪魁禍首。❷ 指身體高大而強壯 ◆ 魁梧 / 魁偉。

⁵
**魅** (魅)　魅魅魅魅魅魅 ‖魅‖

[ mèi ㄇㄟˋ ⑧ mei⁶ 味 ]

❶ 鬼怪 ◆ 鬼魅。❷ 指一種特別吸引人的力量 ◆ 魅力。

⁵
**魄** (魄)　魄魄魄魄魄魄 ‖魄‖

[ pò ㄆㄛˋ ⑧ pak⁸ 拍 ]

❶ 古人指依附於人體而存在的精神，跟 "魂" 的意思相近 ◆ 魂魄 / 失魂落魄。❷ 指人的氣質、精力 ◆ 氣魄 / 體魄 / 魄力。

⁸
**魏** (魏)　魏魏魏魏魏魏 ‖魏‖

[ wèi ㄨㄟˋ ⑧ ŋɐi⁶ 偽 ]

❶ 戰國時國名。❷ 朝代名。

¹¹
**魔** (魔)　魔魔魔魔魔魔 ‖魔‖

[ mó ㄇㄛˊ ⑧ mɔ⁴ 磨/mɔ¹ 摩¹ ]

❶ 宗教或神話傳說中害人的鬼怪；比喻害人的東西或惡勢力 ◆ 魔鬼 / 妖魔 / 魔王 / 魔掌 / 病魔。❷ 神祕的；奇特的 ◆ 魔力 / 魔術。

**魚 部**

⁰
**魚** (鱼)　魚魚魚魚魚魚 ‖魚‖

[ yú ㄩˊ ⑧ jy⁴ 如 ]

生活在水中的脊椎動物，大都有鱗和鰭，用腮呼吸。種類很多，大部分可以吃，有的可供觀賞 ◆ 鯉魚 / 金魚 / 捕魚。

☞ 見古文字插頁 10。

鱸魚

魚鰓　　魚鰾　　魚鰭

³
**漁**　見水部，256 頁。

⁴
**鮋** (鲥)　鮋鮋鮋鮋鮋鮋 ‖鮋‖

[ yóu ㄧㄡˊ ⑧ jɐu⁴ 由 ]

鮋魚：生活在海洋裏的軟體動物，體白色，身體扁長，形狀像烏賊，可以吃。

⁴**魯**（鲁）　魯魯魯魯魯魯　魯

[ lǔ ㄌㄨˇ 〔粵〕lou⁵ 老]

❶ 笨；遲鈍 ◆ 魯鈍／愚魯。❷ 粗野；莽撞 ◆ 粗魯／魯莽。❸ 山東省的別稱。

⁵**鮎**（鲇）　鮎鮎鮎鮎鮎鮎　鮎

[ nián ㄋㄧㄢˊ 〔粵〕nim⁵ 黏⁵]

鮎魚：淡水魚，身體扁長，頭扁口闊，灰黑色，身上有黏液。

⁵**穌**

見禾部，323 頁。

⁵**鮑**（鲍）　鮑鮑鮑鮑鮑鮑　鮑

[ bào ㄅㄠˋ 〔粵〕bau⁶ 包⁶]

鮑魚：貝類動物，肉味鮮美。

⁶**鮭**（鲑）　鮭鮭鮭鮭鮭鮭　鮭

[ guī ㄍㄨㄟ 〔粵〕gwɐi¹ 歸]

魚類中的一科，身體較大，紡錘形，鱗細而圓，肉味鮮美。中國常見的大馬哈魚是鮭魚的一種。

⁶**鮮**（鲜）　鮮鮮鮮鮮鮮鮮　鮮

〈一〉[ xiān ㄒㄧㄢ 〔粵〕sin¹ 仙]

❶ 新鮮的；不枯乾的 ◆ 鮮魚／鮮花／鮮果。❷ 味道好 ◆ 鮮美／湯很鮮。❸ 色彩明亮 ◆ 鮮明／鮮豔／鮮紅。❹ 鮮美的食物 ◆ 時鮮／海鮮／嚐鮮。

〈二〉[ xiǎn ㄒㄧㄢˇ 〔粵〕sin² 洗]

❺ 少 ◆ 鮮見／鮮有／鮮為人知／寡廉鮮恥。

⁷**鯉**（鲤）　鯉鯉鯉鯉鯉鯉　鯉

[ lǐ ㄌㄧˇ 〔粵〕lei⁵ 里]

鯉魚：淡水魚，身體寬扁，嘴角有兩對觸鬚，肉可以吃 ◆ 鯉魚跳龍門。

⁷**鯊**（鲨）　鯊鯊鯊鯊鯊鯊　鯊

[ shā ㄕㄚ 〔粵〕sa¹ 沙]

鯊魚：生活在海洋裏，性兇猛，種類很多。肝可製魚肝油，鰭可加工成魚翅，是名貴食品。也寫作“沙魚”。

鯊魚

⁷**鯽**（鲫）　鯽鯽鯽鯽鯽鯽　鯽

[ jì ㄐㄧˋ 〔粵〕dzik⁷ 績]

鯽魚：淡水魚，身體側扁，背部青褐色，是常見的食用魚。

⁸**鯧**（鲳）　鯧鯧鯧鯧鯧鯧　鯧

[ chāng ㄔㄤ 〔粵〕tsœŋ¹ 昌]

鯧魚：體扁圓形，背部銀灰色，生活在海洋中。肉細嫩鮮美，是優質食用魚。

⁸**鯨**（鲸）　鯨鯨鯨鯨鯨鯨　鯨

[ jīng ㄐㄧㄥ 〔粵〕kiŋ⁴ 瓊]

生活在海洋中的哺乳動物，樣子像魚，用

魚
鳥
鹵
鹿
麥
麻

肺呼吸。種類很多,大的體長達三十多米,
重數噸。肉可以吃,脂肪可以製油。

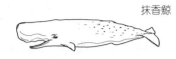

抹香鯨

藍鯨

⁹**鰓**(鳃) 鰓 鰓 鰓 鰓 鰓 鰓 **鰓**

[ sāi ㄙㄞ 粵 sɔi¹ 腮 ]
魚類的呼吸器官,在頭部的兩邊 ◆ 魚鰓。
❀ 圖見 501 頁。

⁹**鰐** "鱷" 的異體字,見 504 頁。

⁹**鰍**(鳅) 鰍 鰍 鰍 鰍 鰍 鰍 **鰍**

[ qiū ㄑㄧㄡ 粵 tsɐu¹ 秋 ]
泥鰍:身體圓而細長,青褐色,常鑽在泥
裏,肉可以吃。

¹⁰**鰭**(鳍) 鰭 鰭 鰭 鰭 鰭 鰭 **鰭**

[ qí ㄑㄧˊ 粵 kei⁴ 其 ]
魚類身上用來划水的運動器官,有脊鰭、
腹鰭、尾鰭等。
❀ 圖見 501 頁。

¹⁰**鰣**(鲥) 鰣 鰣 鰣 鰣 鰣 鰣 **鰣**

[ shí ㄕˊ 粵 si⁴ 時 ]

鰣魚:身體扁長,白色圓鱗。生活在海中,
春季時會到中國珠江、長江產卵。皮下脂
肪多,肉細嫩而鮮美,是名貴食用魚。

¹¹**鰾**(鳔) 鰾 鰾 鰾 鰾 鰾 鰾 **鰾**

[ biào ㄅㄧㄠ 粵 piu⁵ 飄⁵ ]
魚鰾:魚肚裏的白色氣囊,可以漲縮,使魚
在水中上浮或下沉。
❀ 圖見 501 頁。

¹¹**鰻**(鳗) 鰻 鰻 鰻 鰻 鰻 鰻 **鰻**

[ mán ㄇㄢˊ 粵 man⁶ 慢/ man⁴ 蠻 ]
鰻魚:體長,背脊灰黑色,腹部白色,肉味
鮮美,可以吃。

¹¹**鰥**(鳏) 鰥 鰥 鰥 鰥 鰥 鰥 **鰥**

[ guān ㄍㄨㄢ 粵 gwan¹ 關 ]
沒有妻子或死去了妻子的男人 ◆ 鰥夫 / 鰥
寡孤獨。

¹¹**鱉** "鱉" 的異體字,見 514 頁。

¹²**鱖**(鳜) 鱖 鱖 鱖 鱖 鱖 鱖 **鱖**

[ guì ㄍㄨㄟˋ 粵 gwɐi³ 桂 ]
鱖魚:一種淡水魚,身體黃綠色,有黑色
斑點。肉味鮮美。

¹²**鱗**(鳞) 鱗 鱗 鱗 鱗 鱗 鱗 **鱗**

[ lín ㄌㄧㄣˊ 粵 lœn⁴ 鄰 ]
❶ 魚類、爬蟲類身體表面長的透明小薄片
◆ 魚鱗 / 鱗甲。❷ 像魚鱗樣的 ◆ 鱗莖 / 遍
體鱗傷。

## ¹²鱔⁽鳝⁾

鱔 鱔 鱔 鱔 鱔 鱔 　鱔

[ shàn ㄕㄢˋ ⑧ sin⁵ 善⁵ ]

鱔魚：也叫黃鱔，形狀像蛇，黃褐色，有暗黑色斑點，無鱗。肉味鮮美 ◆ 炒鱔絲。

## ¹⁶鱷⁽鳄⁾

鱷 鱷 鱷 鱷 鱷 鱷 　鱷

[ è ㄜˋ ⑧ ŋɔk⁹ 岳 ]

鱷魚：兇猛的爬行動物，大多生活在熱帶的河裏。鱗甲堅硬，嘴大牙尖，有四隻腳。皮可以製革。

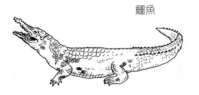

鱷魚

## ¹⁶鱸⁽鲈⁾

鱸 鱸 鱸 鱸 鱸 鱸 　鱸

[ lú ㄌㄨˊ ⑧ lou⁴ 盧 ]

鱸魚：生活在沿海。嘴大鱗細，銀灰色，背部有小黑點，肉味鮮美。

# 鳥 部

## ⁰鳥⁽鸟⁾

鳥 鳥 鳥 鳥 鳥 鳥 　鳥

[ niǎo ㄋㄧㄠˇ ⑧ niu⁵ 嫋 ]

飛禽的統稱。鳥全身有羽毛，大多會飛 ◆ 鳥籠／益鳥／候鳥／驚弓之鳥／鳥語花香。💡 見古文字插頁 10。

## ²鳩⁽鸠⁾

鳩 鳩 鳩 鳩 鳩 鳩 　鳩

[ jiū ㄐㄧㄡ ⑧ kɐu¹ 溝 ]

樣子像鴿子的鳥，種類很多，常見的有斑鳩、山鳩等 ◆ 鵲巢鳩佔。

鳩

## ²鳧⁽凫⁾

鳧 鳧 鳧 鳧 鳧 鳧 　鳧

[ fú ㄈㄨˊ ⑧ fu⁴ 符 ]

❶ 野鴨。❷ 在水裏游 ◆ 鳧水。

## ³鳶⁽鸢⁾

鳶 鳶 鳶 鳶 鳶 鳶 　鳶

[ yuān ㄩㄢ ⑧ jyn⁴ 元 ]

老鷹。

## ³鳴⁽鸣⁾

鳴 鳴 鳴 鳴 鳴 鳴 　鳴

[ míng ㄇㄧㄥˊ ⑧ miŋ⁴ 明 ]

❶ 鳥獸或昆蟲叫 ◆ 雞鳴／鳥鳴／蟬鳴／鹿鳴／兩個黃鸝鳴翠柳，一行白鷺上青天。❷ 泛指其他東西發出聲響 ◆ 鳴笛／機鳴聲／鑼鼓齊鳴／汽笛長鳴／電閃雷鳴。❸ 表達感情或意見 ◆ 鳴謝／鳴冤叫屈／自鳴得意／百家爭鳴。

## ³鳳⁽凤⁾

鳳 鳳 鳳 鳳 鳳 鳳 　鳳

[ fèng ㄈㄥˋ ⑧ fuŋ⁶ 奉 ]

魚
鳥
齒鹿
麥麻

鳳凰：傳説中的百鳥之王，常用來象徵吉
祥 ◆ 龍鳳呈祥 / 鳳毛麟角 / 龍飛鳳舞。

鳳凰

英國卡其鴨　　　北京鴨

⁴ **梟** 見木部，217頁。

⁵ **鴦**（鸯） 鴦鴦鴦鴦鴦鴦 鴦

［yāng ㄧㄤ ⑧ jœŋ¹ 央］

鴛鴦。見"鴛"字，本頁。

⁴ **鴉**（鸦） 鴉鴉鴉鴉鴉鴉 鴉

［yā ㄧㄚ ⑧ a¹/ŋa¹ 丫］

烏鴉：鳥名，全身羽毛黑色 ◆ 鴉雀無聲 /
天下烏鴉一般黑。

⁵ **鴛**（鸳） 鴛鴛鴛鴛鴛鴛 鴛

［yuān ㄩㄢ ⑧ jyn¹ 淵］

鴛鴦：鳥名，樣子像野鴨，雄的羽毛美麗，
雌雄常成對生活在水裏。常用來比喻夫妻
◆ 鴛鴦戲水。

鴛鴦

烏鴉

⁵ **鴣**（鸪） 鴣鴣鴣鴣鴣鴣 鴣

［gū ㄍㄨ ⑧ gu¹ 姑］

鷓鴣；鵓鴣。見"鷓"字，506頁；"鵓"字，
508頁。

⁵ **鴕**（鸵） 鴕鴕鴕鴕鴕鴕 鴕

［tuó ㄊㄨㄛˊ ⑧ tɔ⁴ 駝］

鴕鳥：現代鳥類中最大的鳥，頭小頸長，腿
長有力，善奔跑，翅小不能飛。生活在沙漠
地帶。

⁵ **鴨**（鸭） 鴨鴨鴨鴨鴨鴨 鴨

［yā ㄧㄚ ⑧ ap⁸/ŋap⁸ 押］

鴨子：嘴扁腳短，趾間有蹼，會游水，肉
和蛋都可以吃 ◆ 烤鴨 / 春江水暖鴨先知。

鴕鳥

魚鳥
黽鹿
麥麻

⁶**鴿** (鸽)　鴿鴿鴿鴿鴿鴿　鴿

[ gē ㄍㄜ ㊁ gep⁸ 急⁸ ]

鴿子：鳥名，善於飛行，有家鴿和野鴿兩種。家鴿經訓練可以成傳遞書信的信鴿 ◆ 和平鴿。

⁶**鴻** (鸿)　鴻鴻鴻鴻鴻鴻　鴻

[ hóng ㄏㄨㄥˊ ㊁ huŋ⁴ 洪 ]

❶ 大雁 ◆ 鴻雁 / 死有重於泰山，或輕於鴻毛。❷ 大 ◆ 大展鴻圖 / 鴻圖大志。

⁷**鵓** (鹁)　鵓鵓鵓鵓鵓鵓　鵓

[ bó ㄅㄛˊ ㊁ but⁹ 勃 ]

鵓鴣：鳥名，全身羽毛黑褐色，常在下雨前鳴叫。俗稱“水鵓鴣”。

⁷**鵑** (鹃)　鵑鵑鵑鵑鵑鵑　鵑

[ juān ㄐㄩㄢ ㊁ gyn¹ 娟 ]

杜鵑：（1）鳥名，羽毛灰褐色，初夏時常晝夜鳴叫，捕食小蟲，是益鳥。俗稱布穀鳥。（2）常綠或落葉灌木，春天開紅花。也叫映山紅。

⁷**鵠** (鹄)　鵠鵠鵠鵠鵠鵠　鵠

〈一〉[ hú ㄏㄨˊ ㊁ huk⁹ 酷 ]

❶ 即天鵝，鳥名，比雁大，羽毛純白，頸長，能高飛 ◆ 鴻鵠之志。

〈二〉[ gǔ ㄍㄨˇ ㊁ gu² 鼓 ]

❷ 箭靶；射箭的目標 ◆ 鵠的 / 中鵠。

鵠（天鵝）

⁷**鵝** (鹅)　鵝鵝鵝鵝鵝鵝　鵝

[ é ㄜˊ ㊁ ŋɔ⁴ 俄 ]

家禽，比鴨大，頸長，頭部有肉瘤，腳趾間有蹼。能游水，不能飛行，肉和蛋可以吃 ◆ 燒鵝 / 鵝毛扇 / 鵝毛大雪 / 千里送鵝毛，禮輕情意重。

⁸**鵡** (鹉)　鵡鵡鵡鵡鵡鵡　鵡

[ wǔ ㄨˇ ㊁ mou⁵ 武 ]

鸚鵡。見“鸚”字，509頁。

⁸**鵲** (鹊)　鵲鵲鵲鵲鵲鵲　鵲

[ què ㄑㄩㄝˋ ㊁ tzœk⁸ 綽 ]

喜鵲：背部黑褐色，頸、肚為白色，尾巴較長，常聚集在民屋周圍樹上喳喳叫，民間習俗認為是喜兆 ◆ 鵲喜。

喜鵲

⁸ **鵪**（鹌）　鵪鵪鵪鵪鵪鵪　鵪

[ān ㄢ 粵 em¹/ŋem¹ 庵]

鵪鶉：樣子像小雞的鳥，羽毛灰褐色，有黑色斑點，雄的好鬥，蛋的營養價值高。

⁸ **鵬**（鹏）　鵬鵬鵬鵬鵬鵬　鵬

[péng ㄆㄥˊ 粵 paŋ⁴ 彭]

傳說中的大鳥，能飛得很高很遠 ◆ 鵬程萬里。

⁸ **鶉**（鹑）　鶉鶉鶉鶉鶉鶉　鶉

[chún ㄔㄨㄣˊ 粵 sœn⁴ 純]

鵪鶉。見"鵪"字，本頁。

⁹ **鶿**（鹚）　鶿鶿鶿鶿鶿鶿　鶿

[cí ㄘˊ 粵 tsi⁴ 池]

鸕鶿。見"鸕"字，508頁。

¹⁰ **鷂**（鹞）　鷂鷂鷂鷂鷂鷂　鷂

[yào ㄧㄠˋ 粵 jiu⁴ 搖/jiu⁶ 耀]

鷂子：兇猛的鳥，樣子像鷹而比較小，捕食小鳥，經馴養能幫助打獵。也叫鷂鷹。

¹⁰ **鷄**　"雞"的異體字，見479頁。

¹⁰ **鶯**（莺）　鶯鶯鶯鶯鶯鶯　鶯

[yīng ㄧㄥ 粵 eŋ¹/ŋeŋ¹ 嚶]

益鳥，背部灰黃色，腹部灰白色，尾黑色，叫聲清脆好聽。常見的有黃鶯、柳鶯等。也叫黃鸝 ◆ 鶯歌燕舞。

黃鶯

¹⁰ **鶴**（鹤）　鶴鶴鶴鶴鶴鶴　鶴

[hè ㄏㄜˋ 粵 hɔk⁹ 學]

鳥名，頸、腿細長，翅膀大，善飛。種類很多，常見的有白鶴、灰鶴、丹頂鶴等，是國家的保護動物。俗稱仙鶴 ◆ 鶴立雞羣/風聲鶴唳。

丹頂鶴

¹¹ **鷗**（鸥）　鷗鷗鷗鷗鷗鷗　鷗

[ōu ㄡ 粵 eu¹/ŋeu¹ 歐]

水鳥，翅寬尾巴短，羽毛多灰、白色，生活在湖海邊，捕食魚蝦等。常見的有海鷗、燕鷗等。

鷗

## <sup>11</sup>鷓 <sup>(鹧)</sup> 鷓鷓鷓鷓鷓鷓 鷓

[ zhè ㄓㄜˋ ⑧dzε³ 借 ]

鷓鴣：鳥名，樣子像雞而比較小，胸部有白色圓點，頭頂紫紅色，吃穀粒、昆蟲等。

鷓鴣

## <sup>12</sup>鷸 <sup>(鹬)</sup> 鷸鷸鷸鷸鷸鷸 鷸

[ yù ㄩˋ ⑧jyt⁹ 月 ]

鳥名，嘴、頸、腿都比較長，翅膀短，常在水邊或田野捕食小魚、貝類、昆蟲等 ◆ 鷸蚌相爭，漁人得利。

鷸

## <sup>13</sup>鷺 <sup>(鹭)</sup> 鷺鷺鷺鷺鷺鷺 鷺

[ lù ㄌㄨˋ ⑧lou⁶ 路 ]

鷺鷥：鳥名，頸長腿長，翅膀大尾巴短，羽毛多為白色。生活在水邊，捕食小魚、貝類等，常見的有白鷺、蒼鷺等。

大白鷺

## <sup>13</sup>鷹 <sup>(鹰)</sup> 鷹鷹鷹鷹鷹鷹 鷹

[ yīng ㄧㄥ ⑧jiŋ¹ 英 ]

兇猛的鳥，嘴像彎鈎，腳趾有鈎爪，翅膀大。常在空中盤旋飛行，捕食小禽獸。俗稱老鷹 ◆ 鷹揚虎視。

金鷹

白頭鷹

貓頭鷹

## <sup>16</sup>鸕 <sup>(鸬)</sup> 鸕鸕鸕鸕鸕鸕 鸕

[ lú ㄌㄨˊ ⑧lou⁴ 盧 ]

鸕鷀：水鳥，樣子像烏鴉而比較大，羽毛黑色，頸部羽毛白色，嘴長，能潛水捕魚。經馴養能幫助漁民捕魚。也叫魚鷹、水老鴉。

鸕鷀

<sup>17</sup>鸚<sup>(鹦)</sup> 鸚 鸚 鸚 鸚 鸚 鸚 鸚

[ yīng ㄧㄥ ⑧ jiŋ¹ 英 ]

鸚鵡：鳥名，羽毛美麗，頭圓，嘴短而大，上嘴為鈎狀。經訓練能模仿人説話 ◆ 鸚鵡學舌。

鸚鵡

<sup>18</sup>鸛<sup>(鹳)</sup> 鸛 鸛 鸛 鸛 鸛 鸛 鸛

[ guàn ㄍㄨㄢˋ ⑧ gun³ 貫 ]

鳥名，樣子像鶴，嘴長，腿長，羽毛有灰色、白色和黑色的，常生活在水邊，吃魚、蝦和貝類。

白鸛

<sup>19</sup>鸝<sup>(鹂)</sup> 鸝 鸝 鸝 鸝 鸝 鸝 鸝

[ lí ㄌㄧˊ ⑧ lei⁴ 離 ]

黃鸝：鳥名，羽毛黃色，叫聲婉轉動聽。也叫黃鶯 ◆ 兩個黃鸝鳴翠柳，一行白鷺上青天。

金黃鸝

鹵 部

<sup>0</sup>鹵<sup>(卤)</sup> 鹵 鹵 鹵 鹵 鹵 鹵 鹵

[ lǔ ㄌㄨˇ ⑧ lou⁵ 老 ]

❶ 製鹽時剩下的味苦有毒的黑色液體，可用來製豆腐。❷ 鹵素：化學中氟、氯、溴、碘、砈等五種元素的統稱。

<sup>9</sup>鹹<sup>(咸)</sup> 鹹 鹹 鹹 鹹 鹹 鹹 鹹

[ xián ㄒㄧㄢˊ ⑧ ham⁴ 函 ]

鹽的味道；含鹽過多；跟"淡"相對 ◆ 鹹菜／鹹魚／鹹肉／這湯太鹹了。

<sup>13</sup>鹽<sup>(盐)</sup> 鹽 鹽 鹽 鹽 鹽 鹽 鹽

[ yán ㄧㄢˊ ⑧ jim⁴ 炎 ]

魚鳥鹵鹿麥麻

食鹽：有鹹味，主要調味品之一。有海鹽、井鹽等 ◆ 開門七件事，柴米油鹽醬醋茶。

¹³**鹼**⁽硷⁾　鹼鹼鹼鹼鹼鹼　鹼

[ jiǎn ㄐㄧㄢˇ （粵）gan² 簡 ]
一種化合物，純鹼可以用來洗衣服，去油漬；燒鹼是工業原料。

**鹿 部**

⁰**鹿**　鹿鹿鹿鹿鹿鹿　鹿

[ lù ㄌㄨˋ （粵）luk⁹ 綠 ]
哺乳動物。腿細長，毛黃褐色，有白斑，雄鹿頭上有樹枝樣的角，是貴重藥材。常見的有梅花鹿、長頸鹿等 ◆ 鹿茸 / 指鹿為馬。
🐾 見古文字插頁 10。

長頸鹿

馴鹿

³**塵**　見土部，92 頁。

⁸**麒**　麒麒麒麒麒麒　麒

[ qí ㄑㄧˊ （粵）kei⁴ 其 ]
麒麟：古代傳說中的動物，樣子像鹿，頭上有角，身上有鱗甲。古人用它象徵吉祥 ◆ 玉麒麟。

麒麟

⁸**麓**　麓麓麓麓麓麓　麓

[ lù ㄌㄨˋ （粵）luk⁹ 綠 ]
山腳 ◆ 山麓。
❀ 圖見 123 頁。

⁸**麗**⁽丽⁾　麗麗麗麗麗麗　麗

〈一〉[ lì ㄌㄧˋ （粵）lɐi⁶ 例 ]
❶ 美；好看 ◆ 美麗 / 秀麗 / 華麗 / 豔麗 / 風和日麗。
〈二〉[ lí ㄌㄧˊ （粵）lei⁴ 離 ]
❷ 麗水：地名，在浙江省。

⁸**麈**　見金部，467 頁。

¹⁰**麝**　麝麝麝麝麝麝　麝

[ shè ㄕㄜˋ （粵）sɛ⁶ 射 ]
獸名。形狀像鹿，沒有角，毛棕色或灰褐色，有斑紋。雄麝臍部有香腺，能分泌麝香，是貴重的香料，可做藥材。

¹²**麟**　麟 麟 麟 麟 麟 麟　麟

[ lín ㄌㄧㄣˊ ⑧ lœn⁴ 鄰 ]
麒麟。見"麒"字，510 頁。

**麥 部**

⁰**麥**（麦）　麥 麥 麥 麥 麥 麥　麥

[ mài ㄇㄞˋ ⑧ mɐk⁹ 脈 ]
重要的糧食作物，有大麥、小麥、黑麥、
燕麥等多種。小麥去殼磨成粉就是麪粉。
☞ 見古文字插頁 10。

大麥　　　　　小麥

⁴**麩**（麸）　麩 麩 麩 麩 麩 麩　麩

[ fū ㄈㄨ ⑧ fu¹ 夫 ]
小麥磨成麪粉時篩剩下的皮屑，可做飼料。
也叫麩皮 ◆ 麥麩。

⁴**麪**（面）　麪 麪 麪 麪 麪 麪　麪

[ miàn ㄇㄧㄢˋ ⑧ min⁶ 面 ]
❶ 麥子或其他糧食磨成的粉；泛指其他東
西的粉末 ◆ 麪粉 / 玉米麪 / 胡椒麪。❷
麪食的通稱 ◆ 麪包 / 湯麪 / 炒麪 / 掛麪 /
蝦子麪。

⁶**麯**　"麴"的異體字，見本頁。

⁸**麴**（麹）　麴 麴 麴 麴 麴 麴　麴

[ qū ㄑㄩ ⑧ kuk⁷ 曲 ]
釀酒或做醬時用來引起發酵的塊狀物，用黴
菌和大麥、大豆等製成 ◆ 酒麴 / 麴酒 / 瀘
州大麴。

⁹**麵**　"麪"的異體字，見本頁。

**麻 部**

⁰**麻**　麻 麻 麻 麻 麻 麻　麻

[ má ㄇㄚˊ ⑧ ma⁴ 痲 ]
❶ 草本植物，種類很多，有大麻、黃麻、
亞麻等。麻的莖皮纖維可做紡織原料 ◆ 麻
袋 / 麻布 / 麻繩。❷ 指芝麻 ◆ 麻油 / 麻
醬。❸ 身體局部感覺發木 ◆ 麻木 / 腿發
麻。❹ 用藥物使全身或局部失去知覺 ◆ 麻
藥 / 麻醉。

³**麼**（么）　麼 麼 麼 麼 麼 麼　麼

[ me ·ㄇㄜ ⑧ mɔ⁵ 魔⁵/mɔ¹ 魔（語）]
❶ 詞尾 ◆ 甚麼 / 怎麼 / 這麼 / 多麼 / 那麼。

❷ 助詞，表示含蓄的語氣，用在前半句末了 ◆ 不讓你去麼，你又要去。

⁴
**麾** 麾麾麾麾麾麾
[huī ㄏㄨㄟ ⑧ fɐi¹ 輝]
❶ 古代用來指揮軍事行動的旗幟。 ❷ 指揮 ◆ 麾軍北上。

⁴
**摩** 見手部，183 頁。

⁵
**磨** 見石部，314 頁。

⁶
**糜** 見米部，338 頁。

⁸
**靡** 見非部，483 頁。

¹⁰
**魔** 見鬼部，501 頁。

黃 部

⁰
**黃** ⁽黃⁾ 黃黃黃黃黃黃 黃
[huáng ㄏㄨㄤˊ ⑧ wɔŋ⁴ 皇]
❶ 像金子、蛋黃那樣的顏色 ◆ 黃色／杏黃／黃金／黃澄澄的梨。 ❷ 色情的；淫穢的 ◆ 掃黃。 ❸ 黃河的簡稱 ◆ 治黃／黃泛區／引

黃工程。 ❹ 黃帝軒轅氏的簡稱 ◆ 炎黃子孫。 ❺ 事情辦不成 ◆ 買賣黃了。

黍 部

⁰
**黍** 黍黍黍黍黍黍 黍
[shǔ ㄕㄨˇ ⑧ sy² 鼠]
一種糧食作物，去殼後叫黃米，有黏性。也叫黍子。

³
**黎** 黎黎黎黎黎黎 黎
[lí ㄌㄧˊ ⑧ lɐi⁴ 犁]
❶ 眾多 ◆ 黎民百姓。 ❷ 黎明：天剛亮的時候 ◆ 黎明即起。

⁵
**黏** 黏黏黏黏黏黏 黏
〈一〉[nián ㄋㄧㄢˊ ⑧ nim¹ 念¹]
❶ 具有膠水或漿糊那樣的性質 ◆ 黏性／黏土／黏液／黏合／這膠水很黏。
〈二〉[zhān ㄓㄢ ⑧ nim¹ 念¹]
❷ 黏性的東西附着在別的物體上或相互連結起來 ◆ 這種糖很黏牙／腸黏連。
〈三〉[zhān ㄓㄢ ⑧ nim⁴ 念⁴]
❸ 用黏性的東西使物件連結起來 ◆ 黏貼郵票。
〈二〉〈三〉也作 "粘"。

黑 部

⁰
黑　黑 黑 黑 黑 黑 黑　黑

[ hēi ㄏㄟ ⑧ hɐk⁷ 刻 ]
❶ 像煤或墨的顏色；跟"白"相對 ◆ 黑板 /
頭髮烏黑 / 黑白分明 / 近朱者赤，近墨者
黑。❷ 暗；缺少光亮 ◆ 黑夜 / 天黑了 /
屋裏漆黑一片。❸ 隱祕的；不正當的；非
法的 ◆ 黑市 / 黑話 / 黑社會組織。❹ 邪
惡的；狠毒的 ◆ 黑心。
☞ 見古文字插頁 10。

³
墨　　見土部，93 頁。

⁴
默　默 默 默 默 默 默　默

[ mò ㄇㄛˋ ⑧ mɐk⁹ 墨 ]
❶ 不説話；不出聲 ◆ 默哀 / 默讀 / 靜默 /
默許 / 沉默寡言。❷ 憑記憶把書本上的字
句寫出來 ◆ 默寫 / 默生字。

⁴
黔　黔 黔 黔 黔 黔 黔　黔

[ qián ㄑㄧㄢˊ ⑧ kim⁴ 鉗 ]
❶ 黑色。❷ 貴州省的別稱。

⁵
點 ⁽点⁾　點 點 點 點 點 點　點

[ diǎn ㄉㄧㄢˇ ⑧ dim² 店² ]
❶ 小的水滴；像水滴樣的斑痕 ◆ 雨點 /
斑點 / 麻點。❷ 漢字筆畫之一 " 、"；數
學符號之一 " • " ◆ 三點水 / 小數點。❸
用筆加點 ◆ 點評 / 畫龍點睛。❹ 表示一
落一起的動作 ◆ 點頭 / 蜻蜓點水。❺ 把
液體滴進去 ◆ 點眼藥水。❻ 逐一查對 ◆
點名 / 點數 / 清點 / 盤點。❼ 挑選；指定
◆ 點菜 / 點歌。❽ 啟發；指明 ◆ 指點 /
點題 / 一點就懂。❾ 引着火 ◆ 點燈 / 點
火。❿ 裝飾 ◆ 點綴 / 裝點。⓫ 時間單位；
小時；時間 ◆ 鐘點 / 十二點鐘 / 誤點。⓬
一定的處所或限度 ◆ 終點 / 起點 / 沸點 /
熔點。⓭ 事物的方面或部分 ◆ 重點 / 要
點 / 優點 / 缺點。⓮ 食品 ◆ 糕點 / 茶點
/ 早點。⓯ 量詞，表示少量 ◆ 兩點建議 /
一點事也沒有。

⁵
黛　黛 黛 黛 黛 黛 黛　黛

[ dài ㄉㄞˋ ⑧ dɔi⁶ 代 ]
青黑色的顏科，古代用來畫眉 ◆ 黛綠 / 粉
黛。

⁵
黜　黜 黜 黜 黜 黜 黜　黜

[ chù ㄔㄨˋ ⑧ dzœt⁷ 卒 /tsœt⁷ 出 ]
貶職；罷免 ◆ 黜職 / 黜免 / 廢黜王位。

⁵
黝　黝 黝 黝 黝 黝 黝　黝

[ yǒu ㄧㄡˇ ⑧ jɐu² 憂² ]
淡黑色 ◆ 黝黑 / 黑黝黝。

⁸
黨 ⁽党⁾　黨 黨 黨 黨 黨 黨　黨

[ dǎng ㄉㄤˇ ⑧ dɔŋ² 擋 ]
❶ 政治團體；政黨。❷ 小集團 ◆ 結黨營
私。

⁸ **鸝**　鸝 鸝 鸝 鸝 鸝 鸝　鸝

[lí ㄌㄧˊ 粵lei⁴ 黎]
黑裏帶黃的顏色 ◆ 面目鸝黑。

⁹ **黯**　黯 黯 黯 黯 黯 黯　黯

[àn ㄢˋ 粵em²/ŋem² 庵²]
❶ 陰暗 ◆ 黯淡。❷ 黯然：沮喪的樣子 ◆
黯然銷魂 / 黯然淚下。

¹¹ **黴**（霉）　黴 黴 黴 黴 黴 黴　黴

[méi ㄇㄟˊ 粵mei⁴ 微]
黴菌，生長在食物或衣物表面，呈細絲狀。
種類很多，有白黴、青黴、黑黴等。工業
上可用來製造抗菌素，如用青黴製造青黴
素。

黽 部

¹¹ **鰲**（鳌）　鰲 鰲 鰲 鰲 鰲 鰲　鰲

[áo ㄠˊ 粵ŋou⁴ 遨]
傳說中海裏的大龜 ◆ 獨佔鰲頭。

¹¹ **鱉**（鳖）　鱉 鱉 鱉 鱉 鱉 鱉　鱉

[biē ㄅㄧㄝ 粵bit⁸ 憋]
生活在淡水裏的爬行動物，樣子像烏龜。
肉有豐富的營養，背殼可做藥材。也叫甲
魚、團魚 ◆ 龜鱉丸 / 甕中捉鱉。

鼎 部

⁰ **鼎**　鼎 鼎 鼎 鼎 鼎 鼎　鼎

[dǐng ㄉㄧㄥˇ 粵diŋ² 頂]
❶ 古代煮東西的器物，有三足兩耳。❷ 比
喻三方面對立 ◆ 鼎立 / 鼎足而三。❸ 正當
◆ 鼎盛時期。❹ 大 ◆ 鼎力相助 / 大名鼎鼎。
☞ 見古文字插頁 10。

鼓 部

⁰ **鼓**　鼓 鼓 鼓 鼓 鼓 鼓　鼓

[gǔ ㄍㄨˇ 粵gu² 古]
❶ 在圓筒兩頭蒙上皮革，敲起來鼕鼕作響
的打擊樂器 ◆ 腰鼓 / 手鼓 / 長鼓 / 鑼鼓喧
天 / 鼓聲陣陣。❷ 拍；敲 ◆ 鼓掌 / 鼓琴。
❸ 發動；激勵 ◆ 鼓動 / 鼓勵 / 鼓舞。❹
凸起；漲大 ◆ 鼓着嘴 / 書包裝得鼓鼓的。
☞ 見古文字插頁 10。

⁵ **鼕**（冬）　鼕 鼕 鼕 鼕 鼕 鼕　鼕

[dōng ㄉㄨㄥ 粵duŋ¹ 東]
象聲詞。形容敲鼓或敲門等聲音 ◆ 鼓聲鼕鼕。

# 鼠 部

⁰**鼠**　鼠鼠鼠鼠鼠鼠　鼠

[ shǔ ㄕㄨˇ 粵 sy² 暑 ]

老鼠：哺乳動物，尾巴長，門齒發達，喜啃
東西，常損壞衣物或農作物，會傳播疾病
◆ 鼠疫 / 鼠目寸光 / 膽小如鼠 / 抱頭鼠竄。
📖 見古文字插頁 10。

⁵**竄**　見穴部，326 頁。

⁹**鼴**　鼴鼴鼴鼴鼴鼴　鼴

[ yǎn ㄧㄢˇ 粵 jin² 演 ]

鼴鼠：一種哺乳動物，毛黑褐色，頭尖，
眼、耳都很小，前肢發達，有利爪，善掘
土，捕食昆蟲，也吃植物的根，對農作物
有害。

# 鼻 部

⁰**鼻**　鼻鼻鼻鼻鼻鼻　鼻

[ bí ㄅㄧˊ 粵 bei⁶ 備 ]

❶ 鼻子：呼吸和嗅覺器官 ◆ 鼻梁 / 鼻孔 /

鼻音 / 不是一番寒徹骨，怎得梅花撲鼻香。
❷ 器物上帶孔的部分 ◆ 針鼻。❸ 開創 ◆
鼻祖。

³**鼾**　鼾鼾鼾鼾鼾鼾　鼾

[ hān ㄏㄢ 粵 hɔn⁴ 寒 ]

睡熟時口鼻發出的粗重的呼吸聲，俗稱打
呼 ◆ 打鼾 / 鼾睡 / 鼾聲如雷。

# 齊 部

⁰**齊**（齐）　齊齊齊齊齊齊　齊

[ qí ㄑㄧˊ 粵 tsɐi⁴ 妻⁴ ]

❶ 整齊；長短、高矮、大小等相差不多 ◆
參差不齊 / 長短不齊。❷ 完備；全 ◆ 齊
備 / 齊全 / 人都到齊了。❸ 同時；一起
◆ 齊唱 / 百花齊放 / 並駕齊驅 / 一齊去參
觀。❹ 同樣；一致 ◆ 齊名 / 齊心協力。
❺ 達到某一高度 ◆ 河水有齊腰深。
📖 見古文字插頁 10。

³**齋**（斋）　齋齋齋齋齋齋　齋

[ zhāi ㄓㄞ 粵 dzai¹ 債¹ ]

❶ 古人在祭祀前清心潔身，表示虔敬 ◆ 齋
戒。❷ 某些信仰宗教的人吃的素食 ◆ 吃
齋。❸ 文人的書房或某些商店的名稱 ◆
書齋 / 榮寶齋。

# 齒 部

**齒**⁽齿⁾ 　齒齒齒齒齒齒　齒

[ chǐ ㄔˇ 粵 tsi² 始 ]

❶ 牙齒：咀嚼食物的器官 ◆ 脣齒相依 / 咬牙切齒 / 明眸皓齒。❷ 像牙齒的東西 ◆ 鋸齒 / 齒輪。❸ 指年齡 ◆ 年齒 / 序齒。❹ 説到；提到 ◆ 不足掛齒 / 難以啟齒。

☞見古文字插頁 10。

**齡**⁽龄⁾ 　齡齡齡齡齡齡　齡

[ líng ㄌㄧㄥˊ 粵 liŋ⁴ 零 ]

❶ 歲數 ◆ 年齡 / 同齡 / 九十高齡。❷ 年限 ◆ 工齡 / 教齡。

**齣**⁽出⁾ 　齣齣齣齣齣齣　齣

[ chū ㄔㄨ 粵 tsœt⁷ 出 ]

戲劇的一個獨立劇目或一個段落 ◆ 三齣戲。

**齧**⁽啮⁾ 　齧齧齧齧齧齧　齧

[ niè ㄋㄧㄝˋ 粵 jit⁹ 熱 /jit⁸ 竭（語）]

咬 ◆ 蟲咬鼠齧。

**齜**⁽龇⁾ 　齜齜齜齜齜齜　齜

[ zī ㄗ 粵 dzi¹ 枝 ]

張開嘴露出牙齒 ◆ 齜着牙 / 齜牙咧嘴。

**齦**⁽龈⁾ 　齦齦齦齦齦齦　齦

[ yín ㄧㄣˊ 粵 ŋen⁴ 銀 ]

牙齦，包住牙根的肉。也叫"牙牀"◆ 牙齦出血。

**齪**⁽龊⁾ 　齪齪齪齪齪齪　齪

[ chuò ㄔㄨㄛˋ 粵 tsuk⁷ 畜 ]

齷齪。見"齷"字，本頁。

**齲**⁽龋⁾ 　齲齲齲齲齲齲　齲

[ qǔ ㄑㄩˇ 粵 gœy² 舉 ]

牙齒被腐蝕而形成空洞或殘損 ◆ 齲牙 / 齲齒。

**齷**⁽龌⁾ 　齷齷齷齷齷齷　齷

[ wò ㄨㄛˋ 粵 ak⁷ 握 ]

齷齪：(1) 骯髒；不乾淨 ◆ 牆角堆滿垃圾，太齷齪了。(2) 比喻人品惡劣、無恥 ◆ 他是個卑鄙齷齪的小人。

# 龍 部

**龍**⁽龙⁾ 　龍龍龍龍龍龍　龍

[ lóng ㄌㄨㄥˊ 粵 luŋ⁴ 隆 ]

❶ 古代傳說中的神奇動物，像蛇而有鱗有足，能興雲降雨 ◆ 畫龍點睛 / 龍鳳呈祥。❷ 古生物學上指一些巨大的爬行動物 ◆ 恐

龍。❸ 古代用龍比喻皇帝 ◆ 龍袍／龍牀／
龍顏。❹ 比喻有特殊本領的人 ◆ 臥虎藏龍。
🖎 見古文字插頁 10。

龍

³ 塾 見土部，94 頁。

³ 龐 見广部，138 頁。

³ 寵 見宀部，117 頁。

⁶ 聾 見耳部，358 頁。

⁶ 龔（龚） 龔 龔 龔 龔 龔 龔　龔
[ gōng 《ㄨㄥ ⑨ guŋ¹ 公]
姓。

龠 部

⁰ 龠　龠 龠 龠 龠 龠 龠　龠
[ yuè ㄩㄝˋ ⑨ jœk⁹ 若]
❶ 古代的容量單位，是合的二分之一。❷
古代管樂器名，形狀像簫。
🖎 見古文字插頁 11。

龜 部

⁰ 龜（龟）　龜 龜 龜 龜 龜 龜　龜
[ guī 《ㄨㄟ ⑨ gwɐi¹ 歸]

雷龍

暴龍

劍龍

烏龜：爬行動物，身體扁圓，背、腹都有
堅硬的甲殼，頭、尾、四肢都能縮進甲殼
內。行動緩慢，壽命很長。甲可以做藥材
◆ 龜兔賽跑／龜年鶴壽。
見古文字插頁 11。

龜

# 附錄一
# 漢語拼音方案

（附國語注音字母）

| 一、字 母 表 | | | | | | |
|---|---|---|---|---|---|---|
| 字母 | Aa | Bb | Cc | Dd | Ee | Ff | Gg |
| 名稱 | ㄚ | ㄅㄝ | ㄘㄝ | ㄉㄝ | ㄜ | ㄝㄈ | ㄍㄝ |
| | Hh | Ii | Jj | Kk | Ll | Mm | Nn |
| | ㄏㄚ | ㄧ | ㄐㄧㄝ | ㄎㄝ | ㄝㄌ | ㄝㄇ | ㄋㄝ |
| | Oo | Pp | Qq | Rr | Ss | Tt | Uu |
| | ㄛ | ㄆㄝ | ㄑㄧㄡ | ㄚㄦ | ㄝㄙ | ㄊㄝ | ㄨ |
| | Vv | Ww | Xx | Yy | Zz | | |
| | ㄪㄝ | ㄨㄚ | ㄒㄧ | ㄧㄚ | ㄗㄝ | | |

v 只用來拼寫外來語、少數民族語言和方言。
字母的手寫體依照拉丁字母的一般書寫習慣。

| 二、聲 母 表 | | | | | | | |
|---|---|---|---|---|---|---|---|
| b | p | m | f | d | t | n | l |
| ㄅ玻 | ㄆ坡 | ㄇ摸 | ㄈ佛 | ㄉ得 | ㄊ特 | ㄋ訥 | ㄌ勒 |
| g | k | h | | j | q | x | |
| ㄍ哥 | ㄎ科 | ㄏ喝 | | ㄐ基 | ㄑ欺 | ㄒ希 | |
| zh | ch | sh | r | z | c | s | |
| ㄓ知 | ㄔ蚩 | ㄕ詩 | ㄖ日 | ㄗ資 | ㄘ雌 | ㄙ思 | |

在給漢字注音的時候，為了使拼式簡短，zh ch sh 可以省作 ẑ ĉ ŝ。

## 三‧韻母表

|  | i<br>ㄧ　衣 | u<br>ㄨ　烏 | ü<br>ㄩ　迂 |
|---|---|---|---|
| a<br>ㄚ　啊 | ia<br>ㄧㄚ　呀 | ua<br>ㄨㄚ　蛙 | |
| o<br>ㄛ　喔 | | uo<br>ㄨㄛ　窩 | |
| e<br>ㄜ　鵝 | ie<br>ㄧㄝ　耶 | | üe<br>ㄩㄝ　約 |
| ai<br>ㄞ　哀 | | uai<br>ㄨㄞ　歪 | |
| ei<br>ㄟ　欸 | | uei<br>ㄨㄟ　威 | |
| ao<br>ㄠ　熬 | iao<br>ㄧㄠ　腰 | | |
| ou<br>ㄡ　歐 | iou<br>ㄧㄡ　憂 | | |
| an<br>ㄢ　安 | ian<br>ㄧㄢ　煙 | uan<br>ㄨㄢ　彎 | üan<br>ㄩㄢ　冤 |
| en<br>ㄣ　恩 | in<br>ㄧㄣ　因 | uen<br>ㄨㄣ　溫 | ün<br>ㄩㄣ　暈 |
| ang<br>ㄤ　昂 | iang<br>ㄧㄤ　央 | uang<br>ㄨㄤ　汪 | |
| eng<br>ㄥ　亨的韻母 | ing<br>ㄧㄥ　英 | ueng<br>ㄨㄥ　翁 | |
| ong<br>（ㄨㄥ）　轟的韻母 | iong<br>ㄩㄥ　雍 | | |

(1) "知、蚩、詩、日、資、雌、思"等七個音節的韻母用 i，即：知、蚩、詩、日、
資、雌、思等字拼作 zhi，chi，shi，ri，zi，ci，si。

(2) 韻母 ㄦ 寫成 er，用做韻尾的時候寫成 r。例如："兒童"拼作 ertong，"花兒"
拼作 huar。

(3) 韻母 ㄝ 單用的時候寫成 ê。

(4) i 行韻母，前面沒有聲母時，寫成：yi（衣），ya（呀），ye（耶），yao（腰），
you（憂），yan（煙），yin（因），yang（央），ying（英），yong（雍）。
u 行韻母，前面沒有聲母時，寫成：wu（烏），wa（蛙），wo（窩），wai（歪），
wei（威），wan（彎），wen（溫），wang（汪），weng（翁）。
ü 行韻母，前面沒有聲母時，寫成：yu（迂），yue（約），yuan（冤），yun（暈）；
ü 上兩點省略。
ü 行韻母，跟聲母 j，q，x 拼時，寫成：ju（居），qu（區），xu（虛），ü 上
面兩點也省略；但跟聲母 n，l 拼時，仍然寫成：nü（女），lü（呂）。

(5) iou，uei，uen 前面加聲母時，寫成：iu，ui，un，例如 niu（牛），gui（歸），
lun（論）。

(6) 在給漢字注音時，為了使拼式簡短，ng 可以省作 N。

| 四、聲 調 符 號 | | | |
|---|---|---|---|
| 陰平 | 陽平 | 上聲 | 去聲 |
| － | ／ | ∨ | ＼ |
| 聲調符號標在音節的主要母音上，輕聲不標。例如： | | | |

| 媽 mā | 麻 má | 馬 mǎ | 罵 mà | 嗎 ma |
|---|---|---|---|---|
| （陰平） | （陽平） | （上聲） | （去聲） | （輕聲） |

| 五、隔 音 符 號 |
|---|
| a，o，e 開頭的音節連接在其他音節後面的時候，如果音節的界限發生混淆，用隔音符號（'）隔開，例如：pi'ao（皮襖）。 |

# 附錄二
# 廣州話注音：國際音標

## 一、聲母表

| 聲母 | 例字 | 拼寫 | 聲母 | 例字 | 拼寫 |
|---|---|---|---|---|---|
| b | 巴 | ba¹ | l | 啦 | la¹ |
| d | 打 | da² | m | 媽 | ma¹ |
| dz | 渣 | dza¹ | n | 拿 | na⁴ |
| f | 花 | fa¹ | ŋ | 牙 | ŋa⁴ |
| g | 家 | ga¹ | p | 扒 | pa⁴ |
| gw | 瓜 | gwa¹ | s | 沙 | sa¹ |
| h | 蝦 | ha¹ | t | 他 | ta¹ |
| j | 也 | ja⁵ | ts | 茶 | tsa⁴ |
| k | 卡 | ka¹ | w | 蛙 | wa¹ |
| kw | 誇 | kwa¹ | | | |

## 二、韻母表

| 韻母 | 例字 | 拼寫 | 韻母 | 例字 | 拼寫 |
|---|---|---|---|---|---|
| a | 巴 | ba¹ | aŋ | 坑 | haŋ¹ |
| ai | 佳 | gai¹ | ap | 鴨 | ap⁸/ŋap⁸ |
| au | 交 | gau¹ | at | 壓 | at⁸/ŋat⁸ |
| am | 函 | ham⁴ | ak | 百 | bak⁸ |
| an | 晏 | an³/ŋan³ | ɐi | 溪 | kɐi¹ |
| ɐu | 收 | sɐu¹ | ɔn | 岸 | ŋɔn⁶ |
| ɐm | 金 | gɐm¹ | ɔŋ | 方 | fɔŋ¹ |
| ɐn | 根 | gɐn¹ | ɔt | 割 | gɔt⁸ |
| ɐŋ | 耿 | gɐŋ² | ɔk | 擴 | kwɔk⁸ |
| ɐp | 汁 | dzɐp¹ | œ | 靴 | hœ¹ |

## 二、韻母表

| 韻母 | 例字 | 拼寫 | 韻母 | 例字 | 拼寫 |
|---|---|---|---|---|---|
| ɐ | 疾 | dzɐt⁹ | œy | 女 | nœy⁵ |
| ɐk | 得 | dɐk¹ | œn | 倫 | lœn⁴ |
| ei | 戲 | hei³ | œŋ | 強 | kœŋ⁴ |
| ɛ | 借 | dzɛ³ | œt | 律 | lœt⁹ |
| ɛŋ | 鏡 | gɛŋ³ | œk | 約 | jœk⁸ |
| ɛk | 隻 | dzɛk⁸ | u | 烏 | wu¹ |
| i | 似 | tsi⁵ | ui | 灰 | fui¹ |
| iu | 耀 | jiu⁶ | un | 援 | wun⁴ |
| im | 點 | dim² | uŋ | 夢 | muŋ⁶ |
| in | 年 | nin⁴ | ut | 潑 | put⁷ |
| iŋ | 炯 | gwiŋ² | uk | 曲 | kuk¹ |
| ip | 貼 | tip⁸ | y | 書 | sy¹ |
| it | 列 | lit⁹ | yn | 村 | tsyn¹ |
| ik | 力 | lik⁹ | yt | 月 | jyt⁹ |
| ou | 母 | mou⁵ | m | 唔 | m⁴ (輔音元音化) |
| ɔ | 破 | pɔ³ | ŋ | 五 | ŋ⁵ (輔音元音化) |
| ɔi | 開 | hɔi¹ | | | |

## 三、聲調表

| 聲調 | 符號 | 例字 | 拼寫 |
|---|---|---|---|
| 陰平 | 1 | 詩 | si¹ |
| 陰上 | 2 | 史 | si² |
| 陰去 | 3 | 試 | si³ |
| 陽平 | 4 | 時 | si⁴ |
| 陽上 | 5 | 市 | si⁵ |
| 陽去 | 6 | 事 | si⁶ |
| 陰入 | 7 | 色 | sik⁷ |
| 中入 | 8 | 錫 | sɛk⁸ |
| 陽入 | 9 | 食 | sik⁹ |

# 附錄三
# 漢字書寫筆順規則表

| 規　則 | 例　字 |
|---|---|
| **基本規則** 1. 先橫後豎 | 一十 ｜ 二干 |
| 2. 先撇後捺 | 丿人 ｜ 才木 |
| 3. 從上到下 | 一二三 ｜ 一口豆豆 |
| 4. 從左到右 | 亻仁 ｜ 王玕班 |
| 5. 先外後裏 | 刀月 ｜ 門問 |
| 6. 先外後裏再封口 | 丨冂日 ｜ 冂田田 |
| 7. 先中間後兩旁 | 亅小 ｜ 手承 |
| **補充規則** **1. 帶點的字** | |
| 　(1) 點在左上先寫點 | 丷斗 ｜ 丶為 |
| 　(2) 點在右上後寫點 | 戈戈 ｜ 我我 |
| 　(3) 點在裏面後寫點 | 瓦瓦 ｜ 又叉 |
| **2. 兩面包圍的字** | |
| 　(1) 右上包圍結構，先外後裏 | 勹句 ｜ 丁司 |
| 　(2) 左上包圍結構，先外後裏 | 厂原 ｜ 戶房 |
| 　(3) 左下包圍結構，先裏後外 | 斤近 ｜ 聿建 |
| **3. 三面包圍結構的字** | |
| 　(1) 缺口朝上的，先裏後外 | 乂凶 ｜ 求函 |
| 　(2) 缺口朝下的，先外後裏 | 勹向 ｜ 冂周 |
| 　(3) 缺口朝右的，先上後裏再右下 | 一王匡 ｜ 一兀匹 |

# 附錄四
## 漢字合體字結構類型表

| 結　　構 | 例　　字 |
|---|---|
| 1. 上下結構 | 音　　奇　　恩　　意 |
| 2. 左右結構 | 羽　　梧　　部　　謝 |
| 3. 左上右包圍結構 | 風　　周　　閥 |
| 4. 左下右包圍結構 | 凶　　函 |

| 結　構 | 例　字 |
|---|---|
| 5. 左下包圍結構 | 廷　　避　　起 |
| 6. 上左下包圍結構 | 匠　　匿　　匯 |
| 7. 上左包圍結構 | 庫　　厚　　盧 |
| 8. 上右包圍結構 | 句　　司 |
| 9. 全包圍結構 | 因　　圓 |

# 附錄五
# 漢字偏旁名稱表

| 偏旁 | 名稱 | 例字 | 偏旁 | 名稱 | 例字 |
|---|---|---|---|---|---|
| 乙 | 乙字旁 | 九 乾 | 厂 | 雁字頭 | 厚 原 |
| 人 亻 | 人字頭 單人旁 單立人 | 介 倍 | 厶 | 私字頭 | 去 參 |
| 儿 | 儿字底 | 兄 光 | 又 | 又字旁 又字底 | 取 受 |
| 入 | 入字旁 入字頭 | 全 內 | 口 | 口字旁 口字底 | 叫 否 |
| 八 | 八字頭 八字底 | 公 兵 | 囗 | 大口框 四框欄 | 困 國 |
| 冖 | 禿寶蓋 | 冠 冤 | 土 圡 | 提土旁 土字底 | 坡 塞 |
| 冫 | 兩點水 | 冰 冬 | 士 | 士字頭 | 壺 壽 |
| 几 | 几字旁 | 凡 凱 | 夂 | 夏字底 | 夏 |
| 凵 | 山字底 | 凶 出 | 夕 | 夕字旁 夕字頭 夕字底 | 外 多 |
| 刀 刂 | 刀字旁 立刀旁 | 初 刻 | 大 | 大字頭 大字底 | 奇 契 |
| 力 | 力字旁 力字底 | 功 勞 | 女 | 女字旁 女字底 | 好 婆 |
| 勹 | 包字頭 包字框 | 勻 匈 | 子 孑 | 子字旁 子字底 | 孔 學 |
| 匕 | 匕字旁 | 化 匙 | 宀 | 寶蓋頭 | 守 家 |
| 匚 | 三框欄 匠字框 | 匠 匯 | 寸 | 寸字旁 寸字底 | 寺 |
| 匸 | 區字框 | 匹 區 | 小 | 小字旁 | 少 尚 |
| 十 | 十字頭 十字旁 | 南 協 | 尢 | 尤字旁 | 尤 就 |
| 卜 | 卜字頭 卜字旁 | 占 卦 | 尸 | 尸字頭 | 尾 居 |
| 卩 | 單耳旁 單耳刀 | 印 卻 | 山 | 山字頭 山字旁 山字底 | 岩 峻 巒 |

| 偏旁 | 名稱 | 例字 |
|---|---|---|
| 巛 | 川字頭 | 巢 |
| 工 | 工字旁 工字底 | 攻 差 |
| 己 | 己字旁 | 己 巴 |
| 巾 | 巾字旁 巾字底 | 帆 帶 |
| 广 | 廣字旁 廣字頭 | 店 座 |
| 廴 | 建字底 | 延 建 |
| 廾 | 弄字底 | 弄 弊 |
| 弓 | 弓字旁 | 引 強 |
| 彑 | 尋字頭 | 彗 彙 |
| 彡 | 三撇兒 | 形 彩 |
| 彳 | 雙人旁 雙立人 | 往 徐 |
| 心 忄 㣺 | 心字底 豎心旁 豎心底 | 思 悔 恭 |
| 戈 | 戈字旁 | 成 戲 |
| 戶 | 戶字頭 | 房 扇 |
| 手 扌 | 提手旁 手字底 | 提 拿 |
| 攴 攵 | 反文旁 | 收 放 |
| 文 | 文字旁 | 斌 斑 |
| 斗 | 斗字旁 | 料 斜 |
| 斤 | 斤字旁 | 欣 斷 |
| 日 | 日字頭 日字旁 日字底 | 早 明 昏 |
| 曰 | 曰字頭 曰字底 | 最 書 |
| 月 | 月字旁 | 服 朗 |
| 木 | 木字旁 木字底 | 材 棠 |

| 偏旁 | 名稱 | 例字 |
|---|---|---|
| 欠 | 欠字旁 | 欺 歌 |
| 止 | 止字頭 止字旁 止字底 | 歲 此 歷 |
| 歹 | 歹字旁 | 殊 殘 |
| 殳 | 殳字旁 | 段 毀 |
| 毛 | 毛字底 毛字旁 | 毫 毽 |
| 气 | 氣字頭 | 氧 氛 |
| 水 氵 | 三點水 水字底 | 江 漿 |
| 火 灬 | 火字旁 火字底 四點底 | 炊 焚 煎 |
| 爪 爫 | 爪字旁 爪字頭 | 爬 爭 |
| 父 | 父字頭 | 爸 爺 |
| 爻 | 雙叉兒 | 爽 爾 |
| 爿 | 將字旁 | 壯 牆 |
| 片 | 片字旁 | 版 牌 |
| 牛 牜 | 牛字旁 牛字底 | 牲 犀 |
| 犬 犭 | 犬字旁 反犬旁 | 獻 狗 |
| 玉 王 | 玉字底 玉字旁 斜王旁 | 璧 珍 |
| 瓜 | 瓜字旁 | 瓢 瓤 |
| 瓦 | 瓦字旁 瓦字底 | 瓶 瓷 |
| 甘 | 甘字旁 甘字頭 | 甜 甚 |
| 生 | 生字旁 生字底 | 甥 產 |
| 田 | 田字頭 田字旁 | 男 畔 |
| 疋 | 疋字旁 | 疏 疑 |
| 疒 | 病字頭 病字旁 | 疾 疲 |

| 偏旁 | 名稱 | 例字 | 偏旁 | 名稱 | 例字 |
|---|---|---|---|---|---|
| 癶 | 登字頭 | 登 發 | 聿 | 聿字旁 聿字底 | 肆 肇 |
| 白 | 白字頭 白字旁 | 皁 的 | 肉 月 | 肉字旁 肉月兒 肉月底 | 肥 胃 |
| 皿 | 皿字底 皿墩底 | 益 盒 | 臣 | 臣字旁 | 臥 臨 |
| 目 | 目字旁 目字底 | 眼 督 | 自 | 自字頭 | 臭 |
| 矛 | 矛字旁 | 矜 | 至 | 至字旁 至字底 | 致 臺 |
| 矢 | 矢字旁 | 知 矮 | 臼 | 臼字頭 臼字底 | 舅 舊 |
| 石 | 石字頭 石字旁 石字底 | 泵 破 磬 | 舌 | 舌字旁 | 舍 舒 |
| 示 礻 | 示字旁 | 社 祭 | 舟 | 舟字旁 | 船 航 |
| 禸 | 禹字旁 | 禹 禽 | 艮 | 艮字底 艮字旁 | 良 艱 |
| 禾 | 禾木旁 | 稻 秋 | 艸 艹 | 草字頭 | 花 英 |
| 宀 | 穴寶蓋 | 空 突 | 虍 | 虎字頭 | 虛 處 |
| 立 亠 | 立字頭 立字旁 | 章 站 | 虫 | 蟲字旁 蟲字底 | 蚊 蜜 |
| 竹 ⺮ | 竹字頭 | 笑 笛 | 血 | 血字旁 | 衊 |
| 米 | 米字旁 米字底 | 粒 粟 | 行 | 行字框 | 街 衡 |
| 糸 糹 | 絞絲旁 亂絞絲 絲字底 | 級 素 | 衣 衤 | 衣字旁 衣字框 衣字底 | 衫 裏 袋 |
| 缶 | 缶字旁 缶字底 | 缸 罄 | 西 覀 | 西字頭 | 要 覆 |
| 网 罒 | 四字頭 | 羅 罪 | 見 | 見字旁 見字底 | 視 覺 |
| 羊 ⺶ ⺷ | 羊字頭 羊字旁 斜羊旁 | 羨 羚 | 角 | 角字旁 | 觸 解 |
| 羽 | 羽字頭 羽字旁 羽字底 | 習 翅 翁 | 言 | 言字旁 | 許 說 |
| 老 | 老字頭 | 考 者 | 豆 | 豆字旁 豆字底 | 豌 豐 |
| 而 | 而字頭 而字旁 | 耍 耐 | 豕 | 豕字旁 豕字底 | 豬 豪 |
| 耒 | 耒字旁 | 耕 耗 | 豸 | 豸字旁 | 豹 貓 |
| 耳 | 耳字旁 耳字底 | 聆 聲 | 貝 | 貝字旁 貝字底 | 財 貴 |

| 偏旁 | 名稱 | 例字 | 偏旁 | 名稱 | 例字 |
|---|---|---|---|---|---|
| 走 | 走字旁 | 起 超 | 風 | 風字旁 | 颱 飄 |
| 足 ⻊ | 足字旁 足字底 | 踏 楚 | 食 飠 | 食字旁 食字底 | 飲 餐 |
| 身 | 身字旁 | 躬 軀 | 馬 | 馬字旁 馬字底 | 馳 駕 |
| 車 | 車字旁 | 輪 轉 | 骨 | 骨字旁 | 骼 體 |
| 辰 | 辰字頭 辰字底 | 辱 農 | 髟 | 髟字頭 | 髮 鬚 |
| 辛 | 辛字旁 | 辣 辮 | 鬥 | 鬥字框 | 鬧 鬨 |
| 走 辶 | 走之底 | 迎 返 | 鬼 | 鬼字旁 | 魂 魏 |
| 邑 阝(右) | 右耳旁 | 都 郊 | 魚 | 魚字旁 | 鮮 鱗 |
| 酉 | 酉字旁 酉字底 | 醉 醬 | 鳥 | 鳥字旁 鳥字底 | 鴿 鷺 |
| 金 | 金字旁 金字底 | 鐵 鑒 | 鹵 | 鹵字旁 | 鹹 鹼 |
| 門 | 門字框 | 閉 開 | 鹿 | 鹿字旁 鹿字底 | 麟 麗 |
| 阜 阝(左) | 左耳旁 | 降 陽 | 麥 | 麥字旁 | 湘 麩 |
| 隹 | 隹字頭 隹字旁 | 集 雄 | 麻 | 麻字頭 | 麼 |
| 雨 | 雨字頭 | 雲 雪 | 黍 | 黍字旁 | 黏 黎 |
| 青 | 青字旁 | 靖 靜 | 黑 | 黑字頭 黑字旁 黑字底 | 墨 默 黛 |
| 革 | 革字旁 | 鞋 靴 | 鼠 | 鼠字旁 | 鼬 |
| 韋 | 韋字旁 | 韌 韓 | 齊 | 齊字頭 | 齊 齋 |
| 音 | 音字旁 音字底 | 韻 響 | 齒 | 齒字旁 | 齡 齣 |
| 頁 | 頁字旁 | 頂 頭 | | | |

# 附錄六
## 部首讀音表

| 部首 | 普通話 | 廣州話 | | 部首 | 普通話 | 廣州話 | |
|---|---|---|---|---|---|---|---|
| **一畫** | | | | 凵 | kǎn | hɐm² | 砍 |
| 一 | yī | jɐt⁷ | 壹 | 刀 | dāo | dou¹ | 都 |
| 丨 | gǔn | gwɐn² | 滾 | 力 | lì | lik⁹ | 曆 |
| 丶 | zhǔ | dzy² | 主 | 勹 | bāo | bau¹ | 包 |
| 丿 | piě | pit⁸ | 撇 | 匕 | bǐ | bei² | 比 |
| 乙 | yǐ | jyt⁸ | | 匚 | fāng | fɔŋ¹ | 方 |
| 亅 | jué | gyt⁸ | | 匸 | xì | hɐi⁵ | 奚⁵ |
| **二畫** | | | | 十 | shí | sɐp⁹ | 拾 |
| 二 | èr | ji⁶ | 異 | 卜 | bǔ | buk⁷ | |
| 亠 | tóu | tɐu⁴ | 頭 | 卩 | jié | dzit⁸ | 節 |
| 人 | rén | jɐn⁴ | 仁 | 厂 | chǎng | hɔn³ | 漢 |
| 儿 | ér | jɐn⁴ | 人 | 厶 | sī | si¹ | 私 |
| 入 | rù | jɐp⁹ | 邑⁹ | 又 | yòu | jɐu⁶ | 右 |
| 八 | bā | bat⁸ | | **三畫** | | | |
| 冂 | jiǒng | gwiŋ² | 迥 | 口 | kǒu | hɐu² | |
| 冖 | mì | mik⁹ | 覓 | 囗 | wéi | wɐi⁴ | 圍 |
| 冫 | bīng | biŋ¹ | 冰 | 土 | tǔ | tou² | 討 |
| 几 | jī | gei¹ | 機 | 士 | shì | si⁶ | 是 |

| 部首 | 普通話 | 廣州話 | | 部首 | 普通話 | 廣州話 | |
|---|---|---|---|---|---|---|---|
| 夂 | suī | sœy¹ | 衰 | 弓 | gōng | guŋ¹ | 公 |
| 夕 | xī | dzik⁹ | 直 | ⼹ | jì | gɐi³ | 計 |
| 大 | dà | dai⁶ | | 彡 | shān | sam¹ | 衫 |
| 女 | nǚ | nœy⁵ | 餒 | 彳 | chì | tsik⁷ | 斥 |
| 子 | zǐ | dzi² | 紫 | **四　畫** | | | |
| 宀 | mián | min⁴ | 棉 | 心 | xīn | sɐm¹ | 深 |
| 寸 | cùn | tsyn³ | 串 | （忄） | | | |
| 小 | xiǎo | siu² | 消² | 戈 | gē | gwɔ¹ | |
| 尢 | wāng | wɔŋ¹ | 汪 | （戶） | hù | wu⁶ | 互 |
| （兀） | | | | 手 | shǒu | sɐu² | 首 |
| 尸 | shī | si¹ | 施 | 支 | zhī | dzi¹ | 知 |
| 屮 | chè | tsit⁸ | 徹 | 攴 | pū | pɔk⁸ | 撲 |
| 山 | shān | san¹ | 珊 | （攵） | | | |
| 巛 | chuān | tsyn¹ | 穿 | 文 | wén | mɐn⁴ | 聞 |
| 工 | gōng | guŋ¹ | 公 | 斗 | dǒu | dɐu² | 兜² |
| 己 | jǐ | gɐi² | 紀 | 斤 | jīn | gɐn¹ | 巾 |
| 巾 | jīn | gɐn¹ | 斤 | 方 | fāng | fɔŋ¹ | 荒 |
| 干 | gān | gɔn¹ | 肝 | 无 | wú | mou⁴ | 毛 |
| 幺 | yāo | jiu¹ | 腰 | 日 | rì | jɐt⁹ | 逸 |
| 广 | yǎn | jim⁵ | 染 | 曰 | yuē | jœk⁹ | 若 |
| 廴 | yǐn | jɐn⁵ | 引 | 月 | yuè | jyt⁹ | 粵 |
| 廾 | gǒng | guŋ² | 拱 | 木 | mù | muk⁹ | 目 |
| 弋 | yì | jik⁹ | 亦 | 欠 | qiàn | him³ | 謙³ |

| 部首 | 普通話 | 廣州話 | | 部首 | 普通話 | 廣州話 | |
|---|---|---|---|---|---|---|---|
| 止 | zhǐ | dzi² | 子 | **五畫** | | | |
| 歹 | è | at⁸ | 壓 | 玄 | xuán | jyn⁴ | 元 |
| 殳 | shū | sy⁴ | 殊 | 玉 | yù | juk⁹ | 肉 |
| 毋 | wú | mou⁴ | 無 | （王） | | | |
| 比 | bǐ | bei² | 彼 | 瓜 | guā | gwa¹ | |
| 毛 | máo | mou⁴ | 無 | 瓦 | wǎ | ŋa⁵ | 雅 |
| 氏 | shì | si⁶ | 是 | 甘 | gān | gɐm¹ | 金 |
| 气 | qì | hei³ | 氣 | 生 | shēng | sɐŋ¹ | 牲 |
| 水 | shuǐ | sœy² | 雖² | 用 | yòng | juŋ⁶ | 容⁶ |
| （氵） | | | | 田 | tián | tin⁴ | 填 |
| （氺） | | | | 疋 | shū | sɔ¹ | 疏 |
| 火 | huǒ | fɔ² | 夥 | （𤴓） | | | |
| （灬） | | | | 疒 | nì | nik⁹ | 溺 |
| 爪 | zhǎo | dzau² | 找 | 癶 | bō | but⁹ | 撥 |
| （爫） | | | | 白 | bái | bak⁹ | 百⁹ |
| 父 | fù | fu⁶ | 付 | 皮 | pí | pei⁴ | 脾 |
| 爻 | yáo | ŋau⁴ | 肴 | 皿 | mǐn | miŋ⁵ | 茗 |
| 爿 | pán | tsœŋ⁴ | 牆 | 目 | mù | muk⁹ | 木 |
| 片 | piàn | pin³ | 騙 | （罒） | | | |
| 牙 | yá | ŋa⁴ | 芽 | 矛 | máo | mau⁴ | 茅 |
| 牛 | niú | ŋau⁴ | | 矢 | shǐ | tsi² | 始 |
| 犬 | quǎn | hyn² | 圈² | 石 | shí | sɛk⁹ | 碩 |
| | | | | 示 | shì | si⁶ | 是 |

| 部首 | 普通話 | 廣州話 | |
|---|---|---|---|
| 内 | róu | jɐu⁴ | 由 |
| 禾 | hé | wɔ⁴ | 和 |
| 穴 | xué | jyt⁹ | 月 |
| 立 | lì | lap⁹ | 蠟 |
| **六畫** | | | |
| 竹 | zhú | dzuk⁷ | 足 |
| 米 | mǐ | mɐi⁵ | 迷⁵ |
| 糸 | mì | mik⁹ | 覓 |
| 缶 | fǒu | fɐu² | 否 |
| 网 | wǎng | mɔŋ⁵ | 網 |
| (罒) | | | |
| (⺳) | | | |
| 羊 | yáng | jœŋ⁴ | 揚 |
| 羽 | yǔ | jy⁵ | 雨 |
| 老 | lǎo | lou⁵ | 魯 |
| 而 | ér | ji⁴ | 兒 |
| 耒 | lěi | lɔi⁶ | 淚 |
| 耳 | ěr | ji⁵ | 已 |
| 聿 | yù | wɐt⁹ | 屈⁹ |
| 肉 | ròu | juk⁹ | 玉 |
| (月) | | | |
| 臣 | chén | sɐn⁴ | 神 |
| 自 | zì | dzi⁶ | 字 |

| 部首 | 普通話 | 廣州話 | |
|---|---|---|---|
| 至 | zhì | dzi³ | 志 |
| 臼 | jiù | kɐu³ | 扣 |
| 舌 | shé | sit⁹ | |
| 舛 | chuǎn | tsyn² | 喘 |
| 舟 | zhōu | dzɐu¹ | 周 |
| 艮 | gèn | gɐn³ | 根³ |
| 色 | sè | sik⁷ | 式 |
| 艸 | cǎo | tsou² | 草 |
| (⺾) | | | |
| 虍 | hū | fu¹ | 呼 |
| 虫 | huǐ | wɐi² | 毀 |
| 血 | xuè | hyt⁸ | |
| 行 | xíng | hɐŋ⁴ | 恆 |
| 衣 | yī | ji¹ | 醫 |
| (衤) | | | |
| 西 | xià | a³ | 亞 |
| **七畫** | | | |
| 見 | jiàn | gin³ | 建 |
| 角 | jiǎo | gɔk⁸ | 各 |
| 言 | yán | jin⁴ | 然 |
| 谷 | gǔ | guk⁷ | 菊 |
| 豆 | dòu | dɐu⁶ | 鬥⁶ |
| 豕 | shǐ | tsi² | 始 |

| 部首 | 普通話 | 廣州話 | | 部首 | 普通話 | 廣州話 | |
|---|---|---|---|---|---|---|---|
| 豸 | zhì | dzi$^6$ | 治 | 佳 | zhuī | dzœy$^1$ | 追 |
| 貝 | bèi | bui$^3$ | 背 | 雨 | yǔ | jy$^5$ | 語 |
| 赤 | chì | tsik$^8$ | 斥$^8$ | 青 | qīng | tsiŋ$^1$ | 清 |
| 走 | zǒu | dzɐu$^2$ | 酒 | 非 | fēi | fei$^1$ | 飛 |
| 足 | zú | dzuk$^7$ | 竹 | **九 畫** | | | |
| 身 | shēn | sɐn$^1$ | 申 | 面 | miàn | min$^6$ | 麪 |
| 車 | chē | tsɛ$^1$ | 奢 | 革 | gé | gak$^8$ | 隔 |
| 辛 | xīn | sɐn$^1$ | 身 | 韋 | wéi | wɐi$^4$ | 圍 |
| 辰 | chén | sɐn$^4$ | 臣 | 韭 | jiǔ | gɐu$^2$ | 狗 |
| 辵 | chuò | tsœk$^8$ | 卓 | 音 | yīn | jɐm$^1$ | 陰 |
| (辶) | | | | 頁 | yè | jip$^9$ | 葉 |
| 邑 | yì | jɐp$^7$ | 泣 | 風 | fēng | fuŋ$^1$ | 封 |
| (右阝) | | | | 飛 | fēi | fei$^1$ | 非 |
| 酉 | yǒu | jɐu$^5$ | 有 | 食 | shí | sik$^9$ | 蝕 |
| 釆 | biàn | bin$^6$ | 辨 | 首 | shǒu | sɐu$^2$ | 手 |
| 里 | lǐ | lei$^5$ | 李 | 香 | xiāng | hœŋ$^1$ | 鄉 |
| **八 畫** | | | | **十 畫** | | | |
| 金 | jīn | gɐm$^1$ | 今 | 馬 | mǎ | ma$^5$ | 碼 |
| 長 | cháng | tsœŋ$^4$ | 祥 | 骨 | gǔ | gwɐt$^7$ | |
| 門 | mén | mun$^4$ | 瞞 | 高 | gāo | gou$^1$ | 糕 |
| 阜 | fù | fɐu$^6$ | 埠 | 髟 | biāo | biu$^1$ | 標 |
| (左阝) | | | | 鬥 | dòu | dɐu$^3$ | 斗$^3$ |
| 隶 | dài | dɔi$^6$ | 代 | 鬯 | chàng | tsœŋ$^3$ | 唱 |

| 部首 | 普通話 | 廣州話 | | 部首 | 普通話 | 廣州話 | |
|---|---|---|---|---|---|---|---|
| 鬲 | lì | lik⁸ | 力 | 鼎 | dǐng | diŋ² | 頂 |
| 鬼 | guǐ | gwɐi² | 軌 | 鼓 | gǔ | gu² | 古 |
| **十一畫** | | | | 鼠 | shǔ | sy² | 暑 |
| 魚 | yú | jy⁴ | 余 | **十四畫** | | | |
| 鳥 | niǎo | niu⁵ | | 鼻 | bí | bei⁶ | 備 |
| 鹵 | lǔ | lou⁵ | 老 | 齊 | qí | tsɐi⁴ | |
| 鹿 | lù | luk⁹ | 綠 | **十五畫** | | | |
| 麥 | mài | mɐk⁹ | 脈 | 齒 | chǐ | tsi² | 恥 |
| 麻 | má | ma⁴ | | **十六畫** | | | |
| **十二畫** | | | | 龍 | lóng | luŋ⁴ | 隆 |
| 黃 | huáng | wɔŋ⁴ | 王 | **十七畫** | | | |
| 黍 | shǔ | sy² | 暑 | 龠 | yuè | jœk⁸ | 若 |
| 黑 | hēi | hɐk⁷ | 刻 | **十八畫** | | | |
| 黹 | zhǐ | dzi² | 子 | 龜 | guī | gwɐi¹ | 歸 |
| **十三畫** | | | | | | | |
| 黽 | mǐn | mɐŋ⁵ | 盟⁵ | | | | |

# 附錄七
# 常用標點符號表

| 名稱 | 符號 | 作用 | 例子 |
|---|---|---|---|
| 句 號 | 。 | 表示一句話完了之後的停頓 | 人生最可敬的精神是奮進。 |
| 逗 號 | ， | 表示一句話中的停頓 | 我們看到的星星，大部分是恆星。 |
| 問 號 | ？ | 用在問句之後 | 你最喜歡哪個科目？ |
| 感歎號 | ！ | (1) 表示強烈的感情<br>(2) 用在語氣強烈的祈使句之後 | 看今天的月色多美！<br>你給我滾出去！ |
| 頓 號 | 、 | 表示句中並列詞語之間的停頓 | 我們日常所見、所聞、所接觸的事物裏，都有很多的道理。 |
| 分 號 | ； | 表示複句中並列分句之間的停頓 | 燕子去了，有再來的時候；楊柳枯了，有再青的時候；桃花謝了，有再開的時候。 |
| 冒 號 | ： | 用來提起下文 | 俗語說："種瓜得瓜，種豆得豆。" |

| 名　稱 | 符　號 | 作　　用 | 例　　子 |
|---|---|---|---|
| 引　號 | 「　」<br>‘　’ | (1) 表示文中引用的部分 | 愛因斯坦說：“想像力比知識更重要。” |
| | 『　』<br>“　” | (2) 表示特定的稱謂或需要着重論述的對象 | 此後我就留心這八隻腳的“諸葛亮”怎樣捉飛將，並且看出，它有各種各樣捉拿的方法。 |
| | | (3) 表示諷刺或否定的意思 | 這樣對待我，你還敢說是我的“朋友”？ |
| | | ※引號裏面還要用引號時，外面一層用雙引號，裏面用單引號。 | 他站起來問老師：“老師，‘始終不渝’的‘渝’是甚麼意思？” |
| 括　號 | （　）<br>〔　〕 | 表示文中註釋的部分 | 除了詩（因為詩是最難翻譯的），雨果的重要作品（小說和劇本）大都有了中文的譯本。 |
| 破折號 | —— | (1) 表示底下是解釋、說明，有括號的作用 | 我這題目——學問之趣味，並不是要說學問是如何的有趣味，只是要說如何便會嘗得着學問的趣味。 |
| | | (2) 表示意思的轉折或說話的中斷 | 好悅耳的歌聲——看到伴奏的人嗎？ |
| | | (3) 表示聲音的延長 | “嗚——”火車開了！ |
| 省略號 | …… | (1) 表示文中省略的部分 | 茶有很多種，普洱、龍井、鐵觀音……，你到底想買哪一種？ |
| | | (2) 表示說話斷斷續續 | “我……對不起……大家，我……沒有……完成……任務。” |

| 名　稱 | 符　號 | 作　用 | 例　子 |
|---|---|---|---|
| 連接號 | — | (1) 表示時間、地點、數目等起止<br><br>(2) 表示相關的人或事物的聯繫 | 戰國時代（公元前475年—公元前221年）<br><br>"香港—廣州"直通車。 |
| 着重號 | · | 表示文中需要強調的部分 | 以上四題選答三題。 |
| 間隔號 | · | (1) 表示書名和篇名的分界<br><br>(2) 表示外國人或某些少數民族人名中的音界 | 《三國志·蜀志·諸葛亮傳》<br><br>差利·卓別靈｜愛新覺羅·溥儀 |
| 書名號 | 《　》<br>〈　〉<br><br>﹏﹏ | 表示書名、文件、報刊、文章等名稱<br><br>※書名號內還要用書名號時，外面一層用雙書名號，裏面用單書名號。 | 《紅樓夢》｜《荷塘月色》<br><br>《〈體壇日刊〉發刊號》終於發表了。 |
| 專名號 | ＿＿ | 表示人名、地名、朝代名等 | 魯迅，原名周樹人，浙江 紹興人，生於清 光緒七年（公元1881年），卒於民國15年（公元1936年）。 |

# 附錄八
# 量詞名詞配搭表

　　此表以常用名詞為條目，在每個名詞後列出可跟它配合使用的量詞。共收名詞400條，按筆畫數由少至多排列。

| 名　詞 | 量　詞 |
|---|---|
| **二畫** | |
| 人 | 個｜幫｜伙 |
| 人家 | 個｜戶 |
| 刀 | 把 |
| 力量 | 股 |
| **三畫** | |
| 上衣 | 件 |
| 勺子 | 把｜個 |
| 口袋 | 個 |
| 口號 | 個｜句 |
| 土 | 把｜撮｜層｜堆 |
| 子彈 | 粒｜顆｜發 |
| 小說 | 篇｜本｜部 |
| 山 | 座 |
| 山脈 | 條｜道 |

| 名　詞 | 量　詞 |
|---|---|
| 工人 | 個｜名 |
| 工作 | 件｜項｜個 |
| 工序 | 道｜個｜項 |
| 工具 | 件｜樣 |
| 工資 | 份 |
| 工廠 | 個｜家｜座 |
| 弓 | 張 |
| **四畫** | |
| 井 | 眼｜口｜個 |
| 尺 | 把 |
| 心 | 顆｜個｜條 |
| 心意 | (一)片｜(一)番 |
| 手巾 | 塊｜條 |
| 手套 | 副｜雙｜隻 |
| 手榴彈 | 顆｜個 |

| 名　詞 | 量　詞 | 名　詞 | 量　詞 |
|---|---|---|---|
| 手錶 | 隻｜個 | 功課 | 門｜項 |
| 手鐲 | 個｜隻｜對｜副 | 台階 | 級｜個 |
| 文件 | 個｜份｜疊 | 布 | 塊｜幅｜匹 |
| 文章 | 篇｜段 | 瓜 | 個 |
| 日記 | 篇｜段｜本 | 瓜子(兒) | 顆｜粒 |
| 月餅 | 個｜塊 | 瓦 | 塊｜片｜壟 |
| 木頭 | 塊｜根 | 甘蔗 | 根｜節 |
| 比賽 | 場｜項 | 田 | 塊 |
| 毛線 | 根｜團｜股 | 皮 | 塊｜張｜層 |
| 水 | 滴｜汪｜灘 | 矛盾 | 個｜對 |
| 水泵 | 台 | 石頭 | 塊 |
| 水庫 | 個｜座 | **六　畫** | |
| 水桶 | 個｜隻｜副 | 交易 | 筆｜宗 |
| 水閘 | 道｜座 | 任務 | 項｜個 |
| 火 | 團｜把 | 企業 | 個｜家 |
| 火車 | 列｜節 | 光 | 道 |
| 火柴 | 根｜盒｜包 | 兇器 | 件｜把 |
| 火箭 | 支｜枚 | 冰 | 塊｜層 |
| 牙膏 | 支｜管 | 名勝 | 處 |
| 牙齒 | 顆｜個｜排｜口 | 地 | 塊｜片 |
| 牛 | 頭｜隻 | 地雷 | 顆｜個 |
| **五　畫** | | 地圖 | 張｜幅｜本｜冊 |
| 主張 | 項｜個 | 字 | 個｜行｜筆｜段 |

| 名　詞 | 量　詞 | 名　詞 | 量　詞 |
|---|---|---|---|
| 成績 | 分｜項 | 尿 | 泡 |
| 收入 | 筆｜項｜份 | 尾巴 | 條｜根 |
| 收音機 | 台｜個 | 技術 | 門｜項 |
| 汗 | 滴 | 災荒 | 場｜次 |
| 汗珠 | 顆｜滴 | 角 | 個｜隻｜對 |
| 江 | 條 | 豆腐 | 塊 |
| 灰 | 把｜撮｜層 | 車 | 輛 |
| 竹子 | 根｜棵 | 車站 | 個｜座 |
| 米 | 粒 | 車廂 | 節｜個 |
| 羊 | 隻｜頭 | **八　畫** | |
| 老虎 | 隻｜個 | 兔子 | 隻 |
| 老鼠 | 隻｜個 | 刷子 | 把｜個 |
| 耳朵 | 個｜隻｜對｜雙 | 制度 | 條｜項｜個 |
| 耳環 | 個｜隻｜對｜副 | 味兒 | 股｜縷 |
| 肉 | 塊｜片 | 命 | 條 |
| 舌頭 | 條｜個 | 命令 | 道｜個｜條 |
| 血 | 滴｜灘｜片 | 垃圾 | 堆 |
| 行李 | 件｜捆 | 坦克 | 輛 |
| 衣服 | 件｜套 | 弦 | 根 |
| 西 | 個｜塊 | 房子 | 所｜間｜棟｜幢 |
| **七　畫** | | 房間 | 個 |
| 佈告 | 張｜個 | 拖拉機 | 台 |
| 佈景 | 堂｜套｜台 | 斧子 | 把 |

| 名　詞 | 量　詞 |
|--------|--------|
| 枕頭 | 個｜對 |
| 東西 | 件｜樣 |
| 板 | 塊 |
| 武器 | 件｜批 |
| 泥 | 塊｜灘｜把 |
| 河 | 條 |
| 炕 | 鋪｜個 |
| 牀 | 張｜個 |
| 狗 | 條｜隻 |
| 狐狸 | 隻｜個 |
| 肥皂 | 塊｜條 |
| 肩膀 | 個｜雙 |
| 花生 | 粒｜顆 |
| 花兒 | 朵｜枝｜瓣｜束｜簇 |
| 表格 | 張｜個｜份 |
| 門 | 扇｜個｜道 |
| 雨 | 陣｜場｜滴 |
| 青蛙 | 隻｜個 |
| **九　畫** | |
| 信 | 封 |
| 信箱 | 個｜隻 |
| 勁兒 | 把｜股 |

| 名　詞 | 量　詞 |
|--------|--------|
| 城 | 座 |
| 城市 | 座｜個 |
| 客人 | 位｜個 |
| 屎 | 泡 |
| 屍體 | 個｜具 |
| 屋子 | 間 |
| 政策 | 項｜個｜條 |
| 故事 | 個｜段｜篇 |
| 星 | 顆｜個 |
| 柱子 | 根 |
| 炸彈 | 顆｜個 |
| 炮 | 門｜尊 |
| 炮艇 | 艘｜隻 |
| 牲口 | 頭 |
| 玻璃 | 塊 |
| 相片 | 張｜幀｜幅 |
| 眉毛 | 道｜雙｜對 |
| 砂子 | 粒｜把｜撮 |
| 缸 | 口｜個 |
| 虹 | 條｜道 |
| 計劃 | 個｜項 |
| 軍隊 | 支 |
| 軍艦 | 艘｜隻 |

| 名　詞 | 量　詞 | 名　詞 | 量　詞 |
|---|---|---|---|
| 革命 | 場｜次 | 珠子 | 粒｜顆｜串 |
| 風 | 場｜陣｜股 | 病 | 場 |
| 風景 | 處 | 神經 | 根｜條 |
| 飛機 | 架 | 秤 | 杆｜台 |
| 香煙 | 支｜根｜盒｜包｜條｜筒 | 秧苗 | 根｜棵｜方 |
| 香腸 | 根｜條 | 笑容 | （一）絲｜（一）副 |
| 香蕉 | 根｜個｜把｜條 | 笑臉 | （一）副｜（一）張 |
| 原則 | 個｜項｜條 | 紙 | 張｜片｜刀 |
| **十　畫** | | 翅膀 | 隻｜個｜對｜雙 |
| 宮殿 | 座 | 胳臂 | 條｜隻｜個｜雙 |
| 島 | 個｜座 | 草 | 棵｜株｜根｜叢｜片 |
| 席子 | 領｜張｜卷 | 蚊子 | 隻｜個 |
| 扇子 | 把 | 蚊帳 | 頂｜個 |
| 旅館 | 家｜個｜座 | 釘子 | 個｜顆｜枚 |
| 書 | 本｜冊｜部｜卷｜套 | 針 | 根｜個｜枚 |
| 書店 | 家｜個 | 閃電 | 道 |
| 梳子 | 把 | 馬 | 匹 |
| 桌子 | 張｜個 | 骨頭 | 根｜節｜塊 |
| 氣 | 股｜團｜縷 | **十一畫** | |
| 消息 | 個｜條｜則 | 剪子 | 把 |
| 狼 | 隻｜條｜個 | 商店 | 個｜家 |
| | | 商品 | 個｜件｜批 |

| 名　詞 | 量　詞 | 名　詞 | 量　詞 |
|---|---|---|---|
| 唱片 | 張｜套 | **十二畫** | |
| 掃帚 | 把 | 傢具 | 件｜樣｜套｜堂 |
| 教室 | 間｜個 | 傘 | 把 |
| 梯子 | 個｜架 | 喇叭 | 個｜支 |
| 犁 | 張 | 唾沫 | 口 |
| 理由 | 個｜條｜點 | 圍巾 | 條 |
| 眼淚 | 滴｜串｜行 | 報紙 | 張｜份 |
| 眼睛 | 隻｜個｜雙｜對 | 帽子 | 頂｜個 |
| 眼鏡 | 副 | 棺材 | 口｜個｜具 |
| 票 | 張 | 椅子 | 把｜個 |
| 笛子 | 支｜枝｜管 | 森林 | 個｜處｜片 |
| 船 | 條｜隻｜艘｜個 | 棋 | 副｜盤 |
| 蛇 | 條 | 棉花 | 株｜棵｜團 |
| 被子 | 張｜牀 | 毯子 | 條 |
| 被單 | 張｜牀 | 牌 | 副｜張 |
| 貨物 | 件｜批 | 琵琶 | 面｜個 |
| 雪 | 場｜片 | 琴 | 把｜個｜架 |
| 魚 | 條｜尾 | 畫 | 張｜幅｜軸｜套 |
| 魚網 | 個｜副｜張 | 硯台 | 塊｜個｜方 |
| 鳥 | 隻｜個 | 窗戶 | 扇｜個 |
| 麥子 | 棵｜株 | 窗簾 | 塊 |
| 麻 | 株｜縷 | 筆 | 枝｜管 |
| 麻袋 | 條｜個 | 筐 | 個｜副 |

| 名　詞 | 量　詞 | 名　詞 | 量　詞 |
|---|---|---|---|
| 筋 | 根｜條 | 煙 | 股｜縷 |
| 絲 | 根｜縷 | 痰 | 口 |
| 菜 | 棵 | 碗 | 個 |
| 街 | 條｜道 | 碑 | 塊｜個｜座 |
| 象 | 頭 | 筷子 | 根｜雙｜把 |
| 郵票 | 張｜枚｜套 | 腰帶 | 條 |
| 鈔票 | 張｜疊 | 腳 | 隻｜雙 |
| 隊伍 | 支｜路 | 葉子 | 片 |
| 雁 | 隻｜行 | 葡萄 | 粒｜顆｜串｜架｜棵 |
| 雲 | 朵｜塊｜片｜團 | 裙子 | 條 |
| 飯 | 頓｜餐｜份｜桌｜口 | 詩 | 首｜句｜行 |
| 飯店 | 家｜個 | 話 | 句｜段｜(一)席｜(一)番 |
| 黃瓜 | 條 | 路 | 條 |
| **十三畫** | | 路線 | 條｜個 |
| 債務 | 筆 | 雷 | 個｜聲 |
| 傷疤 | 塊｜條｜道 | 電影 | 個｜場｜部 |
| 嗩吶 | 個｜支 | 電線 | 條｜段｜截｜卷 |
| 嗓子 | 副｜個 | 鼓 | 個｜面 |
| 塑像 | 個｜座｜尊 | **十四畫** | |
| 塔 | 座 | 凳子 | 張｜個｜條(長形) |
| 意見 | 個｜條｜點 | 圖章 | 個｜顆｜方 |
| 溝 | 條｜道 | | |

| 名　詞 | 量　詞 |
|--------|--------|
| 旗 | 面｜杆 |
| 槍 | 支｜條 |
| 歌 | 首｜支｜個 |
| 種子 | 顆｜粒 |
| 管子 | 根｜段｜截 |
| 算盤 | 把｜個 |
| 膏藥 | 張｜塊｜貼 |
| 腿 | 條｜隻｜雙 |
| 蒜 | 頭｜瓣 |
| 蒼蠅 | 隻｜個 |
| 蜜蜂 | 隻｜個 |
| 蜻蜓 | 隻｜個 |
| 銀行 | 個｜所｜家 |
| 餅乾 | 塊｜包｜盒 |
| 鼻子 | 個｜隻 |
| 鼻涕 | 條｜(一)把 |
| **十五畫** | |
| 儀式 | 項 |
| 儀器 | 台｜架｜件 |
| 劇院 | 家｜座 |
| 劍 | 口｜把 |
| 嘴 | 張｜個 |

| 名　詞 | 量　詞 |
|--------|--------|
| 墳 | 座｜個 |
| 影子 | 條｜個 |
| 影片 | 部｜個 |
| 標語 | 條｜個 |
| 樓 | 層 |
| 樓房 | 座｜棟｜所｜幢 |
| 樂曲 | 首｜支｜段 |
| 樂器 | 件 |
| 碼頭 | 個｜座 |
| 稻草 | 根 |
| 箭 | 枝｜支 |
| 箱子 | 個｜口 |
| 線 | 條｜根｜股｜軸｜團 |
| 葱 | 棵｜根 |
| 蝴蝶 | 隻｜個｜對 |
| 蝦 | 隻｜個 |
| 課 | 堂｜節｜門 |
| 課程 | 門 |
| 豬 | 口｜頭 |
| 賬 | 本｜筆 |
| 輪子 | 隻｜個 |
| 鋤頭 | 把 |

| 名　詞 | 量　詞 | 名　詞 | 量　詞 |
|---|---|---|---|
| 鞋 | 隻｜雙 | 辦法 | 個｜套 |
| **十六畫** | | 鋸 | 把 |
| 學校 | 所｜個 | 錢 | 筆 |
| 學問 | 門 | 錐子 | 把 |
| 戰爭 | 場｜次 | 隧道 | 個｜孔｜條 |
| 戰鬥 | 場｜次 | 頭巾 | 塊｜條 |
| 戰線 | 條 | 頭髮 | 根｜撮 |
| 樹枝 | 根｜枝 | 駱駝 | 匹｜峯｜個 |
| 橋 | 座｜個 | 鴨子 | 隻 |
| 機槍 | 挺 | 鴛鴦 | 對｜隻 |
| 機器 | 台 | **十七畫** | |
| 橘子 | 個 | 戲 | 齣｜台｜個｜場 |
| 燒餅 | 個｜塊 | 牆 | 堵｜垛｜道 |
| 燈 | 盞｜個 | 縫紉機 | 台｜架 |
| 燈管 | 根｜支 | 鍋 | 口｜個 |
| 磨 | 盤｜個｜眼 | 鍬 | 把 |
| 磚 | 塊 | 霜 | 場 |
| 糖果 | 塊｜顆 | 霞 | 片｜朵 |
| 螃蟹 | 隻｜個 | 點心 | 塊｜盒｜匣 |
| 褲子 | 條 | 禮物 | 件｜份 |
| 親戚 | 個｜門｜家｜處 | 禮堂 | 個｜座 |
| 貓 | 隻 | **十八畫** | |
| 蹄子 | 個｜隻 | 職業 | 項 |

| 名　詞 | 量　詞 |
|---|---|
| 蟲 | 條（長形）｜個（非長形）｜隻 |
| 醫院 | 所｜家｜個｜座 |
| 鎖 | 把 |
| 雜誌 | 本｜份｜期｜種 |
| 雞 | 隻 |
| 鞭子 | 條｜根 |
| 鞭炮 | 個｜掛｜串 |
| **十九畫** | |
| 簫 | 支 |
| 簾子 | 個 |
| 繩子 | 條｜根 |
| 藕 | 節｜根 |
| 藥 | 副｜服｜劑｜味｜片｜粒 |
| 轎子 | 頂｜乘｜抬 |
| 鏡子 | 面 |

| 名　詞 | 量　詞 |
|---|---|
| 關口 | 道 |
| 饅頭 | 個 |
| 鬍子 | 撇｜撮｜把 |
| **二十畫或以上** | |
| 籃子 | 隻｜個 |
| 蠟燭 | 支｜根 |
| 鐵絲 | 根｜段｜條｜截｜卷 |
| 露水 | 滴｜顆 |
| 騾子 | 匹｜頭 |
| 蠶 | 條 |
| 籬笆 | 道 |
| 鑰匙 | 把 |
| 驢 | 頭｜條 |
| 鑼 | 面｜個 |

# 附錄九
# 親屬關係表

**表一：國梁的家庭**
（男方稱呼）

| | |
|---|---|
| 祖　輩 | 祖父 ↔ 祖母 |
| 父　輩 | 伯父 ↔ 伯母　　叔父 ↔ 嬸母 |
| 同　輩 | 堂兄　堂弟　堂姐　堂妹　　表兄　表弟　表姐　表妹 |
| 兒　輩 | |
| 孫　輩 | |

**表二：淑芬的家庭**
（女方稱呼）

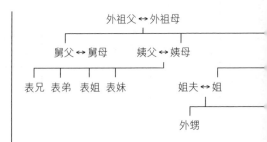

| | |
|---|---|
| 祖　輩 | 外祖父 ↔ 外祖母 |
| 父　輩 | 舅父 ↔ 舅母　　姨父 ↔ 姨母 |
| 同　輩 | 表兄　表弟　表姐　表妹　　姐夫 ↔ 姐 |
| 兒　輩 | 外甥 |
| 孫　輩 | |

## ※（↔）代表夫妻關係

❶國梁母親的父母及兄弟姐妹之稱呼，同表二。　　❹淑芬父親的父母及兄弟姐妹之稱呼，同表一。

❷國梁姐妹的丈夫及孩子之稱呼，同表二。　　❺淑芬兄弟的妻子及孩子之稱呼，同表一。

❸國梁女兒的丈夫及孩子之稱呼，同表二。　　❻淑芬兒子的妻子及孩子之稱呼，同表一。

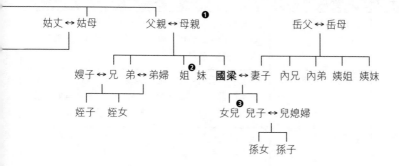

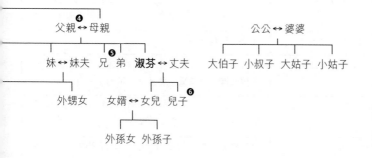

# 附錄十
# 中外重要節日簡表

| 節名 | 時　間 | 説　明 |
|------|--------|--------|
| 元旦 | 公曆1月1日 | 原在農曆正月的第一天。中華人民共和國成立後改以公元紀年，便以公曆1月1日為"元旦"，農曆正月初一為"春節"。 |
| 春節 | 農曆正月初一 | 又名"農曆新年"，是中國最主要的傳統節日。有拜年的習俗，長輩會給孩子紅封包。又有舞獅、放爆竹、貼門神及揮春等活動，以示驅邪求福。 |
| 元宵節 | 農曆正月十五 | 也叫"元夜"、"元夕"、"上元"、"燈節"，俗稱"中國情人節"。 |
| 情人節 | 公曆2月14日 | 原流行於歐洲。 |
| 國際婦女節 | 公曆3月8日 | 也叫"三八節"、"婦女節"。1910年8月在丹麥召開的第二次國際社會主義婦女代表會上確定。 |
| 愚人節 | 公曆4月1日 | 主要流行於西方國家。 |
| 兒童節 | 公曆4月4日 | 國際兒童節在公曆6月1日，是1949年11月國際民主婦女聯合會莫斯科會議上決定的。 |
| 清明節 | 公曆4月5日前後 | 廿四節氣之一。有插柳及掃墓的風俗。人們在這日對死去的親人表示思念及尊敬。 |
| 復活節 | 公曆3月21日至4月25日之間 | 基督教紀念耶穌復活的節日。公元325年在尼西亞會議上決定。 |
| 國際勞動節 | 公曆5月1日 | 也叫"勞動節"。1889年7月在巴黎召開的第二國際成立大會上決定。 |

| 節名 | 時　間 | 説　明 |
|---|---|---|
| 母親節 | 公曆5月的第二個星期日 | 原為美國的節日。 |
| 端午節 | 農曆五月初五 | 也叫"端陽節"。相傳為記念愛國詩人屈原投身殉國。有賽龍舟及吃糉子的習俗。 |
| 父親節 | 公曆6月的第三個星期日 | 原為美國的節日。 |
| 七巧節 | 農曆七月初七 | 也叫"乞巧節"、"七夕"、"女兒節"。相傳是牛郎織女鵲橋相會之期。 |
| 中元節 | 農曆七月十五日 | 也叫"鬼節"、"蘭盆節",是祀祖日。 |
| 中秋節 | 農曆八月十五日 | 也叫"八月半"。這夜月圓如鏡,象徵團圓。有吃月餅、玩燈籠和賞月的習俗。民間亦流傳不少有關嫦娥的神話故事。 |
| 重陽節 | 農曆九月初九 | 也叫"重九節"、"菊花節"。相傳古人桓景於當日帶同家人登山避難。古人有登高、插茱萸、賞菊及飲菊酒的習俗,其中登高仍保留至今。 |
| 國慶節 | 公曆10月1日 | 1949年10月1日毛澤東代表中央政府宣佈中華人民共和國成立。現為開國紀念日。 |
| 感恩節 | 公曆11月的第4個星期四 | 由華盛頓、林肯法定的美國全國性民俗節日,主要為豐收而感謝上帝恩惠。 |
| 聖誕節 | 今多定於公曆12月25日 | 也叫"主降生節"。基督教紀念耶穌為世人而誕生的日子。今已流傳為世界性民俗節日。 |
| 除夕 | 農曆年的最後一天 | 也叫"除夜"、"年夜"、"大年夜"、"年三十晚"。全家人會在此日慶團圓,一同吃年夜飯。長輩給孩子壓歲錢,並有逛花市等習俗。 |

# 附錄十一
# 中國歷史朝代公元對照表

| 朝代／時代 | | | 年　代 |
|---|---|---|---|
| 夏 | | | 約前21世紀—約前16世紀 |
| 商 | | | 約前16世紀—約前1046 |
| 周 | 西周 | | 約前1046—前771 |
| | 東周<br>春秋時代<br>戰國時代❶ | | 前770—前256<br>前770—前476<br>前475—前221 |
| 秦 | | | 前221—前206 |
| 漢 | 西漢❷ | | 前206—公元23 |
| | 東漢 | | 25—220 |
| 三　國 | 魏 | | 220—265 |
| | 蜀 | | 221—263 |
| | 吳 | | 222—280 |
| 西　晉 | | | 265—316 |
| 東　晉<br>十六國 | 東晉 | | 317—420 |
| | 十六國❸ | | 304—439 |
| 南北朝 | 南朝 | 宋 | 420—479 |
| | | 齊 | 479—502 |
| | | 梁 | 502—557 |
| | | 陳 | 557—589 |

| 朝代／時代 | | | 年　代 |
|---|---|---|---|
| 南北朝 | 北朝 | 北魏 | 386— 534 |
| | | 東魏 | 534— 550 |
| | | 北齊 | 550— 577 |
| | | 西魏 | 535— 557 |
| | | 北周 | 557— 581 |
| 隋 | | | 581— 618 |
| 唐 | | | 618— 907 |
| 五代十國 | 後梁 | | 907— 923 |
| | 後唐 | | 923— 936 |
| | 後晉 | | 936— 946 |
| | 後漢 | | 947— 950 |
| | 後周 | | 951— 960 |
| | 十國❹ | | 902— 979 |
| 宋 | 北宋 | | 960—1127 |
| | 南宋 | | 1127—1279 |
| 遼 | | | 907—1125 |
| 西夏 | | | 1032—1227 |
| 金 | | | 1115—1234 |
| 元 | | | 1279—1368 |
| 明 | | | 1368—1644 |
| 清 | | | 1644—1911 |
| 中華民國 | | | 1912—1949 |
| 中華人民共和國 | | | 1949年10月1日成立 |

**附註：** ❶ 這時期，主要有秦、魏、韓、趙、楚、燕、齊等國。

❷ 包括王莽建立的"新"王朝（公元9年—23年）。王莽時期，爆發大規模的農民起義，建立了農民政權。公元23年，新莽王朝滅亡。公元25年，東漢王朝建立。

❸ 這時期，在中國北方，先後存在過一些封建政權，其中有：漢（前趙）、成（成漢）、前涼、後趙（魏）、前燕、前秦、後燕、後秦、西秦、後涼、南涼、北涼、南燕、西涼、北燕、夏等國，歷史上叫做"十六國"。

❹ 這時期，除後梁、後唐、後晉、後漢、後周外，還先後存在過一些封建政權，其中有：吳、前蜀、吳越、楚、閩、南漢、荊南（南平）、後蜀、南唐、北漢等國，歷史上叫做"十國"。

# 附錄十二
# 簡化字簡化規則表

　　簡化字是中華人民共和國政府整個文字改革計劃的一部分。1956年，國務院公佈《漢字簡化方案》，把簡化字的地位從民間的實用文字提升為全國的規範用字。簡化字的規範標準可以參考1986年出版的《簡化字總表》。

　　簡化方法基本上有三種：省略、改形和代替。有個別的漢字可以歸入不同的分類方法，或同時並用多種方法。

## （一）省略

　　有些簡化字由原字省略而成，不另外改造形體。省略方法包括：

| 省略方法 | 説　明 | 例　字 |
|---|---|---|
| 1. 省一邊 | 把漢字一邊的部件省略 | 省左邊——录（錄）｜夸（誇）<br>省右邊——号（號）｜类（類）<br>省上邊——云（雲）｜么（麼）<br>省下邊——丽（麗）｜御（禦） |
| 2. 省兩邊 | 把漢字兩邊的部件省略 | 省上下——里（裏）<br>省左右——术（術）<br>省下右——声（聲） |
| 3. 省一角 | 把漢字的一角省略 | 省右上角——际（際）<br>省右下角——阳（陽）<br>省左上角——恳（懇） |

| 省略方法 | 説　明 | 例　字 |
|---|---|---|
| 4. 省內外 | 把漢字裏面、外面或中間的部件省略 | 省裏面——广（廣）｜厂（廠）<br>省外面——开（開）｜回（迴）<br>省中間——奋（奮）｜寻（尋） |
| 5. 其他省略法 | 其他難以分類的省略方法都可歸入此類別 | 丰（豐）｜汇（匯）｜卤（鹵）｜茧（繭） |

## （二）改形

　　指改變繁體字的部分形體或全部形體。改形方法包括：

| 改形方法 | 説　明 | 例　字 |
|---|---|---|
| 1. 改形聲字 | 換形旁——把形旁換成筆畫比較簡單的部件。 | 舫（舫） |
| | 換聲旁——把聲旁換成筆畫比較簡單的部件。 | 洁（潔）｜胶（膠） |
| | 換兩旁——把形旁和聲旁都簡化。 | 惊（驚）｜护（護） |
| 2. 改會意字 | 所有部件的意義加起來能讓人們聯想到整個字的意義。 | 体（體）〔人之本為體〕｜尘（塵）〔小土為塵〕 |
| 3. 輪廓化和象徵化<br>（大都來自草書簡化） | 整體輪廓化——簡省整個字的筆畫，只保留原字的輪廓。 | 齐（齊）｜尔（爾） |
| | 部份輪廓化——簡省部件的筆畫，只保留它的輪廓。 | 簡化上部—— 变（變）<br>簡化下部—— 当（當）<br>簡化左部—— 报（報）<br>簡化右部—— 弥（彌）<br>簡化中間—— 团（團） |

| 改形方法 | 説　明 | 例　字 |
|---|---|---|
| | 象徵符號——用某幾個簡單的象徵符號代替繁複的部件。 | 丶 — 办 (辦) ｜ 协 (協)<br>乂 — 区 (區) ｜ 赵 (趙)<br>又 — 汉 (漢) ｜ 劝 (勸)<br>刂 — 师 (師) ｜ 归 (歸)<br>⺍ — 学 (學) ｜ 誉 (譽) |
| | 重文符號——把重複部分用重文符號或 "又" 來代替。 | ⼳ — 枣 (棗) ｜ 轟 (轟) |

## (三) 代替

利用原有筆畫簡單的字代替一個或幾個同音或發音相近的繁體字。其中有的簡化字仍保留原義,例如 "几" 的原義是 "茶几",同時代替 "幾";有的已經失去原義,例如 "只" 的原義是 "語已詞也"(《説文》),原義已失,現代替 "衹"、"隻"。

## <u>學習簡化字的捷徑</u>

《簡化字總表》共收2235個簡化字,要快速地學會這二千多個簡化字,可從簡化偏旁類推法入手。

所謂簡化偏旁,是指一些簡化後的漢字和部件可以當作偏旁使用。簡化偏旁共有146個,可以獨立成字的有132個,如万 (萬)、云 (雲) 等;不可以獨立成字的有14個,如讠(言)、収 (取)、圣 (坙) 等。

只要記住簡化偏旁,使用類推法,便能認識許多有簡化偏旁的簡化字了。例如:马 (馬) ——妈 (媽)、骑 (騎)、驾 (駕);亦 (䜌) ——变 (變)、弯 (彎)、恋 (戀)。

要留意可作類推的只限簡化偏旁,其餘簡化字或簡化部件只可逐個記憶,不可使用類推法。